Arnold Zweig Berliner Ausgabe

Romane/8

Arnold Zweig

Berliner Ausgabe

Herausgegeben von der
Humboldt-Universität zu Berlin
und der
Akademie der Künste, Berlin

Wissenschaftliche Leitung:
Frank Hörnigk in Zusammenarbeit
mit Julia Bernhard

Arnold Zweig

Das Beil von Wandsbek

Roman

1938–1943

Aufbau-Verlag

Bandbearbeitung: Birgit Lönne

Zweig, Berliner Ausgabe
ISBN 3-351-03400-8
Zweig, Beil
ISBN 3-351-03408-3

1. Auflage 1996

Lektorat Almut Giesecke
Typographie und Einbandgestaltung Heinz Hellmis
Satz LVD GmbH, Berlin
Druck und Binden Kösel GmbH, Kempten
Printed in Germany

Danksagung

Dieser Roman hatte seine Schicksale, bevor er seine Leser erreichte. Ausgelöst von einer Meldung, die der Verfasser 1938 in der Deutschen Volkszeitung, damals Prag oder Paris, fand, in den darauffolgenden Jahren aber komponiert und gereift, war seine Niederschrift im Frühling 1943 beendet, so daß die Übersetzung ins Hebräische schon im Herbst dieses Jahres bei den »Sifrioth Hapoalim« erscheinen konnte.

Inzwischen hatten sich alle Schwierigkeiten der Kriegszeit und der Gesundheit des Verfassers gegen die Herstellung einer lesbaren Abschrift verbündet. Schon die Verschickung von Manuskripten stieß auf Hindernisse, die Frage der Übersetzung ins Englische schien in dem von Bomben und Raketen verheerten London unlösbar. Andererseits war der Verfasser nach einer schweren Gehirnerschütterung und durch den Verfall seiner Augen nicht in der Lage, selbst für ein gutes, zur Übersetzung taugendes Manuskript zu sorgen. Daß all dies überwunden wurde, verdankt er neben dem unermüdlichen Einsatz seiner Frau der hingebenden Freundschaft und tätigen Hilfe der Schriftsteller Robert Neumann in England und Lion Feuchtwanger und Bertold Brecht in Kalifornien. Durch ihre Kameradschaft bewiesen diese Männer, daß kein noch so zerstörerischer Weltkrieg die Basis gemeinsam verbrachter und durchkämpfter Jahrzehnte antasten konnte. Diese Solidarität, neben der größten persönlichen Arbeitsleistung durchgehalten, scheint ein gutes Anzeichen für die Lebens- und Schaffenskraft, die sich in den weit ausgestreuten Kindern der deutschen Emigration verkörpert sieht, und die trotz aller Einstürze und Furchtbarkeiten des Hitlerregimes unentmutigt am Werke bleibt.

Haifa, April 1947.

Arnold Zweig

I. Teil

Erstes Buch

Man hilft sich, wie man kann

Erstes Kapitel

Ein gebrechliches Fahrzeug

I

Geschehnisse, wie sie hier abrollen werden, um in einem viermal geschwungenen Beil, einem Revolverschuß und dem Zuziehen einer eingeseiften Schlinge zeitgemäß zu gipfeln, beginnen oft mit einer unscheinbaren Bewegung. Diese hier bestand in dem energischen Hineinstoßen des Federhalters ins Tintenfläschchen, ausgeführt von der kräftigen Hand Albert Teetjens, eines schönen blonden Mannes von zweiundvierzig Jahren, mit einem geschwungenen Schnurrbart über würzigen Lippen und mit verschwommen blickenden Augen von norddeutsch blaugrauem Glanz und weiten Lidern.

Er saß, die Hemdärmel aufgekrempelt, am ovalen Tisch seines Wohn- und Eßzimmers, den seine Frau nach dem Abendbrot mal schnell trocken abgerieben hatte, eine große Zeitung als Unterlage benutzend, das Hamburger Fremdenblatt vom Freitag, 27. August 1937. Ein Firmament von durchsichtigem Grünblau spannte sich über die hohen Hinterwände der Häuser, in deren Erdgeschoß Teetjens Laden und Wohnung untergebracht waren, aber er sah nicht auf. Stine Teetjen hingegen verharrte, das Gesicht schräg emporgehoben und den rotblonden Haarknoten infolgedessen tief im Nacken, am geöffneten Fenster. Die Hände mit dem Wischtuch auf dem Rücken verschränkt, ließ sie ihre großen, grauen Augen mit dem Ausdruck verschämten Entzückens in den Abendhimmel schweifen, durstig atmend. Von links über ihnen und von gegenüber her musizierten die Lautsprecher, beide in der gleichen Kammermusik schwelgend, die der Hamburger Sender zusammen mit ganz Deutschland von der Großsendestelle Königswusterhausen empfing. Stine wußte nicht, was für einer Musik sie zuhörte, und daß es Mozarts Klarinettenquintett war, dem da gleichzeitig die Petersens im Vorderhaus und die Lawerenzens im gegenüberliegenden Seitenflügel lauschten. Aber was da in sie einströmte, eingeatmet gleichsam mit dem türkisfarbenen Licht, das gefiel ihr sehr. Blaugrüne Musik, dachte sie, Vergißmeinnicht und Rittersporn und Erika im Borsteler Moor. Mittendrinsitzen im warmen Kraut, sich zurücklegen; ach, wie gut das riecht! Und dann ist der Albert da, der bisher mit seinem Spazierstock in Mauselöchern, Maulwurfshaufen und einem verlassenen Fuchsbau herumgestochert hat, sonst kein Mensch weit und breit, bloß ein Flugzeug brummt nach Gotland, und ich kann meinen Rock ausziehen, damit er nicht zerdrückt wird. Albert aber dreht seine Gedanken weg von seinem Tick, wie's wohl im Innern der Erde aussieht, freut sich über meine Beine und ... Damit kam ihr das Vorhandensein ihres schönen Mannes wieder voll zum Bewußtsein, und daß er sich den ganzen Nachmittag mit dem Abfassen des verdammten Briefes gequält hatte. Die Kasse war so gut wie leer, am Ersten aber die Miete zu entrichten, nicht nur für Wohnung und Laden, sondern auch für Kühlschrank, Schneidemaschine und Wiegewaagen, die heutzutage weiß lackiert und sauber geputzt zum Zubehör einer Schlächterei gehören, wenn die Kundschaft nicht ganz ausbleiben soll. Sie wandte sich um, bemerkte, daß er noch kein Licht gemacht hatte, zog die Pendellampe tiefer über den Tisch, die an einem viel zu starken Haken von der Decke hing, knipste den Schalter und sagte halb spottend: »Gut, daß du noch nichts aufs Papier gesetzt hast. Tätest dir bloß die Augen verderben.«

Er ging auf ihren Scherz nicht ein. Schwer brütend starrte er auf den leichten Schulfederhalter, hellbraun, mit dunkelbraunen Tupfen getigert, den er zwischen seinen behaarten Fingern hielt, sauber gewaschen und von rötlicher Haut. »Ich krieg's nicht zusammen, Stine. 'S ist ja, als sollt' man eine lockere Sanddüne hinaufsteigen, und man rutscht in einemweg ab. Diktier mir deins. Das klingt noch am besten.« Damit nahm er vom Bord über dem roten Plüschsofa eine Zigarrenkiste, roch wollüstig hinein, wählte unter den gefleckten Fehlfarben, stellte die Kiste wieder weg und zog, während Stine aus der Kommode eine schwarz gebundene Bibel nahm, sein großes Klappmesser, um die Spitze abzuschneiden. Dann atmete er den würzigen Rauch ein und aus und sagte, während sie einer zufälligen Stelle des Alten Testaments ein bekritzeltes Blatt entnahm: »Tja, die Sorge um den verfluchten Zaster. Haben die einen beim Halse, sitzt man allein in seiner Stube, als wäre nicht Stadt Hamburg rund um einen herum, mit anderthalb Millionen Volksgenossen und lauter vollen Safes.« – »Niemand ist allein«, sagte Stine, mit den Augen, besonders großen und ausdrucksvollen Augen, einige Zeilen des Propheten Hosea abtastend, »soll ich anfangen?«

»Fang an«, stimmte er zu, stieß den Federhalter durch den Hals des Fläschchens in die schwarzrötliche Schultinte und schrieb, mit durchaus nicht ungelenker Hand, in deutscher und deutlicher Schrift, Satz für Satz, wie er sauber und langsam von ihren blaßroten Lippen kam, in hamburgisch gefärbten Lauten und mit Schulmädchenstimme:

»Hamburg-Wandsbek, Wagnerstraße 17, den 27.8.37.

Lieber Volksgenosse und Kriegskamerad. Du hast schon lange nichts mehr von mir gehört, seit wir zusammen auf dem Floß den Njemen hinabtrieben und in Memel die Messinghülsen und Schmierbüchsen verkauften. Ich denke oft daran, was das für eine wilde und lustige Zeit war, und mein Harmonikaspiel Dir Spaß machte. Jetzt hab ich das Schifferklavier längst beiseite gelegt. Nach dem Tode meines Alten mußte ich die Fleischerei übernehmen, wie ich es ja gelernt hatte. Aber jetzt will es nicht mehr recht flecken. Die Lebensmittel von Ehape machen mich tot, seit die Filiale Wandsbeker Chaussee auch Fleisch- und Wurstwaren führt. Die Hausfrauen aus unserer Gegend brauchen mit dem Tram keine zehn Minuten. Sie sagen, die Auswahl ist größer und die Fahrt kommt wieder heraus. Da Du in Bürgerschaft und Senat etwas zu bestellen hast, kannst Du vielleicht veranlassen, daß sie in Wohnvierteln keine Fleischwaren feilhalten dürfen. Obwohl mein Sturmführer Preester nicht dieser Meinung ist, fasse ich doch die Absichten des Führers dahin zusammen, daß der kleine Mann auch leben soll. Lieber Kamerad, ich wäre Dir sehr dankbar, wenn ich Dich mal sprechen könnte, nachdem ich Dich noch niemals angegangen oder belästigt habe. Otto Lehmkes Bierstube, Wandsbek 8494, richtet mir jeden Anruf aus. In treuer Parteigenossenschaft, Heil Hitler, Dein Albert Teetjen, Schlächtermeister.«

Teetjen betrachtete seine Unterschrift, der er einen energischen Schwung gegeben hatte, infolgedessen sie mit einem leichten Anstieg endete, trocknete die Feder an der Zeitung, überlas den Brief noch einmal und sagte bewundernd: »Wo du das nur her hast, Stine. Das redt ja wie ich selbst, aber besser.« Stine lachte: »Tja, Dummchen«, rief sie, indem sie ihm den schön geteilten Scheitel zauste, »unsere Schule in Blankenese hat halt was aus mir gemacht. Und warum hast du dich seit unserem Ausflug nach Farmsen am Sonntag gewehrt und gesträubt, erstens überhaupt zu schreiben und zweitens, wie ich es mir dachte?« – »Weil's keinen Spaß macht, den reichen Reeder Footh anzubetteln. Denn darauf kommt es doch heraus. – Ein Geldschrank hackt dem anderen die Augen nicht aus in unserem neuen Reiche.« – Stine runzelte die rotblonden Brauen. »Anbetteln«, sagte sie strafend. »Einer hilft dem anderen. Im Weltkrieg halfst du ihm drei- oder viermal aus dem Dreck. Das vergißt du bloß immer.« – »Tja«, murmelte Albert Teetjen, den Brief zusammenfaltend, »das war damals, inzwischen haben sich die Weichen umgestellt. Klettert mächtig nach oben, der Footh. Sucht und findet Anschluß. Hat ja auch so was Nettes um die Augen und den Mund. Wenn wir uns trafen, war er immer der anständige PG. Aber was weiß man, wie es jetzt in ihm aussieht. Wirtschaftsführer! Große Geschäfte! Seine Tankerflotte zählt schon fünf Schiffe. Manchmal im Hafen zeigen sie sie mir, und wenn ich dann sage, wir waren Kriegskameraden in Weißrußland und haben manches Ding zusammen gedreht, dann beglückwünschen sie mich: Alberten kann's nicht schlecht gehen. Komm, Albert, gib mal was aus. Und dann soll ich eine Runde Köhm schmeißen oder dänischen Aquavit, wenn wir im Freihafen arbeiten. Bis jetzt hat er mich nur gekostet, der Kamerad Footh.« – »Paß auf, Albert«, damit setzte sich Stine neben ihn aufs Sofa, »diesmal bringt er uns Glück. Soll sich ja so manche Braut unter den Fräuleins vom Harvestehuder Weg angelacht haben. Und was einer hat, das bringt er auch anderen. Hier ist seine Adresse.« – Und sie reichte ihm einen grauleinenen Briefumschlag, auf dem von fremder Frauenhand in wohlgestalten Schriftzügen »Herrn Hans P. Footh, Hamburg-Roterbaum, Harvestehuder Weg« geschrieben stand. »Privatadresse«, strahlte sie, »damit es nicht unter der Geschäftspost verschwindet.« – »Deern«, rief Albert bewundernd, »was haben wir doch für eine kluge Else.« – »Stine«, verbesserte sie die Redensart, die, wie sie wohl wußte, aus einem Grimmschen Hausmärchen stammte. Er faßte sie an den Schultern, schüttelte und küßte sie, erregte sich dabei und schob sie vor sich hin ins Schlafzimmer, wo im Dämmerlicht des Abends die beiden Betten den quadratischen Raum beherrschten. Sommerwarm stand die Luft zwischen den hell getünchten Wänden. Viel zu heiß lag es sich unter den dicken Federbetten, wenn man noch irgendetwas anhatte. »Über dem Eßtisch brennt noch das Elektrische«, mahnte Frau Stine, während sie ihre Röcke fallen ließ und das Hemd über den Kopf streifte. »Laß brennen«, rief Albert heiser, stürzte aber doch noch zurück und drehte den Knipser. Mozarts Musik hatte längst geendet.

II

»Bei Nathansons, so lange es sie gab, pflegte es in diesen Stunden hoch herzugehen, Garden Party und Hauskonzert zur Feier des Tages.«

Die junge Dame, die dies am folgenden Nachmittag sagte, lag, die Arme hinterm mattblonden Haar gekreuzt, in einem Liegestuhl. Die Terrasse, auf der er stand, erlaubte einen Durchblick zwischen den Villen und Wipfeln der vorderen Straßen auf das Becken der Außenalster, das sich hier kilometerweit öffnete.

Hans Peter Footh, die schweren Hände zwischen den Knien, richtete seine kleinen, intensiven Augen überrascht auf den blaßroten Mund seiner schönen, goldbraunen Freundin. In langen weißseidenen Beinkleidern, den Oberkörper nur mit einem Brusttuch geschmückt, hellrot-weiß-blau wie die holländische Flagge, lag sie da und gab ihm Rätsel auf. Aber gerade das liebte er an ihr. Auf seine bekannt nette Art war er seiner Sache und der Partei in allem Wichtigen sicher genug, um sich kleine Blößen geben zu dürfen. Annette Koldewey, Tochter eines hohen Verwaltungsbeamten, des Zuchthausdirektors von Fuhlsbüttel, galt als sehr gebildetes Mädchen. Sie hatte schon in der republikanischen Hamburger Gesellschaft verkehrt; weniger zu wissen als sie, schändete niemanden. »Feier des Tages?« fragte er, »was war denn 1870 am 28. August?« – Annette lächelte leise, ihre slawisch braunen Augen, eingebettet zwischen hochgerückten Backenknochen und einer eigensinnigen Stirn, musterten freundlich den Mann in den weiten blaugrauen Schifferhosen, der über hundertfünfzig Angestellte gebot und dem sie sich zu eigen gegeben hatte, auf Kündigung und bis auf weiteres. Vorsichtig vermied sie den Ausdruck Liebe, um das zu kennzeichnen, was sie mit Footh verband. Er hatte sich schon vor Jahren scheiden lassen und war bereit, sie jeden Tag zu heiraten. »Goethes Geburtstag«, gab sie Bescheid. »Nathansons feierten ihn. In den Tagen der Republik nahmen ja viele davon Kenntnis. Jetzt sitzen Nathansons drüben in Stockholm und warten auf den Tag ihrer Rückkehr.« – »Wird ihnen die Zeit nicht lang werden?« spottete Hans Footh. – »Wir sprachen sie im Frühjahr«, entgegnete Annette. »Konsul Nathanson ist klug. Ich gebe eurem Führer noch ein paar Jahre, sagte er. Dann macht er eine ganz große Dummheit und setzt die Welt in Brand, und danach kommen wir wieder. Seine komischen Vorstellungen von England und Amerika werden ihm den Hals brechen.« – »Kluger Mann!« empörte sich Hans Footh. »Sonderbaren Umgang erlaubte dir dein Vater.« Annette blickte vor sich hin: als ob ihr eigener Wille nicht ausgereicht hätte, sie zu leiten! Dann verzog sie ihre Brauen zu bedrängtem Ausdruck, wollte etwas entgegnen, zog es aber vor, die Glastasse mit Tee an die Lippen zu setzen, den Duft der Mischung einzuatmen, die sie selbst aus Darjeeling und Pekko hergestellt hatte, und sich in langen Zügen zu erfrischen.

Footh und sie hatten die ersten Stunden des Nachmittags auf seinem Segelboot verbracht und waren noch nicht lange wieder zu Haus. Da Sonnabend Mittag das Weekend begann, belebte sich das Wasser von Stunde zu Stunde. – Grund für manche Leute, den Tee lieber daheim zu nehmen. Zuviel Gesang, Gerufe und Grammophon. »Armer Papa!« seufzte sie bedrückt.

Im Schlafzimmer, vor welchem die Terrasse sich erstreckte, und das sie gleichsam ins Freie fortsetzte, schnarrte das Telefon. Herr Footh erhob sich schwer aus seinem Sessel, Stahlrohr, bespannt mit bunten Gurten, sogenannter Bauhausstil, und ging hinein. Annette musterte den wiegenden Gang, den Herr Footh von den Kapitänen seiner Tankschiffe gelernt hatte. Eigentlich müßten von seinem Rücken Hosenträger herunterbaumeln, hin und her, wie bei Jannings im Film, dachte sie angeärgert. Und hoffentlich bringst du auch einmal so viel Verständnis für den Stil deiner Tochter auf wie mein Papa. Der Vater hatte Sorgen. Die Krankheit dieses Herrn Denke aus Magdeburg, zuerst nur eine leichte Betriebsstörung, machte ihm seit ein paar Tagen schwer zu schaffen. Annette, seine Älteste, seit dem Tod ihrer Mutter daran gewöhnt, mit ihm zu tragen, was ihn bekümmerte und freute, wand sich jetzt auf ihrem Liegestuhl vor Hilflosigkeit. Ihre Blicke, wie Rat suchend, schweiften in den blauen Sommerhimmel; dann griff sie zu einer Zigarette. Wer konnte hier helfen?

Herr Footh kam zurück, einen Brief in der Hand, der ihm durch den Speiseaufzug hinaufgesandt worden war. »Kennst du die Schrift?« fragte er Annette, bevor er den Umschlag aufriß. »Das ist Käte Neumeiers Schrift. Sie hat sich doch in Wandsbek niedergelassen, nicht? Was will sie von dir?« Herr Footh hatte inzwischen das beschriebene Blatt durchstudiert, zusammengelegt und in die Tasche gesteckt. Halb ärgerlich, halb belustigt sah er vor sich hin. »Deine Freundinnen sollten mit meiner Privatadresse sparsamer umgehen«, meinte er. »Der Brief kommt von jemand ganz anderem, aber der Umschlag stammt von ihr. Ein Wandsbeker Kriegskamerad, der eine Unterstützung braucht. Willst du lesen?« – Annette ließ die Hülle, grau und leinenartig, auf die Holzroste gleiten. »Ich habe wenig Sinn für fremde Leute, solange Papa derart im Druck steckt.«

Herr Footh wußte Bescheid. Annette, vorhin auf dem Deck der Yacht »Goldauge« ausgestreckt wie eine braune Najade, hatte ihm berichtet, daß der Senat ihren Vater dringend ersucht hatte, endlich die Hinrichtung der vier längst zum Tode Verurteilten anzusetzen, ihre Zellen freizumachen. Der Führer wünschte, nach Hamburg zu kommen, der Hochbrücke über die Elbe wegen, die er plante. Aber erst mußte da reiner Tisch gemacht werden, der Prozeß gegen Timme und Genossen ausgespielt haben. Das Reichsjustizministerium war vorstellig geworden, Herr Denke aber, Scharfrichter aus Magdeburg, noch immer bettlägerig. Jetzt mahnte man ihren Vater, Ersatz zu schaffen. »Wenn dein alter Herr diese Genossen noch länger in Pension behält, wird er sich schließlich selbst in den Geruch bringen, Kommunist zu sein«, hatte Herr Footh lachend bemerkt und war ins Wasser gesprungen, während Annette die Segelleine hielt und ihm ein Tau zuwarf, damit »Goldauge« ihm nicht in der leichten Brise um Hunderte von Metern entschlüpfte. Jetzt plötzlich erhob er sich vom Stuhle, schlenderte an die Brüstung der Veranda, kam zurück, schenkte sich einen Kognak ein, Martell stand auf der dickbäuchigen Flasche. »Dem Manne kann geholfen werden. Beiden Männern. Deinem Vater auch. Nu, lies das mal.« Und er reichte ihr mit leicht zitternder Hand das geöffnete Briefblatt hin: »Geburtstagsgeschenk vom alten Herrn Goethe«, schmunzelte er.

Annette überflog die Zeilen, blickte verständnislos zu ihm hoch. »Ein Kriegskamerad«, wiederholte sie, »gut und schön. Albert Teetjen. Und was hat das mit meinem Vater zu schaffen?« – »Dummchen«, rief er und machte mit dem Zeigefinger unter den Namenszug eine unterstreichende Bewegung. »Albert Teetjen, Schlächtermeister«, betonte er dazu. Annette ließ die Hand mit dem Briefe sinken, das Papier fallen. Der Wind trieb es ein paar Schritte über die Veranda, nun lag es neben dem grauen Kuvert. Aus weitgeöffneten Augen drängten sich ihre Blicke in die seinen, sonst regte sich nichts in ihrem Gesicht. »Laß die kostbare Adresse nicht fortfliegen«, rief Footh und setzte seinen Fuß mit dem Segelschuh darauf, bückte sich und barg es in der Seitentasche. »Wieviel, sagtest du, soll dem Herrn Denke die Berufsausübung diesmal einbringen?« – Annettes Mund stand leicht geöffnet, mehrere Atemzüge lang. Sie legte ihre braune Hand ans Kinn, über dem sich die Wangen straff und schön rundeten, herzförmig gleichsam, ziemlich slawisch: »Ich glaube zweitausend Mark«, antwortete sie halblaut, bewegt von Bedenken, gleichsam benommen. Er verstand die Regungen nicht, die in ihr auf- und abstiegen. »Wetten, daß es klappt?« rief er. »Was kriege ich, wenn deinem Vater der Rotwein wieder schmeckt?« Ein glückliches Lächeln lockerte ihren Mund, und indem sie ihm beide Arme entgegenstreckte und auch die Schultern zu ihm emporhob, hörte sie, sie wußte nicht warum, von ihrer inneren Stimme zwei berühmte Verse Gretchens, die hier genau paßten: »Ich habe schon so viel für dich getan, daß mir zu tun fast nichts mehr übrig bleibt.« Aber sie sprach sie nicht aus, da er bestimmt hätte fragen müssen, woher das sei. Und niemand, sie am wenigsten, wäre imstande gewesen, einem so offenkundig hilfsbereiten, warmherzigen Manne Bildungslücken vorzuwerfen. Die gehörten fast zu seinem Typ, einem guten, neuen, wohlverstanden.

III

Es geht auf den Herbst zu, dachte Herr Koldewey, während er seine Rasiersachen zurechtmachte. Perlmutternes Morgenlicht und von der See her schon eine kühle Brise, die Wipfel der Ebereschen angegilbt und die Früchte darin kostbar rot wie mexikanische Opale. Ohne den September könnte unsereiner das ganze Leben kaum noch so gut mitspielen. Wer die Sechzig überschritten hat, lebt ohnehin im September, bestenfalls. – Er hätte sich gern einen Backen- oder Kinnbart stehen lassen, wie er eigentlich zur hamburgischen Tradition eines älteren Herrn gehörte. Aber sein Sinn für Physiognomie und passendes Aussehen verbot ihm das. Sein Kopf, an welchem mit hoher Stirn, langer Oberlippe und langem Kinn, bei leicht offenstehendem Munde, ohnehin alles in die Länge strebte, wäre im Bartschmuck lächerlich hamburgisch erschienen. Wenigstens behauptete das seine Tochter Annette, so oft er auf derartiges hinpirschte, und Annette hatte bei ihm nicht nur einen Stein im Brett. Es gibt geheime Hintergründe innerhalb von Familien und Menschen, aus denen die Handlungen und Meinungen wachsen, die Freunde nur von der Außenseite wahrnehmen, dachte Herr Koldewey, während er seine Wange mit dem vergoldeten Rasierapparat bearbeitete, den ihm ein amerikanischer Freund und Berufskollege geschenkt hatte. Nichts erschien Herrn Koldewey sinnbildlicher für die moderne Gesellschaft als solch ein goldenes Gerät – cäsarischer Luxus, der im Grunde genommen als Material kaum den Wert eines Groschens darstellte. Mit seinem ornamentierten Schaft, glatten Flächen und goldenen Glanz war er von den Arbeitern der Gilette-Werke und dem Geschick der Propagandisten zu einer ansehnlichen Dollarware veredelt worden; würdige Gabe eines Zuchthausleiters in New Jersey an einen hamburgischen Staatsbeamten, der innerhalb seines Amtsbereichs auch ein KZ-Lager dulden mußte. Was nun die Hintergründe anlangt, fuhr er in seinen Gedanken fort, so gleicht jeder Zustand meiner Rasierschale hier. Von dem Tischchen, auf dem sie steht, krümmt sie sich jeden Augenblick weg, von ihm aus gesehen ist sie konvex. Auf mich aber krümmt sie sich jeden Augenblick zu, von mir aus ist sie konkav. So steht es um die Beziehungen von Menschen zueinander. Sie werden von ganz verschiedenen Koordinaten beherrscht, je nachdem man sie von außen sieht oder von innen. Es gehört jedenfalls zu den Pflichten des Kulturmenschen, weder alles wissen zu wollen, noch sich in die Karten gucken zu lassen. Sich umzukrempeln wie ein Handschuh vor dem Feldwebel, dem Steuereinnehmer und dem Herrn Pastor war protestantische Ethik, das Geschenk Luthers an seine Fürsten. Kehren Sie gefälligst Ihr Innerstes nach außen, damit wir sehen können, daß auch Sie nichts sind als Teig. Das verlangt heute die Partei. Bitte sehr, meine Herren. Als der Kaiser noch regierte, war ich bismarckisch; während der Republik ein konservativer Hamburger. Und jetzt soll ich vor dem Müll kapitulieren, dem uns diese Schwerindustrie verkauft hat? Das dürfte sich Lebenslinie nennen! Nein, meine Herrschaften. Sie konnten uns einen notorischen Lumpen zum Gauleiter setzen, der sich das E.K.I. selber verliehen hat, gleich Herrn Hitler, und niemals im Kriege war, gleich Herrn Goebbels; sich aber mit dem Flieger- und dem Verwundetenabzeichen schmückt. Diesem Mann und seinem Blockwart bin ich natürlich Rechenschaft schuldig schon am frühen Morgen – denkt er, aber, mit ganz langem A … Dann trocknete Herr Koldewey sein Gesicht, rieb es mit wohlriechender Essenz ab und säuberte das vergoldete Gerät, zu welchem ein ebenso prunkvolles Etui gehörte. Er wartete sehnlich auf seine Tochter Annette. Immer, wenn das Geräusch eines Motors zu ihm drang, beugte er sich aus dem Fenster; aber es waren zumeist Flugzeuge, die den Flughafen

Fuhlsbüttel anflogen oder von ihm aufstiegen. Im weiten Himmel brummten kreuzförmige Libellen. Zeitig muß anfangen, wer einen Horch von einem Daimler unterscheiden lernen will, lächelte er. Am Klang nämlich. Thyra und Ingebottel verstehen das, von Annette zu schweigen. Haben eben schon zeitig angefangen, die Gören. Die beiden ersten Namen bezeichneten seine jüngeren Töchter mit den Spitznamen, die sie in der Familie trugen – gutgewachsene, engäugige junge Damen, die vorhin mit dem Vater bereits gefrühstückt und sich dann von ihm verabschiedet hatten. Solche berufstätige junge Mädchen von Familie wurden zwar wochentags in den Kontoren der Innenstadt und der Staatsverwaltung festgehalten, strebten am Sonntag aber um so eiliger ins Freie, wo sie in der Harksheide oder dem Tangstedter Forst mit ihren Klubs ein heidnisch gesundes Körperleben pflegten, soweit neuere Bedürfnisse des Heeres und der Partei den Wald nicht sperrten. Zum Kaffee hatte Koldewey also noch Gesellschaft, um acht war man allein, um neun, schon gefrühstückt und geschwommen, kam Annette. Wer weise war, legte sich mit seinem Nietzsche wieder zu Bett und rauchte eine Vorstenlanden. Gebenedeite Stille des Sonntagmorgens. Kein Telefon, kein Rapport, keine Besichtigungen. Die Nachteile der Dienstwohnung, der roten Ziegelvilla außerhalb der roten Mauern, aufgewogen durch die Lage weit draußen, wiewohl eng angeschlossen an das hochentwickelte Verkehrsnetz, das die Republik hinterlassen hatte. Und was für Spaziergänge hinüber nach Ohlsdorf, wo man in einem See baden konnte, nachdem man als philosophischer Mensch die Nachbarschaft der Toten auf dem Zentralfriedhof sich hatte gefallen lassen. Die Toten störten nie. Nur die Lebendigen gaben zu Klagen Anlaß. Das KZ-Lager da drüben, beispielsweise. Unbeeinflußbar, unzugänglich, nicht loszuwerden.

Erst als Annette ihn mit einem Kuß weckte, stellte sich heraus, daß Herr Koldewey eingeschlafen war, die Zigarre ordentlich im Aschenbecher und die Hand mit der »Götzendämmerung« auf der Bettdecke des Doppelbettes, das er, obwohl schon so lange Witwer, nie abgeschafft hatte. »Kind«, rief er aus, »bist du durchs Fenster hereingeflogen? Wie ist es dir ergangen? Glänzend, wie ich sehe.« – Sie setzte sich auf den Bettrand und puderte ihre

Nase, die von der Fahrt in dem schlanken Sportwagen, ihrem »Adlerchen«, gerötet worden und ohnehin sommersprossig war. »Ich bringe dir etwas mit«, sagte sie. – Dich selbst, dachte er, bewegt von einem Gefühl der Eifersucht gegen ihren Freund, wovon er sich durchaus Rechenschaft gab; ein Liebhaber Nietzsches durfte sich nichts vormachen. »Wart ein Weilchen«, sagte er, »sonst vergesse ich die Stelle, über der ich weggedöst sein muß. Ist ein Mensch verantwortlich für den Schatten, den er wirft, ein Dichter oder Denker für die Mißverständnisse, die er erzeugt oder denen er unterliegt? Das sag mir mal.« – »Eine Kernfrage des Morgens früh«, lächelte sie, die feinen Brauen zusammenziehend. »Dein Nietzsche zum Beispiel für ›blonde Bestie‹ und dergleichen?« – »Das Grundproblem unserer Tage«, bestätigte er und las vor: »›Wie wenig gehört zum Glücke! Der Ton eines Dudelsacks. Ohne Musik wäre das Leben ein Irrtum. Der Deutsche denkt sich selbst Gott Lieder singend.‹ – So Friedrich der Schnauzbärtige. Nun paß auf. Er spielt hier auf den Vers an:

›So weit die deutsche Zunge klingt
Und Gott im Himmel Lieder singt.‹

Offenbar scheint er hier, gleich dem Volksmund, Gott singend und im Nominativ vorzuführen, statt, wie es doch gemeint ist, passiv und im Dativ. Jedenfalls deutet er nirgendwo das Gegenteil an. Nicht?« und er hielt ihr das Buch hin. Annette aber nahm und schloß es. Sie hatte lange genug die Mutter vertreten, um sich alles gestatten zu können; außerdem aber drängte es sie, die große Freude loszuwerden. »Herr Footh«, schoß sie los, »läßt sich dir empfehlen; er ist auf der Fährte eines Stellvertreters für Herrn Denke und hofft, morgen abend schon berichten zu können. Ich habe ihn daraufhin zu einer Schüssel Krebse eingeladen, deine Einwilligung vorausgesetzt.« – Herr Koldewey richtete sich langsam im Bette auf, sog mit der Unterlippe an seinem kurz gehaltenen Schnurrbart, umfaßte mit beiden Händen die Schultern seiner Tochter. »Berichte mehr, Annette«, bat er, und die Lider von den gewölbten Augäpfeln weit zurückgezogen, hörte er ihr zu. »Hm«, sagte er dann. »Du weißt, daß ich in dieser ganzen Angelegenheit passiver geblieben bin, als es meiner Natur entspricht. Warum?« – »Weil du diese vier Hinzurichtenden für unschuldig hältst?« fragte sie zurück. »Kluge Kleine«, nickte er. »Auf keinen Fall so schuldig, wie das Urteil will. Wenn die Prozeßführung aus einer Schießerei zwischen aufgeregten Jugendgruppen überlegte Morde konstruieren muß, so ist das ihre Sache, die Sache preußischer Juristen in Altona. Nun paß auf. Erinnerst du dich an den ›Fischer un syne Fru‹?« – »Ein Grimmsches Hausmärchen, das nur plattdeutsch vorliegt«, lächelte sie. »Ich lese es gern mal wieder.« – »Dort führt der Erzähler seine Fabel so, daß noch Hoffnung für das Ehepaar bliebe, welches hier die Menschen vertritt, wenn sich diese Ilsebill einmal zufrieden gäbe. Sie kann sich aber nicht zufrieden geben; immer aufs neue plagt sie den braven Butt mit größeren Wünschen. Es ist eine malaiische Geschichte, habe ich mir sagen lassen, eine Zaubergeschichte, von Seeleuten mitgebracht und darum nur niederdeutsch erzählt. Nun, in der Sache dieser vier Leute verhalte ich mich ein wenig wie jener geduldige Zauberfisch, der verwünschte Prinz, nur umgekehrt. Als Einzelperson vermag ich ja gar nichts. Aber die Vertreter einer regierenden Schicht sind gewissermaßen auswechselbar, und nimmst du statt meiner zum Beispiel Freund Lintze, Oberstleutnant Lintze vom Wehrkreis 10, so vermöchte der schon allerhand. Also – ich zögere hin. Ich finde niemand. Ich gebe unserem Staate noch eine Chance, unserem Hamburg, dem Reiche, unserer bürgerlichen Gesellschaft. Es sind Gnadengesuche für die Vier unterwegs, gleichzeitig wird Scharfrichter Denke krank und liegt in seinem Bette. Du siehst, es kann etwas geschehen. Und nun kommst du und dein Herr Footh, und ihr macht es spannend.« – »Und ich habe es so gut gemeint«, rief Annette klagend. – »Weiß ich«, nickte er zärtlich und küßte sie neben den Mund. »Du bist nur Werkzeug, dein Footh, ich, wir alle. Etwas vollzieht sich in der Welt, wir haben die Ehre, dabei mitzuspielen.« – »Es ist ja auch noch nicht gewiß, daß etwas aus der Sache wird«, tröstete sie sich. – »Nein«, bestätigte er langsam und stand auf, »es ist noch nicht gewiß. Vor ein paar Wochen las ich irgendwo, daß nicht einmal mehr die mechanische Physik an die Determination glaubt. Selbst bei den Molekülen, sagt James Jeans, liegen gewisse Entscheidungen auf den Knien der Götter. Laß also sehen, ob wir Hoffnung haben. Die Chancen stehen föftig föftig. Werden die Vier gerettet, so geht das Kreuz an uns vorbei. Herr Hitler stürzt sich in einen kleinen Krieg, und der ganze Spuk versinkt in einem Blutsumpf. Besteigen sie das Schafott, so bleibt das Dritte Reich in Kraft und Blüte und verpestet unser Volk, Europa, die Erde, ohne Aussicht auf Hoffnung. Denn von innen her zerfällt das nicht. So seh ich diesen Kram.« – »Das wäre zum Verzweifeln«, meinte sie leise. »Und ich dachte schon, im vorigen Jahre seien die Würfel gefallen. Weiser Vater.« Und jetzt küßte sie ihn, und gar nicht kindlich, wie ein erwachsener Mensch einen anderen. Im vorigen Jahre waren ihr Bräutigam Hans Wieck und ihr Vetter Manfred Koldewey in Spanien als Franco Flieger abgeschossen worden, im gleichen Bomber, von einem russischen Kampfflugzeug, nachdem sie baskische Städte in Trümmer gelegt hatten. Ohne diesen Vorfall, den die Zeitung ein tragisches Unglück hatte nennen müssen, wäre Hans P. Footh mit seiner Werbung wohl im Schatten geblieben. Vater und Tochter, beide dachten an diese jähe Kurve; dann fragte er: »Hast du Lust, mich ein wenig hinauszufahren? Um zwölf möchte ich bei Hagendörps sein. Sie spielen Brahms.«

IV

Das vielfache Brausen des Hafens am Montag vormittag wurde jetzt gerade übertönt durch den tiefen Baß, mit dem ein Ozeandampfer sich an seinen Platz schob, aus mächtiger Kehle reichlich Laut gebend. »Yaukuni Maru«, sagte Herr Footh, indem er seinem Gegenüber, Kapitän Carstanjen, über den Schreibtisch weg die Hand auf die Schulter legte, ihn wieder in seinen Stuhl drückend. Kapitän Carstanjen, breit und kahlköpfig und zu Schmeicheleien geneigt, wie viele Seeleute, äußerte etwas Verbindliches für Herrn Footh, daß er alles, was sich in der Nähe seiner Räume im Hafen rege, offenbar schon auswendig kenne. »Wär' ja auch ein Skandal«, lachte Footh, »heute, wo alle Straßenjungen der ganzen Welt einen Junkers von einem Dornier am Klang unterscheiden können. Diese Japaner sind gute Schiffe, habe ich mir sagen lassen.« – Der Kapitän bestätigte: »Sehr gute. Moderne Motorschiffe, die durch die bewegte See fahren wie Bügeleisen über ein Plättbrett.« Mit ihren schwarzen Rümpfen und gelben Schornsteinen traf man die Marus der Nippon-Yusen-Kaisha gelegentlich in Neapel oder Marseille; in Hamburg war er noch mit keinem zusammengetroffen. Dabei horchte er immer unruhig nach draußen, wo vor dem breiten Fenster im fünften Stock des Bürohauses die von Dunst und Dampf überwölkte, grau bewegte Fläche des Hafens sich ausdehnte – eines kleinen Teiles vielmehr, über dem Möwen blitzten, Kräne knirschten, den Schuten und Fährboote durchzogen und hinter dem sich um den hoch aufsteigenden Turm von St. Michaelis ein Stück von Hamburg lagerte, die wie ein Insektenbau dicht gedrängte, von Häusern wimmelnde Innenstadt. Kapitän Carstanjens »Neunauge« befuhr die Mittelmeerroute und kam gerade, alle seine Tanks voll hochwertigen Öls, aus Haifa. Er war bestrebt, zu wissen, ob seine nächste Fahrt nur bis Konstanza oder durchs Schwarze Meer nach Batum führen werde. Er wurde Mitte Oktober fünfzig Jahre alt und wünschte, diesen Ehrentag daheim zu verbringen und Sohn und Schwiegersohn dabei zu haben; da der eine bei der Lufthansa angestellt war, der andere bei der Reichsbahn, war es höchste Zeit zum Disponieren. »Beruhigen Sie sich, Käppn«, sagte Footh, »das hängt nicht ganz von mir ab. Mitte Oktober sollen Sie bestimmt wieder zu Hause sein, aber vielleicht kriegen wir Schmieröl aus Tampico, und dann verschiebt sich dieses und jenes. Übermorgen wissen wir Bescheid.« Er fragte ins Telefon, ob Fräulein Petersen schon erfahren habe, wohin die Verteilungsstelle das Öl von »Neunauge« geliefert haben möchte; wo, unbeschadet der Bohrarbeiten für die Fundamente der Elbhochbrücke, über oder unter der Erde, gerade Platz für Petrol sei. »Wär' ja wunderbar, wenn solch ein Riesenwerk unsere Unterelbe bei Finkenwärder überspannte oder sonstwo. Gruß und Sinnbild des Neuen Reiches«, äußerte Herr Footh ernst, zu seinem Besucher hingekehrt. »Leider hapert es mit dem Untergrund, behaupten die Geologen. Nun, der Führer wird's schon schaffen.« Eine große Wandkarte hinter seinem Kopf zeigte Nordwestdeutschland mit Flughäfen, Autostraßen, Großtankstellen und verschiedentlich gelben Kreisen, nahe von Eisenbahnen und Kanälen. Da lagen die großen unterirdischen Reservoire, die der Heeresleitung unterstanden. Auf der linken Schmalseite des Zimmers aber, und die massige blaue Gestalt Kapitän Carstanjens verdeckte sie zum Teil, hing eine mehr schematische Weltkarte kleineren Maßstabes, auf welcher die Petroleum liefernden Häfen mit roten Bohrtürmen angegeben waren, kleine Fähnchen mit Ziffern eins bis fünf bezeichneten Punkte, an denen sich gerade Herrn Fooths Flottille befand. »Was seh' ich, Sie sind noch in Haifa!« rief Herr Footh munter, drückte eine Klingel und ließ von dem eintretenden Fräulein Krüger das Fähnchen drei von Haifa nach Hamburg übertragen. In Spanien siegte Franco. Neville Chamberlains Engländer wagten nicht zu mucksen, wenn ›unbekannte U-Boote‹ britische Frachtschiffe versenkten oder mit Kanonen beschossen, und die russischen Hilfsmaschinen erwiesen sich als Dreck. Das autoritäre Prinzip setzte sich überall durch, wo es offen auftrat, noch mehr aber im geheimen. »Neugierig, was uns Kapitän Meinke aus Rio berichten wird. Lateinamerika segelt großartig voran. In den USA. machen die Republikaner, mit dem deutschstämmigen Wendell Willkie an der Spitze, bei den Wahlen übers Jahr bestimmt das Rennen – nein, ich irre mich, erst in zwei Jahren rutscht Mr. Roosevelt in die Versenkung. Der alte Löwe Großbritannien hingegen weiß sehr gut, daß seine Zähne wackeln. Wie sieht's für ihn und seine Juden in Palästina aus? Aufstände im ganzen Lande. – Stopfen Sie sich doch noch eine Piepe, Käppn.« – Carstanjen wußte, daß seine Abrechnungen inzwischen geprüft wurden, und daß er also noch gut eine Viertelstunde hier werde sitzen müssen; er stopfte, paffte und berichtete. Überall im Lande flogen Minen unter den Lastwagen auf, die englische Truppen an besonders bedrohte Plätze beförderten. Just während seiner Anwesenheit in Haifa war im Geschäftsviertel eine Aktentasche mit einer Bombe explodiert, die einem arabischen Radfahrer die Beine lädierte. Im Hafen machten sich die Italiener breit, die Schiffe des Lloyd Triestino und die Flugzeuge der Ala Littoria; die Briten in ihrem Dünkel ließen alles ruhig gehen. Die getrennt gesprochenen Sp- und St-Laute gaben den Sätzen des Kapitäns ein anheimelndes

Gepräge, während er erzählte, daß die deutsche Kolonie in Haifa von den Geheimnissen des Aufstandes mehr wüßte als der Intelligence Service, wenn auch weniger als das italienische Konsulat. Eine besonders hübsche Sache habe er selber im Shuk mitangesehen. Dort sei ein riesiger Tisch zur Schau gestellt worden mit Solinger Schlächtermessern, die ein Mann der NSBO. vom »Neunauge« aus Parteimitteln mitgebracht und an Araber zum Weiterverkauf geliefert hatte; lange, gerade Klingen, so recht für den heimischen Gebrauch, wie die Araber ihn verstanden. Sie hätten denn auch mit entsprechenden Mienen den Tisch umfeilscht; leider wenig gekauft – vorläufig, weil die Japaner mit ihrem »Solingen« die Preise verdarben. Aber eine tapfere jüdische Dame, die bei Besorgungen vorüberkam, hätte sich mal eben an die Wand lehnen müssen und sei schleunigst umgekehrt. Vielleicht besaß sie das zweite Gesicht, wie so viele Leute von der Waterkant, und witterte schon, wo diese Klingen in »ihren Leuten« stecken bleiben würden. »Schlächtermesser?« wiederholte Herr Footh lächelnd. »Dabei fällt mir was ein. Entschuldigen Sie, Käppn«, und er gab telephonisch Fräulein Blüthe die Anweisung, ihn mit Wandsbek 8494 zu verbinden und seinen Kriegskameraden Albert Teetjen an den Apparat rufen zu lassen. Otto Lehmkes Bierstube werde sich melden. Dann warf er die Frage hin, was denn die Haifaer Arbeiter dazu sagten, wenn im Hafen die Hakenkreuzflagge wehte. Und er schmunzelte, als ihm der Kapitän versicherte, da dürfe keiner die Miene verziehen. Von Fall zu Fall hinge ja auch in der deutschen Kolonie die neue Reichsflagge über die Straße. Und wenn gerade angesehene deutsche Touristen im Windsor-Hotel abstiegen, Major von Hindenburg oder Herr von Papen, zeige auch das unsere Farben. »Wird sich wohl so gehören«, grinste Herr Footh, und er erzählte dem Kapitän, der es ja auf See nur kurz durchs Radio gehört hatte, wie wohl sich voriges Jahr der englische König in Salzburg gefühlt habe, und wie herzlich ihn die österreichischen Parteigenossen begrüßt hatten, als er in weißen Lederhosen und Nazistrümpfen dort Einkäufe machte. »Sie haben Eduard VIII. zwar inzwischen kaltgestellt. Aber es sollen in England schon Könige ab- und eingesetzt worden sein, wenn ein starker Königsmacher, wie zum Beispiel der zukünftige Sieger im deutsch-russischen Krieg, auf etwas derartiges dringen sollte.« Der Kapitän rutschte auf seinem Stuhl nach vorn: ob denn Herr Footh an einen Krieg glaube? Die englische Flotte, in Alexandria zum Beispiel, sei keine wurmige Nuß. Gerade hätten in Haifa das Schlachtschiff »Hood« und der Kreuzer »Repulse« ihre Visitenkarten abgegeben – keine bloßen Schaustücke mit ihren riesigen Rohren. »Unser Führer erreicht alles ohne Krieg. Darauf können wir einen trinken.« Und Footh verlangte durchs Telephon zwei Gläser Kümmel.

Sie wurden gebracht von Fräulein Blüthe, die bescheiden und lächelnd ein Tablett auf den Schreibtisch stellte. Dann bat sie, während die Herren anstießen, etwas ausrichten zu dürfen. Herr Teetjen war auf dem Zentralschlachthof und konnte nicht an den Apparat kommen, aber seine Frau war da; ob sie etwas ausrichten solle? Herr Footh stellte sein Glas auf die blanke Nickelplatte zurück und ließ seine Augen, nach innen gekehrt, auf dem hübschen Gesicht des Fräuleins ruhen. »Was Wichtiges. Ich bitte Herrn Teetjen morgen mittag mit mir bei Cölln zu frühstücken, pünktlich zwölf Uhr. Das wird seinem Kredit zugutekommen, zum mindesten bei Otto Lehmkes Bierstube«, zwinkerte er lustig. Und jetzt bemerkte er auch, wie hübsch die Blüthe sich frisiert hatte, und wieviel Wert sie darauf legte, daß er es bemerkte. Leider mußte er ihr gleich einen Schmerz bereiten. »Und nun rufen Sie noch in Fuhlsbüttel an: es habe dann wohl keinen Sinn, wenn ich schon heute herauskäme. Ob wir besagte Krebse auch am Dienstag noch knacken könnten?« – »Sehr wohl, Herr Footh.« Und mit einem wehen Blick ihrer Vergißmeinnichtaugen eilte Anneliese Blüthe an ihr Telephon, wo der schwarze Hörer noch immer auf dem Tische ruhte.

V

Lehmkes gehörten zu den besten Kunden der Teetjenschen Schlächterei – groß im Bestellen von Eisbein, Wellfleisch und Würsten. Herr Lehmke saß an einem seiner Gasttische, sortierte mehrere Spiele Karten, die Preesters Leute gestern nacht auf unmögliche Weise durcheinander gebracht hatten, schob ein Stück

Kautabak, einen sogenannten Priem, in die Backentasche und sagte zu seiner Frau, die, Gläser spülend, hinter der Theke stand: »Nun siehst du's doch. Ollsche Teetjen ist ein feiner Mann. Denn nur feine Leute haben feine Freunde.« Frau Lehmke, Kielerin, eine korpulente Dame mit einem Dutt aus grauen Strähnen über dem Scheitel und kleinen scharfen Augen, neigte offenbar nicht zu der Gutmütigkeit, die man Frauen ihres Formats zuschreibt. »Tja«, erwiderte sie, »Albert hat doch Gardemaß, und die Uniform steht im bannig schön. Aber wenn dich einer fragt, ob sich Stine Teetjen die Haare färbt, so sag nur: meine Frau meint, ja.« – »Das laß du seine Sache sein.« – »Laß ich ja. Meine man bloß. Man wird doch noch was sagen dürfen.«

Als lange verheiratete Leute verstanden Lehmkes einander auch unterhalb des Ausgesprochenen. Frau Fiete Lehmke hatte den erfreuten Blick wohl bemerkt, den ihr Mann der Stine nachgesandt, als sie vorhin so schlank und rank aus der Schanktür eilte, weil sie befürchtete, der Reis brenne ihr an.

»Und ich dachte, die Freundschaft mit dem Footh sei längst eingeschlafen.« Sie zog anstatt des feuchten ein trockenes Wischtuch aus einem Wandfach vor und polierte ihre Gläser. »Warum denn?« entgegnete er. »Die SS. ist doch Adolfs Elite. Da sieht man, wozu es gut ist.« – »Fand immer, Albert gehöre in die SA., und mit der SS. habe er sich eigentlich übernommen.« – »Aber nun zeigt sich's ja. Einen SA.-Mann Teetjen hätte der reiche Reeder Footh kaum angeklingelt.« – »Und zu Cölln bestellt. Reichtum hin und her – wird wohl auch Gewerkschaftsgelder, ich meine Arbeitsfront, in seinem Betrieb haben.« – »Verbrenn du dir die Snut. Davon ist an unseren Tischen noch nie die Rede gewesen.« – »Nehm's also zurück. Mir kam's hoch wegen Cölln, Lehmkes Bierstube hätt' wohl nicht gereicht.« – »Reg dich ab, Olsch. Der Footh ist doch auch SS. Und wenn's ihm gerade liegt, kommt er doch zu uns und schnackt sich eins mit dem Albert.« – »Und bindet der Stine das Schürzenband auf, wenn Albert just nicht hinsieht.« – »Glaub ich nicht«, damit stand er auf, um die Spielkarten, des Teufels Gebetbuch, wieder einzuschließen. »Möcht nicht anbinden mit Alberten. Ein Fleischer, der nicht kinderlieb ist. Sonst sind die doch immer so gutmütig.« Frau Lehmke trocknete sich die Hände an der Schürze ab. »Wenn er mal wieder Bargeld braucht, wie halt ich's 'mit?« – »Immer gib ihm. Hat ja noch stets prompte geblecht. Und jetzt erst recht.«

VI

Stine Geisow, verehelichte Teetjen – es lohnte sich, ihr nachzuschauen. Wie ein Junge lief sie mit ihren schlanken Hüften, die geraden Beine ohne Strümpfe im halblangen Rock kräftig gebrauchend, den Weg in ihren Laden. Sie hielt dabei ihre Brust fest, denn in diesen letzten Augusttagen genoß sie noch die Sommerfreude, so leicht wie möglich und anständig gekleidet zu sein, in helle Baumwollstoffe, bunt bedruckt und weiß punktiert, wie die Mode und die Warenhäuser es wollten; olivgrün vertrug sich gut mit ihrem fast maisfarbenen Haar. Sie wußte wohl, daß sie Otto Lehmke gefiel, hatte es gemerkt und genossen, aber neben Albert kam Lehmke nicht in Betracht, solch ein schwerer Bulle. Gastwirte sitzen immer so dabei und schütten sich Bier in den Bauch, und der gedeiht dann entsprechend. Die Lehmkesche durfte beruhigt sein und ihre Giftblicke im Futteral lassen.

Stine mußte schnell machen. Sie hatte einen Hamburger Klöben, einen Stollen aus Kuchenteig mit Mandeln und Rosinen und bescheiden verwandtem Zitronat in der Backröhre; außerdem aber stand der Reis auf dem Gas, kleingedreht und die Asbestplatte zwischen Topf und Flamme. Aber dennoch, Reis war tükkisch; hast du nicht gesehen, brannte er an. Und es sollte heute Reis mit Würstchen geben, die sich nicht verkauft hatten und weg mußten, bevor man sie nur noch als Hundefutter dazugeben konnte. Diese Stunde jetzt, zwischen halb zehn und halb elf, durfte zum Glück die geeignete genannt werden zum Telefonieren. Die Frühauf-Hausfrauen hatten ihr Suppen- und Schmorfleisch schon eingeholt, und die andern, die mal schnell was zum Braten besorgten, weil sie sich erst auf den letzten Drücker entschieden, ob Schweinsschnitzel, Kalbsschnitzel oder Muttonchops, die kamen erst ab etwa halb zwölf. Indes saß als Stellvertretung Dörte Lehmke in Teetjens Laden, naschte einen Wurstzipfel Salami und fertigte die Kunden ab, falls welche kamen. Sie tat das leidenschaftlich gern, ein verfressenes kleines Mädchen, das dick und vollbusig ihrem Vater nachgeriet und danach strebte, Verkäuferin im Dachgeschoß von Tietz zu werden, am Dammtorbahnhof oder bei der Börse, wo im Frühstücksraum schmucke junge Leute Sandwichs zu essen kamen und einen Malaga dazu genehmigten. Die verstanden es, die genossen ihr Leben und ließen anderen auch ein Teilchen. Dörte, eigentlich Dorothea, war noch nicht lange vom Jungvolk der Hitlerjugend zum Mitglied des BDM. aufgerückt, des Bundes deutscher Mädel. Sie schwärmte für Baldur von Schirach, diesen Dichter und Patrizier, seitdem sie ihn bei der Einweihung des Horst-Wessel-Brunnens hatte erblicken dürfen. Noch lieber wäre ihr ja freilich der Anblick von Hermann Göring gewesen, der nach den Bildern ihrem Vater am ähnlichsten sah von allen Führern des Reiches. Aber der kam jetzt nicht nach Hamburg. Der baute die Luftwaffe auf, zur Zerschmetterung der roten Bolschewisten, die die arme Ukraine knechteten und ausraubten. Dörte haßte die Kommunisten, denn ihr Vater haßte sie, sie verdarben ihm bis 33 das ganze Geschäft. »Ja, Frau Teetjen, ich habe was verkauft«, rief Dörte triumphierend als Stine die Türklingel zum Schnappen brachte. »Herr Lawerenz hat plötzlich Besuch bekommen und ein Viertel Pökelzunge holen lassen. Möcht ich auch mal frühstücken.« – »Gott, Dörte«, lachte Stine, »tust ja, als ließe Mutter dich verhungern.« – »Bewahre«, antwortete das halbwüchsige Ding und schnappte begeistert nach dem Rest einer halben Scheibe, die sie zuviel abgeschnitten hatte, als sie vorhin die steif gekühlte schwere Zunge aus dem Kühlschrank nahm, der weißlackiert die Rückwand des Ladens halbierte, der großen Fensterscheibe gegenüber. »Mm«, schmatzte sie, »das läßt sich mal schön an. Aber richtig wär's erst mit einem Butterbrötchen.« – Frau Stine war inzwischen in der Küche gewesen, wo sie ihren Reis durch Umrühren davor gerettet hatte, anzuhängen, nämlich am Boden des Topfes festzubacken und das ganze Gericht zu verderben; ihr Markknochen, den Albert ihr vor dem Weggehen noch kleingehackt, kochte fleißig und strömte schon Bouillongeruch aus, mit Suppengrün und Petersilie, als sie den Deckel lüftete und wieder schloß. Dabei fiel sie, sie wußte nicht wie, in die Rolle der Köchin zurück, die sie so lange bei Plauts wahrgenommen hatte, bei Apotheker Plaut in der Rothenbaumchaussee. Sie schob Dörten Lehmke die kleine, ebenso dicke Marga Plaut von damals unter (die jetzt längst selbst eine Tochter hatte, in Blomfontein, Südafrika) und sagte: »Mit Gänsefett natürlich, Kind! Wie kommst du auf Butter?« – »Kanonen statt Butter«, rief Dörte strahlend und eilte nach Haus, den Küchenausgang zum Hof benutzend, damit die Ladenglocke nicht überflüssig läute.

Stine aber, leicht beweglich und wie beschwingt, schlüpfte ins Schlafzimmer, zog ihr Kleid aus, dehnte die Arme, erblickte im kleinen Spiegel über dem Waschtisch das rötliche Haar in ihrer linken Achselhöhle und lächelte glücklich. Ihr schmucker Albert liebte sie noch, nach bald zehn Jahren Ehe. Das war was. Im Winter 27 hatten sie geheiratet, nach Ablauf des Trauerjahres, dem Tod ihrer guten Eltern, die der großen Springflut von 26 zum Opfer gefallen waren, auf ihrer Hallig, nahe der dänischen Küste. Damals war der Hindenburgdamm, den die Republik gerade vom Festland nach der Insel Sylt baute, in den grauen Wassern der Nordsee weggeschmolzen, und die alten Geisows, zugleich mit vielen anderen Halligleuten, von ihrer kleinen, flachen Insel verschwunden. Von dem bißchen, das sie ihr vererbten, wurde Alberts Fleischerei modernisiert, eigentlich eine Last. Aber jetzt sah es ja so aus, als seien sie aus dem Schlimmsten. Vielleicht konnte man bald daran denken, doch noch die hübschen braunen Sportschuhe zu kaufen, die ihr in die Augen stachen, so oft sie an Schuh-Leemanns Schaufenster in der Wandsbeker Chaussee vorüberkam. Für braune Schuhe durfte man es ja wohl reichlich spät nennen, aber Mitte September wurden sie im Preise bestimmt zurückgesetzt, und ihr machte es nichts aus. Zu Hause sahen braune Schuhe immer freundlich aus, und der Straßenschmutz im Winter kannte keinen Unterschied zwischen braunem Boxcalf und schwarzem. Auf alle Fälle würde sie jetzt mal ihre Straßenschuhe besohlen lassen. Etwas kam bestimmt heraus morgen um zwölf bei Cölln – und mit wirklichen Ausgaben wartete man selbstverständlich, bis dies Ergebnis sich greifen ließ. Ob freilich Herr Footh fähig sein würde, auf einen großen Warenhauskonzern Einfluß zu nehmen, stand noch gar sehr dahin. Vielleicht aber konnte ihm Albert einen

Vertrag abluchsen, das Frischfleisch für seine fünf Tankschiffe zu liefern, das sie in ihren Eiskästen mitnahmen. Regelmäßige Einkünfte, darauf kam es an, sie den laufenden Ausgaben entgegenzusetzen. Damit hatte sie sich die Haare wieder festgesteckt, eine blaue Küchenschürze statt des Kleides angelegt und den Küchenstuhl an eine Stelle gezogen, von der aus sie den Laden und ihren Herd gleichzeitig zu überwachen pflegte. Sie hatte eine Tüte früher Äpfel eingehandelt, grün wie das Rattengift, das Herr Plaut mit seiner feinen Waage den Schiffsgesellschaften zuwog, die es in ihren Speichern und Kielräumen ausstreuten. Eigentlich Fallobst und recht madig; und sie putzte es jetzt für Apfelmus, Kompott, aus dem sie sich sehr viel machte, und Albert auch. Hätte es nur nicht so viel Zucker verschlungen! Wenn man sie geschält und die Griebsche herausgepuhlt hatte, wie Frau Plaut das Kerngehäuse nannte, waren es ja man bloß kleine Viertel, die sie da in die Emailleschüssel mit Wasser plumpsen ließ. Aber helf er sich. Sie wuchsen halt noch nicht größer.

Morgen um zwölf bei Cölln. Albert mußte auf alle Fälle einen Taler Bargeld in die Tasche stecken. Reiche Leute waren oft knickrig und Überraschungen gab es immer.

Zweites Kapitel

Die Versuchung

I

»Die meisten großen Städte«, bemerkte Herr Footh und träufelte ein wenig Zitronensaft auf ein geröstetes Brötchen mit grauem Störrogen, genannt Kaviar, »die meisten großen Städte verdanken ihr Stadtbild dem Zusammenspiel von Wasser und Feuer. Alle sind einmal tüchtig abgebrannt wie auf Bestellung.« – Albert Teetjen kaute erst zu Ende. Ihm lag nicht viel an Kaviar. Er hatte der weißen Porzellandose in Form eines Fäßchens, mit der Aufschrift Beluga, nur zwei oder drei knappe Löffelchen entnommen: »Was Gott tut, das ist wohlgetan, für die Baumeister und die Terrainschieber«, bekräftigte er dann. – Herr Cölln, den es schon lange nicht mehr gab, hatte seine Gaststätte, in absichtlichem Gegensatz zu süddeutschen Bieren, darauf abgestellt, dem Brauwesen West- und Ostfalens auf die Beine zu helfen oder unter die Arme zu greifen. Infolgedessen genossen seine Gäste noch hundert Jahre nach der Gründung Bier aus Dortmund und Einbeck, das nirgendwo besser gepflegt auf den Tisch kam. Das Holz dieser Tische, naturfarben und gefirnißt, gelblichgrün vor Alter, kam in urwüchsiger Schönheit zur Geltung; es lagen keine Tischtücher bei Cöllns, und die Gäste saßen auf breiten, braunen Sitzen und Bänken, ungepolstert und dennoch behaglich. Man stieg eine Anzahl Stufen in das niedere Gewölbe hinab, von dessen Decke die Modelle hansischer Koggen und Fregatten in genauer Nachbildung hingen, und freute sich dann der Kühle und der würzigen Gerüche, denn Cöllns Küche verwendete nur die allerbesten Zutaten und hielt auf Tradition auch bei den Speisen: solide, reichlich und first class.

Die beiden Herren in SS.-Uniform hatten sich den Platz noch wählen können – man frühstückt spät in Hamburg; vor halb eins liefert die Küche kaum Gerichte, die sie als Tagesplatten ankündigt. Das machte nichts; dafür konnte man sich in eine Ecke kuscheln, hinter einem halbzugezogenen Vorhang aus schwerem Fries, und ungestört eins schnacken. Ein schlanker, brauner Dakkel, Ebert geheißen, war mit Herrn Footh dem hellgrauen Mercedes entstiegen und lag jetzt unter seinem Stuhl, zusammengerollt und der Dinge wartend, die in Form von Bissen und Knöchlein aus der Oberwelt zu ihm herabfallen würden. Keiner der Tische stand so nah, daß jemand das Gespräch hätte belauschen können, dem Albert Teetjen gespannt entgegenwartete. Aber er hatte gelernt, sich zu beherrschen und keine Miene zu verziehen. Ihm schien es schon von guter Vorbedeutung, daß Herr Footh sich von Anfang an des Hamburger Platt bediente, als sie einander vor den Eingangsstufen begegneten.

Daher klang es durchaus nicht sonderbar, als er ihn jetzt »mein Sohn« anredete, gleichaltrig wie sie waren. Überhaupt verleiht der niederdeutsche Dialekt, gleich der holländischen oder auch der jiddischen Sprache, allem etwas Gemütliches und Anheimelndes, wenn er von Leuten gesprochen wird, die ihn von Jugend an gewöhnt sind. »Tja, mein Sohn, was du dir so gedacht hast, das geht natürlich nicht. Wir vom Transportwesen können dem Verteilungsgewerbe nicht hineinpfuschen. Du gehörst zur verarbeitenden Nahrungsmittelbranche. Senat und Bürgerschaft aber haben die Verbraucher im Auge, und das muß wohl so sein. Bevor der Führer die Rüstung ankurbelte, steckten wir mitten drin in einer Verbraucherkrise, die Maschinen lieferten viel mehr, als die Leute trotz allen Bedarfs bezahlen konnten. Ihr, abhängig vom monatlichen Wirtschaftsgeld, spürt noch den Rest davon. Na, denn Prost!« und beide tranken. – Wo das wohl hinauslaufen soll, dachte Albert Teetjen und verteidigte den Vorschlag, den er in seinem Briefe gemacht hatte. Sein Geschäft ging durchschnittlich, wenn das Publikum zu ihm kam wie früher. Nahm es aber ab, weil die Frauen an den großen Schaufenstern der Warenhäuser festklebten wie Fliegen an der Leimtüte, so mußten die fixen Kosten es langsam erdrosseln. An Wandsbeks Bewohnerschaft hatte sich nichts geändert, seit es dieses Jahr zum Hamburger Staatsgebiet geschlagen worden war. Die Gefolgschaften der großen Industriewerke, Beamte und Arbeiter, füllten die Wohnungen in seinen Straßen, Lehrer, Rentner, Handwerker. Die Leute mußten einteilen, was sie hatten. Wenn sie nicht in der Lotterie gewannen, so setzten sie alle keinen Speck an.

Herr Footh wiegte sein rötliches Gesicht hin und her, glättete sein Schnurrbärtchen und winkte dem Kellner. »Worauf hast du Appetit?« fragte er seinen Gast. Sie wählten fürs nächste beide Hamburger Steak, gegrilltes Rippenfleisch vom Rind auf ebenso geröstetem Brot, wozu säuerlich eingemachte Gürkchen, Zwiebelchen und Pilze gehörten. Das weiße Tönnchen ward weggetragen und zwei große Gläser englischen Porters bestellt, ein Getränk, das im Hamburger Klima noch gerade bekömmlich und höchst angenehm schmeckte. Für eine Weile spiegelte sich nur das elektrische Licht in der Tischplatte.

»Wenn man dir nun«, fragte Herr Footh, »eine Gelegenheit gäbe, ein Sümmchen zu verdienen, einen Zuschuß für die nächste Zeit? Anträge durch Bürgerschaft und Senat zu bringen, das braucht doch eine Weile. Siehst du ein, nöch? Und mir wurde da gerade eine Gelegenheit bekannt, die gleichsam und gewissermaßen in deinen Beruf schlägt.« – »Wäre günstig«, bestätigte Albert und bat um Auskunft. Aber da brachte der Kellner ein großes ovales Tablett, Geschirr, Besteck, und die Herren frühstückten. Sie wirkten beide in ihren schwarzen Uniformen wie Offiziere einer Truppe, die es zu Zeiten ihrer Kriegskameradschaft noch nicht gegeben hatte, und so sprachen sie zunächst einmal von den alten Tagen in Litauen und am Flusse Njemen. »Mensch, das waren damals noch Zeiten! Erinnerst du dich noch an die tolle Geschichte im Schaulener Forst?« Albert Teetjen erinnerte sich nicht, und Herr Footh, nachdem er Pumpernickel, Emmentaler, Pomeranzenschnaps (Curaçao) und zwei fast schwarze Brasilzigarren gewählt hatte, half seinem Gedächtnis nach. War da nicht ein Unteroffizier Ruckstuhl gewesen, und hatte der nicht mitten auf einer Waldchaussee einen Juden getroffen, auf einem Leiterwagen, der verbotenerweise Brennholz geschlagen hatte, Diebstahl am Eigentum der Besatzungsbehörde? Hatte Ruckstuhl ihn daraufhin nicht zum Tode verurteilt, absteigen lassen, auf dem gefrorenen Weg niederknien, und ihn mit der eigenen Holzaxt geköpft? Freilich gab es ein großes Halloh, als die nächsten Fuhrwerke den alten Itzig vor den Fahrgeleisen liegen fanden, von seinem Pferdchen beschnuppert, den Kopf mit dem grauen Bart neben sich, als hätte er ihn man bloß verloren. Und dem Ruckstuhl wäre es schlecht ergangen, hätte nicht ein Kriegsgerichtsrat Nissenbaum einen Narren an dem Fall gefressen, der ihm mit der Ehre des deutschen Waffenrockes unvereinbar schien, den er selber so gerne trug. Bewies also Herr Nissenbaum, daß Ruckstuhl sinnlos betrunken gewesen sei – am Sonntagmorgen zwischen zehn und elf; und daß er überdies schon früher mangelnde Zurechnungsfähigkeit an den Tag gelegt habe, in Form von Dämmerzuständen, in denen er alles mögliche tat, ohne davon zu wissen. War ein jüdischer und sozialdemokratischer Herr, der Herr Nissenbaum, und erwarb sich durch diesen Fall eine so gute Nummer bei den preußischen Konservativen, daß er noch heute seine Pension empfing, natürlich in Palästina.

Albert Teetjen saß zurückgelehnt auf seinem breiten Holzstuhl, nippte Likör, genoß den fast süßen Pumpernickel und den Nachgeschmack des Schweizer Käses zwischen Zunge und Gaumen und freute sich der rauhen Haut seiner frischen Brasilzigarre. Der Frühstückskeller des Herrn Cölln hatte sich inzwischen fast bis auf den letzten Platz gefüllt, was sich in einem gedämpften Klirren und Brausen äußerte. Tja, lachte Albert, der sich inzwischen des tollen Jungen gut erinnerte, dieser Ruckstuhl hatte Schwein gehabt. Es hätte auch ganz anders mit ihm ausgehen können. Denn es war doch Schnaps und der reine Übermut gewesen, das Herrengefühl, würde man heute sagen, die Siegerrasse. Wäre er statt an den Nissenbaum damals an den katholischen Kriegsgerichtsrat Dachert geraten, den Zentrumshansl und Erzbergerfreund, er wäre ohne weiteres wegen Mordes verknackt worden, statt wegen Totschlags unter mildernden Umständen, wie Herr Nissenbaum den Fall schließlich frisierte. Ja, so war es. Albert erinnerte sich immer genauer. Hatte er nicht in der Bahnhofskantine von Schaulen dabeigesessen, als die Leute von der Kommandantur auf den Schnellzug nach Berlin warteten, um den Ruckstuhl zur Beobachtung seines Geisteszustandes dem Professor Willbrandt zuzuführen? Er, Teetjen, sollte damals auch auf Urlaub fahren; Ruckstuhl und die Unteroffiziere hatten ein Coupé für sich, sie nahmen ihn mit hinein: es schlief sich köstlich im Gepäcknetz; Albert wußte noch heute, wie er darüber gelacht hatte, daß der Ruckstuhl, der an dieser Vergünstigung ja doch schuld war, sich mit dem Fußboden des Abteils begnügen mußte, wo man die Stöße der schlechten Federung am meisten spürte. Aber das tat ihm nichts, behaupteten die Berliner Unteroffiziere, diese Strafe habe er sich verdient, das müsse er zugeben. »Gut«, rief Herr Footh und lachte zustimmend. »Das wußte ich nicht. Der Zug war mir neu. Das unverbrüchliche Rechtsgefühl unseres Volkes. Und was würdest du sagen, wenn ich dir nun etwas Ähnliches vorzuschlagen hätte? Der Ruckstuhl war doch ein Zufallstreffer. Du bist ein Fachmann. Viermal zuschlagen, und zweitausend Mark sind dein.« – Und in der gemütlichen und humorigen Sprechweise des Hamburger Volkes legte er ihm dar, auf welche Weise er sich eben jetzt um den Senat und den Reichsstatthalter verdient machen konnte.

Immer öfter traten jetzt neue Gäste an den Vorhang, um hineinzuspähen und mit Entschuldigungen zurückzutreten. Die große

Petriturmuhr hoch über allen Köpfen schlug eins. Albert Teetjen blies blauen Rauch von sich und betrachtete gleichzeitig und gleichsam mit angehaltenem Atem den Reeder, Standartenführer im NSKK. und Kriegskameraden, der ihm da den Vorschlag machte, die Stelle des Henkers aus Magdeburg zu vertreten. Er hatte ihn mit guten Dingen gefüttert, Bier und Schnaps nicht gespart und ihm die Geschichte nur auf Umwegen beigebracht – sie verbarg also Haken und Bedenken. Irgend etwas in seinem Innern hatte sofort »ja ja« gerufen; zweitausend Mark, wer schlug die wohl ab! Aber dennoch gab es da Hemmungen und Schranken. Und die hießen: Stine und die Wagnerstraße. Das Henkeramt war nun einmal von besonderer Art, unheimlich und unehrlich. Durch die Gräber, die es schuf, stand es gleichsam mit den Eingeweiden der Erde in Verbindung, dem geheimnisvollen Boden. Im bürgerlichen Leben blieb das Töten von Menschen kitzlig; das mußte er Herrn Footh zu schmecken geben, der ihm die Sache so harmlos und fast ehrenvoll mundgerecht machen wollte. »Dem Henker ins Handwerk pfuschen. Ich fürchte, das wird nicht gehen. Erstens wegen meiner Frau. Und zweitens wegen dieses Rockes.« – Herr Footh zog die Brauen hoch. Zum ersten Punkt konnte er ja wohl nichts sagen, der blieb Kamerad Alberts Sache. Für den zweiten gab es natürlich einen Ausweg: Frack und Maske. In einer schwarzen Seidenmaske oder in einer weißen erkennt dich dein eigener Vater nicht. Letzteres sei vielleicht übertrieben, Väter erkennen einen immer; Nachbarn aber und Hausbewohner und selbst Kameraden von der SS.? Ausgeschlossen. Im übrigen fanden solche Vorgänge zwar öffentlich statt, aber nur vor geladenen Gästen. Und Leute von der Presse wurden eben nicht eingeweiht: Herr Denke hat endlich seinen Stellvertreter aus Magdeburg geschickt, basta. Und jetzt wollten sie noch einen Kaffee trinken, unter Bäumen, im Alsterpavillon. Herr Footh hatte noch ein Viertelstündchen Zeit, bis dahin konnte sich Albert ja schlüssig werden. »Vorwärts, Herr Ebert, wir räumen den Tisch.«

II

In einer eng gebauten Geschäftsgegend haben es selbst kleine Wagen schwer, des Mittags durchs Gewühl zu schlüpfen. Herr Footh hatte selbstverständlich die Rechnung beglichen, seinen Gast vorher aber hinausgeschickt. Jetzt steuerte er langsam der Alster zu; Albert neben ihm bestrebte sich, das Hochgefühl zu verbergen, mit welchem er in dem grauen Leder des Kabrioletts lehnte. Wunderbares Wetter. Leise getönter Dunst umhauchte die Stadtanlagen und vermittelte gleichsam zwischen ihnen, dem Sonnenlicht, dem klarblauen Himmel. Gott, war das schön, so dazuzugehören, in einem noblen Wagen zu sitzen, von einem feinen Restaurant ins andere gebracht ... Unter den großen Kastanien warteten schon bunt gedeckte Tische. Manchmal schwebte ein Blatt herab und berührte die Wasserfläche, die Schwäne irreführend, die alsbald darauf zuruderten. »Dumme Biester«, sagte Footh, »dürften doch schon längst merken, daß das bloß fauler Zauber ist.« Der Dackel Ebert bellte sie an, machte sie zischen, ihre steilen Hälse ausstrekken; er ward zurückgepfiffen. So verging, kaum bemerkt, eine halbe Stunde. Die Herren in bequemen Gartenstühlen rauchten ihre Zigarren zu Ende, mit Hilfe weißer Papierspitzen nebenbei, genossen den Kaffee, das schöne Wetter. Sie beobachteten einander freundschaftlich. Teetjen rührte gesenkten Blicks im Kaffee: wann denn die Festlichkeit steigen solle. Ohne ein gewisses Training könne er den »Job« nicht übernehmen. (Als gutem Hamburger liefen ihm englische Worte mit Selbstverständlichkeit von der Zunge.) Footh drückte sein Schnurrbärtchen auf die Lippe: gewonnenes Spiel. Beinahe hätte er verraten, wie groß der Dienst war, den Albert da übernahm, und gesagt, das hänge ganz von ihm ab. Statt dessen fragte er, wieviel Zeit zur Übung ein mit dem Beile so gewandter Mann wohl benötige. Zehn Tage reichten doch aus? »Acht«, trumpfte Albert Teetjen. – Frackanzug und Maske aber, falls er sich entschließe, müsse man ihm liefern. Sonst stellten sich die Spesen zu hoch für zweitausend Mark Verdienst. Es gäbe Verleihanstalten für alles, entgegnete Herr Footh. Die Kosten würden getragen werden. Und wenn Albert einverstanden sei, fahre er ihn jetzt nach Hause, die Wandsbeker Chaussee hinab schnurre der Wagen in ein paar Minuten, trotz der Röhren und Kabel, die das unvermeidliche Buddelamt der Stadtverwaltung gerade unter dem Asphalt bloßlegte, gleich den Adern und Sehnen eines Körpers. Beinahe hätte er gesagt: eines durchgehackten Judenhalses, an jenen Herrn Ruckstuhl denkend. Aber er vermied es rechtzeitig, Alberts Hemmungen wegen. »Einverstanden?« damit schob er seinen Stuhl zurück. »Einverstanden.« – »In der ganzen Breite?« – »Möchte ich mir erst beschlafen.« – »Beschlaf dir's gleich, 's ist knapp halb zwei, in zehn Minuten kannst du pennen.«

Schade, daß Stine mich nicht anrollen sieht, dachte Teetjen, als der graue Mercedes vor der Fleischerei stoppte, sie hat so einen Sinn fürs Feierliche. Leichthin, wie die ganze Unterhaltung geführt worden war, machte Footh den Vorschlag, ihm also heute abend bis neun in Fuhlsbüttel Bescheid zu sagen. Die Nummer stehe unter Z – Zentralgefängnis. »Frag man bloß nach Wirtschaftsrat Footh.« Albert Teetjen riß die Brauen hoch. »Wirtschaftsrat?« staunte er, »Mensch, seit wann denn?« Footh aber lachte vergnügt, winkte vertraulich, Albert Teetjen hob den Arm, der graue Wagen glitt davon.

»Wie eine Katze«, damit trat Frau Stine in die Ladentür, die Augen bewundernd auf dem enteilenden Gefährt. »Komm man rein, Albert, und verzähl mich man. Kriegst auch einen guten Kaffee. Daß es geklappt hat, sieht ja ein Blinder. Nun leist ich mir auch die Boxcalfschuhe.« – Die Türschelle anstellend, zogen sie sich ins Wohnzimmer zurück. Ja, Albert trat sogleich in die verdunkelte Schlafstube, um es sich leichter zu machen. Während Stine der einen Seite des ovalen Tisches mit Kaffeetassen und gestern erzeugtem Klöben ein festliches Aussehen verlieh, ließ der Mann vom Bettrand seine hohen Stiefel ins Zimmer knallen, wand sich aus dem schwarzen Rock und den viel zu heißen Reithosen und wusch sich über dem Waschtisch mit Marmorplatte, in der großen, hohlen Steingutschüssel, die ein Muster von grünen Wasserrosen verschönte. Sich tüchtig abtrocknend, trat er in die Tür: »Was fährst du da alles auf, Ollsch! Wirtschaftsrat Footh hat mich nicht hungern lassen.« – »Und auch nicht blechen«, ergänzte sie. »Jetzt hol ich nur noch die Astern aus dem Schaufenster. Dann bist du dran.« Lila Astern und das mit Gold verzierte Porzellan aus der Biedermeierzeit, das Frau Apotheker Plaut ihrer treuen Stine zur Hochzeit geschenkt hatte, gaben den bemerkenswerten Mittagsstunden dieses letzten Augusttages einen wohlverdienten Ausklang. Wiederum thronte Albert auf dem Sofa von rotem Plüsch, sie diesmal an der Schmalseite ihm zur Rechten, den Laden im Blick, und biß zu seiner eigenen Verwunderung herzhaft in den Klöben. »Hast du dir Vorschuß geben lassen?« fragte sie, praktischen Sinnes. – »Vorschuß? Worauf?« staunte er zurück. – »Irgend etwas ist doch dabei herausgekommen«, lachte sie. »Und morgen sind allerhand Raten fällig. Wenn uns der Straßenbautrupp auch beehrt, das flutscht doch nicht für Monatsende.« – »Wirst mal eben bei der Haushaltsgesellschaft vorsprechen. Bis nächsten Fünfzehnten werden alle Rückstände beglichen sein, auch die gestundeten vom vorigen Jahr. Werd' ihnen übermorgen ein paar Zeilen vom Wirtschaftsrat Footh darüber zukommen lassen.« – »Wirtschaftsrat?« staunte sie, »wie das klingt! Wird's wohl auch noch nicht lange sein; die Arbeitsfront ist doch was Schönes! Und was habt ihr nun ausgehandelt?« Alberts Gesicht nahm einen bedrängten Ausdruck an: »Darfst du nicht fragen, darf ich dir auch nicht sagen.« – »Weißt ja«, fügte sie sich, »daß ich nicht neugierig bin. Mal wirst du mir's schon beibringen.« – »Bist halt meine vernünftige Stine«, sagte er anerkennend, »kannst jetzt ruhig ein paar Kaffeebohnen mehr mahlen. Der im Fährhaus war besser.« – »Wird soviel dabei rauskommen, daß du mich mal ausführen kannst? Ausflug nach Stellingen, zu Hagenbecks Tieren? Da sind ja immer Junge in den Gehegen, Gazellen, Füchse, Bärchen. Nächstens lege ich mir doch ein Hündchen zu oder 'ne kleine Katze, wie die da drüben«, und sie wies mit dem Daumen auf eine gerahmte Postkarte, die neben der Tür zum Laden hing und in angenehmem Buntdruck zwei großäugige Kätzchen zeigte, Schleifchen um den Hals, einen Veilchenstrauß zwischen sich. »Wie denn nicht!« versicherte er. »Alles nach dem Fünfzehnten.« Und dann legte er ihr dar, daß die Aktion gegen die Warenhäuser selbst beim besten Willen der Partei eine gute Weile in Anspruch nehmen werde, daß sie aber eine Zwischenlösung gefunden hätten, über die er eben schweigen müsse. »Mir ist alles recht«, nickte sie, »unter einer Bedingung: Rechtlich muß es sein. Mein Albert soll sich nicht gegen Staat und Partei gebrauchen lassen. Damit setzt man sich immer in die Nesseln.« Verwundert hielt er die Hand mit der geleerten Tasse in der Luft an: »Reeder Footh? Gegen Staat und Partei? Ja, Stine, wie glaubst du denn, ist der hochgekommen?« – »Weiß ich all nich«, beharrte sie eigensinnig, »aber es gibt so viele Verordnungen. ›Kanonen statt Butter‹, das kennst du doch. Wenn einer immerfort fremde Häfen ansteuert, läuft leicht mal was Verbotenes unter.« – »Was ich für ihn machen soll, bleibt streng in meinem Beruf; und was kann ein Schlachter schon Illegales anstellen?« – »Finniges Schweinefleisch von Bord seiner Schiffe schmuggeln oder auch an Bord für seine Mannschaft«, mit dem Versuch, ihre Sorge ins Lächerliche zu ziehen. »Sieh, sieh«, er runzelte die Brauen, »hast wohl den Russenfilm noch immer im Kopf, mit dem roten Panzerkreuzer und dem madigen Fleisch. Nee, Stineken, das nich. An Bord deutscher Schiffe kommt nur erstklassiges Futter. Und nun mach ich mich ein bißchen lang. Nach Bier schläfert's einen; weck mich um vier.« – Damit paßte er sich kunstvoll der Krümmung des Plüschsofas an, gähnte und schloß die Augen. Dem Henker ins Handwerk pfuschen. Nein – rotes Gesindel ausrotten. Wie würde sich Stine damit bloß abfinden? Ihr gegenüber hatte er ja schon so getan, als sei alles in Butter. Nur zusagen mußte er noch. Und während sie hin- und herging, abzuräumen und das Geschirr zu spülen, sah er sonderbarerweise eine russische Landstraße vor sich, gefroren und beschneit, zu deren Rechten und Linken hoch und lückenlos Bäume standen, wie die grauen Häuser der Wandsbeker Chaussee. In der Mitte kniete ein Jude mit einem Bart und streckte verzerrten Gesichtes seinen langen Hals von einem Mann weg, der in Hemdsärmeln ein Beil schwang. Immer ging der Jude voran. »Außerdem war das damals Krieg, und jetzt ist Frieden«, murmelte er vor sich hin. Stine konnte es recht wohl auf den Inhalt von Panzerkreuzer Potemkin beziehen.

In Wirklichkeit aber versuchte Albert, damit einen Unterschied herzustellen zwischen sich und dem Feldgendarm Ruckstuhl von der Forstabteilung Schaulen. Der hatte wie ein Verrückter gehandelt, auf eigene Faust zugeschlagen. Albert aber würde alles wie der Führer selber machen, streng legal. »Mit Gott für König und Vaterland« stand auf dem Koppelschloß; blitzblankes Messing. »Die Sonne bracht' es an den Tag« hieß es in einem alten Gedicht aus dem Lesebuch.

III

Am Abend erfuhr Stine, was Albert die ganze Zeit vergessen hatte, ihr zu erzählen: daß es sich um zweitausend Mark handle. Das waren früher hundert englische Pfund und jetzt gar hundertfünfundsiebzig; dies bar auf den Tisch eröffnete mancherlei Aussichten. Aber schon darum durfte niemand davon etwas erfahren, am wenigsten die Kameraden vom Sturm Preester. Wenn die auch nur was witterten, wollten sie's teilen oder versaufen. Und dazu war's denn doch zu schade.

Teetjens schritten während dieser Unterhaltung gegen halb neun die Wagnerstraße hinab, die Dämmerung hing blau und warm über der Häuserschlucht, und die erleuchteten Wohnungen und Schaufenster mit ihren rötlichgelben Vierecken machten die Straße heimelig, voll freundlich entspannten Feierabends. Albert mußte telephonieren, zog aber diesmal den Automaten des Postamtes vor. »Was sich von der Sache herumsprechen soll, um willen unseres Kredits, ist schon geschehen. Was drüber ist, das wär von Übel.« – Keiner, auch Stine nicht, brauchte zu wissen, daß er im Zentralgefängnis anrief. Die Leute zeigten sich immer wieder als findig, böswillig, kurz: Schandmäuler. Schön dumm, wer ihnen Handhaben bot. Und Stine? Sie war mal früher Adventistin gewesen. Mennonitin, die statt des Sonntags den Sonnabend heilig hielt und in der Bibel forschte. Darum hatte sie seinerzeit die Stelle bei dem Juden Plaut angenommen, dem gesetzestreuen Giftmischer, und so lange behalten. Am liebsten hätte sie früher ja auch ihn, Albert, zum Vegetarismus bekehrt und selber nur Grünzeug gefuttert. Nun, das war ihr nicht gelungen, und schließlich hatte sie ihn sogar geheiratet und liebte ihn immer weiter, einen Gewerbetreibenden, der vom Töten unschuldiger Tiere lebte. Widerspruch über Widerspruch. Aber so war der Mensch. Wußte Stine etwas, bevor es geschah, so stand ihre Einbildung in hellen Flammen. Sie hätte sich auf den Kopf gestellt und eine große Sache daraus gemacht. Mit Geschehenem und Gewesenem aber fand sie sich ab, wie alle, die nicht gerade dummerhaft oder verbiestert herumliefen. Und ein Mann, der nicht solch eine Sache allein vierzehn Tage mit sich herumtragen, abmachen, ausführen konnte, war kein Mann. Obendrein handelte es sich diesmal nicht um harmloses Rindvieh, sondern um Untermenschen, verurteilte Pestbazillen, Feinde des Volkes, das ihren Vernichtern in brausenden Sprechchören »Heil« zurief. Schlaf, Stinchen, schlaf, dein Albert ist kein Schaf, summte er gutgelaunt, indes er sie vor der Tür des Postamts in der blauen Dämmerung niedersitzen hieß, selbst aber in einer stahlgläsernen Zelle verschwand, um Zentralgefängnis Fuhlsbüttel aus dem Telephonbuch herauszufischen. Es hing an einer Kette; echt Zuchthaus, spaßte er vor sich hin.

Als sie nach einer Stunde Spazierens in den öffentlichen Anlagen des ehemaligen Wandsbeker Stadtparks, Liebespaare auf allen Bänken, wieder nach Hause zurückkehrten, auch sie ein altes Liebespaar, erhob sich der abnehmende Mond erst gerade übers flache Land und den wolkenlos schwarzen Horizont. In der Wagnerstraße standen noch viele Fenster offen, schallten aus den Lautsprechern der Wohlhabenderen die leicht geölten Redeströme der Ansager, die in ihren Abendnachrichten ausführlich beschrieben, wie gigantisch die Stadt Nürnberg sich rüstete, den Parteitag zu begehen. Triumphierend vermochte man und dennoch bescheiden aufzuzählen, welche ausländischen Diplomaten und Regierungsvertreter der Führer in Nürnberg empfangen werde, trotz der Greuelhetze verlogener Emigranten und aller den Juden hörigen Organisationen. Vor zwei Jahren hatte auch Albert Teetjen die Ehre gehabt, einem solchen Ereignis beizuwohnen; die Fahrt durch das grüne Frankenland nach einer bis Mitteldeutschland durchschlafenen Nacht hatte sich seinen Kriegserinnerungen würdig angereiht, all jenen Transporten von Altona nach Flandern, von Flandern in die Argonnen, von den Argonnen ins Elsaß, vom Elsaß nach Rumänien und schließlich hinauf nach Oberost. Aus einer Feldzeitung hatte er einen Satz behalten: »Der Deutsche reist im allgemeinen nicht viel, reist er aber, dann meist mit der Flinte auf dem Buckel, und dann pflegt er recht angesehen zu sein.« Das hatte ein Mann mit einem französischen Namen geschrieben und da mußte es stimmen. Damals hatten sie eben noch keine Ahnung von »Kraft durch Freude«. Es war so schön, die Welt zu sehen, mit großen Augen aus dem Coupéfenster zu plieren, als ob die Kühe und die Bahnhöfe, die Sonnenblumen und die Stadtdächer ganz anders beschaffen wären als zwischen Altona und Berlin. »Kraft durch Freude« war eine große Sache. Damit war dem Führer wieder mal ein Treffer gelungen. Zwar behaupteten neidische SPD.-Leute, die sich zum Nationalsozialismus bekehrt hatten, solche Ferienfahrten hätte die alte Partei auch schon veranstaltet. Wenn ja, dann hatte eben niemand davon gewußt und gesprochen, und da war es eben so gut wie nicht vorhanden.

Daheim spürte Albert einen schönen Appetit auf eine Flasche kalten Lagerbiers. »Wer lang hat, läßt lang hängen«, sagte er zu Stine, die sich den Hut aus den Haaren nestelte und dabei ihren Knoten zu einem herrlichen Pferdeschwanz auflöste. »Die Wiener hier müssen ohnehin weg. Bring mir den Knust vom Abendbrot mit herein und den Senf.« – Stine hatte das Küchenfenster geöffnet und zum Himmel emporgelauscht. Aus der Gegend des Daches her schallten leise Klänge. Das Vorderhaus nach der Straße war schräg gedeckt, mit steilem First und Ziegeln wie die ganze Straße. Die Seitenflügel aber nach den Höfen, verschieden hoch, besaßen Flachdächer aus Zinkblech und Dachpappe. Dort oben, der Teetjenschen Wohnung gerade gegenüber, aber hoch über ihr, glitt eine niedrige Gestalt umher, im allgemeinen Dunkelgrau kaum zu unterscheiden, und spielte Harmonika. Nur ihr Kopf bewegte sich vor den Sternen.

Stine tippte sich vor die Stirn. »Daß ich mich doch noch erinnere! Drei Paar muß ich noch zur Geesche hinaufbringen. Zu Freitag hab ich die Waschküche bestellt, und ich bin ihr noch vom letzten Mal schuldig.« Damit raffte sie drei von den fünf Paar Würstchen auf und wollte davonlaufen. Aber Albert hielt sie fest an ihrem rötlichen Pferdeschweif und trat kauend mit ihr ans Fenster. »Mein Quetschpiano«, äußerte er, lauschte empor und nickte beifällig. »Der Tom kann's. Meinte schon, ich würd's ihm wegnehmen müssen und verhökern. Besser so. Siehst du, wenn der den Bauch voll Zorn auf unsern Umsturz und das Neue Reich hätte, das könnt ihm keiner verübeln. Ist ja wie zu Gefängnis verurteilt seither, der arme Hund.« Stine seufzte. »Meinst du, ich kann so hinauflaufen, unaufgesteckt?« – »Wird sich keiner in dich verlieben, auf der Stiege.« – »Nehm doch ein Kopftuch über«, entschied sie sich, tat die drei Paar Würstchen in ein blaues Emailletöpfchen und wollte durch die Küchentür auf den gegenüberliegenden Hintereingang zu. Aber Albert hielt sie noch immer fest. »Zwei Paar tuns auch, das dritte für dich.« – Stine, sich lösend, behauptete, keinen Appetit zu verspüren – sie wollte schlank bleiben. »Nachher«, meinte Albert und strich über ihren Leib, »nachher hast du welchen. Spute dich, altes Reff!«

IV

Die Waschfrau Geesche Barfey bewohnte mit ihrem Sohne Tom einen Raum im Giebel des Vorderhauses, der eigentlich nicht mehr hätte vermietet werden dürfen. Er war nur über das Dach des Seitenflügels zugänglich, seit der Entrümpelung, die den Obergeschossen der Häuser größere Sicherung gegen Brandgefahr bei Luftangriffen verleihen sollte. Obwohl man den tiefsten Frieden genoß – Kriege spielten sich nur in Ostasien und Spanien ab – und Adolf Hitler immer wieder beteuerte, wie sehr er als Frontsoldat den Krieg verabscheue, hatte die Reichsregierung doch als guter Vater Vorsorge getroffen und die Böden von altem Plunder räumen lassen. Daß da oben noch jemand wohnte, wurde geduldet. Die Witwe des Unteroffiziers Barfey vom 76. Infanterieregiment, jetzt Waschfrau, und ihr im Frühling 1919 geborener Sohn Tom hausten eben von jeher »da oben«. Sie gehörten dazu. Daß der Knabe Tom verkrüppelt zur Welt gekommen war, mit viel zu kleinen, viel zu schwachen Beinchen, hatten die einen dem Kummer der jungen Kriegerwitwe zugeschrieben, die anderen der Tatsache, daß sie sich bis in die letzten Tage ihrer Schwangerschaft den Leib am Waschfaß des ganzen Viertels wund gedrückt hatte. Es galt als Wunder, daß der Kleine das gefährliche erste Lebensjahr überstand, besonders als die Inflation Milch, Gemüse, Obst in unwahrscheinliche Höhen entrückte. Aber Geesche focht für ihren Tom mit allen Mitteln einer kräftigen jungen Frau, und das Kind in seinem Körbchen dankte es ihr. Seine braunen Augen blickten hell und gesammelt, folgten jeder Bewegung, jeder Fliege im Zimmer. Wie andere Kinder stehen lernen, lernte er sitzen, und seine Arme entwickelte er zu muskulösen Hilfsorganen. Zum Glück fiel seine Jugend in jene Epoche der Weimarer Republik, die, ohne wirkliche Sozialisierungen zu wagen, allem Sozialen und Menschenfreundlichen aufgeschlossen war, derart, daß sie den unbemittelten Schichten des Volkes aus städtischen und Landesmitteln ähnliche Hilfsquellen zubilligte, wie sie den Wohlhabenden aus Eigenem zur Verfügung standen. Da Hamburgs sozialistische Mehrheit in der Bürgerschaft überall mit gutem Beispiel voranging, konnten die preußischen Nachbar- und Schwesterstädte Altona, Harburg und Wandsbek nicht wohl zurückbleiben. So empfing Tom Barfey Bestrahlungen, Vitamine und Gymnastik wie ein erwachsener Kassenpatient. Er turnte sich mit den Armen die Treppe hinab und ruderte nach vollendetem sechstem Lebensjahr wie ein kleiner Kriegsverstümmelter zur Schule; es war eine jener hamburgischen Volksschulen, in denen die humane Gesinnung republikanischer Lehrer die angeborene Roheit der anderen Kinder energisch bändigte und ihr natürliches Mitgefühl für den Kameraden, Sohn eines Weltkriegsopfers, zu wecken wußte. Das ganze Viertel kannte den kleinen Tom und strahlte, als er bei zwei Gelegenheiten Schulpreise für gute Leistungen heimbrachte. Damals regte die Schulleitung bei der Mutter an, für Tom um unentgeltlichen Besuch der hamburgischen Oberrealschule einzukommen; ja, man wollte ihre Hinterbliebenen-Unterstützung erhöhen, um sie zu entschädigen für die Zuschüsse, die ihr dadurch verlorengingen, daß der Junge nun keine Muße haben würde, sie durch einen Erlös aus Schreibarbeiten zu unterstützen. Dieser Zeitpunkt trat im Frühjahr 33 ein, zugleich mit jener Machtergreifung der Nationalsozialistischen Deutschen Arbeiterpartei, die mit dem Fanal des Reichstagsbrandes aufleuchtete. Sie ließ den Knaben Tom noch ein vorzügliches Abgangszeugnis empfangen. Zunächst gelang es der Lehrerschaft, der Sozialpflegerin Dr. Käte Neumeier und den Eltern der meisten Kinder, auch noch etwas von der alten Atmosphäre des Wohlwollens und des Schutzes um den Knaben Tom zu erhalten, wenn er sich, ein kleiner Invalide ohne Beine, durch die Straßen auf einer Plattform ruderte, die er mittels geschenkter Rollschuhe und zweier selbstgesägter Handstützen angefertigt. Aber seitdem der Judenboykott des Jahres 1933 auch zwischen unpolitischen Teilen der Bewohnerschaft eine Kluft aufgerissen hatte, die Reichsregierung aber durch ihren Propagandaminister einen fast hellenischen Kult der Jugend, Schönheit und Gesundheit proklamieren ließ, jeder Verhätschelung des Kranken, Zukurzgekommenen den Kampf ansagend, ward für Tom Barfey die Straße ein immer unangenehmerer, bald aber ein unmöglicher Aufenthalt. Aus mehreren Gefechten mit Altersgenossen rettete er sich dank seiner unvergleichlich kräftigen Arme und Steinwürfe; gegen erwachsene SA.-Burschen aber half ihm auch nicht, daß er nur noch um Mitternacht die Wagnerstraße und die Wandsbeker Chaussee hinunterrollte; wenn sie in der frühen Dämmerung ihre Überfälle auf Republikaner, Juden und Sozialisten unternahmen, war es immer weniger geraten, den jungen Helden und Volksgenossen zu begegnen. Tom Barfey aber half sich durch. Er entdeckte die Welt der Dächer, der flachen wie der steilen. Ihm war mit der Republik und ihren Behörden, ihren humanitären und demokratischen Einrichtungen eine Jugendwelt gestohlen worden, das Leben selbst. Er war jung, er sah scharf aus seinen beiden Augen; da er seine Beine nicht gebrauchen konnte, gebrauchte er seinen Verstand. Es war schon recht, wenn Albert Teetjen vermutete, Tom Barfey sei kein Freund des Dritten Reiches.

Was für ein Feind, und welchen Grades, dieser von vielen so begrüßten politischen Erscheinung er aber wirklich war, das wußte nur er selbst und seine Mutter Geesche. Sie auch trug ihm ununterbrochen Arbeit zu, Broterwerb durch Schreiben von Adressen, Kopieren und Vervielfältigungen von Geschäftsprospekten, Reklamen und Verordnungen des Hauswarts, Lehrers Reitlin und der Straße. Seit sich die Deutschen Christen der Kirche bemächtigt hatten, war Tom es auch, der die Kundgebungen seines glaubenstreuen Pastors und früheren Schutzherrn Stavenhagen vervielfältigte, bis dieser Tapfere in einem Konzentrationslager der Lüneburger Heide Mut und Christlichkeit zu büßen hatte. Seine Haltung vermochte natürlich nicht, Tom von dem Unglauben abzubringen an einen gütigen, weisen und gerechten Gott, der von oberen Etagen her den Betrieb in Ordnung hielt. Er hatte mit Gier und Wachheit Dutzende von Kosmosbändchen aus der Schulbibliothek verschlungen, die ihm die Entstehung der Welt, der Erde, des Lebens und des Menschen auf einem Wege darlegten, der ihm natürlicher und genehmer schien als die krause und düstere Märchenwelt der biblischen Geschichten. Aber daß Leute sich dafür in Stücke hauen ließen, wie für Karl Marxens »Kommunistisches Manifest«, machte auf sein junges Herz doch Eindruck. Was einem passierte, wenn man nichts zu verkaufen hat als seine Arbeitskraft, das sah er an seiner Mutter jeden Tag; auch was die Versprechungen einer herrschenden Klasse wert waren, für die sein Vater sich hatte erst krumm- und dann totschießen lassen. Aber es konnte noch besser kommen. Er feuchtete, gerade an seinem Fußboden-Sitzpult hockend, Adressen an, als Frau Dr. Neumeier seiner Mutter erklärte, was für Schritte zu tun seien, falls man sich ihr mit der Absicht nähere, den Tom zu kastrieren, damit sich das verkrüppelte Leben nicht fortsetze. Man müsse dann in einer Eingabe an bestimmte Staatsstellen auseinandersetzen, daß seine Verkrüppelung ihrer Überarbeitung und nicht irgendwelcher Entartung zur Last zu legen sei, und daß, wenn man ihn entmanne, die Erbsubstanz eines tapferen Weltkriegssoldaten und an sich gesunden, kriegsgefallenen Frontkämpfers ausgerottet werde. Das werde ziehen, hatte sie versichert, zur Not aber sei sie bereit, den Tom einigen hamburgischen Autoritäten vorzuführen. Nur die verrückten Preußen und Bayern müsse man verhindern, sich in diese Sache einzumengen.

Käte Neumeier war aufrichtigen Gemütes von den Sozialdemokraten, die ihr Programm Programm sein ließen, zu den Nationalsozialisten übergegangen schon im Jahre 1931, als kein Zweifel mehr darüber blieb, daß die Hindenburg-Republik auf alle Fälle ihren reaktionären Kurs weitersteuerte. Hinter den sogenannten Nazis standen, so schien ihr, revolutionierte und jugendliche Massen deutschen Volks, die den Fehler von 1918 ausgleichen, nämlich den Großgrundbesitz in staatliches Siedlungsland verwandeln würden, kaum daß sie in der Macht säßen. Jetzt glaubte sie all das nicht mehr ... In ihrem Umkreis die Folgen des Unheils zu heilen oder wenigstens zu lindern, das über Deutschland zu bringen sie mitgeholfen hatte, war alles, was sie tun konnte. Sie ahnte kaum, wie aufgewühlt sie selbst an jenem Nachmittag war, jenem Frühlingssonntag, an welchem sie Geesche Barfey derart warnte. Und sie erschrak deutlich, als sie vom Fußboden her ein Knirschen hörte, das Knirschen aufeinandergebissener Zähne. »Mich kastrieren!« sagte der Krüppel mit unnatürlich sanfter Stimme. »Ich kenne eine Dachluke hier irgendwo, in der aus der Spartakuszeit noch ein paar Handgranaten liegen. Mag sein, daß sie noch in Ordnung sind, wenn der Herr Reichsstatthalter mal zufällig durch die Wagnerstraße fährt oder durch die Wandsbeker Chaussee. Oder wenn eine Kommission es unternähme, mich abzuholen.« – Frau Dr. Neumeier, viel zu früh ergraut und eine energische Falte zwischen den Brauen, fuhr ihm damals ins Haar, zauste ihn und fragte ärgerlich: »Willst du deine Mutter gefährden, he? Dich wie ein Narr benehmen, he? Natürlich müssen Handgranaten herbei, wenn einer das Blümchen Frauentrost von Wagnerstraße siebzehn anzutasten wagt. Verstand ist ja zu mühselig, die Wirkung eines Schriftsatzes zu lautlos für unseren Gewaltigen. Was bist du doch für ein Kindskopf, Tom.« – In der Tat war bisher nichts dieser Art erfolgt. Aber der tödliche Haß erklärte sich nun wohl, mit welchem Tom jede Bewegung des neuen Staates verfolgte, jeden seiner Machthaber im Reich, in Preußen, in Hamburg, überall. Wer immer sich diesem Staat gesellte oder tatendurstig zur Verfügung hielt, der war gerichtet. Am Tage der Abrechnung mußte er weg. Daß Hitlers Paradies kein gutes Gewissen hatte, sich auf alle Fälle schwach fühlte, erkannte man aus hundert Kleinigkeiten. Warum zum Beispiel saßen die vier zum Tode Verurteilten noch immer in Fuhlsbüttel, he? Hatte ihr Prozeß sich nicht lange genug hingeschleppt, und war ihnen nicht allen vieren, zumindest aber dreien, die Zugehörigkeit zu den verfemten Roten nachgewiesen, zur KPD.? Und doch geschah ihnen nichts. Wird auch nicht. Zum Tode verurteilen, ja. Hinrichten? Da kannst du in Hamburg lange warten.

V

Bevor Stine sich anschickte, die eiserne Leiter emporzusteigen, die vom letzten Flur des Seitengebäudes aufs Dach führte, klopfte sie dreimal mit ihrem Töpfchen auf eine der Sprossen. Es schallte metallisch. Sogleich schwieg oben die volkstümliche Musik, das Geräusch kleiner Räder rollte oder ruderte heran. Die Dachluke öffnete sich über ihrem Kopfe, sie brauchte sie nicht mit dem Scheitel hochzuheben. Dafür wurde sie mit einem Kusse empfangen, gegen den sie sich nicht wehren konnte, da sie erst halben Leibes aus der Luke ragte, überdies aber in ihrer Rechten das Töpfchen emporhielt. »Wer hier klein ist, hat die Übermacht«, lachte Tom. »Gott, was für ein herrlicher Pferdeschwanz!« Und er drückte sein Gesicht in ihr Haar; das Tuch war ihr längst vom Scheitel geglitten. Sie entzog sich ihm mit geschickter Bewegung, setzte sich auf die Dachplatten, ließ die Beine auf der Leiter stehen und schob ihn an den Schultern zurück. »Jung«, sagte sie halblaut, »was bist du frech! Bin ich die kleine Lawerenz oder die Olga von Petersens? Ich will mich meiner Haut schon wehren.« – »Frauchen«, bat er dringlich, »komm herauf, zu mir hinein, daß ich dich anschauen kann, deine Augen, deine Brauen.« – »Könnte mir passen!« lachte sie, »das will ich gar nicht. Ich will schlafen gehen, aber nicht mit dir.« – »Stine«, stöhnte er, »du bist so gemein zu mir! Und doch gibt's nichts, was ich nicht für dich täte. Wie ich noch gerade deine Knie umfassen konnte, hab ich dich schon geliebt, und so ist's geblieben und wächst beständig.« – »Tja«, damit stellte sie das Töpfchen neben ihn nieder, »denn wirst's wohl mit ins Grab nehmen müssen. Dabei könnt ich dich ganz gut leiden, das weißt du ja, wenn du bloß nicht so unverschämt wärst.« – »Stine«, rief er, »daß ich dich geküßt hab, ist eine so große Sache, – reiß mir die Ohren ab, wenn du willst, aber nun weiß ich doch, wie deine Lippen schmecken.« Sie schlug ihn mit der Rückseite ihrer Finger leicht auf den Mund: »Hast ja schon ein Schnurrbärtchen, Junge, wär's nicht dunkel, würf's einen Schatten. Nun laßt euch die Wiener hier noch heute nacht schmecken. Für morgen übernimmt Albert keine Garantie. Und sag deiner Mutter, Freitag früh um sieben könnt sie bei mir anfangen. Und wenn sie noch früher will, soll sie mir nur einen Zettel durch die Tür stecken. Dann richt ich's schon ein; stell das Eingeweichte Donnerstag abend in die Waschküche und bring den Schlüssel zu euch rauf.« – »Aber bring ihn wirklich, Stine«, bat er dringlich mit Augen und Stimme. »So viele Jahre kenn ich dich jetzt, kein bißchen hast du dich verändert, höchstens schöner bist du geworden. Und keine Kinder.« – »Kinder auch noch«, damit schickte sie sich an, hinabzusteigen, »in diese kümmerliche Welt.« Er schob sich wieder dicht neben die Luke. »Sag' nichts dagegen, Stine. Wenn auch dein Albert den Mitläufer macht. Die Welt ist soso, mitlaufen tun alle, aber das Leben schmeckt herrlich.« Es gelang ihm wieder, ihre Schultern zu umfassen, ihre Lippen heftig zu berühren. »... bloß was gegen den Albert, du Knirps!« Ihre Augen glänzten zornig, die seinen aber so glücklich, daß sie alles weitere verschluckte: wem er denn die Ziehharmonika verdanke, und so. Leicht und vorsichtig stieg sie die Leiter hinab, ihr Kopf verschwand unterhalb der Luke. »Bring mir wieder ein Buch aus der Leihbibliothek, Stine!« rief er ihr bittend nach. »›Du und die Natur‹ oder ›Du und das Leben‹.« – »Das laß dir man von deiner Großmutter besorgen!« sprühte sie ungerührt zur Luke empor.

Drittes Kapitel

Krebsessen

I

Herr Footh entzückte sich immer wieder an den Einfällen, die der reizenden Slawin Annette zu Gebote standen. Hatte sie nicht das Brusttuch, das er so sehr liebte, aus Stoffresten zusammengenäht, die von einem Sommerabendkleid übrigblieben, einem hellfarbenen, tiefausgeschnittenen Gewand, das mit seinen seeblauen, weißen und hellroten Kreuz- und Quermustern an die Trikoloren vieler Länder erinnerte, mit denen allen wir jetzt in Frieden lebten, einst aber im Krieg standen: Frankreich, England, Rußland, Amerika, der Tschechoslowakei. Wie schlank, bunt und geschmeidig sie sich bewegte, seideumflossen oder in kurzen Sporthosen. Daß man das rötliche Krebsgericht auf ebenso rötlichen Tischtüchern servierte, mit Mundtüchern aus dem gleichen Damast, hatte wohl auch praktischen Wert, der Flecke wegen. Wer aber bediente sich als Lichtspender bei einem solchen Krebsessen eines Dutzends weißer Kerzen, die in roten amerikanischen Äpfeln auf dem Tisch prangten? Kalifornische Äpfel allein, in einer Einfuhrstadt wie Hamburg jederzeit erhältlich, wiesen jenes tiefe, gleichmäßige Rot auf, von welchem alle anderen Schattierungen dieser den heutigen Abend beherrschenden Farbe sich heller abwandelten. (Als gute Hausfrau sorgte Annette schon dafür, daß man sie morgen oder übermorgen gewaschen und zerschnitten zu Kompott verwertete.) Sehr kalter Rheinwein in geschliffenen Römern und ein Tischschmuck aus Efeublättern und wildem Wein, im Garten vor einer Stunde selbst gepflückt – , ja, Hamburg wußte, was bürgerliche Kultur ist. Die sechs Personen an dem langen, schmalen Eßtisch, den hochlehnige Stühle, wie im Refektorium eines Klosters, umstanden, hatten das Krebsgericht und seinen Dillgeruch sehr genossen; prangte doch ein Spaß Annettes zwischen den Kerzen, der Bürokalender ihres Vaters, auf welchem in riesigen, schwarzen Zahlen der 31. August – den letzten Tag eines Monats ohne R verkündete. Heute begrub man die Krebssaison, erst im Mai konnte man das köstliche Gericht wieder auf den Tisch bringen.

Schwarz und weiß, wie feierliche Spechte, saßen die Herren Dr. Koldewey und Footh einander an den Schmalseiten gegenüber, zur Rechten des einen die Ärztin Käte Neumeier, das graue Haar kurz geschnitten, im Abendkleid aus gleichfarbener Seide, Herrn Footh zur Rechten aber Annette, die innerlich jubelte, daß ihr heut alles so gut glückte. Sonderbar nur, daß Herr Footh nicht angerufen wurde, wie er's ihr doch zugesichert. Sie hatte das Mahl lange hingezögert, damit der Anruf käme, bevor sie im

Garten, schlecht erreichbar, spazierten; mittlerweile hatte sie gedämpfte Tafelmusik aus dem Lautsprecher geholt und Tischgespräche hervorgerufen, die allen behagten, selbst den Schwestern Ingeborg und Thyra. Bei Licht besehen, wollten sich diese beiden jungen Damen, die man in ihren großblumigen Tanzkleidern kaum wieder erkannte, noch in den Klub abholen lassen, wo, wie gut das klappte, heut abend geschwoft wurde. Vorfeier für den Parteitag. Zwar tanzte Jugendlust auch ohne solche Vorwände, und die beiden Fräuleins flogen gern von Hause fort, wo es ihnen zu »kulturell« zuging. Diesmal aber hatte es Annette patent getroffen: ein hübscher Schlußtag für Krebse.

Dr. Koldewey wandte sein langes Gesicht freundlich von seiner Tischdame zu seinen Kindern und wieder zurück. Da die beiden jüngeren dabeisaßen, sprach er wenig, hörte lieber zu. Sie waren seinen Ketzereien kaum gewachsen, hätten sie vielleicht in Parteikreisen herumgetragen, und das, obwohl Dr. Koldewey sich vor niemandem fürchtete, blieb besser vermieden. Er hatte sich den Prozeßbericht kommen lassen, die langwierigen Verhandlungen gegen seine vier Pensionäre in den Todeszellen, und einen nachdenklichen Tag verbracht, mit merkwürdigen Gleichnissen und Erinnerungen, die er gern in Worten losgeworden wäre. Aber der Nachwuchs zeigte kein Verständnis für das Auf und Ab der menschlichen Lebenswege, das Leute aus geordneten Bahnen in Zuchthäuser riß und wieder hinausführte. Der Nachwuchs nannte das Zentralgefängnis die »Müllzentrale«, seit es, nicht zur Freude von Dr. Koldewey, auch politische Häftlinge beherbergte, und drückte damit die Meinung all der Kreise aus, welche sich volltranken mit den Schwungreden der Gauleiter und Minister, vom aufsteigenden Leben, der flammenden deutschen Jugend, der Wiedergeburt und Erneuerung deutscher Nation durch Bereitschaft zu Krieg und Tod. »Alles, was Papa hier so betreut und beherrscht, gehört doch in die Mülltonne. Es ist menschlicher Abfall vom Kehrichthaufen der Gesellschaft.« – »Und ich habe Standartenführer Riechow sagen hören«, fügte Ingebottel hinzu (nach ungeklärten Vorgängen aus ihrer Kinderzeit mit der Milch- oder Breiflasche von sich selbst so benannt), »er mache sich anheischig, den ganzen Etat unserer Anstalt mit einem Maschinengewehrposten zu liquidieren, während unsere Insassen in den Höfen spazierten. Dann bloß noch begraben.« – »Oder als Aalfutter in die Elbe.« – »Da Krebse den Aalen tüchtig vorgreifen, kämen unsere Insassen recht bald auf unseren Tisch. Und das möchtet ihr doch nicht«, lockte Dr. Koldewey seine Töchter aufs Glatteis. Sogleich erwies sich, daß er sie gut kannte – wild gewordene Spießerinnen mit Lebenswandel, wie er sie manchmal Annetten gegenüber betitelte. – »Hör auf, Papa! Du willst doch nicht, daß wir unser schönes Abendbrot Annetten wieder zur Verfügung stellen auf dem Estrich!« – Und Frau Dr. Neumeier, die energische Falte immer zwischen den Brauen, auch wenn sie harmlos und belustigt weder Fragen noch Rätseln nachging, glättete die Wogen, indem sie anmerkte, daß Menschenfleisch essen nur zu religiösen Zwecken erlaubt war auch bei den Kannibalen, daß es aber sonst mit bestem Recht unwiderstehlichen Ekel auslöse: »›Langschwein‹ nannten es die Südseeinsulaner, solange sie es essen durften, und vereinigten so Frömmigkeit mit Gourmandise.« – Annette aber, um das Gespräch herumzuwerfen: »Ist Gourmand hier nicht falsch, muß es nicht ›Gourmet‹ heißen?« Man war inzwischen bei den Käsestangen angelangt, bitterer Schokolade und süßem Mokka. Wo nur das Telephon bleibt, plagte sie sich in ihres Herzens Hintergrunde.

Damit brach man in den Garten auf, die beiden Herren einzuholen, deren weiße Stehkragen bereits vom Fuße der Treppe her nur noch undeutlich heraufschimmerten. Thyra und Inge eilten ihnen nach, ihre Füße, von Jugend auf geübt, schnurrten trotz ihrer absatzhohen Tanzschuhe die Stufen gleichsam hinab. Es gelang ihnen, den Vater noch innerhalb des Vorplatzes zu erreichen, zu umschlingen und abzuküssen; Herr Koldewey spürte die Tanzlust in den beiden jungen Körpern pochen, die sich an seine krachende Hemdbrust drückten. Indem er mit jeder Hand einen der langausgestreckten nackten Arme festhielt: »Was für Feste erwarten euch denn heute, da Jazz doch verboten ist?« – »Fox und Slowfox, Tangos aus Rio, Rumbas aus Mexiko«, damit drängten die beiden Unbelasteten auf ein Pförtchen in der Mauer hin, vor welchem verabredungsgemäß Hupentöne erschollen. »Holt ihr euch sofort eure Mäntel, ihr Gören?« rief Annette den Enteilenden nach, sich übers Geländer beugend. Auch sie hätte gern getanzt.

Die beiden Herren schlenderten derweil in später Dämmerung unter den Ebereschen und Pappeln hin, die mit Buschwerk aller Art die hohe Mauer unsichtbar machten, innerhalb derer Dr. Koldeweys Dienstwohnung sich einordnete; gewundene Wege schnitten durch den Rasen und leiteten von Schneeballbüschen zu längst verblühtem Jasmin. Der Rauch der Zigarren verjagte die Mücken, die, Töchter des abklingenden Sommers, im Halblicht noch herumgeisterten, von Fledermäusen gejagt; übrigens galten sie schon als zu schwach, um mit ihren Rüsseln noch durch die menschliche Haut zu dringen. »Stimmt es, daß man Börsenvorstand Kley nahegelegt hat, endlich auszuwandern?« – »Eigensinniger alter Hebräer«, entgegnete Herr Footh achselzuckend. – »Ohne seine Stiftungen wäre die Universität Hamburg nicht so schnell zu ihrem berühmten bakteriologischen Institut gelangt. Jetzt kann sein Sohn bei uns nicht mal Privatdozent bleiben.« – »Möge es niemandem schlechter gehen«, meinte Herr Footh. »In welcher Form dieser Kley – hieß die Familie nicht eigentlich Alkaley? – seinen Rebbach wieder von sich geben muß, bevor man ihm gestattet, die Grenze zu passieren, ist ja nicht wichtig.« – »Tja«, meinte Herr Koldewey, »wenn dieser junge Dr. Kley nicht eine aufschlußreiche Hypothese über die Entstehung wuchernder Krebszellen aus normalen Geweben aufgestellt hätte. Er ging mit Thyra zur Tanzstunde in Fräulein Röthlichs Zirkel. Ich muß den Alten doch mal wiedersehen.« – »Hätte seinem Ältesten verbieten sollen, den Spaniernamen wieder aufzugreifen und für die Volksregierung von Madrid und Barcelona in den Krieg zu ziehen. Alle diese Narren wußten nicht, daß verkauft und verraten ist, wer sich der altbackenen Semmel annimmt, der Demokratie.« – »Verallgemeinern Sie nicht zu früh?« fragte Koldewey bedächtig. »In Italien und bei uns fiel sie ja ohne Widerstand, so viel muß wahr sein. Und die Franzosen, einst Jünger Clemenceaus, jonglieren vorsichtig – nehmen Flugzeuge bezahlt, die sie dann nicht liefern.« – »Heil!« lachte Herr Footh. »Der edle Völkerbund aber läßt sein Mitglied Abessinien im Stich, nachdem er sein Mitglied China bereits dem lieben Gott befohlen hat.

Ein Großbritannien, das zusieht, wie man in spanischen Gewässern Handelsschiffe torpediert und rund um Gibraltar schwere Batterien aufpflanzt! Hätten Sie das für möglich gehalten? Nein, lieber Doktor, Demokratie ist alte Semmel. Was man damit am besten macht, müssen wir unsere Annette fragen. Küchensache, nichts anderes mehr.« – Herr Koldewey blickte, wie von Herrn Fooths Vertraulichkeit peinlich berührt, zu den Sternen empor, die matt durch Dünste schimmerten. Unsere Annette! Jedoch – hatte Herr Footh nicht das Recht dazu? War er nicht jederzeit bereit, als geachteter Schwiegersohn der Familie beizutreten? Es ging nicht an, Hühnchen essen zu wollen und sich vor dem Schlachten und Rupfen zu drücken. »Wo aber bleibt Ihr Telephongespräch, lieber Footh?« fragte er dennoch wenigstens, um dem Gastfreund eine kleine Verlegenheit zu bereiten. – »Begreife ich nicht«, beteuerte Herr Footh, »es müßte längst gekommen sein. Haben Sie denn durchbestellt?« – Betroffen warf Herr Koldewey die Zigarrenasche auf sein schwarzes Beinkleid. »Du liebes Bißchen von Helgoland!« rief er aus. »Das hab ich, bei Gott, vergessen.« – Damit erhob er sich von der Bank, auf der sie seit einigen Minuten saßen, um die Damen zu erwarten. »Mir klingt mein linkes Ohr«, meinte Herr Footh und hielt ihn zurück, »sollte mich nicht wundern, wenn Annettchen das nicht eben besorgt hätte. Sie ist so gescheit und fühlt sich so ein.« – »Im Haus bekommen wir einen kühlen Kognak«, beeilte sich Herr Koldewey hinzuzufügen. »Übrigens«, damit lehnte sich Herr Footh zurück, seinen rechten Lackschuh auf dem Knie des linken Beines ruhen lassend, »übrigens ist jetzt heraus, warum die hier Vergessenen jetzt so dringlich expediert werden müssen. Der Führer ärgert sich über Hamburg. Die Hochbrücke über die Unterelbe kleckt und fleckt nicht. Das Gutachten der Geologen hat er an die Wand geschmissen. Seiner Meinung nach wollen die Arbeiter nicht. Ihr Badestrand in Finkenwärder liegt ihnen näher als der Wunsch Adolf Hitlers, eines Künstlers und Führers. Eine Hängebrücke, wie über das Goldene Tor, als Symbol der Kraft und Herrlichkeit des neuen Deutschen Reiches. Und das schmeckt der Bande nicht. Ist ihr wurst, ob die Reisenden aus aller Welt sich gewissermaßen dukken müssen, wenn sie drunter wegfahren. Denken nur an sich, die Brüder. Da sollen sie denn einen Denkzettel abkriegen. Bleiben ja doch ihresgleichen, die vier Roten, auch wenn sich die Freien von den Eingesperrten durch die Arbeitsfront unterscheiden. Prolet hält zu Prolet. Wird sie wieder ein Halbjahr beschäftigen und zur Räson bringen, wenn hier in Fuhlsbüttel Köpfe rollen. Adolf Hitler, der kennt sie.« – Dr. Koldewey verzeichnete den unterdrückten Grimm, mit dem Herr Footh dies alles hervorbrachte. »Sind Sie nicht der Meinung, lieber Herr, daß wissenschaftliche Gutachten auch etwas bedeuten? Das Mündungsgebiet unseres alten Eridanus – Elbe – war doch Schlick und Ton von je. Meerlunge, glaube ich, nannte es Pytheas von Marseille, als er es 400 v. Chr. für die antike Welt entdeckte. Damals wurde bei uns noch massenhaft Bernstein angespült, von der gleichen Art wie der samländische, behaupten die Historiker. Aber ohne Felsen als Fundament wird sich die Elbbrücke kaum aus einer schönen Zeichnung in Wirklichkeit verwandeln, trotz Gußstahl und Nieten, Blohm und Voß.« – »Man hat Beton«, widersprach Herr Footh, »man fordert Senkkästen. Das Dritte Reich wird auch mit schwachem Untergrund fertig.« – »In der Politik bestimmt«, gab Herr Koldewey zu, »das haben wir erlebt. Und da kommt Annette. Eile mit Weile.« –

In der Tat, sie huschte über den Rasen, einen silbernen Schal über den Schultern, »Papa ist schuld«, rief sie, »und Ihr Mann hat angerufen. Ist das nicht schön? Bist du zufrieden?« – Damit legte sie die Hand auf ihres Vaters Achsel, die andere aber streckte sie Herrn Footh hin, bezaubernd und begehrenswert in ihrer glücklichen Erregung. Würfel gefallen, erklang es auf lateinisch in Herrn Koldeweys inneren Bezirken. »Und jetzt hinein. Frau Doktor wartet schon beim Schnäpschen. Aus dem Radio quellen die köstlichsten Tangos, ihr müßt beide mit uns tanzen.«

II

Koldeweys hatten der Abfahrt ihrer Gäste beigewohnt – Herr Footh nahm Frau Dr. Neumeier mit in die Stadt – und schritten jetzt langsam die Treppe empor. Der Mond warf seinen Schein durch die Ostfenster; Haus und Umgebung lagen ganz still. »Hast du noch ein bißchen Zeit für mich?« fragte Herr Koldewey. – »Immer«, antwortete Annette. Darauf führte er sie bis ins Dachgeschoß, hob einen Schlüssel vom Haken, öffnete eine der Türen: den Hängeboden.

Es roch in ihm nach warmem Holz und lang eingesperrter Luft – sommers ward er wenig benutzt; allerlei Gerät, Reisekoffer, Leitern reihten sich an seinen Wänden. Die Schräge des Daches gab dem länglichen Raum etwas Zeltartiges. Herr Koldewey öffnete das runde Fenster, Bullauge nannten sie es, wie auf Schiffen. Durch die Nachtluft, gleichsam aus den Dächern der verschwimmenden Baulichkeiten, erscholl ein Heulen, rhythmisches Schreien, erstickt und dennoch deutlich, wie von einem in der Falle gefangenen hungernden Wolf. »Im Frauengefängnis wird entbunden«, bemerkte Herr Koldewey; Annette aber, die schrägen Brauen nachdenklich gehoben: »Sonderbar«, entgegnete sie, »daß die kleinen Dinger meist die Nacht benutzen, um das Licht der Welt zu erblicken.« Vater und Tochter wußten beide, welch andere Deutung dieser menschlich-tierischen Schreie möglich war, seit das ZG. – Zentralgefängnis – in einem seiner Flügel auch ein KZ. –Konzentrationslager – beherbergte; aber sie sprachen nicht davon, hüteten ihre Gedanken sorgfältig, daran zu rühren. Am Unvermeidlichen zu rütteln, ist Pöbelgeschmack, sagte Nietzsche irgendwo, und daran hielt sich Herr Koldewey. Man mußte wegsehen lernen. Alte Geschlechter erkennt man an der Fülle dessen, was sie nicht zu bemerken geruhen. – »Von hier aus sah deine liebe Mutter dem traurigen Schauspiel zu, als es sich in den Tagen des Kaiserreichs ein einziges Mal ereignete. Seither stand unsere Guillotine in der Museumsabteilung. – In den Tagen der armen Republik wurde sie nicht benutzt. Jetzt auch nicht«, fügte er nach einer kleinen Pause hinzu, »Herr Göring wünscht das Hakkebeil, der kleine Germanenschwärmer. Zwischen diesen beiden Fakten liegt mancherlei ... begraben.« – »Käte Neumeier hat sich bereits vorgemerkt«, erwiderte Annette. – »Als Ärztin wahrscheinlich ihr gutes Recht.« –

Oberhalb der Wipfel, die im Mondlicht flirrten, sahen Vater und Tochter am Ende ihres Blickfeldes zwischen den riesigen

Flügeln des Zentralgefängnisses einen spitzwinkligen Hof. Gleich den meisten modernen Anstalten dieser Art war es auf dem Grundriß eines schrägen Kreuzes errichtet, so daß man von einer Halle im Inneren, dem hohlen Turm eines Treppenhauses ähnlich, die langen Fluchten der Gänge mit ihren Zellen überwachen konnte. »Ihr müßt euch natürlich meines guten Glases bedienen, achtzehnfache Vergrößerung, dann seid ihr halbwegs dabei und braucht doch nicht zu hören. Die Wahrnehmungen des Auges wirken nicht so erregend wie die des Ohres; Abstufungen des Wirklichkeitswertes unserer Sinne, würde Freund Nietzsche so etwas nennen.« Damit legte er seinen Arm um die Schultern der Tochter, sie hinabzuführen. »Wollen lieber das Fenster schließen«, meinte Annette, »morgen kann's regnen.« Dann machte sie auch noch Licht, blickte sich als Hausfrau um; nickte; Frau Brose hielt sauber, kaum Spinnweben, und die Dielen wie gewachst. Sie schloß die Tür wieder ab und hängte den Schlüssel an seinen Platz, indes der Vater dabei stand. Dann folgte sie ihm die Treppe hinab, die feinen Brauen gerunzelt, den Blick der langgeschnittenen Augen zweiflerisch, fast gequält auf seinen Schultern. Es wurde erst wieder gesprochen, als er sich im Herrenzimmer, einem kleinen quadratischen Raum, einen Zigarillo angezündet hatte, ihr eine runde amerikanische Zigarette anbietend, die sie des Nachts vorzog. »Und ich dachte, ich hätte dir wunder welchen Gefallen getan.« – »Hast du auch, Girlie«, erwiderte er. »Ich erklärte dir's ja schon – mein kluges Nettchen hat's doch wohl nicht vergessen? Daß ich es als Signal auffasse, wie?« – »Signal wofür?« fragte sie. – »Das wird sich weisen. Vorläufig tritt ein Majordomus mit seinem Stabe vor den Vorhang und teilt mit, das Spiel beginne. Welches, wissen weder die Gäste noch die Spieler. Das muß es früher gegeben haben, in Stegreifzeiten gleich den unseren.« – »Du machst mir Angst, Papa.« – »Doch wohl nicht, Liebling.« Er setzte sich in die andere Ecke des Ledersofas, legte das rechte Bein über das linke, blickte zur Decke empor und sprach in zögernden Sätzen: »Ich dachte in diesen Tagen viel über Lebensläufe nach. Das mußt du gemerkt haben. Für Gelegenheiten, wie wir sie haben, hätte unser Freund Nietzsche wahrscheinlich all die mageren Groschen geboten, die ihm seine unsterblichen Werke zu Lebzeiten einbrachten. Seit der Renaissance hat es das nicht mehr gegeben. Und gar bei uns. Weißt du noch, wer Van der Lubbe war?« – »Aber Papachen, den kennt doch jedes Kind, den Reichstagsbrandstifter.« – »Ja«, nickte Herr Koldewey, »den kennt jedes Kind. Und er ward ja auch wirklich im Reichstag betroffen, zündelnd und tanzend vor Glück. Und sagte brav aus, was er sollte, wie ein artiges Kind; und wird sich wahrscheinlich baß gewundert haben, als es dann ernst wurde, und seine Freunde ihn köpfen ließen. Ein arbeitsloser Kunde, durchaus entgleist, Asylist und asozial, aus der Gesellschaft gefallen, der er niemals angehörte, und mißbraucht von denen, die ihn unterwegs auflasen, zufällig kennenlernten. Ein Dr. Bell, wenn ich nicht irre, vermittelte die Bekanntschaft; irgendwo im Tirol wurde er später gekillt, auf Befehl von Röhm. Und auch diesen Röhm gibt's nicht mehr. Das wundert dich? Unter den Brandstiftern kennen wir beiläufig die richtigen; ein paar Namen, Ernst und Heines. Beide weg. Was alles sich sehr aufregend anhört, aber es gar nicht ist.« – Annette blickte fasziniert in des Vaters Gesicht, streifte achtlos die Asche ihrer Zigarette ins Zimmer. »Bist du fromm geworden, Papa? Siehst du etwa den Finger Gottes?« Herr Koldewey bewegte seine langen Augenlider auf und ab. »Frömmigkeit, liebes Kind, Gläubigkeit – wie du willst, scheint mir ein unzureichender Versuch, mit den Rätseln des Weltlaufs fertig zu werden, seinen Bildungsgesetzen nachzutasten. Solche Bildungsgesetze gibt es. Mein Nachdenken geht auf einen engeren Punkt. Wir haben doch noch einen Asylisten unter uns, noch einen Asozialen, noch ein Werkzeug, das geschoben wurde und geschoben wird. Daß es sich ›Führer‹ nennen läßt, gehört mit zu dem Spaß oder Spiel, dem wir, wie du weißt, beiwohnen. Was es bedeutet, weiß ich nicht; aber sieh dir diese Kurven an. Ein Asylist schickt den anderen aufs Schafott. Einer hilft dem anderen zu cäsarischer Allmacht. Ein ganzes Volk stürzt in die Knie, die eine Hälfte gezwungen von der anderen, ruft Hallelujah und verzichtet jauchzend auf das höchste Glück der Erdenkinder. Was soll daraus werden? Wie lange soll's gehen, tanzen oder spielen? Ich bin nicht mehr jung genug, um deswegen Angst zu haben. Gewöhnlich dauerten solche Lebensläufe eine halbe Generation. Und was kommt danach? Was wird aus euch, den Kindern, hätt ich beinahe gesagt, und dir? Säh euch doch gern in Sicherheit, Annette. Würde euch gerne selbst durchsteuern. Darum betrachte ich die Dinge nicht unnervös.« – »Guter, alter Koldewey«, dankte Annette, setzte sich zärtlich auf seinen Schoß, küßte ihn aufs Ohr. »Und ich Ziege war enttäuscht, weil du dich nicht so freutest, wie ich's gehofft hatte.« – »Freutest!« wiederholte Herr Koldewey und faltete seine Hände um den Leib des Mädchens. »Wenn es jetzt selber an uns herantritt! Wenn möglicherweise unsere Beihilfe benötigt wird, damit das Signal erschalle und der Stab aufs Parkett stoße! Es könnte ein durchgehendes Prinzip diese Dinge regieren. Mit der Hinrichtung von Unschuldigen wünscht es anzufangen, mit der Hinrichtung von Unschuldigen könnte es enden.« – »Du hältst diese Männer wirklich für unschuldig, trotz Prozeß und Gericht?« – »Sieh mal, Kind«, sagte Herr Koldewey, »das Leben wird nicht aus Marzipanteig geknetet. Wir sehen seine Bestandteile deutlicher als andere Leute, aber auch in Frankreich oder Rußland, überall, wo die Schichten ins Rutschen kamen, verarbeitete man lebendige Substanz. Was hat Abessinien gekostet? Wer steuert mit Non-Intervention den spanischen Bürgerkrieg? Vor ein paar Tagen schickte ein Herr in San Domingo, ein gewisser Trusillo, zwölftausend unwillkommene Einwanderer zu den Haifischen – wörtlich! – ein Neger andere. Und so ging es immer irgendwo zu auf unserer Erde – mit Gelben, Indern, Russen, Juden. Diesmal greift's nach uns Deutschen. Hunderttausend Bürger in den KZ.-Lagern, Hunderttausende aus ihren Berufen gedrängt, über alle Grenzen, in die fernsten Länder. Fruchtbare Aussaat in den Augen des Philosophen. Von Paraguay bis Persien wird die Welt uns zu Dank verpflichtet. Wir sind der Pelikan der Legende, wir nähren sie mit dem Blut der eigenen Brust. Was dabei wirklich aus unserer Kultur wird? Frag Ernst Barlach, wenn er dir noch antworten kann.« Und er legte seine lange Hand von Annettes Hüfte fort aufs Haupt einer aus Holz geschnitzten Bäuerin von durchaus wendischem Typ, in ihrem Kopf- und Umschlagtuch eine Hockfigur eindrucksvollster Prägung. Der Tod des Bildhauers in einem mecklenburgischen Spital war vor kurzem gemeldet worden; das Dritte Reich hatte ihn als entarteten Künstler verhungern lassen. »Was muß der gelitten haben«, flüsterte Annette. – »Da er daneben auch ein Dichter war, sah er vermutlich auch den Sinn. Unsere Gesittung höhlt sich aus. Es steht noch eine imposante Schale aus Technik, Organisation, Routine und Erbteil. Doch wer weiß, wie lange die noch hält. Wenn es die Narren zum Kriege treiben, wird auch der ganze Rest noch schnell verschleißt; dann kracht es, der hölzerne Hindenburg oder Adolf stürzt zusammen, und wenn sich der Staub verzogen hat, macht man Kasse und beginnt von neuem. An derselben Stelle, denselben Betrieb. So sind die Menschen, die Ameisen und die Engel. Drücken sich aber die anderen weiterhin, so kann es noch zehn Jahre gehen. Das, siehst du, möcht ich nicht erleben. Und darum frag ich mich, was wohl die Glocke geschlagen hat – die Telephonglocke, die uns Herr Brose nicht durchleitete. Jemand rückt gegen uns vor, Annettchen.« – »Sie können nicht unschuldig sein, Papa.« – »Willst du die Akten studieren, Kind? Deutsche auf Deutsche haben geschossen. Nenn es Notwehr, Bürgerkrieg, Totschlag, Mord. Wenn die Zivilisation schon so weit abgetragen ist wie in unserem Falle, sind diese Unterschiede vielleicht schon zu fein. Ein wildes Völklein, diese Nazis, die uns in Besitz genommen haben, ausgerechnet uns. Offenbar hat die blonde Herde in uns auf die braune Horde gewartet. Auf das überschäumende Leben unseres armen Fritz, auf seinen siegreichen Typus, auf die blonde Bestie. Die haben wir ja nun, weiß Gott. Und nun geh schlafen, Kind. Du mußt morgen zeitig raus.« – Annette glitt von seinen Knien, sie fühlte sich wirklich recht zerschlagen, ganz überraschend, nach dem schönen, gelungenen Abend. »Wo nur die beiden Gören bleiben?« damit hielt sie sich die Hand vor und gähnte. »Und wann nun gedenkst du das traurige Schauspiel anzusetzen, wie du es nennst?« – »In vierzehn Tagen«, sagte er, »jetzt ist's erster September, am fünfzehnten also. Und danach dann wird Herr Hitler uns Hanseaten mit seinem Besuche beehren.«

III

H. P. Footh, sein Wagen und sein Dackel gehörten zusammen. Das wußte Käte Neumeier. Sie schmunzelte behaglich, als Herr Footh vor dem Starten zwischen Haustor und Mauerpforte mehrere Male hatte pfeifen müssen, bevor Herr Ebert sich herbeiließ, aus den Büschen oder von den Hauptgebäuden heranzuschießen, mit schlagenden Ohren und begeistertem Schwanz. »Verdammte braune Rübe«, schimpfte Herr Footh zärtlich. »Solltest du nicht Wache halten? Entschuldigen Sie, Frau Doktor, er hat keine Manieren. Gewöhnlich kommt er schon, wenn er die Haustür hört.« Inzwischen hatte sich die Verabschiedung von Koldeweys vollzogen, Annette hatte gewinkt und gegrüßt – man konnte ihre Armbewegungen auslegen, wie man wollte, und war mit ihrem Vater wieder hinter der eisernen Pforte verschwunden. »Wie reizend Annettchen immer aussieht«, sagte die Ärztin, indem sie den Mantelkragen hochschlug und sich hinter die Windscheibe duckte. Herr Footh ließ seinem Wagen die Zügel. Er brauste auf den Stadtpark zu und antwortete erst verspätet und einsilbig. »Nicht mit dem Fahrer sprechen«, mahnten Aufschriften in ganz Europa. Mein Fahrer ist vielleicht ärgerlich. Er hätte die reizende Annette sicher gern mit in sein Nest entführt, statt mich in der Wandsbeker Chaussee abzusetzen. Warum sie eigentlich nicht heiraten. Koldewey ist ein schrecklicher Egoist.

Auch Herr Footh dachte in diesem Augenblick an seinen zukünftigen Schwiegervater. Der Mann hegte ein paar unangenehme Züge, die er sich würde abgewöhnen müssen. Daß er Hunde nicht ins Haus ließ, nicht einmal entzückt war, wenn sie im Garten herumfuhrwerkten, auf Igel pirschten oder Mäuse. Ferner hätte sich ein jeder bei Footh dafür bedankt, daß der Teetjen angerufen hatte. Einen Amateurhenker herbeizaubern, das geschah doch nicht am laufenden Band. Aber diese oberen Beamten fanden alles selbstverständlich, was ein Nichtakademischer für sie tat, trugen die Nase hoch und machten sich rar. Tja, sie konnten es sich leisten. Dieser Herr Koldewey durfte neben seinem Klubsofa in aller Ruhe solch scheußliche russische Bäuerin zur Schau stellen, diesen entarteten hölzernen Hindenburg in Weibsgestalt. Jeder

Mensch hielt dafür, daß er es nur zur Abschreckung tat und um seine Gäste zu belustigen. Denn an der gleichen Wand hing ja eine stimmungsvolle Morgenlandschaft aus Rügen von einem gewissen C. D. Friedrich, den man allgemein hochschätzte. Nun, einerlei, ob der Alte sich bedankte, Annettchen tat es, sie würde es noch weiterhin beweisen, hätte es auch wohl heute getan, wenn Footh sich nicht im Klub hätte zeigen müssen. Skatabend, jeden zehnten, zwanzigsten und letzten Tag im Monat. Es kam immer etwas dabei heraus. Informationen, Geschäfte oder, last not least, Gewinne, obwohl man sagen durfte, er habe Glück in der Liebe.

Dann mußte er Gas wegnehmen, sie näherten sich der Stadt, rote und grüne Ampeln hingen unter dem dunklen Himmel. Diese Käte Neumeier schien eine ganz patente Person, gut gewachsen, junge Augen, hätte einen Käptn in besten Jahren noch ganz glücklich machen können. Sollte übrigens einen Neffen in der SA. haben, Bert Boje, Zeichner im Tiefbauwesen, der für Annette schwärmte. Man mußte das in irgendeiner Gehirnwindung notieren, alles war brauchbar zur rechten Zeit. Segen der Fahrordnung, Segen der Stadtbeleuchtung. Passanten gehörten auf den Bürgersteig; vor den Trambahnschienen mußte man sich in Acht nehmen.

»Lübeckerstraße oder Wandsbeker Chaussee?« fragte er, als sie sich ihrer Gegend näherten. »Wandsbeker 2«, entgegnete sie, »dicht an der Ecke.« – Dann bremste er, half ihr hinaus, sie bedankte und verabschiedete sich, und während die Haustür hinter ihr zufiel, und er sich gerade anschickte zu wenden, kam ihm eine Eingebung. Hier war er heute mittag mit Teetjen heruntergesaust, seiner Sache schon ganz sicher. Nun aber durfte er den Mann nicht mehr aus dem Griff lassen, mußte sich um ihn kümmern. Zusagen konnte schließlich jeder, zweitausend Mark einstecken auch; dazwischen aber mußte anständige Arbeit geliefert werden. All diese Leute neigten zum Schlendrian, ließen sich gehen, glaubten, der liebe Gott werde ihnen im geeigneten Augenblicke schon beistehen. Weit gefehlt, mein Lieber! H. P. Footh hatte diese Sache übernommen, sie mußte erstklassig klappen. Kümmerte sich dieser Koldewey nicht darum – um so schlimmer für ihn. Zum Glück war er vorsichtig in der Wahl seiner Tochter gewesen. Mein lieber Albert, jetzt nicht gefackelt. Schlafmützigkeit wird abgemeldet, bis der »Job« getätigt ist. Morgen früh beginnt dein Training. Und Herr Footh wußte schon, wie. Carstanjen versah sich mit Frischfleisch, und übermorgen war »Einäuglein« fällig, die aus Tampico kam und gleich wieder auslaufen sollte, nach Konstanza am Schwarzen Meer. Irgend etwas bereitete sich vor, das Luftministerium füllte mit Schwung alle seine unterirdischen Reservoire. Für fast siebenhundert Taler durfte ein Fleischer seine Axt wohl schwingen – Rindfleisch, Kälber, Schweine. Mein Albert, da mußt du ran. Muskeln und Handgelenke gratis spielen lassen und deinen ollen Footh nicht blamieren.

Er hatte Notizblock und Bleistift im Wagen. Beim Lichte der Straßenlampe schrieb er, auf die heiße Motorhaube gestützt: »Heute halb zehn Anruf Büro. Footh.« Diesen Eilbrief würde er gleich unter der Ladentür durchschieben. Der Wagen machte es schneller als die Post. Und Frau Teetjen sah nicht nach Faulpelz aus. Morgenstunde hat Gold im Munde.

Viertes Kapitel

Training

I

Daß Kriegskameraden einander kennen, erweist sich oft nur als Vorurteil. Wenigstens hätte Albert Teetjen Grund gehabt, dies gegen Herrn Footh auszuspielen. Schon früh des Morgens kniete er vor dem Schrank im Schlafzimmer, aus dessen Grundschubladen er Stinens Vorrat an Sparwäsche entnahm, die zusammengelegten Laken und Bettanzüge sorgfältig auf den Fußboden türmend. Zu allerunterst in der linken Lade, seit langem nicht mehr angeschaut, fand sich ein in Öltuch gewickelter Gegenstand, einem Musikinstrument nicht unähnlich. Als er das Linnen wieder an seinen Platz gebracht und die schwere Schublade ohne besondere Mühe geschlossen hatte, entpuppte sich das Musikinstrument als Beil – ein Beil mit breiter Wange und leichtgekrümmter Schneide. Albert hatte es den Vater noch handhaben sehen; es stammte aber von seinem Großvater, dem Böttcher Teetjen aus Winterhude, und bestand aus bestem Stahl, in Sheffield gefertigt. Es war wohl nicht handlich genug für die Tagesarbeit des Vaters gewesen, der es gleichwohl immer hoch in Ehren gehalten hatte: englischer Stahl! Als dieses Beil importiert wurde, war Solingen noch nicht Solingen und Essen noch nicht Krupp, und die Engländer genossen darauf ein Monopol, wie später auf Panzerplatten. Nun, inzwischen hatte sich viel geändert, die deutsche Industrie (erst »Made in Germany« zur Abschreckung gestempelt, wie heute »Made in Japan«) sich emporgearbeitet, und Solingen machte Sheffield tüchtig Konkurrenz. Aber darum blieb es doch, was es war, englisches Fabrikat, gut und teuer. Albert derweil, den Holm mit der Linken umfassend, klopfte mit dem rechten Zeigefinger auf das blaßgraue Blatt: es klang. Der schwache Ton, zart und rein, erfreute sein musikalisches Ohr; er verspielte Minuten, indem er den Klang mit verschiedenen Gegenständen hervorlockte, mit einem Schlüssel, einem Kochlöffel, seinem Taschenmesser, das in einer Lederhülse steckte. Der Kochlöffel klang entschieden am besten und brachte ihm ein Soldatenlied ins innere Ohr, wer wußte wohl darum, »Ich schieß den Hirsch im wilden Forst, im tiefen Wald das Reh«. Nein, Großvater hatte nicht gegeizt. Alsbald ließ er es im Handgelenk spielen, im Ellbogen, in der Schulter. Teufel, war er eingerostet! Er würde kein schlechtes Training nötig haben, seiner Sache aber gewachsen sein, das Vertrauen nicht enttäuschen, das man in ihn setzte.

Er schlug die Axt wieder ein, schritt im Zimmer auf und ab. Natürlich stellten sich die Narren vor, ein Schlächtermeister von heute hacke ununterbrochen nichts als Köpfe ab. Dabei hatte sich das Gewerbe genau so fortentwickelt und zerteilt wie jedes andere. Er, Albert Teetjen, hatte mit dem Töten von Tieren schon lange nichts mehr zu tun. Der Großverband der Schlächter und die Belegschaft des Zentralschlachthofs besorgten, daß es ging wie geölt. Als Gehilfe und schon als Lehrling seines Vaters hatte er diesen ganzen Betrieb ja mitgemacht, den Rindern die Masken vorgebunden, den Gehilfen die Bolzenpistole gespannt und gereicht, die den Tieren einen betäubenden Stahlpflock ins Gehirn jagte, dann das eigentliche Schlachten erlernt, den Kehlschnitt, das Ausbluten, das Ausweiden, Abziehen, Zerlegen. Nun, das lag zurück, laß sehen, ein Vierteljahrhundert. Mit dem Beil ging man in der Neuzeit um, wenn man den toten Körper zerlegte, Markknochen aufspaltete usw. Zu Vaters Tagen zierten noch halbe Kälber oder Schweine, der Länge nach vom Haken hängend, die Wände des Ladens, womöglich in der Nähe der Tür, die Hausfrauen anzulocken. Eindrucksvoll für Kinder, auch für die des Schlächtermeisters. Sohn eines Herrn über Leben und Tod … Geschichten sponnen sich von den Köchinnen zu den Kindern, haarsträubend anzuhören und zum Schmunzeln für Kenner: von Bengels und Gören, die in die Wurstmaschine fielen oder im Pökelfleisch verschwanden …

Einem Manne, der so mit Axt und Messer umging – man tat wohl, sich ihm zu fügen. Daß der Sohn das Geschäft des Vaters übernahm, ergab sich unter solchen Umständen leicht. Man trat in seine Fußstapfen und wollte nichts zu tun haben mit Gesindel, das sich auflehnte, Gehorsam und Gefolgschaft verweigerte, die Treue brach. Die Axt des Großvaters würde noch zu Ehren kommen.

Während er so mit langen Schritten Laden und Wohnzimmer durchmaß, bis es Zeit wurde, den Footh anzurufen, sah er, sich erinnernd, den Vater hinter seinem Ladentische hantieren, mit leisen Schlägen der Axt Gelenke auseinandertrennen, Kalbskoteletts, Schöpsenkeulen. Ja, der war ein Virtuose gewesen auf diesem anscheinend so plumpen Instrument, Beil und Block. Ein Kalbshirn aus dem Schädel zu holen, ohne das dünne Häutchen zu verletzen, das es überzog, dafür gab es niemanden besseren als Schlächter Teetjen. Und was für ein Künstler war er mit Messern! Er liebte sie auch, hielt sie beständig scharf und sauber, ja, es setzte manchen Katzenkopf für Sohn und Lehrlinge und manchen Anschnauzer für die Mutter, wenn sie es dabei an Sorgfalt fehlen ließen. Daß Schlächtermesser keine Küchenmesser seien, mit denen man Holz und Papier schneiden durfte, das führte zu Auftritten mancherlei, bis die Frau es einsehen lernte und nachgab. Freilich stammte sie aus einer eigensinnigen Familie, die Tochter eines Schäfers und Imkers, aus Buxtehude zugezogen, die Anna Posthorn; war als Dienst- und Aufwaschmädchen im »Krug« von Winterhude angestellt worden und hatte schließlich den Philipp Teetjen genommen. Mit ihr war »Gesang in die Schlächterei eingezogen«, allerdings auch gelegentlich ein Anfall von »zweitem Gesicht« – aber davon sprach man nicht – und eine Leidenschaft für Wäsche. Wie Albert das Wasser schleppen und aus den Eimern ins Waschfaß gießen durfte! Weit über seine Kräfte strengte sich der Vier-, Fünfjährige an, es der Mutter recht zu machen, dabeisein zu dürfen, wenn die blutbefleckten Kittel und Schürzen in Kesseln verschwanden, nach dem Kochen aber herausgeholt wurden zum Rubbeln, Wringen und Spülen und dann schwer und schneeweiß trockneten oder auf dem Rasen bleichten. Dabei hatte die Mutter, den blonden Haarkranz über den eindringlichen Augen, den Sohn belehrt, auf Blut folge die Bleiche, auf jede Schuld die Sühne. Und ebenso lebte noch in Alberts Gemüt Großmutter Posthorn, wie sie zu Besuch kam oder später ganz zum Schwiegersohn zog, um der Tochter beizustehen in ihren vielfältigen Verrichtungen als Hausfrau, Schlächtersgattin und Mutter dreier Kinder. Großmutter Posthorn, in ihrem leisen, feinen Dithmarsisch, das schneeweiße Haar sauber gescheitelt über dem braunrunzeligen Gesicht, pflegte zu sagen, wenn Albert, Theodor oder die kleine Anna unfolgsam waren, gestraft werden mußten und dann nicht abbitten wollten: »Ihr werdet doch nicht verstockter sein als die Mörder im Zuchthaus. Von denen will jeder seine Strafe. Da bestehen sie drauf. Lieber Kopf ab in Ehren, als unbestraft und weggejagt wie die Zigeuner.« Ja, Zigeuner und Juden hatten es ihr angetan, der Großmutter. Friedloses Gesindel, ohne Ahr und Halm … Wäsche waschen war schön, aber Schweineschlachten auch. Man mußte sich nur die Ohren zuhalten, weil die Biester doch kreischten, wenn man ihnen ans Leder wollte. Er schmunzelte, stopfte sich eine Morgenpfeife, legte die Axt griffgerecht auf die Kommode, verkaufte dem Dienstmädchen von Petersens Durchgedrehtes, Rind- und Schweinefleisch gemischt, das man roh essen konnte, Beefsteak à la Tartare, oder braten als deutsches Beefsteak oder falschen Hasen; und der Witwe Paradeis von gegenüber ein halbes Pfund schöne Leber, nebst gespaltenen Knochen zur Suppe, und machte sich, da Stine nicht zurückkam, ausgangsfertig, bei Lehmke zu telephonieren. Früher hätten Gewerbetreibende sich Abwesenheit am Vormittag kaum leisten können. Ja früher! Als Hamburg noch ein Tor für große Aus- und Einfuhr war und die Republik gepumptes Geld unter die Leute brachte … Er seufzte, spie in den Spucknapf, brach den Gedanken ab. Es hatten sich zwischen zehn und elf die Kundinnen auf den weißen, buntgeblumten Fliesen gedrängt und die Marktkörbe oder Einholetaschen auf den Ladentisch gestellt, rotes Roastbeef, fest und markig, oder blasses Schweinefleisch und weißen Speck, in sauberes Pergamentpapier gewickelt, gegen gutes Silber eingetauscht und eins geschnackt, gelacht, neue Witze ausgepackt und munter die Zungen gewetzt, in einem beteuernd, wie eilig man es habe. Jetzt freilich, wie vorsichtig waren die Leute geworden und wie rar …

Einem Schub des Ladentisches entnahm er ein Schild, sonnenvergilbt und mit roter Bordüre »Bin zurück in zehn Minuten«. Von innen an die Tür gehängt, bewog es oft selbst Laufkunden zu warten oder inzwischen noch eine Besorgung zu erledigen. Früher hing es draußen; aber die verdammten Kinder trieben Unfug damit, bekritzelten es mit Bleistift: »Ja nich wohr« und »Döskopp, komm wedder«. Und so hatte er's, mittels einer Gummihaftscheibe, nach innen retten müssen – unbequemer, aber was wollte man machen.

Er trat an die Scheibe, berührte sie mit Stirn und Nase. Die Straße gehörte den Kindern, zumindest eine so unbefahrene wie die Wagnerstraße. Da spielten sie Ball, Kreisel und Reifen, je nach der Jahreszeit. Just vor seinem Laden hatten sie sich angewöhnt, mit Kreidestrichen die breiten Granitpflaster in rhythmisch angeordnete Abschnitte zu teilen, welche auf einem Bein durchgehüpft werden mußten und Himmel und Hölle hießen; den Rinnstein ebenda ausersehen, wenn es geregnet hatte, Staudämme anzulegen und Schiffchen schwimmen zu lassen – Holzstücke, Strohhalme, auch Boote aus kunstvoll gefaltetem Papier; gut Wetter aber brachte Kreisspiele mit Gesang und Abzählversen, die den ungehinderten Zu- und Abgang der Kundschaft störten. Und da half kein Schimpfen, im Gegenteil, machte es schlimmer. Ungeschriebene Gesetze regelten die Gewohnheiten, unveränderbarer als geschriebene. Dieser Teil der Wagnerstraße – Kinderspielplatz war und blieb er. Und wenn es Herrn Teetjen nicht paßte, konnte er ja ausziehen. Besonders seit die »Blase« als Jungvolk in der Hitlerjugend zusammengefaßt war, genoß sie Macht.

Albert Teetjen, aus dem Laden tretend, zuschließend und ausschreitend, dachte grimmig: Donnerwetter, wär ich jetzt ein Junge, einer wie ich damals war, der Indianer spielte und sich Speer und Tomahawk bastelte aus Latten und Kistenholz, mit Schnitzmesser und Laubsäge! Ich wäre vielleicht unter sie gefahren, ich, Chingachgook, die große Schlange, der Häuptling der Delawaren! Eine Federkrone im Haar, das Skalpiermesser im Gürtel, so hätte ich meinen Willen schon durchgesetzt, gegen mich hätten sie nicht gemuckst! Anstatt bloß Lederstrumpf und Winnetou zu lesen, hätte ich sie aufgeführt und ausgeführt – wie wir's ja damals pflegten, in Winterhude, ehe die Stadt Hamburg bis zu uns hinauswuchs. Damals hatte ich freilich noch den Teddy und die Anna. Jetzt ist die Anna in Oldenburg verheiratet, der Teddy jedoch, Maat auf U 36, von der letzten Fahrt nicht mehr zurückgekommen. Schade um den Jungen. Aber da konnte man nichts machen. Die Engländer wollten damals nicht so wie wir, und sie setzten ihren Dickkopf ja denn auch durch. Anno vierzehn besaßen wir eben keinen Führer, der uns einbringt, was uns der Tirpitz versprochen hatte: die deutsche Weltmacht. Und alles ohne Krieg.

II

Leute, die viel zu Fuß unterwegs sind, behaupten, der Weg zurück sei ein ganz anderer als der Hinweg. Die Anordnung der Gegend sei es, die den Unterschied bewirke. Albert Teetjen, ans Marschieren gewöhnt und an Wanderungen mit Stine in den Außenbezirken, hätte das bestätigen können; für die Wagnerstraße machte er diese Beobachtung zum ersten Male. Dabei hatte er den Gang vom Laden zu Lehmkes tausendmal zurückgelegt, in allen Beleuchtungen, Jahreszeiten, Stimmungen. So nachdenklich aber war er noch nie aus Lehmkes Budike nach Hause getrottet. Was fiel dem Footh eigentlich ein! Wie zu einem Angestellten hatte er gesprochen. Soundsoviel Köpfe Rinder und Schweine waren im Viehhafen für ihn angekommen, um dort gleich geschlachtet, zerlegt, in die Kühlhalle des Ölhafens herübergebracht zu werden. Er, Albert Teetjen, sollte sich bei dem Zollinspektor in Halle IV melden und das Werkzeug mitbringen, das er zu benützen gedachte. Wer das bezahlte? Niemand, mein Lieber. Unsere Trainingsspesen, damit's beim anderen glatt gehe. Unsere. Beim anderen. Worin das bestand – keine Andeutung der gemütlichen Stimme. Kleinigkeit, vier kurze Nackenschläge. »Wirst mir ja doch wohl keine Schande machen wollen – Teetjen.« Wem? Dem mächtigen Herrn Footh ...

Sahen die Häuser hier eigentlich schon immer so verrußt aus? Schwarzrote Ziegel, die Eingänge viel zu eng? Sollte Klempner Drohm seine Auslage nicht mal endlich erneuern, die kümmerlichen Lampen, Kuchenbleche und Backformen? Hatte die verfluchte »Blase« nicht das Schild der Hebamme Gräf mit einem Klebebild versehen, ein Engelchen darstellend mit aufgestützten Armen, sie so als Engelmacherin kennzeichnend? Roch es immer so nach Kohl, wenn man nicht in der Mitte der Straße ging, sondern, wie es sich gehörte, auf dem rechten Bürgersteig? Einerlei, der Volksgenosse Footh hatte recht, Training war nötig und durfte nicht auffallen. Die Zeiten waren vorüber, wo Albert sich harmlos unter die Innungskollegen hätte mischen können, die auf dem Schlachthof zu tun hatten. Wie die Dinge jetzt lagen, SS.-Mann und über vierzig Jahre alt, hätte es ein gewisses Hallo gegeben, und außerdem seinem Kredit geschadet. Er schuldete der Viehverteilungsstelle bei der Zentraleinkaufsgesellschaft ohnehin noch ein hübsches Sümmchen – ohne Footh hätte er sich an Lehmke wenden müssen oder an den Sturmführer, damit jemand der Innung gegenüber Bürgschaft übernähme. Aber das hätte sich herumgesprochen und kaum genutzt. Aufschub, ja, aber höheres Einkommen? Gewiß war vieles besser geworden im Deutschland Adolf Hitlers. Der Arbeitsmann, der Handwerker genossen mehr Ehre, und draußen, jenseits der Grenzen, fing man wieder an, uns zu fürchten. So gehörte sich's. Dann war die Schmach von Versailles getilgt. Im vorigen März, bei der Wiederbesetzung des Rheinlandes mit unserem Militär, hatten die Franzosen nicht gewagt, mit der Wimper zu zucken. Dabei hieß es später, nach dem fabelhaften Sieg bei der Volksabstimmung, die Generäle seien dagegen gewesen, die Stäbe hätten die Rückmarschbefehle bereits ausgeschrieben. Unser Adolf, der Mann aus dem Volk! Schritt er in seinem schlichten Überrock und barhäuptig inmitten der Wirtschaftsführer, Bonzen, all der patenten Uniformen, Abzeichen und Orden, eine Werft besichtigend, unter den riesigen Kränen durch, bei Blohm und Voß oder dem »Vulkan«, und inspizierte die großen Neubauten, Kriegsschiffe, nix als Kriegsschiffe! – merkte jeder Mensch: der ist wie du. Der versteht dich; der trägt deine Sorgen mit, zerbricht sich den Kopf auch für dich und deine Kinder. Kinder hatte Stine ja nun nicht gebracht, sondern eher Blutungen, Aborte; die Dr. Neumeier mußte ihn auf später vertrösten. Jetzt wiederum war es gut, daß sie beide allein waren. Solange die Parole galt: »Kanonen statt Butter«, Eintopfgerichte und Verzicht auf üppige Schüsseln, mußte ein Fleischer so manchen Wunsch eben zurückstellen. Ehrlich gesprochen wurde ihm just dieses Opfer auch nicht sehr schwer. Andere mußten noch ganz anders ran. Tja, aber ... es regierte doch einmal ein unveränderliches Programm, zugunsten des kleinen Mannes sollten die Trusts verschwinden, Siedlungsland bereitgestellt werden, die Großgüter aufgelöst. Mit welch heißen Köpfen hatten sie das alles diskutiert! Jetzt ging er kaum mehr zu den Sprechabenden. Auf die Juden konnte er auch allein schimpfen. Und die Hamburger Juden, was wollte man von denen? Alles war in arische Hände übergegangen. Aber war es darum besser geworden, leichter zu leben? Seine Stine, die bei Apotheker Plaut so viele Jahre diente und doch keinen Schaden nahm, hatte ihn da immer gebremst, aus purem Aberglauben. Laß das sein, hatte sie gesagt. Mit den Juden soll keiner anfangen. Die hat sich der liebe Gott vorbehalten, und der kann's viel besser. Wer sich an denen vergreift, pfuscht ihm ins Handwerk und muß dafür geradestehen. »Mein ist die Rache«, spricht der Herr. Und waren es denn die Juden, die ihm das Geschäft verdarben, oder die Aufrüstung? Hatte man die Löhne zu tief gesenkt? Er, Albert Teetjen, selbständiger Schlachtermeister und Inhaber eines Geschäftes, stand zu den Arbeitern zwiespältig. Kamen ihre Frauen Speck einholen, Schweinebauch, Rindsgulasch, so freute er sich. Eine gut bezahlte Arbeiterschaft bildete das Rückgrat von Handel und Wandel. Schlossen sie sich aber zusammen, um diese hohen Löhne zu erzwingen, machten sie Gewerkschaftsterror und Klassenkampf und brachten ihre Abgeordneten durch und ihre Streiks, so schlug Albert Teetjen mit der Faust auf den Tisch, wurde zornrot und außer sich: Auflehnung und Verrat! Weder nationales Empfinden noch Treue zum Reich! An allen Ecken Moskau! Da mußte durchgegriffen werden. Na, nun wurde ja durchgegriffen. Mit dem Beil.

Als er seine Ladentür wieder aufschloß, war ihm klar: er mußte in den Hafen, sich anziehen wie ein Schlächter, auftreten wie einer. Seine Freiheit hatte er offenbar für die nächsten vierzehn Tage eingebüßt. Die Axt wollte er schleifen lassen, aber erst später. Vorläufig genügte es, wenn er sie wetzte. Heut war der erste September. Er konnte den Laden nicht allein lassen. Die Leute hatten Gehalt empfangen, sie würden nicht bis zum Sonntag warten, schon heute Suppenfleisch auf den Tisch bringen oder Koteletts. Je schneller er sich umzog, um so besser. Inzwischen kam auch Stine zurück. Auf dem Postcheckkonto – der Bank des kleinen Sparers – standen noch hundertdreiundzwanzig Mark. Wie schnell sich ihm eine Schnur um die Kehle gelegt hätte, wenn er den Scheck für Wohnungs- und Ladenmiete an die Wandsbeker Häuser-AG. hätte ausschreiben müssen, ohne Aussicht auf den neuen Zaster, den er sich mit ehrlicher Arbeit am Fünfzehnten verdienen sollte. Ja, leben – und sterben. »Wat dem eenen sin Uhl, is dem annern sin Nachtigall.«

Und als er so durch seine Stubentür schritt, die etwas lockere Schwelle knarrte unter seinem Gewicht, fiel ihm etwas ein. Er war ein über den Durchschnitt großer Mann, der das Gefühl genoß, die Leute in den Straßen zu überragen. In der Türöffnung spürte man das besonders. Aber: der Stil der Axt war zu kurz, selbst für seinen ausgestreckten Arm. Zu Störtebeckers Zeiten richtete man Verbrecher mit dem langen Schwerte. Aber der dicke Göring schwärmte ja für das Handbeil, jene Leibwaffe der alten Sachsen oder Franken. Gut und schön, jedennoch liebte niemand bespritzt zu werden. Bei einem Halbmeterholm ließ sich das schwer vermeiden. Zwanzig Zentimeter mußte man entschieden zugeben. Dann blieb es handlich, lieh dem Schlag aber größere Wucht und dem Schläger die Möglichkeit, dem Herausspritzenden zu entgehen. Ging er jetzt ins Training, so mußte er das Ding vorher richten lassen, auf dem Hinweg bei Wachsmuth & Co. absteigen. Kanadische oder russische Esche, was sie eben vorrätig hatten. Komische Stadt, dieses Hamburg, wo man englischen Werkzeugstahl mit den geeigneten Hölzern von jenseits des Meeres paaren konnte, Großvaters Axt neu beschäften – bevor sie neu beschäftigt wurde ... Über diesen Witz schmunzelte er noch, als die Ladentür über Stine schellte.

III

Ein grünes Kleid mit weißen Tupfen zu rosiger Haut, blitzenden Augen und rötlichem Haar machten selbst auf einen Ehemann Eindruck, der doch alles so gewöhnt war. Das Wetter hatte sich aufgeklärt, die Wolkendecke gelockert. Sonne funkelte hinter Stine durch die Scheiben. In ihrer Armbeuge preßte sie einen großen Busch weißer Astern, den sie »besonders billig« einem herumfahrenden Wagen der Wandsbeker Stadtgärtnerei verdankte. Albert griff ihr wohlgefällig unters Kinn. »Also hat der oll' Footh funktioniert«, stellte er fest. »Und wie«, rief sie jugendlich. »Zauberei, kann ich dir sagen. Erst kriegten die Damens die Zähne nicht auseinander, mußten mal eben Herrn Piepenbrink fragen, mit der Registratur telephonieren. Ließen mich viele Minuten stehen, wo sie doch wissen sollten, wie schwer einer Frau das fällt. Ein Schild für Tierschutz hängt zwischen den Fenstern, Menschenschutz aber – bild dir nichts ein. Hätte mir ja einen Stuhl genommen, aber es lag ein grauer Strohhut auf dem einen und ein Spazierstock auf dem andern. Als sie aber wiederkam, die Volksgenossin – purer Zucker. Machte sogar selbst einen Stuhl frei, meinte: ›Stock und Hut steht ihm gut, aber bloß einem.‹ – ›Na‹, sagte ich, ›seid ihr solche Bangbüchsen geworden? Hat das Handwerk keinen goldenen Boden mehr?‹ Lachte die

Dame: ›Seit der Machtergreifung allemal; aber wir arbeiten mit Spargroschen.‹ Na, nun ist das in Ordnung, und da dachte ich: Leistest dir die Chrysanthemen.« – »Sind Astern«, verbesserte er, indem er die schweren Blütenköpfe befühlte, »nicht mehr ganz frisch.« – »Sagte ich dem Gärtner auch. Aber der blieb bei Chrysanthemen. Wenn sie bald ins Wasser kämen, versprach er, hielten sie sich noch 'ne Woche. Kannst du, indes ich mich umziehe, die Stiele abhacken? Ein Tipp mit dem Beil.« – »Muß ja weg«, entgegnete er. »Hab nur auf dich gewartet. Für Footh in den Viehhafen und ins Schlachthaus.« Dabei erklang die Axt schon; Stine wunderte es nicht, ihr Albert, gottlob, liebte wie sie die Pflanzen – alles, was da seine Wurzeln in die Erde trieb und aus doch recht dünnen Stielen oder Stämmen Blütenköpfe oder Baumkronen zauberte. Denn es wirkte doch ganz wie Zauberei. Ein Körnchen, so groß wie ein Nagelrand, vom Roggen oder Apfel, eine Haselnuß oder Eichel – und das Ergebnis konnte sich sehen lassen und überdauerte unter Umständen den Mann, der es gepflanzt. Drollig, was alles in dem braunen Boden vorging … »Werd' also mein Mittag allein auslöffeln, Speckerbsen und Arme Ritter?« – »Arbeiten, Stine«, nickte er, indes er die Lederjacke anzog, »von nix kommt nix.« – »Halt!« rief sie, ergriff die Haarbürste und gab seinem Schnurrbart die schöne Form, geteilte Mitte und geschwungene Enden. »Die Leute sollen doch sehen, wer da bei ihnen werkt. Und um fünf bist du wieder da. Ich wart' mit dem Kaffee.«

Er blinzelte ihr zu, preßte das eingepackte Werkzeug untern Arm wie eine Gitarre, ahmte mit den Lippen jungenhaft das dazugehörige Plumplum nach und trat auf die Straße. Was für 'ne kußfeste Person seine Stine immer blieb! Die Schultern, der Hals … nein, sie gaben kein übles Paar ab, wenn sie mal zusammen ausgingen … In vierzehn Tagen war alles vorbei, dann mochte sie es wissen. Wie es ihr beibringen, das wollte er später bedenken, auch wie sie's wohl aufnahm. Kam Zeit, kam Rat. Vorläufig schritt er jetzt allein zur Elektrischen und stand seinen Mann. Unter den Morgennachrichten, während er bei Lehmkes aufs Telephon wartete und das »Hamburger Tageblatt« anblätterte, hatte er ein paar Zeilen aufgepickt: die Vollstreckung der vier zum

Tode verurteilten Kommunisten sei für Mitte dieses Monats anberaumt, der technische Verzögerungsgrund endlich behoben. Und als er die Telephonecke verließ, hatte Dörte, das Balg, inzwischen das Radio angestellt, eine Rede, die der kleine Goebbels gestern abend im Sportpalast vor Gott weiß wieviel Tausend Deutschen von Stapel gelassen. Der Monat des Parteitags hatte begonnen, und der tüchtige Doktor zeigte voll Stolz, welch einen Weg man, dank Adolf Hitlers Genie und Prophetengabe, in diesen vier Jahren zurückgelegt, auch beim Ausrotten der kommunistischen Weltpest. 1933 konnte sie es noch wagen, den Reichstag anzuzünden; heute jedoch durfte die Kominternschlange keinen ihrer Köpfe mehr dort erheben, wo das Hakenkreuzbanner wehte. Vielleicht sollte man den kommenden Parteitag den der »Einheit und Freiheit« taufen. Albert Teetjen, während er so wartete, suchte in seinem Schulwissen nach einer Schlange mit vielen Köpfen, die ihr aber von einem Helden – wie hieß er doch? abgesäbelt wurden. Drüben jedenfalls in Fuhlsbüttel lauerten noch vier solcher Köpfe, und hier kam einer, es ihnen zu besorgen – einer, hinter dem der Wille des Führers stand und ganz Deutschland. Im Grunde konnte Stine darauf stolz sein, daß just ihr Albert dazu auserwählt worden war – stolz wie auf sein Eisernes Kreuz. Bekanntwerden durfte es vorderhand ja nicht; nur die wenigsten vermochten sich über alte Vorurteile hinwegzusetzen. Später aber … Doch da rollte endlich die Straßenbahn an, ihn in seine neue Laufbahn hineinzutragen. Rauf und rin.

Zweites Buch

Das Gedächtnis der Reichswehr

Erstes Kapitel
Die Nachricht

Die Hamburger sind kritische Leute. Sie schimpfen gern, besonders dort, wo vergangene Geschlechter für Schäden verantwortlich zu machen sind, deren Folgen weiter wirken, die Zukunft mitbestimmen. Daß man beim Planen der Stadt den schönsten Teil der Umgebung, das Alstertal mit seinen Höhen und Wällen, nicht zu ästimieren wußte, just Fuhlsbüttel mit Gefängnissen verzierte anstatt mit einer Künstlerkolonie und die Entwicklung Groß-Hamburgs in keiner Weise vorauszusehen verstand, verhalf Rednern in der Bürgerschaft, im Hamburger Parlament und selbst im Senat zu manchem Beifall. Auch von Bodenspekulationen und Terraingeschäften konnte dann die Rede sein – alles nur halb so schlimm gemeint; denn der Deutsche macht sich gern Luft, wenn ihn etwas kratzt, freut sich dabei aber, daß und wenn er keine tätigen Folgen daraus zu ziehen braucht. (Seltsamerweise blieben solche Reden völlig aus, seit sich im Fuhlsbütteler Stadtgefängnis auch ein Konzentrationslager eingenistet hatte, obwohl das die Gegend doch keineswegs verschönte.) So liegen denn seit Generationen inmitten der reizvollsten Landschaft drei riesige vielflügelige Gebäude, umgeben von roten hohen Mauern, und machen zusamt mit den Baulichkeiten der Verwaltung, der Bewirtschaftung, den Wohnhäusern der Beamten und der Villa des Direktors eine kleine Stadt für sich aus, langweilig von Bauart und erträglich nur durch das Zusammenspiel von Gemüsegärten, Grünflächen, Baumwipfeln und dem weiten Himmel; ein eifriges Flüßchen, die Alster, beeilt sich, südwärts zu laufen, in die Elbe, dort, wo einst Karl der Große mit seinen fränkischen Falkenaugen Möglichkeiten für eine Stadt, Hammaburg, erkannte. Daß seit Urzeiten dort schon slawische Fischer ihre Lehmhütten errichtet hatten, Verwandte der Wenden und Obotriten, minderte nichts an der Leistung des genialen Städtegründers und Zivilisators.

Telephonistinnen haben die Pflicht zu schweigen. Zwar weiß man nie genau, wie sie es damit halten, wenn sie zum Beispiel mit einem Manne befreundet sind, den durchgegebene Neuigkeiten berühren. Es mag also durchaus sein, daß es nur auf Zufall beruhte, wenn Justizwachtmeister Bilski die Zellen, in denen die vier zum Tode verurteilten Häftlinge seit Monaten wohnten, am Morgen des ersten September mit verändertem Blick aufschloß. Als es aber erst im »Hamburger Tageblatt« gestanden hatte, daß es endlich gelungen sei, für den erkrankten Scharfrichter Dencke einen Ersatzmann zu stellen, einen gebürtigen Hamburger, der den vier kommunistischen Staatsverbrechern Friedrich Timme, Albin Merzenich, Willi Schröder und Walter Benjamin Mengers den verdienten Todesstreich versetzen werde, lief dies Gerücht durch alle Häuser des Gefängnisses. Das Röhrensystem der Zentralheizungen trägt geklopfte Nachrichten fast wie ein elektrischer Draht; auf Spaziergängen raunt und flüstert man sich Bruchstücke von Sätzen zu, die erraten werden, auch wo das Sprechen verboten ist; und die Wirtschaftsgebäude, die Küchen, die Gemeinschaftszellen, die Arbeiten in den Beeten und in den Werkstätten bieten den darin beschäftigten Gefangenen reichlich Gelegenheit, sich »eins zu vertellen«. Das alles war ja denn doch wohl zu arg, war das ja denn doch wohl. Hatten die Nazis nicht erst aus einer Rauferei, Stecherei, Schießerei in St. Pauli den Reeperbahnprozeß zusammengeschneidert, dann jahrelang auf die Hauptbelastungszeugen gewartet, die irgendwo in Persien verschollen waren, danach so lange verhandelt, bis vier Todesurteile herauskamen und schließlich die Krankheit des Scharfrichters erfunden, um den Kampf auszufechten, der hinter den Kulissen tobte, weil es ja in Hamburg immer noch Richter gab. Junge, Junge, sieh dich für. Lebst in einer gefährlichen Dschungelgegend, Hamburg genannt oder Deutschland. Und kannst dich freuen, wenn du bloß wegen Einbruchs verknackt bist, Blutschande oder Urkundenfälschung; das sind einfache Tatbestände, aus denen auch der ehrgeizigste Staatsanwalt keinen Hochverratsprozeß fingern kann. Und jetzt also wollen sie einen Kerl gefunden haben, der sich dazu hergibt, vier unschuldige Volksgenossen zu killen. Bei der Frage, welcher von den Naziorganisationen der Betreffende wohl angehöre, erhob sich ein Streit in der Tischlerwerkstatt, der fast in Tätlichkeiten ausartete. Aus den Kreisen der SA.? Das sag' du noch einmal. Zu so was läßt sich ein SA.-Mann nicht herbei. Da mußt du schon zum freiwilligen Arbeitsdienst gehen oder zu der SS., mein Sohn. Die SA. von heute ist nicht mehr die von dreiunddreißig, wenn dich einer danach fragt. Im übrigen wußte ja jeder Rattenschwanz in St. Pauli, daß da die Reichswehr dahinter steckte. Den Friedrich Timme hatten sie auf dem Strich, den wollten sie kriegen, seit anno achtzehn. Unter der Republik, mein Junge, da ging das nicht. Aber als der Hitler den Reichstag angezündet hatte, das war ein Signal. Von da an durften sie sich alles erlauben, die Herren mit den Achselstücken, auch wenn's einem General damals ans Leben ging, am dreißigsten Juni vor gut drei Jahren. Da spielten halt dumme Zufälle mit. Aber im ganzen, mein lieber Mann, wer regierte in Deutschland, he? Über der Antwort auf diese Frage wäre es zu den schon angedeuteten Tätlichkeiten gekommen, hätten die Aufseher nicht Ruhe geschafft. Die einen behaupteten, die wahren Herren seien die Generäle, die anderen die Banken, die dritten stimmten für die Industrie, und eine vierte, schüchterne Meinung meldete sich für die Nationalsozialistische Deutsche Arbeiterpartei, die Nazis. Aber diese wäre am ehesten niedergeschlagen worden; sie hatte die wenigsten Anhänger unter den in der Tischlerei verwandten Sträflingen.

Der erste Mensch, auf den unsere Neuigkeit eine gewisse Wirkung ausübte, tiefergehender vielleicht als die meisten Ereignisse ihres Lebens, war die Prostituierte Lene Prestow, Hauptentlastungszeugin und erstes Opfer der Reeperbahnvorgänge. Sie lag im Krankenhaus des Frauengefängnisses, in einem Saal mit vielen Betten, Hochparterre, das den Kranken erlaubte, auch im Liegen grüne Wipfel zu sehen, die jetzt schon gelb gesprenkelt waren, und zartblauen Himmel. Der Stich in die Lunge, den ihr der siebzehnjährige Anton Bräse an einer Straßenecke von St. Pauli versetzt hatte, war ihr schlecht bekommen, sie wurde anfällig, die Tuberkelherde, welche die meisten Menschen in ihrem Körper tragen, zersetzten das verletzte und geschwächte Organ; die medizinischen Sachverständigen wußten, sie werde die fünf Jahre Gefängnis, zu denen sie ihrer Beleidigungen wegen verurteilt worden war, kaum zu einem Fünftel durchleben. (Sie hatte sich, einigen Rum und kein Mittagessen im Leibe, voller Empörung gegen das Homosexuellenunwesen ausgelassen, das unter dem Naziregime in der herrschenden Klasse Mode geworden sei und aus Hitlerjungen wie diesem Anton Bräse unlautere Konkurrenz für sie und ihresgleichen machte – wo sie doch Steuern zahlten und der bürgerlichen Gesellschaft dienten, ganz wie Soldaten, mit ihrem Körper; nur daß Soldaten eben ihren Kopf hinhielten, sie aber und ihre Kolleginnen die …)

Diese Lene Prestow nun, eine blaßäugige Blondine mit Sommersprossen und einem hübschen Stubsnäschen im sonst verfallenen Gesicht, riß ihre müden Lider hoch, als die Gefängnisschwester ihr das neue Anrucken der Maschinerie berichtete, der sie selber schon zum Opfer gefallen. Der junge Dr. Laberdan, der seit der Verabschiedung des Dr. Israelski die Gesundheit der drei unpolitischen Anstalten betreute, die da in Fuhlsbüttel beisammenlagen, des Gefängnisses für Frauen, für Männer und des Zuchthauses, dieser junge und phantasievolle Nazi-Arzt hatte das Bedenkliche im Zustand der Prestow die Apathie genannt, die sie bei so hohem Fieber zeigte. Lene Prestow war in diesen Minuten gerade die Schulentlassene Helene Prestow gewesen, Tochter und Älteste des zur Landwehr einberufenen Maschinenschlossers Ferdinand Prestow, die ihrer Mutter kräftig helfen mußte im Hungerwinter 1917/18, sich und die beiden Kleineren durchzubringen; und Ferdinand hatten die Großeltern ihren Vater genannt zu Ehren Lassalles, der den Deutschen Arbeiterverein gegründet und so dem deutschen Proletariat zum Zusammenschluß verholfen hatte. Ja, Lene Prestow stammte aus einem staatsfeindlichen Milieu, wie der Herr Staatsanwalt verkündet hatte; und als ihr Vater aus dem Krieg zurückkam, schon Frühling neunzehnhundertachtzehn, mit einer fast halbierten linken Hand und arbeitslos war und arbeitslos blieb, da hatte Lene mit ihrem hübschen Gesicht und lebensfrohen Wesen Herrenbekanntschaften gemacht. Zweimal hätte sie sogar geheiratet werden sollen.

Als sie nun hörte, nächsten Fünfzehnten sollten die Köpfe der vier fallen – Schwester Adelheid merkte, daß sie sich verplappert hatte und biß sich auf die Unterlippe: das angesetzte Datum war nur innerhalb der Beamtenschaft bekannt und hatte keineswegs in der Zeitung gestanden – sah sie zur Decke auf, blinzelte in die weißbeglänzten Wolken, die den Flughafen übersegelten, und sagte: »Der Fredy Timme! Und der feine Mengers. Da werd' ich ja wohl voranmachen und sie oben anmelden beim ollen Petrus. Möcht' gern noch meinen Vater hier sitzen haben, Schwester. Beantragen Sie's bei der Leitung. Der Fredy Timme! Hätten ja gerne einen Horst Wessel aus ihm gemacht, die Herrschaften. Aber das war nich. War ein Genosse und ein feiner Kerl, und somit Schluß mit Jubel. – Glauben Sie, Schwester, es wird bewilligt werden?« Und dann dämmerte sie schon wieder weg und überließ Schwester Adelheid alles weitere.

Als Dr. Laberdan vom Inspektor der Verwaltungszentrale gefragt wurde, wie es denn mit der Prestow stehe, da sie verlangt habe, ihren Vater noch einmal zu sprechen, brummt er nur: »Spuckt Blut, kratzt ab.« Es hatte also nichts genutzt, daß er gleich nach Amtsantritt die Räume des Krankenhauses mit der Wünschelrute untersucht hatte, um die Betten so günstig als möglich anzuordnen. Die Arztpflicht verlangte, daß man sie den zerstörenden erdmagnetischen Strahlungen entzog, die von unterirdischen Wasseradern ausgingen, und die er erwartet hatte, seit man ihn hierher versetzt. Zudem erfüllte ihn die Aussicht auf eine vierfache Hinrichtung mit Unruhe – er wußte noch in keiner Weise, wie es damit zu halten. Sollte er Parteigeist zeigen und ihr beiwohnen oder den Erholungsurlaub wahrnehmen, der ihm für diesen Herbst noch zustand? Am Gardasee oder auf der Mendel – oberhalb der Wolkenschicht konnte man sich auch im Oktober, selbst noch im November in die Sonne legen.

Es gibt Menschen, die am frühen Morgen sterben, am Ende des Schlafes und der Nacht, um dem Aufwachen ein für allemal zu entrinnen. Und andere, die ihr Tod beunruhigt, weil sie noch einen ungelösten Erdenrest zurücklassen, einen Auftrag für nahe Verwandte oder nächste Freunde. So saß übernächsten Vormittag, übernächsten Mittag genauer gesprochen, der ehemalige Vorarbeiter und Maschinenschlosser Ferdinand Prestow am Bett seiner Lene, fünfundsechzig Jahre alt, dennoch wieder eingestellt, bei Blohm & Voß, einen Kran zu führen, wozu man im wesentlichen nur die Rechte braucht. Der kurz gehaltene graue Bart gab ihm etwas Ansehnliches, sorgfältig rasierte Wangen und ein sauberer Anzug taten das übrige. Als er seine Tochter so jämmerlich im Bette liegen sah, scharfe Züge von den Nasenflügeln zum Mund, wollten ihm fast die Tränen kommen. »Lenken«, sagte er leise, »mein lütt Deern.« Ihre Hand verschwand fast in seiner harten Rechten, so schmal war sie geworden. »Ja, Vater«, sagte sie in der hamburgischen Mundart, die man missingsch oder messingsch nennt, »auf deinem Siebzigsten wird deine Lene ja nun nicht tanzen. Auf den Anton Bräse, der mich gepiekt hat, auf den könntet ihr ja ein Auge halten.« – »Wie ist mir denn«, entgegnete der Vater, indem er sich die Augen mit einem rot umrandeten Taschentuch trocknete, »das ist doch der mit dem Eid und der Notwehr, nich? Der in der Hauptverhandlung den schmucken Gefreiten von den Siebenundvierzigern machte und nach der Entlassung zur Reserve bei uns eingestellt wurde, in der Stahlgießerei? Der ist doch hinüber. Ist doch nächtens im Juni bei der Verdunkelungsübung von den Hellingen gestürzt und mit Schädelbruch liegengeblieben. Tja, dem kann ich nichts mehr ausrichten.« – Ein leises Lächeln erhellte Lenes Mund und Augen. »Dat is god«, sagte sie. »Nun weiß Petrus, daß ich komme. Bist doch immer nett zu Muttern, Vater, und bringst die Lohntüte immer ganz nach Hause? Mal nen lütten Köhm, da kann ja nicht viel passieren. Aber doch noch stramm auf den Beinen sein, wenn sie den Hitlerlappen unter die Füße treten und Hammer und Sichel hissen.« – »Sollst doch nicht so viel reden, Leneken«, sagte der Vater, einer jener innerlich sanften Menschen, die am Sozialismus das Prinzip der gegenseitigen Hilfe angezogen hatte und festhielt. Sie aber schüttelte den Kopf und zuckte ungeduldig die Schultern. »Geh zu der Patronin Neumeier, Vater, Adresse beim Inspektor. Sag, deine Lene sei zu allen ihren Aussagen gestanden, bis sie gestorben wär'. Haben mich ja nicht zum Eid zugelassen, aber das ist mehr wie Eid. So«, sagte sie und streckte sich, »das ist die Wahrheit. Jemand soll sie wissen und weitertragen. Ist kein Fußabtreter, die Wahrheit, wie der Goebbels will und seine

Schweine. Werden es schon merken. Wird sie schon totschlagen. Dachte immer, ich würd' dabei sein. Eine Nutte mit der Wahrheit ist stärker als unser Zar. Ja, wir hatten keinen Lenin. Dem Walter Mengers bring mein Sittenbuch, zum Andenken, soll's aufheben, mal später seinen Enkeln zeigen, was es in Hamburg damals alles gab.« (Daß dieser junge Mann sie nur um zwei Wochen überleben werde, war der Sterbenden schon entfallen.) »Und Mutter und den Mädeln 'n Kuß.« – Aus dem steilen Sitz, zu welchem sie sich aufgerichtet, bückte sie sich auf des Vaters Hand, stieß Husten und Blut aus, riß sich das Hemd auf, drückte die Finger auf die Narbe des Messerstichs und klappte nach vorwärts, das Bettleinen überblutend. »Schwester, Schwester«, schrie Werkmeister Prestow außer sich. Aber Schwester Adelheid vermochte ja auch nicht zu zaubern.

Alle gemeinnützigen Anstalten Hamburgs erfreuten sich von alters her reger Anteilnahme von seiten der hamburgischen Frauen, und die gesetzgeberische Entwicklung der hansischen Republik war an dieser Tatsache nicht vorübergegangen. Die Waisenhäuser, Krankenhäuser, Strafanstalten wiesen die Einrichtung sogenannter Patronate auf, welche einen engeren Kontakt herstellten zwischen den wirklichen Bedürfnissen der Bewohnerschaft und den Möglichkeiten, die den Leitungen zur Verfügung standen. Erst ein Vorrecht der Damen aus den Kreisen des Patriziats, verbreitete sich diese ehrenamtliche Tätigkeit im Verlaufe des vorigen Jahrhunderts unter den Frauen des Dritten, bald auch des Vierten Standes, und gerade die letzteren, deren Arbeitszeit so sehr in Anspruch genommen war, leisteten Rühmenswertes zugunsten der Benachteiligten und Schwachen. Zu den Patroninnen des Frauengefängnisses Fuhlsbüttel zählte Käte Neumeier schon vor der »Machtergreifung«, erst recht nach ihr. Sie war immer eine tüchtige Person gewesen, hatte sich gegen Ende ihres Studiums in Rostock und Kiel aus der Freien Studentenschaft zu den sozialistischen Jugendverbänden hin entwickelt, nach dem Sturz des Kaiserreiches zum erstenmal sozialdemokratisch gewählt, in der Wahl des Marschalls Hindenburg zum Nachfolger des Präsidenten Ebert ein Unglück und ein Symbol gesehen und daraus Folgerungen gezogen, die sie von ihren früheren Freunden entfernen mußten. Wenn das deutsche Volk sein Heer und den Soldatenstand als seinen obersten liebte, so mußten Massenparteien sich diesen Impulsen fügen. War man aber militaristisch, so blieb es unlogisch, sich nicht dazu zu bekennen. Dann bildete sich im deutschen Volke eben eine andere Form des Sozialismus aus als die bislang erkannte, wie sich ja auch im englischen, im italienischen, im russischen eigene Sozialismen herauskristallisierten. Strebte man eine dauernde und bleibende Verbesserung seiner Lage an, so konnte man an den Strukturprinzipien des Deutschtums nicht vorübergehen. Unsere Entwicklung drängte auf Wiederbewaffnung. Die Achtung vor einem Volke heftete sich nun einmal an seine Kriegsflagge. Als Hamburgerin liebte sie die großen Schiffe. Wie nun die Sozialdemokratie im Jahre neunundzwanzig erst gegen einen neuen Panzerkreuzer gestimmt und ihn gleich darauf bewilligt hatte, ward ihr dies Theater zu dumm. Dann hatten die Nationalsozialisten recht in ihrem Kampfe um die Mehrheit, und Käte Neumeier ging zu ihnen über. Seither war viel geschehen, auch in ihr ... Alle vierzehn Tage sah sie jetzt nach dem Rechten und nach ihren Schützlingen, zu welch letzteren die Lene Prestow besonders gehört hatte. Eigentlich hatte sie gehofft, ihre letzte Augustvisite mit dem Krebsessen bei Koldeweys zu vereinigen. Aber das hatte nicht geklappt, eine Fischvergiftung in ihrer nächsten Nachbarschaft, die eine ganze Familie zu dezimieren drohte, hatte sie damals und die Tage darauf arg eingespannt. So vergingen Tage, bis sie den weiten Weg nach Fuhlsbüttel in ihrem Stundenplan unterbringen konnte. Und so traf sie der Werkmeister Prestow im Geschäftszimmer, als er sich erkundigen kam, wo auf dem Ohlsdorfer Friedhof das Grab seiner Lene zu finden sei, und ihre Habseligkeiten abzuholen, mit denen sie ihre Strafe angetreten hatte: Kleider, Wäsche und etwas Schmuck, besonders die wertvolle Taschenuhr, Geschenk eines Matrosen, der im spanischen Bürgerkrieg mitgekämpft und Beute gemacht hatte, natürlich auf seiten des Generals Franco. Daß Lene zu denen gehören würde, die der Herbst einsammelt, war Käte Neumeier nicht verborgen geblieben; sie hatte versucht, ihrer Lunge Besserung zu verschaffen, indem sie sie in der Küche beschäftigte und dort so viel als möglich rohe Kost knabbern ließ: Kohlrabi, Karotten, Äpfel. Daß es nicht viel helfen würde, wußte sie wohl, hier hätten konzentrierteste Säfte aus solchen Gewächsen und die völlige Entziehung von Kochsalz notgetan, aber, wie vielleicht schon zitiert, eine Strafanstalt war ja kein Sanatorium, und so war es Käte Neumeier, die ja ärztlich hier gar nichts zu suchen hatte, nicht gelungen, die interessante und tüchtige Person wenigstens über den Winter zu retten. In diesem Sinne sprach sie ihrem Vater zu, der der Lene offenbar seine feine und besondere Natur vererbt hatte und diese Unterhaltung in der Geschäftsstelle des Gefängnisses wahrscheinlich unpassend fand. Aber Lene hatte ja nun keine Zelle mehr und auch kein Bett im vergitterten Krankensaal, und für die paar Minuten das Besuchszimmer aufzusuchen, lohnte wohl kaum. Es waren ja nur zwei Punkte noch zu erledigen. Erstens hatte die Lene ihr Sittenbuch dem Strafgefangenen Mengers aus dem Reeperbahnprozeß zugedacht; das behielt nun die Polizei, aber erfahren sollte er es, daß sie ihm ein kleines Andenken hatte vermachen wollen. Und zweitens war da auch eine Botschaft von ihr für Frau Doktor: daß sie nämlich zu jedem Punkt ihrer Aussage stände noch auf dem Totenbett, als hätte sie unter Eid geredet. Weiter hatte er hier nichts mehr zu suchen, und er empfahl sich, für alles Freundliche dankend, das seine Lene von ihr empfangen hatte. Aber sie standen ja nun einmal in verschiedenen Lagern, und es war ja wohl nicht in Ordnung, daß seine Lene auf diese Art eigentlich zu hart bestraft worden war. Damit setzte er seine Mütze wieder auf das schüttere weiße Haar, empfing auf einem Zettel Ortsangaben für den Ohlsdorfer Friedhof, preßte sein Paket unter den Ellbogen, umfaßte mit einem beredten Blick den ganzen bürokratischen Raum, wünschte dem Führer Hitler Heil und verschwand. Käte Neumeier, während sie Formalitäten erledigte, blieb ein paar Minuten beeindruckt von Herrn Prestow, der einst Genosse Prestow gewesen wäre, nun aber kein PG. war, blieb an dem Worte Reeperbahnprozeß hängen und suchte in ihrem Gedächtnis nach jenen Aussagen, deren Glaubhaftigkeit stark bezweifelt worden war, die die Lene jetzt auf dem Totenbett bekräftigt haben wollte. All das lag so weit zurück. Die Aufregung, das Interesse, die Bedeutung waren längst abgeflaut – nur eine so eng mit einer Angelegenheit Verflochtene konnte meinen, man wisse noch, was sie damals ausgesagt hatte. Als sie ihren Rundgang, heute oberflächlicher als sonst, beendete, fragte sie telephonisch nach Annette Koldewey und ihrem Vater. Annette machte einen Teebesuch in der Stadt, aber Herr Koldewey freute sich, seinerseits Frau Dr. Neumeier eine Tasse Tee anbieten und ihre Fragen beantworten zu können. So ging sie denn hinüber. Es war gegen sechs, und die Dämmerung sank mit leichtem Nebel über die Wipfel, den weiten Himmel.

Ein Teewagen, an das Ledersofa des Herrenzimmers herangerückt, aus Glas, Messing und schwarzem Holz, veränderte es, ohne es zu entstellen. Herr Koldewey, etwas müde von der klimatischen Umstellung und dem zu drei Vierteln abgelaufenen Tage, freute sich seines goldroten Getränkes, das der Chinaimporteur Mathiesen auf einem eigenen Teefeld erntete und kiloweise an seine Kunden verkaufte. Außerdem aber erfrischte ihn das Wiedersehen mit Annettes Freundin, die er von all ihrem Umgang eigentlich am meisten mochte. Als sie ihn jetzt nach den näheren Umständen des Reeperbahnprozesses ausholen wollte, winkte er zunächst ab. Er wollte sich über seine Kleine mit ihr unterhalten. So, Lene Prestow war gestorben? Ach ja, er hatte es im Rapport zur Kenntnis genommen. Was sie damals ausgesagt, um den Timme und die übrigen zu entlasten? Er wußte es nicht mehr. Aber es war unschwer festzustellen. Er besaß eine Denkschrift über den ganzen Fall, von der Justizbehörde in Altona für den Senat veranlaßt und offenbar von einem fähigen Kopfe – die konnte er ihr mitgeben, wenn ihr damit gedient war. Kein geheimes Schriftstück, wenn auch nicht dazu bestimmt, in ihrem Wartezimmer umherzuliegen; aber sie als Privatperson und zu treuen Händen mochte es immer auf ein paar Tage mitnehmen. Damit öffnete er die unteren Flügeltüren seines Bücherschrankes und entnahm breiten und flachen Schubladen, eigentlich für Mappenwerke und Atlanten gedacht, eine Anzahl Schriftstücke, Heft für Heft pedantisch in Umschläge geheftet und mit Titelschildern versehen, sogenannten Etikettes. »Reeperbahnprozeß« las er vor, »1934 bis 1937«, blätterte in den von blauen Aktendeckeln zusammengehaltenen, mit der Schreibmaschine geschriebenen und vervielfältigten Seiten, lächelte vor sich hin und sagte, indem er das Ganze wieder in einen großen Briefumschlag steckte, ein Aktenkuvert: »Ich habe da zwei Beilagen hinzuheften lassen, die machen das Ausderhandgeben eines solchen Schriftstücks noch bedenklicher. Mir tut die Gestapo nichts, wenn sie sie bei mir findet, ich bin ja fast selbst die Gestapo. Verleihen aber – lieber nicht betroffen werden. Mit einem Eckchen also gebe ich mich hierdurch in Ihre Hände. Wie sagt doch Goebbels? Gefährlich leben.« Käte Neumeier brach unwillkürlich in Gelächter aus, so spitzbübisch klang es, wenn ein Mann von Koldeweys Format den kleinen Propagandaminister zitierte, der ja wirklich unter geistigen Menschen nicht zu den Leuchten zählte. »Übermorgen bringe ich sie wieder. Da möchte ich bei Annchen nachholen, was ich heute versäumte. Bitten Sie sie, mich anzuläuten und womöglich abzuholen. Es ist ja fast ein Tagesausflug mit unserer guten Hochbahn. Na, diesmal hab ich was zu lesen.«

Manchmal ereignet es sich, daß Menschen in eine neue Epoche ihres gesamten Daseins fahren, während sie nur glauben, nach Hause zurückzukehren. Käte Neumeier saß in der Mitte eines leeren Abteils, unterhalb der Lampe, vertiefte sich in den Reeperbahnprozeß und merkte zunächst gar nicht, wie sie sich in ihre eigene Vergangenheit verlor, in die Jugend, jenes letzte Jahrzehnt, das doch eigentlich abgetan war, verdunstet, begraben. Beinahe hätte sie versäumt, in Eppendorf den Zug zu wechseln; als sie ihn verließ, eilte sie nicht, wie sonst, mit ihren kräftigen Schritten durch vertraute Straßenzüge, sondern winkte einem Taxi, um baldigst weiterzulesen. Der Friedrich Timme! Mit dem Schlagwort Reeperbahnprozeß hatten die Zeitungen alle Tatsachen zugedeckt, die an lebendige Menschen erinnerten, an wirklich gelebtes Leben. Wäre sie nur im Jahre vierunddreißig, als all das begann, nicht so töricht engagiert gewesen, verknallt über beide Ohren in den Mann ihres Lebens, und also eher geneigt, zu vergessen, als sich zu erinnern, der Gegenwart zu leben, als irgendeiner Vergangenheit. Ja, aufgeregt und stark gelebt hatte sie damals; sie hatte die Enttäuschung kommen sehen, die das Ganze schließlich für sie wurde, als Karl August sich von Hamburg weg und in den Konsulardienst versetzen ließ, nach Buenos

Aires, einer hübschen Dolmetscherin des Spanischen folgend; sie hatte sich zum Trost in Arbeit gestürzt und an der Tagesgeschichte nur obenhin teilgenommen. Reeperbahnprozeß? Gott ja, Reeperbahn hieß die Hauptstraße in St. Pauli. Sie lief parallel zu den Landungsbrücken und verlängerte sich nach Altona. Aus dieser Lage ergaben sich Dirnen, Seeleute, Vergnügungslokale, Krach und Streit – für einen Hamburger nichts Neues. Jede Großstadt besitzt solche Viertel, denen die Polizeistreifen beständig Aufmerksamkeit zuwenden. Im Sommer vierunddreißig, um den dreißigsten Juni herum, lag Hochverrat in der Luft, erneuter Umsturz, Aufbruch der SA. gegen Großkapital und feine Leute. Zwar sammelte sich das Scheinwerferlicht der Welt damals auf München, wo der Führer selbst die Ordnung wieder herstellte, wie es hieß. Allerdings war auch da schon die Reichswehr in Sicht getreten, verkörpert durch einen Major Walter Buch, den sie, Käte Neumeier, aus ihrer Studienzeit dort zu kennen glaubte. Aber auch Berlin zog die Augen auf sich – was damals in Hamburg vorging, wurde kaum bemerkt. Und da saß sie nun jetzt in ihrem Arbeitszimmer bei ihrer augenhygienisch entworfenen Lampe, beide Ellbogen aufgestützt, beide Hände ins Haar vergraben, und las. Und dennoch hätte sie nichts richtig gesehen oder verstanden, wenn der verdammt kluge Koldewey dieser Denkschrift nicht die beiden Anlagen hinzugefügt und eingeklebt hätte. Eine Bildbeigabe des Hamburger Fremdenblattes in Kupfertiefdruck, zwei Photographien reproduzierend, welche schon in seiner Ausgabe vom November neunzehnhundertachtzehn abgebildet worden waren, und einen Artikel auf gelblichem Papier, in lateinischen Lettern gedruckt und offenbar aus einer Emigrantenzeitschrift herausgeschnitten, der Neuausgabe und Fortsetzung einer Berliner Wochenschrift, die Käte Neumeier in den Tagen des »Systems« regelmäßig gelesen, ja abonniert hatte. Später hatte sie ihr die Gefolgschaft gekündigt und die gesammelten Jahrgänge verschenkt. Endlich ging sie zu Bett und löschte das Licht. Aber dann lag sie noch lange wach, überprüfte und ordnete, was sie gelesen hatte, verdaute es, hob es in Klarheit, als wäre es eine Prüfungsaufgabe aus dem Physikum oder ein schwieriger Fall.

Mit Schimpfreden der angetrunkenen Lene Prestow hatte es

begonnen, gegen hohe SA.-Führer und die jungen Männer, die sich als Lieblinge für sie hergaben. Aber in jener Gegend, jenen Lokalen waren schon früher Mitglieder der alten republikanischen Schutzbünde mit den Anhängern der Völkischen in Streit und Schlägerei zusammengestoßen: Befand sich doch damals schon das deutsche Volk, von Arbeitslosigkeit, Inflation und Trustgewinnen auseinandergerissen, im Zustand notdürftig weggeschminkten Bürgerkriegs. Ein Pröbchen davon entbrannte auch in dieser Nacht. Beide Parteien holten Hilfstruppen herbei, Revolver gingen los, eine Anzahl Menschen fielen. Als die Polizeistreifen den Knäuel der Kämpfenden zusammengetrieben, mit Gummiknüppeln und Kolben überwältigt, gesondert und verhaftet hatten, gaben die Beamten zu Protokoll, den Setzer Friedrich Timme mit der Waffe in der Hand gesehen zu haben, zwei der Nazis behaupteten, er habe ihre Freunde erschossen. Der Buchhandlungsgehilfe Mengers hatte Blut an den Händen; daß er nur einen der Niedergeschossenen beiseitegeschleppt habe, ihn zu verbinden, wurde ihm nicht geglaubt. Der Werftarbeiter Merzenich und der Dreher Willi Schröder wurden von anderen als Hauptschläger und -schießer angegeben. Alle hatten noch im Jahre zweiunddreißig Kampfbünden der Linken angehört, dem Reichsbanner Schwarz-Rot-Gold und der kommunistischen Rotfront. Mehrere Unbekannte mochten rechtzeitig geflüchtet sein, nachts zwischen elf und zwölf, wenn sie die Gegend gut kannten. Sieben Verwundete wurden ins Krankenhaus gebracht, drei Tote in die Schauhalle. So hatte es begonnen. Merzenich, Schröder, Mengers und Timme blieben in Gewahrsam.

Sie kamen auch nicht mehr auf freien Fuß. Nach den ersten beiden Vernehmungen erließ die Behörde Haftbefehle gegen sie und brachte sie ins Untersuchungsgefängnis, in die große moderne Strafanstalt am Holstenglacis. Es ergab sich bald, wie der Kurs lief: auf staatsgefährliche Umtriebe, Vorbereitung zum Hochverrat. Die Zugehörigkeit zu den republikanischen Verteidigungstruppen rächte sich jetzt, dagegen konnten auch die Anwälte nicht aufkommen, die von den Familien der Angeklagten aus den alten Beständen der Anwaltschaft aufgesucht wurden, linksgerichtete und deutschnationale oder konservative Männer, die Mut hatten und ihr Bestes taten, auch wenn es sich um Kommunisten handelte. Eine geordnete Rechtspflege war Hamburgs Stolz, eine Tradition von mehreren Jahrhunderten steifte ihnen das Rückgrat. Sie wehrten sich auch nach Kräften, als die beiden Hauptbelastungszeugen nach den ersten Monaten unauffindbar wurden. Ins Ausland gegangen, hieß es, was in Hamburg, der Schiffahrtsstadt, nichts Auffälliges an sich hatte; nur daß die beiden, Pießling und Bradt, länger als zwei Jahre verschollen schienen, ohne daß man das Verfahren deswegen einstellte ... Es mußte aber Stellen geben, die den Verbleib der beiden einigermaßen kannten und von Zeit zu Zeit Nachrichten von ihnen erhielten – Stellen, einflußreich genug, um den Gang der Dinge zu beeinflussen. In dem Aufsatz des Emigrantenblattes stand klar und deutlich, die beiden seien im Auftrage des Außenamtes der NSDAP. im Orient tätig, als Agenten, welche Aufstandsbewegungen in Syrien und Palästina unter den Arabern schürten, Geld ausstreuten und ihre Tätigkeit bis weit zu den Beduinen der Wüste und den Persern des Iran auszudehnen hatten; da war es denn klar, daß sie eines kümmerlichen Prozesses wegen nicht nach Hause gerufen werden konnten. Zur Hauptverhandlung waren sie schließlich da. Aber auch die dauerte noch lange genug. Ging es doch um den Kopf von vier jungen Männern, die sich zäh gegen die Anklage wehrten, Umsturz gegen die neue Form der hamburgischen Staatsregierung geplant zu haben, und überhaupt nur in der Verteidigung geschossen haben wollten, sich mit Waffen, die sie den Nazis entrissen hatten, gegen die Nazis wehrten. Aber es half ihnen nichts; wer kommunistischer Gesinnung verdächtig war oder gar zugeben mußte, ehemals Organisationen der KPD. angehört zu haben, hatte damit schon ein Verbrechen eingestanden, für das es im Dritten Reich nur eine Sühne gab.

Friedrich Timme ... damals hieß er Friedel. Sie selber war noch ein junges Ding, gerade dem Wandervogel entwachsen; sie hatten sich auf gemeinsamen Fahrten kennengelernt, nur um aufs heftigste zu diskutieren. Beide auf dem Boden sozialdemokratischer Weltanschauung fußend, drängte er als Kind des Proletariats nach links, Käte als Bürgerstochter innerhalb der Partei mehr nach rechts. Seine hübschen, trotzigen Lippen hatten sie geküßt, seine Arme sie nur im Tanz umfangen. Dann war er, kaum siebzehn, in den Krieg gegangen, gegen den Zaren, die russischen Ketten. Als sie ihn Ende neunzehnhundertachtzehn wieder sah, hatte er sich eine vorübergehende Berühmtheit erworben, einer der Rädelsführer jener Militärrevolte, die sich um den neunten November in Hamburg abspielte. Der Gefreite Timme hatte, mit dem Revolver in der Hand, die verwirrten Vorgesetzten gezwungen, die von höherer Stelle angeordnete Einsetzung von Soldatenräten ernst zu nehmen, Prüfung der Regimentskasse zu gestatten, ihm als Vertreter der Mannschaft dem Adjutanten gegenüber einen Platz am Schreibtisch einzuräumen, den Rückweg von der Front zu beschleunigen. Auch während der Zeit, in der das Heer demobilisiert wurde, hatte er die Mannschaft in gemeinsamen Sitzungen mit den Arbeiterräten vertreten und von der Magazinverwaltung die Ausfolgerung guter, neuer Monturen, Schuhe und Mäntel als Entlassungsanzüge überwacht – ein Anhänger Karl Liebknechts, den er auf Regimentskosten in Berlin aufgesucht hatte, um ihn nach Hamburg einzuladen. Wäre er nur damals gekommen, in Hamburg geblieben! Nie hätten die Mördergarden aus dem Eden-Hotel an ihn und Rosa Luxemburg ihre Hände legen dürfen. Das hatte er der Genossin Käte bei einem Wiedersehen zugeschworen, er damals schon auf dem Weg zum Spartakus-Bund und der kommunistischen Partei Deutschlands, während sie der Meinung war, der Weg Friedrich Eberts sei der rechte, für das besiegte Deutschland einzig gangbare. »Na, denn ade, Käte«, hatte er gesagt, »schade um dich, feines Mädel. Wirst das Proletariat nie verstehen und schon erleben, wohin das führt.« Nun, sie hatte es zu Karl August Lintze geführt, der damals auf dem Auslandsinstitut der Universität Hamburg sich für die konsularische Laufbahn vorbereitete, für das vielversprechende Südamerika, und dann stand lange sein Photo zwischen zwei Glasscheiben auf ihrem Nachttisch, sein Gesicht mit den zupackenden, hellen Augen, der fast zu schmalen Linie der Lippen. Jetzt lag es in der Schublade. Mit seiner Germanenschwärmerei hatte er sie fortgerissen, seinem Stolz auf die eigene Vorgeschichte, die nordische Rasse, den Beitrag zur Weltkultur. Gemeinsam hatten sie sich für die Ura-Linda-Chronik begeistert und sich gegen den

Gedanken gewehrt, sie könne eine Fälschung sein. »Kümmerlicher Neid unserer semitischen Mitbürger«, hatte K. A. wegwerfend erklärt, von Friedel Timme aber gelegentlich bemerkt, der sei nur durch Zufall und zu Unrecht dem Sandhaufen und dem Kommando »Legt an, fertig, Feuer!« entkommen. Nun ja, sein ältester Bruder, der Otto Lintze, war nicht umsonst Oberleutnant und Nachrichtenoffizier bei den Sechsundsiebzigern, dem hanseatischen Infanterieregiment und von der Reichswehr übernommen; indes seine Schwester Paula, die nur aus Versehen nicht Ingeborg oder Thusnelda hieß, den Staatsanwalt Russendorf geheiratet hatte. Artstolz, volksbewußt, heimattreu, arisch.

Nächsten Morgen erwachte sie später als sonst, einen Schrecken im Herzen, dumpfen Gefühles, gefangen von einem Traum, der sich so deutlich vor ihr ausgebreitet hatte wie ein altholländisches Bild. Alle seine Figuren sah sie mit ungewöhnlicher Klarheit vor sich, farbig, scharf umrissen, kleine Gestalten, darunter sich selbst. Es war aber die Beerdigung der Lene Prestow auf dem Ohlsdorfer Friedhof, die sie da geträumt hatte, auf weißem Hintergrund, als liege schon überall Schnee. Insassen der drei Gefängnisse folgten in Viererreihen dem Sarg, den wer trug? Die vier Insassen der Todeszellen! Sie hatten es sich nicht nehmen lassen, die Gefallene im Klassenkampf feierlich zur Ruhe zu bringen, und marschierten mit abgewandten Gesichtern in ihren graugelben Jacken und plumpen Hosen, Hände und Füße durch Ketten miteinander verbunden. Rechts und links von jedem marschierte ein Wächter mit geladenem Gewehr, indes unmittelbar hinter dem Sarge Familie Prestow folgte. Die Mutter und die beiden Schwestern hatten schwarze Flöre auf ihre Hüte garniert, während Herr Prestow eine Ziehharmonika handhabte, Lenes Lieblingslieder in Märsche verwandelnd, Ännchen von Tharau und den Lindenbaum. Natürlich hatte die Träumende geträumt, die Internationale darf niemand spielen, die Internationale bekommt den Menschen schlecht – Kopf ab, Augen geradeaus. Gleichwohl sah man, daß all diese Marschierer Unbotmäßiges dachten, es rauchte aus ihren Köpfen, nahm die Gestalt von Schriftzügen an, Sütterlinschrift, Schülerschrift: »Wir lassen uns nicht! In fünf Jahren ist alles vorbei.« Aus dem Fenster lehnte der Kollege Laberdan, lang und dünn, ein Mikroskop neben sich auf dem Fensterbrett, in welchen er die Arbeit der Tuberkeln bei der Zerstörung der schwarzen, weißen und roten Blutkörperchen in der Naziflagge untersucht hatte. »Viel zu nachsichtiger Koldewey!« rief er ihr zu, »Rot überwuchert alles Hyperaemia socialis, ein Aderlaß ist notwendig, Köpfe müssen rollen.« – Bei diesen Worten richtete sich die tote Lene Prestow im Sarge auf, dessen Deckel plötzlich beiseite flog, schüttelte ihre Fäuste und schrie: »Gnade«, während die Wärter ihre Gewehre an die Backe rissen und ein Sandhaufen mit einem offenen Grab davor den Zug zum Halten zwang. Gnade. Dieses Wort hatte Käte Neumeier geweckt. Es war noch Zeit. Sicherlich hatten die Verurteilten Gnadengesuche eingereicht, die ihre Wirkung tun konnten. Sie mußte das feststellen. Koldewey würde wissen.

Als sie unter der Brause stand, erst lauwarmes, dann kaltes Wasser auf ihrer bräunlichen Haut verteilend, verflüchtigte sich die Absicht, Annette sofort anzurufen, womöglich schon heute einen Sprung nach Fuhlsbüttel in ihrem Tagesprogramm unterzubringen. Man konnte sich nicht lächerlich machen, mußte vor allem klaren Kopf bewahren. Unwillkürlich nahm sie bei diesem Gedanken den Gummihelm vom Kopfe, der ihr kurz geschnittenes, graues Haar schützte, und genoß die Wonne, die Flut auch auf die Kopfhaut prasseln zu lassen. (Beim Frühstück den Föhn anstellen, notierte sie im Geiste.) Was sollte sich Annette denken, was der gescheite Herr Koldewey? Und was sie, Käte Neumeier, selbst? Sie seifte sich, schrubbte sich mit den Waschbürsten, rieb sich mit den rauhen Frottiertüchern ab – dies letztere schon im Schlafzimmer, dessen brauner Holzbelag, sogenannter Parkettfußboden, in Wände von ähnlich grünlichem Braun überzugehen schien. Der große Spiegel zeigte ihr das Bild einer kräftigen Frau in den besten Jahren, die es gut verstand, sich geschmeidig mit einem Handtuch herumzubalgen, um möglichst schnell und überall trocken zu werden, bei leicht geöffneten Fenstern und schwacher Herbstsonne. Schade, daß die Männer so dumm sind, dachte sie, und immer aus auf Jagd nach jungem Gemüse. Mit unsereinem wären sie viel besser dran. Wie hieß doch der Franzose, der die femme de trente ans entdeckte? War es Maupassant oder schon ein früherer? Ich muß Koldewey fragen. Auf alle Fälle ist jetzt die femme de quarante ans an der Reihe. Ob unsere neue Literatur das leisten wird? Wahrscheinlich nicht. Heute trägt man Heroismus, großes Leben gestaltend, klassisch idealistische Form. Was bis jetzt herausgekommen ist, entspricht dem freilich wenig, Lehar und Rudolf Herzog mit Ehrenpreisen gekrönt – Wachtmeistergeschmack. Ja, es ist lange her, daß ich Haut an Haut mit jemandem gelegen habe. Wirf's zu dem übrigen. Wäre ich damals schon so weit gewesen wie später oder jetzt, der Friedel Timme wäre mir nicht entwischt. Aber damals verstand ich weder etwas von mir noch von den anderen, hatte mich von dem Geschrei der Kollegen abhalten lassen, etwas von dem Professor in Wien zur Kenntnis zu nehmen, dem verdammt großen Juden, gegen den sie alle Sturm laufen. »Das Weib sucht aktiv ein passives Sexualziel.« Solch einen Satz allein schreibt ihm keiner nach. Im Grunde genommen muß ich ihn ja abschwören, seitdem ihn die Studenten vor dem Opernplatz verbrannten. Aber das würde zu weit führen. Die alte Hedwigskirche wird sich überhaupt gewundert haben, daß sich auch die Unchristen so gut auf Autodafés verstanden. Nee, liebe Herren, die Wissenschaft wollen wir lieber den Wissenschaftlern überlassen. Und jetzt Koldewey anrufen. Damit ging sie, mit Bastschuhen, porösem Unterzeug und einem wattierten Morgenrock bekleidet, in ihr Wohn- und Wartezimmer hinüber, in welchem die treue Marie bereits den Kaffee, das Ei und frische Hamburger »Rundstücke« vorbereitet hatte, und wo die neue Zeitung und frisch eingetroffene Post lag. Ein Flugpostbrief mit argentinischen Marken! Dank unserem Zeppelin, der den Südatlantik so zuverlässig überquerte, wie es keinem Flugzeug je gelingen würde.

Sie saß und las, trank dabei Kaffee, biß in ihr Brötchen, las weiter. Irgend etwas dämmerte da. Das spanisch sprechende Fräulein hatte sich wohl als das Flittchen herausgestellt, als welches sie Käte von vornherein eingeschätzt. Jedenfalls bezeigte der Flugpostbrief wenig Enthusiasmus mehr für die Aufgabe, den ABC-Staaten die Größe des Dritten Reiches und seine befreiende Mission vor Augen zu führen. Diese Aufgabe, fand man, sei gelöst; in Südamerika gab es keine oder so gut wie keine Gegnerschaft mehr gegen Adolf Hitler. Die Hauptschlacht für ihn mußte in New York geschlagen werden, und dahin strebte denn auch offenbar der ehrgeizige Schreiber des Briefes.

Ob K. N. noch ihr vortreffliches Englisch frisch erhalten hatte? Sonderbare Frage. Sie hätte ihr früher das Blut durch die Pulse gejagt, die Frage. Augenblicklich war die Lust, ihr nachzusinnen, in Käte Neumeier gering. Diese Sache hatte Zeit. Das Dritte Reich zu verlassen, in dem so viele tüchtige Mediziner jüdischer Rasse nicht mehr arbeiten durften, war töricht gegen einen selbst und gewissenlos gegen die Volksgenossen. Und jetzt war der Augenblick für ein Telephongespräch gekommen. Den neuen Brief in der Hand, konnte sie recht wohl Paula Russendorf anrufen, dann ihren Mann an den Apparat bitten. Für eine Patronin von Fuhlsbüttel gab es immer Gründe oder Vorwände. Nein. Sie wollte lieber Koldewey bitten, das Vorgelände aufzuklären, den Staatsanwalt zu fragen. Nur unvorsichtige Draufgänger drängten sich in den Vordergrund. Im Dritten Reich hieß es: Gut schießt, wer aus dem Hinterhalt schießt – und trifft.

Zweites Kapitel
Bittschriften

Als Heinrich Koldeweys Neffe Manfred mit acht Jahren seinen Onkel das erste Mal in Fuhlsbüttel hatte besuchen dürfen – nicht in der Villa, sondern innerhalb der Mauern –, bekannte er seine Enttäuschung. Das Arbeitszimmer eines Zuchthausdirektors mußte doch eigentlich in einem luftigen Turm aus Glas liegen, mit Stahlgestängen und elektrischen Glocken ausgestattet, und dem Insassen dieses luftigen Käfigs zu den vier Winden eine Art Allgegenwart und Allwissenheit gewährleisten, die er als Bändiger so gefährlicher Bestien ja aufs allernötigste brauchte. »Machst mich also zu einer Art lieber Gott, Manfred«, hatte Herr Koldewey gescherzt und von dem begabten Jungen, diesem blondgescheitelten Steppke mit den hellen, netten Augen, eine Antwort erhalten, die ihm den Mund offenstehen ließ; was sein langes Gesicht noch länger machte. »Euer Lieber Gott ist ja man auch bloß ein Zuchthausdirektor. Aber sag's Papa nicht weiter.« Nun lag seit langen Monaten dieser Manfred in Baskenland begraben, Vorläufer jener zahllosen jungen Deutschen, welche die Epoche des Herrn Hitler nicht überleben sollten; seine Kindertage waren weggewischt, nur daß das Arbeitszimmer des Herrn Koldewey im Seitenflügel der Strafanstalt immer noch das Vogelbauer hieß. Es war nämlich ein würdiger, braungetäfelter Raum, geschmückt vor allem mit einem großen Farbstich unter Glas und Rahmen, die Seeschlacht bei Helgoland darstellend, in welcher um 1400 die hamburgische Flotte Klaus Störtebeker und seine Vitalienbröder schlug. Diese Likedeeler, wie sie sich nannten, Kommunisten des Mittelalters, mußten es sich, da die Hamburger in diesem Punkte niemals Spaß verstanden, denn wohl gefallen lassen, mit Stumpf und Stiel ausgerottet zu werden. Gerade wieder unterhielt Herr Koldewey seine Besucherin Käte Neumeier mit der oft erzählten Anekdote, wie bei ihrer Hinrichtung ein Senator den bis über die Knöchel im Blut stehenden Scharfrichter teilnahmsvoll gefragt hatte, ob er denn noch kräftig genug sei, das anstrengende Werk zu vollenden. Och, habe der Gefragte erwidert, er fühle noch Stärke genug in sich, um den ganzen edlen Senat, wenn's nottue, hinzurichten. Welcher majestätsbeleidigende Scherz ihn selbst auf den Richtblock brachte. – Käte Neumeier lächelte, in einem bequemen Klubsessel von einer Zigarette erquickt, und wartete, bis sich Philosoph Koldewey geneigt zeigte, auf die Gegenwart zurückzugreifen. Ja, er hatte mit der Staatsanwaltschaft schon Fühlung genommen. Herr Russendorf, den Dr. Käte ja kannte, blieb der umgängliche Herr auch im dienstlichen Gespräch. Es waren Gnadengesuche eingelaufen, wenn auch nicht von allen Beteiligten; viel Wert dürften sie nicht haben. Die Haupttäter und Rädelsführer Herr Timme und Herr Mengers übrigens hatten dergleichen verschmäht, was der Wirkung der beiden anderen Gesuche natürlich nicht gerade nützte; jedenfalls, hatte Russendorf gelacht, durfte Koldewey, nachdem sich endlich der Stellvertreter für den gebrechlichen Herrn Dencke herzugefunden, vier Särge vorbereiten. Bestimmt werde man über die geübten Gehilfen des Herrn Dencke verfügen und von seiten der Staatsanwaltschaft gegen den Gebrauch einer Maske durch den Amateur Einwände nicht erheben – Gott behüte! Sein Schwager Lintze hatte ihm schon angeboten, die lästige Angelegenheit durch eine Salve seiner Sechsundsiebziger aus der Welt zu schaffen. »Sie sehen«, hatte Herr Koldewey mit seiner halblauten Stimme unterstrichen und den langen Schädel bedeutungsvoll hin und her gewiegt, »der emigrierte Herr, dessen Aufsatz ich unserer Denkschrift nicht ohne Grund hinzugefügt, wußte hinreichend Bescheid. Etwas wirklich Ausschlaggebendes könnte man wohl nur bei Herrn Lintze erreichen, jetzt Oberstleutnant Lintze. Was früher neuntes A. K. war, heißt heute Wehrkreis zehn, aber sonst ist alles beim alten geblieben, so wie Herr von Seeckt es hingestellt hat, der auch voriges Jahr ein Ehrengrab bezog.« – »Ich möchte beinahe zu Oberst Lintze gehen, wenn es sich so verhält«, entgegnete Käte Neumeier impulsiv, die Asche von ihrer Zigarette ins Zimmer streuend, »und vorher den Timme und den Mengers sprechen.« – »Was ohne Schwierigkeiten geschehen kann. Seit wann aber, Frau Doktor«, und er hob seine Lider von den hanseatisch vorgewölbten Augen, »weilt Ihr Interesse bei den Delinquenten?« – Käte Neumeier blickte auf, ihm ruhig in die Augen: »Ich habe mich inzwischen mit ihnen beschäftigt. Es sind schließlich Landsleute und der Timme sogar eine Jugendbekanntschaft, als wir noch schön, grün und sozialdemokratisch wählten. Er war kein Durchschnitt, Friedel Timme.« – »Auch der Israelit Mengers ist kein Durchschnitt«, bestätigte Koldewey, »die Bücher, die er aus der Anstaltsbibliothek bestellte, waren in ihr weder enthalten, noch je verlangt. Friedländer, Sittengeschichte Roms! Bachofen, Das Mutterrecht! Delbrück, Geschichte der Kriegskunst! Was dachte sich der Mann von uns?« Und Herr Koldewey stieß ein Meckern aus und zog seinen Kinnbart wie den einer Ziege lang. »Übrigens ließ ich mir diesen Bücherzettel gefallen, bestritt die drei Bestellungen vom Budget unserer Gefängnisbibliothek, Rubrik Neuanschaffungen, und hatte für drei gehaltvolle Autoren zu danken; worauf auch Herr Mengers sie erhielt. Der Delbrück ist übrigens sündhaft teuer, weswegen wir auch nur den ersten Band anschafften. Zeit für eine Volksausgabe.« – »Dann mach ich's gleich«, damit stand Frau

Käte auf. »Langsam, langsam mit die jungen Pferde«, bremste er ihren Eifer, »bei Tageslicht wissen die Männer mit ihrer Zeit, ihrer schließlich knapp zugemessenen Lebenszeit, allerhand anzufangen. Da Sie als Patronin in die Zellen dürfen, verschaffen Sie ihnen gleichzeitig die Vergünstigung länger Licht brennen zu dürfen, wenn Sie nach Anbruch der Dunkelheit hinübergehen. Ich bin selbst neugierig, ob Sie etwas ausrichten werden. Finden Sie es nicht überaus komisch und bezeichnend für unsere Epoche, daß jemand die Herren Gefangenen ersuchen muß, doch lieb zu sein und um Gnade zu bitten?« – »Gott«, meinte Käte Neumeier, indem sie etwas Asche von ihrem dunkelblauen Herbstkleid abklopfte, »die ganze Angelegenheit ist undurchschnittlich. Ihr Prozeß, seine Dauer, Ihr Henker – warum sollen es die Angeklagten nicht auch sein?« – »Mein Prozeß?« fragte Koldewey erstaunt, »da muß ich schon bitten! Ich identifiziere mich nicht mit ihm, weder mit seinem Anfang, noch mit seinem Ausgang, der ja noch kein Faktum ist. Bitte sehen Sie in mir weniger einen Schauspiel- als einen Schauplatzdirektor. Und hier ruft Annette«, damit wies er auf das Telephon neben seinem Sessel, das soeben läutete, und hob den Hörer ab. »Um halb sieben zu Mengers, um sieben zu Timme.« –

Die Zeiten sind vorüber, dachte Käte Neumeier, in denen Gefängniswärter mit riesigen Schlüsselbunden klirrten und ihre Kinder den Gefangenen eine Scheibe Brot zusteckten. Bloß daß unsere »Schergen« aus den Tagen der guten alten Republik ihren Charakter bewahrt haben und man durch diese langen Korridore noch immer eilt wie durch einen Bienenkorb der sozialen Besserung: auch wenn die neuen Herren den Strafvollzug in Stufen schleunigst abgeschafft haben. War es nicht reichlich unvorsichtig, Humanität so ausdrücklich abzubauen? Wenn sie selber einmal in Verlust geraten?

Der Strafgefangene Mengers erhob sich beim Eintritt des Wachtmeisters und der Dame, schloß sein Buch, grüßte Guten Abend und bot ihr seinen Hocker zum Sitz an. Er selber stand an die Wand gelehnt, ein langer, ziemlich schmaler Mann mit dünn gestrecktem Hälschen, auf dem ein kluger Kopf mit eng beieinanderliegenden jüdischen Augen sich wohlgefällig bewegte. Käte

Neumeier beschimpfte sich in ihrem Herzen für die Tatsache, daß sie den Hals des zum Tode Verurteilten überhaupt bemerkte, fand sich als Arzt entschuldbar und sogar dazu berechtigt. Das an die Wand geklappte Bett durfte der Hausordnung gemäß noch nicht aufgestellt werden. Mengers bat um Entschuldigung und setzte sich auf seinen kleinen Tisch. Käte Neumeier blickte zu dem kleinen, hochangebrachten Fenster auf, indes sie Lene Prestows Vermächtnis ausrichtete. Daß die Lene gestorben und begraben sei, habe Mengers ja erfahren. »Sie wollte Ihnen ihr Kontrollbuch hinterlassen.« – »Wahrscheinlich weil ich Buchhändler bin«, scherzte der Mann mit den melancholischen Augen. – »Aber das ist Eigentum der Polizei und fällt an sie zurück.« – »Aus Abfall bist und zu Abfall sollst du wieder werden, womit ich nicht die Lene meine. Die hatte Charakter, die war treu. Es ist recht unwahrscheinlich, daß ich sie vergessen werde – auch ohne dieses Andenken.« Käte Neumeier ärgerte sich über das Wort Abfall als Bezeichnung für eine Staatsbehörde im Munde dieses jüdischen Buchhändlers, aber sie unterdrückte jede Entgegnung, zum Beispiel die, daß sich Herr Mengers ja dieses Andenkens nicht lange hätte erfreuen können. Sicher hatte er ihr mit seinen knochig schlanken Händen in der Mönkebergstraße so manches Buch eingepackt. Dennoch fragte sie ihn, ob er diese Bemerkung ironisch gemeint habe. »Weil ich nur noch zehn, vierzehn Tage zu leben habe? Das eben ist es, was ich nicht glaube. Ich glaube weder an den kranken Herrn Dencke aus Magdeburg, noch an seinen Stellvertreter aus Hamburg. Ich weiß nicht, ob Sie sich einmal mit unserm absurden Prozeß beschäftigt haben, Frau Doktor. Falls aber ja, so wissen Sie auch, daß man auf solche Indizien und von so weit hergeholten Zeugen kein Todesurteil gründen kann. Vielleicht unter Räubern, SA. und SS., im Krach, im Suff. Aber selbst die würden sich, wieder nüchtern, eines solchen Justizmordes schämen. Unser Theaterstück dauert jetzt drei Jahre. Wir haben es die ganze Zeit nicht schlecht getroffen – alles alte Ordnung, in der Strafanstalt Glasmoor sogar dieselben Beamten, das gleiche Reglement, die angenehme Landarbeit, ein großes Stück Freiheit mit in den Strafvollzug hineingebaut. ›So dumm ist keiner, daß er aus Glasmoor durchbrennen würde‹ stand unsichtbar an der Stichwand der Baracken. Und nach alledem ein blutiger Schluß? Glaub ich nicht. Das wäre weder preußisch noch hansisch, noch gar deutsch.« – Käte Neumeier fand diesen Mann plötzlich sehr jung, sehr weltfremd, sehr Bücherwurm. Lag das an seiner Stimme, die etwas freundlich Heiseres an sich hatte, an den Gesten seiner Hände? »Das hätte Sie nicht abhalten dürfen, ein Gnadengesuch einzureichen«, rief sie jetzt beinah scharf und schlug leicht auf den Tisch. »Glauben Sie wirklich, es hätte Sinn gehabt, in den Kampf zwischen den alten und den neuen Mächten einzugreifen? Das alte Hamburg hätte uns in Polizeistrafe genommen. Auch gegen diese hätte ich protestiert, denn ich wollte ja nur den schwerverwundeten Krischan Haas vor den strammen Stiefeln der SA. beiseite schleppen. So gewiß, wie Sie hier vor mir sitzen, habe ich zwei Leute, die geschossen hatten, über einen Zaun klettern, verschwinden sehen. Beim Lokaltermin behaupteten die Schupos, von der Stelle aus, die ich angab, sei dieser Zaun nicht sichtbar, und von da an nagelte mich die Anklage auf dieses Diktum fest. Daß ich die Straßenseiten verwechselt haben könnte, bei dem Unterschied zwischen Nacht und Vormittag, und eine falsche Ecke angegeben, wollten sie nicht gelten lassen, dazu sei ich zu intelligent. Nein, Frau Doktor, es ist besonders nett von Ihnen, mir dazu Mut machen zu wollen. Aber in diesem Kampf der beiden Kraftfelder um die Oberhand hätte das Gnadengesuch einer so unbedeutenden Person, unterzeichnet W. N. Mengers, doch keinerlei Gewicht.« – Käte Neumeier sah auf das Handgelenk, die Uhr. Ihr wirklicher Besuch galt Friedel Timme. Sie wurde ungeduldig, drängte zu ihm. Unter anderen Umständen wäre diese Unterhaltung mit dem Besteller und Leser schwieriger Bücher ein Vergnügen gewesen. »Lieber Herr Mengers«, entgegnete sie, »muß ich Ihnen sagen, daß kein positives Kraftfeld seiner Ladung so gewiß ist, daß es nicht jedes Elektron zur Verstärkung an sich zieht? Ihrer Meinung nach ringen die konservativen erhaltenden Mächte, verkörpert in den Ministerien, mit dem revolutionären Massenangriff der Partei, der SA. Wäre es nicht richtiger gewesen, der hamburgischen Tradition die Handhabe zu geben, die in einem Gnadengesuch an den Senat liegt?« – »Wenn man dem Senat nicht diesen Clown von sogenanntem Reichsstatthalter auf den Nacken gesetzt hätte, der ihn reitet, wie jener Inselgreis Sindbad, den Seefahrer. Wir Mengers kamen nach Hamburg aus Bremen, wo wir schon seit Zeiten Heinrichs des Löwen begraben wurden, die jüngere Linie verpflanzte sich zu Zeiten Moses Mendelssohns hierher. Als Lessing hier die Hamburgische Dramaturgie und Matthias Claudius den ›Wandsbeker Boten‹ publizierten, bewies mein Vorfahr, Benjamin Mengers, bereits so viel Sinn für Literatur, die Blätter zu sammeln und binden zu lassen; bei dem großen Brand vor hundert Jahren flogen sie als Asche ins Alsterbassin. Fragen Sie die Herren, die ich um Gnade bitten soll, was sie damals für Hamburg bedeuteten und Hamburg für sie.« – »Stolz lieb ich den Spanier«, zitierte die Ärztin, im Begriff aufzustehen. – Aber Mengers streckte seine Hand aus: »Mißverstehen Sie mich nicht, verehrte Frau. Ich weiß, wie gut Sie es mit uns meinen. Wenn's Ihnen ein Gefallen ist, reich ich noch morgen eine Bittschrift ein. Worauf kommt's denn an? Daß man in Deutschland atmen kann. Daß Deutsche zwar von Nazibestien gefoltert und ermordet werden, im ordentlichen Gerichtsgang aber immer noch so was finden wie Recht. Wie, ist ja so schnuppe. Wir wissen doch, wir wateten in dieser Republik bis an die Knie in Ungerechtigkeit, alles gegen die Arbeiter, sobald sie nicht kuschten. Wir haben sie bekämpft, wir wollten eine bessere, die man hätte haben können. Aber wenn uns die Justitia jetzt umlegt, dann laß fahren dahin. Dann machen die Beamten, die Banken, die Börse ihr Spielchen ad libitum. Und das glaube ich nicht. Angesichts solchen Unfugs würde die Erde Risse kriegen, die Häuser würden einstürzen, die Gasleitung platzen, Flammen aus dem Pflaster brechen; in Flutzeiten die Elbe drei Meter hoch in den Straßen stehen. Die Leute müßten Flöße und Gondeln benutzen. Gibt's das? Keineswegs. Der Schlamm steht einem jetzt bis zu den Hüften. Aber drunter dehnt sich fester Zement. Man reinigt das deutsche Haus wieder, eines Tages. Die Sowjetunion zieht uns aus dem Dreck, die Russen lassen uns nicht im Stich. Ich müßte zwar lügen, wenn ich behauptete, alles zu verstehen, was seit fünfunddreißig dort vorgeht, aber ...« – Käte Neumeier erhob sich: »Haben Sie Lust, Herr Mengers, ein Gnadengesuch zu schreiben oder nicht?« Verwandt mit der Senatspartei, dachte Mengers schnell, vielleicht einen Bruder bei den Gerichten. »Gut«, gab er zu. Er werde morgen um einen Foliobogen bitten und ein ordentliches Gesuch der Anstaltsleitung zur Weitergabe einreichen. Käte Neumeier, bestürzt von seinem Mangel an Verständnis für die eigene Lage, wünschte seufzend, es möge nur noch nützen. Dafür aber bat der sonderbare Mensch um einen Gegendienst. Er betätigte sich unter anderem auch als Schriftsteller. Er hatte einen Film verfaßt über das Leben von Karl Marx – nicht ängstlich realistisch, sondern expressionistisch. Falls ihm, Mengers, wirklich etwas zustoße, bitte er Frau Dr. Neumeier, in Glasmoor nach seinen Papieren zu forschen. Hier in Fuhlsbüttel habe er nur Materialien zu einer Biographie des verstorbenen Paul Levi gesammelt – des Berliner Anwalts und Abgeordneten, durch dessen Schicksal die Angeln der Republik gingen, der Türen, die zufielen, als ihn das Fieber und die Grippe aus dem Fenster schleuderten. Er werde sich doch, schloß er, mehr als einen Foliobogen geben lassen und das Schema dieser Lebensbeschreibung schwarz auf weiß niederlegen. Und damit dankte er dem guten Genius der Lene Prestow, der Frau Doktor zu ihm gesandt habe, und versprach, noch genauer zu skizzieren, wo in Glasmoor sein Karl-Marx-Manuskript versteckt sei. Und er verabschiedete sich, als Käte Neumeier die Tür öffnete, mit einer Verbeugung, die zu seiner Gefängnistracht kaum passen wollte, indes er seinen Kopf mit freundlich dankenden Augen auf die linke Schulter lehnte.

Der Wachtmeister, einst Schließer genannt, kam ihr vom Ende des Korridors entgegen. Er hob die Hand, was einen Gruß ebensowohl andeuten konnte wie ein Winken. Die Patronin schritt auf ihn zu, vom Erfolg gestrafft, aber auf die eigentliche Begegnung dieses Nachmittags voll Ungeduld gerichtet. Er meldete, die Nummern Dreihundertsiebzehn und Dreihundertzwanzig hielten sich bereits im Besuchszimmer zu Frau Doktors Verfügung. Damit öffnete er die Tür eines Aufzugs, sie durchsanken das Treppenhaus, seine nüchterne Architektur aus Stahl und Beton erhielt etwas Rhythmisches in diesem Querschnitt, dann schlug Käte den Weg zum Besuchszimmer ein: »Es wird nicht zehn Minuten dauern. Bleiben Sie ruhig dabei. Wir lassen den

Käfig hier warten. Ich will ohnehin gleich wieder hinauf.« – »Zu Dreihundertneunzehn, jawohl«, bestätigte der Beamte mit leicht krähender Stimme. Er freute sich, daß er nicht weggeschickt wurde, der Langeweile des Wartens überantwortet, sondern daß er dabei sein durfte, sei es überhaupt, sei es, wo etwas Menschliches geschah. Er kam auch auf seine Rechnung; die Ärztin sprach sehr freundlich zu den beiden Werftarbeitern, jungen, stämmigen Burschen um die fünfundzwanzig, beide blond, sauber gescheitelt, unbekümmerten Blicks. Der Besuch war ihnen fremd, aber sie wußten von der Dame, den Anteil, den sie an Lene Prestow genommen hatte, Patronin der Weiberkaserne nebenan. Achselzuckend ließen sie sich loben, weil sie die Flinte nicht ins Korn geworfen hatten, nicht zu stolz gewesen waren, Gnadengesuche einzureichen, für deren Erfolg mindestens 50 Prozent Aussicht beständen. Sie waren zu höflich, ein Lachen zu zeigen. »Ja, Frau Doktor«, sagte Merzenich, »wir sind ja nu militärpflichtig. Wenn der Hitler seinen Krieg im Osten macht und es geht wegen Danzig los, denn sind wir ja ohnehin am dransten. Ob uns 'ne Bombe die Kohlrübe einschlägt oder der Schinder hackt sie uns ab, das ist ja wohl Jacke wie Hose.« – »Wär' eben hübsch, man hätt' noch 'ne Galgenfrist«, damit schloß sich Schröder seinem Schicksalsgenossen an; es waren auch, betonte er, hauptsächlich seine Eltern und der Anwalt, die ihn breitgeschlagen hatten, das Gesuch zu unterzeichnen. Vor diesem Skeptizismus war es der Besucherin leicht, auszuweichen oder auszureißen. »Na, dann führen Sie mich man wieder in die Oberwelt, Herr Wachtmeister«, schloß sie die Unterredung und verabschiedete sich mit einem Kopfnicken, kühler als sie gewollt. Daß Merzenich seinem Kameraden respektlos zuraunte: »Da geht sie hin, die Kaiserin«, entging ihr möglicherweise, vielleicht aber auch nicht.

Schon von diesseits der Tür, schon im Gange, hörte man einen Mann in seiner Zelle auf und ab wandern, die Sohle einer seiner Schuhe knarrte rhythmisch. Als Käte Neumeier eintrat, stockte der Häftling, der gerade mit dem Rücken zur Tür aufs Fenster zuschritt, drehte sich um und sagte: »Na also.« –

Später auf der Rückfahrt, nachts neben Annette, gab sich Käte Neumeier Rechenschaft darüber, warum sie eine stoßartige Berührung ihres Innersten erlebt hatte, als sie den Strafgefangenen Timme so jäh in seiner Zelle wiedersah, in dem kahlen und unbarmherzigen Licht einer elektrischen Gefängnisbirne. Sie hatte im Grunde erwartet, den Friedel Timme von einst wiederzusehen, einen straffen, breitschultrigen Jungen von Mittelgröße, blond gescheitelt. Nur die geschürzten Lippen und die unbeugsamen Augen waren die gleichen geblieben. Ansonsten aber hatten die Jahre ihre Arbeit verrichtet ... Gestalt und Gesicht zeigten sich leicht aufgeschwemmt, feister geworden, sein Haar verdünnt, an den Schläfen schon grau gesträhnt. Hatte er sich etwa vom Alkohol unterkriegen lassen? Der Blick einer Hamburger Kassenärztin war für diese Einzelheiten besonders geschult. Solche Beobachtungen gaben ihr die Überlegenheit wieder, die ihr, sie spürte es jetzt, in der Aufregung vor dem Wiedersehen geschwunden war. »Ja, Friedel«, sagte sie, »da wäre ich mal wieder. Bin all die Zeit nicht auf die Idee gekommen, Sie unter den Angeklagten im Reeperbahnprozeß zu vermuten. Unter Reeperbahn stellt sich unsereiner Gartenlokale vor, Bumsmusik, Karussels und grüne Pappeln – eben Sankt Pauli. Daß dabei Jugendfreunde mit hopps gehen könnten, darauf kommt man doch nicht. Ohne die Lene Prestow wäre ich wahrscheinlich heute noch nicht hier. Sie ist die ganze Zeit, läßt sie Ihnen sagen, bei ihrer Aussage geblieben, bei der Wahrheit.« – »Schönen Dank«, nickte er, die Hände auf dem Rücken. »Die haben sie auch hingemacht; ›Dirne Prestow‹ sollte man auf ihr Grab schreiben, Stütze der Gesellschaft, gebrochen im Klassenkampf.« – Käte Neumeier ruckte unwillkürlich ihren Kopf, als wehrte sie ein anschwirrendes Insekt ab: ihren Traum, den sie inzwischen so gut wie vergessen hatte. Daß sie sich auf ähnlichen Gedanken ertappte, wie er sie äußerte, war ihr nicht recht; so fragte sie besorgt: »Haben Sie in all den Jahren nicht zu oft ins Glas geguckt, Friedel?« – »Tja«, antwortete er und hob die Achseln, »wenn einer unentwegt zusieht, wie die Arbeiterschaft sich selbst mordet, und legt sich krumm und lahm, kann aber nichts ausrichten gegen die Bonzen, dann muß er ja wohl«, und er führte eine hohle Hand zum Munde, »von Zeit zu Zeit einen lütten Köhm hinter die Binde gießen. Es hat mir übrigens nichts geschadet; der neue Scharfrichter wird einen recht gesunden Deets abhacken.« – »Ja«, beeilte sie sich, »deswegen bin ich da. Glauben Sie etwa auch, wie Ihr Genosse Mengers, es komme nicht zum äußersten? Haben Sie darum kein Gnadengesuch eingereicht?«

Wieder saß sie auf einem Schemel, wieder lehnte ein Mann an dem hochgeklappten Bett. »Der arme Thomas«, spottete er, »immer noch ungläubig? Echt S. A. P., Splittergruppe bis zum Tode. Nee, einstige Genossin, ich reiche keine Bittschrift ein, weil ich weiß, das ändert nichts. Ich spüre das Gebiß der Reichswehr um meinen Hals. Die ist eine Bulldogge, die läßt nicht fahren.« – Käte Neumeier mußte sich zusammennehmen, nicht außer sich zu geraten. »Menschenskind«, rief sie und streckte ihm die geballte Faust entgegen, »und darum wollen Sie eine Chance auslassen? Aus purer Rechthaberei und Besserwissen?« – Er sah sie an, senkte die Augen wie prüfend auf den Tisch, begegnete damit wieder ihren Blicken. »Ja«, stimmte er nachdenklich zu, »so hieß unser Laster. Wir überschätzten das Rechthaben, Rechtbehalten. Aber das war mal, ist nicht mehr. Als ich die beiden Schufte auf der Zeugenbank wiedersah, den Pießling und den Bradt, da wußte ich Bescheid. Jetzt wird die alte Rechnung beglichen.« –

Der Kümmel dachte sie, der Kornus. »Und das glauben Sie wirklich? Den blöden aufgewärmten Kohl?« – »Alte Käte«, erwiderte er, und nun setzte auch er sich auf den Tisch, »sind Sie in der Umgebung von Hamburg herumgekommen? Haben Sie die neuen Flugplätze gesehen, die Exerziergelände, die vielen Kasernen, KZ.s und Arbeitslager? Na, denn fahren Sie mal durch Deutschland und zählen Sie ein bißchen. In Glasmoor saßen ein paar Leute, die gut Bescheid wußten. Die Reichswehr rüstet zur Revanche. Das ist der ganze Sinn der Nazischweinerei, wir haben es immer gesagt. Alle Störungsfaktoren von Anno achtzehn hieß es erst mal ausrotten. Darum fing es mit Liebknecht und Luxemburg an, mit Erzberger und Rathenau. Damit mußten SPD. und Zentrum zerstampft werden, die Juden rausgeschmissen, die Intellektuellen. Das Volk zum Kadavergehorsam zusammengetrampelt – nichts als Heil Krieg, Heil Tod, Heil Deutschlands Größe. Vor mir haben mal paar Herren gezittert, ich gab ein böses Beispiel. Darum müssen wir jetzt weg. Daß noch ein paar

Schuldlose mit draufgehen – im Kriege sind Millionen draufgegangen. Und werden wieder. Klare Rechnung, wie?« – Käte Neumeier fand es kalt in dieser Zelle; geheizt wurde erst ab fünfzehnten Oktober. »Und solcher Hirngespinste wegen riskiert ein Mann seinen Kopf«, sagte sie wie zu sich selbst, »da ist ja nichts zu machen.« – »Ich habe 'ne Frau und zwei kleine Jungen, die ich gerne großgezogen hätte. Für unsere Sache, ein besseres Deutschland«, entgegnete er und fuhr sich mit dem Handrücken unter die Augen, wischte die Finger an der Jacke ab. »Frühjahr dreißig hätt' ich auswandern können, in die Sowjetunion, aber ich wollte nicht. Das war der Fehler. Wenn's hart auf hart kommt, glaube ich, werden die Genossen doch merken, wie der Wind weht. Zusammenstehen wie im Kapp-Putsch. Und Schluß machen. Besser als vierundzwanzig. Dreiunddreißig hätten wir uns zur Wehr setzen können, Hamburg halten, die ganze Unterelbe. Bei uns wären die Nazis nicht hochgekommen. Da können Sie Gift drauf nehmen. Aber wir paßten auf das Signal von Berlin, und das blieb aus. Und so sitzen wir denn hier und warten auf den Schlußpunkt.« – »Timme«, rief Käte und schüttelte ihn an den Achseln, »das ist alles Quatsch, heilloser Blödsinn, und ich werd's Ihnen beweisen. Machen Sie eine Eingabe, Mensch! Ich fahre damit selber zu Ihrem alten Regiment, ich kenne den Oberstleutnant Lintze. Schreiben Sie, Sie seien zweimal verwundet worden und wie Sie aus dem russischen Gefangenenlager ausrissen mit den österreichischen Ärzten und über Persien zurückkehrten – alles, was Sie mir damals erzählten. Dann werden wir sehen.« – Er blickte sie an, schüttelte den Kopf und lächelte: »Sie haben wohl nicht gehört, Genossin Käte, wie sie in den KZ.-Lagern mit Leuten umgingen, die das goldene Verwundetenabzeichen besaßen, vier- oder fünfmal verwundet wurden – und dann mit Stahlruten ausgepeitscht, aber deftig. Nee, Kleine, du lebst noch immer nicht in der Gegenwart, im Reich des Sonnen-Adolf. Vielleicht kriegst du die andern frei bei deinem Lintze – sollte der nicht mal dein Schwager werden? Mir war doch so. Ein Mittel freilich gibt es«, schloß er, senkte die Stimme, trat dicht an sie heran, »eine gute Stahlfeile, fünf Hundertmarkscheine, was man früher blaue Lappen nannte, und zur verabredeten Stunde ein Motorrad, gut getankt, links vom Ausgang, fahrbereit an der Mauer. Von zwei bis drei haben wir Spaziergang, für je hundert Mark schießen fünf Wachtmeister vorbei. Ich riskiere bloß meinen Kopf; wer mir half, bleibt unbekannt, die Partei ganz einfach oder die Russen. Na, Käte? Wenn's dir ernst ist?« – Käte Neumeier sah ihn entsetzt an, stand langsam auf. »Das dürfen Sie nicht von mir verlangen«, flüsterte sie, »das kann ich nicht«, schleppte sich wie gelähmt zur Tür, hörte ihn noch kurz lachen und zog sie hinter sich ins Schloß. Zellentüren schnappen fest ein, wußte sie, als sie im hellen Gang stand. Sie wäre gern auf Wunschesflügeln heimgeflüchtet, in ihr Bett, statt an Annettes Abendbrottisch zu sitzen und über Herrn Footh zu plaudern. Der kluge Herr Koldewey würde sie wieder aufrichten, vielleicht von der Norag ein wenig Musik.

Drittes Kapitel

Wieder Herr im Haus

Als Käte Neumeier den Hörer in die Telephongabel zurücklegte – es war am andern Morgen früh, sie hatte tief und traumlos geschlafen –, sagte sie sich: Unheimlich, wie das klappt. Zum Abergläubischwerden. Es stellte sich nämlich heraus, ausgerechnet heute habe Oberstleutnant Lintze um die Mittagsstunden in ihrer Gegend zu tun, auf den Exerzierplätzen, und könne sie abholen. Ein kleiner Spaziergang unter gelben Bäumen werde einem zum Fettansatz neigenden Bürosoldaten gut tun und auch ihr nicht schaden, obgleich er überzeugt sei, sie sei noch so fit wie früher, als die Familie Lintze das Vergnügen hatte, sie des öfteren zu sehen. Um halb zwei, wenn's passe, Wandsbeker Chaussee zwei, nicht wahr? Der Gleichklang der Zweien werde verhindern, daß er oder sie die Stunde verwechselten; auf Wiedersehen also. Charmanter Mann – charmant und aalglatt. Tat er nicht so, als wüßte er ihre Adresse noch auswendig? Aber leider hatte Käte Neumeier scharfe Ohren; das Umwenden von Papierblättern, wenn einer im Notizblock stöbert, läßt sich schwer verkennen. Nun, auch sie war nicht von gestern und hatte ihren Plan parat.

Der feldgraue Dienstwagen der Sechsundsiebziger bremste

pünktlich vor der Haustür, in welcher Käte Neumeier genau so präzis stand, ein paar Stufen über der Straße, Ausschau haltend. Der Oberstleutnant sprang selbst aus dem Schlag und half ihr hinein, entzückt, wie er sagte, so schnell eine Anknüpfung an frühere Tage gefunden zu haben. Denn er und seine Frau hatten aufrichtig bedauert, daß mit Karl Augusts Abreise die Beziehungen zwischen ihnen eingeschlafen schienen oder waren. Er setzte sie in den Anlagen ab, fuhr dann in die ehemalige Husarenkaserne zurück, in welcher er knapp zehn Minuten zu tun hatte, und konnte sich dann eine reichliche halbe Stunde lang ihrer Gesellschaft freuen. Hier standen Nußbäume und Linden, es gab bequeme Bänke, für die die Republik so viel Sinn bewiesen – und je weniger er jetzt palaverte, um so früher war er wieder zurück, neugierig, was sie von ihm begehrte. Denn jeder schließlich wollte doch was von jedem. »Ich nicht«, lachte Käte Neumeier, »ich will Ihnen was bringen.« – Der Oberstleutnant dankte schon im voraus, küßte ihr die Hand, legte die seine an die Mütze, verschwand. Käte Neumeier indes lehnte sich in die mittels quergestellter Holzstäbe dem menschlichen Rücken geschickt angepaßte, weiß gestrichene Bank und beschloß, nicht an das zu denken, was sie jetzt zu sagen hatte und wovon so viel abhing. Frische, Intuition, Einfühlung in den Gegner; nichts war so falsch wie das Vorausklügeln, was einer sagen und wie man seinen Schmus parieren werde. Sieh lieber den Krähen zu, die dort in großen Flügen vor den Wolken manövrieren; wie schwarze Schleierfetzen gleiten sie durch die Luft, als wollten sie es dem Altweibersommer nachtun, den Spinnenfäden, die über die Allee segelten. Mit der Frage, ob das wohl wirklich Krähen sein konnten, die die Heide verließen, oder Schwärme von Staren, die sich auf den Winterzug vorbereiteten, verbrachte sie die Wartezeit, fast ohne sie zu bemerken. Ein Vers des Dichters Gottfried Benn klang dabei in ihrem Herzen mit – ein schöner Vers:

»Und wie die Möwen winters zu den süßen
Gewässern flüchten, also: heimgekehrt.«

»In 'ner halben Stunde, Ehlers«, sagte der Oberstleutnant, als der schwere Wagen fast lautlos anglitt, setzte sich neben Käte, bot ihr eine Zigarette an, schnippte mit dem Feuerzeug – mehrere Male vergeblich – und sagte dann unvermittelt: »Na, schieß los.« – Er hatte ein blondes, rosiges Gesicht, einen besonders kleinen Mund mit einem modisch kurzen Bärtchen und sah wie eine abgeschwächte und gescheitelte Ausgabe seines Bruders aus, der immer viel männlicher gewirkt. Einen so direkten Angriff auf eine Frau hätte der sich nie geleistet. Käte Neumeier blies ihren Mundvoll Rauch langsam durch die Lippen: »Ich bin Patronin in Fuhlsbüttel. Dort sollen Gnadengesuche eingereicht werden im Reeperbahnprozeß, und Herr Koldewey riet mir, mich an Sie zu wenden. Was ihr freilich damit zu tun haben könntet, kann ich mir nicht vorstellen, falls nicht das Faktum ins Gewicht fällt, daß einer der Angeklagten bei euch gedient hat und, glaub ich, zweimal verwundet worden ist. Ein gewisser Timme.« – »Kleine Kommunistin«, spaßte der Oberstleutnant behaglich, »Rückfall in die Vorzeit?« – »Klar«, parierte sie, »was anderes kann ich im Sinne haben! Aber jetzt mal Ernst. Nehmen Sie wirklich Einfluß auf diese Sache? Hat es Sinn, dem verurteilten Mengers Hoffnung auf ein Gnadengesuch zu machen? Keineswegs möchte ich Erwartungen erregen, die sich dann nur trügerisch erweisen. Mengers war ein gebildeter Buchhändler, der mir manches liebe Mal ein Buch empfohlen hat und kaum je eine Niete. Ich möchte ihm nützen, nicht ihn quälen.« – »Dann lassen Sie Ihre charmanten Finger davon, Käte. Sie sagten mit Recht: dieser Mengers war. Daß der Schlußakt so lange verschoben wurde, ist gewiß ein Skandal, aber nun soll ja Abhilfe geschafft worden sein, in zwölfter Stunde.« – Käte Neumeier nickte zustimmend. Woher nur der kluge Herr Koldewey wußte, wo Bartel den Most herholt! »Ja, Koldewey hinterläßt einen besseren Eindruck«, sagte der Oberstleutnant, »als ein Major der Landwehr sonst tut. Seine Augen erinnern mich an die Elefanten in Stellingen. Sind Dickhäuter wie wir. Haben fünfzehn Jahre gewartet, bis wir wieder zu verstehen gaben, wer hier eigentlich Herr im Hause sei. Aber nun merken es selbst die Nilpferde und die Hamburger.« – Und er lachte kurz und schlug mit einer Gerte, die er sich im Vorbeigehen von einem Baum gebrochen, auf seine blankbraunen Ledergamaschen. Käte Neumeier wiegte ihren jugendlich frischen und dennoch grauhaarigen Kopf. »Was in aller Welt kann das – was hat das mit dem Reeperbahnprozeß zu tun?« – »Kätchen«, entgegnete er, »Sie sind doch kein Schaf, beinahe Verwandte und Schwägerin. Daß Sie es nicht wurden, haben wir dem K. A. verdammt übelgenommen, ob Sie's glauben oder nicht. Die Sache hat gar nichts mit dem Mengers zu tun, auch nicht mit den beiden andern, dem Merzenich und dem Schröder. Deren Gesuche haben wir lange hin- und hergedreht, bis wir uns entschlossen, die zuständige Stelle um Ablehnung zu bitten. Hier spielt nun einmal wirklich der alte Satz seinen Trumpf aus: mitgefangen, mitgehangen. Der Mann Timme wagte es Anno achtzehn, seine Vorgesetzten mit der Pistole zu bedrohen. Er hat den Geist des Aufruhrs und der Revolte verkörpert, die Kassen und Bücher seines Regimentes durchstöbert, sich Befugnisse beim Bekleidungsamt angemaßt, am Novemberverbrechen teilgenommen. Den Hamburger Arbeitern galt er seither als Symbol, in ihm verkörperte sich ihr Pöbelaufstand. Wenn er auch nur eine örtliche Größe war, hier war er eine. Ihr Mengers geht an diesem Timme zugrunde.« – »Gerecht ist das nicht«, entgegnete Käte Neumeier, erfüllt von dem sonderbaren Gemisch aus Triumph – daß sie den Gegner über ihr wahres Ziel so ganz im unklaren ließ – und von Erschlagenheit über die kühle und krasse Sicherheit des Militärs. »Weder gerecht, noch weise. Denn den Sinn für Recht und Unrecht in unseren Arbeitern, den unterschätzt ihr offenbar. Wenn ihr glaubt, dadurch ein besseres Arbeitsresultat im Rüstungsbetrieb zu erzielen …« – Der Oberstleutnant hob seine Brauen. »Mag sein; wäre ein unerwünschtes Nebenergebnis, an das man später denken wird. Ein Grund mehr, den Führer persönlich um sein Eingreifen zu bitten. Will ohnehin in Hamburg nach dem Rechten sehen, seine Elbbrücke poussieren, für die wir gar nicht sind. Aber wenn dem so ist, soll er nur kommen, seine Zauberzunge schwingen, die Seele des kleinen Mannes zurechtkneten. Das Hauptergebnis hat zu sein: Weh dem, der gegen seinen Vorgesetzten die Waffe hebt! Wer revoltiert, kommt an die Wand oder auf den Block – früher oder später. Brachte da vor ein paar Monaten ein Kamerad eine Geschichte mit aus Berlin, vom Reichswehrministerium, die das vielleicht illustriert. Eine wahre Geschichte, die man leider nicht erzählen kann, öffentlich meine ich, den Arbeitern. Zwischen uns beiden wär's eine andere Kiste. Sie würde beweisen, daß wir mitten im Kriege sind, und daß Friedensbegriffe notwendig ein falsches Bild ergeben müssen. Falsche Maßstäbe verzerren jede topographische Aufnahme – aber daran ist nicht das Gelände schuld, das sich meistens ganz normal verhält.« – »Hm«, machte sie, »lassen Sie mich später darum bitten. Mitten im Kriege, sagten Sie eben? Ist das Ausland davon schon unterrichtet? Was wird Ihr Bruder dazu sagen, wenn New York Times oder Columbia Radio aus dem Hamburger Urteil und seiner Durchführung mit dem Beil entsprechende Folgerungen ziehen? Weiß Ihr Herr Bruder schon, was er darauf wird antworten müssen? Die amerikanischen Journalisten in unserem Lande – haben die nicht bewiesen, daß sie verdammt schlaue Burschen sind und unsere Zustände recht gut verstehen? Den einen weist man aus, aber sein Nachfolger läßt sich nicht dümmer machen. Hierzulande drückt er sich vorsichtiger aus. That's all. Der Leitartikel drüben wird um so deutlicher sein.« –

Oberstleutnant Lintze begann augenscheinlich erst jetzt diese Unterhaltung ernst zu nehmen. Sein Unterkiefer schob sich ein wenig vor, was den Ausdruck seines Gesichtes ungünstig veränderte, und der Blick, den er drohend ins Weite richtete, galt, das fühlte sie, eigentlich der Partnerin. »War dies das Geschenk, an das Sie dachten, meine Liebe?« – »Genau so«, sagte Käte Neumeier, »und wie ich sehe, nehmen Sie es mir übel.« – »Durchaus nicht«, schwindelte er, »da Ihnen der Junge offenbar schrieb, daß er nach New York strebt, und Sie ihm Schwierigkeiten ersparen wollten, wage ich den Schluß, daß zwischen euch noch nicht alles aus ist, und daß Sie schließlich nicht abgeneigt wären, als Frau Vizekonsul Lintze drüben aufzutauchen. Also findet hier eine Familienunterhaltung statt, die ja manchmal, wie man flüstert, erbitterte Formen annimmt.« – Und er holte eine neue Zigarette aus dem silbernen Etui. Auch Käte Neumeier bediente sich noch einmal. Sie spürte wieder das triumphierende Gefühl von vorhin, mit welchem ein Beobachter ein gefährliches Raubtier auf falscher Fährte sieht; im ganzen aber fühlte sie sich dem Erfolg nicht näher. Es schien ihr geratener, abzuwarten, ihm das erste Wort zu lassen. »Amerika, du hast es besser«, zitierte er denn auch, »du hast zehn Prozent mehr Öl, als du brauchst und konsumierst, mehr davon als zwei Drittel der übrigen Welt. Da unsere Reservoire noch nicht voll sind, müssen wir jede Mißstimmung vermeiden; außerdem brauchen wir dein Helium für unsere Luftschiffe, unsere einzige Brücke nach deinem südlichen Bruderkontinent. Werden also gut daran tun, diese Hinrichtung geheim zu halten.« – »Wie erreicht sie aber dann ihr Ziel bei den Hamburger Arbeitern?« fragte sie sanft. »Sie verstehen mich hoffentlich nicht miß, lieber Otto. Wir ziehen an dem gleichen Strang, nur fürchte ich, ihr faßt ihn zu kurz an.« –

Der Oberstleutnant zerbrach seine Gerte und warf ihre Stücke über die Schulter in den grünen Rasenstreifen, vor dessen eiserner Einfassung sie saßen. »Unser Führer ist ein großer Künstler«, sagte er dann, »er spielt auf zwei Klavieren, einem lauten und einem leisen. In Wirklichkeit bearbeitet er aber nur das laute. Das leise nehmen wir ihm ab. Hören Sie nur zu, wie man heute in Nürnberg gegen die Sowjets paukt. Unser leises Piano aber winkt hinüber, und die Russen hören und verstehen: ist ja alles halb so schlimm. Genau so musizieren wir mit Amerika und England. Wer weise, wählt Wolle, rieten früher die Inserate. Noch umgibt uns eine gemeinsame Front. Aber Adolf wittert ihre Sprünge. Er wird sein Brecheisen ebenso genial einsetzen, wie dunnemals anläßlich der deutschen Republik – und nicht mal wissen, daß er, er selber, unser Brecheisen ist. Wir ziehen uns langsam unsere Kriegsstiebeln an, wie Napolium im Lied vom Emser Kränchen-Brunnen. ›Als Napolium dies vernommen, ließ er gleich die Stiebeln kommen, die vordem sein Onkel trug‹«, sang er vor sich hin und wurde wieder guter Laune. »Inzwischen latschen Angelsachsen in Hausschuhen herum, weil wir ihnen egalweg bedeuten, unsere eiserne Fußbekleidung erspare ihnen den Straßenschuh, sie brauchten bei dem schlechten europäischen Wetter, das sich von Osten her vorbereite, keinen Fuß aufs Pflaster zu setzen, dazu seien ja wir da. Wie gesagt, Klavier zu vier Händen. Die Stimmführung etwas schwierig, aber wer Ohren hat, der höre.« – Käte Neumeier wurde kalt. »Wir wollen also wirklich

Krieg führen?« fragte sie, »wir haben viel zu wenig Ärzte.« – »Gewiß«, stimmte er zu, »die jüdischen Kollegen fehlen. Aber wir werden uns Ersatz holen, aus Österreich zunächst, und außerdem wollen wir keinen Krieg führen. Wir wollen den Frieden führen. Alles, was wir brauchen, einzuheimsen, ohne einen Schuß, das traut Adolf sich zu. Die Voraussetzung bleibt natürlich, daß wir, wenn Not am Mann ist, schießen können. Um nochmals einen alten Ladenhüter zu zitieren: Si vis pacem, para bellum. Na, und die Parabellumpistole, die hätten wir ja schon. Fehlen uns nur noch die großen Kaliber, das unentbehrliche Kleingeld in Tanks und ein paar tausend von den Brummkäferchen da oben.« Und er wies mit dem Daumen gen Himmel, ein Flugzeug kreuzte hoch über ihren Scheiteln auf den Flughafen Fuhlsbüttel zu. »Hat unser Kopfjäger Göring doch großartig gemacht. Und wie er es fertig kriegt, den englischen Kollegen in Silberpapier zu wickeln, dafür möcht man ihm das Patschhändchen küssen.« –

Von einigen Turmuhren schlug es zwei, der Glockenklang vermischte sich harmonisch mit dem Orgelton der Propeller. »Hab ich recht verstanden«, fragte Käte Neumeier, »geht's endlich gegen Österreich los?« – »Nichts geht los, Kätchen«, antwortete er, »Adolf und seine Leute wiederholen den Eröffnungszug Rheinlandbesetzung mit einem zweiten Bauern, Herr Schuschnigg wird sich in sein Schicksal ergeben, der Anschluß vollzogen sein, noch ehe jemand piep sagt, und das Gerechtigkeitsgefühl der Angelsachsen wieder einmal befriedigt – vorausgesetzt, daß es sie nichts kostet. Passen Sie auf, so kommt's. Dann gucken wir über den Brenner, wollen Schiffchen schwimmen lassen in Triest, und Onkel Benito stellt sich auf die Zehenspitzen und wird unser Freund. Er wittert schon, wer wirklich bei uns erste Geige spielt, die Industriekapitäne oder wir. Ob wir aufrüsten müssen, damit die Schornsteine wieder rauchen, oder umgekehrt, weil wir die letzte Runde vom Herbst achtzehn nochmals riskieren wollen, nach der kleinen Atempause, die unser Seeckt schon damals für nötig erklärte. Jetzt heißt er nicht mehr Seeckt, jetzt heißt er Fritsch, aber Name ist Schall und Rauchfleisch. Und da kommt mein guter Ehlers. Herr Graf, sechzig Pferde sind vorgefahren.« – Sie standen auf und gingen auf dem gewalzten Parkweg dem Wagen entgegen, dessen zementene Fahrbahn die Anlagen rechtwinklig schnitt. »Das Gesuch bleibt also besser in der Schublade?« resignierte sie, indes sie ihren leichten Filzhut aufs Haar drückte. – »Aber ja«, stimmte er zu, »die zwei vorhandenen Gnadenwische langen ja auch für die anderen Herren, zum mindesten für noch einen. Ich bin natürlich nicht so dumm, daß ich Ihre Anregung nicht nach oben weitergäbe. Wozu haben wir Telephone und Köpfe über den Achselstücken? Wer mehr Gehalt kriegt, hat mehr Verstand oder bessere Beziehungen, lies Informationen. Das Tauziehen zwischen der Partei und den hohen Chefs erzeugt ohnehin jenen beständigen Wechsel, von dem der alte Grieche orakelte. Ach ja«, sagte er, während sie sich bequem in den Lederpolstern unterbrachten und lautlos fortrollten. »Ich schulde Ihnen noch die Kurzgeschichte. Gehört ja auf gewisse Weise zur Sache, weil es sich zufällig auch um vier Leute handelt, von denen einer die Pistole gegen einen Vorgesetzten richtete. Wußte nicht, daß der sein Vorgesetzter war – um so schlimmer für ihn.« Und während der Wagen durch die Straßen glitt, auf deren Bürgersteigen Spaziergänger die Mittagssonne suchten, ihren schon blasseren Schein, hupend Straßenbahnen überholte, das rote und grüne Licht der Verkehrsampeln streng befolgte, hörte Käte Neumeier ihrem Begleiter zu, immer tiefer von dem Widerspruch angegraust, der zwischen der Welt klafft, welcher dieser hamburgische Alltag angehörte, und jener anderen Wildwestwelt, in der sich Deutschlands Geschicke entschieden, vielleicht die der ganzen europäischen Zivilisation. Bekanntlich war am dreißigsten Juni vierunddreißig unter anderem auch General von Schleicher mit seiner Gattin von SS.-Leuten erschossen worden. Damals, glossierte Lintze, war offenbar niemand da, die Dinge zu steuern; Opfer fielen von links und rechts innerhalb unserer Sphäre. Aber als man sich erholt hatte und das Trümmerfeld beschaute, gab es Katzenjammer hüben und drüben. Die alte Macht, die Hausmacht – wir – er sprach diese Silbe mit Nachdruck –, die durfte sich noch nicht trauen, an Gegenschläge zu denken. Es entstand ein Aktenstück über den »Mißgriff« Schleicher, für den das ganze dritte Garderegiment zu Fuß Rache brütete. General von Fritsch ermutigte die Hinterbliebenen, das Reich auf Schadenersatz zu verklagen. Schleicher war schließlich nicht bloß Wehrminister und Kanzler gewesen, sondern auch Generalstäbler und Gardeoffizier mit dreißig Dienstjahren. Es kam der Führerclique natürlich sehr verquer, daß jemand aufmuckte. Die Erschossenen hatten als in Ungnade gefallen zu gelten, und Ungnade ist schwärzer als Tinte und klebriger als Pech. »Hände weg davon«, erläuterte Lintze behaglich in seiner sauberen Sprechweise. »Nun befanden sich besagte Papierchen im Reichswehrministerium in der Schublade des Majors von X, und ein gewisser Herr Himmler wünschte, sie zurückzukriegen. Die SS., für die er doch verantwortlich zeichnete, kam ja darin nicht ganz gut weg; das Reich würde zahlen müssen, und Zahlungen hatten ein für allemal nur in die Kasse der Partei zu laufen, nicht aus ihr hinaus. Erschienen also eines Morgens vier SS.-Leute in schön lackierter Uniform bei Major von X und ersuchten um Herausgabe der Akten Schleicher. Und als von X die Herren nicht schnell genug verstand, beging einer von ihnen die Unvorsichtigkeit, die sie das Leben kosten sollte: zückte ein Pistölchen und hielt es von X unter die Nase. Dachte wohl, er habe es mit einem Bankmann zu tun oder einem jüdischen Rechtsanwalt. Von X lachte. Er saß hinter seinem Schreibtisch wie hinter einer kleinen Burg und hatte keine Angst, sonderbarerweise. Aber das wußten die SS.-Leute nicht; sie ahnten nicht, daß Krieg sagt, wer gegen einen preußischen Offizier die Waffe hebt, und daß der Krieg seinen eigenen Gesetzen gehorcht. Er bückte sich nach einer Schublade; in Wirklichkeit aber nach einer Klingel. Die unten im Erdgeschoß würden wissen, was der Ton des Glöckchens bedeutete, und woher er kam. Von X überreichte inzwischen den mutigen Herren ein falsches Aktenstück, um der Stabswache Zeit zu verschaffen; die vielen Treppen in der Bendlerstraße, nicht wahr? Als der kluge Abgesandte den Irrtum des Majors erkannt und von X ihn berichtigt hatte und die wirklichen Urkunden über die Ermordung des Generals Kurt von Schleicher von den Händen der Schwarzröcke angeblättert wurden, flog die Tür auf, die Reichswehr erschien auf der Szene, Stahlhelm und Flinte füllten das Zimmer. ›Abführen‹, sagte Major von X, nichts weiter. Ob die vier jungen Herren erblaßten, weiß ich nicht; jedenfalls landeten sie im

Keller, wurden kurzerhand erschossen, im Krematorium abgeliefert, als vier Blechschachteln zurückerhalten und in dieser Verpackung Herrn Himmler zugeleitet, der hoffentlich verstand, wen er da am Barte gezupft hatte. Sehen Sie, Käte«, schloß er mit seiner hohen und höflichen Stimme, indes der Wagen am Hause Wandsbeker Chaussee zwei gehorsam hielt, »diese Geschichte wird nie ein Amerikaner erfahren oder erzählen. Und doch wäre sie lehrreich, sie trüge zum Verständnis bei, hüben und drüben. Im Bürgerkrieg fallen vier Leute hier und vier dort, bald von der Partei, bald gegen die Partei, durch Pulver oder durchs Beil. Wer sich dahinter aufrichtet, das ist der Herr im Haus, und auf den kann man sich verlassen. Vor allem fürs Geschäft, und darauf kommt's ja den Yankees vorwiegend an. Und nun: Wann trinken Sie bei uns wieder einmal eine Tasse Kaffee?« – »Wenn es Ihrer Gattin paßt, mich anzurufen«, erwiderte Käte, noch immer benommen, während der Fahrer Ehlers den Schlag geöffnet hielt. »Und wann, Gegenfrage, weiß ich Bescheid, ob ihr Gnade für Recht ergehen laßt, und für wen von den Vieren?« – »Hängt vom Amtsschimmel ab. Weiß keiner, wie schnell der trabt. Letzte und sicherste Frist: der Hinrichtungsmorgen. Wenn die Armesünderglocke schallt und der Scharfrichter sein Beil wetzt, dann kann der Staatsanwalt noch immer verkünden: Ihrem Gnadengesuch wurde stattgegeben und Ihre Strafe in soundsoviel Jahre Zuchthaus verwandelt. Bin selber neugierig, wie die Entscheidung fallen wird, ob mit Köpfen oder ohne.«

Käte Neumeier stand einen Augenblick auf dem Bürgersteig vor ihrer Wohnung, sah dem Wagen nach, der in der Lübeckerstraße verschwand, und merkte nicht, daß sie mehrere Sekunden lang den Kopf schüttelte und einigen Passanten befremdlich erscheinen konnte. Seit ein paar Jahren hatte man sich daran gewöhnt, seltsame Kleinigkeiten auf den Straßen zu übersehen. Verschwand da ein grauer Wagen im sonnigen Dunst und Nebel der Lübeckerstraße, ganz alltäglich. Aber Käte hatte das Gefühl, als werde unter ihm der Erdboden durchsichtig, der Asphalt mit seinen Röhren und Kabeln, und man blicke in die Eingeweide des deutschen Alltags, wenn man ihm nachsah. In diesen Röhren und Kabeln wird sich unter anderem das Schicksal von Friedrich

Timme entscheiden, des Buchhändlers Mengers und der beiden Werftarbeiter Schröder und Merzenich, mit allen Angehörigen etwa zwanzig Köpfe. Sie alle bedrohte ein einziges Beil, und Käte Neumeier würde es fallen sehen. Und während sie die Treppe zu ihrer Wohnung emporstieg, eine ziemlich dunkle, nicht sehr breite Holztreppe, tadellos gebohnert und mit blankem Messinggestänge geschützt, staunte sie über die Veränderung, die in ihr vorgegangen war, seit sie Herrn Koldewey gebeten hatte, den Vorgang mitansehen zu dürfen. Aus einer unbeteiligten Ärztin war sie inzwischen verwandelt worden in eine sehr beteiligte Person, sie wußte nicht zu sagen, in was für eine. Daß zwei Unterredungen mit Strafgefangenen nur dann eine so tiefgreifende Wirkung haben konnten, wenn in einer Seele allerlei Hohlräume bereitlagen, Resonanzen zu geben oder einzustürzen, gestand sie sich schweren Herzens ein. Wußte der Teufel, was mit ihr vorging! Hatte der kluge Lintze recht gehabt? Rührte sich in ihr die Vergangenheit, nicht nur die letzte, auch die vorvorletzte? »Es arbeitet im Holz«, hatte ihr Marie erklärt, als sich im Küchentisch Sprünge bildeten, und zwar mit Krachen. Totes Holz ist eben nicht tot, Leben bleibt Leben. Es arbeitete offenbar auch im Menschen. Bis die ersten Patienten kamen, hatte sie noch fast eine Stunde Zeit. Sie wollte sich ausruhen, aber nur zwanzig Minuten, und dann etwas über seelische Dinge lesen in gelben Heften, die immer noch in Wien erschienen, obwohl die Partei dagegen war. Dort fand man Wege zur Klarheit, auch über sich selbst. Komisch, daß alle Publikationen dieses Verlages gelbe Umschläge hatten. Riefen diese gelben Hefte nicht trotzig aus: Achtung, wir kommen vom Juden? Ihr gebraucht uns auf eigene Gefahr? Nun, Käte Neumeier fürchtete sich nicht vor ihnen. Nein, während sie sich ausstreckte, mit einer graubunten, schottischen Decke sich zudeckte, die Fransen vom Kinn wegstrich und ihre Augen schloß, nickte sie sich zu: es wäre gar nicht schade, wenn von der alten jungen Käte Neumeier, dem mutigen, tatbereiten Mädel von vor zwanzig Jahren, noch etwas in ihr lebte, auf seinen Tag wartete. Es war ein gutes Werk, die Lintzes hinters Licht zu führen; Friedel Timme würde mit ihr zufrieden sein. Und sie entschlief und lächelte einer jungen Käte Neumeier zu, einem Wandervogel mit zwei dicken, blonden Zöpfen und einem Scheitel bis zum Wirbel. Als die Sprechstunde begann, mußte die treue Marie sie wecken, ihr eilig in die weiße Schürze helfen, warmes Wasser aus dem rotbeknopften Hahn über ihre Hände laufen lassen.

Die Übergangszeit vom Sommer zum Herbst verlangt ihre Opfer, das wissen die Ärzte. Wenn sich die Tag- und Nachtgleiche nähert, zeigt sich so manche Widerstandskraft erschöpft, die den Sommer über täuschend anhielt. In Doktor Käte Neumeiers Kartothek figurierte eine krebskranke Frau, ein knochentuberkuloses Kind und eine Greisin, die unter keinen Umständen die Erde verlassen wollte, auf der sie es schon neunzig Jahre trieb. Diese drei Fälle nahmen ihre Zeit, ihre Aufmerksamkeit und ihre Kunst voll in Anspruch. Als Frau Staatsanwalt Russendorf und Frau Oberstleutnant Lintze sie innerhalb der nächsten Woche anriefen, an die versprochene Tasse Kaffee erinnernd, ging sie nur widerstrebend auf beides ein, einzig in der Hoffnung, nebenbei etwas über die Gnadengesuche zu hören, die in den Kabeln und Röhren entschieden werden sollten. Aber die Damen wußten nichts, und ihre Herren, die beide zum Kaffee erschienen, beide Zigarren rauchten und sich beide begeistert zeigten, sagten nichts. Auf dem Heimweg von Russendorfs sah Käte den jungen, zunehmenden Mond über ihrer Straße stehen, eine blaße Sichel.

»Möndl, Möndl, weißt du nicht,
Wie's mit meinen Vieren sticht?«

dichtete sie ihn an, leicht beschämt über ihre Albernheit, den Rückfall in die Tage der Jugendbünde und des Märchens. Natürlich konnte der Kerl nicht antworten, mit Dickerwerden beschäftigt wie er war. Es ging schneller bei ihm als bei dem schwangeren Fräulein Holzmüller, deren Gravidität sie unterbrechen sollte. Die Kleine kam aus einem Arbeitslager zurück und hatte altmodische Leute zu Eltern; es würde noch vierzehn Tage dauern, ja noch mehr, bis der Mond voll war und die Hoffnung geschwunden, daß die Natur ihren periodischen Ablauf, begünstigt durch einige nachhelfende Spritzen, von selbst wieder einrenkte. Bis dahin konnte sich Käte überlegen, ob sie dem Postsekretär Holzmüller helfen wollte; seiner kleinen Liese war es weder recht noch unrecht, sie ließ mit sich machen, was man von ihr verlangte. Ja, aber jene vier Leute in ihren Zellen? Auch sie wurden nicht gefragt, mußten mit sich machen lassen, was eine höhere Macht verfügte, hatten womöglich einen noch kürzeren Lebensfaden als der kleine, wachsende Fötus in Lieschens schlankem Bäuchlein und der zunehmende Mond. War er um seine Vollmondkurve herum, wo er in trügerischem Glanz die Nacht beherrschte und diesmal das Äquinoktium anzeigte, so mußte er hinunter, in die Grube fahren, wie Eurydike ihrem Orpheus entschwindend. Denn der Mond war Luna, eine Göttin, und konnte es sich leisten, en passant zu sterben. Friedel Timme aber hatte niemanden, der ihn herausholte, war die Sache erst einmal schief und zu Ende gegangen. Und sie ertappte sich bei dem Wunsche, dem Ersatzhenker, den Herr Footh besorgt hatte, möchte ein Unglück zustoßen, wie jenem Zeugen Bräse, der bei der Luftabwehrübung von den Hellingen gestürzt war, wahrscheinlich nicht ohne Nachwirkung eines Nebenmannes, und sich den Hals gebrochen. O weh, sie hatte Lene Prestows Grab noch immer nicht aufgesucht, und sie nahm sich vor, als sie ihre Haustür mit dem Kunstschlüssel öffnete, Annette zu bitten, sie das nächste Mal über Ohlsdorf zu fahren, wenn sie sie nach Fuhlsbüttel abholte. Während sie ihre Wohnungstür aufschloß, hörte sie das Telephon klingeln. Nun war zwar die treue Marie in der Nähe, aber man tat doch besser, sich selbst am Apparat zu beeilen. In Hut und Mantel nahm sie gern Koldeweys Anruf entgegen: der erkorene Tag werde eingehalten werden, es sei der vierzehnte, ein Dienstag, und Annette lasse Frau Käte bitten, am dreizehnten zu Abend mit ihnen zu speisen und im Gästezimmer zu übernachten, denn die Zeremonie sollte früh um halb sechs stattfinden.

Viertes Kapitel

Durch ein rundes Fenster

Zum Glück trug Käte Neumeier das wertvolle Prismenglas des Herrn Koldewey am Riemen um den Hals, trotz seiner sechzehnfachen Vergrößerung im Aluminiumgehäuse eine leichte

Last. Denn als sie das Beil von Wandsbek, dessen Stammort sie nicht kannte, zum viertenmal blitzen sah, zum viertenmal den dumpfen und leisen Krach vernahm, mit welchem, aus Schlachterläden wohlbekannt, die Schneide durch Fleisch und Knochen auf den Block dröhnt – als die Ärztin dies zum viertenmal erduldet hatte, verließ sie die Kraft. Sie klammerte sich mit beiden Händen an die Fassung des »Bullauges«, fühlte dann ihre Knie nachgeben, saß auf den Dielen, den Rücken an die schräge Giebeldecke gepreßt. Annette Koldewey kauerte schon längst auf dem Boden, die Hände fest auf den Ohren, die Augen zugekniffen. Sie hatte überhaupt nur acht oder zehn Atemzüge lang das Glas benutzt, ihren Vater gesucht, Herrn Footh, den Scharfrichter mit der Maske und dem schön geschwungenen Schnurrbart, das Beil, den Block, das niedrige Schafott, das man im westlichsten, best abgeschlossenen Anstaltshofe errichtet hatte, die zwölf oder zwanzig Menschen, die sich als Zuschauer zu enger Gruppe zusammendrängten; dann hatte die kleine Glocke der Anstaltskapelle auf heftige, so noch nie gehörte Art zu läuten begonnen, ein dringliches, hilfeflehendes Gebell gleichsam ausstoßend. Dann war als erster der Strafgefangene Mengers in den Hof geführt worden, geleitet vielmehr vom Anstaltsgeistlichen und zwei Wachtmeistern, die ihn aber nicht anzufassen brauchten. Er ging frei, den Kopf auf dem dünnen Halse schräg gehalten, die Augen zunächst am Boden, diese braunen, traurigen Judenaugen. Sie waren Annette auf schreckhafte Art begegnet, als der Mann angesichts seiner hoffnungslosen Lage empor und rundum blickte in die Weite, die Nähe, irgendwohin, wissend, daß da kein Gott sei und überhaupt niemand, ihm zu helfen. Ein Fernrohr mit sechzehnfacher Vergrößerung zieht neunhundert Meter entfernte Dinge auf fünfzig Meter heran; Annette fühlte sich entsetzt angesehen, schrie schuldbewußt auf, taumelte beiseite, erst auf einen Koffer, dann auf den Fußboden, wo sie leise wimmernd verblieb. Sie schüttelte nur noch die Strähnen ihres halblangen Haares, drückte den braunen Pelz eng über ihren Schlafanzug und versteckte ihr farbloses Gesicht in seinen Aufschlägen, seinem dicken Kragen. Sie hätte niemals hier heraufgehen dürfen, dachte sie nur, der Vater hätte sie warnen müssen; eine Villa durfte nicht höher liegen als die Mauern des Zuchthauses; führe uns nicht in Versuchung, sondern erlöse uns von dem Übel. Wäre nur eine Bettdecke dagewesen, unter die sie hätte kriechen können.

Käte Neumeier hingegen hielt es aus bis zum Schluß. Sie war Zeuge der Tötung des Buchhändlers Mengers, der sich gebeugt, mit hängenden Armen, schräg gehaltenem Kopf, aber tapfer, die zwei Stufen des Schafottes emporschleppte. Die beiden Werftarbeiter Schröder und Merzenich, von denen der eine auf schauerliche Weise und wie verblödet lachte, als der Staatsanwalt eine kurze, schallende Ansprache hielt, indes Merzenich bei der gleichen Gelegenheit sieben Minuten nachher in rasendes Gebrüll ausbrach, auf die beiden Wachtmeister einzuschlagen versuchte, sich von dem Wort »Betrug« kaum zu trennen vermochte und von den Gehilfen des Scharfrichters gewaltsam über den Block gerissen werden mußte. Dies war für Käte Neumeiers Nerven eigentlich schon zu viel. Gleichwohl hielt sie durch, in der lächerlichen Hoffnung, drei könnten genug sein, den vierten würde man laufen lassen. Man ließ ihn aber nicht laufen, den Friedel Timme. Auf ihn war es ja eigentlich und letztens abgesehen. In Kätes Gedächtnis aber spukten Begnadigungen im letzten Augenblick, Berichte über Erschießungen, die nicht stattfanden, obwohl vor dem Verurteilten, seinen verbundenen Augen, bereits das Peleton angetreten und der Befehl »Legt an« gerufen worden war. Dann aber, nach einer kleinen Pause, war nicht das Kommando »Feuer« erfolgt, sondern »Gewehr ab«. So war es vielen ergangen, die sich nicht schuldiger gemacht hatten als Friedel Timme, und einer davon, Dostojewski, hatte es beschrieben. Diesmal aber ... er hatte seine Schultern, seinen Kopf steifgehalten, den Scharfrichter, diesen Ersatzmann, klar und stetig angeblickt und einige Worte gesprochen, ehe er vor dem Block in die Knie brach. Was er gesagt hatte, konnte sie nicht verstehen, trotz der lautlosen Stille, in welcher der Vorgang abrollte. Eine rasende und ohnmächtige Empörung schüttelte sie, bevor sie sich niedergleiten ließ. »Diese Hunde«, schrie es in ihr, »diese Mörderbrut!« Hätten ihre Wünsche Kraft gehabt, so wären all diese Zuschauer tot zusammengebrochen, vor allem dieser Mörder, der

Scharfrichter, der sich freiwillig zum Henkeramt bereitgefunden hatte, und der Footh, Annettes Footh, der ihn herbeigeschafft. Dann wäre sie gern ohnmächtig geworden. Aber das gelang ihr nicht, es war zuviel unverbrauchte Kraft in ihr, und das war gut. Jemand mußte da sein, Friedel Timme zu rächen an dem schnurrbärtigen Schurken, der das Beil so sicher handhabte. Diesen Schnurrbart, diesen Mund, dieses vorgestemmte Kinn, sie hatte alles schon gesehen, sie wußte noch nicht wo und wann, aber sie würde sich erinnern. Sie saß auf dem Boden in ihrem schwarzen Pelzmantel, das Herz hing ihr flau in der Brust, Gott oder der Teufel allein wußte, woher sie die Kraft nehmen sollte, vor den Mittagsstunden noch ihrer Praxis nachzugehen, bei der kleinen Holzmüller die Auskratzung vorzunehmen. Ihr unterer Kiefer zitterte gegen die Zähne des oberen. Kalter Schweiß brach aus ihrer Haut; sie würde sich mit irgendwelchen Tabletten über diese Krise hinweghelfen, jetzt gleich eine Toilette aufsuchen.

Der Mensch hält mehr aus, als er weiß, besonders wenn ihn ärztliches Studium abhärtete und er in Zeiten voll politischer Fäulnis lebt. Eine Stunde Bettruhe tut Wunder, ein Bad, eine kalte Dusche; man kann dann sogar ein zweites Frühstück genehmigen und sich mit Eiern, Schinken, gutem Kaffee und Sahne kräftigen. Auch Herr Koldewey saß mit an diesem Frühstückstisch, sein Gesicht noch länger als sonst, die Wangen wie eingefallen, dunkle Schatten unter den Augen. Er sprach nicht viel über das Geschehene, beschränkte sich mit seiner halblauten Stimme auf Anerkennung für alle Beteiligten, den Staatsanwalt Russendorf, der sich krampfhaft auf seinen Stock hatte stützen müssen, den Oberstleutnant Lintze, den Hilfsscharfrichter, der seinem schweren Amt wirklich voll gewachsen war. Als die aufgehende Sonne durch ihr rotgoldenes Gewölk brach, der Mond aber noch goldbleich im Westen hing, war alles vorüber gewesen. Die letzten Worte des Setzers Timme, er hatte sie genau behalten und vorhin schon niedergeschrieben, um sie als Anhang Nummer drei der Denkschrift beizufügen, die Frau Neumeier ja kannte. »Ihr werdet schon sehen, ihr alle, was ihr davon habt, besonders du, armer, dummer Hund«, zu dem Henker gesprochen – »ihr müßt alle in meinem Blute ersaufen – und dann kommen wir wieder.« – »Eine sonderbare Welt«, sagte Herr Koldewey, »die der vergangene Krieg hinterlassen hat. So muß es Noah und seinen Söhnen zumute gewesen sein, als die Wasser gefallen waren, verlaufen, zum Teil schon weggetrocknet, und sie aus der Arche gingen, die Füße wieder auf die feste Erde setzten. War sie alt oder neu, eine andere oder dieselbe? Die Luft jedenfalls, die ihre Lungen füllte, tat wohl, frisch und unverbraucht, auf dem armenischen Berggelände Ararat. Und doch mußte sich in allen Tälern dicke Verwesung vorbereiten, die Myriaden Ertrunkener würden sich schon melden, die Geier, Rabenschwärme, die geretteten Schakale bis auf weiteres voll zu tun bekommen. Und doch ward uns darüber nichts berichtet, die Erde begrünte sich, der ganze Betrieb ging weiter, und die Menschheit war königlich davon entfernt, sich zu beklagen oder Vorkehrungen zu treffen. Wir sind ein seltsames Geschlecht, weiß der liebe Himmel. Ich möchte wirklich wissen, ob es einer Generation gelingen wird, mit diesem Schlendrian zu brechen, und welcher.«

Ja, welcher, dachte Käte Neumeier, als Annette sie nach Hause fuhr. Die Stadt Hamburg lief in ihrem vollen Alltagsbetrieb, niemand hatte eine Ahnung, daß irgend etwas Ungewöhnliches geschehen war, niemand konnte eine Ahnung haben. Und doch war Käte Neumeier, als müßte sie schreien, die Leute an den Schultern packen, wachrütteln, aus der Ruhe bringen, dem Lachen, dem verfluchten Schlendrian. In ihrem Gedächtnis erklang aufs sonderbarste ein Satz, den sie die Schauspielerin Else Lehmann als Frau John in Gerhard Hauptmanns »Ratten« hatte sprechen hören: »Bruno, du jehst auf schlechte Weje.« Niemand konnte wissen, auch sie nicht, warum ihr gerade diese Replik so eindringlich haften geblieben war und warum sie jetzt in ihr herumspukte; man ist ein sonderbares Huhn, dachte sie, als sie sich von Annette verabschiedete, ihr für die Gastfreundschaft dankte, im Geiste schon die kleine weiße Pille wählte, die sie jetzt mit einem Schluck Wasser nehmen würde, um weiter zu arbeiten.

Als sie nach vollbrachtem Tagewerk zu Bett lag, war sie darauf vorbereitet, nicht sogleich einschlafen zu können, und hieß es gut. Irgendeinen Ort muß der Mensch besitzen, in welchen er sich zurückzieht, um die Eindrücke des Tages zu verarbeiten, und man könnte unsere Gattung nach Unterschieden in dieser Hinsicht sogar einteilen in Bettlieger, Badewannler, Caféhäusler, Spazierläufer und andere. Käte Neumeier zählte zu den Bettliegern. Aber sie hatte sich noch nie so erschlagen gefühlt und zugleich so angekurbelt wie heute. Ging es nicht anders, das sah sie gleich, so würde sie nicht ohne ein Schlafmittel auskommen. Dabei gehörte sie zu jenen Ärzten, die im Streite der Meinungen, was schädlicher sei, eine schlaflose Nacht oder eine leichte Dosis eines Morphiumderivats, sich gegen das letztere entschieden. Der Naturheilkundige in ihr versah sie mit übertriebener Angst vor Giften, die ihren Patienten immerhin zugutekam, und einer leidenschaftlichen Freude an Abhärtung jeder Art. Sie hatte denn auch die Absicht gehabt, heute Abend einen Vortrag eines Kollegen über schwedische Heilkunst und Wünschelrute im Radio anzuhören; aber sie hätte es nicht geschafft. Der gute Laberdan würde sie entschuldigen.

Nun lag sie also da, hundemüde und voll beschäftigt, auf elastischer Matratze, leicht und warm zugedeckt, behaglicher als erlaubt. Denn die vier Leute, mit deren Geschick sie viel zu spät begonnen hatte sich zu beschäftigen – wie und wo diese vier Leute jetzt schon verweilten, wollte sie sich keineswegs vorstellen. Sie kannte die anatomischen Säle, die ihrer harrten, das Studentenmaterial, das sich an ihren Körpern unterrichten sollte, die heillosen Scherze, die man am Seziertisch nebenbei betrieb. Der Nachwuchs mußte lernen, und Spaß mußte mitgenommen werden. Gleichwohl: hatte sie früher darüber nachgedacht, wer seinen Körper der Anatomie verkaufte oder was für Schicksale unterm Skalpell schließlich mündeten? Jetzt kannte sie vier von ihnen und schätzte sich glücklich, durch nichts dazu beigetragen zu haben, daß es so gekommen. Schon daß sie mit den Lintzes nahezu versippt war, rechnete sie sich beinahe zur Schuld an.

Das Zimmer um sie stand vertraut und ruhig in fast vollkommener Dunkelheit; nur durchs Fenster fielen spärliche elektrische Schimmer von der Straße. Störender schon erwies sich Musik, die, unbestimmt woher, sich Einlaß verschaffte, vom Radio ausgehend oder von einem Grammophon, im ersten Stock unter ihr oder der Nebenwohnung. Da sie noch nie vor neun schlafen gegangen war, hatte ihr bisher die Gelegenheit gefehlt, diese Lebensäußerungen der Volksgenossen wahrzunehmen; es war ihr gutes Recht, sich zu zerstreuen, niemand warf es ihnen vor, auch wenn es eine Frau sehr quälte, die nichts wollte, als von einer Schar geordneter Gedanken in Schlummer geleitet zu werden. Ist aber in einem ein inneres Weinen wach, so quält ihn Webers »Freischütz« mit seinen Chören und Arien so arg, daß er es mit schwächenden Empfindungen am Herzen bezahlt. Käte Neumeier entnahm ihrem Nachttisch Wattekugeln, mit Wachs getränkt, wie schon Odysseus sie gegen die Sirenen benutzt hatte, und verschloß ihre Ohren; die akustische Welt da draußen ward beiseite gedrängt, abgedämpft. Leider sprachen die inneren Stimmen daraufhin viel lauter. Eine Dummheit der Natur oder Gottes, den Menschen ohne Ohrenlider konstruiert zu haben. Oder sollte es etwas bedeuten? Lag das Wesen Mensch beständig auf der Lauer, aufzuspringen und zu flüchten? Würde es sich der Gnade des Schlafes nur unvollkommen erfreuen, auch in ihm argwöhnisch in die Dunkelheit horchend, nach Feinden spähend, Menschenfressern, wenn ihm die Seele nicht die Lust des Träumens vorgaukelte? Jener lebensähnlich täuschenden Luftgebilde, die man den Dichtern, Zigeunern, Traumbüchern überlassen hatte, bis vor dreißig Jahren der Herr Freud in Wien ... Sie sah irgendein Photo vor sich, das ihn darstellen sollte, zu Haßzwecken hergerichtet, auf dem er mit schiefen Blicken wie ein Fuchs unter seinem Hute hervorspähte. Käte Neumeier hatte den berühmten Mann gesehen; im Hause seiner Hamburger Verwandten, einer der ältesten spaniolischen Familien der Stadt, deren jüngste Tochter er vor rund sechzig Jahren heimgeführt. Mit einer ihrer Großnichten war die kleine, blonde Käte befreundet gewesen, und dort in der Wohnstube mit den Porträts berühmter Professoren und Rabbiner an den Wänden, die alle den Familiennamen trugen, war sie eines Nachmittags auch einem schwarzbärtigen Herrn mit feurigen und freundlichen Augen und einer gewinnenden österreichischen Stimme vorgestellt worden, der in der Hand mit dem antiken Siegelring eine schöne braune Zigarre hielt und ihr aufmunternd zugenickt hatte, als er erfuhr, sie wolle später Ärztin werden. Daher wußte sie die Tücke und

Dummheit einzuschätzen, mit der diese Fälschung hergerichtet worden ... Die Parteiarbeit lag oft in unzureichenden Händen, aber dennoch ... Sich nicht zu tief einlassen in die Irrgänge der eigenen Seele. Vorsicht war die Mutter der Porzellankiste, soviel war richtig. Sonderbarerweise verwandelte sich der Professor alsbald in das Gesicht des weisen Herrn Koldewey, der über Noah und die Sintflut orakelt hatte – auch er ohnmächtig gegen das Kopfabschlagen, von dem er so wenig hielt. Dafür hatte seine Tochter Annette diesen Burschen am Halse, den Footh, durch welchen das ganze Unheil gekommen war, dieser Pestkerl mit der Maske, der die Frist für Gnade abhackte. Hatte sie nicht den beiden armen Jungen, dem Merzenich und dem Schröder, Beifall gezollt, weil sie den Mut nicht sinken ließen, Gesuche einreichten, an den Führer glaubten? Früher hatte sie wirklich zu jenen Naiven gehört, die überzeugt waren von seinem guten Willen, könnte er nur überall selbst nach dem Rechten sehen! Jetzt, hier im Bette liegend, schien ihr dies keineswegs mehr gewiß; dennoch quälte es sie im Augenblick mehr, die beiden jungen Männer betrogen zu haben, als die unumstößliche Tatsache, daß Mengers und Friedel Timme viel wertvollere Leute waren, ihr viel näher, inwendig. Es ließ sich nicht leugnen, auch Friedel Timme nahm für einen Augenblick Gesicht und Gestalt dieser Fünfundzwanzigjährigen an. Er hatte nicht geglaubt, daß ein Gnadengesuch helfen könnte, und recht behalten. Die Kiefer der Reichswehr besaßen stählerne Schneiden, sie bissen mit Beilen. Das war Stabreim, Alliteration, das germanische Versmaß. Und die Germanen hatten sich auf das Geben und Nehmen von Schlägen immer wohl verstanden. Das Mündchen und die Stimme des Otto Lintze erschienen vor ihrem Bewußtsein, die Bank im Herbst, Sommerfäden und Krähenschwärme. Wo war das? Wann war das? Vor der Sintflut, bevor sie das Blut Friedel Timmes hatte hervorschießen sehen, schwärzlich im Morgenlicht, alles überschwemmend.

Dies ward ihr zu bunt. Sie hatte keine Lust, sich das gefallen zu lassen von sich selbst. Sie machte Licht, ging ins Behandlungszimmer nebenan, musterte die Präparate, mit denen die hochgezüchtete chemische Industrie die Ärzte belieferte. Morgen war auch noch ein Tag, man mußte leistungsfähig bleiben, sich zu helfen wissen. Sie wählte eine bräunliche Tablette, in der sich beruhigendes Brom mit jenem Luminal kreuzte, welches auf die Großhirnrinde wirkt. Dann legte sie sich wieder hin und nahm ein Buch, weder Bachofens »Mutterrecht« noch Friedländers »Sittengeschichte Roms«, Tiergeschichten vielmehr eines vortrefflichen kanadischen Erzählers, die sie bislang in allen Stimmungen gefesselt hatten. Aber heute schienen sie ihr belanglos. Da die Menschen einander schlachteten und auffraßen, was Besseres durfte man von den Tieren erwarten, zu Lande, zu Wasser und in der Luft? Daß eines das andere und ein drittes wieder das erste umbrachte, bis schließlich die beiden Überlebenden untergingen, weil sie sich veränderten Umständen schlecht angepaßt erwiesen, das an Tieren aufzuzeigen, stellte keineswegs ein Kunststück dar. An den Menschen mach das vor, mein Lieber, hier ist Rhodos, hier springe. Ja, aber dennoch blieb es gut, eine Wildkatze zu sein und einem Stadthund das Rückgrat durchzubeißen, der es bislang nur mit Hauskatzen zu tun gehabt hat, von seinem Herrn zum erstenmal in die Sommerfrische mitgenommen, die kanadischen Wälder. Vielleicht handelte sie falsch, ungerecht, kümmerlich, daß sich ihr Haß so sinnlos wild auf die Gestalt des Henkers zusammendrängte, seinen Schnurrbart, Mund, vorgestemmtes Kinn. Vielleicht spielte auch nur Erinnerungstäuschung mit, fausse reconnaissance, daß sie glaubte, dieses Gesichtsteilchen schon mal gesehen zu haben, mehr als einmal, unbedingt. Ein Patient? Einer aus den Krankenkassen, die sie mit Heilkunst belieferte? Einerlei. Er hatte zugeschlagen, Geld dafür genommen. Es sollte ihm nicht vergessen werden. Hamburg war nicht die Welt, man ging hier nicht verloren. Mal bei Annette vorfühlen, wie der Footh zu diesem Mann gekommen. Ah ja, das tat gut. Die Lene Prestow hat Charakter bewiesen, Friedel Timmes Billigung genossen, seine Zustimmung. Baldest, in seinem Namen, einen Asterntopf auf ihr Grab bringen, zu Allerseelen eine Kerze daraufpflanzen wie bei den Katholiken. Dann brannte es wie ein Lichtchen, das unbeachtet in einem Zimmer flackert und das einen doch tief erfreut, wenn man unverhofft die Tür öffnet. Dieses Licht sah sie, eher einen langen Kerzenstumpf, auf Friedels Tisch brennen, in seiner

Fuhlsbüttler Zelle. Sie stand leer, die Tür offen, durchs Fenster wehte Zugluft, das Stearin tropfte in Wülsten, aber es nahm nicht ab. Gott weiß, woher es sich erneuert, dachte Käte, dieses Licht in Deutschland, wir haben doch so gut abgedunkelt. Es flakkert, weht schräg, brennt ganz klein, geht aus, geht doch nicht aus. Gott weiß, wie es das anstellt. Aber vielleicht auch weiß er es nicht, man muß Herrn Koldewey fragen, der auf dem Gebirge Ararat sitzt, in beiden Händen Marionettenschnüre, an denen er Püppchen tanzen läßt. Er entpuppte sich ja als der Onkel Peerenboom, den Theodor Storm geschildert hatte, oder war es Claus Groth? Pole Popenspäler? Jantje Claas, Jantje Claas hörte sie es rufen, den die Süddeutschen Kasperl nennen. Und dann brannte das Licht sehr klein, es war schummrig in der Zelle, und ihr Bewohner ausgegangen, im Sarge ist's zappenduster, aber wir lassen euch nicht im Stich, Friedel, Schröder, Merzenich. Und indes sie einen Vers auf den Namen Mengers suchte, schlief sie endlich ein.

Fünftes Kapitel
Unter Blumen

Annette sorgte dafür, daß Käte Neumeier den Kopfabhacker nicht vergaß. Sie rief am nächsten Tage an, voll Reue des schauerlichen Eindrucks wegen, den sie ihnen beiden zugefügt. Man mußte ihn baldmöglichst durch einen hübscheren ersetzen. Übermorgen wurde im Alsterpavillon eine große Herbstblumenschau eröffnet zugunsten von Verstümmelten und Hinterbliebenen aus jenem Weltkrieg, in den uns die raffinierten Zettelungen des Präsidenten Wilson verwickelt hatten – wie die »Hamburger Nachrichten« ihre Leser belehrten. »Damals Wilson, jetzt Rosenfeld – Roosevelt«, leitartikelten sie; aber die Herbstblumenschau sollte dennoch sehr schön werden. Da ihre beiden Schwestern als freiwillige Helferinnen dort Dienst taten, hatte auch sie, Annette, freien Zutritt zu dem unfertigen und noch nicht eröffneten Unternehmen. Sie wollte Käte in den Mittagsstunden abholen und wieder zurückbringen. Wenn die Sonne schien, saß es sich gut am Wasser. Für zehn Pfennig kaufte man einem Invaliden eine

Tüte mit Fischchen ab, die man an ihren Schwänzen packte und den Möwen hinwirbelte, die sie aus der Luft fingen – Spaß, sportliche Freude und Wohltätigkeit den Tieren gegenüber in einem. Und für die Blumen und Tiere hat man doch endlich Sinn, selbst im amtlichen Deutschland. »Um halb eins also. Ich bringe einen kleinen Lunch mit – Stullen, wie der Berliner sagt.«

Käte Neumeier ertappte sich wiederum beim Kopfschütteln – ganz kurz, keine halbe Sekunde, während sie den Hörer in die Gabel legte. Was war eigentlich mit ihr los? Hörte sie in Annettes freundschaftliches Geplauder Doppeldeutigkeit hinein, Ironie, Anklage? Oder war auch ihre Seele mit Bitterkeit getränkt, ihre Zweideutigkeit beabsichtigt? Das Dritte Reich hatte sich seiner Härte gegen Falschdenker nie geschämt, sogar gerühmt und sich nie gescheut, dennoch Natur und Tiere stets und ausdrücklich zu schützen, als könnte niemand daraus falsche Folgerungen ziehen. Auch Käte Neumeier hatte bisher an solchen Gegensätzen keinen Anstoß genommen. »Ich bin ein Mensch mit seinem Widerspruch« – stammte das nicht von C. F. Meyer, stand es nicht in seinem »Hutten«? Zeiten der Umordnung mußten sich in Härten vieler Art schicken; gegen das Bleibende, innerlich Beständige, gegen Pflanze und Tier aber durfte sich der Mensch immer menschlich verhalten. Das hatte gestimmt – bis vorgestern. Jetzt klang ein scheußliches Kichern auf, als Begleitung so wohltönender Prägungen – hol's der Teufel.

Gegen Ende des Vormittags wäre beinahe etwas dazwischen gekommen. Als Sekretär Holzmüller sich gerade entfernte, nach gewissen Abmachungen mit Frau Doktor, begegnete er im Korridor ihrem Neffen, dem Zeichner Boje, Sohn des kriegsgefallenen Volksschullehrers Boje, der die Grete Neumeier geheiratet hatte und mit ihr eine überaus glückliche, von Wilhelm II. abgekürzte Ehe geführt hatte. Bert Boje stand gut mit der Tante, die ihm ihre Bücher zur Verfügung stellte und ihm, was immer es kosten wollte, ein Studium ermöglicht hätte, worauf der junge Bert aber mit heiterem Lachen verzichtete. Das Leben war eine Revolution geworden, aber die Käte – er nannte sie meist beim Vornamen, ohne feierlichen Familientitel – hatte davon noch nicht läuten gehört. Universitäten! Selbst das abgekürzte Studierverfahren brachte die Leute aus dem Kontakt mit dem wirklichen Leben, dem wirklichen Volk und seiner Substanz. Zudem waren alle akademischen Berufe in Deutschland und anderwärts überfüllt. Niemand Vernünftiger sollte jetzt auf Warten studieren, wo sich die Technik in ungeheuerstem Maße entfaltete. Gerade hatte ein amerikanischer Ingenieur, der Herr hieß Moses, ein außerordentliches System von Autostraßen erfunden, um die überfüllte Stadt New York kurz und schmerzlos von ihren Sonntagsfahrern und Businessmen zu befreien, die nach Geschäftsschluß im eigenen Wagen nach Hause wollten. Derartige Ausfallstraßen über den Dächern oder unter den Häusern durch würden bald auch die deutschen Großstädte brauchen, im Ruhrrevier, nahe Hamburg, in Mitteldeutschland und Berlin. Die Hamburger Lösung würde besonders spannend werden. Bert hatte heute Vormittag frei bekommen, weil sich draußen in Finkenwärter im Zusammenhang mit dem Projekt der Elbhochbrücke ein Hemmnis ergeben hatte, ein Einspruch der Reichswehr, der ebensogut drei Wochen früher hätte angemeldet werden können. Die in Tiefbau ausgeführten Petroleum-Reservoire, die dem neunten A. K. dort gehörten, dürften in ihren Zu- und Abfahrtwegen nicht geniert werden, hatte der kommandierende General mit einem friderizianischen Fremdwort an den Rand des eingereichten Plans vermerkt, und dabei enthielt dieser Plan nicht einmal die volle Wahrheit; das volle Ausmaß des Projekts hätte die Einbeziehung dieser Tanks in die Fundamente der neuen Brücke verlangt, ihre Verlegung weiter hinaus auf Cuxhaven zu. Hätten die Herren eben auf diese Tanks für ein, zwei Jahre verzichten müssen, wenn der Plan an dieser Stelle und an sonst keiner anderen ausführbar gewesen wäre, und siehe da, schon die geringste Beeinträchtigung ihrer Zufahrtswege verbaten sie sich, diese ... Soweit hatte Käte Neumeier den ungestümen jungen Mann kommen lassen, der bei dem herrlichen Wetter den freien Mittag mit ihr verbringen wollte, sei es im Erfrischungsraum eines Warenhauses, sei es auf einem langen Spaziergang längs des Alsterbassins. Und da mischte sich Herr Holzmüller ein, der im dunklen Korridor seine ebenso dunklen Handschuhe nicht hatte finden können. Die jungen Herren in den braunen Kletterwesten hätten allen Grund, äußerte er mit seiner ängstlichen Quetschstimme, mit ihren Äußerungen vorsichtig zu sein, soweit es sich um das Heer handelt. Das halte noch auf Zucht und Ordnung. In dessen Lagern und Kasernen wäre kaum je ein junger Mensch zu Schaden gekommen, was die Sozialdemokraten auch früher geschrien hätten. Wer aber heute tiefer hineinsehe in die Nöte der Jugend, der wisse besser Bescheid und wolle sich in aller Bescheidenheit solche Kritik an dem Besten verbitten, was im Vaterland vorhanden sei. Worauf er sich mit einem giftigen Blick auf den jungen SA.-Mann und einer altmodischen Verbeugung vor der Ärztin entfernte. Bert Boje sah ihm lachend, wenn auch etwas betroffen, nach. »Wenn die Kerle hinter ihrem Schalter sitzen, da haben sie Mut, lassen das Publikum warten und spielen den dicken Wilhelm«, vermerkte er, »aber was ist in den gefahren, daß er es sich auch im freien Felde leistet, ungeschützt, als ob ihn jemand persönlich abgekratzt hätte.« – »Laß ihn laufen, Bert«, entgegnete Käte, indem sie sich zum Ausgehen fertig machte, »jeder hat im Hintergrunde sein Päckchen zu tragen; es ist nicht alles Gold, was glänzt. Fein, daß du Zeit hast, ich bin mit Annette Koldewey zur Blumenschau verabredet, eine kleine Vorbesichtigung, sie nimmt dich sicher gern mit hinein.« – Bert Boje zog die Brauen hoch: »Das wird nicht gehen, leider. Eben fällt mir ein, ich muß ja noch vor eins Bücher zurückgeben, die ich mir aus der städtischen Bibliothek in Altona gepumpt. Ein andermal gern und hinbringen – das liegt auf dem Wege.« Käte Neumeier vermerkte bei sich, während sie die Treppe hinabstiegen, daß das zwar nicht auf dem Wege liege, daß der Bert aber das Zusammensein mit Annette zu meiden schien – obwohl sie ihm durchaus nicht etwa mißfiel, wie Käte bemerkt zu haben glaubte. Ganz im Gegenteil. Aber da er vielleicht wußte, daß sie in festen Händen war, wie die jungen Leute früher sagten ... und ihm das vielleicht weh tat ... »Wie du es einrichten kannst, mein Lieber«, beendete sie diesen Teil der Unterhaltung. »Wir müssen uns am nächsten Sonntag schadlos halten, du und ich.« Und auf dem Wege ließ sie sich mehr von der großen Angelegenheit erzählen, als welche dieses Projekt des Führers unter den jungen Leuten des Tiefbauwesens figurierte. Ob Adolf Hitler diesesmal seinen

Willen durchsetzen würde? Wahrscheinlich mußte sich ihm auch die Bodenbeschaffenheit fügen, wie das deutsche Volk es tat, ganz Europa, die ganze »Jetztzeit«. Gegen ein Genie ist kein Kraut gewachsen.

Der Name Koldewey wirkte wie ein Paßwort, als sie an die verschlossenen Glastüren pochten, hinter denen eifriges Kommen und Gehen hörbar war, das Rücken von Tischen, das Abstellen von Lasten. Annette, reizend auch in ihrem Straßenanzug, Rock und Jacke, hellgraues Tuch aus der Werkstatt eines Herrenschneiders, den grauen Filzhut, einen modischen Kegelstumpf, auf den Locken, begrüßte einen Herrn, der viele Papiere, Listen in der Hand hielt, nickte dem Gärtnergehilfen zu, erwies sich als ein umsichtiger Führer. Astern und Dahlien würden die Überraschung der Ausstellung bilden. Was die Züchter aus diesen einst so durchschnittlichen Gewächsen zu entwickeln verstanden an Farben, Mischungen und Formen, grenzte an Wunder. Die stolze Georgine war ziemlich in den Hintergrund gedrängt worden, nur die Chrysantheme behauptete ihren königlichen Vorrang, auch war die Abteilung Chrysanthemen schon am weitesten vorgerückt. »Die laß mich sehen«, bat Käte Neumeier, die sich inmitten des Unfertigen behaglich fühlte. Ihr Blick blieb im Vorübergehen an den gelben und violetten Astern haften, die in Töpfen, zu Beeten zusammengefaßt, rechts und links des Durchgangs prangten. Hier fand sie ja für ein gewisses Grab reiche Auswahl. »Vielleicht tust du mir den Gefallen und nimmst gelegentlich einen dieser Töpfe mit hinaus – wenn sie für mein Budget erschwinglich sind«, sagte sie beiläufig, »nach Ohlsdorf, für die Lene Prestow. Du weißt schon, was ich will.« – »Erledigt«, nickte Annette. »Thyra kriegt Rabatt, es wird den Kopf nicht kosten.« – Und dann setzte sie ihre schön geformten Zähne auf die Unterlippe: sie hätte nicht just dieses Wort wählen sollen.

Die Chrysanthemenschau zeigte sich wirklich der Worte eines Dichters würdig, wie am Eröffnungstag der Vertreter des Berliner Propagandaministeriums ausrief. Auf hohen, festen Stengeln, im Schmucke ihrer graugrünen, gelappten und gefiederten Blätter prangten, stufenförmig aufgestellt, die großen Blumentöpfe und Kronen, köstlich abgetönt und mit vollendetem Geschmack gruppiert. Die weißen, mit den gerollten Blumenblättern in Tuffs von unwahrscheinlicher Größe, weckten Ausblicke schon auf Schnee und Winter; die kleinköpfigen, flieder- und veilchenfarbigen, schienen sich vom Sommer nicht trennen zu wollen; rieb man ihr Laub, dann roch es nach Minze. Unter den gelben, fast honigfarbenen, hätte sich Annette gern niedergelassen, wäre da irgendein Bänkchen gewesen; so reich schienen sie ihr zu den Jahren zu stimmen, die sie selber verkörperte, unermüdlich auf der Grenze zwischen Jugend und Reife. Käte Neumeier hingegen bekannte sich als Anhängerin der doppelfarbigen, deren geschlitzte Pelzmützen, aus rotbraunen und gelbbraunen Fäden gemischt, wie der Helmbusch phantastischer Grenadiere, einen leisen Kamillengeruch ausströmten, wenn man dicht an sie herantrat. Die standen, wie sie sich ausdrückte, hüben und drüben, besonders anziehend für den erfahrenen Mann, noch straff, aber schon reif. »Erstaunlich, was sie aus den Herbstfarben gezaubert haben, aus braun und gelb«, rief Annette bewundernd, »die du draußen unter den Bäumen mit den Füßen wegschobst.« – »Ja«, sagte Käte, »aber für Blumen gelten als Herbstfarben lila und gelb, weil sie aus dem schwindenden Licht noch das meiste herauszuholen vermögen. ›Wirtschaft, Horatio, Wirtschaft‹.« – Dagegen nun empörte sich Annette, sie hielt es mit den Chinesen, die berückende Geister- und Liebesgeschichten zwischen jungen Studenten und den Dryaden oder Feen spielen ließen, welche in solchen Blumen wohnten. »Nur daß sie auch die Päonie in dieses Spiel miteinbeziehen, ärgert mich. Päonien sind dumm und haben keine Seele.« – »Die unseren«, stimmte Käte Neumeier zu, »aber die chinesischen?« – »Lotte Garchow ist in China geboren. Man könnte sie fragen«, erwog Annette. Dann lachte sie hell auf. »Aber sie ist ja schon mit sieben wieder heimgekehrt und erinnert sich an gar nichts. Selbst eine Päonie.«

Durch die Glasscheiben – »Ich muß Ingebottel sagen, daß sie sie vor der Eröffnung noch einmal überputzen läßt« – durch diese Glasscheiben lockte der Herbstmittag mit süßem und zartem Blau, Klarheit in der Nähe, verschleierndem Dunst der Ferne. Die beiden Frauen, die jüngere und die noch junge, schritten zwischen den Topfgruppen hin und her, beugten sich über die verlockenden Geschöpfe, machten einander auf dieses oder jenes Exemplar besonders aufmerksam; damit aber ließ die Anziehungskraft der ausgestellten Zuchtprodukte nach. »Mein weiser Vater, der dich grüßen läßt« – »danke«, sagte Käte Neumeier – »hat, sagte er, in einer Schweizer Zeitung die Bemerkung gefunden, später einmal werde man die Weimarer Republik mit einem Gartenflor im Herbst vergleichen, wo sich alles noch einmal zu überstürzter und reizvoller Farbenpracht des Verfalles zusammenfindet, bevor der Winter dem Geblüh ein Ende mache. Als Schluß habe der Herr Georgesche Verse aus dem ›Jahr der Seele‹ zitiert.« – »Wie kurzsichtig«, rief Käte Neumeier, »das Dritte Reich dem Winter zu vergleichen. Vielleicht aber auch nicht; Winter muß vorhergehen, wo neuer Frühling sich ankündigt.« – Und dann mußte sie sich zusammennehmen, um wieder einmal ein »Schütteln des Kopfes« zu beherrschen; welche Käte Neumeier sagte das? Die Heutige? Die von vorgestern?

Zum Glück achtete Annette im Augenblick nicht auf sie. Im Nebenraum, bei den Dahlien und Astern, ward ein Wortwechsel laut. »Laß uns draußen unsere Stullen futtern und eine Tasse Schokolade trinken. Kleinbürgerinnen in der Sonne«, schlug sie vor. »Und was gibt es«, fragte sie, »bei den aufgeregten Männern nebenan?« Jemand hatte im letzten Augenblick entdeckt, daß die Reihen in diesem Hauptraum – schwarzrote Georginen, purpurne Dahlien, honiggelbe Astern, in breiten Streifen untereinander, eine gewisse, jetzt verfemte, einst populäre Reichsfahne darstellten, das Schwarz-Rot-Mostrich der Systemzeit. Es ergab sich, diese Anordnung sei gedankenloserweise von der letzten Blumenschau übernommen worden, die vor fast fünf Jahren im gleichen Raum stattfand. Sie hätte den Verantwortlichen ohne weiteres ins KZ. verschmettert. Jetzt ließ er all die Hunderte von Töpfen eilig auswechseln, die gelben Astern durch weiße ersetzen, die roten Dahlien in die vordersten und unteren Bretterreihen der Regale verteilen. Es würde zwei Stunden Arbeit kosten, aber die Reichsfarben schwarz-weiß-rot wieder herstellen.

Die beiden Damen benutzten zufällig die gleiche Bank, aber sie wußten es nicht, auf der Herr Footh mit Albert Teetjen jenes folgenvolle Mittagsmahl beschloß; von ihm aber war die Rede, als hätte die große Kastanie, der Zeuge von damals, Einflüsse ausgestrahlt. Blauer Glanz lag über den weiten Wassern der Alster, die Schwäne kreuzten heran, gelockt vom Anblick essender Menschen. »Warum begingen wir eigentlich den Fehler«, fragte Käte Neumeier, wie vor sich hin, »der scheußlichen Szene zuzusehen?« – »Du selber machtest den Vorschlag«, entgegnete Annette sanft, »ein Arzt dürfe vor nichts zurückschrecken.« – »Stimmt«, gab die andere zu, »ich habe es zu bereuen. Das Bild läuft mir nach.« Und sie biß ins Brot. »Aber wie kam dein Footh bloß zu dem scheußlichen Kerl? Muß doch gar nicht einfach gewesen sein, dies Museumsstück aufzutreiben, solch einen Auswurf der Heidenzeit?« – Annette lächelte über diesen sonderbaren Ausdruck: »Mir zuliebe und mit deiner Hilfe.« – Käte Neumeier fiel beinahe das Brot aus der Hand. »Erlaube mal«, rief sie halblaut, aber so intensiv, daß Annette fast erschrak. »Ist aber so«, verteidigte sie sich. »Er schrieb einen Brief voll gewisser naiver Vorschläge – Protektion bei der Bürgerschaft oder dem Senat. Das Kuvert aber stammte von deiner Hand.« – Käte Neumeier saß sprachlos da, die Augen weit auf Annettes Gesicht. »Kein Irrtum?« fragte sie, schwer atmend. »Ich gebe ja manchmal Menschen, die Arbeit suchen und Hilfe verdienen, die Privatwohnung wohlhabender Freunde – in meiner eigenen Schrift wird das besser beachtet. Aber ich entsinne mich nicht … An euch? Und wann?« – Sie schwieg, starrte auf den Uferrand gegenüber, vermochte kaum, Bestimmtes zu unterscheiden; ihr schwindelte. Es durfte nicht sein. »Footh hat, neben anderen, die Eigentümlichkeit, Briefe mit ihren Umschlägen aufzubewahren. Ob der Marken wegen oder aus Ordnungstrieb, wüßte ich nicht zu sagen. Aber ich rufe ihn an. Du bekommst den Beweis in die Hand.« –

Käte Neumeier hatte das Gefühl, daß die Erde bebe. Wenn sie den Umschlag wieder sah, würde sie sich leichter erinnern, für wen sie ihn damals beschrieben. Sie konnte keinen Teil ertragen an diesem Werk des Schreckens. »Ja«, sagte sie, »bitte laß mich ihn haben. Als Memento mori, zum Abgewöhnen. Ich werde es nie mehr tun – wenn's stimmt. Was alles man in Bewegung setzt mit einem solchen Schrieb – man weiß das nie.« – Meinen Friedel! rief es in ihr. »Kannst du mich jetzt nach Hause bringen?

Eine solch gute Idee von dir, mir das zu zeigen.« – »Sag es mit Blumen«, parodierte Annette einen Werbespruch der Pflanzenhandlungen. »Wenn ich dich Sonntag nach Ohlsdorf abholen darf, hat Thyra deine Astern schon zu uns besorgt.« – »Ihr seid so nett. Und den Umschlag von Herrn Footh?« – »Hast du mit der Morgenpost.« –

Anneliese Blüthe befolgte und billigte die Anordnung ihres Chefs durchaus, Privatbriefe mit ihren Umschlägen aufzubewahren. Nicht allein war sie Markensammlerin genug, um vor dem Begriff der Ganzsache heilige Achtung zu verspüren, sie hatte auch gelesen, was für merkwürdige Schicksalsfügungen durch solche Briefumschläge schon eingetreten waren. Sie hatte nur geschwankt, ob sie ihn dem Chef stillschweigend auf den Schreibtisch legen sollte, als er gegen drei danach anrief, oder ihm lieber das einmalige Schriftstück persönlich hineintragen und schließlich das erstere gewählt. Wollte sie ein unklar vorhandenes Ziel erreichen, so mußte sie ausweichen, sachlich bleiben.

So fand denn Herr Footh um halb vier Teetjens Appell mit seinem Umschlag unter einem Briefbeschwerer liegen, den er als einziges Andenken aus dem Weltkrieg in sein neues Dasein mitgenommen hatte, eine Art römischen Schwertes, aus dem kupfernen Führungsring einer schweren Granate gehämmert, roh und ziemlich unvollkommen, da die Kerben voll erhalten waren, die die »Seele« des Rohrs beim Abschuß ins Metall gepreßt. »Albert Teetjen, Schlächtermeister.« Hatte seine Sache gut gemacht, der alte Junge, Herrn Footh und die ganze Innung nicht blamiert. Im Frack zwar linkisch ausgesehen, aber keineswegs linkisch zugeschlagen. Für die sieben Mark siebzig, die Herr Footh bis jetzt in ihn investiert, hatte er sich tüchtig geregt. Sein Training war den Proviantkammern der Tanker »Einäuglein« und »Rotauge« zugunsten gekommen, die Ausführung seines Amtes aber mußte beim Reichsstatthalter Eindruck gemacht haben. An Herrn Footh war es jetzt, die Gegendienste anzumelden, die man ihm dafür schuldete. Ihm, Footh, natürlich, nicht dem Teetjen. Es wurde zurzeit in Deutschland ungeheuer viel Geld verdient. Aktienpakete frisch geschaffen oder neuen Besitzern zugeschoben. Wirtschaftliche Machtmittel sammelten sich in Händen, die vor Adolf Hitlers Aufgang niemals von ähnlichem auch nur geträumt hätten. Der Parteiweizen blühte.

Herr Footh stand von seinem Schreibtisch auf und trat, die Hände in den Taschen, an das große Fenster, von welchem er den weiten Ausblick über einen Hafenausschnitt genoß, in dem auch seine Schiffe daheim waren. Tuten, Brummen, Pfeifen, Hämmern; zurzeit lag keines von ihnen hier unten in dem schwarzblanken Gewässer, durch das die kleinen, grünen Dampfer den Fährdienst vermittelten. Er sah auch nicht viel von den Gebäuden, Piers, Tankanlagen, Pumpen. Er blickte in die grauen Wolken, die von der offenen See her antrieben, von der Nordsee, gut achtzig Kilometer weit im Nordwesten. Er sah in seine Zukunft, seine Ansprüche. Zwei Wege schienen gangbar. Entweder wurde er mit seiner Flotte vorteilhaft aufgesogen von der Reichsbetriebsstoff AG., die immer mehr von der Brennstoffbewirtschaftung des Staates übernahm, oder er selber etablierte sich als Kern einer Transport AG., die es erst zu etwas brachte, bevor sie als ansehnlicher Teil in einem größeren Ganzen aufging. Die jüdische Reederei »Thetis« mußte ihre Fahrten einstellen. Ihre drei Tanker sollten von der Reichsmarine geschluckt werden, wenn über sie nicht anders entschieden wurde. Drei manierliche Schiffe. Sollte Herr Footh dem Reichstatthalter vortragen, sie im Interesse der Seeleute, der Parteigenossen, lieber in Privathand zu belassen, in seiner, Herrn Fooths Hand? Das Reich aber durch entsprechende Summen aus den Fonds der Arbeitsfront zu entschädigen? Konzernbildung war die Parole. Als das unabänderliche Parteiprogramm die Zerschlagung der Trusts an die Wand malte, steckte die NSDAP., wie man so sagte, noch in den Kinderschuhen. Wer Verstand besaß, nahm ihr das nicht übel. Erst wenn sie daran kleben geblieben wäre, der Wirklichkeit des Lebens nicht Rechnung tragend, hätten solche Anklagen Gewicht gehabt. Man hatte rationell zu sein, der Sache zu dienen, sich selbst dabei am Feuerchen zu wärmen, auf daß man leistungsfähig blieb.

Herr Footh hätte sich gern mit jemandem über jenes Entweder-Oder ausgesprochen. Aber Annette war für derartige Fragen nicht zuständig. Ihr Reich lag jenseits der Geschäfte, in den angenehmen Gefilden, die man, weiß Gott, auch Wirklichkeit nennen durfte. Aber um diese zweite Wirklichkeit zu genießen, mußte man der ersten ihr Recht einräumen. Wer mit ihr fertig wurde, durfte seine Nase nicht minder hoch tragen als die Priester der Kulturregion, wie Annette, ihr hochmütiger Papa oder jene Käte Neumeier, die ihren Briefumschlag zurückhaben wollte, weiß Gott weshalb. Es gehörte sich wohl, ein paar Zeilen dazu zu schreiben. Er bat durchs Telephon Fräulein Blüthe zu sich.

Anneliese kam mit einem gewissen Schwung herein – einem freudigen Schwung, den sie vergeblich suchte zu bemeistern. Ihr hübsches Näschen, ihre blanken Augen, das blonde Wuschelhaar erweckten in Herrn Footh angenehme Empfindungen. Die Kleine war sicher nicht dumm. Warum sollte er ihr nicht die Frage vorlegen, mit der er sich selber abplagte. »Ein paar Zeilen an Frau Dr. Neumeier, Wandsbeker Chaussee 2.« – Wohlgefällig beobachtete er die knappen und geschmeidigen Bewegungen, mit denen sie den kleineren seiner Briefbogen und das für den Durchschlag Notwendige in die Maschine zog, und so schnell wie er sprach, ein Begleitbriefchen entstehen ließ. Er beeile sich, so lautete er, anbei den Briefumschlag zurückzureichen, der dem Staate so wertvolle Dienste geleistet habe, und ihr dafür zu danken. »Ergebenst Ihr …« Dann tippte sie ein Geschäftskuvert, tat das Ganze in die Unterschriftsmappe, wie sie es gewohnt war, legte sie aufgeschlagen vor seinen Stuhl. Inzwischen klingelte das Telephon, Anfragen liefen ein, wann mit der Ankunft von Schmieröl zu rechnen sei, und Mitteilungen über die Fassungskraft eines neuen, unterirdischen Treibstoffreservoirs an der Unterelbe, dessen Fertigstellung von der geplanten Elbhochbrücke völlig unbeeinflußt bleiben würde. Was für schlanke, schmale Hüften die Kleine hatte. Footh legte den Hörer wieder in die Gabel, unterschrieb seinen Brief, bat Fräulein Blüthe, einen Augenblick Platz zu nehmen. Er deutete dabei auf die Ecke des Schreibtisches, und sie genierte sich nicht. Ihr kurzer Rock gab ein ausdrucksvolles Knie frei, sie legte die gefalteten Hände darüber. Sie sei doch lange genug im Betrieb, sagte Herr Footh, um seine Möglichkeiten richtig einzuschätzen. Er seinerseits wollte in einer bestimmten Frage zur Klarheit kommen, ob sie ihm dabei helfen könne? Sie wolle ihren Grips nach Kräften anstrengen, versprach sie, mit einem geschwinden Schlag ihrer langen Wimpern. Öl, sagte er, das wisse sie doch, sei nicht nur das Um und Auf der Wirtschaft, sondern noch viel mehr der modernen Kriegsführung. »Weiß ich«, antwortete sie, »mein Bruder dient bei den neunten Panzern.« – »Oh«, rief er, »hohe Verbindungen. Ich war damals einfacher Fußinfanterist.« – »Dafür sind Sie jetzt Petroleum-Admiral, Herr Footh«, erwiderte sie, »und führen eine Standarte des NSKK.« – »Aber man'n sehr lüttje«, gab er behaglich zurück, verließ seinen Stuhl, setzte sich selbst auch auf die benachbarte Schreibtischecke oder lehnte sich vielmehr an sie mit dem Oberschenkel, die Last des Körpers auf das andere, das Standbein, legend. »Glauben Sie, daß unser Betrieb Erweiterungen verträgt, oder sollte man ihn lieber mit einer größeren Gruppe fusionieren? Da stehe ich nämlich am Scheidewege.« – Ihre hellgrauen Augen wurden ganz schwarz, so weiteten sich ihre Pupillen, beinahe wäre sie vom Schreibtisch heruntergesprungen. »Herr Footh«, rief sie, »wer kann da mitreden. Dazu müßte man unsere Betriebsmittel übersehen, unseren Kredit, die geheimen Rücklagen; zwar«, überlegte sie laut, »die drei Thetisschiffe sollen zu haben sein. Vielleicht eine einmalige Chance.« – Er nickte wohlgefällig, nahm ihre Hände um die dünnen Gelenke, vereinigte sie in seiner Linken, streichelte mit der Rechten ihr Knie. »Sie haben recht«, sagte er mit belegter Stimme, »man müßte das durchsprechen. Hätten Sie Zeit, eine Tasse Tee bei mir zu trinken, Anneliese?« – »Wenn ich nach Haus telephonieren darf«, entgegnete sie, ohne sich zu rühren.

In der Tat, Käte Neumeier kriegte ihren Briefumschlag mit der Morgenpost. Sie hielt ihn in der Hand, ihre Fingerspitzen erkannten das Leinenpapier wieder, dessen Bogen sie in dicken Briefen an Karl August Lintze aufgebraucht hatte, indes mehrere Hüllen übrigblieben. Für Empfehlungen, Hilfsbedürftige hatte sie sie verwendet. An wen aber ging dieses hier? Man hätte die Gewohnheit haben sollen, in einem Büchlein zu notieren, wem man was gab. Viel zu large ging sie mit solchen Dingen um. Dabei hing alles davon ab, daß man sich solcher Kleinigkeiten erinnerte. Sie setzte sich in ihren Frühstücksstuhl, entspannte sich, schloß die Augen. Herauf mit euch, vergessene Kleinigkeiten. Allerlei Tagesreste zogen ihr durch den Sinn, die Chrysanthemen von gestern, die Astern, Lene Prestow. Ein sandiger Hügel auf dem Friedhof von Ohlsdorf, den sie noch nicht einmal gesehen. Dann fiel ihr Tom Barfey ein, der verkrüppelte Junge auf seinem Rollwägelchen, das er auf der Straße kaum noch benutzen durfte. Ja, das war's. Der Geesche Barfey hatte sie die Wäsche bei Herrn Footh verschaffen wollen, ihr dafür dies Kuvert beschrieben, damit Annette an der Schrift einen Hinweis ablese, die kleine, tapfere Waschfrau zu beschäftigen. Sie atmete tief ein, blickte ins Zimmer, in die Zukunft. Der Weg dieses Todesboten ließ sich verfolgen.

Drittes Buch

Mit dem Strom

Erstes Kapitel

Brave Stine

Ein Mann, der Geld in der Tasche hat, geht ganz anders durch die Straßen seiner Vaterstadt als der gleiche Mann mit einem Buckel voll Schulden. Er leistet sich und seiner Frau eine Flasche Portwein, legt ihr nahe, endlich die braunen Halbschuhe zu kaufen, die jetzt im Preis ermäßigt worden, weil es auf den Winter zugeht, die schwarzen besohlen zu lassen und sich nicht zu wundern, daß er eine neue Kiste Zigarren heimbringt, Fehlfarben wiederum, aber Brasil, Stück für Stück zwei Pfennig teurer als die früheren Vorstenlanden. Sie hat einen Frackanzug reinigen müssen, bevor er ihn der Verleihanstalt zurückgab, aber das ist bei einem Schlächter kaum ein Wunder, und Blutspritzer lassen sich unschwer entfernen. Er hätte sich seiner Stine gern in diesem Staat gezeigt. Aber Herr Footh hat das verhindert; er ließ ihn von Hause abholen, bei sich in der Diele umkleiden, fuhr ihn nach Fuhlsbüttel und brachte ihn auf dem gleichen Wege wieder in seiner Uniform nach Hause. Ohne die Trainingstage hätte das Ganze nur ein paar Stunden Abwesenheit aus Alberts täglichem Leben bedeutet – eine Art Traum, nichts weiter; kein angenehmer Traum – nicht zu leugnen ... Aber zweitausend Mark als Lohn für die Stunde Morgenarbeit, das ließ sich sehen und hören, tasten und bewundern. Diese Hundertmarkscheine waren kein Hexengeld, sie verwandelten sich nicht in dürre Blätter, wenn man sie daheim in die Schublade des Vertikos schloß. Sie blieben schöne, bunte Banknoten aus der Zauberwerkstatt des Dr. Schacht – und damit basta.

Die Leute rund um Albert Teetjen merkten in den ersten Tagen nichts von der Veränderung, die sich mit seinen Lebensumständen vollzogen hatte. Er war klug genug, von ihrer Besserung kein Wesen zu machen. Er wußte: wenn ein Mann seine Schulden bezahlt, so spricht sich das herum, und gibt er dafür keine

Erklärungen, so mischt sich die Freude der Empfänger mit dem Staunen über die Gunst des Schicksals und erzeugt Respekt. Außerdem lag es Albert Teetjen nicht, seinen Kameraden vom SS.-Sturm Preester Steuern zu zahlen von dem Verdienst des vierzehnten September. So angenehm war der »job« nicht gewesen, obwohl die Leute aus Magdeburg ihre Mitwirkung Ruck Zuck, Mann über den Block – nun Messer, Beil durch den Wirbel, tadellos befummelt hatten. In Hamburg nämlich durfte man es sich leisten, Anordnungen nicht zu befolgen, die für Preußen galten, auch wenn sie von Hermann Göring selber stammten. Ein Amateur kann nicht in vierzehn Tagen die Kunst erlernen, die der Reichsjägermeister erwartete, nämlich den Delinquenten durch die Kehle zu hauen. In Hamburg hielt man auf Tradition, und was für Klaus Störtebecker und seine Liekendeeler recht gewesen, mußte auch für die Täter im Reeperbahnprozeß zureichen. Aber auch so noch hatte der Vorgang für Albert Teetjens Nerven genügt. Später einmal konnte man sich seiner Leistung rühmen, soweit die Presse davon berichten durfte. Dann, in ein paar Monaten, ließ sich bei Gelegenheit ein Streifchen Zeitung aus der Brieftasche ziehen und den Kameraden hinhalten: »Das war nämlich ich, der es den roten Hunden damals besorgt hat.« Vorläufig begnügte man sich damit, bei Lehmke seinen Schoppen Bier zu trinken, in den stillen Stunden zwischen neun und zehn des Morgens, und das »Hamburger Tageblatt« durchzustöbern, aufmerksamer als sonst. Aber es enthielt nichts über jenen Vorgang, keine Zeile. Das war Albert Teetjen in gewissem Sinne angenehm, im ganzen aber ärgerlich. Einerseits hätten sich wahrscheinlich Reporter an das Ausforschen des Henkers mit der Maske gemacht, wenn Zeitungsleute zugelassen worden wären, und bei den Vorurteilen, mit denen man zu rechnen hatte, hätten sich gelegentlich Störungen ergeben. Andererseits aber stand man gern in der Zeitung, dem Verdienste seine Krone, niemand konnte wissen, wozu ein solch gedruckter Beweis vaterländischer Pflichterfüllung einmal diente. Nun, darauf mußte Teetjen vorläufig verzichten. Auf alle Fälle gab es ja Eingeweihte, die ihm mit ihrem Zeugnis beispringen konnten, wenn Not am Manne war, zum Beispiel und vor allem Kamerad Footh.

Die größte Versuchung, deren er sich zu erwehren hatte, entsprang aus einem gesteigerten Selbstgefühl. Sollte er sich nicht endlich einen Gehilfen anschaffen, der ihm die gröbsten Hantierungen seines Gewerbes abnahm? Soweit sie nicht von den Angestellten der Schlachthöfe besorgt wurden, vollzog sie Albert Teetjen selbst in der ehemaligen Waschküche, die er dem Wirt abgemietet hatte, weil sie unmittelbar neben seiner Wohnung lag, in ein paar Schritten durch den Hof zu erreichen. (Für die Wäsche waschenden Frauen war damals ein hellerer und geeigneterer Raum, eine ehemalige Wagenremise, bereitgestellt worden.) Ein paar Tage lang schien es Albert jetzt unwürdig, mit der blutbefleckten Schürze selber dazustehen und ein halbes Schwein oder einen Hammel zu zerlegen, nachdem er doch gerade wie auf einer Bühne seine Pflicht getan hatte. Aber eine kurze Rechnerei, mit Bleistift auf dem Rücken eines Bestellscheins vollzogen, warnte ihn vor übereilten Vergrößerungen. Wohl, er konnte jetzt Kapital in sein Geschäft stecken. Es ging auf den Winter, die Leute würden mehr Fleisch selbst in das Eintopfgericht tun, das wöchentlich und pflichtgemäß den Hausfrauen Gelegenheit gab, Reste zu verarbeiten. Die Bauern ließen ihre Schweine schlachten, an Luthers Geburtstag empfahl man die Martinsgans, und dies alles durch Anzeigen in der Zeitung. Inserieren kostete Geld, aber es brachte auch welches. Ferner tat ein mit Blumen geschmücktes Schaufenster gute Dienste, worauf sich Stine besonders verstand; die Herbstausstellung im Alsterpavillon würde, wenn sie erst einmal vorüber war, Astern und Chrysanthemen billig anbieten, und solche Töpfe, rechts und links von einem in Pappmaché ausgeführten Schweinskopf, der in einer pappenen Schüssel eine pappene Zitrone in der Schnauze hielt – solcher natürlicher Blumenschmuck hielt sich lange und lud zum Betreten des Ladens ein. Appetitlichkeit tat vieles, um den Menschen zum Besuch der Lebensmittelabteilungen in den verdammten Warenhäusern anzureizen. Gott strafe sie! Im Weltkrieg hatte es Leute gegeben, die ihre Briefe und Rechnungen mit Hilfe eines Gummistempels durch den Schlachtruf »Gott strafe England« eindringlicher machten. Albert Teetjen überlegte in diesen Tagen, ob er nicht bei seiner Innung die Anschaffung eines solchen Stempels anregen sollte:

Meidet die Warenhäuser! Die Bedenken des guten Footh in allen Ehren: sollte man Senat und Bürgerschaft, jetzt, wo man etwas Geld in die Sache stecken konnte, nicht unter ein Trommelfeuer nehmen und ihnen zeigen, welche Pflicht sie versäumten? Gott hatte dem Führer viele herrliche Gaben verliehen, und das ganze Volk dankte ihm dafür, ältere Damen sogar, behauptete man, auf den Knien. Aber der große Mann hatte teuer dafür bezahlt, fand Albert Teetjen. Er verstand nichts von Frauen und nichts von Braten. Über Enthaltsamkeit und Mönchstum ließ sich nicht streiten, das mußte jeder mit sich abmachen, obwohl Albert Teetjen ohne seine Stine die Arbeitswoche nicht hätte durchstehen mögen. Das, was der Pastor eheliches Glück nannte und wofür man beim Militär andere Ausdrücke gebrauchte, das mußte sein. Das mit dem Vegetarismus aber, daß der Unsinn sei, ließ sich wissenschaftlich beweisen. Der Mensch, sagten die Doktoren in ihren Radiovorträgen, war dem Darm nach gebaut wie das Schwein, mit Respekt zu vermelden; und wie dieses nützliche Haustier war er zum Allesfressen eingerichtet. Ein Führer, der den Vegetarier nicht nur spielte, sondern, Gott sei's geklagt, diese Spinatfresserei aufs heftigste durchführte, ein solcher Führer war für das Schlächtergewerbe eine bittere und harte Nuß. Kein Schweinsrücken, keine Kalbskeule, nicht einmal ein winziges Hammelkotelettchen fand Gnade vor seinen Augen. Wie sollte da das Volk, diese Herde, die hinter ihm herlief, dazu angehalten werden, in der Kost richtig abzuwechseln? Hätte der dicke, gemütliche Göring, Schutzpatron der Flieger, Fleischer und Kopfabhakker, da nicht einigermaßen ausgeholfen, wo wären wir geblieben? Wie dem aber auch war: inserieren mußte man. Der Kauflust nachhelfen. An der Aufrüstung verdiente der Deutsche ungleichmäßig im Durchschnitt, aber er verdiente, und trotz hohen Lebenskosten also hatte jeder von seinem Wochenlohn etwas zum Fleischer zu tragen, sonst klappte es nicht mit der Gerechtigkeit.

»Mit dem Footh stehst du wohl auf Duzfuß, Albert?« – Damit setzte sich Gastwirt Lehmke vertraulich zu seinem Nachbarn, der ihm soeben die achtzig Mark auf den Tisch gelegt hatte, die er ihm, zum Teil schon fast ein Jahr lang, schuldete; und er stellte zwei Schnapsgläser und eine Flasche wasserhellen Kümmels auf ein Tablettchen, um das Ereignis würdig zu begehen; denn »Schulden machen, das kann jeder«, so philosophierte er, während sie anstießen, »Schulden bezahlen aber, dazu gehört schon Mumm und Anstand, mehr als ein durchschnittlicher Mensch besitzt.« Und er erzählte, halb lachend, halb empört, nachdem sie den süßen, brennenden Geschmack auf Zunge und Gaumen ausgekostet hatten, die Geschichte eines Düsseldorfer Gastwirtssohns, eines echten, windigen Rheinländers, dem er, Lehmke, verrückt genug, am Anfang seiner Laufbahn auf ein paar Tage hundert Mark geliehen hatte, weil die Banken gerade geschlossen waren. Der Junge war auf Nimmerwiedersehen verschwunden, vor fünf Jahren aber in Haifa, Palästina, wieder aufgetaucht, hatte in der Hafengegend ein Café aufgemacht und wußte sich nun den Bemühungen des Konsulates tapfer zu entziehen, das Herrn Lehmke sein Recht zu verschaffen suchte. Albert hörte belustigt zu. Lehmke sparte nicht mit drastisch malenden Worten, zog die porige Haut seiner Stirn in Falten, bewegte sein kleines Auge in den schweren rötlichen Lidern hin und her, den Rheinländer nachmachend, und zeigte so, wie sehr er den Unterschied zwischen jenem und dem zuverlässigen Albert zu schätzen wußte. »Mit dem Footh, ja«, bestätigte Teetjen, geneigt, noch ein zweites Glas Köhm zu genehmigen. »Hab ich dir nicht erzählt, daß er ohne meine Hilfe nie dazu gekommen wäre, etwas zu werden? Er hat es mir oft genug bestätigt, und Ruhmredigkeit ist nicht dabei. Aber hübsch ist's doch wenn man sieht, wie einer anfing und wie weit er's bringt.« – Und er berichtete, wie Footh und er im Jahre siebzehn, als alle »Sparmetalle« so knapp zu werden begannen, einem Suchkommando angehörten, das die weiten Wälder an den litauischen Flüssen nach solchem Material durchforschte. Es waren ihnen russische Gefangene zugeteilt, und mit deren Hilfe entdeckten sie in einer weiten sandigen Lichtung einen wahren Schatz von messingenen Kartuschen und Schmierbüchsen, an den Radnaben von Geschützen, Protzen und Lastwagen. Dort war offenbar, wahrscheinlich im Frühjahr fünfzehn, ein russischer Artilleriepark mit allem Drum und Dran durch Fliegerbomben und einen Waldbrand vernichtet worden; dem Messing aber war kein Schaden geschehen, und die riesigen Haufen abgeschossener Kartuschen bewiesen, daß die Batterien, jede zu acht Geschützen, ihre Fliegerbomben wohl verdient hatten. Unteroffizier Footh also und Gefreiter Teetjen verbrachten einen ganzen Sommer und Herbst damit, die Messingteile herausschrauben und von den Gefangenen in langer Prozession dicht an den Njemen herantragen zu lassen, was mit viel Behagen und Spaß geschah. Denn es gab unangenehmere Aufgaben für Gefangene, wie man sich denken konnte. Der Winter nun deckte das kleine Messinggebirge mit Schnee zu, und die Stelle, die es einnahm, war nur Footh und Teetjen vertraut, die ihren Fund und seine »Hortung« – so nannten es die Dienststellen von Ober-Ost – pflichtgemäß zum Abtransport gemeldet hatten. Aber der erfolgte nicht. Der Amtsschimmel wollte geritten werden. Und das Bahnnetz hatte von Ende siebzehn ab Divisionen nach Westen zu transportieren, eine fechtende Riesenarmee mit allem Zubehör an Geschützen, Feldküchen, Vorräten und Munition. Der Messingschrott lief ja nicht weg, und inzwischen durften die deutschen Hausfrauen all ihr Küchengerät, die Mörser, Türklinken und selbst die Ofentüren auf dem Altar des Vaterlandes darbringen. Als dann der Schluß kam, der so ganz anders ausfiel, als man gedacht hatte, türmte sich, inzwischen von Grünspan gefleckt, noch immer das Messinggebirge unmittelbar auf den Uferböschungen des Njemen. »Und da hatte nun Footh den rettenden Gedanken. Er besprach sich mit den Flößern, die dort wohnten, ermächtigte sie, aus gefällten Stämmen der Forstabteilung Flöße zu bauen, lud mit Hilfe der Gefangenen unter meiner Aufsicht den ganzen Kram darauf, versprach den ›Flissaki‹ als Fährlohn den Ertrag des Holzes, das sie in Memel verkaufen sollten, und fuhr so mit mir und dem ganzen Schatze stromab. Ich hatte meine Harmonika dabei, es war eine fröhliche Heimfahrt, kannst dir's denken. Junge, zu dieser Jahreszeit war noch nie Holz den Njemen abwärts verfrachtet worden, und unser Messing hatten wir mit gelieferten Zeltbahnen zugedeckt, die in Memel auch einen ganz hübschen Preis erzielten – ich oben drauf mit meinem Quetschpiano – ›in der Heimat, in der Heimat, da gibt's ein Wiedersehn‹. Und diese Flöße auf dem Njemen waren der Anfang der Reederei Footh, wie du sie heute glänzen siehst. So was bringt

Menschen zueinander und hält sie auch beisammen.« – »Schöne Geschichte«, schmunzelte Otto Lehmke, »wärmt das Herz. Da sieht man doch, was ein Mann und ein Zugriff ist. Das waren noch Zeiten! Was will da das bißchen Beute besagen, das bei der Machtergreifung für uns abfiel. Aus den paar Möbeln und Büchern von damals hätte kein noch so flinker Footh den Kern zu solch einem Betrieb zaubern können. So was ist ja wohl noch einen Kümmel wert. Und was hat's dir diesmal eingetragen? Prösterchen, Albert.« – Teetjen wußte, der Lehmkesche Vorrat an Tischwäsche hatte sich verdoppelt in jenen Januartagen. »So fragt man Leute aus, Otto. Mundgehalten muß auch mal werden. Aber darum keine Feindschaft nich, dein Köhm ist prima. In diesem Sinne prost.«

Auf solche Weise beugte man auch Fragen vor, die von SS.-Kameraden hätten gestellt werden können, wenn Lehmke nicht dicht hielt. Es war besser, wenn niemand wußte, daß er jetzt Bargeld im Schub hatte. Da die Zeitung von seiner Heldentat schwieg, ließ sich das ohne Mühe bewerkstelligen, vor allem auch weil in diesen Wochen alle Aufmerksamkeit von den heimischen Dingen weggelenkt wurde. Der Parteitag hatte im heftigsten Angriffsgeist gegen Bolschewisten und die Komintern geglänzt, den Kommunismus mit Russentum, Kulturhaß und Welteroberungsplänen gleichgesetzt und die anwesenden Diplomaten zum Kreuzzug gegen diesen Weltfeind Nummer eins wachgerüttelt. Gleichzeitig aber war in eingeweihten Kreisen, zu denen der Sturm Preester dank der Mitgliedschaft eines Redakteurs vom »Hamburger Wirtschaftsdienst« gehörte, eine andere Parole aufgekommen. Sie hieß: Bauxit, Magnesia, Leichtmetall, Erden überhaupt, und bezog sich auf große Lager dieser Stoffe in dem kleinen Österreich, das damit ja nichts anzufangen wußte, indes die deutsche Flugzeugindustrie nur mit solcher Hilfe auf den Kriegsfuß gebracht werden konnte. Daher würde, darauf mußte man sich vorbereiten, der Anschluß Österreichs in den nächsten Monaten Wirklichkeit werden. Allzu lange ja schon schmachteten die Volksgenossen jenseits der Grenze unter dem katholischen Joch des Bundeskanzlers Schuschnigg. Vieles war wieder gutzumachen an den österreichischen Nazis, den einzigen, die diesen Namen mit Tradition trugen. Der Gesandte, Herr von Papen, des Führers geschickteste Hand, tat seinen Teil, die Schanze auszuliefern. Mussolini war, anders als das vorige Mal, von seiner Wacht am Brenner abgebracht worden. Blieb das Problem, die Westmächte, diese verrotteten Demokratien, von dem Unrecht zu überzeugen, das dem deutschen Volke geschah, als man seit Versailles und St-Germain den heiß gewünschten Anschluß immer weiter verbot und verhinderte. Den Tschechen, diesen rabiaten Erzfeinden, mußten die Polen in den Rücken zu fallen drohen, überall aber der Schrecken verbreitet werden, den der Einmarsch der Roten Armee in die vom Nationalsozialismus verteidigte Gralsburg Europa bedeutete. Das galt als Mission des Führers und seiner Getreuen, zu denen die Kameraden der SS. in erster Linie gehörten. Erörterungen dieser Art füllten die Kameradschaftsabende. Daneben blieb der Befehlswechsel in den obersten Stellen der Reichswehr fast belanglos. Wer das Glück hatte, unter Adolf Hitlers Augen das neue, von ihm geschaffene Volksheer gegen den Feind zu führen, ob ein Fritsch oder Blomberg, ob ein Keitel oder Brauchitsch, ließ einen richtigen Nationalsozialisten doch kalt. Die Herren hatten ihr Metier gelernt, und wehe ihnen, wenn sie es nicht zu Adolf Hitlers Zufriedenheit ausübten. Das »Schwarze Korps« hatte schon einen adligen Kriegsminister zur Rechenschaft gezogen. Die Spuren des Löwen schreckten. Wenn solche Sprüche von dem Kameraden Redakteur Vierkant in Lehmkes Hinterzimmer fielen, strich sich Albert Teetjen den Schnurrbart und ließ seine schönen blauen Augen in der Runde blitzen. Niemand wußte, daß er eben erst seinen Teil im Kampf gegen den Bolschewismus abgedient, seine Treue bewiesen, seine Pflicht getan hatte. Ein Mann mußte schweigen können und sich darauf verlassen, daß in einem gut geordneten, auf Gerechtigkeit gestellten Staatswesen keine Leistung wirklich verloren ging.

Auch gegen seine Stine hatte er bislang geschwiegen. Zu ihrer Ehre mußte man hinzufügen, daß sie es ihm nicht erschwert hatte. Eine Frau hat ja viele Mittel, um einem Mann anzudeuten, daß sie seine Geheimnisse zu teilen wünscht, oder sie aus ihm herauszulocken, im sonntäglichen warmen Bad oder, als letzten Trumpf, im Bett. Stine aber hatte nichts dergleichen unternommen. Völlig unverändert und unbelastet von Neugierde ließ sie diese Wochen verstreichen. Es gehörte sich ja auch so für die Frau eines Mannes von seiner Stellung, in einer Stadt, deren Hafen mit seinen Tanks und Industrieanlagen, all den Werften, Docks und Kais, in dieser Zeit einer gewaltigen Aufrüstung des Reichs von zu verschweigenden Dingen nur so wimmelte. Aber sie hätte sich wichtig machen oder immer einmal wieder in ihn dringen können, gekränkt sein, daß er ihrer Verschwiegenheit nicht traute; aber nichts davon schien ihre Sache. Selbst als die ganze Angelegenheit abgeschlossen und ein schönes Häufchen blauer Lappen in einem halbleeren Briefkarton untergebracht war, selbst da unterließ sie jede Bemerkung, die über verständliche Freude und Erleichterung hinausging. Ein Prachtmensch, seine Stine. Anderseits mußte dieser Zustand enden, und zwar bald. Sie würde ja die Banknoten zur Post tragen, auf dem Postscheckamt einzuzahlen haben; denn es hieß doch wohl die Einbrecher herausfordern, wenn man ein solches Vermögen zu Hause hielt. Zwar hatte das Dritte Reich mit den Herren Einbrechern aufgeräumt. Niemand konnte leugnen, wie stark sich die Kurve gesenkt, die auf statistischen Darstellungen die Häufigkeit der Einbruchsdiebstähle und Raubüberfälle anzeigte. »Bei uns geht alles legal vor sich«, hatte der Spaßvogel unter den Kameraden, jener Redakteur Vierkant vom »Wirtschaftsdienst«, einmal bemerkt, »auch die unrechtmäßigen Bereicherungen«. Aber es wäre ja grausam gewesen, wenn ein Mann seine Ehefrau gezwungen hätte, achtzehn Hundertmarkscheine in ihre Handtasche zu tun und am Schalter der Wandsbeker Postfiliale einzuzahlen, ohne ihr zu sagen, woher der Segen stammt. Und Grausamkeit war Albert Teetjens Sache nun einmal nicht. Ein Schlächter ist nicht grausam, er betreibt sein Handwerk und empört sich mit vollem Recht, wenn die Kinder Angst vor ihm haben oder wenn sie vor seinem Laden Kreisspiele singen, um zu beweisen, daß sie diese Angst nicht kennen, etwa »Mariechen saß auf einem Stein, da kam der Bruder Karl herein und stach Mariechen in das Herz«.

Stine erfuhr das Geheimnis denn auch an einem durchschnittlichen Wochentag, vormittags, während Albert kleine ausgelöste Stücke vom Rind und Schwein durch die Fleischmühle drehte, ein beliebtes Gemisch herstellend, sogenanntes »Faschiertes«. Stine putzte inzwischen die messingnen Schalen und Gewichte einer altmodischen Waage, die neben der modernen Federwaage mit ihrer Skala und ihrem Anzeiger den Ladentisch zierte und noch von Alberts Vater stammte, dem Schlächtermeister Philipp Teetjen, an den sich noch Dutzende von Kunden in Wandsbek erinnerten. Albert überzeugte sich, daß sie bei dieser Beschäftigung saß; man soll einer Frau nicht mit Überraschungen kommen, wenn sie in den Tagen ihrer Periode ist und just steht. Das Eintreten dieser Periode, zwischen Eheleuten oft Gegenstand von Aufmerksamkeit und Gespräch, bot auch Teetjens manchen Anlaß dazu. Stine mochte Kinder gern, Albert nicht. Sie hätte gern eigene auf dem Arm getragen und an ihrer Brust genährt. Albert aber, mit dem Rechenstift nach Feierabend, bewies ihr, daß durch die Inflation von 1923 Kindersegen für sie beide ein »Leck im Boote« wäre, das eine Fleischerei nicht zu stopfen vermochte. Als die Partei zur Herrschaft kam, deren unabänderliches Programm Rücksicht und Hilfe jeder Art für den Gewerbetreibenden in Aussicht stellte, glaubte Stine, ihr Weizen werde jetzt blühen und ihr Körper kleine pralle Früchte tragen dürfen – aber die Monatsbilanzen bewiesen es anders. Und sonderbar: als wäre er Albert bis in seine innersten Fasern angeschlossen, weigerte er sich zu empfangen. Obwohl sie leichtfertigerweise – denn sie wollte sich ja endlich fruchtbar zeigen – seinen Vorsichtsmaßregeln in keiner Weise nachhalf und von sich aus nur zögernd etwas tat, wenn sich ein kleiner Unfall ereignet hatte, ward sie mit einer Regelmäßigkeit, um die eine Beamtin sie hätte beneiden können, alle sechsundzwanzig Tage unwohl und vergoß ihr Blut. Ihre Ärztin, Frau Käte Neumeier, die allerhand gelesen hatte und sich manches durch den Kopf gehen ließ, war einmal abends schlaflos im Bett auf einen Gedanken gestoßen, um dies Geschehen einzuordnen. Das Wahrscheinliche blieb, daß Stine Teetjen mit gewissen Tanten und Urtanten Geisowscher Linie Unfruchtbarkeit gemein hatte, taube Eierchen allmonatlich abstoßend. Nach den Mendelschen Gesetzen traten solche Ausnahmen immer einmal wieder auf. Es konnte aber auch recht wohl sein, daß sich in Stine Teetjen selber etwas wehrte, gegen das Metzgerhandwerk ihres Mannes nämlich. Sie selber hatte der Ärztin lachend einmal erzählt, wie komisch es für sie war, just einen Schlächter zu heiraten. Sie stammte aus einem Sektiererhaus, von Mennoniten, Adventisten. Käte Neumeier mangelte die Fähigkeit, diese sonderbaren Schwärmer auseinanderzuhalten. Stines Großmutter hatte die Anerkennung des Sonntags verweigert und ihrer Enkelin beigebracht, der Herr am See Genezareth, der Prediger der Bergpredigt, habe nur den Sabbat als Ruhetag eingehalten, der Sonntag sei Menschenwerk. Sie hatte denn auch dafür gesorgt, daß Stine in einem bibeltreuen jüdischen Hause als Dienstmädchen eine Stelle annahm, und ihr auch eine Abneigung gegen jeden Fleischgenuß eingeimpft. »Und so eine wie ich muß sich in einen Schlächter verlieben«, hatte Stine berichtet. »Gar keine kleine Sache, wie sich das herausstellte. Ich dachte auch, ich würde mich viel stärker dagegen wehren, als der Albert um mich anhielt. Aber, Frau Doktor, ich tat's nicht. Keiner weiß ja, wo die Liebe hinfällt, und er war doch immer so ein netter Kavalier. Und ich hatt's nicht zu bereuen, weiß der liebe Himmel. Und den Sektenkram, die ›ernste Bibel‹-Forscherei, die ließ ich ja denn auch sausen.« – Dr. Neumeier, in ihrem Bette ausgestreckt, hatte beim Überdenken dieser Mitteilungen und Tatbestände ein Fragezeichen an diese letzte Aussage geknüpft und sich vorgenommen, einmal mit einem Kollegen darüber zu reden, vielleicht in Fuhlsbüttel mit dem jungen Laberdan. War es dem großmütterlichen Einfluß zuzutrauen, so tief zu reichen? Die Empfängnis zu verhüten, bei der ein Metzgermeister die Vaterrolle spielte? Wie dem auch war, sie hatte diese Absicht bald vergessen. Stine selber aber war natürlich weit von solchen Spekulationen entfernt. Eben jetzt hockte sie auf ihrem Stühlchen, eine Waagschale im Schoß, die andere mit einem alten Wollstrumpf polierend, einen leisen, spitzbübischen Vorbehalt im Gemüte, ein Geheimnis mit einem anderen vergelten zu können; schon vorgestern wäre ja ihr »Tag« gewesen. Es hätte sich ja sehr gut gefügt, wenn jetzt, wo ihre Verhältnisse sich besserten und ihr Lebensschifflein kein »leckes Boot« mehr zu bleiben schien, sich ein kleiner, blondköpfiger Teetjen angemeldet hätte, Männlein oder Weiblein, einerlei. Dem Albert brauchte sie das ja nicht sofort auf die Nase zu binden, und jetzt erst recht, dem Geheimniskrämer!

»Wenn du mit Vaters Waage fertig bist, Stineken, tu den Zaster in deine Tasche, wie wir bei den Preußen sagten, wenn der Zahlmeister, gleich Scheinwerfer, alle zehn Tage in Tätigkeit trat. Bis zum Schalter wirst du es ja bringen, ohne daß dir einer die Riemen durchschneidet. Dazu war's denn doch zu schwer verdientes Geld.« – Stine fühlte genau, jetzt hätte sie fragen sollen: willst du mir nicht endlich sagen, wie du's verdient hast? Aber sie tat dem Albert den Gefallen nicht und entgegnete vielmehr: »Wer die klauen wollte, der fiele schön herein. Hab doch gleich eine Liste angelegt mit allen Nummern. Hat mir Frau Plaut mal beigebracht.« – Albert Teetjen schaute von dem rotblassen Teig auf, den er knetete, und schüttelte staunend den Kopf. Er hätte doch wissen müssen, daß seine Stine es faustdick hinter den kleinen, flach anliegenden Ohren hatte. »Kriegt man sie da ersetzt, wenn sie einem geklaut werden?« fragte er nach einer kleinen Pause. – »Wer weiß«, entgegnete sie, »irgendeinen Sinn muß es doch haben, sonst würden es die Juden doch nicht machen. Die wissen Bescheid.« – »Ja«, lächelte Albert, »aber wir auch. Haben hinter ihren Schlichen herklabüsert und bezahlen sie mit ihrer eigenen Münze. Und wie ich dazu gekommen bin, willst du nicht wissen?« – »Wer mir was Verbotenes sagen will, muß selber anfangen.« – »Das muß so sein«, bestätigte er. »Verboten war's allerdings nicht, sondern im Gegenteil, was mir der Kamerad Footh verschafft hat. Sollte den Magdeburger Scharfrichter vertreten im Reeperbahnprozeß. Und das hab' ich denn getan.« – Stine saß in ihrem Stuhl, hörte auf, das blanke Messing zu reiben, ließ ihre Blicke an den seinen haften. »Du hast …«, fragte sie nach zwei Atemzügen Stille. »Das Urteil ausgeführt, vier Verbrecher ins Jenseits befördert.« – Stine, regungslos, ließ die Schale fallen; mit metallischem Ton fügte sie sich genau in die erste. Ihr Mund stand leicht offen, ihre Augen irrten zur Decke empor, hafteten dann wieder auf seinen Lippen. »Ist wahr?« fragte sie tonlos. – »Meister Dencke blieb krank«, bekräftigte er, »und der Führer will nicht eher nach Hamburg kommen. Die Elbhochbrücke, weißt's doch vom Radio, wie die ihn zwickt. Da mußte eben Aushilfe ran. Diesmal unsereiner.« – Stine schüttelte den Kopf. »Wenn das bloß gut ausgeht«, hauchte sie halblaut. – »Ja«, bestätigte er, »die Leute sind blöd«, froh, daß sie es so vernünftig aufnahm, »rumschwatzen darf's sich nicht. Aber erkennen konnte mich keiner. Ich hatt' eine Maske vor der Nase, wie das Rindvieh, in früheren Zeiten, als die Betäubungszange noch nicht erfunden war. Bloß daß diesmal nicht der Ochse die Maske trug.« – »Und dabei hattest du den Frack an«, lallte sie, offenbar wollte sich ihr Unterkiefer dem Sprechen nicht recht fügen. – Er nickte. »Ist ja ein komischer Anzug, solch ein Schniepel mit 'ner weißen Binde. Aber praktisch ist er für so was. Vorne alles weggeschnitten. Was hinten hängt, kann nicht behindern.« – Stine hielt die Hände auf den Knien. Sie fühlte sich schwach. Viermal Kopf ab, ihr Albert. Was die Zeit alles aus den Menschen machte! Und dann spürte sie, sie würde ins Schlafzimmer müssen, die Wäsche wechseln. Ihr »Tag« war also doch eingetreten. Erst wollte sie noch Vaters Waage auf dem Ladentisch zusammensetzen. Aber die Schalen waren ihr plötzlich zu schwer. »Wenn das bloß gut ausgeht«, wiederholte sie, breitbeinig der Tür zusteuernd. – »Müssen eben den Mund halten«, erwiderte er gutgelaunt, froh, daß alles so leicht abgegangen war, »und eine tüchtige Ausrede finden. Lotterie oder Erbschaft, wenn einer danach fragt.« – Im Türrahmen, zwischen den Pfosten, drehte sie sich noch einmal zurück: »Mit welchem Beil?« Und die Silben wollten ihr seltsamerweise nur schwer von den Lippen. »Mit Großvaters Binderbarte«, beruhigte er sie. »Dazu lag sie so lange unbenutzt auf dem Schrank. Sieht fast genau aus wie ein Richtbeil, nur einen längeren Stiel habe ich dranmachen lassen. Tadelloser Stahl«, fügte er hinzu, »Sheffieldware, was gut ist, kommt aus England.«

Als Stine sich aufs Bett setzte, dann rasch umlegte, fürchtete sie einer Ohnmachtswelle zu erliegen. Das Zimmer drehte sich rechts herum wie ein Karussell; an einen so dummen Zustand konnte sie sich kaum erinnern. In ihrem Kopf lief alles durcheinander. Die Großmutter, die Rabbinersfrau, der Sonntag, der Samstag, die Bergpredigt am See Gethsemane, oder hieß der nicht Genezareth? »Wer Menschenblut vergießt, dessen Blut soll durch Menschen vergossen werden«, sah sie mit den Druckbuchstaben ihrer

Lutherbibel, »denn ich bin der Herr«; gedruckt von der englischen Bibelgesellschaft. Alles was gut ist, kommt aus England, hatte Albert gesagt. Hielt er nicht einen Kümmel im Kleiderschrank? Hier mußte ein Schnaps her und dann aufs Postamt. Mitten am Wochentag auf dem Bett zu liegen wie eine Senatorsdame – wäre ja noch schöner gewesen! Ließ sie sich von sich nicht gefallen. Binde um und auf die Beine! Es war schönes Wetter, warmer, trockener Oktober, sie konnte recht gut ihre neuen, braunen Halbschuhe anziehen, die Sportschuhe aus dem Ausverkauf des Juden Lehmann. War eigentlich doch unverständlich, ein so gut gehendes Geschäft zu verkaufen, in so günstiger Lage, Fischerstraße Ecke Wandsbeker Chaussee. Die wollten auswandern, sagten die Leute. Na, jeder nach seinem Gusto.

Als sie durch den Laden kam, blasser als vorhin, und die Augen dunkel umrandet, aber schmuck und schlank in ihrem grüngrauen Straßenmantel, den rotgoldenen Haarknoten unter einem kleinen Hut und die Handtasche mit dem Blutgeld – komisch, daß ihr dieser Ausdruck kam! – unter den Arm gepreßt, schmunzelte Albert zu ihr hinüber. »So 'ne brave Stine und so 'ne schmucke dazu, sollte mal einer in ganz Hamburg auftreiben! – Für Sonntag brauchst du nichts vorzurüsten«, sagte er, »wenn's Wetter so bleibt, machen wir nach Stellingen, zu Hagenbecks wilden Tieren.« – Das war ein Wunsch, den Stine längst gehegt; seit Kinderzeiten war sie nicht mehr draußen gewesen in dem musterhaften Zoo, in dem die Löwen und Elefanten herumliefen, fast wie in der freien Natur, die Affen einen unglaublichen Unsinn trieben und die Vögel wie die Wilden kreischten. »Au fein«, rief sie aufleuchtend. »Aber ob wir nicht doch zu Hause essen, warmes Abendbrot und bloß Wurstbrote mitnehmen, das wollen wir uns noch überlegen.« – »Sparsame Hausfrau«, sagte er beifällig, »weiß keiner, wie's noch kommt, und die kluge Frau baut vor.« –

Zweites Kapitel
Stellingen

Gedenkt eine Ärztin eine Waschfrau zu besuchen, und zwar ohne Verabredung, aus dem Stegreif sozusagen, so wählt sie dazu einen Sonntagvormittag. Darüber braucht man nicht viel Worte zu machen. Beides sind arbeitende Frauen, deren Zeit unter der Woche von den Bedürfnissen der Materie eingeteilt wird, mit der sie zu tun haben. Ob nun Wäsche wieder instand gesetzt werden soll, der täglichen Abnutzung zu widerstehen, oder die Lebenskraft menschlicher Wesen, von dem Unterschied zwischen diesen beiden Tätigkeiten wollen wir hier kein Aufhebens machen, obwohl die eine am untersten Fuß der Gesellschaftspyramide angesiedelt ist, die andere nah ihrer Spitze, umgoldet vom andächtigen Glauben zahlloser Menschen. Sonntagvormittag haben sie beide Muße, sich selbst zu gehören; die Gesetzgebung auf dem Sinai hat dafür gesorgt.

Käte Neumeier schritt auf ihre energische Weise an diesem Sonntag gegen halb elf die lange Wandsbeker Chaussee hinab, eine ziemlich häßliche Straße, wenn man die Häuser und Fassaden in Betracht zog, die in Hamburgs Wachstumsjahren dort entstanden waren. Ursprünglich mußte sie, breit und gerade, eine schöne Landstraße gewesen sein – aber davon war heute nichts zu spüren. Die ganze Gegend, dachte Käte Neumeier, Fontane würde sagen, sie sei heruntergekommen. Zu Zeiten des Matthias Claudius, des Lessing und des strengen Diktators Klopstock machte man hier eine Landpartie vom Alsterbecken nach dem Stadtpark Wandsbek oder umgekehrt, in Schnallenschuhen, weißen Strümpfen, Kniehosen und warmen Radmänteln, wenn ein Wetterchen wie heute lachte. Aber eigentlich sollte ich diese beiden Epochen gar nicht vergleichen. Diese Leute trugen nicht nur andere Spazierstöcke, Frisuren und Tabakpfeifen als wir und führten andere Hunderassen an der Leine, in ihren Köpfen regierten auch ganz andere Gedanken. Die Einheit des Menschengeschlechts, Humanität, Aufklärung, Philanthropie oder Menschenliebe und der Glaube an die Macht des Verstandes. Die große Sonne der

Vernunft stand über ihren gepuderten Locken, und mit Rousseau schworen sie auf die Güte des Menschen, der nicht bereit sei, vier seiner Brüder den Kopf abzuhacken, um sein Einkommen zu verbessern. Und wenn sie Organisationen angehörten, sie hießen die »Loge zur flammenden Morgenröte« oder »Zum großen Orient«, und statt auf den Weltbaumeister Adolf Hitler gründeten sie sich auf die Baumeister des salomonischen Tempels und ähnliche nebelhafte Gestalten. Bloß Uniformen sah man damals in Hamburg nicht so viele wie heute, und wie ich dazu komme, meinen Weg hier gewissermaßen im Jahre 1737 zurückzulegen, statt 1937, das sag mir mal einer. Was die Damaligen gesagt hätten, wenn eine solche Elektrische hinter ihnen her gerast wäre, um sie spielend zu überholen, donnernd und knisternd zwischen den bewohnten Häusern! Was werden die schon von Elektrizität gewußt haben? Vielleicht hatte Galvani gerade Froschschenkel zum Zucken gebracht und Volta seine Säule erfunden, und die Leydener Flaschen wird's wohl auch schon gegeben haben. Und Herr Hufeland verstand was von der Gesundheit und Hahnemann was von Homöopathie, und noch kein Mensch war drauf verfallen, das Fieber eines Kranken mit einem Thermometer zu messen, das man ihm unter die Achsel steckte, in den Mund oder sonstwohin. Hätte ich lieber damals gelebt? Entschieden nicht. Trotzdem mir im achtzehnten Jahrhundert keine solche Aufgabe geblüht hätte. Damals wäre keiner auf einen derartigen Prozeß hin enthauptet worden. So? fragte sie, plötzlich stehen bleibend, und was war es mit den lettres de cachet und mit dem Dichter Schubart, der auf dem Hohenasperg verkam? Und warum riß Schiller von Stuttgart aus, und was war es mit Lessing, der Preußen ein Zuchthaus genannt hat, und Berlin eine Galeere? Fehlten damals etwa Spießrutenlaufen und eisige Duschen für Geisteskranke? Immer langsam mit die jungen Pferde, pflegte mein Vater zu sagen, wenn ich ihm den Kopf vollschwärmte von Fortschritt und Heilkunst. Und da hätten wir ja die Wagnerstraße. Möchte wissen, ob sie nach Richard Wagner heißt – oder vielleicht nach Herrn Adolf Wagner, nicht dem Nationalökonomen, bei dem mein Vater hörte, sondern dem großen Adolf Wagner, Gauleiter von Oberbayern, der seinen verratsverdächtigen SA.-Führern die Köpfe mit großen Maßkrügen einschlagen ließ, wie aus München geflüstert wird ... Nr. 17, Albert Teetjen, Schlächtermeister. Ach ja, die Stine Teetjen, Kartothek Nummer soundsoviel, neigt zu Aborten, letzter vor vierzehn Tagen.

Den Weg zu Barfeys, über den Hof und die Treppen des Seitenflügels hinauf, hatte Käte Neumeier das letzte Mal vor drei Jahren erstiegen, als Tom die Schule verlassen. Sie war also sehr erstaunt, als sie in dem kleinen Vorraum, den man vom Dach aus betrat, einen kurzgewachsenen Mann auf einem Schemel sitzen fand, der sich rasierte, und einen Schnurrbart besaß, an dem er offenbar eben mit einer Nähschere herumgeschnipselt hatte. Seine verkümmerten Beine untergeschlagen und das Gesicht mit einem Rasierpinsel eingeseift, dem der Stiel fehlte, saß Tom Barfey in einem Unterhemd und ärmellosem Pullover neben der geöffneten Tür. Sein Spiegel wies die unregelmäßige Form auf, die eine handgroße Glasscherbe gelegentlich annimmt; er war ihm von der hübschen Olga geschenkt worden, als unten bei Lawerentzens ein Tischspiegel zerbrach, weil Postsekretär Lawerentz ihn mit einer heftigen Armbewegung auf die Dielen fegte – vor Freude, als 1933 sein jüdischer Vorgesetzter, Postinspektor Bandmann, in Pension geschickt wurde, für einen »Arier« Raum schaffend, Aufstieg, Einkommen. – »Menschenskind, sind Sie es? Wirklich?« rief Käte Neumeier, als sie den vertieft und eifrig Schabenden erkannte, noch außerhalb der Wohnung stehend, auf dem mit Zink gedeckten, mit einer kleinen Mauer gesicherten Teil der Dachfläche, die an das Hauptgebäude mit seinen schrägen Ziegelwänden anstieß. Tom, der sich das Licht von der offenen Tür herholte, ließ das Rasiermesser sinken, erkannte die Besucherin, überwand sofort den Mißmut, den jede Störung in einem beweglichen und ausdrucksvollen Gesicht aufflammen läßt, und rief, indem er sich entschuldigte, der Mutter zu, wer gekommen sei, wer ihr die Ehre tue. Eine Kriegerwitwe, dachte Käte Neumeier, als sie in den schrägen Hauptraum eintrat, der Dank des Vaterlandes ist euch gewiß. Übrigens: von einem Hängeboden zum anderen. Auch bei Koldeweys spielten schräge Wände mit. Ausgebaute Dächer, Licht womöglich von oben.

Frau Barfey war eine magere, mittelgroße Vierzigerin, graue

Strähnen an den Schläfen und helle, aufmerksame Augen in dem sehr faltigen Gesicht. Und dabei sollen wir gleichaltrig sein, fühlte Käte staunend den Unterschied zwischen Ärztin und Wäscherin. Zwei verschiedene Wesen, jedes auf seinem eigenen Stern geboren. Schlecht, verbesserte sie, in seiner eigenen Klasse. Dennoch hat die Art, wie diese Frau Barfey mich aufnimmt, mir gegenübersitzt, abwartet, was ich will oder bringe, etwas Gehaltenes, Nobles, möchte man meinen. Mein weiser Freund Koldewey würde sagen, das sei es, was Nietzsche Rasse nenne. Ja, sagte Käte Neumeier, natürlich komme sie nicht bloß als Nachbarin so um die Ecke. Sie möchte Frau Geesche vielmehr um einen Gefallen bitten. Sie hatte ihr doch einmal einen Briefumschlag gegeben, graues Leinenpapier und mit der Hand adressiert. Erinnerte sie sich vielleicht, was daraus geworden sei? Sie sah, daß Frau Geesche erschrak, erblaßte. Der Staat, in dem man lebte, hatte Polizei und Ermittlungen dermaßen ins Leben der Bürger eingeführt, wie das in Deutschland noch nie der Fall gewesen. Frau Barfey rieb sich nervös die rechte Stirnseite, trocknete die Augen, die offenbar aus Furcht sofort weinten, beteuerte, daß ihr Gedächtnis in den letzten Jahren schrecklich abgenommen, und rief ihren Tom zu Hilfe. Der Junge, sagte sie, habe alles im Kopf, für sie mit. »War's nicht an eine Waschstelle in Uhlenhorst draußen, zu weit weg für mich, wie sich herausstellte?«

Tom Barfey rollte herein, sauber gewaschen, gekämmt, gebürstet, ein blütenweißes Hemd unter dem Pullover. Das Schnurrbärtchen gab sonderbarerweise dem Gesicht etwas Kindliches, so verfrüht saß es über den lachenden Lippen. Aber die grauen Augen unter den borstig geschnittenen Haaren redeten dazu eine eigene, sehr eindringliche Sprache. »Tom«, sagte Frau Barfey, »da war doch mal was mit einem Kuvert von Frau Doktor. Erinnerst du dich?« – »An den Reeder Footh«, erwiderte der junge Mann, ohne sich auch nur einen Augenblick zu besinnen. »Richtig«, bestätigte Käte Neumeier, »an H. P. Footh. Aber wer mag das benutzt haben? Ihre Mutter sicher nicht.« – »Ging nicht«, erwiderte Tom, »Harvestehuder Weg ist ein Bezirk für sich. Da kann unsereiner nicht herankommen.« – »Gut«, erwiderte Käte Neumeier voll Spannung, denn jetzt kam's, »aber was geschah mit dem

Papier? Denn es ging zur Post, es kam draußen an.« Tom Barfey errötete, dann deutete er mit dem Daumen über seine Schulter. »Stine«, sagte er. »Vielleicht war es unrecht, Frau Doktor. Aber damals kam sie und brachte uns Nieren. Der Umschlag lag hier auf dem Tisch unterm Licht. Hübsche Frauen sind oft neugierig. Der Footh, sagte sie, sei ein Kriegskamerad ihres Albert gewesen, sie hätten mehr als ein Jahr zusammen in Litauen bei der Forstabteilung Dienst gemacht. Albert hatte seine Adresse verloren, jetzt aber könnten ihnen solche Beziehungen sehr viel nützen, wo man gegen die Lebensmittelabteilungen in den Warenhäusern ankämpfen müsse. Da gab ich ihr den Umschlag, wie sie da ging und stand. Vielleicht hätte ich das nicht tun dürfen«, fügte er auf gewisse Weise zerknirscht und dennoch spitzbübisch hinzu, »aber Frau Doktor wissen ja, wie hübsch die Stine ist, wenn sie mit den Augen bitte bitte macht.«

Käte Neumeier mußte lachen, sich eine Zigarette anzünden, dem Jungen eine anbieten, tief atmen. Albert Teetjen, Schlächtermeister, wiederholte sie lautlos die Aufschrift über dem Laden. Darum kannte sie den unteren Teil dieser Nase, den Schnurrbart, die Mundpartie. Der Mann hatte in ihrem Sprechzimmer gesessen, sie mit treuherzigen Augen angeschaut. Natürlich sieht einer anders drein, wenn er seine Frau zum Arzt begleitet, und anders, wenn er Köpfe abhackt, besonders ums Kinn. Aus dem laufenden Band von Gedanken dieser Art, die die nächsten Augenblicke beherrschten, tauchte noch einer auf: so nahe! hieß er. So nahe hatte der zukünftige Henker auf sein Schicksal gewartet. Einen so kurzen Weg war der Briefumschlag gegangen, dieser Bumerang, der vier Menschen töten sollte, bevor er zum Werfer zurückkehrte. Auf und hinunter zu ihm. Aber sie bändigte den jähen Impuls, der ihr beibringen wollte, sich sofort zu erheben. Es hätte die Barfeys in Verwirrung gestürzt. Ohnehin hörte sie jetzt zum zweitenmal den Krüppel Tom fragen, ob er denn etwas Schlimmes damit angerichtet. »Schlimmes, Tom?« entgegnete sie langsam, »wer will's abwägen? Dieser Briefumschlag hat den Reeder Footh und Ihren Nachbarn Teetjen wieder in Verbindung zueinander gebracht – zwei alte Kriegskameraden; Leute also, die sich ohnehin gut kannten. Was daraus schließlich gewachsen ist, erzähle ich Ihnen vielleicht ein andermal. Jetzt möchte ich mich empfehlen, bei Herrn Teetjen selber vorsprechen. – Sehen, ob er's ist, den ich suche.« – Och, sagte Tom Barfey erleichtert, und seine Mutter stimmte eifrig nickend zu, dann könnte Frau Doktor ruhig noch sitzen bleiben, ein Stückchen Kandiszucker lutschen, das Frau Barfey für ihren Sohn bereithielt, falls ihm beim Adressenschreiben die Lust ankam, Kehle und Zunge zu erquikken. Heute waren die Teetjens nicht mehr daheim. Heute feierten sie einen Geburtstag oder so was ähnliches durch einen Ausflug nach Stellingen. Sie blieben bestimmt bis zum Dunkelwerden draußen. Die Stine liebte Tiere und der Teetjen die freie Natur. Ziemlich egal, ob Feld oder Wald. Ein kräftiger Marschierer, der Albert – kein Kunststück, wenn man solche Beine hatte, überhaupt Beine. Er, Tom, hatte Stellingen nie besucht, für ihn lag es so weit weg wie der afrikanische Busch oder das Polarmeer, aus dem seine Bewohner stammten. Früher war er zu klein gewesen, um sich dort hinauszurudern, und jetzt durfte er es nicht wagen, die Leute auf sich aufmerksam zu machen.

»Auch nicht die Leute hier im Haus?« fragte Käte Neumeier, der ein Gefühl das Herz bedrückte. »Das nicht«, verteidigte Frau Barfey die Mieterschaft. »Wagnerstraße 17 weiß ja von uns und kennt den Tom von klein auf.« – »Auf die Probe stelle ich sie trotzdem nicht und führe sie nicht in Versuchung, sondern erlöse sie von dem Übel meines Anblicks – soweit man mich nicht besucht.« Käte Neumeier betrachtete das gebräunte und gescheite Gesicht des jungen Menschen, der ihr vorhin versichert hatte, wie stramm er sich an ihre Verordnung halte, seinem Körper soviel Sonne als möglich zuzuführen. »Eine Ausfahrt würde Ihnen also Spaß machen, Tom? Dann seien Sie doch um zwölf hier unten im Hofe. Meine Freundin fährt mich nach Stellingen und nimmt Sie mit. Warm angezogen, selbstverständlich, ein offener Zweisitzer, das zieht ein bißchen. Sie klettern in den Briefkasten, Tom, Sie wissen schon, was ich damit meine.« Selbstverständlich wußte Tom das. Er stieß einen wilden Schrei des Glücks aus, der Begeisterung, griff seine Mutter an den Oberarmen, schüttelte sie. »Nach Stellingen«, rief er, »denk dir, Geesche! Und in einem Auto – hast du nicht gesehen am Äquator, bei den Eisbären und wieder zurück bei Muttern, zu Reis mit Hammelleber. Wenn das keinen Glückstag bedeutet, Frau Doktor. Wenn da nichts für mich in den Sternen stand, heute nacht!« Käte Neumeier, indem sie sich verabschiedete, ging durch den Sinn, daß Herr Teetjen vielleicht anderer Meinung sein werde, immer vorausgesetzt, daß er der Herr in Frack und Maske gewesen sei, den Käte Neumeier suchte. Jedenfalls mußte sie sofort Annette anrufen, als Fahrer und als Zeugin. Eigentlich hatte sie vorschnell und eigenmächtig gehandelt, als sie Tom Barfey zu dieser Fahrt einlud. Falls Annette über diesen Sonntagmorgen schon anders verfügt hatte, mit ihrem Vater verabredet war, ihren Schwestern, Herrn Footh? Dann würde Käte Neumeier eben ein Taxi nach Stellingen bezahlen, es an anderer Stelle wieder einsparen, Frau Oberstleutnant Lintze keine Kalla bringen, sondern weiße Astern, und so fort. Aber dem Tom, der sie auf die Fährte gesetzt, den Schmerz zufügen, daß nichts wurde aus Stellingen, das kam nicht in Frage. Und sie erkundigte sich bei Frau Barfey, wo man hier in der Nähe telephonieren könnte. »In Lehmkes Bierstube, ein paar Minuten straßeauf.«

Annette hatte natürlich über diesen Sonntagmittag schon verfügt. »Ich bin doch nicht ein solches Kind«, zitierte sie ihre Schulfreundin Klara Dohmke aus der fünften Klasse, »das zum Geburtstag keine Schlagsahne hat« – sollte besagen, daß sie am Sonntagmittag den Ladenhüter spielen, keine Verabredung haben, unbeansprucht daheim sitzen müßte. Aber dem Geheimnis der Maske mußte natürlich alles andere weichen. Sie würde Papa schon um dreiviertel zwölf in der Kunsthalle abliefern, wo die Lichtwarkstiftung eine Ausstellung des merkwürdigen Vorwegnehmers Karl Blechen veranstaltete, der die »Semnonen am Müggelsee« gemalt hatte, als seine Kollegen alle nazarenerten, aber mit einem malerischen Griff in die Zukunft – einfach entartete Malerei. Um halb zwei würde man doch zurück sein, nicht wahr? Einen Fahrgast? Selbstverständlich. Ob Herr Koldewey vielleicht einen abgelegten Anzug besitze aus warmem Stoff? Annette wollte nachsehen. Eigentlich haben Männer immer Anzüge, die man ihnen wegnehmen sollte.

Käte Neumeier hatte sich beim Telephonieren sorgfältig beobachtet, da ihr Frau Lehmkes Augen nicht gefielen, wie sie von ihrem Sitz hinter der Theke das Gespräch der Besucherin überwachte. Aber aus den Worten, die leichthin und munter in die Sprechöffnung fielen, vermochte niemand zu entnehmen, um welche Art Mann und Maske es sich gehandelt hatte, ob um einen Ball oder eine figürliche Redewendung. Diese Frau Lehmke gehörte bestimmt nicht zu den Harmlosen des Viertels. Sie hatte, wenn's nottat, Klauen und Zähne. Wenn man es einrichten konnte, sie in den Rachefeldzug einzuspannen ... Und Käte Neumeier merkte, während sie das Gespräch bezahlte und zur Elektrischen eilte, daß in ihr etwas planvoll arbeitete. Sie wußte weder was, noch nach welcher Richtung – aber es bedeutete nichts Gutes für den Maskenmann, wer immer er war ...

Für Tom Barfey bedeutete, das sagte er sich strahlend, dieser Oktobervormittag einen Höhepunkt des Lebens. Seine freiwillig-unfreiwillige Zitadelle verlassen dürfen, durch die Straßen Hamburgs getragen zu werden in einem schönen, grauen, blitzend gepflegten Wagen, auf dem Notsitz hinten in dem abgeflachten Heck, so daß niemand hätte vermuten können, mit seinem Unterkörper sei irgend etwas falsch oder schief gegangen, das war eine Wiedergeburt, eigentlich mehr: eine Höhergeburt, wenn man so sagen konnte. Die Damen hatten freilich Augen gemacht, als er seine rollende Plattform zu allererst in dem »Briefkasten« verstaute, bevor er sich selber hineinschwang; was mochten sie wohl gedacht haben, wie er sich in dem weiten Tierpark würde fortbewegen können? Daß man den Wagen beim Eingang zurücklassen mußte, wußte doch ein jeder; die Jaguare und Straußenvögel hätten sich vor Angst oder Neugier sicher Knoten in die Hälse gestaunt, und all das kleine Raubzeug wäre in seinen Höhlen verschwunden, wenn ein Auto daran vorüberschnüffelte. Übrigens saßen Weste und Jackett, welche die junge Dame als Geschenk ihres Vaters mitgebracht, dem Oberkörper Toms wie angemessen; Herr Koldewey mußte damals in seiner schmächtigsten Periode gelebt haben, als er sich nach der Schaffung der Hamburger Goldmark (aus Papier) diesen englischen Wollstoff kaufte, graublau, ein wenig kariert, ein munterer Homespun. Dem Tom Barfey, das sah Annette sofort, würde er noch weitere zehn Jahre dienen, und die Hose gab Ausbesserflicken her, länger, als der Anzug lebte. Der sonderbar verwachsene Mensch hatte Annette ein leichtes Grausen anwehen lassen; in der Phantasie nahm sich so etwas viel leichter und schmuckvoller aus; junge Dame, einen armen Krüppel spazierenfahrend – die Volksgemeinschaft, wie sie im Buche stand. Auf alle Fälle entschädigte das Gesicht des Jungen und die Art, wie er da hinten drinsaß, für manches Unbequeme; unleugbar schöne graue Augen, die die Welt in sich hineinrissen.

Käte Neumeier ihrerseits kam erst jetzt zum Bewußtsein, welch leidenschaftlicher Übereilung sie sich hier schuldig machten, während das Adlerchen nach Westen glitt. Wie war sie nur auf die Besessenheit verfallen, man werde in Stellingen jemanden treffen, mit dem man sich nicht verabredet hatte. Die Anlage mußte inzwischen gewachsen sein. Schon das letztemal bedeckte sie über einen Quadratkilometer, mit ihren Gehegen, künstlichen Felsen, Straßen, Wegen und Vogelwiesen. Sonntagmittag daselbst ein Ehepaar suchen und finden, verlangte zum mindesten viel Zeit. Annette hatte von vornherein nur eine Stunde für diesen Ausflug zur Verfügung gestellt. Wo war Käte Neumeiers gesunder Menschenverstand, als sie nicht nur zusagte, sondern auch den armen Tom mit in die überaus ungeschickte Verabredung verstrickte? Der Junge würde einen Blick auf die Löwenfelsen tun oder auf die Steinterrassen vor dem großen Teich mit den Pinguinen und Walrossen und nichts weiter davon haben als Sehnsucht, berechtigtes Verlangen nach mehr, nach dem Ganzen, nach Zeit zum Erlebnis. Wüßte sie nur, wie ihn entschädigen. Das Auto verführte zu merkwürdigen Fehlschlüssen. In einer Stunde vermochte man eine ganze Stadt mit ihm zu durchhuschen. Der Mensch zu Fuß verrechnete sich, wenn er in Autominuten dachte.

In der Tat, man mußte den Wagen draußen lassen. Es gab einiges Hin und Her bei den Torwächtern, als Tom Barfey sich mit seiner hölzernen Karre durch die Eingänge und Sperren ruderte, aber die beiden Damen, die für ihn zahlten und von denen sich eine mit dem Parteibuch und als Jugendpflegerin legitimierte, beseitigten durch ihre freundliche Sicherheit jede Schwierigkeit.

Außerdem aber fehlte es an diesem Sonntagmittag schon an Publikum, jenen Besucherscharen, die durch Staunen und Umblicken das Erscheinen des Krüppels zu einer Sensation gemacht hätten. Der Ostwind wehte durch kahle Wipfel, gelbes Laub bedeckte die Wiesen, die Mittagssonne lag lau auf Steinplatten und Brüstungen. Weit und flach dehnte sich Hagenbecks Tierpark vor den Besuchern aus, noch immer in fahlem Grün von Rasen und Büschen, Taxus und Eibe. Die alten Bäume, schon recht entlaubt, schienen den künstlichen Felslandschaften und Hohlwegen gleich in diesem Oktoberlicht nur hierherverpflanzt worden zu sein, nicht ursprünglich an Ort und Stelle gekeimt und gewachsen. Dieser Tierpark hatte allmählich alle zoologischen Gärten Europas zur Nachahmung gezwungen, umgestaltet. Die wilden Tiere, Bewohner fremder Zonen, wurden hier in einer Umwelt vorgeführt, die ihrer heimischen soweit als möglich ähnelte; durch geschickt verborgene Gräben, klug angelegte Felsen und unauffällige Brüstungen sicherte man den besuchenden Menschen vor dem besuchten Raubtier. Pinguine, Eisbären und vor allem Affen, von Steilgräben und niederen Mauern eingefriedet, zogen im Sommer Scharen von Besuchern an. Besonders Durchreisende. Die Hamburger selber, an das Vorhandensein dieser sehenswerten Schöpfung gewöhnt, brachten ihr nur gelegentlich Aufmerksamkeit entgegen – wie das überall so auf Erden zu geschehen pflegt. Was man hat, nimmt man als selbstverständlich hin. Tom Barfey bestaunte die Affen und die Affen schienen ihn zu bestaunen. »Sind ja die eigentlichen Menschen«, rief er aus, »die kleinen Biester – sehen ja besinnlich aus, gucken einen durch und durch.« Und dann fragte er, was für Affen das seien, ob Paviane oder Hamadryaden oder brasilianische Brüllaffen und ob man nicht lieber bald zum Löwenfelsen hinrudern wolle, denn er brauche doch etwas mehr Zeit als die Spaziergänger alle. Annette Koldewey sah vergnügt um sich, aber manchmal auch auf die Uhr an ihrem Handgelenk. Käte Neumeier fühlte sich qualvoll eingepreßt zwischen die beiden einander widerstrebenden Richtungen ihrer Begleiter. So sehr sie auch allen Menschen ins Gesicht blickte, denen sie begegnete, oder sich nach solchen umwandte, die man überholte, niemand gab Anlaß zu der Vermutung, dies sei das gesuchte Paar. Nach einer halben Stunde Weges durch die wunderschön angelegten Schlängelpfade und Querverbindungen hielt man am Steinbockfelsen, wo sich die Gemsen und Antilopen des Hochgebirges im warmen Herbstlicht wohlfühlten, Gras rupften, gegen den hellen Himmel ihr schweres Gehörn hoben. »Wir müssen umkehren«, sagte Annette, »Adlerchen wartet am anderen Ende.« In Käte Neumeier blitzte ein Einfall auf. »Wir müssen Sie wohl oder übel ins Geheimnis ziehen, Tom«, sagte sie langsam, indem sie sich zu dem enttäuschten Jungen herunterbeugte. »Heute geht es um mehr als Stellingen. Wir suchen Herrn Teetjen, weil sich entscheiden muß, ob er es war, der die vier Unschuldigen im Reeperbahnprozeß mit dem Beil ...«

Tom Barfey hielt sein Gesicht schräg zu der Ärztin erhoben, offenen Mundes, mit weit aufgerissenen Augen. »Hingerichtet hat?« flüsterte er. »Vorderhand besteht nicht mehr als ein Verdacht. Der Mann, der durch Herrn Footh dieses Amt erhielt, benutzte den Briefumschlag, den ich Ihrer Mutter anvertraute. Während der Szene selbst trug er eine Maske, gleichwohl würde ich ihn an Mund, Nase, Kinn und Schnurrbart wieder erkennen.« – »Albert Teetjen«, hauchte der Krüppel tonlos, mit erblaßten Lippen. – »Vermutungen sind billig«, beschwichtigte Annette den Entsetzten. »Immerhin Albert Teetjen, Schlächtermeister, mehrere davon gibt es ja wohl kaum.« – »Ich wußte gar nicht, daß du seinen Namen kanntest«, damit griff Käte Neumeier der Freundin nach dem Arm. – »Noch ich, daß dir so viel daran lag, den Mann zu ermitteln.« – »So lebt man nebeneinander her. Der Mensch ist undurchsichtig.« –

»Dort oben steht Stine«, rief der kleine Mann und deutete zu dem Löwenfelsen empor, der sich drüben erhob, jenseits der Wege und Rasenflächen, auftauchend aus den kahlen Bäumen. »Und der SS. daneben, das ist ja wohl Albert.« Käte Neumeier hob das zusammengerollte Heft an die Augen, das sie beim Betreten des Tierparks erstanden, um es Tom zu schenken. Der Kopf des Mannes war zu klein, aber eben legte sich ein Sonnenstrahl über das Gesicht; im runden Ausschnitt des Rohres vermochte sie die Mundpartie genau zu identifizieren. »Er ist es«, sagte sie, »der Mann mit der Maske.« Verdeckt von halbbelaubten Büschen, die den Rand des Weges hoch umstanden, schaute auch Annette durch das papierne Rohr. »Kein Zweifel«, sagte sie. »Es gibt nur einen Albert Teetjen. Und was folgt daraus für dich?« – »Nichts – für heute«, erwiderte Käte Neumeier. »Jedenfalls bezeugst du mir, ich habe nichts ausgeplaudert, nichts verraten.« Und dann schauten sie einander erschreckt an. Ein seltsamer und grimmiger Laut ertönte hinter ihnen. Tom Barfey knirschte mit den Zähnen. Ein Geräusch, das Annette noch nie gehört zu haben vermeinte. »Der Albert«, sagte er vor sich hin.

Die Heimfahrt im Wagen verlief schweigsam. Hamburg mit seinen sorgfältig gekleideten Menschen, den Parteifahnen – ihr Rot knallte in der bleichen Sonntagssonne, das Hakenkreuz in ihr erinnerte an ein fremdartiges Insekt – Hamburg grenzte auf merkwürdige Weise an Stellingen oder hob sich von seiner stillen Parklandschaft gespenstisch ab. Käte Neumeier kam es betriebsam vor, gefährlich, unheildrohend, trotz seiner Schläfrigkeit oder gerade wegen ihr … Wo wohnten die Raubtiere und wo die beseelten Wesen? Die nach innen gekehrten Augen der Affen, die drolligen Bewegungen der Pinguine, der sanfte Glanz in den Blicken der Antilopen hob sich vorteilhaft ab von all den Albert Teetjens, die diese sonntägliche Spazierstraße bevölkerten. Sie erinnerte sich an das Gefühl, mit dem sie vor ein paar Wochen Herrn Lintze in seinem Wagen hatte weggleiten sehen, und schüttelte wiederum den Kopf. Sie erblickte sich dabei in dem kleinen Spiegel, der dem Fahrer dazu dient, die Welt hinter seinem Rücken nicht aus den Augen zu verlieren, und erschrak ein bißchen. Wurde sie schon ein altes Weib? Schrullenhaft und unfähig, sich zu kontrollieren, oder hatte sie sich auf gewisse Weise den Insassen der Anstalt zuzurechnen, an deren langen Baulichkeiten sie eben vorüberschossen, der Irrenanstalt Friedrichsberg? Friedel Timme und der schuldlose und hilfreiche Mengers geköpft, ein Schlächter, Albert Teetjen, zum Henker avanciert, eine prächtige Person wie Annette durch Beihilfe in die Angelegenheit verstrickt, Käte Neumeier aber zu feige, um ein Motorrad und fünf Hundertmarkscheine an die richtigen Stellen zu leiten, die allein wirksamen. »Ein Dutzend fremder Staaten lauschen in Nürnberg«, las man in drohendem Fettdruck auf der Anschlagssäule, als Annette ein paar Sekunden bremsen mußte, um Spaziergänger, alte Damen, Kinder, die Straße queren zu lassen, und kleiner erklärte der Anschlag des Fremdenblattes weiter: »... dem Propagandaminister bei seiner Kriegserklärung gegen die Komintern und die plutokratischen Judenknechte.« In Käte Neumeiers von Karl August Lintze geschultem Verstande teilte sich dieser Nachsatz dialektisch auf: entweder Rußland oder England, Amerika. Oder wollen wir etwa mit allen dreien zugleich anbinden? Städtische Irrenanstalt Friedrichsberg, Diagnose Paranoia, Größenwahn ...

Als sie vor Käte Neumeiers Wohnung bremsten, bedankte sich Käte Neumeier mit einem Kuß auf Annettes Wange: »Daß du so schweigen kannst, Annette, dafür gebührt dir noch einer«, und küßte sie leicht auf den Mund. »Können wir«, lächelte Annette. »Die gegenteilige Nachrede erfanden die Männer. Der Mann ist geneigt, doziert Papa, den Nachbarn für alles das zur Rede zu stellen, was er in der eigenen Seele aufdecken könnte. Die eigene Schwatzhaftigkeit also beim Weibe.« – »Hat er das von Nietzsche?« fragte Käte Neumeier aussteigend. »Zuverlässig«, erwiderte Annette, wandte sich zu Tom Barfey herum und sagte munter: »Und jetzt bringe ich Sie noch schnell um die Ecke. Geht doch schneller als mit Ihrer Karre.« – »Pferdekräfte gegen Menschenarme«, lächelte Tom zurück, erwachsen und bewundernd – ganz wie ein gesunder Liebhaber, dachte Annette amüsiert. Käte Neumeier aber, während sie Tom die Hand reichte, zog ihn gleichsam etwas näher an sich heran und verlangte: »Den Teetjen vergessen Sie bis auf weiteres, Tom. Beweisen Sie, daß Sie schweigen können.« – »Für wie lange?« – »Bis ich zu Ihnen heraufkomme oder eine Postkarte schreibe, daß meine Bedenken nun beseitigt seien. Hinter dem Manne steht die SS., und der Sturm Preester beherrscht die ganze Gegend.« – »Muß nach Hause«, entschuldigte sich Annette und gab Gas. Käte Neumeier trat zurück: »Empfiehl mich bitte dem kühnen Vermittler.«

»Danke, abwesend, in Berlin.« Aber während das Adlerchen an einem mit Blumen dekorierten Schaufenster vorüber in den Hauseingang von Wagnerstraße 17 glitt und Tom Barfey, seine »Karre«

vorauswerfend, nach vielen Danksagungen dem Notsitz entkletterte, blickten beide, Annette und der Junge, mit gleicher Scheu, ja leichtem Grausen, auf die harmlose Hintertür, deren Glasscheiben eine gelbgeblümte grüne Gardine verhüllte und auf welcher ein Messingschild, blank geputzt, den Namen A. Teetjen verkündete. Gegen bar, dachten beide, wie Kälber oder Hämmel.

Ja, Teetjens befanden sich schon auf dem Rückwege. Albert hatte ihre neuen Fahrräder, die blitzblanken, mit prachtvollen Buna-Gummireifen ausgestatteten, schon kurz nach neun aus der Remise geholt, um Luft in die Schläuche zu pumpen, indes Stine einen Sonntagskaffee braute, dessen Duft die geschiedene Frau Blohm, die über Teetjens wohnte, zum Schnuppern brachte, als sie sich ihrem Küchenfenster, noch im Nachthemd, näherte, um Morgenluft hereinzulassen. »Bei den Teetjens geht's hoch her«, meldete sie ihrem »Schlafburschen«, wie die Leute ihren Liebhaber nannten, den Reklamezeichner Oskar Kramer, der unter anderem die Margarinefabriken »Schneehuhn« allwöchentlich mit einem Werbebildchen versah. Erst gestern abend hatte er dort seinen Einfluß geltend gemacht. Die Packerin Agnes Timme, eine besonders brauchbare Angestellte, hatte entlassen werden sollen, als sich das Todesurteil bestätigte, das über den Hochverräter Friedrich Timme, ihren Mann, den Stab brach; zudem hatte sie am Hinrichtungstage selber im Betrieb gefehlt. Daß das Dritte Reich kraftvoll und selbstsicher genug dastand, um sich vor der Anwesenheit dieser Fliege nicht zu fürchten, hatte Frau Timmes Stellung gerettet. Herr Kramer wollte eine Zeichnung aus dieser Sache machen. »Wirst noch in den Verdacht kommen, selber ein Kommunist zu sein«, hatte Frau Blohm gestern nacht geseufzt und ihn an ihre Brust gezogen; darauf bezog sich die Anrede, mit der sie ihn jetzt aufforderte aufzustehen und mitzuschnuppern: »Riech mal bloß, du kleiner Kommunist, reine Bohne.« – »Mit'n bißchen Feigenkaffee«, dämpfte er ihren Enthusiasmus. »Wer lang hat, läßt lang hängen, du zum Beispiel deine Zöpfe«, und er zog die Freundin und Wirtin wieder ins Bett.

Sonntagmorgen ... Es hatte nachts ausgiebig geregnet. Die Straßen lagen wie gewaschen unter den Rädern. Albert und Stine strahlten vor Vergnügen, als wäre sie noch Dienstmädchen und er der Sohn des Schlächtermeisters, nicht der Schlächtermeister selbst. Wird ökonomischer Druck von Menschen genommen, so wirkt sich das befreite Lebensgefühl gleichsam als Verjüngung aus; die Betroffenen merken erst an der Erleichterung, wie schwer sie an den unsichtbaren Lasten des Lebens geschleppt haben. Albert trug seine Uniform, den Ehrenrock der schwarzen Garde, mit der Sturmbezeichnung am Ärmel, stolz durch die Sperre des Tierparks, und Stine lächelte den Beamten zu, für seine Forschheit gleichsam verschämt und glücklich um Entschuldigung bittend. Und dann trug sie ihre neuen, braunen Schuhe zum warmgrünen Mantelkleid aus lodenähnlichem Gewebe sorgsam und vergnügt über die Parkwege und breiten Hauptstraßen des Tierparadieses, und ihre Seele ging auf und strahlte aus ihren Augen. Sie, Stine, stellte recht eigentlich das Ur- und Vorbild einer Besucherschaft dar, für die Tiergärten überhaupt geschaffen wurden. Die erstaunliche Gestalt einer Giraffe, die mit langem Hals Heu aus dem zurechtgesägten Wipfel eines künstlich errichteten Baumes pflückte, entlockte ihr den Ruf ebenso warmer Bewunderung wie die kleinen Lemminge, die braun- und weißgefleckt ihre künstlichen Nester zwischen den Platten einer Polarlandschaft bevölkerten. Daß sie dabei immer beherrscht und unauffällig blieb, gleichweit entfernt von Stumpfheit und überschwenglichen Ausbrüchen, dafür hatte schon die Erziehung von Mutter und Großmutter her gesorgt. Nein, Stine war nicht laut, aber das Glück über junge Gazellen, die sie am liebsten durch den Zaun gestreichelt hätte, und über die monströsen Schnurrbärte der Walrosse und Seelöwen machte ihre Augen leuchten, öffnete ihre Lippen, beschwingte ihre Schritte. Albert seinerseits hielt es mehr mit den Eisbären, die, unermüdlich Köpfe und Hälse wiegend, den kleinen, felsigen Raum durchmaßen, der von künstlichen Lavablöcken ummauert wurde. Warf ihnen jemand einen Fisch ins Wasser zu ihren Füßen, so glitt eine weißbepelzte Bärin voll geschmeidiger Wucht in die schwarze Flut und brachte die Beute ihrem Jungen, das sich begeistert auf den Hinterfüßen erhob, die feine Schnauze aufriß, heftig grunzend danach verlangte. Ihm, Albert, gefiel besonders der alte Bär, ein Riese, schwer und lautlos, der mit hurtigen Blicken aus den schmalen Augen die Szene streifte, sich dann der Länge nach an den Felsen aufrichtete, seine mächtigen Pranken und Krallen enthüllend. Dem bloß mit einer Axt entgegenzutreten oder mit einer Lanze, wie die Eskimos dort oben, würde er niemandem geraten haben. Daselbst sollte ja die Urheimat unserer Rasse sein, der nordischen Kultur, die von den Juden und ihrer Wissenschaft immer beiseite geschoben und vom dummen Michel infolgedessen nie so recht gekannt worden war. Im Kampf mit solchen Bestien waren unsere Väter, die Wikinge und Runenschreiber, in vergangenen Zeiten zu Herren der Welt aufgerückt, wie Kamerad Vierkant in einem Vortrag einmal dargelegt. Mit ihren Schiffen waren sie lange vor den Ägyptern, Griechen und Römern durch alle Meere gezogen und hatten Steinringe errichtet, sogenannte Trojaburgen, und das Hakenkreuz als Feuerbohrer erfunden, denn damals bohrte man Feuer mittels zweierlei Hölzer, eines harten und eines weichen. Ja, belehrte Albert seine Stine im Weitergehen, die Kultur ging immer vom Norden aus und das sogenannte Paradies konnte recht gut in Mecklenburg gelegen haben, wie schon lange der gelehrte Herr von Wendriner vermutete. Damals freilich wurde er ausgelacht, aber das war das Schicksal aller Vorläufer hienieden. Wie war es denn mit der Wünschelrute gegangen, über die heute abend ein Dr. Laberdan, Arzt in Fuhlsbüttel, einen sehr empfohlenen Vortrag halten würde? Hatten nicht die gelehrten Herren sich darüber lustig gemacht, bis uns die Wünschelrute und nichts anderes, im Feldzug gegen die Hereros in Deutsch-Südwest-Afrika den Sieg gebracht, Wasserläufe nämlich aufspürend, von denen niemand vorher eine Ahnung gehabt habe? Wer in die Erde gukken könnte, die Geheimnisse erschließen, die sie neidisch verbarg, der wäre Alberts Mann geworden! Da unten lagen Schätze, zogen sich Erzgänge hin, Kohlenfelder, allerlei Salze – Meere von Petroleum, die uns den Sieg in jeder künftigen Schlacht verbürgten. Walrosse, Steinböcke, Löwen waren ja ganz schön, Bündel voll Muskeln und Sehnen, an denen ein Mann zeigen konnte, was er vermochte. Und was die Robben anlangte, so ließen sie sich ja seit Menschengedenken zu Hunderttausenden totschlagen, um ihre Häute abzuliefern und ihren Speck, wenn es die

Robbenschläger gerade brauchten. Aber schließlich waren sie doch bloß Fleisch und Blut, komisch wie die Affen, oder ulkig und schiefgestellt wie die Hyänen. Keiner Gewehrkugel gewachsen, von MG. oder Handgranate ganz zu schweigen. Nein, der Mensch, mit seinem Gehirn im Schädel und seinen geschickten Fingern, war Herr der Schöpfung und der nordische, der Germane, Herr der Menschen. Das hatte der Führer dem deutschen Volke vom Himmel gebracht, das war das richtige Evangelium, das neue, gestern abend war es der Welt wieder einmal eingehämmert worden. Schade, daß die Parteitage immer da unten stattfanden, in Franken. Warum nicht einmal in Hamburg oder in Oldenburg, wohin man leicht hätte hinflitzen können, all das Zeug zu begraben, das ihr von der Jugend her noch im Kopfe steckte. »Nun, laß mal sein, Albert«, entgegnete sie, seinen Arm nehmend, »ich bin nun, wie ich bin, mußt mich schon so verbrauchen und geht ja auch ganz gut, nöch? oder?« – Und dann wanderten sie hinüber zu den Vogelfelsen, wo die Adler ihre Hälse und Schnäbel vom Himmel abhoben, wie auf dem Hoheitszeichen der Partei, und riesige Geier, Kondore aus Südamerika, ihre mächtigen Flügel hängen ließen, unter ungeheuren ausgespannten Stahlnetzen, die abgesägte Bäume überspannten. Es war ein schöner Oktobertag, der Wind roch schon nach Schnee, in Rußland sollte schon viel davon gefallen sein, hatte die Zeitung morgens berichtet. Man würde bald im Gasthaus einkehren, die belegten Schmalzbrote von den Rädern holen, warmen Kaffee dazu trinken und Marschmusik aus dem Lautsprecher hören, denn es ging auf eins, und man mußte sich noch die Löwen besehen, am besten von oben, von einer Art Terrasse, in welcher sich die schützende Umfassungsmauer versteckte.

Der Blick Albert Teetjens, als er dann da oben stand und kriegerisch den Park überschaute, glitt auch über zwei Damen hinweg, die etwas Weißes, Gerolltes in der Hand hielten. Er kannte sie nicht, beachtete sie nicht weiter, und die niedrige Gestalt Tom Barfeys, die ihm sicher aufgefallen wäre, blieb von den Büschen verborgen, den grüngelbbefleckten, fast winterharten, die den Weg an jener Stelle besonders hoch einfaßten. Und seine Stine, die sich eher darüber gewundert hätte und gefreut, starrte vertieft der Löwin in die Augen, soweit sie unter den überhängenden Felsen ihrer habhaft werden konnte. Das waren nun Raubtiere. Die lebten vom Blut. Blut war billig, meist wurde es weggegossen. Ihr fröstelte – man schrieb Oktober.

Drittes Kapitel
Die Wünschelrute

Als das Ehepaar Teetjen in den Saal der Naturheilkundigen Nationalsozialistischen Deutschen Volksgesellschaft trat (Nasvog, wie sie in einer etwas leichthin erfundenen Abkürzung hieß, und einen solchen Saal zu besitzen hatte sie vor der »Machtergreifung« nie geträumt), glaubte es zunächst, fehl am Orte zu sein – so viele Uniformen der Reichswehr und der Marine mischten sich unter die der Partei und ihrer Kampfgruppen. Was, zum Donner, sollte das Erdinnere mit dem Militär zu tun haben, dachte Albert und wählte für sich und Stine zwei Plätze recht weit hinten am Mittelgang in einer noch leeren Stuhlreihe, um schnell entweichen zu können, falls sich ein Irrtum herausstellen sollte; denn beide Teetjens liebten Aufsehen nicht, weder bei sich, noch bei anderen. Aber bald ergab sich, daß kein Irrtum vorlag und daß Albert nur die Ankündigung unvollständig gelesen hatte, die unter Vereinsanzeigen in den »Nachrichten« gestanden. Der Vorsitzende, ein Herr mit blondem Vollbart und goldener Brille, der sich früher als Masseur und Magnetiseur bei den feinen Leuten sein Brot schwer verdient hatte, bekleidete jetzt eine Dozentenschaft an der umgestalteten medizinischen Abteilung der Hamburger Universität; er begrüßte die Gäste, den Vortragenden, Dr. Laberdan, besonders aber Herrn Oberstleutnant Lintze, vom Regimentsstab der Sechsundsiebziger, der in seinen einleitenden Worten auf den Zweck des heutigen Abends hinweisen werde. Darauf erschien am Vortragstisch ein Offizier mit kleinem Mund, blondem Schnurrbärtchen und gelichtetem, sorgfältig gescheiteltem Haar und legte dar, daß der Nationalsozialismus auch eine neue Ära im Zusammengehen von Wehrwissenschaft und vorurteilsloser Naturkunde eingeleitet habe. (Eine Dame mit grauem Kurzhaar, in der fünften oder sechsten Stuhlreihe, eine Ärztin, die mit Herrn Lintze gekommen war, verbarg ein Lächeln in ihrem aufmerksam lauschenden Gesicht: »Vorurteilslose«, übersetzte sie, »kritiklose Naturkunde«. Übrigens hätte sie nie vermutet, daß ein so gewandter Plauderer und Debatter von der Gegenwart eines vollen Saales dermaßen behindert und im Sprechen gehemmt sein könnte. Ein echter Hamburger liebte es nicht, angeschaut zu werden, sich zu produzieren.) Der moderne Krieg, den die Genialität und Friedensliebe Adolf Hitlers seinem Volke und der zivilisierten Welt so lange als möglich fernhalten würde – das war ja weltbekannt und gerade erst gestern wieder beim Start des Winterhilfswerks im Berliner Sportpalast bekräftigt worden – dieser moderne Krieg verlangte den Einsatz aller Kräfte und aller Begabungen, auch derjenigen, die sich selber noch nicht entdeckt hatten; der Deutsche war eben seinem Wesen nach bescheiden. Nun hatten die Erfahrungen in Spanien und Palästina dargelegt, daß sowohl zu Lande wie zu Wasser der Minensperre das nächste Mal eine große Bedeutung zukommen werde. Die Herren von der Marine hatten damit ja ihre Erfahrungen seit Generationen. Heute nun durfte man, – oh gute neue Zeit, öffentlich dafür werben, daß sich möglichst viele deutsche Männer zu Rutengängern ausbilden ließen, besonders solche, die den Jahrgängen nach schon zu Landwehr und Landsturm rechneten. Die Wünschelrute würde dieses Mal nicht nur Wasserläufe aufzuspüren haben, wenn Deutschland seine Kolonien wiederzugewinnen suchen würde, sie würde auch unter Schnee und Sand und im Erdboden jede Art Sprengladungen aufzufinden haben, falls unsere motorisierten Regimenter, unsere Raupenschlepper und Tanks abseits der Straßensysteme vorzugehen hätten. Deutschland mußte mit skrupellosen, wissenschaftlich geschulten Gegnern rechnen, das wußte jedes Kind; der Neid der Völker, welche keinen Friedrich den Großen, keinen Bismarck, Ludendorff und vor allem keinen Adolf Hitler hervorzubringen imstande waren, dieser Neid schlief nicht und bediente sich gewiß aller modernen Waffen und Fallen. Wenn also der Herr Vortragende nachher zur Prüfung solcher erdmagnetischer Fähigkeiten ermuntern würde, sollten sich die Herren aus dem Publikum des Satzes erinnern: »Doppelt gebe, wer schnell gebe« und »Ans Vaterland, ans teure, schließ dich an, hier sind die starken Wurzeln deiner Kraft«.

Albert Teetjen fühlte sich durch diese Worte merkwürdig angerührt. Das wäre ein besserer Job gewesen als das Zusammensuchen messingner Kartuschen und Schmierbüchsen, damals in den litauischen Wäldern, mit dem Footh und den Rußkis. Im Boden vergrabene Schätze zu finden, das stand schon im Märchen und war Zauberei; jetzt aber hier in einem hübschen Saale mit elektrischen Birnen, bequemen Stuhlreihen, einem Vortragspult mit Stehlampe und einem Glas Wasser, legte ein Stabsoffizier dar, daß von nun an zur Landesverteidigung auch die Erforschung des Bodens gehören werde, in dem Landminen und andere Sprengkörper verborgen sein würden. Da konnte ein Kerl zeigen, daß er Mumm in den Knochen hatte! Womöglich im feindlichen Feuer oder nachts, wenn jederzeit Leuchtraketen hochgehen konnten, mit keiner andern Waffe in den Händen als solch komischer Gabel, wie sie der Dr. Laberdan jetzt vorzeigte … Und Albert machte sich wieder ans Zuhören. Nur noch einen Gedanken mußte er zu Ende führen: mit solcher Wünschelrute ließen sich viel mehr Landesfeinde und Bolschewiken unschädlich machen als mit dem Beil.

Dr. Laberdan brauchte nicht erst die neugierigen Augen zum Beispiel der Kollegin Neumeier auf sich zu spüren, um befangen zu werden. Er war es von vornherein. Käte Neumeier verbarg in der Helle des Saales ein Lächeln, als sie in den Händen des Kollegen ein sorgfältig auf mittelgroße Blätter – Heftseiten – geschriebenes Manuskript gewahrte, mit welchem er sich von seinem Sitz am Vorstandstisch erhob, um das Pult des Vortragenden zu besteigen. Die Gabe freier Rede ist unseren Volksgenossen nicht gegeben. Entweder lernen sie auswendig oder sie verschanzen sich hinter Papier, wie die Spartakisten, als sie anno 19 oder 20 den »Vorwärts« und das »Berliner Tageblatt« besetzt hatten. Laberdan verschanzte sich also hinter Papier. Die dritte Möglichkeit, nämlich schlicht und recht vorzutragen, was einem im Kopf haften geblieben ist und also über die Lippen will, fehlt unserem Durchschnitt. Dazu gehört bei uns schon Begabung, innerer Beruf. Darum waren ja unser Hitler und der Dr. Goebbels so verwirrende

Phänomene. Daß Menschen imstande waren, Stunden hintereinander Wortgebilde zu produzieren, konnte das mit rechten Dingen zugehen? Hätte nicht in früheren Zeiten Gott seinen Finger oder der Teufel seine Klaue im Spiel haben müssen? Im achtzehnten Jahrhundert, als unser Claudius unter den Wandsbeker Bäumen lustwandelte, Herr Klopstock seine Oden sang und Lessing unser Publikum mit der kritischen Peitsche in die rechte dramatische Gangart zwang, damals hätte man von Genie gesprochen. Heute heißt es: der Geist der nordischen Rasse, das alleinseligmachende Germanentum ... Ja, es war scheußlich, aber wenn einer vom Papier ablas und den inneren Strom abdämmte, der einen Redner und sein Publikum verbindet und befruchtet, war es Käte Neumeier unmöglich, richtig zuzuhören. Dann liefen ihre Gedanken die eigenen Wege auf Teufel komm raus oder helf er sich, wie er kann.

Hätte jemand von Albert Teetjen ausgesagt, er sei bei dem Vortrag Dr. Laberdans ganz Ohr gewesen, im wörtlichen Sinne, er hätte das Rechte getroffen. Ein kleiner Albert hing, so hätte es ein Karikaturist dargestellt, an einer riesigen Ohrmuschel, die er im Verlaufe der nächsten Minuten noch dadurch vergrößerte, daß er auf unauffällige Art seine Hand hinter dieselbe klemmte, die Entfernung zwischen ihm und dem Redner zu überwinden. Die moderne Seelenkunde, welche die Menschen in Typen einteilt, je nach ihrem Verhalten Eindrücken gegenüber, hätte Albert Teetjen einen akustischen Typus genannt, auf den Geräusche, Klangfolgen, Wortreihen den stärksten Eindruck machen. Albert hatte es beim Militär gemerkt, ohne es zu verstehen, und seine Ziehharmonika überallhin mitgenommen, auf Märschen damit Wunder verrichtend, vor allem an sich selbst. »Der Teetjen frißt Noten, wie mein Gaul Hafer«, hatte sein Kompanieführer einmal bemerkt, »und dementsprechend schmeißt er die Beine.« Es hatte sich also als arge Klippe für das eheliche Glück der Teetjens erwiesen, daß Frau Stine so ganz anders geartet war. Er schielte zu ihr hinüber: wie denn auch nicht, Stine schlief.

Wer von Jugend an gewöhnt ist, Predigten zu hören, vermag sich nur schwer dem einschläfernden Bann zu entziehen, der von Vorgelesenem ausgehen kann. Die junge Stine Geisow hatte das gesprochene Wort empfangen gelernt als Ausstrom und unmittelbare Berührung, eine menschliche Seele rührte an die andere, an die einer Gemeinde. Fehlte dieses Lebendige, so vernichtete der Schall der Stimme ihre Aufnahmefähigkeit, wie ein blendendes Licht zum Schließen der Lider zwingt. Irgend etwas in ihr krümmte sich, schrumpfte ein, ihre Blicke wurden starr, ihr Atem schwerer, ihr Bewußtsein dämmerte weg – sie schlummerte ein. Aufrecht sitzend, die gefalteten Hände auf den Knien, unauffällig und ohne Laut bot sie den Anblick einer vertieft Lauschenden – kaum daß ein Nebenmann belustigt oder bedauernd davon Kenntnis nahm, die Ursachen solcher Ermüdung bei einer so hübschen Frau vermutungsweise abwägend. Zum Glück saß man viel zu weit entfernt, um dem Vortragenden ein Ärgernis zu bieten.

Natürlich hatte Laberdan als echter Deutscher bei den alten Griechen angefangen. »Schon die alten Griechen«, so begann ja fast jeder brave Pennäler nur zu gern seinen Klassenaufsatz. Der sogenannte Äskulapstab, das Symbol der Heilkunst, könnte sehr wohl von einer Wünschelrute angeregt worden sein. Auf mittelalterlichen Holzschnitten fanden sich Schlangen mit gespaltenen Schwänzen abgebildet ... Daß der Stab Moses, der Wasser aus dem Felsen schlug, nur eine Wünschelrute sein konnte, durfte man heute auszusprechen wagen, nachdem die jüdische Aufklärerei und ihr dürrer Rationalismus einer fruchtbareren Geistesanschauung gewichen war; das füllte die erste Viertelstunde. Daß die Wünschelrute in der Hand eines dafür Begabten Wasserläufe anzeigt, Erzlager, Ölvorkommen und selbst vergrabene Horte aus Münzen oder Geräten, dafür gab es die gültigsten Beweise. Er werde sich nachher die Freiheit nehmen, die Wirkung einer solchen Rute vorzuführen. Hatte doch Herr Oberstleutnant Lintze durch seine freundlichen Ausführungen auch in den zweifelsüchtigsten Geist Bresche geschlagen. Die Kraft, welche auf diese Rute wirkte, vermochte die Fäuste und Gelenke eines Mannes herunterzubiegen und umzudrehen, als wäre ein starker elektrischer Strom im Spiel. Ob sich das Phänomen einer solchen Haselrute – auch Erle oder Buche kam in Betracht – durch die Auswirkung des Erdmagnetismus erklären lasse, müsse er freilich Berufeneren überlassen, Physikern, Wellentheoretikern, wie sie in Hamburg mit Heinrich Hertz ein klassisches Vorbild besaßen. Man merkte an seiner Ausführlichkeit, wie sehr ihn dieser Stoffteil fesselte. Aber daß man auch Krankheiten mit der Wünschelrute diagnostizieren könne, davon ließen sich, zum Glück für die leidende Menschheit, doch schon mehr und mehr von den ärztlichen Kollegen überzeugen. Da unsere Erde, ein Planet unter Planeten, mit unserem ganzen Sonnensystem als ein mittelgroßes, durchaus nebensächliches Sternhäuflein der Milchstraße angehörte, vor deren zerstörender Ausstrahlung uns nur unsere Lufthülle schützte, lag es nahe, daß Erdstrahlen ebenfalls kosmische Todesstrahlen oder mit ihnen nahe verwandt waren. Die Erde als gemütlicher Aufenthalt und die beste aller denkbaren Welten unseres guten Leibniz segelte ja in den Abgrund, als unser Führer Adolf Hitler die Sozialplatitude »Weimarer Republik« von ihrem Thrönchen schleuderte. Dr. Laberdan ließ seine eng beieinanderliegenden Augen bedrückt über sein Publikum schweifen. Während der Rede des Oberstleutnants Lintze hatte er, seiner Gewohnheit gemäß, die Stuhlreihen gezählt: vierundzwanzig, je sechs Plätze vom Mittelgang, magische Zahlen, wie üblich bei diesen Logenbrüdern. Annähernd zweihundert Menschen mochten gekommen sein, sich belehren zu lassen oder der Reichswehr wegen – in dieser Zeit der Wiederaufrüstung, der wiederhergestellten Wehrpflicht, Wehrhoheit, Wehr-Ehre … Zweihundert helle Gesichter hielten sich ihm zugekehrt, ihre Augenpaare durchforschten ihn, forderten Wahrheit, vertrauten ihm. Zweihundert Leute hatten ihm einen freien Abend gewidmet, sich sauber angezogen, Grund genug, wenn man kein Schaumschläger war, nur sein Bestes zu geben. Gut, daß er seinen Vortrag ausgearbeitet hatte. Niemand konnte ihm jene Leichtfertigkeit vorwerfen, die während der Systemzeit oberflächliches Wissen ausgeschenkt hatte. Dr. Laberdan holte tief Atem, befeuchtete seine Kehle mit mehreren Schlucken Wassers und fuhr fort. Schlummerten in unserem magnetischen Erdkern, so legte er dar, zerstörende Kräfte, wie es den Anschein hatte, so war mit der Anwendung der Wünschelrute ein Weg gezeigt, mit ihnen fertig zu werden und die Medizin in Zusammenhang zu bringen mit anderen Naturwissenschaften und dem politischen Umbruch, der nationalsozialistischen Revolution. Das Christentum und Marx hatten versucht, die dämonischen Wildheiten unserer durchaus rätselhaften menschlichen Existenz und irdischen Gefangenschaft durch Theorien zu bannen, die etwas Rührendes besaßen in ihrer Ohnmacht. Wir aber wußten, daß Deutschland wieder einen großen geistigen Durchbruch durch das Wissenspfaffentum unserer Zeit geleistet hatte, wie weiland mit der Person Martin Luthers. Auch dieser Reformator war aus den Tiefen des Volkes aufgebrochen, musikliebend und von seiner Sendung besessen, wie Adolf Hitler. Als Luther 1517 seine Thesen an die Schloßkirche zu Wittenberg anschlug, schüttelte sich die gebildete Welt vor Abscheu über den nordischen Barbaren, der von den Feinheiten der katholischen Lehre und den Notwendigkeiten für das Leben der Menschen nichts verstand. Und doch warf dieser Akt den einzigen Vorwärtsgang an, den der europäische Motor aufzuweisen hatte, und eine Befruchtung der Geistesfreiheit, von der auch die Gegner Unendliches profitierten. Seither wußte jeder Rutengänger, daß auch sein Tun das Weltreich des germanischen Gedankens mit ausrichtete und dem Herrenvolk gab, was ihm gebührte, zu Nutz und Frommen auch der beherrschten Zukurzgekommenen; solche Darlegungen füllten die zweite Viertelstunde. Er lasse jetzt eine Pause eintreten und werde nachher zu praktischem Vorführen schreiten, wie er angekündigt, übrigens sei seine Anschrift Strafanstalt Fuhlsbüttel, Krankenhaus, er leite die Ortsgruppe Hamburg im Reichsverband deutscher Rutengänger.

Käte Neumeier fühlte sich besonders berührt. Seit wann waren dem Kollegen Laberdan so philosophische Regungen zuzutrauen? Gefangenschaft im irdischen Gefängnis, das paßte gut zu Fuhlsbüttel. Aber Adolf Hitler im Zusammenhang mit Martin Luther – ging das nicht ein wenig weit? Und das ganze von der Wünschelrute in Bewegung gesetzt, mit der man nicht nur das Innere der Erde durchspüren wollte, sondern auch das des Menschen? Sie schaute empor zu der gewölbten kassettierten Decke, die dem Raum etwas leicht Feierliches gab, und besann sich, daß dies eigentlich ein Logentempel gewesen, der Feierraum einer jener geheimen Gesellschaften, mit denen das Dritte Reich kurzen Prozeß gemacht. Zu ihrer Schande mußte Käte Neumeier gestehen, sie wußte nicht einmal welche Art Gesellschaft hier kassiert, wessen Vereinsvermögen hier beschlagnahmt worden war, ob einer jüdischen oder atheistischen Loge. Kaum jemand achtete ja auf Vorgänge solcher Art, die unlösbar blieben vom Einsturz von Vorrechten, Nachschieben anderer Gesellschaftsschichten. Diesmal war das Kleinbürgertum zum Zug gekommen, Ladenbesitzer, Handwerker, Beamte, Studenten. Der Herr Vereinsvorsitzende gab kein schlechtes Beispiel für diesen Schub. Überall zwischen den Uniformen in den Reihen, die sie übersehen konnte, saßen Menschen, Frauen und besonders Männer, deren Augen gläubig an dem Vortragenden hafteten und in deren Gesichtern es arbeitete, das Vorgetragene zu bewältigen. Ein gebildetes Volk, das deutsche, vorgeschult zu allem Guten, aber auch zu allem Bösen? In welchem ein Rechner wie Herr Footh jederzeit ein Instrument auftreiben konnte, ein Werkzeug, bereit ein Urteil, also einen Befehl der Obrigkeit, auszuführen und Geld dafür in die Tasche zu stecken; bedenkenlos? Schwer zu sagen, ob sich viele solche Teetjens in den Reihen des deutschen Volkes befanden. Unter siebzig Millionen mußte es schon nach rein statistischen Grundsätzen Tausende von Spielarten menschlichen Verhaltens geben und von jeder Tausende von Vertretern. Gleichwohl hatte sie die Pflicht, diesen hier, diesen einen, unschädlich zu machen. Hatte Friedel Timme andere Vorstellungen von Deutschlands Wohl und Zukunft in seinem Kopfe gehegt, so war das seine Sache. Noch lange kein Grund, ihm diesen Kopf vor die Füße zu legen. Womöglich mit einem Schlächterbeil, das für das Zurechthauen von Koteletts und Markknochen weiter benutzt wurde. Dem konnte man ja einen Riegel vorschieben. Gesundheitspflege stand hoch in Ehren, hygienische Bedenken durfte jedermann, jede Frau geltend machen. Niemand brauchte so töricht daherzureden, einen Volksgenossen in Verruf zu bringen, einer lobenswürdigen Pflichterfüllung wegen. Aber Hygiene blieb Hygiene, und war das Beil desinfiziert worden, so schmeckte die Suppe womöglich nach Karbol. Eine Waschfrau wie die Geesche Barfey ließ Reden solcher Art leicht einmal hier, einmal da fallen, ohne daß man sie reichsfeindlicher Ausstreuungen beschuldigen konnte. Nicht einmal verdächtigen. Der Widerwille, der Ekel:

gegen solche Bundesgenossen ließ sich schwer ankämpfen. Niemand konnte die Leute zwingen, ihren Bedarf, den ohnehin eingeschränkten, gerade bei Albert Teetjen, Schlächtermeister, zu dekken. In der Wandsbeker Chaussee, fünf, sechs, sieben Minuten Elektrische, hielt die Filiale der Ehape Nahrungsmittel feil, Würste und Schinken, Schaf- und Rindfleisch, und blinkte vor Hygiene. Gott sei Dank, Hamburg war Großstadt. Hatte die Hausfrau rechtzeitig ihre Besorgungen im Kopf, so verband sie sie mit einem Spaziergang und sparte noch Zeit damit. Denn sie bekam im gleichen Raum oder Stockwerk auch noch Butter und Käse, Radieschen und Tomaten, Kartoffeln, Haferflocken und Suppenkräuter, Reis und Zucker. Natürlich blieb es eine verantwortungsvolle Geschichte, das Gerede der Leute loszulassen. Tom Barfey das Zeichen zu geben, nach dem er lechzte. Er würde dann vor der hübschen, kleinen Frau nicht haltmachen, Christine Teetjen oder so. Aber hieß das nicht, die Dinge zu genau betrachten? Wer zwang Käte Neumeier so weit zu denken, sich ins Geflecht von Ursachen und Wirkungen einzuschalten, einzumischen? Man mußte die Fähigkeit haben, von allen Lebewesen etwas zu lernen – sich zum Beispiel verhalten wie ein Hund, der sich schüttelt und damit alles Unangenehme hinter sich bringt – ja, jetzt machte der Laberdan eine Pause, und Käte Neumeier konnte nachsehen, ob der Bert nachgekommen war, wie er versprochen. Den plagte so mancherlei, auch die jungen Leute hatten es nicht leicht im Dritten Reiche des wiedergeborenen Erlösers.

Helleres Licht war aufgeflammt, in den Kassetten der Decke brannten Lampen wie Sterne, Käte Neumeier, vom Sitzen steif, spannte und lockerte einige Muskeln. Die Beobachtung »helleres Licht« war ihr gleichbedeutend mit dem Gedanken an den Dr. Koldewey. Ihn hätte sie hier haben mögen, um den Laberdanschen Salat mit Essig und Öl genießbar zu machen. Waren ja ohnehin stets bei den Mahlzeiten zusammen, er und sie, wie Eheleute. Hatte dieser Herr für andere Werte einer Ehefrau überhaupt noch Verwendung? Klares Denken und sanfte Gemütsart und als Summe mehrerer Geschlechter – warum erschien ihr das eigentlich im Bilde des Koldeweyschen Salatbehörs? Kristallflaschen in silbernen Fassungen und Pfeffer und Salz in ebensolchen Streubüchsen? Sie amüsierte sich über diese Einfälle, spann sie aus. Wenn sie da Hausfrau wäre, ließe sie auf den Salzstreuer den Namen Friedrich, auf die Pfefferbüchse aber Nietzsche gravieren, um so den ganzen Heinrich Koldewey beisammen zu haben. Von solchen Späßen innerlich erwärmt, schlenderte sie zu den Eingangstüren, den hinteren Reihen, wo sich Zuspätkommer wahrscheinlich untergebracht hatten.

Sie suchte ihren Neffen Bert, der sie hierher bestellt hatte – ohne diesen Anruf hätte sie sich wahrscheinlich doch nicht entschlossen, dem Kollegen Laberdan den Abend zu widmen. Freilich gab sie sich zu, sie sei von zu Hause auch weggegangen, um der quälenden Frage zu entrinnen, wann und wie sie, vor allem aber ob sie auf die Entdeckung des Henkers von Fuhlsbüttel reagieren sollte. Sie sah den armen Tom Barfey wie einen Schweißhund auf der Fährte, der wild an seiner Leine zerrte; ließ sie ihn los, so schoß er vorwärts, heftete sich an des Mörders Fersen, kannte keine Gnade und keine Müdigkeit. Boykott! Das war es. Wenn Geesche Barfey in den Haushalten, bei denen sie wusch, während sie auf dem Küchenstuhl saß und ihr Frühstückstöpfchen Kaffee nippte, Andeutungen fallen ließ, bei Schlächter Teetjen gehe es bedenklich zu, er habe da mit seinem Beil in Fuhlsbüttel ein paar Menschenköpfe abgehackt und es danach bestimmt nicht in St. Petri oder St. Michaelis weihen und entsündigen lassen oder bei der städtischen Desinfektion mit Karboldämpfen gereinigt ...

Halluzinierte sie? Stand dort in hellem Licht nicht das Gesicht des Burschen vor der weißen Wand, den sie vorhin Mörder genannt hatte? Und das daneben, war das nicht der kupferne Haarschopf des Gänschens, seiner Frau? Käte Neumeier biß ihre Zähne zusammen, gleichsam in Nachfolge Tom Barfeys, der ja nicht da war, und machte ihre Augen klein und scharf, um an den Teetjens vorüberzuspähen, nach Bert Boje, der möglicherweise gar nicht hergekommen war. Sie mußte sich an die nächste Stuhllehne klammern, um des Widerwillens Herr zu werden, des Hasses, der sie schüttelte. Sowas lief herum, schlief bei einer Frau, machte Ausflüge nach Stellingen, ließ sich über die Wünschelrute belehren – der trotzige Kopf aber und das durchgebildete Gehirn Friedel Timmes waren gewaltsam von seinem etwas verfetteten Körper getrennt worden, in die Anatomie gewandert, in ein Präparat, in die Abfalltonnen, auf die Rieselfelder. Nein, Herr Teetjen, das ist noch nicht der Schluß, mein lieber Mann. Da werden sich noch manche Leute hineinmischen, bescheidene Nagetiere, Haus- oder Feldmäuse. Die Kinder lernten da ein Sprichwort von den Mühlen des lieben, jetzt in den Hintergrund gedrängten Gottes. Man brauchte kein Gott zu sein, durfte sogar den lächerlichen Namen Neumeier von seinen Vätern geerbt haben, und konnte doch dazu ausersehen sein, Recht statt Gnade geschehen zu lassen. Denn wenn die Dinge auf dem Kopf stehen, erweist der ihnen die größte Gnade, der sie wieder zurechtrückt.

»N'Abend, Tante Käte, fein, daß du gekommen bist«, sagte Bert Boje, indem er ihr die Hand auf die Schulter legte. Sie wandte sich zu ihm um, von seiner Anrede mitten in ihrem Gedankenablauf elektrisch berührt; aber noch ehe sie etwas antworten konnte, lief eine Art Zucken durch den ganzen Saal: eine Sirene! Luftschutzübung! Ein Winseln und Heulen, zugleich dringlich, drohend und klagend oder warnend, schallte von draußen herein durch die geöffneten Türen besonders, welche die Zuhörerschaft in die Vorräume entlassen hatten oder wieder zurückbrachten. Das hatte der Kollege Laberdan nicht erwartet, wahrscheinlich auch Herr Lintze nicht, obwohl den niemand während des Vortrages erblickt hatte. Die Lampen erloschen, kleine rote Notlichter bezeichneten die Ausgänge, die Stimme des Vorsitzenden mahnte von irgendwoher zur Ruhe und zum Aufsuchen der Luftschutzkeller unterhalb des Erdgeschoßes, die Treppen seien breit und hinreichend erhellt. Bert Boje hielt Käte Neumeier am Arme fest, führte sie an den Wänden lang und am Vorstandstisch vorbei ins Treppenhaus: »Komm mit rauf, Käte, zur Feuerwache, zum Verbandsplatz.« Und während die Menschenmenge sehr ordentlich und ohne Hast in die Keller strömte, zog er sie die Treppen aufwärts, beständig das Wort »Feuerwache« in die dunkle Luft sprechend, bis zu einem Vorplatz unterhalb des Daches, von welchem aus nur noch Leitern weiterführten und auf welchem Geräte standen, Kübel mit Sand, einige Stangen, Schaufeln, Sandsäcke, beleuchtet von den Taschenlampen der drei oder vier Männer, die sich dienstgemäß dort oben zusammenfanden. Die Sirenen heulten noch immer, durch das geöffnete Fenster wirbelten Schneeflocken herein, die ersten des Jahres, vom Ostwind herangetragen. Wird einen schönen Matsch geben, dachte Käte Neumeier. »Scheinwerferübung«, bemerkte eine tiefe Stimme. In der Tat zogen sich Lichtbahnen, bläulichweiß, durch das Tanzen der Flammen. Schmal und scharf begrenzt, ausgesandt von irgendwelchen Stellen, weit verstreut, der Riesenstadt. Durch das Heulen der Sirenen, die vom Hafen her, mit tieferen und ganz tiefen Stimmen verstärkt wurden, den Nebelhörnern der Ozeandampfer, brummte und sang der Motor eines Flugzeuges. Irgendwo zog es seine Bahn, die weißen Lichtbänder tasteten danach, fanden es aber nicht, offenbar hatte der Schnee sich programmwidrig eingemischt. »Es klappt noch nicht«, sagte eine Stimme. »Ist noch kein Meister vom Himmel gefallen«, erwiderte eine andere. – »Braucht auch keiner«, antwortete es, »und nebenbei hat uns Hermann ja versprochen, zu uns kommt keiner rüber.« Jemand lachte bewundernd. »Dicke Propheten wiegen doppelt.«

Käte Neumeier zeigte ihren Ausweis der Ärzteschaft vor, die Taschenlampe blendete in ihr Gesicht, der Beamte entschuldigte sich höflich, alles blieb wieder im Halblicht, in der Dämmerung, die von den Scheinwerfern auf unregelmäßige Weise geisterhaft und kalkig erleuchtet wurde. »Mit Laberdans Vortrag wird es wohl nicht mehr viel werden«, bemerkte Käte Neumeier halblaut, auf einem Sandsack sitzend und zu dem Sohne ihrer Schwester emporgewandt. Sonderbar, dachte sie dabei, als ich mit Friedel Timme ging, war das hier ein Steppke, noch nicht schulpflichtig ... Bert lachte, Kätes armer Kollege werde also noch ein zweites Mal bei den Rutengängern reden müssen, was ihm ja nicht schwer fallen dürfte, dem Herrn Vorstand. Er, Bert, wäre sehr dankbar, wenn er die Tante nach Hause bringen dürfte, um mit ihr bei einer Tasse Tee eine kleine Familienangelegenheit zu bemunkeln, die heute spruchreif geworden sei. »Laß uns langsam hinuntersteigen, dieses Schauspiel wird nicht mehr lange dauern, Strom und Kohle sind teuer, und klappen will's ja noch nicht!« – »Aber großartig ist's schon«, sagte der Mann mit der tiefen Stimme und gab Käte den Platz am Fenster frei.

Durch die blaugraue Nacht, einen Himmel, der von Schneeflocken tanzte, bohrten sich jetzt Dutzende von weißen, flimmernden Säulen Lichtes, besonders in der Hafengegend stiegen sie auf, freiwillige Mitarbeit der Schiffe, soweit sie ihre Mannschaft schon an Bord hatten. Sie bewegten sich ungewiß, schnitten einander, wie ungeheure Buchstaben einer an den Himmel geschriebenen Flammenschrift, tasteten mit bleichen Riesenfingern hierhin und dorthin. Manchmal ergänzten sie sich zu riesigen Winkeln, selbst zu einem Bogen, dann wieder entstanden Sterne, ohne daß sich das Flugzeug in ihrem Schnittpunkt fing; vielmehr brummte es unsichtbar über der Wolkendecke. Offenbar war das Schlußzeichen in wenigen Minuten fällig – Übungen bei diesem Wetter hatten erst bei sehr fortgeschrittenen Mannschaften Sinn. Schallte erst das »Alles klar« über die Dächer und durch die Straßen, so würden sich die Elektrischen sehr schnell füllen, die dann wieder ihren Dienst aufnahmen. Großartige Technik, dachte Käte Neumeier, während sie sich vom Fenster zurückzog und eine Schneeflocke mit den Lippen fing – es war ein salzloser, erfrischender Vorgeschmack des Winters. Familienangelegenheit? Sollte Annette im Spiel sein? Um wieviel besser hätte dieses unbegreifliche Mädchen zu einem Jungen wie Bert gepaßt, statt zu ihrem widerwärtigen Footh.

Aber als sie dreiviertel Stunden später in Kätes behaglichem Arbeitszimmer saßen, die Vorhänge grün und braun gestreift und einen modernen, schlichten Teppich in den gleichen Farben unter den Füßen, ergab sich etwas ganz anderes, eine Frage so heikler Natur, daß Bert nur hier davon sprechen wollte, wo man vor Lauschern sicher war. Die SS. hatte ihm heute jemanden auf die Bude gesandt, ob er nicht endlich die langweilige SA.-Uniform ausziehen und zu ihr herüberkommen wolle. Die Elitetruppe des Führers bot ihm nur Vorteile, sie brauchte junge, fixe Burschen wie ihn, die Tage der SA., trotz ihrer glorreichen Vergangenheit, waren nun doch vorbei. Höher besoldet, wie die SS. heute dastand, mit den besten Verbindungen, gesellschaftlich und politisch unvergleichlich passender, konnte es auf diese Einladung doch nur eine Antwort geben. »Der Kerl, den sie mir schickten, Herr Sturmbannführer Preester aus deinem Bezirk, gab mir zu denken, Tante Käte. Ich möchte dem Burschen nicht in die Hände fallen, weder im Guten, noch im Bösen, und sicher hat man ihn gewählt, weil die Gestapo ja deine Vergangenheit kennt. Seine Kameraden bei mir in Barmbeck haben mehr Schliff.« Käte Neumeier atmete Rauch aus. »Was hast du ihm geantwortet, mein Junge?« Bert Boje zog an seiner Pfeife, der Geruch seines holländischen Tabaks füllte ohnehin das Zimmer. »Deswegen sitzen wir hier, Tante Käte. Ich bin ja doch kein Esel, nicht wahr? ihm mein Herz auf die Nase zu binden. Ich vergesse den 30. Juni nicht, ich nicht. Ich mag nicht und mag nicht in die SS. Die Ermordeten damals waren bestimmt keine Engel. Aber hitlertreu bis in die Knochen. Und daß man sie so viehisch umlegen würde, Schwamm drüber, Tante Käte. Mancher will seinen Kameraden treu bleiben, der Tradition, Kampf und Aufstieg, als von den Schnöseln in der schwarzen Kluft noch keiner seine Nase in Wind und Wetter steckte. Und an dem Konto der SS. in den KZ.-Lagern und anderswo will ich keinen Teil haben. Aber das nebenbei. Gesagt habe ich ihm, ich bereite mich darauf vor, Auslandsdienst zu nehmen. Ein Bekannter unserer Familie sei Vizekonsul irgendwo in Brasilien, in Sao Paulo, wenn ich nicht irre, und habe ein Auge auf mich geworfen. Der Ausbau des Wehrwesens drüben sei jetzt so weit, Tiefbauzeichner erhielten Staatsanstellungen, und kurz und gut, es hapere nur noch am Portugiesischen; dann ade du mein lieb Heimatland, und ich haute ab.« Käte Neumeier nickte und atmete entspannt. »Geschickt, Junge. Falls man meine Post überwacht: Marken aus Brasilien sind immer dabei.« – »Genau die mußt du mir geben«, lachte Bert, »Kamerad Preester entpuppte sich als Sammler, besonders von Ganzsachen. Hoffentlich hast du noch ein paar Umschläge mit Marken aufgehoben.« – »Ganz nach Wunsch«, rief Käte vergnügt, »meine kleinen Sammler kommen diesmal zu kurz.« Sie bückte sich zu einer der Schubladen ihres Schreibtisches, nahm ordentlich gebündelt einen Stoß Briefe heraus und wählte unter den Umschlägen. »Aber sie sind nicht an dich adressiert, mein Junge; wird das nicht schaden?« – »Bewahre«, antwortete Bert behaglich. »Um Mutti zu schonen, leite ich den Kram über dich. Nur solltest du mir den Gefallen tun und den Herrn K. A. Lintze meinetwegen ins Bild setzen. Einmal muß er mir ja direkt schreiben. Und wenn's mir hier zu unbehaglich wird, möchte ich für ein Halbjahr wirklich verschwinden, hinüber. Mal lesen, was draußen auf deutsch über uns gedruckt wird. Würde mir ja wohl recht gut tun, gewissen Gesichtern nicht mehr zu begegnen, einem widerwärtigen und einem reizenden.« Käte Neumeier blickte ihn voll Mitgefühl an. Seine breite, kurze Nase, die waagerechten Brauen über den hellen Augen, die gar nicht hohe, aber kräftig vorgewölbte Stirn, die fest zusammengebissenen Kinnladen. »Lieber Junge«, sagte sie, »manch einer versteht manches nicht, und doch löst sich's des öfteren in Wohlgefallen auf. Eine Abwesenheit tut Wunder, und was die Frauen unserer Zeit anlangt …« – »Frauen«, rief Bert empört, als wischte er alle außer der einen vom Erdboden. »Hol sie der Teufel, die Person. Erst meine Freunde um sich zu haben, den Wieck und Manfred Koldewey, und dann auf einen solchen Footh zu stoßen …! Käte!« Er ließ seine Faust auf den Tisch fallen, der auf Füßen von Stahlrohren eine schwarze Glasplatte trug und fast zerbrach. »Verzeih!« sagte er erschrocken. »Nichts geschehen«, begütigte sie. »Solche Substanz hält mehr aus als man denkt. Es wird sich noch vieles aufklären, bevor deine Haare so grau sind wie meine. Wenn du aber klug bist, bringst du Herrn Preester diese Umschläge heute noch in sein Lokal.«

»Was meine Absicht war – « – »Und nimmst einen Zettel von mir für meine Waschfrau mit, Wagnerstraße 17. Sie hat eine Schachtel im Hausflur hängen, einen Briefkasten aus Pappe.« Und indem sie von K.A. Lintze eine unbenutzte Seite abtrennte, ein leeres Blatt aus dünnem, festem Überseepapier, ließ sie ihren Füllhalter darüberlaufen.

»Lieber Tom, ich habe es mir überlegt, wir dürfen unsere hygienischen Bedenken gegen die Benutzung von Beilen zu verschiedenen Zwecken nicht zurückstellen. Natürlich mit der nötigen Vorsicht. Ihre brave Mutter dürfen Sie auf jeden Fall einweihen. Vielleicht kann man die Ehefrau schonen. Bestens Ihre Dr. K. N.« Sie faltete das Blatt zu einem Briefchen, schloß es mit Markenpapier, schrieb eine Adresse und übergab es dem jungen Mann. In seiner knappen braunen Uniform stand er da, steckte es zwischen seine Knöpfe, brachte die Briefumschläge in seiner Hosentasche unter und verabschiedete sich. Einen Augenblick lang schwankte sie, ob sie ihn nicht einweihen sollte in das, was sich durch ihn hier in Bewegung setzte. Aber dann dachte sie: Lieber nicht. Ans Fenster tretend, um den Pfeifenrauch hinauszulassen, stellte sie fest, es hatte aufgehört zu schneien, aber die Straßenlaternen spiegelten sich in einer dünnen Schicht hellbraunen Kots.

Als das Ehepaar Teetjen daheim ankam, schien der Mond bereits wieder durch die fetzig weißen Wolken. Draußen wehte die Luft schon ausgesprochen winterlich, in der Wohnung hinterm Laden aber war man froh, die Überkleider abzulegen, ein paar Bissen Schmalzbrot und Knoblauchwurst zu futtern, sich zu waschen und zu Bett zu gehen – ins Doppelbett, das vom Nachmittag her noch zerwühlt und auseinandergeworfen auf das Ehepaar zu warten schien. »Deern«, seufzte Albert, indem er seine Zehen an die untere Bettwand preßte und das Palisanderholz krachen ließ, »Deern, das war'n Tag!« Stine saß, ihm den Rükken zukehrend, auf der unteren Bettkante und flocht ihre Zöpfe; Nacken und Arme über dem altmodischen Hemd drückten ihr schüchtern fröhliches Wesen aus, weiß und schlank, und hätten unter anderen Umständen die Wirkung auf Albert nicht verfehlt. Er aber lag da, blickte zur Decke, unter welcher eine Ampel aus künstlich marmoriertem Glase hing, und schloß dann wieder seine Lider. Sofort sah er auf ihnen gespiegelt das Vortragspult, den Dr. – wie hieß er doch, Lang- nein, Laberdan. Nachdem der mit einem Schlußwort die Sitzung auf ein nächstes Mal vertagt hatte, der Luftschutzübung wegen, sah er sich, den bürgerlich gekleideten Scharführer Albert Teetjen, auf den Doktor zutreten, ihm den Heilgruß bieten, sich zum Ausprobieren meldend, ob er rutengängerische Fähigkeiten habe. Eine Menge beifällig zustimmender Leute hatte Albert um sich gespürt, manche nickten, der Vereinsvorsitzende trat auf ihn zu, reichte ihm die Hand, ihm lange starr in die Augen blickend. »Dieser Parteigenosse dürfte, wenn mich nicht alles täuscht, sogar sehr große siderische Fähigkeiten haben, ich spüre einen Strom in meinem Unterarm«, hatte er zu dem Doktor bemerkt, und seine rötlichen Lider hinter der goldenen Brille mehrmals geschlossen, als horche er einer inneren Stimme zu oder fühle in seiner eigenen Brust nach, was mit dem Albert Teetjen da wohl los sei. Mit diesem ehemaligen Magnetiseur und Masseur hatte man im elektrischen Institut der Universität noch in den zweiflerischen Jahren der Weimarer Republik einige Experimente gemacht: den Strom gemessen, der in seinem Körper kreiste und der imstande war, seinerseits Ströme in Metallspulen hervorzurufen, wenn er seinen nackten Arm hindurchsteckte, ohne sie zu berühren. Das hatte der Doktor Albert noch anvertraut, um ihm Mut zu machen, damit er die Verabredung ja einhalte, die sie miteinander getroffen: nächsten Sonntagmorgen im Krankenhaus Fuhlsbüttel. »Mit Fuhlsbüttel scheine ich es ja zu haben«, sagte Albert halblaut in die Luft. Er empfand das Bedürfnis, noch zu äußern, was in ihm rumorte. Da Stine ja schon reichlich geschlafen hatte, ihren Tribut als reizvolle Frau aber schon am Nachmittag geerntet, hätte man erwarten können ... Aber siehe da, sie schlief schon wieder. Hinlegen, Licht ausknipsen, Wegsein, das kannte er an ihr. Er durfte sie oft genug darum beneiden in den Monaten, in denen sie wirtschaftlich zu versacken schienen. Was nutzte es ihm damals, wachzuliegen, Pläne zu wälzen, auszuknobeln, wie man morgen früh dies oder jenes Rettungsmittel anwenden und todsicher Erfolg damit haben werde? Der Morgen war gekommen, der Tag vergangen, die Erlösung ausgeblieben. Stine aber, die immer geschlafen, hatte ihrerseits darauf bestanden, daß er endlich an den Footh schreibe. Sie hatte den Brief diktiert, sie den Erfolg zumindestens eingeleitet. Den Seinen gab's der Herr im Schlaf. Nun, um so besser, wenn die Stine zu ihrem Herrn hält, dem Jesus von Nazareth, wie ihn Sturmführer Preester bestenfalls nannte, wenn er nicht der Judenjunge von Bethlehem hieß, den zu unserem Unglück die SS. des Herodes damals übersah. Er, Albert, hielt es mit Adolf Hitler und den neuen Göttern. Sie, Stine, mit den alten von der Bibel und dem Katechismus und den Chorälen und Kantaten aus der Pfarrkirche. So waren sie mit beiden Gewalten gut Freund oder konnten es wenigstens sein, und so würde ihnen schon nichts passieren.

Zwar die Löwen und Eisbären in Stellingen hinterließen ihm, Albert, einen unangenehmen Eindruck, weil sie so eingesperrt waren und ihm innerlich so verwandt. Kannten auch keinen Abscheu vor Blut, die Brüder, wären gute Schlächtermeister geworden, mit starken Nerven, Muskeln und Sehnen und sehr zuverlässig bei ihren Stines. Wie frech die kleine Äffin heute morgen ihr Männchen zupfte, dort, wo es nicht anständig war, für eine Frau, hinzufassen. Stine war ganz rot geworden, mußte aber doch hinschauen – gehört sich ja wohl so im Dritten Reich, wo die christliche Prüderie abgewirtschaftet hatte und so mancher Pastor im KZ.-Lager zeigen konnte, ob ihm sein Jesus dreißig Geißelhiebe wert war. Und die Luftschutzübung – wie das geklappt hatte! Sirene, Licht aus, Rotlicht an, alle Mann in den Keller, Feuerwachen aufs Dach – es fehlte nur, daß die Flaks im Ernste bullerten. Na, wenn's wieder so weit kam, wenn es dem Führer nicht gelang, Deutschlands Platz an der Sonne mit friedlichen Mitteln zu sichern, wenn wieder rote Mobilmachungsplakate von den Litfaßsäulen schrien und Gestellungsbefehle an der Wohnungstür klingelten: dann zeigten wir ihnen, was ne Harke war. »Was schiert mich Ruß oder Franzos, Schuß wider Schuß und Stoß um Stoß« – hatten sie damals gesungen auf dem Marsch über die Sandwege, durch die Kiefernwälder, die Tannenschonungen, neben den Äckern her, platsch, Schrapnells, weiße Wölkchen, Fliegerdekkung! Unteroffizier Footh, wo steckt Unteroffizier Footh? »... und der Franzose übergibt sich, genau wie achtzehnhunderteinundsiebzig.« – Nein, diesmal kam Albert Teetjen, der Riese mit der Wünschelrute, ein Kloß Mensch wie im Märchen, stapfte über die Tannen weg, zertrat die Schonung, folgte der Wasserader, der Goldader, und schrie: »Zum Donnerwetter, eingraben, hinlegen, volle Deckung!« Wo aber wirklich steckte Unteroffizier Footh?

Viertes Kapitel
Herr Footh in Schwung

Ja, wo war Herr Footh? Auf einer Geschäftsreise in Berlin, wußte man in seinem Betrieb, die sich ebensogut auf die »Äuglein«-Schiffe beziehen konnte wie auf Probleme des NSKK. Daß Fräulein Blüthe gleichzeitig fehlte, gab Fräulein Petersen und dem Bürovorsteher Lens Stoff zu Unterhaltungen, kurzen, beiläufigen Winken oder längerem, lautlosem Nachdenken. Offiziell hatte Fräulein Blüthe Urlaub, er stand ihr schon lange zu und sollte in Wintersportparadiesen verbracht werden. Gleichwohl faßte Fräulein Petersen die Meinung über die Kollegin in zwei Worte zusammen: »gerissenes Aas«.

Von Löwengebrüll geweckt werden und dennoch in einem behaglichen Bett unter seidenem Plumeau zu erwachen, ist eine Besonderheit, welche das Eden-Hotel seinen Gästen bietet. Herr Footh pflegte früher im Hotel Kaiserhof abzusteigen, wenn nicht in einem der großen Häuser Unter den Linden, Adlon oder Bristol. Diesmal aber füllten die Nachwehen des Parteitages alle bequemeren Stockwerke in der Nähe der Reichskanzlei, und so zog er den abgelegeneren Westen vor, mit seiner großzügigen weltstädtischen Atmosphäre in den Dingen des persönlichen Verkehrs zwischen einem Chef und seiner Sekretärin. Es war ja absurd, daß die Entscheidung über die Schiffe der Judenreederei Thetis in Berlin fallen sollte, nicht in Hamburg, aber seitdem das Reichsmarineministerium in diesem Spiel aufgetaucht war, hatte Herr Footh den Drang verspürt, sich nicht in Vordergründen zu tummeln, sondern an die Quelle heranzutreten, aus welcher die Wasser flossen. Es gab nicht mehr sehr viele Bissen im Deutschen Reiche zu schlucken. Parteigrößen jeder Art waren an allem möglichen beteiligt worden, was es aus der Beute des Sieges über die Systemzeit zu verteilen gab, riesige Konzerne hatten sich gebildet, einer der größten davon hieß Hermann-Göring-Werke, und er hieß nicht nur so. Herr Footh hätte sich in Hamburg beim Reichsstatthalter vorstellen können und seinen Lohn dafür verlangen, daß er die Fuhlsbütteler Schwierigkeit beseitigen half. Aber wenn die Großen wirklich mitzureden wünschten, hätte der nur die Achseln zucken können, bedauere, bereits besetzt.

Das Schlimme für Herrn Footh bestand darin, daß er es nicht mit einem Gegenüber zu tun hatte, mit einer Person, die man kaptivieren konnte, mit einem Mann oder einer Frau, auf welche die Mittel eines gewissen bärbeißigen Charmes hätten wirken können, einer tölpelhaften Liebenswürdigkeit. Hans Fooths Laufbahn hatte sich mit Hilfe solcher Eindrücke vollzogen. Seine nicht sehr großen Augen vermochten schlau zu blicken, aufzustrahlen, verständnisvoll zu blinzeln, treuherzig zu lauschen. Aber diesesmal saßen ihm hinter Schreibtischen der verschiedensten Ausmaße und Höhen deutsche Männer gegenüber, die sich durch keinerlei Besonderheiten auszeichneten. Sie hatten schmale oder runde Gesichter, braune, schwarze oder helle Augen, gutgeformte Stirnen oder niedere, blasse oder breite Lippen, sahen gescheit drein oder naiv, drückten sich berlinerisch aus, schlesisch oder hochdeutsch, waren besonders höflich, gut rasiert, mit strahlender Wäsche und gepflegten Fingernägeln – aber sie übten immer nur Teilfunktionen aus, lehnten jede Verantwortung ab, verwiesen für Entscheidungen auf eine immer höhere Stelle, welche natürlich über den Wolken thronte, im Reiche der Götter, wo sich der strahlende Aufgang deutscher Wiedergeburt vollzog, planvoll, zielvoll, rücksichtslos und listig. Oh, der deutsche Mensch hatte einen Auftrieb erhalten wie nie zuvor. Gloria in excelsis deo. Dieser Gott mußte mit den Deutschen wahrhaftig große Dinge vorhaben, sonst hätte er ihnen nicht diesen Adolf Hitler gesandt, das politische Genie schlechthin. Sein Bild, ein treuherziges Profil mit gescheiteltem Haar, seherischen Augen, einem etwas wulstigen Ohr und dem berühmten Bärtchen hing in all den Amts-, Dienst- und Geschäftsräumen, in denen Herr Footh im Laufe dieser Tage zu tun hatte. Denn ist man einmal in Berlin, so stellt sich erst heraus, wie viele Dinge hier an Ort und Stelle durch eine Besprechung, selbst einen Telephonanruf, erledigt werden können, die durch einen diktierten Brief von Hamburg her durchaus nicht in Bewegung kommen wollen. Die Reichshauptstadt war ein Markt, der größte auf diesem Teil der Erdkugel, und verhandelt wurden hier Beziehungen, Aufträge, politische Pläne, Tausende von Schicksalen. Und an die Stelle der früheren vorsichtigen und ängstlichen Beamten war jetzt die Jugend, die Kühnheit, die List und der Erfolg getreten. Man würde vielleicht von Zeit zu Zeit genötigt sein, dem Volk Späße zu gestatten oder aufzutragen, wie jene Nacht der langen Messer, Bücherverbrennung oder die roten Schaukästen des »Stürmers«, dafür spielte man eben Revolution. Was aber hinter dieser Filmleinwand ablief, hieß ganz anders, es hieß Besitzergreifung aller Knotenpunkte des wirtschaftlichen und politischen Nervensystems durch eine Partei.

In Sachen der Thetisschiffe waren beteiligt das Transportgewerbe, die Arbeitsfront, die Treibstoffbewirtschaftungsstelle Nordgau, die Organisation »Kraft durch Freude« und die NS.-Handelsbank, welche ein bestimmtes Aktienpaket der Gesellschaft verwaltete. Vom westlichen Industrierevier her streckten sich Arme aus, die mit Saugnäpfen gespickt waren, und selbst aus Süddeutschland tasteten Fühlfäden nach Hamburg hinüber. Alle Geschäfte blühten, alle Kurse stiegen, überall ballten sich Wirtschaftsmächte zusammen, um das in den Dienst des Reiches zu stellen, was früher von Republikanern, Juden, Katholiken und Sozialdemokraten anarchisch gegründet oder großgemacht worden war, im sogenannten freien Spiel der Kräfte eines belämmerten Liberalismus. Natürlich war eine eiserne Hand nötig gewesen, die Löhne der Massen auf ein vernünftiges Minimum herabzuschrauben. Das konnte nicht anders sein, auch wenn die Kaufkraft der Millionen vorübergehend darunter litt. Aber in ein paar Jahren, meine Herren! Verlangte Deutschlands Gegenwart jetzt Kanonen statt Butter, so versprach die Zukunft auch dem geringsten Volksgenossen statt Butter Kaviar, und es gab zum Glück überall Redner und Schreiber, die das dem deutschen Volke verständlich machten. »Warte nur, balde, hast du ein Haus«, lautete der Vers, mit dem ein beliebter Kabarettist dem Inhaber des möblierten Zimmers Geduld und Sinn für die Wirklichkeit einhämmerte. Natürlich durfte von den Hintergründen der deutschen Politik öffentlich nicht zuviel beleuchtet werden; ohnehin gab es in Prag, Wien und Paris Emigrantenblättchen, welche diese Hintergründe als Abgründe beschrieben. Aber die Welt beachtete sie nicht, in London waren herzlich wenig dieser ausgebürgerten Schädlinge zugelassen worden, das britische Reich hatte für sie den Abfallhaufen Palästina zur Verfügung gestellt, und niemand war dabei zu kurz gekommen. In all den Bureaus, Herrenzimmern und Klubräumen der Hauptstadt begnügte man sich mit dem Wissen, daß man am Vorabend großer Ereignisse stand. Das schwindelerregende Tempo des Dritten Reiches, an seine Dynamik hätten sich die Herren jenseits des Rheines und des Kanals bereits gewöhnen können: Rückkehr der Saar ins Reich und Wiederwehrhaftmachung des deutschen Volkes, Einmarsch der Reichswehr ins entmilitarisierte Rheinland und Schaffung eines schlagkräftigen Heeres durch die zweijährige Dienstpflicht, Bau der Achse Berlin-Rom, Strich durch die Unterschrift der Weimarer, durch das Diktat von Versailles, indessen gleichzeitig eine glanzvolle Olympiade »der Griechen Stämme froh vereinte« und schließlich der Staatsbesuch des großen Römers und Cäsaren Mussolini in der Hauptstadt seines neuen Freundes und Bundesgenossen – das waren Schritte, Freundchen, wie? Siebenmeilenstiefel, unser Tempo. Noch konnte man in dieser oder jener abseitigen Straße des Westens Kränze oder Fähnchen sehen, die den neuen Augustus gegrüßt hatten, den Duce, der in Berlin deutsch gesprochen hatte vor den Ohren der Millionen. Hatte sich dergleichen unter Wilhelm dem Zweiten je ereignet? Von dem Dackel Ebert und dem alten Hindenburg ganz zu schweigen! Und dennoch regte sich noch immer Opposition in gewissen verwöhnten Stabsquartieren. Nun, wer nicht umlernen wollte, konnte seiner Wege gehen. Deutschland war noch nie arm gewesen an Militärs, die ihre Sache aus dem FF verstanden, ohne sich deshalb als Vizegötter anzumelden. Und die Rheinlandbesetzung hatte bewiesen, daß der ehemalige Gefreite des Weltkrieges eben doch den Herren von und zu immer um einige Nasenlängen voraus war, sah, dachte. »Frisch weht der Wind der Heimat zu«, hieß es, wenn sich in der Tristanvorstellung der Vorhang hob. Adolf Hitlers Wiege aber hatte in Österreich gestanden, und man dürfte nur darüber streiten, ob näher an Wien oder an Prag ... Der steirische Erzberg, dessen Tagesabbau von keinem Erzlager der Welt übertroffen wurde, dürfte einen neuen Herrn unbedingt anerkennen, und die Verschiffung seines kostbaren Rohstoffes oder der daraus hergestellten »deutschen Wertarbeit« (worunter man vollwertige Verbrauchsgüter zu verstehen hatte) müßte auf den noch immer nicht hergestellten Rhein-Main-Donau-Kanal wirken wie ein Warenaufzug innerhalb eines großen Kaufmannshauses, dessen »Stahlhof« der neuen deutschen Hansa … Immer die innere Linie halten, als Voraussetzung für jede Frontausdehnung, lehrte die Strategie.

Herr Footh merkte zunächst nicht, daß sich seine Angelegenheit nicht von der Stelle bewegte, so angenehm und erfrischt fühlte er sich von der vielfachen Berührung mit den Geschäftszentralen. Alles was in Deutschland große Namen besaß in Industrie, Handel, Verkehrswesen und Geldmarkt, fand man in dieser Stadt vertreten – außerdem aber die wichtigsten politischen Dienststellen, Verwaltungen, Knotenpunkte. Dutzende guter Bekannter wiederzusehen, Hände zu schütteln, Zigarrenmarken zu kosten, war gewiß etwas wert. Man fühlte sich wie massiert, man turnte wie ein Gymnastikschüler an immer neuen Geräten. Aber die Freundlichkeit all der Männer verhinderte nicht, daß Herr Footh das Gefühl hatte, überall zu spät zu kommen. Mußte er sich schon in Hamburg als Stern vierter oder fünfter Größe bescheiden, hier in Berlin kam man sich noch viel kleiner vor. Sicherlich hätte seine Freundin Annette irgendein Zitat von Schiller oder Goethe gewußt, das zu beschönigen oder mit Goldbronze zu überstreichen; an der Sache änderte dergleichen Firlefanz nichts. Hier zählten vor allem die dicken Namen der rheinischen, süddeutschen, sächsischen Konzerne; in seinem Gewerbe die mit ihnen versippten großen Schiffahrtslinien aus Lübeck, Bremen und seinem lieben Hamburg und die Bankhäuser, in deren Aufsichtsräten die neuen Fürstengeschlechter der Partei neben den alten, wilhelminischen saßen, Schulter an Schulter, wie es früher im Heeresbericht geheißen, Portemonnaie an Portemonnaie, wie die Satiriker in den Kampfjahren der Partei, die »alten Kämpfer«, es in ihren Witzblättern karikiert hatten. Wer Herr von Strauß war, Otto Wolff, König Thyssen, Kaiser Kirdorf, das wußte hier jeder, der mitzählte. Er kannte auch Hapag, Woermannlinie, Deutsche Levante. H. P. Footh aber und seine Tankerflotte, die er mit so gutem Einfall die Augenschiffe genannt und ebenso beflaggt, wer kannte die und den? Vor ein paar Monaten waren baskische

Boote aus der spanischen Beute verhandelt worden, stillschweigend, ohne daß man die kleinen Reeder daran beteiligt hätte. Wetten, daß die Thetisschiffe, die Judenschiffe, den gleichen Weg gehen werden. Schwer war der Weg nach Rom, schwerer der nach Peking, aber am schwersten der ins Marineministerium, so nämlich, daß etwas dabei herauskam, klagte Herr Footh seiner reizenden Anneliese, die ihn in fliederfarbenem Pyjama durch die Tür des anstoßenden Zimmers besuchte, wann immer er des Nachts heimkam.

Anneliese war glücklich und leugnete es keinen Augenblick. »Hans«, sagte sie, »Hans ...« und der Ausdruck ihrer Stimme, ihrer Augen in der sympathischen Nachtbeleuchtung gab Hans Footh eine Süße ins Herz, die er von seiner Freundin Annette nie erhalten. Ihr gegenüber war er immer in der Rolle des dankbaren, manchmal fast staunenden Liebhabers verblieben; ohne daß sie irgend etwas dazu beigetragen, war ihr die Haltung einer Dame eigen, die einen Pagen glücklich gemacht, einer Herzogin oder Marquise. Wie in manchen Opern und Theaterstücken. Mit Anneliese aber lebte und liebte es sich nicht nur gleich zu gleich. Mit der natürlichen Unterordnung eines jungen Weibes lag sie in den Armen des kräftigen Mannes, bezaubert von seinen Muskeln, seiner Stimme, die tief in der Brust summte oder widerhallte, wenn sie ihr Ohr drauflegte, ein hübsch geformtes, mittelgroßes Ohr mit fast zu klein geratenen Läppchen. Er war nicht ihr erster Freund, aber ihr erster wirklicher Mann, und er brachte ihr ganzes Wesen zum Mitschwingen, zum harmonischen und rückhaltlosen Tönen; anderseits brauchte er, Hans Footh, neben Anneliese nicht die Vorsicht zu üben, die er Annette schuldete. Auf einer »Kraft-durch-Freude«-Fahrt nämlich, nach der Schweiz und über Lyon nach Südfrankreich, hatte sie sich die Aufklärungsschrift eines französischen Geistlichen besorgt, eine neue Lehre über das katholische Eheleben und die Möglichkeit, die Empfängnis nach Wunsch zu regeln. Es gab einen Rhythmus bestimmter Tage, an denen das Weib empfing, und es waren ihrer weit weniger, als die törichte Schulmedizin meinte. Das Buch des Herrn Abbé enthielt eine genaue Kalendertabelle, die unter der Voraussetzung der monatlichen Periode und ihrer Daten das eheliche Leben regulierte; Anneliese als Katholikin – »Sieh mal an«, lachte Hans Footh, »jetzt hab ich 'ne Katholische im Bett« ,– glaubte fest an die Anweisungen jenes Abbés, wie sie ja überhaupt im Herzen die Überlegenheit der großen alten Kirche und ihrer weisen Einrichtungen über alle Ketzer und Juden unterstellte. Im übrigen aber war ihr weder etwas Kirchliches noch gar Nonnenhaftes eigen; ihr weißer schlanker Körper vielmehr hätte ebensogut einer Turnerin oder Trapezkünstlerin angehören können, wie Hans Footh mit Staunen bemerkte. »Jeden Morgen zwölf Minuten Gymnastik macht fit für den ganzen Tag«, antwortete Anneliese. »Bloß Leerlauf vertrag ich nicht. So schön es ist, Hans, ich möchte weg. Unsern Hafen wieder tuten hören, das große Fenster in deinem Bureau im Rücken haben, die Schreibtischecke streicheln, auf der es angefangen.«

Hans Footh legte ihr die Hand aufs Knie, wie damals, nahm sie dann an sich, steckte ihr später ein Stückchen Schokolade in den Mund. »Nun laß uns schlafen, Kleine. Was hast du den ganzen Tag getan?«

Anneliese hatte sich mit einem ehemaligen Vorgesetzten ihres Bruders getroffen, einem alten Bekannten ihres Vaters, aus der gleichen Stadt am Niederrhein, einem Orte namens Rheydt. Das war ein alter Kämpfer, der jetzt endlich eine auskömmliche Stelle innehatte, nachdem es ihm in der Weimarer Zeit stets dreckig gegangen. Jetzt saß er als Prokurist oder etwas ähnliches in der Arbeiterbank, bei der er als Kassenbote angefangen hatte, als sich einer ihrer Gründer, der Jude Meyer, erschoß, weil ihm ein Geheimrat aus rheinländischer Kapitalistenfamilie vorgezogen wurde. Der Geheimrat hatte seinen Landsmann Ruckstuhl als Kassenboten mitgebracht und nun …

Hans Footh, schon nahe am Einschlafen, fuhr empor: »Ruckstuhl?« – »Komischer Name, nöch?« entgegnete die Kleine, indes sie ins Beinkleid ihres Schlafanzuges schlüpfte und bloßfüßig auf dem Teppich stand. Hans Footh saß im Bett auf und griff nach ihrem Handgelenk. »Glaubst du, daß der im Kriege war? bei uns im Osten? Wir hatten in Schaulen einen Unteroffizier, der so hieß.« – »Schaulen, auch so'n komischer Name, aber es könnte sein. Wenn er mit Vater mal zu schnaken herüberkommt – Vater hat was zu bestellen in der Arbeitsfront –, kam schon manchmal die Rede auf die litauischen Marjellen. Noch'n komisches Wort. Weiß nicht jeder, was es bedeutet.« – »Selber eine«, rief er aus und hielt sie fest, die gerade ihr Zimmer aufsuchen wollte, damit er ungestört schlafe. »Machst mir morgen eine Verbindung mit dem alten Ruckstuhl, Kleine. Vielleicht schmeißt du mir den Laden, vielleicht krieg ich durch dich und die Arbeiterbank Zugriff zu den Thetisschiffen.«

Anneliese stand da, über ihn geneigt, die Augen strahlend schwarz geöffnet, so sehr verschlangen ihre Pupillen die bleiche Iris. »Heiratest du mich dann?« fragte sie leise.

Der ehemalige Unteroffizier Ruckstuhl strahlte, als Herr Footh, Unteroffizier Footh, von der Wirtschaftsabteilung Ober-Ost, in sein Zimmer trat. Seit wann denn die Anneliese bei ihm arbeite, fragte er, daß der alte Blüthe sie nicht schon viel früher zusammengebracht habe. – Ja, die Weimarer Schmach mit ihrer Demobilisierung hatte zahllose Bande zerrissen, alte Kameraden auseinandergefetzt, die nicht einmal das Reichsamt für Kriegsgräberfürsorge wieder zusammenbrachte, unter welchem Namen der schlaue Seeckt die Wiederherstellung der alten Stammrollen und Verbände getarnt hatte. Ja, jetzt blühte eine andere Zeit, herrschten andere Sitten, und wenn er dem einstigen Kameraden Footh irgendwie zu nützen vermochte – natürlich innerhalb der legalen Belange –, so sollte Reeder Footh nur über den Prokuristen Ruckstuhl verfügen. Solche Rede hatte Hand und Fuß – Annelieses Hand und Fuß – dachte Herr Footh, und dann begann er darzulegen, was ihn nach Berlin brachte und nicht vorwärts kommen ließ. Herr Ruckstuhl blickte prüfend drein, indes er sich anhörte, was Herr Footh schon unternommen hatte. Natürlich sollte der kleine Reeder diese Schiffe haben, nicht Woermann oder Hapag. Er brauchte nur die Verpflichtung einzugehen, sie außer als Tanker auch als Truppentransporter auszubauen, für »Kraft durch Freude« natürlich und ihre proletarische oder arbeitsfrontliche Reisegesellschaft. Diese Verpflichtung würde Herr Footh im Reichsmarineministerium unterschreiben müssen, und den Weg dorthin ebnete ihm ein Telephonat der Arbeiterbank, die schon lange in Fragen dieser Art mit Abteilung 3B zusammenarbeitete. Es mußte nur ein Grund gefunden werden, gerade den PG. Footh zu bevorzugen, wenn in Hamburg selber Mitbewerber, wie nicht zu bezweifeln war, höhere Preise bieten wollen. »Da liegt der Hund begraben«, sagte Herr Footh, »mit Woermann oder Wullenweber kann ich nicht mitbieten.« Genau in diesem Augenblick meldete sich auf dem Haustelephon eine helle, liebenswürdige Stimme, Fräulein Blüthe fragte, ob sie die Herren einen Augenblick stören dürfe, mit einem just eingelaufenen Telegramm nämlich, das sie ihrem Chef sofort vorlegen müsse. Sie trat ein, frisch und reizend, von Herbstwind umweht gleichsam, ohne falsche Schüchternheit oder Vertraulichkeit, und erntete die behaglichen, fast väterlichen Blicke des glattrasierten, grauhaarigen Herrn Ruckstuhl, der es seinem Geheimrat mit Erfolg nachmachte, jovial zu sein. »Hätte Lenz auch selber entscheiden können«, murmelte Footh mit gerunzelten Brauen. »Melden Sie hernach Hamburg an, Fräulein Blüthe, Blitzgespräch oder dringend.« Herr Ruckstuhl stellte ihm seine Apparate und einen Raum zur Verfügung, in dem er völlig ungestört seinem wichtigen Dienst an der Wehrwirtschaft nachgehen könne. »Ihr Reichsstatthalter ist unser Landsmann, meiner und Fräulein Blüthes nämlich, und auch des Herrn Propagandaministers, und wenn wir etwas fänden, was Sie über die anderen Bieter hinweghebt, lieber Parteigenosse, könnte es flecken ...« – »Hm«, machte Herr Footh, die Augen gedankenvoll in den gelbbraunen, durchschnittlichen Augen Herrn Ruckstuhls, »dergleichen könnte sein.« Fräulein Blüthe aber, bevor sie das Zimmer verließ, um nebenan das Hamburger Bureau anzurufen, lächelte vorwurfsvoll, ihr Herr Chef sollte nicht so bescheiden sein und die Fuhlsbütteler Geschichte ganz außer acht lassen. Und da entschloß sich Hans Footh zu sprechen. Er wußte genau, es war ein Wagnis; vielleicht wollte Herr Ruckstuhl an die alten Vorkommnisse nicht erinnert sein, vielleicht verdarb diese Geschichte alles. Aber da Anneliese nun einmal den Würfel geworfen hatte, legte sich Herr Footh behaglich im Sessel zurück, kreuzte die Beine, sog an seiner Pfeife und berichtete, wie er vor ein paar Wochen die Hamburger Justiz aus einer großen Verlegenheit gerettet hatte, dadurch, daß er dem

Fuhlsbütteler Zuchthausdirektor dazu verholfen hatte, endlich einen Stellvertreter für Herrn Dencke aus Magdeburg zu finden, vier Todesurteile zu vollstrecken, vier Zellen freizumachen und möglicherweise den Besuch des Führers in Hamburg zu empfangen. »Und damit halten Sie hinter dem Berg?« fragte Herr Ruckstuhl entgeistert. »Das ist ja großartig. Damit haben Sie doch beim Reichsstatthalter gewonnenes Spiel. Wenn wir das im Propagandaministerium an die richtige Stelle leiten, schlagen Sie doch jeden Bewerber. Wer war denn Ihr Ersatzmann? Kann er sich sehen lassen?« – »Ein alter Kamerad aus Litauen, der Gefreite Teetjen, wenn Sie noch wissen, wer das ist.«

»Aber wie denn nicht«, rief Herr Ruckstuhl. »Sind doch zusammen im gleichen Abteil damals nach Berlin gefahren, als mich die Unteroffiziere auf dem Fußboden schlafen ließen und ihn im Gepäcknetz.« Und er lachte schallend, klatschte sich auf den Schenkel, freute sich, daß dem Teetjen so geholfen wurde, aus den unvermeidlichen Schwierigkeiten herauszukommen, mit denen sich der kleine Mann jetzt leider abzuquälen hatte. Wo konnte man den anrufen? In Lehmkes Bierstube? Fräulein Blüthe wußte die Nummer? Wurde gemacht. Herr Ruckstuhl rieb sich die Hände und schlug Herrn Footh vor, er werde ihm die Verhandlungen im Reichsmarineministerium abnehmen oder ersparen. Eine Anleihe der Arbeiterbank vom Konto »Kraft durch Freude« zum Ankauf der drei Thetisschiffe ließ sich nicht nur rechtfertigen, sie war vielmehr geboten. Mit den Marineonkels brachte dann die Bank den Fall am besten telephonisch ins Gleiche, und Herr Footh konnte ruhig in sein Kontor zurückkehren, wo man ihn doch offenbar nur schwer entbehrte. Es werde nur nötig sein, daß er sich in ein paar Tagen beim Reichsstatthalter melden ließ und ihm zu gegebener Stunde auch den Parteigenossen Teetjen vorstellte, sobald über den Besuch des Führers von seiten der Reichskanzlei das Nötige veranlaßt wurde. »Zerbrechen Sie sich nur schon den Kopf, PG., wie Sie Ihre drei neuen Tanker benennen, damit sie in Ihre Namensliste passen.« – »Ruckäuglein« sagte Herr Footh, »Blühäuglein und ... das dritte findet sich auch.« – »Brautäuglein» dachte er, indes er aufstand.

Fünftes Kapitel
Der Mensch lebt nicht von Brot allein

Lehmkes wußten durchaus, was sie ihrem Telephon zu verdanken hatten; in früheren Zeitaltern hätten sie es einen Tempel der Fama genannt und dieser Göttin Opfer dargebracht, welche freilich die Telephongebühren inzwischen würdig ersetzten. Aber wieviel wog eine solche Monatsrechnung, verglichen einerseits mit der baren Einnahme, die für jedes Gespräch erlegt wurde, anderseits dem Gefühl, im Innern eines Nachrichtennetzes zu sitzen, auch wenn sich die verschiedenen Unterhaltungen der sichtbaren Gäste mit den unsichtbaren nicht lückenlos aneinanderfügten. Wissen ist Macht, steht in den Lehrbüchern; für Frau Lehmke aber, wie für viele Menschen ihrer Art, war Wissen auch Genuß und eingeweiht sein eine Art Orden einer Loge. »Was der Albert mit Fuhlsbüttel so viel zu tun hat … andauernd dieselbe Nummer«, sagte sie und stopfte mit blauer Wolle einen zerrissenen grauen Strumpf, den Herr Lehmke »für den Hacken« viel zu lange getragen hatte. Talergroß, dachte sie ärgerlich. »Tja«, entgegnete Lehmke, der die Zeitung las, aber dennoch mit halbem Ohr ein Gespräch verfolgen konnte, »hat doch der Wünschelrutendoktor dort zu wohnen. Gefängnisarzt möcht ich auch nicht sein.«

»Warum nicht«, fragte Frau Lehmke, »jetzt sitzt mancher, der früher nicht einmal davon geträumt hat. Sind ja so viele Betriebe arisiert worden, wie sie's jetzt nennen, die früheren Inhaber mußten erst weich gemacht werden. Was da an Steuerschiebungen ans Licht kam, Volksbetrug auf der ganzen Linie. Und die Leute bringen doch ihre Krankheiten mit ins Kittchen. Zucker, Blinddarm. ›Blinddarm, Blinddarm, du mein Vergnügen, Blinddarm, Blinddarm, du meine Lust‹«, summte sie. Frau Lehmke lebte in ständiger Besorgnis, ihr müßte bald einmal dieser überflüssigste Teil des menschlichen Systems herausgeschnitten werden. »Der Doktor will in Albert ja Talent zum Rutengänger entdeckt haben«, erklärte Lehmke, indem er den Finger, seinen kräftigen, schwarzumrandeten Zeigefinger, auf der Nachricht hielt, dem Aufsatz vielmehr, den er gerade studierte. Mußte da doch ein

Vortrag im Logensaal wiederholt werden, weil das erstemal Luftschutzübung dazwischenfunkte. Seither dicke Freundschaft zwischen Albert und dem Doktor, der übrigens ein menschenfreundlicher Mann ist. Will unsere Straße nächstens nach schädlichen Bestrahlungen untersuchen, ob unsere Betten richtig stehen und wir auch was vom Schlafen haben.«

»Alberts Betten stehen richtig«, meinte Frau Lehmke, in die Luft hineinsprechend. Ihr Gatte aber hatte keine Lust, auf das Thema Stine einzugehen, das jetzt unvermeidlich über den Wassern schwebte. »Was wir bloß machen werden, wenn uns die Sowjets nicht gutwillig die Ukraine herausgeben, das Donetzbecken und die Häfen am Schwarzen Meer, damit wir uns das Öl aus Baku selber holen können?« – »Ist doch alles Quatsch«, schimpfte Frau Lehmke, »brauchen die Russen doch alles selber, haben doch hundertfünfzig Millionen Menschen zu versorgen oder noch mehr.«

»Wenn aber der Parteitag dem Adolf zujubelt, wie er das verkündet? Wo wir doch versäumt haben, uns das im vorigen Krieg abtreten zu lassen, wo wir doch Brest Litowsk schafften und Max Hoffmann mit der Faust auf den Tisch kloppte. Hätt'st du Appetit auf einen zweiten Weltkrieg, Alte?« fragte er plötzlich, die Stimme senkend. »Nicht ganz bei Troste?« fragte sie scharf zurück. – »Weil nämlich Alberts Rutengängerei auch nicht bloßer Sport sein soll. Minen suchen, zur See wie zu Lande, soll ein Reichswehronkel schon beim ersten Vortrag ausgeplaudert haben.«

»Na, denn man tau«, sagte Frau Lehmke und schwenkte die gestopfte Socke ihres Gatten durch die Luft. »Das Blaue hier soll dir klarmachen, Lehmke, daß man seiner Frau Arbeit spart und dem Staate Strickwolle, wenn man es erst gar nicht so weit kommen läßt wie du hier. Sparsamkeit und Nächstenliebe treffen allemal zusammen.« – »Tja«, sagte Herr Lehmke und zog ein zerknirschtes Gesicht, »darum verschmelzen sie ja auch schon Betriebe, wo früher Konkurrenz die Seele vons Buttergeschäft hieß. Scheint, daß die Thetisreederei durch Alberts Freund, Herrn Footh, arisiert werden soll. Muß doch mal, wenn Redakteur Vierkant heute abend hier sein sollte, nach dem Bissen forschen. Wenn das dem Footh was bringt, läßt er vielleicht Alberten auch was abhaben.«

»Wieder was abhaben«, meinte Frau Lehmke. »Das mit der Erbschaft aus Helgoland glaubt doch höchstens ein Schäfchen wie Stine. Aber Zaster liegt jetzt bei Teetjens, Fernanruf mit Voranmeldung aus Berlin, da gibt's nichts zu tippen. Braune Schuhe«, sagte Frau Lehmke, »im Oktober.«

»Sollen ja diesmal am neunten November den Führer hier haben«, las Herr Lehmke aus der Zeitung vor, unbeteiligt das gedruckte Blatt ins Licht haltend. »Hamburg muß entschädigt werden dafür, daß der Duce für uns keine Zeit hatte. Adolf Hitler spricht in Finkenwärder zur Arbeiterschaft, beim Bau der neuen Elbhochbrücke. Fliegt dann, hast du nicht gesehen, nach München und feiert den Jahrestag, wie sich's gehört. Jahrzeit, würden es die Juden nennen. Du weißt doch noch, wie Samuels ihr Lichtchen ansteckten, das in einem Korkschwimmer auf Öl schwamm.«

»Weil sie zwei Söhne im Krieg verloren hatten. Dafür sitzt er ja nach wie vor in seiner Kartonnagenfabrik und fabriziert Bierdekkel.« – »Zwei ist ja auch ein bißchen happig fürs Vaterland. Was übrigens das Dritte Reich ohne Flugzeuge ausrichten sollte, das weiß der Himmel. Wilhelm hieß ja der Reisekaiser, weil er bald hier, bald da war und ne Rede vom Stapel ließ. Aber verglichen mit den Rettern aus der Weimarer Schmach, war das ja bloß Murks. Rede in Hamburg, Rede in München ...« – »Bade zu Hause«, ergänzte Frau Lehmke bissig, indem sie einen Werbespruch an Lehmkes Feststellungen hängte, der in ihrer Jugendzeit Mode geworden war und »Wasche mit Luhns, denn viele tuns«, fügte sie hinzu, die beiden Socken zum Knäuel einrollend, es war dies aber ein Reklamewort, das vor 1914 die Autobusse in großen Lettern durch Hamburg spazieren gefahren hatten.

Ja, Dr. Laberdan hatte Albert Teetjen anläßlich seines zweiten Vortrages nicht nur zur Prüfung angenommen. Der Mann mit den hellen, verschwimmenden Augen war ihm gleich begabt erschienen, noch am selben Abend hatte er sich aber bei näherer Begutachtung auch durch den Vorsitzenden des Reichsverbandes, nicht nur der Ortsgruppe Hamburg, als hervorragendes Material zum Rutengänger herausgestellt. Man prüfte das, indem man ihn in einem Korridor des Fuhlsbütteler Krankenhauses, der mit Linoleum ausgelegt, also einigermaßen abgedichtet war, die Augen verbunden, an verschiedenen Metallgegenständen vorüberführte, die gegabelte Rute mit nach außen gebogenen Enden und vorwärts weisendem Stiel in den festgeschlossenen Fäusten, die Handrücken nach unten gekehrt. (Über die Art zum Rutengehen anzutreten, gab es bereits Parteiungen und Streitfragen, die sich alle auf die Haltung der Unterarme bezogen.) Erstaunlich nun, besonders für Albert, blieb die Tatsache, daß zu mehreren Malen die Rute in seinen Händen selbständig wurde. Unabhängig von seinem Willen, zu seiner Bestürzung nahezu und seinem freudigen Entzücken, fühlte er, wie ihr vorwärtsweisender Hauptast hinabschlug, dem Fußboden zu, während der ehemalige Magnetiseur und Heilgehilfe ihn am Tuch seines Ärmels vorwärtsführte. Hilflos und ohne Willen war Albert vorwärtsgetappt wie vor Jahrzehnten als Kind beim Blindekuhspielen; er hatte seinen Übermut längst verwünscht, geglaubt, man werde seine Nervenkraft oder seine Muskeln prüfen, und sich gleichsam in den Boden hinein geschämt, daß er, Albert Teetjen, ein Rottenführer der SS., sich zu solchem Mumpitz hergab. Blaugraues Linoleum war der letzte Eindruck der sichtbaren Dinge an jenem Sonntagvormittag gewesen. Dann Dunkelheit und Ärger. Als die Rute zuckte, indem sie seine Fäuste mit herunterdrehte, war er geneigt gewesen, an Zufall zu glauben. Ermüdung oder Krampf. Aber der Mann neben ihm sagte mit seiner belegten Stimme: Eisen. Bald danach: Wasser, und dann nach längerer Pause: Gold, Doktor, sehen Sie? Und er löste Alberten die Augenbinde: zu seinen Füßen lag, geringelt wie eine Schlange, eine dicke, goldene Uhrkette, aus der amtlichen Juwelenankaufstelle zum Schätzungspreis erstanden. Daß ein Unbekanntes über seine, Alberts, Muskeln verfügte, setzte ihn in fassungsloses Staunen. Er trug also einen Magneten in sich, zweiundvierzig Jahre schon, der durch seinen ganzen Körper ausgebreitet war, verästelt mit seinen Sehnen und Nerven. »Nun haben wir ja das schlechte Wetter, wie Sie sehen«, hatte Dr. Laberdan gesagt, als sie zu dritt in seinem Arbeitszimmer saßen, und der Regen aus niedrigem, grauem Himmel unter fauchendem Geheul des Seewindes auf Scheiben und Fensterblech prasselte. »Schade, daß Sie so einen unbehaglichen Heimweg haben, Herr Teetjen.« (Irgend was Bekanntes ist an dem Mann, dachte er zwischendurch, weiß der Teufel, wo er mir mal auffiel.) »Eine so schöne Gabe wie die Ihre will freilich geübt werden. Sie haben sicherlich nicht gedacht, als Meister vom Himmel zu fallen. So etwas kommt nicht vor, auch wenn's in den Geschichten steht. Lassen Sie sich doch zu Hause in Ihrer Wohnung, meine ich, metallene Gegenstände unter dünnen Geweben verstecken, und prüfen Sie Ihre Reaktionen auf die verschiedenen Stoffe. Im Laufe der Wochen werden sie immer ausgesprochener werden. Sie haben ein feines, ein seltenes Geschenk von der Natur empfangen, Herr Teetjen, bilden Sie es aus zum Wohle unseres Volkes, früher hätte man gesagt, zum Wohle der Menschheit.« Das war nun wieder der Vorstand gewesen, der zu einer gewissen Salbung neigte, wie es Albert schien. Aber er verabredete mit Dr. Laberdan eine Fortsetzung dieser Experimente, wenn er sich, wie er sagte, aus diesem jungen Hundestadium ein bißchen emportrainiert haben würde, und wollte auf keinen Fall die Wintermonate nutzlos verstreichen lassen, damit sie im Frühling, sobald das Wetter wieder menschlich würde, im Gelände, unter gleichsam natürlichen Bedingungen, üben und Alberts Gaben erproben könnten. Wenn einer schon auf eine Uhrkette oder auf ein Schälchen mit Wasser hin seine Handgelenke umgedreht fühlte, was würde sich erst einstellen, wenn unter seinen Füßen sich eine natürliche Wasserader oder ein Landtorpedo verborgen fand. Konnte ja schönes Theater geben, dachte er im Heimfahren stolz, Stine würde mancherlei zu staunen kriegen. Ihr Albert war nicht der erste beste. Gerade sie hatte das ja immer gesagt, oder es ihm mindestens zu verstehen gegeben; jetzt aber fühlte er sich selber auf gewisse Weise herausgehoben aus dem Durchschnitt. Er machte sich die nächsten Tage allerhand Gedanken über die Art, wie ein so merkwürdiger Vorgang, eine solche Gabe wohl zu erklären war, kam aber zu keinerlei Ergebnis. Er hatte eben zu wenig gelernt und viel zu wenig gelesen, in der Schule auch nicht richtig aufgepaßt, es war ja auch nicht sein Fach gewesen, gar nicht seine Art, hinter Büchern zu sitzen. Nach seiner Verheiratung hatte das die Stine besorgt und vorher eben niemand. Da kannst nix machen. Es gab Menschen, die auf den Viehhof gehörten und in die Schlächterei und andere für Bücherstuben und Leselampe. Tom Barfey beispielsweise war für das letztere geboren. Wenn Albert seiner Gabe sicher war, würde er dem Jungen mal ein paar Proben vorführen und ihn dann fragen, woran das eigentlich liege. In dem Vortrag von Dr. Laberdan war von Erdmagnetismus die Rede gewesen, so als ob da jeder wüßte, was das heiße. Albert aber wußte es nicht. Daß Eisen magnetisch war und daß es irgendwo im Ozean einen Magnetberg gab, dem die Schiffe angstvoll auswichen, weil er aus den hölzernen Seglern die Eisennägel zog, das hatte er irgendwo gelesen. Wie sich freilich unsere modernen Eisenschiffe einer solchen Gefahr gegenüber benahmen, konnte er sich nicht recht ausdenken. Wahrscheinlich waren ihre starken Maschinen eine Bürgschaft selbst gegen die Anziehung eines solchen Magnetberges. Darüber konnte er niemanden besser ausforschen als, wenn sie einander wieder einmal begegneten, den Kameraden Footh, der es von seinen Kapitänen aus erster Quelle erfuhr. Natürlich war etwas mit der Schiffahrt, der Magnetnadel und dem Nordpol los, sonst konnte der Kompaß ja nicht immer nach Norden zeigen. Wenn solch eine Wünschelrute etwas Kompaßähnliches war? Man müßte über die Erde besser Bescheid wissen, nicht bloß mit einem Spazierstock in Maulwurfslöchern stochern.

Zu Hause hatte es Stine schwer, sich in das neue Hantieren zu finden. Plötzlich sollten messingne Waagschalen auf dem Fußboden stehen dürfen oder irdene Töpfe mit Wasser, damit ihr Albert seine Wünschelrutengabe übe. Es war ja fast nicht zu vermeiden, daß eine beschäftigte Hausfrau solch ein Gefäß einmal umstieß oder in die Waagschale trat, wenn sie zwischen Küche, Schlafzimmer, Laden und Remise hin und her zu sausen hatte. Ging dann irdenes Geschirr zu Bruch, wer kam für den Schaden auf? Der Dr. Laberdan doch keineswegs und der Herr von der Reichswehr auch nicht, der sich, wie Albert sagte, für diese Übungen interessierte. Keinesfalls konnte man, wenn man Bohnen auf dem Feuer hatte, immer daran denken, daß unter dem Küchenläufer ein Messer versteckt lag oder unter dem Bettvorleger ein Beil – das Beil. Wie leicht konnte man sich einen Stich in den Fuß holen bei den dünnen Hausschuhen, die man trug, oder den

Filzpantinen im Winter. Aber ein Wunder war es doch, was da mit Alberts Händen vor sich ging – wie etwas die Muskeln zusammenzog oder hervordrehte – nicht zu sagen. Von Erdmagnetismus konnte doch da keine Rede sein. Den hätten wir Durchschnittsmenschen auch schon irgendwie spüren müssen. Es war was anderes, was Geheimnisvolleres, das sich ihres Albert hier bemächtigte. In früheren Zeiten hätten die Leute gewußt, wie es zu benennen. Damals, als Religion noch Trumpf war, der liebe Gott die Herzen regierte und der Teufel sie versuchte, da wäre solch eine Wünschelrute schnell als Hexerei erkannt worden, als Zauber und verbotenes Teufelswerk. Heute aber war man aufgeklärt, von Gott sprach niemand mehr in einer öffentlichen Versammlung, die Leute lachten über all die Einfältigen, die ihre Sonntagspredigt brauchten, um glücklich zu sein. Die Kinder lernten weder mehr die herrlichen Choräle – Nun danket alle Gott, Wie schön leuchtet der Morgenstern, O Haupt voll Blut und Wunden – noch hatten sie ihren Katechismus am Schnürchen. Die Größeren wurden an Blutvergießen gewöhnt, zum Schlachten von Schweinen und Geflügel klassenweise herangeführt – selbst in Stunden schweren Regens, die in warmen Schulstuben weit vernünftiger verbracht worden wären ... Nein, das Dritte Reich bot Rätsel genug, man brauchte nicht noch das Erdinnere aufzustöbern und sich die Augen mit Büchern zu verderben. Lesen war schön, Geschichten erzählen noch viel schöner, Großmutter Geisow hatte allerlei von Schäfern gewußt, von Erscheinungen, vom zweiten Gesicht und Spökenkieken. Selbst in ihrer Familie habe es dergleichen gegeben. Aber der Enkelin Stine hatte sie nichts von solcher Gabe vererbt, in ihr war alles einfach, verständig, durchsichtig, sonnenklar. Nein, an Stine prallte das Teufelswerk wirkungslos ab – mochte Albert sein Beil, das verwünschte Handbeil, noch so sorgfältig unter den Teppich legen und seine Handgelenke sich verdrehen fühlen, wenn er daran vorüberkam und die Hexenrute, Haselrute, sich vor der Blutaxt wild verdrehte, verneigte.

»Zauber, Zauber geh vorbei
Pfaffentrug und Hexerei
Teufelsgold und Zauberstrahlen
Mußt du später teuer zahlen
Alles, was die Hexe spricht
Laß in deine Ohren nicht
Daß dir nicht das Herze bricht,
Bet zu Jesu Malen ...«

Die Verse, aus Großmutter Geisows Gesangbuch, hafteten offenbar fester an ihr, als sie je erwartet hatte. Aber das schadete nichts. War mehr wert als das Horst-Wessel-Lied und all der Plunder, den sie jetzt sangen und von dem Lehmkes Fensterscheiben klirrten, wenn sie einmal nachts hinüberschlich, weil Albert solange ausblieb.

Im Kreise seiner Kameraden wurde Albert wegen seiner Meldung und Eignung zum Wünschelrutendienst hoch eingeschätzt. Sturm Preester rechnete es sich zur Ehre an, für den gefährlichen Beruf eines Minensuchers im möglicherweise kommenden Kriege mit den Russen einen Mann zu stellen, der dem grauen Rocke schon einmal Ehre gemacht hatte und das wiederholen würde. Es galt schon nicht als Kleinigkeit, wie die Väter der jungen Leute erzählten, mit Handgranate und Bajonett durch feindliches Trommelfeuer gegen eine Stellung anzurennen: die Schriftsteller seit der Machtergreifung schwelgten ja in Kriegsgetöse und Schlachtenlärm – komisch nur, daß nichts von ihrem Heldentum nachklang, wenn man das Buch in die Leihbibliothek zurücktrug. Die jungen Leute, die hier saßen an den verschiedenen Tischen in Lehmkes Hinterzimmer, in schwarzen Waffenröcken, mit blonden, kurzgehaltenen Scheiteln und kalten, unerfahrenen Augen, hatten ihrerseits noch nichts erlebt, was für sie gefährlich gewesen wäre. Sie hatten immer nur mit unbewaffneten, wenig gedrillten Gegnern zu tun gehabt, denn die roten Kampfverbände waren ja schon vom Weimarer System aufgelöst und unterdrückt worden. Zwar mußte sich auch die SA. zeitweise tarnen, aber hinter ihr lauerten Partei und Reichswehr, bereit, sie zu decken, wenn jemand ihre »aufgelösten« Abteilungen am Sonntag mit Waffen exerzieren ließ. Aber nun war das ja alles schon Geschichte – nicht der »Bewegung« allein, sondern des ganzen deutschen Volkes; man brauchte nicht mehr darin zu buddeln, um große Taten zu finden. Die standen ihnen noch bevor, den Herren zukünftiger unterworfener Völker der Minderwertigen, die mit ihrem Nationalkram und Sozialismus das ganze neunzehnte Jahrhundert versaut hatten. Diesen Liberalismus ermöglichend, in dem selbst Juden Barone werden konnten, in allen Herrenhäusern mitsitzen und mitbeschließen, während gleichzeitig ihre Hetzer und Abgesandten, der Bolschew, der Radek, der Lenin-Trotzki, die Massen der Arbeiter dumm machten unter dem Vorwande, die Weltrevolution werde ihnen das Heil bringen. Adolf Hitler und seine Paladine würden Zeit und Ort bestimmen, an denen der Endkampf um die Zukunft begann und in welchem der deutsche Michel mit hochgerecktem Schwert sich auf den Erzfeind stürzte, die natürliche Ordnung wiederherstellend, in welcher der Wohlgeratene den Schlechtgeratenen unterwarf, ihm die Last des Lernens, Lesens, Schreibens abnehmend und ihn jener nützlichen Arbeit zuführend, für die allein Polen, Slawen, Russen geschaffen waren. Einen solchen Vortrag improvisierte Kamerad Vierkant zu Ehren Albert Teetjens, der sich jetzt schon offen in die Front der Zukunft einreihte. Eine Lage Köhm war der Gefeierte darauf genötigt zu schmeißen, aber das konnte man nicht umgehen und wohl verantworten. Und wenn man überlegte, was Vierkant nachher noch erzählte, würde auch Stine mit dieser Ausgabe einverstanden sein.

Er berichtete nämlich, vor einer Woche sei einer der Schulkollegen und Studienkameraden vom Auslandsinstitut auf Urlaub nach Hamburg zurückgekommen. Der saß beim Generalkonsulat in Kairo, in offizieller Stellung als mittlerer Beamter, aber seit langem auch als leitender Funktionär der Partei. Und die hatten schon seit Jahren begonnen, aus Freude an der Natur selbstverständlich, ihre Sonntage zu Autoausflügen in die Wüste westlich der ägyptischen Grenze zu verwenden. Wenn da ein Wünschelrutenmann wie Kamerad Teetjen zur Verfügung gestanden hätte. Im Wüstenkrieg war Wasser ein ebensolcher Trumpf wie Munition, und zwar schon seit Urzeiten. Nun, unsere neuen Freunde, die Italianissimi, hatten es übernommen – es aber freilich noch keineswegs geschafft – die Abkehr Ägyptens von der englischen Zwingherrschaft erst diplomatisch, dann militärisch einzuleiten. Der junge König würde denjenigen Dank wissen, die ihn dem bewunderten Duce näherbrachten, während anderseits gewisse Aktienpakete des Suezkanals aus den falschen Händen in die richtigen Hände rutschen mußten, in unsere Hände. Dann würden im gegebenen Falle deutsche Truppenkörper von den Balearen oder von Südspanien in Tripolis oder gleich in Libyen, der alten Cyrenaica, auftauchen und den Engländern, was hatten sie denn dort zu suchen, die ägyptische Wohnung kündigen. In ihrem ungeheuren Dünkel vermuteten sie ja nichts Böses, und wenn italienische Schiffe in allen Häfen, auch des östlichen Mittelmeeres, Heimatrechte gewannen und die Flugzeuge der Ala Littoria von Aden bis hinauf nach Rhodos den Flugdienst immer mehr an sich zogen, so war das eben eine Folge italienischer Qualitätsarbeit und Pilotentüchtigkeit, denen die Engländer nichts Gleichwertiges entgegensetzen konnten. Hatten sie doch die wichtige Route nach Karachi, Indien, den Holländern überlassen müssen. Alles echt liberal, echt demokratisch, schlafe mein Kindchen, schlaf ein. Für Kamerad Teetjen aber, und seine Gattin besonders, würde die Idee, im Wüstensande nach Wasser zu suchen, nur angenehm sein, verglichen mit dem Stapfen durch Schneefelder, wo unter seinem Stiefel jederzeit tückisch verborgene Minen aufflogen und dir das Bein abrissen. Also, Heil Afrika, Kamerad, und darauf Prosit. Albert sonnte sich in der Beachtung, die er jetzt auf Vorschuß nahm, und schmunzelte: Liebe Leute, wenn ihr erst wüßtet, was ich schon hinter mir habe! Daß auch der alte Ruckstuhl aufgetaucht und durch seinen Geheimrat so hochgebracht worden war, gab ihm gleichsam ein breites Brett unter die Füße. Eine gute Zeit war angebrochen, eine bessere und beste. Man konnte all den Schnack wohl einstecken, ohne unbescheiden zu sein; er kam ja an die richtige Adresse, wenn auch Inhalt irrtümlich. So als hätte jemand ein Dutzend Wiener Würstchen bestellt und bekäme Blut- und Leberwurst eingewickelt, weil wir frisch geschlachtet hatten. Aber prima Ware, und er läßt sie sich schmekken.

Das Geschäft hatte sich wesentlich erholt – wie Albert sagte, der Schornstein rauchte. Einerseits war mit Eintritt der kälteren Jahreszeit das Verlangen nach Fett und Fleisch merklich gestiegen, anderseits machte diktatorische Herrschaft hellhörig für gewisse Unterströmungen, deren Tragweite sie richtig einschätzte. Das Stimmungsbarometer in Hamburg stieg, weil aus Ungarn und Rumänien Mastschweine einströmten, und das Reich hatte die Erlaubnis zu solchem Import gegeben, weil die beiden Balkanstaaten große Bestellungen an rollendem Material für ihre Eisenbahn dafür tätigten; so hieß es im Rundfunk. Es war alles Politik, sollte sich der Hörer sagen, und er sagte es sich auch – Hitlers großartig leichte Hand, mit der er gleichzeitig alte Lokomotiven in junge Schweine verwandelte und gute Schienenwege besorgte, falls Deutschland einmal Truppenmassen über den Balkan rollen lassen mußte, der Türkei oder Italien zu Hilfe … Albert verstand die Kunst des Wurstmachens aus dem FF, aber Stine in aller Unschuld ebenso gut die der Kundenwerbung, des Kundenfangs, wie Albert sagte. Die Frauenorganisation der Partei hatte von großen Verlagshäusern gelernt, Blätter für die Hausfrauen der verschiedenen Bezirke zu verbreiten, die im allgemeinen für Wandsbek, Altona, Barmbek oder Hamburg die gleichen Artikel, Kochrezepte, Strickmuster, Kreuzworträtsel und rassischen Ermahnungen enthielten, hingegen Anzeigen in wechselnder Zusammenstellung für die einzelnen Stadtteile, was sich ja von selbst versteht, wenn man die moderne Großstadt und ihre durchaus verschiedenen Bevölkerungen und Lebensformen einigermaßen kennt. Für die drei Beks, wie Redakteur Vierkant es ausdrückte, Eilbek, Barmbek und Wandsbek, erschien eine Wochenzeitung, in der gereimte Anzeigen den Leserinnen besonderen Spaß machten und sich ihnen unweigerlich einprägten.

»Alle Frauen, alle Mädchen
Kaufen Wellwurst nur bei Teetjen«

stand da seit Anfang Oktober zu lesen, nicht ohne nähere Angaben: Richard-Wagner-Straße 17, dazu die Liniennummer der Elektrischen und der Hochbahnhaltestelle. Diesen Vers hatte Stine angeregt und mit wem verbrochen? Mit Tom Barfey, der sein Honorar in Naturalien empfing oder in Gottesgaben, zu denen auch gehörte, daß ihm Stines Hand durch die Haare fuhr und er seinen Mund in die Beuge ihres Ellenbogens pressen durfte. Albert hingegen behauptete, Stine sei dieser Vers selbst geglückt, wie sie ja auch jenen Brief an Kamerad Footh verzapfte, mit dem alles, und auf so heilsame Weise, angefangen hatte. In den Vierlanden, wie eine Marschlandschaft nach dem Sachsenwalde zu heißt, kannte sie von früher noch Hofbesitzer, die an jüdische Firmen Gänse lieferten; Frau Apotheker Plaut, die Schwester des Rabbiners Dr. Samuel, hatte mit solchem Import der Schlachtgesetze wegen zu tun gehabt, die bei den Juden besonders streng und altmodisch gehandhabt wurden, zur Vermeidung möglichen Blutgenusses. Daß diese Geschäftsverbindung noch gestattet war, hielt Stine für unwahrscheinlich; trotz unwirtlichen Regens fuhr sie mit Albert eines Sonntags früh hinaus, und als sie zurückkamen, durchnäßt und sehr vergnügt, hatten sie für die zweite Novemberwoche eine vorteilhafte Lieferung von wohlgenährten Martinsgänsen abgeschlossen – fettspendenden Mastvögeln, die zum Geburtstag des großen Reformators auf den Tisch kamen, seit Menschengedenken, und zu deren Kauf ein Vers einlud, den wiederum Stine angefertigt haben sollte:

Zum Luthertag im Lichterglanz
Prangt auf dem Tisch die Martinsgans
Gefüllt mit Äpfeln und Kastanien
Von Hamburg bis nach Spanien.

Ganz groß aber blühte das Teetjensche Ansehen selbst im weiteren Umkreise auf, als sich von Lehmkes aus die Nachricht verbreitete, Albert Teetjen, als zukünftiger Rutengänger, werde am neunten November dem Reichsstatthalter, ja vielleicht sogar dem Führer vorgestellt werden. Wer von ihnen war schon von Berlin aus angerufen worden, vom Prokuristen der Arbeitsbank? Daß der Reeder Footh all diese Auszeichnungen vermittelte, der mit Teetjen schon im Weltkriege zusammen gefochten, machte beiden Ehre; es bewies, wie das Dritte Reich den Unterschied zwischen Ständen und Vermögen abschliff, und daß es nur der Wert des Mannes sei, der zählte. In der Richard-Wagner-Straße gab es ja auch Stimmen, die dem Teetjen eine solche Erhöhung nicht gönnten und von Klassenherrschaft sprachen, die sich im Kern nicht geändert habe und der ein kleiner Gewerbetreibender wie Schlächter Teetjen die kalte Schulter hätte zeigen müssen; sicherlich sprang für den Footh dabei etwas Reales heraus – für Teetjen gute Worte, für ihn aber bares Geld. Dennoch steigerte dieses Gerede die Käuferzahl in Teetjens Laden; die Türschelle klingelte öfter, die Registrierkasse auch, Suppenfleisch, Karbonaden oder Kochwurst wurden in Pergament oder weißes Papier eingewickelt, und Frau Stine hatte für jeden Kunden einen freundlichen Blick oder ein nettes hamburgisches Wort, das die Bekömmlichkeit der Speise erhöhte. Zudem hatte das Winterhilfswerk eingesetzt, neue Laufkundschaft in die Straße bringend, mancher SA.-Mann holte sich ein Stück Knoblauchwurst zu einem Schmalzbrot oder seiner Margarinestulle, und ein Asternstrauß im Schaufenster wirkt besser, wenn die Nachbarn sehen, daß die Schmutzspuren von der Straße auf der Ladenschwelle nicht trocken werden. Gute Zeit war bei Teetjens eingekehrt, guter Schlaf, elastischer Gang, und da der Mensch nicht vom Brote allein lebt, führte Albert seine Stine am Samstagabend sogar ins Theater, wo sie ein lustiges Gesangsstück, »Die Husarenbraut«, hörten, in dem der olle Zieten und selbst der alte Fritz auftraten und die Polen oder die Russen verulkt wurden; Stine wußte nicht mehr genau, wer, als sie, nach herzlichem Lachen müde, daheim ihre Haare auflöste. Jedenfalls hatte der Held großartig gesungen, und es fehlte nur, daß auch ihr Albert eine Tenorstimme in sich entdeckte, um so vollkommen zu sein wie jener Rittmeister. Das war viel schöner gewesen als der Wünschelrutenabend, und das Sitzen in einem menschenvollen Haus mit riesigem Parkett, Kronleuchtern und vielen Rängen bereitete schon ein Fest für sich. Man gehörte dazu, war einer von gleichen, fühlte sich eingebettet in die große Volksgemeinschaft – ganz so wie sie es dem Albert mal gesagt, keiner ist allein. Wann war das doch gewesen? Nicht an dem Unglücksabend, wo ihr einfiel, dem Footh zu schreiben; aber wie kam sie denn darauf, diesen Anfang ihres Aufstiegs, der guten Zeit, einen Unglücksabend zu nennen? Was war ihr denn da ausgeglitten? Glücksabend mußte er heißen, der Abend, an dem sie mit Papier und Tinte anfingen, sich aus der Tinte herauszuarbeiten. Dumme Stine, armes Schaf. Gottlob, daß der Albert nicht merkt, daß du eines bist, und sich über dich werfen wird mit seiner ganzen Kraft und Herrlichkeit, wenn diese verdammte Auszieherei beendet und das Licht gelöscht ist.

Wie ein Unglück selten allein kommt, können sich auch die Glücksumstände truppweise einstellen. Herr Footh kam aus Berlin zurück, fuhr bei Teetjen vor, die Arme voll Winterrosen für Frau Stine – Anneliese Blüthe hatte darauf bestanden, Herrn Ruckstuhls Abschiedsstrauß, ehe er ganz verwelke, mit Frau Teetjen zu teilen – und in einem von Rosenduft erfüllten und mit gutem Zigarrenrauch geschwängerten Wohnzimmer verkündete Herr Footh feierlich: Herr Ruckstuhl lasse grüßen, und Albert Teetjen werde nicht nur am ersten November dem Reichsstatthalter, sondern am neunten auch dem Führer vorgestellt werden! »Mit geputzten Stiefeln, min Söhn«, hatte Herr Footh schmunzelnd hinzugefügt, und zu Frau Stine gewendet, die mit der Kaffeekanne und eilig geholtem Blätterteig – Bäcker Lakerde, Wandsbeker Chaussee, war dafür berühmt und lieferte ihn die ganze Rotebaumchaussee hinauf, wo die reichen Juden wohnten – den Nachmittagstisch deckte: »Passen Sie nur auf den Jungen auf, Frau Teetjen, daß er keine Dummheiten macht. Vor dem zehnten darf er sich nicht besaufen, aber am zehnten wollen wir es dann um so gründlicher besorgen, all tosammen.« Worauf Frau Stine versicherte, daß ihr Albert schon auf sich selber achte und niemandem keine Schande machen werde, wie er es ja schon bewiesen, und H. P. Footh, während er in diesem kleinbürgerlichen Hinterzimmer, wo man wohl oder übel schon um vier Uhr Licht brennen mußte, Kaffee trank und sich es eigentlich recht wohl behagen ließ, musterte das Ehepaar und gab sich zu, es ließ sich mit ihnen jetzt ein gut Stück Geld verdienen. Der Ankauf der Judenschiffe wurde von Ruckstuhl dem Steuerzahler zugeschoben, der Reichskasse nämlich und der Arbeitsfront. Da konnte man diese beiden hier wohl zum Kinderkriegen ermutigen. Solch gute Rasse, brauchbare Unteroffiziere, mußte sich fortsetzen. Die zweitausend Emm als Betriebskapital lagen offenbar in verständigen Händen. Herr Footh hatte in das Geschäft RM. 7.80

investiert und jetzt drei Tanker dafür eingehandelt – das ließ sich sehen, hören und schmecken. Solch Handgelenk eignete nicht einem jedem, mein lieber Mann! Zu Weihnachten mußte es für Albert zu einem Zigarettenetui, für Stine zu einer Handtasche langen, beides aus Silber. Aber der Rebbach, wie der geköpfte Isaak gesagt hätte, ließ sich ja in Prozenten kaum ausdrücken, wenn die Transaktion gelang, der Reichsstatthalter nicht zuviel Rahm abschöpfte oder die Bendlerstraße dazwischen funkte. Aber warum sollte sie eigentlich? »Wo haben Sie bloß den Blätterteig hergezaubert, Frau Stine? Werden mir doch nicht einreden, daß der bei Teetjens auch an Wochentagen wächst.« – »Daß er Ihnen man schmeckt, Herr Footh. Und eine Frau Footh ist ja leider nicht da, zu schimpfen, wenn er Ihnen zu gut anschlägt.« – »Woher wissen Sie das, Stine? Was heute noch nicht ist, kann morgen immer werden.«

Am ersten November unter einem hohen, gegen den Regen mit Segelleinen abgedeckten Gerüst, tat der Reichsstatthalter die ersten feierlichen Spatenstiche zur Aushebung einer neuen Baugrube für die Elbhochbrücke, diesesmal in Finkenwerder. Drohend und graugelb, mit kleinen weißen Schuppenkämmen, wälzte sich die Elbe auf beiden Seiten der Insel vorüber, ein ungeheurer und gefährlicher Lindwurm, der sich begierig, wohl drei Kilometer breit, auf die Nordsee stürzte, ihr seine Wassermassen von der Schneekoppe her zutragend, dem Rübezahlschen Riesengebirge. Und doch sollte sie sich jetzt dem Willen des Führers unterwerfen, der Macht des neuen Reiches. Zwar hatten die Tiefbaufachleute nur widerstrebend nachgegeben, behauptend, ohne Felsuntergrund sei nichts zu machen. Der Genius dieses Reiches aber, den die Vorsehung nicht umsonst dem deutschen Volke beschert, würde seinen Wunsch erfüllt sehen, dieser Insel hier festen Fuß für einen Pfeiler bieten, den der Reichsstatthalter würdig inaugurierte. So, in seinem rheinländischen Tonfall, trug es der oberste Beamte des Staates Hamburg vor, so hatte sein Kulturdezernent ihm die Rede aufgesetzt, und nur der Sturm war aus dem Stegreif gekommen, der die ganze Feier gleichsam unwirsch zur Kenntnis nahm. In Regenmäntel gehüllt, mit hochgeschlagenem Kragen, die klammen Hände in Lederhandschuhen, erledigte man die Zeremonie, eilig wieder in Deckung zu kommen, ins Trockene und Behagliche, in die Wagen. Daher war Herrn Footh nur eine kurze Minute beschieden gewesen, Herrn Teetjen ein anerkennender Blick, ein Händedruck und die Frage, ob es ihm rechten Spaß gemacht habe, die Hochverräter abzufertigen. Albert hatte nur Zeit gehabt, die Hacken zusammenzuschlagen und sein »Jawohl, Exzellenz« herauszuschmettern. Ein Prachtkerl, alles in allem, wie der hohe Beamte sich später anerkennend ausdrückte. Albert war ein wenig enttäuscht in Herrn Fooths Cabriolet geklettert, der Regen hatte ihnen den Spaß versalzen. Aber es war ja nur das Vorspiel zum Eigentlichen, und mit Regen mußte man in Hamburg doch immer rechnen. In der Wagnerstraße würde Albert Teetjen dennoch Held des Tages sein und von seinen Martinsgänsen kaum eine für den eigenen Gebrauch zurückbehalten.

Der Fortgang des Novembers brachte diesesmal kälteres Wetter, aber trockeneres; er zeigte sich dem Führerbesuch recht günstig. Hamburg im Flaggenschmuck des Hakenkreuzbanners nahm sich sonderbar aus; die riesigen blutroten Fahnentücher leuchteten dumpf und stark in der feuchten Luft dieser grauen, emsigen Stadt. Alle Glocken läuteten, als SA.-Kolonnen, SS. und Reichswehrinfanterie durch die Hauptstraßen marschierten und Kinder, Ehrenabordnungen der Schulen ihrem Freund und Förderer entgegenwarteten, Blumensträuße in den Händen. Vom Reformationsfest her, letzten Sonntag, schmückten noch Teppiche die Kirchenportale von St. Michaelis und St. Petri, und manche Pfarrgemeinde hatte Kränze aus Tannennadeln bestellt, um ihr Gotteshaus feierlich zu bereiten; das kam nun auch dem neunten noch zugute, diesesmal wenigstens. Astrologen, wie der Chef der Wünschelrutengänger, waren von jeher überzeugt, daß der November immer um die Gegend des neunten Konstellationen für Staatsumwälzungen lieferte, was er in der französischen, russischen und schließlich auch in der deutschen Revolution bewiesen hatte. Selbst in der englischen spielte er seine trübe Rolle bei der Flucht König Karl I. nach Schottland, aber weiter nicht; die Engländer mußten eben immer etwas Besonderes haben. Geschützsalven, kreisende Fliegergeschwader, ein mutiger Jubel des Volkes begrüßten den Führer Hitler, als er vom Flugplatz her erst eilig, dann ganz langsam durch das Gewühl der City steuerte, dies heute rein festliche Gewühl. Mit seinem gewinnenden, offenen Gesicht saß er bloßen Hauptes im ungedeckten, schweren Mercedes und ließ sich bejubeln, und die Hamburger taten es, wie es die Einwohner jeder Stadt dieser Erde beim Einzug eines so mächtigen Herrn getan hätten. Der da war ein Mann aus ihrer Mitte, nach ihrem Herzen ein Sinnbild ihrer eigenen Kraft, der sich den Weg von ganz unten bis ganz oben in die Gesellschaft der Regierenden der Erde selber gebahnt hatte und der es sich hatte sauer werden lassen wie der Ärmste der Armen. Sein Kragen war nicht immer so rein gewesen wie heute, wahrscheinlich hatte er gar keinen Schlips besessen, als er im Obdachlosenasyl der Stadt Wien jahrelang nächtigte. Aber er hatte an sich geglaubt, an seine Aufgabe, an Deutschland, und jedem Jungen rief sein Beispiel zu, arbeiten und nicht verzweifeln. Es gab zwar Neider, die behaupteten, gearbeitet habe Adolf Hitler damals nicht, ebensowenig wie heute. Es flog ihm eben zu, so wie das Volk sich seine großen Geister vorstellt. So glitt der graue Wagen durch das Spalier der Sechsundsiebziger und Dreiundachtziger, hinter deren aufgepflanzten Bajonetten die Menge Heil rief, jubelte und auf römische Art grüßte; vor dem Gebäude des Senates paradierten Abordnungen der hamburgischen SS. und des Kraftfahrkorps, NSKK. genannt, und zwei Männer, aus jeder Gruppe einer, durften sich anschließen, als Adolf Hitler seine Stiefel und Reithosen die Treppen emportrug, um die Spitzen der Behörden zu begrüßen, den Senat, die Offiziere der Regimenter, die das zehnte AK. vertraten. Er sollte heute noch einen neuen Tank vorgeführt kriegen, wußten diese und erhofften Ehrungen, die den früheren hohen Orden nicht nachstanden, wenn das Modell und das Klappen der Vorführung dem großen Mann gefielen. Solenne Frühstücke schieden ja aus, dafür aber war noch vor der Rede in kleinstem Kreise eine Aussprache über die Adolf-Hitler-Brücke angesetzt, nach welcher einige besonders verdiente Parteigenossen zur Vorstellung kommen sollten. So nett, so fast bezaubernd hatte man sich in Hamburg den heimlichen Kaiser nie gedacht. Und dann verschwand er, nicht ohne ein gefälliges Nicken für die Umstehenden übrig zu haben, mit wenigen Eingeweihten und den zu dieser Audienz eigens Befohlenen hinter den hohen Flügeltüren, die, aus brauner Eiche, die inneren Räume des Senates verwahrten, und Footh und Teetjen und die anderen Günstlinge setzten sich zwanglos auf rotgepolsterte Bänke und Hocker, holten sich köstliche Brötchen von einem langen, weißgedeckten Tisch, hinter welchem schmucke Senatsdiener in Uniform Wein, Porter und heißen Tee bereithielten, lobten den grauen Himmel, der immerhin blaue Stellen und weißsilberne Wolkenränder aufwies, und fanden sich behaglich und geehrt. Herr Footh, der sich von Albert unauffällig getrennt hielt und mit Kameraden vom Kraftfahrkorps in einer eigenen Nische Platz genommen, trank seinem Freund immerhin zu, indem er ihm einen sprechenden Blick über den Rand seines Porterglases weg hinüber sandte, mit der Kante der linken Hand, den Daumen aufwärtsgestellt, mehrmals auf seinen Oberschenkel tippte und dann einen tüchtigen Schluck hinter die Binde goß. Ja, trink du nur, dachte Albert Teetjen, etwas schüchtern und verlassen in der Umgebung all der feinen Herren. Zeig nur, daß wir zusammengehören. Sollst ruhig was davon haben, daß du mir geholfen hast. Vorhin nämlich, während des Wartens, er besaß gute Ohren, hatten zwei Herren vor ihm einander als Neuigkeit mitgeteilt, daß der einstige Börsenvorstand Kley Selbstmord begangen habe, weil ihm die Summe nicht paßte, für welche man ihm die drei Schiffe der Thetis-Reederei abnahm, und daß Herr Footh der Glückliche sei, der das Erbe antrat. »Woher haben Sie das?« – »Von durchaus seriöser Seite. Prokurist Ruckstuhl, von der Bank der Arbeitsfront, war Sonntag deshalb hier. Footh machte einen guten Schnitt. Is ja auch nen fixen Jungen.« – »Und wie verhält sich Madame Kley?« – »Tja, wer soll das wohl wissen, hatte immer so nette Spickgans im Hause, die Dame. Geräucherte, besser als jeder Schinken.« – »Aber nicht besser als dieser hier. Der Mensch lebt nicht vom Brot allein. Es muß auch ein Belag darauf sein.« Jetzt standen die beiden Herren am Buffet und kippten gerade den Kognak des Senates aus großen, fast leeren Kelchen, hinter die geöffneten Zahnreihen.

In diesem Augenblick wurden die Türen aufgerissen, und der

Führer stürzte schreiend heraus – anders konnte man es nicht nennen. »Alles Schwindel! Sabotage!« kreischte er mit kehliger, sich überschlagender Stimme. Rudolf Heß, sein Freund und Stellvertreter, dicht hinter sich, der seinen Arm zu nehmen suchte, eilte er, ohne rechts oder links zu blicken, auf die Tür des Vorsaales los, grau im Gesicht und fast taumelnd, riß sich selbst die Klinke auf, trocknete seine schweißbeperlte Stirn und lief die Treppe hinunter, verschwand. Hinter ihm her quoll die kleine Gruppe von Männern aus dem Arbeitszimmer des ersten Bürgermeisters, in welchem die Besprechung vorhin stattfand, alle bleich oder hochrot, aufgeregt, erschüttert. Der Reichsstatthalter, eher grünfahl unter den Augen und auf den Wangen, wandte sich an die Anwesenden, die totenstill, mit ausgerecktem Grußarm gleich Wachspuppen dastanden, wozu die braunen, schwarzen, graugrünen und blaßblauen Uniformen nicht schlecht paßten, und sagte heiser, im Bestreben, den Vorfall leicht zu nehmen: »Eine Künstlerkrise, meine Herren. Sie haben nichts Ungewöhnliches bemerkt. Der Besuch des Führers läuft programmäßig weiter.« Au weih, dachte Albert Teetjen, den krieg ich nun nicht zu sprechen, wär ja auch zu viel Schwein gewesen. Als letzter trat aus der inneren Tür ein Oberstleutnant der Reichswehr, mit kleinem Mund und Schnurrbärtchen, auch er käseweiß. Er hielt eine Anzahl Papierstücke in der Hand und hatte seinen Arm unter den eines Herrn im bürgerlichen Feierkleid gesteckt, der ebenfalls gerollte Papiere festhielt – es war der Chef des städtischen Tiefbauamtes, dem ein junger SA.-Mann ein großes Reißbrett nachtrug. Albert kannte niemanden von den Herren, auch den Staatsanwalt Russendorf nicht, mit dem sein Freund Footh ein paar ängstliche Worte wechselte. Aber der näherte sich ihm, redete ihn mit Parteigenosse Teetjen an, riet ihm, ja nicht nach Hause zu fahren, sondern zu sehen, wo er einen Platz bekomme, um die Ansprache an die Arbeitsfront mit anzuhören, und versprach ihm, jedenfalls den Stellvertreter des Führers auf den bewährten Parteigenossen aufmerksam zu machen. Der weiß, wer ich bin, dachte Albert Teetjen, halb geschmeichelt und halb besorgt. Hoffentlich hält er dicht, der Herr Staatsanwalt. Die Feierlichkeiten gingen wirklich weiter, aber es wurde nichts mehr Rechtes. Der

Führer sah plötzlich aus wie ein erloschener mittelgroßer Durchschnittsmensch, mit stechenden und wütenden Mausaugen; seine Rede, dachte Albert, hätte vielleicht auf litauische Panjes Eindruck gemacht, die an Schreien und Drohen von ihren Vögten her gewohnt waren, nicht aber auf hiesige Werftarbeiter und Baugewerkler, die auf einem riesigen Fabrikhofe hufeisenförmig zusammengetreten waren. Die pflegten auf halblaute Sprechweise zu reagieren, gemütlich, humorvoll angeredet zu werden, mit einem saftigen Witz und einem Kernwort zum Schluß. Bei ihnen wirkte eine Anspielung, die sie nachdenklich stimmte, mehr als das Geschrei von dieser Bühne und aus den Lautsprechern, daß er, Adolf Hitler, doch schon gezeigt habe, wie er mit Verrätern und Aufrührern umspringe und fertig werde. »Vier Schurken aus eurer Stadt wurde unlängst der Kopf vor die Füße gelegt, laßt euch das zur Warnung dienen! Wer sich mir entgegenstellt, muß es früh anfangen, um nicht zerschmettert zu werden, und auch dann bin ich noch immer einen Tag eher fertig, als er denkt. Und kein Mauseloch ist so verborgen, daß ich ihn daselbst nicht finde und zur Strecke bringe. Die Elbhochbrücke wird gebaut, das Rüstungsprogramm durchgeführt, zu dem unsere Neider und Feinde uns nötigen, und wenn alle Bronsteins, Sobelsohns und Rosenfelds der ganzen Welt sich dagegen, statt auf ihre Schweißfüße, auf ihre Plattköpfe stellen. Der Weg des Deutschen ist unaufhaltsam, wir sind ein Herrenvolk und werden es der Welt schon zeigen. Mit jedem Hammerschlag, den ihr tut, mit jeder Niete, die ihr einbolzt, schmiedet ihr die Gegenwart und die Zukunft für euch und eure Kinder. Was war ich heute vor zwanzig Jahren? Ein einfacher Soldat im Schützengraben; und vor vierzehn Jahren? Der Führer einer verratenen und geschlagenen Schar, Baldur, der vom blinden Geschosse Hödurs niedergestreckt wurde. Und dennoch hielten wir uns die Treue, und dennoch glaubten wir an dich, deutsches Volk, an euch, deutsche Arbeiter. Wir wollten euch die Würde wiedergeben, die man euch geraubt hat, als man euch zu Judas Sklaven erniedrigte. Damals war finstere Nacht, aber heute ist heller Tag. Aus eurem Hafen tragen unsere Schiffe die weitgeachtete, weitgefürchtete Reichsflagge um die ganze Erde, und darum wäre es eine Schande für euch, hamburgisches

Arbeitsvolk, wenn ihr euer Seevolk im Stiche lassen, sein Werk für Deutschlands Größe nicht krönen wolltet! Unermüdliche, segensreiche, machtgekrönte Arbeitsschlacht, das ist es, wozu ich euch aufrufe und wozu ihr mir folgen werdet. Siegheil, Siegheil, Siegheil.«

Sprechchöre haben wir ja gelernt, dachte Albert Teetjen, als die Antwort der Menge ihr dreifaches Siegheil über den Platz rollte. Dann, während das Deutschland, Deutschland über alles und das Horst-Wessel-Lied erscholl, fühlte er sich von der kleinen Gruppe, innerhalb der er stand, vorwärtsgeschoben zu der Treppe, von der der Führer herabkommen mußte und auch wirklich schon herabkam. Rudolf Heß, ein brünetter jüngerer Mann, nicht ganz so fett wie alle die anderen Herren in der knappen braunen und schwarzen Uniform, gab seinem Adjutanten einen Wink, der zog einen Zettel aus der Tasche, ordnete die zu empfangenden Parteigenossen in zwei Reihen, gemäß der Folge seines Verzeichnisses, Stellvertreter Heß zückte einen Durchschlag und wandte sich an Adolf Hitler, der sich mit einem Glas Bier erquickte, in einer Luftdruckflasche, einem sogenannten Syphon, aus der Fabrikkantine schon bereitgestellt, und fragte ihn, ob er einige verdiente Hamburger Parteigenossen kennenzulernen wünsche. Nichts wie raus und niederlegen, erwiderte er ärgerlich und abgespannt. Hatte sich soweit wieder in der Gewalt, daß er den Salut der einzelnen Herren entgegennahm, die ihm Heß unter Nennung ihrer Namen vorführte. Als sie bei Footh und Teetjen ankamen, schienen Geduld und Kräfte des Führers wirklich erschöpft. Die beiden Herren in ihren Uniformen, ebenso wie drei andere in Zivil, wurden gerade noch vorgeführt, ihre Verdienste, um derentwillen sie die Ehre hatten, verschluckt, und der Wagen des Führers durch die Menge der Umstehenden bis an die Stufen herangeführt, bis an das hölzerne, teppichbelegte Gerüst, auf dem sich das Ganze abspielte. Sieht aus wie damals das Schafott, dachte Albert Teetjen, als sein Blick daran hängenblieb, indes der Wagen schon wieder durch die heilrufende Menge hinausrollte. Aber das Heilgeschrei klang matt, und »ihr Hamburger seid eben unverbesserlich, Kabeljau und Dorsch«, spottete Rudolf Heß, mit ärgerlichem Unterton zu dem Reichsstatthalter hingewandt, bevor er seinen eigenen Wagen bestieg. Der hatte ja nun auch schwarze Augen und dunkles Haar, vermerkte Albert bei sich; ich bin hier wohl der einzige von nordischer Rasse, Wikingerblut, und er gab sich einen besonderen Ruck, warf den Kopf in den Nacken, schlug den Mantelkragen hoch und knöpfte ihn fest zu, denn es war doch kälter, als man der blassen Sonne wegen erwartete, feuchtkalt, hamburgisch. Hätte sich Albert nicht an ihn gehalten, Kamerad Footh hätte ihn mitten in dem weiten Fabrikhof draußen im Werftgelände stehen lassen – alle spürten offenbar den Drang, so schnell wie möglich wieder heimzukommen, an den warmen Ofen. »Tja, min Söhn, da hatten wir nun unsern großen Tag«, sagte er, indem er Gas gab, »sobald wird das ja nicht wieder vorkommen.« – »Werden wir in der Zeitung stehen?« fragte Teetjen. »Zuverlässig«, erwiderte Footh, »wenn auch ohne Was und Warum.« – »Na denn man tau«, nickte Albert befriedigt. »Wie ich höre, hat dir mein Beil auch einen anständigen Happen zugespielt.« Footh zog die Brauen zusammen. »Dein Beil?« fragte er. »Gott ja, wenn du's so nennen willst ... Eine große Reederei wird man ja nur durchs Beil seines Freundes Schlächtermeister in Wandsbek.« Und Teetjen ahnte, es wäre vielleicht klüger gewesen, diese Anspielung zu unterlassen. So fragte er denn, wohin er seinem Freund eine Martinsgans schicken dürfe, oder ob der sie lieber gleich mitnehmen wolle, wenn er ihn jetzt in der Wagnerstraße ablieferte. Herr Footh protestierte, aber er nahm sie schließlich, wohl eingepackt, von Stine entgegen, die ihrerseits Albert auf diesen Gedanken gebracht. Gutes Wetter auf der ganzen Linie, sagte er, indem er sich verabschiedete, aller Weizen steht in Blüte.

»Das Gänseklein deines Freundes Footh essen aber nicht wir, das wandert rauf zu Barfeys«, sagte Stine. »Es wäre ja schade gewesen, solch einem Junggesellenhaushalt auch die Flügel, den Magen, den Kopf und die Beine zu liefern. Nur die Leber liegt drinne. Die macht ihm seine Köchin morgen zum Frühstück. Und dir brat ich deine heute abend, PG. Teetjen. War der Führer nett zu dir? Wie hat er denn ausgesehen, so ganz von der Nähe? Wie in der Wochenschau, so stolz und fein?« Albert zog sich die Stiefel aus, dachte, er müsse sofort mit Mundhalten anfangen, und bestätigte: Ja, Adolf Hitler habe stolz und fein ausgesehen, aber wie'n richtiger Mensch, nicht so lackiert wie früher die Generäle und jetzt manche von den Bonzen, die das Dritte Reich unbeliebt machten bei gewissen Teilen des werktätigen Volkes. »Den Tag, Stineken, den werd ich nicht vergessen, da ich meinem Führer ins Auge blicken durfte und er ins meine.« – »Durfte er wirklich?« lachte Stine, »was schnackst du denn für Zeug, Albert?« – »Ach ja«, gab er zu und ließ sich aufs Sofa fallen, »ich red schon so, wie's in der Zeitung steht. Und nun einen heißen Kaffee, Stine, und einen Schuß Rum hinein, damit ich mich nicht verkühle.«

Bei Barfeys oben brannte die Petrollampe bereits seit vier Uhr. Tom hatte eine Arbeit angenommen, die ihm und der Auftraggeberin Kopf und Kragen kosten konnte, und er gab sich ihr inbrünstig hin. Frau Pastor Langhammer von der Bekenntniskirche Eimsbüttel hatte ihm einen Bericht zur Vervielfältigung gegeben, den ihr Gatte aus dem Lager herausgeschmuggelt: Wie ein bekannter jüdischer Künstler und Graphiker zum Selbstmord getrieben worden war, dazu könne ein Christ nicht schweigen. Die sehr klein gekritzelte Niederschrift, voll empörender und widerwärtiger Einzelheiten, sollte an vierzig ausgewählte Adressen geschickt und zu diesem Zweck vervielfältigt werden, als der letzte Versuch, die Gewissen und die Einsicht jener Männer aus der ehemals führenden Schicht zu erregen, die Pastor Langhammer von früher her als redlichen Mann und Kriegsteilnehmer achteten. »Wenn das nichts hilft«, hatte Frau Pastor Langhammer in ihrer holsteinischen Sprechweise resigniert, »dann bleibt nur der Weg, den die Kommunisten gehen wollen, sagt mein Mann. Auch sie können ja nichts ohne Zustimmung des Herrn. Wer vermöchte gegen den Stachel zu löken.« Ihre Augen tränten dabei, ihre Stimme bebte – sie selbst eine Pfarrerstochter, die im vergangenen Kriege einen Bruder verloren. »Wär ja auch gar kein Unglück, nöch, wenn wir's mal ganz anders rum probieren müßten, Frau Pastor«, hatte Tom ein wenig naseweis, wie seine Mutter meinte, der Besucherin Trost zugesprochen. Jetzt machte er Schluß für heute, morgen früh bei Sonnenlicht ging es besser –

schonsamer für seine Sehkraft, und wandte sich zum Kochherd, um das herrliche Geschenk Stines in eine Mahlzeit zu verwandeln, das Gänseklein, welches mit einem Stück Suppenfleisch und Grünzeug ausgekocht werden mußte zu einer Brühe, an die man noch wochenlang dachte. Die Nudeln, welche Stine dazu geliefert, mußten besonders zubereitet, hernach aber von der Brühe durchzogen werden. Wenn die Mutter heimkam, mußten auch die Schälkartoffeln schon fertig sein – keine sehr edle Sorte, nicht so mehlig, wie Tom es liebte, aber doch nicht ganz die Futterkartoffel, als welche er sie beschimpft, als Frau Barfey sie heimbrachte.

Geesche Barfey hatte ihre Arbeit am Waschfaß früh um sieben begonnen und die Nachmittagsstunden über das Gewaschene auf dem Trockenboden gehängt. Mit einstündiger Mittagspause, da Frau Rechnungsrat Pilger innerhalb eines Tages fertig zu werden wünschte. Seit ihr Tom die Kocharbeit abnahm und die Gasgesellschaft einen verständnisvollen Techniker gesandt, um einen niedrigen Gasherd bei Barfeys aufzustellen, kam sie mit der Arbeit einigermaßen zuwege, ohne sich auszupumpen wie in früheren Jahren, wo sie ohne schwarzen Kaffee den Arbeitstag kaum durchgehalten hätte. Im Dritten Reiche waren ihre Einkünfte sehr geschrumpft, einerseits weil die neuen Hausfrauen, welche an die Stelle der auswandernden jüdischen traten, früher die Hausarbeit selber gemacht hatten, auch die am Waschfaß, und daher anspruchsvollere, härtere Arbeitgeberinnen darstellten; anderseits aber schrumpften alle Löhne, seit man Kanonen statt Butter vom Volke verlangte, und die Kunst des Einkaufens und Einteilens, das Jonglieren mit Pfennigen und Fünfern, verlangte nach des Tages Arbeit noch eine Anstrengung, der die Nerven ungern nachgaben. Wer vor dem Waschbrett steht, kann nicht auch noch vor den Ladentischen warten, bis er bedient wird; es dauerte einige Zeit, bis sich die Krämer daran gewöhnten, daß die Frau Barfey einen Stuhl oder eine leere Kiste heranzog, wenn sie Bücklinge einhandelte, Petroleum, Brennspiritus oder Margarine. Aber alles kam darauf an, daß Tom nicht schutzlos zurückblieb oder in eine Anstalt eingeliefert wurde; daher verstand es Geesche Barfey, ihre Notwendigkeiten ohne lautes Wort oder heftige Szenen, aber unnachgiebig durchzusetzen. Kam sie heim, abgekämpft und ruhebedürftig, so hatte ihr Tom ein Töpfchen Kaffee bereit, drei Rundstücke und Pflaumenmus, und sie durfte das Gefühl haben, daß Küche und Schlafzimmer nicht nur äußerlich hell und warm waren, sondern auch von innen her.

Das Auftragen von Tellern und Schüsseln, das Legen von Tischtuch und Bestecken ward ihr leichter als ihrem Sohne, und darum tat sie es, nachdem sie geruht und ihm dabei zwei Strümpfe gestopft, was man liegend und ausruhend auch besorgen kann. Während sie nun den Tisch bereitete und erfuhr, welch ein Festmahl ihnen heute bevorstünde, bemerkte sie, das passe ja gut zu Hamburgs Ehrentag und daß der Albert wegen seiner Wünschelrutengeschichte heute dem Führer vorgestellt worden sei. »Am neunten November«, bemerkte Tom trocken. Er kniff nur ein wenig die Augen zu, zeigte nicht, daß in ihm irgend etwas vorging und daß er es für richtig hielt, einen Entschluß zu fassen und auszuführen. Aber da die Nachricht der Mutter möglicherweise die Freude an dem Leckerbissen verschlug, die sie seit Jahr und Tag nicht gekostet hatte, hielt er den Mitteilungsdrang zurück, den er so viele Tage schon hatte stauen müssen. Frau Barfey schmauste denn auch mit einem Behagen, das ihr viel zu früh gealtertes Gesicht nahezu verklärte. Je einen Flügel, ein Pfötchen, den halben Magen, Hals, Herz und Kopf schlug sie vor für morgen zu belassen, als Zukost zu den großen Graupen, die es morgen geben würde. Dabei berichtete sie, daß Stine bei ihrer früheren Herrschaft die Kunst gelernt hatte, die Haut des Gänsehalses mit koscherem Füllsel zu einer Wurst zu stopfen. Deshalb fehlte sie in Barfeys Topfe. Tom war nicht einverstanden. Er schlug vor, heute Fettlebe zu machen und alles radikal wegzuputzen, am Jahrestag der armen Republik, die als so junges Kind hatte hingehen müssen, knapp vierzehn Jahre alt. »Wenn sie mehr Mut gehabt hätte, säße sie heute noch oben«, sagte er, indem er mit einem Küchenmesser und einem Hammer den Gänseschädel spaltete, um das Gehirn bloßzulegen. »Aber wer nicht hören will, muß fühlen … tja, und zu denken, daß der Albert Teetjen heute die Ehre gehabt hat. Es wissen nicht viele, warum, Mutter.«

»Wegen der Wünschelrute«, entgegnete Frau Barfey und steckte eine Backpflaume aus ihrem Kompottschüsselchen in den Mund. Tom lächelte. »Nee, Mutter, mit der Wünschelrute – da muß man schon ein anderes Werkzeug anwenden. Das verdankt der Albert nicht seiner Haselgerte, sondern seinem Beil. Wer nämlich damals, Mitte September, den Henker von Magdeburg in Fuhlsbüttel vertreten hat, Mutter, das war unser Albert und niemand sonst.«

Frau Barfey saß in ihrer Sofaecke und schaute ihren Sohn aus zusammengekniffenen Augen prüfend an, dann nahm sie den Pflaumenkern aus dem Munde, legte ihn an den Rand ihres Tellers und sagte: »Mach keine Witze.«

»Das ist kein Witz, Mutter, ich hab's von jemand, der ihn dabei gesehen hat und wiedererkannt, Mutter, wenn er schon eine Maske trug.« – »Tom«, schrie Frau Barfey, »das verbitt ich mir.« Aber der Sohn, auf seinem breiten Hocker: »Das ist so wahr, wie wir beide sitzen. Ich hab gesehen, wie sie ihn erkannte, unsere Zeugin. Ich will nicht sagen, wer es war, aber wenn ich's ihr glaube, Mutter?«

»Du hast deinen Haß, Tom, du bist mir nicht genug für so was.« – »An eine Gans wird ja kein Beil gelegt, Mutter, die konnten wir ruhig verschnabulieren. Aber Rind und Schwein und Hammel – lieber nicht mehr.« Frau Barfey schnupfte, dann wischte sie sich die Augen. »Die arme Stine«, schluckte sie, »wie kommt die bloß über so was weg.« – »Wenn sie's weiß« meinte Tom, indem er den Gänseschädel in einen Abfalleimer warf, für die Katzen oder Hunde. »Jedenfalls ist das nicht ganz einfach, Mutter, wegen der Hygiene, die bei solch einem Schlächter ja eine Rolle spielt. Die Nachbarschaft, die sein Fleisch kauft, müßte eigentlich wissen, was er mit seinen Beilen sonst noch anfängt. Setzt sie sich darüber weg, ist's ja ihre Sache. Wir haben unsere Pflicht getan – der Volksgemeinschaft gegenüber. Manch einer hat ja gute Nerven.« – »Was geht's uns an«, ächzte Frau Barfey. – »Vielleicht gar nichts, vielleicht viel. Heute abend gibt's Musik und die Petersens sind nicht zu Hause. Wenn wir runterkommen wollen, hat die Olga gesagt ...« – »Ich nicht, Junge, ich geh schlafen, auf so 'ne Nachricht hin zumal. Einen Henker im Haus, wer kann da gut ruhen.« – »Wir, Mutter«, sagte Tom Barfey. »Haben wir ihn angestiftet? Und wenn ihm der Reichsstatthalter dafür die Hand drückt und der Hitler seine Bekanntschaft sucht? Leg dich man ruhig hin, Mutter, wir haben die Welt nicht eingerichtet.« Frau Barfey saß in ihrer Sofaecke und schüttelte den Kopf. »Das fehlte noch«, nickte sie, »wer nur den lieben Gott läßt walten, und bauet auf ihn alle Zeit, den wird er wunderbar erhalten, in aller Not und Traurigkeit, singen sie in der Kirche.« – »Wir werden's nötig haben«, grinste Tom Barfey, »morgen muß ich zeitig raus, den Schrieb für die Langhammersche fertigstellen. Aber es ist ja noch früh am Abend, und ein bissel Musik tut immer wohl. Ob sie sich das gedacht haben, als sie uns den Hitler auf den Buckel setzten?«

»Wer weiß, worauf das hinaus will«, seufzte Frau Barfey. »Es ist noch nicht aller Tage Abend.« – »Das walte Gott«, lächelte Tom und knöpfte sich einen sauberen Kragen um.

Viertes Buch

Die Bücher des toten Herrn Mengers

Erstes Kapitel

Die die Kosten tragen

Die Bewohner Deutschlands teilten sich damals in einige einander so ungleiche Gruppen, daß man gut daran getan hätte, Begriffe wie Volkstum oder Staatsbürgerschaft in bezug auf sie zu vermeiden. Unter dem Mantel gemeinsamer Sprache, Abstammung und Vergangenheit, seit einigen Jahrtausenden im gleichen Raum hingelebt, stellten sie ein gesellschaftliches Gebilde dar von solcher Zerrissenheit, daß nur Stücke des Meeresbodens oder der Mondoberfläche ein zureichendes Bild davon gegeben hätten – durch keine Verwitterung abgeschwächte, wüste Schroffen, von schmalen Spitzen überragte, dumpfe Riesenblöcke. Aus ihren Klüften krochen oder schwammen scheußliche Gestalten längst verdrängter und überwundener Massentriebe, seelische Abkömmlinge der Steinzeit, recht fremdartig für die Menschen dieses Buches, die sich anschicken, Weihnachten 1937 zu feiern und die Geburt eines Heilands dadurch zu verewigen, der nach der Meinung der Frommen und Gläubigen die Sünden der Welt auf sich genommen hatte und gesühnt. In dem Gebiete, welches der Elbfluß entwässerte, den die Alten Eridanus genannt haben mögen, den Bernsteinfluß, und der von den Grenzen des tschechischen Volkstums stracks nach Norden in die Nordsee fließt, herrschten Begriffe, die sich weder mit Leben noch mit Sterben der Menschen zurechtfanden, und Tatsachen, verstanden nicht einmal von denjenigen, die sie geschaffen hatten und ausnützten. Um die Ausgleichung altertümlicher Gegensätze hintanzuhalten, die westlich des Rheins und östlich des Njemen bereits einmal versucht worden war, jene zu Zeiten des jungen Goethe oder des Knaben Gauß, diese in den Reifejahren der Denker Freud und Einstein, hatten sich die herrschenden Klassen, winzige Gruppen geschlagener Generäle und beutegieriger Wirtschaftler, mit den Vertretern der Besitzer von Großgütern, Bodenschätzen, Fabrikanlagen,

Geld- und Meinungsinstituten zusammengetan, ohne zu begreifen, daß man das Rad der Geschichte zwar um gewisse Zacken zurückdrehen konnte, aber nicht so, daß ganze Umläufe und Umschwünge zunichte wurden. Unter verschiedenen Namen versuchte man Wirtschaftsformen und Staatsordnungen des mausetoten Mittelalters schmuckhaft zu galvanisieren und unter Verwendung moderner Geistesschöpfungen freiheitlicher Art den arbeitenden Massen überzustülpen, indem man ihnen wahrhaftig einredete, dies seien die Träume und Verwirklichungen, denen ihre Väter seit jeher nachhingen. In manchen Ländern ohne die Mitwirkung der christlich genannten Kirchen, in anderen unter ihrer Mitwirkung, verkündeten charakterkranke Abkömmlinge des Kleinbürgertums, begabt zu Anreißerschaft, Volksaufmärschen und Aneignung fremder Schöpfungen, neue Evangelien, die auf Länderraub, Massenmord und gigantische Ausbeutung hinausliefen. Das Geistige dem Primat einer Seele unterordnend, von dem bisher nur die Religionen gezehrt hatten und auch diese nur, weil siebzig Vorstellungen vom Dasein nach dem Tode notwendig schienen, um die Bewohner Europas von der Beobachtung und Erkenntnis der einfachsten Vorgänge ihres wirtschaftlichen Alltags abzuhalten. Seit der Entdeckung der Dampfkraft, der Elektrizität und der Radiowellen schien dieses Unterfangen hoffnungslos zum Scheitern verurteilt. Um so gespenstischer wirkte die cäsarische Miene, mit der diese krebsgängige Fuge der kapitalistischen Weltordnung gespielt und gehört wurde. Angebetet vor allem von denen, deren Unmut beschwichtigt und übertüncht werden sollte, indem man ihnen, je nach der geographischen Lage, die Sozialisten zum Raube hinwarf, Freimaurer und Gesundbeter, Ordensgeistliche oder Aufbauschulen, Christen oder Juden. Da fünf Sechstel der damals bekannten Erdoberfläche nach kapitalistischen Antrieben bewirtschaftet wurden und diese in der Seele des Menschen wohl vorbereitet und eingebettet lagen, durfte man sich nicht wundern, wenn der kurzköpfige Homo sapiens als Masse geneigt war, den Sieg seiner Unterdrücker anzuerkennen und im voraus oder Vorschuß zu beleihen, in den Hafenstädten des Mittelmeers, der iberischen Halbinseln, des atlantischen Frankreichs und der Ost- oder Nordsee. Vorläufig freilich sammelten sich kleine Gruppen der Besiegten und Überlebenden zur Auswanderung, irgendwohin, zunächst in Genua, Barcelona, Paris, Amsterdam, Hamburg, während die Einrichtungen des Völkerbundes und die großen Kontinente jenseits Europas voller Abneigung auf die Emigranten blickten, selbst wenn es denen gelungen war, bescheidene Teile der Vermögen mit sich zu führen, welche die Arbeit oder Klugheit vergangener Geschlechter aufgespeichert hatte. Die Welt lag in den Wehen einer neuen Zeit, aber sie wollte es nicht wahrhaben. Es mußte alles erst noch viel dicker kommen.

Es regnete, goß in Strömen. Alle Leute machten die Nähe des Meeres dafür verantwortlich und stimmten in die Klagen ein, die Hamburgs Dichter über die Wetterlaunen der schönen Göttin Hammonia während der letzten Jahrhunderte nicht verschwiegen hatten. Wasserstiefel, Ölmantel und Südwester, so behaupteten sie, sollten eigentlich von jedem Hamburger Baby mit zur Welt gebracht werden. Die grauen Wolkenschichten, die das Stadtgebiet überwanderten oder in den Wintermonaten es überbauten, drückten auf die Stimmung der Menschen oder erregten sie zu Trotz und Widerspruch.

Herr Koldewey saß in seinem »Vogelbauer« und regierte. Mit der Morgenpost war ein Brief eingelaufen, eine Zeitungsnachricht bestätigend, die aus alter Gewohnheit gleichsam Veränderungen und Berufungen in der Gelehrtenwelt verzeichnete. Ein Studienfreund aus alten Friedenstagen, Mitarbeiter an gewissen Nietzschestudien, Professor Walter Rohme aus Zürich, war nach Boston berufen worden, um dort europäische Psychologie, sein Fach, gegen amerikanische Einflüsse verteidigen zu helfen, und er kündigte an, daß er im Frühling auf der Durchreise bei seinem Freund Pastor Langhammer absteigen, eine Woche in Hamburg bleiben werde und sich darauf freue, wie schon früher, mit seiner Frau in Koldeweys gläsernem Turm oder neben dem Barlach zu sitzen. Professor Rohme, als nüchterner und erfahrener Experimentalpsychologe, war schon während des Weltkrieges in Zürich als Privatdozent und erst recht seit dem Jahre 33 den Quellen der Gerüchtemacherei und der menschlichen Leichtgläubigkeit öffentlich nachgegangen, hatte einige sehr bemerkte Aufsätze in der »Neuen Zürcher Zeitung« darüber veröffentlicht und im Jahre 34 eine Schrift über Greuelpropaganda angekündigt, die nur leider nie erschienen war. Jetzt konnte ihn Koldewey, und er freute sich darauf, fragen, warum eigentlich nicht. Denn wenn sich auch die Mehrzahl dieser Greuel als wahr erwiesen hatte, blieb doch die propagandistische Verwertung eine Tatsache, und für Psychologen sollte der Satz: »Was als wahr wirken soll, darf nicht wahr sein«, doch eine gute, vielschichtige Bedeutung haben. Nun, das brachte Freuden für später. Heute herrschte die Gegenwart, und Heinrich Koldewey trug ihr Rechnung. Fünf Zugänge, drei Entlassungen, sechs Überweisungen ins Spital. Sein langes Gesicht mit den vorgewölbten Augen wiegte sich hin und her, als er zu diesem letzten Punkte einen Hinweis auf den Bericht fand, den der Anstaltsarzt, Dr. Laberdan, zu diesem Krankheitswachstum im Dezember gegeben. Koldewey lächelte milde, alles verstehend und sich über alles mokierend, weil Dr. Laberdan, der sonderbare Idealist der Wünschelrute, nicht merkte, wie die Sträflinge seinen Eifer und Aberglauben ausnutzten. Aus seinem triumphierenden Referat ging hervor, es müsse, kein seltener Fall, in den Tiefen der Erde der Durchbruch einer schädlichen, Erdmagnetismus leitenden Strömung erfolgt sein, eines Arms vielleicht der unterirdischen Urelbe, und verursacht haben, daß Zellen gesundheitsschädliche Lagerstätten erhalten hätten, die bislang auch wünschelrutenmäßig völlig einwandfrei gestanden. Daher die plötzlichen rheumatisch reißenden Erkrankungen. Und er empfahl, da man bauliche Veränderungen im Fuhlsbütteler Gefängnis doch kaum vornehmen könne, von seinem Lehrer, dem Freiherrn von Pogge in Dachau, eine seiner patentierten Entstrahlungsvorrichtungen zu erwerben oder besser in einem Kellerraum eine Entstrahlungsstation zu schaffen, welche die gesamte Umgebung der Strafanstalt im Umkreis von Kilometern strahlungsfrei, das heißt hygienisch einwandfrei machen würde, nebenbei aber auch, wie es in Dachau geschehen, alle Gewitter in weitem Umkreis von Fuhlsbüttel weghalten. Wie schnell die Leute heraushatten, was man aus dem Puschel oder Spleen des Herrn Doktors Vorteilhaftes für sich ernten konnte! Lazarett befreite von der Arbeit, vor allem aber von der Langeweile, der bösartigen Einsamkeit, verbesserte die Kost, brachte neue Gesichter, neue Gespräche. Dafür lohnte es schon, rheumatische Schmerzen zu ertragen, die man selber hervorbrachte, weil die Seele ja allmächtig war, zum mindesten in eingesperrten Menschen. Und Herr Koldewey schrieb mit seinem gelben amerikanischen Füllhalter auf das Gesuch Randbemerkungen des Inhalts, daß Dr. Laberdan, im Interesse der Wissenschaft, bei seinem einstigen Meister die leihweise Überlassung einer solchen Entstrahlungsanlage beantragen möge; im Etat des Strafvollzuges sei ein solcher Posten bestimmt nicht vorgesehen. Der Doktor trieb es in letzter Zeit ein wenig arg. Hatte er doch um die Erlaubnis gekämpft und obgesiegt, auf dem Gelände der Anstalt mit der Ausbildung von Rutengängern zu beginnen, solange das Wetter es irgend gestatte, und selbst den Park rund um die Villa Koldeweys mit seinen seltsamen Spaziergängern nicht verschont. Da er die Unterstützung der Reichswehr, des Oberstleutnant Lintze zum Beispiel, genoß, hatte Koldewey vor seinem Eifer kapitulieren müssen; diesmal aber unterstützte ihn der Finanzausschuß des Senats, und das würde den Doktor schon in seine Schranken zurückweisen. Herrn Lintze hatte Koldewey seit dem Besuch des Führers nicht gesehen; Käte Neumeier aber berichtete bald danach, es müßten sich bei diesem Besuch Vorfälle ereignet haben, die dem doch gewiß nicht empfindsamen Offizier aufs Merkwürdigste zugesetzt hatten, so stark, daß er im Familienkreis darüber kaum gesprochen, sondern sich am gleichen Nachmittag ins Bett hatte begeben müssen und mehrere Tage brauchte, bevor er seinen alltäglichen Gleichmut wieder fand. Preußische Offiziere, dachte Herr Koldewey, waren eben dem Umgang mit genialen Künstlernaturen seit dem Tode Friedrich II. nicht mehr ausgesetzt worden; es konnte schon sein, daß Herr Hitler den Waffenröcken Nüsse zu knacken gab, die ihnen ein Bismarck oder Bülow nicht zugemutet hätte. All das klang in ihm auf, indes er den Tageseingang weiter einsah, zwei telephonische Rückfragen machte, von Annette angerufen wurde und nach seiner Morgenzigarre zu verlangen begann, der anderen vormittäglichen, die er sich aber erst nach dem zweiten Frühstück zugestand; während die bis dahin noch vor ihm lag, verbreitete das Trommeln des Regens auf dem Fensterbrett um ihn eine Stimmung von Geborgensein und Heimlichkeit. Nichts ist gewaltiger als der Mensch, dachte er, indes er die Lampe auf seinem Schreibtisch anknipste, um halb zehn Uhr vormittags eigentlich ein Skandal; ob er nun die Macht des Blitzes abschwächt und einsperrt oder die Schläge des Zitteraals zur Verwendbarkeit steigert. Ein Bericht des Rentmeisters; die Rechnung über die vier Särge war vom Finanzausschuß beanstandet worden; warum man zu ihrer Begleichung die Bibliothek des hingerichteten Mengers noch nicht beschlagnahmt und zum Verkauf gestellt habe. Diese Bücher waren nur zum kleinsten Teil in dem möblierten Zimmer aufbewahrt, welches der Verurteilte bewohnt; zum größeren Teil sollten sie sich in der Wohnung seiner Mutter befinden, der verwitweten Ottilie Sarah Mengers, Rothenbaumchaussee 79; dort würde die SA. sie abholen, sichten, von Sachverständigen schätzen lassen und den Erlös an die Staatskasse abführen. Die Kosten der Haft und des Strafvollzuges, soweit sie auf diesen Mengers entfielen, konnten damit gedeckt werden. Die Direktion möge sich mit der zuständigen SA.-Führung ins Benehmen setzen.

Herrn Koldewey gefiel diese Ökonomie nicht sehr. Es ging gegen den guten Geschmack, einer Familie die Kosten für jene Prozedur aufzubürden, durch die man ihr ein Mitglied geraubt. Aber das war üblich in allen Kulturstaaten. Die Logik der Rechtspflege widersetzte sich zartfühlenden Betrachtungen und machte vielmehr nach alter Weise die ganze Sippe verantwortlich für die Taten eines ihrer Mitglieder; an solchen Überresten merkte man das. Aus der Praxis und selbst der Denkweise war ein solcher Brauch ja schon verdunstet; erst das braune Regime hatte damit wieder zu arbeiten angehoben. Aber nicht in der Sparte Hinrichtungskosten; da hatten schon seine Vorläufer, wie gesagt, gleicherart gehandelt. Herr Koldewey hob das Telephon ab: »Wiepke«, sprach er zu dem Rentmeister, »es wird uns wohl nichts anderes übrigbleiben, setzen Sie sich doch mit dem SA.-Sturm in Verbindung, der die Rothenbaumchaussee regiert.« Und wie um sich für den unangenehmen Eindruck zu entschädigen, den seine eigene Anweisung in ihm hinterließ, rief er alsbald Käte Neumeier an und bat sie um ihren nächsten freien Abend. Seine Annette hatte Weihnachtspläne, die sie auch mit ihr durchschnacken wollte. Und dann endlich kam das Frühstück und danach die Zigarre. Ja, Annette hatte jetzt viel Zeit und sich dem Hause wieder sehr zugewandt. Seit Herr Footh aus Berlin zurückgekehrt, hatte sie erst zweimal mit ihm Tee getrunken. Da war etwas gelöst worden, offenbar zu beiderseitiger Zufriedenheit. Nur Gott sieht ins Herz, und seine Röntgenaugen sind offenbar mit Rätselvollerem beschäftigt als mit den Gemütsfalten einer jungen Frau, Tochter einer hamburgischen Beamtenfamilie. Aber soviel stand fest: von Annette schien ein Druck gewichen, seit sie mit Herrn Footh auseinander war. Warum sie sich dann erst mit ihm eingelassen, wußte nur wiederum derselbe Gott, von dem das deutsche Lied behauptete, er lasse das Eisen wachsen, wolle aber keine Knechte. Vielleicht vermochte Frau Neumeier einem alten Freund und Vater dreier Töchter beim Klären der Welträtsel zu Hilfe zu kommen. Auf alle Fälle lief Annette Koldewey jetzt die Treppen im Hause herauf und hinab, Liedchen auf den Lippen. Herr Koldewey vermeinte einmal einen ihrer Texte erlauscht zu haben, einen überaus munteren Rhythmus, auf einem uralten Schlager basierend, den die Kinder nur von ihrer Großmutter hatten lernen können: »Lott' ist tot, Lott' ist tot, Jule liegt im Sterben«, worauf es sich weiterhin auf »erben« reimte, nur daß Annette statt Lott' Footh zu singen schien, statt Julie aber, und das erstaunte Herrn Koldewey noch mehr, das Wort Jude. Ja, darüber konnte Frau Neumeier gewiß bessere Auskunft erlangen als ein altmodischer Papa. Ohnehin verband sie mit dem ganzen Hause eine Freundschaft, deren Wärme, spaßte Herr Koldewey, selbst von den Treppen gespürt werden mußte, die sie erstieg. Hätte dieses Haus einen Sohn besessen – diese grauhaarige Brünette hätte ihn auf schönste Weise ins Mysterium der Liebe einführen können, als mütterliche Geliebte – ein idealer Fall, wie ihn der Weise von Sils Maria für begabte Jünglinge erträumte, der sich aber fast nie verwirklichte. Schade, daß er, Koldewey, es in jungen Jahren nicht so gut getroffen. So hatte er warten müssen, bis ihm knapp vor den Dreißigern seine Käte begegnete ...

Auch weiterhin goß es in Strömen, nur daß die Wolken einige Tage später kulissenartige Form annahmen und mit gelblichen Rändern den dunkelgrauen Untergrund änderten. In der mehrzimmrigen Wohnung von Frau Ottilie Mengers erscholl Hämmern, jenes charakteristische Geräusch, das mit dem Schließen von Kistendeckeln verbunden ist und sich in dieser Zeit in einer gar nicht kleinen Anzahl bürgerlicher Wohnungen hören ließ – in einer viel zu kleinen, wie spätere Ereignisse erwiesen. Frau Mengers saß, dunkel gekleidet, in einem altväterischen Stuhl mit Backenlehnen, einem sogenannten Ohrenstuhl, eine Dame der bürgerlichen Gesellschaft, die vor wenigen Monaten von jedermann als gut erhaltene Fünfzigerin angesprochen worden wäre. Jetzt sah sie älter aus, viel älter, aber weder der junge Doktor Kley noch Herr Rabbiner Plaut verweilten bei ihrem Aussehen. Das dichte Gezweige eines blattlosen Baumes vor den Fenstern verdunkelte die Luft in diesem Wohnraum, der schlecht geheizt war diesen Vormittag und keinen gemütlichen Aufenthalt bot. Dennoch saßen die drei Menschen nahe beieinander, und zwischen ihnen spannte sich die dunkle Luft wie in einem sehr konzentrierten Gedankenaustausch zwischen Schicksalsgenossen. Der junge Dr. Kley schüttelte seinen kahlen Kopf: »Gott ist kein Gegenstand mehr für uns, Herr Doktor. Die Steinzeit kannte Tiergötter, Totems. Wir mit unserer Seele aus Elektronen ...« Er ließ seine Stimme schweben. Dr. Plaut, ein Mann in mittleren Jahren, mit Spitzbart und braunen Augen, runzelte die Brauen: »Sie können den Ratschluß des Ewigen im Menschen nicht hinwegzudiskutieren hoffen.« – »Aber hinwegzuexperimentieren, wenn es so weit sein wird.«

Außerhalb des Zimmers schienen Männer in schweren Stiefeln hin- und herzugehen. »Mir sagen Sie beide nichts, meine Herren. Ich bin nur eine Mutter, der man das Junge gekillt hat. – Ohne Größe, wie jene Mutter Rathenau, die vor Gericht für den Mörder Techow beinahe Verzeihung äußerte.«

»Wir sind arme Wesen, verehrte Frau Mengers, all unsere Erkenntnisquellen stammen aus Zeiten, die wegwollten von jener Steinzeit ...«

»Und die unsere rollt dorthin zurück«, warf die Dame entschieden ein. Dr. Kley legte begütigend die Hand auf den Arm des Rabbiners, der wie er selber seinen schwarzen Überzieher anbehalten hatte. »Wir haben die Triebe des Homo sapiens außer Acht gelassen. Geben Sie zu, keine unserer Religionen hat sie zurechtstutzen können.«

»Noch seinem Drang nach Ausbeutung. Leider beschreibt uns schon unsere Bibel, wie ein Herrenvolk auftritt.«

»Aber Frau Mengers«, rief entsetzt der Rabbiner, »das ist doch nicht so gemeint.«

»Gewiß nicht«, nickte Dr. Kley. »Aber um Lebensraum ging es damals doch. Um Land, um Viehweide und feste Städte. Und dabei war die Erde damals noch weniger besetzt als heute.«

»Ändern Sie die Natur des Menschen und seine Geschichte«, rief Dr. Plaut.

»Ändern wir statt dessen«, rief Frau Mengers, »so sagte mein Walter immer, lieber sein Bewußtsein. Alle Kämpfe der Geschichte waren nach Marx Klassenkämpfe. Und Herrenklassen, fügte er hinzu, hätten sich nie gescheut, den Abgrund zu bewegen, aufzurufen.«

Die drei Menschen schwiegen. Dr. Plaut lauschte hinaus, auf die Bewegung jenseits der Zimmertür, aber die beiden andern, der Sohn, dessen Vater sich erschossen, und die Mutter, der man ihr Kind getötet, blickten gleichsam nach innen, fühlten dem Einklang nach, der sich in ihren Schicksalen regte. Wenn ein so feines Mädel wie die dunkle Thyra Koldewey, dachte es in Herrn Kley bitter, gehorsam eine Freundschaft aufkündigte, die seit Tanzstundenzeit bestand, eine richtige Jugendliebe ... Irgend etwas davon mochte auch auf Dr. Plaut hinüber wirken: »Und wir Juden?« fragte er halblaut.

»Haben nie, sagte mein Walter, den Part erkannt, auf dem wir stehen, noch den, auf welchen wir gehören. Sie wissen, daß er das nicht geographisch meinte.«

»Verallgemeinern Sie doch nicht, liebe Frau Mengers, eine gräßliche Ausnahme«, begütigte Plaut.

»Aber: Erfahrung«, versetzte Frau Mengers scharf, und Dr. Kley unterstützte sie: »Wie Newton, als er jenen Apfel fallen sah. Doch wenn man ihn nicht zugeben will, den Fall dieses Apfels?«

»So wird man fühlen. Wenn's zu spät ist, fürchte ich.«

»Verhüte Gott, daß Sie recht behalten in Ihrer Verbitterung«, wehrte sich Dr. Plaut. Aber der junge Kley ließ ihn im Stich, obwohl er den hilfesuchenden Blick wohl bemerkte, den sein Begleiter ihm sandte. »Mein armer Vater«, sagte er in wiegendem Tonfall, »hat mir einen Brief hinterlassen. Ballin, erklärt er darin, hatte unrecht. Sein Beispiel war schädlich, verkehrter Patriotismus. Möge es mir vergönnt sein, ein Gegenbeispiel zu geben, die Sackgasse aufzuzeigen, in die wir uns hineinbohrten. Seine Tankschiffe kriegt ein gewisser Footh, und Papa hat es nichts genutzt, daß er sich von seinem Sohne Joachim lossagte und alle Brücken zwischen ihm und uns zerschlug, als der nach Spanien ging und dort für die Regierung kämpfte. Sogar unseren Namen verbot er ihm zu führen, worauf der auf unseren einstigen Familiennamen Alkalei zurückgriff und nun für mich unfindbar wurde. Vielleicht liest er es in einer Madrider Zeitung.«

»Was für Schicksale uns bürgerliche Menschen überfallen«, seufzte Frau Mengers, die Blicke mitfühlend auf dem Verwaisten. Eine Straßenbahn brauste vor dem Fenster vorbei und unterstrich das Schweigen, die Ratlosigkeit, welche diesen Worten folgte.

»Ich wußte nicht, daß Sie schon so bald abreisen wollen, Frau Mengers«, sagte Herr Plaut, als einige Hammerschläge besonders kräftig zu ihnen herüberkamen. Frau Mengers machte ihren Mund schmal und bewegte ihre Achseln, wie bedauernd. »Ich packe noch nicht«, entgegnete sie, »ich hätte es natürlich tun sollen. Ich war gewarnt durch eine Prophetin. Weswegen Prophezeiungen jüngst ja verboten wurden. Aber wir machen nichts als Dummheiten, wie mir mein Junge immer vorgehalten. Wußten Sie übrigens, daß auch in der Republik die Angehörigen staatlich Ermordeter gezwungen waren, sich an den Mordkosten zu beteiligen?« Der junge Herr Kley hatte davon gehört. »Es ging damals durch unsere kleinen, tapferen Wochenschriften, daß Frau Eugen Leviné die Patronen bezahlen mußte, mit denen die weißen Helden nach sogenanntem Kriegsgericht in München ihren Mann erschossen. Juristen haben ihre eigenen Sitten.« – »Mein Walter hätte gesagt, Klassenjuristen.« Rabbiner Plaut rutschte, unangenehm berührt, auf seinem Stuhle. »Wer besorgt denn das da drinnen«, fragte er, »daß Sie so freimütig zu sprechen wagen?« – »Brave Leute«, entgegnete Frau Mengers. »Die SA. von unserer Straße. Haben schon soviel Bestechungen von allen Seiten empfangen, daß man vor ihnen reden kann wie vor Freunden. Bestechungen von Juden, bürgerlichen. Im Jahre 33 war mit ihnen noch nicht so zu spaßen, meinte mein Walter. Arme Teufel, nannte er sie, betrogenes Kleinbürgertum und darum echte Idealisten, die dem sogenannten Führer auf den Leim gingen – dem Blindenführer, wie er stets verbesserte.« Rabbiner Plaut unterdrückte eine Bewegung zur Westentasche, die Uhr zu zücken. Immerfort schwebte ihm auf den Lippen, die Mutter des »Verunglückten« um Erbarmen zu bitten oder sich fluchtartig zu verabschieden. Für sich selbst sah er keinerlei Gefährdung, da die Nazis sich ja in streng gesetzlichen Bahnen hielten. Aber Dr. Plaut mußte sich's gefallen lassen, daß man ihn hinter seinem Rücken innerhalb der Gemeinde Angsthase und Bangbüchs nannte; später freilich, nach den befehligten Synagogenstürmen und Pogromen des Jahres 38, ein »prophetisches Gemüt«. – »Sie haben darauf Wert gelegt, lieber Doktor«, wandte sich Frau Mengers an den Sohn ihres durch Freitod geschiedenen Freundes, »die Leute nicht durch Trauerkleidung zu reizen, die Sie in so großem Stil bestehlen? Das ist vernünftig, wenn auch nicht heroisch.« Der junge Biologe, kahlköpfig, Anfang der dreißig, lächelte vor sich hin. »Einerseits«, dozierte er mit leicht aufgestütztem Zeigefinger, »hat Papa den Wunsch geäußert, aus seinem Fall kein Aufhebens zu machen, dafür aber den Nazis, besonders Herrn Footh, soviel von der Beute abzujagen, als durch geschickte Liquidierung nur möglich ist. So ist es mir bereits gelungen, unsere gesamte Bildergalerie zur Ausfuhr freizubekommen, über ein Dutzend entartete Ölbilder von Paula Becker-Modersohn, die man mir sonst ohne weiteres zerschnitten hätte ...« – »Wenn man nicht vorgezogen hätte, sie in der Schweiz gegen Devisen zu verhökern.« – Jetzt sah Herr Dr. Plaut wirklich nach der Uhr. »Außerdem aber trage ich Trauer. Nach unserem jüdischen Gesetz, wie mir Herr Doktor bestätigen wird.« Und er wies auf eine Stelle seines Jackettaufschlages, wo ein Schnitt von etwa einem Zentimeter Länge die Naht zwischen dem Kragen und den Patten trennte. Mit einer Rasierklinge sachkundig ausgeführt. »Kriereißen, nennen das die Frommen. Außerdem lasse ich mir den Bart stehen.« Es klopfte an die Wohnzimmertür, ein junger SA.-Mann trat herein, ein geöffnetes Buch in der Hand. »Hier sind jetzt ein paar Bücher«, sagte er höflich, »die im Verzeichnis Ihres Sohnes nicht aufgeführt waren. Werden die vielleicht Ihnen gehören, Frau Mengers?« – »Sehr liebenswürdig«, lehnte Frau Mengers ab, ihre braunen Augen, die Augen ihres Sohnes, ins Grau des Regens gerichtet, die Welt hinter den Scheiben. »Alle Bücher meines verstorbenen Sohnes tragen sein Exlibris. Zeigen Sie es nur Ihrem Scharführer, Herr Boje weiß, was das ist.« Der uniformierte Hamburger Junge grinste. »Das gekrakelte Bildchen hier auf dem Deckel, Kamerad Boje hat es mir schon erklärt. Kulturbolschewismus von einem Entarteten, der längst nach Moskau getürmt ist.« – »Richtig«, bestätigte Frau Mengers, »von Heinrich Vogeler, Worpswede.« Bert Boje kam seinem Kameraden nach, legte ihm die Hand auf die Schulter und schob ihn der Tür zu. »In ungefähr einem Dutzend Bänden fehlt das Exlibris, Frau Mengers. Sie stehen aber im Bücherschrank bei den anderen und passen zu der Abteilung ›Denkwürdigkeiten und Briefwechsel‹.« – »Vielleicht sind sie erst später geliefert worden«, versuchte Dr. Plaut einem Zwischenfall von vornherein vorzubeugen. Aber Frau Mengers, ohne die Augen von dem dickverhangenen Himmel abzuwenden, sagte: »In diesem Falle nehmen Sie sie nur mit.« – »Wir legen Wert darauf, Sie nicht zu berauben«, versetzte Bert Boje kühl, »aber Dienst ist Dienst und Befehl Befehl.« Frau Mengers nickte irgendwohin ins Zimmer. »Gut so, junger Mann. ›Das ist des Landes so der Brauch‹.« – »Brauch oder nicht, es gibt sich auch«, ergänzte Bert Boje lächelnd das Faustzitat und entfernte sich. Aus dem Nebenzimmer erschallte alsbald das Klappern einer Schreibmaschine zu den Hammerschlägen, die den letzten Kistendeckel schlossen. »Sie legen ein Verzeichnis an und händigen mir einen Durchschlag aus«, erklärte Frau Mengers. »Sehr schade, daß Sie es mit Ihrem Besuche so ungemütlich getroffen haben.« – »Dieser junge Mensch machte doch einen netteren Eindruck«, damit erhob sich Dr. Plaut, um sich zu verabschieden. »Ja«, sagte Frau Mengers, »eines von den Opfern des deutschen Idealismus. Zweiter oder dritter Reihe; aber auch sie werden drankommen, was ich noch zu erleben hoffe.« – »Sie gehen also nicht nach Palästina? Schade.« – »Nein«, meinte Frau Mengers, indes auch sie sich erhob. »Mir liegt nichts daran, in noch mehr Unruhen verwickelt zu werden. Walter war immer dagegen, noch einen Nationalismus mehr auf die Beine zu stellen und dem Baldwinschen Empire Geschenke zu machen. Tausend-Pfund-Kapitalisten.« Der junge Dr. Kley stand ebenfalls auf und zog seinen Mantel zurecht, den er im Sitzen zerdrückt hatte. »Tausend Pfund langen höchstens zu einem Kapitalistenvisum«, sagte er lächelnd, »zu nichts anderem. Auch in Palästina kann man nicht zaubern. Hätte mein Vater seine Stiftungen der Universität Jerusalem gemacht statt unserem Hamburg, so blühten mir vielleicht Chancen, dort weiter zu arbeiten. So aber ziehe ich es vor, in der Nähe zu bleiben. Die Nachbarschaft des italienischen Faschismus ... Ich gehe nach Holland.« – »Aber lieber Freund«, sagte Frau Mengers, »die Welt hat doch keine Pässe für uns. Sie ist zu klein für Emigranten, die arme Welt. Zum Glück arbeitet mein ältester Sohn bei einer Schiffahrtslinie in Queenstown, Irland. Ihr Herr Vater hatte sicher Beziehungen dorthin. Ich würde unter allen Umständen Salzwasser zwischen mich und Herrn Hitler legen, wie das englische Radio sich ausdrückt. Nette katholische Leute, die Iren.« – »Hätten Sie je gedacht, Dr. Kley, daß Sie Klerikalismus und Dreieinigkeitsglauben noch einmal als Rettung begrüßen würden?« fragte sie sanft, während sie sich mit ihren Besuchern zur Tür bewegte. »Warum nicht – seit der Atheismus bis zu den Nazis heruntergekommen ist und Frau Förster-Nietzsche dem Führer einen Spazierstock ihres zum Glück wehrlosen Bruders überreichen durfte.« Frau Mengers gab dem jungen, kahlköpfigen Doktor die Hand. »Gegen Irland spricht vieles, vor allem der Regen«, lächelte sie, »aber seit man mir in meinen Paß ein rotes J stempelte und mich zur Sarah von Goebbels Gnaden ernannte ... Wir Israeliten hätten besser daran getan, unkte mein Sohn immer, unsere künstliche Isolierung freiwillig aufzugeben und den Messias anzuerkennen, zumal die Welt doch so gründlich erlöst aussieht. Finden Sie nicht?« Dr. Plaut zog die Schultern empfindlich zusammen, als werde er geschlagen. Die Tür öffnete sich von außen, der Scharführer Boje stand auf der Schwelle, legte die Hand an die Mütze und meldete: »Fertig. Bitte bestätigen Sie uns die Abschrift, Frau Mengers.«

Die beiden Herren gingen indes langsam die Treppen hinab – niemand freute sich darauf, in den kalten Regen hinauszutreten. Sie schlugen die Kragen hoch, knöpften sich fest ein, bereiteten ihre nassen Schirme zum Öffnen vor. »Auswandern in unseren Jahren – keine Kleinigkeit. Wer reißt sich leicht aus dem Boden, aus welchem er gewachsen ist.«

»Frau Mengers findet immerhin ein Heim, sobald sie das Schiff verläßt.« – »Wird sie das Gefühl je los werden, ihrem Sohn zur Last zu fallen?« setzte Dr. Plaut seinen Gedanken fort. »Im Märchen von Sindbad dem Seefahrer haben die Orientalen recht glücklich dargestellt, wie sich die Alten auf den Schultern der Jungen ausnehmen.« – »Ja«, nickte Dr. Kley und nestelte an seinem Schirm, »hinaus in die Ferne. Man setzt sich aufeinander und verengert sich die Zimmer. Unvermeidlich lernt man einander hassen.« Dr. Plaut zögerte vor der Haustür, die Klinke in der Hand. »Die russischen Emigranten, erinnern Sie sich noch, sie wärmten einander, fanden sich. Priesen sich glücklich, der Heimat entronnen zu sein. Der Sowjethölle, wie sie sie nannten.« – »Lieber Doktor«, bat Kley, »ich habe eine Verabredung; aber sie sehnten sich doch alle zurück, nicht wahr? So wird es auch uns gehen.« – »Kunststück«, erwiderte Dr. Plaut und öffnete die Tür, »uns! So schlimm wie den russischen Bürgern kann's uns doch nie gehen. Kriegen wir auch mal schlechtes Wetter, so bleibt uns doch immer der Regenschirm, der warme Mantel und das gemütliche Hamburger Heim mit dem warmen Kachelofen. Falls Sie nichts Besseres vorhaben, ich zünde bei mir die Chanukahkerzen um halb fünf Uhr an. Das 5698. Jahr seit Erschaffung der Welt.« Dr. Kley drehte sich um, lachte unter seinem Regenschirm und rief: »Glücklicher Mann! Wir zählen da nach Jahrmillionen.«

Zweites Kapitel

Dankbare Schuldner

Käte Neumeier freute sich, als Koldewey sie anrief. Inmitten ihrer Tagesarbeit gestand sie sich einigermaßen erstaunt, daß ihre Beziehung zu diesem Hause sich im ganzen verlagert hatte. Von Annette war sie verwunderlicherweise ganz auf den Vater übergegangen, diesen Mann, der es leicht gehabt hätte, naiven Vorstellungen gemäß, Menschen entweichen zu lassen, Gefangene, die er selbst für unschuldig der Verbrechen hielt, um derentwillen sie getötet werden sollten und wurden, und dem sie sein Verhalten keinen Augenblick anrechnete und verübelte. Ja, während sie vormittags den Urin einiger Patienten chemisch untersuchte und dabei vom Postboten unterbrochen wurde, der einen eingeschriebenen Brief aus Buenos Aires nur gegen ihre eigenhändige Unterschrift auslieferte, ging ihr auf, daß diese Nachsicht gegen Herrn Koldewey, dies Verständnis für seine Duldsamkeit und überlegene Haltung, guten Grund in ihr selber besaß. Ein Zuchthausdirektor konnte möglicherweise die Entweichung eines Gefangenen begünstigen. Aber eine Besucherin, der wirklich an der Befreiung dieses Häftlings gelegen hätte, mußte auf einen gewissen Vorschlag, fünfhundert Mark und ein Motorrad einschließend, anders reagieren, als sie es getan. Gewiß, sie besaß weder die Banknoten noch das Motorrad. Vielleicht wäre es ihr auch nicht gelungen, sie zu beschaffen. Aber einen solchen Vorschlag mit so realistischer Sicherheit abzulehnen, ihn zu verwerfen, als könnte dergleichen nicht in Frage kommen, das entsprach von der anderen Seite her ziemlich genau Herrn Koldeweys philosophischer und moralischer Überlegenheit – mach dir nichts vor. Sie waren Mitschuldige, sie beide, an dieser Blütezeit des Dritten Reiches. Und sie würden die Kosten nicht geschenkt kriegen, wenn einmal ein anderer Tag anbrach. Vorläufig konnte von diesem anderen Tag freilich die Rede nicht sein; die Fundamente des Dritten Reiches lagen in den Seelen der Deutschen besser gegründet als offenbar die der neuen Elbhochbrücke, wegen welcher es, wie Bert Boje berichtete, unter den Fachkollegen seit dem Besuch des Führers heftigen Streit gab. Die einen sagten, Senkkästen würden ausreichen, die anderen schworen darauf, daß ohne natürlichen Felsgrund eine Hängebrücke von diesem Ausmaß eine läppische Großsprecherei sei und sich als solche mit tödlicher Sicherheit erweisen werde, da man im Bett der Elbe ja in dieser ganzen Gegend Felsgrund eben nicht antreffe. Gab es in der deutschen Seele Felsgrund für ein Reich, gegründet auf Gewalt, Fälschung, Lüge und List? War durch die Machenschaften der politischen Kuhhändler in diesem Volke der Sinn für Wahrhaftigkeit und redlichen Gewinn völlig zum Teufel gegangen? Oder hatte der Zusammenbruch der Hohenzollernherrschaft und ihrer Junkermonarchie den politischen Grund und Boden wirklich so erschüttert, daß für lange Zeit nur dieses Rückgreifen auf Gewalt als das Urgestein der Menschenherrschaft über Menschen festen Grund und Boden schuf? Herr Koldewey liebte die aristokratischen Denker, die dergleichen meinten. Sie selber hatte früher Bücher ganz anderer Art gelesen, wenn auch nicht besessen. Und jetzt waren die natürlich nicht aufzutreiben. Die Schöpfer des Sozialismus, die auf gegenseitiger Hilfe und vernünftigen Verträgen, statt auf Gewalt, eine Gesellschaft zu gründen gedachten. Der Mann aber, der zuerst dem beherrschten Volke zugerufen hatte, es möge sich seinerseits der Gewalt bedienen, um eine gesündere, beglückendere und friedlichere Daseinsform zu finden, und jener erste unter seinen Schülern, der diese Anweisung zur Befreiung des sechsten Teils der Erdoberfläche von der Vorherrschaft einzelner Gruppen und Klassen angewendet und in der mühseligsten Tagesarbeit durchgesetzt hatte, diese beiden, Lenin und Karl Marx, standen ja jetzt als das leibhaftig Böse in den Geheimschränken der Bibliotheken und waren im Jahre 33 überall verbrannt worden, öffentlich, wie im geheimen. Ja, Nr. 1256 hatte Zucker, 1257 Flöckchen von Eiweiß im Urin, Nr. 58 war gesund und bei Nr. 59 zeigten sich Spuren von Sand – die Nieren mußten gespiegelt werden.

Als sie dann den Brief von K. A. Lintze öffnete, fand sich ein Scheck mit einer Büronadel daran befestigt, hundert Mark, zahlbar in Hamburg, bei jeder Filiale der Deutschen Bank. Der Text aber rief ihr alte Tage zurück, langvergessene, die ihrem Gefühl einst unendlich teuer gewesen. Um sich selbst gegenüber offen zu sein: ohne die Zeit mit diesem Manne wäre sie wahrscheinlich nicht in der Lage gewesen, ihre frühere Gedankenwelt so ganz über Bord zu werfen und sich jener anderen zu überliefern, die sie für Herrn Koldeweys Überzeugungen und Weisheiten erst empfänglich machte. Sie löffelte einen Teller Irish Stew, den ihre Marie als Eintopfgericht zu bereiten verstand, und dann noch einen zweiten, las, legte den Brief neben sich, las ihn noch einmal und dachte, das ist nun Schnee vom vergangenen Jahr. Hätte Karl August diesen Scheck schon im September herübergesandt, vielleicht wäre Friedel Timmes verrückter Vorschlag nicht so automatisch durchs Sieb gefallen. Vielleicht hätte sie dann wenigstens die Gegenfrage gewagt, woher noch vierhundert Mark nehmen. Am Abend wollte der Bert kommen, er hatte einen Gelegenheitskauf an Büchern anzubieten, mehr wollte er am Telephon ihr nicht erzählen. Nun vor der Sprechstunde oder nach ihr würde sie noch ein paar Ganzsachen für ihn heraussuchen. Jetzt bei der Zigarette und dem schwarzen Kaffee war sie dem Schuldenzahler ihrerseits etwas schuldig: den Versuch, sich sein Gesicht vorzustellen, seine Stimme am inneren Ohr heraufzubeschwören. Aber siehe da, dies mißglückte. Erst sah sie seinen Bruder vor sich, den Oberstleutnant mit kleinem Bärtchen und kleinem Mund, dann aber Herrn Koldewey, das lange Gesicht, die Oberlippe, seine guten, vorgewölbten Ziegenaugen. Und statt Karl Augusts Tonfall, den sie früher doch so gut im Kopfe hatte, klang jetzt Koldeweys belegte, so überaus sympathische Stimme, wie sie sie vorher am Telephon gehört. Irgendwelche seiner Meinungen und Sprüche, die der Menschennatur so duldsam entgegenkamen, nicht aus Liebe, sondern aus Ablehnung, aus dem Bedürfnis des empfindlichen Geistes nach Einsamkeit und Freiheit. »Freiheit, die ich meine«, ging ihr's durch den Sinn. »Die mein Herz erfüllt, komm mit deinem Scheine, süßes Engelsbild.« Die Mädchen in der Klasse hatten es ebenso schwer gehabt, den richtigen Ton zu treffen wie ihre Annette, und Lehrer Bomst mit seiner Geige hatte allerhand Ärger ausgestanden, bis der Chor klappte, dreistimmig, in welchem die Schülerin Neumeier zu den zuverlässigen Stützen der mittleren gehört hatte, des Mezzosoprans, wie man es in der Kunstsprache nannte ...

Ja, Annette Koldewey sang wieder. Wie mancher musikalische Mensch war sie nicht Herr ihrer Kehle; zu Zeiten ihres Freundes Manfred hieß es, beim Singen detoniere Annette wie eine Bombe, wobei das Tätigkeitswort auf bewußt doppelsinnige Weise angewendet wurde. Daher sang sie selten, nicht weil es sie, sondern weil es ihre Umgebung quälte. Jetzt aber sang sie wieder, wenn sie niemanden im Nebenzimmer wußte, und zwar, wie sie Käte Neumeier anvertraute, seit der Ankunft eines anonymen Briefes, mit Schreibmaschine auf gewöhnliches Durchschlagpapier gesetzt. Die Verfasserin – Annette zweifelte nicht einen Augenblick an deren Geschlecht – warnte Fräulein Koldewey. Die Abwesenheit des Herrn Footh werde sich für sie lange hinausdehnen, da dieser Herr einem gerissenen Aas in die Klauen geraten sei und wahrscheinlich aufgeheiratet werden würde. »Hast du eine Vermutung, von wem diese freundliche Warnung stammt?« hatte Käte gefragt. Annette fand keinerlei Hinweis dafür in ihrer Bekanntschaft. Sie suchte auch keinen. »Die Nähe, ohne sich zu weigern, sie nahm auch dies als Schicksal hin«, zitierte sie einen Vers des Dichters Morgenstern. Käte Neumeier blickte ihr prüfend in die Augen, einen gewissen Bert Boje dabei im Sinn, der sie seit heute nachmittag überhaupt sehr beschäftigte. »Wenn die Dinge so liegen, wie kam dann diese Verbindung überhaupt zustande?« Die beiden Freundinnen saßen vor dem Abendbrot im Wohnzimmer neben dem hölzernen Barlach und warteten auf Herrn Koldewey, der noch zu tun hatte oder sich umzog. Annette sang als Antwort jenes Bruchstück aus der Rigoletto-Arie, das die Veränderlichkeit der Mädchenherzen feststellt oder beklagt – sehr zu Unrecht, wie Frau Käte wußte. »Wenn das überhaupt stimmt, am allerwenigsten bei dir«, entgegnete sie auf diese musikalische Replik, über gewisse Verwechslungen von c und cis höflich hinweghörend. »Mehr weiß ich selber nicht«, wehrte Annette intimeres Eindringen in ihr Seelenleben ab. Käte Neumeier nickte – Frauen wie Annette gaben selten Auskünfte über das, was sie taten, auf alle Fälle anderen, vielleicht auch sich selbst.

Kultivierte Menschen im Dritten Reich balancierten auf schwierigem Untergrund; sie hatten genug zu tun, sich immer im Gleichgewicht zu halten, zumal in der Umgebung Dr. Koldeweys. Dann kam der Hausherr, man ging zu Tisch, und da Käte Neumeier für heute einen besonderen Pfeil im Köcher trug, verzichtete sie auf jede Fortsetzung dieser Forschungen; die Lösung würde sich ja eines Tages von selber einfinden.

Nach Tische nun, während Herr Koldewey seine letzte Zigarre genoß, kam sie zur Sache. Sie hatte heute die Liste einer Bibliothek bekommen, durch eine Art Zufall in der Gestalt ihres Neffen Bert Boje, die sie Herrn Koldewey doch vorlegen wollte. Der Nachlaß nämlich jenes Häftlings Mengers, an den sich Herr Koldewey ja wohl erinnerte, enthielt Bücher, die demnächst zum Verkauf gestellt werden sollten. Eine Sammlung besonderer Art, ausgezeichnet durch ein Exlibris von Heinrich Vogeler, Worpswede, das einen befremdlichen, unheimlich vorausdeutenden Schatten warf auf das Geschick des unglücklichen Besitzers. Es stellte einen Totenschädel dar, aus dessen Augenhöhlen Blütenzweige wuchsen, knospende Ranken – einen Totenschädel, der auf einem Stoß von Büchern lag, von Folianten und dünnen Heften. Das Verzeichnis selbst nun enthielt die Märchen der Weltliteratur, sehr interessante Sammlungen folkloristischer Art aus Afrika, Briefwechsel aus der deutschen Vergangenheit, Nietzscheana und besonders Denkwürdigkeiten und Lebensbeschreibungen. »Es wäre schade«, sagte sie, »wenn diese Sammlung ausgestreut werden würde in alle Winde des Zufalls und der Käuferschaft, wie man sagen könnte. Es sind Ausgaben, die von dem Stande unseres Buchgewerbes ein ebenso gutes Zeugnis ablegen wie vom Geschmack eines unserer Buchhandlungsgehilfen, den zu köpfen wir uns leisten konnten. Nun bin ich leider nicht reich genug, um das Ganze selber zu erwerben. Wie aber nun der Zufall spielt, hat mir ein Bekannter aus Südamerika vorgestern einen Scheck geschickt, ein Darlehen zurückzahlend, das ich ihm vor Jahren vorschießen konnte. Da ich diese Summe längst vergessen hatte, möchte ich sie zum Ankauf dieser Sammlung Mengers' verwenden. Nun habe ich aber keinen Platz in meiner Wohnung, und meine brave Marie versichert immer, Bücher seien Staubfänger und störten. Sie nun, lieber Herr Koldewey, haben oben in Ihrer Mansarde Raum für mehr als ein neues Bücherregal, und wenn Sie sich beteiligten ...« Annette verzog ihr Gesicht schmerzlich und drückte für einen Augenblick beide Hände gegen die Ohren. Herr Koldewey sah es nicht; er vertiefte sich in das mit der Maschine geschriebene Folioblatt, ein zweites zwischen den Fingern. »Ausgezeichnet«, sagte er. »Da ist manches auch mir Neue. ›Denkwürdigkeiten eines Nervenkranken mit einer Einleitung von Sigmund Freud.‹ Kennen Sie das?« – »Noch nicht«, entgegnete Käte Neumeier, »und da wäre noch manch anderes.« – »Leider stehen die Preise nicht dabei.« – »Man wird sie als gebrauchte Bücher taxieren lassen. Da der Erlös der Staatskasse zufließt ... « und alle lächelten. »Gut«, sagte Herr Koldewey. »Wir wohnen also der Stiftung bei der Gedächtnisbibliothek Mengers. Wenn der Gesamtpreis unsere Mittel nicht übersteigt, Frau Käte, lasse ich mir in unserer Tischlerei ein Regal anfertigen, und dieses Haus besitzt einen Anziehungspunkt mehr.« Der Blick, den er auf Käte Neumeier ruhen ließ, und der Ausdruck seines länglichen Gesichts war in diesem Zusammenhang schon lange nicht mehr bei ihm aufgetreten. »Eure Erfindung macht mir gar keinen Spaß«, klagte Annette. »Ich glaube nicht, daß ich da oben schmökern werde.« – »Wer weiß«, meinte Herr Koldewey. So weht, dachte er dabei, der Wind einen Pfeil auf den Schützen zurück, der ihn auftragsgemäß abgeschossen. »Diesen Nervenkranken möchte ich mir a priori ausleihen«, bat Käte Neumeier, »eine solche Einleitung verspricht manches.« – »Senatspräsident Dr. Daniel Paul Schreber – wer ist das?« fragte Koldewey und antwortete sich selbst: »Nun, wir werden's ja sehen. Professor Freud wird ja wohl nicht einen erstbesten der Leserschaft vorstellen. Neudruck, steht dabei. Es ist jedenfalls sehr hübsch, daß Sie gleich an mich gedacht haben.« – »An wen wohl sonst?« bedankte sich Käte Neumeier. »In die Bibliothek des SA.-Sturms Rothenbaumchaussee paßt all das ja ohnehin kaum, und Geld haben Jungens für Bücher auch nicht.« – »Wir auch nicht«, lachte Koldewey, die Augen und den Zeigefinger mit dem langen Nagel in der Bücherliste. »Und hier wäre ein Titel, den uns Ihr guter Bekannter abnehmen könnte: Hans Delbrück, Geschichte der Kriegskunst,

Band I–IV, sollte etwas für Herrn Lintze sein; wollen doch mal gleich fragen.« Und da es noch gar nicht so spät war, kaum neun Uhr, ließ sich Herr Koldewey mit dem Oberstleutnant verbinden. In der Wohnung meldete sich Frau Thea Lintze. Der Oberstleutnant hatte die Gelegenheit benutzt, schnell mal nach Berlin zu fliegen; er würde morgen wieder zum Dienst sein und sich übermorgen früh bestimmt freuen, Herrn Koldewey Bescheid zu geben. Trotz gewisser Aufbesserungen in der letzten Zeit hatte man es leider auch nicht so reichlich, daß man sich alle Lieblingsbücher anschaffen konnte. Aber der Delbrück wäre, wie sie ihren Mann kannte, bestimmt keine kleine Versuchung. »Hoffen wir, daß nicht nur der Geist willig ist, sondern auch das Portemonnaie.« Vielleicht gar ein Weihnachtsgeschenk, wie sie es für ihn schon lange suchte.

Käte Neumeier hatte sich einige der Mengersschen Bücher von ihrem Neffen in die Wohnung bringen lassen und den kleineren Teil des fälligen Betrages durch den Verkauf jenes Schecks auf den Tisch des Hauses zahlen können – jenes Schecks, der wie ein Geschenk des Himmels hereingeschneit. Als sie K. A. Lintze damals mit achtzig Mark zur Bezahlung längst fälliger Kolleggelder verhalf, hatte es zwischen ihnen ein solches Einverständnis gegeben, daß Mein und Dein dabei keine Rolle spielte ... Danach hatte sie, angesichts der Tatsachen, die in den tiefsten und wichtigsten Seelenschichten spielten, Geld und Geldeswert vergessen. Wahrscheinlich war es ihm ähnlich ergangen, obwohl sich ein Schuldner, moralisch gesehen, in einer sehr anderen Beziehung zu geliehenem Geld befinden sollte als ein Gläubiger zu verliehenem. Jedenfalls aber hatte er sich mehrere Jahre hindurch über diese achtzig Mark nicht geäußert, bis plötzlich auf dem brasilianischen Gummimarkt dank sehr großer deutscher Bestellungen eine Hausse entstand, an welcher offenbar auch Konsularbeamte verdienen durften. Und verdienten, da sie ja das Faktum der Bestellungen und ihr Ausmaß, dank diplomatischer Geheimschrift, vor jedem Sonnenaufgang und Hahnengekräh kannten. K. A. hatte sich auch nicht lumpen lassen und das Darlehen verzinst, auf billigem und humanem Fuße, und dazu geschrieben, die freundliche Geberin möge sich an diesen Zinsen nicht stoßen, sie verträten die Stelle eines Paketes jener beliebten bitteren Schokolade und jener gelben Teerosen, die so nur im gemäßigten deutschen Klima gezüchtet würden. Er werde sich gestatten, demnächst mit einer Gebrauchsanweisung ein paar Stücke Wurzelgeflechts zu schikken, aus welchem durch Wärme und Sonne phantastische Urwaldblumen emporsteigen würden, zauberartig und sonderbar inadäquat, wie der Klang Rilkescher Verse aus der häßlichen Schnur gedruckter Zeilen. So poetisch drückte sich Karl August aus, und Käte Neumeier lachte. Sie machte sich nichts mehr aus dem Dichter Rilke, aber sehr viel aus Zeilen, zusammengesetzt vermittels gutgeschnittener Buchstaben, Antiqua oder Fraktur, charaktervoller Drucktypen; durch Friedel Timme hatte sie gelernt, eine Walbaum von einer Fleischmann und eine Unger von einer Breitkopf zu unterscheiden. Aber sie lachte vergnügt, zündete sich eine neue Zigarette an und schlug das Buch auf, das sie unter der alltäglichen und durchschnittlichen Mitwirkung des Zufalls aus der Liste der Denkwürdigkeiten herausgefischt hatte, von Lebensbeschreibungen, in denen der Gründer der Homöopathie, Hahnemann, ebenso vertreten war wie der Schauspieler Christ, der nüchterne Herr von Brantôme wie der Schriftsteller Karl Philipp Moritz, der Opiumesser de Quincey und das Opfer des Branntweinteufels, Jack London. Aber während sie nun in den nächsten Wochen sich des dicken Buches bemächtigte und der meisterlichen Einleitung von fast siebzig Seiten, in welcher Sigmund Freud seine grundlegenden Folgerungen und Betrachtungen über das Wesen der Geisteskrankheit und dieses Geisteskranken niedergelegt hatte, ging in Käte Neumeier eine jener vorsichtig-fortschreitenden Umformungen vor, von der sich der gefangene Leser kaum Rechenschaft gibt. Das Buch enthielt den zumeist sehr freimütigen Bericht eines hohen Juristen, Mitglied des höchsten Dresdener Gerichtshofes, über seinen Zusammenstoß mit der Außenwelt bei der Erfüllung jener einmaligen Mission, die Gott der Herr ihm, und keinem anderen, auferlegte. Er war dazu auserwählt worden, die Welt zu erlösen. Dies sollte dadurch geschehen, daß er den Messias gebar und zu diesem Zweck in ein Weib verwandelt wurde, welches dem Beischlaf unterlag –

so drückte er sich aus. Offenbar stand es im Willen und Können des allmächtigen Gottes, seiner Liebe zu den Menschen und somit der Auserwählung des Dr. Schreber nachzugeben, so hätte man denken müssen. Aber eine Weltverschwörung hatte sich gegen diesen Erlösungsplan erhoben, entschlossen, dem Dr. Schreber diese Auszeichnung nicht zu gönnen, ihm seine Mitwirkung vielmehr kräftig zu versalzen. Die teuflischen Mächte, welche diese Quertreibereien von Stapel ließen, gehörten vor allem der Studentenverbindung Saxonia an, deren Mitglied Dr. Schreber einst gewesen. Alle ehemaligen Saxonen saßen verteilt auf den Sternen, hatten an den Nervenenden des Dr. Schreber Fäden angebunden, an welchen sie zerrten, ihm dadurch unerträgliche Schmerzen bereitend und ihn so aus der notwendigen Sammlung und Hingabe an seine welterlösende Aufgabe ununterbrochen herausscheuchend. Stellte er sich vor den Spiegel, um hübsch geschminkt und mit Halsketten behängt seinen nackten Oberkörper zu prüfen, ob seine Verwandlung in ein Weib bereits fortschreite und ihm Brüste wüchsen, so funkten diese Saxonen dazwischen. Die bedienten sich dazu des Anstaltsarztes Dr. Flechsig, der den besorgten und eifrigen Arzt spielte, in Wirklichkeit aber in mehrere Flechsigs gespalten war, von denen der untere Flechsig eine durchaus dämonisch quälende und folternde Rolle spielte. Wie sollte Dr. Schreber bei all diesen Verschwörungen und Intrigen die Welt erlösen? Wie mit seiner bedauernswerten Gattin ein harmonisches Familienleben aufrechterhalten? Hatten es seine Angehörigen nicht fertiggebracht, ihn in geschlossener Anstalt eben diesem Dr. Flechsig auszuliefern, zur Vivisektion gleichsam und Quälerei, wie sie noch keinem Sterblichen zugefügt worden? Nun aber kam das Überraschende, daß es dem Dr. Schreber, Senatspräsidenten zu Dresden, gelungen war, sich durch nichts als den eigenen Scharfsinn, die Logik und Beweiskraft seiner Eingaben und Schriftstücke aus dieser Internierung zu befreien und sogar die Entmündigung aufzuheben, die über ihn bereits verhängt war. Zugegeben, führte er aus, daß seine Auserwählung und sein Kampf mit den Saxonen etwas Einmaliges und Ungewöhnliches waren: rechtfertigte das seine Unterbringung in einer geschlossenen Anstalt? Machte es ihn unfähig, seinen bürgerlichen Verpflichtungen nachzugehen? Wurde er gefährlich dadurch, daß er seine Verwandlung in ein Weib erwartete? Die Verschwörung der Saxonen durfte so weitgehend von den Staatsbehörden nicht unterstützt werden, selbst wenn jene auf den Sternen saßen. Die Freilassung des Dr. Schreber und seine Wiedereinsetzung in die Verwaltung und Handhabung seines Vermögens konnte von ihnen nicht länger verzögert werden. Und damit die Erlösung des bedauerlichen Menschengeschlechts, dem es schon hätte viel besser gehen können.

Diese völlig absurde, von dem Wiener Professor meisterhaft durchleuchtete Krankengeschichte, vor mehr als dreißig Jahren niedergeschrieben, die einen Fall von offensichtlichem Verfolgungswahn darstellte, wissenschaftlich Paranoia genannt, genauer gesprochen Dementia Paranoides, hatte bei Käte Neumeier zuerst nur ein wissenschaftliches, leicht spöttisch unterkellertes Interesse wachgerufen. Durch welch geistige Verknüpfung ihr bei der Lektüre der Denkwürdigkeiten selbst, um welche der Professor in seinem Vorwort zur Vorrede dringend gebeten, als Parallele die Schrift »Mein Kampf« einfiel und auffiel, hätte sie später nicht mehr anzugeben gewußt. Als der Professor im Jahre 1911 seine Abhandlung verfaßte, war von einem Menschen namens Adolf Hitler außerhalb des Wiener Arbeitslosenasyls noch keine Rede gewesen; und Käte Neumeier wußte nicht einmal, daß diese beiden Zeitgenossen in der Stadt Wien damals gar nicht zu weit auseinander domiziliert hatten. Über die intimen Vorgänge in der Seele Adolf Hitlers wußten nur wenige Leute etwas, und niemand berichtete davon, außer im Flüsterton und gleichsam scheu und geduckt, wie im Schatten einer geschwungenen Geißel. Dennoch war im Verhältnis des deutschen Diktators zum weiblichen Geschlecht alles in Unordnung, und seine Vorliebe für möglichst naturalistisch gemalte weibliche Akte, seine Beschäftigung mit leidenschaftlich geliebten und geheimgehaltenen Filmen, seine prälatenartige, fast mönchische Lebenshaltung machten den Weg höchst verdächtig, auf welchem ihn der Lenker der Welt auserwählt hatte, Erlöser seines Volkes vom Versailler Vertrag und Messias der Deutschen zu werden. Ausschlaggebend für Käte Neumeier war jedenfalls die Parallele zwischen der Weltverschwörung der auf den Sternen sitzenden Saxonen und der der Juden, von welcher der beredte Verfasser von »Mein Kampf« ebenso überzeugt war wie Daniel Paul Schreber von der seiner einstigen Mitstudenten, ohne dafür plausiblere Beweise vorbringen zu können. Daß das Judentum zur gleichen Zeit den Kapitalismus wie den Sozialismus auf seine Mitmenschen losließ, daß es imstande war, Paris und Moskau zu dirigieren – heute hätte man Washington gesagt, dachte Frau Käte –, erschien der Leserin genau so absurd wie die Teilung des Geheimrats Flechsig in einen oberen und einen unteren. Schon vor dem Jahre 33 hatte Käte Neumeier gewußt, daß die Juden im ganzen eine ziemlich machtlose, einflußarme Bevölkerungsgruppe waren, auch wenn einzelne ihrer Abkömmlinge in verschiedenen Ländern wichtige Stellen im geistigen, ökonomischen, politischen Leben verwalteten. Sie taten es dann, wie jener arme Rathenau, unter heftiger Ausschließung jeder jüdischen Bindung oder, wie Trotzki, mit einer ausgesprochenen Richtung gegen diese. Nur ein wahnbeherrschter Geist wie der Dr. Schreber konnte aus seinen früheren Kommilitonen Dämonen machen, die auf den Sternen saßen, durch das ganze Weltall hin, nur um ihn, ausgerechnet ihn, hätte man früher gesagt, just ihn, zum Ziel ihrer Bemühungen und Verfolgungen zu machen. Ganz so absurd und wahnhaft muteten die Ärztin jetzt die Seiten an, die sie aus dem Buche »Mein Kampf« zum Vergleich heranholte. Sie besaß seine siebente Auflage, noch voller Invektiven gegen das deutsche Volk, dem dieser Wälzer das Alte und das Neue Testament ersetzen sollte, die Bibel der Christen und der Juden. Aber es war kein solcher Ersatz. Es war ein neuer Fall »Denkwürdigkeiten eines Nervenkranken«, nur daß seine Sinnwidrigkeiten und Fehlverbindungen neben scharfsinnigen Bemerkungen standen, die sich mit dem Wesen der Propaganda, der Wirkung der Reklame, der Eigentümlichkeit von Massenreaktionen auf grobe Lügen beschäftigten. Hier zeigte sich jenes Nebeneinander von Wahn und Scharfsinn, welches Daniel Paul Schreber erst in die Anstalt geführt hatte und dann aus ihr hinaus. Der Führer des deutschen Reiches lebte keineswegs in einer geschlossenen Anstalt; aber wäre es nicht besser gewesen, man hätte ihn 1923 hineingetan, statt auf jene bequeme Festung Landsberg, auf welcher er seine Denkwürdigkeit verfassen konnte?

Käte Neumeier war viel zu sehr benommen von ihrer Entdekkung der neuen Gedankenwelt, um sich von der Veränderung Rechenschaft zu geben, die sie bedeutete. Sie hatte das Buch »Mein Kampf« schon vor etwa acht, neun Jahren zum erstenmal vorgenommen, hatte sich mit ihm redlich herumgeschlagen, eine ganze Anzahl Widersprüche gegen ihre damaligen Studentenüberzeugungen festgestellt und sie schließlich in Kauf genommen, weil ein junger Mensch doch an etwas glauben will. Als die Sozialdemokratie in jenen Jahren praktisch vor dem Aufrüstungsbedürfnis des hindenburgischen Reiches die Segel strich, brach für Käte Neumeier nicht nur ihr Parteiprogramm zusammen, sondern die ganze Welt der Jugend, welche Karl Marx und seine Lehre ihr errichtet hatten. Jetzt kam offenbar das Alte wieder herauf, unwiderstehlich und in seiner Tragweite kaum bemerkt. Selbst die Kennzeichen der verschiedenen Druckschriften hatte ihr Friedel Timme beigebracht; aus seinen Übungsbüchern hatte sie sich all die feinen Unterschiede eingeprägt, an denen auch der Laie sie erkannte. Und so auch schien es eher der hingerichtete Mengers, als sie selbst zu sein, der ihr kritisches Denken wieder geweckt hatte und beherrschte. Aber sie merkte es nicht; reifer geworden selber und von dem Gang der Dinge immer tiefer enttäuscht, glaubte sie jetzt erst ganz auf eigenen Füßen zu stehen, mit eigenen Augen zu sehen, mit dem ihr zugewachsenen Verstande zu überlegen. Ereignisvolle Wochen, diese hier! Aber sie verzeichnete kaum, daß die neunzigjährige Greisin nun doch einer Erkältung erlag, ihre krebskranke Patientin in der städtischen Klinik II operiert werden mußte und einer Embolie zum Opfer fiel, einem Blutgerinnsel, das sich einen Weg in die Blutzufuhr des Gehirns bahnte und sie verstopfte, und daß das kleine Fräulein Holzmüller wieder ihrem Beruf als Verkäuferin nachging, als wäre nichts geschehen. Längst waren all die anderen Bücher des toten Mengers nach Fuhlsbüttel hinausgewandert, hatte die Anstaltstischlerei ein schwarzgebeiztes Regal hergestellt, nach Maßen, die es jener Mansarde genau einfügten, hatte Herr Koldewey seine Freude an dem neuen Schatz bezeugt und selbst Annette ihren Widerstand überwunden, um erst ein Buch über die Günderode und dann die Briefe der Liselotte von der Pfalz auf ihren Nachttisch zu übernehmen. Ja, Käte Neumeier hatte es zuwege gebracht, daß Bert Boje beim Auspacken der beiden Kisten geholfen und eine Bekanntschaft mit Annette Koldewey vertieft hatte, die sich verheißungsvoll anließ, zum mindesten für ihn. Für Käte selbst aber war schließlich in der Woche vor Weihnachten die Zeit gereift zu einer erst vorsichtigen, dann sehr freimütigen Unterredung mit dem neuen Besitzer der Bibliothek. Herr Koldewey hatte mit gespanntester Aufmerksamkeit die Andeutungen aufgenommen, mit denen Käte ihn auf die Verknüpfung vorbereitet, die das Buch des wahnbesessenen Herrn Schreber in ihr vollzogen. Erlöser und Verfolgter – wirklich, hier durfte auch ein Skeptiker aufhorchen. Heinrich Koldewey stand, wie so viele seiner Altersgenossen, der naturwissenschaftlichen Denkweise ungeübt gegenüber. Erzogen in den Formen und Überlieferungen der klassischen Bildung, wie sie vorwiegend von Philologen ausgewählt worden, interpretiert und der Jugenderziehung angepaßt, hatte er aus dem Gedankengute des neunzehnten Jahrhunderts eben nur soviel Wissen in sich verpflanzt, als von seinem Meister und Lehrer Nietzsche beigebracht und verwendet wurde, um seine Kulturtheorie zu stützen und zu sättigen. Dieser war nicht umsonst als Sohn einer Pastorenfamilie, eines Prinzenerziehers groß geworden; sein Haß gegen alles Revolutionäre, seine Verwechslung des Proletarischen mit dem Plebejischen, sein tiefer und echter Aristokratismus, geboren aus seinen verletzlichen, höchst sensiblen Künstlernerven, all das hatte Heinrich Koldewey zu tiefst wohlgetan, und die unerbittliche Sittlichkeit und Strenge von Nietzsches Denkart, die bezaubernde Musik seiner Prosa, geboren aus wahrhaft humanem, für Gesittung und Vergeistigung entbranntem Wesen, hatte ihn schon auf dem Gymnasium eingefangen, wo ihm die Geburt der Tragödie aus dem Geiste der Musik die antike Welt wie ein Scheinwerfer erleuchtete. Welche Erlösung nach den Stunden der Pauker, die imstande gewesen wären, ihm, dem geistesdurstigen Jungen, selbst den Homer zu verekeln, den Thukydides, den großen Plato! Die blaßblauen Bände der Taschenausgabe von Friedrich

Nietzsches Abhandlungen und Sprüchen verließen ihn im wahren Sinne des Wortes keinen Tag und nährten immer weiter das Licht eines unabhängigen, still für sich brennenden Denkens, das sie in ihm angezündet. Die fortschreitende Vergröberung, Verflachung, Verpöbelung der politischen Welt wurde ihm erträglich, ja willkommen durch Nietzsches Kritik an Bismarck und seiner Schöpfung. Aus allen möglichen Gründen hatte er sich entschlossen, den Anbruch des Dritten Reiches und seine wilde Gassenmelodie nur als die letztmögliche Steigerung und Verrottung des bismarckischen Junkertums hinzunehmen, nach welcher es notwendigerweise wieder aufwärtsgehen mußte, ins Patrizische, ins Soldatisch-Vornehme, Europäisch-Verbindliche – wie, wußte er freilich nicht. Er hatte sich nur immer gesagt, die Undurchsichtigkeit des Lebens, die Überraschungen, die aus ihm schlugen, seien eines seiner charakteristischen und auszeichnenden Merkmale, und es kam darauf an, sich im Hintergrunde, aber wach und wissend zu halten, damit, wenn der Tag eines Umschwungs anbrach, stille und geübte Hände vorhanden seien, um die neue Richtung des deutschen Weges, der europäischen Gangart mitzubestimmen. Auflehnungen schienen ihm billig und so kurzsichtig wie Professorenbrillen. Was war aus all dem geistigen Gebrodel nach 1918 herausgekommen? Weder Gustav Landauer noch Oswald Spengler hatten etwas Nachhaltiges bewirkt, von all den anderen Essayisten zu schweigen, deren tiefe, farbig geschriebene Aufsätze ihm die Monatsschriften ins Haus brachten, die er regelmäßig bezog. Die umstürzenden Entdeckungen, von denen in Mathematik und Physik immer heftiger die Rede war, verstand er nicht, und er lehnte es ab, sie zu verstehen. Waren Planck und Einstein Genies, wie ihre Anhänger behaupteten, so konnte er, Heinrich Koldewey, warten, bis jemand kam, ihm dies ins Glaubhafte zu übersetzen. Es mußte nicht jeder etwas von allem verstehen. Er baute seinen Kohl, mit Voltaire zu sprechen, erfüllte die Pflichten seines Amtes und war zu alt, um von sich noch Eingriff ins öffentliche Leben zu erwarten oder zu verlangen. Von den Schriften des Herrn Freud hatte er vernommen, diesen und jenen Aufsatz gegen sie gelesen, im ganzen aber keine Lust verspürt, sich mit ihnen zu befassen. Ein naturwissenschaftliches Genie der Seelenkunde? Männern wie Heinrich Koldewey genügte der Psycholog Friedrich Nietzsche für dieses und jedes noch etwa mögliche andere Leben.

»Daß mir die Adventszeit noch einmal ein solches Geschenk machen werde, habe ich mir auch nie geträumt«, sagte er dankbar, wenn sie zu dritt in seinem Arbeits- oder Herrenzimmer saßen und sich die Köpfe heiß gestritten hatten. Käte Neumeier nämlich hatte mit ihrer schüchtern vorgetragenen Entdeckung bei Heinrich Koldewey gleichsam einen Nerv berührt, ihn so emporfahren lassen, daß sein ganzes Lebensgebäude dabei einstürzte. Mußte er dazu seine hanseatische Reserve dem Dritten Reiche gegenüber volle fünf Jahre durchführen, damit an der Schwelle des sechsten eine Frau auftrete und ihm das ganze Gebäude anriß? War Sinn und Verstand in der Vermutung, jemand werde einen Mann, dem so ausgesprochen pathologische Züge nachzuweisen waren, an die Spitze des Deutschen Reiches stellen? Und war das allgemeine Denken der Nachkriegszeit, obwohl es zu allen Exzentrizitäten neigte, so jeder politischen Physik bar gewesen, daß man einen Scharlatan, einen Wahnbesessenen, einen partiell Irren, nicht durchschaute, sondern ihn walten ließ, bis er eine kunstvoll ausbalancierte Republik zu stürzen vermochte? Nein, Käte Neumeier! So bar des gesunden Menschenverstandes durfte man keine Gruppe auf der gesamten Erde taufen. Das Gruppendenken mochte langsamer sein, primitiver, weniger geschärft als das des Einzelnen, der Einzelnen, die die Gruppe aufbauten. Aber gewißlich war es dafür auch um so vorsichtiger, nüchterner, sachgemäßer. Ganz abgesehen von der Frage, ob dieser Herr Freud mit seiner neuen Deutung einer Geisteskrankheit recht hatte oder nicht, die Voraussetzung für Käte Neumeiers Parallele fehlte. Deutsche Industrielle, Bankiers, Politiker und Offiziere sahen sich sehr genau an, wem sie das Steuerruder in die Hand drückten, um ein beliebtes Bild des letzten deutschen Kaisers zu verwenden, der sich auf Ansichtskarten als Lotse hatte abbilden lassen, in Ölmantel und Südwester, wie er das Staatsschiff über eine umdräute See hinführte. Gewiß wollte Heinrich Koldewey die Einleitung und das Buch lesen, schon weil eine so vorzügliche Freundin davon so tief gefangen worden. Aber mit Vorbehalten, mit spöttisch blinzelnden Augen gleichsam, darüber sollte sich Käte keinem Irrtum hingeben.

Annette, in der Nähe der Zentralheizung auf den dicken, blaugrauen Teppich gekauert, eine Schachtel Zigaretten in Reichweite und ein Aschenschälchen aus japanischer Bronze – lies Zinkguß, spottete sie – zwischen sich und den anderen – den beiden Erwachsenen, wie sie insgeheim anmerkte – Annette blickte sehr gespannt vom Vater zur Freundin, ja, das war in der Tat ein Weihnachtsgeschenk, welches der tote Herr Mengers den Koldeweys gemacht hatte als Dank gleichsam für die lange, wohlbehütete Pensionszeit. In ihrem Vater war ein Anthrazitöfchen entzündet worden, es strahlte eine immer steigende Wärme aus und verjüngte den Papa – niemand hätte das geglaubt. Aber auch Käte Neumeier – Donnerwetter! Funkelte es in ihren Augen nicht, als stelle in ihrem Kopf eine graue, einst schwarze Katze den gekrümmten Rücken hoch? Was das Denken der Gruppen anlangt, entgegnete sie etwa, darüber wisse man doch Bescheid, wenn man die Schriften eines gewissen Karl Marx gelesen habe. Das Sein bestimmte da das Bewußtsein. Die Beobachtungsgabe und Sachkritik stand im Dienste des Klasseninteresses – ja oder nein? Automatisch setzte das ein, was Freud Verdrängung nannte – ein Wegsehen von Eindrücken, die eine Wunschphantasie, die Aufrechterhaltung der Klassenherrschaft, bedrohten. Einem gleichgültigen Gefreiten Hitler gegenüber wären die Herren Deutschlands sehr wohl nüchtern und skeptisch genug gewesen, um ihn auszulachen oder in eine geschlossene Anstalt zu stecken, damit man ihn dort heilte oder unschädlich machte auf Lebenszeit. Kam aber ein Retter des Klassenstaates aufmarschiert, ein Werkzeug, brauchbar zur Niederhaltung des vierten Standes: nur herein, mein Herr, hochwillkommen, Sire. Ob sie nun Napoleon I. hießen, Napoleon III., Otto von Bismarck oder General Boulanger! Nur zugegriffen, bitte.

Herr Koldewey hatte Karl Marx nicht gelesen – leider, warf Käte Neumeier ein – und konnte dem Satz nicht beipflichten, daß ganz allgemein das Denken des Menschen von seiner ökonomischen Lage geformt werde. Das ganze Phänomen Faschismus mit all seinen Vorläufern widersprach dem – weder die Romantik, noch das Biedermeier mit all ihren Schöpfungen ließen sich so verstehen. Aber politisches Denken und Massenbewußtsein stand tatsächlich unter dem Gesetz des Gruppeninteresses. Es war wirklich nicht ausgeschlossen, daß einem Heiland gegenüber, einem Wundertäter, die kritische Prüfung aussetzte. Bei Religionen wie bei der Bildung von Sekten konnte man nur mit solchen Hilfsmitteln weiterkommen. Das Erlösungsbedürfnis des Menschen, das ihn immer wieder in die Hände von Schwärmern und betrogenen Betrügern lieferte, war offenbar ein furchtbarer Hebel, wenn dazu materielles Elend trat, wie Georg Büchner es in seinem »Danton« formulierte. War aber Italien im Jahre 22 und Deutschland im Jahre 32 materiell elend zu nennen gewesen? Waren sie mit dem Rußland von 1917/18 zu vergleichen? Da stimmte etwas nicht, wie Käte Neumeier zugeben würde. Ohee – da fuhr sie aber auf! Natürlich ließ sich das nicht vergleichen! Natürlich stimmte da etwas nicht. Wenn aber eine einst unumschränkt herrschende Schicht wieder an die Macht wollte, wie? Wenn die verhinderte Monarchie mit einem Hindenburg an der Spitze einer verhaßten Republik auf legale Weise – alles streng legal, Herr Präsident! – den Hals zuschnüren wollte, was dann? Wenn hier ein Mann kam, ein Rattenfänger von Hameln des Kleinbürgertums, der dieser verachteten Demokratie mit Saalterror und Stimmzetteln den Garaus zu machen versprach? Wenn man ihm gestattete, eine Privatarmee zu bewaffnen und die Zauberflöte zu blasen, mit welcher er allen Leuten das Lied vom Bäumchen mit goldenen Blättern vorgaukelte? Und wenn er auf den alten Resonanzboden zurückgriff:

Aber wie es Abend ward,
Ging der Jude durch den Wald,
Mit großem Sack und großem Bart.
Der sieht die goldenen Blätter bald;
Er steckt sie ein, geht eilends fort
Und läßt das leere Bäumlein dort.

Was dann, Herr Gefängnisdirektor? Hätte der Mann ebenso wild beteuert, die Frauen seien schuld an der ausweglosen Situation, die Fleischesser, oder die Rothaarigen – wäre er dann nicht ausgelacht worden, und hätte man ihm auch dann zur Macht verholfen? Zweifellos nicht. Ihm wären kaum mehr Anhänger nachgelaufen als Herrn Häuser oder dem Weißkäsepropheten Weißenberg. Aber da ihm eine Autorität wie General Ludendorff und die Völkischen alle vorgearbeitet hatten, die Baltikumer und ihre weißgardistischen Generäle, ohne daß Lächerlichkeit sie beiseite fegte, da im Gegenteil Hunderttausende von Juden östlich der Weichsel ihr Leben hatten lassen müssen, als es galt, den Bolschewismus zu stürzen, ohne daß Europa ihnen zu Hilfe kam – war da nicht bewiesen, daß diese Seite der menschlichen Natur, dieses Vorurteil aus den religiösen Kämpfen des ausgehenden Altertums und des ganzen Mittelalters, auch heute noch einen brauchbaren Hebel darstellte, wie sich Herr Koldewey ausdrückt? »Setzen Sie in ›Mein Kampf‹ überall dort ›Saxonen‹ ein oder der ›untere Flechsig‹, wo ›Judentum‹ und ›Karl Marx‹ steht, und Sie werden sich der Einsicht nicht widersetzen können, daß zwischen dem Erlösertum des Herrn Hitler und dem des bedauernswerten, bewundernswerten Herrn Schreber durchaus Zusammenhänge bestehen. Gleichheiten, so bestürzend, daß Sie von meinem Verdacht infiziert sein werden. Eine kritische Prüfung, Dr. Koldewey, ist alles, was ich verlange, und danach wollen wir weitersprechen.«

Ja, so stoben die Funken. Nun hatte noch niemand Heinrich Koldewey zu einer kritischen Prüfung vergeblich aufgefordert. In den Weihnachtsfeiertagen vertiefte er sich denn auch in die seltsamen »Denkwürdigkeiten« und zunächst in die Einleitung, und er merkte gleich, mit welch großem Schriftsteller er es zu tun hatte, und daß es einen Verlust bedeutet hätte, wäre er an dieser Erscheinung weiterhin vorbeigegangen. Das war gedacht und war geschrieben mit einem Gefühl der Verantwortung, der Kühnheit und der Vorsicht, wie er sie ähnlich in neuerer Zeit nur bei Jacob Burckhardt getroffen. Eine überaus schwierige Materie wurde hier gehandhabt, nicht mit dem Blitzlicht und den Blitzen seines Friedrich, sondern mit der nüchternen und gediegenen Sachkunde eines Naturbeobachters, dem freilich nicht die kleinste, einmalige Besonderheit seines Falles entging, und der sie, wie Galilei die Schwingungen jener pendelnden Lampe, auf allgemeine Prinzipien zurückzuführen verstand. Daß man ein ebensogroßer Schriftsteller wie Nietzsche sein konnte unter ausdrücklicher Ablehnung alles Geistreichen, Musischen, dichterisch Beschwingten, ein Naturwissenschaftler des Seelischen, das mußte der lesende Koldewey mit aufrichtigem Erstaunen an sich erfahren; er vermochte diese Einleitung nicht aus der Hand zu legen, so spannend war sie entworfen und durchgeführt, ja er mußte sie sogleich ein zweitesmal beginnen.

Die Tage zwischen Weihnachten und Neujahr waren dafür vorherbestimmt, alte heidnische Feiertage, während denen die Dämonen freies Spiel hatten, zumindest freien Umgang mit den Menschen. Annette hatte, wie jedes Jahr, einen großen Christbaum geschmückt und gerüstet, mit Ketten und Netzen aus Buntpapier und Lametta, mit vergoldeten Nüssen, kleinen Tieren aus Marzipan und vielen Watteflocken, welche die Schneeflocken ersetzen mußten, die sich wieder einmal, o Hamburger Matschwetter, weigerten, liegen zu bleiben. Der Garten um das Haus troff; wo sich die Vögel mittlerweile aufhielten, wußte niemand. Annette und ihre Schwestern dagegen waren häuslicher als je. Wer gänzlich abwesend blieb, war Hans Peter Footh. Statt seiner traf ein lustig geschriebener Brief aus der Hohen Tatra ein, aus Nove Schmokovec oder Alt-Schmecks, wo er sich zum Skilaufen aufhielt, und ein gefrorener, junger Rehbock, den er selbst geschossen zu haben behauptete. »Sie dürfen sich nicht wundern, verehrter Herr Koldewey, Sie und Ihre lieben Angehörigen, wenn ich fürs erste weiterhin unsichtbar bleibe. Es könnte sein, ich gehe nach Ploeschti und Konstanza, um für meine vergrößerten ›Äuglein‹ bessere Bedingungen zu erwirken; mein Petroleumladen steht in Blüte.« Und gleichzeitig las Annette, daß er sich mit einem Fräulein Blüthe, diese mit »th«, verlobt habe und zu Ostern schon heiraten werde. »Gar nicht schlecht«, sagte sie und hob die beiden Briefe, zusamt dem einen Kuvert auf, in welchem sie eingetroffen waren. »Den Übergang von 37 zu 38 werden wir im Zeichen des Rehs verbringen, gespickt und gebraten, mit saurer Sahne und Cumberlandsauce, warm und kalt. Und Käte Neumeier wird dazu eingeladen, und sie darf auch ihren Neffen mitbringen, wenn der will.«

Wer aber noch während der Feiertage zu Besuch kam, das war Oberstleutnant Lintze. Er hatte sich zu bedanken für das bezaubernde Weihnachtsgeschenk, zu dem Herr Koldewey seiner Frau verholfen hatte. Die Geschichte der Kriegskunst hatte er sich schon lange gewünscht, aber da er sich zu seinem Geburtstag erst den großen Andréschen Handatlas angeschafft, an welchem er ziemlich lange abzuzahlen hatte, war der Gelegenheitskauf der vier Delbrück-Bände ein Geschenk des Himmels. Solch eine Lektüre brachte einen übrigens auf andere Gedanken, weg von der Gegenwart mit ihren Schwierigkeiten und sonderbaren Erscheinungen. Herr Koldewey musterte seinen Besuch genauer und fand, der Oberstleutnant sah nicht gut aus. Sein Gesicht stellte sich zerfurchter dar als je, und seine Augenbrauen zogen sich mitten im Gespräch grundlos zusammen und entrunzelten sich wieder, angespannt, als gebe sich der Herr Oberstleutnant Mühe, unbefangen zu erscheinen. Auch rauchte er auffallend viele, nach der ersten Hälfte ausgedrückte, dicke Zigaretten. Besonders Käte Neumeier, die an jenem Nachmittag des zweiten Weihnachtsfeiertages mit Annette Tee trank – es war zufälligerweise Sonntag, und sie kam eigentlich, um sich an Herrn Koldewey in guten Streitgesprächen zu reiben –, besonders diese scharfsichtige, gute Bekannte wunderte sich über Herrn Lintzes nervösen Zustand. »Überarbeitung«, achselzuckte der Oberstleutnant. Die Einschmelzung von Husaren und Infanterie zu einer Panzerdivision brachte viel Ärger mit sich, daran war nicht zu tippen. Außerdem aber, hier durfte er ja offen sein, sahen die reichswehrtreuen Kreise des Heeres den Einflüssen nicht gerade glücklich zu, die sich hinter den Kulissen geltend machten oder zu machen schienen. Alles gab sich unschuldig, unverantwortlich, aalglatt, aber ob nicht Gefährliches dabei im Spiel mitwirkte – hier durfte er ja offen sein, wiederholte er –, das wußte niemand. Wer diese vermaledeite Elbhochbrücke dem Führer eingeredet hatte – plötzlich wollte es niemand gewesen sein. Die Marineleitung beteuerte, ihr habe es ferngelegen, die Unterelbe für Flugzeuge auffälliger zu gestalten und das Gelände, das man für U-Bootbau und unterirdische Ölanlagen so harmlos als möglich brauchte, um und umzubuddeln und mit Betonsockeln und Senkkästen zu versauen.

Jener Besuch des Führers und seine Rede vor den Arbeitern hatte die Klarheit in diesem Punkte nicht erhöht. General von Fritsch wurde unter Brüdern der Satz nachgesagt: Gott behüte unser Volk vor einem Künstler an der Spitze der Wehrmacht! Und da sagte jeder wahre Soldat ja wohl nur Amen.

Heinrich Koldewey und Käte Neumeier wechselten einen Blick, so unklar ihnen der ganze Sachverhalt auch noch war: hatten sie nicht die Pflicht, diesen Offizier hier ins Vertrauen zu ziehen? Schien ein solcher Schritt nicht zu verfrüht, würde Herr Lintze die Angelegenheit auch nur verstehen? Jedenfalls, meinte Herr Koldewey vorsichtig, hatte in allen schwierigen Zeiten an der Spitze des Heeres ein General zu stehen, der ein guter Soldat war und nichts darüber. Schon General Ludendorff, wenn man einem Landwehrmajor diese Bemerkung gestattete, einem Landwehronkel der Etappe, schon dieser geniale Stratege hatte sich vielzusehr um Politik gekümmert, als er endlich ganz oben hinaus gelangt war. General Hoffmann, den Foch und die Russen seither für den fähigsten deutschen Militär erklärt hatten, schon er hatte den Meister des Weltkriegs schwerer Fehler bei der Anlage seiner Offensiven bezichtigt. Die hätten, schrieb er, das deutsche Volk um die Früchte seiner Siege gebracht und ungeheure Blutopfer gekostet, die ein bescheidener Stratege vermieden hätte. Was alles konnte passieren, wenn man einem Nichtmilitär die hemmungslose Verfügung über alle Kräfte und Menschen unseres Volkes überließ?

Und da geschah etwas Sonderbares. Herr Lintze zog aus der Innentasche seines Waffenrockes eine Anzahl Photographien – Ansichtskarten, wie er sagte, von Adolf Hitlers Hofphotographen aufgenommen und überall für eine Mark zwanzig zu kaufen. »Schauen Sie sich das an«, sagte er tonlos, »lassen Sie es auf sich wirken. Darf ein Staatsmann sich so hinstellen? Stellt man sich so aus? Darf einen nicht das Grausen ankommen bei dem Gedanken, es könnte einmal an einer Bremse fehlen in der Hand eines nüchternen Sachkenners, wenn der Reichswagen auf gefährliche Berg- und Talfahrten geschickt wird?«

Heinrich Koldewey und Käte Neumeier reichten einander die Photos zu, vertieften sich in die Darstellung, sagten nichts. Lautlos und warm umgab sie der behagliche Raum. Gebrauchte Teetassen aus Glas, Scheiben eines schweren Weihnachtsstollen voll Rosinen und Zitronat boten sich in silbernem Korbe an, der Rauch von Zigaretten und Herrn Koldeweys Zigarre ward von der Zentralheizung in die Höhe getragen. Annette und ihre Schwestern lachten im Nebenzimmer mit Thea Lintze und Paula Russendorff; jemand holte aus dem Lautsprecher, dem Kurzwellenband, die verschiedenartigste Tanzmusik aus England und Amerika. Hier aber blickten drei Augenpaare in die Bildnisse, die den Redner Adolf Hitler festhielten, bei hellem Deckenlicht und einer milden Tischlampe. Sie sahen dieses Gesicht, diese völlig durchschnittliche menschliche Erscheinung, in wilden Verzerrungen dargestellt, mit verkniffenen Augen, offenem Munde, Falten über der Nase, vorgeschobenen Zähnen. Besonders auffällig erschienen ihnen die Hände, die in den weitausholenden Gebärden einer Rede kaum etwas Ungewöhnliches verrieten, hier aber, von der Kamera beschworen, ganz und gar aus dem Rahmen sprangen, fast irrsinnig wirkten. Herr Koldewey legte die sechs Bildchen vor sich hin, ließ seine Blicke darüber gleiten. Schuf sich aus den Gebärden gleichsam einen Film. Käte Neumeier trat hinter ihn, beugte sich neben sein Ohr, berührte es fast mit ihrer Wange. Es standen Texte unter den Bildchen, Sprüche aus Adolf Hitlers Reden, aber sie nahmen sie kaum auf. So hätte sich Herr Daniel Schreber hinstellen können, wenn er mit den Stimmen kämpfte, die ihn plagten, wenn der »untere Flechsig« oder die Saxonen an seinen Nerven zerrten, wenn er Ordmudz und Ariman, seinen beiden Gottgestalten, beteuernd oder zornig entgegentrat. Nun war der Dresdener Senatspräsident ein viel zu wohlerzogener Mann, selbst mitten in seinem Wahne, um solches Theater aufzuführen. »Herr Oberstleutnant«, sagte Koldewey ernst, »wir müssen zu unseren Damen. Lassen Sie mir diese Karten für ein paar Tage hier, ich bitte darum. Ich bin in einer Lektüre begriffen, von der ich Ihnen erzählen möchte, wenn's soweit ist. Sie fügt sich überraschend in Ihre Besorgnisse, für deren Mitteilung ich Ihnen als konservativer Mann und Weltkriegssoldat zu tiefst verpflichtet bin. Halten Sie mir den Sonntag nach Neujahr frei. Ich glaube schon, wir werden uns verständigen.« – »Da bin ich gespannt«, stimmte Herr Lintze zu, stand auf, zog seinen Waffenrock zurecht. »Ich habe noch sehr viel mehr im Köcher. Am zweiten Januar also zum Nachmittagskaffee, und dann absentieren wir uns in eine Ecke.«

Drittes Kapitel
Der Schrecken

Herr Koldewey, solange die Frist seines Lebens sich noch ausdehnte, vergaß nie diese Tage zwischen Weihnachten und Neujahr, in denen er den über fünfhundert Seiten starken Band durchstudierte, welchen der außerordentliche Senatspräsident Dr. Daniel Paul Schreber der Welt hinterlassen, insbesondere dem deutschen Volk, in dessen Sprache er ihn geboren. Da ein Direktor auch in den Amtsstunden Zeit hat, weil er es hoch genug gebracht, wanderte er aus der Villa hinüber und zurück, mit einer Aktentasche, wie ein Student, der Lehrbücher unter den Arm klemmt. Und am Abend ließ er regelmäßig Frau Dr. Neumeier hinausholen und zurückbringen und arbeitete mit ihr wie ein Prüfling vor dem Examen mit einem Einpauker. Es enthielt diese Tasche aber nur zwei Bücher; die »Denkwürdigkeiten« Schrebers und das Geistesgebilde Adolf Hitlers und jene sechs Ansichtskarten, auf denen, ging es nach dem Wunsch des Dargestellten, die Zukunft Deutschlands und Europas abkonterfeit war, vielleicht die der Welt. Herr Koldewey hatte ein besonders hoch notiertes Wertpapier verkaufen lassen, die Aktie einer Akkumulatorenfabrik, um den Schätzungspreis für die Bibliothek Mengers zu erreichen, den Scheck von Karl August Lintze eingeschlossen. Er zog außerdem noch Texte von Reden hinzu, die der neue Apostel der Deutschen bei verschiedenen Gelegenheiten gehalten – er fraß sich durch die Materie, wie er sagte. Käte Neumeier aber wurde ihm mittlerweile zu einer Hausgenossin, einem Bedürfnis, einer geistigen Ehefrau. Ihr bräunliches, vom Winter gebleichtes Gesicht, ihre freundlichen Augen, das graue Haar und die schönen, kräftigen Hände mußten da sein, damit er den Einsturz seiner gesamten Haltung ertrug, soweit er sie seit dem dreißigsten Januar 33 eingenommen. Er hatte weggesehen, ganz einfach. Geschichtskenntnis und Bildung hatten ihn gelehrt, man dürfe nicht wählerisch und wehleidig sein, wenn neue große Dinge entstehen sollten; so reizend die Liebe war, so wenig war sie mit ihren Gewohnheiten, Absonderungen, Folgen geeignet, nach rein ästhetischen Gesichtspunkten beurteilt zu werden. Wo etwas Neues ward, ja, wo überhaupt ein Zeugungsprozeß sich abspielte, ging es unappetitlich zu. Das wußten nicht nur die Hebammen. Deutschlands Größe war einen Zeugungsakt wert, einen jahrelangen, und wenn im Konzentrationslager nebenan Schreie erschollen, Teppiche geklopft wurden, Särge angefordert, so war dies nicht sein, Heinrich Koldeweys Bereich. Ähnlich hatte er sich auch mit dem Tode Manfreds abgefunden, dieses Jungen, der ihm den fehlenden Sohn hatte ersetzen sollen, worauf seine Annette so positiv und willfährig eingegangen. Seit dem siebzehnten Jahrhundert hatte der Deutsche den Genialismus im Leibe, der im achtzehnten und neunzehnten zu solcher Blüte ausgeschlagen, durch soviel große Männer bestätigt worden war. Und von Friedrich dem Ersten, Nietzsche, trug Dr. Koldewey zwei Sprüche in seiner Gesamtausgabe parat, die ihm recht gaben. Der eine aus »Fröhliche Wissenschaft«, der andere aus »Menschliches, Allzumenschliches«. – »Wer wird etwas Großes erreichen, wenn er nicht die Kraft und den Willen in sich fühlt, große Schmerzen zuzufügen? Das Leidenkönnen ist das wenigste; darin bringen es schwache Frauen und selbst Sklaven oft zur Meisterschaft. Aber nicht an innerer Not und Unsicherheit zugrunde gehen, wenn man großes Leid zufügt, den Schrei dieses Leides hört – das ist groß, das gehört zur Größe.« Das hatte der junge, gesunde Nietzsche geschrieben, der Basler Extraordinarius, noch fern von all den Schicksalsprüfungen, die für ihn im Schoße der Götter bereitlagen. Und Heinrich Koldewey hatte sich ein Beispiel daran genommen, obwohl er nicht aufhörte und es auch nicht wollte, ein humaner Mensch zu sein. Kam jetzt der zweite dieser Aphorismen für ihn in Betracht, den er bislang den Gegnern des Regimes, des Genies A. H. zugute gehalten? »Wer nicht begriffen hat, daß dieser große Mann nicht nur gefordert, sondern auch, der allgemeinen Wohlfahrt wegen, bekämpft werden muß, ist gewiß noch ein großes Kind – oder selber ein großer Mann.« Daß man einen Dilettanten an die Spitze des Reiches stellte, das ließ sich vertreten; schon oft war von Nichtfachleuten, Unabgestempelten, das Heil ausgegangen in schwierigeren Endkrisen als denen der Weimarer Republik. Unter solchen Umständen schluckte man auch Entgleisungen, wie der Nazi-Antisemitismus eine war, von dem Nietzsche, anläßlich Richard Wagners, das harte Wort gefunden: »Er kondeszendiert zu allem, was ich verachte, selbst zum Antisemitismus.« Man brauchte nicht nietzschischer zu sein als jene Frau, in deren Schutz das letzte Jahrzehnt dieses erschütternden Lebens abgelaufen, die Schwester, die Nietzsche selber »das Lama« getauft hatte, weil dieses Tier große Lasten auf sich nahm, ohne zusammenzubrechen. Aber ein Dilettant und ein Wahnsinniger, das war ein Unterschied, nicht wahr? Wie denn nun, wenn die Weltuntergangsphantasien des unglücklichen Schreber in seinem Geistesverwandten Adolf Hitler praktische Bedeutung annahmen? Wenn es ihm wirklich nicht darauf ankam, wie in konservativen Kreisen gemunkelt wurde, viele Millionen junger Deutscher zu opfern, um das Reich für zweihundertfünfzig Millionen Menschen aufnahmefähig zu machen? Wenn er sich wirklich darauf vorbereitete, das westliche Rußland, zumindest die Ukraine mit Waffengewalt zu erobern? Manfred Koldewey hatte aus den Kreisen der jungen, gescheiten Reichswehroffiziere berichtet, daß man dort die »Sache Spanien« als Generalprobe ansehe, um den totalen Krieg einzuüben, den Ludendorff schon geistig vorbereitet. »Wir haben keine Wahl«, pflegte er, pflegten sie zu verkünden. »Wir müssen mit den Russen zur Mensur antreten, nachdem es Bismarck unterlassen hat, der Schlacht bei Zorndorf die richtige Nachfolge, den geeigneten Nachdruck zu schaffen …« Hatte dieser Herr Freud recht, wie Käte Neumeier immer wieder unterstrich, so gab es keinen Unterschied zwischen der Enthemmtheit des Wahns und der des Künstlers, sofern man sich in die Perspektiven dieses Wahns selber eingliederte, ihn nicht an der Wirklichkeit maß, ihn der »Realitätsprüfung« unterzog, mit den Maßen des gesunden Menschenverstandes an ihn herantrat. Dann mußte man den Wahnbesessenen von der realen Welt isolieren, damit er nicht wirklich mit Europa Weltuntergang spielte, die Mitlebenden für »hingewundert« hielt, für »flüchtig hingemachte Männerchen«, mit denen man zur Not auch Schindluder treiben konnte. Dann blieb die Rolle aller derer nicht auszudenken, die diesem Mann die Macht in die Hände gespielt hatten, einem partiell Irren die Hebel griffrecht machend, die unsere Zivilisationsmaschine steuerten. Dann mußte man ihn, Heinrich Koldewey und alle seinesgleichen im alten Europa, zumindest aber in Deutschland, der ärgsten Fahrlässigkeit anklagen, mehr noch, der Mitschuld.

Heinrich Koldewey hatte das Leben immer geliebt, auch wenn es ihm schwere Schläge versetzt, wie damals, als es ihm seine Frau nahm, dumm und aus heiler Haut, in jener letzten Grippewelle, die Deutschland nach dem Krieg überflutete. Hätte Käte Koldewey damals ganze Gummischuhe besessen, so wäre das Geschick vielleicht an ihr vorübergegangen; aber mit nassen Füßen hatte es angefangen und mit einem Sarg und drei Waisen geendet. Und jetzt saß wieder eine Käte bei ihm und verbreitete geistige Wärme, frauliche Wärme ... Zwischen jener ersten Käte und ihm hatte es an kleinen Konflikten nicht gefehlt, die mit seinem Rauchen zusammenhingen, der Zigarre; sie mochte den kaltgewordenen Dunst durchaus nicht, den das geliebte, gewickelte Kraut hinterließ. Mit dieser Käte hier würden solche Reibungen a priori wegfallen. Mit Annette verband sie wirkliche Freundschaft, und Thyra wie Ingebottel hatten sich ihr als Ärztin anvertraut in den Schwierigkeiten, die das Leben junger Menschen garnieren, seit sie nicht mehr bleichsüchtig zu sein brauchen. Diese Bleichsucht war ausgestorben, Eros und die Lebensreformer hatten sie aus dem Felde geschlagen; warum sollten die beiden Fräuleins nicht einsehen, daß auch ein Mann über sechzig nochmals heiraten konnte, wenn eine Frau ihm sonst gefiel und mit seiner Art und Weise einverstanden war? Ob Käte Neumeier freilich einwilligen würde, stand auf einem anderen Blatt; das wußte niemand. Es blieb auch eine spätere Frage. Fest stand jedenfalls, daß sie Heinrich Koldewey empfindlich gefehlt hätte, wäre sie nicht jeden Abend zu einem Butterbrot erschienen, um die Auferstehung Friedel Timmes in sich selbst immer weiter zu treiben. Adolf Hitler mußte weg. Das arbeitete sich immer deutlicher in ihren Gedanken heraus. Er durfte nicht in die Lage kommen, noch mehr von seinem Programm in die Wirklichkeit umzusetzen. Das deutsche Volk war wichtiger und größer. Aber sie wagten diese Schlußfolgerungen kaum anzudeuten, in Frageform vor sich hinzumurmeln, während Käte dabei ihre Zigarette ausdrückte und Koldewey seinen Stummel in dem wassergefüllten Untersatz des Aschenbechers ertränkte. Aussprechen mußte sie ein anderer, aber der stand schon bereit.

Als Heinrich Koldewey in jener Nacht zu Bett ging und noch wach lag, wie er pflegte, kam ihm ein Bericht in den Sinn, den ein Arzt, über Nietzsches Zusammenbruch schreibend, von jenen Tagen in Turin 1888 gegeben hatte. Wie da der von großer Aufregung getriebene Philosoph an einem Droschkenstand einem armen Pferdchen um den Hals gefallen sei, das von seinem Kutscher mißhandelt wurde, und in wilde Tränen ausgebrochen; Leute, die ihn kannten, hatten ihn zu seinem Quartierherrn gebracht, dem wahrscheinlich jüdischen Barbier David Fino – David Fein – und damit habe die Katastrophe dieses Lebens ihren Ausbruch gezeitigt. Herr Koldewey in seinem Nachthemd mit grüner Bordüre, in schwarzgraue Dunkelheit gehüllt, das Fenster leicht offen über der Zentralheizung, den Aschenbecher mit dem Stummel unappetitlicherweise auf dem Nachttisch, Heinrich Koldewey dachte, über Großsein und Leidzufügen sei leicht zu philosophieren, wenn man dabei in einer Kammer saß, selbst einer ärmlichen, und nur der Prozession seiner Gedanken zuzuschauen und zu folgen habe, nicht dem realen Leben. Auf dem Marktplatz bei einem geschlagenen Droschkengaul war es zwar nicht richtig, in Tränen auszubrechen, aber ebensowenig richtig war es, wilden Ideenzauber aus der geistigen Laterna magica laufen zu lassen. Das Richtige lag in der Mitte – weder grausam sein, noch heulerig durchs Leben gehen, wie seine Annette, die sich einen Footh nahm, um einen Manfred zu vergessen, oder besser, um seinen Verlust auf normale Größe zurückzuführen, einen Jugendkameraden zu verlieren, nicht aber auch gleichzeitig den einzigen Mann im Bett. Mit Annette mußte er über seinen Plan reden, die Neumeierische zu ehelichen; um seinen großen, geliebten Friedrich war immer das Funkeln der Ungesundheit zu spüren, auch als er noch ganz gesund war. Sohn eines Pastors und Prinzenerziehers, seine Großmutter hieß Erdmute Krause, auch darauf war er stolz. Komisch, worauf die großen Leute alles stolz waren … Ob er mal Enkel haben würde, die sich rühmen würden, ihr Großvater habe Heinrich Koldewey geheißen?

Sonderbarerweise begann Oberstleutnant Lintze das Gespräch, als sie eine Woche später in seiner Ecke zusammensaßen, ebenfalls mit einer Bemerkung, die seine Abkunft betraf. »Wir sind Pastorensöhne, wir Lintzes«, sagte er, »und Sie mögen lachen oder nicht, wir können unsere gute Erziehung nicht hinter uns werfen. Uns ist Selbstbeherrschung eingeprügelt worden oder sonstwie beigebracht; mag sein, daß wir sie deshalb überschätzen.« – »Ich glaube nicht, daß man sie überschätzen kann«, bemerkte Herr Koldewey. »Den Beitrag der Pastorensöhne zur deutschen Kultur sollte mal einer untersuchen; es dürfte etwas dabei herauskommen. Lessing war einer, unser Nietzsche, der emigrierte Werner Hegemann, von dem es heißt, er sei gerade in New York gestorben, und wer nicht noch alles. Und er betrachtete behaglich die Zigarre, die ihm Herr Lintze offeriert – eine fast schwarze Brasil mit grünem Ring, die ihn lustigerweise an sein Nachthemd erinnerte. »Ich hatte nun ein Erlebnis, vor ein paar Wochen, das mich umwarf – an dem Tage, da der Führer uns hier beehrte. Ich sah, wie sich der Mann benahm, als es darauf ankam, einer unwillkommenen Nachricht gegenüber Haltung zu bewahren. Ich stand dabei, wie er den Plan unseres bedauernswerten Tiefbauamtes mit Zähnen und Klauen zerfetzte, weil ihm die Fakten gegen den Strich gingen, die er darstellte, wie er dem Referenten beinah an die Gurgel gesprungen wäre, einen Tobsuchtsanfall hinlegte, Herr, daß es eine Art hatte. Nun durften wir ja Gerede darüber genug genießen – Bockmist, den kein vernünftiger Mensch glauben konnte, daß er sich auf den Fußboden werfe und in den Teppich beiße, so daß aus der Reichskanzlei die Redensart gedrungen war, der Führer fresse wieder Teppich. Nun, meine Herren, das war gut und schön, solange es in der zivilistischen Welt ablief. Jetzt aber …« – »Ich bin kein Herr«, sagte Käte Neumeier, »wenn meine Haare auch kurz geschnitten sind.« Alle lächelten. Oberstleutnant Lintze verneigte sich gegen sie, und dann fuhr er fort: »Nun ist uns aus Berlin ein Gerücht begegnet, das wir nicht wahrhaben wollten, deswegen fegte mich der Chef kurzerhand hin und zurück. Es scheint aber zu stimmen. Es sieht so aus, als wolle die Nazigruppe in der Armee mit denjenigen Befehlshabern reinen Tisch machen, die sich verständlicherweise auf unsere alte Tradition stützen, dem neuen Wesen nur den beschränkten Raum einräumen, den die Armee allein verträgt. Einen Generalsschub inszenieren, lauter Anbeter unseres Genies in die Spitzenämter bringen und dann einen zweiten Coup à la Rheinlandbesetzung starten. Herrn Hitler als obersten Kriegsherrn über Heer und Flotte, Volk und Vaterland. Was würden Sie dazu sagen?« Herr Koldewey hob seine rundgewölbten Augendeckel so weit, als überhaupt möglich war: »Und dann einen Coup starten, sagten Sie, Herr Oberstleutnant? Das Risiko eines Krieges auf sich nehmen?« Und man sah, daß er seine Hand mit der äußersten Besonnenheit über den Aschenbecher hielt, um den weißen Kegel nicht neben dem Gefäß abzustreifen. Herrn Lintzes kleiner Mund blieb zu einem feinen Bogen zusammengepreßt, die Winkel abwärts, als er nickte. »Man bleibt immer noch in den Grenzen des Möglichen«, ergänzte er dann. »Man beabsichtigt, den Anschluß zu vollziehen, der schon so lange verzögert wurde.« Käte Neumeier ertappte sich bei dem gleichen Kopfschütteln, das sie vor einiger Zeit an sich bemerkt hatte, als Herr Lintze mit seinem Wagen davonrollte, nach einem Gespräch im Wandsbeker Park und einer Geschichte von vier SS.-Leuten. »Die Angelegenheit hat immer noch Hand und Fuß«, fuhr Herr Lintze fort. »Der Duce soll durch das spanische Trinkgeld von seiner Wacht am Brenner abgebracht worden sein. Auch sind wohl allerhand Fühlfäden ins Gefüge der westlichen Demokratien hineingetrieben worden. Nun darf nicht Soldat werden, wer kein Risiko auf sich nehmen will, aber eine Grenze muß das Spiel haben.« Frau Thea Lintze saß mit bei den dreien, ein hellbraunes Tuchkleid knapp um die schlanke Gestalt. »Ich habe zwei Jungens von dreizehn und fünfzehn«, bemerkte sie gleichsam ohne Zusammenhang, und doch verstand jeder, was sie meinte. »Österreich«, sagte Käte Neumeier und ließ ihre Stimme schweben. »Das kann recht schief gehen.« – »Nicht, solange die Männer geistig gesund und voll wacher Verantwortung bleiben, die unseren letzten Einsatz entscheiden. Von Fritsch, von Hammerstein, von Blomberg – das hat Gewicht, verrät schon am Klang die Tradition von Düppel, Königgrätz, Sedan, Tannenberg. Diese Leute hat niemand ein mit Zeichnung bedecktes Papier zerfetzen sehen, kein Mensch kennt Ansichtskarten, die sie wie einen wildgewordenen Affen darstellen. Nun mag man in Berlin dazu verführt werden, die Welt jenseits der grauen Gewässer voll Salz und Gesprüh gering zu schätzen. Da hat man den Wannsee oder in München den Würmsee – dergleichen führt zu Überhebung. Selbst unser Ludendorff hat das Ausland erst besichtigt, als es hinter unserer Front lag. Wer aber will aus solchen Fehlern ein Prinzip ableiten? Ich nicht. Wir nicht. Darum kam mir so zurecht, was Sie mir andeuteten. Kramen Sie es aus und verlassen Sie sich auf meine Verschwiegenheit. Es ist die von Leuten mit zwei Söhnen und einer Zukunft innerhalb des grauen Rokkes.« – »Sie wissen doch, daß uns versprochen wurde, unser Führer erreiche alles ohne Krieg, was Deutschland zur Größe noch benötige.« Herr Lintze entzündete nervös eine neue Zigarette. »Sie denken doch hoffentlich nicht«, bemerkte er, nach einem ärgerlichen Blick auf Frau Thea, »als fürchte ein Soldat für sich oder seine Kinder einen Krieg – bitte sehr. Wenn's nicht anders geht, haben wir ja schon gezeigt, wie sich und wo sich das deutsche Volk schlägt. In Flandern, der Krim, bei Gaza und Riga. Aber nur mit normalen Menschen an der Spitze. Geführt von Männern, die wirklich wissen, was Verantwortung heißt, und das Gewicht von Tatsachen abschätzen können, bevor sie sie schaffen – nicht hinterdrein mit Nervenzusammenbruch und Tränenkrisen. Die überlassen wir den Damen. Hat ja Äquivalente dafür zu bieten, das schwächere Geschlecht.«

Käte Neumeier mußte sich zusammennehmen, um ihre Verwunderung zu verbergen über die Art, wie sich der Offizier mit dem hübschen Mund hier über jenen Lintze erhob, mit dem sie im Wandsbeker Stadtpark geistig Schach gespielt, damals in der Ur- und Vorzeit, als es noch einen lebenden Menschen namens Friedel Timme gab. Von dem heutigen Lintze ging irgend etwas aus, man konnte es die Kraft der Verzweiflung nennen. »Si vis pacem, para bellum«, zitierte sie mit gesenkter Stimme. »Schwindel«, bemerkte Koldewey trocken. Lintze sah zu seinem Gaste hinüber: »Ich fürchte, Sie könnten recht haben. Niemand will den Krieg, keine Armee auf Erden wollte ihn je, Napoleon troff von Friedensschwüren. Ein rumänischer Gelehrter hat ausgerechnet, las ich kürzlich in unseren Wehrblättern, zwischen fünfzehnhundert vor und achtzehnhundertsechzig nach unserem Herrgott seien über achttausend ewige Friedensverträge geschlossen worden. – Durchschnittsdauer zwei Jahre. In derselben Zeit habe es etwa dreihundert Friedensjahre auf Erden gegeben, gegenüber dreitausend Jährchen, in denen Fritz Schillers Kriegsfurie auf beliebte Weise durch die Länder raste. Wenn der Mann recht hat, hab's nicht nachgeprüft, dann steht uns in Bälde wieder was bevor. Trotz der anglo-amerikanischen Nachgiebigkeit.« Herr Koldewey griff mit einer fast zitternden Hand nach der Weinbrandflasche auf dem Tisch, schenkte sich ein Glas voll und trank. »Vielleicht sollten Sie nicht ›trotz‹ sagen, sondern ›wegen‹«, meinte er dann heiser. Es kroch etwas wie ein Schrecken um diesen kleinen, runden Tisch im Erker einer Altonaer Wohnung, während draußen Schneetreiben spielte; in der Silvesternacht hatte der wirkliche Winter eingesetzt, mit Glatteis und vielen Stürzen und Knochenbrüchen. »Da die Heere den Krieg nicht wollen, wer zum Teufel will ihn?«

»Preisfrage«, entgegnete Lintze. »Heere wollen stark sein und den Wehrwillen pflegen. Berufssoldaten beißen immer nur in saure Äpfel. Wer diejenigen sind, die solche Äpfel als süß ausgeben, fragen wir die Philosophen.«

»In früheren Zeiten, als mich die Praxis noch nicht ganz auffraß, las ich Bücher, nationalökonomische. ›Die Sendlinge des Kapitalismus‹ beantworteten diese Ihre Frage, lieber Herr Lintze. Die verewigte Wirtschaftskrise. Aber das kann nicht stimmen, denn andere wieder beschuldigten die Waffenfabriken, und die neueste Lehre sagt: die Juden. Welcher Meinung Sie selber sind, müssen Sie uns verraten.« Aber Herr Lintze schüttelte ungeduldig den Kopf. »Irre ich nicht, so wollten Sie mir, Sie und Herr Koldewey, von einer Entdeckung berichten, die Ihnen in den letzten Wochen gekommen ist. Herr Koldewey hat das Wort.« Heinrich Koldewey wollte zunächst diese Aufgabe auf Frau Neumeier abschieben; ihr war die Entdeckung zu verdanken, wenn es eine war, der Dank gebührte. Dann aber übernahm er es doch, im Zusammenhang darzustellen, was sie beide all diese Tage besessen hielt. In seinem Munde, durch seine belegte Stimme, gewann der Bericht, der Herrn Hitler mit dem erwiesenermaßen geisteskranken D. P. Schreber gleichsetzte, etwas Erschreckendes. Nüchtern und aktenmäßig informierte er Herrn Lintze. Die Meinungen der Psychiater über das Nebeneinander von Scharfsinn und Wahn bei diesen Menschen nahmen Gestalt an. Ihr völlig getrübtes Verhältnis zur Außenwelt, zur Wirklichkeit, ward durchsichtig, ihre hemmungslose Bereitschaft, in den Alltag jede Art von Wahnbesessenheit zu projizieren. Von seinen breit geschnittenen Lippen reimte sich's, eine Sache, je absurder sie war und klang, für desto glaubhafter zu halten, und völlig deutlich arbeitete Herr Koldewey durch Vergleiche mit seinen »Zöglingen« aus den Seelen der Irren deren Sucht heraus, innerhalb des Wahns zu agieren, sich zu betätigen, sich verrückt zu benehmen – und gleichwohl doch, dicht daneben, so vernünftiger und einleuchtender Darstellungen fähig zu sein, daß die klugen sächsischen Behörden nicht umhin konnten, die Entmündigung wieder zurückzuziehen, die sie vor Jahr und Tag über den einstigen Senatspräsidenten verhängt. Herr Koldewey zog ein Notizbuch vor, in welchem er sich einzelne Punkte vermerkt hatte, Zitate einleuchtender Parallelen. Er trank noch ein zweites Glas Kognak aus und schenkte sich ein drittes ein und referierte, als sei er von einem Vorgesetzten zum Vortrag befohlen. Käte Neumeier hörte die Uhr sechs Schläge tun, hübsche, melodische Klänge, und dachte, so gut habe sie noch nie einen Menschen über Gelesenes berichten hören. Und dann beobachtete sie Herrn Lintze in seiner bequemen Litewka, ein Schnällchen mit Ordensauszeichnungen aus dem vorigen Kriege auf der linken Brustseite. Er rauchte nicht, er sagte nichts, er blickte Herrn Koldewey an, die Augen halb geschlossen, und als der fertig war, griff er selber zur Kognakflasche, trank eins und räusperte sich. Und schwieg. Von der Straße her klingelten Schlitten.

»Wir sind uns doch alle klar«, meinte er dann mit seiner hohen, höflichen Stimme, »daß uns die Gestapo das Genick umdreht, wenn sie von diesem traulichen Beisammensein Wind bekommt. In Ihrem Haus verkehrt ein Herr Footh, dem ich nicht über den Weg trauen würde mit solchen Gedanken.«

»Ist schon distanziert«, nickte Herr Koldewey. »Und vergessen Sie nicht, in meinem Bezirk bin ich selber die Gestapo. Wollte sie mir an den Kragen fahren, so müßte sie noch zeitiger aufstehen als üblich.« – »Gut«, lächelte Herr Lintze, und auch Käte Neumeier schmunzelte vor sich hin. »Also muß ein gewisser großer Führer weg, wenn er wirklich unsere Oberaufsicht loszuwerden versucht. Die Armee hat, was sie braucht, wie zu Bismarcks besten Zeiten, nur einen Bismarck hat sie nicht. Braucht sie auch nicht. Wenn sie nur ihren Roon und Moltke behält.«

»Roon und Moltke«, wiederholte Koldewey, »damit meinen Sie Blomberg und Fritsch?«

»Oder Hammerstein und Brauchitsch«, bestätigte Herr Lintze, »oder Beck und Knochenhauer. Kommt es uns auf Personen an? Es kommt uns auf eine Leitung an, von der feststeht, daß sie mit unseren Jungen nicht Schindluder treibt. Daß sie imstande ist, eine ›Schmach von Olmütz‹ einzustecken und gute Miene zum bösen Spiel zu machen, wie die Engländer jetzt, wenn die odds gegen uns sind, wie es auf den Rennplätzen heißt.«

»Als Ihr ins Rheinland marschiertet«, nickte Herr Koldewey, »hatten die Truppenführer die Rückzugsbefehle im Tornister. Hieß es wenigstens.« – »Das klappt einmal, das klappt auch zwei- und dreimal«, räusperte sich Herr Lintze, dem etwas im Hals zu stecken schien. »Ein System kann man darauf nicht bauen; einmal geht's zu Bruch, und dann ist's zu spät.«

»Und man darf noch von Glück sagen, wenn man durch leichte Erfolge nicht zu tief ins Gestrüpp hineingelockt wird, das Gestrüpp der Versuchungen«, damit beteiligte sich Käte Neumeier wieder an dem Gespräch, dem sie bislang gelauscht hatte, ein Bein übers andere geschlagen, die Blicke auf ihre Schuhspitze geheftet, die rhythmisch aufwärts wippte. Diese Unterhaltung war Männersache. »Aber was kann man tun?« Fünf blaue Lappen, hörte sie eine innere Stimme an ihrem Ohr und ein gutgetanktes

Motorrad, links vom Eingang an der Mauer – das kann ich nicht, hörte sie sich antworten, dazu bin ich nicht fähig. Vor- und Urzeiten; und wo befand sie sich jetzt? Oberstleutnant Lintze schickte einen Blick zu ihr hinüber. »Wie wär's, Sie schrieben dem Karl August, er solle etwas getrocknetes Curare beilegen, wenn er Ihnen das Wurzelgewebe der Blüten schickt, von dem er Ihnen geschrieben? Sie möchten kleine Experimente machen an Meerschweinchen oder Mäusen, ein Serum erfinden oder was Sie wollen.« – »Curare«, flüsterte Herr Koldewey, bedächtig. »Ich habe mir sagen lassen, es wirkt in jeder Dosis tödlich, sobald es in die Blutbahn gerät; futtern können Sie es nach Belieben.«

»Dann wär's zu Experimenten mit Mäusen untauglich«, überlegte Käte Neumeier. »Richtig«, bestätigte Herr Lintze. »Reibt man es aber auf die Schneide eines beispielsweise Beils, das man einer hochverehrten Person als Ehrengabe überreicht, wenn sie unser Hamburg durch ihren Besuch auszeichnet – um, sagen wir, die Elbhochbrücke – « – »Einzuweihen?« rief Herr Koldewey. »Ihre Fundamente zu begießen«, fuhr Herr Lintze kaltblütig fort, »Grundsteinlegungen sind ja sehr beliebte Feste.« – »Und wer soll das überreichen?« fragte Herr Koldewey; er hatte sich von seinem Sitz erhoben und ragte seiner ganzen Länge nach im Erker empor, seinen Körper auf den Fußsohlen wiegend. »Ihr Henker«, entgegnete Herr Lintze, »unser Landsmann.« Käte Neumeier füllte ihren Mund mit Rauch und blies ihn langsam von sich aus geschwellten Backen. »Ehre wem Ehre gebührt«, sagte sie. Sie hatte nicht gewußt, fühlte sie, daß der Teufel einen so hübschen kleinen Mund hatte und so mild geschnittene Augen. »Und wie soll's«, fragte Herr Koldewey aus seiner Höhe, »dann zu einer Verletzung kommen? Zu einem Schnitt oder dergleichen?« Herr Lintze hob die Achselstücke. »Durch Zufall«, sagte er, »Gott weiß wie, kommt Zeit, kommt Rat. Schon manchmal hat eine Ordonnanz seinem obersten Kriegsherrn was auf den Fuß fallen lassen. Ist dann dafür bestraft worden, der Mann. Aber wenn ein Menschenleben Zehntausende rettet?« – »Und wie gelangt man in den Besitz des Beils?« fragte Herr Koldewey weiter. »Wer wird so weithin planen?« entgegnete Herr Lintze. »Wir besitzen ein Museum«, fuhr Herr Koldewey fort, »Schaustücke der Kriminalistik vereinend. Unsere Guillotine prangt darin. Man könnte es also ankaufen.« – »Vorher oder nachher?« fragte Herr Lintze mit melodischer Stimme.

Viertes Kapitel
Ein Heiratsantrag

Annette kam um halb sieben, ihren Vater abzuholen. Sie hatte Billetts besorgt, heute abend zu dritt den »Hamlet« zu sehen, den Berliner Gäste im Schauspielhaus zelebrieren würden. Aber weder Koldewey noch Käte Neumeier machten den Eindruck von Leuten, die sich auf einen Theaterabend freuen. Sie stiegen schweigsam zu Annette in das Adlerchen. Sie drückten sich eng aneinander, das verlangte schon der Platz, außerdem aber schien es Annette, als ob sie frören. Dieser Lintze bekommt ihnen nicht, dachte sie, froh, daß der Motor noch nicht kalt geworden war; ich hoffe, daraus wird kein Umgang. Käte Neumeier besonders spürte das Bedürfnis, sich irgendwo anzuschmiegen, Nähe zu suchen. Noch nie war ihr so wie heute nachmittag das Entweder-Oder so klar geworden, von dem Friedel Timme in seiner Zelle gesprochen: daß man für das Braune Reich sein könne oder dagegen arbeiten müsse, und daß es ein Drittes nicht gebe. Und während sie durch die Straßen fuhren, die von Schnee und Bogenlampen in grelle Gruppen aus Licht und Schwärze aufgelöst wurden, schien es ihr, als führen sie in dieser Stunde schwächsten Verkehrs durch eine tote Stadt. Trotz der hellen Fensterreihen wurde sie das Gefühl nicht los, hinter diesen bewohnten Häusern sei nichts. Würde das Unheil seinen Lauf nehmen, stand wirklich im Katechismus von Karl Marx die brutale Wahrheit, drängte der Kapitalismus zu Krisen und Kriegen? Was sollte ihr heute abend Hamlet? Was Shakespeare und was überhaupt Kunst! Man mußte eine Höhle suchen und aus der Welt kriechen, wenn sie so beschaffen war, daß man einen Lintze bewillkommnen mußte und ein Richtbeil mit Curare einreiben. »Ich fürchte, ich muß dich enttäuschen, Kind«, bedachte sich Herr Koldewey. »Man soll nie über seine Stimmung voraus disponieren. Ich kann heute abend nicht deklamieren hören.« Annette biß sich auf die Unterlippe. Sie hatte recht gefühlt. Und Käte Neumeier stimmte gleich zu, auch ihr wäre es lieber, daheim zu bleiben. »Bei mir«, sagte Herr Koldewey wie selbstverständlich. »Verschiedenes ist zu verarbeiten.« Annette fuhr sorgfältig über eine Querstraße und fragte dann, was aus ihr werden solle. Sie habe sich auf diesen Abend gefreut; mit zwei leeren Plätzen sei ihr kaum gedient. »Wenn dir mein Neffe willkommen wäre, Annette? Er weiß sicher jemanden, der gern mitginge. Ich kann ihn anrufen; die jungen Leute haben für Theaterkarten die dankbarste Verwendung.« – »Bert Boje?« fragte Annette. »Warum nicht? Ein gescheiter Junge. Für seine Büchervermittlung sind wir ihm ohnehin Dank schuldig. Die Briefe der Lieselotte machen mir Spaß. Hängen wir uns an die Strippe.« Damit fuhr sie den Wagen durchs Portal. Herr Koldewey stieg aus, half den Damen heraus. »Im Notsitz hinten liegt ein Woilach, Papa. Auch metallene Pferde wollen gegen Kälte zugedeckt werden.«

Nach Tisch saßen die beiden Freunde in dem halbrunden Klubsofa des sogenannten Herrenzimmers gegenüber dem Bücherschrank und dem schweren Schreibtisch, rauchten zunächst, sprachen wenig. Herrn Koldewey ging, weil das Bewußtsein des Menschen mehrere Schichten besitzt, sein Wille aber nur in eine hineinreicht, Shakespeares »Hamlet« durchs Gedächtnis. Es war dumm, die Vorstellung versäumt zu haben. Etwas war faul im Staate Dänemark, und zum Schluß lagen fünf Leichen auf der Bühne, wenn man den Staatsmann Polonius mitrechnete, der quer durch die Tapete erstochen worden war. Prinz Hamlet war ein sehr gescheiter, höchst beachtlicher Mann, der das Unheil, das Verbrechen in den Staatsgrundlagen sehr wohl kannte, den aber der Geist der Weimarer Republik, der ruchlos ermordeten, im Schlafe vergifteten, nicht in Aktion und Harnisch zu bringen vermochte. Käte Neumeier wußte nicht, ob der Doktor spaßte oder ernst redete, als er den Geist von Hamlets Vater in so moderne Gestalt kleidete. Sie mußte aber zugeben, daß in der Tat durch die Heraufkunft des Dritten Reiches die Dramenwelt Shakespeares dem heutigen Menschen näher gerückt war als etwa den Leuten der Schlegel-Tieck-Epoche, der Meininger Zeit, der bürgerlichen Welt von Joseph Kainz und Max Reinhardt. »Im Zweikampf des Hamlet mit dem Laertes, der beiden Söhne, die um ihre Väter gebracht worden sind, spielen vergiftete Klingen die Entscheidungsrolle. Wir beide, meine Liebe, Sie und ich, haben beschlossen, ein Beil mit Curare salben zu lassen, das ebenso vom Zufall gelenkt werden soll wie das vergiftete Papier, das ja von ungefähr in Hamlets Hand kommt. Nachdem es ihn bereits verwundet hat. Unter den Büchern des jungen Mengers befindet sich auch eine Sammlung Curiosa – Abhandlungen über all die verschiedenen elisabethanischen Edelleute, denen seit dem Fall der Bacon-Theorie die Urheberschaft dieser Stücke zugeschoben wurde. Ich für meinen Teil bleibe bei dem richtigen Shakespeare und sehe, wir fangen jetzt erst an, jene Epoche zu verstehen. Dem Manne Shakespeare muß der Boden unter den Füßen glasklar und durchsichtig gewesen sein, er sah die Leichenhaufen, auf welchen jede Glanzepoche sich aufbaut. Wir in der Weimarer Republik neigten wohl dazu, die unseren zu vergessen. Ich fürchte sehr, Anno dreiunddreißig kamen sie zurück. Gehen jetzt unter uns um, lenken unsere Bewegung, haben unser Schicksal längst besiegelt.« Und er griff wiederum zu einem Schnaps, diesmal schottischem Whisky, und Käte Neumeier fragte sich besorgt, ob ihm das gut tun könne. Wie hatte Friedel Timme gesprochen, als sie ihm dergleichen vorgehalten? Wenn man wachen Sinnes sehe, wie die Dinge bei uns liegen, könne man nicht umhin, manchmal zu einem kleinen Kümmel zu greifen. In unserem Klima brauchten die Männer offenbar ihren Tropfen Gift. In harmlosen Dosen oder in der Gestalt von Curare.

Die Stille dieses Hauses und um ihn bedrängte sie. Nicht einmal Flugzeuge brummten über den Dächern. Ein Sonntagabend, wie er im Buche stand. Sie saßen da beieinander, gleich Mitschuldigen, oder gleich einem Ehepaar, lang verheiratet, in einer fleischgewordenen Übereinstimmung, die wenig Worte brauchte. »Glauben Sie denn wirklich, Doktor, daß hinter den Kulissen solche Machtkämpfe ablaufen? Ist unser Lintze nicht schon angekränkelt von Intrigen?« – »Sie haben keine Ahnung, Käte, wie schauerlich mir zumute ist«, antwortete Herr Koldewey. »So allein wie wir, wir Mitschuldigen, war selten jemand in unseren

Landen. Glücklich sind, möcht ich fast sagen, diejenigen, die das Dritte Reich zum Flüchten zwang oder die es noch hinaustreibt.« – »Herr Kley hat sich umgebracht, um diesem Glück zu entgehen.« – »Wahr«, sagte Herr Koldewey, »nicht jeder Mensch ist jedem Glück gewachsen. Als ich jetzt eine Aktie verkaufte, die mich mal 79 Mark kostete, schrieb mir die Bank 310 Mark gut. Segen des Dritten Reiches, würde Herr Footh es nennen.« Käte Neumeier nahm ein Stück bittere Schokolade zwischen ihre schönen, gesunden Zähne und ließ ihre Augen voll tiefer Sympathie auf seinem Gesichte ruhen. Sie wußte gar nicht, daß sie diesem Manne so sehr viel näher gekommen war in den letzten Wochen – näher, als sie je geglaubt. Ein guter Typ, dieser Koldewey, ein nobler Typ, ein Mann, den sein Gewissen nicht in Ruhe ließ – bestes deutsches Gewächs, hamburgisch Gewächs. »Und meinen Sie nun, lieber Freund, dies sage etwas aus über das Heraufkommen dieser Glanzzeit? Erinnern Sie sich noch, wie voriges Jahr der Welt dies glückliche Deutschland gezeigt wurde, als man in Berlin die letzte Olympiade aufzog?« – »Meinen Sie, daß es die letzte war?« fragte Koldewey, an seiner Zigarre saugend. »Die nächste soll 1940 in Tokio steigen, danach aber will Rom das zwanzigjährige Jubiläum seines tausendjährigen Reiches feiern, natürlich auch mit Gästen aus aller Welt und Wettkämpfen, wie sie ›der Griechen Stämme froh vereint‹. Damit wären die nächsten vier Jahre festgelegt – wenn Adolf nicht dazwischenfunkt.« – »Sie machen mir Hoffnung«, rief die Frau und richtete sich wirklich wie erleichtert auf. »Daß Ihre Aktie so steigen konnte und daß sich der Fascio so lange hält, geschieht doch nicht ohne Gottes Segen – des Gottes jenseits der salzigen Gewässer, des kleinen und des großen … Inzwischen könnte uns ja wirklich etwas von dem Gespenst befreien, das heute abend auf uns lastet.« – »Sehen Sie, Käte«, klagte Herr Koldewey, »jetzt sprechen auch Sie für die Dauer des Dritten Reiches. Jetzt glauben auch Sie, der Krieg wäre das größere Übel.« – »Doktor«, rief Käte und streckte die Arme abwehrend aus. Koldewey aber sog Rauch aus seiner Zigarre, nickte mit seinem langen, schmalen Kopf vor sich hin und sprach mit einer Stimme, halb erstickt, als zöge er eine unwiderrufliche Folgerung: »So rudern wir zwischen Scylla und Charybdis entlang – ein Ungeheuerliches links, ein anderes rechts. Wenn wir Glück haben, schlüpft unser persönliches Schifflein durch, bevor die tödlichen Felsen wieder einmal zusammenschlagen, alles zerschmetternd, was zwischen ihnen steuert. Wir sind Schicksalsgenossen, Käte. – Käte, so hieß meine erste Frau. Es kommt mir beinah so vor, als müßte auch meine zweite diesen Namen tragen. Wie dächten Sie darüber, Dr. Neumeier?« – »Das meinen Sie doch nicht ernst«, antwortete Käte Neumeier. Herr Koldewey nickte mit seinem langen Schädel mehrmals zu ihr hin. »Es ist mir wirklich so, als könnte ich Sie nicht mehr entbehren. Als wäre es absurd, daß Annette Sie nachher in einer anderen Wohnung absetzen soll. Sie brauchen sich ja weder heute noch morgen in diesem Punkte zu entscheiden. Erwägen Sie ihn, denken Sie ihn durch, gehen Sie mit sich zu Rate.«

Käte Neumeier saß da, die Hände auf ihren Knien, die Augen hin- und herbewegend zwischen diesem Mann, dem Zimmer, der Landschaft von Caspar David Friedrich, der großen Holzplastik des in den Tod getriebenen Barlach. War es nicht wirklich absurd, daß sie hier nicht zu Hause sein sollte? Das Kommende mit diesem Manne zu teilen, lag darin nicht Sinn und Verstand? Da man es ohnehin in der gleichen Stadt erleben würde, der gleichen Umwelt, mit den gleichen Menschen. Sie mußte lächeln, eine unleugbare Wärme vom Herzen her erhellte ihr Gemüt. Es war schön, trotz allem schön, von einem solchen Manne in einer solchen Stimmung … »Und an Annette denken Sie nicht und an Ihre beiden anderen Mädel?« Er ließ seine Augen auf ihr ruhen: »Thyra und Ingebottel, ja, da wären Schwierigkeiten nicht ausgeschlossen. Man überwände sie. Annette, glaube ich, wäre ganz vergnügt – in ihrer neuen Phase. Es brauchte ja nicht alles glatt zu gehen, wir sind ja lebende Wesen, rund, nicht bloß Profil, wie auf ägyptischen Wandzeichnungen. Doch wenn Sie einverstanden wären – ich würd's schon durchfechten. Ohnehin seh ich genug Schwierigkeiten am Horizont. Nehmen Sie beispielsweise das Beil. Offenbar erwartet Herr Lintze, ich könnte es uns liefern, falls wir es brauchen. Davon ist aber keine Rede – ohne Herrn Footh ins Geheimnis zu ziehen. Und das wollen wir doch nicht.« – »Das Beil«, wiederholte Käte Neumeier, eine neue Zigarette entzündend, »das Beil, das könnte ich liefern. Es wohnt in Wandsbek, lieber Freund, kaum zehn Minuten von mir weg. In der Luftlinie, oder mit Annettes Wagen.«

»Sehen Sie, wie uns das Schicksal zusammenschmiedet? Das Wissen, das mir abgeht, haben Sie. Es wäre hübsch, wenn Sie sich heut entschlössen.« – »Zuviel verlangt«, entgegnete Käte Neumeier bestimmt. »Heiraten ist gut, aber es will überlegt sein. Seh ich denn aus wie eine Braut?« – »Alte Käte«, sagte Koldewey halblaut, nahm ihre Hand und küßte sie. »Es sollen ja schon Verlöbnisse zurückgegangen sein.« – »In guten Familien kaum«, lächelte Käte, »da überlegt man sich's, bevor man's wagt.« – »Aber man wagt's«, beharrte Herr Koldewey, stand auf, ging um den Tisch und nahm Frau Dr. Neumeier an beiden Schultern. ›Ward je in solcher Laun' ein Weib gefreit?‹ klang während dieser Schritte ein Shakespearescher Vers aus einem anderen Stück durch sein Gemüt. Er stammte von Richard III., dem buckligen Ungeheuer, und gehörte in keiner Weise hierher; ja, Heinrich Koldewey mußte über sich lächeln, als er mit diesen Rhythmen im Herzen der Frau in die Augen blickte, die ihm in diesen Wochen unentbehrlich geworden war. In diese braunen, klugen und guten Augen. »Menschenskind«, rief sie, »und was wird Annette sagen, wenn sie uns hier als Brautpaar wiederfindet?« – »Philemon und Baucis«, lachte Koldewey, »alte Kameraden.« Und dann zog er sie an sich, hob ihr Kinn mit seiner langen Hand und küßte sie. Welch eine ungewohnte Berührung, dachte er glücklich.

Fünftes Kapitel

Solo Aequare

Es ist üblich, daß sich Verlobte früh anrufen, dachte Käte Neumeier, nicht ohne Spott gegen sich selbst, als das Telephon nach acht Uhr morgens klingelte. Natürlich war es Herr Koldewey. Aber keineswegs ohne sachlichen Grund rief er sie an, sondern nur um ihr seine tiefe Freude über das Experiment auszudrücken, das sie möglicherweise vorhatten. »Gestern wurde etwas vergessen«, sagte er. »Eigentlich wird es schon einige Tage vergessen.

Ihr Dr. Schreber darf sich rühmen, einen hanseatischen Beamten einigermaßen aus dem Konzept gebracht zu haben. Sie interessierte doch der schriftliche Nachlaß des verstorbenen Mengers, Käte, oder ist das inzwischen verdunstet, da die Ausblicke soviel weitläufiger wurden?« Käte Neumeier erschrak. Sie hatte das Vorhandensein Mengersscher Niederschriften wirklich vergessen. So sind wir, klagte sie sich an. Wir nehmen das Gute und vergessen den Geber. »Die Akten sollen zusammen- und abgelegt werden«, fuhr Herr Koldewey fort, »sie sind Eigentum des zuständigen Gerichts, und ich muß sie herausrücken, ohne sie Ihnen gezeigt zu haben, wie ich fürchte. Falls Ihnen aber etwas daran liegt, Käte, lasse ich sie heute morgen noch schnell kopieren. Eine meiner Töchter wird sich schon an die Schreibmaschine schwingen.«

Käte Neumeier, noch gar nicht richtig wach oder von Schuldgefühl umsponnen, besann sich: wovon hatte ihr der arme Mengers erzählt, woran arbeitete er? Wozu wollte er noch einen zweiten Bogen Papier anfordern? »Den Karl-Marx-Film, ach ja. Läse ich gern einmal.« – »Karl-Marx-Film?« erstaunte Koldewey am anderen Ende des Drahtes. »Nicht daß ich wüßte. Seine Notizen beziehen sich auf die Lebensbeschreibung eines Berliner Anwalts und Abgeordneten, weimarischer Prägung, judäischen Gewächses.« Jetzt war Käte Neumeier wach und Herrin ihres Gedächtnisses. Der arme Junge hatte das Leben, das sehr aufschlußreiche, des kommunistischen Abgeordneten Doktor Paul Levi schildern wollen, der eines überraschenden Fiebertodes gestorben war, nach Jahren befremdlichen Schwankens zwischen seinem Dasein als kulturvoller und kulturfroher berlinischer Anwalt und den Pflichten eines proletarischen Abgeordneten aus Hindenburgs Reich. Zugleich vermerkte sie, halb bewundernd und halb voll Erbarmen, daß ihr Freund seinem eigenen Telephon nicht trauen durfte. Er vermied den Namen Levi und sie auch. Zugleich aber erstand vor ihrem Auge die ganze Szene wieder, die hohe Stimme des armen Mengers, sein länglicher Hals, seine merkwürdigen weiß-und-braunen Augen, und daß er das Manuskript zu diesem Film irgendwo in Glasmoor versteckt habe. »Hätten Sie heute zufällig in der Stadt zu tun und könnten mir die

Freude machen oder vielmehr meiner Marie, bei mir zu speisen …?« In der Tat, Herr Koldewey hatte vormittag amtlich im Senat zu tun. Der regierende Bürgermeister bedurfte der Unterstützung seiner erfahreneren Beamten, um Ansprüche der Partei und des Militärs einzudämmen. Der Flughafen Fuhlsbüttel erwies sich als zu klein und sollte jetzt nach der falschen Richtung hin erweitert werden. Statt auf Niendorf zu, wollte man ihn aus verkehrstechnischen Gründen näher zur Stadt ziehen, wogegen vieles, wenn nicht alles sprach. »Aber mache ich Ihnen nicht viel Scherereien, Käte? Frühstücken wir nicht lieber im Alsterpavillon?« Seit jener Blumenausstellung im vorigen Herbst, an einem denkwürdigen ›Tag danach‹, wirkte in Käte Neumeier eine tiefe Ablehnung dieser hübschen Gaststätte, sie hatte sie nie wieder betreten. »Seien Sie lieber bei uns zu Tisch, mein Freund«, entgegnete sie, »verkürzen wir uns die Mittagspause nicht durch Fahrerei.« Es war Zeit genug, mit Marie einen Küchenzettel zu besprechen und sie in der Wandsbeker Chaussee geeignetes Fleisch einkaufen zu lassen, nicht in der Wagnerstraße, nicht bei Teetjen. Anderseits wäre es reizvoll gewesen, einmal Kundschafter auszuschicken, ob Tom Barfeys Saat schon sproßte.

Nach dem Essen, auf ihrem grünen und braunen Teppich, sogar eine grün beringte braune Zigarre hatte sie bereit, brachte sie ihre Erinnerung vor und in Ordnung. Diesen Karl-Marx-Film hatte der junge Mengers während der langen Untersuchungshaft verfaßt, in Glasmoor, der modernen Musteranstalt, und daselbst irgendwo versteckt – wo, hatte er ihr nicht gesagt. Waren sie ihm irgend etwas schuldig für den Dienst, den er ihnen und der guten Sache durch die Stiftung seiner Bibliothek erwiesen, so mußten sie diesem Manuskript nachforschen. Niemand konnte das, wenn nicht Herr Koldewey persönlich. Falls es stimmte, daß er auf gewisse Weise für Fuhlsbüttel selbst die Gestapo vertrat. »Eine Verlobungsreise nach Glasmoor«, sagte er, »auf der Suche nach einer verlorenen Handschrift, wie es bei Spielhagen heißen würde.« Kannte Käte diesen Roman, diesen Verfasser? Ihrer Mutter hatte sein Name bestimmt etwas angedeutet. »Von Spielhagen«, begehrte sie auf, »die Verlorene Handschrift stammt von Gustav Freytag.« Herr Koldewey bestritt diese Behauptung, aber Käte

Neumeier, ihrer Sache sicher, weil sie den Roman in der Prima als sogenannte Privatlektüre, aber als Unterrichtsstoff gelesen hatte, schlug ihn, ein Lexikon auf den Tisch legend, durch Druck und Daten. Er wunderte sich, gab aber zu, diese populären Schriftsteller hätten in seinem Leben nur eine untergeordnete Rolle gespielt. »Weswegen ich mich jetzt mit ›Mein Kampf‹ beschäftigen muß. Nostra culpa. Nostra maxima culpa. Wir haben unsere Bildungswelt wie eine Blase über dem geistigen Niveau des Volkes gewölbt.« – »Sagen wir der Massen«, warf Käte Neumeier ein, »und dürfen uns nicht wundern, wenn sie so fürchterlich einstürzen konnte.« – »Aber was machen wir mit dieser hübschen Wohnung, wenn unser Bündnis bürgerliche Formen annimmt?« Erschrocken blickte die Freundin ihn an. »Meine Praxis bleibt doch auf alle Fälle hier, und meine Marie, die soll ich entlassen?« – »Kommt Zeit, kommt Rat«, entgegnete er leichtherzig. »An solchen Wirklichkeiten darf es nicht scheitern. Zunächst einmal fahren wir nach Glasmoor, entweder morgen oder Sonntag.« – »Morgen«, fragte sie erstaunt zurück, »mitten in der Woche?« – »Epiphanias«, erwiderte er vergnügt, »die heiligen drei Könige mit ihrem Stern. Annette trällert es schon, am Rhythmus erkennt man es sogar.« Sie lächelte, auch sie liebte dieses Gedicht und seine Vertonung.

Allmorgendlich turnen in dem großen Schlafzimmer, das die Ostseite des Oberstockes einnimmt, drei farbige Trainingsanzüge, ein weinroter, ein schieferblauer und ein dunkelbrauner. So nennt man Kleidungsstücke aus dickem, weichem Baumwollstoff, ein langes Beinkleid und eine Bluse mit Reißverschluß, in die man leicht hineinschlüpfen kann, weil sie an den Gelenken und um den Leib von Gummibändern geschlossen werden. Eine knappe Viertelstunde genügt für diese Gymnastik, und die Erfrischung, die sie spendet, hält so ziemlich den ganzen Tag vor. Man liegt auf dem Teppich und richtet sich ohne die Hilfe der Arme ein dutzendmal auf; man bückt sich aus dem Stand mit durchgedrückten Knien, mit den Fingerspitzen auf die Zehen tippend, rollt die Arme in allen Gelenken, die Beine in der Hüfte, übt ein halbes Dutzend Kniebeugen, hebt sich ebenso oft auf die Zehen, preßt Rücken und Schultern an eine Matte, die als Wandbehang dient, hängt sich eine halbe Minute an die glatte Querstange, die über ihr angebracht ist, und läuft dann unter eine lauwarme Dusche, die sich kälter und kälter stellen läßt, bis einem der Winter jenseits der Fenster nichts mehr anhaben kann – Erkältungen ausgeschlossen. Es hat längerer Streitgespräche bedurft, bis man sich über die Reihenfolge dieses Abbrausens geeinigt hat, denn Thyra und Ingebottel müssen früh zum Dienst, indes Annette sich nur ungern mit den Resten warmen Wassers abfindet, die für die letzte übrig bleiben. Aber jetzt ist der Rhythmus längst festgelegt, und beim ersten Frühstück sitzen eben nur zwei von den Schwestern bereits stadtfertig in Kostüm oder Wollkleid, indes Annette, wenn sie den Kaffee einschenkt, noch mit dem wattierten Morgenrock bekleidet ist, den ihr, japanische Arbeit, ihr verflossener Footh einmal zum Geburtstag schenkte. Draußen scheint eine trübe Sonne, aber der Regen hat Ostwind und trokkenem Frost weichen müssen. Das Geäst der Bäume umgibt durchsichtiges Eis und, steht man sehr früh auf, silbergrauer Reif. Die drei Schwestern frühstücken ihr Ei, rühren und blasen den heißen Kaffee kühler, lassen zwischen ihren gesunden Zähnen die warmen Rundstücke verschwinden und verständigen sich durch hingeworfene Sätze und Worte über Papas ulkigen Einfall, eine Art Verlobungsreise nach Glasmoor antreten zu wollen. Heute ist Dreikönig, in sehr frühen Zeiten soll es einmal sternsingende Knaben aus dem Waisenhaus auch in Hamburg gegeben haben. Während der Regentage haben Thyra und Ingebottel ihren Fuß zum erstenmal in das Kriminalmuseum gesetzt. Unter den Kuriositäten da drinnen fehlt, finden sie, offenbar das Beil, mit dem letzten Herbst Papas Dilemma gelöst wurde. Es gehört doch eigentlich hinein, und er sollte sich drum kümmern. »Wenn er übrigens denkt, daß ich ihn Sonntag fahren kann, hat er auf Sand gebaut«, lächelt Annette. »Adlerchen will nich, wie ick woll will. Ob die Zündkerzen verrußt sind oder die Benzinleitung verstopft, soll sich heute entscheiden; aber wie ich Jahnke kenne, läßt er die Gelegenheit zu einer Art Überholung nicht aus den Klauen, vor Montag bin ich nicht wieder flügge.« – »Gott«, entgegnete Thyra, »die Neumeiersche fährt sicher ebensogern mit der Eisenbahn.« Trotz dieser herzlosen Bezeichnung hat Thyra durchaus nichts Feindseliges im Sinn. In der Zeit ihrer Freundschaft mit dem jungen Dr. Kley war ihr die Ärztin allmonatlich eine treue Schutzgöttin gegen unerwünschte Empfängnis gewesen. In den zwei Jahren, die Thyra jetzt als Nonne lebte, war Frau Neumeier ihr nicht ferner gerückt. Also blieb ihr Käte Neumeier als Hausgenossin durchaus willkommen, und selbst Ingebottel, diese »kesse Schnauze«, hat Vaters Verlobung nach der ersten Überraschung recht freundlich aufgenommen. Ihr Freund Riechow wird auf Urlaub nach Wien geschickt, wohin eine ganze Anzahl jüngerer Funktionäre unterwegs sind, außerdem aber auch Herr von Papen, der Ritzenschieber, wie sie ihn nennen, weil er Sprünge im Mauerwerk auskundschaftet, in die der Führer sein geniales Brecheisen setzt. Manches bereitet sich vor, auch in Spanien, das Frühjahr dürfte Überraschungen bringen. Annette hört schweigend zu; der junge Bert Boje, zieht's ihr durch den Sinn, wird hoffentlich hier bleiben und ihr, wie er versprach, gewisse Räume der Kunsthalle erklären, in die sie sich noch nie verirrt hat, und in denen Bilder des Philipp Otto Runge hängen, auf den die Hamburger Kunstfreunde so stolz sind. Daß ein erwachsener Junge für solch einen Romantiker richtig schwärmt, ist eigentlich nett – ein bißchen komisch, aber es steht ihm. Und da Vater mit Käte allabendlich in ihren Schmökern stecken, kann sie ihn ja mal heraufbitten und die Bilderbücher anschauen, die er aus Münchener Verlagen von seinen Lieblingsmalern besitzt. Die Farben fehlen zwar, sagt er, aber sonst hat die Kunst der Wiedergabe große Fortschritte gemacht und läßt einen manches lernen. Richtig, sie verwahrt in ihrer Tasche doch noch ein Kuvert für den Vater – einen Brief von Käte Neumeier nach Buenos Aires, den er vorher zur Kenntnis nehmen soll, damit sie, Annette, ihm dann auf dem Fuhlsbütteler Luftpostamt einschreiben lassen kann. Morgen trägt der Zeppelin Flugpost über den Südatlantik; unser Dienst nach Latein-Amerika wird von ganz Europa gesucht und benutzt.

»Morgen«, sagten die Mädels und gehen. Auch Annette läßt den Frühstückstisch stehen und schlendert in ihr Schlafzimmer, um sich anzukleiden. Dank der treuen Zentralheizung, o Segen der Technik, wartet das ganze Haus, die Treppen eingeschlossen, mit angenehm durchwärmter Frühluft auf. Einen abendlichen Zigarrenraucher wie Papa darf man des Morgens nicht merken. Und während sie sich im Spiegel besah, wohlgefällig, wie sie sich zugab, und Tageskleidung anlegte, wunderte sie sich über den Reichtum Hamburgs an künstlerischen Kräften, von denen sie nichts gewußt: auch der Maler Wasmann war hier geboren, und der sollte doch, nach Herrn Boje, für die deutsche Malerei des neunzehnten Jahrhunderts wirklich was darstellen. Hatte freilich in Südtirol gelebt und war sogar katholisch geworden. Ja, durch Hans Footh erfuhr man derartiges kaum, mochte er mit seinem Fräulein Blüthe glücklich werden, der Äuglein-Mann. Wie er bloß darauf gekommen war, für seine Schiffe so hübsche Namen zu finden. Nun, auch an ihm war manches drangewesen, sonst hätte man es ja auch nicht so lange mit ihm getrieben, anderthalb Jahre gut und gern, und jetzt dieser drollige Boje. Was er für eine rare Prophezeiung mitgebracht von seiner Frau Mengers. Mußte sie doch Papa versetzen. Die ulkigsten Vögel flogen einem ins Haus und wieder hinaus. Ach ja, der Brief der neuen Mutter. Seit im Mai 33 eine gutaussehende Frau Rechtsanwalt David mit ihrem Gatten nach England ausgewandert war, gekränkt durch den komischen Boykottbetrieb am 1. April, hatte Papa einsiedlerisch gelebt, soweit eine Tochter das beurteilen konnte. In seinen Jahren ganz natürlich. Aber wollte er jetzt heiraten: herzlichen Glückwunsch, Herr Koldewey, es hätte schlimmer kommen können.

Herr Koldewey sog bedächtig an seiner Unterlippe, indes er neben seiner Frühstückstasse den Brief studierte, in welchem Käte Neumeier ihren einstigen Verlobten bat, ihr, wenn er ihr die Wurzelgeflechte der Urwaldlianen sandte, ein bißchen Curare mitzusenden, genug, um damit zu experimentieren. Eine ihrer Wendungen sagte ihm nicht zu, man konnte sich nicht harmlos genug ausdrücken, wenn man derartiges schwarz auf weiß aus der Hand ließ. Das Dritte Reich war mißtrauisch und besaß einen Wachtdienst, der die berühmtesten Vorbilder mit deutscher Gründlichkeit hinter sich ließ. Nun konnte ja wohl für einen Brief an das Deutsche Konsulat in Buenos Aires kaum ein unverdächtigerer Absender gefunden werden als die Leitung der Strafanstalt Fuhlsbüttel und eine einwandfreie Parteiärztin, deren Briefwechsel mit dem gleichfalls wohlbeleumundeten Konsularbeamten unbeanstandet schon Jahre lief, falls eine Überwachungsstelle ihn sich einmal beschnupperte. Aber niemals war aller Tage Abend. Die Zeiten produzierten immer neues Glatteis – wie es heute die Parkwege umzog – jeder Mensch konnte immerfort stürzen. Außerdem aber gab sich Herr Koldewey zu, daß er von Natur ein Zauderer war, Entscheidungen gern verschob, plötzlichen Entschlüssen aus dem Wege ging und kurz ein echter »Skorpion«, wie so viele Menschen, die Ende Oktober geboren wurden. Behauptete die Zeitschrift für Astrologie, die er nach dem Weltkrieg ein paar Jahre lang bezogen, bis es ihm zu dumm wurde. Sein Doktor Laberdan war ja sicher auch Astrolog, Spökenkieker, Homöopath – all das gehörte zusammen, es fraß sich nicht das Futter weg. Freund Nietzsche hatte irgendwo an den Zusammenhang zwischen Astrologie und Moral getippt, man mußte doch sehen, wo sich die Stelle fand. Aber ohne Zweifel konnte, wer wollte, an den Tierversuchen Anstoß nehmen, zu denen die Absenderin Curare brauchte. Das Dritte Reich verkoppelte Sentimentalität gegen die Tiere mit seiner liebenswürdigen Härte gegen den Geist und gegen die Menschen; das Wort »Heilversuche« wäre besser gewesen. Und all das beiseite, wer diesen Brief absandte, stiftete der nicht eine Ursache? Ging man mit ihm nicht zu den Gegnern des Dritten Reiches über, ob man wollte oder nicht – eine Entscheidung treffend, die man so viele Jahre vertagt, um die man sich so sehr gedrückt hatte? Es mochte sein, daß Verdacht gegen diese Anforderung eines bekannten Pflanzengiftes nur fassen konnte, wer in die Absichten innerhalb gewisser Gespräche eingeweiht war. All diese Vormittagsbedenken richteten sich möglicherweise gegen die Beschlüsse und Phantasien der Abende und Nächte – ein Unterschied, der selbst dem Verfasser von »Mein Kampf« geläufig geworden, obwohl er ihn nur mit Frische und Ermüdung zusammenbrachte. Jedenfalls mußte einen Mitschuldigen haben, wer einen solchen Brief losließ. Wahrscheinlich war Herr Lintze noch in seiner Wohnung erreichbar.

»Großartig«, krähte Herr Lintze ins Telephon, »Telepathie und Verwandtes. Ich hatte unbedingt die Absicht, Sie heut' noch vor dem Lunch umzustoßen – auf fünf Minuten hinauszukommen.« – »Als Heiliger-Drei-König oder so«, erwiderte Herr Koldewey vergnügt, »und falls Sie durch Wandsbek fahren, bringen Sie vielleicht Dr. Käte mit?«

Herr Lintze kam alleine. Was sie zu besprechen hatten, vertrug keinerlei Zeugen. Glaubwürdig war ihm aus Danzig berichtet worden, einer der höchsten Beamten dort habe mit eigenen Ohren den Führer wörtlich sagen hören, es werde ihm nicht darauf ankommen, drei Millionen junger Deutschen zu opfern auf dem Wege zu Deutschlands Größe. »General Ludendorff hat sich mit zweien begnügt, das Ergebnis war Versailles. Spielt ein solcher Mann schon heut' mit drei Millionen, so weiß der Teufel, wieviel es werden können, und ob das Ergebnis nicht verdammt nach Münster und Osnabrück riecht. Danach saß Frankreich wieder in Metz und im Elsaß, Schweden in Pommern und Bremen und das Reich ging zum Teufel. Noch nie hat sich ein Österreicher mit Glück in unsere preußische Politik gedrängelt – und ein geborener Katholik.« Herr Koldewey lehnte betroffen in seinem Stuhl und spielte mit der zu Ende gerauchten Zigarre. »Auch wenn er, wie in unserem Falle, keinen Gebrauch davon macht?« – »Erst recht«, erwiderte Herr Lintze eigensinnig, »und das sind die Schlimmsten. Denen kreist das Pfaffengift im Leibe.« – »Den Brief also abschicken?« – »Nischt wie raus! – Übrigens«, ergänzte der Offizier, bevor er sich verabschiedete, »ehe Sie nach Glasmoor fahren, der Mengersschen Papiere wegen, wie Sie sagten, rufen Sie doch mal erst dort draußen an. Auf den vereisten Landstraßen ruht jetzt kein Segen. Vielleicht hat man den Mengersschen Nachlaß dort längst gefunden. Übrigens, falls Ihnen das angenehmer ist, machen wir das Gespräch heute nachmittag auf meiner Dienststelle. Nachrichtenoffiziere haben gewisse Privilegien.« – »Zuchthausdirektoren auch«, lächelte Herr Koldewey. »Wir sind erstklassige Verbündete, Herr Oberstleutnant. Aber gut, recherchieren Sie.«

Bei Tisch erfuhr Herr Koldewey, das Adlerchen streike für die nächsten Tage. Er wollte ja auch mit der Eisenbahn fahren, beharrte er. »Die geht aber nur bis Ochsenzoll«, meinte Thyra, die in der Harksheide am besten Bescheid wußte. »Und wie die

Wege sein werden, nachdem der Matsch jetzt heftig friert?« – »Eisenbahn ist in Ungnade«, lachte Ingebottel. »Der Führer will nur Autostraßen, Omnibusse, den Volkskraftwagen. Die Lokomotive hat ausgespielt, in ein paar Jahren, sagt Herr Riechow, werden wir die Schienenwege verschrotten. Sind ja auch altmodischer und umständlicher, als die Polizei erlaubt.« Herr Koldewey wiegte sein Haupt. Er hatte die letzten beiden Kriegsjahre hindurch dem Verwaltungsstab der Militäreisenbahndirektion Wilna angehört und wußte von dem Kummer ein Lied zu singen, den das Transportwesen der O. H. L. damals bereitete. »Unser Weltkrieg war der erste große Krieg, der mit Lokomotiven gefochten wurde; der siebziger war dafür kaum eine Generalprobe. Von den Grenzen ab marschierten unsere Leute per pedes apostolorum. Erfahrungen liegen also vor, und wenn das Heer jetzt eine Abkehr von den Schienen gestattet, ist das der beste Beweis für unsere Friedensliebe. Der alte Moltke brauchte zwei Generationen, wenn man so sagen darf, um die Armee bahnreif zu machen. Gestattet die Reichswehr also dem Führer, mit Autos und Zementstraßen zu spielen –« Die beiden jüngeren Töchter brachen in Proteste aus, Ingebottel hielt sich die Ohren zu, und Annette hob ängstlich die Brauen – »so werdet ihr eure grauen Häupter ruhig zu Grabe tragen, ohne daß ihr erlebt, was eurer armen Mutter schließlich das Leben kostete.« – »Aber Papa«, sagte Thyra vorwurfsvoll, »das weiß der Führer doch besser als du. Wenn uns die Russen nicht überfallen.« – »Kindchen«, lachte Ingebottel, »sollen die sich mal trauen.«

Es wurde nichts aus der Fahrt nach Glasmoor. Herrn Lintzes Telephonist rief an: die fraglichen Papiere seien daselbst längst gefunden und der Redaktion des Schwarzen Korps zugeleitet worden; was die Herren damit machen würden, sei hierorts unbekannt. Herr Koldewey nickte, dankte und hängte ein. Am Abend schlug er seiner Verlobten vor, des Sonntags lieber mit dem D-Zug nach Cuxhaven hinauszufahren, wenn es nicht regnete, um von der Mole aus, soweit man komme, den Blick auf die Nordsee zu genießen, der ja was Großartiges habe, besonders bei Flut. Käte Neumeier sah ihren Freund an und freute sich seiner Unternehmungslust, beinahe hätte sie ihm du gesagt, als der gesetzte Mann dies kleine Abenteuer so munter vorschlug mit blanken Augen. Um eines Blickes von der Mole willen war sie als Wandervogel hinausgetippelt mit Friedel Timme, während der Herbststürme in der Zeit der Tag- und Nachtgleiche. Ein Mann, der den sechzig zuglitt! »Ja«, meinte sie bedächtig, »das könnte schön sein, wenn wir uns nicht erkälten.« Koldewey sah sie strahlend an. »Muß ich sagen«, rief er und vermied auch seinerseits die Anrede, »daß für unsereinen kaum schlechtes Wetter vorkommt, nur falsche Bekleidung? Warme Strümpfe, hohe Schuhe, gutes Wollzeug ...« – »Und den wirklich wasserfesten Regenmantel«, lachte Käte Neumeier, »mit dem ein guter Hamburger geboren wird. Fahren die Fräuleins mit oder machen wir das allein?« – »Müssen sie fragen«, beschloß Herr Koldewey, aufs Nebenzimmer deutend. Am Radio saßen seine drei Töchter, als er die Tür öffnete. Eine wohllautende Männerstimme, wahrscheinlich Herr Schlusnus, sang in guter Mitte zwischen Kunst und Natur Goethes Lied von den Heiligen Drei Königen mit ihrem Stern. Voll Behagen hütete sich Herr Koldewey, sie anzusprechen; alle drei lauschten wie gefesselt dem reizenden Nachspiel, mit welchem die Klavierstimme humorvoll und melodisch den Maskenzug malte, wie er sich glöckchenklingend allmählich entfernte.

Dieser Sonntag nach Neujahr brachte viel Weihnachtsurlauber aus der Mitte und dem Süden Deutschlands in ihre Standorte zurück, von Heer und Flotte nach Hamburg, Stade, Cuxhaven. Gleichwohl fanden die Ausflügler ein leeres Kupee zweiter Klasse, in welchem sie zu viert Platz nahmen, indes die Inhaber der beiden Fensterplätze seit Hamburg den Speisewagen nicht verließen. Herr Koldewey als Gastgeber hatte sich sehr gefreut, den jungen Bert Boje kennen zu lernen, der ja, wie er zu Käte leise bemerkte, bald zur näheren Verwandtschaft gehören werde. Käte Neumeier fragte sich, wie er das wohl meine; hatte er den beständigen, nachdenklich forschenden Blick bemerkt und richtig gedeutet, mit dem Annette den jungen SA.-Mann anschaute; hieß der: bist du vielleicht wieder ein Footh? Man kann niemanden davon dispensieren, Erfahrungen zu machen, das, Heinrich Koldewey, hat dir dein Nietzsche doch sicher schon gesagt. Aber wenn Annette, die da reizend und jungmädelhaft in ihrem Regenkostüm auf den graugestreiften Polstern saß, sich mit diesem Bert einließ, oder er sich mit ihr, so ward etwas Bleibendes gestiftet oder gar nichts. In ihm regierte das Neumeiersche Blut, und das war solide. Unterm nächsten Christbaum gibt es eine Doppelhochzeit und ein langes, friedliches Gedeihen im Schutze der Reichswehr. Da paßt es ja ganz gut, daß unser Zug mit Uniformen aufwarten kann, daß es nur eine Art hat. Marine-Artillerie, Marine-Flieger, Marine-Infanterie, Kriegsmarine, Harburger Pioniere, Gott weiß, was Bert mir alles vorhin erklärt hat, mir und Annette. Die Zeit ist gottlob vorüber, wo wir Mädels mit all den Kinkerlitzchen der militärischen Rangordnung vertraut waren. Wie hatte doch Herr Lintze gestern, Sonnabend abend, in einem letzten Gespräch zu dritt, seine freundlichen Absichten formuliert, als es sich um den handelte, der einem gewissen anderen ein Beil auf den Fuß fallen lassen sollte, gesalbt mit Curare? »Ein Schlächtermeister und zweitausend Mark, wie weit langt das schon in unserer Kantine! Wo alle Löhne sinken und jede Hausfrau zaubern muß! Vielleicht, wenn's bei dem Sportsmann soweit ist, greifen wir ihm mit einem neuen Angebot unter die Arme. Wer A sagt, buchstabiert auch weiter, und in unserem Falle brauchte er auch das C gar nicht mehr auszusprechen. Die Zeh gehört dem anderen, und unser Schlächtermeister hieße von da an vielleicht Marinus der Zweite.« Er hatte freundlich mit seinem kleinen Munde gelächelt, als er diese Erinnerung an den unseligen Marinus van der Lubbe vorbrachte, und Käte Neumeier war es kühl über die Arme gelaufen. Sie mußte bald mal bei Barfeys nachfragen, wie der Teetjensche Weizen blühte. Konnte sein, aus ihrer Strafexpedition wegen Friedel Timme erwuchs noch etwas Brauchbares fürs große Ganze. Komisch nur, und sie lächelte vor sich hin, daß man mit der Reichswehr an einem Strange zog, um Friedel Timme zu rächen, ein Reichswehropfer. Offenbar verwirrten sich die Zeiten immer mehr, aber wie wiederum Herr Lintze es nekkisch formuliert hatte: Deutschland war eine Messe wert, sogar eine schwarze.

Der Zug hatte inzwischen längst die Elbe überschritten. Vereiste und beschneite Weite und ein blaßblauer Himmel; Wind, der den Rauch nach Westen wegblies. Als Käte Neumeier sich den Freunden wieder innerlich öffnete, sah sie Koldeweys lange Ziegenmiene auf ungewisse Art belustigt dem Bert zugekehrt, indes Annettes zarte Brauen sich runzelten und ihre Augen mißbilligend blickten. »Sie geht ein wenig weit, ihre Frau Mengers«, meinte sie tadelnd. »Man hält ihr ja alles zugute, aber daß Deutschland dem Erdboden gleichgemacht werden soll ...!« Käte Neumeier wußte, wovon man sprach. Bert hatte es ihr erzählt, als er sie heute morgen abholte. Er hatte von den Mengersbüchern eines zurückbehalten, auf das er schon lange gefahndet, Forsters Ansichten vom Niederrhein, und als er es öffnete, um vor dem Schlafengehen noch darin zu schmökern, war ein dünnes Oktavheft herausgefallen und in diesem nichts als Gedichte – Sonette und Strophen von Walter B. Mengers. Gar nicht häßlich, eines hatte er sich sogar abgeschrieben, aus der Schule des großen George; es hieß den Führern. Anderntags hatte er den Fund der Mutter und Erbin in die Rothenbaumchaussee hinaufgetragen, wie sich's gehörte. Das hatte die gute Frau sonderbarerweise fast aus dem Häuschen gebracht, so daß, als sie erfuhr, er beabsichtige Dienst in Südamerika zu nehmen, sie mit beiden Händen nach seinem Arm griff und ihn beschwor, diesen Vorsatz ja auszuführen. Schon 36 habe ihr eine Frau in der Reimerstwiete, die sie wegen ihres Sohnes in Irland aufsuchte, aus den Karten geweissagt, sie solle Deutschland ja verlassen, es werde dem Erdboden gleichgemacht werden. Sie habe nichts darauf gegeben und sitze ja auch noch hier, die Frau aber genieße einen beträchtlichen Ruf, nur könne sie ihm den Namen nicht verraten, da Kartenlegen und Astrologie jetzt auf der schwarzen Liste ständen – offenbar weil zuviel Unheil in den Karten vorgedeutet sei. Humbug oder nicht, hatte Frau Mengers gesagt, etwas ist dran an den Leuten, zweites Gesicht oder dergleichen. Meinen Ältesten würde ich bald besuchen; aber auf meinen Jüngeren sollte ich aufpassen, dem drohe Unheil, und sie sehe ihn nicht mehr. Kein Wunder – unter die Erde kann man nicht kucken.

»Einer Mutter hält man vieles zugute, und daß nicht nur Köchinnen unsere delphischen Sibyllen aufsuchen, ist uns ja bekannt. Im übrigen gehört das Verbot, auf das die Dame anspielte, zu den sympathischsten Taten des Ministers. Auch der Erkenntnistrieb weiß auszuarten, nicht erst seit gestern – siehe Eva im Paradies, um die Meistersinger zu zitieren.« Und er summte ein paar Takte, wobei klar wurde, daß Annette die ungelenke Stimme von ihm geerbt hatte.

Annette nickte, als Käte eine dahingehende Vermutung äußerte, wie aber passe das zu Dr. Laberdans Rutengängerei und zu allerlei anderen Ausweitungen der Wissenschaften? Gar nicht, meinte Dr. Koldewey, und bei seinem Aufstieg habe das Dritte Reich von Astrologen und ihrem Einfluß auf die Frauen weitesten Gebrauch gemacht. Besonders in den Jahren während und nach der Inflation, in denen Theosophie, Untergang des Abendlandes und Aufstieg eines Dritten Reiches aus alten mystischen Gesängen höchst sonderbar zusammenspielten. Er, Koldewey, mußte damals immer an Ibsens »Kaiser und Galiläer« denken und den Zauberer Maximos mit seinem »Fünften Rad am Wagen«. Nach jedem großen Krieg und jeder Revolution schlugen Wellen des Irrationalen hoch und unterstützten Heilande und Wundertäter. Ungefähr alle dreißig Jahre erfreute sich Europa eines solchen Pendelschwungs ins Dunkle; danach aber ermannte sich wieder Vernunft und Wissenschaft, des Menschen allerhöchste Kraft, und blies den Spuk auf den großen Küchenhaufen der Vergangenheit, in welchem die Reste aller Religionen und Aberglauben den geistigen Schliemann erwarteten, der sie ausgrub und deutete. »Drittes Reich«, wiederholte er nachdenklich, »das erste des Apollon, das zweite des Gekreuzigten, paßt Adolf Hitler da nicht großartig als ebenbürtiger Dritter?«

Käte Neumeier wünschte ihrem Neffen Verlegenheiten zu ersparen. Sie deutete auf das flache Land, über das die Dampfschwaden und Rauchwolken der Lokomotive heftig hingepeitscht wurden, auf die niedrigen, schrägdachigen Hütten unter kahlen Bäumen und fragte, ob das nicht eine voreilige Verwerfung sei noch unerkannter Naturtatsachen, viel geglaubter Spukgeschichten? Von hier bis weit hinauf nach Schweden und bis hinüber rechts nach Finnland, links nach Schottland, wimmelte es von Berichten über Leute, durchschnittliche Bauern, Fischer,

Schiffsvolk, die, sonst ganz vernünftige Menschen, zukünftige Vorgänge oder örtlich weitentfernte Ereignisse sinnlich vor Augen gesehen hatten und dabei waren, körperlich, bis die Gestalten sich in Rauch auflösten oder in der Ferne verschwanden, sie selber aber feststellen mußten, daß hinzukommende Nachbarn oder Passanten von alledem nichts wahrgenommen hatten. Die Einsamkeit der Heide, Nebelschwaden und Wolkenzüge begünstigten Selbsttäuschungen jeder Art. Aber warum sprachen die Berichte nicht mehr von Höllenhunden und Geisterpferden, sondern, wie bei Swedenborg, von Ereignissen, deren Bestätigung nicht auf sich warten ließ? Das Innere des Menschen und seine Kräfte durften wahrhaftig nicht als bekannt gelten. Solange wir von Hypnose und Suggestion und anderem Spuk des Unbewußten nur grad die ersten Hieroglyphen entziffert hatten, mußten wir da nicht bescheidenerweise zugeben, daß wir immerfort geneigt blieben, die Tore des Erkennbaren zu früh zu schließen? Findet sich nicht selbst bei unserem klarsten Genius, ich meine Goethe, eine ganze Reihe glaubwürdig befundener Übersinnlichkeiten? Als er sich selbst im grauen Rock entgegenritt, von Sesenheim kommend, als sein Großvater Textor vorausträumte und seinen Angehörigen erzählte, was alsbald wirklich geschah? Natürlich sind wir arme Hasen. Natürlich kann ein Mann in Gotenburg nicht sehen, was sich zur gleichen Stunde in Stockholm ereignet. Aber wenn wir uns die Aufgabe stellen, das seelische System der Menschen zu erforschen, denen solche Gabe geworden ist, auch wenn wir selber nicht dazu gehören? Das produziert unleugbar solche Phänomene. Warum und warum grad bei diesen, wissen wir nicht. Noch nicht. Aber sind wir nicht recht neu im Prüfen und Verstehen?

Herr Koldewey fühlte sich behaglich untergebracht in diesem Nichtraucherabteil, um nicht zu sagen, erstaunlich glücklich für einen Mann, der seine Zweitfrühstückszigarre vertagen muß, eben weil er den Damen und sich jene unangenehmen Gerüche ersparen will, die in der überheizten und trockenen Luft eines D-Zuges aus abgestandenem Tabaksrauch unvermeidlich entstehen. Sie war gescheit, seine neue Käte; wie sie da saß, die sprechenden Augen unter einem kleinen Lodenhut hervorleuchtend, konnte sie ebenso viele Jahre unter vierzig sein wie drüber. Hatte Balzac die Frau von dreißig Jahren entdeckt, so wollte er, Koldewey, dem preisgekrönten Schriftsteller H. F. Punkt, seinem Stammtischkollegen beim Pflug, als sein nächstes Thema »Die Frau von vierzig Jahren« vorschlagen. Nebenbei horchte er gutgelaunt auf das Fahrgeräusch des D-Zuges, dieses regelmäßig rhythmische Betonen der Beförderung, das den gesunden Unterbau und guten Stand der Strecke unterstrich. Während des Weltkrieges hatten die Züge nach der Meinung der Soldaten rhythmisch geschimpft: Du verfluchter Bahninspektor, du verfluchter Bahninspektor. Jetzt sagten sie, so hatte sein Neffe Manfred lachend erzählt: Heil, geliebter Volksgenosse. Dann verscheuchte er den Gedanken an seinen gefallenen Neffen und die ganze spanische Generalprobe, wie Herr Lintze es vor ein paar Tagen taufte, dieses asturische oder baskische Manöver mit seinen Kämpfen bei Teruel und dem unvermeidlichen Ende, das sich in Katalonien abspielen würde, dem Sieg des Generals Franco und seiner Verbündeten über die Sowjetunion und den Geist der Demokratie, den sie dahinten unterstützten. »Vieles, Käte«, sagte er, »von ihren wundersamen Gaben wird die Statistik aufs rechte Maß zurückschrauben, indem sie nämlich untersucht, wie oft ihre Propheten, Sibyllen und Medien richtig unken und wie oft falsch. Dann werden Sie sehen, daß die Zahl der Nieten die der Treffer aufs unverhältnismäßigste überwiegt. Nun geh' ich nicht so weit wie jener Philosoph, der behauptete, wenn ein Schwein genügend lange, nämlich unendlich lange in einem Buchstabenhaufen wühlte, müßte es vor dem Ende der Tage auch Shakespeares Sonette oder den ganzen Faust herausbringen. Infolgedessen muß auch, könnte man sagen, bei den Millionen Voraussagungen, welche sich die Menschen täglich machen lassen, diese oder jene eintreffen – und dann spricht sich dieser Zufall bei Tanten und Gevattern herum und baut einer solchen Kaffeesatzschwester in der Reimerstwiete Triumphpforten. Nein, Kateken, mit zukünftiger Naturwissenschaft sind wir nicht abzuspeisen. Der Glaube an Wahrsagungen, Hellsehen und zweites Gesicht zeigt einfach das Fortbestehen ältester Religionen neben fortgeschritteneren, so wie wir den Blinddarm noch im Leibe tragen, der ja neuerdings wieder einmal wichtige Funktionen verrichten soll, der inneren Sekretion. Na schön. Darum habe ich mir meinen doch herausschneiden lassen und fühle mich nicht eingetrockneter als vorher.« Und er blickte seine zukünftige Frau mit so spitzbübischem Ausdruck an, daß sie ihn mit den Handschuhen fröhlich aufs Knie schlug, denn sie saßen einander gegenüber. Er fing die flache Fliegenklatsche aus braunem Leder mit seinen Händen, nahm sie ihr weg, zog sie zärtlich durch seine Finger und beschloß diesen Teil des Streitgespräches, indem er nachdenklich zum Fenster hinüberblickte. »So einfach, wie gesagt, mach ich mir's nicht. An manchen Wahrsagereien ist was dran, besonders wenn sie sich auf Völkerschicksal und Regenten beziehen. Gewisse Vierzeiler des Nostradamus machen einen wirklich staunen, da sie ja Jahrhunderte im Druck vorlagen, bevor sie in Erfüllung gingen, wortwörtlich und mit den albernsten Nebenumständen. Aber diese Frau Mengers mit ihrer Reimerstwiete, die ärgert mich. ›Solo aequare‹, nannten es die Römer, dem Erdboden gleichmachen. Es war eine reine Kriegsmaßregel, scheint mir, und beraubte den Feind aller Hilfsquellen des Landes, wozu in jenen Mittelmeergebieten auch der Schatten der Bäume gehört. Daher ihre gründlichen Abholzungen, wenn ihr Feldherr diese Parole ausgab. Und darum stellt dies Wort im Mengersschen Falle einen solchen Quatsch dar, Rachephantasie von enterbten Weimarern und Israeliten, wie ich vorhin mir zu bemerken erlaubte. Setzte ja einen Krieg voraus, der sich in Deutschland abspielte und in dem unsere Heere so geschlagen wurden … nein, wahrhaftig! Jetzt versteh' ich, wie recht es war, diesen Unfug zu verbieten. Auch der Quatsch und Tratsch hat seine Grenzen. Und nun wenden wir uns unserem Jungvolk wieder zu und bitten um Entschuldigung.« Aber Annette und Bert Boje auf ihren Plätzen nächst dem Gange unterhielten sich auf ihre eigene Weise, die Schornsteine zählend, an denen der Zug vorüberfuhr. Sie würden überhaupt nicht dazukommen, die Mole zu betreten, behauptete Annette, man hätte besser getan, vor der Abfahrt die Berichte der Seewarte zu studieren; hier draußen gab es heute offenbar Windstärken, von denen man im Städtchen kaum was ahnte. »Hätten beim Flugplatz anrufen sollen«, meinte Herr Koldewey reumütig, »und du, Prophetin, hast auch nicht daran gedacht.« – »Als ob Kinder nur dazu da wären, für Papa die Vorsehung zu spielen«, wehrte sich Annette, und Herr Koldewey nickte ihr glücklich zu. Das war die Rolle, für welche Natur und Erziehung sie vorbestimmt.

Der Verkehrsschutzmann vor dem Bahnhof unterdrückte ein Lächeln und bestätigte die Vermutung der Fragerin: nein, heute, wo der Sturmball überm Hafen hing, werde man mit den Versuchen kein Glück haben, ans Wasser heranzukommen. Wirklich erfüllte Pfeifen und Zischen die Luft, und je mehr man sich der Hafengegend näherte, ein donnerndes Brausen, das unheimliche Stärke eines anstürmenden Elements verriet und zu gleicher Zeit Entferntheit, gesichertes Eingesperrtsein. Ein weißlicher, graugetigerter Himmel, in welchem sich geballte Massen und Wolkenschichten reißend gegeneinander verschoben, an einer Stelle, die man Süden nennen konnte, von schwachem Gelb getönt, machte Cuxhavens Straßen noch nüchterner und fröstlicher. »An solchem Sonntag kam es sich gut aus dem Weihnachtsurlaub zurück«, meinte Herr Koldewey zu Bert Boje, vorausgesetzt, daß man seine alten Kameraden wiederfand, behaglich geheiztes Quartier und erst nächsten Morgen hinausmußte. Im übrigen stellte sich diese Fahrt nach Cuxhaven ganz offensichtlich als Fehlschlag heraus, für welchen er, Koldewey, sich zu entschuldigen hatte, worauf Käte Neumeier strahlend protestierte. Es war noch nicht Abend, alles konnte sich wenden, und mußte man nicht darauf gefaßt sein, daß die Dinge mitunter auch die unvermeidliche Mißgunst der Götter ausdrückten? Blieb zunächst einmal übrig, irgendwo anständig zu Mittag zu essen; Annette sollte die Führung übernehmen. Sie wußte von allen hier noch am besten Bescheid. (Den Namen von Herrn Footh erwähnte niemand.)

Aber der Ober des Hotels »Englischer Hof« schuf Rat. Er gab den Herrschaften einen Jungen mit, einen netten, blonden Burschen aus der HJ. natürlich, der sie zu einer Stelle führen würde, von der aus sie auf Meer und Elbe blicken könnten nach Herzenslust. Nicht von unten freilich, das empfahl sich heute nicht, von oben aber, einer Bastion mit Bäumen auf dem ehemaligen Wall, einer »Schönen Aussicht«. Und da standen sie nun und mußten einander festhalten, die Kragen hochschlagen, alle verfügbaren Knöpfe schließen. Vorn, weit unter ihnen erstreckten sich Hafenanlagen, Dächer, Mauern und Dämme aus weißlichem Beton, ein ungeheurer, jagender Himmel, und die Luft, die sich ihnen entgegenwarf, war mit Salz geladen, das sie alsbald auf ihren Lippen spürten, den Gesichtern, auf den Händen. Fernhin aber, anstürmend, weitete sich ein Chaos gelbgrauer und graugrüner Gewässer. Wogen über Wogen, weiße Kämme, tobender Gischt. Heere über Heere warf das Meer gegen das Land und Menschenwerk; ihr Brüllen füllte die Ohren. Es schnob an, jubelte und gellte, und die schwärzlichen Schiffe, verankert und stählern, schienen unmöglich ausdauern zu können an ihren Trossen. Bis fern zum Horizont hin nichts als Gewalt, Anprall, anwankende Raserei. Der Genius der Vernichtung selber schien mit den Möwen zu fliegen, den kleinen, weißen, aufblitzenden. Bis hier hinauf ließ das dumpfe Donnern der geschleuderten Massen die Herzen erzittern. Es knickte altes Geäst, riß jedes menschliche Wort von den Lippen – bis an die Nebel Islands schien sich dies auszudehnen: Anmarsch der Regimenter des großen Poseidon, seiner grauen Rosse, millionenfach zum Sturm auf das feste Land. Das ist Solo aequare, erschauerte Herr Koldewey, ergriff Kätes Arm, preßte ihn fest und sah, wie sich Annette hinter Bert Boje drückte, der seinerseits lachend die weißen Zähne und hellen Augen dem Ostwind entgegenstemmte, um sie zu schützen. Das war der Mensch, ein mutiges Tier, unermüdlich mit der Vernichtung ringend, selbst ein Vernichter. Und dann nahm er Käte an den Schultern, auch Annette machte sich Herrn Boje durch einen Wink verständlich, und wortlos, halb betäubt, wandten sie sich zum Rückweg, hinab in die Stadt, die gesichert lag hinter ihren Böschungen, in die festen Straßen, zum gastlichen Herd.

Sechstes Kapitel
Die schwarze Rose

Am späten Abend freilich ereignete es sich, daß sich Herr Koldewey über diesen so wohlgelungenen Ausflug eine kurze Zeit ärgerte. Das geschah des Nachts, und er war, was ihm selten zuzustoßen pflegte, lesend und die Zigarre zwischen den Fingern, in einem Lehnstuhl eingeschlummert, ganz als ob das Buch des klugen Professors Frobenius voll aufregender, gut erzählter Negermärchen ihn nicht hätte wachhalten können. Und dabei öffnete es jedem Gebildeten ganze Zonen höchst bemerkenswerter Geisterreiche, von welchen man sich freilich nicht durch den törichten Rassendünkel zufällig mit weißen Häuten geborener Kleinbürger wegscheuchen lassen durfte. Aus dem Nebenzimmer duftete ein großer, weißer Rosenstrauß, edelste Treibhauserzeugnisse, im Auftrage des Herrn Oberstleutnant Lintze »Entschuldigung für Glasmoor«, im Verlaufe des Vormittags abgegeben. Vom Radio her, zwei Räume weg, hatte seine Thyra, die dunkelblonde, reizvoll schlanke, das zweite Klavierkonzert von Brahms aus New York erwischt, von einem emigrierten Pianisten und einem köstlich geleiteten Orchester so gut gespielt, wie man es in Deutschland leider nicht zu hören bekam – vorläufig, meine Herren. Ja, Thyra, wie sie dort in ihrem dicken, flauschwarmen Abendkleid aus braunrotem Sammet kauerte, den weiten und langen Biedermeierrock auf dem Fußboden ausgebreitet und die Zigarettenspitze zwischen ihren festen, kleinen Zähnen, diese Thyra lebte auf ihre stille Weise im Widerspruch zu dem Regime, das ihr den Jugendfreund genommen hatte, jenen begabten Wilhelm Kley, von dem Koldeweys seit dem etwas affektierten Freitod seines Vaters und schon länger kaum mehr hörten. So hielt sie sich an die Astrologie, deren Ausübung das Dritte Reich ebenfalls verbot, und so liebte und suchte sie auf den Wellenskalen der im alten Trott zurückgebliebenen westlichen oder slawischen Welt nach Künstlern und Darbietungen, welche die Reichskulturkammer untersagte. Je, min Döchting, dachte Herr Koldewey, während ihn die bernsteinfarbenen, zauberhaft durchleuchteten

Einsätze dieser zwischen Flügel und Orchester aufgeteilten Symphonie durchpulsten, aufhorchen machten – ja, meine Tochter, du hast ganz recht, deinen dunkeläugigen Kopf auf deinem hübschen Hälschen für dich zu behalten und zuhaus denkend und tuend deine eigene Linie weiterzusteuern – nach Möglichkeit selbstverständlich, ohne Aufhebens und Aufsehens davon zu machen. Wir Koldeweys greifen ja nicht zu Revolutionen, wenn uns eine Sache nicht paßt; wir halten still und warten ab und wissen, daß wir am Ende recht behalten, und daß es sich für uns nicht gehört, gegen den Stachel zu löken. Eine unappetitliche Redensart und Beschäftigung. So, auf stille Weise nicht mitmachend, haben wir die Weimarer Republik überdauert, in der auch eine Partei regierte, welche Sätze wie: Das Sein bestimmt das Bewußtsein, zu ihren Thesen zählte. Als ob die Autonomie des Geistes nicht zu den köstlichsten Erkenntnissen und Errungenschaften der Europäer rechnete! Und als ob das Höhere im Menschen nicht gefährdet genug über seinen Tiefen tanzte und schwebte, um noch die Schlammfontänen auszuhalten, mit denen der Materialismus und Herr Karl Marx es zu bespritzen suchten. Für die Ausrottung solcher Denkgefahren zahlt jeder Vernünftige einen Preis. Zum Beispiel den Verzicht auf gewisse Vollkommenheiten des Klingens, Singens und der aufgewühlten Seele. Und was sich unsereiner in seinen vier Pfählen von altem Kulturgut bewahrt, geht ja diejenigen nichts an, die auf der Straße und in den Vorhöfen der öffentlichen Meinung nach dem Rechten zu sehen haben. Mensch, Johannes, wie dir das hier gelungen ist, wo du doch bloß ein kleiner Junge warst, und drüben, drunten, in den Hafenkneipen Musik machtest ... Ja, eigentlich sollte ich mich besinnlicher halten, in mich selbst verloren und über mir selbst schwebend, so wie du hier. Ist es denn recht, daß ich wieder eine Frau nehme? Diese reizende, brünette Käte, die mit so viel Tatendrang geladen ist? Bin ich nicht ein Narr, Handlungen in Bewegung zu setzen, um nicht zu sagen Verschwörungen, damit der Mann, den wohlbekannte Mächte an die Spitze des Reiches geschoben haben, daran verhindert werde, es in den Abgrund zu segeln? Und wenn ich auch nur besorgten Patrioten nach Art des dankbaren Herrn Lintze kleine Anstöße gebe, Informationen, wie man das heute nennt, gedankliche Hebel und Zahnräder der Beweiskraft, die man diesem Herrn Freud und seiner Untersuchung über den wahnsinnigen Herrn Schreber verdankt: ist es nicht zuviel? Unkoldeweyisch, unhamburgisch, unkonservativ am Ende? Nun, ein gewisser Edmund Burke hat sich heftig gegen Geist und Handlungen der französischen Revolution gewandt und sie schließlich besiegt – als Konservativer, im Namen und Rahmen der bestehenden Zustände und ihrer Vernünftigkeit. Tue ich mehr? Sicher nicht; ich tue weniger. Er trat auf und redete, stürzte Minister und hielt Kabinette. Ich, mein Gott, sitze in meinem gläsernen Käfig, wie der arme Manfred es nannte, übersehe manches und vieles, das in den Tiefen geschieht, beobachte und registriere die Taten und Unterlassungen der mittleren Regionen und lasse mich im ganzen treiben, wie unser Reich, wie Europa, wie dieser drollige Planet Erde, der ununterbrochen durch die drei Dimensionen des Raums und jene vierte hinkugelt, die wir der Forscherkraft des Herrn Einstein verdanken, und die wir früher Zeit nannten. Nun, warte ein Weilchen, und auch dieser neue Besen wird sich durchaus und gut eingespielt in die Ecke verweisen lassen. Aber wie unser Brahms auf solche Schwermut verfallen konnte, auf dieses Glück der Melancholie im Herbstglanze des Wörthersees. Soll ich nicht versuchen, mich aus dem Kram politischer Einmischung wieder zurückzuziehen? Soll ich nicht den Zustand Käte Neumeier unverändert beibehalten und meiner armen Käte Koldewey der ersten keine Nachfolgerin geben? Wahr, daß Friedrich der Einzige uns unermüdlich zur Tat anspornt, uns Geistige und Durchschauer. Aber was hat er seinerseits getan? Ist er zum Wettkampf angetreten, anders als auf dem Gebiete des bedruckten Papiers? Hat er sich von Turin aus nicht in den Wahnsinn geflüchtet? In die Märchenblumen seiner Zarathustrawelten, in die Schluchten und Gewölbe überirdischer Lilien und Glockenblumen?

Hier mochte Herr Koldewey, das sagte er sich später, eingeschlummert sein, fast drei Sätze eines seiner Lieblingswerke verschlafend. Der Frobenius stand auf seinen Buchdeckeln, halb aufgeblättert, als er wieder erwachte, die kalte Zigarre roch unangenehm durch die Rosen, aus den Nebenzimmern verlautete nichts mehr, oder noch nichts, Annette war offenbar noch nicht daheim. Diese Müdigkeit mußte von dem Ausflug herrühren, einen Traum erzeugend, dem es sich lohnte nachzusinnen. Geschlossenen Auges verharrte Herr Koldewey, humoristisch mit sich kämpfend, ob es fair sei, diese herabgebrannte Zigarre noch einmal anzuzünden. Notfalls brachte man sie in einer Spitze unter, halb Weichselkirsche, halb rötlicher Bernstein, entzündete sogar die kristallene Rauchverzehrungslampe mit dem papierdünnen Platinbrenner. Selbst den Radioapparat hatte man in seinem Traum verwandt und verwandelt. Thyra, die Taktvolle, hatte sich offenbar verdrückt. Man legte wenig Wert auf Träume. Diesen Teil der antiken Zivilisation wieder lebendig zu machen und selbst Geldwerte daraus zu ziehen, überließ man am besten Herrn Freud und seinem Gefolge von Psychagogen und Therapeuten, unter denen es ja ebenso viele Schulen und Streitigkeiten geben sollte wie in irgendeinem Alexandria oder Athen. Und daß er seinen schmuckhaft dastehenden Blaupunktapparat mit der Fähigkeit ausgerüstet hatte, auch vergangene Zeiten zurückzuholen und längst tote Leute spielen zu lassen, machte ihn lächeln. Aber so hatte er geträumt. Dirigent: Robert Schumann, stand auf dem Theaterzettel, den er in der Hand gehalten; Solistin: Frau Klara Schumann-Wieck, indessen er den Komponisten Herrn Brahms in der Loge sitzen sah und den Kopf in die Hände pressen, die Finger eingewühlt in die lange, graue Künstlermähne, während sich sein Vollbart fächerförmig auf dem steifen, vorgewölbten Frackhemd ausbreitete. Man sieht das alles, die Vorstellung findet im Hamburger Stadttheater statt. Solch ein Apparat nun heißt Television, und wer da zuschauen und hören will, bleibt aufs bequemste daheim. Den Konzertraum vertritt eine Art Opernbühne, die Dekorationen stellen eine große, schwarze Rose dar – das geschwärzte Mauerwerk wie nach einem großen Brand. Dies aber sind lauter duftende Wände, samten und riesengroß eine Runde hinter der anderen, eine die andere überwölbend; zu dem Verse passend, der in großen Lettern, gotisch spitz geschnittenen, auf einem weißen Spruchband quer über das ganze Bild gespannt hängt: »Rosenduft hat sie getötet.« Und Herr Koldewey wird von einem gewissen Mengers durch diese Galerien geleitet – wie dereinst, als er sich in der Zeit seiner Freundschaft mit einer sehr reizvollen Schauspielerin hinter der Bühne und in den Garderoben daheim fühlte.

Und während er jetzt, der Reale, der leibhaft Wachende, sich aufrafft, sein Schlafzimmer aufsucht, Nachttoilette macht, sich aus- und umzieht, holt er den Traum in seiner vollen Deutlichkeit wieder in den Vordergrund des Geistes und der Besinnung. Eine schwarze Rose, ja, und Herr Mengers, der Führer. Denn Herr Koldewey hat einen Auftrag auszuführen, dem Rädelsführer Timme das Wandsbeker Beil zu überbringen. Und jener Buchhändler Mengers entpuppt sich als der Wandsbeker Bote, in Kniehosen und einem blauen Frack – geborgtem Frack, wie sich herausstellt. Dies seien die Kulissen, erläutert er, der europäischen Kultur, der bürgerlichen Gesittung, und wenn die reif ist, fallen sie ab. »Fallen ab?« – Stürzen diese herrlichen Akkorde hinunter, hören Sie nur! Und doch, alle alten Rosen entblättern sich, stürzen ein. So war es mit der griechischen, der römischen, der christlichen, der feudalen Rose – denken Sie nur an den Dante, Herr Geheimrat; alles aus, alles weg.« Herr Koldewey, während er sich pruschend im Waschbecken wusch, verzog sein längliches Faunsgesicht – so nannte er es selber – zu einem Lächeln, bei welchem ihm etwas Seifenschaum in den Augenwinkel geriet. Daß ein gebildeter Herr nicht einmal träumend aus dem Rahmen seiner Lesewelt hinausfiel, verursachte ihm wohlgefällige Empfindung. »Den Dante, Herr Geheimrat« – er hatte eine neue, besonders schrullige Übersetzung der »Göttlichen Komödie« vor einigen Tagen in der Mönckebergbuchhandlung angeblättert und sich zur Ansicht schicken lassen. Ah, jetzt also lag man, noch allein, noch Junggeselle, in seinem Schlafzimmer und gab sich keinen anderen Erwartungen hin, als denen, die sich auf die Rückgewinnung, Wiedererinnerung des Traumes von vorhin bezogen. Mitten im Sitzen, Lauschen, beinahe im Lesen, hatte ihn dieser Traum heimgesucht – Brandruinen in Form einer schwarzen Rose – ohne das Solo aequare heute mittag draußen in Cuxhaven wäre dergleichen wohl nicht zustande gekommen. Television – du lieber Gott, dem Rädelsführer vom vorigen Jahre das Wandsbeker Beil überbringen – Herr Koldewey, der Träumer, nicht der Geträumte, kicherte. Ein höherer Beamter überbringt keine

Beile, auch im Traume nicht. Höchstens die Anweisung überbringt er, wo man sie beheben könne. Und solche Gesetze der Rangordnung wirft auch kein Traum um. Wenigstens kein honetter, von besagtem höherem Beamten selber geträumter. Alle alten Rosen entblättern sich, war es nicht so? Stürzen ein. Alles weg, hatte der Herr Mengers gesagt, der übrigens aussah wie der Kladderadatsch auf dem früheren Witzblatt, mit langer Nase und freundlichen Augen und, wie gesagt, in Kniehosen und Frack. Und was dann bleibe, hatte Herr Koldewey gefragt. »Erst ein kahler Kelch«, lautete die Antwort, »kümmerlich und struppig, und eine spitze rote Hagebutte, mit vielen kleinen Körnern.« (Ja, so was gab es im Garten um den Oktober herum reichlich zu sehen.) Und dann wird sie gepflanzt, und da wächst eine neue Rose, wieder in B-dur, schön und brahmsisch, ewige Wiederkehr des Gleichen. Rose nach Rose, deus ex deo, wie sie in der H-moll-Messe sangen, aber die neue ist hoffentlich nicht schwarz, rauchschwarz, zigarrenschwarz, sondern rot von Blut. Es wird ja genug aus Hälsen verschenkt und aus all anderem Fleisch, nicht wahr, Herr Teetjen? – Ja, richtig, und Herr Koldewey, der sich Erinnernde, klopfte ärgerlich mit der Handfläche auf seine schöne, seidengrüne Steppdecke. Dieser Traum hatte ihn – welche Kühnheit! Und was man sich für Unsinn leistete, sobald man den gesunden Verstand schlafen schickte – dieser Traum hatte ihn mit dem braven, brauchbaren Werkzeug verwechselt, mit Herrn Fooths Erfindung und Kriegskameraden Albert Teetjen, Schlächtermeister. Aber er, der geträumte Herr Koldewey, hatte sich das nicht gefallen lassen. »Erlauben Sie«, hatte er protestiert, »mein Name ist Koldewey. Ich heiße nicht Teetjen.« – »Aber Herr Geheimrat«, entgegnete der Buchhändler, indem er sich hinter seinem Ladentisch verneigte. »Was ist Name anderes als Schall und Rauchfleisch!« Und damit kam er hervor und führte Herrn Teetjewey in die letzte Galerie, die innerste, in der es herrlich nach Brahms und Brand und Rosen roch. Das ist der dritte Satz; hatte der Träumende gefühlt, und da saß jetzt auf einem Polster von Staubgefäßen, mit gekreuzten Beinen à la turc, Herr Friedrich Timme und hob den Arm. Da fielen die Blätter, die schwarzen, riesigen Wände, eine nach der anderen ab, nackte, leere Mauern starrten wie eine kahle Bühne herein, der Bote legte das Beil – siehste, nun hat er's doch! – zu Füßen des Sitzenden, mit der roten, spitzen Hagebuttenmütze, in das moosige Polster. Da streckte Herr Koldewey, tieftrunken von Schlaf, Musik und Duft der verwelkenden Rose, die Hand mit dem langen Zeigefinger und erklärte, er habe keine Söhne. Aber der Sitzende nickte nur »auch Töchter zählen, Exzellenz, im Neuen Reich, und das ist der vierte Satz. Sie brauchten ja nicht hinzuhören, wenn in Ihrer besonderen Abteilung geklopft wurde und geschrien«. – »Wer hat auch überall hinzuhorchen«, hatte ihn Herr Koldewey zurechtgewiesen. Musik und Grausamkeit vertragen sich wohl, und »nicht alles Wissen macht glücklich«. Aber da nahm die Musik einen Marsch- oder Tanzton an, tam tara, tam tara, tam tara, taramatama-Tango, und ohne zu wissen wovon, war Herr Koldewey erwacht. Er hätte zu gerne noch in den Abgrund geblickt, aus welchem dem verewigten Hans Brahms die tiefen Eingebungen gnadenhaft gekommen waren, und aus welchem der Stiel der Rose aufstieg, mit dem Polster, darauf das Hagebuttenmännchen saß, aber das gelang ihm nun nicht, auch in der Erinnerung nicht mehr. Auf alle Fälle hatte er da unten Männer stehen sehen, mit einer hohen Stirnglatze mit wilden Haarwüchsen, mit brahmsschem Vollbart und Nietzsche-Schnauzer, und jetzt, da er geschlossenen Auges in seinem Kopfkissen lag, kam das Bild zurück. Ja, Hamburg hatte es in sich, und gebar Hammonia einen Musiker, dann gleich den richtigen. Schade, daß Friedrichs Ohren so verwagnert waren, daß er vom ollen Johannes nichts verstand. »Melancholie des Unvermögens« stand über Brahms im »Ecce homo« geschrieben. Oder vielleicht im Nietzsche contra Wagner? Welchen Klatsch hatte er da aufgeschnappt? Welch närrischen Unfug drucken lassen? Herr Koldewey lobte das kritische Vermögen, pries, kalte Luft einatmend, die klare Hamburger Denkart des zweimal zwei gleich vier. Die Käte Neumeier würde er heiraten und die Geschichte mit dem Beil und dem Oberstleutnant Lintze ernster nehmen als bisher. Die schwarze Rose der bürgerlichen Zivilisation war einen tüchtigen Ruck wert. Kein Koldewey, Hauptmann der Landwehr, durfte sich dafür als zu kostbar halten. Jawohl, Herr Major! Zu Befehl, Herr Oberstleutnant ...

II. Teil

Fünftes Buch
Koldewey empfängt ein Zeichen

Erstes Kapitel

Waschgespräche

Nach dem Volksglauben tut man gut daran, zwischen Weihnachten und Neujahr weder Leinen zu spannen noch Wäsche zu hängen. Es könnte in der Familie eines sterben. Pastor Langhammer, solange er sich noch seiner gesunden Knochen erfreute, hatte einmal oben bei Geesche Barfey dem geweckten Tom erklärt, wie dieser Aberglaube möglicherweise zustande gekommen sei: Den Anfang machten die ellenlangen Nächte, die dunkelsten des Jahres, wo in nordischen Gegenden die Sonne offenbar überhaupt keine Lust mehr verspürte aufzutauchen. Daß in ihnen die Dämonen gute Zeit hatten zu spuken, die Seelen der Toten, das verstand sich am Rande. Bis zu Dreikönig erfreuten sie sich einer Freizeit, durften geistern und sich zeigen und mit den Menschen umgehen, nach denen sie Verlangen trugen. Sie waren aber schreckhaft, die armen Gespenster, hängende Wäsche verscheuchte sie, wie ihre Vettern, die Vögel des Feldes, und dann rächten sie sich und holten den Schuldigen in ihre Gesellschaft. Darum hatte Frau Barfey zwischen Weihnachten und Dreikönig ihre Urlaubszeit, und sie genoß sie in ihrer Häuslichkeit, bei Tom, der den Bericht Pastor Langhammers über die Mißhandlungen, Martyrien und Selbstmorde im Lager Glasmoor mit einer Schönschrift vervielfältigte, die jeden Graphologen verärgert hätte. Um so mehr war für Geesche Barfey und ihre Auftraggeberinnen vor Weihnachten zu tun; die Hauswirte hätten zwei Waschküchen zur Verfügung haben müssen, um alle ihre Mieter zu befriedigen, und die Hauswarte mußten schlichten, ordnen, sogar drohen, damit alles in Reih und Glied blieb. Wäsche in und außer dem Hause, Wäsche bei Lawerentzens und Petersens, bei Dompfaffs und Holzhausen, bei Dr. Carsten und Lehrer Reitling, bei Hebamme Pichler und Klempnermeister Drohm und zweimal bei Lehmkes, in der Bierstube zum braven Husaren. (So hatte sie vor und während des vorigen Krieges geheißen, und dann war dieser Name der allgemeinen Entmilitarisierung Deutschlands zum Opfer gefallen. Herr Lehmke war sein eigner Schutzpatron geworden. Jetzt erwogen Lehmkes, den alten Namen wieder aufzunehmen, zeitgemäß abgewandelt »Zum braven Panzer«, und bei einem Maler, Mitglied des SS.-Sturms Preester, ein auf Blech gemaltes, wetterbeständiges Schild zu bestellen, das der ganzen Straße einen höheren Schick geben würde.)

Mitte November bereits, am achtzehnten, um genau zu sein, war Geesche Barfey das Geheimnis zum erstenmal über die Lippen gerollt, bei Frau Eisenbahnsekretär Doligkeit, die eigentlich selbst hätte waschen können, wie ihre Hausleute meinten. Nicht so Frau Doligkeit, und da sie der Zustimmung ihres Mannes sicher war – »er mag das nicht, meine Hände sind ihm zu schade, und den Wäschegeruch in der Wohnung kann er schon gar nicht leiden« –, ging das schließlich niemanden etwas an. Sie hatte sich während des zweiten Frühstücks zu Geesche Barfey gesetzt, denn Hochmut war nicht ihre Sache, und es hieß, sie habe sich ihr Brot früher gelegentlich auch in der Reeperbahn verdient, bevor Doligkeit an ihr kleben geblieben. Wie dem auch war, sie als erste aus der Teetjenschen Kundschaft erfuhr, woher das neue Betriebskapital stammte, dessen sich Albert offenbar erfreute.

Sie erblaßte und mußte sich am Küchenstuhl festhalten und nach Luft schnappen. »Frau Barfey!« sagte sie, »in unserer Straße! Ein Henker! Glaub ich nicht. Wird nicht stimmen. Kann nicht stimmen. Was die Leute alles daherreden, davon hat man Beispiele.« – »Nur zu wahr«, pflichtete Geesche bei, »was klatscht man nicht alles über die Stine oder meinen armen Tom. Aber das kommt leider aus guter Quelle, direkt aus Fuhlsbüttel, Frau Sekretär, und sagen Sie's nur ja niemandem weiter.« – »Ich und weitersagen«, beteuerte Frau Doligkeit. »Aber da müßt man die Gesundheitspolizei anrufen, so kann das doch weiß Gott nicht bleiben!« – »Bloß nicht, Frau Sekretär. Staatsdienst und Parteidienst, Gemeinnutz über Eigennutz. Kein Mensch kommt gern in Teufels Küche.« – »Wahr«, sagte Frau Doligkeit, »dann muß man selbst zusehen. Epa hat auch Fleisch, ganz gutes sogar. Die Reisstärke, mit der wir heute waschen, stammt auch von da. Muß bloß sehen, wie sich mein Mann dazu stellt. Es waren doch Kommunisten, die da hingerichtet wurden?« – »Doch«, sagte Geesche Barfey, indem sie sich den Mund wischte, »aber Beil ist Beil und Blut ist Blut, und die Hygiene fragt nicht nach Politik. Wenn Sie wüßten, wie mir die Stine leid tut, richtige Tränen habe ich geweint.« – »Gott«, sagte Frau Doligkeit kühl, die selbst eine hübsche Frau zu bleiben wünschte, bei anderen aber die gleiche Haltung nicht gern sah, »gibt doch reichlich was an, die Frau Teetjen, mit Blumen im Haar und Blattwerk im Fenster, immer lila und grün zu ihren Haaren – nein, weinen könnt ich da nicht.«

Als Geesche Barfey damals abends ihrem Tom berichtete, daß ihr seine Nachricht die Zähne auseinandergepreßt habe und ihr über die Zunge gelaufen sei, nickte Tom zweimal vor sich hin und blickte scharf in die dunkle Ecke der Wohnküche, wo über dem Herd die Töpfe hingen. »Die Doligkeit also.« Sie war ein kleiner Topf, der leicht überlief. Der Herr Eisenbahnsekretär Doligkeit würde die Nachricht mit in ein riesiges Bürohaus der Eisenbahnverwaltung Wandsbek nehmen, wo er arbeitete. In dem großen Kasten, Gustav-Adolfstraße, saßen Gott weiß wieviel Beamte, lauter Registratorseelen, wie Pastor Langhammer sie in seiner guten Zeit genannt hätte. Sie hatten alle Hände voll zu tun, wobei Gespräche nicht nur verboten waren, sondern wirklich störten – die Eisenbahn stellte sich Tom nicht als Kinderspiel vor, und ihr Fahrplan verkörperte ihm alles, was der Mensch an Genauigkeit und Organisationskunst zu leisten vermochte. Aber in den Pausen, auf den Gängen, in den Toiletten, vor allem in der Kantine und beim Warten auf die Hochbahn – wieviel Gelegenheit, ja Zwang zu kollegialen Gesprächen! Na, und wenn Sekretär Doligkeit da mit einer solchen Bombennachricht aufwarten konnte, da stand er vielleicht da! Tom kannte nicht viele Männer, aber soweit er Gelegenheit hatte zu beobachten, erschienen sie ihm nicht weniger plauderhaft als Frauen. Und während er seine Schmalzstulle kaute, stellte er sich vor, wie dieses Gerücht langsam auf den Güterbahnhof hinübersickerte zu Lokomotivführern und Schaffnern, in die Personenzüge übergriff. Daß ein Schlächter Teetjen irgendwo in Groß-Hamburg existiere, der sich zum Henker an politischen Gefangenen hergegeben, für Geld und aus

Überzeugung, das tropfte jetzt längs der Schienenwege ins Land hinaus. Die Leute konnten es glauben oder nicht, sie konnten es bestreiten und erörtern, es loben oder tadeln – aber verschwiegen blieb es nicht mehr. Die Geschichte mit der Maske, lieber Albert, die ist nun mal aus und hin. Der Mensch muß schon gerade stehen für das, was er tut. Leute hinmachen auf Befehl von Schurken und Dummköpfen und raffiniert geschmierten Ludern, bitte sehr, ist immerfort vorgekommen und wird immerfort vorkommen, solange Schuljungs zu servilen Kreaturen erzogen werden und wildgewordene Schulmeister ihre besoffenen Launen mit Gerechtigkeit verwechseln und aufputzen. Aber die Sonne bringt es an den Tag, so stand's im Lesebuch – war ein ganz hübsches Gedicht, mit einer Untertasse und Sonnenkringeln an der Wand. Einer hatte gemordet, und er mußte es ausplaudern. Wie die Mutter es vorhin benannt hatte: es preßte ihm die Zähne auseinander und schlüpfte ihm über die Zunge. Diesmal war diese Aufgabe einem andern zugefallen, einem kleinen, übersehenen Krüppel im Dachgeschoß des Hauses. Einerlei; Hauptsache blieb: Masken halfen nichts, Recht war nicht, was dem deutschen Volke nützte, Recht und Gerechtigkeit stellten eine Sprungfeder für sich dar, die, war sie einmal aufgezogen, Arbeit leistete. Wie diese Spielzeuglokomotive weiterlief, würden wir ja sehen.

Daß sie nicht ohne weiteres und zum Spaßvergnügen des Absenders laufen würde, erfuhr Tom von Olga Lawerentz. Seitdem das Wetter kalt war, regnerisch und Schnee, mußten sich ihre Zusammenkünfte in der Wohnung vollziehen, und es gestaltete sich einigermaßen schwierig, Stunden dafür zu finden, in denen weder Geesche da war, noch die Abwesenheit Olgas daheim auffiel. Beim Wäschewaschen mußte Olga fleißig heran; gleich am nächsten Tage meldete sie sich bei Tom. »Du bist doch klug, Tom«, sagte sie und fuhr ihm durch die Haare, »laß deine Mutter mit Neuigkeiten vorsichtig umgehen. Da hat sie bei uns die Mordsgeschichte von Albert Teetjen erzählt. Aber wie ich sie Vatern hinterbrachte, kriegte der seine bösesten Augen – und ich kenne ihn doch: es war Wut, aber mehr Angst als Wut. Die sollen die Schnauze halten, die sowas erfinden wollen, sagte er, die SS. wohnt schräg überm Damm, und die halten zueinander. Morgen gibt's Hammelrippen, hat Albert annonciert. Gehst morgen vormittag rein, Olga, und bleibst ein bissel drin und zeigst dich, verstanden! Und wenn's dreimal dasselbe Beil wäre, aber es ist's nicht. Und wenn ja, ist's gewaschen und desinfiziert. Ein Mann, der dem Führer vorgestellt worden ist! Der steht für uns, und wir stehen zu ihm.« Und von Lehrer Reitlin, dem Blockwart, der die Parterrewohnung im Vorderhaus innehatte, auf der anderen Seite der großen Einfahrt, die das Haus in zwei gleiche Teile teilte, von Lehrer Reitlin berichtete sie, er habe ungeheuer gelacht, als ihm der Vater das Geheimnis zugetragen, habe ihm auf die Schultern gehauen und gerufen: Das kriegen Sie in Vertretung von Teetjen, Lawerentz, summa cum laude, mit Eichenlaub und Schwertern. Stirnrunzelnd fragte Tom, was das heißen solle, denn der Summer kummt in die Laube, werde es ja wohl nicht meinen. Im übrigen sei der Reitlin verrückt, das wisse jeder, der ihn mal als Blockwart bei einer Hausversammlung beobachtet habe. »Wird wohl dasselbe bedeuten wie Eichenlaub und Schwerter, gut, prima Bockwurst. Daß aber mit der SS. nicht zu spaßen ist, weißt du ja selbst. Und wenn sich herausstellen sollte, es wäre nicht wahr, und Albert klagt, fliegt deine Mutter ins Kittchen.« – »Mach dich nicht wichtig«, sagte Tom, »der und klagen! Und wenn dein Vater die Sache herumträgt, ist er ja mitschuldig.« Und mehr will ich gar nicht, dachte er für sich. »Haben sie euch geschmeckt, die Hammelrippchen?« – »Hör auf, Tom«, bat Olga. »Mutter und ich mußten uns immerfort ansehen, sowie der Vater wegguckte. Es war gar keine nette Sonntagsmahlzeit diesmal.«

Geesche Barfey aber, als Tom ihr Olgas Warnung vor dem Schlafengehen ausrichtete, murmelte, indes sie ihre dünnen, grauen Haare flocht: »Das laß gut sein, Tom. Da wacht der liebe Gott über. Wer Menschenblut vergießt, dessen Blut soll durch Menschen vergossen werden, sagt die Schrift. Und wird auch. Und man soll Gott mehr fürchten als den Menschen. Wenn aber die Mannsen Angst haben, denn meinswegen. Unser Herrgott sucht sich seine Treuen dann eben unter uns Weibern. Wenn Menschen schweigen, werden Steine schreien, steht bei Habakuk oder vielleicht bei Zephania.« – »Und wie wär's mit dem Neuen Testament?« fragte Tom und lächelte mit freundlichem Spott, sei es über die beiden sonderbaren Namen oder über seine bibelfeste Alte. Übrigens hieb die Olga in dieselbe Kerbe, die Frau Dr. Neumeier von allem Anfang angeschnitten hatte. Gleichwohl schadete es nichts, wenn man einen Schlächter in den Ruf brachte, sein Geschäft unhygienisch zu betreiben. Volksgesundheit war Trumpf, sofern sie die Partei nichts kostete. Pastor Langhammers Schreibebrief war gefährlicheres Zeug dagegen. Hoffentlich kam Frau Pastor bald mit dem Sündenlohn.

Silvester war es bei Lehmkes hoch hergegangen. Am ersten Januar weicht eine tüchtige Hausfrau die beschmutzten Tischdekken und bei dieser Gelegenheit auch die Hauswäsche ein, und dann erscheint die Waschfrau. Sie muß gut verköstigt werden, ihr Beruf ist kein Zuckerlecken. Die Dörte muß helfen, auch Frau Lehmke mit ihren kräftigen Armen wringt mit aus. Manchmal muß das Gör auch weggeschickt werden, diesmal war nicht genug Bleichsoda im Haus, auch Waschblau für einen anderen Kessel. Dann arbeiten die beiden erwachsenen Frauen allein und haben Weile, dies und das zu schnaken. Frau Lehmke braucht Zeit, um mit ihren Gedanken zu Rande zu kommen. Sie sieht weiter als manche andere, hantiert am nächsten Tage schweigsam auf dem Hängeboden und läßt sich auch bei Bügeln und Wäschelegen vieles durch den Kopf gehen, wovon sie zunächst niemandem Mitteilung macht. Das also war der Gewinn in der Lotterie, den Albert gezogen hatte, oder die Erbschaft aus dem Oldenburgischen. Sie kann den Mann leiden, hat es nie verschwiegen, aber jetzt ist er ihr unheimlich, nicht zu leugnen. An einem der nächsten Abende, es ist ziemlich spät, man macht Kasse und räumt auf, pirscht sie sich mit ihrem neuen Wissen an Lehmke heran. Der sitzt vierschrötig da, hünlich ohne Bewegung, schaut schräg zu ihr hinüber, dann wieder vor sich hin. Hätt' er dem Freund und Nachbarn nicht zugetraut. Das neue Ladenschild muß bezahlt werden, und der Albert hat zweitausend Mark verdient und nichts davon ausgegeben. Vielleicht in aller Stille die Kameraden beteiligt; wenn aber nicht ... Wer anders als Preester selber kann darüber Auskunft geben. Das Beste wird sein, den einfach zu fragen. Dienst am Vaterland, dem Führer vorgestellt, jetzt die Geschichte mit der Wünschelrute, wo die neue Panzerdivision eine gar gute Miene dazu macht – ist alles in Ordnung. Lehmke will kein Stänker sein. Aber wenn der Albert den ganzen Zaster in die eigene Tasche gesteckt hat, das durfte ein jeder unkameradschaftlich nennen und wird auch. War aber nett von der Barfey, den Kram nicht ganz für sich zu behalten; zu vertrauenswürdigen Leuten darf einer schon gewisse Zipfel lüften. Es fallen nicht viele Reden und Gegenreden bei Lehmkes über diesen Punkt; nur sind sie sich einig, was die Hauptsache ist. Gemeinnutz geht vor Eigennutz; wer in die eigene Tasche lebt, darf sich über die Folgen nicht beklagen. Dann eben wirkt Freundschaft als Privatangelegenheit des Empfängers, wie manchmal auf Postsachen gestempelt stand. Unter anderen Umständen hätte Otto Lehmke gewußt, daß er bei Klaas Vierkant und Pieder Preester eine Sensation hervorrufen werde, wenn er Albert Teetjen einer solchen Sünde gegen den Geist der Kameradschaft zieh und überführte – falls Albert sich nicht als vorsichtiger Mann die Gunst der beiden führenden Köpfe gesichert hatte; und als Menschenkenner niederen Formats traute er dem Albert eine solche Vorsichtsmaßregel schon zu. In diesen Wochen aber lag die Sache offenbar ganz anders. Es ging etwas vor – hinter den Kulissen der Kulissen; aber die Presse, besonders die der Wirtschaftsberatung gewidmete, wußte, was sie sich und dem Reiche schuldete. Der Führer hatte in aller Stille nach Südosten gedeutet. Der Wehrkreis Leipzig war mit dem General von Reichenau besetzt worden, einem seiner Paladine, und von altersher, von Friedrich und Moltke her, beherrschte er das Einfallstor nach Wien. Früher zwar hieß das unmittelbare Ziel in solchen Fällen Prag. Wer auf die Hofburg schießen wollte, visierte zunächst auf den Hradschin. Und daran hatte sich ja durch Versailles einiges geändert. Wie Redakteur Vierkant an jenem schummrigen Frühnachmittag schnakte, als er bei Lehmke mit Pieder P. einen Grog genehmigte. Aber hatte sich wirklich so viel geändert? Aus dem Weißbart Franz Joseph war der Weißbart Masaryk geworden, der geschniegelte Herr Schuschnigg hatte sich in den geschniegelten Herrn Benes abgezweigt. Früher sagte man Prag, wenn man Wien meinte, und jetzt umgekehrt. Aber ob man das Ei nun an der breiten oder an der spitzen Seite aufmachte, das war nach Jonathan Swift eine Glaubensfrage; die Hauptsache, daß man entschlossen war, es zu köpfen und zu essen. Da das Spiel aber gewagt sein konnte, sammelte Adolf seine Trümpfe vorher zu einem übersichtlichen Fächer. Die Damen, Könige und Buben trugen die Uniformen von Admiralen, Generälen und Fliegern, und die Asse prangten in den Wappen der vier Weltgroßmächte Deutschland, Italien, England und Amerika. Das Sofa, auf welchem Klaas Vierkant saß, war mit schwarzem Wachstuch bezogen und schmückte sich mit einer gewellten Kurve porzellanbeknöpfter Nägel, gleich weißen Himbeeren. Sein gescheiter Kopf in dem weißen Doppelkragen sah, schmal und brünett, dem des bewunderten Dr. Goebbels ähnlich. Paßt auf, meinte er, es wird nichts passieren. Wenn die Engländer zugucken, wie um ihren Gibraltarfelsen herum schwere Batterien deutschbürtiger Langrohrgeschütze für Herrn Franco aufgestellt werden, und wenn sie von unbekannten Piraten-U-Booten englische Handelsschiffe torpedieren lassen, die der amerikanischen Regierung Milchbüchsen und Cornedbeef bringen … alle lachen. In Spanien kämpfen internationale Brigaden. In dem ehemaligen Reiche Alfons XIII. enteignen Brillenträger den Adel und die Kirche, Aktienpakete und Grund und Boden. Freimaurer und andere internationale Drachenbrut tasteten sich in den Mittelmeerraum vor, und die Komintern, dieser Haifisch, zeigte dort ungescheut seine dreieckige Rückenflosse. Das genügte. Kein angelsächsisches Kabinett würde intervenieren, wenn Deutschland sich mit Österreich wieder vereinigte und Mussolini auf den Balearen Stützpunkte für seine Flugzeuge bekam, um Bizerta und Tunis in Schach zu halten. Und daß der Duce dann nicht mehr auf der Wacht am Brenner stand, sondern erkannt hatte, wohin er gehörte, das hatte der Geheimdienst dem französischen Generalstab und der Londoner City wohl schon zugetragen. Der feine Herr Barthou war 34 seiner Einkreisungspolitik zum Opfer gefallen, er und der König Alexander, die Seele der Kleinen Entente, auf den es damals in Marseille eigentlich gemünzt war. Dem Barthou sollten die Doktoren da eine falsche Blutgruppe eingespritzt haben, als sie ihn durch Transfusion retten wollten – allheil französische Akkuratesse! War es jetzt aber so weit, daß man die verdorbene Partie von 1918 wieder aufnehmen konnte, um Elsaß-Lothringen, Eupen-Malmedy, den »Korridor«, Oberschlesien und die Kolonien Übersee, so mußte sich in der Leitung der Reichswehr einiges verändern. Niemand durfte das Theater wiederholen, mit dem man dem Führer, wie beim Einmarsch ins Rheinland, das Gefühl verwirren wollte, die geniale Intuition verderben, den spießigen Fachmann rausbeißen. Nie wieder Krieg, hatten die Intellektbestien des Jahres 1918 ihre Parolen an die Wand gemalt. Nie wieder Fachsimpelei! hieß es heute. Wer nicht bedingungslos mit Adolf Hitler marschierte, der durfte sich ins Privatleben zurückziehen, seine Pension verzehren und »Neese« sein, wie die Hamburger sagten, wenn sich jemand durch Kurzsichtigkeit um den Ertrag langjähriger Bemühungen gebracht hatte. Man ging mit Adolf Hitler in die Weltgeschichte ein oder gar nicht. Den letzteren Teil hatten Fritsch und Blomberg erwählt, den ersteren Keitel und Brauchitsch. Und dann hieß es bald: Alle Mann an Deck, Schiff klar zum Gefecht. Über Zahlenstärke und Schlagkraft unserer Luftwaffe hatte der treuherzige Göring seinen britischen Kollegen Lord Londonderry so freundwillig informiert, daß der Herr ganz entzückt nach London zurückgeflogen war. Deutschland besaß tausend Flugzeuge erster Linie, im ganzen fünftausend Maschinen, und selbstverständlich war die englische Qualitätsarbeit der deutschen weit überlegen. Es mochte ja sein, daß ein englisches Flugzeug elf Minuten brauchte, um vom Flugplatz ab sich hoch genug in die Luft zu schrauben und einen deutschen Heinckel abzufangen. Und in Amerika würden die Isolationisten dem Hetzer Roosevelt oder Rosenfeld die Wiederwahl schon gesegnen. Die Figuren standen auf dem Brett, und die Spieler saßen dahinter und musterten einander prüfend. Wobei man nicht vergessen durfte, daß der andere, Stalin, vom schlimmsten Bauchweh geplagt war und vergeblich versuchte, sich zu purgieren, wie die alten Ärzte es nannten, wenn sie Zitwersamen oder Rizinus verschrieben ... Albert Teetjen? Wer kümmerte sich jetzt um Teetjen.

Otto Lehmke berichtete. Er bekam die Kinnladen schwer auseinander, denn er fühlte sich gespalten zwischen alter Freundschaft, langjähriger Vertrautheit und dem bohrenden Ärger über Alberts Geiz. Ein Mann, dem er immer Kredit gegeben, wegen dessen er dem mißtrauischen Instinkt seiner Frau je und je abgewinkt, steckt zweitausend Mark in die Tasche und spendiert dann grade mal eine Runde Köhm und kauft einmal eine Kiste Zigarren, so Fehlfarben mit getigertem Deckblatt. Was ein Dreckfresser! Welche Leuchte an Kameradschaft.

Aber wenn er erwartet hat, den beiden Partnern etwas Neues zu erzählen, so müssen sie ihn enttäuschen. Beide wußten das Geheimnis längst, zu beiden war es aus verschiedenen Quellen gedrungen, beide hatten die Ohren gespitzt, schon als Albert dem Statthalter vorgestellt wurde und P. G. Footh nach den Thetisschiffen schnappte. Pieder Preester pafft aus seiner Pfeife und blickt mit kleingekniffenen Augen dem Kameraden Lehmke in die seinen. »Nicht schön und nicht kameradschaftlich, da hast du ganz recht. Und dafür gibt es ja Vergeltung. Die einen werden nach Wien sausen und andere daheimbleiben. Die einen werden reiche Juden beerben und die ältesten Klöster Deutschlands ›besuchen‹, und andere werden in Hamburg sitzen und sich sehr wundern, wenn wir ihnen nichts mitbringen von unserem Ausflug. Das langt dann auch noch für Otto Lehmke, aber für Albert Teetjen langt's halt nicht. Und vor ein Kameradschaftsgericht kann man ihn dann immer noch ziehen, den fixen Wünschelrutenmann. Nicht so, Kamerad Vierkant?«

Redakteur Vierkant ist gerade damit beschäftigt, für den Hamburger Rundfunk einen Vortragszyklus zusammenzustellen. Das Jahr 38 feiert mehrere fünfjährige Jubiläen – Stationen auf dem Siegeszug, mit welchem die Partei den Staat erobert, durchdringt und aufsaugt. Bevor der Anschluß alles Interesse an sich reißt, möchte er die wichtigsten Daten in je einer halben Stunde behandelt haben, in Wien dabei sein und dennoch auf ein reichliches Honorar in Hamburg nicht verzichten. Am 30. Januar selbstverständlich fängt er an, für den Februar sorgt der Reichstagsbrand, für den April der Judenboykott, aber ein Märzdatum fehlt ihm noch. Und vom Stapel lassen wird er diese Vorträge als Vorschau gewissermaßen, je einen in jeder Februarwoche. Darum muß er heute bei der Norag seinen Themenvorschlag einreichen. Teetjen? Sehr gut, natürlich vertagen. »Aber sagen Sie, Preester, was war im März?« Und Preester hat die Parteigeschichte am Schnürchen, denn als sie heute zu Lehmke fuhren, haben sie Vierkants Schwierigkeiten bereits besprochen. »Gab's nicht im März, um den achtzehnten herum, die erste Abrechnung mit dem Stahlhelm? Wo den Hugenbergleuten gewunken wurde, welcher Wind jetzt wehte? Und daß es nichts sein werde mit dem Einklemmen der NSDAP. zwischen Junker und Zentrum?« – »Richtig«, strahlt Vierkant auf. »Das muß in Braunschweig gewesen sein, danke schön, Preester. Ein wichtiger Punkt, Einsturz der konservativen Hoffnungen, lange Gesichter beim alten Hindenburg, seinem Oskar und dem Nachbar Januschauer. Und den Teetjen lassen wir links liegen und stellen ihn kalt, bis er es selber merkt. Vielleicht geniert er sich dann und greift nochmals ins Portemonnaie. Und jetzt raus und zur Straßenbahn – aber Vorsicht, Glatteis. Und die Grogs, Lehmke, schreiben Sie mir auf. Ich schmeiße sie vom Noragvorschuß.«

Als die beiden Männer in ihren schwarzen Uniformen den hellen und durchwärmten Trambahnwagen betreten, verstummt kein Gespräch – die Hamburger sind ohnehin schweigsame Leute und dösen vor sich hin oder wechseln halblaute Worte, aus denen niemand irgend etwas entnehmen könnte. Der Schaffner aber, der ihnen die Fahrkarten verkauft hat, tritt durch die Vordertür wieder zu seinem Fahrer auf die leere, luftige Plattform. »Zwei vom Sturm Preester«, damit stellt er sich wieder ihm zur Seite, um das Gespräch fortzusetzen. Um sechs war Schichtwechsel, und die Neuigkeit, die der Kollege ihm beim Vorüberfahren an der Wagnerstraße vorhin anvertraut, arbeitet noch in ihm und wird es wohl noch langehin besorgen. Der Kollege Fahrer aber ist hier in der Nähe gut bewandert, er hat eine Freundschaft, eine gemütliche und intime Beziehung mit der Frau eines Eisenbahners hier herum, einer gewissen Doligkeit, einer hübschen, wuschelhaarigen Blondine, 'n bißchen Wasserstoff mag ja mang sein oder Kamillentee. Die Nachricht, daß der Friedel Timme von einem Kerl geköpft worden ist, der jeden Augenblick in diesen Wagen der Linie I einsteigen und einen Fahrschein verlangen und selbstverständlich auch bekommen kann, oder der eine Abonnementkarte besitzt, die dann geknipst wird, getreu dem alten Schlager »Knips o knips in diesen Schein, knips ein kleines

Loch hinein« – das will verarbeitet werden. Die Transportarbeiter bilden eine stolze Gewerkschaft oder bildeten sie, in vergangenen Zeiten; sie können sich den berühmten Hamburger Zimmerleuten von einst, jetzt Baugewerkschaft, wohl an die Seite stellen und fühlen sich den Setzern und Druckern weit überlegen, obwohl auch diese in Hamburg einen alten Ruf zu verteidigen haben und verteidigen. Aber im November 18 kam das nicht so genau darauf an, und von daher stammt der Eindruck, den Friedel Timme hinterlassen hat. Damals hatte das Hamburger Volk seine Sache in die eigene Hand genommen, und so was vergißt sich nicht.

Der Fahrer tritt vorschriftsmäßig die Glocke, an der Lübeckerstraße gibt es Passanten. Des Glatteises wegen ist zwar vorschriftsmäßig gestreut worden, große Kisten mit Sand stehen wohlgedekkelt in der Nähe der Ecken, aber es kann doch mal einer ausgleiten, der die Straßenbahngeleise überschreitet, und dann wehe dem Fahrer, wenn er nicht sofort die Karre zum Stehen bringt. Dieser hier hat einen rotgrauen Schnurrbart, scharfe Augen unter dicken, rötlichen Brauen. Der Kälte wegen umschlingt ein wollener Schal seinen Hals und gibt dem Gesicht, das darauf ruht, unter der Schirmmütze etwas Landsknechthaftes, Rittermäßiges. Er heißt Otto Prestow und besaß mal eine Schwester, namens Lene, die auf ihre Weise auch zu den Opfern des Reeperbahnprozesses gehörte, aber das nebenbei. Er fühlt die ganze Wucht, mit der sein Wagen die Schienen entlangsaust, als eine Art Stoßkraft, in sich aufgespeichert, wenn's mal soweit sein wird, wenn die Hamburger begreifen werden, was mit ihnen gespielt wird, wie tief sie in diesen fünf Jahren heruntergekommen sind. Ein Deutschland, dem kein Mensch mehr ein Wort glauben kann, sofern er noch selber imstande ist, schwarz von weiß zu unterscheiden. Ein Reich, in dem Tausende von Arbeitern zusammengehauen werden, mit Stahlruten, weil sie wissen, was sich für Arbeiter schickt, und daß ihre Lohngroschen nicht von verkommenen Studenten oder BMW.-Agenten in schönen Villen und aufgeplusterten Schauspielerinnen vergeudet werden sollen. Wozu gibt es Fahrten nach Dänemark und Schweden, wo ein Kraft-durch-Freude-Mann Genossen von ehemals wiedertrifft, von vor 33?

»Früher«, sagte Fahrer Prestow und blickt scharf geradeaus durch die Scheibe, »hab ich bei dem T. mal ne Leberwurst gekauft und mal Beinfleisch. Aber jetzt ist Schluß damit, nicht wahr? Und wer mein Freund ist, der macht's nicht anders.« – »Verstanden«, nickt der Schaffner. Während einiger Minuten Schweigens nimmt eine solche Redewendung erstaunlich an Gewicht zu, auch wenn der Wagen nur den hellerleuchteten Platz vor dem Hauptbahnhof kreuzt, wo die elektrischen Bogenlampen wie strahlende Südseefrüchte auf ihren hohen Palmenmasten hängen und ein ganz neues Publikum die sauberen Längsbänke einnimmt. Hier wird er so voll, daß auch auf der Vorderplattform Fahrgäste stehen – Zeit genug für Nachdenken und Erwägung. Das ist eine Aufforderung zum Boykott, denkt der Schaffner, auf, fein! Wird gemacht. Eine kleine Demonstration gegen das Dreckreich, das Dirtreich, wie man es auf hamburgisch nennen könnte. Was es uns nicht alles versprochen hat! Wie hübsch es uns für dumm kaufen konnte, weil ja wirklich nicht mehr viel Staat zu machen war mit unserer Weimarer Republik! Aber verglichen mit dem Schwindel, den sie jetzt aufziehen, wenn sie das sogenannte Volk befragen oder einen Reichstag einberufen, der wohl nischt wie ja und heil schreit – na Mensch, laß gehen. Und wenn der Otto und ich nicht so alte Kollegen wären, wär's mächtig unvorsichtig von ihm gewesen, denkt der Schaffner. Aber er weiß ja, zu wem er redet. Als wir noch zehn Jahre jünger waren und die Lene noch'n fixes Mädel, seine Schwester, hat er mir da nicht das Leben gerettet und mich bei Finkenwärder aus der Unterelbe gezogen, wo unser Arbeiterbadestrand war und das tückische Luder, der Fluß, mal wieder im Steigen war, und ich gewettet hatte, ich würde ebenso quer rüberschwimmen, auf Nienstedten zu, wie er. Und wie uns die Strömung dann herunterdrückte, abtrieb, und ich den Kopf verlor und die Puste, und beinah alles aus war – wer hielt sich da neben mir und redete mir zu wie einem kranken Gaul und schnauzte mich an und fing mir den Wasserdruck ab – bis wir beide wie halbtote Karpfen auf dem anderen Ufer lagen und nach Luft schnappten. Wo ich doch damals stempeln ging und also genug Zeit gehabt hätte zum Trainieren, aber kein Mumm in den Knochen, Margarine statt Butter oder Schmalz mit Griewen. Und mit der Kost machen wir jetzt überstreckte Schichten – aber freilich, wir sind keine jungen Hunde mehr, und mit dem Übermut ist's aus und dem Schwimmen, und die Lene Prestow ist auch hinüber. Und damit geht der Schaffner wieder durch die Vordertür. Albert Teetjen, Schlächtermeister, denkt er.

Eine Straßenbahn durchsaust oder durchkreuzt den Tag hindurch eine Menge Kilometer. An ihrem Strang ist ein beliebiger Teil des riesenhaften Stadtwesens aufgereiht, das Groß-Hamburg heißt – ein Insektenstaat aus Ziegel, Mörtel und Beton, der sich sehen lassen kann, auch neben den Insektenbauten, den Termitenhaufen, obwohl diese, mit menschlichen Maßen gemessen und mit der Körpergröße ihrer Erbauer verglichen, Matterhornhöhe erreichen. Die Termite baut eben vertikal, der Mensch aber horizontal, und stellte man Groß-Hamburg einmal auf die Kante, so überträfe seine Höhe alle Gebirge der Erde. Und solch eine Straßenbahn taugt recht wohl zum Verbreiten eines Gerüchtes unter zuverlässigen Leuten. Es leben und treiben hunderttausend Nazis in dieser Stadt, hunderttausend überzeugte Nichtnazis und eine Million Mitläufer, wie das unter Leuten so zu sein pflegt. Und da der Mensch in seinem Erdendasein nicht gerade glücklich ist und also unzufrieden von Natur, fällt es geschickten Agitatoren mit gefüllten Kassenschränken einigermaßen leicht, ihn bald auf die eine Seite hinüberzuziehen, bald auf die andere.

Lene Prestow hat ihrem Bruder Otto immer seines langsamen Geistes wegen mit Spott und Neckerei zugesetzt. Er fährt heute schon mehrere Stunden an der Ecke Wagnerstraße vorüber, aber erst seit dem Gespräch mit dem Schaffner nehmen seine Gedanken über den Schlächtermeister Teetjen deutlichere Formen an. Was wird der tun, wenn sich kein Mensch mehr in seinen Laden verirrt? Wie lange wird der Sündenlohn vorhalten? Was für Unterhaltskosten verschlingt ein solches Geschäft, sobald es nichts mehr einbringt? Es hält schwer, solche Wirtschaftsdinge ohne Papier und Bleistift zu übersehen, zumal wenn man am Führerstand einer Elektrischen steht und Kurbel rechts, Kurbel links dreht, die Augen auf den Gleisen hat und auf der Straße voran, das Ohr aber bei der Glocke, welche anzeigt, ob Fahrgäste bei einer der »freiwilligen« Haltestellen aussteigen wollen, die man sonst im Interesse der Gesellschaft, das heißt des Stadtstaates, überfährt. Auf die erste Frage antwortet sich Prestow ohne Schwierigkeiten: der Teetjen muß ausziehen, die Stadt verlassen, irgendwo Dienste suchen, wo man nichts von ihm weiß. Die Partei wird ihn nach Amerika schicken, aber erst wenn er völlig ruiniert ist, und dann wird sie ihn als das gebrauchen, was man seit ein paar Wochen nach einem spanischen Schlagwort die »fünfte Kolonne« nennt. Stimmung machen für den Hitler, die Emigranten und Juden ausspionieren, womöglich rauskriegen, wer Steuerschiebungen gemacht hat, und ob sich solch einer wieder einmal über die Grenze traut, um weitere Vermögenswerte zu bergen. Vielleicht ist der Schlächtermeister zu solcher Arbeit nicht verwendbar, nicht schlau genug, geschmeidig. Dann gibt es ja außerhalb der Grenzen Aufgaben genug – Zufälle, bei denen Feinde der Nazis ums Leben kommen. Und Teetjens Frau, die kann Dienstmädchen werden in vielen Städten der Welt, oder auf den Strich gehen wie die arme Lene. Und auch damit kann sie sich den mittleren Dienststellen der Auslands-NSDAP. nützlich erweisen. Sie sieht gar nicht schlecht aus, die Frau Teetjen, wenn sie den Wagen mal benutzt, um in die Stadt zu fahren. Die Alma Doligkeit meint, mit etwas make-up ließe die sich zu einer Frau mit sex-appeal herrichten. (Solche englische Worte benutzt die Alma gern, sie sind so up to date.) Aber als er das nächste Mal an dieser Ecke vorüberfährt, hat Trambahnführer Prestow entschieden, Teetjen und Frau würden einfach irgendwo bei Verwandten unterkriechen, auf dem platten Lande, wo jeder Mensch einen Vetter oder einen Großonkel zu wohnen hat. Verhungern? Leider nein. Aber in Hamburg bleiben – das noch weniger. Und wenn der Hitler wirklich seinen Krieg gegen die Sowjets startet … Aber so blöd ist der doch nicht. Der weiß doch, und seine Hintermänner erst recht, wenn er mit weißem Fußsack (oder Vollbart) wie der einstige Graf Posadowsky nach weiteren fünfzig Lebensjahren zu Grabe getragen werden will, als Adolf der Heilige oder Adolf der Befreier, dann braucht er bloß Frieden zu halten. Ein sozialistischer Staat führt keinen Angriffskrieg. Eine Räterepublik tut ihre Pflicht gegen ihre Bürger, ihre Jugend, indem sie alle Hilfsmittel des Landes zur Verteidigung ausnutzt und sich vorbereitet wie zehntausend Teufel. Vorbeugen aber, das tut sie nicht. Die entfesselt keinen Krieg, denn im Kriege fallen immer die Falschen. Und so kann das Dritte Reich sein fünfzigjähriges Jubiläum feiern, am 30. Januar 1983. Denn mit den Westmächten wird sich der Hitler doch nicht anlegen. Der ist doch viel zu schlau, um auf seinen eigenen Schwindel mit der Dolchstoßlüge 1918 hineinzufallen. Das war Stimmenfang, völkischer Zauber. Von innen her aber ... Deutscher Michel, schlafe wohl! (Was der schwerfällige deutsche Box aus der Lübeckerstraße so spät noch auf den Schienen zu schaffen hat! Nicht einmal von der Glocke läßt sich das Biest bangemachen.) Dann also beim goldenen Jubiläum des Dritten Reiches kann der alte Teetjen bei irgendeinem Erbhofbauern im Bückeburgischen immer noch die Schweine hüten, aus seinem Koben herauskriechen und den Leuten erzählen: als ich jung war, ob ihr's glaubt oder nicht, bin ich dem Führer vorgestellt worden, für Verdienste um die Volksgemeinschaft. Und keiner wird sagen, so sieht sie auch aus, deine Volksgemeinschaft. Und hier hast du einen Schnaps, Alter, und nun kriech zurück in deinen Koben.

Und der Wagen der Linie 1 verschwindet im Nachtdunst, weit hinten, wo die Bogenlampen opalen schimmern.

Zweites Kapitel
Das Innere der Erde

Nach Neujahr tritt im Geschäftsleben eine stillere Zeit ein. Die Käufer haben ihr Geld ausgegeben, und die Geschäftsleute müssen Inventur machen, Gewinn und Verlust berechnen, Steuern erklären und ihre Angestellten auf Urlaub schicken, wenn sie welche haben. Albert Teetjen überließ diesen Teil des Alltags seiner Stine, die dazu von Natur besser taugte. Er seinerseits benutzte diese Tage für das, was er seit einiger Zeit seinen eigentlichen Beruf nannte, zur Vertiefung in die Rutengängerei. Es gab doch sicherlich Bücher, die einen Mann über das Innere der Erde aufklärten; man konnte sie aus einer Volksbibliothek entleihen und wußte dann besser, woran man war. Ohnehin war die Stine bei der nächstgelegenen Ausgabestelle eingeschrieben und konnte jede Woche tauschen. Und zu was Ende saß oben in der Dachkammer Tom Barfey und wußte tadellos Bescheid – froh, sich für leibliche Genüsse mit Ratschlägen revanchieren zu können, die das andere Gebiet betrafen, das geistige, das gedruckte?

Tom lächelte befriedigt, als Stine ihm Alberts Anliegen vorbrachte. Natürlich dachte er gar nicht daran, dem Beilschwinger wirklichen Aufschluß über das zu vermitteln, was die volkstümlich schreibenden Naturforscher dem Verständnis allgemeiner Leserschaften darboten. Ausdrücke wie Magma und zähflüssige Kieselsäure gingen solchen Alberts ja ohnehin über den Horizont. Und was die Naturforscher über den Eisenkern der Erde und die beständige Zunahme von Temperatur und Druck wußten, über Erdmagnetismus und das Auseinanderliegen von magnetischem und physikalischem Nordpol, damit konnte ein Teetjen doch gar nichts anfangen. Was hatte solch ein geschwungener Schnurrbart in den Gehegen der Wissenschaft zu suchen? Aber abgesehen von der Freude, daß Stine an seinem Tisch saß und sein Kohlenöfchen lobte, die behagliche Wärme unterm Dach, und wie er die Fugen des großen Fensters mit Zeitungspapier weislich abgedichtet – er hatte ein Buch für den Albert Teetjen! »Reise nach dem Mittelpunkt der Erde« hieß es, von dem Franzosen Jules Verne – er buchstabierte ihr den Namen, indes sie den Titel aufschrieb –, ein Buch, wie für Hamburger verfaßt, denn es begann in unserer Stadt, ein Hamburger Professor war der Held, einen alten Schmöker hatte der entdeckt, von einem Isländer geschrieben, Arne Saknussen, und von unserem Hafen brach er mit seinem Neffen auf, um auf Island nach Saknussens Anweisungen in einen erloschenen Vulkan hineinzusteigen und so bis in die Tiefen vorzudringen, wo allerhand Überraschungen und Abenteuer auf die beiden warteten. »Wird dem Albert Spaß machen, Stineken, was gilt die Wette?« Und er streichelte ihre Hand, die auf dem Tische lag, »und wenn er fertig ist, bring mir's für einen Tag herauf, ich schmökre es selber nochmals durch. Kann dir dann besser Auskunft geben, wenn er mich was fragen läßt.«

Der Schlächtermeister Teetjen hatte keine deutliche Vorstellung von dem, was eigentlich einen Roman von einem sachlichen Bericht unterschied. In eine durchschnittliche gute hamburgische Volksschule gegangen, wußte er natürlich, daß es Dichter gab, und daß sie sich nicht haargenau an diejenige Wirklichkeit zu halten brauchten, die einem Buchhalter, einem Arzt oder einem Schullehrer als maßgebend gelten mußte. Selbstverständlich erzählten viele Leute Lügen, und die Märchen bestanden ganz und gar aus solchen harmlosen, spaßmachenden – oder hatte schon jemand im Bauch eines Wolfes sieben lebendige, junge Geißlein gefunden? Und doch las jedes Kind die Geschichte vom Rotkäppchen, der Großmutter und dem Jäger und freute sich daran. Auch er, Albert, wie alle anderen seines Alters, hatte nicht genug davon bekommen können, und es war nur schade, daß Mütter fürs Geschichtenerzählen so wenig Zeit übrig hatten. Dennoch war's mit dem Lesen, dem Selberlesen gedruckter Bücher eine eigene, ganz andere Sache. Was gedruckt werden durfte, mußte mit der Wahrheit übereinstimmen, sonst hätte ja jeder kommen und die Leute beschwindeln und dumm machen können – was die Polizei ja doch verbot, verfolgte und immer wieder empfindlich bestrafte; wie oft las man in der Rubrik »Gerichtssaal« von Hochstaplern, die unter falschen Vorspiegelungen Menschen Geld aus der Tasche gelockt und dafür Jahre hinter Schloß und Riegel gebüßt hatten. Das Gedruckte stand mit der Wahrheit in einem unterirdischen, aber um so festeren Bunde. Und als die republikanischen Zeitungen erzählten, der General Ludendorff habe sich nach dem Kriege mit einem Goldmacher namens Tausend eingelassen, hatten Kreise ehemaliger Soldaten erwartet, der Redakteur werde eingesperrt werden. Aber er wurde nicht – woraus man bei Lehmke folgerte – und Alberts Vater schlug damals mit der Faust auf den Tisch, daß die Biergläser sprangen – es gebe keine Justiz in der Republik, denn ein Mann wie Ludendorff wisse doch wohl, daß alle Goldmacher Schwindler waren und als solche entlarvt wurden. Erzählte hier also einer namens Jules Verne, daß Leute versucht hatten, in einen Vulkan einzusteigen und auf diese Weise ins Erdinnere zu gelangen, so brauchte die Geschichte natürlich nicht Wort für Wort zu stimmen. Dies und jenes war sicher erfunden, um den Leser zu amüsieren, zum Beispiel der ulkige Professor, der hier in Hamburg gewohnt haben sollte mit seiner Wirtschafterin und seinem Neffen. Aber ebenso wie es der Natur und Wirklichkeit entsprach, daß sich im Bauche des Wolfes und nicht beispielsweise in seinem Schädel befinden mußte, was das Tier gefressen, mußten die Angaben wahr sein, die über das Innere der Erde in diesem »Roman« vorausgesetzt wurden. Daher war ja kein Staatsanwalt aufgestanden, um das Buch »Mein Kampf« zu verbieten, obwohl damals, als es erschien, die Republik noch mit Volldampf voraus-fuhr. Was da von der Weltverschwörung der Juden und Marxisten, der Plutokratie und dem französischen Erbhaß gedruckt war, ließ sich eben nicht bestreiten, ebensowenig, daß man dem internationalen Sozialismus einen nationalen entgegensetzen mußte, einen deutschen, in welchem Gemeinnutz vor Eigennutz ging und dem Börsenkapital die Schleier vom Leibe gerissen wurden. Gegen eine Wahrheit, auch eine unangenehme, war halt kein Kraut gewachsen. Und wenn jemand behauptet hätte, die Alma Doligkeit habe kürzere Beine als die Stine Teetjen, so hätte dem Eisenbahnsekretär eine Klage auf Beleidigung nichts genutzt. Selbst wenn er sie auf Anraten der Behörde hätte anstrengen müssen. Kürze und Länge von Beinen ließ sich eben nachweisen. Durch Augenschein oder Messung. In der Schule hatte man gelernt, am Anfang habe Gott Himmel und Erde geschaffen, und die Erde sei wüst und leer gewesen. Daß der Geist Gottes über den Wassern geschwebt habe, mußte man damals annehmen, denn irgendwo hatte der sich ja herumgetrieben, bevor er anfing zu schaffen. Und daß da überall Wasser gewesen, leuchtete einem Hamburger Jungen ein, auch wenn es sehr lange dauerte, bevor er einmal elbabwärts bis nach Cuxhaven mitgenommen wurde und das verdammte donnernde Untier persönlich erlebte, das Nordsee hieß. (Später dann war er bis nach Helgoland gekommen, tüchtig über die Reeling kotzend, aber das stand auf einem anderen Blatt.) Nun hatten die Lehrer später ja von dieser Schöpfungsgeschichte wenig mehr Gebrauch gemacht, und in den obersten Klassen war gelehrt worden, keineswegs gehe die Sonne auf, wie man es mit den Augen und dem ganzen Erleben wahrnahm, sie stehe vielmehr in einem leeren Raume fest, und die Erde drehe sich um sie und um sich selbst, was der Herr Lehrer mit einem ulkigen, kleinen Apparat einer Kerzenflamme und mehreren kleinen Kugeln nachahmte. Jede dieser kleinen Kugeln vertrat einen sogenannten Planeten, Himmelskörper nach Art der Sonne und von ihr vor Jahrmillionen abgesplittert, und einer davon sei die Erde, mit einem noch viel kleineren Käse als Beigabe, dem Mond. Im naturwissenschaftlichen Museum hatten die geweckten Schüler dann Genaueres über die Planetenbewegung erfahren, und dort hatte ein Professor auch erwähnt, das Wissen um die Himmelsdinge habe sich erweitert, heute nehme man an, daß auch die Sonne sich mit ihrem ganzen Planetengesinde auf einer großen Reise nach dem Sternbild des Herkules befindet, der so weit entfernt sei, daß das Licht zehn oder zwanzig Jahre brauche, um sich von dorther bis zu uns durchzuschlagen. Daß unter solchen Umständen ein lieber Gott viel zu tun gehabt hätte, um diesen ganzen Betrieb in sechs Tagen zu erschaffen, wurde nicht weiter erwähnt. Die hellen Jungen machten sich ihren eigenen Vers darauf, und Pastor Terspegen legte Wert auf die Feststellung, der biblische Bericht sei symbolisch gemeint, seine Tage seien Gottesjahre, von denen jedes ungezählte Millionen unserer Erdenjahre umfasse. Aber daß die Sache im ganzen nicht klappte, erhellte ja schon daraus, daß der besagte liebe Gott auf dem Sinai befohlen hatte: Du sollst nicht töten, worauf das Volk Israel sich gleich in die muntersten Kriegszüge gegen die Kanaaniter eingelassen, um ihnen ihr Land wegzunehmen. Im Kriege galten eben all die Gesetze nicht, die für den Frieden geschneidert waren. Woraus verständlich wurde, daß es Kriege immer gab und geben würde, weil sich der Mensch ja von den Strapazen des Friedens und dem ewigen Sichducken, Gehorchen und Vordemgesetzestrammstehen erholen mußte. Er war eben nicht aus Papier gemacht, der Mensch, sondern aus Fleisch und Blut, ebenso wie seine Heimat, die Erde, die ja von einem inneren Zentralfeuer erhitzt wurde und alle naselang Lava spuckte und Stöße und Beben von Stapel ließ, die dann immer gleich ein paar Zehntausende von Menschen alle machten. Aus Knabentagen hatte Albert noch einen gewissen Mont Pelee in Erinnerung, auf einer

Insel, die den Franzosen gehörte, in irgendeinem großen Ozean, wo sich die Erde geschüttelt und das Meer in Aufruhr gebracht hatte, worauf mindestens soviel Einwohner umkamen, wie Altona damals besaß. Auch an San Francisco hatte er bei dieser Gelegenheit zu denken. Dabei waren drei Hamburger ums Leben gekommen.

Es saß sich äußerst gemütlich unter der Lampe nach Feierabend. Die Zigarre, jene angefeindete Fehlfarbe, mundete besser als je: hoch oben, um die Schornsteine, mochte ein schneidender Wind sausen, hin und wieder brachen sogar Sterne durch die Wolkenfetzen. Aber das sah man nur, wenn man mal hinausging. Im Zimmer selbst herrschte eitel Frieden und Behagen, und Stine mit ihrem rötlichen Scheitel saß dabei und stopfte Strümpfe oder besserte die Beschädigungen aus, die ein Mann mit Beruf unweigerlich in seiner Wäsche hinterläßt – mit Kunst anbringt, nennt es die geplagte Hausfrau. Dabei las es sich nur um so wollüstiger von stürmischen Meeren, wildschweifenden Sauriern – Panzerechsen, größer als eine Straßenbahn, und vorsintflutlichen Menschen – alles im Innern der Erde aufbewahrt und von Arne Saknussen, dem mutigen Nordländer und Wiking, vorausgesagt, einem echten Arier. »Stine«, sagte Albert, »jetzt wird's am spannendsten. Da hör ich auf. Und wenn du mit deiner Flickerei fertig bist, lies mir's vor. Jetzt besteigen sie ein Floß, und das kann ja nicht gut ausgehen.« Und dann las Stine mit ihrer Schulmädchenstimme und ihrer schönen, holsteinischen Aussprache das siebente Kapitel, in welchem die Absichten des Professors beträchtlich herabgestimmt werden. »Die wollten doch nach dem Mittelpunkt der Erde, aber soviel seh ich schon, das wird nix. Wie's da aussieht, weiß der Jules Verne selber nicht, und da er uns nichts vormachen möchte ...«

Es gab eigentlich unendlich viel, was Albert gerne gewußt hätte. Aber seine Lehrer hatten davon geschwiegen, und jetzt kannte er niemanden, den er hätte fragen mögen. Wie beispielsweise Steinkohle in die Erde kam und wie Petroleum. Ob wirklich die ganze Erde aus Eisen war, weil sie doch nach allgemeinem Dafürhalten ein Magnet sein sollte, woraus sich beispielsweise der Kompaß erklärte, mit dem schon der olle Kolumbus nach

Westen gesegelt war. Wie die Leute drauf gekommen, daß die Erde eine Kugel sein sollte, an den Polen abgeflacht, wogegen doch aller Augenschein zeugte. Und ob man nun denken mußte, daß dort unten, wo der Professor nicht hinkommen würde, ein magnetischer Eisenkern sei oder ein Zentralfeuer, wie er es mal während des vergangenen Krieges in einem populären Sammelwerk abgebildet gefunden. Natürlich war er weit weg von der Erwartung, die ihm damals ein katholischer Kamerad aus dem Fuldaischen vorgetragen, das wisse doch jeder, daß im Innern der Erde die Hölle sei, ein feuriger Herd, so groß wie ganz Hamburg und so hohl wie ein Backofen. Darin taten die Teufel Dienst, wie die Kommandierten in einer Entlausungsanstalt, bloß daß statt der Kleider die Seelen gereinigt würden und statt der Läuse die Sünden verbrannt. »Und wenn deine geistlichen Papiere in Ordnung sind, hast du Schwein und kommst schnell durch, wie wenn du einen Entlausungsschein vom Garnisonsarzt vorweisest. Und wenn nicht, mußt du da drin schmoren, noch und noch, wenn deine Angehörigen dir nicht mit Seelenmessen und Fürbitten bei deinem Schutzheiligen zu Hilfe kommen. Und das, was ich hier sage, das gilt nur vom Fegefeuer, Kamerad. Aus der eigentlichen Hölle – Mensch, da ist nichts zu machen.« Über all dies katholische Theater hatte sich Albert sehr amüsiert, und daß ein Dichter namens Dante in dieser Hölle gewesen sein wollte, das konnten die Pfaffen vielleicht den Italienern einreden, ihm nicht. An ein Leben nach dem Tode glaubte er nicht, hätte bannig überfüllt sein müssen, das Jenseits, wenn da all die tausend Generationen Volksgenossen herumgesessen und mit den Zähnen geklappert und Halleluja gesungen. Seine Stine dachte anders darüber, nun, Weib blieb Weib, die wollten immer was fürs Gemüt. Einem Schlächtermeister war es schwer, vom Leben nach dem Tode zu reden, und einem Soldaten ebenso. »Lebe, wie du, wenn du stirbst, wünschen wirst gelebt zu haben« hatte ihm der Hauptlehrer bei der Schulentlassung auf seinen Weg mitgegeben. Wie das sein sollte, stand wahrscheinlich auf einem anderen Blatt. Nein, da hielt er sich lieber an den Spruch »Tue recht und scheue niemand« und steh im übrigen fest auf deinen Beinen, lerne deine Sache und laß dich von niemandem hinters Licht führen. Mehr als ein Leben konnte niemand beanspruchen, und das himmlische Reich, in welchem die Seele zu Hause sein sollte, im Gegensatz zum Körper, das hatte noch keiner besucht. Nein, ihm gefiel es auf Erden, und gar das Innere dieser großen Heimatsstation heimelte ihn an. So wie es der Jules Verne schilderte, war es ja noch ein bißchen wild; er hätte es sich besser zementiert gedacht, mit Fahrstühlen, Röhren und Kabeln, so wie man's sah, wenn die Wandsbeker Chaussee mal aufgerissen wurde. Und daß er imstande sein könnte und es wirklich war, unterirdische Wasserläufe oder Erzlager aufzuspüren, das schien ihm nur in Ordnung. Der Dr. Laberdan hatte von radioaktiven Strahlen gesprochen, die von solchen Ansammlungen ausgingen, und daß erwiesenermaßen Blitze mit Vorliebe in solche Strahlungsstellen einschlugen. Und der Vorsitzende, der ehemalige Heilkünstler, hatte das mit der negativen Erdelektrizität in Verbindung gebracht, wozu Dr. Laberdan die Nase kraus gezogen. Nun, hol's der Teufel, das Geschäft ging jetzt still, es ließ ihm Zeit, wenn erst Schnee lag, im Wandsbeker Stadtpark mit der Rute die Versuche fortzusetzen, die er in Fuhlsbüttel begonnen.

Stine ihrerseits neigte nicht zu Streitereien in Glaubenssachen. Vor der Hölle hatte sie keinerlei Angst – die zu beseitigen, hatte sich Christus kreuzigen lassen. Tod, wo ist dein Stachel, Hölle, wo ist dein Sieg. Auch über das dachte sie nicht nach, was mit dem Menschen nach dem Tode vor sich gehen mochte. Irgendwie war's ihr so, als hätten die Menschen etwas mit den Gewächsen zu tun, die man auf ihre Gräber pflanzte. Wozu denn sonst verband man Tod und Sterben immer mit Blühen und Vergehen, mit Kränzen und Blumentöpfen? Und wenn im Frühling die ganze Natur wieder erwachte, war es da nicht Unfug, wie Albert zu glauben, ein Wesen wie der Mensch könne vergehen und zerfallen? Wenn sie am Tische saß und sich freute, den Albert daheim zu haben, belustigte sie sich heimlich über seinen Professor aus der Laubengasse, die es in Hamburg gar nicht gab, seinen Neffen, seinen Isländer und all den Kram. Haben wir nicht alle einen Vater, hatte die Großmutter sie gelehrt, hat nicht ein Gott uns alle erschaffen? Heute war das mit der Rasse modern, gestern die Astrologen mit ihren Horoskopen, vorgestern Prophet Weißenberg mit dem weißen Käse. Das waren so Moden, die wechselten wie Karos und Streifen, Pullover und Jumper. Hätte sie ein Kind gehabt, worauf man ja durchaus noch immer hoffen konnte, sie hätte schon gewußt, was ihm beibringen, damit es sich gut benahm und auf Erden glücklich wurde. Leider seit der Geschichte mit dem Beil hatte es bei ihr nicht wieder geschnappt. Nun, auch dagegen war nichts zu machen. An einen lieben Gott, den man deswegen mit Gebeten bestürmen könnte, glaubte sie auch nicht; das war Frauensache, und die Katholischen hatten für diese Abteilung des Menschendaseins ihre Muttergottes und Dutzende von Heiligen. Mädchen, Frauen, Prinzessinnen und Märtyrerinnen. Und das wäre ja recht gut gewesen, lockend und geradezu verführerisch, wenn sie nicht gleichzeitig die Narretei mit den Klöstern durchgehalten hätten, den Mönchen und Nonnen. Was wollten die vom Leben verstehen! Mensch, vergiß das Beste nicht, hieß es in einem Märchen, und da war natürlich die ewige Seligkeit mit gemeint. Daß aber das Beste in der Liebe zwischen Mann und Frau lag, in der Erfahrung, daß man einander nie satt bekam und sich immer tiefer eins ins andere verliebte, wie sollte das solch ein eheloser Krüppel begreifen? Da war ja noch Tom Barfey besser dran, der freche Kerl, als solch ein schwarzer Gelübdebruder mit Armut, Keuschheit und Gehorsam. Die Liebe höret nimmer auf, das war der schönste Satz in der ganzen Bibel. Und wenn ihr Albert auch besser daran getan hätte, vorigen Herbst einen anderen Ausweg aus der Klemme aufzuspüren, als den, der nach Fuhlsbüttel führte und zu dem Footh … Aber wie denn? Hatte er diesen Weg gesucht oder sie selbst? War das Draufgängertum gewesen, als in der Kasse die Ebbe nicht mehr nachließ, oder hatte nicht vielmehr sie ihrem Schiffchen die Richtung gegeben und das neue Segel gesetzt? Albert war der Arm gewesen und, wenn man wollte, das Herz, den Kopf aber und die Finger hatte sie beigesteuert und dafür auch manch heimliches Hochgefühl eingesogen und Lob und Dank entgegengenommen. Und wenn er jetzt am Tische saß und mit aufgestütztem Arm in dem Schmöker ackerte, der so krauses Zeug vom Innern der Erde aufwartete, so hatte wiederum sie ihm den aus der Leihbibliothek geholt und all die Gedanken in Gang gebracht, über die er sie dann und wann befragte. Mann und Frau, eins und unteilbar waren sie, wie die Zeitungen manchmal geschrieben, im Fleisch und im Geiste, bei Tag und Nacht. Brannte im Innern der Erde ein Feuer – warum nicht? Stiegen von Wasserläufen Strahlen auf, von Eisenadern oder Petroleum, bitte schön. Ihr Albert war sicher kein Durchschnittsmensch, das hatte sie früher gewußt als der Dr. Laberdan oder der Vereinsvorsitzende. Und in ihrer Familie, von den Geisows her, wirkte manchmal etwas Spökenkiekerisches herüber, von dem sie selber hoffentlich nur wenig abbekommen. Im übrigen aber war Rechtschaffenheit ihr Gewinn und ihr gutes Gewissen und eine gewisse Freundlichkeit zu allen Menschen rundum und damit basta. Mochten immer in der Erde noch Überreste sonderbarer Tiere ihr Unwesen treiben, sie, Stine Teetjen, brauchte all das heidnische Zeug nicht, auch keinen Streit zwischen deutschen Christen und Bekenntniskirchen. Ihr Gesangbuch und ihr Evangelium reichten aus für Leben und Sterben, und der, welcher den Menschen auf die Erde gesetzt hatte, wußte bestimmt warum und wozu. Und schade war es bloß, daß man der Kälte wegen kein Fenster öffnen konnte, denn von drüben, von Lawerentzens, kam bestimmt hübsche Tanzmusik, und sie hätte den Albert gern von seinem Buch weggeholt zu einem Foxtrott, immer vorbei am Tisch.

Den Stillstand des Geschäftes bemerkten die beiden kaum. Im Januar war, wie bei jedermann, eine Steuerzahlung fällig, und Stine war stolz, sie dem Finanzamt überweisen zu können, obwohl dieser Postscheck von ihren Beständen ein nettes Sümmchen abriß. Da am Jahresschluß auch für Fleischlieferungen an die Innung Beträge fällig gewesen waren und die Miete für die Räume und die Ladeneinrichtung im Januar vorauszuzahlen war für das kommende Vierteljahr, blieb Stine eigentlich der Atem weg, als sie die Ziffern mit den Eingängen der letzten Monate verglich. Wie viele kleinbürgerliche Menschen verband sie mit einer Buchhaltungsseite wenig lebenfüllende Vorstellung. Die Zahlen, spitz oder rund, erfüllten sie mit Unbehagen, manchmal mit Anwandlungen von Angst. Gleichwohl konnte sie feststellen, daß sich die letzten drei Monate des vergangenen Jahres Aus- und Eingang die Waage gehalten hatten. Erst bei den großen Sonderausgaben des Januar machte sich die alte, durchaus noch nicht vergessene Beklemmung fühlbar, daß so großen Abgängen kaum Einnahmen gegenüberstanden. Worauf Albert die vorhandenen Vorräte in Hammel, Schwein und Rind musterte, die sich in den kalten Monaten ja tadellos hielten, ihr auf die Schulter klopfte und zufrieden auf die Tatsache hinwies, daß sie vorläufig ja kaum etwas einzukaufen brauchten, und daß in ein paar Tagen oder Wochen, wenn's nötig sei, wieder ein gutgelaunter Werbevers eingerückt werden könnte. Stine verschwieg ihm, daß Tom seine Ansprüche im Verlaufe der letzten Zeit gesteigert hatte, und daß es ihr recht schwerfiel, ihn in das zurückzuweisen, was die Erzähler seine »Schranken« zu nennen pflegten. Sie war froh, das unangenehme Thema von staatlichen und städtischen Abgaben fallen lassen zu können und sich angenehmeren Dingen zuzuwenden, deren ja viele in der Luft lagen, zum Beispiel der Hochzeit des Herrn Footh.

Nicht so leicht konnte sich Albert von dem Thema losreißen, das jeden Jahresanfang verschönte. Als gewissenhafter Volksgenosse und Staatsbürger hatte er sich mit dem Problem zu beschäftigen, wie und ob er den Betrag versteuern sollte, den ihm seine Axt in Fuhlsbüttel eingebracht. Ohne Zweifel mußte der Betrag in der Steuererklärung erscheinen; ob er aber einer Berufsausübung zu verdanken war oder als Nebenverdienst oder einmalige Zuwendung zu buchen sei, das hätte ihm ein Kundigerer erklären müssen als er selbst. Da er sein Amt in der Maske ausgeübt, wären Rückfragen nicht zu erwarten gewesen, wenn er diese Einnahme verschwiegen hätte. Ausgezahlt hatte sie ihm Volksgenosse Footh, dem sie seinerseits von der Justizverwaltung ersetzt wurde. Erschienen diese zweitausend Mark aber in Herrn Fooths Bilanz, so stand ihnen sicherlich auch eine Ausgabe von zweitausend Mark gegenüber, diese möglicherweise mit dem Namen Teetjen gekennzeichnet. Die Steuerbehörden schauten jetzt genau zu und verwandten Zeit und Mühe, ganz wie einst die Beamten der Republik, auf die Prüfung der Unterlagen und die gründliche Verfolgung von Zusammenhängen. Irgendwie konnte der Name Teetjen den Herren in den grünen Uniformen auffallen, haften bleiben, eine Rückfrage anregen. Welches war die billigste Art, bei dieser Steuer davonzukommen? Denn keiner brauchte mehr zu tun als seine Pflicht, besonders wenn er und sofern er diese Pflicht schon so weit übertroffen hat wie Albert Teetjen im vorigen Herbst. So hatte er einigermaßen ratlos vor der Steuererklärung gesessen. Daß sein Geschäft plötzlich zweitausend Mark mehr getragen haben sollte als im Vorjahr, hätte möglicherweise zu einer Erhöhung der Grundgebühren geführt. Andererseits war die Steuer auf Lotteriegewinne vielleicht übertrieben hoch, und bei einmaligen Einnahmen aus nichtberuflicher Tätigkeit hätten sich Nachforschungen von seiten der Behörde nicht vermeiden lassen. Mit welcher Folge? Dem lieblichen Gerede gewetzter Mäuler und spitzer Zungen. Rechtsanwalt Cohn, der seinen Vater manchmal vertreten und beraten hatte, war seit dem Boykottapril vor fünf Jahren unauffindbar geworden, und einen anderen Rechtsanwalt hatte er bisher nicht gebraucht und mochte er auch nicht aufsuchen; den Kameraden Footh aber jetzt damit zu behelligen, brachte er nicht übers Herz. So blieb ihm nichts übrig, als den Otto Lehmke um Rat zu fragen – oder sich selbst für eine der vorgezeichneten Rubriken zu entscheiden, auch wenn sie nicht die vorteilhafteste war; denn den Lehmke ins Vertrauen zu ziehen, wie er sein Geld verdient, dagegen sprach alles. Beschwindelte er ihn aber, so konnte er doch ebensogut gleich das Finanzamt beschwindeln; Lehmkes Rat blieb dann von zweifelhaftem Wert. Er ließ die Steuererklärung tagelang liegen und horchte auf dem Viehhof und bei Kollegen herum, erfragend, wie sie es anstellten. Er versuchte auch irgendeine Geschichte zu erfinden, die seine Art Nebenverdienst mit dem Werkzeug des Berufes möglichst nahekam, aber es fiel ihm nichts ein. Dann eines Abends, als er seinen Roman zu Ende gelesen und die Helden auf ihrer Floßreise und Ausfahrt aus dem Vulkan Stromboli begleitet hatte, faßte er doch einen Entschluß, zog sich nochmals Kragen und Jacke an, nahm die neue Lederjoppe vom Nagel, die er sich zu Weihnachten geschenkt. Stine hatte von ihm an dem gleichen Heiligen Abend einen schwarzen Regenmantel aus bestem Wachstuch erhalten mit vernickelten Schließen statt der Knöpfe, den man ohne weiteres für einen

Gummimantel ansprechen konnte. Aus dem Kleiderhaus der Brüder Köppler, das sich als Familiengeschäft einer gewissen Beliebtheit in bürgerlichen Kreisen erfreute, weil vier Brüder, Siegfried, Artur, Hugo und Louis, in gemeinsamer Arbeit ihre Firma aufgebaut und hochgebracht hatten – vier jüdische Männer, einander sehr ähnlich, mit gemütlichen Bäuchen und fixen Hamburger Redensarten, in unverfälschtem Missingsch oder Messingsch, womit die aus Platt und Hochdeutsch gemischte Sprechweise der Stadt einer Metallegierung aus Kupfer und Zink nicht übel verglichen wird. Daß drei von diesen Brüdern ein unseliges Ende nehmen würden, allerdings erst drei Monate nach Albert Teetjen, stand damals schon in den Sternen.

Als Albert aber hinüberkam, siehe, da war bei Lehmke niemand zu sprechen. Das neue Schild »Zum tapferen Panzer« war angebracht und das ganze Lokal neu hergerichtet worden – Anstriche des Holzwerks und die Beizung der Tische und Stühle aufgefrischt, die Tapete mit Brot abgerieben und einige Dielen ausgebessert worden, wie Dörte dem Nachbarn mit stolzer Handbewegung darwies. Die Eltern aber waren verreist, auf Erholung bei Verwandten am Steinhuder Meer – einem großen Binnensee im Hannoverischen; sie würden erst in vier, fünf Tagen zurück sein. Ja, Herr Teetjen hatte sich lange nicht gezeigt und Frau Stine es ihm offenbar nicht berichtet. Aber dann würde der Betrieb erst wieder losgehen; Albert würde Augen machen. Der sah sich staunend um, nickte dann und gratulierte. Er würde eben wiederkommen. Offenbar hatten Lehmkes das Jahr über einen guten Schnitt gemacht; aber so behaglich wie früher würde es sich hier kaum mehr sitzen. Nun, da ging er eben wieder nach Haus und würde sich schon selbst mit seiner Steuererklärung zurechtfinden müssen. Das letztere sagte er der Dörte nicht, aber er faßte seinen Entschluß, freute sich der frischen Nachtluft, der lautlos daliegenden Straßen und stapfte heim. Am Steinhuder Meer gab es jetzt sicher frischen Frost, viel Schnee und wahrscheinlich Eis zum Schlittenfahren. Dann mußte er die zweitausend Mark eben als Lotteriegewinn verbuchen oder als Erbschaft, was billiger kam. Den Footh befragen danach? Wollen mal sehen.

In der Tat rief er am anderen Morgen vom Postamt aus in Fooths Büro an und wurde von Fräulein Petersen gleichsam mit einer Umarmung begrüßt. »Ach, Herr Teetjen, einen Schlächtermeister haben wir gerade gebraucht. Soll ich mal schnell vorbeikommen oder haben Sie ohnehin am Hafen zu tun? Es handelt sich doch um Hochzeit, Herr Teetjen, um kaltes Büffet und Fleisch zum Polterabend. Wer soll uns das denn liefern, wenn nicht Sie?«

Und wirklich stopfte die Foothsche Hochzeit jedes Loch im Budget, das Steuer und Miete zunächst gerissen hatten. In kommenden Monaten sagte sich Albert, diese Bestellung sei nicht zum Heil gewesen, sie habe ihn über den Ernst der Lage hinweggetäuscht, solange noch Zeit genug für Hüh und Hott gewesen sei. So aber verließ er sich leichtsinnigerweise darauf, daß ihm schon immer etwas Hilfreiches zustoßen werde, auch als die Sache schon sehr schief saß. Ein Mann, der an die Wünschelrute und an sein Glück glaubt, dachte Stine später, solch einer braucht sich nicht zu wundern, wenn bei ihm mal Matthäi am letzten ist.

Vorläufig aber gab es Hochzeit, einen Fasching und Karneval nach Fräulein Blüthes Wünschen und rheinländischem, allerdings auf hamburgisch nachgeahmtem Geschmack. Die Hochzeit selber, Gott ja, die mußte wohl steif und feierlich begangen werden, das wollte das Ansehen der Firma und der Familie Footh, obwohl es die in der vorigen Generation noch kaum gegeben hatte. Der Polterabend aber, der sollte es wieder hereinbringen, und das tat er auch. Ein Kostümfest wurde losgelassen, von dem man in Harvestehude mit hochgezogenen Augenbrauen und ernstem Kopfnicken berichtete. Reeder Footh als römischer Cäsar und seine künftige Gattin als Messalina in einem langen Brokatgewand – und so gut wie nichts darunter –, dessen köstlicher Goldstoff aus einem spanischen Kloster stammen sollte. Die drei Töchter des Direktors Koldewey, einheitlich gekleidet, in hellblau, weiß und rosa, als Einäuglein, Zweiäuglein und Dreiäuglein, zugleich Gestalten aus dem drolligen deutschen Märchen und drei von Herrn Fooths Schiffen versinnbildlichend. Vater Blüthe und Herr Prokurist Ruckstuhl in roten Jagdfräcken und schwarzen Dominos darüber, feierten Wiedersehen mit ihrem ehemaligen Kameraden Teetjen, der sich die Tracht eines Bergknappen geborgt hatte; schwarze Uniform mit langen Hosen, ein ledernes Schurzfell unter dem Rock hervorschauend, ein schwarzes Tschako mit rotem Federbusch, eine Grubenlampe am breiten Gürtel, dessen Messingschloß die Umschrift »Glückauf« trug, und in der Hand statt der Beilpicke eine Wünschelrute. So kam er, sagte er, aus dem Innern der Erde heraufgestiegen, um seinem Freunde Footh und der jungen Frau, die nicht umsonst Blüthe hieß, Glück und Segen zu wünschen, ja zu verbürgen. Die eigentliche Blüte des Abends aber, darüber herrschte nur eine Meinung, stellte Frau Stine Teetjen dar als Lorelei mit offenem Rotgoldhaar und goldenem Kamme. Eigentlich hatte sie ein weißes Kleid dazu anziehen wollen, weil sie von ihrer Hochzeit her es noch besaß. Aber Albert, von seinem verflossenen Frack mit der Einrichtung der Verleihinstitute wohl vertraut, hatte sie zu seiner damaligen Lieferantin mitgenommen, und die behäbige Frau, einst Garderobiere eines Theatervereins, bei dessen Auflösung sie aus dem Fundus den Grundstock ihrer Kostüme erwarb, hatte zu Stines Wünschen den Kopf geschüttelt. »Warum denn nicht Lorelei – mit den hübschen Haaren? Aber dann Schillertaft, Frauchen, nilgrün oder schilfgrün, und einen hauchzarten Schleier aus Seidentüll. Drin hängt's, und wir können es ja wohl gleich probieren. Und ein Diadem aus Straß oder eine Korallenkette, wenn Sie das vorziehen. Ganz Wassernixe oder Meerjungfrau.« Aber als sie in ihrem Garderobenzimmer die Kundin so verkleidet hatte, schlug sie selber die Hände staunend zusammen, was aus der kleinen Bürgerfrau geworden war; wie sich die Schultern aus dem großen Ausschnitt hoben, und wie bedauerlich es war, daß sich die Hände ... tja, verarbeitete Hände passen nicht zur Lorelei. Aber dafür gab es ja lange Glacéhandschuhe. Stine sah sich in dem großen Spiegel von einer grellen, unbeschirmten Birne beleuchtet und wurde rot. Eigentlich durfte man so nicht aussehen. Die Augen hatten ja einen lila Glanz, und was für Schuhe sollte sie wohl zu solch einem Gewand anziehen? Aber Frau Kaltmann half ihr auch da. Es würde sich für ihren Fuß schon ein ganz passender Tanzschuh finden, wenn sie es nicht vorzog, sich ein Paar zu kaufen, denn eine Frau wie sie … Aber Stine schüttelte lachend den Kopf, bloß um als Wasserleiche die Elbe hinunterzutreiben, neue Schuhe? Nee, liebe Frau, diesmal tun's auch geborgte. Albert aber, voll Staunen und Stolz über die Verwandlung seiner Stine, war sofort bereit, ihr ein Paar neue Schuhe zu kaufen, mußte von ihr ernsthaft zurechtgewiesen werden und erlegte ohne Zögern den Preis für ihr und sein Kostüm, den Frau Kaltmann forderte. Wahrscheinlich, dachte Stine, geht da der ganze Profit hin an den Lieferungen für Fooths. Aber nun mag das mal.

Ja, einen Abend wie diesen hatten Teetjens sich nie vorgestellt und bestimmt nie erlebt. Der Lautsprecher holte Musik von allen Stationen des Kontinents zusammen. In der Halle des Hauses Harvestehuder Weg brannten mehr Lampen als je, und Frau Stine tanzte – tanzte mit Männern, die sie nie gesehen und die sich ihr alle vorstellten, schweren Kapitänen von Herrn Fooths Schiffen, leichten Angestellten aus seinem Büro, Kameraden vom Autofahren (NSKK.), auch mit Damen tanzte sie, weil einige darauf bestanden. Thyra zum Beispiel, Herrn Koldeweys zweite, verliebte sich geradezu in sie, ein so wunderbares friesisches Gewächs sei ihr, sagte sie, kaum je begegnet, und Stine fühlte einen ungekannten Durst: mitnehmen, alles mitnehmen. Soviel Leben war in ihr und glänzte jetzt um sie, daß die Leute den Albert beneideten, wenn der dort von seinem Tisch mit den Herren aufstand und zu ihr herüberkam; ein bißchen zu sehr nach Alkohol roch er, denn auch er ließ sich's wohl sein. Ja, das war der Glanz des Dritten Reiches, dachte Herr Footh, wenn er sich auf der Estrade oben aus seinem geschmückten Sessel erhob und über das Treppenhaus guckte. Eine neue Volksgemeinschaft drückte sich hier aus, und die Gattin des Schlächtermeisters nahm es mit jeder Prinzessin aus der Villa Koldewey auf und sah aus, Donnerwetter. »Heil Hitler« rief er begeistert und schwang den Arm hoch, als kurz vor Mitternacht der Herr Reichsstatthalter sein Haus beehrte.

Anneliese Blüthe aber schritt schmal und golden als Partnerin des höchsten Beamten im Staate Hamburg die Schritte des Tango, drehte und wand sich und schickte ihre klugen Augen durchs Gewirr der Gäste zu dem alten Herrn Ruckstuhl hinüber, der mit ihrem Vater aufgestanden war und an der Brüstung lehnte. Niemand als sie war die Siegerin hier. Da drüben also tanzte die Koldewey mit H. P. Footh den Abschiedstanz – man durfte ihn ihr gönnen. Nicht sie würde den Aufstieg des Reeders Footh mitmachen. Nicht sie hatte der Reederei Footh Auftrieb verliehen und die Judenschiffe verschafft, nicht sie würde ihm Söhne und Erben gebären. Jetzt trug sie aus Spanien nur ein goldenes Kleid; aber sie würde ihm auch spanische Schiffe zuschanzen, von denen Kapitän Carstanjen ihr erzählt, und ihr Tänzer eben mußte ihr dazu verhelfen. Noch war der Sieg nicht erfochten, weder der in Spanien noch ihr hiesiger hier. Aber beide lagen auf dem gleichen Wege und deutlich sichtbar am Horizont. Diese hübsche Musik hier kam wohl aus New York … Und sie lehnte sich enger in den Arm des Statthalters und sprach vertraulich als Landsmännin in rheinischem Tonfall die Überzeugung aus, man müßte ja wohl jäck sein, nämlich geistesverwirrt, um nicht zu merken, welchen großen Kurs das Reichsschiff jetzt steuerte und wie die Wirtschaft florierte. Davon natürlich, dachte sie weiter, merkte solch ein hübsches Schäfchen nichts, wie diese Frau Teetjen, die kitschige Lorelei. Sie, Anneliese, würde schon dafür sorgen, daß die Beziehungen abbrachen zwischen dem Schlächtermeister und ihrem Mann. Nein, mit diesem schönen Albert würde sie nicht tanzen.

Albert dachte auch nicht daran, heute nacht noch viel zu tanzen. Er saß mit hochgezogenen Brauen bei seinen einstigen Kameraden; besonders Herrn Ruckstuhl bewunderte er höchlich, und er hatte wohl auch zuviel von den verschiedenen Weinen und Schnäpsen genossen, die überall herumstanden, und sich gefreut, daß seine Fleischwaren den Gästen mundeten. An seinem Tisch wurde viel Politisches geredet, von einer Staatskrise, die in den Lüften hing, vom Führer aber mit gewohnter Meisterschaft bezwungen wurde. Irgend etwas war mit dem Wirtschaftsminister los, Herr Schacht sollte durch einen Herrn Funk ersetzt werden, eine große Arbeitslosigkeit war abzuwenden, die heraufbeschworen werden konnte, wenn man die Rüstung drosselte, um mit den westlichen Demokratien besser ins Geschäft zu kommen. Aber die Reichswehr wollte davon nichts hören, der Führer übernahm das Oberkommando über Heer und Flotte, neue Generäle würden ihn beraten, und der große Göring, Herr der Hermann-Göring-Werke, der Luftmacht und der Gestapo, würde einen Vierjahresplan von Stapel lassen, daß den anderen Staaten, besonders einem gewissen anderen, die Augen übergingen. Derartiges besprachen die Männer, und Albert saß dabei, verstand nur die Hälfte, fühlte sich aber glücklich und geborgen. Wenn die Schornsteine so stolz rauchten und gar Millionenziffern über die Weingläser hinflogen, da mußte auch er sein Schäfchen ins Trokkene bringen und sich unbesorgt seiner Wünschelrute widmen können und seiner Stine. Mensch, Albert, die war ja doch die Schönste hier, und da drehte sie sich wahrhaftig im Walzer mit dem Reichsstatthalter und lachte und blickte zu ihm hinüber, so daß er aufstehen mußte, sich an die Brüstung lehnen und, wenn der nächste Tanz eine Polka war oder ein langsamer Fox, den Leuten zeigen, wie ein gut gewachsenes Ehepaar aussah, wenn es miteinander tanzte.

Zur Heimfahrt mußten sie dann eine Droschke nehmen und dem Chauffeur ein Sündengeld bezahlen. Aber Stine lehnte in seinem Arm und schlief fast auf der Stelle ein, und durch Nacht, Schnee und Frost glitten sie eilig und leise hin, und Albert sagte sich, das habe gelohnt, so fuhr man hin auf den Höhen des Lebens. Ein Bergmann aus der Erde Schoß und eine Wasserfee, die Lorelei ... Der Footh hatte etwas mit Österreich erzählt, von Wien, und daß er an die Donau hinunterstrebte, rumänisches Petroleum auf dem Flußweg heraufbringen wollte – nun ja, er, Albert Teetjen, mußte sehen, wie auch er dabei einen Schnitt machte. Hamburger SS. sollte an die sächsische Grenze verlegt werden oder an die bayrische, das ging bei ihm ein wenig durcheinander. Nun, morgen, wenn er ausgeschlafen hatte, zum Glück war Sonntag, und wenn sich das Geschäft so schleppte, brauchte man morgen überhaupt nicht aufzumachen, konnte sich im Bette aalen – na und so weiter. Nein, seine Stine hatte ausgesehen – der Frau Kaltmann mußte man doch ein Stück Leberwurst mitbringen, wenn man die Sachen zurücktrug. Die besaß den Blick und die Erfahrung.

Die Faschingszeit dieses Jahres ließ sich seltsam an, fand Albert. Die Leute kauften weder Fleisch noch Wurst – wahrscheinlich weil soviel Propaganda für Fischnahrung gemacht wurde, um jeden überflüssigen Import zu drosseln. Aber die Wirkung ging ein bißchen weit. Wären nicht Lawerentzens und der Lehrer Reitlin gewesen – man hätte auf allerlei Gedanken kommen können. Ohnehin merkte auch Stine, daß die Leute freundlich wie immer grüßten, aber kaum zu einem Plausch zu haben waren. Es tat Teetjen jetzt schon leid, für Ball und Heimfahrt mehr ausgegeben zu haben, als jetzt der Erlös zweier Tage betrug. Und am empfindlichsten traf Albert die Nachricht, die ihm die wiedergekommenen Lehmkes vermittelten, daß er zu der Stammannschaft gehören werde, die den Einmarsch in Österreich nicht mitmachen, sondern gleichsam als Traditionskompanie in Hamburg zurückbleiben werde. Viele der Kameraden waren schon fort. Sie trieben Wintersport in den bayrisch-österreichischen Grenzlanden, von Hindelang im Allgäu bis hinauf nach Traunstein tummelten sie sich auf ihren Skiern und warteten auf den Befehl zum Sammeln. Mit seiner Unfähigkeit zum Skilaufen war die Tatsache, daß man Albert, einen so stolzen und erprobten SS.-Mann, diesmal zurückgelassen hatte, hinreichend erklärt; der Bundeskanzler Schuschnigg konnte ja verrückt und brudermörderisch genug sein, um Kampf zu riskieren, wenn die deutschen Brüder aus dem Alt-Reich ihren österreichischen Parteigenossen zu Hilfe kamen, genau wie 1914. Nur daß es sich diesmal nicht um die Serben handelte, sondern um das Aufbegehren der völkisch gesonnenen Österreicher gegen den klerikalen Übermut der christlich-sozialen Heimwehrregierung, die, von ihrem katholischen Gott verblendet, sich gegen den größten Deutschen aller Zeiten zur Wehr setzen wollte. So, hieß es, habe sich Adolf Hitler in einer Unterredung stolz und bescheiden genannt, zu welcher er den Kanzler Schuschnigg nach Berchtesgaden befohlen hatte, anders konnte man es nicht nennen. Das erfuhr Albert von dem Kameraden Vierkant, als der wieder nach Hamburg kam, um den zweiten seiner Vorträge »Fünf Jahre Drittes Reich« in der Norag zu halten – Vorträge, die so einschlugen, daß ihm die Leitung nahegelegt hatte, ihre Zahl auf sechs zu erhöhen und für den Monat Mai nicht nur die Niederwerfung der Gewerkschaften zum Thema zu nehmen, sondern auch die Bücherverbrennung, die um den zehnten herum in den deutschen Universitätsstädten gefeiert worden war. Als sechstes Thema würde er sich vielleicht im Zusammenhang mit der österreichischen Entwicklung den Stufenbau der Befriedung Europas wählen, wie sie durch die genialen Einzelschritte des Führers Gestalt gewannen. Von der Beseitigung der Schmach von Versailles über die Saarabstimmung, die Wiederwehrhaftmachung des Rheins und den Anschluß Österreichs: wie wurde aufgeräumt mit altem Unkraut, mit brutalen Kränkungen Deutschlands durch übermütige Sieger. Würden jetzt die Brüder der Ostmark ins alte Reich zurückkehren und das Verhängnis tilgen, das sich eigentlich schon 1742 anbahnte, als man Friedrich II., damals noch nicht »den Großen«, zwang, seine schlesischen Erbansprüche mit dem Schwert durchzusetzen, so gab es nur noch ein Problem, bevor an das Läuten wirklicher Friedensglocken gedacht werden konnte, und das hieß Danzig und der polnische Korridor. Aber auch das renkte sich nach Recht und Gerechtigkeit ein, weil die einstige Entente es jetzt mit einem dauerhaften und daher verläßlichen Gegenüber zu tun hatte. Das alles kündigte sich dem Wissenden schon 1933 an, gleich einer Knospe, die sich gesetzmäßig entfaltete. Jetzt also kam Österreich dran – »und wir können, Kamerad Teetjen, stolz darauf sein, daß wir's so schnell erleben«.

Ja, der Vierkant war ein unterrichteter, gescheiter Parteigenosse, wenn er so mit Albert zwischen acht und neun in Lehmkes »Bravem Panzer« saß, wo es immer noch leicht nach Beize roch, aber schmuck aussah und doch schon wieder heimlich. Durch ihn verstand Albert, daß die österreichischen Faschisten Knechte zugleich der Kirche und des Kapitals waren, die nur dank des Schutzes gelebt hatten, den der große italienische Bruder ihnen gewährt, dank den Intrigen von Demokraten und Juden. Als sie 1934 die Marxisten niederwarfen, hielten sie sich wohl für Sieger, die Herren Dollfuß und Schuschnigg; aber sie waren nur die Schneefeger, die vor dem Eintritt der eigentlichen Hausherren die Stufen sauber machen müssen. Wenn der Herr von Schuschnigg, wie er drohte, eine Volksabstimmung wagte oder fälschte, so brach der Zorn der Deutschstämmigen los, dann krachten die Kanonen, fuhren die Tanks, regneten die Bomben auf die Wiener Fabrikvorstädte. Da Adolf Hitler aber ein Friedenskanzler war, der von England und Frankreich nicht ohne Verständnis beurteilt wurde, und da der große Mussolini sich bei seinem Besuche im Vorjahr mit dem mächtigen deutschen Reiche so gut verstanden hatte, konnte kein österreichischer Adliger so verrottet sein, dem eigenen Prestige zuwider Bruderblut zu vergießen. Kamerad Teetjen versäumte also nichts, wenn er in Hamburg blieb und weiter mit der Wünschelrute trainierte, im Gegenteil. Nach der Heimkehr Österreichs stand nur noch Sudetenland und Danzig auf dem Programm, aber da konnte man schon möglicherweise geübte Wünschelrutengänger brauchen …

Albert ging in den Dämmerstunden dieser Februartage mit seiner Gerte durch den Wandsbeker Park. Sie zuckte an manchen Stellen, an einigen bog sie sich tief herab. Seine Empfindlichkeit wuchs. Wußte Gott, was alles unterhalb dieser Rasenflächen lag und vor sich ging, die jetzt von vereistem Schnee krachten. Der Vereinsvorsitzende hatte ihm dargelegt, wie leicht offenbar unterirdische Wasserläufe ihre Richtungen wechselten und sich neue Wege suchten. Daß aber auch vergrabene Menschen, Leichen oder Skelette radioaktive Strahlen aussandten, auf die der Rutengänger reagierte – nicht jeder, aber mancher begabte, zu denen er auch Herrn Teetjen rechnete. Wie oft war nicht berichtet worden, daß empfindliche Menschen auch ohne Werkzeug Orte angegeben hatten, über welchen ein Geheimnis waltete; wie oft waren nicht Pferde vor Plätzen gescheut, an welchen Opfer von Verbrechern verscharrt worden waren? Die Abergläubischen der früheren Zeit hatten dergleichen mit dem Fortleben nach dem Tode, mit Seelenglauben zusammengebracht; heute wußten wir, daß es Strahlungen waren, über deren Natur noch vieles erforscht werden mußte, bevor wir uns zu Herren auch der unsichtbaren Welt aufwerfen konnten, der Welt der Strahlen und Schwingungen nämlich, die nichts zu tun hatte mit Lohn und Strafe. Schritt Albert so unter den Bäumen aus, bald ein Zucken in den Fäusten spürend, bald den deutlichen Ausschlag seiner Gerte, so dachte er, daß seine Stine doch kein solches Schäfchen sei, wie er geglaubt, daß sie vielmehr nur auf altväterische oder großmütterliche Weise die Dinge ausdrückte, mit denen er jetzt zu tun bekam. Es wäre natürlich unangenehm gewesen, mit solcher Rute über den Ohlsdorfer Friedhof zu gehen und womöglich auf gewisse frischvergrabene, noch gar nicht sehr verweste, kopflose Rümpfe zu reagieren. Aber auch dem mußte ein Rutengänger ins Auge sehen – bangemachen galt nicht und Gespenstern rief ein alter Soldat sein »Halt! Wer da!« zu und gab ihnen mit seiner Rute Saures. Wenn nur die Leute wieder begonnen hätten, ihre Kaufkraft richtig anzuwenden. Nun, nach dem Fall von Wien mußte auch das sich anders anlassen. Jetzt wollte er nach Haus und sich ein anderes Buch vorlesen lassen, das ihm Kamerad Vierkant geborgt, ein Kosmosbändchen über Vulkane und Erdbeben denn der brave Jules Verne, hatte er gelacht, war ja doch wohl etwas überholt mit seiner Fahrt vom Hekla zum Stromboli. Vielleicht sandte auch ein Richtbeil radioaktive Strahlen aus und möglicherweise waren mehr Leute dafür empfänglich, als sie wußten, und ließen sich von etwas Unerklärlichem abhalten, seine Ladenschwelle zu betreten. Dagegen gab es sicher Schutzmittel. Wenn man es etwa in eine alte Gummischürze einpackte? Der Versuch konnte nichts schaden. In einer Schublade unten im Wäscheschrank lag vielleicht noch eine von seinem Vater. Wozu war man wissenschaftlich gebildet und ein Sohn der neuen Zeit? Versuch macht klug, sagte der Volksmund, und der hatte recht, heute wie dunnemals.

Drittes Kapitel

Das Beil muß weg

In späteren Zeiten ward es Albert Teetjen klar, daß der Hochzeitssonntag des Kameraden Footh der letzte Tag war, an dem sich die wohlmeinende Täuschung, die sein Dasein bedeckte, aufrechterhalten ließ. Als sich am nächsten Tage keine Menschenseele ins Geschäft verirrte, ward ihm klar, daß da etwas geschehen sei. Breitbeinig saß er hinter seinem Ladentisch, wiegte seinen schweren Kopf und fühlte dumpfe und wirre Gedanken und Meinungen in ihm auf und ab wogen. Was war da los? War das erlaubt?

Kränkte ihn jemand mit Absicht in seiner Existenz? Ging da ein Zufall vor sich? Daß jemand wagte, ihn zu boykottieren, dieser Gedanke lag ihm am fernsten. Den grauen und regnerischen Vormittag hindurch stritten in ihm die beiden Möglichkeiten, das Ganze sei Zufall oder aber Neid – Neid der Leute, denen er und Stine zu hoch gestiegen waren. Während dieses Hin und Her sortierte er die rosafarbenen und weißen Bons seiner Registrierkasse vom ganzen Jahre 37, um vor sich selbst und vor ihr noch immer so zu tun, als nehme ihn die Steuererklärung ganz in Anspruch. Am Nachmittag machte er in seiner Lederjoppe einen Gang durch die Wandsbeker Chaussee und viele Geschäftsstraßen in diesem Teil der Stadt. Die Berufskollegen klagten alle, aber irgend etwas hatten sie alle jeden Tag gelöst. So voll wie in den Warenhäusern war es bei ihnen ja nirgends, und wo immer Albert die Meinung vorbrachte, jemand müßte doch endlich an das unabänderliche Parteiprogramm erinnern und die Mitglieder der Innung an den Umsätzen der Lebensmittelabteilungen beteiligen, fand er Zustimmung, begeisterte, verdrossene oder spöttische. Und mehr als einmal hörte er, niemand sei besser berufen, sich da an die Spitze zu setzen als der Kollege Teetjen; ja einer, Schlächtermeister Kruse in der Kurzen Reihe, meinte, man werde bei den nächsten Wahlen erwägen müssen, ob man nicht den Kollegen Teetjen in die Bürgerschaft entsenden solle. Am Spätnachmittag oder Frühabend heimgekehrt, setzte er sich zu Stine in die Küche und fragte sie, ob sie denn schon was bemerkt habe. Natürlich hatte sie. Die Leute kamen nicht mehr. Auch die Hausbewohner blieben weg. Es sah schlimmer aus als in dem Halbjahr, bevor der Herr Footh seinen Einfall hatte. Was es sein konnte? Sie wußte es nicht, sagte sie. Trug sie in ihrem Kopfe eine Meinung umher, so verschwieg sie sie ihm jedenfalls. Da man bei diesem schlechten Wetter die Mitbewohner kaum sprach, wußte sie nicht zu sagen, ob jemand gegen sie beide Neid im Herzen hegte. Hochsteigen war noch niemandem leicht gemacht worden; wer ausgezeichnet wurde, dem war Mißgunst sicher, und so etwas drückte sich ja immer und zuerst bei Kauf und Verkauf aus. Dabei bügelte sie fleißig kleine Wäsche, die sie am Tage durchgeseift, und zeigte nicht, weder im Gesicht noch mittels der Stimme, ob sie von dieser Veränderung innerlich berührt oder gar schon geängstigt wurde. Albert jedenfalls lachte über die Dummheit der Wandsbeker an jenem Abend, setzte eine forsche Miene auf und versprach ihr und sich, auf Abwehr zu sinnen, sich den blöden Kram keineswegs gefallen zu lassen.

Im Verlauf der nächsten Wochen wurde er wütend. Was war denn das für eine Wirtschaft, die den Leuten auf der einen Seite Angst machte, es könnte wegen Österreich zum Kriege kommen, und auf der anderen Seite gegen die sinkende Kraft und Lust zum Kaufen kein Mittel und keinen Ausweg wußte! Wenn aber die Kollegen keine wesentliche Veränderung merkten – wie war es dann zu erklären, daß sich bei ihm keine Katze mehr über die Schwelle bemühte? Lehmkes waren schweigsam und meinten, es liege am Wetter. Stine dagegen kam eines Abends mit einem anderen Buch vom Dach und hatte des Rätsels Lösung mit. Die Ratten in den Fleeten hätten sich vermehrt, hieße es, und das lenke die Aufmerksamkeit auf mangelhafte Gesundheitszustände in vielen Betrieben, die Nahrungsmittel lieferten. Es ginge Gerede um, in manchen Schlächtereien sei es mit der Hygiene nicht zum besten bestellt. Vielleicht verbreitete irgendwer auch über sie, Teetjens, solche Gerüchte – aus Neid, aus Freude am Tratsch, aus Wichtigtuerei. Wahrscheinlich mußte man wieder einmal eine Anzeige dichten, in der die Worte »blitz und blank« vorkamen, zum Beispiel: »Keinen Schatten von Ratten, blitz und blank, auf Tisch und Bank. Aber es kostete wieder eine Extraausgabe. Albert meinte, die könne man nicht umgehen. Ob die Leute freilich jetzt, wo sich doch alles um Wien und die große Politik drehte, auf solch ein Inserat sehr achten würden? Keinesfalls ging es so weiter. Sie zehrten vom Kapital, kein Mensch hielt das durch. Er mußte irgendeinen von den Burschen stellen, die ihre Mäuler so über einen anständigen Gewerbetreibenden spazierenführten. Wenn da mal erst einer die Backzähne spuckte, lernten sie ihr Mundwerk schon halten. Worauf Stine einwandte, das werde auf keinen einladender wirken. Es hätte nicht viel gefehlt, daß sich Albert mit Heftigkeit gegen sie selber kehrte; im letzten Augenblick aber bezwang er sich, nickte und murmelte, wo sie recht habe, habe sie recht.

Immer öfter ertappten sich die beiden jetzt, daß sie, Bleistifte in der Hand, auf Zetteln Rechnereien kritzelten. Mitten in diesem Schreibwerk fragte Albert einmal, ob Stine es für möglich halte, daß jemand in der Gegend etwas von der Geschichte in Fuhlsbüttel gewittert habe. Mit rechten Dingen konnte das nicht zugehen, niemand habe ihn erkannt, das Geheimnis der Maske sei streng gewahrt worden. Außer Freund Footh wußte niemand was, und der hielt selbstverständlich dicht. Stine öffnete ihre Augen weit und sandte einen starken Blick unter ihrem Haarkranz in die seinen: »Wenn du endlich davon anfängst«, sagte sie, »ich mein's schon längst. Wie so was rumkommt, weiß keiner. Mir stieß es gleich in den ersten Tagen das Herz ab, daß wir den ganzen Jammer vergeblich auf uns geladen hätten.« – Albert nahm seinen Schnurrbart zwischen die Lippen und blickte zu ihr hinüber: »Wußte gar nicht«, sagte er, »daß so viele Kommunisten in unserem Viertel wohnen.« – »Meint ja keiner«, entgegnete sie, »wer weiß auch, ob's sowas Bestimmtes ist. Die Leute haben eben Scheu vor uns. Früher hätt' man gesagt, es sei ein Zauber.« Albert schüttelte den Kopf. An so was glaubte kein vernünftiger Mensch. Viel näher lag, daß die roten Hunde Lunte gerochen hatten, weil er so ausgezeichnet worden war, der Statthalter und der Führer ihn empfangen hatten und weil das zeitlich auf die Fuhlsbüttler Geschichte folgte. Ob's wahr sei oder falsch, was da geredet wurde, das ging die doch nicht an. Des Deutschen Achtung vor der Wahrheit war doch denen fremd, hatte die bolschewistischen Horden noch nie angehaucht. Der Timme sollte doch noch irgendwo in einem Betrieb seine Frau untergebracht haben; so eine würde natürlich jede Faselei aufnehmen und verbreiten. »Und könnt' man ihr das übelnehmen?« fragte Stine sanft. Albert starrte sie wütend an, dann mußte er lachen.

Jedenfalls lief Albert ratlos und gereizt durch Wohnung und Laden und erinnerte Stine an den Eisbären in Stellingen, den er damals so aufmerksam gemustert. Seine Schritte knarrten auf den Dielen ganz anders als beim Ausprobieren der Wünschelrute. Daß es Leute wagten, über ihn solche Verleumdungen zu verbreiten, wenn es diese Leute gab, ohne daß er jemandem an die Gurgel fahren und die Gerüchtemacher umbringen konnte, diese

Möglichkeit fraß ihn innerlich ganz hohl. Immer wieder bewies er sich: es konnte ihn niemand erkannt haben. Immer wieder schlug er sich mit wilden Rachevorstellungen herum, den Sturm Preester zu mobilisieren, die Wohnungen des ganzen Viertels nach kommunistischer Literatur zu durchsuchen, den Wurm im Gebälk, den Feind im eigenen Hause aufzuspüren. Immer wieder riet ihm sein gesunder Verstand von solchen Narreteien ab. Auch daß er mit seinen Schwierigkeiten die Parteileitung nicht behelligen durfte, machte er sich selber klar. Abgesehen davon, daß sich im Gespräch mit Stine derartiges noch deutlicher herausstellte. Wer war Parteigenosse Teetjen, heute, wo der Führer den ältesten deutschen Traum verwirklichte, Heimkehr aller Brüder ins Reich? Teetjens mußten ihr Schicksal eben als winziges Teilchen des großen Kampfes um Deutschlands Auferstehen führen, alleine und mit eigenen Kräften. Sie brauchten ja noch lange nicht zu hungern. Was sie besaßen, reichte noch ein Halbjahr gut und gern. Inzwischen mußte sich alles wenden oder Freund Footh aus seinen vergrößerten Mitteln, seinem mächtig gestiegenen Einfluß von neuem Rat wissen. Schlimm genug, daß ein Kerl wie Albert Teetjen von unsichtbaren Zwergen umgeben sein sollte, die an einem unsichtbaren Netze knüpften. Und daß gegen solche Widersacher keine Wünschelrute half und weder Grübeln noch Aufbegehren.

Stine tat ihr Mann so leid, kaum auszudrücken. Ihr war das Ganze doch schon klar, fast von dem Tage an, als es losging. Ihre Großmutter hatte es ihr im Traum nicht etwa gesagt, sondern als eine Selbstverständlichkeit darauf angespielt: Mit Menschenblut ist doch nicht zu spaßen, Stine, weißt du doch. Das geht aus der Wäsche nicht mehr raus, kannst reiben, soviel du willst. Und nimmst du Bleichsoda, so frißt's dir Löcher, und du kannst durchgucken und grinsen. Und dabei hatte die alte Frau mit ihrem faltigen, braunen Gesicht so sonderbar gelacht, daß ihre Lippen und ihre Nase einschrumpften und ihr freundliches Gesicht sich in einen entfleischten Schädel verwandelte, mit Scheitel und Haube und ohne weniger gutmütig auszusehen als vorher oder im Leben. Daß der Albert offenbar ohne die Spur einer Ahnung an diesem Tatbestand vorübertappte, machte sie fast lachen, wenn sie allein in der Küche stand und die Gasflamme beobachtete, die blau aus dem Brenner hervorbrauste. Natürlich hatte er in allem recht gehabt, was er zu diesem Punkte vorgebracht: daß er eben ein Soldat sei, der töten müsse und töten dürfe, im Dienste des Volkes und Staates, die beide nun einmal mit Kommunisten aufzuräumen wünschten. Aber wenn sich der liebe Gott darum nicht kümmerte, wenn er einen Unterschied darin sah, daß der Soldat von seinem Gegner ebensogut totgeschossen werden konnte, wie er dem Feinde entgegentrat, gleich zu gleich, wie bei Spielen auf dem Schulhof, wenn dieser liebe Gott sich nicht reinreden lassen wollte, welcher von den beiden Seiten er den Sieg verlieh, ob den Israeliten oder Amalek, und welchen von den beiden Kämpfern er fallen lassen wollte, den Goliath oder David. Natürlich hatte der Goliath die besseren Chancen, aber den lieben Gott kostete es bloß ein Blinzeln mit einer Wolke oder einem Sonnenblitz, und der Riese sah den Stein nicht, der gegen ihn heransauste. Solange es einem gut ging, oder wenn man unverschuldet im Laufe der Dinge mittrabte, brauchte man sich ja nicht um die Heilige Schrift zu kümmern. Erlag man aber einmal der Versuchung und lökte gegen den Stachel, was sie doch mit ihrem Einfall getan, dann stand alles in ihr drin, niemand natürlich wußte, was Gott vorhatte. Jedermann außerdem konnte sich darauf verlassen, daß der Herr Jesus nicht vergeblich am Kreuz gelitten und die Menschenseele ausgehaucht hatte, deren er sich für die Zeit seines Erdenwandels bedient. Aber daß der Albert sich jetzt abzappelte, eine Verschwörung der Roten um sich sah, die Leute im Stadtviertel am liebsten abgemurkst hätte, das kam ihr alles so bedauerlich vor, so arm und auch so komisch, daß sie ihm kaum gut zuzureden vermochte. Ihre wahren Gedanken konnte sie ihm ja nicht vermitteln, dazu war er ja nicht geeignet, weit davon entfernt. Noch nicht mürbe, noch ein ganz rohes, ungeklopftes Beefsteak. Oh, es würde noch ganz anders kommen. Wenn der liebe Gott sich auf ihren Albert so gut verstand wie sie, dann hatte er ihn nicht umsonst in die grausige Schuld verstrickt, auch der Herr Jesus war ja mal ein Strafgefangener gewesen, von der damaligen SS. gegeißelt worden und verhöhnt und schließlich mit zwei andern hingerichtet, schuldlos wie ein

Lamm. Da war doch anzunehmen, daß er es ihrem Albert nicht gerade leicht machen werde, einem Kameraden seiner Henker von dunnemals. Und wenn er sich noch tiefer in die Eingeweide der Erde verkroch und seine Wünschelrute spielen ließ: Gottes Finger würde ihn finden, und daß sie ihren Mann nicht verließ, das wußte er, hatte er gewußt, lange bevor er sie geschaffen. Nein, mochte sich Albert den Kopf noch so sehr zermartern, diese Sache ging ihren Gang auf Biegen oder Brechen. Vielleicht aber mußte man wirklich noch eine Anzeige von Stapel lassen, denn niemand durfte die Hände in den Schoß legen, bloß weil er sich dem lieben Gott nicht widersetzte.

Was Gott tut, das ist wohlgetan,
Es bleibt gerecht sein Wille.
Wie er fängt meine Sachen an,
Will ich ihm halten stille.

Am selben Abend, oder besser in dieser Nacht empfingen sie ein Zeichen, zugleich mit den Bewohnern ganz Hamburgs, ganz Deutschlands bis an die Alpen. Albert war noch einmal auf die Straße gegangen, um sich die Beine zu vertreten, er hatte bei Lehmke gesessen, mit sich gekämpft, ob er den Footh anrufen sollte, dann den Kameraden Vierkant aufgestöbert und mehrere kleine Köhms geschluckt. Eigentlich blieb es vernünftig, sich eine neue Flasche mit nach Hause zu nehmen. Mit solcher Hilfe kam man leichter über diese verdammte Stockung weg. Vierkant hatte mit Lehmke vielerlei zu reden gehabt, im Zusammenhang mit der Aufrechterhaltung des Nachrichtendienstes zwischen den ausgeschwärmten Rotten des Sturms und den verbliebenen, wobei sie Albert Teetjen unauffällig beiseite ließen, obwohl er doch viel Zeit hatte. Daß Lehmke seine Bestellungen bei Albert weiterhin vornahm, verstand sich ja von selbst – so wenigstens schien es dem Schlächtermeister – nur das Gegenteil wäre ihm aufgefallen. Als sie dann zusammensaßen und das Gespräch gleichsam selbstverständlich eine militärische Färbung annahm, erfuhr Albert, daß nicht nur das zehnte Korps, Hamburg, sondern auch das vierte, Dresden, und das elfte, Hannover, kriegsmobil gemacht hatten, und daß General von Bock einen Teil der neuen achten Armee kommandieren werde. Statt der Heeresgruppe drei, wie sein Kommando bisher hieß. Daß ihm dergleichen Neuigkeiten verhältnismäßig schnuppe waren, wollte er jetzt nicht zeigen. Konnte es sein, daß ein Richtbeil die Leute in der Straße durch Strahlen verscheuchte? Und ließ sich solche Radioaktivität vielleicht durch eine Gummischürze nicht abhalten? Die Schwestern in der Röntgenabteilung, so hatte ihm Dr. Laberdan bei Gelegenheit erzählt, mußten sich mit Bleischürzen und Bleihandschuhen gegen die unbekannten und deshalb »X« genannten Strahlen schützen und erlitten doch noch gelegentlich Verbrennungen, die tief in ihr Inneres eindrangen, sie beispielsweise unfruchtbar machten. So gefährlich strahlte ja das Beil nun gewiß nicht – zumindesten für die anderen, die unbeteiligten – es verscheuchte sie bloß, vorausgesetzt daß sie empfindlich waren für solche Ausdünstungen. Den Teetjens aber ging es nahe genug an die Nieren, das durfte man sagen. Man konnte diesen Gottseibeiuns unter solchen Umständen keinesfalls im Hause behalten. Und während Herr Vierkant dem Lehmke auf einer mitgebrachten Karte des Reiches die Anmarschlinie nach Österreich hinein verdeutlichte, schlenderte Albert zu Mutter Lehmke an die Theke und ließ sich eine Flasche Köhm einwickeln und aufschreiben. Macht er hinter dem Rücken von den Männern, dachte Frau Lehmke, schade um den stattschen Kerl, daß so eine schäbige Seele in ihm sitzt; aber die Quittung darüber kriegt er bereits, merkt's bloß noch nicht. Und während sie ihm scherzend zuflüsterte, Frau Stine solle wohl von diesem Kauf nichts erfahren, wurde die Straßentür aufgerissen, und Dörte, die im Kino gewesen, stürzte herein. »Kommt bloß auf die Straße«, keuchte sie, »am Himmel ist vielleicht was los.« Da die Gäste ohnehin aufbrachen, zogen sie ihre Mäntel an und traten hinaus. Die Nacht war klar, abgeregnet, und was von Sternen dem Leuchten der Großstadt standhielt, zeigte sich schwach und schüchtern am Nachthimmel. Den aber überspannten heute milchigleuchtende Bänder, wehend wie angestrahlte Schleier – sie erinnerten Albert an die Scheinwerfer der Luftschutznacht, als ihm der Anstoß zuteil wurde, der Ruf, die Rutengängerei. Das da aber hing viel zu hoch oben, es wehte gleichsam unirdisch, schien von den Sternen herunterzufallen. »Is'n das?« fragte Lehmke betroffen. »Nordlicht«, krähte Dörte begeistert, die unterwegs schon erfahren hatte, was sich da am Himmel vollzog.

Albert fühlte sich im Innersten angerührt. Die Kümmelflasche in der Manteltasche umklammernd, stand er da, das Gesicht zum Himmel erhoben, den Mund halb offen, aus weiten Augen die kosmische Erscheinung einsaugend. Das hatte was zu bedeuten. Vielleicht erblickte man in der Wandsbeker Chaussee mehr davon; vielleicht auch sollte er Stine herausholen, damit sie diesen »Wink« nicht verschlief. Er setzte sich die Straße hinab in Bewegung, langsam, wie ein Mensch geht, der seine Augen nur flüchtig dem Wege zuwenden kann. »Donnerwetter«, sagte er, »Donnerwetter«. Trotz seiner Betroffenheit fühlte er deutlich, daß die anderen mitkamen. »Is'n so'n Nordlicht?« fragte Lehmke. »Kosmischer Staub«, antwortete Vierkant, der die schmalen Lippen zusammengepreßt hielt und die Erscheinung deutlich mißbilligte. »Elektrisch geladen oder magnetisch beeinflußt. Wird bei den alten Weibern kein schlechtes Weissagen geben.« – »Sie glauben nicht, daß es was bedeutet?« fragte Albert Teetjen. »Natürlich«, entgegnete Vierkant. »Sonnenflecken.« In den Kreisen dicht um den Führer gab es bestimmt Leute, denen solches Nordlicht in die Seelen strahlte, und die statt sachlicher Erwägungen solche Störungen der kosmischen Sphäre zu Anlässen oder Gründen für politische Entscheidungen wählten.

Der weißsilberne Schein hatte ein inneres Leben, drei, vier Bögen hintereinander, übereinander schien er zu durchströmen, wie angeleuchteter Flor, Teile eines lebendigen Lichtleibes, eines flachen Wurms, der Mitgartschlange. »Ist die Mitgartschlange«, sagte Dörte. »Hatten wir bei Lehrer Wiepke.« So sieht's aus, dachte Albert. Ist ja ganz was anderes als kosmischer Staub. Sind ja Strahlen. Radioaktivität durch die ganze Natur. Natürlich sieht man das nur bei Nacht. Aber das Beil muß weg. Vor der Nr. 17 trafen sie schon Stine, und ganz oben aus der Dachluke rief eine Stimme herunter: »Aurora borealis, das hat was zu bedeuten.«

Niemand schien sie zu bemerken oder ihr antworten zu wollen. Gleichwohl ärgerte sich Redakteur Vierkant heftig über sich selbst, denn seit ihm das mit den Sonnenflecken eingefallen, plagte ihn die Möglichkeit, diese Trübungen der Sonnenoberfläche, kosmische Elementarstürme, könnten, wie er gelesen hatte, auch auf die Menschenwelt Einfluß haben, die Menschenseele aufwirbeln, Revolutionen und Kriege zum Ausbruch bringen, für die objektive Gründe ja zumeist vorlagen. Dann hätten die Ammen und Affen vielleicht doch Anhaltspunkte zu ihrem Gerede.

Stine indes klammerte sich fest an Alberts Arm, wortlos. Sie war zu Tom emporgeklettert, um die Anzeige zu verfassen, und dort oben von der ungeheuren Lichtschlange erschüttert worden, die Gott über Hamburg ausdehnte, ein Zeichen seiner unendlichen Gnade und Güte, fühlte sie. Sie mußte das mit Albert zusammen sehen, gleichen Schritts mit ihm unter dem Silberlicht. Sollten sie für Alberts Tat gestraft werden, so nur hier, zeitlich, nicht ewiglich. Vielleicht mußten sie büßen. Aber dann nur hienieden, in der sterblichen Gestalt. Ihr ewiges Teil würde gerettet werden. Das fühlte sie, die Augen am Himmel, wo das unirdische Licht floß und schwamm und winkte. Wie die silbernen Mauern des ewigen Jerusalem sah es aus, in den Chorälen. Albert fühlte sie schwer und warm an seinem Arm. »Werden das Beil nächstens mal wo anders hinbringen«, flüsterte er.

In den nächsten Tagen ging Stine beschwingt umher. Das magische Blaugrün jenes Nachthimmels, die durchsichtige Strahlung im Norden flößten ihr eine Zuversicht ein, die von Alberts Entschluß und Versprechen gleichsam nur zu einem gegenständlichen Kern verdichtet worden war. Vielleicht hatte es Sinn, das Beil aus dem Haus zu schaffen. Vielleicht gingen Ängste und Plagen dann vorüber. In der Aufregung über das große Himmelszeichen kamen mehrere alte Kunden wieder in den Laden, abgesehen von den Getreuen, die nie ausgeblieben waren. In das neblige und dunstige Matschwetter von Ende Februar, Anfang März brachten die Zeitungen und Lautsprecher Aufregung und Spannung. Würden die Brüder in Österreich von dem Heimwehr-Schuschnigg vergewaltigt werden? Konnte dieser Bundeskanzler die Schamlosigkeit soweit treiben, deutsche Gaue durch eine Volksabstimmung den Feindmächten von Versailles auszuliefern? Würden sich die Brüder in Not erheben, auch wenn die rote Tschechoslowakei den Wiener Marxisten Mordkolonnen und Kanonen zu Hilfe schickte? Würde Adolf Hitler seine und des deutschen Volkes Geduld, die zum Reißen gespannte, bis zum Äußersten treiben, bloß um den Frieden Europas zu bewahren? Mußte man dieser Welt nicht zeigen, daß sich das Deutschtum auch in der Ostmark nicht mit Füßen treten ließ?

Und dann erscholl der Ruf »Fahnen heraus, die Ostmark ins Reich heimgekehrt, Wien gefallen ohne einen Schuß, die Juden laufen, rette sich wer kann«. Hamburgs Glocken läuteten, die Sirenen der Schiffe heulten begeistert, Böller donnerten vom Bismarck-Denkmal in St. Pauli: die deutschen Truppen hatten Wien besetzt, um dem marxistischen Umsturz zuvorzukommen, Herr Schuschnigg war geflüchtet und gefangen, eine Menge Staatsfeinde hatten sich umgebracht, um der gerechten Strafe zu entgehen; das Volk von Wien und Österreich aber strahlte, schmückte sich mit Veilchen, jubelte auf der Ringstraße, dem Wiener Jungfernstieg. Heim ins Reich! Und niemand in Europa muckste sich. Wiederum hatten diejenigen recht behalten, die auf Adolf Hitlers unfehlbaren Instinkt, seine niemals aussetzende Genialität vertraut hatten. Deutschland reichte jetzt wieder von der Nordsee bis zum Groß-Glockner, von Hamburg bis Klagenfurt, wie zu Karls des Großen Zeiten. Erst die Saar, dann der Rhein, dann die Donau. Und was kam jetzt daran? Wendeten die unerlösten Brüder in der Tschechei ihre Augen und Herzen vergeblich zu uns hin? War die Elbe nicht ein deutscher Fluß – was alle ihre Nebenflüsse einschloß, auch die Moldau? Durften die slawischen Horden ungestraft die deutsche Weichsel beschmutzen, das deutsche Danzig beleidigen, ihr kümmerliches Gdingen zu seiner Konkurrentin ausbauen, auf der deutschen Westernplatte polnische Munition aufstapeln? Der deutsche Kanzler hieß nicht mehr Hermann Müller oder Stresemann. Er nannte sich Adolf Hitler, der unbekannte Gefreite des Weltkrieges, und die deutsche Flagge sah nicht mehr der belgischen ähnlich, mit ihrem Schwarz-rot-mostrich, sie enthielt das alte Schwarz-weiß-rot, aber verjüngt durch die mächtige Ausdehnung der Reichssturmfahne von ehedem und das Hoheitszeichen, das Symbol des Frühlings und der Fruchtbarkeit, das Glückssymbol, mitgebracht aus der arischen Urheimat und nur solange verdrängt, verheimlicht, dem deutschen Volke vorenthalten durch das galiläische Kreuz. Heil Hitler! schrien die Jungens auf der Straße, die Bürger strahlten und wiegten die Köpfe, die Arbeiter nickten anerkennend, wenn sie durch den Tunnel unter der Elbe auf ihre Arbeitsplätze strömten. In Autobussen, auf Fahrrädern, zu Fuß. Das war'n fixen Jung, der Hitler. Allens was recht is. Und unsere Regimenter waren auch dabei, unsere Panzer, Infanterie, Geschütze.

Zum erstenmal seit einem Jahrfünft fühlte sich Albert Teetjen nicht ganz in Reih und Glied. Daß die Einkünfte des Ladens noch nicht einmal die Kosten des Einkaufs deckten, hatte sich gerade in diesen beiden Wochen als unleugbar erwiesen. Er und Stine mußten mehr von ihrer Ware verzehren, als sie je gewollt. Bald dies, bald jenes zu Barfeys heraufschicken, Lehrer Reitlin für seinen Bello schenken. Nicht nur die Kameraden vom Sturm Preester fehlten, auch das NSKK. Hamburg hatte sich mit seinen Wagen in den Dienst des großen Ernstfall-Manövers gestellt; Kamerad Footh residierte zurzeit in Wien, und Fräulein Petersen am Telephon legte Albert nahe, Mitteilungen, die er etwa zu machen habe, dem Geschäft, das heißt ihr zu übermitteln. Die junge Frau Footh, die Albert beim Tanz im Arm gehalten hatte, diese federleichte, goldene Blüthe, war jüngst ihrem Gatten nachgeflogen, zurzeit holten beide ihre Hochzeitsreise nach, suchten vielleicht Südtirol auf, Oberitalien, Capri – war ihnen doch zu gönnen, nöch? Und wenn Herr Teetjen irgend etwas Wichtiges zu bestellen hatte ...? Er wohnte doch mit ihrem Onkel im gleichen Haus, sie konnte leicht mal vorbeikommen. »Wird uns freuen, Fräulein Petersen«, entgegnete Albert mit erheuchelter Behaglichkeit. »Nee, vorläufig hab' ich ihm gar nix zu melden, bloß beste Wünsche und gute Erholung und warme Sonne, schönes Wetter.« Und Fräulein Petersen dankte und versprach, das alles wörtlich weiterzugeben.

Albert kämpfte mit sich während dieser Wochen, ohne ins klare zu gelangen. War es Quatsch, was er mit dem Beil vorhatte? Mußte er nicht viel eher an den Footh herantreten, nun einen Antrag in der Bürgerschaft durchzubringen und das Epa-Kaufhaus in seinem Viertel einfach am Verkauf von Fleischwaren zu verhindern – bevor er sich an den Sturm Preester wandte und mit den Kameraden auf Biegen oder Brechen eine Rettungsaktion für den kleinen Geschäftsmann einleitete, getreu dem unabänderlichen Parteiprogramm? Und da mußte dieser verfluchte Footh mit seiner Kleinen eine Hochzeitsreise nachholen, als ob er die nicht schon lange im Bett gehabt hätte. Freilich, wahr, ihn, Albert ging das nichts an. Es kam ihm nur verflucht unbequem, und der Sturm Preester war weg und blieb weg, und inzwischen fraß die Zeit an seinen Rücklagen. Dieser Müßiggang fiel ihm auf die Nerven. Mit der Wünschelrute war während dieser Matschwochen auch kein Staat zu machen – man brachte nur dreckige Stiefel heim und so gut wie gar keine Resultate. Der Eindruck, den das dämliche Nordlicht auf ihn gemacht hatte, war vielleicht nichts als Kinderei. Es sollte Krieg bedeuten, hatte Tom Barfey Stinen erzählt. Na, und wo blieb der Krieg? Wo steckte Mussolinis Wacht am Brenner? Wer hatte die tschechische Artillerie schon in Wien erblickt? Und gleichwohl hieß die einzige Maßregel, die man schon jetzt in die Wege leiten konnte, Beseitigung des Beils. Eines schönen, brauchbaren, wertvollen Handwerkszeugs, Sheffielder Stahl, mit einem neuen Schaft aus kanadischer Esche. »Wollen doch mal heut abend zu einem Fleet fahren, jetzt im Nebel, und es stillschweigend ins Wasser gleiten lassen«, hatte Stine vorgeschlagen, als er heute nachmittag wegging, um von der gegenüberliegenden Straßenseite aus den Betrieb im Warenhaus zu beobachten. Er hatte auf einen so hirnverbrannten Vorschlag nur durch mitleidiges Achselzucken geantwortet und mit dem Zeigefinger seine Stirn getippt. Man mußte es selbstverständlich verkaufen. Genug Händler saßen in der Altstadt, die wußten, was es wert war. Und wenn es denen die Kundschaft ebenfalls wegzauberte, um so besser. Zwanzig Jahre nach der großen Kaiserschlacht im Westen gab es keinen neuen Krieg und unter Hamburgs Stadtlaternen keinen Zauber, der das Geschäft ruinierte. Ließ er sich auf etwas ein, so höchstens auf einen Versuch, der das Beil aus dem Hause brachte, ohne daß man es einbüßte. Am besten gab man es dem Großvater zur Aufbewahrung, der es damals angeschafft und dem es eigentlich gehörte. Lag auf dem Wandsbeker Kirchhof begraben, der alte Mann. Das Ganze war mehr ein Spaß – konnte aber ja nichts schaden, nicht wahr? Und der Stine tat es den Gefallen.

Als sie ihn am nächsten Vormittag an sein Vorhaben erinnerte, während er, um seine Hand zu üben, Wurstspeile zuschnitzelte, wie in alter Zeit, bevor sie sie maschinell herstellten, – er hatte ja nichts zu tun –, blickte er sie mit schweren und abwesenden Augen an. »Gut«, meinte er, »machen wir heute nachmittag die verdammte Falle überhaupt nicht auf, fängt sich ja doch keine Fliege drin. Stecken wir das Beil in Großvaters Hügel unter den Efeu. Nimmst nachher eine Speckschwarte und fettest es ein.« Stine schüttelte den Kopf: »Mach's lieber selbst, Albert. Ich hab Angst davor. Ist ja auch Männerwerk.« Albert nickte. Er saß hinter dem sinnlosen, nutzlosen Ladentisch und blickte angestrengt vor sich hin; er suchte sich zu erinnern. War ihm da heute nacht ein Traum übers Gesicht gelaufen, und er hatte davon nicht eine Ecke erwischt, nicht ein Tüpfelchen.

Es war am hellen Vormittag so dunkel im Laden, daß man hätte Licht brennen müssen, um Kunden zu bedienen. Aber Teetjens sparten, die Stromrechnung mußte kurz gehalten werden. Hamburg steckte wieder einmal in einer Nebelbank. Er stopfte sich eine Pfeife und sagte: »Komisch, Deern, sitzen mitten in Speckseiten und können eigentlich verhungern. Uns umbringen, mein ich, wenn's nach den Leuten geht.« Er lachte kurz, strich ein Streichholz an – wie hell solch eine Flamme ein Gesicht beleuchten konnte, wenn draußen die Milchsuppe durch die Straße schwamm. Stine betrachtete ihn aufmerksam. »Dann müßtest du schon so freundlich sein, ich glaub nicht, daß ich's könnte. Ich hätte doch Angst. – Was rauchst du denn da?« fragte sie und zog schnuppernd den Atem ein. »Freut mich, daß du's riechst, Stine«, lachte er beifällig. »Bist doch ne richtige Soldatenfrau, hätt' ich beinah gesagt. Seit ein paar Wochen sammle ich meine Stummel, hab' sie zerschnitten, gewaschen, getrocknet – alles wie 1917. Und jetzt wandern sie in die Pfeife – meine alte von dazumal und mein alter Tabaksbeutel. 's ist wieder Krieg, Stine. Mit dem inneren Feind, den wo ich kaum kenn'. Kommt mir aber gar nicht komisch vor. Lassen uns aber nicht unterkriegen, nöch? Schaun uns bald mal nach Hilfstruppen um. Kann ja keinem Menschen schaden, wenn er seinen verstorbenen Familienmitgliedern mal einen Besuch abstattet. Wenn der alte Herr man nicht schon ganz bös ist, wegen die lange Vernachlässigung.« Er sprach unterstrichen hamburgisch, fand Stine, schon mehr wie's im Hafen klang oder während seiner Dienstzeit bei den Dreiundachtzigern.

Nachmittags gegen drei traten sie auf die von gelblicher Undurchsichtigkeit erfüllte Straße. Schon die Häuser gegenüber waren Schemen, betont und durchbrochen von den gelben Lichtvierecken der beleuchteten Fenster. Manche Leute brannten noch Gas, man sah es, ihre Vierecke sahen eher grünlich und weiß aus. Alle Dinge wirkten aufgelöst, verbreitert und unbestimmt; die Straßenbahn, die langsam fuhr und ängstlich klingelte, die Ecken der Häuser, die elektrischen Bogenlampen, in der Luft schwebend, wie gelbrote Fettflecke. Stine trug ihre Einholetasche am linken Arm, in der Lübeckerstraße Grünkohl einzukaufen, Rotkohl oder Mohrrüben, was die Markthalle dort am billigsten anbot. Albert hielt das Beil, in die alte Wachstuchschürze eingewickelt, wie ein Musikinstrument, eine langhalsige Laute oder Gitarre, auf die niemand achtete.

Sie machten den langen Weg zu Fuß. Die Straßen streckten sich aus dem Nichts ins Nichts. Die Menschen trugen eine Art Niemandsland mit sich herum. Paare hakten einander eng ein, und die Scheinwerfer der Autos warfen Lichtbahnen vor sich her. Albert kannte den Weg recht gut, den sie zurückzulegen hatten, dennoch mußte er scharf aufpassen. Man atmete, fand Stine, wie in einer Waschküche. Geesche Barfey hatte die ganze Stadt in ihre Gewalt bekommen. Die roten Lichter der Verkehrsregelung vermochten sich durchzusetzen, die grünen verschwammen ohnmächtig. Sie versuchte mit Albert darüber zu plaudern, ob es nicht billiger gekommen wäre, die Straßenbahn zu benutzen, statt die Sohlen der Schuhe abzulaufen. Aber er antwortete wenig, und sie gab es bald auf. Er mußte scharf aufpassen, die Lützowstraße nicht versäumen, bei der sie links einzubiegen hatten. Er hatte sich diesen Weg nicht so sonderbar und beklemmend vorgestellt.

Das Friedhofstor stand offen, aus der Gegend der kleinen Kirche hörte man das Geräusch von Harken oder Rechen, das Quietschen ungeschmierter Schubkarren. Albert hatte gehofft, das Grab leicht zu finden. Eine Esche und eine Trauerweide machten es kenntlich. Aber die letzte Behausung des Böttchermeisters Theodor A. Teetjen schien im Nebel verschwunden, Geäst und Gebüsch grüßte über viele Grabhügel, zwischen denen sich die beiden gleichsam verloren, hindurchwanden. Stine hielt Alberts Rechte fest umklammert, er spürte ihre Nägel. Beide gleichzeitig stießen an eine Bank, die plötzlich dastand, fielen mit einem Ruck in den Sitz: ein steinernes Kreuz zwischen zwei Bäumen und da, ein paar Schritte entfernt, ein Mann. In altväterischem Rock, halb von ihnen abgekehrt, mit einer Mütze, wie sie jetzt niemand mehr trug: der Großvater. Albert stierte mit weiten Augen hinüber, empor. Er war es. Wie auf dem Bild, das früher im Schlafzimmer der Eltern gehangen, der vergilbten Photographie. »Stine«, stöhnte er, riß seinen Arm um ihre Schulter. Ihre Zähne klapperten, hörbar. Jetzt wandte der Fremde dem Enkel das gelbliche und bartlose Gesicht über die Schulter zu: »Geh man wedder to Hus«, schalt er leise, »hättst es ja nich just mit meiner Binderbarte machen müssen, Döskopp. Davon will ick nix weten.« Und er wies mit ausgestrecktem Arm zur Stadt, trat zwischen die Stämme, das Steinkreuz und verschwand. Albert und Stine saßen noch da, bewegungslos, ein, zwei, drei Atemzüge lang. Dann, beide gleichzeitig, erhoben sie sich. »Davon hab ich geträumt«, sagte Albert und fuhr sich durch die Haare; jetzt erinnerte er sich. »Ist also nicht der richtige Platz«, flüsterte Stine. Als sie an der Kapellenmauer vorüberschlichen, die rostige Klinke des Gittertors niederdrückten, das zum Glück noch nicht verschlossen war, »richtig«, antwortete Albert, »es ist ja erst Mittag«, und er wies mit einer Kopfbewegung auf das Schild, welches den Bewohnern des Viertels die Schließungsstunden mitteilte. »Hast ihn gesehen?« – »Na vielleicht!« – »Auch gehört?« – »Wir träumen doch nicht.« Albert nahm das Beil unter den rechten Arm und schüttelte den linken, eingeschlafenen. »Was machen wir nun? So billig kommen wir nicht davon.« – »Hätten ihn fragen sollen.« – Er lächelte finster. »Fehlte mir die Traute zu. Jetzt fahren wir aber heim.

Kommt ja ohnehin nicht mehr an auf die ein, zwei Groschen.« – »Doch«, behauptete Stine gefaßt, »bis zur Markthalle gehen wir auf alle Fälle.« Angesichts ihrer Resolutheit schüttelte sich Albert wie ein Hund, drückte das Kinn fester in den aufgestellten Kragen der Lederjacke, nahm sie am Arm. Mit langem Blick musterte er das Kapellchen, dessen Tor verschlossen aussah. »Könnten uns drin gern ein paar Minuten auf einer Betbank ausruhen.« – »Hier läßt's sich auch sitzen«, entgegnete sie, auf eine große, niedrige Kiste weisend, welche, mit welken Blättern und gefallenem Reisig gefüllt, ein paar Meter entfernt an die Mauer stieß. Sie nahmen Platz, ließen die Beine hängen, ruhten sich aus. Albert stellte das Beil zwischen seine Knie. »Was war das bloß?« fragte er. »Vielleicht Friedhofspersonal, alles zufällige Ähnlichkeit und Nebel?« Stine schüttelte den Kopf, indes sie das grüne Hütchen fester draufdrückte. »Und was wir beide hörten? Wie er dich Döskopp schimpfte? Meine Großmutter hatte die Gabe, manchmal Leuten aus ihrer Familie zu begegnen, Seelen. Vielleicht hab ich's geerbt. Und du mit deiner Wünschelrute – die bringt doch auch Begrabenes herauf. Wie soll denn unser Leben zu Ende sein, zwischen Geburt und Tod.« Albert schnaufte schwer. »Ich hab von ihm geträumt. Wer weiß, und du bist ne laterna magica, so ein Filmapparat. Wirfst auf den Nebel, was ich dir hinüberfunke. Leute, die so gut verheiratet sind wie wir, denken ja oft die gleichen Gedanken. Na, komm man, Alte, Weißkraut oder Grünkohl, was es grad gibt.« – »Grünkohl schmeckt besser, wenn er Frost abgekriegt hat«, damit stand Stine auf, stampfte mehrmals aufs Pflaster, die Füße wurden doch noch recht kalt, und zog sich den Mantel glatt. »Tja«, damit folgte Albert ihrem Beispiel, »da müssen wir sehen, wohin wir's bringen. Jetzt glaub ich erst recht, es strahlt durch die Mauern. Die Elektrische nehmen wir doch, und einen Kaffee kochst du uns, Kleine, wie bei dem Besuch von Footh. Seinen Großvater trifft man nicht alle Tage.« Und er schulterte das Beil, diesmal mit der Rechten, nahm ihren Arm und stapfte über die Straße hinein in den Nebel.

Viertes Kapitel

Deutsche Ostern 38

Menschen, die einen starken und unerwarteten Eindruck erlebten, finden sich reichlich damit beschäftigt, ihn zu verdauen. Das alltägliche Leben geht weiter, seine Außenseite muß aufrechterhalten werden, außerdem tut unter solchen Umständen Beschäftigung besonders wohl, und wer keine hat, schafft sich welche. Es traf sich, daß dank der Probemobilmachung des Zehnten Korps sowohl auf dem Viehhof Hände fehlten, wie im Freihafen, und daß man Albert, als er sich draußen sehen ließ, sofort aufforderte, aushilfsweise zuzupacken. Stine ihrerseits benutzte die Gelegenheit, die seine Abwesenheit mehrere Tage hintereinander ihr bot, um gründlich reine zu machen, wofür das nahende Osterfest mehr als einen Vorwand bot. Es lag spät dies Jahr, aber eine Hausfrau muß die Feste nicht nur feiern, wie sie fallen, sondern sie zum Teil auch vorwegnehmen. Und so seifte Stine denn Schränke ab, Türen, die Innenseite der Fenster, räumte Schubladen auf, jagte Küchenschaben und Motten aus ihren Schlupfwinkeln und trug dabei unermüdlich die Frage mit sich herum, was diese Begegnung mit Alberts Großvater zu bedeuten habe, und wie das mit ihnen nun weitergehen werde, zu welchem Ende. Wie es eigentlich mit dem Leben nach dem Tode bestellt sei, dieses ehrwürdige Rätsel beschäftigte sie bei ihren Hantierungen, und zwar in der sonderbaren Form einer Fopperei und Scherzfrage aus ihrer Schulmädelzeit. Sie hatten damals einander aufgegeben, den Sinn von unverständlichen Sätzen zu erraten, die durch falsche Betonungen ihres deutschen Charakters völlig beraubt und in Erzeugnisse einer unbekannten Fremdsprache verwandelt schienen; den Erratenden blitzte dann plötzlich eine Kette vertrauter Wortbildungen auf. So enthüllte sich das lateinisch anmutende: Di Curantum Serum, als eine Kuh, die um einen See rannte, während: Di Curante Bissifil, sich in die gleiche Kuh verwandelte, welche rannte, bis sie fiel. Derjenige Satz nun, der von den Kindern unweigerlich mit Ostern zusammengebracht wurde, lautete: Osterbeen, Oneglaubeen ist ewiges Ferderbeen, und verbarg den Gesangbuchvers: o Sterben ohne Glauben ist ewiges Verderben. Ewiges Verderben war schlimm, das durfte man wohl sagen. Worin es bestand, brauchte man sich nicht auszumalen, das ging einem einfachen Weibe ohnehin über die Hutschnur. Zeitliches, je nun, darauf verstand man sich, und es genügte, es langte reichlich. Daß man dagegen kämpfen mußte, bis zum letzten Augenblick, verstand sich ja von selbst. Es lag im Geschöpf eingebettet von Geburt an. Wirf eine junge Katze ins Wasser und sieh zu, wie sie um sich schlägt und greift und das Ruder erwischt, das du ihr, von plötzlichem Mitleid überwältigt, hinstreckst, wie sie dann klatschnaß herauskriecht, dünn wie ein geschorenes Eichhörnchen und sich trocken legt und in der Sonne zusammenrollt, nachdem sie das Wasser aus ihrer Kehle geniest hat, als wollte sie ihre Seele von sich blasen. Mußte das Beil weg, so mußte es weg. Dafür kannte sie ihren Albert. Und es blieb nur abzuwarten, wohin er es beförderte. Nur gut, daß er etwas zu tun gefunden und ein paar Mark Tagelohn mit nach Haus brachte, ohne daß er sich etwas zu vergeben brauchte. Denn seinen Stolz würde er nicht kränken lassen, von keinem Menschen und keiner Macht der Welt, und sie fürchtete den Tag schon sehr, an welchem dergleichen auf ihn wartete. Oh, auch das kam unweigerlich, sie hatte ihm verschwiegen, daß manche Leute, die sie früher freundlich grüßten, wenn sie ihr auf der Straße begegneten, jetzt wegsahen oder auf die andere Seite hinüberwechselten. Offene Beleidigungen vermied jedermann, dafür sorgte schon der Waffenrock, den Albert trug. Aber es gab versteckte Pfeile, und schöpfte er erst einmal Verdacht, verlor er sein Vertrauen zur Welt, witterte Demütigungen und Angriffe, so sah sie schwarz. Selbst die Lehmkeschen hatten ein kurioses Wesen angenommen. Sie, die Lehmken, war ihr ja nie grün gewesen, Stine wußte es sehr wohl; jetzt aber ging etwas Hinterhältiges von ihr aus, solch ein: Warte nur, Kleine, wie es eine gewisse Lehrerin in der Schule praktiziert, wenn eine was ausgefressen und nun erwischt werden sollte.

Schlimm blieb nur, daß sie keine Menschenseele in der Nähe wußte, mit der sie sich aussprechen konnte, ihr bedrängtes Herz erleichtern. Ihre Verwandten saßen in der Heide und waren mit sich beschäftigt, und eine Freundin hatte sie in dieser Gegend nicht erworben – sie wußte schon, woran das lag. Nur Barfeys waren ihr freund. Aber mit ihnen von dieser ganzen Verstrickung zu sprechen, das verbot sich natürlich, und Pastor Langhammer hatten sie ins Lager verschleppt und ließen ihn nicht mehr heraus, sein Nachfolger aber gehörte zu den deutschen Christen, dem vermochte man ja nichts zu sagen. So blieb sie also in einen engen Kreis eingesperrt, wie ein Zirkuspferd, das an der Leine lief, immer rund herum – kein guter Zustand.

Auch Albert hatte sein Geheimnis vor ihr. Wenn er von der Hochbahn nach Hause ging und seine Vaterstadt sich vernebelt und schmutzig um ihn aufbaute, die vertrauten Straßenzüge, Übergänge, Häuserfronten, kam es ihm vor, als ginge er in Feindesland umher, wie früher in Schaulen oder Grodno. Sie hatte sich in Ausland verwandelt, seine Stadt Hamburg, in die Fremde. Dumpfe Feindseligkeit strahlte sie zu ihm herüber, und er erwiderte sie, den Unterkiefer vorgeschoben. Holt's der Hund, so dachte er, so kriegt's die Katze nicht. Kein Leben das für einen Menschen wie ihn. Im besetzten Gebiet konnte es so gewesen sein, da hockten sie in den Stuben bei verschlossenen Türen und haßten ihn an, wenn er als Sieger dahinschritt: Meinetwegen, das war ihr Recht. Hier aber, wo er von Geburt an daheim war, zur Schule gegangen, Räuber gespielt, seiner Dienstpflicht genügt und sich jederzeit eins gefühlt mit dem Mann auf der Straße – hier stieß es ihm bitter auf, war neuer Sport. Ohnmächtig wie eine Maus in der Falle, im Zweikampf mit lauter Unbekannten – nichts für seines Vaters Sohn! Kamen nach Ostern die Kameraden wieder zurück, füllte Leben und Lärm Lehmkes Panzerschenke, so würde wieder Wärme und Verlaß um ihn sein, Tuchfühlung mit dem Nebenmann. Und dann fand sich ja auch Herr Footh wieder ein, und er würde wieder Rückhalt haben, Kollegen, Mannschaft. Bis dahin mußte er sich mit Stine einspinnen, obwohl der die Geschichte mit dem Großvater offenbar mehr zu schaffen machte, als sie eingestand. Schien jetzt doch selbst ihm irgendein unguter Einfluß von dem Beil auszustrahlen, das in seiner gummierten Schürze seinen Platz in der Schublade wieder eingenommen hatte. Es mußte weg, bei besserem Wetter. Bis dahin: stramme Haltung, Gefreiter Teetjen, Rottenführer Teetjen. Die Nachrichten aus Wien klangen großartig, und die Bereinigung des Unrechts kündigte sich an, das die Versailler Idioten sich geleistet hatten, als sie drei Millionen Deutsche den Tschechen auslieferten, dem Mordgesindel, von dessen Untaten die vordersten Zeitungsseiten endlich überliefen. Dann kam wieder Leben in die Bude, und man brauchte nicht mehr so häufig seinen kleinen Köhm hinter die Binde zu gießen, wenn Stine just nicht hinsah. Denn das wollte er sich doch nicht angewöhnen – es lief ins Geld.

Daheim überraschte ihn Stine mit der Frage, was für einen Ausflug sie sich diesmal zu Ostern leisten könnten. »Ostern?« fragte er staunend. Daß dieses Fest bevorstand, hatte er wahrhaftig aus dem Sinn verloren. Noch im vergangenen Jahre freute er sich einen Monat vorher darauf, und dann fuhren sie zu Stines Leuten, weit draußen in der Heide, saßen in der niedrigen Wohnstube und ließen sich Napfkuchen und Kaffee schmecken. Diesmal … Was alles war mit ihnen vorgegangen in dem einen Jahr? Selbst seit dem Stellinger Ausflug schien er sich so gealtert, als läge der nicht erst ein Halbjahr zurück … Sie konnten mit den neuen Rädern ein letztesmal weithin ins Freie fahren, denn daß man sie würde verschärfen müssen, wenn Kamerad Footh nicht wieder einsprang, sah er deutlich an die Wand geschrieben. Stine ihrerseits hätte nur unter äußerstem Zwang darauf verzichtet, den unrentablen Laden für ein paar Tage zu schließen und im heimischen Nest unterzukriechen. Aber bevor sie das alles mit Albert besprechen konnte, ereignete sich etwas Unerwartetes. In der Dämmerung betrat Frau Pastor Langhammer den Laden, schwarz gekleidet, wie meist, aber ohne das weiße Krägelchen, das sie sonst trug. Verlangte etwas Billiges, gehacktes Fleisch zum falschen Hasen, zog sich einen Schemel heran, einen von den weißen, frisch abgeseiften, setzte sich nieder und betrachtete Stine mit dringlichen Blicken und aus einem merkwürdig veränderten, gleichsam versteinerten Gesicht. Und während Stine das Verlangte abwog und einpackte, sie hatten zum Glück noch welches, gut gekühlt im Eisschrank, begann sie zu sprechen. Stine habe wohl schon erfahren, daß der Pastor nicht mehr unter den Lebenden weilte. Stine riß die Lider hoch und hielt den Mund leicht offen: nein, sie hatte es noch nicht gehört, das war aber schrecklich. Ja, er war im Lager gestorben, man hatte ihr auch nichts Näheres mitgeteilt, der Sarg war gestern angekommen und mußte sofort beerdigt werden. Ohne viel Sang und Klang, so lautete der Befehl. Nun wünschten einige Männer und Frauen der Gemeinde ihrem Seelenhirten und Vorkämpfer eine Totenfeier zu veranstalten. Da jetzt Ostern kam, beabsichtigten sie, Bachs Johannespassion aufzuführen, und zwar mit Platten, mit Hilfe des Grammophons. Da ja zurzeit die Aufführung geistlicher Chorwerke auf Schwierigkeiten stieß. Einer ihrer Freunde stellte sein Radiogrammophon zur Verfügung; ein anderer Herr, ein Israelit, der dem Pastor persönlich nahegestanden, besaß unter den Plattenwerken, die er grade nach Palästina mitnahm, die Johannespassion, eine englische Aufnahme, einen wahren Schatz. Nun fehlte nur noch ein Raum, möglichst im Erdgeschoß, mehrere Zimmer hintereinander, Laden und Wohnung von Herrn Teetjen würde sich wohl dafür eignen, hatte Tom Barfey vorgeschlagen, welcher der Feier auch gern beigewohnt hätte; so kam sie nun zu Frau Stine, um zu hören, ob das wohl ginge. Stine mußte die Hand aufs Herz legen, so stark schlug es ihr. Raum hatten sie wohl, antwortete sie, aber Sitze nicht, wie sich Frau Pastor überzeugen könnte. Aber sie war ihr so dankbar für das Vertrauen, sagte sie. Sie würde bestimmt mit ihrem Mann sprechen, vielleicht ließen sich Stühle von Lehmkes drüben ausleihen. Am Karfreitag gab es da bestimmt keinen Betrieb. Es geschah ja kein Verbrechen, sagte Frau Pastor, indem sie ihr Taschentuch zu den Augen führte. Die Passion des Heilands vorzuführen, blieb ja erlaubt. Den besonderen Anlaß durfte man wohl verschweigen. Was aber über Herrn Teetjen geraunt wurde, wollte sie nicht für wahr nehmen. Der Verewigte hatte von Frau Stine immer eine hohe Meinung gehabt. Die Brüdergemeinde, der sie einst angehörte, bürgte für ihre gute evangelische Gesinnung und ihr, der Pastorin, lag daran, Frau Stine das nahezubringen. Die Frage der Sitze blieb freilich schwierig. Lehmke durfte keinen Verdacht schöpfen, die Besucher der Feier nicht gefährden. Über den kleinen Barfey konnten sie miteinander in Verbindung bleiben und Herrn Teetjens Entscheid dort niederlegen und abholen.

Albert, als er heimkam und Stines aufgeregten Bericht anhörte, lachte kurz und verwundert und schüttelte den Kopf. Es wäre ihm recht gewesen, den Leuten in der Straße zu zeigen, daß eine Menge Menschen seine gemiedene Schwelle betrat. Aber von Lehmkes Stühle pumpen, das ging nicht. Die waren zu schlau, schickten sicher die Dörte herüber, kriegten heraus, was geschah, und das bekam den Christen möglicherweise schlecht. Aber da gab es doch Luftschutzkeller mit vielen Sitzen, beispielsweise im Haus der Nasvog. Einen solchen Apparat konnte man überall anschließen, und warum sollte er, Albert, beim Vorsitzenden nicht ein gutes Wort einlegen, wenn das nötig war? Stine sollte dem Tom diesen Rat übermitteln.

Auch die Nasvog schien dem Tom ein gefährlicher Raum. Aber einen großen Luftschutzkeller mit vielen Sitzgelegenheiten für den Vormittag des stillen Freitags trieb einer von Langhammers Anhängern sicherlich auf. In den großen Bürohäusern der Innenstadt hielt das bestimmt nicht schwer. Gründonnerstag gab Geesche Barfey Stinen einen Zettel, auf welchem eine Adresse und die Stunde zehn Uhr vormittag vermerkt stand.

Albert ging mit. Der Pastor Langhammer, sieh, sieh. Was da passiert sein mochte, er konnte sich's denken. Man würde es wohl auch erfahren, es lag ja nicht aus der Welt, das Lager, in welches ihn sein Trotz und seine Unnachgiebigkeit gebracht hatten. Aber wenn die Leute ihm, Albert, jetzt die kalte Schulter zeigten, warum sollte er seiner Frau nicht den Gefallen tun? Hätten ihn ja auch ganz gut nach Wien mitnehmen können, die Brüder. Nun machte er mal hier mit, bei den Bekenntnischristen. War ein langer Weg nach der Niederstraße. Die Stadt lag ganz still, alles war zu, nicht wie bei den Katholiken, die nicht wußten, was sich gehörte. In früheren Zeiten war er so manchen Karfreitag in die Kirche getippelt, seiner Stine zuliebe – jetzt brachte er sie in den Unterstand. Erinnerte er sich recht, so hatten die ersten Christen lange Zeit in solchen Kellern ihrem Gott dienen müssen, in den Tagen der römischen Kaiser. Und die Protestanten später nochmal, während der Inquisition. Nicht gerade in Hamburg, aber doch am Niederrhein und in Holland. Jetzt war es wieder einmal so weit – konnte ihnen gar nicht schaden. Ob sich viele herzufinden würden?

Der lange, geweißte Raum voller Schemel und Stühle aus den Bürozimmern füllte sich wirklich. In der Nähe einer Steckdose erhob sich auf einem Tischchen ein brauner Apparat, ein Holzgehäuse in gotischen Formen, gleich einem Altar, und auf einem zweiten Tisch brannten zwei große Kerzen in schwarzen Holzleuchtern, aus Pastor Langhammers Kirche, die daselbst schon lange nicht mehr Dienst taten, sondern in einem Schrank der Sakristei darauf gewartet hatten, wieder einmal benutzt zu werden, wenn ein Sturm im Frühling oder Herbst die elektrischen Masten beschädigte. Neben den beiden, nahe der Wand, saß Frau Pastor Langhammer in einer Art hohen Lehnstuhls aus dem Aufsichtsrat einer Aktiengesellschaft. Ihr gegenüber auf einem Stühlchen Herr Levysohn, der Auswanderer, um seine Platten selber zu handhaben. Es wurde nicht gesprochen. Die Menschen, Männer und Frauen in dunklen Feierkleidern, flüsterten kaum, alle waren geladen, wußten Bescheid. Die meisten kannten einander, eigentlich alle. Fremd war nur ein Paar, das Frau Pastor in die erste Reihe gesetzt hatte, ein Herr mit rötlichgrauem Schnurrbart und ziemlich kahlem Scheitel und eine schlanke, brünette Dame, das südländische Gesicht unter einer Krone dunklen, starkergrauten Haars noch immer fast schön – Freunde des Pastors und seiner Frau, die erst in der Schweiz gelebt hatten und jetzt dem Ruf an eine amerikanische Universität folgten, wo der Professor einen Lehrstuhl für Psychologie innehatte.

Kurz nach zehn bat die Pastorin, die Türen zu schließen und zu beginnen. Stine und Albert, inmitten der Menschen, an einer der Wände, hielten ein Textbuch in der Hand, das am Eingang verteilt worden war, von früheren Aufführungen her gesammelt, kaum eins dem anderen gleich, manche schon viele Jahre alt. In Pastor Langhammers Gemeinde war ja jedes Jahr zu Ostern die eine oder die andere der großen Bachschen Passionen vom Kirchenchor gesungen worden, unter Frau Pastors Leitung einstudiert und vorgetragen.

Als aus dem neuartigen Altar das Brausen der Orgel, das Zittern der Geigen, das helle und süße Getön von Flöten und Oboen aufklang, führten nicht wenige der anwesenden Frauen Taschentücher an die Augen oder sahen zu Frau Pastor hinüber, die starr aufrecht, wie mit einem aus Holz geschnittenen Gesicht, den Zuhörern entgegenblickte. »Herr, unser Herrscher«, sangen die unsichtbaren Stimmen, »Herr, unser Herrscher, dessen Ruhm in allen Landen herrlich, in allen Landen herrlich ist.«

Stine und Albert drückten sich eng aneinander zwischen all diesen Christen, und alte Zugehörigkeiten brachen auf in beiden, nur daß Stine sie mit Rührung und Erschütterung bejahte, Albert aber gleichsam spöttisch blinzelnd zu ihnen hinüberblickte. Natürlich wurde da ein Volksaufrührer gefangen genommen, rechtmäßig verurteilt, mit genau so umständlichen Verfahren wie im Reeperbahnprozeß; der Landpfleger Pilatus, ein Militärgouverneur, ähnelte sehr dem Zuchthausdirektor Koldewey, andererseits aber auch dem Reichswehrmajor oder Oberstleutnant, den er beim Besuch des Führers so deutlich gesehen hatte. Daß die Leute, die für den Tod des Mannes stimmten, damals Juden waren, heute aber Volksgenossen, das bewies nur, wie gleich sich Umstände, Aufrührer und Gefolgschaften blieben. Er selber, Albert, fand sich im Waffenrock der damaligen SS. nicht zurecht, sah aber, auch diese Leute taten ihr Bestes, um die Ordnung aufrechtzuerhalten, und natürlich war Hinrichtung mit dem Beil viel humaner als das Gezappel an den Kreuzen. Daß dabei Verwandte und sogar Frauen zuschauen durften, gehörte sich ganz und gar nicht. Man hätte den Kordon viel strenger handhaben müssen. Und was den Judas anlangte, von dem die Platten immer sangen, der ihn verriet, so tat dieser Mann einfach seine Pflicht dem Führer gegenüber, der also damals römischer Kaiser hieß, so als hätte sich einer von seinen Vieren losgekauft dadurch, daß er den anderen zu schnellerer Verurteilung verhalf. Daß es dem nachher schlecht gehen würde, lag in der Natur der Dinge; obwohl das Heftchen, welches Albert zwischen den Fingern hielt, davon nichts mehr berichtete, war ihm dennoch gewiß, daß ein paar Bibelseiten später zu lesen stand, wie dieser Judas Ischarioth sich an einem Baum aufhängte, bis er tot war. Ob ihn die Jerusalemer boykottiert hatten, wie einen gewissen anderen Diener seines Führers die Hamburger? War den Idioten ganz recht, daß ein solcher Kerl sie kleben ließ zwischen ihren Fleeten, Geldschränken und Wasserläufen! Nur seine Pfeife hätte er gern geraucht während dieser sogenannten Leichenfeier. Der Jude Levysohn da vorn verstand sich aber auf den Plattenwechsel – Donnerwetter. Ja, einen Teil nahm ihm der Apparat sogar selber ab. Albert konnte leider nicht sehen, wie das vor sich ging.

Stine dagegen saß mit geschlossenen Augen und hörte die fremdartige, allzu verschränkte, kunstvoll aufgetürmte Musik mit tiefem Glück, das bei den Chorälen, die ihr geläufig waren, zu befreiendem innerem Mitsingen anschwoll. »Herzliebster Jesus, was hast du verbrochen«; »Vater unser im Himmelreich«; »Mach's mit mir, Gott, nach deiner Güt'«; »Christus, der uns selig macht«. Ja, Pastor Langhammer hatte viele Anhänger in Hamburg gehabt, das zeigte sich jetzt. Es ging ein dauerndes Schluchzen und Schnupfen durch den Unterstand, und auch die Männer brauchten ihre Taschentücher, verstohlen, wie es sich für Männer gehörte. Aber die Frau Pastorin hatte es klug angefangen. Bachmusik war keineswegs verboten, vielleicht wurde sie sogar noch in diesem oder jenem Saal aufgeführt oder von der Norag übertragen. Dennoch, das hier erreichte einen anderen Zweck mit erlaubten Mitteln; die Frau Pastorin konnte wirklich so stolz und grade in ihrem Stuhl dort vorne sitzen und die Gemeinde gewissermaßen zusammenhalten im Andenken und im Glauben stärken. War da nicht auch vom Fest der ungesäuerten Brote die Rede gewesen? Oder fand sich das im Markus-Evangelium? Was die Juden damit für eine Schererei hatten – du liebe Zeit! Bei Apotheker Plauts brachte man sich um, daß auch ja kein Sauerteig im Hause liegen blieb, und von seinem Vetter, dem Herrn Rabbiner Plaut, wurde berichtet, daß er ausdrücklich Brotkrumen unter das Sofa streuen ließ, damit er nur ja etwas fand, das dann feierlich verbrannt werden konnte. Daß man für dieses Pessachfest, wie es heute hieß, noch eigens ganz besonderes Geschirr besitzen mußte, milchig und fleischig getrennt, konnten sich auch nur Juden leisten. Früher hatte auch Stine wie so viele Hamburger, geglaubt, daß es überhaupt nur reiche Juden in der Welt gebe; später aber hatte sie auf die Landungsbrücken und in die Auswandererhallen genug armen Juden, die das einstige Zarenrußland verließen, Frühstückskörbe hingetragen, oder sie hatte Frau Plaut begleitet, wenn sie alte Kleider, Wäsche und so manchen lieben Taler unter die armen Leute verteilte. Daß jemals solche Auswanderungen aus Deutschland stattfinden mußten, kam natürlich gar nicht in Betracht. Wer weggehen wollte, wem das Hakenkreuz nicht paßte, der wurde eben nicht festgehalten. Sein Sach aber konnte er einpacken und mitnehmen, und nur Steuern mußte er zahlen, wie jeder Bürger, das hatte ihr Lehmke erklärt. Ob Frau Pastor jetzt auch das Land verließ? Sah nicht so aus, die Frau. Von ihren Kindern war keins hier anwesend – hatte aber drei oder vier. Na ja, in der HJ. durfte sich nicht herumreden, was da zu Ehren ihres Vaters verbrochen wurde ... Was in Frau Pastors Innerm wohl vorgehen mochte? Ob sie innen auch mitsang »Mach's mit mir, Herr, nach deiner Güt'«?

Ja, Frau Pastor sang das innerlich mit. Hier versammelten sich im Keller die wahren Christen, wie zu Zeiten der Nero und Diokletian. Hier schieden sich die Wege derer, deren Reich von dieser Welt war und von der anderen. Und Zukunft für sich besaßen nur diese anderen als deren Vertreter diese arme Gemeinde ihren Hirten betrauerte, einen Mann nach Jesu Willen, Vorgang und Beispiel – wenn es gestattet war, ein so großes Wort für einen gebrechlichen Menschen zu wagen. »Denke ja nicht, daß wir wenige sind, Auguste«, hatte er ihr versichert, als sie ihn abholten. »Ein ganzes deutsches Volk der Zukunft sehe ich hinter uns marschieren. Denn die Wahrheit ist nur eine, und nur in einem Zeichen wirst du siegen, steht geschrieben. Und dies Zeichen ist nicht das gebrochene Kreuz, sondern das auf Golgatha errichtete, das aufrechte, das hochgelobte.« Vorläufig wohl führte der Weg in die Keller. Und noch tiefer hinab in die Gräber. Aber so wahr die Sonne sich jeden Morgen aus ihrem Untergang wieder erhob, mußte auch der Glaube wieder auferstehen, die Botschaft von Gerechtigkeit, Wahrheit und brüderlicher Liebe. Ein Justus Langhammer war ausgelöscht worden – durfte man so sagen? Er war gewürdigt worden des Märtyrertodes wie kaum einer seiner Vorfahren, und seine Blutzeugenschaft würde in den Seelen seiner Gemeinde keimen und Frucht tragen. Und nahm ihr der Herodes, welcher auch mit H anfing, ihre leiblichen Kinder, so erwarb sie jetzt alle diese zur geistlichen Kindschaft und würde sie führen nach dem Worte, das geschrieben stand: »Seid klug wie die Schlangen und ohne Falsch wie die Tauben« – so wie sie diese Feier veranstaltet hatte, unangreifbar und unzweideutig. Daß Rohmes gerade jetzt auf der Durchreise hier sein mußten, diese Ungläubigen, die alles für Greuelpropaganda hielten, was im Dritten Reich geschah, verriet auch den Finger Gottes. Professors in Zürich – da lebte und webte man weit vom Schuß, und die in Amerika brauchten ja auch nichts zu glauben, was bloß gedruckt zu lesen stand auf geduldigem Papier. Hier aber – der Herr verwarf die Thomasnaturen keineswegs. Er ließ sie den Finger in die Wundmale legen. Nun legten sie ihn, ob sie wollten oder nicht. Es gab kein Ausweichen mehr ... Und wenn sich die gute Claudia noch so sehr krümmte, die in Zürich offenbar nur Edelnazis kennengelernt, sie und Rohme waren nicht umsonst jahrelang Studienfreunde ihres Justus in Göttingen gewesen, ihres geliebten, tapferen, großen Märtyrers ... Und während ihr schwere Tränen aus den Augen liefen, hielt sie sie weit offen auf das Freundespaar gerichtet, dieses Ehepaar, welches die besten und behütetsten Traditionen des akademischen Deutschland vertrat. »Gehet hin in alle Welt, leget ab Zeugnis von dem, was ihr hier gesehen«, forderte das Evangelium. Man durfte sich nicht entziehen. Das hieß Christenpflicht.

Die Gäste und Freunde hingegen verständigten sich miteinander durch einen Händedruck und drei geflüsterte Worte, während der Plattenministrant zwischen dem zweiten und dritten Teil eine Pause einlegte. »Arme Auguste«, murmelte Professor Rohme, seine Gattin aber antwortete mit leisen Lippen: »Abgeschmackt.« Selbstverständlich schickte es sich nicht, Bachs großartiges Werk, den heiligsten Text der Christenheit, zum Requiem für einen eigensinnigen Feind seines eigenen Volkes und Staates zu erniedrigen. Man mußte beide Teile hören, beide Seiten. Der Tod Pastor Langhammers war möglicherweise ein Unfall, vielleicht aber auch von diesem zum Starrsinn neigenden Eigenbrötler herausgefordert worden. Wer wußte das? Und daraus nun gleich eine Katakombenfeier zu schneidern, seit drei Tagen nur in der Größe des geraubten Gatten und geistlichen Hirten zu leben, das ging denn doch gegen den Geschmack. Rohmes hatten sich streng ferngehalten von all dem Unflat, der als Emigration über die Schweizer Grenze geschwemmt worden war trotz der genauen Siebung durch die Eidgenossenschaft. Sie hatten sich all dem Volksfrontgetue widersetzt und entzogen, das in Spanien und Frankreich dem Faschismus entgegengehalten wurde. Sie waren keine Faschistenfreunde, sie ließen jedem das Seine, aber als gerechter Mensch mußte man doch mit Händen greifen, wie groß Mussolini und Hitler ihre Länder erhöht und wie tief der Stalin-Kurs Rußland in den Augen aller Kulturmenschen erniedrigt hatte. Alle diese Feinde autoritärer Regierungsformen neigten zur Reklame. Ob es nun die Herren Einstein oder Freud waren oder eine einst so simple Seele gleich Auguste Langhammer. Hätte sie nur ahnen können, wie halbschlächtig sich diese Konservenmusik für Leute ausnahm, die Jahr für Jahr Hans Lavaters Aufführungen im Fraumünster von Zürich beigewohnt hatten. Und mußte sich das so lange hinziehen, konnte man sich nichts von den Arien und Chören schenken?

Den gleichen Gedanken drückte Stine Teetjen aus, nur auf einfachere Weise: sie schlief ein. Es dauerte zu lange. Wären SS. und SA. nicht mit der Eroberung von Österreich beschäftigt gewesen, Frau Pastor hätte sich ins Unglück gebracht. Wenn sie sich nur hätte drücken können, nach einer halben Stunde. Als jungem Ding konnte ihr die Sonntagskirche nie lang genug währen, damals hatte ihr's der Herr Jesus angetan und ein junger Pastor mit halblangen Haaren. Später aber fand sie ihren Albert, und die irdischen Freuden drückten ihr den Willen Gottes immer lieber und lieber aus. »Seid fruchtbar und mehret euch« – wenn's nicht ging, wer trug die Schuld? Jetzt jedenfalls träumte sie von Leinen voll Kinderwäsche, lauter kleinen Jäckchen, Windelchen und Höschen. Auf dem Rasen aber lagen Bettlaken ausgebreitet, und Großmutter Geisow, oder war es Geesche Barfey, schritt mit eine Gießkanne zwischen ihnen umher und begoß sie freundlich. »Wachst, wachst«, sagte sie dazu, und Stine mußte lachen. Vom Begießen wuchsen die Windeln nicht.

Albert ergriff ihren Arm »Komm«, sagte er, »fertig. Hast nicht gehört, wie sie's abkürzten? Der Herr Kirchenvorstand drüben hat's Frau Pastor in der Pause nahegelegt. Nun könnt' ich mir ja einen Heidenspaß machen und die ganze Blase ins nächste Sturmlokal führen, aber das tu ich nicht. Komm, mach einen Abschiedsknicks vor Frau Pastor.« In der Tat, alle Anwesenden, Männer und Frauen, schritten an Frau Pastor vorüber, verneigten sich vor ihr, knicksten oder drückten ihr die Hand. Albert, als er vor der Dame stand und sich zusammennehmen mußte, um nicht die Hand zum Hitlergruß zu recken, fühlte sich von ihrem Blick schreckhaft angerührt. Solch große, graue Augäpfel warf sie auf ihn. »Bringen Sie's in Ordnung, Teetjen«, flüsterte sie so deutlich durch das Rücken der Stühle und das Scharren der Stiefel, daß es ihn durchfuhr. Was die Ziege von ihm wollte! Nicht er hatte etwas in Ordnung zu bringen, aber die Leute seines Viertels. Jeder macht seinen Kram nach seiner Überzeugung. Der eine als Pastor, der andere als Schlächter. Ein jeglicher brauchte Courage zu seinem Job, um die Kosten konnte sich keiner drücken. Aber während er sich mit Stine aufs Rad schwang, sagte er wie beiläufig: »Hast gehört? Ist doch 'ne Kluge.« – »Hat sich was von ihm angepastort«, entgegnete Stine, in den Sattel steigend. – »Werden das Ding nach Ohlsdorf verfrachten, findet sich schon ein brauchbarer Grabhügel und einer, der aufpaßt, daß mir's keiner stiehlt.« – »Wann?« fragte sie. – »Ist 'ne Wetterfrage«, antwortete er. – »Bald«, bat sie sprechenden Blicks. »War so schön wieder mit vielen Leuten. So geachtet und zugehörig.« Albert runzelte die Stirn, mußte jedoch zustimmend nicken. Aus den zahllosen Fenstern der großen Bürohäuser feierten noch immer ebensoviele Fähnchen, blutrote, kleine Flecken, das schwarze Hakenkreuz im weißen Grund, das Wiederaufleben des Exports, dank der Verständigung mit den Westmächten, die der österreichische Schritt voraussetzte.

Fünftes Kapitel
Der Heerwurm

In einem gut organisierten Staatswesen, noch dazu einem absolutistisch regierten, kann sich niemand auf einem Friedhof zu schaffen machen, ohne früher oder später von den aufsichtsführenden Beamten gestellt und ausgefragt zu werden, auch wenn ihm das Wetter zu Hilfe kommt. Freund Albert aber wünschte streng gesetzmäßig vorzugehen, wenn er sein Beil irgendeinem Toten zur Bewachung anvertraute, und indem er Stine pfiffig zublinzelte, entwarf er einen Plan: wozu hatten wir denn unseren Doktor in Fuhlsbüttel. Er fuhr also noch am Ostersamstag hinaus, erfreute sich einer kurzen, aber trefflichen Unterhaltung mit Dr. Laberdan und brachte das Gewünschte mit heim – eine Bitte an die Friedhofsverwaltung Ohlsdorf, den Rutengänger Herrn Albert Teetjen bei seiner Ausbildung und seinen Untersuchungen gütigst gewähren zu lassen, ihn wo nötig zu unterstützen. Diesen Ausweis trug er alsbald zur Friedhofsverwaltung und ließ ihn sich auch dort stempeln – ein Stempel mehr verleiht jedem amtlichen Papier Zauberkraft, nicht nur in Deutschland. Da man nun den Weg zum Loswerden des störenden Einflusses geebnet und gebahnt, konnten Teetjens sich leichteren Herzens auf die Fahrräder schwingen und weit über Moorburg hinaus zu Stines Schwester fahren, die an einen Bootbauer und Zimmermann verheiratet war, rund um ihr Friesenhaus aber Kartoffeln und Gemüse genug zog, um das magere Einkommen auszugleichen. Das Wetter zeigte weiterhin einen mißmutigen Charakter, Nebelschwaden und Regenschauer strichen über die Ausflügler hin, aber Stine fühlte sich so glücklich, der Wagnerstraße entronnen zu sein, daß sie ihren Albert mit Fröhlichkeit ansteckte. Die Erlen hingen voll traubenartiger Kätzchen, an den roten Weidenzweigen saßen sie schon silbern, und scheute man sich nicht vor dem klatschnassen Moos und schlug sich seitwärts in die Büsche, so ließen sich bescheidene Veilchen entdecken, man brauchte nur ihrem Dufte nachzugehen, und die kleinen, fliederfarbenen Kelche des Seidelbaststrauchs, die sich so keck ohne den Schutz von Blättern in der Nachbarschaft der Brombeerdornen hervorwagten und wie Hyazinthen rochen, warteten offenbar darauf, daß Stine sie brach. Mit einem Strauß, der den ganzen Vorfrühling enthielt, klopften sie bei ihrer Schwester an, schüttelten die Nebelschwaden von den Mänteln in der schlauchartigen Diele zwischen den Zimmern, weißgescheuert, wie immer, wurden willkommen geheißen, waren mit Sicherheit erwartet worden, brachten den Kindern bunte Tabaksbüchsen mit, die Albert von früher her gesammelt, und feierten einen friedlichen, drucklosen

Sonntag und Montag in einer Landschaft, die sie beide an ihre Kindheit erinnerte; sie endete erst vor den Fenstern des Schlafzimmers und erfüllte mit Lachen, wasserstreifigen Dorfstraßen und ausgelegten Gehbohlen den Raum bis hin zum Krug, zur Kirche, zum Friedhof mit einer Gedächtnistafel für die achtzig im Weltkrieg fürs Vaterland gebliebenen Matrosen und Soldaten. Solch ein weiter Himmel von morgens bis abends! Und wie die Wolken über dem blassen Licht nach Westen ritten oder nach Norden. Stine saß mit Wehmut auf der Pritsche, die der Schwager aufgestellt, nahm eine Laufmasche auf, die ihren braunen Strumpf verunzierte, und fragte sich, warum denn eigentlich die Menschen in die Städte strebten. Hier draußen zu leben wäre doch viel gesünder gewesen, leichter, angstloser. Ob einer Torf stach oder in den sandigen Strichen Kartoffeln und Kirschen zog, einem Mann wie Albert hätte beides gelohnt. Und dabei drängte alles nach den Städten, wo die Leute Wand an Wand wohnten, kopfüber, kopfunter, übern Hof und unter der Straße im Tiefparterre. Es mußte schon was sein, was sie zog und trieb, was Starkes, Unbarmherziges. Nicht bloß Kino, Epa-Geschäft, Straßenbahn und Fährdampfer. Was, wußte sie nicht und doch: es hatte ja auch sie eingefangen, auch sie wohnte ja nicht hier im Dorf zwischen Feldern und freiem Himmel, sondern in Wandsbek, Groß-Hamburg, der feindseligen Wagnerstraße. Da konnte man eben nichts machen, der Mensch ließ sich nicht umkneten, wie der arme Pastor Langhammer immer gesagt. Es hieß, daß er gestürzt war und einen Schädelbruch davongetragen – so Tom Barfey, als sie hinaufkam, sich für die Einladung zu bedanken. Nein, aber der Tom ward wirklich zu frech. Den piekte der Frühling. Was er immer wieder von ihr verlangte!

Als sie am Montagnachmittag aufbrachen, fühlten sie sich gekräftigt wie seit langem nicht, wenn sie auch hart genug schliefen. Sie hatten gut daran getan, die letzten gepökelten Schweinsrippen mitzubringen, daheim hätten sie sie allein aufessen müssen, wie die Dinge jetzt standen, und daß sie die Räder noch besaßen! Albert nannte es einen unverantwortlichen Luxus, wenn es ihm nicht gelang, das Affentheater der heimlichen Roten abzubauen oder zu bannen, dann mußten sie sie noch vor Pfingsten verkaufen, ihre schönen Räder. Die Freude hatte nicht lange gewährt; sie würden daran verlieren und danach wieder an die Eisenbahn gebunden sein, an überfüllte Ausflüglerwagen, an Heimfahrten voll Krakeel und weinenden Kindern. Leute, die nur ihren eigenen Tabakrauch liebten, nicht aber fremden, durften eben nicht herunterkommen.

Beim Abschied fiel Stine ihrer Schwester Else um den Hals und schluchzte zweimal, dreimal laut auf. Es war ihr, als werde sie sie nie wiedersehen. Warum, wußte sie nicht, aber sie hatte nie so stark gefühlt, daß sie mit dieser Frau innerlich verbunden blieb, auch wenn sie einander fernrückten, was das Leben so mit sich brachte. »Hätt ich Kinder, Else«, dabei lächelte sie schon, »keinem anderen als dir würd ich sie hinterlassen. Und wenn ich mit Tod abgeh',« – »Mach man tau, lütt Deern«, sagte die Angeredete ablehnend – »hinterlass' ich dir alles, was übrigbleibt.« – »Na, sehr schön«, sagte der Schwager und machte einen Witz. »Laß es man nicht zu wenig sein, Stineken, mit Kleinigkeiten geben wir uns nicht ab«.

Ha, aber eine Anzahl Kameraden war wieder da, auf Osterurlaub glücklich heimgekehrt. Was die erzählten! Bei Lehmkes war wieder Leben in der Bude, das durfte man sagen! Was es in Wien für Theater gegeben, in Linz, in Graz. Wie sich die Parteigenossen für die lange Unterdrückung rächten, Jagd auf Flüchtlinge machten, Wohnungen besuchten, dem frechen Kardinal Innitzer die Leviten lasen. Jeder hatte ein bißchen Schmuck mitgebracht, konnte kuriose Dinge herumzeigen, Ringe und Armbanduhren, Juden hatten sich dutzendweise umgebracht, andere waren in die Donau gefallen, viele hatten Pillen geschluckt, von denen man nicht mehr aufwachte. Natürlich blieb noch sehr viel zu tun. Die Arbeiterbande mußte in Schach gehalten, bald da, bald dort ein neues Konzentrationslager eingerichtet, bewacht und verwaltet werden. Die österreichischen PGs reichten da nicht her. Wie die Frauen den Führer als Befreier begrüßten, als der endlich in seiner Heimat einrückte und seine Tanks durch die Straßen donnerten, die Flugzeuge über den Dächern brüllten! Die Natur war dort schon viel weiter als hier oben, so viel Veilchen und Flieder sah man in Hamburg kaum um diese Zeit. Und die Kinder brachten sie, die Hände voll kleiner Sträußchen, und ließen sich füttern und auf die Knie nehmen. Ja, es war viel Elend in Österreich abzustellen – und dabei solch ein altes Land. Und gar nicht so klein war es, wie man hier oben immer gedacht und getan. Das sogenannte Vorarlberg reichte bis zur Schweizergrenze, und die Steiermark ging nach Jugoslawien über, weil man den Schlawinern so viel schönes deutsches Land überantwortet hatte – ausgeliefert im Frieden von Versailles, der bei den Österreichern aber Trianon hieß. Und was man alles den Ungarn zugeschanzt, in dem gleichen schönen Diktat – schweig still, mein Herz! Nun, immer Schritt vor Schritt, wie der Führer es lehrte – die kamen alle dran, nur nicht drängeln, meine Herrschaften.

Albert fühlte, von seinen privaten Sorgen durfte er noch nicht sprechen. Sturmführer Preester war unten geblieben, Kamerad Vierkant hinabbeordert worden, die Juden abzulösen, die den österreichischen Rundfunk verpesteten. Auch mit dem Geld, der Währung, mußte den neuen Volksgenossen vieles beigebracht werden. Daß ihr Schilling jetzt bloß eine halbe Mark wert war, obgleich die Münzen so hübsch klangen, wenn man sie bei Lehmkes auf den Tisch warf. Wie weit Kamerad Teetjen mit seiner Wünschelrute gekommen? Und der neue Ausweis ging von Hand zu Hand, auf dem Ohlsdorfer Friedhof Übungen anzustellen. Oh, in Spanien blieb noch viel zu holen, so schnell gaben die Roten dort nicht klein bei. Nun mußte er also seinen nächsten Schritt allein besorgen. Warum auch nicht? Selbst ist der Mann, und so hatte er es immer gehalten, bis ihn die Stine mit dem Footh zusammenbrachte – wieder zusammenbrachte, mußte man sagen. Ja, Kamerad Footh machte sich in Wien zu schaffen – wichtig, sagten die Kameraden. Vielleicht wollte er seine Schiffe auf der Donau schwimmen lassen. Komisch bloß, daß die fast so gelb war wie die Elbe. Die schöne blaue Donau – alles Propaganda. Hätten wir man so tüchtige Operettenfabrikanten besessen! Na, unsere Elbe kannte man auch so in der Welt, nöch? Und die neue Hochbrücke wird noch das Pünktchen aufs I setzen, und zwar ein deftiges. Verlaß dich auf Adolf.

Es nebelte wieder, nicht ganz so dick wie das vorige Mal, als das Beil unschädlich gemacht werden sollte, aber doch dichter als in den Ostertagen. Nachdem Albert sich zweimal mit der Rute auf dem riesenhaften Gelände orientiert hatte, vereinbarte er ein drittes Mal mit der Friedhofverwaltung ein engeres, nicht gerade von wohlhabenden Gräbern ausgefülltes Gebiet, das ihm nach mehreren unterirdischen Wasserläufen in der Richtung zum großen Teich oder See hin aussah, der die landschaftlich glücklich gelöste, mehrere Quadratkilometer weite Einrichtung belebte, den Stolz der Hamburger. Es war dies eine der freidenkerischen Abteilungen auf dem allen Konfessionen und Bekenntnissen geöffneten Friedhof. Hier lagen die Angehörigen gehobener Arbeiter, kleiner Beamter. Unter den Gräberreihen, zwischen denen Wacholderbüsche die teuren Zypressen vertraten und viel besser in die Landschaft paßten, war Albert ein besonders sorgfältig zugedecktes Grab aufgefallen, ein grüner Hügel aus Tannenreisig, unter welchem sein Beil gut halten würde. Eine weiße Blechtafel, Ersatz für einen späteren Stein, enthielt den Namen: Helene Prestow, Privatiere, und die Aktennummer für etwaige Besucher; es konnten deren gar nicht so wenige sein, nach den vielen Blumentöpfen zu urteilen, die mit Erde gefüllt, aber noch ohne Gewächse den hohen Wacholder zu Häupten des Grabes umgaben; je zwei kleinere, fast schwarze, flankierten ihn rechts und links. Eine traurige, vorläufig noch etwas öde Zierde. (Ohne den Trambahnführer Otto Prestow und seine Kameraden wäre nicht einmal dieser Schmuck aus der Heide beigeschafft worden.)

»Ob in den Töpfen schon Hyazinthen und Tulpen stecken oder andere Zwiebeln, sonst hätten die hier doch gar keinen Sinn«, meinte Stine, während sie Albert half, das grüne Gezweig beiseite zu räumen, Äste von Kiefer und Wacholder, die vielleicht weit draußen in der Heide gebrochen und hierher gebracht worden waren. Dann, während sie die Töpfe genauer untersuchte, ob schon grüne Spitzchen den blaßbraunen Boden durchbrachen, drückte Albert das Blatt des Beils, gut eingefettet, in den weichen Boden und häufte das Reisig sorgfältig wieder darüber. So eifrig war er darauf bedacht, den Stiel der Axt auch gewiß völlig unsichtbar zu verdecken, daß er nicht merkte, wie ihm seine Uhr, von ihrer schweren Silberkette gezogen, aus der Westentasche glitt dank der schlechten Angewohnheit, sie wie ein freies Anhängsel oder einen Bierzipfel als nutzlose Schlinge aus der Weste hängen zu lassen. Es war spät nachmittags am letzten Apriltage. Albert und Stine mußten noch nach St. Pauli zu den Landungsbrücken, wo Alberts Helgoländer Schwägersleute für ihn eine Verabredung mit einem Käptn getroffen hatten, der für den Gastwirt Ahlsen ein paar Gefälligkeiten aus Hamburg mitbringen sollte. Fünfunddreißig Mark sollte Albert für Ahlsen auslegen, die er im Sommer bestimmt zurückbekommen würde, wenn die Kurgäste Zaster in Helgoland ließen. In der Kajüte des Helgolandfahrers, als noch ein zweiter Grog vorgeschlagen wurde, merkte Albert bereits, daß ihm die Uhr fehlte. Er konnte sie nur bei dem Grab da verloren haben. Am Abend wollte er nicht noch einmal hinaus, der Schiffer hatte ernsthaft beteuert, heute nacht sei Walpurgis, da seien alle Geister los, und er dächte nicht daran, heute noch Anker zu lichten. Morgen am ersten Mai werde er sich mit der Mannschaft einigen und den Tag der deutschen Arbeiter – er griente dabei von einem Ohr zum anderen – in einen Halbfeiertag verwandeln. Sonderbarerweise machte die Redensart von den Geistern, die heute nacht frei spuken durften, auf Albert wie auf Stine einen gewissen Eindruck. Obwohl der Uhr trotz ihrer Schutzkapsel die Nacht im Tau und Nebelfall sicherlich schlecht bekam, wollte Albert sie doch erst morgen früh holen, um anschließend mit der Rute auf den Wellingsbüttler Sportplätzen oder im Borstler Moor zu trainieren. Man konnte früh auf sein, sein Futter mitnehmen, den ganzen Tag draußen bleiben – die Kunden würden den Laden ja nicht stürmen, nöch? Er hätte ja auch allein hinüberflitzen können, aber Stine wollte nicht ohne ihn zu Hause sitzen – heute nicht. Wer wußte denn, ob das fehlende Beil in der Wohnung nicht allerhand Unfug losließ? Spuk zur See und Spuk auf dem Lande, und Pastor Langhammer war an einem Schädelbruch zugrunde gegangen, er sei, hieß es, im Lager Fuhlsbüttel interniert gewesen und eine steinerne Treppe heruntergefallen. Gar keine sehr hohe. Mit Fuhlsbüttel aber wollten weder Albert noch Stine viel zu tun haben. Mit diesem Namen war eine Wendung in ihrem Leben verknüpft, die sehr nach Hexen- oder Teufelsgold aussah: am Zahltag kriegst du gewichtige Taler oder blaue Lappen, und in der Schublade verwandelten sie sich mir nichts, dir nichts in Tannenzapfen oder welke Blätter. Ganz so schlimm schaute es bei ihnen ja noch nicht aus. Aber Wohlsein und Segen schwebte offenbar nicht um diese einst so rettende Unternehmung …

Sie waren beide zeitig auf, frühstückten kurz, steckten sich Proviant ein und glitten auf den Rädern durch eine noch schlafende Stadt. Das Licht schien weißlichgrau von einem weißgrauen Himmel zu fallen; in eine ebenso verschwiegene und entfärbte Welt glitten sie hinein, nur daß Fahnen an gewissen Stellen der Stadt große Patzen blutigen Rots an die Mauern hängten. Fernher drang Trommeln und Pfeifen – ungewiß ob Hitlerjugend oder schon Soldaten zum Morgenruf aufspielten. Den Ohlsdorfer Friedhof betraten sie durch einen der östlichen Eingänge, benützten ihre Räder auf den breiten Straßen innerhalb der ungeheuren Anlage und ließen sie angekettet erst stehen, als sie sich in der Nähe der Verluststätte glaubten. Die Wacholderbüsche, die Hecken, Weiden und Sträucher schienen sich nur zögernd aus der Morgenstille, dem Frühnebel, zu lösen und wichen mit ihrem entfärbten oder schwärzlichen Grün vor den Eindringlingen zurück. »Hier muß es bald sein«, sagte Albert. »Dort drüben der Wacholder, um den könnten die …« Das Wort blieb ihm im Munde, so jäh griff Stine nach seinem Arm, die Töpfe mit den Blumenzwiebeln hatte er sagen wollen. Statt dessen zückte er seine Wünschelrute wie eine Waffe. »Hörst nichts, siehst nichts?« fragte Stine tonlos. »Da ist eine weiße Frau vorübergeschwebt.« Albert legte die Hand mit der Rute über seine Augen, um zwischen den Gräbern hinzuspähen. »Es hat geseufzt«, zitterte Stine, »sie will das Beil nicht auf ihrem Hügel haben.« – »Unsinn«, rief Albert, »dann geh ich allein.« Aber sie ließ ihn nicht von sich, und wirklich glaubte jetzt auch er, zwischen den Grabstätten eine Gestalt weggleiten zu sehen in einem weißen Hemd und blondhaarig, ein schmerzverzogenes Gesicht, die Hand auf die Seite gepreßt. »Soll sich nicht so haben«, knirschte Albert zwischen den Zähnen, »müssen alle in so manch saueren Apfel beißen.« Da war das Grab, da steckte das Beil, da lag die Taschenuhr. Aber als er sich gebückt hatte und wieder aufsah, ragten nicht mehr fünf Wacholderbüsche um ihn herum, in einer Art Halbkreis, vier, fünf Meter von ihm entfernt, sondern groß und schwarz standen da fünf geköpfte Männer, rund um das Beil, hielten ihre Köpfe bei den Ohren in der Höhe ihrer Lenden, und ihre grinsenden Gesichter schauten das Beil an oder diese Grabstätte, neben welcher Albert und Stine sich aneinander festhielten. »Sind die verfluchten Wacholderbüsche, Deern«, zischte Albert, aber seine Zähne klapperten. »O nein, o nein«, schluchzte Stine und sank auf den nächsten Hügel hin, halb sitzend, halb liegend, »die kommen uns holen, jetzt ist's aus.« – »Drei Schritt vom Leibe«, schrie Albert und schlug mit der Gerte ins Graue, Diesige, hakte dann Stine den Mantel auf, das Kleid, rieb ihr Stirn und Schläfen und redete auf sie ein, doch verständig zu sein, sich zusammenzunehmen. Sie wollten gleich weg, versprach er ihr, und es wäre schon heller. Und wirklich, als er sich aufrichtete und um sich blickte, hatte der Wind, eine vom Westen her anwehende Luft, einer blaßbleichen Morgensonne zum Durchbruch verholfen; halbhoch, strahlenlos wie ein Mond, hing sie im Weißen. »Sind sie weg?« fragte Stine, die Augen noch geschlossen. »Hier stehen bloß Wacholderbüsche«, beruhigte er sie. »Die gehen da drüben mit den Trommeln und Pfeifen.« – »Und wer war der fünfte?« fragte Stine, noch immer zitternd in seinen Armen, die Augen geschlossen. »Das war doch der Itzig von dem ollen Ruckstuhl«, entfuhr es ihm, »so'n grinsender Jude.« – »Auch wirklich weg?« – »Sei brav«, sagte er, »steh auf, da drüben marschieren sie, die große Straße hinunter auf den Teich zu, sieht gar nicht mehr aus wie der Ohlsdorfersee – ganz wie das Njemen-Ufer, hol mich dieser und jener.« Sie richtete sich auf, wirklich, das hier waren Wacholder, aber dort vorn wehten fünf schwarze Gestalten, viel größer als Menschen – die sind im Grabe gewachsen, dachte sie, und was zog da hinter ihnen her, indes von fernher Trommeln und Pfeifen brodelten und schwirrten? »Ein Heerwurm«, staunte er, »machen die Frühjahrsmanöver am 1. Mai?«

Die lange Straße herunter bewegte sich ein Zug: Infanterie, feldmarschmäßig ausgerüstet, die Gewehre geschultert neben den Stahlhelmen, feldgrau, dunkelgrau, in Deckungsfarben bemalt.

Große, scheckige Tanks rollten zwischen ihnen her, zur Rechten und Linken sausten Motorradfahrer an den Kolonnen entlang, aufrecht in Automobilen standen Befehlshaber und deuteten voraus, immer auf den See zu, und jetzt orgelten aus dem Nebel Flugzeuge von Fuhlsbüttel her und übertosten das Rasseln der Kanonen, als Feldgeschütze auftauchten, die Kanoniere auf den Protzen, die schwarzen Mündungen gesenkt. Das Geräusch der Motore untermalte immer noch das ferne, befehlende »Vorwärts« der Trommeln und Pfeifen. »Komm bloß weg«, bat sie, »das sieht ja schon nach Krieg aus.« – »Ah was«, lachte er ärgerlich, »Aufmarsch zur Maifeier.« – »Hier in Ohlsdorf?« widersprach sie, »wo bleiben sie denn? Stürzen sie in den Teich?« So schien es. Schon vor den Ufern verschlang sie der Nebel, aber sie zogen dahin, Reihen hinter Reihen; die ganze Garnison von Groß-Hamburg, jetzt doch eigentlich in Österreich, hätte nicht ausgereicht. Er rieb sich die Augen, herantreibende Wolken verstellten ihm den Weg, er schaute scharf prüfend hin, hatte sie gesehen. »Na schön«, sagte er, »nehmen wir's wieder weg«, und er bückte sich nach dem Beil. »Aber wohin damit?« – »Doch nach Fuhlsbüttel«, antwortete sie entschlossen. »Dort gehört's hin. Leg's deinem Doktor auf die Schwelle, nur nicht mehr zu uns.« Er nahm es auf, reinigte das Blatt von der Erde, hüllte es wieder in das Wachstuch, mit dem er es zugedeckt, bevor er das Reisig drüber geordnet, und stapfte mit steifen Gliedern, die Zähne zusammengebissen, den Weg zurück, den sie gekommen waren. Dort standen die Räder, die hatten gewartet. Aber sie vermochten sich nicht auf die Sättel zu schwingen, mit steifen Gliedern führten sie sie, langsam, schwach, den zementenen Weg hin zur Umfassung, ins Freie. Sie hielten die Augen auf die Reifen gesenkt, schauten sie aber auf, so war da drüben vom Heerwurm keine Spur mehr zu erblicken. »Jetzt setzen wir uns hier an die Straße«, schlug er vor, »futtern unseren Kanten und trinken einen Schluck aus der Pulle. Mit leerem Magen kommen wir nicht bis hin.« Immer noch klang das Knattern von Motorrädern herüber, aber das konnten auch Ausflügler sein, die ins Freie strebten, den 1. Mai.

Sechstes Kapitel
Licht in Fuhlsbüttel

Von außen vermochte niemand zu entscheiden, ob das Licht hinter den verhangenen Fenstern der Koldeweyschen Dienstwohnung schon wieder brannte oder noch immer. Aber das zweite war der Fall: am letzten Tage des Monats April hatten die beiden Akademiker Dr. Koldewey und Dr. Neumeier ihre bürgerliche Trauung vor dem hamburgischen Standesbeamten vollziehen lassen. Als Trauzeugen fungierten von seiten der Braut ein gebräunter, gutgewachsener SA.-Mann, ihr Neffe Bert Boje, von seiten des Bräutigams, statt Herrn Oberstleutnant Lintze, die in der Gelehrtenwelt nicht unberühmte Person des Professors Walter Rohme, der sich eben in unserer Stadt aufhielt, um einem Rufe an die Harvard University zu folgen. Da an dieser Hochzeit alles ungewöhnlich war, würde es also diesem Trauzeugen und seiner Gattin Claudia, der geborenen Eggeling, überlassen bleiben, die Hochzeitsreise anzutreten. Koldeweys ihrerseits konnten und mochten vor den Sommerferien nicht daran denken. Da der heiratende Witwer über ein vorzüglich eingerichtetes Hauswesen verfügte, kam das hamburgische Wirtschaftsgewerbe um die Einnahmen, die mit einem solchen Hochzeitsmahl unbedingt verbunden waren – Hummer, mit Kastanien gefüllte Pute nebst jungen Spargeln, Waldmeisterbowle, die kraft eines alten Zeltinger Mosels und junger Maikräuter köstlich geriet, ward von einem fast schwarzen Burgunder abgelöst, bis eine gewichtige Flasche Sekt und ein heiterer Toast das spätbegonnene Mahl schlossen. Was sonst noch an Leckerbissen und Süßigkeiten auf die Gäste wartete, blieb Angelegenheit Annettes, der ältesten der drei jungen Damen Koldeweys, und ihres Assistenten, jenes Herrn Boje, denn die beiden jüngeren Töchter, Thyra und Ingebottel, flogen aus, das Recht der Jugend auf ihren eigenen Tanz im Asgardklub wahrnehmend. Daß diese alten Studienfreunde eine ganze Nacht darauf verwandten, nichts als gebildete Gespräche zu führen, fanden die beiden jungen Damen ohnehin zum Schießen. Ebenso, daß sie zu ihnen passende Ehegattinnen gefunden hatten, Papa noch dazu sehr spät. Mußte Annette sich opfern – geschah ihr schon recht; sie hatte ihren Teil dahin. So wischten sie davon, wurden entführt, und indes Annette und Boje ein symphonisches Konzert des verpönten Dirigenten Toscanini aus New York anhörten, unterbrochen von Reportagen des Großsenders Moskau über den Aufmarsch zur Maifeier auf dem Roten Platz, tasteten die beiden Ehepaare, das »erprobte« und das »junge«, sich an die Wirklichkeit »Drittes Reich« heran, die einen bemüht, es mit dem alten, ewigen Deutschland der Dichter und Denker zu verbinden, ja gleichzusetzen, die anderen, die eingesessenen, an Ort und Stelle verbliebenen, in der schwierigen Lage, Anteil und Mitverantwortung nicht ableugnen zu wollen. Was die beiden Rohmes für Koldewey rätselhaft machte, war ihr unverhohlener Abscheu vor der emigrierten Geistigkeit, der ganzen nichtjüdischen und jüdischen Oberschicht eines öffentlichen Lebens, wenn man sie so nennen wollte. Hatte da eine ihrer Zeitschriften den Mut gehabt, zu behaupten, das ganze literarische Deutschland, soweit es überhaupt von Belang sei, weile jetzt außerhalb des Braunen Reiches; dies bildete den Ausgangspunkt dieses Teils der Nachtgespräche. In der Neuen Zürcher Zeitung waren sie heftig zurückgewiesen worden, diese Herren Emigranten, man hatte ihnen angesehene und verehrungswürdige Namen entgegengeworfen und den Streit nicht so schnell zur Ruhe kommen lassen. Ja, es gab Dichter genug in Deutschland, philosophierende Gelehrte, ein großes naturwissenschaftliches und geistesgeschichtliches Aufgebot erstklassiger Männer und Frauen, auch wenn sich Nobelpreisträger zufällig nicht darunter befanden. Es war nicht die Art der Deutschen, meinte Professor Rohme, den rotgrauen, dicken Schnurrbart greifend, für sich Reklame zu machen. Sie hatten das immer jener Art von wissenschaftlichen Entdeckern überlassen, deren Großtaten sich nach zwanzig Jahren als verdunstet erwiesen. Käte Neumeier, Frau Dr. Koldewey in grauseidenem Abendkleid, die Zigarette zwischen den Lippen, fragte, die grauen Augen weitgeöffnet, ob sich das vielleicht auch auf Einstein und Freud beziehen sollte; der letztere hatte den Nobelpreis nicht bekommen und würde das, einer seiner Äußerungen nach, auch nicht erleben. Mit Hindenburg und Ludendorff e tutti quanti sei von den Deutschen nicht Reklame betrieben worden, sondern Götzendienst. Frau Claudia aber wandte das Gespräch geübt beiseite. Ihre Worte bezogen sich vorwiegend auf jenen Nobelpreisträger, der sein literarisches Gebiet anscheinend brachliegen ließ, um sich mit Broschüren und Rundfunkreden auf Politischem hervorzutun, was nun aber doch ihm gar nicht lag. Und was nun mit Justus Langhammer wirklich geschehen sei, hätten Rohmes gern erfahren, da ja früher oder später bestimmt auf Greuelmärchen zu rechnen war. Die Kommunisten offenbar spannten nach Prag, Amsterdam und Paris immer noch westeuropäische Fäden, indes ihnen die osteuropäischen zurzeit durch die rätselhaften Moskauer Prozesse unklar und verwirrt erschienen. Frau Dr. Käte Koldewey, einen neuen Ring am Finger verträumt betrachtend, schrak auf und sagte: »Auch wir wissen ja nichts. Das Dritte Reich vollzieht sich in einem mit Stacheldraht abgeschlossenen Sondergebiet des Deutschen Raumes. Auch wenn sich dieser letztere, dank des ersteren, jetzt bis nach Ungarn und Jugoslawien reckt. Da alle Nervenfäden, Sehnen und Muskelansätze unseres Riesenleibes in diesen engen Machtbereich münden, werden wir alle von dort aus regiert, ohne uns selber autonom bewegen zu können.« – »Wollen Sie denn behaupten«, rief Claudia Rohme, »das deutsche Volk stehe und falle nicht mit Adolf Hitler und seinem Genie?« – »Es wird diesem Volk nichts anderes übrigbleiben«, lächelte Frau Käte. – »Wozu zweierlei zu bemerken wäre«, nickte nun der Bräutigam, der sich über den Streit der Königinnen, wie er es bei sich nannte, freundlich belustigte. »Erstens ist ein Volk immer verantwortlich auch für das, was es mit sich und in seinem Namen geschehen läßt. Ob moralisch, wissen wir nicht; praktisch half es Frankreich anno 71 gar nichts, daß es von Napoleon III. abrückte: mitgefangen, mitgehangen, lachte Bismarck, steckte das Elsaß ein und ließ sie fünf Milliarden Goldfranken blechen, die ja, wie Sie wissen, in ein paar Wochen auf den Tisch des Hauses gezahlt wurden. Was hatte der Bauer an der Loire, der Gymnasialprofessor aus Besançon oder der Weinzüchter in Cassis mit dem Sohn der schönen Hortense Beauharnais zu tun? 'n Dreck, würden die Hiesigen sagen. Aber sie mußten alle mit dran, gradestehen für das, was Eugenies ehrgeiziger Mann angerichtet. Und kein Historiker wendet etwas dagegen ein.« – »Weil ihnen nix einfällt dagegen«, lachte nun auch die neue Frau Dr. Koldewey, die ja dieses ganze Hochzeitsgespräch viel zu ernst nahm. »Dem Karlchen Marx wäre schon was eingefallen, scheint mir, vielleicht ist's ihm auch, und wir haben's bloß nicht gelesen. Er hätte vielleicht gesagt, der bürgerliche Geist oder auch der junkerliche, da es sich um Bismarck handelt, schiebt immer dann das Volk vor, wenn es seiner eigenen, quer über alle Grenzen geschichteten Klasse schief gegangen ist. Die Bauern und Arbeiter der ganzen Welt leben als mehr oder minder stumme Mitte und Substanz einer Kugel, deren Oberfläche blank poliert von der guten Gesellschaft dargestellt wird – in der ganzen Welt. Diese gute Gesellschaft, zu der auch wir gehören, regiert sich selbst und die ganze Materie der Kugel. In manchen Ländern wird diese Materie befragt, in manchen Ländern, wie bei uns, nur von Zeit zu Zeit um ihre Zustimmung ersucht. Gespielt aber wird das Menschenspiel rund um die Erde von den Angehörigen der gleichen Kaste, in die ja nun beständig Leute von innen aufsteigen. Bei uns diesmal viele Tausende, gehüllt in Uniformen. Aber, lieber Rohme, wären Sie geworden, was Sie sind, wenn Sie als Student in einer Kaserne gewohnt hätten und nicht in der akademischen Freiheit? Hätten Sie Ihre Claudia gefunden, wenn Sie nach Rassegesetzen hätten wählen müssen? Finden Sie nicht, daß ein Deckel über dem Kopf, auch der einer Militärmütze, dem freien Denken immer schlecht bekam? Wir sind Produkte des alten Deutschland und haben keine Ahnung, womit uns die des neuen überraschen werden. Vielleicht mit Großtaten, vielleicht mit Scheußlichkeiten.« – »Mit den ersteren, mit den ersteren«, rief Claudia überströmend. »Ich habe so viele wertvolle Jungen und Mädel in Zürich kennengelernt und so groteske und schiefe Emigranten beobachtet, daß ich über die Selektion ganz beruhigt bin, die unser Vaterland jetzt treibt. Was aber den Justus Langhammer angeht« – von der Diele her, aus dem Treppenhaus schlug eine Uhr mehrere Schläge, ob vier oder fünf hätte niemand zu sagen gewußt. Gleich danach aber öffnete sich die Tür, und der junge Herr im Abendanzug, Bert Boje, erschien in ihrer Füllung, hinter seiner Schulter das heitere Gesicht der reizvollen Annette. Er trug aber auf beiden Armen und Händen eine blaugrüne Glasschale von der Größe einer kleinen Tischplatte, die, einem antiken Rundschild gleich, statt des erhabenen Buckels eine ebenso gewölbte Vertiefung enthielt. Aus ihr nun quollen Stiele und Blüten einer Urwaldliane, einer unwahrscheinlich gestalteten, goldgrünen Traube gleich, die statt Beeren geöffnete Blumenmäulchen enthielt, aus welchen rote Staubgefäße und schneeweiße Stempel strahlten – auf der schimmernden Glasplatte, ein zauberhaftes Geschenk. »Aus Buenos Aires«, damit verneigte sich der junge Mann und setzte die Platte oder Schale der Braut gegenüber auf einen runden Schemel, so daß ein Blumentisch entstand, den kein Kunstgewerbler glücklicher hätte entwerfen können. Herb und süß drängte sich sein Duft in den Geruch der Tabake und Getränke. »Unwahrscheinlich«, sagte Käte Neumeier, indem sie ihr Gesicht darüber beugte, die üppige Ferne und Fremde einatmend. »Mit dem Auftrag dieses Urwaldkind nicht vor dem ersten Mai zu übergeben. Da du, Tante Käte, diese ganzen Wochen aufs heftigste abgelenkt und beschäftigt warst, gelang der Spaß. Für die Vase aber bin ich nicht verantwortlich. Der Geber sandte uns den Zaster, den Geschmack aber stiftete – nun wer?« – Die Beschenkte wandte sich an Annette, zog sie in die Arme und küßte sie. »War sonst noch etwas dabei?« fragte Herr Koldewey lebhaft. »Doch«, bejahte der freundliche Bote, entnahm seiner Westentasche ein Aluminiumröhrchen, geschlossen und versiegelt, das früher einmal medizinische Tabletten enthalten haben mochte, und bettete es auf den breiten Glasrand, zwischen die Ranken und Kelche. »Aha«, rief die Braut, »er hat nichts vergessen. Alte Liebe gibt treue Freunde.« – »Darf ich's verwahren«, fragte Herr Koldewey, »bis wir ein Zeichen bekommen, es zu öffnen?« Frau Käte nickte, die Blicke auf das köstliche Farbenspiel blaugrünen Glases, satten Mooses und goldgrüner Blüten gesenkt. Karl August also entsann sich des ersten Mais noch, der Rolle, die er damals bei ihnen gespielt – vielleicht hatte sie darum, ohne es zu wissen, den gestrigen Morgen zur Trauung vorgeschlagen … Wie hatten sie damals den Maibaum umtanzt, Reigenlieder gesungen, von Jugendfrische und Frühlingsglück überströmt … Und nun diese Gegenwart, ein

Herbst reifer Früchte, undurchsichtiger Aufgaben, schwerschattender Möglichkeiten … Prüfend und zärtlich sah sie Herrn Koldewey zu, der das Röhrchen mit dem Pfeilgift wortlos in seinen Schreibtisch schloß, indes Rohmes das Kunstgewerbe des Dritten Reiches lobten, das diese Schale hervorgebracht. »Ach nein«, meinte Annette, »das ist Geschmack der Republik, vielleicht sogar nach einem Vorbild aus Holland oder Paris.« – »Und was Pastor Langhammer angeht, fragten Sie nicht nach ihm, als ich dieses Prunkstück hier hereinbrachte?« Damit wandte sich Bert Boje von dem stumpf-schwermütigen Antlitz der Barlachschen Bäuerin den lebenfunkelnden Augen der fremden Dame zu, »– so hat er sich unvorsichtigerweise zwischen einen SS.-Mann mit gehobener Stahlrute und einen Häftling geworfen, der ihm als Christ die Hände küssen sollte, die ihn geschlagen hatten. Da es oben auf einer steinernen Treppe geschah, fiel Pastor Langhammer nach empfangenem Hieb zehn oder zwölf dumme Stufen herab, genau genug an Zahl, um ihm einen Genickbruch zuzufügen. Dieser Bericht ist authentisch, er stammt aus meiner SA.-Kameradschaft.« Damit zeigte Bert Boje auf dem Aufschlag das Zeichen eines mittleren Grades der SA., in welcher seit ihrer Reinigung vor vier Jahren kein Verdacht hitlerfeindlicher Gesinnung wachgeworden war. Rohmes wechselten einen Blick, die Eifersüchteleien zwischen der ehemaligen und der neueren Schutztruppe der Partei waren ja in Zürich oft genug besprochen worden und beklagt. Hier hatten sie gleich ein Beispiel. »Bert«, rief eine Frauenstimme aus dem Nebenzimmer, und der junge Mann, »zu Befehl!«, verschwand wie er gekommen. »Eine polierte Außenfläche, in der sich die irdisch-bürgerliche Gesellschaft wie in einem Spiegel sehen kann, das vielleicht sind wir«, verwischte Herr Koldewey den peinlichen Eindruck, den die Worte seines neuen Verwandten auf die Gäste hätten machen können. »Wenn wir Glück haben, erkennt sie sich darin, obgleich eine Kugelflasche eher für den Spiegel eines Lachkabinetts taugt …« – »Oder zum Rasieren«, warf Frau Koldewey heiter ein, »und nimmt uns Eskapaden à la Österreich nicht allzu übel.« – »Solange kein Krieg entsteht, ausgeschlossen«, rief Frau Claudia, »und darum lauern all eure hinausgeworfenen Neider ja nur darauf, daß sie Gift kochen und eingetauchte Bolzen verschießen dürfen, wie Zwergvölker im Urwald. Ein Glück, daß sie ohne jeden Einfluß bleiben, niemand nach ihnen auch nur einen Blick wendet – Personen von Gewicht wohlgemerkt. Sonst könnte es ja nicht passieren, daß eine Konferenz nach der anderen ergebnislos verläuft und der jüdische Professor Weizmann nach der letzten einem Journalisten spöttisch erklären konnte, wahrscheinlich werde der Völkerbund die Palästinaregierung um Zertifikate bitten müssen, da ja sonst die ganze Erde für Einwanderer keinen Platz zu bieten scheine.« – »Nach Palästina wollen die wenigsten«, sagte Professor Rohme bedächtig, »sie lassen sich vom Neuhebräisch ins Boxhorn jagen. Und dabei weiß doch jeder, wie sprachgewohnt und sprachgewandt diese Mittelmeerküste sich von früh an auf Fremde eingerichtet hat. So wie unsere friesische hier, um von ihnen zu leben. – Also keinen Krieg, kein neues 1914, und alles kommt ins Gleiche, und zum siebzigsten Geburtstag Adolf Hitlers halten die Emigranten in Washington, Shanghai und Tel Aviv Feiern ab und senden Huldigungstelegramme.« – »Nein, keinen Krieg«, bestätigte die Gastgeberin, indem sie ihr Täßchen Mokka leerte, »im Krieg fallen immer die Falschen, hat ein Dichter nach dem vorigen geschrieben. Ist ja auch die ganze Generalität und das diplomatische Korps wohlbehalten zurückgekehrt.«

Vor dem Fenster trommelte plötzlich und pfiff es. Und mit taktfesten Sohlen marschierte es draußen jenseits der Mauer vorüber – wer, das wollten Koldeweys gleich feststellen. Annette aber, erhitzt und gerötet, hatte im Nebenzimmer die Vorhänge bereits gelüftet, die Scheiben geöffnet und war auf den kleinen, nur andeutungsartig gebauten Balkon über der Eingangstür getreten. »HJ.«, rief sie, nach rückwärts, »die Jugend marschiert in den ersten Mai.« – »Kinder, wie spät ist es denn?« fragte Walter Rohme mit heiterem Entsetzen, »da haben wir uns ja weiß Gott eine ganze Frühlingsnacht um unsere unschuldigen Ohren geschlagen.« Schlanke Buben, den Tornister gepackt, mit Riemenzeug und Seitenmesser, machten einen strammen Marsch auf den Flugplatz zu, sicher achtzig oder neunzig, zwischen dreizehn und fünfzehn alt. »Was für prächtiges Gewächs«, bewunderte Frau

Claudia Rohme, »die Rasse in Deutschland hat sich sehr verbessert.« – »Körperlich schon«, meinte Frau Käte Koldewey, »wie sie den Lebenskampf bestehen werden, den freien Wettbewerb mit der ganzen Welt, das wird sich erst erweisen müssen.« – »Es heißt, sie dürfen jetzt bei Fallschirmmanövern dabei sein und selbst mitmachen wie die jungen Russen«, berichtete Annette, als die Musik schon gedämpft verwehte, die schmalen Gestalten in Reih und Glied aber vom Rücken her im Dunst verschwammen. »Hätte die Weimarer Republik mit diesem Ehrgeist gerechnet, statt mit dem Lehrgeist, sie lebte wohl heute noch«, meinte Professor Rohme. Heinrich Koldewey schüttelte lachend den Kopf, sagte aber nur: »Nun laßt uns an ein Frühstück denken, da kommt schon jemand die Treppe herauf.«

Ja, es kam jemand die Treppe herauf, es klang wie ein kleines Gefolge von mehreren Personen, den Schritten nach, dann öffnete sich die Tür und hereingeführt wurden eine Frau im Wachstuchmantel und ein Mann in einer Lederjacke, eingeleitet von Ingebottel und beschlossen von Thyra, beide Rutenbüsche von Weidenkätzchen und Erlen in den Händen, hochgeschwungen. Annette aber, strahlenden Gesichts – und auch in den Mienen der anderen spiegelte sich höchstes Behagen über die gelungene Stegreifkomödie – Annette hielt ihre beiden Fäuste wie eine Trompete hintereinander an den Mund und sang oder blies mit falscher Stimme die Wagnersche Fanfare des Einzugs der Sänger auf die Wartburg. Und indes Stine, halb verschämt und unsicher, halb erheitert und zum Mitmachen bereit, sich in dem übermütigen Kreise umblickte und ihre Blicke mit verlangendem Ausdruck auf der grünblauen Blumenschüssel ruhen ließ, ihrer Farbe, hielt Albert in den Händen, wie eine Ehrengabe, jenen Gegenstand mit langem Stiel und eingehülltem Blatt, den er so gern losgeworden wäre. Hatten da doch die jungen Damen, die von ihren Kavalieren in Autos herangebracht wurden, indes Stine und er ziemlich ratlos auf den beiden Prellsteinen rechts und links des Villentores saßen, in kurzem, leicht beschwipstem Hin und Her erfragt, was Albert da auf den Knien hielt, in die Hände geklatscht und ihn beschworen, diesen Gegenstand, diese Holzaxt zu einem Spaß herzuleihen und dabei mitzuwirken: sie dem Zuchthausdirektor Koldewey, ihrem Vater, zur Hochzeit zu schenken, für sein städtisches Museum und gleich mit heraufzukommen. Der Volksgenosse müsse aber so nett sein und bestätigen, dies sei das Beil, mit welchem im Vorjahr die vier Fuhlsbütteler Hinrichtungen vollzogen wurden, sonst käme das Geschenk ganz und gar um Salz und Schmalz. Und indes Stine einen Ausruf der Verwunderung unterdrückend, eilig behauptete, dies verhalte sich so, dies sei das Beil von Wandsbek, rechnete sich Albert geschwind aus, daß die Damen für den Spaß sicher ein paar Taler springen ließen, verlangte trocken 12 Mark 50 als Selbstkosten und erhielt sie feierlichst zugesagt, sobald arme Stenotypistinnen morgen früh ihr Gehalt empfangen würden. »Vielleicht aber legt's Annette auf die Hochzeitskosten um und spendiert's aus der Wirtschaftskasse. Dann brauch ich bei Ihnen keine Schulden zu machen«, hatte Thyra, die auf Albert überhaupt den gesetzteren Eindruck machte, diesen Teil der Gespräche beendet, die Namen des Ehepaares erbeten und es zu einer Tasse Frühstückskaffee eingeladen. So geschah es denn, daß die Teetjens Herrn und Frau Dr. Koldewey als Gratulanten aufwarteten und schmunzelten oder lachten, indes Ingebottel als Geist der Stadt oder genius loci redend, den Herrn Doktor bat, dieses Wahrzeichen der Gerechtigkeit von der Jugend des Dritten Reiches als Ehrengabe und Hochzeitsgeschenk in einem anzunehmen und dem Museum einzuverleiben. Die junge Ingebottel, in allem eine vergröberte Ausgabe von Annette, mit noch slavischeren Backenknochen und noch blonderen Haaren, machte ihre Sache wirklich reizend, und niemand begriff, warum Herr Koldewey seiner charmanten Tochter nur zerstreut zuzuhören schien, mehrmals in seine Westentasche faßte, einen Schreibtischschlüssel herauszog und abwesend betrachtete und sich erst dann, gleichsam mit einem Ruck, der Gesellschaft, der Gegenwart und seinen Wirtspflichten wieder zuwandte, als Frau Käte ihre Hand auf die seine legte und sie beruhigend drückte. Da sie gleich danach, von Annette zum Frühstück gebeten, das Zimmer verließen, nahm Herr Koldewey die Gelegenheit, mit Frau Käte ein paar Worte zu wechseln, die nur sie beide verstanden: »Neigte ich zum Aberglauben, so müßte ich sagen: ein Zeichen. Erst Kurare und dann das Beil ...« – »Und alles drei durch deine Kinder«, spottete Frau Käte mit funkelnden Augen. »Außerordentliche Zeiten erzwingen außerordentliche Mittel, sagt dein Herr Nietzsche irgendwo, und nun hab ich mich außerdem versprochen, alles beide durch deine Kinder.«

Ja, da gab es eine heitere und umfängliche Frühstückstafel, ausnahmsweise im Eßzimmer mit den hohen Kirchenstühlen, wie für den heutigen Tag sich alles ausnahmehaft anließ. Herr Koldewey, in einer kleinen Rede, hatte gleich beim Niedersetzen seinen Töchtern und dem Ehepaar Teetjen für die sinnige Gabe gedankt und versprochen, bei guter Gelegenheit auf einem Metalltäfelchen den Namen des Gebers zu verewigen, »sofern wir von Ewigkeit in unserer gebrechlichen Welt überhaupt reden können.« Worauf Herr Professor Rohme dem Dritten Reiche mindestens die zehnfache Lebensdauer prophezeite als der Weimarer Republik. Nach dem Sieg über Moskau, den wir in den nächsten Jahren erleben würden. »Gott, Rohme«, lachte Koldewey, »Sie haben gut Krieg prophezeien, während unseres Weltkrieges dozierten Sie schon in Zürich, und jetzt: auf nach Amerika, das es ja, wie Sie wissen, besser hat.« – »Keine verfallenen Schlösser, keine Basalte und keine Beteiligung an unseren europäischen Händeln. Denn daß sich, nach den Erfahrungen des ersten, kein zweiter Woodrow Wilson unter den Washingtonern finden dürfte, davon ist man in Genf überzeugt, die Unverbesserlichen ausgenommen. Diese Unverbesserlichen glauben ja auch, hinter den ›Holzschlägen‹ in der Roten Armee, womit sie die Beseitigung der fähigsten russischen Generalität meinen, den Finger euerer Gestapo fühlen zu sollen. Wir lachen darüber, weil Revolutionen immer ihre eigenen Kinder fressen, aber daß eure Wiedergutmachungspolitik mit den Russen als ernsthaften Gegnern nicht zu rechnen braucht, pfeifen doch die Spatzen von allen Züricher Dächern. Es ist erstaunlich«, schloß der Professor, Annettes herrlichen Kaffee andächtig kostend, »als Wissenschaftler Zeuge zu sein, wie eine geniale Kraft sich von den untersten Schichten der Gesellschaft aus bis zu einer Höhe emporarbeitet, auf der sie keinen Ebenbürtigen findet, kaum geeignete Partner, um Weltgeschichte zu machen. Hat sich je eine platonische Idee in einem Menschen verkörpert, so die der deutschen Nation in dem einst so verlachten Adolf Hitler.« Annette und Bert, die einander in der Mitte der Tafel gegenübersaßen, hörten Rohme noch versichern, es werde nur zu einem militärischen Aufmarsch, kaum aber zu mehr kommen, wenn Deutschland jetzt an die Bereinigung des tschechoslowakischen Problems gehe, die Heimführung der deutschen Minderheit aus diesem künstlich aufgeblähten Staate; dann wandten sie sich der Jugendecke zu, wie Annette es nannte, wo auch von Kriegsvorzeichen gesprochen wurde. Thyra, die brünetteste der drei Schwestern, ließ ihre dunklen Augen von Stine zu Teetjen wandern und fragte sie aus. Ingebottel nämlich hatte beim Beißen ins Butterbrot verraten, vor ihrer Schwester müsse man sich in acht nehmen, sie sei Astrologin und höre das Gras wachsen, worauf Herr Teetjen gefragt hatte, ob sie dann vielleicht auch eine Erklärung wüßte für komischen Spuk – einen Heereszug, der am Ohlsdorfer Friedhof vorübergezogen sei, vielleicht auch mitten durch, oder ob schon so früh morgens Manöver in großen Verbänden angesetzt worden wären. Gewisse Menschen, entgegnete Thyra, besonnen und müde, mehr als man glaube, besäßen gewisse Gaben. Das Dritte Reich hatte dazu geholfen, sie bloßzulegen. Sie werde nächstens einmal bei Teetjens vorüberkommen, um mehr zu erfahren, wenn es den beiden Volksgenossen recht sei. Und während Stine die Lippen ängstlich zusammenkniff – nur nicht davon reden! – kippte Albert einen zweiten oder dritten Kognak hinter die Binde und freute sich auf den Besuch. Die neue Frau Mutter kannte genau das Haus und die Straße. Dabei fühlte Albert einen Blick auf sich ruhen, begegnete dem nachdenklichen Hinübersehen Frau Dr. Neumeiers, hob sein Glas und trank ihr zu. Nur nicht absinken, dachte er dabei. Immer zu denen gehören, die mit am Tische sitzen. Ich wieder Angestellter? Lieber tot.

Ja, Käte Neumeier ließ ihre Augen auf diesem Albert Teetjen ruhen und auf seiner armen, kleinen Frau, der braven Stine. Was für ein sonderbares Spiel diese beiden Leute just heute hierhergebracht hatte und just an ihren Hochzeitstisch, mit welchem eine weitere Epoche ihres Lebens endete, die zweite oder dritte, und mit welchem eine neue anheben sollte, die vierte und letzte, wenn alles in gehörigen Bahnen blieb. Hatte sich Karl August Lintze, gleichsam ohne es zu wissen, den Bert zum Stellvertreter ausgewählt, um seine Gaben darzubringen, so durfte sie in diesem Teetjen denjenigen Friedrich Timmes erblicken, mit seinem Beil und seiner Mahnung, die außer Koldewey niemand erraten konnte, ihrem Koldewey, ihrem Heinrich, dem sie jetzt du sagen sollte und auch schon sagte, und mit dem sie früher oder später, vielleicht auch nicht gerade heute, auch das Band körperlicher Erlebnisse verbinden würde. Niemand besser als Friedel würde, wenn er noch lebte, verstehen und billigen, daß ihr dieser Teetjen leid zu tun begann. Sie konnte es nicht leugnen. Besitz und Herrschaft, Einfluß und Ansehen sind mächtige Triebkräfte; wer sie als Klasse innehat, verteidigt sie mit Zähnen und Klauen und wird von ihnen weiter und weiter getrieben, Gesetz der Ausbreitung. Lassen sich ganze Völker zu Werkzeugen solcher Mächtegruppen einkneten, wie man's jetzt um Spanien beobachtete – wie hatte sie, Käte, den gleichen Vorgang einem einzigen, winzigen Handlanger so tief verübeln können, dem Schlächtermeister Teetjen mit dem Beil, der noch dazu durch ihren eigenen Briefumschlag, ihre Dienstwilligkeit und Nächstenliebe auf die abschüssige Bahn gesetzt worden war, auf welcher er immer weiter herunterrutschte wie ein Schiff, das von Stapel läuft? Vielleicht brachte sie es fertig, daß er nun auf dieser Seifenrutschbahn mit seiner Frau ins Wasser plumpste und ertrank. Was aber war damit bewirkt? Wem geholfen? Wer gerächt? Sie hatte auf lächerliche Weise einen einzelnen Furunkel bekämpft, ein rotgelbes Geschwürchen aufs altmodischste mit dem Messer angegangen, statt auf die Gesamterkrankung zu sehen, diese Furunkulose, die den Gesellschaftskörper vereiterte und durchsetzte, zu heilen, nur mit einer grundsätzlich anderen Therapie, mit starken Dosen eines Mittels, das, gleich dem jetzt entdeckten Dagenan, jahrzehntelang im Laboratorium des Weltgeistes gelegen hatte, angewandt zum erstenmal von Ausländern, dem kleinen, zierlichen Herrn Lenin an der Spitze. Der Irrtum, den sie begangen, der Fehlweg, den sie eingeschlagen, dort saß er leibhaftig an ihrer Kaffeetafel und hob jetzt ein Gläschen und prostete ihr zu. Schön, schön. Meister Teetjen, Sie sehen aus wie ein guter Kämpfer, lassen Sie sich jetzt den Wind tüchtig um die Ohren brausen, zur rechten Zeit wird man nach Ihren Diensten wieder schicken. Sie werden gewürdigt sein, an der Wiedergutmachung mitzuarbeiten, der Befreiung unseres Volkes von dieser Furunkulose, aber dazu müssen Sie erst weichgeklopft werden, und darum bleibt's dabei, niemand wird zurückgepfiffen, kein Druck erleichtert. Erst haben Sie sich freiwillig gemeldet, das nächste Mal werden Sie unfreiwillig geschoben, und wenn Thyra das in Ihrem Horoskop findet, will ich der Astrologie ein Hühnchen schlachten oder ein Kaninchen, oder was für ein Opfer diese Göttin und Religion verlangt. Und Käte Neumeier, die neue Frau Dr. Koldewey, hob ihre Kaffeetasse und erwiderte mit humoristischem Ausdruck den Zutrunk Alberts. Wieder schlug die Uhr, und diesmal hörten es alle, sie schlug sieben.

Das Koldeweysche Haus stand an diesem Morgen im gelblichen Frühlingsnebel, sämtliche Fenster weit geöffnet und so gut wie alle Zimmer in jenem Verbrauchtsein, das die menschlichen Unternehmungen im Gefüge des zivilisierten Lebens zu hinterlassen pflegen, bis dienstbare Geister diese Spuren tilgen. Am ersten Mai, dem Tag der deutschen Arbeit, hätten diese vielleicht ein Anrecht darauf gehabt, eine so außergewöhnliche Unordnung erst später beseitigen zu müssen, aber sie taten es gern schon jetzt, daran brauchte niemand zu zweifeln, und ließen sich dazu nur vom Radio Musik machen. Herr Heinrich Koldewey und seine Gattin zogen sich in das bisherige Schlafzimmer des Herrn Direktor zurück, die beiden jungen Damen schliefen bereits aufs heftigste, und Fräulein Annette, in gewohnter Liebenswürdigkeit, hatte es übernommen, Rohmes im Hotel Atlantik abzuliefern, was durchaus nicht so einfach zu bewerkstelligen war, weil die innere Stadt von Marschgruppen wimmelte, die zum Stadtpark und zum Heiligen-Geist-Feld hinstrebten. Aber schließlich ward auch das geschafft. Bert Boje, der im Notsitz mitgefahren, wie einst ein gewisser Tom Barfey nach Stellingen, stieg aus, setzte sich neben die Fahrerin und wechselte während dieser Prozedur mit ihr einen langen Blick. Was nun? hieß der. Wie geht es mit uns weiter, Fräulein? Und genau so, nur zaghafter, glitt es durchs Gemüt der jungen Frau. Zwischen Bert und Annette hatten die letzten Monate eine Fülle unausgesprochener Befreundungen, fast Gewöhnungen geschaffen, aus Hunderten kleiner Handreichungen, die alle mit Käte Neumeiers Hochzeit in Verbindung standen. Aber ein junges Paar bereitet nicht umsonst einem älteren die Verehelichung vor. Bert ließ seine Blicke schweigend und dringlich auf Annettes von den hohen Backenknochen charaktervoll geprägtem Slaven- oder Südseegesicht ruhen. Beide verspürten offenbar keine Lust, in die Villa zurückzufahren, wo sie nur störten, obwohl die Mengers-Mansarde, wie das gelbgetünchte Dachzimmer mit dem runden Fenster jetzt hieß, seit langem ein Gastbett für Herrn Boje barg. Plötzlich schlug sich der mit einem gespielten Entschluß vor die Stirn: »Heißt es nun, den Seinen gibt's der Herr im Schlaf, oder was man nicht im Kopf hat, muß das Auto in den Beinen haben? Ich habe doch versprochen, meinem neuen Freund, dem Sturmführer Preester, die argentinischen Briefmarken herüberzubringen, die auf unserem Paketchen geklebt haben, dem mit den Wurzeln und dem Kurare. Fahr mich in Kätes Stadtquartier.«

Annette verbarg ein Lächeln, dieses plötzliche Du quittierend. »Dann hätten wir diese Teetjens auch gleich mitverladen können«, sagte sie und gab Gas. Sie hatte ihr großblumiges, reizendbuntes Abendkleid noch an, aber einen Sportmantel darüber, den Kragen hochgeschlagen und bis unters Kinn zugeknöpft, und mußte achtgeben, daß der seidene Saum nicht mit dem möglicherweise ölbefleckten Metall des Gashebels in Berührung kam, preßte also die Knie aneinander und hob die Seide hoch hinauf. Bert Boje fragte: »Darf ich behilflich sein?« und legte seine Hand auf diesen Saum, oder vielmehr auf dieses Knie, da ja eine Fahrerin beide Hände braucht, um das Steuer zu bedienen. Die gute Marie war auf Urlaub, sie hatte sich gestern nachmittag weinend von Frau Doktor verabschiedet, an deren Stadtbetrieb sich doch manches ändern würde – Marie konnte für die Abende oder die Vormittage eine Stelle als Aufwartung annehmen, nur in den Sprechstunden mußte sie nach wie vor Frau Doktor helfen. Zum Glück hatte Bert Käte Neumeiers Schlüssel in seinem Mantel, weil das mit den Blumen und der Schale sich zu allermeist in der Wandsbeker Chaussee abgespielt hatte. Bei Nummer zwei angelangt, stieg er aus und hielt ihr den Wagenschlag offen. »Nicht«, lehnte sie ab und blieb sitzen. »Doch«, bat er, »wie soll ich denn die Marken finden?« Ein paar Atemzüge lang beschaute sie ihn, seinen graden, klaren Blick, ihre feinen Brauen zweiflerisch gehoben, dann löste er ihr die Hand im festen Lederhandschuh vom Volant, sie zog mit der anderen die Gasschlüssel heraus, stieg aus, schloß den Wagen ab und erstieg hinter ihm, von seiner Hand leicht geführt, die schmalen, sauberen Treppen zu Käte Neumeiers verlassener Wohnung. In der Diele schon nahm er sie in die Arme. Sie schüttelte den Kopf. Dann ließ sie den Mantel offen an ihrer Gestalt herunterhängen, er umschlang sie unterhalb des Lodengewebes, wollte ihren Mund nicht mehr loslassen. »Wo ist jetzt Reeder Footh?« fragte er. »Ertrunken«, antwortete sie »es gab keinen solchen.«

Im Zimmer drin setzte sie ihren leichten Widerstand fort. »Nicht«, seufzte sie, »ich bin doch viel zu müde, solch ein Tag, solch eine Nacht, du hast doch nichts von mir.« – »Genug«, murrte er. Das schöne, bunte Seidenkleid hing unordentlich über Käte Neumeiers Tischchen, sein Abendanzug lag daneben. »Als ich ein kleines Mädchen war, nach Mamas Tod, kroch ich zu Papa ins Bett und weinte mich an seiner Schulter in den Schlaf. Heut hat er eine eigene Frau, nun bin ich überflüssig.« – »Ich als Junge zu meinem Jugendführer«, entgegnete er ruhig; »brauchten viele Umwege zueinander. Das Leben, wie es ist, steht nicht in der Fibel. Wirst du auf mich warten, wenn ich nach B. A. gehe, so nennen sie Buenos Aires?« – »Mitkommen«, lächelte sie, in jedem Augenwinkel eine Träne, und schlief ein. Den Arm um ihre schlanke Hüfte lag er auf dem Rücken, betrachtete die gelbliche Decke über sich und fühlte sich unendlich glücklich, der Zukunft sicher. Zwanzig Minuten laß ich sie schlafen, dachte er, dann suchen wir die Marken, geben sie bei Lehmkes ab, sausen hinaus. Ich glaube nicht, daß wir hier lange parken dürfen.

Die ganzen letzten Stunden hindurch, diesen erregenden, die Nerven spannenden Frühmorgen, hatte Herr Koldewey damit zu tun gehabt, zwei Worte in den Hintergrund seines Bewußtseins zu drängen. Sie hießen: ein Zeichen. War dies nicht wirklich zum

Abergläubischwerden? Brachte ihm diese ja alles erklärende Hochzeiterei den Mann mit dem Beil ins Haus und gleichzeitig die Blumen mit dem Gift. Es war zum Verrücktwerden, falls man irgend dazu neigte. Nun er, Heinrich Koldewey, neigte nicht dazu. Sein verhinderter Trauzeuge, Herr Lintze, mitten im Kriegsspiel befangen, trieb er sich jetzt in Leipzig umher, in Dresden, vielleicht in Wien? Er mußte kommen, er gab das Zeichen. Nicht der Zufall, das Spiel des Beziehungswahns. Und gleichwohl, gleichwohl ... Heute war Feiertag, gehen wir schlafen. Laß dir das Steigen dieser Treppen hier, dieser Stufen, gewohnt werden, Käte, und gut bekommen. Statt eines Rittermantels breit' ich dir diesen Wunsch vor deine gutgeformten, mittelgroßen Füße. Damit führte Herr Koldewey seine Gattin in ihr gemeinsames Schlafzimmer, dessen Fenster, weit geöffnet, gelblich hell, einen blassen Himmel verriet, hinter dem Nebel vielleicht sogar ein wenig Blau. »Wir haben es doch nicht eilig, Käte«, sagte er, »reife Borsdorfer wie wir.« – »Wahrhaftig nicht«, bestätigte sie. »Irgendwann einmal, wir stehen doch nicht im Kalender. Zeig mir das Badezimmer, dort zieh ich mich aus.« Er seinerseits entkleidete sich vor seinem Schrank, fand sein Nachthemd im Bett, wie gewöhnlich, nur daß es diesmal blaue Kreuzstichmuster schmückten, stellte fest, daß er hier nicht mehr rauchen werde, weder heute noch irgendwann, streckte sich aus, erregt und müde. Ein sonderbares Wesen, dieses Säugetier Mensch, dachte er. All seine Riten, Sitten und Gebräuche. Liegt im Nebel, erwartet ein weibliches, sehr fremd, sehr verwandt, kann seine Vergangenheit überblicken, von der Zukunft so gut wie nichts und handelt immer so, als wäre er ihrer sicher. Was alles wir durchlebt haben, Männer meines Schlages! Wie weit dieser Walter Rohme von mir abgetrieben ist. Wie gingen seine letzten Worte? Er habe Claudias Vermögen in spanischen Aktien angelegt, Rio Tinto Almaden. Dann müsse er ja für Francos Sieg beten. Wo aber bleibt diese neue Käte?

Sie trat ein, mit ratloser Miene, in ihrem fliederfarbenen Bademantel. »Wüßt' ich nur, wo Annette mein Nachtzeug hingetan hat«, meinte sie. Koldewey setzte sich auf, nahm sein Kinn zwischen die Finger. »Da Annettchen doch ordentlich ist, vielleicht hierhin.« Er schlug die Decke des Nebenbetts zurück, da lag das Gesuchte. Blaßblau und blaßbraun gemustert, ein zartes Gewebe. »Ich Esel«, lachte Käte Neumeier und warf aus Versehen den Bademantel ab. Und Heinrich Koldewey sah, daß eine gutgewachsene Frau zwischen vierzig und fünfzig noch immer einen sehr begehrenswerten Körper besitzen kann. »Käte«, rief er.

Sechstes Buch

Seele, der Maulwurf

Erstes Kapitel

Ein Leck

Die Unterelbe, wie jeder mächtige Strom in der Nähe seiner Mündung, gilt als schwieriges Gewässer. Das merken vor allem die Segler und Ruderer, die sich bei günstigen Wetterverhältnissen auf ihr tummeln, jetzt zum Beispiel, Anfang Juli. Hat man nicht genug Erfahrungen auf ihr gesammelt, so merkt man erst zu spät, daß die Strömung, auf der es sich anfangs so angenehm hinglitt, ein tückisches Luder benannt werden darf, weil sie dein gebrechliches Fahrzeug unaufhaltsam in die Nordsee hinausschleußen kann, wenn der Flutwechsel dich überrascht und die Ebbe eintritt. Dann merkst du plötzlich, welch unwiderstehliche Kraft dich ergriffen hat, als du dich dem glatten, gelbgrauen Rücken des Elbewurms anvertrautest, dieser Riesin, welche für kurze Zeit von den Lehrern und Oberlehrern des Dritten Reiches ein deutscher Fluß von der Quelle bis zur Mündung genannt werden durfte. Und du kannst von Glück sagen, wenn dir unterwegs jemand zu Hilfe kommt und dich davor bewahrt, auf die Hochsee hinausgesogen zu werden, die binnen kurzem aus deinem Boot Kleinholz machen und mit dir Fangball spielen wird ... Mag sehr sein, daß du zu spät witterst, was mit dir vorgeht, oder daß du die Bojen nicht richtig gedeutet hast, an denen du vorübertriebst, auf dem schönen, kühlen Wasser, in der angenehmen Welt. Aber dann kommt eine verankerte Tonne, ein stählerner Ball, dein Kamerad fragt dich plötzlich besorgt, was das denn zu bedeuten habe, und ob man sich nicht den Ufern zuwenden sollte. Und da ist es zu spät, und wenn du ihn dafür etwa anschreist, weil er dich nicht schon früher auf die Fahrbahn aufmerksam machte, kannst du ihm und allen Kundigen nur leid tun. Legt euch in die Ruder, Leute, und arbeitet, arbeitet um euer Leben, damit euch die Fische nicht auslachen, besonders die Aale und Welse, die sich hernach an euch delektieren.

Obwohl Albert nach vielen Richtungen Ausschau hielt und jeden überflüssigen Verbrauch drosselte, merkte er den ganzen Ernst seiner Lage doch erst, als mit dem Beginn dieses Halbjahrs der Steuerbescheid eintraf, den er vor Monaten so sorgsam vorbereitete. Er kam amtlich zusammengefaltet und verlangte von ihm nicht nur eine Nachzahlung von acht Prozent jener einmal verdienten Zuschußsumme, kinderloses Ehepaar!, sondern auch eine erhöhte Vorauszahlung für die Steuer dieses Jahres. Die Formel »Kinder keine« war wie unabsichtlich mit blauem Bleistift angekreuzt worden, und ein gedruckter Mahnzettel lag beigefaltet, der in allgemeinen Redewendungen auf die Vorteile des Kindersegens in einem gerecht besteuernden Staate hinwies und die besonderen Pflichten unterstrich, die das nationalsozialistische Gemeinwesen seinen Bürgern auferlegt, Männern und Frauen zu Nutz und Frommen der schöpferischen Rasse und der zukünftigen deutschen Aufgaben. Der Schrieb war ja albern, und Albert zerknitterte ihn wütend, aber dann glättete ihn Stine wieder, saß am Tisch und sagte kummervoll: »Als ob es an uns läge.« – »Die Esel verstehen ja nichts«, knurrte Albert, »hundertzwanzig Mark mehr, das geht doch nicht, mußt hingehen, es ihnen klarmachen.« – »Ich«, rief Stine erbleichend. – »Vielleicht ich?« fragte Albert heftig zurück, »damit sie mir anraten, ich sollte mich von dir scheiden lassen.« Stine riß die Augen auf: »Das traut sich doch keiner. Wäre doch zu frech.« – »Weißt nicht mehr, wie sie sich wegen Rassenschande angestellt haben? Wenn's wieder hieße, der Kaiser braucht Soldaten ...?« – »Zum Finanzamt geh ich nicht«, erklärte Stine mit Entschiedenheit, und Albert musterte sie mit schwerem Blick: »Hätte ja auch keinen Zweck. Müßten vielleicht den Rechtsanwalt aufsuchen vom Footh, aber das würde sicher kosten. Und die Schlußantwort kennt man: Das Reich lebt von den Steuern. Vor fünf Jahren hat der Adolf ja verkünden lassen, er mache seinen Dienst umsonst, ihm genügten seine Schriftstellereinnahmen, mehr könnte man nicht verlangen.« Und nach einer Pause, während welcher er seine müßigen Fäuste betrachtete, fügte er hinzu: »Inzwischen ist's ja davon still geworden. Aber Schiffe und Bomber und Tanks und Öl und Autostraßen und Flugplätze. Man sagt ja nichts. Man ist ja stolz auf. Aber zerquetscht darf man doch nicht werden, zwischen den Konzernen.« – Stine, die ängstlich ihr Rechnungsbuch aus der Schublade genommen und, den durchgedrückten Zeigefinger auf dem rotbraunen Bleistift, Zahlen geschrieben hatte, hob ihr Gesicht vom Papier, ganz erblichen: »Wenn wir hundertzwanzig Mark aufs Finanzamt überschreiben sollen, dann sind wir in drei Monaten am Ende. Ganz aus.« Albert zog das Heft zu sich herüber, obwohl er ihr aufs Wort glaubte, starrte die kurze Zahlensäule an und sagte nichts. Inzwischen nahm Stine das Heft wieder an sich, es zeigte auf gelblichem Papier blaue und rote Linien und Rubriken, überprüfte Zeile für Zeile und murmelte: »Ja, bis September einschließlich. Dann hat uns das gerade ein Jahr weitergeholfen.« Albert stand auf, schlurfte in seinen Hausschuhen, sogenannten Tüffeln, zum Kleiderschrank, entnahm ihm die Kümmelflasche – er ging sehr sparsam mit ihr um –, goß sich ein Gläschen ein und kippte es hinunter. »Noch allerhand Zeit«, knurrte er. »Muß was geschehen. Footh wird helfen.« – »Immer wieder der«, seufzte Stine. Aber um ihm nicht den letzten Rest von Zuversicht zu rauben, den sie in seinen Mienen glimmen sah, verschwieg sie ihm den Zweifel, den sie diesesmal verspürte, sie, die vor einem Jahr so munter und überzeugt darauf gedrängt hatte, die Verbindung mit dem reichen Reeder wieder aufzunehmen. »Fräulein Petersen hat eine Tüte für dich abgegeben«, das fiel ihr plötzlich ein, »sie hat gestern abend ihre Leute hier besucht.« – »Stummeln«, sagte Albert, »sie sammelt für mich. In den Kontoren saßen sie mit den halben Zigarren nur so herum.« – »Möcht sie mal zum Kaffee bitten«, fuhr Stine fort, »und hören, wie's jetzt für uns stünde. Ob der Footh überhaupt da ist, und wenn nicht, wer ihn vertritt.« – »Na, wer«, sagte Albert, »wer vertritt mich, wenn ich weg bin? Dazu heiratet der Mann doch.« – »Ich will ihm eine Gehilfin schaffen, die um ihn sei«, nickte Stine mit den Worten der Bibel. »Aber ob die junge Frau Footh für uns so günstig sein wird wie das Fräulein Koldewey? Hast doch gesehen, wie hübsch sie aussah, draußen in Fuhlsbüttel. Daß unsere Dr. Neumeier noch mal heiraten würde, wer hätte das gedacht?« – »Wozu die Umstände«, entschied Albert, »ich rufe einfach an beim Footh und frage, wann er da ist. Wo doch seine Flotte jetzt verdoppelt ist und wir Öl aus

Mexiko holen.« – »So schön, daß du guten Muts bist, Albert. Denn sonst müssen wir die Ladeneinrichtung kündigen, den Kühlschrank, den ganzen Betrieb. Dann such ich mir 'ne Stellung als Dienstmädchen, und du arbeitest wieder auf dem Viehhof oder in der Rüstung.« – »Meinst du doch nicht ernst«, verwahrte sich Albert. »Was anders soll uns bleiben?« fragte sie sanft und unerbittlich zurück. »Noch viel, wenn wir dann das Schlafzimmer halten können, zusammen in die Federn kriechen, uns einander wärmen. Ist 'ne harte Welt, in die wir gestellt sind, meinte ja auch Pastor Langhammer selig, als er das letztemal predigte.« – »Das ist nu all lang her.« – »Woll twedusend Johr«, ergänzte sie mit den Anfangsworten eines Hausmärchens. »Nun geh mal telephonieren. Und zahl gleich auf dem Postamt den Scheck für die Steuer ein, mit dem Staat ist nicht zu spaßen.«

Albert schlenderte zum Postamt hinüber, aber nicht um zu telephonieren. Vor Stine würde er die Ausrede haben, Footh sei noch in der neuen Ostmark festgefahren, mit Verhandlungen oder im Dienste mit seinem Wagen. Der Frühling hatte tüchtig eingesetzt, die Straßenbäume, der Rasen in den Vorgärten, all der Pflanzenwuchs gab sich schon so grün und berußt wie jedes Jahr um diese Zeit, nur er, Albert, fühlte sich nicht mehr auf der Höhe. Der Unfug, wie er das Geschick bisher zu nennen pflegte, in das er geraten war, mit Schuld und ohne Schuld, wenn man so sagen darf – dieser Unfug zerrte an den Nerven. Man fühlte sich den Tag über abgenutzt, des Nachts aber lag man stundenlang wach und hörte die Turmuhr von drüben schlagen oder das Radio jenseits des Hofes singen. Der Eckladen da vorne barg ein Hauptquartier der Quatschköpfe und -mäuler. Frau Krusens Grünkramladen, der alle Gemüse anbot und die Blumen der Jahreszeit in Tontöpfen und Glasvasen, vor allem aber Geschwätz, Tratsch und Übelwollen feilhielt, für die Wagnerstraße und den angrenzenden Teil der Wandsbeker Chaussee. Für die Männer aber sorgte der Barbier ihm gegenüber, bei dem sich Albert regelmäßig das Haar und den Schnurrbart hatte schneiden lassen – rasiert hatte er sich immer selbst, mit dem Messer verstand er ja doch umzugehen. Nun, als er sich einige Tage vor Ostern zurechtstutzen lassen wollte, war bei seinem Eintritt das Gespräch plötzlich gestorben. Sowohl der langnäsige Herr Blecher, wie sein Gehilfe mit dem Eierkopf, schienen plötzlich nicht weiter zu wissen, der eine über einen eingeseiften Kunden gebeugt, der andere die elektrisch betriebene Haarschneidemaschine schwingend, worauf sie dann Albert mit »Bitte, nur Platz nehmen, Herr Teetjen« begrüßten und der Beteuerungen voll waren, gleich komme er dran, sie seien auf der Stelle fertig. Hol euch der Teufel, dachte Albert damals und vertiefte sich in mehrere illustrierte Zeitschriften, die den Triumpheinzug unseres Führers in Rom abbildeten, die neue Adolf-Hitler-Avenue daselbst, Szenen aus dem spanischen Kriege und eine Reihe wohlgeratener Sportler, die sich diesen Winter in der Schweiz Preise geholt hatten. Und während er so saß, fragte sich Albert, ob er recht vermutet, daß er, »der Unfug«, das Gespräch bestritten hatte, oder ob er schon Gespenster sah, überfüllt von Mißtrauen, das er früher nie gekannt. Ein Wunder hätte man es nicht nennen dürfen, nicht wahr? Damals hatte er beschlossen, nun seinerseits einen anderen Haarschneider aufzusuchen und Herrn Blecher zu schneiden, so gern er in seinen bequemen Stühlen saß und die Wohlgerüche schnupperte, die von diesem Berufe verbreitet wurden, anders als von der Schlächterei. Nun, jetzt ging er blechen, den Postscheck nämlich ausfüllen, den er ebensogut daheim hätte ausfüllen können. Den Kameraden Footh mußte man sich aufsparen, wenn einmal wieder Matthäi auf den Letzten fallen würde – oder was die Redensart sonst bedeutete ... Als er sich dann aber auf dem nett gestrichenen Postamt sah, das sich um diese Stunde eines schwachen Betriebes erfreute, verführte ihn die Telephonzelle, offenstehend, dennoch. Er rief in Fooths Büro an, verlangte Fräulein Petersen, wollte hören, wann er, Teetjen, den Parteigenossen Footh einmal sprechen könne. Anfang Juli, sagte Fräulein Petersen, vorher sei Herr Footh bestimmt nicht wieder in Hamburg. Ob sie ihn vielleicht mit Frau Footh verbinden soll. »Ach wo«, entgegnete Albert, »ist doch nix für Damen. Bestellen Sie nur unsere schönsten Grüße. Anfang Juli meld' ich mich wieder.«

Nach englischem Vorbild hieß Frau Footh im Geschäft weiter Fräulein Blüthe. Sie machte nur vormittags Dienst, hielt sich aber streng und pünktlich an ihre Stunden und legte Wert darauf, daß im kollegialen Verhältnis, soweit eins bestanden hatte, keine Trübung eintrat. War aber, wie sich Herr Pfeiffer mit Fräulein Petersen verständigte, längst »die Seele vom Buttergeschäft« geworden, was die Käptns, geschickt im Umgang mit Frauen, sofort heraushatten. »Liebe Lotte«, sagte sie an diesem Vormittag, ehe sie nach Haus fuhr, nach Harvestehuder Weg 3, »halten Sie uns diesen Teetjen vom Leibe. Herr Footh hat jetzt so überaus schwierige Entscheidungen im Kopfe, Sie wissen ja, den Donauweg erschließen ist keine Kleinigkeit, und wenn sich die tschechoslowakischen Dinge schließlich fügen, und man könnte einen Kanal bauen, der Donau und Moldau miteinander verbindet, wie Herr Vierkant vorschlägt, dann wäre eine Lebenslinie für Hamburg offen, denn die Moldau mündet in die Elbe.« – »Weiß ich«, lächelte Fräulein Petersen. »Machen Sie aus Herrn Vierkant, sobald er da ist, eine Auffangstellung gegen unseren braven Freund. Er kann ja nichts so Dringliches zu melden haben.« Klaas Vierkant hatte sich in Wien mit Herrn Footh angefreundet, was in Hamburg nie geklappt hätte; dies war bis zu einer Anstellung als Privatsekretär für die Vormittagsstunden gediehen, und die Idee mit den Wasserstraßen und dem Moldau-Donaukanal zwischen Budweis und Linz stammte von ihm. Für das Dritte Reich, und wenn es um die Ölversorgung Hamburgs ging, spielte die Frage, ob ein Fluß im Oberlauf schon schiffbar sei, kaum eine Rolle – da machte man ihn eben schiffbar. »Also Herrn Teetjen vorläufig fernhalten«, damit verabschiedete sich Fräulein Blüthe und verwandelte sich in Frau Footh. Armer Teufel, dachte Fräulein Petersen. Aber die Stummeln kriegt er doch weiter.

Albert wanderte nachdenklich heim, die Eisscholle, auf der sie treiben, ist um ein gutes Stück kleiner geworden. Daß Stine sich Näharbeit verschafft hat und an Kinderkleidchen stichelt, sobald er den Rücken dreht, er sollte es wohl nicht bemerkt haben. Er selber besitzt noch seines Vaters goldene Uhrkette, ziemlich dick, eher rötlich als gelb, kein sehr hochwertiges Erzeugnis – voriges Jahr hat er sie taxieren lassen. Aber dann fiel Stine der Footh ein, Geesche Barfey stiftete den Briefumschlag, und er brauchte sie nicht zu verschärfen. Bedächtig hatte er sie zu sich gesteckt, als er vorhin fortging, und jetzt steht er ebenso bedächtig vor Goldarbeiter Lüttjens Schaufenster, bei dem er voriges Jahr mit der gleichen Kette vorsprach. Wer hätte geahnt, daß er nach rund einem Jahr wieder soweit sein werde? Vielleicht war der Goldpreis inzwischen in die Höhe gegangen? Vielleicht auch nicht. Die Kaufkraft des Publikums sank und sank; wer nicht zu den Konzernen gehörte, mußte sehen, wo er blieb. Hatten sie darum seit anno 30 der Hindenburg-Republik den Glauben entzogen, er und hunderttausend andere und sich dem Heere Adolf Hitlers angeschlossen, auf Biegen und Brechen? Ein unveränderliches Parteiprogramm hatten er und seine Leute im Munde geführt – daß ich nicht lache! Die Uhrkette wog 42 Gramm, man brauchte bloß die Klinke der Ladentür herunterzudrücken, sie drin auf den Tisch zu legen und bekam den Gegenwert in Mark und Pfennigen ausgezahlt, gute Banknoten des Herrn Dr. Schacht, der jetzt von einem Herrn Funk ersetzt war, Albert wußte nicht warum. Nun, Kamerad Vierkant würde es um so besser wissen, sicher kam er zu Pfingsten heim. Albert zögerte vor dem Laden, betrachtete die Uhren, die hinter dem Schaufenster ihre Pendel schwangen, alle zeigten auf dreiviertel elf – Herr Lüttjens hielt auf Ordnung –, beschaute die Ringe, die Taschenuhren, die Eßbestecke aus Neusilber, den Tafelaufsatz, der wie ein Brunnen aussah, mehrere Schalen übereinander und sagte sich: nein. Noch nicht. Die vielen, vielen Hakenkreuze, wem bringen die wohl Glück? – Das bißchen Gold in der Tasche behalten, das letzte Andenken an den Vater. Heut nachmittag auf den Viehhof fahren, in den Hafen, auf den Wandsbeker Güterbahnhof, Arbeit suchen, die gesunden Glieder vermieten. Nach Pfingsten sind die Kameraden wieder da, Klaas Vierkant, Peter Preester. Zwar hatte sich da ein Vorfall bei Lehmkes abgespielt, der Albert eine Weile zu denken gab, ein schwer verdaulicher Bissen mit widerwärtiger Tunke. Als mehrere Kameraden auf Osterurlaub nach Hause kamen und die Beutestücke vorwiesen, die sie von verschiedenen Gelegenheiten mitbrachten, Ringe, Schmuckstücke, Uhrketten, beklagte sich Albert tags darauf allein bei dem Freunde und Nachbarn, daß die Daheimgebliebenen nun so leer ausgingen. Da hatte Lehmke hingeworfen, zweitausend Mark sei keins dieser Stücke wert; schließlich könnte dieser und jener Hamburger auch fragen, warum niemand an Teilerei gedacht, wenn er einen so großen Rebbach gemacht. Diese Bemerkung hatte Albert den Atem verschlagen. – Schließlich war da noch ein kleiner Unterschied, nicht wahr? Die Mannschaft führte einen fröhlichen Krieg, machte Beute ohne persönlichen Einsatz; worauf Lehmke anspielte, war eine schwere Verrichtung gewesen, übernommen aus triftigen Gründen, um aus einer Klemme herauszukommen, die zwei Leuten wie eine Schlinge um den Hals lag. Zum Glück trompetete das Radio weiter von Wien, und die Männer hörten hin und schwiegen, obwohl die Lehmkin hinter ihrer Theke sprungbereit dagesessen, um sich einzumischen. Zu weiteren Aussprachen wollte es Albert damals nicht kommen lassen. Dieser Knüppel, ihm von einem Freunde zwischen die Räder geworfen, traf. Der Lehmke gab ein gutes Thermometer ab. Vielleicht wäre es klüger gewesen, damals einen gewissen Teil der Einnahmen der Unterstützungskasse abzutreten, vielleicht drei Prozent, vielleicht fünf. Jetzt hätte sich das recht wohl verzinst. Aber wenn ein Kaufmann auf einmalige Weise sein Betriebskapital auffrischte, überlegte er natürlich nicht, daß er davon eine Art Versicherung abzweigen müßte. Niemand im Dritten Reich teilte gern, jeder hielt Vorsicht für die Mutter der bekannten Porzellankiste, und war diese Vorsicht eher Kurzsicht gewesen, so blieb einem nichts übrig als die Hinnahme der Quittung. Leider verwaltete der Preester noch immer sein Konzentrationslager in Graz; mit ihm hätte sich Albert auch nachträglich noch verständigt. Dabei stand ihm jetzt im Postscheckamt nur noch verflucht wenig zu Buche, so wenig ... Übrigens erzählten die Jungs, wie sie in Graz einen Kerl geschnappt hatten, der nach dem Putsch auf Dollfuß im Dienste der Schuschniggregierung den freiwilligen Henker an zwei zum Tode verurteilten Nationalsozialisten gemacht hatte – sie gehängt, wie es in Österreich üblich war, an einem Galgen. Den hatten sie in Graz zu Tode exerziert, durch nichts als Sprung auf, marsch, marsch und Dauerlauf. In ein paar Tagen war der hinüber. Herzknacks, das fette Schwein. – Niemand ist allein, hat Stine damals gesagt. Man braucht nicht stolzer zu sein als Mussolini, der sich jetzt vom Dritten Reich in Spanien helfen ließ. Kameradschaft ist dazu da, einen Mann aus der Patsche zu ziehen. Augen gradeaus, Tritt gefaßt! Ganze Abteilung vorwärts marsch! Der Mai ist gekommen, die Bäume schlagen aus. Alle Veränderungen in der Natur, hat das Radio gestern erklärt, vollziehen sich ruckartig, in kleinen oder großen Stößen. Das Öffnen jeder Knospe, der Durchbruch jedes Keims. Das sollte sich jetzt auch an Sturmmann Teetjen erproben, wie er da mit Schwung über die Straße geht, die Augen forsch auf seine Ecke gerichtet.

Es sollte auch. Aber ein wenig anders, als es der Heimkehrende vermutet hatte.

Zweites Kapitel
Kameradschaft

Schlächtermeister Teetjen steht in blütenweißer Schürze auf der Schwelle seiner geöffneten Ladentür, die Hände in den Taschen. Ein stumpfblauer Himmel überbrückt die Wagnerstraße, es ist heiß, Julianfang, Gott weiß, wie vernünftig es wäre, nach Finkenwärder hinauszufahren, in der Elbe zu schwimmen oder vielmehr im seichten Strandwasser zu liegen und sich die Sonne auf den Bauch scheinen zu lassen. Aber Teetjen tut das nicht, denn der Badestrand in Finkenwärder wird vom Bau der Elbhochbrücke völlig verschimpfiert – ein Mann von Charakter bleibt dann lieber weg. Albert Teetjen macht sich mit diesem Gedanken über sich selber lustig, nicht dies ist selbstverständlich der Grund, der ihn zu Hause hält. Er steht in seiner Tür, neugierig, wie ein Soldat, der den heranschleichenden Gegner erwartet, die Handgranate in der Tasche. Er will ihnen zeigen, daß er sich nicht fürchtet, den Bekannten und den Unbekannten. Er möchte auch keinen Kunden versäumen, der aus Unkenntnis der Sachlage sich zu ihm verirrt, denn die Ausbesserungsarbeiten am Pflaster haben wieder begonnen, die städtische Betonmischmaschine kreischt in der Wandsbeker Chaussee, Haufen von Kies, Sand, Zement türmen sich, gewisse Straßenübergänge sollen statt mit Rutschmit Rauasphalt belegt werden – wer weiß, ob die Picker und Mischer schon etwas davon gehört haben, daß man bei Schlächter Teetjen nicht kaufen kann, weil es bei ihm nicht hygienisch zugeht, in seiner Wurstmaschine Katzen oder Kinder verschwinden, die Ratten aus den Fleeten bei ihm in hohem Preise stehen. Sowas muß es ja doch sein, nöch? Denn es werden ja nicht alle Naslang Kommunisten geköpft in Hamburg …

Albert Teetjen schaut den Himmel an, durch welchen Flugzeuge ziehen. Irgendwo muß die Reichswehr einen neuen Flugplatz eröffnet haben, denn das da sind Kampfflugzeuge, sogenannte Messerschmidts. Und die dicke Maschine, die sie umgeben, ist ein Heinkel-Bomber. Ein Heinkel 54, wenn sich Albert nicht irrt. Aber er wird wohl nicht. Worauf er paßt, hier auf seiner Schwelle? Gestern begannen die Ferien, heute ist erster Ferientag, und nun müßte eigentlich der Ärger mit den Kindern wieder anfangen, die hier vor seinem Laden, ausgerechnet, hätte man früher gesagt, das Pflaster als Sportplatz ausersehen haben. Schon zu Vaters Zeiten. Es handelt sich um ein Hüpfspiel, bei welchem eine Scherbe nach bestimmten Gesetzen in die verschiedenen Felder eines mit Kreide gezeichneten Spielraums gestoßen werden muß, und das ganze heißt, Gott weiß warum, Himmel und Hölle. Die Gören hopsen, grätschen die langen Heuschrekkenbeine, stoßen ihr Steinchen mit der Fußspitze, dürfen sich oben im Himmel ausruhen – kurz, es gibt keine lästigeren Störungen des Publikums vor dem Eingang eines Geschäfts als diesen Betrieb, und Albert hat ihn Jahr für Jahr verwünscht und sich nur von Stines Klugheit daran verhindern lassen, ungeduldig wütend dazwischenzufahren. Aber sie hatte recht. Die Kinder durfte nicht verschrecken, wer ihre Eltern als Kunden behalten wollte.

Heute steht nun Albert da, gespannt, ob das störende Theater wieder beginnen werde! In den Pfingstferien hatte sich nichts beobachten lassen, die waren verregnet, nach Strich und Faden – außer dem, was in ihnen noch passierte … Aber Stine hatte behauptet, der Spielplatz sei verlegt worden, weit nach hinten, noch jenseits von Lehmkes, die Lehmkin hätte sogar ein Stück Kreide gestiftet, damit das neue Feld sich nicht vor ihrer Tür einrichte. Ja, das Beil konnte nicht mehr zaubern. Es hing oder lag irgendwo im Kriminalmuseum und dennoch, dennoch … Albert legte nachlässig die Hand über die Augen. Richtig, da hinten hopsten sie schon, da sammelte sich das Rudel, der Betrieb ging los – nichts zu machen. Stine, Stine, wir müssen weg.

Eigentlich, dachte Albert, konnte er mit sich zufrieden sein. Für einen Mann, dem die Schweine, seine Kameraden, das Rückgrat gebrochen hatten, hielt er sich doch ganz proper. Was er, den sein Großvater Döskopp geschimpft, von der Rückkehr des Sturmführers Preester erwartet hatte und von der Unterstützung des Sturms in seinem Kampf gegen die unsichtbaren Roten, Mensch, das müßtest du dir ins Hauptbuch schreiben. Fünf Tage vor Pfingsten hatte er die Fahrräder verkauft, um die Miete für die Ladeneinrichtung hinterlegen zu können, ohne die letzten Hunderter angreifen zu müssen. Wie wenig der Verkauf gebracht hatte – Stine dachte erst, sie seien bloß versetzt, und war darum mit der niederen Summe einverstanden. Aber dann hieß es, Pieter Preester bekomme sicherlich Pfingsturlaub, und Albert freute sich: jetzt konnte der Versuch gestartet werden, mit dem verleumderischen Gesindel abzurechnen.

Am Dienstag nach Pfingsten war es; Albert würde es nicht vergessen. Er kam zu Lehmkes hinüber, und da saßen schon zehn oder zwölf Leute, Pieter Preester an der Spitze. Die Lehmke hatte aus ihren kleinen Augen einen scharfen Strahl auf ihn geschossen und im übrigen süß wie immer gelächelt, indes Lehmke selber wie ein Bullenbeißer hinter des Sturmführers Stuhl lehnte. Den Unterkiefer ein bißchen vorgeschoben, verlegen und wütend kam er Albert vor. Die Auffrischung der Bude wollte bezahlt werden, das neugemalte Schild, auf welchem ein Panzerwagen eine Birke umfährt – und das allgemeine Wirtschaftsleben zeigte schrumpfende Tendenzen, so stand's in der Zeitung. »Du hast an uns eine Bitte zu richten, Kamerad Teetjen? Da wäre aber vorher noch eine Kleinigkeit zu bereinigen. Wie war's denn mit einem hübschen Sümmchen, das du von Partei wegen eingenommen, ohne dich für die allgemeine Kasse erkenntlich zu zeigen, Kamerad Teetjen?« Zwölf Paar wütende Augen, rosige, weiße, gebräunte Gesichter, kurzes Borstenhaar oder gescheitelt – aber alle gleich unbarmherzig bereit zur Plünderung. Sie waren zu kurz gekommen, und hier sahen sie eine Gelegenheit, zwölf gegen einen, und sie schufen sich einen Rechtsanspruch. Von Partei wegen eingenommen? Die allgemeine Kasse beteiligen? Albert fühlte sich wie ein verfolgter Igel, alle Stacheln stellte er auf. Da sie aber zwölf gegen einen dasaßen, mußte er sich sehr zusammennehmen, ganz ruhig bleiben. Trank also gemächlich von Lehmkes vortrefflich gepflegtem blondem Hamburger Elbschloß, wischte sich den Schnurrbart und sagte dann gemütlich: »Nu macht man halbwege, Kameraden. Da ihr ja offenbar schon alles wißt, wieviel Arbeiterköpfe habt ihr denn für mich abgeschlagen, wenn ihr schon von Partei wegen beteiligt werden wollt? Dacht immer, Ihr solltet euch mir erkenntlich zeigen – von Partei wegen. Wo mich jetzt die Roten bestreiken und mir das Wasser wieder allgemach an die Gurgel steigt.« Inzwischen war Klaas Vierkant eingetreten, hatte sich schnell unterrichtet, was es denn gebe, lachte und schaute sportlich gesonnen zu, wie sich der Teetjen aus dem Unrecht, in dem er sich offenbar befand, herausarbeiten werde – abgesehen davon, daß er der Schwächere war und einer gegen zwölf sich stets im Unrecht befindet. »Willst du vielleicht leugnen«, fuhr Preester los, »daß es die Partei war, die, in Gestalt von P. G. Footh, dir diese Chance zuschob? Zweitausend Mark für vier Hiebe mit dem Beil – und du wirst nicht schamrot von deswegen, daß du nicht ganz allein herübergekommen bist mit dem Zaster? Und solch ein Kerl stänkert immer wieder gegen die Warenhäuser, die längst arisiert sind, und kommt gar nicht darauf, daß Gemeinnutz vor Eigennutz geht. Nee, Freundchen! Jetzt komm mal erst rüber mit fünfundzwanzig Prozent – danach alles andere.« Albert fühlte sich erbleichen und wieder heiß werden. Ihm war, als drehe sich der Raum um den Stuhl, auf dem er sich festklammerte. Die letzten Monate hatten offenbar ihre Spur hinterlassen in seinen Nerven. Seine Hand umklammerte den Henkel des Glases, das vor ihm stand, bereit, das schwere Bierglas auf dem Schädel des ihm gegenüber Sitzenden zu zerschlagen, wie den Berichten nach vor vier Jahren der Gauführer Adolf Wagner den aufsässigen SA.-Führer im Münchner Braunen Haus. »Fünfundzwanzig Prozent?« fragte er beherrscht. »Von dem, was mal war, oder von dem, was noch ist?« Hier hatte sich Klaas Vierkant eingemischt, eingedenk der Freundschaft, die den Teetjen mit seinem zukünftigen Brotherrn verband, dem Reeder Footh. Ein Viertel vom Ganzen, sagte er, sei bei den jetzigen Umständen doch wohl zu happig, obwohl es damals nur recht und billig gewesen wäre. Und wieviel jetzt noch da sei, könne ja niemand nachprüfen. Also mache er den Vermittlungsvorschlag: zehn Prozent in die Wohlfahrtskasse, und die Sache sei überm Berg. Albert Teetjen wandte seine Augen schwer hinüber zu dem hübschen Burschen, dem er immer so gern zugehört. Das letztemal bei dem Kometen oder Nordlicht oder was es war. Wenn er jetzt von dem kümmerlichen Rest, den paar hundert Mark, die ihm noch zu Buche standen, zweihundert Mark abschreiben mußte, um diese gierigen Mäuler hier zu stopfen, dann sank sein Schiff. Er schaute ratlos umher, ob nicht vielleicht das kalte schwarze Wasser durch Fenster und Türen einströmte, wie er es irgendwann und irgendwo einmal im Film gesehen; dann, als der feiste Preester ihn ganz unkameradschaftlich anfuhr: ob er denn soviel Zeit brauche, sich für einen so anständigen Vorschlag dankbar zu zeigen, einen Weg zurück aus der Unanständigkeit in den Stand eines honorigen SS.-Mannes, da vermochte er nur die Achseln zu heben und wieder zu senken, vor sich hinzunicken und zu bestätigen, ja, gewiß, er sehe das ein und bedanke sich auch schön. Was sollte er hinzufügen? Sollte er diesen Leuten hier zurufen, er habe für sie, für das Dritte Reich seine ganze Existenz aufs Spiel gesetzt und in die Schanze geschlagen? Alles sei ihm schief gegangen seither, auch wenn die Außenseite blank poliert gewirkt hätte und ihm nichts als Ehre eingetragen? Sollte er diesen Leuten vorrechnen, in welchen Schulden er schon damals gesteckt, begreiflich machen, daß er sich ohne den Zwang von Schulden und Niedergang niemals dazu bereitgefunden hätte, sich zum Henker zu erniedrigen? Was für Worte gingen ihm denn durch den Kopf? Oh, es war schwer, in den eigenen Untergang hineinzusteigen und so zu tun, als sei's nicht viel. Seine Kameraden! Die Mannschaft, auf die er sich stützen wollte. Hätte drüben nicht seine Stine auf ihn gewartet, er hätte den erstbesten Eichenstuhl gepackt und ihn diesen Hunden auf die Köpfe geschmettert, auch dem gespannt wartenden Lehmke da, diesem Schuft und Nachbar – darauf gefaßt, daß ihn ein Stich von rückwärts oder eine Kugel von der Schwelle her umlegte, erlöste. Als junger Kerl hätte er einen solchen Verrat und Überfall von hinten her bestimmt so ausgetragen, aber jetzt war das ja anders. »Na schön«, sagte er, »wird mir ja wohl nichts weiter übrig bleiben. Könnt euch ja denken, daß ich's nicht getan habe, weil in meiner Kasse Hochflut herrschte, Springflut sozusagen. Ja, aber wenn ihr's so wollt ...« Oh, sie wollten es, und zwar die ganze Summe, und zwar gleich. Kamen ja ohnehin auf jeden noch nicht zwanzig Mark. Da müsse er sich mal mit Lehmke besprechen, meinte Albert, aufstehend und in den allgemeinen Schankraum hinübergehend, in welchem Frau Lehmke hinter der Theke saß und von ihrem Mann Bericht entgegennahm – einschlürfte, dachte Albert. Und nun entwickelte sich eine kurze Unterhaltung unter Freunden, in deren Verlauf Frau Lehmke den Vorschlag machte, Albert solle sein Schlafzimmer, Polisander oder Mahagoni oder was das nun war, mitsamt der Bettwäsche verpfänden, Lehmkes übereignen, für den Fall, daß er nicht imstande sei, das Darlehen von zweihundert Mark, welches er benötigte, innerhalb von drei Monaten zurückzuzahlen, an zehn Mark Zinsen würde er sich wohl nicht stoßen.

So lautete ein Zettel, den Frau Lehmke mit schnellen Schriftzügen bedeckte und den Albert, den Schulfederhalter fest zwischen seinen starken Fingern, zähneknirschend unterschrieb. »Du gehst doch ohnehin nach Spanien, Albert, nicht?« begütigte Lehmke, bevor er in sein Schlafzimmer verschwand, um mit zehn Banknoten zurückzukehren. »Dann zieht deine Stine zu ihrer Schwester nach Nienhagen – wohnt sie da nicht? Und so ist am Ende allen geholfen. Denn fein war das Ding ja nicht, das du uns da gedreht hast. Aber nu bist du wieder ehrlich und kannst dich unter Leuten wieder zeigen. War ja auch am Ende nicht freundlich, uns so draußen zu lassen, nöch?« Albert gab das zu. Er hätte noch viel mehr zugegeben an jenem Abend, der Ekel stand ihm bis zum Munde. War etwa das ganze Dritte Reich so beschaffen, auf welches der Führer da herunterblitzte aus dem großen Photo, das jetzt ein Eichenkranz umrahmte? Dann hing es nicht zufällig über der Kasse, wo die Lehmkin gewohnt war, sich den Hintern zu wärmen, auf einem dicken gestrickten Kissen. Nun bloß nach

Hause und sich langmachen und der Stine kein Wort erzählen von all der Schande, denn sonst kam sie mit ihrer Großmutter, ihrem Neuen Testament und bohrte ihn an der anderen Seite in den Grund, mit Menschenblut, das nicht vergossen werden sollte. »Schönchen«, damit quittierte er den Empfang von zweihundert Mark, rückzahlbar bis zum 7. September, ging hinüber ins Hinterzimmer, das jetzt Fürstenzimmer hieß. Dort hatte sich als Zwischenunterhaltung ein Bericht aufgetan, wie der Bekenntnis-Langhammer um die Ecke gesegelt sei und was für eine freche Totenfeier die Kuh, seine Frau, ihm veranstaltet. Pieter Preester aber, das scharfe Auge drüben bei Albert und von der Entwicklung recht befriedigt, die das Ding dort nahm, lachte auf, schlug mit der Hand auf den Tisch und begann, vom Stichwort des Berichterstatters in Schwung gebracht, das Lied von Herrn Pastor sin Kauh zu singen, »damit dem Herrn Pastor auch von unserer Seite ein Nachruf dargebracht wird.« – »Ach was schmeckt de Supp so nett, dat kommt von all dat Nierenfett von Herrn Pastor sin Kauh.« – »Sing man tau, sing man tau«, jubelte die Tafelrunde, »von Herrn Pastor sin Kauh, lala, sing man tau, sing man tau, von Herrn Pastor sin Kauh.« – »Düs is für den seligen Langhammer«, erklärte der Sturmführer, als Teetjen und Lehmke hinter seinem Stuhl erschienen, »habt ihr's ausgeknobelt?« Albert mußte erst begreifen, daß dieser Scherz eine Abrechnung mit Frau Pastor Langhammer ersetzen sollte, übergab dem PG. Preester das Büchlein aus Zwanzigmarkscheinen, brachte es über sich, für die echt kameradschaftliche Lösung der leidigen Angelegenheit zu danken, ging aber dann bald nach Haus, nachdem er alle Beteiligten, auch Lehmkes, gebeten hatte, dicht zu halten, auch seiner Frau gegenüber, die das Ganze nicht zu wissen brauchte, vorläufig jedenfalls. Sie hing an ihrem Schlafzimmer und war andererseits viel zu gewissenhaft, um es noch unbefangen benützen zu können, wenn es ihr nicht mehr gehörte. Nun, vielleicht kam Teetjen noch ein Wunder zu Hilfe, ein wirklicher Lotteriegewinn, eine richtige Erbschaft. Oder der liebe Gott, mit dem es Stine doch hatte, wandte den Sinn der Wandsbeker zur Vernunft. »Gute Nacht, Albert«, wünschten Lehmkes, als er die Tür hinter sich schloß. Das Schlafzimmer war immer noch fünfhundert Mark wert, auch wenn heute Judenmöbel billig im Preise standen …

»Schleswig-Holstein, meerumschlungen, handelt nun mit Ochsenzungen von Herrn Pastor sin Kauh«, jubelte es noch von drinnen her; dann verschluckten die geschlossenen Türen den Spott der siegreichen Legionäre. Wirklich kam es Albert so vor, während er schwer und langsam die Straße entlang schlich, als habe er es drinnen gar nicht mit heutigen Deutschen zu tun gehabt, sondern mit den Söldnern des Pilatus, denen er, Albert, einen Mann ausgeliefert hatte, zum Beispiel den Pastor Langhammer, den Juden, den Ruckstuhl geköpft hatte, oder einen von seinen Vieren. Wie sie komisch ihre Köpfe vor die Bäuche gehalten hatten, in Ohlsdorf draußen. Eigentlich hatte er völlig verlernt, zwischen ihnen zu unterscheiden, welcher Merzenich war und welcher Timme. Sie hatten in seinem Leben ja gar keine Rolle gespielt, bis er auf die Idee kam, sich mit ihren Köpfen weiterzuhelfen. Die da drin jedenfalls waren nicht wert gewesen, was er in jener Unterhaltung mit Footh im Uhlenhorster Fährhaus auf sich geladen hatte. Nun würde er vor Stine wieder ein Geheimnis haben, wer wußte wie lange. Jetzt hatte die Sache wenigstens Fasson bekommen. Am 7. September mußte alles aus sein, so oder so. Hätte er nur mehr Bier getrunken, um schnell zu schlafen! Er fühlte sich wie zerbrochen an, alle Knochen kaputt und das Rückgrat noch besonders. Das war seine Mannschaft gewesen, seine Kameradschaft, sein Rückhalt, sein Trost. Mit denen hatte er gehofft, den Roten zu Leibe zu rücken, sichtbaren wie unsichtbaren. Ebensogut hätte er die Sterne oben am Himmel um Beistand anbetteln können. Wenn er sich nur leise genug nach hinten schlich, damit Stine nichts hörte. Er war ohnehin um Jahre älter geworden seit vergangenem Neujahr. Aber so wie jetzt hatte er sich noch nie gefühlt, so verlassen, so enttäuscht. Schade, daß nicht hier in der Wagnerstraße ein Eingang klaffte ins Innere der Erde, wie Arne Saknussen ihn seinem Professor beschrieb. Man konnte sich gar nicht tief genug verkriechen nach solch einer Erfahrung …

Am nächsten Vormittag – er hatte kaum lange wach gelegen, aber tief in den Tag hinein geschlafen – sagte er sich nach dem Waschen: Jetzt aber gleich Klarheit. Jetzt los zum Footh. Viel Gefakkel konnte nur schaden und nutzte keinem. So schön ruht sich's also in einem Schlafzimmer, das einem gar nicht mehr gehört. Bin neugierig, wie ich's und wann ich's der Stine beibringe. Und er blickte mit einer Art wütender Zärtlichkeit auf das rotbraun glänzende Holz der Betten und des großen Schrankes, die beide der Lehmkin schon immer in die Augen gestochen. Es war schon warm drinnen, Stine hantierte in der Küche, sie kochte nicht mehr auf Gas, die Rechnung wurde so klein als möglich gehalten. Alte Bretter, von Albert zerspalten, und kleine Reste von Steinkohlen mußten das Mittagessen garmachen, heute Pferdebohnen mit ranzig gewordenem Speck. Wenn sie ausgingen, merkten sie sich immer, wo Hauswirte schon jetzt Kohlen für den Winter anfahren ließen, den künftigen Bedarf der Zentralheizungen. Dann steckte er sich ein Säckchen in die Tasche und las im Dämmern die Brocken auf, die neben den Fenstern liegengeblieben waren, durch die man das kostbare Brennmaterial in die Keller schüttete. Er rauchte schon lange keine Zigarren mehr. In gewissen Kneipen, wo man ihn nicht dem Namen nach kannte, hatte er mit den Kellnern Verträge geschlossen, um Zigarrenstummel und Zigarettenreste aufzukaufen, die sonst weggeworfen wurden. Während der Kriegsjahre lernte man sie zerkleinern, waschen, die braune Sauce, das Nikotin, abgießen und den so gewonnenen Tabak, an der Sonne getrocknet, in die Pfeife stopfen. Das kostete monatlich immer nur ein paar Groschen und schmeckte ganz annehmbar. Stine ihrerseits sparte Strümpfe. Sie trug jetzt tagsüber kleine Socken oder daheim die Schuhe an den bloßen Füßen. Auf der Straße sah man immer noch anständig aus; zum Glück beschäftigten sich die Leute so sehr mit unseren großen Erfolgen, der Wiedergutmachung des Versailler Unrechts am Sudetenland und an der Tschechoslowakei, daß sie auf den einzelnen Menschen kaum achteten. Leider vermochte der Helgoländer Schwager die vorgeschossenen zehn Taler zunächst nicht zurückzuzahlen: keine Fremdensaison mehr, Helgoland wurde wieder Kriegshafen, die Flotte ging vor.

Es kam den Teetjens nicht darauf an, den Gürtel, wie man sagte, enger zu schnallen. Unter keinen Umständen aber durften die

Leute merken, daß man es mußte. Es sollte keinen geben, der auf Albert und Stine herabsah, mitleidig oder abschätzig, hilfsbereit oder höhnisch. Das nicht. Das auf keinen Fall. Im wirtschaftlichen Leben ging es auf und ab, so war es immer gewesen. Aber ein Teetjen, eine geborene Geisow ließen sich nicht in die Karten gucken. Ob sie es reichlich hatten oder darben mußten – ihre Sache. Nichts für die Nachbarschaft, die liebreiche Umgebung, das Dörfchen, das den Bekanntenkreis eines jeden Menschen in den großen Städten ausmacht. Es handelt sich um mehr als um das Aufrechterhalten einer Schauseite, der Fassade. In ihr, wie in der Gesichtshaut des Menschen, mündeten feinste Nerven, eine Ohrfeige empfindet man nicht auf der Haut, sondern in der Seele oder im Herzen. Gesetzt den Fall, daß sich Leute von einem zurückzogen, einen nicht mehr sahen, Grüße vermieden, einen Laden »schnitten« – schönchen. Man kämpfte dagegen an, ließ es sich nicht gefallen, machte aber um Gotteswillen keinen Krach. Hier hatte niemand über niemanden zu Gericht zu sitzen. An der Entreetür, wo der Name Teetjen stand, endete der Bezirk des Publikums, der Leute, und es begann daselbst derjenige des Heims, der Heimlichkeit, die niemand was anging.

Albert und Stine waren Menschen gesunden, durchschnittlichen, wenig geübten Denkvermögens. Ihre Kunst, sich über die eigene Lage Rechenschaft zu geben, reichte nicht sehr weit; wie alle Welt waren sie mehr darin geübt, in die Ferne zu schweifen, die Dinge ihres Alltags aber geistig zu vernachlässigen. In dem Bild, das sie sich von dieser Sache machten, diesem sonderbaren, ja frechen Boykott, hatten sie bis zum gestrigen Tage zwei Bezirke unterschieden, einen persönlichen, der nur sie anging, und einen allgemeinen, welchen eine ganze Menge Leute hätten beachten sollen, nämlich letzten Endes die Partei, die regierende Macht, welche 1933 das Deutsche Reich übernommen hatte, ja, ganz hinten, hoch oben, Adolf Hitler selbst. »Daß sie auf uns neidisch sind, Stine«, versuchte Albert es in Worte zu fassen, indes draußen der Pfingstregen herunterpladderte, »das haben wir doch längst gewußt, daß aus unseren Fenstern kein Geschrei erschallt, kein Zank wie bei Blohms, als der Alte noch lebte, kein Türenschmeißen wie bei den Lawerenz. Daß du meine schmucke Deern geblieben bist all die Jahre und ich was vorstelle, wenn wir zusammen ausgehen.« – »Will ich meinen«, strahlte sie auf, »daß mein Albert was vorstellt« – »Können die eben nicht leiden«, erwog er, den Kopf in die Hände gestützt und die Ellbogen aufs Knie. »Komisch, nöch? Und daß wir keine Kinder haben und keiner zu uns gelaufen kommen kann, sich zu beschweren, unser Lümmel hätte ihm einen Stein ins Parterrefenster geschmissen oder seiner Edith einen Roßapfel in die Kapuze vom Mäntelchen hineinpraktiziert, weißt du noch?« Und Stine, der das Weinen wegen der verkauften Räder eigentlich schon nahe gewesen, kicherte los, weil dieser Streich, von Klempnermeister Drohms Söhnen der kleinen Edith Doligkeit zugefügt, die Wagnerstraße vor drei Jahren während der ganzen Michaelisferien erheitert hatte. »Und du denkst, daß sie uns die ganze Zeit nicht leiden konnten, und daß alles Freundlichtun und Stineken hier und hübsche Frau Stine da bloß Falschheit war?« – »Wein nicht«, sagte Albert und blickte auf die weißblauen Fliesen, die den Estrich des Ladens bildeten, von Stine aufs sauberste gescheuert und im Winter so fußkalt, daß man Holzrosten vor und hinter dem Ladentisch verwenden mußte. »Mag ich gar nicht glauben, wir taten doch keinem was zuleide, und so falsch wie die Polacken oder Tschechen waren unsere Landsleute doch nie. Hast ja gelesen, was vorgestern für ein Artikel in Lehrer Reitlins Fremdenblatt stand. (Teetjens hatten vor einer Anzahl Wochen den Bezug ihres Tageblatts aufgegeben und mit dem Hauswart eine Abrede getroffen, wonach er ihnen mit einigen Tagen Verspätung sein Blatt überließ.) »Nein«, fuhr Albert fort, »sie konnten uns gut leiden. Darum dachte ich ja immer, das Beil verscheuche sie. Aber vielleicht war's ein bißchen viel Ehre, was uns so zustieß in der letzten Zeit.« – »Dir«, warf sie ein. – »Und das mögen sie nicht. Sollten auch bloß Fußgänger sein wie sie, nicht auf unseren Fahrrädern dahinflitzen. Wenn wir sie um Mitleid anbettelten, sollst sehen, wie sie wiederkämen. Aber da können die lange warten. Werden die von Teetjens nicht erleben, nöch?« Und Stine trocknete sich die Augen, schob die hübsche Unterlippe vor und tauschte mit Albert einen Blick vollen Einverständnisses.

Über die andere Seite ihrer Angelegenheit, die allgemeine und politische, hatten sie sich schon öfter beraten und verständigt. »Früher dacht ich«, so äußerte sich Albert immer wieder, »die Systemzeit sei versunken und vergessen, die Roten hätten abgewirtschaftet, jeder sähe ein, was für einen Segen das Dritte Reich bedeutete. Daß wir wieder geachtet und gefürchtet seien, und wie es im alten Flaggenlied heißt:

›Da steht die deutsche Flagge sehr
In Achtung und Respekt.‹

Und daß solch ein Aufstieg vom einzelnen Bürger Opfer fordert, wie's der kleine Doktor und unser großer Führer nicht müde wurden, den Leuten einzuhämmern. Aber – nee. Hier sieht man's ja, was das wert ist bei unseren Volksgenossen. Wie's zum einen Ohr hineinrutscht und zum anderen hinaus, wenn überhaupt. Daß Gemeinnutz vor Eigennutz geht, das haben die noch nicht kapiert. Jeder hat den Bauch voll Zorn, weil's ihm oder seiner Alten an ingendwelchem Ende zu irgend etwas mangelt. Wenn sie im Kino nicht mehr hinten sitzen können, sondern bloß noch vorn, wenn sie das alte Paar Handschuhe weiter tragen müssen, das gestopft ist, wo man's nicht sieht, oder die Carsten den Covercoat ihres Mannes kunststopfen läßt, weil er auf dem letzten Ausflug an einem Stacheldraht hängen geblieben ist oder einem Nagel. Früher, denkt sie, hätten sie sich einen neuen geleistet. Und nun haben sie eine Gelegenheit und toben ihren Ärger aus.« – »An uns«, schluckte Stine auf. – »Warum nicht?« fragte Albert dumpf zurück, »wo's doch ohne Gefahr geht und Verleumdungen sich nicht fassen lassen.« Das ist ihm das Schlimmste, dachte Stine, meinem Draufgänger, das hört man. »Wüßt ich nur, wer das aufgebracht hat, daß es bei uns nicht mit der richtigen Hygiene zugeht«, knirschte er, »dem Kerl würde ich ja die Zähne plombieren.« Albert sagte »Higihne«, aber das änderte nichts an dem Eindruck, den seine Drohung auf Stine machte. Er würde sich nicht unterkriegen lassen, der nicht.

So hatten sich ihre Unterhaltungen abgespielt, bevor das ersehnte Ereignis eintrat und Pieter Preester auf Urlaub kam. Am Mittwoch nach Pfingsten nun, während sie die großen, gewöhnlich schmeckenden Bohnen vor dem Anbrennen schützte, Albert aber seinen Aufguß aus Ersatzkaffee am Küchentisch frühstückte, fiel Stine auf, daß er, der gestern voll Hoffnung hinübergegangen war, weil sein Freund Preester auf Urlaub gekommen, jetzt schweigsam dasaß, mit hängenden Schultern, sein Brot mit Pflaumenmus bestrich und nicht geneigt schien, irgend etwas zu erzählen. Stine hatte bewiesen, während der Beginn dieser unseligen Verirrung im Gange war, daß sie sich des Fragens enthalten konnte. Es war Schlechtes daraus entstanden. Man sollte die gleichen Fehler nicht zweimal machen.

Sie schob einen Asbestteller unter die Bohnen, zog den Küchenstuhl heran, setzte sich Albert gegenüber, stützte beide Ellbogen auf den Tisch und nahm ihr Gesicht zwischen die Hände – eine Stellung, die bei ihr daheim verpönt war und das Mecklenburger Wappen genannt wurde, welches seinerseits einen Ochsenkopf enthielt. Sie wußte aber, daß ihrem Albert diese verbotene Haltung gefiel, aus unbekannten Gründen, vielleicht weil ihre weißen Unterarme dabei so hübsch zur Geltung kamen; und so, das Gesicht in die beiden hohlen Hände geschmiegt, das rötliche Haar in lockeren Strähnen herumhängend und die hellen Augen prüfend auf ihm, tat sie die entscheidende Frage: »Nun schieß schon los, Albert, was war gestern?« Und als er schwieg und vor sich hinmuffelte, fuhr sie fort: »Unsereins macht sich nicht klüger, als es ist. Hätt ich dich damals bei deinem Training ausgefragt, wer weiß, ob ich die Kraft gehabt hätte, dir abzuraten. Jetzt, wo's uns all die Monate schon stößt und beutelt, uns beide weichgeklopft hat, auf alle Fälle mich, möcht ich den Fehler nicht wiederholen.«

Albert, die Augen schwer auf ihrem Gesicht, ihren Armen, ihrem Haar, pfiff leise vor sich hin, eine Operettenmelodie, deren Text einmal gelautet hatte: Eine ganze kleine Frau. Wirst du's auch durchstehen? hieß dieser Blick. Eigentlich hab ich mir doch vorgenommen, die Schnauze zu halten. »Tja, Stine«, sagte er, »sie haben mich nun also gestern erpreßt. Pieter Preester und die Hiergebliebenen. Ihren Anteil wollten sie haben, zehn Prozent für die Unterstützungskasse. Aus der sie sich gegenseitig unterstützen, wohlverstanden. Und was ich bar nicht bei mir hatte, zweihundert Mark, hat mir Lehmke vorgeschossen. Freundlich, was? Brauchte ihm bloß unser Schlafzimmer zu verpfänden, als Bürgschaft. Zahl ich ihm bis zum 7. 9. zweihundertzehn Mark zurück, so gehört's wieder uns – dein Schlafzimmer.«

Stine antwortete zunächst gar nichts. Albert sah ihre Augen schwarz werden, weil ihre Pupillen sich so vergrößerten. Draußen pladderte der Regen. »Mein Schlafzimmer«, erwiderte sie dann leise. »Unsere Höhle. Wenn ich's nun mit Mopöl poliere, halt ich der Lehmkin ihr Eigentum in Ordnung.« – »Nicht so ganz«, erwiderte er, »aber doch beinahe.«

Sie löste ihr Gesicht aus den Händen und zählte an den Fingern. Juni sechs, Juli sieben, August acht, bis zum neunten September gehört's noch uns.« – »Zich Tage«, bestätigte er, »darin kann viel geschehen.« – »Gott sei Dank«, damit stand sie auf, »wissen wir doch wenigstens, wie lange es noch dauern kann.« – »Auch auf unseren Wäscheschrank hat Otto ein Auge geworfen, aber dafür hol ich aus ihm noch ein paar braune Lappen heraus. Wenn der Adolf wüßte, was mit uns gespielt wird. Wenn's so pladdert, kann ich nicht mal rauslatschen, mein Findebuch vermehren oder auf dem Viehhof ausladen helfen. Na, ich werd' schon was tun.« – »Hat's dir geschmeckt?« fragte sie, als er aufstand. »Na, da gib mir einen Schmatz. Und findst du nichts, machen wir eben mitsammen fort.« – »Nach Spanien?« fragte er zurück. – »Und weiter«, erwiderte sie. »Wer Menschenblut vergießt, dessen Blut wird von Menschen vergossen. Wird oder soll, darüber stritten sie bei Apotheker Plaut manchen Freitagabend, wenn die Lichter in den silbernen Leuchtern brannten und der Herr Rabbiner zu Gaste war. Hast doch gesehen, Albert, die Geköpften führen uns in den Krieg, deine Vier und der große Jude von Kamerad Ruckstuhl, Herrn Prokuristen Ruckstuhl von heutzutage. Ob du von ner Mine in die Luft fliegst und mich hier ne Fliegerbombe erwischt, wer weiß, wo das geschrieben steht. Dann bleibt doch besser, wir machen uns mitsammen fort. Bis zum 6. 9. haben wir Zeit, lassen uns nicht in die Karten kucken, bleiben immer patent und sauber, gehen sogar manchmal ins Kino und dann Schluß – wie, wird man ja sehen.« – »Möchtest wohl gern von mir übern Haufen geschossen werden, Stine?« beendete Albert diese Unterredung mit heiserer, beengter Kehle. »Wirst du von mir nicht erleben, Deern, da weiß ich schon, wen ich mir vorknöpfe.« Und er ging hinaus über Eck ins Wohnzimmer und entnahm der Schublade die schwarze Ledertasche mit der Schnellfeuerpistole, die zu seiner Ausrüstung gehörte. Man konnte sie mal wieder zerlegen, reinigen und ölen.

In Wirklichkeit wußte er nicht, gegen wen er die Waffe hätte richten sollen. Gestern glaubte er noch an seinen Führer, heute aber schien ihm irgend etwas in der Partei nicht mehr zu stimmen, etwas Undurchsichtiges schob sich fahl und bösartig zwischen ihn und die Seinen, das Volk. Hatte er nicht erst wieder jetzt im Reichstag heftig losgedonnert, daß nur sein Wille gelte, er alles wisse, alles selbst bestimme, und dann ein Kram wie gestern abend? Erpressung und Wucherei? Während er seine Pistole mit dem Schraubenzieher zerlegte, sah er von Zeit zu Zeit empor zu dem Hitlerbild, das er vor langen Jahren erstanden, ein Profil über dem schmucklosen Kragen und Schlips der SA.-Bluse, ohne jedes Abzeichen, wie es lange vor der Machtergreifung verbreitet wurde. Hinter diesem Glas, in demselben Rahmen hatte zu Vaters Zeiten die leicht vergilbte Photographie des Großvaters gehangen, am gleichen Nagel, in demselben Wohnraum hier, diesem erweiterten Durchgang zwischen Laden und Schlafzimmer. Dieses Photo des alten Mannes mochte jetzt in der untersten Kommodenschublade liegen, in Zeitungspapier eingeschlagen, mit anderen aufbewahrten Blättern. Vielleicht kam bald ein Tag, an dem man die beiden Bilder wieder vertauschte.

Und dann hellte sich das Wetter wieder auf, der Regen versiegte, der Boden trocknete, und Albert widmete sich wieder seinem Findebuch. Nur gut, daß er seine Wünschelrute besaß. Ohne sie hätte ihn schon der bloße Müßiggang rasend gemacht, überaus leicht in einen jener Wutanfälle hineingehetzt, die er von seinem Vater geerbt. So aber vermochte er gewissermaßen von Woche zu Woche Fortschritte zu buchen. Auf dem Exerzierplatz hinter der Wandsbeker Kaserne hatten sie eine Art Versuchsfeld eingerichtet, wo auf den Wunsch von Herrn Oberstleutnant Lintze metallene Gegenstände in verschiedenen Tiefen und Stellen verborgen wurden, die nur das Militär selbst kannte. Da alle mobilen Mannschaften mit nach Österreich ausgerückt waren, zeigte die Regimentsschreibstube und was sonst daheimgeblieben, Zeit und Lust, Versuchen beizuwohnen. Vergraben wurden Blindgänger aus dem Weltkrieg, ungeschärfte Pionierhandgranaten, lange Säbelscheiden; über die Versuchsgänge ward genau Buch geführt und die Zahl der glücklichen Funde eingetragen wie die Treffer in einem Schießbuch. Von Dr. Laberdan angeleitet, zeichnete der Regimentsschreiber Pinnow auch das Wetter auf, das an den betreffenden Tagen vom Barometer und der Bewölkung abzulesen war, die Temperatur nicht zu vergessen. Und Albert hielt sein Findebuch, wie er es nannte, in hohen Ehren. Eine französische 7,5er in dreißig Zentimeter Sandboden mußte schließlich auch ein Dickhäuter aus Stellingen merken, wenn er drüber war. Einen Husarensäbel aber in Halbmetertiefe der Richtung nach anzuzeigen, in der er lag, war schon weniger einfach, und verstreute, oberflächlich ausgeschüttete Schrapnellkugeln fand selbst Albert nur unter günstigen Umständen. Der Oberstleutnant Lintze, wenn der zurückkam, der würde sich freuen. Ob freilich in Spanien dann noch etwas zu tun sein würde ... Einen sonderbaren Umstand vermerkten beide, Albert und Stine, und jedes für sich. Vom Ohlsdorfer Friedhof und Fuhlsbütteler Hochzeitsfest hatten sie sich ausgeschwiegen, bis Pieter Preester und Otto Lehmke ihnen die Zähne auseinanderzwangen. Daß beide randvoll von den unheimlichen Ereignissen jenes Nebelmorgens gewesen, als sie am Fuhlsbütteler Tor auf den Prellsteinen saßen – unfähig sich vom Fleck zu rühren und voll Begier, über das Ereignis zu sprechen, es los zu werden, es zu verdauen, daran erinnerten sie einander manchmal; und wie froh sie waren, als die beiden jungen Damen in ihren blumigen Tanzkleidern sie mit hineinnahmen und aufforderten, Hochzeit mitzufeiern. Ja, aber dann verschloß sich ihnen der Mund. Dem Dr. Koldewey und seinen Gästen ließ sich von solchen Rauch- und Luftgestalten nichts sagen, selbst nach mehreren Glas Kognak nicht. Und dabei zitterte Stine gelegentlich am ganzen Leibe noch, wenn sie sich erinnerte, wie die fünf Wacholdermänner um das Grab standen und mit ihren Gesichtern, an den Ohren vor dem Bauch gehalten, die Nasen gerümpft hatten, bis sie dann schließlich weggeweht wurden, dem Heerwurm den Weg zu zeigen, immer hinein in den Ohlsdorfer Teich. Leute, denen derartiges zustieß, mußten ja wohl den Mund davon halten. Ob so was Übersinnliches in der richtigen Welt spukte oder von einem selbst hervorgebracht wurde, wie ein Traum im Wachen, änderte schließlich an der Genierlichkeit des Vorgangs nichts. Wer dergleichen sah, tanzte aus der Reihe – was sich nicht gehörte. Sonderbarkeiten mußte jeder mit sich abmachen. Besonders hier in Hamburg.

So gelang es Albert, den Stoß auszubalancieren, den ihm die Pfingsttage versetzt hatten, ihm und Stine, aber besonders ihm. Wenn man von außen her urteilte. Noch während der Regentage, als er seine Pistole gereinigt hatte, ging er ans Aufräumen der Remise mit der schmerzlich leeren Stelle, welche früher die beiden Fahrräder eingenommen, nach welchen Stine nun gar nicht mehr zu fragen wagte. Zweihundert Mark und zehn Mark Zinsen für drei Monate, darüber sollte ein Mensch nun wegkommen. Während Albert ein altes Plättbrett nach vorn trug, um es später zu zerkleinern, versuchte er kopfrechnenderweise herauszubekommen, welchen Zinsfuß Freund Lehmke ihm abknöpfte. Aber er kam damit nicht voran. Erst als er ein Stück Kreide entdeckt und die Rückseite des Holzes als Schiefertafel benutzt hatte, ergab sich ihm das Ergebnis: zwanzig Prozent! Allerhand! Allerhand! Wie war das doch mit dem arbeits- und mühelosen Einkommen in den 25 Punkten des ewigen Programms? Mitten in dem hallenden, fensterlosen Raum stand er da und lachte: Adolf Hitler, Heil und Sieg! Aber denen, die dich mißbrauchen, Knochenbruch und Abtreten. Und damit bemächtigte er sich des alten Liefer-Dreirads, das er für leider so kurze Zeit durch das schöne Fahrrad ersetzt hatte. Es besaß einen Kastenaufbau zwischen der Hinterachse und hätte einer Erneuerung des Anstrichs wohl bedurft, wenn man, ohne sich schämen zu müssen, damit am hellen Tage durch Hamburgs Straßen gondeln wollte. Irgendwo mußte noch eine Tüte solchen Farbstoffs stehen, auch ein Pinsel würde sich finden. Kosten durften nicht entstehen, eine Verschönerung aber blieb unentbehrlich, auch wenn man das Ding, das Alberts Vater immer die Draisine genannt hatte, verhökern oder verschärfen wollte. Vielleicht ließ sich Stine sogar herbei, in den würfelförmigen Warenraum hineinzukriechen – Albert nannte ihn viereckig – und so mit ihm in die Umgebung zu fahren wie in besseren Zeiten. Für eine halbe Stunde hielt es ein Mensch recht wohl aus, mit angezogenen Beinen in diesem Kasten zu sitzen, an die Rückwand gelehnt. Natürlich mußte man den Hohlraum gründlich säubern, Lysol ins Wasser tun und ihn ein paar Tage im Freien auslüften lassen, den Deckel abgenommen. Nun, Albert hatte Zeit. Er schleppte die beiden Böcke hinaus, benutzte das Plättbrett als Brücke dazwischen und zerlegte mit kundigen Händen das Fahrgestell, bis sich kaum jemand außer einem Berufsmonteur der Wanderer-Werke in der Lage gesehen hätte, die Maschine wieder fehlerlos zusammenzusetzen. Eine alte Konservenbüchse mit Petroleum, drei abgenützte Zahnbürsten, das Ölgefäß der Fahrräder, ein Haufen Putzwolle und alte Lappen – und im Hof schräg unterhalb der Fenster von Frau Blohm richtete sich Albert eine Arbeitsstelle her und werkte daselbst, die Hemdsärmel aufgekrempelt, die kurze Pfeife mit Selbstgemischtem im Munde, daß es ein Vergnügen war, ihm zuzuschauen.

Wenigstens fand das Frau Blohm, als sie ihrem Freund, Herrn Kramer, das Essen auftrug, als er am Spätnachmittag vom Dienste kam. »Schau bloß, was der Teetjen für'n tüchtigen Kerl ist, wie der sich zu helfen weiß.« – »Ja«, sagte Herr Kramer, trat vom Fenster wieder zurück – sie aßen in der Küche –, setzte sich wieder und legte die Serviette glättend auf seine Knie. »Das muß ich mit dir besprechen. Die Agnes Timme geht Mitte Juli weg – mit Kraft durch Freude nach Norwegen, kommt aber nicht mehr wieder. Dort kriegt sie die Einreise nach Rußland. An der Grenze erwarten sie ihre beiden Kinder. Nun hab ich mir gedacht, so gut wie die mit ihrer Prothese – linke Hand im Dienste der Firma vor sieben Jahren zerquetscht – könntest du doch die Arbeit auch bewerkstelligen. Du hast flinke Hände, bist nicht auf den Kopf gefallen, müßtest dich freilich jetzt schon einarbeiten. Sie würde dir dabei behilflich sein. Ich hab ihr ja all die Zeit den Rücken gestärkt, hatte es ja nicht ganz einfach, die Frau. Daher weiß ich auch das alles, das mit Oslo und Leningrad, und den Kindern. Da wir nicht verheiratet sind, fallen wir nicht in die Rubrik: Doppelverdiener, wenn du selber auch jeden Samstag eine Lohntüte nach Hause trägst. Wir könnten's brauchen und würden es schon einrichten, nicht?« – »Ist 'ne saubere Arbeit«, überlegte Frau Blohm laut. »Dann würden wir mittags aus der Kantine essen und abends warm. 's wird ohnehin alles so teuer. Wenn's ginge, Oskar?« – »Wie soll's nicht gehen? Müßtest halt mal erst unter die Lehrmädchen, Otti.« – »Werd mich nicht genieren, und zum Dank könnt ich ihr stecken, wer's ihrem Mann besorgt hat, vergangenen Sommer. Wär vielleicht froh, die Frau, wenn sie ihren Kindern ein Bildchen mitnehmen könnte vom schönen Albert, oder sich von ihm verabschieden, von ihm und seiner Stine.«

Oskar Kramer war froh, daß er seine Mahlzeit inzwischen beendet hatte, Löffelerbsen mit Speck und einen Pudding hinterher. Was in solch einer kleinen Frau für ein Teufel zu stecken vermochte, der so mir nichts, dir nichts zutage trat. Er zündete sich die Zigarette an, trat nochmals ans Fenster, sah Albert sein Zeug in die Remise zurückschaffen und sagte kopfschüttelnd, völlig gegen seinen Willen: »Von hier aus könntest du ihn knipsen.«

Hoch und schwer dehnt sich der blaue Himmel des Julimorgens über dem Borsteler Moor. Oben über den Wipfeln der Birken und Erlen schweben weiße Sommerwolken von der See her, landeinwärts, steigen höher und verdunsten. Im hohen Gras, gelbrot vor Reife, steht der Lieferwagen, in welchem Albert seine Stine aus Hamburg herausgefahren hat – herausgestrampelt, nennen sie es. Zum Glück ist Hamburg flach wie ein Tisch und Albert in den ersten Stunden des Tages noch immer ein fester Kerl; nur schnell müde wird er jetzt, wenn auch nicht als Liebhaber seiner Kleinen. Dennoch muß gesagt werden, daß auch in dieser Beziehung seit Pfingsten eine befremdende Veränderung mit ihm vorgegangen ist, und übrigens auch mit ihr. Etwas hat den Strom abgedrosselt, der zwischen ihnen sonst so leicht aufsprang und spielte; jetzt müssen schon besonders stimmungsvolle Minuten eintreten, um sie daran zu erinnern, daß sie ja durchaus noch kein aneinander abgeriebenes Ehepaar sind, sondern daß der Anblick von Stines Schultern und Rücken, der Glanz ihrer Augen, das Lächeln ihrer Lippen, ja schon der rote Flaum unter ihrer Achsel, den Albert in Schwung versetzen. Heute morgen war dem so, als sie in ihren Betten erwachten, die noch die ihren sind, und ebenso, als Stine aus dem viereckigen Gehäuse kroch und ihre langen, wohlgebildeten Beine auf die Erde setzte, während ihr Kleid, hochgerutscht, das Gefährt zu verlassen sich weigerte, was einen verlockenden Anblick bot. Zum Glück war niemand in der Nähe, erst in den späteren Morgenstunden würden die Ferienkinder durchs Gehölz pirschen, Schmetterlinge, Himbeeren, Hirschkäfer zu suchen und Butterbrotpapier zu hinterlassen, obwohl der Magistrat dagegen energische Einwände plakatierte. Albert hat seine Wünschelrute bei sich – er kennt gerade diese Gegend recht genau; ihre unterirdischen Wasserläufe mit ihren Verschiebungen und neuen Durchbrüchen haben ihm manches Rätsel aufgegeben. Heute aber liegt er im Gras neben Stine auf dem Rücken, und auch sie läßt das mitgebrachte Kinderkleidchen eingepackt liegen. Sie brauchen noch keinen Hunger zu leiden, noch vermögen sie Kartoffeln zu kaufen und vom Räucherspeck abzuschneiden. Doch lassen sie sich von Lehrer Reitlin die alte Zeitung schenken; auch hat Albert ein Petroleumlämpchen aus einer alten Tabaksschachtel konstruiert, in welchem dauernd ein Fünkchen brennt, um Streichhölzer zu sparen, indes er in seiner Pfeife den Selbstgetrockneten raucht. In den ersten Julitagen hat der Gasmann, als der den überaus geringen Verbrauch feststellte, ihnen nahegelegt, die Anlage abnehmen zu lassen, da Gasautomaten gebraucht wurden und die Rüstungsindustrie die Anfertigung von neuen stark einschränkte. Dabei hat sich Albert gefragt, ob er nicht am besten täte, seine Ladeneinrichtung abzumelden und den Geschäftsraum selbst dem Wirt wieder zur Verfügung zu stellen. Zusammen mit der Werkstatt und der Remise. Zurück hielt ihn nur die Verkoppelung von Laden und Wohnung in seinem Mietsvertrag. Für Räume, die schon sein Vater innegehabt, konnte er zur Not die Miete monatelang schuldig bleiben; zog er aber irgendwo neu ein, so mußte er Geld bar auf den Tisch legen, nicht nur beim Vertragsabschluß, sondern auch die ersten fälligen Zahlungen danach. Dies alles bedachte er, während er die Wolke über seinem Haupt wegschwimmen sah und der Lust nachhing, die seine Stine ihm wiederum geschenkt.

»Hast denn Spaß daran, Deern, das Gekniebel und Gespare

noch lange mitzumachen?« Sie wandte ihm einen fast veilchendunklen Blick aus den Augenwinkeln zu, schräg seitwärts, weil er ja neben ihr lag: »Solang wie du und keine Minute länger.« Zu seiner Linken krochen rot und schwarz gezeichnete Käferchen durchs Gras, erbsengroß und flach, sogenannte Totengräber. Albert kannte sie ganz genau, als Junge und als Soldat hatte er ihnen oft stundenlang nachgespürt und zugeschaut, wie sie einen toten Vogel oder Frosch beerdigten, um ihre Eier auf ihm sicher und nahrhaft unterzubringen. Er machte Stine auf sie aufmerksam, sie setzten sich beide hoch, lehnten die Rücken an ihre Bäume und schauten den kleinen, hübsch gezeichneten Kerlen zu, wie sie kletterten und liefen. »Kannst dir ja denken, Stine«, sagte Albert dann, »daß es mir nicht mehr so lange Spaß machen könnte, mich abzustrampeln. Weißt du noch, was du vor einem Monat gesagt hast?« – »Dieses und jenes«, entgegnete sie, »was meinst du denn?« – »Worauf ich dann meine Pistole reinigte.« – »Wie denn nicht«, erwiderte sie ruhig. »Hast dich ja damals verwahrt, mir von der Erde weiterzuhelfen.« – »Ja«, brachte er schwer heraus, »und dabei bleib ich auch. Hab oft und manchmal darüber nachgedacht so zwischendurch, wenn wir die gefrorenen Hämmel aus dem Australier herausluden oder das rumänische Rindvieh aus den Schiffsbäuchen trieben. Das ein Lebelang weitermachen – nee! Eher soll mich der Teufel holen, den wir ja schon gesehen haben, der mit dem Bauche lachen konnte. 's ist ja schön, so zu leben, aber bloß als freier Mann und bei gutem Wetter. Aber wenn's nieselt, und du mußt im Arbeitstrott bleiben und nicht aus der Reihe tanzen neun Stunden lang, weil sonst dein Hintermann dir grob an den Wagen fährt, und mit Recht, dafür bin ich nicht gemacht. Aber dich vorher umzulegen – nicht in die la main.«

Er hatte sich inmitten seiner Worte wieder rückwärts ins Gras gleiten lassen, die Hände unter den Haaren verschränkt, und schaute am Baum empor, einer Espe, deren Blätter oben im Windhauch tanzten und zitterten, indes sie ein grünes Dach über ihm wölbte. Stine, die noch saß, ließ ihre Blicke auf ihm ruhen, seinem Schnurrbart, den er sich selbst zurechtgestutzt, seiner Rasur, die mit dem schönen, scharfen Messer heute morgen vollbracht worden war, blieb innerlich an dem Wort »vollbracht« hängen, dachte an die letzten Worte auf Gethsemane, die so gelautet hatten, und horchte auf Inhalte, die sich zögernd verdeutlichten und formten. Sie hatte von der Großmutter geträumt, entsann sie sich, ihrem lieben, bräunlichen Gesicht voller Runzeln und mit den lustigen Augen – Großmutter Geisow, die ihr nahegelegt hatte, manchmal müsse eine gute Frau ihrem Mann auch vorausgehen, unangenehme Entscheidungen abnehmen und ersparen. Es führten ja viele Wege aus dem Leben heraus. Ließ Albert das Gas abmontieren, so tat ein Rasiermesser gute Dienste, es machte die Pulsadern bestimmt schnell auf, wenn man vom Gebrauch der Schlächtermesser absehen wollte. Auch von Judas Ischariot hatte sie geträumt. Es mußte ein Baum wie dieser gewesen sein, aber mit einem starken, kahlen Ast, an dem er sich erhängt. Sie hatten es im Leben doch so hübsch miteinander getroffen, Albert und sie. Kinder hinterließen sie nicht, und zusammenbleiben wollten sie auf alle Fälle, im Tode wie im Leben. Von vorn hörten sie einen Specht klopfen, das mußte die absterbende Pappel sein drüben am Reitweg. Es war also noch früh am Tage, die Reiter hatten noch nicht begonnen, vorüberzutraben und den scheuen Vogel zum Abschwirren zu bringen.

»Ich denke ja nicht dran«, begann Albert wieder, »nicht die Bohne. Solange noch Sinn drin ist, mach ich meinen Dienst weiter, kannst dich drauf verlassen. Der Footh muß wieder zurück sein – Anfang Juli hat Fräulein Petersen gesagt, zur Not laß ich mir Arbeit auf einem seiner Tanker geben, wenn die nach Spanien machen, dich bringen wir als Stewardeß unter, es gehen ja jede Woche Passagierdampfer dort hinunter, und nach ein paar Wochen sind wir wieder zusammen, deutsche Hausangestellte sind überall gesucht ...« – »Wo ich doch keinen Brocken einer fremden Sprache kann«, führte ihn Stine in die Wirklichkeit zurück, »und du auch nicht.« Sie sah ihn lächeln, er dachte an die drei, vier russischen Redensarten, die er im Kriege aufgeschnappt: Pascholl hieß vorwärts, nalevo nach links, stakan tschajy ein Glas Tee. »Gut«, gab er nach, »dann kriechst du bei deiner Schwester unter und wartest, bis ich zurückkomm.« Sie entgegnete nichts, aber als er aufblickte, sah er sie den Kopf schütteln, ihr feines rötliches Haar, und stumm vor sich hinlächeln. Sie war nicht gemacht, hieß das, in ein Nest zurückzukriechen, aus dem sie still und entschlossen weggegangen, so früh sie konnte. »Na schön«, sagte er und stand auf. »Dann versuchen wir's mal bei Kamerad Footh. Hab's oft bedacht die letzten Wochen, ob denn ein Unrecht dabei war, als ich den Job übernahm, vorigen Herbst.« Damit reichte er ihr die Hand, sie griff mit ihren beiden danach, setzte ihre Füße fest gegen den seinen und ließ sich hochziehen – er schaffte es mit einem Arm. »Ich schlaf ja jetzt nicht mehr so leicht ein wie früher. Und da muß ich mir sagen: Tat der Adolf Hitler recht, die Gesetze der anderen zu ändern, so tat auch der Albert Teetjen recht, sie auszuführen – in aller Bescheidenheit. Hat ihm das Volk zur Macht verholfen? Ja. Hat's ihm zugejubelt, wie er hier in Hamburg einfuhr? Ja. Hat's ihn zum Herrn gemacht über Tod und Leben? Ja. Also trägt er die Verantwortung und ich bin los und ledig, alles in Ordnung.«

»Und wenn's nun der liebe Gott anders will?« fragte Stine, damit beschäftigt, in den Lieferwagen zu kriechen, in dem es durchaus nicht angenehm roch, obwohl sie ihn ausgeseift und mit Wacholderbeeren geräuchert hatten.

Drittes Kapitel

Das Gesetz des Dschungels

An einem der nächsten Nachmittage hält ein Lieferwagen, Dreirad mit weißlackiertem Kubus zwischen den Hinterachsen, in einer der stillen Querstraßen des baumbestandenen Harvestehuder Wegs. Ein gutgewachsener blonder Mann promeniert mehrere Male um das Viertel, welches den hübschen, von Hecken umgebenen Garten der Villa Footh umschließt. Am Eingang für Lieferanten wie an dem für Herrschaften vorüber marschiert er, nachdem er erst am ersteren geklingelt und die Antwort bekommen hat, die Herrschaften hätten nichts bestellt und wären nicht zu sprechen. Ich hätte natürlich am Vordereingang reingehen müssen, verwünscht sich der Mann, nur die Lumpen sind bescheiden. Da er sich aber nicht traut, unverrichteter Dinge nach Hause zu kommen und da das Vergeuden von Tageszeit der einzige Luxus ist, den er sich noch leisten kann, macht er dem Reeder Footh eine Fensterpromenade, zweimal, dreimal rund ums Karree.

Madame Footh, Herr H. P. Footh und der Privatsekretär, Herr Klaas Vierkant, sitzen inzwischen teetrinkend auf der Terrasse vor dem Foothschen Schlafzimmer. Anders als im vorigen Sommer ist jetzt die Brüstung dieser Terrasse mit grau und rosa gestreifter Segelleinwand bespannt, welche zwar erlaubt, zumal an den Kanten, hinunterzuspähen, ein Beobachtetwerden von draußen aber verhindert. Das hat seine Gründe: die junge Frau Footh wünscht nicht, daß die goldfarbene Bräune ihres schlanken Körpers von störenden Teilen weißer Haut unterbrochen werde. Heut hat sie Herrn Vierkant zum Tee gebeten, damit er ihrem Mann, seinem Chef, die Gedankengänge entwickle, die er ihr selber in den letzten Wochen vorgetragen und vertraut gemacht hat – Gedankengänge zum Schwindligwerden für einen Mann, einen ehemaligen Unteroffizier, der H. P. Footh ja doch wohl einst war und in einem Eckchen geblieben ist. Sein Gesicht ist in den letzten Monaten zugleich furchiger und schlaffer geworden, seine Gestalt feister – die Wiener Mehlspeisküche! Sein Blick aber drängender, unruhiger, beladen mit Problemen und Ehrgeizen. Und dies ist es, was jetzt zur Entscheidung steht: Es heißt Göring oder Goebbels.

»Das deutsche Reich«, so legt Herr Vierkant dar, in weißem Anzug, Tennisdreß, die Zigarette zwischen den schlanken Fingern, »unsere Heimat ist in jenes Stadium eingetreten, das andere Länder längst durchzumachen begannen, bevor uns der Himmel mit Adolf Hitler begnadete. Konzentration des Kapitals heißt es, mit zwei häßlichen, aber leider notwendigen Fremdwörtern, Zusammenballung des Nationalvermögens in den Händen und unter der Verantwortung immer kleinerer und kleinerer Gruppen von Wirtschaftsführern. Wie notwendig solch ein Prozeß vor sich geht, beweist am besten die Gründung der Hermann-Göring-Werke, die gedacht war als reichseigene Gesellschaft zum Abbau privatwirtschaftlich nicht lohnender Erzlager, zu Rüstungszwekken, und die mit Windeseile von fünf Millionen zu vierhundert Millionen Kapital angewachsen ist. Alles, was wir in Wien besprachen, hat Sinn nur, wenn es sich diesem neuen Wirtschaftsgiganten eingliedert; alles, was in Österreich Wert hat, schluckt er, im Namen und zum Heil der kommenden Aufrüstung. Wollten wir uns an der Donauschiffahrt beteiligen, so nur in diesem Rahmen. Beabsichtigen wir, uns in einem zukünftigen Kriege der britischen Seekontrolle zu entziehen und Öl auf der inneren Linie aus Rumänien zu holen, so nicht ohne die Hermann-Göring-Werke. Dies war der Standpunkt, auf welchem wir uns vor ein paar Wochen trennten, als Sie, Herr Footh, der tschechischen Entwicklung oder Teilung wegen unten blieben, ich aber schon wieder die Luft unserer Vaterstadt einatmete, die bekanntlich weise macht.«

Herr Footh saß da, durchaus nicht mehr so bequem entkleidet, wie er es früher auf dieser Terrasse geliebt und gehalten, und horchte manchmal hinunter, hinaus auf den Schritt eines gleichsam militärischen Stiefels. Gut und hoch war es mit ihm gegangen – welche Verpflichtung ein Wirtschaftsführer seines Schlages dadurch aufnahm, daß er auf straffe Weise vorwärtskam, begriff er eigentlich erst jetzt. Daß man Erfolg nicht bloß hatte, um ihn zu haben, sondern daß er einen zu immer mehr Erfolg verpflichtete, diesen Gedankengang verdankte er erst seiner kleinen Blüthe, die sich jetzt sogar einen Verbündeten beibezogen hatte in diesem schnittigen und schmissigen, sehr soldatischen Schriftsteller, der das, was Herr Footh bisher ganz naiv betrieben hatte, nämlich Bereicherung, Zuwachs an Macht und Einfluß nannte und eine Theorie dazu entwickelte, die nur leider ihn, Herrn Footh, aus seinem Fahrwasser hinweglotsen wollte, fort von Hermann Göring, dem bewunderten großartigen Kerl und Vorbild und hin zu dem kleinen, etwas schiefen Geisteshelden, dem rheinländischen Dr. Goebbels. Übrigens hätte es ihm nichts ausgemacht, jemanden herunterzuschicken zu dem drolligen Burschen, dem Teetjen, ihn zu fragen, woran es denn hapere und was es gebe.

»Nun sagen Sie mir aber, warum Ihr den Zeitpunkt schon jetzt für gekommen erachtet, meine Selbständigkeit aufzugeben; du weißt doch, Kleine, wann ich dir das erstemal die Frage vorlegte, ob Fusion oder nicht.« Frau Anneliese lächelte: und ob sie das wußte. Von einem der Hocker nahm sie das Heft einer üppig gedruckten und ausgestatteten Zeitschrift zur Hand, von einer Gattung, die man mondän nannte und die es schon zu Zeiten des verblichenen Dr. Stresemann gegeben. Träumerisch ruhte ihr Blick auf üppigen Abbildungen, kunstvoll reproduzierten Photographien aus dem spanischen Kriege, die Ruinen des Städtchens Guernica zeigend, das von deutschen Flugzeugen unterm Befehl eines deutschen Generals für den spanischen Caudillo oder Führer in Trümmer gelegt worden war, den immer deutlicher siegreichen General Franco. Warum sich diese Basken nicht freiwillig unterwarfen, begriff sie nicht; die aber in ihren zertrümmerten Straßen, ausgebrannten Ruinen würden jetzt schon wissen, daß es dumm war, sich dem Stärkeren zu widersetzen und daß man für Dummheit zahlen muß. Konnten diese Basken nicht zeitig genug anfangen zu begreifen, daß der liebe Gott stets bei den stärkeren Bataillonen, den schneller ansausenden Bombern gewesen war und blieb? »Damals«, erwiderte sie und goß Herrn Vierkant goldroten Tee ein, »damals war es wohl noch zu früh. Heute aber … Schießen Sie los, Herr Vierkant.«

Klaas Vierkant betrachtete voll Sympathie die weißseidene Knäbin, deren rheinische Aussprache von Hamburg noch nicht ganz weggesogen worden war, und die sie für ihn mit dem blendenden, bewunderten Dr. Goebbels verband, außerdem aber auch mit dem Reichsstatthalter, der eine so kühne Karriere gemacht, nachdem ihn seine Feinde in der Partei bereits zu ächten versucht hatten. »Alte Vermögen oder junge Vermögen«, begann er zu entwickeln, »die Macht, die den Vorsprung schon hat oder die ihn aufholen will, einholen, wenn Sie wollen, das ist der ganze Unterschied. Als wir in Wien zusammensaßen, schien der Göring-Konzern für Ihre ›Äuglein‹ bei weitem den meisten Sinn zu zeigen, Herr Footh. Damals riet ich zu gewissen Briefen und Fühlungnahmen. Inzwischen aber hat ein wirklicher Riese Lust bezeigt, uns zu verschlingen, ältestes deutsches Vermögen, das schon im Siebzigerkrieg beide Seiten mit Gußstahlkanonen beliefert hat, der Krupp-Konzern. Und da würde ich treulos werden. Ich ginge mit Krupp.«

»Bei den Göring-Werken schaute mehr Bargeld heraus«, meinte Herr Footh versonnen, »die Kruppleute zahlen mehr in Beteiligungen. Mit Hermann Göring könnte ich schließlich persönlich reden, von Mann zu Mann, von Soldat zu Soldat. Krupp aber – wer steht dahinter? Lauter Geheimräte und Exzellenzen alten Schlages, nichts für meiner Mutter ihren Sohn.« – »Du müßtest erst mal ins Rheinland hinüberfahren, Hans, den Wald von Schloten sehen, Quadratkilometer voll Arbeitshallen, die Gießereien, die Walzwerke, Bessemer Birnen, Hunderte von Gleisanlagen, Tausende von Weichen, die Hochöfen – alles das. Ein Gigant, unzerstörbar! Wenn dir doch soviel auf den persönlichen Eindruck ankommt. Ein stolzeres Gefühl kann ich mir gar nicht denken als das, zu Krupp zu gehören – sozusagen seinen Außenhandel darzustellen, seine Fühlfäden, die über die Meere tasten.«

Sehr begabt, dachte Herr Vierkant. Was in der kleinen Dame alles steckt! »Ich glaube nicht«, kam er ihr zu Hilfe, daß Sie an persönlicher Bewegungsfreiheit einbüßen würden, Herr Footh. Sie wissen doch, wer hier in Hamburg alles dem Krupp-Konzern angeschlossen ist, und brauchen nur herumzufahren und zu fragen. Mannigfaltigkeit in der Einheit, würde es die alte Ästhetik genannt haben, oder Einheit in der Mannigfaltigkeit. Gehört man schon zu den Starken, so am besten zu den Stärksten. Aufsaugung der Kleinen zugunsten der Größeren und der Größten ist das Gesetz des Lebens. Schließlich stellt das Ruhrgebiet die stärkste Zusammenballung deutscher Kräfte dar, die es gibt – wahrscheinlich die stärkste auf dem Kontinent. Heute haben Sie eine Chance: Krupp legt sich eine Tankerflotte zu, die auf seinen eigenen Werften beständig gepflegt und auf der Höhe gehalten werden wird. Die Hermann-Göring-Werke müssen erst beweisen, wer sie sind und was sie können – Krupp aber war, ist und wird sein. Deutschland gebraucht jetzt seine Ellenbogen, passen Sie mal auf. Wir leben in denkwürdigen Jahren, Herr Footh. Sie werden mal sehen, wie die alten Demokratien uns Raum geben, wenn wir ihnen erst mal zurufen: Hallo, wir sind auch noch da. Ich wette, unser Weg zur Weltmacht wird mit kleinen Existenzen gepflastert sein, von Mittelständlern bis zu Mittelstaaten. So allein wachsen die großen Bäume heran, die Jahrtausende überschatten. Wir fangen spät an, müssen vieles nachholen, viel schlukken, leichthändig wird uns der Weg zu unserem Lebensraum nicht freigegeben werden. Wir zerstampfen eine Menge Lebensglück, unsere Opfer schreien Raub und Gewalt, alle Moralisten gackern nur so vor Entrüstung und vergießen womöglich Tränen. Das Leben ist aber kein Gesangverein ›Harmonie‹! Wer es steigern will, muß sich darüber klar sein, und wer Erfolge haben will, es steigern. Um es zu steigern, sind wir auf der Welt. Was aber dabei herauskommt, Herr Footh, ist allerhand Opfer wert, steht für Generationen fest, um es bescheiden auszudrücken, und öffnet den Weg für Generationen. Und zu diesen Wegebahnern muß jedermann gehören, der geheiratet hat, sein starkes Blut in die Zukunft tragen will. Wer sich nicht einordnen will, geht drauf. Das brauche ich Ihnen doch nicht zu verkünden.«

Hans P. Footh wiegte seinen schweren Schädel. »Da werd ich wohl mal nach Essen hinüberfahren müssen, wenn ihr das so meint. Ganz behaglich ist mir dabei nicht zumute.«

»Niemand wird angenehmer enttäuscht sein als du«, rief Frau Anneliese aufstrahlend, »und tu es bald. Sonst beginnt womöglich der Beutezug, bevor du dich noch entschlossen hast, und dann sind wir umsonst so früh aufgestanden.« Und sie lachte erlöst auf, mit einem leisen Unterton von Krampf, und warf sich in ihrem bunten Liegestuhl rückwärts, schmal und elastisch wie eine Feder aus Stahl. Klaas Vierkant schaute über die Schulter ihres Gatten auf die zierliche und reizvolle Person und atmete tief; einmal später würde er ihr begegnen, und dann würde es nur sie beide geben. Und vielleicht würden ihm dann Schwingen wachsen, die ihn hinauftragen würden auf die Höhen des Dritten Reiches, des tausendjährigen, um einmal die dicken Worte der Kleinbürger zu gebrauchen. In die Nähe des verehrten kleinen Schrumpfariers mit dem gehemmten Fuß und der blitzenden Intelligenz.

Herr Footh, an die Ecke der Brüstung getreten und durch die Lücke der beiden Segeltuchwände hinabschauend, wandte sich rückwärts: »Dort geht solch eine verlorene Existenz.« – »Der nicht zu helfen ist«, entgegnete Klaas Vierkant, »diese Mittelständler müssen sich einordnen – nach unten. Es findet sich keine selbständige Marktbude mehr für Gevatter Schneider und Handschuhmacher. Organisation, meine Herren, Eintritt in Reih und Glied.«

»Aber lassen Sie ihn nicht ganz fallen, wenn ich weg sein sollte, auf zwanzig Emmchen hier und da soll's mir nicht ankommen. Ist doch mein alter Gefreiter Teetjen, mit dem ich den Njemen herabgeschwommen bin.« – »Stopp, meine Herren«, sagte Frau Footh, »da sprech ich auch noch ein Wörtchen mit. Da ist eine Dame im Spiel, die ich nicht goutiere.« – »Die arme Stine«, lächelte Herr Vierkant. »Richtig, Lorelei in Straß. Mag aufs platte Land ziehen, wohin sie gehört. Wer zu mir hält, wartet diesen Zeitpunkt ab. Danach eine Monatsrente von zwanzig Mark genehmigt.«

»Und wer hielte nicht zu Ihnen, Frau Footh«, rief Klaas Vierkant in ehrlichem Enthusiasmus. Inzwischen hatte sich der Gatte den beiden Jüngeren wieder zugewendet und kam mit seinem wiegenden Schritt, den Kapitänen abgeschaut, zu seinem Liegestuhl zurück. »Jetzt zieht er ab, mein Beilschwinger. Kam offenbar mit einem Lieferdreirad in diese Gegend. Ulkiger Geschmack.« – »Eher harte Notwendigkeit«, lächelte Vierkant, eine dicke Zigarette österreichischer Herkunft entzündend. Frau Anneliese schaute einer weißen Wolke zu, die über ihr hoch im Blauen rundliche Formen entwickelte. »Können bald mal ein tüchtiges Gewitter bekommen«, redete sie vor sich hin, »die Mücken sind wie verrückt.« Und sie zog die Beine in den langen weißseidenen Hosen empor auf den Stuhl und warf einen dünnen Gazeschleier über die Füße. »Diese Mittelständler«, träumte sie weiter, »mal waren sie doch nötig.« – »Zum Abwandern nach unten oder nach oben«, stimmte Klaas Vierkant ihren Erwägungen zu. »Ohne sie wär im zwanzigsten Jahrhundert unsere Partei so unmöglich wie im neunzehnten Jahrhundert die Literatur, im achtzehnten die Musik, im siebzehnten der Choralgesang, die Religion. Aber jetzt, im Eingang einer neuen Epoche! Eines neuen Äons, mit George zu sprechen? Sie haben noch gar nicht gemerkt, daß sie lauter zukünftige Aristokraten darstellen, unsere kleinen Leute, daß sie schlechtere Rassen zu kommandieren haben werden, die Teetjen und Konsorten. Adelsgeschlechter im Entstehen, wie unsere Juden die Aristokratien im Abblühen sind – oder waren.« – »Warum waren, Herr Vierkant?« fragte Anneliese voll Lust beim Zuhören, ach war der gescheit! »Abgeblüht, ja, und abgemeldet. Niemand braucht sie mehr, die Braven, wie noch im neunzehnten Jahrhundert – weder ihre Rothschilds und Marx, noch ihre Heine und Börne. Machen wir uns alles jetzt allein. Und arischer und besser, nämlich gründlicher.« – »Ach, darum wandern jetzt so viele ab,« sagte Herr Footh, einen Kognak mit Soda trinkend. Er wäre am liebsten mit Anneliese in den Hafen hinübergefahren, wo »Blühäuglein« vor Anker lag, um auf eigenem Deck den Entschluß zu überprüfen, den man ihm vorhin abgenötigt. Klaas Vierkant, das schmale, gutrassige Gesicht bald Herrn Footh zugewandt, bald seiner Herrin, wie er sie bei sich nannte, dem Reh mit Klauen, spürte, daß er gehen sollte. Er hätte sich gern unten ans Radio gesetzt, den Kurzwellenempfang aus Burgos, New York und London abgehört. »Gott, die Juden«, sagte er und stand auf, die Asche von seinen Hosen klopfend. »Bilden sich noch ein, in Europa daheim zu sein, und wissen noch gar nicht, dumm, wie sie nun mal bleiben, daß sie unsere Vorratskammer für Barzahlungen und Volkszorn bilden. Da wir unsere Kleinbürger enttäuschen müssen wie unsere Vorgänger, die römischen Kaiser, so bieten wir ihnen wenigstens panem et circenses wie diese, Brot und Spiele, nämlich die Israeliten, und enttäuschen müssen wir sie nun mal bei immer engerer Konzentration von Macht, Kapital und Freiheit in immer weniger Händen. Nun gottlob, gibt's achtzehn Millionen Jüdchen in der Welt, die Hälfte in Griffnähe.«

»Rechnen Sie Palästina mit dazu?« Damit erinnerte sich Herr Footh an Kapitän Carstanjen und seine Erzählung vom Ladentisch voll Schlächtermessern. »Wie denn nicht?« erwiderte Herr Vierkant. »Alles, was durch Eisenbahn erreichbar ist oder auf dem Weg zum Mossul-Öl liegt, zur Bagdadbahn. Womit ich bitte, mich empfehlen zu dürfen. Und wenn Sie Ihre Güte voll machen wollen, erlauben Sie mir noch ein Viertelstündchen unten an Ihrem Körting zu sitzen. In ein paar Minuten kommt Ankara, allwo unser Herr Papen schaltet und waltet.« – »News von den Unruhen« verstand Frau Anneliese.

Viertes Kapitel

Frau Timme verabschiedet sich

Indes Albert mit sich kämpfte, ob er als einstiger Hochzeitsgast und Kriegskamerad des Hausherrn sein Glück noch einmal versuchen sollte, an der schönen Glastür »Nur für Herrschaften« nämlich, saß Stine in ihrem Laden, stickte Sterne in hellblaue und hellgrüne Kinderkleidchen und schaute sehnsüchtig auf die sommerliche Straße hinaus, auf welcher die Kinder nicht mehr vor ihrem Laden spielten. Als die fast vergessene Ladenglocke schellte, eine fremde Frau eintrat und sich vor dem Ladentisch aufpflanzte, schrak Stine fast auf, eine Käuferin! Wenn man aber nichts mehr zu verkaufen hatte? Kein Frischfleisch, kein Gehacktes, keine Karbonaden? Aber siehe da, die Frau wünschte eine kleine Dauerwurst, und Dauerwürste hingen noch drei im Vorrat, zwei kleine und eine lange, gut zum Aufschneiden – und zum Selberessen. »Eine kleine Schlackwurst?« fragte sie, »gut für Ausflüge?« – »Als Mitgebringsel«, lächelte die Frau, »zwei kleine Hamburger Jungen, die sie sich von ihrer Mutter gewünscht haben.«

Die beiden Frauen sahen einander an und gefielen sich. Oft stellte sich solche Gefühlsbeziehung in wenig Augenblicken ein, so daß die Verkäuferin die Kundin mit Bedauern scheiden sieht, weil es sich ja nicht schickt, persönliche Wärme spielen zu lassen, so daß der Kunde manchmal für immer aus dem Gesichtskreis dessen scheidet, der sich gern näher mit ihm eingelassen hätte; oft auch wirkt die Anziehung gegenseitig und ändert Schicksale. Hier schien dies der Fall zu sein. Jedenfalls blickte die schlanke, magere Frau mit dem graugesträhnten Haarkranz unter dem kleinen dunklen Strohhut voll Sympathie auf Stine, wie sie die Wurst wog und verpackte – und zwar aus Augen, so groß und grau, wie Stine sie noch nie gesehen, kaum im Film, wo sie doch künstlich waren. Die aber hier in dem mageren, stubenblassen Gesicht wirkten wie zwei Signallampen oder die Scheinwerfer eines Autos – erschreckend, wenn sie nicht gleichzeitig ein zurückhaltend freundliches Interesse ausgedrückt hätten. Daß Männer die Stine so ansahen, hätte sie nicht verwundert, aber diese Frau hier … Sieht mich so an, als wäre sie von einer langen Reise zurückgekommen und wunderte sich, mich so zu finden, dachte Stine, legte das kleine Paket auf den Ladentisch, nannte den Preis, er war nicht billig, und sah zu, wie die Frau, sie hatte offenbar eine gelähmte linke Hand, den gestrickten Handschuh darüber, in ihrem Geldtäschchen kramte und zahlte. Ihr dunkelbraunes Mantelkleid mit einer kleinen Pelerine war ausgesprochen unmodern, besonders die Reihe heller Knöpfe, vom Kragen hinunter bis zum Saum gab ihr etwas Fremdes, Besucherhaftes, wie von einer entlegenen Insel Kommendes, auf welcher Moden nachhinken.

An der Wand stand ein Tischchen mit zwei Stühlen, weißer Lack, aus Zeiten, wo Leute frische Rundstücke und für zehn Pfennig Knoblauchwurst im Stehen frühstückten. Einen dieser Hocker zog die Frau jetzt näher und bat, sich einen Augenblick ausruhen zu dürfen, sie sei nämlich heute schon viel in Hamburg unterwegs gewesen. »Abschied nehmen«, sagte sie mit dringlichen Augen und schmalen Lippen. »Wir werden auch nicht mehr lange hier sein«, entgegnete Stine ganz ohne es zu wollen, den Blick durch den kahlen Laden schweifen lassend empor zu der verwohnten grauen Decke. Sie habe davon gehört, erklärte die Besucherin, eigentlich wollte sie Herrn Teetjen sprechen, ihm etwas ausrichten. Stine entgegnete, ihr Mann sei leider nicht da, jetzt viel unterwegs, ob sie's ihm nicht bestellen solle. Vielleicht, entgegnete die Frau, wiederkommen könne sie ja nicht, sie gehe von hier aus direkt an Bord, nach Norwegen. Stines Augen nahmen einen schwärmerischen und sehnsüchtigen Ausdruck an. »Ach, die Fjorde«, sagte sie, »Kraft durch Freude.« – »Teils, teils«, erwiderte die Frau. Sie komme nämlich nicht mehr zurück ins Reich, ihr Name sei Agnes Timme. Timme, wiederholte sie, aus dem Reeperbahnprozeß. Sie sei die Frau von dem Friedel Timme, an dem Herr Teetjen den Strafvollzug besorgt habe.

Stine sank auf die kleine Bank hinter dem Ladentisch, auf der auch das bestickte hellblaue Kleidchen lag, sie mußte sich an ihr festhalten. Der Mund blieb ihr offen stehen. »Sie sind –?« versuchte sie zu wiederholen, die entsetzten Augen auf den blassen Augen der anderen. »Die Frau von dem Mann«, bestätigte Frau Timme. Es habe fast ein Jahr gedauert, erklärte sie, bis sie alles verwunden, alle Papiere beisammen hatte, ihre Kinder zu besuchen, die in Leningrad erzogen wurden, der SU., der Sowjetunion, wiederholte sie, als sie merkte, daß der Frau Teetjen die Abkürzung nichts besagte. Und da wollte sie noch einmal vorher den Volksgenossen sprechen, ihren beiden Jungen erklären, wie der ausgesehen habe. Aber wenn der Mann zu ihr, Frau Stine, passe, dann werde sie sich's überlegen, und überhaupt wozu die Phantasie der Kinder vergiften. Mögen die sich denken, der Reichstagsbrandstifter Göring persönlich habe ihrem Vater den lieben Kopf abgeschlagen.

Stine hielt sich noch immer an der Bank fest. Ihr war, als säße sie mit dem ganzen Laden in einer Luftschaukel, einem jener Riesenräder, die Jahrmarktbesucher ungeheuer hoch hinaufdrehten in St. Pauli oder auf dem Hamburger Dom, wobei Stine durchaus und stets schwindlig wurde.

In die Pause hinein, die jetzt entstand, plärrte ein Kind, wahrscheinlich eins von Klempner Drohm. »Wie haben Sie uns nur gefunden?« fragte sie dann schwach, fast hauchend. Frau Timme wiegte den Kopf. »Liebe Nachbarn«, entgegnete sie. »Daß Ihr Mann auch denken konnte, es bleibe verborgen, irgendwas heutzutage. So naiv. Müßte sich eigentlich aufhängen, Ihr Mann, verrät für dreißig Silberlinge seine eigenen Vorkämpfer, Schicksalsgenossen, sich selber. Aufhängen wie Judas Ischarioth«, wiederholte sie, »so'n armer Teufel – was habt Ihr Euch nur dabei gedacht?« wandte sie sich jetzt mit einer Art Angriff unmittelbar in Stines Blick. – »Wir mußten doch sehen, wieder flott zu werden«, verteidigte sich diese.

»Gegen die Hochflut der Warenhäuser – mit einem Beil. Gegen die Vertrustung der Nahrungsmittelbranche, gegen die Konzerns – mit zwei Fäusten.« – »Mein Mann vertraute eben dem Führer, dem unabänderlichen Programm.« – »Jeder, wie er es gelernt hat«, nickte Frau Timme, »zuschlagen, bloß nicht denken, lieber Kopf ab – den eigenen Verteidigern, den Klassengenossen, den Schicksalsgenossen.« Stine strengte ihren Kopf an, um zu verstehen, was die Frau da meinte. Sie rieb sich sogar die Schläfen wie als Schulkind, wenn sie Aufmerksamkeit nötig hatte. Dann glaubte sie verstanden zu haben. »Wir sind aber keine Arbeiter«, begehrte sie auf. »Nein«, nickte Frau Timme, »Ihr habt's noch nicht einmal gemerkt, Ihr armen Kleinbürger.«

Die Frau meinte es nicht bös, staunte Stine, war sie eine Christin? Das waren doch Rote, Kommunisten! »Jetzt merken wir's ja«, entfuhr es ihr, »aber jetzt ist's zu spät.«

Agnes Timme schüttelte den Kopf und ballte ihre kleine, behandschuhte Rechte. »Nie zu spät«, rief sie aus. »Erkennt Eure Lage und Eure Feinde und Euch selbst«, schloß sie, lauter als sie wollte. »Erkennt das Wort! Klassenlage!« Jetzt schüttelte Stine den Kopf. Über das Wort stand alles bei Johannes. »Das Wort war bei Gott«, sagte sie auf wie ein Schulkind, aber sie fühlte es auch mit der ganzen Inbrunst eines Kindes. »Und Gott war das Wort, und das Wort ward Fleisch und wohnete in unserer Mitte.« Und da lächelte Agnes Timme, indes ihre Augen traurig blickten, als sagten sie: arme Stine. »Aber die Finsternis hat's nicht begriffen – geht's nicht so weiter? Wie Ihr einem leid tun könnt, das ahnt Ihr gar nicht.« Stine verstand nicht, was sie meinte. In ihren Ohren klang jeder Satz des Evangeliums in die Drohung aus: Wer Menschenblut vergießt … »Hab ich meinem Manne bald gesagt. Wir müssen uns bei Ihnen ja so entschuldigen.« Da zog Agnes Timme ein Taschentuch und trocknete sich die Augen. Dann, eine Falte zwischen den Brauen, erwiderte sie: »Warum entschuldigen, wir haben uns ja nicht gekannt, es war ja nicht persönlich gemeint.« – »Aber dennoch«, sagte Stine und wollte ihr die Hand hinstrekken, traute sich's aber nicht. »Mein Mann und seine Kameraden«, damit erhob sich Frau Timme, »die stehen wieder auf. Wir sind als Klasse auf dem Vormarsch, nicht zu schlagen. Wir haben die meisten Kinder, das ewige Leben diesseits, und meine sind in der USSR. Und im Diesseits kann man umherreisen«, schloß sie mit einem Anflug von Scherz und steckte das weißgepackte Würstchen unter ihre Pelerine. Hier aber fühlte sich Stine an einem Nerv berührt: »Wer auf's Diesseits setzt«, rief sie, »der hat verspielt. Unser ist das wahre ewige Leben, in das wir eingehen, wie Pastor Langhammer durch die enge, ängstliche Pforte.« Aber die Besucherin drückte sich den Hut fester aufs Haar und schüttelte dabei den Kopf. »Und alles wegen der Profite«, äußerte sie resigniert. »Damit die Schlote noch stärker rauchen an der Ruhr, damit die Herren Generäle, die Herren im Haus, alles haben, was man so braucht heutzutage. Armes betrogenes Volk«, seufzte sie auf und nestelte in ihrer schwarzledernen Handtasche, »arme deutsche Kreaturen.« Stine fühlte, daß sich die Frau verabschiedete, und wollte ihr gern noch etwas Liebes sagen. »Für Sie ist's aber gut, wenn drüben jemand für Sie sorgt.« – »Jemand, ja, der zweite Fünfjahresplan, hundertsiebzig Millionen, fast ein Sechstel der Erde.« – »Wir haben hier unsere Erde«, antwortete Stine und dachte dabei an Alberts Wünschelrute und die unterirdischen Wasserläufe, die bald hier, bald dort durchbrachen. »Unser Weg geht woanders hin. Sie aber, Frau Timme, fahren Sie mit Gott.« – »Sie auch, Frau Teetjen«, entgegnete Frau Timme und trat an den Ladentisch, »wenn Ihr lieber Gott man denen verzeiht, die das über unser armes Volk gebracht haben. Das Dritte und letzte Reich.« Schade, dachten beide Frauen, daß wir uns jetzt erst kennenlernen, schade, daß die andere so verrannt ist. Und damit wandte sich Frau Timme zur Tür, aber da verdunkelte ein Umriß das Glas der Tür, breite Schultern, ein Mann trat ein. Stine schrak auf, sie freute sich wie stets, wenn Albert heimkam, aber sie wußte nicht, ob sie sich diesmal freuen durfte. »Das ist mein Mann«, stellte sie vor, »hier ist nämlich Frau Agnes Timme gekommen, sich zu verabschieden.« Agnes Timme betrachtete den Mann, der sich zum Werkzeug hergegeben hatte, ihren Friedel umzubringen, den feinen Menschen, den Merzenich, den Schröder. Ein ganz durchschnittlicher Junge, dachte sie, gleichwohl einen Schmerz in der Herzgegend empfindend, auf den sie nicht vorbereitet gewesen, und eine Art Empörung, den Kerl bei den Ohren zu nehmen und tüchtig zu schütteln.

Dem Albert wollte schon die Hand hochfliegen zum Hitlergruß – dann aber ließ er es sein und versuchte eine linkische Verbeugung. »Ich muß ja aufs Schiff«, sagte sie, »nach meinem Gepäck schauen, um halb sieben Abendbrot, meine Absicht war ja nur … ist ja erfüllt. Ich wollt Sie meinen Jungen beschreiben, wenn sie mal später nach Hamburg kommen, das Grab ihres Vaters sehen, zu Besuch. Wenn der Hitler nicht vorher seinen Krieg macht und ihr alle in Klump gehauen werdet von den russischen Bombern.« – »Nanu«, sagte Albert Teetjen, beherrschte sich aber und lächelte der Frau in die verteufelten, grauen Augen. »Wir sind dann nicht mehr da«, sagte er, »wir gehen nach Spanien.« – »Nach Spanien«, rief Agnes Timme, ihre rechte Faust fuhr grüßend in die Höhe – sie grüßte Rotfront. »Sie haben was gut zu machen, Herr Teetjen«, rief sie. »Aber Sie haben auch was gelernt. Sie mit Ihren Erfahrungen jetzt, Sie werden schon richtig liegen!« Albert Teetjen dachte, die kleine Schachtel spinnt, aber voll Gemütlichkeit nickte er ihr zu: »A. Teetjen liegt immer richtig.« – »Na«, protestierte Agnes Timme und wandte sich zur Tür, »Sie haben verdammt was gutzumachen, Herr Teetjen. Lassen Sie sich's nur sagen. An allen Werktätigen, einer ganzen Klasse. Eine ganze Klasse schaut auf Sie. Ja, gehen Sie nach Spanien, und damit Sie sehen, daß ich Sie recht verstehe, hier, nehmen Sie Ihr Photo, zurück kann ich nicht sagen, ich wollte meinen Kindern den Henker ihres Vaters mitnehmen, aber der hängt dort«, und sie wies mit ihrem linken Arm auf das hübsche und harmlose Bildnis Adolf Hitlers mit dem großen, etwas plumpen Ohr und den kurzgeschorenen Haaren über dem flachen Hinterkopf. »Und auch dem sein Grab ist schon gegraben.« Stine griff nach dem Bildchen, das Albert darstellte, wie er das Dreirad auseinandernahm und gerade die Backen aufblies – kein sehr günstiges, aber ein lustiges Bild. Albert beugte sich darüber: »Wo haben Sie denn das her?« – »Freundliche Nachbarn«, rief Frau Timme. »Mit dem Einser komm ich doch zum Bahnhof, nicht wahr? Rotfront, Genosse Teetjen. Reihen Sie sich ein.« Und sie zog die Tür hinter sich zu und verschwand zur Haltestelle der Elektrischen. Albert schaute ihr nach, saß auf dem Hocker und schüttelte den Kopf, das Bildchen in der hohlen Hand. »Rotfront«, wiederholte er, »Genosse Teetjen. Werden einen noch ganz verrückt machen mit ihrem Theater. Aber nach Spanien, das wird uns wohl blühen. Der Footh hat sich nicht sprechen lassen, der einzige Mensch, an den ich noch glaubte. Ich weiß nicht, Stine, wer ist nun verrückt; die Welt oder wir?«

Daß diese Frau Timme so verrückt sein konnte, von ihm, Albert Teetjen, zu vermuten, er werde sich auf die Seite der sogenannten Republikaner schlagen, der spanischen Bolschewiken, gab in den nächsten Tagen noch Anlaß zu manchem Spaß. Da sah man's, was diese Leute in ihren Köpfen für Kalbshirn trugen. Putziges Zeug! Wer hatte ihn denn in die Sackgasse gejagt, he? Wenn nicht die heimlichen Wühler, nicht die Parteigänger des roten Spanien! Da mußte so eine Witwe natürlich vermeinen, wenn einer nach Spanien gehe, dann selbstverständlich gegen den Bringer von Ordnung, Ruhe und Arbeit, den General Franco! Wie es sich nur herumgeredet haben konnte unter denen, daß er, Albert Teetjen, der Mann in der Maske gewesen sei. Er setzte sich nieder, wo er gerade stand, auf sein Sofa, den Küchenstuhl, die Bettkante, stützte den Kopf in die Hand und stierte auf den Boden, als ob dort eine Antwort geschrieben sein könnte. War dem so? Besaßen sie vielleicht noch immer unterirdische Organisationen, so konnte früher oder später in einer beliebigen dunklen Nacht ein Messer in seinen, Alberts Rücken fahren, zumal ihn jetzt die Partei im Stich gelassen hatte, Kameradschaft nur noch gegen bar zu haben war. Hatte man nicht früher mal bei Lehmkes erzählt, einer der Hauptbelastungszeugen sei sonderbarerweise zufällig bei einer Luftschutzübung von den Helligen gestürzt und mit Schädelbruch abgegangen? Seiner Stine durfte er von diesen Möglichkeiten gar nicht erst reden, aber besser war es schon, er ging in der Dunkelheit nur noch mit ihr aus dem Haus.

Daß ihn der Footh im Stich ließ! Daß auch die Kameradschaft nicht mehr zählte!

Wenn er so tagsüber im Unterhemd und Leibgurt, die Tüffeln auf den nackten Füßen, durch seine jämmerlich verödeten Räume schlurfte, viel zu groß, viel zu leer und sinnlos für zwei Leute, fühlte er sich zum erstenmal in seinem Leben unwohl in seiner Haut. Er hätte sie ausziehen mögen wie eine Arbeitsschürze, hätte er nur gewußt, wie eine andere Haut beschaffen sein müßte, um ihm jetzt zu passen, eine Glückshaut, eine vergoldete. Manchmal abends, wenn er sich entkleidete, sich in dem großen Stehspiegel begutachtete, sah er als Sachverständiger, wo man die Schnitte anbringen müßte, um diese zu eng gewordene Haut von ihm, Albert Teetjen, abzulösen. Nicht umsonst hatte er früher alle Arten von Kadavern abgehäutet. Wahrscheinlich mußte man in der linken Achselhöhle beginnen, einen Schnitt an der Körperseite herunterführen, bis zum Fußknöchel, die Innenflächen der Beine öffnen, das rechte an der Außenseite aber nur bis zur Hüfte auftrennen, damit der Balg an der Flanke weiterhin zusammenhing. Das Fell mußte brauchbar bleiben, gegerbt werden, den Lederhändlern verkauft. Ja, dann konnte man freier umherlaufen und atmen. In seiner Haut aber lebte er nicht mehr gerne, mußte man schon zugeben. Keine Kameraden, keine Arbeit, keine Einnahmen, keinen Freund – das war für einen Mann zu wenig. Stine stickte noch im Wohnzimmer, er, Albert aber, fühlte sich zerschlagen und legte sich nieder, möglicherweise um eine Viertelstunde zu schlafen und dann bis zwölf wachzuliegen und Gedanken im Kopfe durchzukneten, wie Rind und Schwein zum Hackepeter. Sah er etwa nicht, daß seine Stine vom Fleische fiel, ihre Brust begann zu hängen? Hatten sie es dem Footh gegenüber an Aufmerksamkeit fehlen lassen? Sollte er nochmal anklingeln? Im Büro bei Fräulein Petersen? Und was vor allem war mit dem unabänderlichen Parteiprogramm los? Hatte man von Partei wegen die Warenhäuser arisiert, die Juden rausgeschmissen, bloß um den alten Kram weiterzutreiben? Verschärft durch Rüstung? Waren all diese schönen Worte nur Worte gewesen, mit denen die Führer und Schöpfer der Partei gelobt hatten, nicht zu ruhen und zu rasten, und nötigenfalls Gesundheit und Leben dafür einzusetzen, daß alle Deutschen in den Genuß ihrer Heimat kämen, die Finanzhyänen beseitigt wurden, Wucher und Schiebertum, sowie die rücksichtslose Bereicherung auf Kosten und zum Schaden des Volkes mit dem Tode bestraft werden würde? Fünf Jahre, hatte Kamerad Vierkant damals durchs Radio getutet, fünfmal dreihundertfünfundsechzig Tage regiert die Partei jetzt unumschränkt, konnte machen, was sie wollte, wie der Puppenschnitzer in der Lammerstraat, hatte jetzt sogar den Grafen Westarp für den Rest seines Lebens im Zuchthaus begraben, der während des Weltkriegs die Konservativen geführt hatte und mal der mächtigste Mann im Reiche genannt wurde – mit welchem Erfolg? »Alle Frauen, alle Mädchen kaufen Wellwurst nur bei Teetjen.« Nein, das taten sie eben nicht. Es gab keine Teetjens mehr augenscheinlich. Niemand würde sie vermissen, wenn sie nach Spanien gingen – auch wenn Spanien ganz wo anders lag, gar nicht auf der Erde, sondern unter ihr ... Elbabwärts treiben, das ging nicht. Dazu waren sie beide zu gute Schwimmer. Darum lernten ja früher die Matrosen nicht schwimmen, damit sie sich im Wasser nicht lange quälten. Er und seine Stine hatten was gehabt von den Tagen der Republik, dem Volkssport, den Freibädern und Badestränden. Für ihn und seinesgleichen wäre es in Hamburg auch noch ohne den nationalen Sozialismus weitergegangen, besser auf alle Fälle als mit ihm. Gewiß gab's damals Arbeitslose, sogar recht viele, die als Kundschaft ausfielen. Aber jetzt, bei voller Beschäftigung mit Überstunden und Überschicht, fielen ihm, Teetjen, alle Kunden weg. Für ihn waren alle jetzt Arbeitslose, einschließlich seiner selbst. War er vielleicht doch ein solcher Esel gewesen, wie in dem Vers stand, den die Sozis früher als Wahlparole benutzten: »Nur die allergrößten Kälber wählen ihre Metzger selber?« Das hatte er getan, die Liste der NSDAP. gewählt, in die SS. eingetreten war er, die Elitetruppe des Führers, und gestrahlt hatten sie damals, als der Thyssen mit einem Ruck anderthalb Millionen Arbeiter auf die Straße warf und der Hitlerpartei mehrere Millionen Stimmen zutrieb, denn die hatten ja doch Frauen und Eltern. Es wollte ihm nicht in den Kopf und ging doch auch nicht wieder hinaus, daß auch die NSDAP. nichts als Stimmenfang betrieben hatte mit ihren Drucksachen, Plakaten und Redensarten, und daß bestenfalls der Führer, sobald er irgendwo den Rücken kehrte, über sein schönes, großes Ohr gehauen wurde, von den Bonzen, Patriziern und Großbesitzern, den Leuten nämlich, die auf den Aktienpaketen saßen und den Lohn drückten und dadurch die Nährquellen des Mittelstandes verstopften, des kleinen Mannes, dem doch so sehr geholfen werden sollte! Hatte er vorschnell das verblassende Bild des Großvaters aus dem hübschen Kerbschnittrahmen herausgenommen und das Adolf Hitlers hineingesteckt? Jetzt lag es in der Schublade, zusammen mit dem alten Plakat »Bin zurück in zehn Minuten«, auf das die Jungen der Wagnerstraße irgendeine freche Redensart gekritzelt hatten. (Jetzt kritzelten sie nicht mehr ...) Man konnte den Tausch ja wieder rückgängig machen, den Großvater an den Platz stellen, der ihm gebührte ... Ja, der alte Mann hat Bescheid gewußt! Nicht das Beil hatte die Käufer verscheucht, wie er, der Döskopp, gemeint. Das hatten Menschen besorgt, Leute von Fleisch und Blut, und Tratsch und Gerede. Nicht Radioaktivität. Und geschickt hatten die das eingerichtet, mit der mangelnden Hygiene …

Plötzlich gab es ihm einen Ruck, er setzte sich auf im Bett – sie schliefen längst nur noch mit Laken und einer Wolldecke – eine Fährte! Frau Timme hatte eine Photographie von ihm hinterlassen, die hier im Hof geknipst worden sein mußte und erst vor kurzem, und die hatte nichts von mangelnder Hygiene gesagt, die war wegen ihres Mannes gekommen, dem Albert den Kopf vor die Füße gelegt. Aus irgendeinem der Fenster, die auf unseren Hof hinausgingen, war er geknipst worden und das Bildchen der Kommunistin zugesteckt. Man mußte eine Untersuchung machen! Den Lieferwagen an die Stelle rücken, an der er ihn gereinigt, aus allen Fenstern die Aussicht kontrollieren, das Bild in der Hand! Mannschaft vom Sturm Preester mußte man hineinlassen, auch wenn sie nicht um vier Uhr morgens erscheint. Aber hier legte sich Albert nieder, drehte den Kopf auf dem Kissen hin und her. Diese Hunde, die ihm zweihundert Mark abgeknöpft hatten, sein schönes Schlafzimmer, seine Lebensfäden bis zum siebenten September anberaumt. Was sollten sie bei einer solchen Razzia erbeuten, womit könnte man sie ködern? Für einen Mann, der Streichhölzer sparen mußte – wo doch private Ein- und Übergriffe streng verboten waren vorderhand?

Es war scheußlich, sich so schlaflos zu wälzen. Vorhin, während er seine Eingangstour schnarchte, hatte sich Stine offenbar auch gelegt, es war dunkel in der Wohnung und heiß. Aber sie schlief. Unter dem Schrank, rechts in der Ecke, raspelte eine Maus. Der stand schon lange auf seinem Platz, seit Vaters Zeiten; die Diele konnte dort recht gut durchgemorscht sein, man müßte ihn mal beiseiterücken. Für wen? Für welche Nachfolger? War die Maus klug, so wanderte sie aus, vermied die Schwelle. Der Kamerad Vierkant – der ja inzwischen Fooths Privatsekretär geworden sein sollte – hatte erzählt, daß mal nach dem Krieg sein Vater einen Reisekorb voll Bücher und Noten von einem kleinen Bahnhof geholt hatte, auf dem er mehrere Monate gelagert. War da beim Auspacken zwischen dem ganzen gedruckten Zeug ein Nest mit sechs jungen Mäusen enthüllt worden, kleinen roten Kadaverchen, die verhungert waren, weil sich von Papier eben nicht leben ließ, nicht einmal für eine Maus. Nun, von dem Papier des Parteiprogramms, und was sie so darum herum gedruckt hatten, lebten viele Leute recht bon. Ob er versuchen sollte, den Vierkant als Stufe zu benutzen, zum großen Footh emporzureichen? Oder würde der sich eher als Absperrkette herausstellen?

Erst Stine erschießen und dann sich selbst. Das dachte sich ganz einfach. Aber tat es sich auch so? Tat es sich überhaupt? Er gähnte immer wieder und vermochte doch nicht zu schlafen. Wie laut die Uhr im Nachttisch tickte! Vielleicht hätte er jene vier Hiebe nicht ausführen sollen. Wahrscheinlich aber mußte man mit dem »Vielleicht« weit früher anfangen. Vielleicht hätte er nicht so großen Wert darauf legen sollen, etwas Besseres zu sein als solche Arbeiter, Sozis, Proleten. Vielleicht hätte er die Redensart ernster nehmen sollen, mit der sie ihre Aufrufe spickten von den Werktätigen, den Arbeitern mit Kopf oder Hand, aber er war eben stolz auf seine Selbständigkeit von Anbeginn, hatte zu den Höheren emporgeblickt, froh, zu ihnen zu gehören, ihnen gefällig zu sein, erbötig und zu Diensten. Und so ging der Weg nach Spanien. Was diese Frau Timme für Riesenaugen gehabt hatte. So zwischen Kuh und Katze. Er, Albert, für die Republikaner fechten, die sogenannte Regierung, die Landgüter und Bodenschätze beschlagnahmte, enteignete. Was ging's ihn an? Morgen mußte Stine zu der Dr. Neumeier hinüber und dann zu der Apothekerschen, der Plaut, ein Schlafmittel schnorren, paar hilfreiche Tabletten für ihren Mann. Und außerdem aus dem Lehmke noch eine Flasche Köhm quetschen – der Hund machte ohnehin einen hündischen Schnitt …

Fünftes Kapitel

Kein Gift

Frau Dr. Neumeier befand sich in jenen Wochen des steigenden Juli-August in so glücklicher Laune wie kaum je seit ihrer Trennung von K. A. Lintze. Sie strahlte beglückte Zufriedenheit aus,

Wärme, Reife, Anteilnahme. Sie hatte nie geglaubt, daß es ihr noch einmal so gut gehen werde, ja Maßstab und Möglichkeit für ein solches Ergehen war ihr abhanden gekommen. »Wir Borsdorfer«, sagte sie manchmal zu Heinrich Koldewey, »wir haben es leicht, aromatisch zu sein, wir waren gut gelagert und konnten nachreifen.« Denn auch Dr. Koldewey wirkte verjüngt, erwärmt, erfrischt auf jeden Menschen, der mit ihm zu tun hatte.

An jenem Morgen nun hatte Annette ihre »Mutter« in die Praxis gefahren und sich dabei gradeaus schauend, die Straße im Blick, als Patientin gemeldet. Sie war unzweideutig im dritten Monat, und nun mußte etwas geschehen. Käte Neumeier hatte sich schnell gefaßt und ihr dann vorgeschlagen, das kleine Wesen doch auszutragen. Draußen in der Villa konnte das ohne Schwierigkeiten geschehen; wurde sie sehr stark, so fuhr sie für die letzten Monate irgendwo an die Küste, zur Welt brachte sie das Kind in Fuhlsbüttel, und aufgezogen wurde es als Heinrich und Käte Koldeweys Baby, vielleicht sogar als solches adoptiert. »Wenn ich stark werde«, hatte Annette erwidert, »dann wintert es an der Küste nach Strich und Faden, da kann niemand drum herum.« – Und erst als sie die Lübeckerstraße überfuhren und vor Kätes Praxis hielten, war ihnen die Idee gekommen, die allerbeste: warum wollte Annette den Bert nicht heiraten, bevor er nach Argentinien absockte? Und ihm später nachkommen, mit Baby oder ohne. In der Tat, das war ein Ei des Kolumbus! Und ob Annette den Bert heiraten wollte! Und der Bert die Annette auch! Man mußte sich nur beeilen, damit sich die junge Gattin nicht von den Brautjungfern, ihren Schwestern, an Format unterschied. Und während sie von der treuen Marie empfangen wurden, und die Ärztin sich wusch und umzog, hatten sie lachend, wie Gören, erwogen, in welchem Verwandtschaftsverhältnis das zukünftige Bojekind zu Käte Koldewey stehen würde: von väterlicher Seite Großnichte oder Großneffe, von mütterlicher Seite aber angeheiratetes Enkelkind … »Großneffe«, rief Annette, als sie die Tür hinter sich schloß.

Stine Teetjen saß schon im Wartezimmer seit einer halben Stunde, sie kam als erste dran. Sie sah schlecht aus, fand die Ärztin, blaß und abgemagert, seelisch offenbar bedrückt. Sie verwahrte sich auch gleich ängstlich dagegen, daß sie um ihrer selbst willen komme. Das könnte ihnen jetzt noch fehlen, daß sie krank würde, wo sie doch nicht einmal wußten, woher sie die Rechnung für diesen Besuch zahlen sollten, falls Frau Doktor ihr dies überhaupt berechnete. Sie brauchte nur ein Schlafmittel für ihren Mann, der wachte immer auf kurz nach dem Ausknipsen und lag dann stundenlang wach und quälte sich. Und sie damit auch. Dabei mußte er doch den Kopf oben behalten, und darum, weil sie doch nicht wußte, was sie in der Apotheke verlangen sollte, hatte sie sich so früh zur Sprechstunde aufgemacht und wollte ja bei Gott nicht lange stören. Sie hatte früher bei Apotheker Plaut gedient, und der oder seine Frau würden ihr ein paar Tabletten gratis überlassen, sie mußte nur wissen, worum sie bitten sollte.

Käte Neumeier besaß in ihrem Schrank Dutzende von »Ärzteproben«, welche die chemische Industrie versandte, um für sich zu werben. Hübsche, kleine Packungen mit gelehrt klingenden Namen, darunter auch ein halbes Dutzend schlafbringender. Ihre erste Bewegung war, der armen, hübschen Person eine solche Packung in die Hand zu drücken, dann überlegte sie sich, daß kaum einer ihrer Patienten eine so günstige Verbindung zu einem Apotheker offen hatte, und daß die Krankenkasse immer widerwilliger wurde, solche Arzneien herzugeben, bei denen es nicht um Tod und Leben ging. Sie ergriff also ihren Rezeptblock, notierte drei der neueren Schlafmittel untereinander, beendete die Aufzählung mit einem o. drgl. (oder dergleichen) und ermahnte Stine ohne weiteres wiederzukommen, falls ihr Apotheker nicht recht funktioniere. Dann schien es ihr nötig, Frau Teetjen zu fragen, warum denn ihr Mann nicht mehr schlafen könne. »Vor Sorgen«, antwortete Stine und widerstrebend, von all dem Übel zu reden: »Wie kann das bloß zugehen, Frau Doktor, daß die Leute das so schnell herausbekommen haben?« – »Was denn?« – »Na, das mit dem Beil, das wir doch Herrn Direktor zur Hochzeit geschenkt haben, mit den beiden lustigen Fräulein, am Morgen nach Walpurgisnacht, nicht wahr?« Käte Koldewey nahm sich zusammen und sagte: »Ach das. Liebe Frau Teetjen, die Wege des Himmels sind wunderbar. Haben Sie nicht schon mal«, entfuhr es ihr wider Willen, »durch ein rundes Fenster geschaut« – und dann, um ihre doch ganz sinnlos anmutende Rede mit etwas Verstand auszustaffieren –, »das mit roten und blauen Gläsern versetzt war statt mit farblosen, da sieht die Welt ganz anders aus. Ebenso ist's mit den Gerüchten.« – »Nun sagen Sie aber, Frau Doktor, was ist das mit dem Tod? Jetzt wird doch viel damit angegeben. Daß wir sterben sollen und nicht leben.« – »Darauf kann ich Ihnen nicht viel sagen. Wir Ärzte sind für das Leben da. Die Geburt leichter machen und das Sterben sanfter.« – »Und was danach kommt?« – »Weiß der Herr Pastor. Nicht wir.« – »Aber es wird schon was danach sein. Ganz aus ist's nie.« – »Ja«, sagte Käte Neumeier oder Koldewey, überwältigt von dem heftigen Ausdruck der Inbrunst und des Glaubens. »Verwandlung ist alles in der Natur. Da wird's mit den Menschen wohl auch so gehen. Was zusammenstrebte, wird immer enger zusammenwachsen. Was auseinander wollte, wird voneinander fortgerissen werden. Einsam sein in einem eiskalten All – das ist die moderne Hölle.« – »Na«, sagte Stine aufatmend, »da wäre für unsereins ja gesorgt. Die Liebe höret nimmer auf.« – »Außerdem gießen Sie Ihrem armen Mann abends einen Baldriantee auf, Frau Teetjen«, schloß Käte Neumeier die Konsultation, »der ist bestimmt harmlos und kostet nur ein paar Pfennige.« Und sie wunderte sich über den sonderbar verschmitzten Ausdruck von Stines Augen, mit dem diese von ihrem Rezept aufsah: ob dies alles auch bestimmt kein Gift sei? »Nein«, meinte Käte Neumeier und legte ihr abschiednehmend den Arm auf die Schulter, das sei alles kein Veronal, davon könnte man eine ganze Packung verschlucken. »Kein Veronal«, wiederholte Stine, indem sie sich bedankte und fast knickste. Und während Käte Koldewey einen Augenblick betroffen vor sich hinsah, weil sie den Henker Friedel Timmes einen armen Mann genannt hatte, wiederholte Stine, die Treppenstufen herabsteigend, das Wort Veronal, bis es ihr fest im Gedächtnis saß. Sie hatte ihrem Albert schon längst Baldriantee aufgegossen; der Zweck ihres Besuches lag in der Frage verborgen, die sie zum Schluß gestellt, sie wünschte, richtiges Gift im Hause zu haben, ein Mittel, das sie beide um die Ecke brachte, wie man sagte, ohne daß sie sehr litten. Sie wollte von ihrem Albert nicht übern Haufen geschossen werden, wenn er es auch versprach – übers Herz brachte er es doch nicht. Und

Rattengift ins Essen kochen wollte sie nicht, abgesehen davon, daß man's ohne Giftschein nicht bekam. Früher war das anders gewesen, ihre Mutter hatte von einer Freundin erzählt, die sich mit einer Tüte Schweinfurter Grün das Leben genommen hatte. Die Mutter hatte sich nicht genug tun können, auszumalen, was für einen scheußlichen Tod die arme Lene gestorben sei.

Es war weit zur Grindelallee, Stine hatte nur ihr grünes, weißbepunktetes Sommerkleid an. Sie mußte noch nach Haus, den Regenmantel holen, vor einer Dusche war man niemals sicher. Da konnte sie überlegen, ob sie sich von Albert im Lieferwagen hinfahren lassen würde. Das Hinein- und Hinauskriechen war unangenehm, besonders wenn jemand zusah, andererseits: es machte zusammen 30 Pfennig; für Leute, die so gut wie nichts einnahmen, war die Ersparnis von Ausgaben die einzig mögliche Politik.

Als Albert hörte, warum sie zurückkomme, entschied er: »Grindelallee? Ausgezeichnet. Hinter der Sternschanze, auf den Viehhöfen, kann ich mich umtun. Vielleicht wo sie doch schon Reservisten eingezogen haben, blüht da unser Weizen – wenn's meinem Rufe nicht schadet.« Natürlich durfte er nicht in die Arbeitergehilfen hineinpfuschen als selbständiger Meister, ohne mit der Betriebsordnung empfindlich zusammenzustoßen. Vielleicht aber, da man doch auf gewisse Art mobilisiert hatte, drückte die Innung ein Auge zu. Um Arbeit betteln, das ging natürlich nicht, kein Teetjen hatte das je getan. Und was im verschrobenen Kopf von solch einer Witwe Timme das Einfachste von der Welt schien, zu den Proletariern herabzusteigen, das stand auf einem anderen Blatt – einem so anderen, daß es gar nicht existierte. Zur Grindelallee also konnte er die Stine bringen, sie mußten sich bloß verabreden. Wenn sie an der Universität vorbeifuhren, würden sie in den Anlagen eine Bank ausmachen, auf der sie einander erwarteten, wie ein Liebespaar, Student und Studentin, die nichts Besseres zu tun hatten, als miteinander zu poussieren. Für den Hin- und Rückweg aber würden sie stillere Seitenstraßen wählen. Nicht gerade den Steindamm und Hauptbahnhof, sondern Mundsburger Damm, an der Alster entlang und über die Lombardsbrücke, wo man freilich den Autos und Straßenbahnen im

Weg sein würde. Aber das ließ sich nicht ändern, und dafür paßte ja der Schupo auf.

»Wie lange wird's noch dauern, bis wir hungern müssen?« fragte Albert, indes er den Naben des Dreirads etwas Öl zum Morgenkaffee gab. Mit ängstlichem Gesichtsausdruck antwortete Stine: »Ja, das frag ich dich.« – »Wir haben noch die große Schlackwurst«, erwiderte er, »und auf dem Konto noch hundertsiebzig Mark, wenn ich die Miete abziehe vom letzten Vierteljahr, nach der der Reitlin schon gefragt hat. Rechne ferner die Einrichtungsmiete ab fürs laufende Quartal, dann sitzen wir eigentlich schon auf dem Trockenen.« – »Ja«, die muß man doch abrechnen«, unterstrich Stine, Schreck in den Augen, und kroch dabei in das würflige Gehäuse. »Wie man's nimmt«, brummte er. »Haben genug an uns verdient, die Burschen. Als wir uns modernisierten, hätte ich etwas mehr Bargeld haben und mir das Zeug kaufen müssen. Dann gehörte es uns schon lange, hätte sich spielend abgezahlt, und wenn wir auflösen mußten, könnten wir ein gut Stück Geld dafür reinkriegen, statt daß es uns jeden Monat was kostet. Der arme Mann lebt eben stets am teuersten.« Damit schloß er die Klappe oder Tür, vor welcher er saß, gab sich einen tüchtigen Schubs an der Mauer des Durchhauses oder Torwegs, trat los, warf noch einen Blick auf seine verschlossene Ladentür, an welcher das Schild mit der Mitteilung hing, er sei in zehn Minuten zurück – jetzt hatte sich bewahrheitet, was die Kinder der Wagnerstraße vor so langer Zeit mit Rotstift beleidigend drauf kritzelten.

Als sie beim »Braven Panzer« vorübertrampelten, stand die Lehmke zufällig in der Schanktür und sah ihnen nach. »Möcht wohl wissen, was der Albert da wegtransportiert«, bemerkte sie, in den Schankraum zurückgekehrt, zu ihrem Mann, der die Queues seines Billards untersuchte. »Er hat was drin in dem Kasten, denn er lag tüchtig in den Pedalen. Wer weiß, wem er die Gefälligkeit erweist. Ware wegzuschaffen, hat er wohl kaum mehr.« – »Eben«, entgegnete die Gattin, »aber Wäsche. – Unsere Wäsche. Vielleicht, mehr sag ich nicht. Muß aber doch wohl nächstens einmal nach dem Rechten sehen. Einen Blick in Stinekens Schrankfächer schmeißen.« – »Laß man vorläufig sein, Alte«, damit stieß der hemdärmelige Lehmke probeweise nach einer Elfenbeinkugel auf dem grünen Tuch. »Wäscheschrank ist ein Ehrenpunkt für euereins, und du sollst mir die Kleine nicht kränken.«

Hunger, dachte Albert und trat fest drauflos, auf der rechten Straßenseite, den Verkehrsampeln gehorsam – Hunger, der fehlte noch. Wär noch nicht mal das schlimmste, wenn man's mit andern zusammen zu tragen hätt. Aber ganz allein sein, rausgeschmissen, ohne befreundete Menschenseele, um den guten Ruf gebracht und dann noch Hunger – das ist zuviel. Keinen Freund mehr, außer der Kleinen hier hinten im Kabuff, keinen Footh mehr. Und dabei hat er in Lehrer Reitlins altem Fremdenblatt bei dem Namen Footh eine Notiz gefunden, über die er sonst glatt hinweggelesen hätte – daß nämlich der große Krupp seine hamburgische Schiffsbasis durch Angliederung der Foothschen Äuglein-Reederei wesentlich verbreitere, und daß Gauleiter Kauffmann sich ums Zustandekommen dieser Fusion verdient gemacht habe. Das gab zu denken. Nicht jetzt, jetzt hieß es aufpassen, treten, warten, treten. Aber ohne Lehrer Reitlins roten Strich, der um die Freundschaft mit dem Footh Bescheid wußte. Das war doch ein Millionengeschäft! Erst die Thetisschiffe und jetzt Krupp. Und er, Albert, trampelte seine Stine nach der Grindelallee, weil er zu den Viehhöfen wollte und Hin- und Rückfahrt für sie beide sechzig Pfennige gekostet hätte …

An der vertrauten Stiege zu Plaut hinauf hatte sich nichts verändert. Immer noch das dunkle, schlechtbelichtete Treppenhaus eines Gebäudes, das wohl fünfzig Jahre stand, als die Gegend nahe der Synagoge zu Hamburgs besseren Wohngebieten zählte. Daß Stine gewohnheitsmäßig den Dienstbotenaufgang wählte, brachte sie unmittelbar in die Küche. Und da saß Frau Plaut mit geröteten Augen und sah verweint aus, und die alte Köchin, die sie seit Stines Weggang nicht gewechselt hatten, redete ihr gut zu, doch etwas zu frühstücken, ein Rundstück mit Butter auf die Aufregung und noch eine Tasse Kaffee. Und eben auch trippelte Frau Rabbiner Plaut, die Schwägerin, durch den langen Gang vom Wohnzimmer her in besagte Küche: Zollinspektor Federsen wolle sich verabschieden und das Einpacken den Damen selbst überlassen – vor dem Zunageln der Kisten am Nachmittag komme er wieder. Worauf die beiden Damen eilig nach vorn verschwanden und Stine, auf dem freigewordenen Stuhl Platz nehmend, erfuhr, daß Herr Plaut die Apotheke habe verkaufen müssen, in arische Hände übergeben, sagte Köchin Line mit spöttischer Betonung, und daß Plauts nach Palästina machten, weil es überall sonsthin zu langsam ging. »Denn, Frau Teetjen«, ergänzte die Köchin geheimnisvoll, »da sitzt eine weise Frau in der Reimerstwiete, die legt vielleicht Karten! Unserer Gnädigen hat sie ja nicht viel aufgeschlagen, nur eine Reise zu Männern mit Turbanen und Schießereien. Aber der Frau Mengers aus der Rothenbaumchaussee! Daß sie Synagogen rauchen sehe, daß die Juden noch drei Monate Zeit hätten, daß der Skorpion, der den November beherrscht, sie diesmal ins Lebensmark stechen würde, und was nicht noch alles! Und da habe Gnä' Frau Egon und Ruthchen nach Dänemark geschrieben, wo sie beim Bauern auf Hachscharah seien, daß sie sich für Anfang August bereithalten sollten, und lassen jetzt vom Spediteur Knudsen einen Sechsmeterlift vorbereiten, und von der Zollbehörde werde das Einpacken kontrolliert, damit alles den rechten Schick habe. Ja, Stine war schon lange nicht dagewesen, aber das verstand man ja, bei den Nürnberger Gesetzen und allem, was von Staatswegen jetzt für recht und billig galt. Sie, Line, war durchaus nicht froh, sich eine neue Herrschaft suchen zu sollen, mit Plauts war sie doch so gut wie verheiratet gewesen. Am liebsten ginge sie mit zu den wilden Arabern – wenn die bloß nicht jetzt Bomben schmissen, die Eisenbahnschienen wegtrügen und auf die Elektrische schössen.

Das Wohnzimmer sah verändert aus, ungemütlich, die Gardinen fehlten, das Sommerlicht fiel kraß herein, offene Schubladen zeigten ihre leeren Böden, das Kinderzimmer wurde als Packzimmer verwendet, wie die halboffene Tür verriet, Kisten standen umher, gerollte Teppiche lehnten an den Wänden, und die Tapete wies dort, wo die große Ruisdael-Kopie gehangen hatte, der Judenfriedhof, ein Viereck von unverblaßtem Lichtbraun auf. »Setz dich, Stine«, sagte Frau Plaut, noch immer rundlich, mit braunen Augen und braunem künstlichem Scheitel. »Sag, was dich herführt, und laß dich ansehen, bist auch nicht jünger geworden, Deern. Um ehrlich zu sein, wir wären weggegangen, ohne dich vorher nochmal gesehen zu haben. Es hätt mir zwar leid getan, aber vielleicht hätt ich dir nachher eine Karte geschrieben, aus Bethlehem oder Nazareth, von der Geburtskirche oder Tischlerwerkstatt des Heiligen Joseph. Daß es das alles gibt, und daß wir dorthin sollen oder müssen ...« Und sie tupfte wiederum ihre Augen, »wo wir doch nach Hamburg gehören und nirgendswo anders zu Hause sind. Was die für ein Elend über unser Volk gebracht haben ...« Jetzt wurde auch Stine zum Weinen zu Mute. Das war vielleicht wahr! Wer hatte denn über ihren Albert und sie das Elend gebracht, die doch keine Juden waren, sondern ehrsame Schlächtersleute, denen die Epa-Geschäfte und Warenhäuser die Kundschaft abtrieben, nach wie vor. Sie nahm sich sehr zusammen, die Gnädige durfte ihre Gefühle zeigen, für sie aber wollte sich das nicht schicken, und sagte, sie werde sich sehr freuen, Bilder vom Heiligen Land zu kriegen, wie es jetzt aussehe, und wenn das Volk Israel ins Land seiner Väter zurückkehre, dann bereite sich doch auch die Wiederkunft Christi vor und die Neugeburt des Lebens im Geiste und in der Freude, die gnä' Frau dann vielleicht noch erleben würde. Vor dem Messias freilich mußte der Antichrist kommen, wie geweissagt stand in der Offenbarung Johanni, mit Krieg, Pestilenz, Hunger und Tod, Überschwemmung, Aufruhr und fürchterlichen Tieren, fliegenden, womit vielleicht die Bomber gemeint seien in Spanien und China. Aber das Land Israel würde seinen Frieden haben und Jerusalem nicht angerührt werden von Gog und Magog. Darauf könnte gnä' Frau sich verlassen und die beiden Kleinen auch, Egon und Ruthchen. »Ruth heißt noch Ruth«, schnupfte Frau Plaut mit feuchten Wimpern, »aber Egon heißt jetzt wie sein Großvater Ephraim. So nennen sie sich in Palästina wirklich. Und was führt dich her, womit kann ich dir dienen?«

Und jetzt wäre es beinahe um Stines Fassung getan gewesen – die Verbundenheit im Leid mit dieser Frau, in deren Haus sie den Sabbath hatte halten können, und welcher sie Mutter und Großmutter übergeben hatten, brachte ihr erst zum Bewußtsein, wie allein sie sich bislang durchgeschlagen und gefühlt hatte, und wie sehr es sie nach einer mütterlichen Schulter verlangte, um sich auszuweinen. Ihr und ihrem Albert ging es durchaus nicht gut, er konnte vor Sorgen nicht mehr schlafen, und sie hatte hier ein Rezept, einen Zettel von Frau Dr. Neumeier, und wollte bitten um ein paar Tabletten, aus alter Freundschaft, wie zum Abschied.

Frau Plaut nahm das Rezept und vertiefte sich darein, um nachzudenken. Sie hatte in ihrem privaten Besitz mehrere Röhrchen Veronal für Zwecke, die ja nun nicht mehr in Frage kamen, und konnte der Stine eins davon überlassen – ihrem Mann mit seinen Bärennerven tat das giftige Zeug bestimmt keinen Schaden. Dem ihren dagegen war es schon verboten, einer Arierin Drogen zu verabfolgen, selbst leichte, harmlose, wie hier verzeichnet. Natürlich lag Plaut daran, möglichst viele Arzeneimittel hinüberzunehmen, nur so konnte er sein Vermögen, das erarbeitete und ersparte, den Nazis entreißen – transferieren, nannte man das jetzt. »Ist dein Mann noch gut zu dir, Stine«, fragte sie, indes sie aufstand und an ihren Schub ging; es war der gleiche seit zwanzig Jahren – aus welchem Stine so oft für sie die Kopfschmerzentablette geholt hatte oder für die Kinder, in der Zeit der jungen Kirschen und unreifen Pflaumen, das Stopfmittel. »Ach, Frau Plaut«, rief sie, die Augen glücklich aufschlagend, »der Albert!« – »Gottlob«, seufzte Frau Plaut, »manches funktioniert noch. War er nicht bei der SA.?« – »SS.«, stellte Stine richtig. »Na gut, nimm das. Willst du's brauchen – für dich tut's eine halbe. Ihm ne ganze. Aber sag's niemandem, von wem du's hast.« Und einer unterirdischen Gedankenverbindung folgend, fügte sie wie abschiednehmend hinzu, Plaut habe immer gesagt, Auswandern komme gleich vorm Tode, da mußten wir ja jetzt beinah darüber Bescheid wissen. Stine, die inzwischen auf dem Röhrchen das Wort gelesen hatte, welches sie auf Frau Dr. Neumeiers Treppenstufen auswendig gelernt hatte, erschrak vor dem Finger Gottes; denn sie hatte vergessen, davon zu sprechen, bestürmt von all den Eindrükken, alten und neuen. Veronal! Das giftige Zeug! Und ohne ihr Dazutun! Wie das mit dem Tode wohl sein möchte, sagte sie, indem sie es in ihr Täschchen versenkte, daß er verschlungen sei in den Sieg, stand doch in der Schrift. Wie konnt er dann so schlimm sein … Mit so viel Sterbensangst verquickt. Sie sehe viel Tote, erklärte Frau Plaut. Leichen zu waschen, sei eine religiöse Pflicht. Komisch, daß sie alle mehr oder weniger erlöst aussahen. Der Makler Kley habe sein ganzes Leben nicht so sanft gelächelt, wie als man ihn gefunden, den Pistolenlauf am Herzen. Und Frau Mengers, die sich vor drei Wochen erhängt habe, weil's mit ihrem Visum nach Irland immer wieder nicht klappte, Frau Mengers habe ausgesehen fast wie ein junges Mädchen. Freilich war sie von ihrem Strick schon abgenommen worden, aber sie hatte ihn gut eingeseift, es mußte blitzschnell gegangen sein. Die irische Regierung sollte ihren anderen Sohn als Kommunisten eingesperrt und die Einreise für seine Mutter widerrufen haben. Gott allein wußte, ob da alte Freundschaft mit den Nazis dahinter steckte, noch vom Weltkrieg her, oder eigene Angst der katholischen Herren – Papisten galten ja in Hamburg nie für voll. Kein Wunder jedenfalls, wenn einer geplagten Frau in mittleren Jahren nach all dem Vorangegangenen schließlich der Lebensnerv riß ...

Stine sah nachdenklich zur Decke empor. Der Name Mengers erinnerte sie an irgend etwas aus der letzten Zeit, aber sie kam nicht darauf. Ihr Kopf wurde wirklich schwach ... »Möchten wir nur alle ausruhen können, gnä' Frau«, damit verabschiedete sie sich. Und – »Ja, Ruhe ist bloß dort«, nickte Frau Plaut, bereit, ihre silbernen Bestecke in leinene Behälter einzurollen. Stine aber kehrte durch den langen, dunklen Korridor – erst die Furcht, dann der Tummelplatz der Kinder – in die Küche zurück und bat Line um ein paar Butterschnitten, denn sie mußte jetzt auf einer der Bänke in der Edmund-Siemers-Allee auf ihren Mann warten, und wer wußte wohl, wann der von den Viehhöfen wieder freikam.

Es war so hübsch, auf dieser Bank zu sitzen, schattende Bäume über sich, grünen Rasen mit Gänseblümchen vor sich wie auf einem freundlichen Kirchhof. Was Hamburg für 'ne schöne, saubere Stadt war mit den hellen, grauen und rötlichen Häusern, den Radlern, den Autos, und wie Studenten und Studentinnen aus dem Gebäude strömten, als es von St. Johannis Mittag schlug. So schön und friedlich hatte Stine schon lange nicht mehr unter freiem Himmel gesessen, in das gute Fettbrot gebissen, mit gefüIltem Gänsehals belegt – nur nach einem kalten Glas Milch verlangte es sie dabei, schuldbewußt, weil es doch verboten war, milchig und fleischig durcheinander zu essen. Hier *auf* dem Rasen machte es noch einen Unterschied, ob jemand jüdisch oder christlich hieß, und die Nazis hatten daraus ja ein wahres Teufelsspiel gemacht, wenn so brave Leute wie Plauts, die es gar nicht wollten, das Land räumen mußten. Aber *unter* dem Rasen, vor dem ewigen Richter, war der Unterschied bestimmt gleich Null, wie Lehrer Reitlin immer sagte, wenn er »so gut wie nichts« ausdrücken wollte. Ja, sie nahm viele Dinge an, Stine Teetjen, aber eigensinnig war sie außerdem auch. In ihr Haus, ihr Schlafzimmer ließ sie sich nicht hineingucken, und wenn's dem Albert nicht gelang, die Hände der Lehmkeschen davon abzulösen … Dabei schlief sie ein, ganz friedlich auf der Bank sitzend, im frischen Wind, umsummt von Fliegen, die sich für das Fettpapier auf ihrem Schoße interessierten. Und siehe da, Großmutter Geisow kam aus der Johanniskirche mit ihrem Gebetbuch und ihrem straffen, grauen Scheitel, der ganz natürlich grau war und später weiß, und die vielen Fältchen um die klugen Augen – Morgensonne bleicht die Wäsche und bräunt die Haut, hatte sie immer gesagt. Wer wird Angst vorm Strick haben, Stine, lachte sie, wat de Bur nich kennt, det freet hei nich, und wenn sich selbst Damens am Fensterkreuz aufhängen …! Stine sah das Grün und die Gräber, die hübschen Hügel, die feinen weißen Kreuze aus Marmelstein. Eigentlich muß es ja Judas Ischariot selber tun, fuhr die Großmutter fort, aber wenn er sich zu fein fühlt, und es ist nicht standesgemäß, kann's die Frau ihm abnehmen. Das Mysterium der Stellvertretung nannte es Pastor Langhammer, und der mußte es ja wohl wissen. Und dann klappte die Großmutter den Rasen auf, und da führte eine Treppe hinunter, gleich dem langen, dunklen Gang bei Plauts, nicht schlimmer als der Elbtunnel, bloß schräger, und Albert in seiner Bergmannstracht stand da, die Grubenlampe in der Hand, und beleuchtete ein Schild, auf welchem mit rotem Pfeil angegeben war: Zum Mittelpunkt der Erde. Ja, sagte Stine, wenn wir da hinunter sollen, das ist uns doch bekannt, und sie riß die Augen auf, und da stand wirklich Albert vor ihr, werktäglich gekleidet, und hatte sich, sagte er, grade überlegt, ob er sie wecken sollte oder sich still und bescheiden neben sie setzen und ihr den Rest der Stullen aus dem Papier wegessen. »Och«, seufzte sie, »dir geht's ja gut, war's hübsch auf dem Viehhof?« Und er berichtete, daß man ihn begrüßt hatte wie einen angesehenen Mann, der der Innung Ehre machte, und daß man ihn hatte arbeiten lassen, weil sie grade eine Hammelherde bekommen hatten und Hände wirklich fehlten – daß er aber nur wie ein Herr dort gearbeitet habe, der ihnen einen Gefallen tat, daß sie ihm lachend eine Mark zwanzig (nach allen Abzügen) in die Hand gedrückt und einen halben Hammel zugeteilt, daß er aber nicht daran denken könne, dort Arbeit zu suchen, ohne zum Gerede zu werden und zum Gespött. Der Ausweg war versperrt, wenn's überhaupt einer war. Und doch war's schön gewesen, hatte Spaß gemacht. So ganz im alten Gleis zu fahren, als sei nichts geschehen ... Stine sah sich mit großen Augen um. Sie suchte eigentlich die Großmutter, die Öffnung im Rasen, die Treppe da hinab; und ob Albert etwas wußte vom Geheimnis der Stellvertretung und einer Schnur um den Hals. Gleichzeitig aber verstand sie, was er erzählte, meinte, dann sei's ja gut, und sie werde Reis einkaufen und mit der Hochbahn schnell vorausfahren, Feuer machen, das Mittagessen vorbereiten – vielleicht kaufte jemand aus dem Hause frische Hammelrippchen oder die Schöpsenkeule. »Richtig«, sagte er, »tüchtige Deern, ich hab den Kopf schon rausgeschält und extra gepackt, kochst uns eine Hirnsuppe und den Schafskopf als Beilage. Und nächstens gehe ich zum Footh, und ist der nicht da, zu Fräulein Petersen, und seh zu, daß er uns mit ein paar hundert Emmchen unter die Arme greift und uns aus Lehmkes Klauen loskauft. Und den Knüppel hier nimm zum Feuermachen mit.« Und er reichte ihr eine Stange, die er zwischen die Räder gesteckt hatte als Anker, wie er sagte, und brach sie in zwei Teile, indem er sie über sein kräftiges Knie schlug. »Ab Hochbahn«, rief er, »wollen sehen, wer früher zu Haus ist.« Und er schwang sich in den Sattel.

Als sie eine halbe Stunde später vor ihrer Tür stand, steckte im Briefkasten eine Postkarte: vom Militär. Die Schreibstube der Wandsbeker Husaren (man benutzte noch die alten gedruckten

Vorräte) forderte den Landwehrgefreiten Teetjen auf, sich innerhalb der nächsten Tage daselbst einzufinden, zwecks Entgegennahme einer wichtigen Mitteilung. Was konnte das schon sein, dachte Stine achselzuckend. Der Weg zum Mittelpunkt der Erde ging anders herum, nicht mit der Wünschelrute. Und ihr Auge haftete kurz und prüfend an dem festen Haken, der, überm Tisch in die Decke geschraubt, die Pendellampe trug. Dann streifte sie schnell eine Küchenschürze über, machte Feuer und setzte Wasser auf. Umziehen konnte sie sich, während es kochte.

Die Ereignisse dieses Tages wirkten seltsamerweise auf Albert wie auf Stine so ermutigend, daß sie sich am Abend wieder als Liebespaar zusammenfanden und keines Schlafmittels bedurften. Stine nämlich kam sich, das Röhrchen in der Hand, endlich nicht mehr wie ein eingesperrtes Kaninchen vor, welches darauf wartet, hinter die Löffel geschlagen und getötet zu werden. Jetzt wieder Herrin ihres Geschicks, brauchte sie nicht mehr davor zurückzuschrecken, unter den Stricken in der Remise einen passenden zu suchen, für den Fall, daß sie ihr Bauernmißtrauen gegen das »Rattengift« nicht zu überwinden vermochte, aber sie mißfielen ihr alle. Dem Albert hingegen hatte das Auftreten als angesehener Innungsmeister sein straffstes Rückgrat wiedergegeben – auch wenn ihm auf diese Weise ein Weg in die Zukunft mehr verriegelt worden war. Nach diesem Auftreten schien es ihm würdiger, mit wehender Flagge unterzugehen und respektiert zu werden, als sich auf jämmerliche Weise durchzuretten. Auf der Heimfahrt war ihm auch klarer als je geworden, welchen Fehler er vor dem Hause Footh gemacht, dadurch, daß er die Hintertreppe beschritten hatte, die für Dienstboten und Lieferanten bestimmte. Durch wen denn, wenn nicht durch ihn war Footh in die Lage versetzt worden, dem Gauleiter und dem Senat, ja dem Justizministerium und der Führerclique einen Dienst zu leisten? Wer, wenn nicht Teetjen, hatte ihn aus den Tausenden von kleinen Hamburger Unternehmern herausgehoben? Wer sich klein gab, war klein, wer etwas darstellen wollte, mußte das den Leuten deutlich machen; stolz aufgereckt im Sattel seines nicht gerade eleganten Dreirads, als sei er selber der Reeder Footh, trampelte Teetjen in die Wagnerstraße. Bei Lehmke hielt er an, fragte in die Küche hinein, ob Verlangen nach einer Schöpsenkeule da wäre, ließ sich noch eine Flasche Kümmel herausreichen, befahl geradezu, man möge sie anschreiben, und erschien bei seiner Stine mit einem Busch billiger Rosen aus dem Grünkram- und Blumenladen gegenüber. In dieser Jahreszeit, und wenn sie nicht mehr ganz frisch aussahen, erhielt man für zehn Pfennig fünf Stück.

Gut ausgeruht, straff und frisch, mit Sorgfalt rasiert und gekleidet, stellte er sich am nächsten Tage auf der Schreibstube ein, sein Findebuch in der Hosentasche. Ja, Herr Oberstleutnant Lintze war zurückgekommen, würde aber gleich wieder nach Süddeutschland abschwirren, wo Exzellenz Knochenhauer gleich geblieben wären, aber das Findebuch würde er gern mit hinabnehmen, um es sachverständigen Zirkeln vorzulegen; während der Herbstmanöver werde sich bestimmt eine Gelegenheit zu Vorführungen und Leistungsproben ergeben, so daß Herr Teetjen damit rechnen könne, zum überzähligen Obergefreiten befördert und als Unteroffizier eingezogen zu werden, falls er als Freiwilliger seine Dienste der Wehrmacht zur Verfügung stelle. Wenn es im August – der Feldwebel drückte sich immer so gebildet und vorsichtig aus – wegen der Sudetendeutschen nicht doch noch zu internationalen Verwicklungen kommt, dann würde die Truppe Mitte Oktober wieder soweit rausgebürstet sein, daß man sich mit ihr im Manöverfeld sehen lassen könnte. »Mitte Oktober«, wiederholte Teetjen mit undurchdringlicher Miene, Hoffnung und Hohn gleichermaßen verbergend; jedenfalls werde er seine Übungen im leichten Boden fortsetzen. »Meine Adresse hat der Herr Oberstleutnant doch, schreiben wir sie nochmal hinein, Teetjen, Wagnerstraße 17.« Auch diese Leute, dachte er auf dem Heimweg, fragen nicht, wovon man lebt. Vielleicht kommen sie gar nicht darauf, daß unsereiner nicht über ihre festen Bezüge verfügt. Alle vom Stamme Nemm – lauter weiße Juden, würde Pieter Preester sagen. Geht's uns weiter an die Nieren, so muß Stine den Federhalter nochmal eintunken, diesmal für Herrn Lintze. Daß die Herren mit Zaster herausrücken möchten, wenn sie Mitte Oktober nicht bloß mein Findebuch sachverständigen Zirkeln vorzuführen wünschten, sondern auch mich.

Auf alle Fälle aber habe ich jetzt einen Grund, unsern Freund Footh mobil zu machen. Er muß mich über Wasser halten, bis der Wehrkreis darauf kommt, daß dies an ihm ist. Und er beschloß, beim Postamt Wandsbekerstraße einzukehren, zunächst Fräulein Petersen, dann aber den Mächtigen selbst zu verlangen und neuen Zement ins Pflaster seiner Existenz hineinzustapfen, so wie's die städtischen Arbeiter da drüben mit den breiten Platten des Bürgersteigs taten, indes sich die Fußgänger an den Häusern entlang drücken oder die Fahrbahn benutzen mußten.

Klaas Vierkant hatte sich in der Reederei Footh ein Arbeitszimmer in einem kleinen, dreieckigen Ablageraum geschaffen; er hatte Talent schon dadurch bewiesen, daß er dieses Räumchen aus seiner Aschenputtelrolle erlöste, ohne die übrigen Geschäftsräume wesentlich zu belasten. »Fräulein Blüthe« bewunderte diesen Blick und diese Findigkeit und ließ das Kabinettchen mit einem kleinen Schreibtisch, zwei bequemen Stühlen und einem Telephon ausstatten, die Zugangstür vom Treppenflur freimachen, vor welcher innen ein Regal voller Briefordner gestanden, an dieser Tür außen ein Emailleschild »Privatsekretär« anbringen und anordnen, daß, wer immer Herrn Footh persönlich verlange, zunächst mit Herrn Vierkant verbunden werde. Das bekannte Gestell mit den Korrespondenzen übernahm sie ins Sekretärinnenzimmer, in welchem sie nach wie vor ihren Platz an der Schreibmaschine innehatte, aber nur, wie sie sich gestand, weil ihr die Findigkeit Herrn Vierkants gemangelt hatte. Der junge Mann gefiel ihr gut, sie wußte, daß sie auf ihn stark wirkte, daß er aber nur eins im Sinne hatte: vorwärtszukommen, in die Höhe des Doktor Goebbels, daß er, um dieses Ziel zu erreichen, alles im Wege Stehende beiseite schleudern würde ... und das war ihr recht. Solch ein Auftrieb war gut zu benutzen, um ihren gutmütigen, fahrigen, höchst geliebten Footh ins rechte Fahrwasser zu bringen und darin zu erhalten. An H. P. F. war noch vieles abzuschleifen, und ein Vierkant war ein guter Schleifstein, beinahe schon dem Namen nach.

Klaus Vierkant seinerseits fand »Fräulein Blüthe« eine bezaubernde Erfindung und hoffte, eines Tages, in nicht allzuferner Zeit, wenn ihre Leidenschaft für Herrn Footh abgeklungen sein würde, in den Besitz ihrer Person und Fähigkeiten zu kommen, einschließlich der Hilfen, die sie einem begabten, jungen Literaten und Nationalökonomen bedeuten konnte. Sie erinnerte ihn an eine zierliche, reizvolle Figur bei Gottfried Keller, und es war nur schade, daß vorläufig dieser schweizerische Demokrat und Judenemanzipator bei uns in schlechtem Rufe stand. Es wäre eine hübsche Anknüpfung gewesen, zu Frau Footh in eine menschlich geladene Atmosphäre zu gelangen, wenn man ihr einen privaten Spitznamen etwa aus dem »Landvogt von Greifensee« oder dem »Grünen Heinrich« hätte anhängen und sie damit necken können. Vorläufig mußte er ihre Billigung auf allgemeinere Weise erreichen, und da kam ihm der Teetjen grade recht.

Albert Teetjen saß wütend vor dem kleinen Tisch in dem dreieckigen Zimmer, das er gar nicht als Zimmer gelten lassen wollte. Ihm schien, als stellte man nur so nebensächliche Leute wie ihn in solchem Raume ab; und warum war weder Herr noch Frau Footh für ihn zu sprechen? Warum schob man ihm den Kameraden Vierkant hin, einen von der Bande, die ihn in diese dreckige Lage gebracht hatte? Wußte man nicht, mit wem man es zu tun hatte? Herr Footh war viel, aber die Reichswehr war mehr. Das Findebuch konnte eine Empfehlung werden, die selbst ein hamburgischer Reeder einmal brauchen konnte, wenn er nämlich als NSKK. von Landminen bedroht war, die mit der Wünschelrute entdeckt werden könnten und nur mit ihr. Aber diesem Banditen aus Lehmkes Kaschemme würde er das nicht verraten. »Sehr sonderbar, daß der Herr Footh für mich nicht mehr zu sprechen ist. Als es sich darum handelte, ihm und der Partei einen Dienst zu erweisen, war er nicht dauernd abwesend.« – »Lieber Freund«, entgegnete Vierkant gemessen, »die irdischen Dinge verschieben sich beständig; was einmal als günstige Konstellation auftauchte, wiederholt sich nicht mehr oder nur ganz selten, wie am Himmel.« Albert Teetjen ließ seine Fäuste auf den Oberschenkeln liegen, unterhalb der Tischkante, geballte Fäuste. »Die zweihundert Mark«, sagte er, »die mir der Lehmke vorgeschossen, muß ich von Herrn Footh als Darlehen erbitten. Mein Schlafzimmer kann nicht unter den Hammer kommen.«

Herr Vierkant blickte träumerisch auf die Tür, hinter welcher

»Fräulein Blüthe« saß und möglicherweise Briefe schrieb, die er aufgesetzt und die Herrn Fooths Verschlucktwerden durch den großen Krupp in die Wege leiteten. »Das Schlafzimmer ist meiner Frau ans Herz gewachsen, wenn das untern Hammer käme oder von Lehmkes abgeholt ...« – »... würd die nicht überleben, wie's bei der Courths-Mahler heißt. Und was die Courths-Mahler ist, das erklär ich dir mal später.«

Albert Teetjen betrachtete den Mann, der sich so über seine Stine lustig machte, mit dem prüfenden Blick eines Boxers, der sich fragt, wo auf des Gegners Fresse er den nächsten landen werde. Und da Vierkant den Kameraden Teetjen doch ganz gut leiden konnte, wenngleich er ihm mit seinem unabänderlichen Parteiprogramm auf die Nerven ging, beschloß er einzulenken. »Im Mittelpunkt der Erde«, begann er sententiös, »sollen alle Dinge gleich schwer sein, sagen die Fachgelehrten, so die wesentlichen Gesetze von Adolf Hitlers Staat, der ja, wie du weißt, auf lange Sicht gebaut ist. Auf kurze Sicht, der Erdoberfläche, unserem Alltag, wiegen die Dinge verschieden schwer. Darum kann es geschehen, daß ein Konzern außerstande ist, ohne bankmäßige Sicherheiten – und die hast du doch nicht zu bieten – zweihundert Mark hinauszutun. Verkauf du ruhig dein Schlafzimmer, lös dein Geschäft auf, verschwinde für ein Weilchen auf dem flachen Lande mit deiner Stine, inzwischen ordnen sich hier neue Verhältnisse, eine Anstellung für dich kann einkalkuliert werden – natürlich nur, wenn von deiner Seite keine Schwierigkeiten entstehen, und alles kommt wieder in gute Butter. Du verstehst, was sich alles jetzt entscheidet, wenn der Führer wirklich in München mit Chamberlain und Daladier einig wird, unter Ausschiffung der Russen, wenn die Londoner City den Dr. Benes fallen läßt und in Europa ganz neue Gruppierungen entstehen – unter anderem neue Wege von der Donaumündung bis nach Hamburg. Wenn solche Dinge am Pfahl stecken, wie die Engländer sagen, kannst du doch nicht verlangen, daß jedem Einzelschicksal nachgegangen wird, als hinge das Dritte Reich daran, unseres Volkes Gegenwart und Zukunft. Laß dir sagen, Kamerad Teetjen, du hast hier im Hause gute Freunde, du und deine Stine, aber du darfst uns keine Schwierigkeiten machen.

Die nächste Phase hindurch nicht querulieren.« (Es fiel Herrn Vierkant selber auf, daß seine Fremdworte dem Kameraden Teetjen nicht gerade leicht eingehen würden, aber sie kamen ihm nun einmal heute so auf die Zunge.) »Ihr habt doch Verwandte irgendwo draußen, jeder Mensch hat solche. In der Zwischenzeit stehen euch monatlich zwanzig Mark als Taschengeld zur Verfügung, als Bürgschaft sozusagen, daß man euch im Auge behält. Geh hinüber zu Fräulein Petersen, hol dir die erste Rate – sie kann sie dir auch hierherbringen – ich muß sofort zur Norag – und betrachte das Ganze als notwendiges Opfer, das die Volksgemeinschaft dir auferlegt. Dir und ihr. Die Flut steigt, lieber Teetjen, und wir schiffen uns aus oder ein; bei Ebbe sind wir längst auf hoher See, die stolze Reederflagge Footh mit einer noch viel stolzeren verwimpelt. Jetzt hebst du die Augustrate ab, die Septembersche heute in einem Monat, und die Oktobersche wird euch nach Övelgönne überwiesen, nach Nienhagen oder wo immer ihr die Flaute über vor Anker gehen wollt. Mit Lehmke will ich gerne reden, ohne großen Hoffnungsschimmer. Und nun bleib sitzen, gleich kommt Fräulein Petersen.« Heil Hitler, grüßte er, die Geste des römischen Grußes war eigentlich viel zu weitausladend für das kleine Dreieck, und verschwand durch die Innentür, um »Fräulein Blüthe« seinen Erfolg zu melden.

Albert Teetjen blieb in der Tat sitzen, gelähmt, gleichsam erstarrt. Er gab sich keine Rechenschaft über das, was ihm alles einstürzte, indes dieser Bursche salbaderte. Das nannten die Volksgemeinschaft, so war's gemeint mit dem Programm. Im Mittelpunkt der Erde alle Dinge gleich schwer, aber hier draußen – au weih. Vom Mittelpunkt der Erde verstand er mehr als dieser Scheißkerl, aber solch einen Quatsch – sollte er sich den gefallen lassen? Sollte er nicht lieber mit einer Axt wieder kommen und diese Affenbude zerteppern, womöglich mit dem Kameraden Vierkant drin und immer mittenmang? Was wollten die? Mit zwanzig Mark im Monat Trinkgeld ihn auskaufen? Ihn und die Stine? Raus aus Hamburg, aus seinem Beruf, seiner Selbständigkeit, seinem ehrsamen Handwerk und Gewerbe? Ja, war er denn ein Affe, daß er hier noch immer saß? Nichts wie raus, bloß weg!

Aber da trat Fräulein Petersen schon ein, eine Mappe in der einen Hand, eine gefüllte Tüte in der anderen. Als Albert den netten, mütterlichen Ausdruck auf ihrem Gesicht gewahrte, atmete er beruhigter. Er merkte erst jetzt, ja eigentlich entging es seiner Selbstkontrolle, wie sehr ihn die Ausstrahlung gereizt hatte, die vom Kameraden Vierkant ausging, den er einst so gern gehabt. Fräulein Petersen stellte ihre Tüte vor ihn hin: »Diesmal sind auch viele Zigarettenstummel dabei, wir hatten Besuch, der sie nur halb rauchte, ausdrückte und in den Becher warf. Das wäre doch schade, nicht wahr? Rohstoffverwüstung, Belastung unseres Imports und der Devisenbilanz. Können wir uns doch nicht leisten, nicht wahr, Herr Teetjen? Gute Nationalsozialisten mischen sich ihren Tabak selbst und stärken den Vierjahresplan.« Red 'büschen viel, die Deern, dachte Albert, halb ärgerlich, halb belustigt. Seine Mienen aber lösten sich einigermaßen, als er sich bei Fräulein Petersen bedankte für die freundliche Mithilfe bei seinem schwierigen Haushalt. »Und hier hätten wir nun«, und sie schlug die Mappe auf, »eine kleine Quittung zu unterschreiben«, und sie löste den Zwanzigmarkschein, der mit einer Büronadel an einem Blatt Papier befestigt war, sorgfältig heraus, übergab Albert einen Kopierstift und zeigte ihm die Stelle für seine Unterschrift. Hamburg, den 27. Juli 1938, aber Albert schrieb nicht. Er blickte auf das Blatt, den Stift, die Banknote und Fräulein Petersens bräunliches und freundliches Gesicht: »Was soll das wohl nutzen, wenn man auf zweihundert Mark gerechnet hat? Wenn man die braucht, Fräulein Petersen?« – »Ja«, stimmte Fräulein Petersen in seine Kümmernis ein, »'s gibt Leute, die's brauchen, und Leute, die's haben. Um's aber zu kriegen, muß man früh anfangen und alles zusammenhalten. Bitte, unterschreiben Sie, lieber Herr Teetjen, ich muß doch wieder an meine Walze.« Teetjen schüttelte den Kopf. »Für Ihre liebe Frau«, drängte sie. »Zum Verhungern zu viel, zum Leben zu wenig«, sagte er zögernd, indes er unterschrieb: Albert Teetjen, Schlächtermeister. »Ihnen Unannehmlichkeiten zu ersparen, Fräulein Petersen«, damit stand er auf, steckte den Geldschein ein und nahm seine Mütze von Herrn Vierkants Schreibmaschine. »Mir«, fragte Fräulein Petersen, »ach, Herr Teetjen, ich, wenn ich's hätte, ich würd Ihnen schon aus der Klemme helfen. Aber wer kriegt zweihundert Mark zusammen.« Eine

Glocke schrillte, Fräulein Petersen drückte Albert die Stummeltüte in die Hand, erraffte ihre Mappe, nickte ihm zu, öffnete ihm die Außentür und schloß hinter ihm. Privatkontor, las er, schüttelte den Kopf und suchte den Fahrstuhl auf, um sich heruntergleiten zu lassen. Im Treppenschacht brannte elektrisches Licht; er empfing seine Luft von der Decke, vom schräg geöffneten Preßglas im Dach des Hochhauses. In der Hochbahn, während Hamburg an den Fenstern vorüberjagte, die reiche Stadt, mit Hafen, Dampferschloten, hellem Himmel, Funktürmen und all dem Sommerglanz, trabten zwei Gedanken in Albert Teetjens Kopf herum. Der eine fragte, wie wohl eigentlich der Vierkant dazu gekommen sei, Privatsekretär bei Reeder Footh zu spielen; der andere, mit Kopfnicken begrüßt und zur Kenntnis genommen, stellte grimmig fest, den alten Footh selber werde er nun wohl nicht mehr zu Gesicht bekommen. Riegelstellung Vierkant, dachte er bitter. Sein gesunder Menschenverstand sagte ihm, daß dies nur das Werk der jungen Frau Footh sein könnte, die ihren Mann von seinen alten Kumpanen loseiste. Ob die wußte, was sie für die Teetjens damit anrichtete? Bestimmt nicht. War auf der Hochzeit doch so nett gewesen, das dünne Figürchen, in Gold, zum Zerdrücken. Stine mußte zu ihr hingehen, ihr alles erklären. Ihn, Albert, aus seiner Heimaterde reißen? Das konnte nicht ernst gemeint sein. Für zwanzig Mark monatlich.

Daheim erwartete ihn Stine, eine Postkarte von Schwager Ahlsen in der Hand. Er hatte seins auflösen müssen, schrieb er und werde seine Schulden vierteljahrsweise abzahlen, von seinem Gehalt als Koch auf dem Spanienfahrer, auf dem er Dienst genommen. In einem Monat etwa komme er nach Hamburg, von wo aus die »Eleonora Kröger« ihre Fahrt antreten werde. Schwager Teetjen solle sich bereithalten, ihn auf dem Schiff zu besuchen. Er schicke ihm aber noch eine Karte mit genaueren Angaben. »Wieder Spanien«, meinte Albert, indes er die Uniform auszog, alte Hauskleider anlegend. »Dein Freund Footh scheint diesmal nichts bewilligt zu haben«, erriet Stine in seinen Mienen. »Etwas doch«, erwiderte Albert und glättete den Zwanzigmarkschein vor ihr auf dem Tisch. »Und das soll alles sein?« mit angstvoll aufgerissenen Augen. »I wo«, knurrte er, und die Erinnerung stieg in ihm auf, als Welle von Haß. »Zieh nur weg aus Hamburg, in die Marschen hinaus oder die Heide, und der große Reeder Footh blecht weiter solch 'nen Lappen jeden Monat. Kipp nur nicht vor Staunen um. Und später, wenn er erst ganz groß geworden ist, blüht uns noch irgendwo auf seinen Lagerplätzen 'ne bescheidene Anstellung für mich. Großartig, was?« Stine blickte vor sich hin: die Großmutter hatte ihr den richtigen Weg gewiesen. Ausgang ins Innere. »Sie wollen nicht mehr an die Vergangenheit erinnert sein, die Fooths«, bemerkte sie. »Seit er die neue Frau hat, die steuert voran. Die macht auch noch was aus ihm, wirst sehen.« – Oder auch nicht, ergänzte sie im stillen. »Und ich dachte, du solltest es noch mal bei ihr versuchen.« Stine schüttelte die Haare, den goldroten Knoten. »Die mag mich nicht«, urteilte sie. »Vielleicht hat mich der Footh zu freundlich angesehen. Und auf alle Fälle: alles Alte soll weg.« Albert, in weiten Leinenhosen und einem verschossenen graublauen Hemd, schnallte sich den Leibriemen um. »Kannst recht haben«, bestätigte er geschmeichelt. »Meine gescheite Deern. Na, da wird man mal auf alle Fälle zum übernächsten Ersten die Wohnung kündigen, den Laden, die ganze Ausstattung. Nah am Hauptbahnhof will die Epa ein großes Büffet einrichten, mit allem Drum und Dran. Unsere Gesellschaft wird froh sein, da kann sie ihr gleich unseren ganzen Kram anhängen. Dann brauchen wir vom 1. 9. ab keine Miete mehr zu zahlen. Will's aber so einrichten, daß wir erst am 15. räumen. Muß ja doch alles gründlich renoviert werden. Unterm Schrank sind die Dielen sicher durch.« – »Haben wir auch noch genug auf Konto?« fragte Stine ängstlich. »Dafür reicht's«, beruhigte er sie. »Kannst ja nachrechnen.« – »Wie lange wohnen wir schon hier drinnen?« – »Aus dem Kriege bin ich schon hierher zurückgekommen. Weiß nicht mehr genau, wann Vater hier einzog.« – »Plauts wohnen in der Grindelallee an die dreißig Jahre, und nun müssen sie auch weg. Hat mir ein gutes Schlafmittel gegeben, die gnä' Frau.« – »Sag nicht gnä' Frau«, meinte er, »sind doch bloß Juden.« – »Ja«, fragte Stine, »wir auch? Weil wir doch auch raus müssen.« – »Richtig«, rief Albert überrascht und trat vor das Hitlerbild. »Hast du uns nun angeschmiert oder bist du selber reingelegt worden?« fragte er das Profil mit dem etwas plumpen Ohr, dem flachen Hinterkopf. »Allenfalls wird man mal eine kleine Veränderung vornehmen«, sagte er, »den alten Besitzer wieder in seinen Rahmen setzen«, und er reckte sich auf die Zehenspitzen und legte das überglaste Bildnis vor sich auf den Tisch. »Da war früher der Großvater drin, und der soll nun auch wieder rein. Für die letzten fünf Wochen.« – »Und was dann?« fragte Stine. Albert zog die Brauen hoch und wiegte den Kopf hin und her. »Wenn's mit Großvater nicht mehr halten wird, weil der Führer die Nägelchen ausgeweitet hat, klemm ich dort die Pappe hinter«, und er deutete auf das Schild an der Glastür »Komme in zehn Minuten wieder«. »Und über uns red ich mit Ahlsen. War für ihn Platz, dann fin't sich für uns wohl auch noch was auf solch einer ›Eleonora Kröger‹ oder ›Fiete Karsten‹ oder ›St. Louis‹. Müssen wir eben aus der Wagnerstraße weg und aus Hamburg...« – »Ich weiß, wo Spanien liegt«, sagte Stine, ohne nähere Erklärung, und ging in die Küche, damit dort nichts anbrenne.

Als der Großvater wieder oben hing und mit seinem feinen Mund und spöttischem Blick den Enkel zu mustern schien, schüttete dieser Fräulein Petersens Tüte auf ein altes Zeitungsblatt, breitete einen Bogen alten Packpapiers daneben und begann sich seinen Tabak zurechtzumischen. Zigarettenreste und Zigarrenstummeln waren beide verascht und angekohlt; die ersteren mit der Spitze des Messers aufgeschlitzt, wurden vom Papier befreit, die anderen mit der großen, alten Schere in ringliche Scheibchen zerschnitten, das Ganze aber gemischt und in eine alte Tonschüssel getan, in der sich alsbald mittels Wasser eine bräunliche Suppe bildete. Stummel, dachte Albert vor sich hin, indem er zum Großvater hinaufschielte, jetzt sind wir selbst so ein Stummel, alter Mann. Teetjens sollen in die Wurstmaschine, wenn man so will. Der Footh wächst als kleiner Fuß einem großen Riesen an, und für solche haben wir ja wohl die Weimarer Republik umgelegt. Ein kleiner Unterschied soll aber sein, fuhr er fort, indes er durch ein Stückchen Gardine die dunkelbraune Brühe ablaufen ließ, den Tabaksklumpen ausdrückte und dann zum Trocknen auf dem Packpapier wieder ausbreitete, mir soll der Stummeltabak hier schmecken, ich aber will keinem schmecken. Ich laß mich nicht zerhacken und unter die Arbeiter mischen und von den Rüstungswerken in ihre Pfeife stopfen. Stine und ich, wir gehen beiseite, haben früher doch so munter »Deutschland erwache!« geschrien, können jetzt ja das Signal zum Schlafengehen blasen, Großvater, meint ihr nicht? Und dann trug er das Papier mit dem auseinandergebröselten Tabak zu demjenigen seiner Fensterbretter, auf welchem die breiteste Sonne lag, steil und warm, ehe sie hinterm anderen Hausdach verschwand, schützte es durch sein breit hingelegtes Messer vor dem Fortfliegen und ruhte ein wenig, wie er dachte, bevor die Mohrrüben und Kartoffeln kamen, die er mitgebracht. Er schlief aber ein und träumte eine Geschichte mit eitel Mord und Todschlag an den Feldwebeln seiner alten Schreibstube, dem Unteroffizier Ruckstuhl und dem Unteroffizier Footh. Als Stine nach ihm schauen kam, weil das Essen längst fertig war, saß er aufrecht im Bett, rieb sich die Augen, kaute seinen Schnurrbart, stellte sich dann barfuß auf die warmen Dielen, beschloß, sich Wasser über den Kopf laufen zu lassen und sich oder Stine dabei zu fragen, ob ihm niemand sagen könne, warum er diese ganze Sache hinnehme, ohne einem von den Kerlen an die Gurgel zu fahren, dem Vierkant oder Preester. Stine, als sie sich niedersetzten, gestand, sie fürchte sich bloß vor den Lehmkes. »Laß die man bloß ihre Finger krumm machen«, sagte Albert, ein Stück von der Schlackwurst abschneidend, der großen, geräucherten, »dann setzt's was.« – »Ach, Albert«, sagte Stine, indem sie zögernd ihren Anteil an der Wurst annahm und auf die Gabel spießte, »soll uns zu guter Letzt noch die Polizei am Schlafittchen kriegen? Wo wir doch unser Register blank und rein gehalten haben, so daß sie uns auf der Wache gar nicht kennen?« – »Das laß nur meine Sache sein«, antwortete er, »war eben unsere Dummheit. Reichte aus für heute und morgen. Hätte die Timme verhaften lassen sollen, als sie hier ihren Blödsinn auspackte, ich könnte die Front wechseln, hin zu den Republikanern.« – »Ach laß man sein«, begütigte sie, »die Frau war nicht die schlimmste.«

Am Nachmittag, indes Albert mit dem Lieferwagen nach dem Exerzierplatz hinüberfuhr, um zu üben und dabei zu erfahren, wie er an Herrn Oberstleutnant Lintze schreiben könnte – er wollte ihn aber fragen, ob er und seine Frau nicht aus der Mannschaftsküche verpflegt werden könnten, falls sie sonst nicht mehr aus und ein wußten – an diesem Nachmittag zog sich Stine einen blauverwaschenen Overall über ihr Unterzeug und stieg zu Tom Barfey hinauf aufs Dach. Dieser Überziehanzug stammte von einem ehemaligen Lehrjungen und Junggehilfen, und sie legte ihn an, weil jetzt durch das Treppenhaus ein starker Aufwind fegte, der die Kleider flattern ließ, wenn man die Leiter emporstieg und die Hände festhatte. Außerdem war es Tom Barfeys wegen gescheiter, als Junge aufzutreten und sich besser verteidigen zu können. Sie wollte ihn nur um etwas Papier bitten, einen Brief an ihre Schwester aufzusetzen, dann ins Reine zu schreiben und ihn dem Tom zu übergeben, damit er ihn der Else schicke, falls ihr, Stine, etwas Überraschendes zustieß. Toms helle, dreiste Augen verschlangen den schlanken Jungen, der da oben vor ihm stand, als er sich auf seinem Wägelchen an die Luke rollte. »Stine!« rief er, »unsereins wußte schon kaum mehr, daß Ihr noch da seid.« Dann saßen sie im warmen Mittagswind auf zwei Säcken voll alter Zeitungen, platten Matratzen, und berichteten einander, was sich inzwischen ereignet: daß Frau Pastor Langhammer die Erlaubnis verweigert worden war, in Amerika und England Vorträge über die deutsche Glaubensbewegung zu halten, daß aber Teetjens von allen Leuten des Viertels boykottiert würden, so daß nicht einmal mehr die Kinder der Wagnerstraße vor ihrer Tür spielten, was doch störend genug gewesen. Daß sie früher oder später also würden wegziehen müssen, und daß sie keine Ahnung hätten, wer ihnen das angetan. Na, dein Albert, dachte Tom bissig, fühlte aber gleichzeitig ein echtes, wildes Weh in seinem Herzen: Stines Nähe verlieren! Würde er sich so ins eigene Fleisch geschlagen haben? »Stine«, rief er halblaut und griff nach ihrem Fuß, dem Knöchel, den sie ihm sogleich entzog. »Stine, du bleibst doch in der Nähe. Du machst doch nicht weg von hier, du nicht, dir vermittelt doch die Drohm soviel Arbeit, wie du nur willst.« (Die Frau des Klempners Drohm hatte vor dem Verbot des doppelten Verdienstes eine gesuchte und erfolgreiche Stellenvermittlung für Hauspersonal betrieben und fuhr unter der Oberfläche damit augenscheinlich fort.) – »Bei Lehmkes, nicht?« erwiderte Stine spöttisch, »die mir für zweihundert Mark mein Schlafzimmer abknöpfen wollen, wenn Albert das Geld nicht noch auftreibt.« Tränen schossen in Toms Augen, er preßte sie mit den Fäusten zurück, ruderte wortlos in die Wohnung, kam mit Alberts Ziehharmonika zurück. »Nimm sie mit«, bat er heftig, »macht sie zu Geld, sie gehört euch doch.« – »Die wird das Kraut nicht fett machen«, seufzte Stine, »behalt die man, bis wir sie abholen.« Stine wußte, was dieses Quetschpianino oder Schifferklavier dem benachteiligten Menschen bedeutete; sie fühlte sich warm angerührt, wie schon lange nicht. »Wirst mir den Dienst tun, um den ich bitten komme?« fragte sie freundschaftlich. »Jeden«, schwor er, zwei Finger in der Luft. Und Stine empfand, dies sei keine Übertreibung. Ja, wenn der Tom Geld gehabt hätte!

Dann saß sie unten vor ihrem Eßtisch und setzte, den steil durchgedrückten Zeigefinger auf dem Bleistift, einen Brief an ihre Schwester auf, den sie schon lange überlegt hatte. Daß sie an Lehmkes, von denen Else ja wußte, das Schlafzimmer und die Bettwäsche hatten verpfänden müssen, aber nichts weiter, und daß alles andere, falls ihr etwas zustieß, mit Alberts Zustimmung an sie, ihre Schwester, fallen sollte; daß sie diesen Brief bei einem vertrauenswürdigen Freund im Hause niederlegte und daß also, falls er bei Else ankam, dies ein Zeichen sei, gleich herzufahren und sich um ihre Habseligkeiten zu kümmern. Es könnte sein, sie und Albert nähmen Dienst auf einem Spanienfahrer, wo Schwager Ahlsen jetzt als Koch arbeite. Letzterer schulde Teetjens noch dreiunddreißig Mark, vielleicht etwas weniger, wenn er inzwischen anfangen könnte abzuzahlen, daß aber auch dieses Geld für Else bestimmt sei, so daß sie sich ruhig Auslagen machen könnte, den Lehmkeschen nicht mehr zu lassen, als ihnen zukam. Worauf sie noch freundliche Grüße und Wünsche hinzufügte und Ansichtskarten versprach von ihrer Reise. Ein Verzeichnis ihrer Sachen, soweit sie sie nicht mitnehme, lautete eine Nachschrift, lege sie wahrscheinlich bei. Für dieses Verzeichnis wollte sie sich Zeit lassen, denn sie hatte ja noch welche – Zeit genug für Hü und Hott, wie Albert manchmal sagte. Ja, der Tom Barfey, der liebte sie wirklich. Komisch war das und doch eigentlich schön. Der Lehmken und ihrer Dörte traute sie nicht übern Weg. Das Grüne mit den weißen Punkten, die fast neuen braunen Schuhe, die zwei Paar tadellosen Strümpfe, der Regenmantel – alles für Else. Tom würde es schon schaffen. Bloß einen passenden Strick schuldete ihr der Himmel noch, einen, mit dem weder Kälber noch Hämmel zur Schlachtbank geführt worden waren. Soviel Selbstachtung war sie sich schuldig.

Sechstes Kapitel

»Gib's auf...«

Die Umstände, unter denen Albert Teetjen dazu kam, das ungleiche Rennen aufzugeben, die Hände sinken zu lassen und sein Schicksal hinzunehmen, werden nie aufgeklärt werden. Feststeht, daß er des Vormittags die goldene Uhrkette seines Vaters in die Tasche steckte und seine neue, prächtige Lederjacke übern Arm nahm und noch ziemlich straff aus der Wohnung und dem Toreingang schritt, daß er aber am frühen Nachmittag heimkam, ziemlich maulfaul, sich auszog, zu Bett legte und eigentlich keine Lust mehr bezeigte, noch aufzustehen, als er und obwohl er gegen sechs erwachte. Alles, was Stine im heißen Schlafzimmer, auf dem Bettrand sitzend, von ihm erfuhr, war, daß er für die Uhrkette und die Jacke zusammen soviel Geld erlöst hatte wie das Kleidungsstück allein, als es neu war, gekostet, vor sechs, sieben Monaten oder auch vor neun, als ihnen der Himmel noch voller Geigen hing. Und daß ihm ferner die Postkarte, mit der ihn Schwager Ahlsen für heute morgen an die Landungsbrücke bestellt hatte – Stine nickte eifrig – drei Mark bar eingetragen hatte und einen Schnack in einem St. Paulier Restaurant, bei welchem Schwager Ahlsen ihm über die Schwierigkeiten des Auswanderns und des Anheuerns soviel vorgeklöhnt, daß er, Albert, zu der Überzeugung gekommen sei, nun werde er mal schlafen gehen und die Dinge an sich herankommen lassen. »Auch den 7. September?« fragte Stine zurück, und Albert zog wortlos das Laken an den Mund und drehte ihr den Rücken zu. Einmal hört jeder Käfer auf, wenn er in ein trockenes Glas gefallen ist, sich an den Wänden aufzurichten und der Luft zuzustreben, für deren

Vorüberwehen er in seinen Fühlfäden Organe besitzen mag. Was von den großen, schwarzen Schiffen, ihrem Bug, den weißen Decks und Rettungsbooten für eine Verlockung ausging, »hinaus in die Ferne«. All den Kram hinter sich zu lassen. Das hatte er früher nicht so gespürt. Ließ man ihn nicht regelrecht auswandern, so sollte sich ja schon mancher Kerl als blinder Passagier von Hamburg verdrückt haben ... Als Albert dann dennoch aufstand und mit Stine, Kühle suchend, in den schon nächtlichen Stadtpark hinüberging, gestand er ihr, sich's doch leichter vorgestellt zu haben, die Schuld bei den Lehmkes loszuwerden. Der Nordrand des Himmels war noch immer türkisfarben durchleuchtet, von der fernen Mitternachtssonne angestrahlt, deren sich die Polgegenden noch für ein paar Wochen erfreuten. Als sie weggingen, hatte vom Dach her Tom Barfeys Ziehharmonika eine sehnsüchtige, traurigsüße Weise heruntermusiziert, das Lied vom Lindenbaum am Brunnen vor dem Tore. Und Stine, in Alberts Arm eingehängt, hatte ihm berichtet, wie anständig sich der Tom gezeigt. »Soll er das Ding nur behalten«, paffte Albert neben seiner Pfeife heraus, »was würd beim Verkauf schon herausschauen. Freilich vielleicht könnten wir uns den Luxus nicht leisten.« Und dann saßen sie unter einem großen, dunklen Baum auf einer der Bänke, von der gerade ein Liebespaar aufstand, um nach Hause zu gehen. »Die gehen nun miteinander schlafen«, meinte Albert halblaut, »und wann wir?« Stine begriff aber, daß er etwas ganz anderes meinte, lehnte sich an seine Schulter und flüsterte: »Noch nicht, wir könnten ja noch was versuchen.« Und sie spürte, daß er statt jeder Antwort die Achseln hob und wieder fallen ließ. »Bei deinen Leuten unterkriechen?« fragte er nach einigen Minuten, »hätte ja doch nur für 'ne Woche Sinn.« – »Höchstens«, erwiderte Stine. Sie blickte über sich durch das dichte Geäst und Laubwerk des Nußbaums, unter welchem sie saßen, nach den schwachen Sternen aus, die dort im Dunkeln hingen, ob vielleicht einer glückverheißend herunterfiel. Aber die klebten fest da oben, dachten gar nicht dran, sich in Sternschnuppen zu verwandeln. Die Stadt mit ihren Geräuschen und Autos brauste aus einer fernen Helle über den Dächern mit dem Nachtwind herüber. Die Großmutter hatte ihnen ja den Weg nach unten gewiesen, den Durchgang ins Innere. Manchen Leuten war es erlaubt, Dinge zu tun wie Albert im vorigen Herbst und dabei zu gedeihen. Anderen wieder nicht. Die mußten schon auf Erden solche Irrwege abbüßen. Dafür würde ihr ewiges Teil gerettet, irgendwann einmal nahm sie das himmlische Jerusalem dann dennoch auf. »Mußt mir aber versprechen, Albert«, flüsterte sie nach einer langen Weile, »mich nicht zu überraschen. Nicht von rückwärts plötzlich oder so. Werd dir schon sagen, wann ich mich bereit fühle.« Albert mußte einen Augenblick aufhören zu atmen, so deutlich hatte er eben an seine Pistole gedacht, sie in seiner Schublade liegen sehen, den braunen Griff, der das Magazin voll Patronen enthielt, und das Korn vorn am Lauf aus blauem Stahl. »Der August hat ja erst angefangen«, damit legte er beruhigend seine Hand auf die ihre und auf ihr Knie. Vom Turm her schlug es halb – halb zehn, halb elf, halb zwölf, wer wußte es. Wenn er seine silberne Uhr verkaufte, nebst der Kette, an der er sie trug, gab es sicher wieder fünf Mark. Aber es war noch nicht so weit. Das Dreirad, wie er es jetzt hergerichtet, brachte sicher zwanzig; er kannte schon einen Kollegen, der es ihm gegen bar gern abnähme. Spaziergänger schlenderten vorüber, einer nahm neben ihnen Platz, rauchte eine Zigarette und wanderte dann weiter, vielleicht um nicht zu stören. Es war aber diese Bank die gleiche, auf welcher vor mehr als einem Jahr Oberstleutnant Lintze mit Käthe Neumeier geplaudert hatte. »Wüßte nur gerne«, meinte Albert nach einer Weile, »warum ich nicht daran denke, lieber die da drüben umzulegen mit der Pistole – «, er sagte Pistole, um den scherzhaften Charakter seiner Äußerung zu unterstreichen – »in den ›Braven Panzer‹ hinüberzugehen und so'n kleines Gespräch unter Freunden zu führen, wo sie dann ein paar Herrschaften hinaustragen müßten und auch 'ne Dame und dann erst mich.« – »Weil du kein Mörder bist«, rief Stine mit leiser Stimme, aber deutlich entsetzt. »Nu ja«, erwiderte er, »sagst du, aber warum hab ich dann so zugeschlagen voriges Jahr?« – »Weil's dein Führer gewollt hat«, entgegnete sie überzeugt. Er nickte, entzündete seine Pfeife, blickte ihr dabei in das schmerzliche Gesicht, die nachtgroßen Augen. »Aber warum braucht unsereins einen Führer?« – »Weil sie's alle geschrien haben«, und Stine griff nach seiner Rechten, »und weil du's so gelernt hast, einem Führer zu folgen.« – »Ja«, nickte er und seufzte. »Das weiß Gott. Immer folgen. Erst dem Vater und dann war da noch der Großvater, nicht wahr, dann dem Lehrer und dem Herrn Pastor und den Schulkameraden, der Klassenhorde. Und dann dem Unteroffizier, dem Herrn Kompanieführer, dem Bataillon, dem Regiment. Und dann den Rednern in den Versammlungen. Einer nach dem andern.« – »Warst eben immer ein braver Kerl, Albert«, besänftigte Stine seine Selbstvorwürfe, die sie deutlich heraushörte. »Hm«, machte er. »Und wozu war ich ein braver Kerl, wenn's uns in solch 'ne Sandgrube führt oder 'ne Zementkiste, aus der kein Herauskommen ist? Warum sind die Timmes anders aufgewachsen, auf dem ganz andern Weg?« – »Hat sie's nicht in die Sandkiste geführt, wie du's nennst?« – »Aber durch meine Hand«, antwortete Albert dumpf. »Durch deine oder eine andere«, beharrte Stine, indem sie sie streichelte, diese angeklagte Hand. »Wäre der Mann aus Magdeburg nicht krank geworden …« – »Durch meine oder 'ne andere«, wiederholte Albert nachdenklich. »Wenn sich aber keine gefunden hätte? Um die Frau Timme, da kümmern sich Leute. Konnte sich durchbringen bisher, und jetzt wartet sie in Norwegen und kann weiter nach Rußland, sagtest du, nicht? Und wer steht hinter uns?« Und er wandte seinen Kopf, um hinter den Baum zu schauen, ob da jemand stünde, der ihm zuraschelte: »Gib's auf!« – »Der liebe Gott«, flüsterte Stine, »unser Herr Jesus«, und sie schmiegte sich auf seine Knie, umhalste ihn, preßte ihn an sich. »Der verläßt uns nicht.« Wenn's dich man tröstet, dachte er. Und nach einer längeren Pause, während sie aufstanden: »Ich kuschelte mich ja lieber als blinder Passagier im Innern der Erde irgendwo ein, als da oben in dem zugigen Himmel.« Eleonora Kröger, fühlte er sehnsüchtig. Erst mal weg. Später Stine nachkommen lassen, schreiben.

Hätten sie noch etwas gewartet, so wäre ihnen eine einsame, aber sehr helle Sternschnuppe zuteil geworden, die den schwarz gewordenen Himmel durchschnitt. So aber gewahrte sie nur Klaas Vierkant, als er Lehmkes Panzerschenke verließ, sehr mit sich zufrieden. Er hatte manches ausgerichtet in der Zwischenzeit, vor allem mit Frau Footh einen noch freundlicheren Kontakt hergestellt, der sie darum so angenehm berührte, weil er sie nicht als Frau ansprach, sondern als Zeitgenossin, Gesinnungsgenossin, ohne vor dem Charme ihres Wesens stumpf zu bleiben. Klaas Vierkant achtete betont die Gattin seines Wirtschaftsführers, aber er wünschte von der so geschickt geführten Wirtschaft auch seinerseits was abzuschöpfen, und war ehrlich genug, Anneliesen gegenüber das nicht zu verschweigen. »Was ist ein armer Schriftsteller, ein Strohhalm im Winde. Freie Gedanken und Überzeugungen wachsen zumeist auf der Basis einer gefüllten Brieftasche. Charakter zeigen kann nur, wer fürs nächste halbe Jahr ausgesorgt hat. Und zum Don Quichote haben kaum Emigranten Talent, denen nichts anderes übrig bleibt.« Anneliese Footh geborene Blüthe entzückten solche Aussprüche – sie war lang genug in abhängiger Stellung gewesen, sagte sie, um das nicht übelzunehmen. Wenn die Fusion mit Krupp zustande kam, so hatte Klaas Vierkant daran ein gerütteltes Maß Verdienst. Es war nur billig, wenn er auch daran verdiente. Sie würde ihren Mann deswegen sondieren. War sonst aber auch bereit, mit dem Prokuristen Ruckstuhl deswegen zu reden, in dessen wohlverstandenem Interesse das Geschäft ja auch zustande kommen sollte. Aus Dankbarkeit wollte Vierkant auch dafür sorgen, daß die Sache Teetjen liquidiert wurde, wie man neuerdings sagte, drolligerweise nach russischem Vorbild. Er hatte also heute abend seine Abhörstelle für Auslandsnachrichten zu Lehmkes verlegt, einige Angelegenheiten des Sturmes Preester dabei wahrnehmend. Lehmkes gegenüber hatte er in einer Pause zwischen Londoner Mittel- und Moskauer Langwelle in Sachen des Kameraden Teetjen zugewinkt, der gute Junge müsse wieder einmal zu seinem Glück gezwungen werden. Einen unhaltbaren Laden aufgeben, eine Wohnung räumen müssen und für längere Zwischenzeit auf dem Lande verschwinden, das stellte doch kein Unglück dar, nicht wahr? Wer ihn daran verhinderte, Sturmführer Footh auf die Nerven zu fallen, erwies ihm einen Dienst, auch wenn er das erst später einsah. Man behielt ihn im Gedächtnis (z. b. V., zur besonderen Verwendung) und holte ihn im geeigneten Moment schon wieder aus der Versenkung. Da man aber manchen Leuten recht deutlich winken mußte, damit sie verstünden, brauchte

Lehmke von seinem Schuldschein nichts abzustreichen und ihn weder verfallen zu lassen noch zu verlängern. Frau Lehmke hatte gestrahlt, ihr Mann befriedigt die Backen aufgeblasen – Madam Teetjen, die Lorelei mit Straß, würde Frau Fooths Weg vorderhand nicht mehr kreuzen. Dies aber hatte für Klaas Vierkant nur Kleinkram bedeutet, in den Pausen zu erledigen. In Wahrheit hatte er mit gespitztem Bleistift dagesessen, um abzuhorchen, was das Ausland, Frankreich und England, über die Schlagkraft der Reichswehr dachte, ob es über die sturmreif geschossene Tschechei zum Krieg kommen würde und ob man von Konflikten zwischen Heer und Partei in den Äther hineinfabelte. In den engsten Kreisen des Informationsdienstes war inzwischen bekannt geworden, daß im Jahre 1933 Herr Pilsudski und im Jahre 1936 die Regierung Sarraut bereit gewesen waren, in Deutschland zu intervenieren. Erst als Adolf Hitler seine innerpolitischen Gegner niederwarf, dann als er den Schritt ins Rheinland wagte, um es wieder zu befestigen. Beide Male waren ihm Generäle, Angsthasen in Prachtuniformen, hindernd in den Weg getreten. Er hatte sich mit äußerster Nervenkraft durchsetzen müssen. Vor dem Sprung nach Wien hatte er sich schon besser vorgesehen. Aber jetzt, angesichts der rabiaten Tschechen, glich das diplomatische Feld einer höchst gespannten Schachverkettung. Die Bolschewiken waren ausmanövriert, kaltgestellt – grundlegendes Faktum. Die Tschechoslowakei wurde nicht als solche angegriffen, sondern als Vorposten Rußlands und vorletztes Unrecht der Versailler – zweites Faktum. Nur wenn Deutschland sie kriegerisch attackierte, würde für Frankreich der Kriegstrumpf ausgespielt. Vermochte Adolf Hitler die notwendigen Grenzregulierungen, die Abtretung der sudetendeutschen Randgebiete durchzusetzen, zwar durch Entfaltung militärischer Machtmittel, aber ohne förmliche Kriegserklärung, so brauchten Frankreich und England nicht zu marschieren, und der Friede blieb erhalten – er, dieser lächelnde Knabe mit der Schalmei und dem Blütenkranz im Haar, der dem vertrauensvollen Mr. Chamberlain und seinen Heerscharen und Lordschaften so teuer war. England, England an der Wand, wer ist der Schönste im ganzen Land, durfte der Führer dann fragen, das triumphierende Genie. Schon hatte er den alten Grafen Westarp im Zuchthaus unschädlich machen können, zur Wut gewisser Achselstücke. Gelang jetzt dieser Coup, so mußte auch der letzte Schritt gelingen, der dem Schönheitsfehler Europas galt, dem polnischen Korridor. Alles ohne Krieg, aber nichts ohne das Risiko des Krieges. Nun fanden sich in Deutschland noch immer alte Leute, junkerliche Kreise, die das junge Reich nicht verstanden, welches doch wirklich Kraft genug für tausend Jahre europäischer Vormacht in sich barg. Leute mit hohen Namen und Ämtern, denen das Jahr 1918 in den Knochen stak, das was Bismarck den Cauchemar oder Alpdruck der Koalitionen getauft hatte. Es war ihnen zuzutrauen, wie aus Berlin gemunkelt wurde, daß sie voll Todesangst nicht nur transpirierten, sondern auch konspirierten, um Wagnisse auszuschließen, und daß in solchem Zusammenhang der Herr Graf Westarp daran glauben mußte. Wer am 30. Juni, vor kurzen vier Jahren, seine eigenen Getreuen dem Herrgott opferte, würde über Zwirnsfäden nicht stolpern. Diese Leute begriffen nicht, daß Demokratien außerstand sind, in einer Generation zweimal Krieg zu führen, richtigen Krieg. Auf Biegen oder Brechen. Und daß man also nur bis zu den Zähnen gerüstet und entschlossen sein mußte, alles zu wagen, um alles zu gewinnen. Ohnehin würde der Kampf mit Rußland um die Ukraine und ihre Zugänge bitter genug werden. Aber dann stand Deutschlands Sternbild für eine astronomische Zeit im Zenit Europas, die schöpferische Macht ward auch die politische Vormacht des Erdreichs, und zwischen den Angelsachsen im Westen und den nach Osten abgedrängten Russen breitete die deutsche Schirmherrschaft ihre siegreichen Fittiche aus. Deutschland als Zuchtmeister und Maßstab Europas, wie der große George ihn gedichtet. Der war zwar in der Schweiz gestorben, seinem Jünger Goebbels den Rücken kehrend, nun, so mancher Mann war kleiner geraten als seine großen Konzeptionen. Und nun hing alles davon ab, wie sich in diesen Tagen, vielleicht in diesen Stunden, das Weltrad drehte. Er, Klaas Vierkant, der hier die Wagnerstraße hinabschritt und eben in die Wandsbeker Chaussee einbog, um auf die Linie 1 zu warten, er wußte, alles würde gut gehen. Das Rad drehte sich für Adolf Hitler. Und auch er selber würde aufsteigen. Mit Anneliese Blüthes Hilfe. Ihm fehlte nur ein Zeichen, ob alles recht ging. Ob wir ohne Krieg in Prag einrücken würden. Dann konnte er seine lumpigen brasilianischen Kaffeeaktien verkaufen und sofort Anweisung geben, im ganzen in die Äuglein-Reederei einzusteigen, ja noch tausend Mark Schulden bei seiner Bank zu machen. Schluckte Krupp den Footh, so waren diese Schulden im gleichen Augenblick getilgt. Kam es aber zum Kriege, so stand Brasilien natürlich haushoch im Kurse. Er konnte noch jetzt zum Hauptbahnhof fahren, im Wartesaal einen Kaffee trinken, einen Brief an die Bank verfassen, dann zu Gebrüder Lahusen hinuntertraben und den Brief eigenhändig in den Postschlitz stecken. Dann war der Würfel gefallen und alles oder nichts gespielt. Da stand der schlanke, blonde Mensch mit dem gutgeschnittenen Gesicht, dem schmalen Mund, der leicht gebogenen Nase, die Hand am Laternenpfahl der Haltestelle, und blickte fragend in die Sterne. Und siehe da, der Himmel winkte. Blendend, ein langer, geschwungener Faden Lichts zog die Sternschnuppe durch die Atmosphäre von links nach rechts, günstig, günstig.

Hauptbahnhof, sagte Klaas Vierkant zum Schaffner und zahlte den Groschen.

Ja, so vergingen bei Teetjens die frühen Teile der Nacht, und für die späteren mußten gelegentlich die weißen Pillen von Frau Plaut herhalten, wenn sich der Schlaf, der lebenerhaltende Bruder des Todes, nicht einstellen wollte. Hätten Teetjens freilich Frau Dr. Neumeier deswegen befragt, sie hätte sie lächelnd gemustert und gefunden: »Damit bezahlen Sie Ihre schöne Sommerbräune, meine Lieben.« Des Tages nämlich führten die beiden ein Ferienleben oder, wie Albert bitter anmerkte, das zu ihrem Einkommen passende Luxusdasein. An ihrer Fensterscheibe befestigten sie mittels eines Gummisaugers ein unauffälliges Schildchen »Wegen Geschäftsverlegung geschlossen«. Nach Finkenwärder, ihrem alten Badestrand, auszufliegen, verbot sich, seit die Fachleute der Elbhochbrücke die ganze Insel mit Bohrlöchern, Ausschachtungen, Baugruben, Bretterzäunen durchsetzt hatten. So fuhren sie denn zwei- bis dreimal in diesen Wochen nach Blankenese, entweder mit der Vorortbahn oder den kleinen grünen Raddampfern, von den Landungsbrücken aus, und lagen draußen in

Sonne und Sand und badeten die erschöpften Glieder. An gewissen Stellen der Elbe, wo das gelbbraune Wasser just nicht von Öl und schmutzigem Schaum überzogen war. Den Fahrpreis, der für sie beide hin und zurück über eine Mark betragen hätte, bestritten sie aus Stines »Kleidchenfonds«, und dadurch, daß sie bis zum Dammtorbahnhof und zurück den Lieferwagen benutzten. Den Ort mit seinen Villen und großen Gärten mieden sie, und wenn sie an den vielen Gaststätten vorüberkamen, die sich dort auch für bescheidene Börsen ausbreiteten, beschleunigten sie ihre Schritte. Außerhalb des Ortes, nahe am Strandweg, zwischen Weidenbüschen, schlugen sie ihr Lager auf, tranken mitgebrachten Malzkaffee, ungesüßt aus Seltersflaschen, verzehrten kalte Kartoffeln, Schmalzbrot und Stücke ihrer Schlackwurst und sprachen von vergangenen Zeiten, in denen sie am Sonntag ihre lichtdurstigen Körper ins Freie getragen hatten, damals noch nach Finkenwärder, wo Tausende jüngerer und älterer Menschen das gleiche taten, Luft und Strand mit lustigem Betrieb füllend. Jetzt, kamen sie überein, würde solcher Massenbetrieb über ihre Kräfte gehen. Damals aber machte es Spaß – Stine in einem grünen Badeanzug, ihrer weißen, schwer bräunenden Haut, ihrem goldroten Haarknoten unter der Wachstuchhaube. Das war die Zeit, in der Hermann Teetjen noch lebte und die Schlächterei auf seinen stämmigen Schultern trug, vor dem Krieg und unmittelbar nach ihm, als Albert und Stine gerade anfingen, miteinander Bekanntschaft zu schließen. Solche Scharen junger Menschen, gebräunter Arme und Beine, Schultern und Rücken, von denen dann so viele in den Krieg hineingeschoben wurden, in Stücke geschossen, durchlöchert oder durch Streifschüsse gezeichnet. Zu Zeiten des Vaters trank man manchmal Kaffee in Blankenese. Damals ging das Geschäft. Er schimpfte zwar immer über die schwere Arbeit, und daß er nur darauf lauere, von Albert abgelöst zu werden, sich zur Ruhe zu setzen. In Wirklichkeit aber starb er in den Sielen, wie man es nannte, ohne beträchtlich krank gewesen zu sein, am Herzschlag. Morgens hatte er noch den Laden geöffnet, sich aber schon schlecht gefühlt, wieder zu Bett gelegt; alsbald unzusammenhängende Dinge geredet, erklärt, die Koteletts müßten noch herausgehackt werden, und viel Besorgnis wegen des

Ochsenschwanzes gezeigt; als aber Dr. Samson, viel zu spät gerufen, mit einer Kampferspritze eingriff, war Meister Teetjen mit seinen mittelgroßen Augen, graumeliertem Blondbart und ausrasiertem Mund schon übern Berg. Ein kräftiger Mann und ein guter Mann, wie Albert nachträglich sah und bereit war zuzugeben. Zu Lebzeiten aber hatte es zwischen Vater und Sohn an Wärme gefehlt – wer wußte warum? Niemand war schuld, oder alle beide; ein barscher Ton gehörte zum Leben, Freundlichkeiten und gegenseitige Anerkennung verkniff man sich. Der andere mußte schon erraten, wie es gemeint war. Im Sand hinter der Buhne lagen Muscheln herum, außen dunkelgrün, innen weiß. Daß ein Sohn und ein Vater nichts miteinander gemein hatten, war ebenso verbreitet. Aber das stimmte nicht. Jetzt, wo Albert auf die Kündigung losging und viele Verhandlungen zu führen sein würden, wurde ihm der Vater immer deutlicher, eigentlich zum erstenmal. Er las die alten Hauptbücher nach, in die jener »Mit Gott« geschrieben hatte, durch einen Kranz von Schnörkeln verziert und umgeben. Die Miets- und Pachtverträge für Wohnung, Laden und Remise aus so entfernten Zeiten wie 1905, als Kaiser Wilhelm II. mit seinem Stehschnurrbart noch den Thron zierte, Hamburg aber seinen eigenen regierenden Bürgermeister Petersen besaß, der sich von Preußen – von Altona – nicht hereinreden ließ. Die Handschrift des Vaters, seine Unterschrift, machten den alten Kram verteufelt lebendig, und den sollte Albert jetzt jämmerlich in Stücke gehen lassen, unter Adolf Hitler, der doch als Messias gekommen war, den kleinen Mann groß zu machen, die ewige Schimpferei und Plackerei in ein breites, behagliches Gedeihen zu verwandeln. Hermann Teetjen, Schlächtermeister, hatte schon über dem gleichen Laden gestanden, von dem bald Albert Teetjen, Schlächtermeister, getilgt wurde. Waren dann alle Rückstände gezahlt, so konnte man das Postscheckkonto auflösen, es war dann noch zwei Mark fünfzig wert. Aber eine ehrliche Bürgersfamilie würde ausziehen aus der Wagnerstraße, ohne Schulden zu hinterlassen und jemanden zu schädigen. So etwas zu denken, tat ja sehr wohl, komisch nur, daß es alle Bewegungen langsamer und langsamer machte, und daß man sehnsüchtig auf den zinkenen Belag der Bierausschanke schaute, an denen man vorüberging, ohne sich ein Seidel Helles leisten zu können. Der Hermann Teetjen, der hätte nicht zu einem Job gegriffen, wie ihn sein Sohn übernehmen mußte; er hätte sich vielmehr umgedreht bei dem Gedanken und geflucht und geschworen, in seinem Deutschland, seinem Hamburg, sei so etwas nicht denkbar. Daß ein ehrsamer Schlächtermeister zu solchen Mitteln greifen mußte, sich und seine Frau über Wasser zu halten – noch dazu vergeblich! Just ein Jahr hatte das Blutgeld vorgehalten, man durfte es nicht anders nennen, und jetzt zog es seine Leute dennoch nach, so sicher, wie dreimal drei gleich neune hieß. Dreimal drei ist neune, du weißt ja wie ich's meine, summte Albert Teetjen und rieb sich den Sand von den Beinen. Ja, zu Vaters Zeiten hatte es eben keinen Hermann namens Göring gegeben, sondern bloß einen namens Teetjen. Und die Politik war von dem stets lächelnden Herrn von Bülow gedeichselt worden und die Flotte von dem Vollbart Tirpitz und General Keim, dem Mann mit dem Flottenverein. Und was für eine Begeisterung damals Graf Zeppelin entfesselt hatte mit seiner fliegenden Zigarre, dem schönen, silbernen Riesenluftschiff. Bei Echterdingen war es zu Bruch gegangen, aber das ganze Volk hatte fünf Millionen aufgebracht, um es ihm zu ersetzen, und der Obmann des Flottenvereins für Wandsbek hatte sich an die Spitze gestellt und zehn Mark gezeichnet, und wie hieß der? Hermann Teetjen. Solch ein Vorbild konnte nicht vergeblich bleiben, erkannte Albert jetzt. Vaterländisch war Trumpf bei den Teetjens, und warum es ihm in Adolf Hitlers Reiche damit so jämmerlich ausging, das würde der Zeit dieses Lebens kaum verstehen. Na, Stine stellte ihm ja eine zweite, längere Lebensdauer in ihrem Jesuhimmel zur Verfügung. Dann hatte man in den Hallelujapausen mehr Zeit und konnte schließlich den Stammtisch der Familie Teetjen aufsuchen, wo Großvater und Vater bei einer Stampe Himmelsbier über die irdischen Verwicklungen des Sohnes und Enkels zu Gericht saßen, und dann würde man ja klüger werden und alles durchschauen, so wie Fliegerphotographien aussahen, die zertrümmerte Städte und Straßen festhielten in Kanton, Barcelona und Madrid.

Herr Lehrer Reitlin – wie viele Lehrer der alten Generation hatte er seinen Beruf gewählt, um sich an der Kinderhorde seiner eigenen Jugend zu rächen – war mit mageren Wangen, einer spitzen Nase, einem lustig geschwungenen Bärtchen am Kinn und einer steil borstigen Haartolle der glücklichste Mensch im ganzen Viertel. »Daß ich das noch erleben darf«, sagte er immer und immer wieder, »daß wir Deutschen unseren eigenen Christus haben« – im Geiste schrieb er das Wort Christus immer mit K –, »daß wir noch mal wieder mit dem gepanzerten Schuh auftreten dürfen ...!« Die Selbstversenkung der deutschen Flotte in Scapa Flow, so erklärte er im vertrauten Kreise, am Ende des ersten Weltkrieges, habe ihn vor dem Freitod gerettet, ihm dasjenige Quantum Selbstachtung wiedergegeben, mit welchem man weiterleben konnte. Jetzt hatten die Deutschen endlich die Religion, die zu ihnen paßte: das ganze Volk saß in einer Schulklasse und blickte zu seinem Lehrer auf, dem gottgesandten Adolf Hitler. Es sagte im Sprechchor seine Sprüche her, lernte seine Gedanken auswendig, billigte ehrerbietig seine Handlungen. Alle unbotmäßigen Elemente waren gezwungen worden, das Klassenzimmer zu verlassen – so oder so. Für niemanden war der Satz: ein Reich, ein Volk, ein Führer, von so unwiderstehlichem Wahrheitsgehalt wie für Christian Reitlin, der alle Taten des Führers billigte, alle seine Ausdrücke vergötterte und (in der Phantasie) vor nichts zurückgeschreckt wäre, um Seinen Willen auf Erden zu vollstrecken.

Bei Blockwart Reitlin fand Albert das bereitwilligste Verständnis und das größte Entgegenkommen. Der Parteigenosse Teetjen war ein echter Mann nach Reitlins Herzen, und für niemanden galt es als so ausgemacht, daß ihm die Kommunisten nach dem Leben trachteten und daß sie überhaupt eine große dämonische Organisation in unterirdischen Bezirken des deutschen Lebens darstellten, wie für ihn. Daß dies mit seinem Glauben an die Allmacht Adolf Hitlers im Hitlerreich schwer zu vereinigen war, störte den zarten und gläubigen Blockwart nicht. Was früher die Katholiken und Juden bedeutet hatten und in romanischen Ländern die Freimaurer und Jesuiten, das stellten jetzt die Roten auf die Beine. »Ja, ja, Parteigenosse Teetjen« stöhnte er.

»Da roch die Rotte das gräßliche Gold, schmeidig wie Schmerlen, das Purpurgeschmeiß, singt unser Dichter, und wir wissen ja, wen er meint.« Daß Parteigenosse Teetjen in Diensten der Wehrmacht nach Spanien gehe, daß man davon offiziell nichts hermachen dürfe, daß er infolgedessen die Verschwörung der Feinde zu einer Kraftquelle für ihren Untergang mache, das alles verstand niemand so gut, schätzte keiner so hoch ein wie Christian Reitling. Einem solchen Manne entgegenzukommen, gehörte sich. Er würde seinen Vertrag nicht erneuern? Sehr bedauerlich, aber zur Kenntnis genommen. Die Wohnung war sehr verwohnt, da Teetjens sie seit dreiunddreißig Jahren innehatten. Es blieb die Schande der früheren Besitzer und Verwalter, sich um das Behagen und gesunde Wohnen der Voksgenossen nicht besser gekümmert zu haben. Mit Laden und Küche würde man die Instandsetzung beginnen, mit Wohn- und Schlafzimmer enden. Und ohne Zweifel konnte Parteigenosse Teetjen den Raum noch bewohnen, indes die Handwerker in den vorderen schon tätig waren. Mietszahlung? Offiziell würde er eben am 1. 9. räumen, faktisch aber bis zum 15. seine Sachen darin lassen dürfen, um sie allmählich an Ort und Stelle zu transportieren. Das Viertel verlor einen Recken an ihm, eine Figur, von der später die Kinder sagen würden, sie hätten vor seinem Laden spielen dürfen, und er hätte ihnen die Hand auf den Kopf gelegt und sein Auge in dem ihren ruhen lassen. »Ja die Kinder«, bestätigte Albert, bekümmert, indem er seine Vertragspapiere wieder einsteckte, »daß die unsere Ecke verlassen haben und jetzt da hinten herumhopsen, wo die Luft doch zwischen den Häusern steht«, und er nickte schwermütig vor sich hin, worauf Herr Reitlin ihn eifrig mit dem lateinischen Spruch unterstützte und tröstete: daß Kinder Kinder seien und kindisch handelten. Er zitierte den Satz besonders angeregt, denn für ihn begann jetzt eine wichtige Zeit – Veränderungen auf der ganzen Linie, Dispositionen, die einem Napoleon Ehre gemacht hätten. Wie waren die wiederhergestellten Räume aufzuteilen, um sie möglichst vorteilhaft an den Mann zu bringen, und ließ sich bei dieser Gelegenheit nicht die Barfeysche Wohnung räumen, die den Luftschutzvorschriften doch wahrhaftig zuwiderlief? Ein Laden, eine Küche, zwei Zimmer, eine Remise –

und Herr Reitlin begann einen Lageplan und Grundriß zu skizzieren, Ausgänge, Fenster, Wasseranlagen zu vermerken, das Klosett in den Mittelpunkt der Erwägungen zu rücken, kurz eine große Zeit heraufzuführen. Alsbald würde er mit einem Zollstock die bewohnbare Grundfläche nachmessen. Es mußte soviel Miete herauskommen, einschließlich der paar Mark von der Waschfrau Barfey, daß das Dachgeschoß aus dem Budget gestrichen werden konnte. Mit ihrem Umzug konnte die Barfey gut bis Mitte September warten, dann waren ihre Klamotten vor der Gefahr plötzlicher Durchnässung geschützt, der man jetzt im August noch immer ausgesetzt war. Plötzlicher Gewitterregen, Sturm, Hagel, Donner und Blitz – die Nordsee war mannigfacher Geschenke fähig, und Lehrer Reitlin ward von allen Fenstern der Wagnerstraße aus jeden Morgen erblickt, wie er in der Mitte des Fahrdamms stand und argwöhnisch den Himmel musterte, seine Wolkenbildungen, und was sie versprachen: ob Kumulus, Stratokumulus, Altokumulus oder Kumulonimbus, der gewittrige …

Übrigens kam Herrn Reitlin, während er an einem der nächsten Tage das Teetjensche Schaufenster musterte, bis zur Ecke vor- und zurückschreitend, ein glorreicher Gedanke. Im nationalsozialistischen Freidenkerverband hatte Herr Johannes Wolgast, außerdem auch Vorstand der Rutengänger, der einstige Masseur mit der goldenen Brille, die Gründung einer neuen Sektion des NS.-Beerdigungsvereins Volkswohl angeregt und vorbereitet. Die Gefolgschaft würde den Beschluß fassen, sobald ein geeignetes Lokal, Geschäft und Personal zusammengebracht worden sei. Die neue Gründung sollte die Bezirke Eilbeck und Hamm erfassen – aber warum nicht auch Wandsbek? Lag die Wagnerstraße nicht hinreichend günstig für diesen Zweck? Mitglieder würde der Verein hier zusammenkriegen, mehr als genug. Und das Schaufenster des Ladens nebst der Wohnstube eignete sich offenbar hervorragend für die Ausstellung und Aufbewahrung der nötigen Utensilien vom einfachsten bis zum prunkvollsten Begräbnis. Selbst die Blumentöpfe Frau Stines konnten stehenbleiben mit schwarzen und silbernen Streifen versehen. Und in den Anblick des leeren Schaufensters versunken, tupfte sich Herr Reitlin auf die Stirn: konnte es einen geeigneteren und wohlfeileren Verweser dieser Filiale geben als den Jungen der Geesche Barfey? Es hieß, daß er eine prächtige Handschrift besaß; gescheit war er auf alle Fälle, und bei diesem Zwecke konnte sein körperliches Gebrechen als hindernd nicht in Betracht kommen. Lehrer Reitlin aber hatte die Freude, ihn einzuführen und anzuleiten und sich gleichsam im Ehrenamt des neuen Postens anzunehmen. Dann konnte die freie Wohnung zum Gehalt des Barfey gehören, das Problem des Klosetts war gelöst, die Miete deckte den Ausfall des Dachgeschosses, kurz, alles war in Butter, ohne daß neue Mieter möglicherweise Unfrieden und neue Schwierigkeiten mitbrachten. Ja, das mußte glücken! Sofort wollte Herr Reitlin in die Geschäftsstelle der Nasvog fahren, wo Parteigenosse Wolgast täglich zwischen elf und eins Sprechstunden abhielt. Dann war es vielleicht nicht einmal nötig, die verwohnten Räume gründlich zu reparieren – einiges Auffrischen und Verschönern mit Kalkfarbe und Mauertünche tat es auch.

Herr Reitlin zählte nicht zu den Menschen, die über unfertige, nur in Vorbereitung liegende Veränderungen Mitteilungen umhertragen. So erfuhr Stine nichts von seinen Plänen. Sie war in jenen Tagen emsig beim Verzeichnis all ihrer Habseligkeiten, auch der kleinsten; sie vergaß auch die winzigen Ohrringe nicht, die sie von Kinderzeiten her in den Ohrläppchen trug, kleine, grünblaue Vergißmeinnicht auf fadendünnen Ringlein, die ihr die Großmutter vererbt. Ja, sie lebte aufs tiefste in der Vergangenheit, während sie immer wieder von einem Schrankfach oder einer Schublade zum Tisch trat, um aufs Papier zu kritzeln: drei Obstmesser (Horngriff), drei Obstteller (Weinblatt), eine Kuchengabel (versilbert). Wie das alles gekommen war, was für Veränderungen sich ergeben hatten – sie hatte gar nicht gewußt, was sie alles in sich trug, die Stine Geisow verehelichte Teetjen. Am deutlichsten wurde dieses Gefühl entfesselt vor dem Wäscheschrank. Eigentlich fiel ihr bei jedem Handtuch, jeder Serviette, jedem Laken eine Geschichte ein, die sich beim Anschaffen, beim Waschen, beim Mangeln oder Ausbessern dieser Dinge abgespielt hatte. Und besonders deutlich ward ihre Schwiegermutter dabei sichtbar, Alberts Mutter, die geborene Posthorn, die Holsteinerin, von der ihr Mann die Augen und den hübschen Mund geerbt. Wie still und fein sie sich in den Hintergrund zurückzuziehen wußte, als sie nach Vaters Tode mit dem jungen Ehepaar diese Wohnung hier teilte und ihr Bett dort hatte, wo jetzt das Sofa stand. Daß es gar nicht gegangen wäre, wenn Enkelchen sich gemeldet hätten, die sie trotzdem so herbeiwünschte, ohne es der Schwiegertochter oder dem lieben Gott anzurechnen, daß sie ausblieben. Wie sie ihre Wäsche geschätzt und gestreichelt, von der noch manches solide Stück vorhanden war, reines Leinen, heimisches Erzeugnis, vom Flachs, der auf dem Posthornschen Gütchen gewachsen war, daheim getrocknet, gebrochen, gesponnen und gewoben. So kühl wie in diesem Linnen lag es sich in keinem später gekauften – lumpige Baumwolle, wie die Schwiegermutter tadelnd bemerkte. Stine lachte vor sich hin, während sie die Laken ins Fach zurücklegte – die hatte sich unter Baumwolle etwas Verachtenswertes, Abfallartiges vorgestellt, indes Stine doch aus dem Hafen und vom Kulturfilm her eine Ahnung besaß von der Wichtigkeit, die dieses Produkt für überseeische Länder, die Schiffahrt, die hamburgische Wirtschaft und die deutschen Fabriken inzwischen erlangt hatte. »Da hängt Schweiß von den armen Sklaven dran«, hatte Anna Teetjen manchmal bemerkt, »da will ich gar nichts von wissen.« Zwischen den beiden Türen des Wäscheschrankes hatte sie oft hantiert wie in einem kleinen Zimmer für sich; Stine wünschte sich oft, noch ein kleines Mädel zu sein, auf der herausgezogenen Grundschublade sitzen zu können und ihr die gebügelten Leinen zuzureichen, weiß und duftend, und so solide wie das ganze bescheidene Bürgertum, das es damals noch gab. Als man sie auf dem Wandsbeker Friedhof begrub, in der Nähe des Großvaters, war ganz Alt-Wandsbek mitgegangen, und der junge Pastor Langhammer hatte über den Vers gepredigt: »Euer Herz erschrecke nicht, glaubet an Gott und glaubet an mich. In meines Vaters Hause sind viele Wohnungen.« Das war ein schöner Sommertag, blau wie heute, auch so schwül. Albert hatte sich gut gehalten, auch ihm wurden die Augen gelegentlich naß, aber sie, Stine, hatte sehr geweint, als man den braunen Sarg in den gelben Sand hinuntersenkte.

Und das sollte nun die Lehmke haben. Nein, sie sollte es nicht haben. Das schöne Schlafzimmer, Stines Heim und Nest, den Schrank mit den glänzenden braunen Türen. Die Waschkommode mit den Seerosen im Waschbecken und auf dem großen Krug. Und dann noch die Wäsche. Nein und nein und dreimal nein. Nicht zu Stines Lebzeiten. Eine freche Erpressung, ein Raub und Diebstahl. Wäre es möglich gewesen, ohne das Haus in Brand zu stecken, sie hätte lieber am sechsten September ihre Möbel mit Petroleum übergossen und angezündet, statt sie dieser widerlichen Person zu überantworten, nur weil die lieben Kameraden ihren Albert in die Zange hatten nehmen dürfen, um von dem Sündenlohn den Zehnten abzuheben, auf den sie Anspruch erhoben, als wären sie Priester im Tempel, diese Baalspfaffen. Als hätten die Kriegsknechte von Judas Ischariot damals auch den Zehnten verlangt, bevor er hinging und sich erhängte. Aber das taten die nicht. Begnügten sich mit dem ungenähten Leibrock und Mantel, um den sie würfelten. Das selbstgesponnene Leinen von Anna Posthorn her gemahnte Stine an diesen ungenähten Rock, offenbar eine Art Pullover, wahrscheinlich auch aus Leinen, denn Wolle war doch sicher zu heiß im Heiligen Lande. Der Anfang der Sache blieb Stine ja unklar. Wer wen verraten hatte und wie ihr Albert da hineingerutscht war, machte sie sich nicht deutlich, es wäre ihr auch gar nicht gelungen, wie sie sich zugab. Für sie begann die Geschichte mit dem Sündenlohn, dem Blutgeld, und daß sie selbst ihren Albert, den großen, fügsamen Kerl, in diese Bahn gelenkt hatte. Ohne die Möglichkeiten und Folgen dieses Vorhabens auch nur von weitem zu wittern, aber doch sie. Es war eben ein gefährliches Land geworden, das Dritte Reich. Der Herr Propagandaminister hatte es oft mit Stolz aus dem Lautsprecher gerufen, von Lawerentzens war es hinuntergeschallt, am Postamt seit dem Jahre 33 hatte es die Wandsbeker Chaussee überbrüllt: gefährlich leben.

Stine Teetjen saß zwischen den Schranktüren auf der herausgezogenen rechten Grundschublade. Sie stützte die Ellbogen auf beide Knie, hielt sich mit beiden Händen die Ohren zu, blickte auf die weißgescheuerten Dielen und sann. Irgend was hatte die Frau Timme in ihr hinterlassen, sie wußte nicht was. In unseres Vaters Haus waren viele Wohnungen, sicher auch eine für Leute, die unschuldiges Blut vergossen hatten, aber auch schuldlos. Und wenn nicht ganz schuldlos, so doch halbwegs. Und wenn jemand diesen Teil Schuld auf sich genommen hatte und den Strick ergriffen und zu dem Nußbaum gegangen war, mit dem ausgestreckten Ast über der Bank; wenn einer oder eine diesen Teil Schuld auf sich genommen und gesühnt, dann würde Jesus fünf gerade sein lassen und Albert und Stine wieder zusammentun in einem bescheidenen Kämmerchen seines Palastes, wenn's sein mußte unter der Treppe, denn daß der Albert bereuen würde und sich die Brust mit den Fäusten pauken und ihr schleunigst nachkommen, das ganze Gesicht voll Tränen, das stand mal fest. Er war ja bloß das große Schiff gewesen, das zum Stapellauf fertig auf den Helligen lag, auf einer gut geseiften, feingeschmierten Gleitbahn; und sie hatte gewissermaßen den Strick durchschnitten, der es hielt. Was ein Strick angerichtet hatte, konnte ein anderer wieder gutmachen. Binden und lösen, sagte der Evangelist. Hatte sie erst die Liste hier abgeschrieben und den Brief an die Else, so mußte sie auch für Albert ein paar Zeilen hinterlassen, ein Grüßchen, zu kommen und im himmlischen Jerusalem mit ihr zu erwachen und ihr ein Grab zu besorgen, daß die Leute sie nicht fanden und mit ihrem Leibe Unfug trieben, wenn sie sich selber nicht mehr wehren konnte. Solch ein Overall war ein tadelloser Anzug, wenn eins im Sommer nicht viel Zeug auf dem Leibe vertrug. Die Wohnung hier zeigte jetzt alle ihre Vorteile, sie blieb kühl und erträglich bis weit in den August, und die Dusche in der Toilette tat Wunder. Aber nun war's aus mit der Kühle, das ganze Haus schwitzte, und bei Tom Barfey oben war's sicher nicht zum Aushalten. Nun, nachts wehte vielleicht auch da oben ein kühlendes Lüftchen.

Bei dem Durchsuchen all der Schubladen, die Stine für gewöhnlich nichts angingen, fanden sich kuriose Dinge – altes Kramzeug, Niederschlag der vergangenen Lebensjahre. Aus ihrer Dienstbotenzeit kleine Schriften, sogenannte Traktätchen, die entweder ihren Glauben stärken oder ihre israelitische Dienstherrschaft zu dem sanften Heiland, dem Prediger vom See Genezareth, führen sollten. Nun, damit war es nichts gewesen, und auch für sie, Stine, war das Leben in anderen, deftigeren Greifbarkeiten verlaufen.

Da standen Lieder aus dem Herrnhutischen Gesangbuch, über die man sich nur amüsieren konnte. Gleich bei den Traktätchen lag ein Bündel Banknoten – schöne, buntgedruckte Zettel, die auch einmal ernst gemeint waren, nur schade, daß sie jetzt nichts mehr galten und bloß Mark hießen, statt Reichsmark. Groß von Format und schön gemacht, mit Junkern und Hüten und Schnörkeln, 10000, 20000, 50000 Mark stand darauf zu lesen – Inflation! Sie erinnerte sich sehr wohl, daß es dann weitergegangen in die Hunderttausende, die Millionen und Milliarden, wenn man einen Laib Brot haben wollte. Aber von denen war nichts aufgehoben worden, der hamburgische Senat hatte ja viel früher eigenes, gesundes Geld herausgegeben als das Reich, wahrscheinlich waren von Vater Teetjen die Milliarden in solide Pfennige umgetauscht worden. Ja, davon hätte der Albert nehmen und der Räuberbande in ihrer Panzerschenke die Rechnung begleichen, den Mund stopfen sollen! Nun, das war verpaßt, das Vermögen hier konnte man Tom Barfey hinaufnehmen, damit er eine Fahne daraus klebe oder es über die Dächer weg wehen lasse vom Wind.

Aber bei diesem Kramen kam ihr auch ein Strick in die Hände. Ein spaßiger Hanfstrick, nicht dicker als ihr kleiner Finger und an beiden Enden mit Blechhülsen versehen wie ein riesiger Schnürsenkel. Erst begriff sie nicht, was das war, wie es in die Kommode gekommen, wo es doch offensichtlich in Laden oder Remise gehörte. Dann aber, während sie das sorgfältig gerollte und mit sich selbst umwundene Strickwesen anschaute, wie sie es so in ihren Händen hielt, tauchte die Erinnerung auf. Der stammte aus Alberts Militärzeit. So einen brauchte man zum Reinigen der Flinte – Gewehrstrick nannte man das. Sie wußte nicht mehr ganz genau alle Einzelheiten, die mit seinem Gebrauch verbunden waren. Ob man das Schloß bloß zu öffnen brauchte, oder ob man es herausnehmen mußte, um das Ding durch den Lauf zu ziehen. Schlechte Soldatenfrau war sie inzwischen geworden, und es hieß ja, daß bei den Roten, in Spanien wie in Rußland, die Mädels ebensogut mit der Waffe umzugehen lernten wie mit den Mannsen. Nun, sie, Stine, verstand nur noch das eine. Außerdem aber war sie Hausfrau geworden, eine sparsame, wie das

Reich es von ihr verlangte. Hatte sie nicht vornhin ein Restchen Schmierseife gefunden? In einem Büchsendeckel. Damit mußte man doch diesen Strick glatter und geschmeidiger machen können. Und ohne zu wissen, ja ohne nachzudenken, warum und zu wes Ende sie so handelte, klemmte sie die eine Hülse des Gewehrstrickes im Zimmerfenster fest, zog die andere straff – das ganze Ding war sicher länger als ein Meter – und verrieb das Restchen Seife sorgfältig über seine Oberfläche. Ja, so wurde es glatt und weich wie Seide. Und sorgfältig zu einer Art Schnecke zusammengedreht und mit sich selbst umflochten, bewahrte sie den Fund in der obersten Kommodenschublade neben dem Verzeichnis und dem Brief an Else, die sie beide noch ins Reine schreiben mußte. Später dann, am Abend, wenn es kühl war, wollte sie den Brief zu Tom hinaufbringen, als Junge verkleidet wohlverstanden, in dem verwaschenen blaugrauen Overall. Es war schade, daß man nicht mehr zusehen würde, was aus dem Tom Barfey noch wurde. Ein Bursch mit solch einem gesunden Kopf und soviel Verliebtheit – und dazu statt richtiger Beine Kinderschenkel, kümmerliche Würste. Wenn der zu Jahren kam und Kinder kriegte, ob die grade aufwuchsen, rundum richtig ausgebügelt? Die Nazis meinten: nein, aber was wußten die!

Zeit für den Tom hatte sie ja nun. Der Albert kam jeden Tag unregelmäßiger nach Hause. Wie es einem Arbeitslosen zukam, der als solcher nicht gelten wollte. In der ungeheuren und unübersehbaren Weite des Hafens mit Dutzenden von Kränen, Hunderten von Laufbrücken und Kaianlagen, begegnete man ja immer wieder einer Gelegenheit, Hand anzulegen und etwas zu verdienen. Wenn man nur zur Partei gehörte, einen Ausweis oder ein Abzeichen unterm Aufschlag des Rockes bereit hielt, konnte einem niemand so leicht an den Wagen fahren. Aber einen Beruf daraus machen durfte man nicht, wiederkommen nur, wenn man aufgefordert wurde. Der Kampf um die Groschenverdienste war sehr scharf geworden, berichtete Albert, nur selten traf man Arbeitsgelegenheiten, für die sich nicht auch die passenden eingefuchsten »Gelernten« fanden. Zum Glück schrieb man jetzt gerade das Wort Konjunktur groß im Hafen. Wahrscheinlich schluckte Bremen vom Spanien- und Afrikageschäft einen guten

Teil für sich. Aber Hamburg ließ sich nicht an die Wand quetschen.

Stine erzählte Albert nichts von dem Gewehrstrick, noch von den Inflationsbanknoten. Sie wußte warum. Er kam jeden Tag etwas nervöser nach Hause, brummte jähzornig, zum Schimpfen geneigt und bereit, die Faust auf den Tisch donnern zu lassen. Oh, sie verstand recht gut, warum ihn jeder Widerspruch ärgerte, jeder Mäusedreck zum Überkochen brachte, was Anna Teetjen den zu kleinen Teetjenschen Topf genannt hatte. Ein Mann mußte verdienen, seine Frau erhalten, seine Reputation. Und irgendwohin mußte er seinen Kummer und Ärger ja abfahren, abladen. Das war dann eben das Teil der Frau. Sie mußte stillhalten können, sich wehtun lassen, Frau Pastor Langhammer hatte es immer die überlegene Geduld genannt. Nun, sie, Stine, hatte davon allerlei abbekommen. Ein leerer Vorratskeller, ein ebensolcher Kohlenkeller, eine nicht mehr klingelnde Ladenkasse, ein Portemonnaie mit Zufallsmarkstücken als täglichem Umgang und täglicher Aufgabe, das zwickt eine Frau und kostet sie ebenfalls Nerven. Und wenn der Albert dann Krach machte, weil sie schon wieder vergessen hatte, aus Zeitungsseiten Klosettpapier zurechtzuschneiden, mußte sie sich höllisch zusammennehmen, um nicht gegen ihn loszufahren, und dann und wann mißlang es ihr auch. Was hatte er denn so vieles und so Wichtiges zu tun, daß er nicht eines seiner Schlachtmesser nehmen und sich wenigstens am Papier nützlich machen konnte? Bloß weil sie gewohnt war, mit der Schere umzugehen, und weil man Papier eben mit der Schere schnitt und die Messer dazu zu schade waren? Daß sie nicht lachte. Längst war Schmalhans Küchenmeister, wie's im Märchen immer hieß. Die letzten Kartoffeln, die letzten Kohlen, das letzte Ende Wurst, die paar eifersüchtig gesparten Reinetten – wer wußte, ob sich das alles noch bis Ende August strecken ließ. Da sollten wir doch wenigstens Ach und Krach vermeiden.

Heute kam Albert mit geheimnisvoller Miene heim und zog, nachdem er sich gewaschen und die Kleider gewechselt hatte, vier prächtige, gültige Zehnmarkstücke aus dem Notizbuch. Was war geschehen? Er hatte seine Draisine verkauft. Das Dreirad. Den

Lieferwagen. An den Kollegen Schmidchen, Altona, nahe den Landungsbrücken in der Wittnerstraße. Eigentlich wollte er ihm erst nur ein Vorkaufsrecht einräumen; dann aber wurden sie handelseinig, mit dem Recht, bis zum siebten September einschließlich den Wagen zu behalten und zu benutzen. Und eine schöne geräucherte Landleberwurst hatte der brave Schmidchen mit in Kauf gegeben. Außerdem hatte sich im Hafen herumgesprochen, die »Eleonora Kröger« sei in den nächsten Tagen fällig. Und schließlich hatte die Lehmkin von ihrer Schwelle aus, wo sie jetzt immer das Spielen der Kinder beaufsichtigte, grüne Blicke auf Albert geschossen, als er mit der Draisine wegfuhr, heute nachmittag. Wenn die nicht dachte, daß Teetjens ihre Wäsche in Sicherheit brachten, konnte die Stine ihren Albert am Lampenhaken aufhängen, hier überm Tisch. »Sie will halt auch Luft schnappen, die Lehmkin«, begütigte Stine.

Ja, Frau Lehmke verzehrte sich in Unruhe und Besorgnis. Was hatte der Kerl, der Teetjen, so unverschämt zu grienen, als er mit seiner Tretmaschine vorübertrampelte! »Geschlossen wegen Verlegung« stand bereits am Geschäft. Ja, Parteigenosse Reitlin hatte gestern triumphierend erzählt, er habe für Nr. 17 schon etwas auf der Pfanne, das der ganzen Straße zur Ehre gereiche. Wenn's glücke und die Räume dem neuen Mieter gefielen, die Ansprüche auf Renovierung auch nicht zu hoch geschraubt würden, kurz, wenn sie sich einigten, brächte er in die Panzerschenke oder Panzerschnecke, wie er spaßte, einen neuen ansehnlichen Gast, der fürs erste dort telephonieren würde, sich fürs zweite aber ein eigenes Telephon anschaffte. Unter anderen Umständen hätte er mit seiner geheimnisvollen Ausführlichkeit auf Frau Lehmke sicher Eindruck gemacht; unter den gegebenen hörte sie höflich und flüchtig zu und dachte zwischendurch, es möge den Kerl der Teufel holen. Was alles konnte diese raffinierte Stine ihren dummen Mann – alle schönen Männer waren schwach im Kopfe, viele auch in den Lenden – wegschaffen lassen, ehe es Abend wurde, wollte meinen ehe sie, Martha Lehmke, ihre Hand auf die Wäsche legte. Zweihundertzehn Mark! Wo die Steuern und Abgaben den Leuten jedes Glas Bier vor der Schnauze wegzogen! Wo nur die Großen profitierten, die aber deftig. Wo die ganze

Judenbeute in den engsten und obersten Parteikreisen verblieben war, indes die arisierten Betriebe weiterblühten und gediehen und den kleinen Mann in die Quetsche nahmen, daß er Blut und Wasser schwitzte. Den Fall Teetjen hatten sie gerade vor der Nase, und er hatte es ja auch besonders dußlig angestellt. Aber wenn sie, Martha Lehmke, in der Markthalle umherging und einkaufte, hörte sie bald über diesen, bald über jenen dermals selbständigen Kleingewerbler, daß er jetzt einen schönen Platz bei Blohm und Voß, Vulkan oder bei den Hansa-Elektrizitätswerken einnehme, auf dem er zwar doppelt so scharf herangenommen werde wie früher, aber eben doch zu leben habe, dank dem Führer und seinen wirtschaftlichen Vertretern. Anfangs September würde es auch bei Teetjens so weit sein, und Lehmkes hatten zweihundertzehn Mark Überschuß in ihn investiert, fast den ganzen Reingewinn des letzten Vierteljahres, und nun wollten sie dafür aber auch alles haben, was ihnen zustand. Alles restlos und noch mehr! Die Dörte hatte der Stine ja oft genug beim Wäschelegen zugeschaut oder selbst geholfen, sie hatte erzählt, was es da zu holen gab für Kopfkissen mit Einsätzen, Bezüge mit Hohlsaum, Laken noch aus der besten alten Zeit, so schwer, wenn sie naß waren, daß Frau Barfey und Stine alle Hände voll hatten beim Auswinden. Und da waren auch Handtücher und Servietten, die man bei Lehmkes jederzeit brauchte. Geradezu Betriebskapital für ein Restaurant. Und wenn Lehmkes vielleicht auch nicht das Recht auf ihrer Seite fanden, wenn sie das Wort Wäsche in ihrem Vertrag soweit ausdehnten – versuchen würde man's und mußte man's. Und diese Teetjens wußten das und brachten darum ihren Raub unerlaubt beiseite! Bloß ein paar Schritte – und Martha Lehmke konnte dazwischenfahren, Halt rufen, selber Polizei spielen. Wenn ihre Dörte, jetzt im BDM. – Bund Deutscher Mädchen – heute, morgen oder übermorgen nachmittag heimkam von der Erntehilfe aus den Vierlanden, dann mußten sie es unternehmen. Einen freundschaftlichen Besuch machen, warum denn nicht? Aber auch einen Blick in den Wäscheschrank werfen. Konnte ihnen ja niemand verargen, nicht wahr? Und wenn die Stine ihr Schlafzimmer so gerne behalten hätte, Albert aber keinen Rebbach mehr machte oder heimbrachte, gab es ja in Hamburg Gegenden, wo eine hübsche Frau – und dafür hielt sich Stine doch – Ersparnisse ernten konnte, wenn sie es verstand, an der richtigen Stelle keine Umstände zu machen. War der Herr Footh für den Albert nicht mehr zu sprechen – der Stine hätte er früher gerne das Schürzenbändel aufgebunden und wahrscheinlich noch mehr, und warum sollte sich das geändert haben? – Spielte man lieber die Schlächtermeistersgattin und saß zu Hause, so trug man eben die Kosten und zog weg. Wenn es nur bald regnen wollte! Diese Windstille und Schwüle zwischen den Häusern – kaum mehr auszuhalten.

An einem der nächsten Nachmittage erreichte die Spannung und das Unbehagen der Wetterlage einen Höhegrad, den die meteorologische Station mit Kopfschütteln registrierte. Na ja, in Hamburg im Hochsommer, norddeutsche Tiefebene, Europa kontra Atlantik. »In Basra«, sagte Kapitän Carstanjen zum Beispiel, »würde mich das da«, und er deutete mit dem Daumen auf den Himmel, dessen Blau gelblich verfahlte, »nicht wundern; nicht mal in Alexandrien. ›Sandsturm‹ würden wir sagen und die Bullaugen schließen. Aber hier ins uns olle Hamburg ...« und er ließ die Stimme schweben und wunderte sich. Vielleicht merkte man oben auf der Spitze der Michaeliskirche schon etwas vom Streit der Luftzyklopen oder Zyklonen, der sich ankündigte; unten auf den Kommandobrücken, den Dächern der Häuser gewahrte man nur Böen, Windstöße, bald von Norden, bald von Süden, und einen gelblicheren Nachmittagsschein, als wolle die Sonne heute schon um sechs untergehen, statt um acht. Jedenfalls flogen die Möwen aufgeregt schreiend weit über die Giebel der Innenstadt.

Siebentes Buch

Strandgut

Erstes Kapitel

Sturm im Hafen

Vielleicht erinnert sich noch dieser oder jener unter den Zeitgenossen der leuchtenden und schäumenden Flutwelle, welche damals die führenden Schichten und ihre Völker der auf Befehl und Gehorsam gestellten Staatswesen zur Höhe trug. Wie japanische Generäle und ihre Heere und Flotten aus dem ungeheuren Leibe Chinas ganze Reiche schnitten, ohne daß irgendeine Macht außerhalb der Sowjetunion dagegen wirksame Einwände vorbrachte. Wie man dem römischen Cäsar gestattete, ein Weltreich aufzubauen, das Ostafrika umfaßte, Aden bedrohte, nicht nur das östliche Mittelmeer, sondern auch das Rote Meer in ein Mare nostrum verwandelte und nach Ägypten ausstrahlte, nach den arabischen Staaten, Palästina, Persien. Wie die spanische Regierung, das spanische Volk, durch die Schließung aller Grenzen, zu Land wie zur See, abgewürgt wurden. Wie man dem deutschen Diktator zuliebe die lebendige Tschechoslowakei in Stücke riß. Und wie die Namen dreier deutscher Ortschaften: Berchtesgaden, Godesberg und München, statt auf der Karte der Ferien und Erholungen auf derjenigen politischer Entscheidungen und Verhängnisse die Öffentlichkeit der Welt faszinierten. Niemand dachte daran, daß noch jede Flutwelle sich überschlagen und den tollen Schwimmer oder Ruderer zumindestens so tief hinuntergeschleudert hat, wie sie ihn emportrug, wenn sie ihn nicht überhaupt unter ihrer ungeheuren Wucht und Wassermasse begrub. Dem Mitlebenden von damals jedenfalls, besonders dem Deutschen, war das Gefühl des Emporgerissenwerdens nicht übelzunehmen, eines Aufschwungs, der ihn mit Gesprüh, blendendem Schaum, brausenden Winden und glitzernder Hochflut betäubte. Er mußte schwimmen, im Tempo bleiben, den Atem einteilen oder zurückfallen. Daß die allgemeine Lebenshaltung ohnehin zu immer verschärfterem Daseinskampf zwang, hätte dem kleinen Mann zu denken geben müssen; die unablässigen Fanfaren und Erfolge sorgten dafür, daß er dazu nicht kam. »Peace for our time«, ein bejahrter Bürger schwenkte ein Papier und einen Regenschirm … Vorwärts, aufwärts, hinan!

»Mensch«, sagte Albert Teetjen und deutete auf die runde Scheibe, die in ihrer schweren Messingfassung über dem braunen Holztisch der kleinen Bar von Regen begossen und vom Hagel gepeitscht wurde. »Was ist das bloß für'n Wetter.« Das Schiff zitterte und schwankte an seiner Ankerkette und den Seilen, mit denen es am Afrika-Kai vertäut lag. Der Blitz mußte irgendwo in der Nähe eingeschlagen haben, aber die schweren Stühle, im Boden verschraubt, boten einen bequemen Sitz, und der eisgekühlte Aquavit, dem sie schon reichlich zugesprochen hatten, nahm dem Ereignis einen guten Teil seiner Realität. Ein hübsches Unwetterchen, komisch, nöch? Mitten in der Heimat, da drüben lag Hamburg, der Blitz hatte vielleicht den Michaeliskirchturm angepeilt, aber der verließ sich nicht auf den lieben Gott, sondern auf einen guten Blitzableiter, sachverständig angebracht und unter Aufsicht des Senats und der Partei in Ordnung gehalten. Was konnte da wohl groß passieren?

Albert Teetjen hatte seinen Schwager Ahlsen in den Mittagsstunden aufgesucht, mit ihm in der Kabüse gegessen, ein Fünfmarkstück eingezogen, statt einer großen Summe aber einen Rat, eine Mitteilung erhalten, dank derer er jetzt in dem braungetäfelten Kneipraum mit dem blauen Linoleumfußboden und den gemütlichen Sitzen einer Einladung wessen gefolgt war? »Denk dir, Albert«, hatte Ahlsen gesagt, »da bin ich gestern mit einem Passagier ins Gespräch gekommen, einem Dr. Kley, Sohn vom alten Makler Kley, dem sie die Thetisschiffe abgejagt haben. Hatte dreimal bei mir in Helgoland das Weekend verbracht, der Herr Doktor, als wir noch Kurbetrieb hatten und unser Adolf den Englishman noch nicht mit dem Flottenabkommen eingeseift hatte. Denn daß wir das nicht halten, kann sich der Chamberlain doch an den Fingern abzählen. Ahlsen, sagte er, was tun Sie denn auf der ›Eleonora Kröger‹? Dasselbe was Sie, antwort ich, Herr Doktor, muß mir mal die Welt ansehen, bin nicht gefragt worden, aber unsere

Düne hat jetzt keinen Platz mehr fürs menschliche Vergnügen. Ja, lacht er, und beklagt sich, daß er eigentlich zu zeitig aufs Schiff gegangen sei. Nun wußt ich doch von früher, daß er bei den Dreiundachtzigern gedient hatte. Anno siebzehn steckten sie ja auch die ganz jungen Kerle zu den Landsern. War also ein Regimentskamerad von dir, und so sag ich ihm, daß du mich heute umstoßen wirst, Gefreiter Teetjen von der 7. Kompanie, 2. Bataillon. Teetjen? fragt er, den müßt ich doch kennen. Natürlich kenn ich den. Hatte doch ein Schifferklavier über seinem Strohsack; uns manchen Marsch versüßt. War abkommandiert nach Oberost, hat der nicht mit dem Footh zusammengesteckt?« – »Ja, der Kley verzierte die Bataillonsschreibstube«, erinnerte sich Albert, »haben uns nicht mehr wiedergesehen, nichts mehr voneinander gehört nach der Demobilmachung, aber so lief das ja. Das Regiment flog auf, Kamerad her, Kamerad hin, nach ein paar Wochen hatte man vergessen.« – »Er würde sich freuen, der Doktor, wenn du ihm die Langeweile vertriebest, runter will er nicht mehr gern, er ist doch jüdisch. Und«, fiel Ahlsen etwas ein, »Geld hatte der doch wie Heu. Und mitnehmen dürfen sich die Auswanderer heutzutage doch bloß Cash – Kleingeld. Wenn du's richtig anfängst und triffst ihn in der Gebelaune, warum sollt er dir nicht von seinem Sperrkonto zweihundertzehn Mark überschreiben? Was kann er mit dem Zeug noch groß anfangen, wenn er erst mal draußen ist? Auf irgendeinem Wege fällt es ja doch an die Partei, will sagen an den Staat. Ich paß auf, wenn er ausgeschlafen hat, und schick ihm einen Boy in den Speisesaal, wo er Kaffee trinkt. Wirst sehen, er kommt herunter, und dann hast du's Wort.«

Albert hatte dem Schwager mit großen Augen zugehört. Wie die allermeisten Deutschen ahnte er natürlich nicht, daß man den auswandernden Juden nur Bruchteile ihres Besitzes mitzunehmen gestattete, und auch diese nur unter Umständen und Methoden, die den deutschen Außenhandel befruchteten; er wäre nie auf den Gedanken verfallen, sich auf die vorgeschlagene Weise aus der Schlinge zu befreien, die man ihm gestellt hatte. Es lag ihm auch nicht sehr, auf die Gedankengänge des lebensklugen Helgoländer Gastwirts und jetzigen Koches einzugehen. Aber anderseits mußte er ihm recht geben: Wenn sich das wirklich so verhielt und der kleine Kley umgänglich geblieben war, konnte man, unter Kriegskameraden, doch ein Wort riskieren; auf alle Fälle sich helfen lassen, irgendwo unterm Bett volle Deckung zu nehmen, wie's im Kriege hieß.

Die Bekanntschaft wurde schnell vermittelt oder vielmehr erneuert. Dr. Kley fand sogar, daß er den ehemaligen Kameraden auf der Straße hätte erkennen müssen, so wenig hatte der sich in den Grundzügen verändert. Er, Kley, dagegen sei damals ein schmächtiges Kerlchen gewesen, noch alle Haare auf dem Kopf, einen gelichteten Wirbel eingerechnet, der aber jeden Morgen geschickt überkämmt wurde. »Ja«, bestätigte Albert und mußte sich zusammennehmen, um den alten gönnerischen Tonfall zu verbergen, »Glatzen wurden damals auf Kammer empfangen, weil sie als junge Leute ja nicht gewöhnt waren, immerfort eine Mütze oder einen Helm aufzuhaben.« – »Auf Kammer empfangen«, lachte Herr Kley, vor der geölten und polierten Treppe stehenbleibend, die zu den Passagierklassen und Trinkräumen emporführte. »Wie lange habe ich das Wort nicht mehr gehört.« Die Kammer, um die es sich dabei handelte, bezeichnete die Aufbewahrungs- und Ausgabestelle der militärischen Einkleidung und Ausrüstung. Abgesehen von den Waffen empfing der Soldat alles »auf Kammer«. »Ihnen geht's auch nicht gerade rosig, Kamerad Teetjen, wie mir Ahlsen andeutet.« – »Nee«, entgegnete Albert, »es ist nicht alles Käse, was stinkt.« Er atmete schwer und mußte sich festhalten, so fauchte ihm die Bö entgegen, als sie, auf dem Promenadendeck angelangt, die dreißig Meter bis zur Bar außerhalb der schützenden Aufbauten zurücklegten. »Dunnerlüttchen«, rief Dr. Kley und hielt sich an einem Seilgeländer fest. »Was ist denn das?« – »Springflut«, erklärte ein Deckoffizier in blauer Jacke, der sich vom Winde eilig vorüberfegen ließ, um am Hinterschiff, jenseits der großen Frachträume, etwas ordnen zu helfen. Die Frachtluken waren schon geschlossen und die Mannschaft gerade damit beschäftigt gewesen, ein Schwimmbad aus Segeltuch auf ihnen vorzubereiten, das jetzt im Begriff war, davonzufegen, umherzupeitschen. »Springflut«, wiederholte Dr. Kley und drückte die Tür zur Bar auf, seinem Gast den Vortritt lassend. »Richtig, sollte just anfangen zu steigen. Alt-Hamburg gibt mir eine Abschiedsvorstellung.« Der Nordwind drückte die Flut in die Elbe hinein. Kühl und feucht wuchtete er von der See her an, tiefliegend, schwerstoßend. Auf jeder der eisernen Kanten, die ihm die Kräne und Ladebrücken anboten, auf allen gespannten Tauen und aufgerichteten Stangen summte, pfiff und zischte er. Die »Eleonora Kröger«, mittelgroß, achttausend Tonnen, hatte ihm den Bug entgegengedreht, das Stadttelephon war eilig von Bord entfernt worden, die Taue, die sie mittschiffs hielten, spannten sich, schurrten und ächzten an den Pfählen. Fahles Licht brütete über der ganzen Stadt. Eben flogen einem Mann drüben auf dem Kai die Zeitungen mit den großen kriegerischen Schlagzeilen weg, die er emsig festgehalten. Aus dem Segelschiffhafen jenseits der Lagerhäuser schrillten Rufe und Pfeifen, eilten Matrosen in die Takelage, um Leinwand zu bergen oder festzuzerren. Der Spiegel des Hafens stieg, schwärzlich und bleigrau. Blaßschwarz mit gelblichen Rändern und grellen Sonnenpfeilen trieben die Hagel- und Regenschwaden der aufeinanderzueilenden Gewitter. Längst zuckten Blitze von Wolke zu Wolke.

Auf dem Schiff herrschte Betriebsamkeit, verquickt mit gebändigter Aufregung. Ein Großteil der Passagiere war in die Stadt gefahren, ein anderer noch gar nicht an Bord gekommen. Um halb acht sollte alles zum Dinner da sein. Um neun die Verbindung mit dem Lande gelöst werden. Wenn das so weiterging, waren Zwischenfälle unvermeidlich. Die Springflut lief in die Straßen, überfüllte die Kanäle und Keller, machte den Autos die Anfahrt zu den Landungsbrücken schwierig, wenn nicht unmöglich, den Motorbooten und grünen Fährdampfern das Lavieren zeitraubend. Jeden Augenblick mußte der Guß losbrechen, und Gott allein wußte, wie lange er dann dauerte. Die Sommerkleider der Damen, die leichten Anzüge der Herren wurden durchnäßt auch nicht besser. Das veranlaßte viele Herrschaften, solange als möglich in schützenden Räumen zu warten und die Regenschirme zuzulassen, die ohnedies Gefahr liefen, umzukippen, davonzufliegen. Hätte dies verdammte Wetter nicht warten können, bis die »Eleonora Kröger« Cuxhaven glücklich passiert hatte!

In der Bar surrte der Ventilator – für niemanden. Die Hitze im besonnten Schiff war längst durch den kalten Luftstrom von draußen abgetrieben worden. Eine Flasche Aquavit und zwei Gläser, und dann brachte Dr. Kley einen Trinkspruch aus, den er vor allen anderen liebte und den Detlev von Liliencron in seiner Ballade dem kleinen Mädchen Martje Flohr in den Mund gelegt: »Auf daß es uns wohlergeh in unsern alten Tagen.« Alte Tage, dachte Albert Teetjen gedrückt. Laß uns erst mal jenseits von Cuxhaven sein und über den siebten September wegkommen. Und dann sprachen sie von den groben Neckereien, denen Hamburg durch sein Klima ausgesetzt war und ewig bleiben würde, und die sich mitunter klobig anließen und so manchen Menschen, Schafen, Häusern den Garaus machten. Was dem durchschnittlichen Reichs- und Pfahlbürger zwar entging, den Hamburger aber auf seine Nachbarschaft mit dem »blanken Hans« nur noch stolzer machte. »Und darauf Prost, Hamburg soll leben.« Ein Flugzeug stieß durch die Haufenwolken, drüben blitzte einen Augenblick grell beleuchtet das Bismarckdenkmal auf, fahlgelb, drohend. Dr. Kley hätte sich gern noch etwas mit Liliencrons Gedichten beschäftigt, die er einst mit Thyra Koldewey gelesen. Da sie seinem Nachbarn aber ein Buch mit sieben Siegeln waren, erinnerte er sich daran, daß Ahlsen ihm von einer sonderbaren Geschichte gesprochen hatte, die mit diesem Teetjen los war, und darum fragte er ihn: »Sie wären gerne mitgefahren, Kamerad Teetjen? Sie stehen doch in der SS. Wo drückt Sie denn dann der Schuh?«

Albert war nicht daran gewöhnt, mittags zu trinken, und der Aquavit schmeckte ihm, auch weil er ihn nichts kostete.

Zu allem übrigen ließ der Doktor noch eine Zigarre anfahren, wie Albert sie in seinem Leben nie zwischen den Fingern gehalten hatte, mit rotem, goldbedrucktem Ring, auf dem ein paar unverständliche Worte in Goldprägung hervortraten, Romeo y Julia. Dieser Doktor zeigte sich nicht bloß neugierig auf seine Geschichte, es war was an ihm dran wie an einem alten Kameraden, war ja auch zerrupft, sein Papa sollte sich erschossen haben, als ihm der Staat die Thetisschiffe abknöpfte, die jetzt dem Footh gehörten. Und hatte er nicht dem Ahlsen berichtet, daß der ganze Footh jetzt von Krupp geschluckt würde? Der Mann war ein so echter Hamburger wie nur irgendeiner. Und das sollte nun ein

Jude sein. Aber wenn die Möglichkeit winkte, auch nur ganz entfernt, der kleinen Stine das Schlafzimmer zu erhalten, Lehmkes den Raub zu entreißen – Albert hatte ja nichts mehr zu verlieren! Auf offenem Markt hätte er sich hingestellt und den Leuten gesteckt, was für ein Dussel er war, zu was für einer Dummheit er sich von der Not hatte bringen lassen. »Ja«, sagte er, »Dr. Kley, eine spaßige Geschichte. Wenn's Ihnen nichts ausmacht, sitzen Sie mit einem Henker am Tisch.«

»Und Sie mit einem Juden«, grinste Dr. Kley. »Ich bin nämlich Biologe, was den Umgang mit verstorbenen Lebewesen bedingt. Na, nun schießen Sie mal los.«

Wilhelm Kley schnupperte die Zigarre des anderen, hörte seinen Stimmklang, seine Worte, den Sinn, die Vorstellungsreihen, die sie auslösten, alles entwirklicht durch den Zauberer Aquavit. Das Flugzeug vorhin war nach Fuhlsbüttel geflogen, wohin die Gedanken von Wilhelm Kley immer wieder mitgingen. Ob das dunkelhaarige Mädel da noch den Trainingsanzug trug, den er ihr mal geschenkt hatte – weinrot und sehr geeignet, nichts Wesentliches darunter anzuhaben? Hätte sich die Thyra Koldewey den Obrigkeiten nicht so gefügig gezeigt, er, Wilhelm Kley, hätte irgendwo in Skandinavien Zuflucht gefunden, sie bald nachkommen lassen, glatt geheiratet. Aber wenn der Faschismus die Lebensluft einer freien Reichsstadt mit Dummheiten und Affekten schwängert, handeln und fühlen auch die gescheiten Töchter überschlauer Väter wie folgsame Gänse. Aufrüstung ist Trumpf – da müssen auch die Köpfe und Herzen eigentlich zum Teig geknetet werden. Zu schwarzweißrotem, selbstverständlich. Kleine Thyra, adieu, schlanke Thyra Koldewey … Werde ich dich wiedersehen? Dich und unser ewiges Hamburg, wenn dies tausendjährige Reich abgewirtschaftet hat? In vier, fünf Jährchen?

Die Donner polterten, rollten und schlugen wie schwere Lasten durch die Luft. Das Zischen des Windes, die vorüberspritzenden Möwen, der gelbe Schein des Fensters, das Dachgewimmel der Stadt verschwommen im Dunst, alsbald weggezaubert von den peitschenden und trommelnden Regengüssen: das alles fügte sich ihm als Begleitmusik der Geschichte von dem Mann, dem durchschnittlichen Hamburger Landser, seinen außerordentlichen Taten und Abenteuern. Solch einen Dschungel haben die nun aus unserem Deutschland gemacht, dachte er, Gefreiter Teetjen, Bürger Teetjen, hackt meinem Freunde Mengers das Hälslein durch, und ich sitze gemütlich mit ihm hier oben und schmeiße ihn nicht über Bord. Und war der ehemalige Timme nicht eine Hoffnung der Arbeiterschaft? Und drückte 1918 aus, was wir alle fühlten, Ende November, als Sieger Ludendorff und Papa Hindenburg alle Felle weggeschwommen waren. Und als 33 der Papen, der Schacht, der Kirdorff und Thyssen den Acheron bewegten und braunes Spülicht durch alle Straßen rann, und mein armer Bruder nach den Balearen flitzte und sich Alkaley nannte mit unserem alten Namen, da hielt Bürger Teetjen die Fahne hoch und die Augen stramm und gläubig auf seinen Adolf, den Blindenführer, und erschaute die Walhalla am Horizont. Unter anderen Umständen hätten wir mit Händel die Tochter Zions eingeladen, sich zu freuen, und Jerusalem, laut zu jauchzen. Wie die Dinge nun liegen, haben diese beiden Ortschaften ja wirklich Grund zu solchen Lebensäußerungen, sie kriegen eine Menge Tausendpfund-Einwanderer, und die Lords wahren das Gesicht und arbeiten am Bündnis mit unseren neuen Pgs. oder Pinguinen. Anno 18 zeigte Genosse Lenin, wie man die Nationalvermögen sozialisierte. Zum Ausgleich studieren die Geldsäcke jetzt, wie Benito Adolfo den Sozialismus nationalisiert. Alles hat seine Zeit, äußerte der Herr, der einmal das Mandatsland regierte, und außerdem schien ihm alles eitel. Ganze zweihundertzehn Mark braucht der Junge, der den Walter Mengers geköpft hat. Erbschaftssteuer, Reichsfluchtsteuer, Devisenordnung, Transfergesetze, und dennoch muß ich fast das Zwanzigfache davon auf meinem Konto stehen lassen, weiß der nicht vorhandene Gott, wieviel ich von außerhalb noch in Bewegung setzen, in Form von Waren zu mir herüberretten kann. Es ist wirklich wahnsinnig komisch, dem Mörder vom dreißigsten Juni gratuliert ein alter Gentleman schriftlich zum Geburtstag, aber Friedel Timmes Henker liegt wie Strandgut auf dem Trockenen und japst und ist ein Kamerad von anno 17, ein dummes Aas, und ich soll ihn wieder flott machen. Und ich, hinausgeschmissener Hamburger mit einem J im Paß, durchschaue den ganzen Kram, weiche dem Unwetter aus, vermehre die Zahl der angefeindeten Jecken in »Erez Israel«, ziehe mein Scheckbuch und schmeiße den Fisch Teetjen wieder ins Wasser. Wie im Märchen vom Fischer und syner Fru. Denn wenn mein Bankier mir gefolgt ist, hat er für mich Pilsener Brauhausaktien in Amsterdam erworben oder wird es im geeigneten Moment tun, wenn sie billig auf der Straße liegen. In Deutschland aber werden sie wachsen, blühen und gedeihen, denn es gibt keinen Krieg, Montague Norman gibt kein Geld dafür, wie Madame Rothschild vor hundert Jahren gesagt haben soll. Und Prag kehrt in das Reich zurück, dem es niemals angehörte. Ja, ja, der Himmel zündet Lichterchen an, um mir das Schreiben zu erleichtern – solch ein Scheck ist doch eine Zauberei.

Prasselnd schlug es irgendwo ein. Dr. Laberdan hätte gesagt, in den Kreuzungspunkt unterirdischer, negativ elektrischer Wasserläufe. Der Blitz stand, wie das Präparat blaßblau gefärbter und gelb gekreuzter Nervenstränge oder Adernbäume, auf der flachen Ebene der Dächerstadt Hamburg. Er erleuchtete die Flut, die drüben am Eingang des Afrikahafens gelblich am Kai emporschäumte. Er spiegelte sich in Stines brechenden Pupillen, gleichzeitig aber auf Albert Teetjens maskenhaftem Gesicht, der, an die Tischkante gepreßt, die Zigarre zwischen den Zähnen, die erregten Augen aufgerissen, dem unglaublichen Schauspiele zusah, welches nicht etwa Hamburg im Tornado, sondern dieser Dr. Kley bot, ein emigrierender Herr mit blaßblauen Augen und kahlem Kopf, einen Scheck auf zweihundertzehn Mark ausschreibend, mir nichts, dir nichts, unverständlich und wirklich, als hätte Adolf Hitler der Welt nicht verraten, was ein Jude eigentlich sei. Er, Albert Teetjen, hatte es geglaubt, wie man so Sachen hinnimmt … Fast acht Monate hatte er sich jetzt abgezappelt, um Stine und sich aus der Falle zu hissen. Bis zum Halse war das Wasser gestiegen, bis zum Kinn – aber nun, nun brauchte er sich nicht mehr als blinder Passagier zu verdrücken, nun war ihm geholfen, das Schlimmste abgewendet. Dieses Scheckbuch war echt, die Hansa-Export-Bank, H. E. B., in der ganzen Welt bekannt, und die Unterschrift hier, die in seiner Hand, der zitternden, trocknete, Fr. Wilhelm Kley, gut für das Zehn-, das Zwanzigfache, wie Ahlsen es ihm vorausgesagt. »Kamerad«, sagte Teetjen heiser,

»wenn ich Ihnen das je vergesse! Es kommt schon nochmal der Tag, wo ich's wettmachen kann.« Und er preßte den linken Handrücken einen Moment gegen die Wimpern und reichte Dr. Kley die Rechte über den zum Glück festgeschraubten Tisch – eben begannen die Maschinen gegen den Flutstrom zu arbeiten, und das gab einen Ruck. Wilhelm Kley bedachte sich den Bruchteil einer Sekunde, dann lachte er und legte seine schmale Hand in die kräftige und haarige, welche seinen Freund Mengers geköpft hatte. Blut ist billig, dachte er, es wird auf die Erde gegossen.

Von diesem Augenblick an ließ sich Albert Teetjen nur noch mit Gewalt auf der »Eleonora Kröger« zurückhalten. »Nischt wie weg«, rief er immer wieder. »Abfahrt zu meiner Stine. Mensch, wird die sich freuen.« Dennoch mußte das Gewitter erst verrollen, der peitschende Hagel aufhören, blasse Fetzen Blaus und rote Sonnenuntergangsbänder an den Wolkenrändern erscheinen, bevor die ersten Passagiertrupps von Motorbooten und später den grünen Fährdampfern zum Fallreep der »Eleonora Kröger« herangebracht wurden. Von einem der ersten ließ sich Albert mit zurücknehmen. Seinen Scheck in einem Kuvert verwahrend, das die Amsterdamer Adresse, die vorläufige, seines neuen Freundes enthielt. An den Landungsbrücken würde er sich ein Auto nehmen, heute war Feiertag.

Zweites Kapitel

»Dein Reich komme ...«

Unsere Freundin Stine derweil stand schlank und zierlich auf dem gepflasterten Grund und Boden des Hofes, dieses Brunnenschachtes aus Mauerwerk, schaute zum Himmel empor und wiegte besorgt ihren Kopf mit den schweren Haaren auf dem dünnen, gebrechlich anmutenden Hälschen. Sie hatte ihren Albert tüchtig darin bestärkt, den Schwager Ahlsen nicht abfahren zu lassen, ohne ihm ins Gewissen zu reden. »Wirst sehen, er meldet sich nicht, schreibt uns 'ne Karte aus Bremen oder Rotterdam, wie leid es ihm getan habe, und daß er nach der Rückkehr und so weiter.« Und Albert hatte zugestimmt: vielleicht hatte er schon damals gewußt, als er sich die dreiunddreißig Mark pumpte, daß er sie nicht würde zurückzahlen können; die Leute, selbst die früher anständigen, benahmen sich jetzt ja so. Heut, angesichts des sonderbaren Himmels, tat es ihr leid, ihn hinausgeschickt zu haben in das unübersichtliche Gewirr von Wassern, gemauerten Kais, Straßen, Inselplätzen und Landungsbrücken, das die Hamburger ihren Hafen nannten. Weit draußen, jenseits der Neuen Elbbrücke, sollte die »Eleonora Kröger« ankern, im Südwesthafen, am Afrika-Kai oder Afrika-Höft, irgendwo dort noch hinter dem Segelschiffhafen, wo es vielleicht jetzt schon nicht schlecht nach Sturm roch. Hier unten konnte man es schwer aushalten, und sie hatte ja ohnehin vor, dem Tom Brief und Liste für die Else hinaufzutragen. Obwohl heute kaum Aufwind zu fürchten war, zog sie sich doch ihren Overall an, den blaugrau verwaschenen des Lehrburschen Willi, schloß die Tür von außen, Albert hatte seinen eigenen Schlüssel mit, und huschte die Treppen empor. Schon am Fuße der Dachleiter hörte sie das hohle Pfeifen und Brausen der Windstöße über den Dächern.

Tom Barfey empfing sie mit Jubel. Er schob die Bogen gummierten Papiers beiseite, auf denen er mit seiner klassischen Schönschrift Hunderte von Adressen aus alten Mitgliederlisten ausschrieb – Aufforderungen, dem NS.-Beerdigungsverein Volkswohl beizutreten, welche an die ehemaligen Mitglieder des Freidenkerbeerdigungsvereins »Freidank« gerichtet wurden, auf Briefumschlägen eben dieses einstigen sozialdemokratischen Vereins, dessen Vermögen und Besitz die NSDAP. fünf Jahre zuvor beschlagnahmt hatte. Daß die damals Bestohlenen heute aufgerufen wurden, zum gleichen Zweck von neuem beizusteuern, war die kühne Erfindung des Herrn Johannes Wolgast und seines Freundes Reitlin. »Stine«, rief Tom, »hörst du das? Paß auf, es gibt großes Theater.« Und er ruderte auf seinem »Roller« aus dem stickigen, überheißen Dachzimmer auf die Plattform des Vorplatzes hinaus, nachdem er seine Papiere mit einem verbogenen Stück Stabeisen und zwei großen Muscheln beschwert hatte, braun und milchig gefleckten Tigermuscheln der Südsee, die er der Olga verdankte. Stine erschrak. Das heulte und kochte ja bösartig hier oben, und die Wolken flogen, dunstgraue Fetzen, man hätte vermeint, sie mit ausgestreckten Armen greifen zu können. »Und ich hab den Albert in den Hafen geschickt«, rief sie klagend und setzte sich auf das heiße Blech nieder, den Rücken an den schrägen Ziegelteil des rückwärtigen Giebels gelehnt. Ach, es war gut, nicht allein zu sein und mit diesem Jungen hier, dieser treuen Seele mit den glänzenden, steingrauen Augen, alles besprechen zu können, was an ihr nagte. Zunächst händigte sie ihm den Brief aus und einen Groschen für die Marke, es konnte sein, Albert brachte von der »Eleonora Kröger« so günstigen Bescheid, daß sie in zwei, drei Tagen, vielleicht schon heute oder morgen abend, alles stehen und liegen lassen mußten. Darum sollte die Geesche so freundlich sein, jeden Morgen früh bei Teetjens zu klopfen, ehe sie zur Arbeit aufbrach, und den Brief in den Kasten werfen, wenn sich niemand meldete. Dann würden Albert und sie ihre Schlüssel in Lehrer Reitlins Türschlitz werfen – er wußte Bescheid, daß Teetjens möglicherweise plötzlich auszogen. »Stine«, stöhnte Tom, »daß du wegziehst. Wann sehen wir uns denn wieder?« Und er griff nach ihrem Knöchel, den sie ihm diesmal nicht entzog. »Auf alle Fälle im Himmel«, lächelte sie und deutete in die gelblichgraue, heiser stöhnende Feste. »Was da oben«, sagte er, »hier will ich dich haben, du schöner Stern, hier will ich dich lieben, sollst du was aus mir machen, mir Strandholz und Wrack.« Und da ihre Schultern in gleicher Höhe lehnten, umschlang er die ihrigen, preßte sie an sich, küßte sie mit heißen Lippen fest auf den Mund. Stine wunderte sich, daß sie es geschehen ließ, aber sie wehrte sich nicht, dachte wohlig, was für kräftige Arme er habe, und daß sie jetzt also einen Liebhaber besitze mit einem ganz anderen Schnurrbärtchen als dem gewohnten Alberts. Dann schob sie ihn weg, schüttelte den Kopf über sich selbst und mahnte ihn: »Sei doch vernünftig, Tom.« – »Ich bin nicht vernünftig«, rief er, »ich lieb dich über alle Maßen! Ich hab einen Stern im Arm gehalten! Das kannst du mir nicht mehr nehmen.« – »Gib mir lieber einen Rat«, wehrte sie ihn ab. »Ich kann der Lehmken mein Schlafzimmer nicht gönnen, lieber zünd ich's an! Mag aber doch das Haus nicht in Brand stecken, wenn ich's mit Petroleum übergieße. Das brennt dann doch lichterloh. Die Deckenbalken sind alt, die Dielen auch. Wie ich das Feuer beschränken könnt, wollt ich dich fragen.«

Er sah sie mit großen Augen an, beinah glücklich lächelnd. »Und ich dachte immer, du wärst viel zu brav, ließest dir alles gefallen, Gott sei Dank, du bist 'n Mensch. Jetzt kann ich dir auch mein Gedicht vorlesen. Mein letztes vor paar Tagen. Wie der Goebbels so im Lautsprecher geheult hat vor Wonne, daß sein Führer jetzt die Sudetendeutschen heim ins Reich bringe – als ob wir nicht in der Schule gelernt hätten, wie die Reichsgrenzen verliefen. Paß auf, die kriegen auch noch Prag, dacht ich, und dann ist Schluß. Denn daß die Sowjets unseren Adolf nicht nach Warschau lassen, das weiß doch ein jeder.« Stine zog ihre Brauen hoch: was hatte sie mit Warschau zu tun? Wo lag das überhaupt? Da hatte doch ihr Albert von erzählt, das war doch im Krieg gewesen. Aber Tom war davongerudert und kehrte mit einem Blatt zurück, das er triumphierend schwenkte – ganz gelb sah es aus, obwohl 's doch sicher weiß war wie die anderen Bogen, auf denen er schrieb. Er pflanzte sich vor ihr auf, die Mienen gespannt, und las mit lauter Stimme, die im Brustkasten widerhallte, um das Schnaufen des Windes zu übertönen:

»Deutschland, du gehst jetzt deinen Gang
mit Heilgeschrei und Hochgesang
um dreißig Silberlinge.
Dein Goebbels, das Hyänchen, lacht,
dein Schicksal hat schon Übermacht,
singe, mein Deutschland, singe.«

»Oh du«, rief Stine, »du bist wohl verrückt?« Aber Tom fuhr fort: »Zweite Strophe.«

»Der Krieg sperrt schon den Abgrund auf,
dein Blindenführer führt im Lauf
ins Licht die Schmetterlinge.
Es lügt dein Ley, dein Göring prahlt,
du hast sie alle hoch bezahlt,
springe, mein Deutschland, springe.«

»Und nu kommt das letzte!«

»Und krachst du in den Abgrund hin,
Deutschland, zerbrich den Würgersinn
mit andern faulen Beinen.
Wirst von den Toten auferstehn,
Geripp, Gerippe um dich sehn,
Deutschland, dann wirst du weinen,
voll Scham an deine Arbeit gehn –
Nimm deinen Mut und meinen!«

Es huschte ein Blitz über den Himmel, aber er sah es kaum, er blickte gespannt in Stines Gesicht, ihre Augen, deren Farbe ihm noch nie so grün vorgekommen. »Find'st du's schön?« fragte er sie, »eigentlich?« Sie schüttelte den Kopf. »Frech«, sagte sie und wunderte sich, daß sie sitzen blieb. Das war doch Majestätsbeleidigung, hätte es früher geheißen. »Und woher weißt du das mit dem Krieg?« Der war doch gar nicht dabei, dachte sie, wie die fünf Geköpften den Heerwurm in den Ohlsdorfer Teich führten. »Das weiß doch jeder«, antwortete er gekränkt. »Dazu haben die geschwollenen Portemonnaies und die Generäle ja doch den ganzen Zauber aufgezogen mit dem heiligen Adolf, den niemand beleidigen, über den sich keiner lustig machen darf. Mal·gibt's Krieg und dann kracht's.« Stine schrak auf, weil der Himmel zu diesem Ruf des Frechlings Amen zu sagen schien; ein Donner rollte aus den gelbgrauen Lüften. »Das hab ich geschrieben«, strahlte Tom, »aber du bist schuld dran. Du machst was aus mir, Stine. Und später setz ich deinen Namen drauf, Frau Stine Teetjen gewidmet. Und dann laß ich's unter die Leute, aber natürlich erst, wenn die ganze Schweinerei zum Teufel gefahren ist, die Nazischeiße heißt. Was meinst du wohl, wieviel gesunde Jungs das wieder kosten wird, aber mich wird keine Mordkommission einschlucken, und was ich denke, bleibt zwischen meinen Ohren, bis die Zeit gekommen ist. Dann werden sie alle weg sein, die Timmes und Mengers und Schröder und Merzenich, dann werden bloß solche Tom Barfeys herumrudern wie ich. Aber unser Volk wird's nicht besser verdient haben, und wenn der Himmel für den Hitler dreimal mit Ziegelsteinen schmeißt.« Und er drohte mit der Faust zu dem graugelben Gewölbe empor, aus dem es jetzt unheilvoll blitzte und krachte. (Es war einer von jenen Donnern, die auf der »Eleonora Kröger« die Deckoffiziere in Bewegung setzten.)

Was ist denn mit mir, dachte Stine, da darf ich doch nicht bei sitzen. In den Tom ist doch ein Roter gefahren zum Bangewerden. »Tom«, damit raffte sie sich auf, »nu mach ich, daß ich runter komm, denn sonst werd ich klitschenaß und wie im Badeanzug.« – »Wäre schön«, rief er. »Aber das mit dem Feuermachen hast du mir nicht bestätigt – wie man's anstellen könnte, daß das Holzwerk nicht ansengt und die Möbel doch draufgehen.« – »Müßtest die ganze Bude naßspritzen«, riet er ihr, ernsthaft nachdenkend. »Decke und Fußboden gründlich mit dem Schlauch was zu schlucken geben, und die Möbel mit Spiritus und nicht mit Petroleum anpinseln. Und Benzin in die Matratzen. Und die Fenster zu oder auf, je nachdem du willst, daß man's schnell merkt oder langsam. Denn du möchtest sie doch bloß verderben, deine Möbel. Und da genügt schon eine Viertelstunde, und Lack und Firnis gehn heidi.« – »Danke«, rief sie, umschlang ihn, küßte ihn, lief davon, und noch ehe er sich besann, verschwand ihr rötliches Haar in der Luke.

Stine sauste die Treppen förmlich hinunter. Im Hofe angelangt, machte sie »uff« und dachte, das war vielleicht ein Abschied! Halb erheitert, auf alle Fälle erleichtert. Was der Junge mit seinen Reimen riskierte – nicht auszudenken. Den Dr. Goebbels hatte er eine Hyäne genannt. Aus Stellingen erinnerte sich Stine, während sie ihre Wohnungstür öffnete, des schiefgebauten, schwarz gestreiften Viechs, das einem Hunde ähnlich war, aber doch wieder ganz unähnlich. Und woher er, der doch immer in seinem Dach saß, oben, auf die Idee kommen konnte, es gehe zum Kriege. Hätte ihr Albert das gedacht, das wäre verständlich gewesen. Aber so? Komisch. Wie gut, daß sie wieder ihre Wohnung um sich hatte, ihr Kästchen, ihre Höhle! Da ließ sie die Gespenster nicht herein, auch nicht Toms Verrücktheiten. Hier unten fing's schon zu dunkeln an – man hätte Licht machen mögen, wär die Rechnung nicht gewesen, die ja schließlich jemand bezahlen mußte. Sie machte sich ein bißchen zurecht, sah im obersten Kommodenschub nach, wo ein Zettel an Albert lag, entworfen, noch nicht abgeschrieben, jener Wunsch für den Fall, daß ihr etwas zustieße. Und sie beschloß gerade sich umzuziehen, wieder eine Frau aus sich zu machen, als es klingelte. Sie rief herein, aber schon öffnete sich die Tür vom Hausgang her, und ins Zimmer traten, gekleidet in Regenmäntel mit Kapuzen, Frau Lehmke und Dörte. »Wirst mir's nicht übelnehmen, Stine«, begann die Wirtin. »Wir sind in Eile, gleich gibt's ein Gewitter, dein Albert ist hoffentlich nicht unterwegs.« – »Nein«, sagte Stine. – »Bei uns ist grad jemand, bietet Wäsche zum Kauf, da müßt ich doch mal sehen, was wir von euch zu erben haben.« Stine erblich, der Atem versagte sich ihr. In ihrer Wohnung, ihrem Heim! Sie fühlte sich aus der letzten Zuflucht aufgestöbert wie ein scheues Tier, das sich nur verkriechen will, niemanden angreifen, ein Dachs in seiner Höhle oder eine vom Hund gestellte Katze auf ihrem Pfosten oder Ast. »Hätt ja doch wohl noch Zeit«, brachte sie mühsam vor, die Augen fest auf dem Gesicht der Feindin, die sie jetzt zum erstenmal auch vor sich so nannte. »Zeit oder nicht«, erwiderte Frau Lehmke, »man muß doch wissen, disponieren können.« Stine verharrte zwischen ihrem Sofa und dem ovalen Tisch eingeklemmt, auf gewisse Weise gelähmt; die Tür nach dem Schlafzimmer stand offen, es blitzte, fahlblau füllte der Schein die Stube. Dörte, das freche Ding, der Stine allerdings oft genug gestattet hatte, sich bei Teetjens wie zu Hause zu fühlen, schlüpfte ins Schlafzimmer und rief der Mutter zu: »Komm doch schnell, Mama, sieh nach, wir müssen doch wieder heim.« Und man hörte, wie sie den Schlüssel des Wäscheschrankes umdrehte. »Ja, da müssen wir fix machen«, bestätigte Frau Lehmke und folgte der Tochter. »Ist noch alles da, Mami«, rief das Gör, in der Stimme ebensoviel Angst wie Dreistigkeit, »Bezüge und Laken und Kopfkissen für sechsmal.« Endlich fand Stine die Rede wieder, die ihr der Einbruch der Räuber verschlagen hatte. Wie die zierliche Katze setzte sie sich zur Wehr. »Frau Lehmke«, rief sie, Krallen in der Stimme, »wer wohnt denn hier?« – »Was denn, was denn«, keifte die Lehmke ungeduldig, aber mit einem Untergrund von Befriedigung, »schließlich steht ein Haufen Geld auf dem Brett.« Endlich vermochte Stine sich wieder zu bewegen. Sie schob sich vorwärts, obwohl sie sich am Tisch festhalten mußte, weil ihr die Knie zitterten. »Nun macht aber wohl hinaus«, rief sie und streckte die Hand befehlend gegen die Tür. »Das ist ja doch ein zu starkes Stück!« Wie ein schlanker Knabe wirkte sie vor der massiven Gestalt der anderen, die gleichwohl bereits aus dem Schlafzimmer herausgekommen war und rückwärts zur Tür wich. »Weg, Mutter, weg«, keuchte Dörte, weil es wieder blitzte. »Ihr Fledderer«, schrie Stine, »Erpressergesindel«, die Faust drohend hoch. Jetzt krachte der Donner zugleich mit dem gelben Schein eines neuen, eines einschlagenden Blitzes. Die Lehmke stand noch einmal da, schweflig erleuchtet, mit phosphornen Augen; was sie da wieder rief, ward vom donnernden Nachhall zugedeckt. Sie schlug die Tür zu, daß es klirrte; diese Außentür besaß Milchglasscheiben. Stine lief ihr nach, drehte den Schlüssel im Schloß, zog ihn heraus, warf ihn in die geöffnete Schublade. Sie zitterte am ganzen Leibe. Daß sie sich auf diese Person nicht hatte stürzen können! All ihr Angriff schlug in Ekel um, Raserei gegen sich selbst. Sie riß den gerollten Gewehrstrick aus der Schublade, entknotete ihn mit fliegenden Händen. Die Lehmke, das war die Partei, der böse Geist, die Hexe, die Menschen kochte und ihnen vorher den Kopf mit dem scharfen Rand der Apfelkiste abgeschlagen hatte. Nicht mit dem Beil, auch nicht mit Alberts Händen. Nur der Tom hatte sie gelästert, ihr Albert aber nie. Und doch pflanzte sie sich eben in seinem Zimmer auf mit ihrem Balg und zog seiner Stine das Brett oder Bett unterm Hintern weg, mit Phosphoraugen und Gift in der Stimme. Das nicht mehr, bloß das nicht nochmals! Sie stieg aufs Sofa, hielt sich an der Mauer, auf den Tisch, griff schwindelnd nach dem Lampenhaken, hakte das Pendel aus, ließ es aufs Sofa fallen. Indes ihre Hände all das taten, weinten ihre Augen aus Mitleid mit sich selbst, brachten ihre Zähne, Lippen, Zunge die Worte des Vaterunsers hervor, das sie seit Anna Teetjens Begräbnis nicht mehr gebetet. In zwei Wesen gespalten, ein leidendes im Gefühl, ein handelndes der Selbstvernichtung, knüpfte sie eine Schlinge. Zu oft und zu lange hatte sie den Lockungen der Großmutter gelauscht, die den Weg wies ins Innere, den großen Ausweg in den Tod, gegen das eigene Ich, den Durchbruch aller Verzweifelten durch die Schichten der Seele, die das Leben abgesetzt hatte, niedergeschlagen Tag für Tag und Nacht für Nacht. »Vater unser, der du bist im Himmel …« Der Strick glitt um ihren Hals, hing fest oben im Haken. Bei den Worten: »Dein Reich komme, Dein Wille geschehe und vergib uns unsere Schuld«, brach sie in die Knie und brachte damit das Rund des Tisches zum Kippen, dessen Platte ja nur von einem Mittelfuß gehalten wurde, wenn dieser sich auch gleichsam in drei lange Zehen spaltete. Der mörderische Schreck, das unentrinnbare Erwürgtwerden, die Luft, die plötzlich versiegte, das Blut, welches gegen den Schädel preßte, all das füllte nur wenige Sekunden, die allerdings ein ganzes Leben aufwogen, grauenvoll ausbalancierten.

Zum Glück besaß Stine ein sehr dünnes Genick, es brach sofort unter der Last ihres Körpers. Ob sie vom Blitz, der gleich darauf vom Himmel herunterschlug, noch etwas gewahrte, steht dahin. In dem entsetzlichen Schrecken, der sie durchsauste, schien ihr in gelblicher Helle ein Antlitz aufzuleuchten, welches gleichzeitig einem bilderbuchhaft verhübschten Albert und jenem Herrn Jesus glich, der die kleinen Schriften ihrer Baptistenzeit bunt und liebenswürdig schmückte, wie ihn der Bildhauer Thorwaldsen vor hundert Jahren festgelegt hatte. Ihre Glieder schlugen noch wild, ihre Füße verkrampften sich, und dann hing von der Decke, ein wenig höher als der Tisch, ein schmaler Junge im blaugrauen Overall und gewahrte nichts mehr von dem Regen, der wild in den Hof herniederprasselte. In der Wohnung über ihrem Kopfe schlug eine Tür zu, wurden eilig Fensterscheiben geschlossen.

Drittes Kapitel

Ein Mann kommt nach Haus

Die verbreitete Meinung, daß großer Schreck ernüchtere, einen Berauschten in die Wirklichkeit zurückschleudernd, hat sich wahrscheinlich selten so bewahrheitet wie an Albert Teetjen an diesem Abend. Durch das gewaschene und durchwindete Hamburg sauste er in seiner Taxe, sprühend von Vorfreude. Während der Wartezeit hatte er sich von Schwager Ahlsen vormachen lassen, wie man einen Scheck einer dritten Person übereignet, so daß sie ihn einziehen kann. Er sang noch ein Bruchstück aus der Mitte des Hohenfriedberger Marsches, während er seine Tür aufschloß; da es aber inzwischen neun geworden war und Stine sich bei Gewitter ins Bett zu flüchten pflegte, besann er sich einen Augenblick, bevor er sie halblaut beim Namen rief: »Stine ...« Dann knipste er das Elektrische an, es brannte sonderbarerweise vom Sofa aus, es lag da, wahrscheinlich zum Putzen heruntergenommen, und dann war seine Stine abberufen worden, es roch auch sonderbar in der Bude, alle Fenster waren zu, und was hing denn da von der Decke? Die Birne mit der Schirmöffnung gegen ihn gerichtet, blendete ihn in die Augen, und der Tisch, was fiel denn dem ein, lag da, umgekippt, und was da von der Decke hing, ein Overall, eine Puppe?

Dann faßte er sie an. »Stine?« schrie er fragend. Gar kein Zweifel, hier hing ein Mensch, seine Stine. Schwer zu erkennen, die Augen verdreht, die Zunge aus dem Mäulchen, die Haare halb offen, das Köpfchen schief auf der Schulter. »Na, da komm man runter«, sagte er halblaut ins Zimmer, richtete den Tisch auf, stieg aufs Sofa, hob sie aus ihrem Haken. Wie schwer sie schon in seinem Arm lag. War nicht mehr warm, die Deern, aber auch noch nicht steif, hatte sich wohl umgebracht, während er ganz gemütlich mit dem braven Kley gesessen.

Er kuschelte sie in die Sofaecke mit angezogenen Beinen, zog ihr die Lider über die Augen, brachte die Zunge zwischen die Zähne zurück, schloß ihr den Mund. Er war ja gewohnt, mit Körpern umzugehen. Dann warf er sein Taschentuch über die Lampenbirne, zog sich halb aus und wusch sich Gesicht und Kopf. Im Schlafzimmer schloß er den Wäscheschrank, der noch offenstand, dann schlich er zum Tisch zurück – anders konnte man die unnatürlich langsamen Bewegungen nicht nennen, die ihm jetzt nur möglich waren – und setzte sich in die andere Sofaecke, seiner Deern gegenüber. Was war ihr bloß eingefallen? Wie konnte solch ein Entschluß in ihrem armen Kopfe reifen, ohne daß er das Mindeste merkte? Die Leute hatten soviel überflüssigen Dreck erfunden, Radio und Lautsprecher, die da eben von vermiedenem Krieg um die Tschechoslowakei quasselten. Aber daß einer des anderen Gedanken erriet, daß einer las, was so im Kopf seiner Kleinen vorging – nicht die Bohne. Das war ja alles Wahnsinn. Er träumte natürlich. Er lag irgendwo besoffen an Bord der »Eleonora Kröger« als blinder Passagier, und die würde gleich unter Dampf gehen, und er träumte das Scheußlichste, was ihm je durch den Brägen gegangen. Bloß die Augen aufmachen und der Spuk war weg.

Aber er hatte die Augen offen, und der Spuk blieb in der Sofaecke kauern, wie er vorhin von der Decke gehangen. Seine Stine im Overall. Was hielt er denn da zwischen den Fingern? Seinen Gewehrstrick, sorgfältig eingeseift. Dazu hatte er ihn aufgehoben seit dem verflossenen Kriege, daß er mal allem, was er noch auf Erden besaß, das Hälschen abschnürte. Wie war sie bloß auf ihn gekommen, er lag doch unten in der Schublade bei allerlei Kram. Es war still in der Wohnung. Die Wasserleitung tropfte noch. Steh auf und schraub den Hahn fester zu. Eine Schublade der Kommode stand offen, da lag ein Zettel mit Bleistift drin: L.A. Sei nicht böse und komm nach. Und mach, daß sie mit uns keinen Unfug treiben können, wenn wir nicht mehr aufpassen. Du hättest mir ja doch nichts getan. In Finkenwärder sind so große Grablöcher. Auf Wiedersehen, wo Du willst. Deine St.

Als er diesen Zettel in dem krassen Licht der entschleierten Birne zu Ende studiert hatte, quollen ihm die Tränen aus den Augen, endlich. Er warf sich mit den Armen über den Tisch, drückte die Augen in den Ellbogen, weinte stoßweise, durch die zusammengebissenen Zähne winselnd. Was nutzte ihm jetzt, daß er die große Freude in der Tasche trug, das beschriebene Papier? Wenn er es herausholte, es ihr unter die Augen hielt, vor ihrem Gesicht hin- und herwedelte. Sie sah's nicht mehr. Sie hörte nicht mehr, daß ihr Schlafzimmer jetzt wieder ihr gehörte, daß die Lehmke nichts mehr damit zu tun hatte. Wenn die Leute bloß nicht so voreilig wären, besonders die Weiber. Hätte sie nicht bis zum sechsten September warten können? Mindestens noch eine Woche. Daß sie da saß mit angezogenen Beinen und ganz stumm war – sonderbar. Wo ihre Seele jetzt wohl sein mochte, sicher in der Nähe. Wenn sie mit der machen konnte, was sie wollte, dann war sie nicht weit. Hielt sich an ihn, ihren Mann, ihren Albert. Und wenn die vier Fuhlsbüttler und die Lene Prestow bewiesen, daß irgend was an der Seele dran war, irgend 'ne Strahlung oder Radioaktivität, und wenn die Wünschelrute sogar Krankheiten anzeigen konnte, wie Dr. Laberdan meinte, so besaß der Mensch eben was, das den Tod überdauerte. In den allermeisten Fällen flog es dann später wohl weg, wenn sein ehemaliges Futteral ordnungsgemäß in die Erde gebracht worden war, in die es gehörte. Aber fürs erste blieb es in der Nähe, sonst hätten ja nicht von Fall zu Fall Wiederbelebungen Scheintoter in der Zeitung gestanden.

Wollte Stine aber nach Finkenwärder, so hatte er noch ein Stück Arbeit zu leisten. Dann mußte er sich vorher stärken, verschiedenes schriftlich erledigen, auf die Draisine beispielsweise Namen und Adresse des neuen Eigentümers kleben, den Scheck in ein Kuvert tun, Herrn Otto Lehmke adressieren, auf seine Rückseite schreiben: Albert Teetjen, Schlächtermeister, und das Datum, 29. 8. 38. Stine hatte ihm ja erzählt, daß sie ihre Schwester von der Barfey benachrichtigen lassen würde für den Fall plötzlicher Abreise, und daß die Schlüssel in Lehrer Reitlins Türspalt gehörten. Er war aber viel zu müde, um jetzt schon loszupesen. Warum sollte er nicht in einer Sofaecke schlafen, Stine in der anderen? So wie sie da saß, ließ sie sich prachtvoll in die Draisine packen. Es kam ja gar nicht mehr darauf an, kam auf nichts mehr an. Das Bild vom Großvater hing da gut. Jetzt ging der hier im Zimmer auf und ab, die Hände auf dem Rücken, und seine Grabstätte war hier im Zimmer, sogar die Traueresche und die Weide hatten Platz drin. Und er und Stine saßen auf der Bank im Nebel.

Albert erwachte, mitten in der Nacht. Der abnehmende Mond stand über dem Dach, schien in den Hofschacht, gab dem Zimmer dumpfe Helle. Albert begriff sofort, was geschehen war – er hatte nie mit solcher Schärfe und bewußt überblickt, was ihm zu tun jetzt übrigblieb. Er entnahm dem offenstehenden Wäscheschrank ein Laken und deckte es über seine arme, kleine Frau, dann wusch er sich noch einmal, ging in die Küche, stellte alle Reste auf den gescheuerten Tisch, gebratene Scholle, kalte Kartoffeln, saure Milch, und aß ein Abendbrot, wie es sich für einen

Mann ziemt, der noch ein tüchtiges Stück Arbeit vor sich sieht, einen langen Weg. Während des Kauens und Schluckens ließ er sich vieles durch seinen langsamen Kopf gehen, lauter wenns und hätten wir. Daß sie dem Ahlsen nichts Gutes zugetraut hatten, im Gegenteil. Und so hatte Stine von diesem Besuch sich nichts erwartet, und gerade das war der Fehler gewesen. Und einen Menschen namens Kley hatte es für sie gar nicht gegeben. Bedachte man's recht, so kam das Geld, das die Lehmkes jetzt schluckten, auf gewisse Art doch von Footh und von der Partei, denn sie hatten ja den Dr. Kley zum Erben gemacht und zum Auswanderer. Und so würden sie denn also nach Spanien aufbrechen, Stine und er, und den Weg ins Innere gehen, den Bergmannsweg, den Wünschelrutenweg. Das war gut. Es stimmte. Auf diese Weise wurden die Signale seines Lebens zu Ende geblasen, und zwar richtig, von einem geübten Hornisten, nicht von einem Anfänger aus der Hitlerjugend.

Es war halb eins, als er seine Taschenuhr zum letztenmal zog, sie aus der Weste hakte, in die Schublade legte, zu einem Zettel für Tom Barfey zum Andenken. In der Taschenlampe befand sich noch eine halbwegs brennende Batterie. Er holte die Draisine aus der Remise und fuhr sie bis an seine Entreetür, klappte den Kubus auf, trat mit leisen Schritten zu seinem Sofa und nahm: »Na, komm man, Deern, noch einmal vorm Sterben«, die weißverhüllte Gestalt in seine Arme – mit der Redensart, die während des Krieges Urlauber oder Frischeingezogene gebraucht hatten, um sich Damenbekanntschaften willfährig zu machen. »Wirst nicht mal 'ne Blume haben, Deern«, sagte er, wiederum von Tränen bewegt, »keinen Kranz und keinen Stein. Na, es geht auch so.« Damit schloß er die Türen des Lieferwagens, zog sich den Waffenrock an, schnallte die Pistole um, setzte die Mütze auf, ein SS.-Mann im Dienst, den niemand unterwegs anhalten oder fragen würde, was er nachts um eins durch Hamburg transportierte. Er trat noch einmal auf die Schwelle des Schlafzimmers, sandte einen langen Blick, abschiednehmend, über die von Stine geliebten Gegenstände, das Gefäß so vieler gelebter Jahre, zweier, vielleicht dreier Generationen, dann schloß er alle Türen, wickelte die Schlüssel in eine alte Tüte und steckte sie durch den Spalt, der bei Lehrer Reitlins Parterrewohnung zwischen dem unteren Türrand und den Dielen klaffte. Einem grimmigen Spaß folgend, hatte er vorher in sein Fenster das Schild gestellt »Bin in zehn Minuten zurück«. Auf einem Stück Pappe, das er durchbohrt und mit einer Schnur in der Tasche trug, stand bereits der neue Eigentümer des Gefährts mit deutlicher Tinte vermerkt: Friedrich Schmidchen, Schlächtermeister, Altona, Wittnerstraße 5.

Hamburg lag, Frische atmend und durchweht von beschwingter Luft, unter dem späten Monde. Hier und da strich eine Katze mit aufgestelltem Schweif durch die halblichte Nacht; Albert trampelte seinen Weg. Kaum jemand war auf, obwohl die erleichterte Atmosphäre zum Tummeln einlud. Er vermied die belebten Teile rund um den Hafen, in welchem Feuerwehr und Pioniere die notwendigsten Rettungsarbeiten ausführten, beim Lichte elektrischer Lampen und der voll strahlenden Straßenbeleuchtung. Inzwischen mußte die »Eleonora Kröger« mit dem langsamen Gang, den die Uferbeschaffenheit den Seeschiffen vorschrieb, elbabwärts getrieben sein; der Platz im Hafen lag leer, an welchem sich so Entscheidendes hätte begeben können, wenn seine arme Stine sich nicht wie'n Schaf benommen hätte oder wie'n Kaninchen – und wenn. Dieses Wenn fraß in Alberts Herzen, während er wie ein Mechanismus elbabwärts rollte. Mit seinem Gewehrstrick, während er grade Erfolg hatte, den unvermutetsten auf der Welt. So als hätte es ihm einer nicht gegönnt, weil er es unterließ, den reumütigen und bußfertigen Sünder zu spielen. Was er getan hatte, hatte er getan, er würde es immer wieder tun, bloß besser gesichert gegen stille Feinde und sogenannte Kameraden. Komisch, dachte er, während er an gepflegten Vorgärten vorüberglitt. Wenn einer brüllt, er wolle das Vaterland aus der Patsche ziehn, es groß machen, dann schreie ich Heil und Hurra und laufe ihm zu. Sagte aber einer, er wolle den Werktätigen helfen, zu ihrem Recht zu kommen, schreie ich: »Nieder!« und hau zu, wenn's sein muß mit dem Beil. Und dabei bin ich selbst ein Werktätiger. So bin ich mal gebaut und war damit ganz einverstanden, und fahr nun in der Lade hinter mir alles zu Grabe, was mir auf Erden lieb war, und mein Geschäft und alles ist zu Bruch gegangen. Und dabei war ich doch wirklich nicht wählerisch in

Rettungsmitteln. Komisch, nöch? Will einer sich nicht unterkriegen lassen, so geht er vor die Hunde. Er hielt an, um sich mit einem Schluck Köhm zu stärken, dabei fiel sein Blick auf einen Blütenbüschel hochstämmiger Rosen, dicht am Zaun. Aus dem Sitz ließ es sich nicht erreichen. Er stieg ab, fand die Gittertür offen, tat, sein Fangmesser gezogen, ein paar Schritte über den Rasen. Da sieh mal an: lautlos mit gefletschtem Unterkiefer stürzte sich aus dem Schatten der Büsche ein plumper Boxhund auf ihn, eine niedrige, dunkelgestreifte Dogge, die, statt zu bellen, sofort den Kampf mit dem Eindringling aufnahm. Leider kam sie an den Falschen. Albert stieß ihr das Messer unter die Schulter, die linke, kappte das Rosenstämmchen, legte den großen, blaßfarbigen Strauß zu Stines Füßen in den Kasten, schwang sich auf, nahm seinen Weg zwischen die Räder. Im Sattel sitzend, an den Häusern vorüber, die lautlos und entkörperlicht im späten Monde die Straße einfaßten, beschäftigte er sich grimmig grinsend mit der Überraschung, die morgen früh, nein heute vormittag den Besitzer der Villa erwartete: Einbrecher tötet Boxhund, raubt nur ein Rosenbukett gelb oder rosa. Ja, so ein Köter gerät nicht alle Tage an einen Gelernten, und irgend etwas konnten die Reichen zu Stines Beerdigung ja wohl beisteuern.

Über den Weg, den er einzuschlagen hatte, kam ihm kein Zweifel; seit Jugendzeiten hatte er ihn mit dem Fahrrad zurückgelegt, in seinen besten Tagen Stine neben oder hinter sich – ein wenig anders als jetzt. Auf ihren letzten Fahrten vor Pfingsten hatten sie noch lachend festgestellt, diese Elbhochbrücke gereiche auch den Radfahrern zum Vorteil, die Pioniere hatten den Köhlfleet überbrückt und eine Anzahl Stege gelegt, um die verschiedenen Baustellen und Probeschachte miteinander zu verbinden. An einem, der damals im Mittelpunkt der Aufmerksamkeit stand, waren sie abgestiegen, hatten sich über die Brüstung gebeugt, hineingeschaut. Er war viereckig und ziemlich geräumig, an jeder seiner Wände führte eine Leiter in die Tiefe, kranartige Balkengerüste überbauten ihn: in ihm sollten Versuche an Senkkästen gemacht werden, um künstliche Fundamente zu schaffen, wenn die Natur sie nicht hergab. Die Ausschachtung reichte bis in den Grundwasserspiegel hinein und noch ein gutes Stück darunter und war schon damals voll Schlick gelaufen, ein Brei aus Sand und Wasser, der unmöglich einem Betonblock die nötige feste Unterlage bot. Und auf irgend etwas Fixem mußte der doch aufsitzen, hatten zwei ältere Arbeiter an jenem Sonntagmorgen sachverständig geklönt. Hättest auch nicht gedacht, Stineken, nickte er ihr zu, als er an der Umzäunung vom Rade stieg, daß du dir deine Grabstätte aussuchtest, als du damals vorschlugst, wir müßten uns doch mal Finkenwärder besehen, in seinem neuen Zustand. Wie sich die Augen der Nacht mit dem flachstehenden Monde angepaßt hatten. Die hölzernen Maste, riesige Fichtenstämme, liefen nach oben schräg zusammen, trugen eine Plattform, ein Gerüst, Haken und Flaschenzug. Eigentlich sollten Wachen patrouillieren, hier konnte mancher manches erben. Aber erstens ging es auf drei, die unbeliebteste Stunde fürs Postenstehen, die Hähne probten schon weiter drüben im Land. Und außerdem war wieder einmal ein großer Erfolg errungen, irgendein Schlag gegen die Franzosen und die Tschechoslowakei, so hatte es schon auf dem Schiff geheißen, und das mußte begossen werden. Wie lange lag das zurück, der gemütliche Schnack auf der »Eleonora Kröger«. Lauf mal schnell nach Wagnerstraße 17 und frag die Taschenuhr, die dort in der Schublade tickt. Der Himmel flimmerte noch samtschwarz voller Sterne.

Jetzt kam das Entsetzlichste daran, aber es mußte ja wohl. Mit kräftigen Zügen seine Kümmelflasche leerend, verschaffte sich Albert noch eine letzte Pause. Für einen Raucher wie ihn wäre es richtig gewesen, sich die Pfeife noch einmal anzustecken, aber er hatte keine Lust dazu. Er klinkte die Holztür auf, die in die Umzäunung führte: sie war nicht verschlossen. Eine schmale Galerie lief innen um den Schacht, die vier Leitern, in der Mitte jeder seiner Wände. Er nahm Stine aus der Lade – noch nie war seine Deern so schwer gewesen, und dabei hatte er sie doch oft genug auf den Armen gehabt. Er setzte sie vorsichtig an einer Leiter ab, legte ihr den Rosenstrauß auf das Laken, das ihre Knie hervortreten ließ, erinnerte sich daran, daß die Draisine nicht mehr ihm gehörte, und daß ein ordentlicher Bürger mit fremdem Eigentum schonsam umgeht. Er ging also noch einmal hinaus, band das vorbereitete Schildchen an die Lenkstange und führte das Dreirad eine halbe Minute lang weg von der Stelle, wo Stine auf ihn wartete. Man brauchte die Leute doch nicht geradezu auf die Fährte zu setzen. Ja, Deern, sagte er vor sich hin, nu is das wohl soweit, nu mußt du runter in den Schlick. Arne Saknussen hatte einen besseren Eingang für seinen Weg ins Innere, aber man kann sich das ja nicht aussuchen. Meine Rute nehme ich jedenfalls mit, steckt im Stiefelschaft. Was mein Findebuch ohne den Teetjen wert ist – der Herr Oberstleutnant wird sich das schon selbst ausrechnen. Damit schloß er die Umzäunung wieder hinter sich und fand sich nun ausweglos vor seinen letzten Verrichtungen. Sie wurden ihm so schwer, daß er kaum seine Glieder dafür in Bewegung setzen konnte. Die Flut hatte den Wasserstand stark in die Höhe gepreßt, unten spiegelten sich die Sterne, da ist der Wagen, der Große Bär, senkrecht über Alberts Kopf mußte er stehen. Wie er Stine hinunterbringen soll, erscheint ihm eine bittere Aufgabe. Er möchte sie am liebsten hinunterlassen, damit sie nicht aufklatscht, nicht erschrickt vor dem kalten Wasser, sich wehtut wie bei einem ungeschickten Sprung, aber sie ist viel zu schwer, er kann nicht hinunterklettern und sie dabei im Arm halten. Aber vielleicht hält das Laken ihr Gewicht aus. Es stammt noch von seiner Mutter, prima Flachs. Sollte er noch einmal ihr Gesicht sehen, ihre schönen Haare? Alles Unsinn. Der Adolf hatte ihn zum Kehricht geworfen, warum ihn? Keine Ahnung. Alles Quatsch. Rin in die Tunke, Madam. Er schlang das Laken fest um die sitzende Gestalt, hüllte sie drein, drehte es über ihr zu einer Art dickem Strick und ließ sie sacht ins Wasser gleiten, die Rosen zwischen den Knien. Ein wenig plumpste sie doch, aber das vermeide mal. Gleich danach stand der Wasserspiegel wieder still, bildete die Sterne ab, den Großen Wagen.

Und dann kam das Letzte, schwer genug, ohne den Schnaps wär's ihm vielleicht überhaupt nicht gelungen. Während er Sprosse für Sprosse hinunterstieg, bis ihm der kalte Wasserschlick um die Waden spülte, sich mit der Linken in der Leiter festhakte, mit der Rechten die Pistole zog und sich einen Schuß durch die Schläfe jagte, sah er, im Aufblitzen und Vergehen, statt der Leitern an den Wänden des Schachtes die vier Geköpften vor sich stehen, noch riesiger und schwärzer als auf dem Ohlsdorfer Friedhof. Sie trugen ihre Köpfe wieder auf den Schultern, und ihre Mienen sagten: nun sei es genug. Wie eine helle Taube schien Lene Prestow zwischen ihnen emporzuflattern, oder war es Stine? In die Sterne. Alles dies geschah in dem Bruchteil der Sekunde, die ein erschossener Körper braucht, um sich von einer Leitersprosse loszulösen und seitlich ins Wasser zu fallen. Auch über ihm schließt sich die spiegelnde Fläche, den Knall des Schusses hat niemand vernommen. An der Lenkstange der Draisine drüben an einem der Brettersteige baumelt und tanzt das Pappschildchen im Morgenwind: Friedrich Schmidchen, Altona, Wittnerstraße 5.

Viertes Kapitel

Das Beil kehrt zurück

»Schilbung und Nibelung erwache!« Mit diesem Ausruf, frisch aus Berlin, brachte Oberstleutnant Lintze seine ironische Anerkennung der Schmuckkünste zum Ausdruck, die Lehrer Reitlin und Herr Johannes Wolgast gemeinsam zuwege gebracht. »Da hat doch einer dran gedreht«, staunte auch Käte Neumeier. Und damit stieg sie kopfschüttelnd nach dem Offizier und vor ihrem Gatten Wagnerstraße 17 aus dem Reichswehrwagen, der, neu bereift und lackiert, nichts von den Strapazen verriet, die er möglicherweise hinter sich hatte. Beim Einsteigen hatte Herr Koldewey sich den Mitverschworenen prüfend beschaut, bevor er ihn fragte, ob er sich wieder einigermaßen geketscht (gecatcht) habe, und Lintze hatte wortlos genickt. Aber sein Haar, sein schütteres blondes Schläfenhaar schien Herrn Koldewey von grauen Fäden durchzogen, und seine Augen wiesen noch Spuren jenes flackernden, verschreckten Blickes auf, mit dem er vor ein paar Tagen, gleich nach seiner Rückkehr aus Berlin, Herrn Koldewey aufgesucht hatte, in seinem gläsernen Gehäuse oben auf dem Zuchthaus. Auch Herr Koldewey war an jenem Tage nicht ohne Betroffenheit von seiner Morgenzeitung aufgestanden, um einen kurzen Weg durch den Park zu schlendern, den frühherbstlichen, angegilbten. Das Neuigkeitspapier hatte eine kurze, offenbar amtliche Mitteilung enthalten, nach welcher die Garnison Hamburg und der ganze

Wehrkreis 10 für eine Woche Trauer anzulegen hatte. Sein Kommandeur nämlich, der hochverdiente General der Kavallerie, Knochenhauer, war auf dem Artillerieschießplatz Jüterbog einem Unfall erlegen, wie sie sich von Zeit zu Zeit beim Scharfschießen ereigneten, und der Führer hatte ihn durch ein Staatsbegräbnis geehrt, das vorgestern in Berlin stattgefunden. Herr Koldewey, die Zigarre in den Mundwinkeln oder zwischen den Fingern, hatte an seinen schwarzroten Georginen eine trinkende Hummel beobachtet, sein Herz wieder ruhig schlagen fühlen, den feuchten Morgen eingeatmet, der aus den schon schütteren Wipfeln herunterfiel, und sich gefragt, warum das nicht wirklich ein Unfall sein könne. Wahrscheinlich probten die Artilleristen das verrückteste Teufelszeug aus, um die neuen Panzerschlachten zu gewinnen, und da sollte ja schon mal ein Rohr krepiert oder einem Kommandierenden ein Granatsplitter durch die Hirnschale geflogen sein. Ein Staatsbegräbnis – freilich das weckte Verdacht. Und General Knochenhauer gehörte nun einmal zu dem halben Dutzend eingeweihter höherer Offiziere, das ließ sich nicht leugnen.

Als ihm Herr Lintze dann in seinem Direktionszimmer gegenübersaß, ergraut und fahl im Gesicht, mit zwinkernden Augen und einem Mündchen, das er zusammenkniff, damit sein Unterkiefer nicht zitterte, war freilich auch ihm ein Schreck in den Atem gefahren. War es ein Unfall und ein Zufall, so kam er jedenfalls jenen Cliquen höchst gelegen, die den genialen Führer zum alleinigen Herrn über Deutschlands Geschicke machen, auch in einen Eroberungskrieg um ausgedehnten Lebensraum schicken wollten. »Ich bring Ihnen nächster Tage das Beil zurück, lieber Koldewey. Damit wird es fürs erste nichts, und ich fürchte, so billig kommen wir nicht davon.« – »Aber sagen Sie nur, um des sogenannten Himmels willen, wie kann denn etwas verpfiffen worden sein, von dem nur halbgare Gedanken in fünf oder sechs Köpfen existierten? Zauberei kommt doch nicht vor, und Gedankenlesen steht doch nicht einmal im Belieben meiner fitesten Kollegen von der Berliner Gestapo-Zentrale.« – »Ja«, entgegnete Lintze, und nun zitterte sein Unterkiefer wirklich, »Sie werden mir nicht übel nehmen, lieber Koldewey, daß ich eine Weile nach dem ersten Schreck selbst an Ihnen gezweifelt habe.«

Herr Koldewey lächelte nachsichtig, wiegte seinen langen Schädel. »Nichts darf für unmöglich halten«, äußerte er sentenziös, »wer die gefährlichen Pfade der Vorsehung gewählt hat – ich könnte auch sagen, der Ananke.« – »Aber dann erschnüffelte ich die Spur«, fuhr Lintze fort. Und mit anklagendem Kopfnicken berichtete er, sein General habe vor ungefähr zehn Tagen beim ungarischen Gesandten zu Abend gegessen, in kleinem vertrautem Kreise, mit den köstlichsten Tokayer Weinen. Der Herr, seit langem Militärattaché an der Botschaft, bevor er den Gesandtenposten erhielt, sah oft Reichswehrspitzel bei sich, die dem Naziregime kritisch gegenüberstanden. Man hielt ihn für einen der fähigsten Gegner unserer Führerwirtschaft und ihrer Ambitionen – mußten alle die verstiegenen Pläne doch vor allem dem Staate gefährlich werden, den er vertrat, und in welchem ja seit 1919 schon die Macht in festen aristokratischen Händen lag. Freilich hatte der Herr, wie hieß er doch, schon zu den Vertrauten des unglücklichen Herrn von Schleicher gehört, und manche Stimmen hatten nach den Ereignissen des Jahres 34 angedeutet, just dieser Herr stünde möglicherweise auf der Liste der Pensionäre unserer Gestapo nicht zu unterst.

Da hatte Herr Koldewey seine Brauen zusammengezogen und seine Ziegenaugen scharf auf den gegenüber gerichtet: »Werde ich herausbekommen, lieber Freund, und wenn ich dazu selbst nach Berlin fahren müßte; aber zunächst rühre ich mich nicht; warten können gehört zu den Haupttugenden, die wir den Kaltblütern abzulernen haben. Wußte Ihr General von mir?« – »Aber nein doch«, beteuerte der andere, »nicht mehr als jeder hohe Hamburger Beamte.« – »Gut und schön«, nickte Koldewey und zog mit seiner knochigen Hand einen Strich durch die Luft. »So enden diese Pfade. Dann bringen Sie mir also wirklich das Beil zurück. Nun taugt es fürs Museum, zumal wir ja auch von seinem Schwinger seit Wochen ohne Nachricht sind, jenem Herrn Teetjen, zu dessen Behausung uns am besten meine Frau weist – die übrigens von dieser Episode Knochenhauer nichts zu erfahren braucht.« – »Selbstverständlich«, hatte Herr Lintze zugestimmt, indes er sich von seinem Sitze erhob, steifgliedrig damals, ohne Ruck und Zuck. »Und wann bringen wir das nun fallitte Werkzeug auf sein Warteplätzchen?« – »Morgen, übermorgen, stehe jederzeit zu Diensten.«

»Beerdigungsverein Volkswohl der NSDAP. – da muß man hineingetreten sein. Ist es nun galant, einer Dame auch hier den Vortritt zu lassen?« Herr Lintze lächelte mit seinem kleinen Munde, worauf Direktor Koldewey entgegnete, die brüchige Zähmung des Europäers verlange Aufrechterhaltung der Lebensformen, selbst angesichts des Todes. Ein Paket, länglich und umschnürt, blieb neben dem Fahrer Ehlers liegen.

Im Schaufenster thronte auf einem niedrigen Katafalk ein schwarzer Sarg, der auf dem stufenförmig erhabenen Deckel einen silbernen Palmzweig trug und ein christliches Kreuz – mit versilberten Füßen und Handgriffen, einst das Prunkstück des Beerdigungsgeschäftes von Julius Israel Hauser, Altona. Der ehemalige Laden selbst, schwarz gestrichen, zeigte neben der Tür, wo einst der Kühlschrank gewuchtet, ein großes Hakenkreuz auf dem Mauerwerk, silbern und umgeben von Strahlen und Wolken, überwölbt von der Inschrift: »Sinnige Trauer in nordischer Ehre.« Tischchen und Hocker, einst weiß, nun violett, belebten noch die gleiche Wand und trugen einen veilchenfarbenen Asternstrauß wie in früheren Zeiten. Den Ladentisch aber ersetzte ein erhöhtes Gestell mit einem Schreibpult und Stufen, hinter welchem Tom Barfey saß, Papier, Listen, Schreibzeug und ein nagelneues Telephon um sich geordnet, das umfangreiche Fernsprechverzeichnis nicht zu vergessen. In zwei großen, grünen Kübeln vollendeten ausladende Palmen den feierlichen Eindruck.

»Tom«, rief Käte Neumeier, die ihr Staunen wie ihre Vertrautheit mit dem Hause aufs beste zur Führung des Gespräches veranlaßte. »Was tun Sie denn hier, und was ist hier überhaupt geschehen?«

Ihr Gatte erkannte inzwischen den Anzug, den der junge Mann trug, und wunderte sich ein bißchen über den dringlichen und forschenden Ausdruck seiner hellen Augen unter der niedrig breiten Stirn und dem steilen Bürstenhaar. »Unser Hauswart, Herr Lehrer Reitlin, war so freundlich, mir die Anstellung zu verschaffen, als Teetjens verschwanden und die ›Volkswohl‹ hier einzog. Ihm verdanken wir auch diese Ausschmückung zu einer

Art Kapelle.« Und seine Blicke ruhten auf der Inschrift an der Haupt- und Rückwand. Daß sie von ihm vorgeschlagen und durchgesetzt worden war, und daß ihre Anfangsbuchstaben den Namen »Stine« verbargen, behielt er für sich, ebenso daß Herr Reitlin auf die schlichtere Fassung »Stille Trauer in nordischer Erde« keinesfalls eingehen wollte. »Herr Oberstleutnant Lintze hat mit Herrn Teetjen dienstlich zu sprechen, in Rutengängersachen«, erklärte Käte weiter, »weiß denn nun niemand, wo Teetjens hin sind?« – »Im Leichenschauhaus zu besichtigen«, verkündete eine trockene Stimme; ein Herr mit gewelltem Bärtchen, grauem Scheitel und wichtiger Miene trat aus dem einstigen Wohnzimmer, verneigte sich und stellte sich als Lehrer Reitlin vor, bereit, mit allen erdenklichen Angaben zu dienen.

Er hatte den Redensarten von der plötzlichen Fahrt nach Spanien nur solange getraut, bis er in der Schublade die Taschenuhr entdeckt mit der Zuschrift: für Tom Barfey. Wer auf Reisen ging, nahm lieber zwei Uhren mit statt einer oder gar keiner. Das sah höllisch nach Abschiedsgeschenken aus, nach letzten Regelungen, Testament. Der Scheck für Herrn Lehmke, der übrigens richtig honoriert wurde, vollendete das Bild eines gewissenhaften deutschen Bürgers, den die rote Meute, das unterirdische Hamburg, in den Tod gehetzt. Daß der verkaufte Lieferwagen sich auf Finkenwärder vorfand, wies Herrn Reitlins Verdacht die geeignete Richtung. Leider verzögerten Bürokratismus und Amtsschimmelei die Nachforschungen, die er damals schon angeregt hatte. Gestern erst hatte man die Körper des Ehepaars entdeckt und geborgen und ihn und die Teetjenschen Erben zur Identifizierung bestellt. Wann man sie zur Beerdigung freigab, stand noch dahin. Mutmaßlich hatte Herr Teetjen zuerst seine Gattin und dann sich selber getötet; Einzelheiten, wie die Leichenschau sie ergab, überließ man besser den Sachverständigen. Die »Volkswohl« stellte auf ihrem Gelände in Ohlsdorf ein Doppelgrab zur Verfügung, nämlich bei dem Rondell mit den hohen Wacholdern, Sturm Preester werde seinen »gefallenen Kameraden« und dessen treue Lebensgefährtin mit militärischen Ehren zur Ruhe bringen, und Kamerad Vierkant einen Kranz des Gruppenführers Footh niederlegen und eine kurze Rede halten: Richtet nicht, auf daß ihr nicht gerichtet werdet. Er, Reitlin, habe dieses Thema vorgeschlagen, als sich Widerstände erhoben, weil ja möglicherweise Mord und Selbstmord vorlagen; aber der Satz sei heilsam, obwohl vor kurzem Kollegen aus der Ostmark in einer pädagogischen Zeitschrift behauptet hatten, das »nicht« werde vom Bewußtsein der Kinder und Massen übersehen, so daß ein solcher Satz eigentlich die Verewigung von Richten, Strafen und Henken verlange. Hehe, lachte er, was diese Wiener aus ihrer Vergangenheit für Weisheiten mit herumschleppten. »Ulkig«, damit bedankte sich Herr Lintze für die Aufklärung und klopfte mit dem Knöchel auf den Prachtsarg. »Da müssen wir unsern Gegenstand wieder mitnehmen«, meinte er, nickte Tom zu und verließ, von Herrn Lehrer Reitlin hinauskomplimentiert und bis zum Wagen begleitet, mit Herrn und Frau Koldewey den Laden. »Einen Augenblick«, sagte diese, »meine Handschuhe!« und eilte zurück. »Tom«, rief Käte Neumeier, das absichtlich Vergessene ergreifend, »das war nicht gewollt. Wie konnte es dazu kommen?« – »Wildjagd, von Stellingen aus, Frau Doktor«, erwiderte der junge Mann mit einem verbissenen Ernst, ja er knirschte mit den Zähnen wie damals. Dschungelfährten der kapitalistischen Gesellschaft, dachte er, und der Haß in seinen Augen galt auch ihr und ihm selbst. »Ich komm nochmal«, rief Käte schnell. »Wir müssen uns aussprechen. Arme Stine.« – »Wir wohnen jetzt hier unten«, bemerkte Tom statt jeder weiteren Entgegnung. Aber Frau Dr. Koldewey fühlte, als sie die Tür hinter sich schloß, wie wenig ratsam es sei, diesen jungen Mann zum Feinde zu haben.

Indes der Wagen auf dem Wege nach Fuhlsbüttel die geschmückte Ecke verließ, betrachtete Herr Koldewey aus seinen gelblichen Ziegenaugen, schräg forschend, seine Frau neben ihm in den bequemen Polstern. Sie starrte vor sich hin, schlug mit den Handschuhen gegen das Leder, schien ihm allzutief beeindruckt. Er mußte ihr doch helfen, das Gehörte einzuordnen, die passenden Maßstäbe zu verwenden. Was für eine dichtbevölkerte Kleinbürgergegend sie sich ausgesucht hatte für Geburt und Tod. »In unseren Zeiten, die nur hinschauen, wenn große Schichten der Bevölkerung sich bewegen oder bewegt werden – siehe das neue Rußland –, verlieren Einzelschicksale immer mehr an Gewicht. In den USA., las ich vor ein paar Tagen, gingen im Vorjahr durch Autounfälle 40000 Menschen zugrunde, ob getötet oder bloß schwer verunglückt, ist mir entfallen. Macht einen Tagesdurchschnitt von 110, und da wir nur halb so volkreich sind, dürften wir 55 pro Tag leisten. Verkehrsunfälle; zwei davon sind diese Teetjens.« Käte erriet ihn ganz und gar, blickte ihn dankbar an und entgegnete dann: »Ja, aber für die, denen sie nahestanden, enthielt jeder dieser Unfälle ein Quantum Schicksal – von dem Betroffenen selbst zu schweigen.« – »Da habe ich nun sein Findebuch«, meinte Herr Lintze, vergnügt auf das helle, weiträumige Hamburg blickend mit grünen Plätzen und langen Kais, das sie inzwischen durchsteuerten, und er zuckte die Achseln. Herr Koldewey aber fand das Findebuch beachtenswert – sein Dr. Laberdan werde es willkommen heißen, und Herr Lintze war bereit, es ihm zu überlassen – ohne den Mann hätte es für die Wehrmacht keine Bedeutung. »Der Krieg ist ja nun mal wieder abgeblasen«, warf er hin, »Deutschland hat Schwein gehabt und der Gesegnete an unserer Spitze wieder mal gesiegt.« Er lehnte halbseitwärts auf einem der Mittelsitze, hatte das verpackte Beil auf dem Schoß und trommelte leise auf seinem Blatt. »Das hängen wir jetzt wieder ins Museum«, beschloß Herr Koldewey, »und lassen's dort auf seine Stunde warten.« – »Hätten Sie nicht Lust und Zeit, bei uns mal eben einen Kleinen zu verlöten?« fragte Frau Käte mit einladendem Lächeln. »Was wir in den letzten sechs Monaten älter geworden sind, Gnädigste«, erwiderte Lintze kopfschüttelnd, »das ist Ihnen an Jugend zugewachsen. Ich würde gern, aber heute kann ich nicht. Wieviel, meinen Sie, hat unsereiner praktisch gelernt und jetzt theoretisch zu durchdringen? Na, auf zehn Minuten komm ich mit.«

Ein herrlicher September wehte durch den Garten, die rotbebeerten Ebereschen und die offenen Fenster, von überall her, auch aus der Diele, schlug es Mittag, Zeit zum Lunch, und die drei setzten sich nicht erst, um den Kognak hinter die Binde zu gießen, von dem Frau Käte auf gut hamburgisch gesprochen hatte. »So'n Kerl wie der Teetjen wird uns fehlen, wenn's hart auf hart geht«, äußerte Herr Lintze, den weiträumigen Kelch halbhoch in der Luft. »Daß die Sache diesmal geglückt ist – ich meine das

Kriegsspiel – verdanken wir Gott weiß wem, nur nicht unseren Verdiensten, mit denen ist es man schwach. Unsere Generäle sagen, daß sie nicht möchten, und dann machen sie doch alle mit. Wie im Märchen vom Fischer und syne Fru, wo der Mann auch immer Bedenken äußert, ehe er hingeht und angelt, und den Butt mit einem neuen Ansinnen seiner Gemahlin beehrt. So was geht, solang es geht, aber dann kommt doch der große Klamauk, und danach sitzen sie wieder im Pißpott, mit Respekt zu vermelden, denn mine Fru, de Ilsebill, will nich so, as ich woll will. Nun, General von Fritsch weiß und mein Chef Knochenhauer weiß, und bis die Elbhochbrücke grundsteingelegt wird, wenn Sie mir das Wort gestatten, schauen wir uns nach einem neuen Axtmann um, wie hieß er doch? Albert Teetjen, Schlächtermeister.« Damit blätterte er das Findebuch auf und legte es wieder auf den Schreibtisch.

Herr Koldewey erinnerte sich, indes er ihm zutrank, daß auch er mal etwas mit einem Gleichnis aus diesem Märchen ausgedrückt hatte. Aber: dat war all lang her, woll tweetuden Johr, und nun hieß das Leben wieder Käte und wollte sich fortsetzen, und die Staatssorgen und -Affären waren nichts als olle Kamellen, Schnee vom vorigen Jährchen. Laß fahren dahin! Der Mensch dachte und der Kutscher lachte, hockte auf dem Schicksalswagen und peitschte die Rosse der Ewigen Wiederkehr! Wohlan! Noch einmal!

Und damit erhob er sich und brachte seinen Gast zur Tür.

Abgesang:
Astrologie

Am nächsten Sonntag um die Mittagsstunde umschwebte dasselbe goldene Licht Dr. Koldeweys Haus, das rote Dach und die Türmchen seiner Dienstwohnung. Schlank und dünn wie ein Schornsteinfegerjunge stand Ingebottel, Koldeweys jüngste Tochter, in ihrem Trainingsanzug auf dem First, hielt sich am Schornstein fest und untersuchte sachverständig die Antenne. Wie sie als Kind bei heranziehender Mittelohrentzündung dem Hausarzt mit klagender Stimme versichert hatte: »Knackt im Ohr«, so hatte sie gestern abend, während man die neuesten Berichte aus München empfing, den großartigen Sieg des Führers über die westlichen Demokratien, das Krachen und Knacken mit einem anklagenden »In der Antenne!« gerügt, da es den Empfang aus einem Vergnügen zu ärgerlicher, immer wieder von Unmut unterbrochener Plage gestaltete. Und Koldeweys Töchter wollten nicht darauf warten, daß der Dienstweg beschritten werde und der Amtsschimmel geritten – der trottete ihnen viel zu langsam.

Thyra Koldewey indes, die dunkelst blonde von den dreien, saß auf dem Fensterbrett der Mengers Mansarde, wie sie nach den Büchern nun einmal hieß, im langen, buntbedruckten Hauskleid (von neuestem Muster – auf cremefarbenem Grund ein kurzes Motiv indigofarbener Wellen, einen roten Meerdrachen – Wikinger Schiff – und einen blaßgrünen Riesenmond hinter jedem). Sie hatte sich kühn hinausgelehnt, um den Stand der Schwester zu erspähen, aber alsbald den Rückzug angetreten. Auf dem Tisch, dem von Annette gestifteten Büchertisch, lagen jetzt astrologische Tabellen und Blätter Papiers, auf denen sie Berechnungen begonnen und unterbrochen hatte, um sie jetzt wieder aufzunehmen. Ein Band aus dem Briefwechsel Friedrich Nietzsches lag ebenfalls dabei; sie hatte eine Stelle gesucht und nicht gefunden, in welcher sich der Philosoph zum Musiker Köselitz über Weltuntergangsvisionen geäußert haben sollte – zu jenem Komponisten Peter Gast, von dem er so ausnehmend viel gehalten, den aber die Musikgeschichte zu erwähnen vergessen hatte.

Manchmal schaute sie empor, sandte den Blick in die köstlich zarte Himmelswelt des Herbstlichtes, den blauen, von Wölkchen geäderten Himmel, vertiefte sich aber bald wieder in die Welt der Zahlen und Formeln der beiden Horoskope, die sie miteinander verglich: das ihre und das ihrer Schwester Inge. An verschiedenen Tagen verschiedener Jahre geboren, wiesen ihre Lebensläufe eine immer größere Ähnlichkeit auf und glichen sich am Schluß. Dies kam ihr unwahrscheinlich vor, sie suchte den Fehler.

Ein großer Bomber orgelte über das Dach, sehr tief, von Riga her oder Kopenhagen zum Fuhlsbüttler Landungsplatz. Dann kratzte etwas oberhalb der Decke entlang, eine Minute später trat Ingebottel durch die Tür, wusch sich die Hände unter der Leitung und warf sich auf das Gastbett, um zu verschnaufen.

»Hast du deinen Fehler gefunden?« fragte Thyra, die waagrechten Brauen über den schrägstehenden Augen kummervoll zusammengedrängt. »Ich meinen nämlich nicht.« – »Ist doch alles Koks«, tröstete Ingebottel, »ich meinen mit Leichtigkeit. Ein gutes Stück Isolierband in die Metallklammer am Schornstein geschoben, das war alles. Gehen wir nunter und schalten wir ein, ich möchte hören, ob's noch kracht.« Thyra dachte, in Hamburg sage man »runter«, und es sei nicht recht, die Sprechweise eines Süddeutschen anzunehmen, bloß weil man zurzeit mit ihm schlafe. Sie mochte ihre Schwester sehr gern leiden, diesen leichten, kräftigen Gegensatz zu ihrer eigenen bedrängten Schwere – und nun sollten ihre Schicksale in gleichem Rhythmus zu Ende gehen? Sie steckte den Bleistift hinters Ohr durch die dicken, dunkelblonden Wülste, die man damals trug. »Sollen nicht sehr alt werden, Frölen, wir zwei beide, scheint es.« – »Will ich auch gar nicht«, bestätigte die Jüngste, »kann ich mir gar nicht vorstellen von mir, oder möchtest du wie ne alte Hutzel herumlaufen oder einem Gefolgschaftsführer ein halb Dutzend Göhren an den Hals hängen? Nee«, rief sie und dehnte ihre Arme. »Früh angefangen zu leben, und das haben wir ja wohl, und tüchtig in den saftigen Apfel gebissen, und wenn abgekratzt werden muß, na denn man tau. Übrigens kann ich dir sagen, von unserem Dach aus Hamburg sehen und dann nicht vor Wut platzen, daß man kein Maler ist …! So ein Gefunkel von der Altstadt her, von all den Kirchtürmen und Spiegelscheiben, und vom Hafen das Rot und Schwarz der großen Dampfer und all die Wässer heute blau, herbstblau, ganz zart, gar nicht knallig; na, und die Grünflächen und all das Mauerweiß …! Möchte doch meine Wasserfarben mal wieder heraussuchen.«

Der Junge wird dir Anleitung geben, dachte Thyra schwermütig. Nur wer so lebensvoll ist, kümmert sich nicht ums Sterben. Sie schloß den Nietzscheband, stellte ihn wieder ins Regal, rollte ihre Bogen zusammen und strich ihr langes Kleid glatt. »Auf einem deiner Dampfer ist jüngst der Wilhelm Kley abgetrudelt. War doch der einzige Mann, mit dem ich etwas hätte anfangen können; wollte nicht bloß immer nehmen und haben, auch immer etwas geben; Gedanken abladen, Überlegungen. Mein roter Training zet Be stammt von ihm.« – »Laß fahren dahin«, entgegnete Ingebottel, »wäre doch Rassenschande geworden, hätte nie gut geklappt.« Thyra nickte mehrere Male, aber ihre nahe beieinander stehenden Augen vermieden den Blick der Schwester. »Papa jedenfalls und seine Käte hätten nichts dagegen gehabt.« – »Papa!« entgegnete Ingebottel, halb mitleidig, halb entrüstet. »Was, meinst du wohl, hat er mir jüngst geantwortet, als ich ihn mit seinem Nietzsche aufziehen wollte! Was er wohl dazu sagen werde, wenn seine Lehren Wirklichkeit würden und die blonde Bestie ihre totale Kriegsführung ins Werk setzte, nach Westen oder Osten? – Die Wirklichkeit von Gedanken sei gedanklicher Natur, hat er mich belehrt. Sie gelten im Geisterreich der Ideen, nicht aber im brutalen Alltag; und dann erzählte er mir was von einer Höhle und von Platon, das ich zum Glück sofort vergaß. Diese alten Herren werden sich wundern, wenn die Jugend sie beiseite fegt, der Führer an der Spitze.«

»Glaubst du nicht, daß Papa große Angst vor dem Alter hat, vor dem Sterben? Diese ganze Philosophie, einschließlich seines Nietzschefimmels, geht nach dem Horoskop hervor aus der Furcht vor dem Tode. Was soll er tun, der arme Mann? Er hat keinen Sohn, bloß uns Mädels. – Sahst du übrigens von deinem Stand da oben zufällig Dr. Laberdan vorübergehn?«

Sie ließ die Schwester durch die Tür, folgte ihr auf den Hängeboden und schloß die Mansarde. Dann stiegen sie die Treppen hinab. Ingebottel dachte: ein Biologe müsse es bei Thyra ja wohl sein – schüttelte aber den Kopf mit den hochgebundenen Zöpfen. »Konnte ich auch kaum«, entgegnete sie, »beklagt den Verlust seines Teetjen und übt neue Schüler mit der Wünschelrute ein, draußen im Gelände. Ja, der und seine Stine! Weißt du noch, wie wir sie mit dem Tannhäusermarsch zum Hochzeitsfrühstück hereingeleiteten?« Und sie lächelten beide zu der heiteren Erinnerung hinüber. »Schade, daß ich ihr Horoskop nicht gestellt habe«, meinte Thyra versunken. »Wirkten doch wie das saftige Leben selber, der Mann und die Frau. Und jetzt hätten wir doch einen Beweis, wieviel an der Sache dran ist, und ob ich bloß so herumstümpere im Falle von uns beiden.« – »Was du herumgrübelst«, warf Ingebottel unwillig hin. »Hättest wirklich zu deinem Juden gepaßt – ohne dich kränken zu wollen.« Damit kniete sie vor dem Apparat nieder, schaltete ihn auf Kurzwelle, stellte einen amerikanischen Sender ein und hörte mitten im Satze, daß der Senat die Entscheidung von München und die europäische Entwicklung vollauf würdigte und billigte, daß der Aktienmarkt überaus befriedigend reagiere, und Senator Miller, Isolationist, Glückwünsche seiner Freunde entgegengenommen habe. »So'n Quatsch«, sagte Ingebottel, »wir wollen Musik.« Sie suchte ein wenig, der Raum füllte sich mit Rhythmen von Marsch und Tanz, Ingebottel sprang auf, nahm die Schwester in den Arm, und während sie die ersten Schritte eines Rumbatanzes ausführten, sagte sie strahlend: »Knackt nicht mehr. Tadelloser Empfang.«

Die große Uhr in der Diele setzte ein, schlug zwölf.

Ende

Epilog:

Auferstehung

Nach genau sieben Jahren aber – und welchen Jahren der Bedrohung, der Zerschmetterung und des Triumphes, eingegraben in die Nerven und Herzen aller Mitlebenden –, im Herbst 1945, begegneten sich zwei unserer Freunde an schon einmal erwähntem Orte unter befremdlichen Umständen. Sie lachten hell auf, als sie einander erkannten im Garten der Offiziersmesse eines britischen Erholungslagers auf dem Berge Karmel, Palästina, und sich die Hände schüttelten: »Mensch, Plaut!« rief der Jüngere aus, sonnverbrannt mehr noch als der andere und in Khaki-Dreß wie jener. »Wiedersehen zweier Hamburger – Wandsbeker Boten verjüngter und verbesserter Auflage.« – »Aber ins Englische übersetzt, nicht zu vergessen.« Damit nahm Oberleutnant Wilhelm Kley den Scherz des Feldpredigers Captain Plaut vom Jüdischen Bataillon des Buffs-Regiments vergnügt auf. Sie sahen wirklich verjüngt aus, die beiden Herren, in ihren kurzen, weiten »Shorts«, mit nackten Knien und leichten festen Schuhen, Hälse frei und Unterarme; mit den bürgerlichen Kleidern hatten sie auch das hamburgisch steife Wesen abgelegt, schlugen sich auf die Achseln, tranken zusammen einen Whisky-Soda und beschlossen dann, ihre Erlebnisse und Erinnerungen auf einem Spaziergang auszutauschen statt in dem von Kameraden überfüllten Garten der Messe. Unter hohen alten Pinien waltete angenehmer Schatten, ein Stück der märchenblauen Haifa-Bucht, des zarteren Himmels, winkte herüber und jenes mit Öltanks bestandene Gelände, das die Berichterstattung eines gewissen Herrn Goebbels schon mehrmals in Trümmer gelegt hatte. Am Rande der vom Kischon-Flusse durchschlängelten Ebene funkelte es herauf, unzerstört, beherrscht von den Pharaonen-Türmen der auf amerikanische Weise eingerichteten Ölraffinerie. Es fiel zwar nicht auf, daß die beiden Herren deutsch miteinander sprachen, indes alle Spielarten des weltbeherrschenden Englisch um sie erklangen – von indischen, schottischen, südafrikanischen Lippen, im Londoner Cockney, das in Australien herrscht, und dem gebildeten Königs-Englisch Oxforder oder Cambridger Herkunft; aber die beiden »Freiwilligen«, der Feldrabbiner und der Bakteriologe, zogen doch vor, auf einem langen, vielfach gewundenen, dann wieder gerade ausgestreckten Heerweg, vorüber an grüngrauen Zeltlagern, Wachtposten, Stacheldraht, dem Stahlfiligran der Radar-Stationen, den braun und gelb bemalten und überdachten Reihen schwerer Lastwagen, die Karmelspitze zu erreichen. Dort milderten Klosteranlagen und ein Leuchtturm den kriegerischen Charakter dieser von neuen Häusern, Gärten und Ginster bestandenen Kreideklippe ins Friedliche zurück. Kleine Tankgeschwader und die Langrohre der Flakgeschütze, in Olivenhainen versteckt, blieben auch ihnen verborgen. Rechts unter ihnen lag schließlich die spiegelnde Bucht und der Hafen von Haifa. Und während sie auf einer niedrigen Mauer saßen und die Beine baumeln ließen, wie nie mehr seit Schülertagen, blätterten ihre Gedanken und Gespräche in Erinnerungen an einen anderen Hafen einer nördlichen Stadt, die ebenfalls mit Ha … anfing und bis zum Frühjahr von den »Fliegenden Festungen« und schweren Bombern der amerikanischen und englischen Flugwaffe zertrümmert worden war. In ihren Gesprächen stand er noch ganz da, in alter Pracht, schwer übersehbar mit seinen Landebrücken, Becken, Steinufern und Böschungen; und das Gefühl wäre schwer zu beschreiben gewesen, die Mischung von Trauer, Befriedigung und Abscheu, mit welcher sie der vergangenen Pracht gedachten.

»Als Sie weggingen, Kley, mit der ›Eleonora Kröger‹ – war's nicht September 1938? – da hatte sich ja kaum noch was abgespielt bei uns – abgesehen von den Lagerberichten, die wir nicht glaubten, für Greuelmärchen der Kommunisten hielten. Ja, aber dann im November kam der Glaube über uns, da klirrten die Fensterscheiben, flogen die Möbel auf die Straße, brannten die Synagogen, verschwanden jüdische Bürger in den Fleeten; war fremde SA. nach Hamburg kommandiert worden, weil die hamburgische nicht recht ran wollte. Und von da an betrieben wir alle unsere Auswanderung. Und als ich nächsten Frühling in Zollangelegenheiten unten zu tun hatte, in unserem Hafen von einst, da war ich Zeuge, wie die vier Hingerichteten aus dem Reeperbahnprozeß zurückkamen. Wieder auferstanden – auf neumodische, reichlich unerwartete Weise.« (Unter den Menschen, nach denen Oberleutnant Kley gefragt hatte, hatte sich auch ein gewisser Teetjen befunden, Albert Teetjen, Schlächtermeister, von welchem aber Captain Plaut sich nicht erinnerte, je gehört zu haben. Durch ihn aber war jene alte Geschichte wieder aufgewärmt worden, und so kam Captain Plauts Bericht zustande. Den Namen Koldewey zu erwähnen, hatte Wilhelm Kley bis auf weiteres unterlassen.)

»Es mußte wohl aus Cuxhaven telephonische Meldung eingelaufen sein, denn eine Menge Uniformierter trieb sich plötzlich unten herum, braune und schwarze SA. und SS. Und dann, mit Tuten und Blasen landeten vier Frachter in unserem Becken, nagelneue Schiffe, dreitausend Tonnen jedes, unter der Sowjetflagge, mit Hammer und Sichel. Das wäre noch nichts Ungewöhnliches gewesen, in unserem Hafen zeigen alle seefahrenden Nationen ihre Flaggen, und das Dritte Reich unterhielt Handelsbeziehungen mit allen. Aber die Aufregung, die diese vier breitgebauten Frachter mit ihrem funkelnagelneuen roten und schwarzen Anstrich erzeugten, die verstand ich, nachdem ich mir vom Zollinspektor Lawerenz das Fernglas ausgebeten hatte, um selber zu lesen, was die Leute rund um uns einander zuriefen: ›So 'ne Frechheit! Echt russische Unverschämtheit! Na, die werden was erleben!‹ – Da standen nämlich, mit frischen Buchstaben weiß gemalt, Namen auf den Schiffen, auf der Backbordseite wie sich's gehörte, und die hießen: ›F. Timme‹, ›W. B. Mengers‹, ›F. Merzenich‹, ›K. Schröder‹.« –

»Donnerwetter«, murmelte Wilhelm Kley, die Augen quer über der Bucht auf den weißen Felsen von Ras-en-Nakura. »Starkes Stück!« Und er sog an seiner Pfeife: »Weiter, Rabbi!«

»Was dann passierte, erfuhr ich erst später; Inspektor Lawerenz berichtete es mir bei unserer nächsten dienstlichen Zusammenkunft. Die Russen hatten kaum die Landungsbrücke erreicht, ihr Fallreep herausgehängt, da strömten unsere Uniformierten mit Fährbooten zu ihnen hin und füllten das erste von den vier Booten mit einer Masse Bewaffneter. ›Diese Namen müssen sofort entfernt werden‹, verlangte der kommandierende SS.-Mann, Herr Klaas Vierkant vom Sturme Preester, Reeder Fooths Privatsekretär, der später wegen seiner Bestialitäten von den Russen im Charkower Prozeß gehängt wurde. Damals nun war er noch ganz zivil und poliert und dachte sich nichts Schlimmes – wies nur mit einer Handbewegung auf seine Leute hin und erwartete, seine Worte würden Wunder tun. Und das taten sie auch, aber anders, als er dachte. Der russische Kapitän – in seiner Kabine spielte sich das ab – drückte nur auf eine Klingel und pfiff gellend – er war ein junger Mann, nicht älter als Herr Vierkant, kleiner und breiter, kurzgeschoren und sprach tadelloses baltisches Deutsch. Und als er so pfiff, füllten sich die Gänge rechts und links von der Kabine mit seinen Mannschaften, und die hatten Maschinenpistolen in den Händen, und die Heizer kamen herauf mit ihren eisernen Stangen und Zangen. ›Sie haben wohl vergessen, meine Herren‹, sagte der Kapitän in großer Ruhe, und seine Augen kann ich mir gut vorstellen, wie die gefunkelt haben müssen, ›Sie haben wohl vergessen, meine Herren, daß Sie sich hier auf russischem Boden befinden. Ich gebe Ihnen dreißig Sekunden Zeit, mein Schiff zu verlassen. Eins, zwei, drei …‹ – Die Russen, sehen Sie, waren vorbereitet. Sie hatten wohl so etwas Ähnliches erwartet. Und bei zwanzig sah der Kapitän nur noch die Hinterköpfe der letzten, die aus der Kabine drängten, und hörte die Stiefel und Schuhe über seinem Kopfe das eiserne Deck durchlaufen und zum Fallreep hinstreben. So schnell sind wahrscheinlich seit dem Aufgang von Adolf Hitlers Sonne Nazihelden nicht mehr getürmt. Und die vier Schiffe mit den Seelen der vier Hingerichteten am Bug luden ihre Güter aus und gute deutsche Waren ein und dampften wieder ab, Hammer und Sichel im Seewind oder vielleicht auch im Regen flatternd, so genau weiß ich das nicht mehr. Aber, sehen Sie, auf irgendeine Weise wärmte mir dieses Erlebnis mein Herz – mein sehr bekümmertes Herz, denn ich mußte meine Heimat verlassen, wissend, daß sie unaufhaltsam einem Katarakt entgegentrieb, der die ganze Erde in einen Tumult der Zerstörung hineinreißen würde. Zwei meiner Kollegen blieben in Hamburg, mit den Resten der Gemeinde, und Sie wissen ja, wie tadellos sie sich gehalten haben, nach Lettland mitgingen und nach Estland, und dann verschwanden. Ich frage mich manchmal, ob wir an all dem Furchtbaren mitschuldig sind, das Drittes Reich heißt, und ob wir durch Widerstand gegen das Hitlerregime etwas hätten ändern können. Waren ja doch bloß eine halbe Million, wir deutschen Juden.«

Oberleutnant Kley klopfte seine Pfeife aus und blies den Saft des Tabaks aus dem abgeschraubten Rohr. »Unser Fehler begann natürlich viel früher, nach dem vorigen Krieg, als die Junker wieder munter wurden und unsere Banken und Stahlmagnaten mit Hilfe ihres Geldzaubers die Kriegsschuld als Geschrei gegen den Versailler Frieden in die Luft pusteten. Damals hätten wir alle mit Timme sein müssen und dem gescheiten Herrn Mengers. Aber wir mußten unsere Existenz neu aufbauen, und so tat ganz Deutschland, und das Ergebnis hieß: Reichspräsident Hindenburg, und schließlich: Reichskanzler Adolf Hitler. Habe oft darüber nachgedacht, wenn ich hier oder im Sudan gegen die Malaria focht, mit Mikroskop und Reagenzglas, die uns ja genug zu schaffen machte. Westafrikanisches und indisches Blut kreuzte sich hier mit neuseeländischem und australischem in Magen und Darm der ägyptischen Anopheles – und das durfte man auch ein Wunder des Dritten Reiches nennen –; mit Herrn Goebbels selig zu sprechen.«

»Verstehen Sie übrigens, daß Deutschlands doch nicht machtlose Oberschicht dem Rattenfänger von Braunau und seiner Flöte Goebbels folgte bis in den Abgrund, ins Unauslotbare, schwächliche Versuche abgerechnet?« fragte Doktor Plaut beklommen.

»Nothing succeeds like success – sagt der Amerikaner, und an ›success‹ fehlte es ja im Anfang ebensowenig wie 1914. Uns schmissen sie diesmal zum Glück vorher hinaus.«

»Und so haben wir's überlebt, befördert und belohnt, wir ewigen Hamburger. Denn ist's hier nicht schön im Gelobten Land, im Schatten der Oliven- und Feigenbäume?« schloß Kapitän Plaut, die braunen Augen schwermütig auf all dem Glanze ruhen lassend, den kleinen Wellen weit unten am Fuß der Klippe, den graugelben Streifen vertrockneten Pflanzenwuchses auf den Abhängen der Wadis. Und Wilhelm Kley verstand sein Gefühl. Und so unterließ er es für dieses Mal, den Namen auszusprechen, der ihm auf der Zunge lag – zu fragen, ob Herr Plaut etwas von der schönen Thyra Koldewey gehört habe, ihrem Vater, ihren Schwestern. Vielleicht lagen sie unter den Trümmern einer roten Villa in Fuhlsbüttel begraben, vielleicht auch lebten sie zwischen den Ruinen. Daß Ingeborg Koldewey, genannt Ingebottel, einmal von einem englischen Kriegsgericht zur Strafe des Aufhängens verurteilt werden würde, weil sie ein Frauenlager in der Lüneburger Heide auf ruchlose Art in eine Frauenhölle verwandelt hatte, als bestialische Gehilfin wissenschaftlicher Bestien, das erfuhr er, als die Zeit dafür gekommen war, durch Zeitung und Lautsprecher. Auch, daß Herr Heinrich Koldewey sich unter den Gehängten befand, die in letzter Minute den Wahnsinnigen vom Obersalzberg hatten beseitigen wollen. Die schöne Thyra aber blieb verschwunden, und als er später als englischer Beauftragter in Hamburg Dienst tat, blickte er manchmal aus dem Fenster seines Büros nach der Richtung zum Flugplatz hin, mit einem Ernst im Herzen, der sich nicht nur auf diese eine verschwundene Deutsche bezog, sondern auf die Seele eines Volkes, das von ihr schön verkörpert worden war, und das nie auf die Stimmen hatte hören wollen, die es vor dem Wege warnten, auf dem es seinen Oberschichten folgte, schuldhaft und schuldlos, dem Weg zum Abgrund.

Anhang

[Erste Notiz zum Roman 1939]

[14. 4. 1939; hs. Eintragung im Kalender 1939; TG: AZA 2625, S. 5.]

für den Henker Roman:

Titel »Gottes Mühlen«, falls im Englischen ein ähnliches Sprichwort existiert.

Das Herbarium. Seit [19]21 16 Jahre lang, Pflanzen der Heimat gesammelt. Dann weggegeben einer Person, die mit Romanhandl[un]g in engster Beziehung steht. Dann kommt das Herbarium zurück. Der Empfänger will es nicht mehr. Da erschießt sich der »Henker«.

14. 4. 39

[Erste Kapitelübersicht 1939]

[19. 9. 1939; 1 Seite HAZ m. eigh. Korr.; erster Roman-Entwurf in drei Büchern; TG: AZA 430.]

Das Beil von Wandsbeck. Entwurf, 19. 9. 39

1. Buch: Not kennt kein Gebot.
   Gespräch zweier Funktionäre: eine Zelle muß frei werden. (oder: Zellen müssen " " .)
   Der Statthalter reist ab: es geht auf Wien.
   Das Unwohlsein eines Magdeburgers wird die Chance eines Wandsbeckers, der seinem alten Lehrer ein Herbarium sendet.
   Ein Laden, der Ecke nicht zu fern, ein Schlächtermeister und ein Kriegskamerad aus Altona: 2000 Mk sind zu verdienen.
   Ein Schlächter, eine Christin und vier Schläge mit dem Beil
   Der Markenkleber und Adressenschreiber, Sohn einer Äffin, bestärkt einen bedenklichen Mann in seinem Beruf.

---

2. Buch: Alles hat Zeugen.
   Die Insassen von vier Zellen.
   Ein Gefängniswärter aus Wandsbeck erkennt einen Schlächtermeister.
   Gespräch zweier Eheleute über Fleisch- und Wurstwaren.
   Frau Sühn plaudert mit Frau Mündtke.
   Eine Nachricht macht die Runde.

---

3. Buch: Es wirkt.
   Ahnungslose fühlen sich erleichtert. Ausflug nach Stellingen.

[Ideenskizze vom Oktober 1939]

[24. 10. (1939), (Datierung ergibt sich aus der Verwendung des Figurennamens Goosekint für den Reeder Footh, die nur in der ersten Entstehungsphase auftritt); 2 Seiten H AZ; Notiz zum Romanentwurf; TG: AZA 454.]

»Rheder« Goosekint veranlasst die Hinricht[un]g der Vier. Sieht sie sich an. Sein Horch.

Hätte er früher schon den Gauleiter K. gekannt, so hätte der keine Unterschlagungen zu machen brauchen.

Er ist Kriegskamerad von Schlächter. Der Schlächter hat ihm in den Argonnen mehrere Spazierstöcke geschnitzt.

Sein Herbarium mit fleischfressenden Pflanzen d. Landes.

Sein Verhältnis die Tochter des Zuchthausdirektors.

Sie ist bei ihm, wie der Schlächter das letzte Mal zu ihm kommt.

Er hat den Schlächter ins Henkeramt befördert. Er ärgert sich jetzt, daß der Schlächter mit den 2000 Mk schon zu Ende ist.

Er hätte ihn garnicht empfangen, wenn das Mädchen Aenne nicht müde gewesen wäre, erst etwas schlafen wollte.

Es wird eine große scharfe Auseinandersetz[un]g mit dem Schl[ächter] der »kommun[istische] Ansichten« entwickelt u. als Sieger, aber ohne Geld abzieht.

24. X.

[Ausführlicher Romanentwurf vom Dezember 1939]

[Dezember 1939 (v. fr. Hd. über dem T); 3 ½ Seiten T m. hs. Korr. v. fr. Hd., Faksimilestempel AZ und ms. Notiz: »Aus dem Englischen übersetzt«; Romanentwurf; TG: AZA 431 (Grundschicht).]

Das Beil von Wandsbeck.

1. Buch. Freunde. Ein Mann geht durch die Strassen Hamburgs, guter Laune, im Herbst des Jahres 1937, unter Naziherrschaft. Er ist Schlächtermeister und Mitglied der S.S. Sein Laden, in einer der ärmeren und bevölkerteren Vorstädte, in Wandsbeck, geht schlecht. Ein Glück, dass er die Arbeit kriegte, für die einer seiner Freunde ihn vorgeschlagen hat. Der Freund ist ein alter Kamerad vom Altonaer Infanterie Regiment Nr. 87, in dem sie beide während des Weltkriegs dienten, der durch geschicktes Schieben mit Kriegsbeute unter der Weimarer Republik reich und mächtig geworden ist und nun Reeder und Mitglied der Gesellschaft. So kann er seinem Freunde, Schlächtermeister Deetjens, die Arbeit verschaffen: die Hinrichtung von vier kommunistischen Verurteilten, die nicht ins Jenseits befördert werden können, da der berufsmässige Scharfrichter krank ist. Die Hinrichtung wird schon seit Wochen verschoben; die Verurteilten glauben, sie würden schon irgend wie davonkommen. Das ist aber nicht die Absicht des Gerichts; Herr Deetjens wird es beweisen und dabei 2000.– RM verdienen und sein Geschäft wieder flott machen. Alles wird gut gehen, denn man hat ihm versprochen, über seine Beteiligung an dieser Sache den Mund zu halten. Seine Frau, eine Christin und Sektiererin, Adventistin, wird das Geheimnis ebenfalls wahren, denn sie ist eine gute Frau und kann ihren Mund halten. Ein bi[s]schen Erleichterung durch diese Einnahme wird auch ihr willkommen sein. Ausserdem wird ihr ein lang gehegter Wunsch in Erfüllung gehen. Da sie keine Kinder haben, kam sie niemals nach Stellingen, in Hagenbecks Zoo, sah nie die vielen wilden Tiere, die dort auf das Modernste untergebracht sind. – Bei diesem Ausflug nach Stellingen beobachtet S.A.-Mann Groot den Schlächtermeister und seine Frau und erkennt den Amateurscharfrichter, dessen geschickter Handhabung des Richtbeils er vor einigen Wochen beigewohnt hat. Er ist in Stellingen als

Begleiter seiner Tante, einer Aerztin, die ihre Praxis in derselben Gegend ausübt, in der der Schlächterladen liegt. Diese Tante, Dr. Aenne Groot, ist Mitglied der nationalsozialistischen Partei seit 1929 und tief unzufrieden mit der Entwickelung des Nationalsozialismus, da sie die idealistischen Teile sowohl des Programms als auch der Mitgliederschaft getäuscht sieht. Als ihr Neffe ihr erzählt, Deetjens habe diese Arbeit durch Vermittlung und Freundschaft des reichen Reeders Footh erhalten, auf den sie aus privaten Gründen schlecht zu sprechen ist, und dass Deetjens eins seiner Schlächterbeile benutzt habe, empört sie sich und erzählt das Ganze einer Frau, ihrer Haushälterin, damit sie nicht Fleisch und Wurst oder Schinken bei Deetjens kaufe, da man nicht wissen könne, ob Deetjens die Instrumente nach der Hinrichtung ordentlich desinfiziert habe. So verbirgt und maskiert sie ihre Empörung; die Gestapo ist ein unangenehmer Partner.

2. Buch. Es geht schief. Die Haushälterin erzählt es ihrer Nachbarin, der Frau eines Lokomotivführer[s] der Hamburger Stadtbahn. Dieser erzählt es seinen Kollegen, während sie es anderen Frauen ihres Stadtviertels erzählt. Es verbreitet sich in der Nachbarschaft, und jeder vermeidet, ängstlich und angewidert, künftig bei Herrn Deetjens zu kaufen. Der Vorwand nicht genügender Desinfektion wird überall aufgenommen. Deetjens und seine Frau wundern sich, warum der Laden so leer bleibt. Er ist kein schlechter Mensch, ein durchschnittlicher deutscher Mann, der davon überzeugt ist, dass der Staat nichts Unrechtes tun kann; in früheren Zeiten wäre er ein treuer Diener seines Königs gewesen, gehorsam und einfachen Geistes, heute ist er ein Anhänger seines Führers, und wenn ein Gerichtshof Kommunisten zum Tode verurteilt hat, weil sie Kommunisten sind, so ist das ein Verbrechen, das die Todesstrafe verdient. Aber sogar die Kinder, die ihn so oft gestört haben, wenn sie in den Strassen spielten und sangen, meiden seinen Laden. Seine Schulden werden bald anwachsen und sogar grösser sein als vor seiner patriotischen Tat, die dann zu nichts nütze gewesen ist. Seit einiger Zeit schläft seine Frau unruhig und er selbst hat seine durchschnittliche Ungezwungenheit verloren, sogar wenn er unter seinen Kameraden sitzt[.] Für sie ist er jetzt ein Held oder ein schneidiger Kerl und ein Mann, der versteht, seinen Schnitt zu machen. Da er keine Lust hat, mit ihnen Geld auszugeben, kommt er in den Ruf eines Geizhalses. Sogar bei den Führern seines Sturmbanns verbreitet sich dieser Ruf und bringt ihn in den Verdacht, ein schlechter Kamerad zu sein. Seine Isolierung wird so immer grösser. Schliesslich sucht er Hilfe bei seinem alten Kameraden, dem Schiffsreeder Footh. Aber der hat diesmal keine Zeit für ihn. Herr Footh hat eine Liebesbeziehung zu einer jungen und schönen Dame der Gesellschaft, der Tochter des Direktors des Hamburger Stadtgefängnisses, des städtischen Gefängnisses, in dem die Hinrichtungen stattfinden. Sie ist Dr. Aenne Groots Freundin und weiss, wer die jungen Kommunisten hingerichtet hat. Ihr Einfluss bedeutet Trennung von Footh und Deetjens.

3. Buch. Seele, der Maulwurf. So vergeht der Winter. Es wird Frühling 38. Der grössere Teil der Hamburger S.S. wird nach Wien gebracht, als Instrument der Polizei und der Gestapo. In den Seel[e]n von Deetjens und seiner Frau untergraben die Isolierung und die Sorgen um ihren täglichen Lebensunterhalt Gleichgewicht, Sicherheit und alle Gefühle. Sie weiss, dass das Blut desjenigen vergossen werden wird, der Menschenblut vergossen hat; nun erzählt sie ihm dieses Urteil. Er kämpft gegen diesen Gedanken und tut alles, was er kann, um das tägliche Brot herbeizuschaffen. Er verkauft nach und nach sein ganzes Eigentum, einschliesslich des Beils, mit dem er die Vier getötet hat. Er schreibt an seinen Bruder auf Helgoland, der dort ein Gasthaus hat, und bittet ihn, ihnen Unterschlupf zu gewähren. Aber die Insel wird zu militärischen Zwecken evakuiert, und niemand darf hinzuziehen. Sein ganzes Innere ist in Gärung. Die Nazikruste wird durchbohrt von der einfachen Seele eines deutschen Bürgers. Seine ständig wachsende Verzweiflung sagt ihm, worin der einzige Ausweg besteht: seine Frau und sich selbst zu töten. Aber er schreckt vor dieser äussersten Entscheidung zurück. Er versucht, an Bord eines Schiffes zu gelangen, das vom Hamburger Hafen aus nach Amerika zu fahren pflegt. Aber statt ihn dort in der Schiffsschlächterei zu behalten, schickt man ihn, mit Lebensmitteln für einige Tage versehen, zurück: er habe weder ordnungsgemässe Papiere noch ein amerikanisches Visum. Der öffentliche Triumph über die Annektion Oesterreichs widert ihn an, da niemand sieht, was mit ihm und seiner Frau vorgeht. Die Einrichtung seines Ladens wird von Gläubigern gepfändet; den Ausschlag für die Entscheidung gibt sein alter Lehrer, dem er sein Herbarium geschickt hat, das Pflanzen der Hamburger Heide, einschliesslich der fleischfressenden Drosera (Sonnentau), enthält. Dieses Herbarium kommt als Postpaket zurück. Das zeigt ihm, dass die letzte Brücke menschlicher Beziehungen abgebrochen ist. So erschiesst er seine Frau und dann sich selbst, in seiner Wohnung, in Wandsbeck, im April 38. Das oben erwähnte Beil hat der junge S.A.-Mann Helmut Groot von ihm gekauft. Er wird es für den Tag der Rache und des Gerichts über die Verderber Deutschlands aufheben; auch auf ihn ist nicht ohne Einfluss geblieben, was er seit den Tagen der Enthauptung jener Vier mitangesehen hat.

[Entwurf einer dramatischen Fassung 1941]

[Oktober / Dezember 1941, über dem T v. fr. Hd: 30. 12. 1941; 2 Seiten T m. hs. Korr. v. AZ und späterer ms. Einfügung am Ende: »Danach Stimme des Ansagers: ›Es folgt ein Vortrag von Dr. Käte Neumeier über Hygiene und Volksgesundheit im Dritten Reich.‹«; TG: AZA 261 (Korrekturschicht).]

Arnold Zweig

Das Beil von Wandsbek.

Dramatische Fassung.

1. Akt.

1) D. Aerztin Käte Neumeier u. Herr Koldewey im Vordergrund. Hintergrund 4 Zellen, in denen die Gefangenen arbeiten. Sie sagt, aus wissenschaftl[ichen] Gründen möchte sie der Hinrichtung beiwohnen. Im hamburger Zuchthaus Fuhlsbüttel sitzen vier zum Tode verurteilte »Kommunisten«. Sie können nicht hingerichtet werden, weil der Scharfrichter krank ist; sie glauben auch nicht, dass das der Grund ist, sondern denken, dass sich politische Instanzen, (Russland und) Rücksicht auf Amerika diesem Justizmord widersetzen.

2) Der Zuchthausdirektor Koldewey empfängt von dem Reichsstatthalter Mitteilung, dass diese Hinrichtung endlich zu vollziehen sei. Er müsse einen Ersatzmann für den Magdeburger Scharfrichter stellen.

3) Der Schlächtermeister Albert Teetjen, in wirtschaftlich schwieriger Lage, schreibt einen Brief an seinen ehemaligen Kriegskameraden Footh, ihm durch seinen Einfluss bei Bürgerschaft und Senat zu Hilfe zu kommen, und zwar schreibt er diesen Brief, wie ihn seine Frau Christine aufgesetzt hat; sie diktiert ihm ihre Fassung in die Feder. (Ende v. Akt 1)

2. Akt.

4) Annette Koldewey, Tochter des Vorigen, hat eine Beziehung zu einem Reeder Hans P. Footh, dem sehr viel daran liegt, ihr gefällig zu sein. Als Teetjens Hilfebrief einläuft, liegt Annette gerade mit Footh auf der Terrasse seines Hauses in Uhlenhorst. Er hat sofort die Vorstellung, Herrn Koldewey und seinem Kameraden Albert Teetjen gleichzeitig zu helfen: Albert Teetjen soll die Hinrichtung der vier »Kommunisten« übernehmen, für die ein Betrag von zweitausend Mark ausgesetzt ist.

5) Footh und Teetjen frühstücken zusammen. Er nimmt den Antrag Fooths an, wird die Hinrichtung übernehmen, seiner Frau aber davon noch nichts erzählen.
6) Stine Teetjen hat von der kleinen, gnomenhaften Waschfrau Geesche Barfey und ihrem Sohne, dem Krüppel Tom Barfey, den Briefumschlag erhalten, in dem sie den Bittbrief an Footh absenden konnte, ohne durch eine zu ungebildete Handschrift Ablehnung zu riskieren. Sie bringt ihnen dafür als Gegengabe Würstchen, die man nicht mehr verkaufen, aber sehr wohl noch essen kann. Der Briefumschlag stammte von der Hand einer Aerztin, die der Waschfrau Arbeit bei Herrn Footh verschaffen wollte, von Frau Dr. Käte Neumeier. (Schluß Akt 2.)
3. Akt.
7) Annette Koldewey und ihre Freundin, die Aerztin Dr. Käte Neumeier, sehen durch ein rundes Fenster die Hinrichtung mit an. Käte Neumeier, obwohl Mitglied der Partei, entsetzt sich, als sie hört, dass der Briefumschlag von ihrer Hand adressiert gewesen sei, in welchem das Hilfsgesuch des stellvertretenden Henkers bei Herrn Footh ankam.
8) Käte Neumeier beschliesst, herauszubekommen, wieso der von ihr adressierte Briefumschlag in fremde Hände kam. Auf diese Art wird sie erfahren, wer der maskierte Mann gewesen ist, der diese Tat freiwillig übernommen hat.
9) Albert Teetjen ist froh, den wirtschaftlichen Schwierigkeiten entronnen zu sein und sein Geld auf eine so einfache Art verdient zu haben, die überdies mit dem Willen des Regimes und der Volksstimmung gleichgerichtet ist. Seine Frau dagegen spürt ein dumpfes Entsetzen vor den Folgen. Sie ist Christin und glaubt an den Satz, wer Menschenblut vergiesse, dessen Blut wird von Menschen vergossen werden.
10) Käte Neumeier bekommt heraus, wie der Briefumschlag in falsche Hände gekommen ist, und in welche Hände. Sie findet es empörend und unhygienisch, dass der Schlächtermeister womöglich mit demselben Beil Nahrungsmittel zerteilt, mit dem er Verurteilte getötet hat.
4. Akt
11) Ein Gerücht läuft durch die Gegend, der Schlächter Teetjen habe sich als Henker betätigt. Es graust den Leuten, sie vermeiden, den Laden zu betreten.
12) Käte Neumeier und das Ehepaar Teetjen treffen im Tierpark von Stellingen zusammen. Sie hält ihm vor, dass er sich eingemischt habe in einen Ablauf, der ihn nichts anging, und dass er die Folgen nicht

werde vermeiden können. Als er sich auf den Willen der Partei und des Reiches beruft, bricht seine Frau in Angst aus: die Menschen würden sie verlassen, weil der Himmel sie verlassen habe.

13) Das Geld ist aufgebraucht, weil der Ladenbetrieb völlig still liegt. Die Kinder stören ihn nicht mehr vor der Ladentür durch ihr Spielen und Singen. Herr Footh und die Partei sind nicht zu sprechen: die Eroberung Oesterreichs geht jetzt vor sich. Teetjen sieht nirgendwo einen Ausweg aus der Sackgasse.

14.) Seine Frau Stine sucht die jüdische Dienstherrschaft auf, bei der sie früher lange gearbeitet hat. Diese Menschen sitzen auf ihren Koffern, sind zur Auswanderung gezwungen. Herr Samuel Plaut ist Apotheker, aber er kann Frau Stine nur dann Veronal ausfolgern, wenn sie ein ärztliches Rezept dafür mitbringt.

15) Stine Teetjen erbittet und erhält von Frau Dr. Neumeier ein Rezept auf ein Röhrchen Veronal, weil ihr Mann nicht mehr schlafen könne.

5. Akt.

16) Stine Teetjen macht ihrem Mann keine Vorwürfe. Die Angelegenheit hat sich nicht anders zutragen können. Man kann von einem durchschnittlichen Mann nicht verlangen, dass er klüger und vorsichtiger ist als der Durchschnitt aller Leute. Sie werden kein gutes Angedenken hinterlassen, aber wer sie gekannt hat wird sie beide bemitleiden, auch ihn.

17) Von der Decke im Zimmer hängt ein eingeseiftes Seil mit einer Schlinge herab. Es ist Abend, und Herr Teetjen ist bereit, zum letzten Mal schlafen zu gehen. Da kommt noch ein Besuch: der Krüppel Tom Barfey, Hausbewohner, durch den Frau Teetjen jenen Briefumschlag erhalten hat, möchte das Richtbeil kaufen, für spätere Gelegenheiten aufheben. Auf diese Weise erhält Teetjen einen Zwanzigmarkschein, der für ihre Beerdigung verwendet werden soll. Der Krüppel Barfey entfernt sich mit der Axt von Wandsbek, und Albert Teetjen bleibt allein mit der Schlinge, steigt auf einen Stuhl, legt sie sich um den Hals. Draussen zucken Scheinwerfer, ertönen die Motore eines grossen Fliegergeschwaders, das zur Feier des Einzugs in Wien über Hamburg kreist, wie der Lautsprecher verkündet.

Vorhang.

Haifa, Okt. 1941 / Dezember 41

Arnold Zweig.

[Die Beerdigung der Entlastungszeugin ... – frühe Fassung eines Abschnitts im 1. Kapitel des 2. Buches]

[enstanden: 25.11.1941 (hs. v. fr. Hd. im T), gestrichen: 26.11.1941, 27.11.1941: »Rettung der eingestürzten Szene als Traum« (Kalender 1941/42, AZA 2629); 3 Seiten T m. hs. Korr. v. fr. Hd.; nicht in die erste fragmentarische Romanfassung (AZA 425) aufgenommen; ursprünglicher Textanschluß nach S. 87 »Aber Schwester Adelheid vermochte ja auch nicht zu zaubern.«; in umgearbeiteter Form eingegangen in den Traum Dr. Neumeier S. 96f.; TG: AZA 426, S. 78–80 (Korrekturschicht).]

Die Beerdigung der Entlastungszeugin Lene Preestow auf dem Ohlsdorfer Friedhof, ganz in der Nähe, gestaltete sich zu einer eigentümlichen Kundgebung. Ein frischer Wind, den in diesen Tagen des werdenden Herbstes die Nordsee anzieht, deren graue Gewässer vorübergehend wärmer sind als die Landmassen, die sie bespülen – frischer Ostwind warf gelbe Blätter aus den Wipfeln der Trauerweiden und steilen Pappeln der ausgedehnten Begräbnisstätte auf eine ungewöhnlich grosse Zahl von Strafgefangenen der drei Fuhlsbütteler Anstalten – des Frauengefängnisses vor allem, aber auch der Strafanstalt und selbst des Zuchthauses. Der Sarg nämlich wurde getragen von vier Männern in den gelbbraunen Kitteln und plumpen Hosen, welche die Insassen dieser letzteren Anstalt kennzeichnen: die vier Insassen der Todeszellen hatten um den Auftrag gebeten und ihn von der Leitung auch bewilligt erhalten. Viel zu weichherziger Koldewey, dachte Dr. Laberdan, als er einen Zug von fast fünfzig Menschen dem Sarg der Prestow folgen sah, in einer Nachmittagsstunde, in der man sonst, des weiten Rückwegs wegen, Beerdigungen nicht mehr anzusetzen pflegt. Er selber ging nicht mit, er prüfte am Mikroskop Präparate, die er sich aus dem Blute der Verstorbenen entwickelt hatte, die Wirkungen der Tuberkel auf die roten und weissen Blutkörperchen nachzuprüfen. Er stand nur einen Augenblick am Fenster, seine Sehfähigkeit auszuruhen, sah die gelbrot sinkende Sonne sich in den gegenüber liegenden Fenstern spiegeln, hörte den Schall der hellen Kapellenglocke, vom Wind herangetragen, atmete ein paar Züge aus einer Zigarette und beugte sich, der lange, magere Mensch, leicht aus dem Fenster, dem Zug mit den Augen zu folgen. Die Angehörigen, Mutter und Schwestern, hatten schwarze Flöre über ihre Hüte garniert und trugen sonst dunkle Mäntel; der Vater, der Werkmeister, zeigte ausser einer Armbinde kein Trauerzeichen, und die beiden Wärter, die, das Gewehr von der Achsel hängend, rechts und links neben dem Sarge hergingen, und eigentlich neben dessen Trägern, gaben dem ganzen Zug ein eher kämpferisches als trauerndes Gepräge. Fehlten bloss noch die Banner mit Aufschriften: Wir lassen uns nicht … und die Sprechchöre, wie sie nach dem Kriege üblich geworden waren. Aufsässiges Städtchen, unser Hamburg, dachte Dr. Laberdan, während er seine Scheiben wieder schloss, lichtdichte Vorhänge zusammenzog und seine Lampen einschaltete. Aber löckt nur gegen den Stachel, ihr Dummköpfe, der sitzt. Sitzt tief und bohrt sich immer tiefer mit seinen Widerhaken, wie die Borste eines Stachelschweins. Hitler siegt und Deutschland siegt, für die nächsten fünf Geschlechter. Jetzt in Spanien, nächstens in Polen und so weiter.

Vielleicht war von dem vorüberziehenden Zuge die Suggestion eines Massengefühls zu dem Doktor hinübergeglitten. Die da in Viererreihen marschierten, fühlten so. Trotz, Auflehnung und dumpfe Anklage rauchten oder strahlten aus den Köpfen, wenn jemand die Fähigkeit besessen hätte, menschliche Emanationen sichtbar zu machen. Drei Jahre Gefängnis hatte die Lene Prestow gekriegt, aber wirklich war sie daran gestorben. Den Messerstich allein hätte sie irgendwo ausheilen können, bei Verwandten in der Heide oder selbst in der Stadt. Aber ein Gefängnis ist eben kein Sanatorium, hiess es jetzt; mit diesem schönen Wahlspruch schraubte man alles zurück, was die paar Jahre Republik an Verbesserungen herausgeholt hatten. Nazibele[i]digung mit tötlichem Ausgang. Fahrlässiges Todesurteil, wenn es das gibt.

Auf alle Fälle empfand so der alte Prestow, der unmittelbar dem Sarge folgte. Jemand hätte eine Ziehharmonika mithaben sollen, dachte er zwischendurch, und Aennchen von Tharau darauf spielen oder den Lindenbaum. Beides mochte die Lene so gern. Die Internationale durfte man ja jetzt nicht mal mehr in Gedanken blasen. Die vier Männer da in den gelben Kitteln, die die Bahre auf den Schultern trugen, sollten ihre Köpfe verlieren, von desto wegen. Fünf Jahre würde es noch dauern, hatte die Lene verlauten lassen. Sterbende waren oft Propheten. Seine Mutter hatte manches Spökenkiekerische an sich gehabt, wie viele Leute aus dem Dithmarschen. »Die Internationale erkämpft das Menschenrecht«, die Gesellschaft will, dass nur, wer Geld hat, ein Mensch ist. Für die anderen haben die Nazis das Wort Untermenschen in Umlauf gesetzt – diese Banknotenfälscher. Schwester Adelheid hatte ihm gesagt, auch Frau Dr. Neumeier habe sich dem Zuge angeschlossen, als sie bei ihrem Halbmonatsbesuch erfuhr, die Lene Prestow werde beerdigt. Gut und schön, da vermochte er gleich ihren Auftrag auszurichten und sparte noch das Trambillet.

[3. Buch, Beginn des 2. Kapitels – erste Fassung 1942]

[ohne Datum, lt. Kalender 1941/1942, AZA 2630: 5./6. 2. 1942; 1½ Seiten T; vermutlich zur ersten fragmentarischen Fassung des Romans (AZA 425) gehörend; TG: AZA 426, S. 155–156.]

2. Kapitel. Stellingen.

Der Mensch ist im allgemeinen zu allerlei Aberglauben geneigt. Sonne, Mond und Sterne und das ganze Himmelsgewölbe mit seinen Erscheinungen müssen ihm Vorzeichen liefern, um die Daseinsangst zu bekämpfen, mit der er es auch noch als Erwachsener zu tun hat. Daher, als Albert und Stine, nach einem vergnügt verbrachten Sonntagmorgen, in der Hochbahn sassen, um auf Bahnhof Sternschanze in die Elektrische umzusteigen, freute sich Stine über den Fensterplatz, den sie ergattert hatte und stiess Albert mit dem Ellbogen in die Seite: zartfarbig und blass, aber in schöner Rundung prangte ein Stück Regenbogen am Nordhimmel als Folge eines Gewitters, das sich des nachts weit draussen abgetobt hatte, über Land und See. »Schau, Albert«, sagte sie, »ist das nicht schön?« – Und selbstbewusst erwiderte er: »Wird sich wohl so gehören, wenn Teetjensens mal einen Ausflug machen.« – Stine ihrerseits klammerte sich innerlich an einen Bibeltext, an die Verzeihung, die der Herr der Heerscharen den Kindern Adams bewies, indem er seinen Bogen in die Wolken setzte, um sich selbst vor Uebereilung zu bewahren und seine allzu jähzornige Rechtspflege durch das Gnadenmittel der Vergebung und der Selbstermahnung einzuschränken. Ein gutes Zeichen, frohlockte ihr armes Herz, das gar nicht wusste, wie sehr es bedrängt war von dem, was Albert ihr voll Stolz gestanden.

Als der hamburger Tierhändler und -züchter Karl Hagenbeck sich in Stellingen niederliess, um dort seine wertvolle Ware unterzubringen, lag der Ort weit ausserhalb des Weichbildes der Hansestadt und ihres Zwillings Altona. Inzwischen hatten sich die Vororte der damaligen Heide bemächtigt und waren dem Dorfe recht nahe gerückt. »Jetzt«, sagte Albert, als sie die Strassenbahn auf der Kaiser Friedrich Strasse verliessen und sich dem Gelände des Parks zuwandten, »jetzt könnte Korl mit allem Geld seiner A.-G. den Platz nicht mehr bezahlen, auf dem seine Elephanten spazieren gehen; damals haben sie's ihm nachgeschmissen.[«] Die Hamburger bildeten sich nicht wenig ein auf den musterhaften Tiergarten, den die Familie Hagenbeck ihnen aufgezwungen, und der mit seiner Art, wilde Tiere nicht mehr hinter Gittern, in viel zu kleinen Käfigen zur Schau zu stellen, allenthalben Schule gemacht hatte. Aus Sammellagern gefährlicher Bestien für die Vorführung durch peitschenknallende, pistolenschiessende Dompteure, mit denen einst die grossen Zirkusse über Land zogen, waren Zoologische Gärten geworden, in denen der Grossstädter sich eine Anschauung von dem Reichtum an Formen und Kreaturen erwerben konnte, die die weite Welt bevölkerten; und Stellingen verstand es mit grossem Geschick, den Besucher darüber hinwegzutäuschen, dass die Geschöpfe der Wildnis hier schliesslich doch als Gefangene gehalten wurden; so sehr hatte Kenntnis und Einfühlung es verstanden, das grosse und kleine Wild in seine heimische Umgebung zu versetzen. Nur Gräben, unsichtbare Zäune, trennten den Besucher von den Eisbären, die sich über Klippen ins Wasser stürzten, den Löwen zwischen ihren Felsen, den Elephanten, umgeben von hohem Dschungel.

Umbau 1942.

[1942; ½ Seite H v. fr. Hd. (Beatrice Zweig); Entwurf einer Erweiterung des Romanplans und der Kapitelübersicht vom 19. 9. 1939 (s. S. 560); TG: AZA 430.]

1.) Die Bücher des toten Mengers. (Käthe Neumeyer)
2.) Herr Schreber, ein Wiener Professor aus Hamburg verheiratet und Herrn Koldeweys schlaflose Nacht.
3.) kein Verrückter, Herr Lintze und die Zukunft des Reiches. (Führerbesuch.) Februar 38.
4.) Das Beil muss helfen. Karl-August und das Curare.
5.) Man kommt zu spät.

[Notizen zum Roman 1942]

[29. 7. bis 11. 11. 1942 und ohne Datum; 12 Seiten H AZ m. eigh. Korr.; z. T. unausgeführte Ideen zum Romaninhalt; TG: AZA 429, S. 1–13.]

Lemke, der ein wirklicher Freund von Albert ist, rät ihm dringend: Gib den Zehnten ab an den SS-Sturm, Albert, sei kein Geizkragen. Hasts doch nur durch ihn gekriegt. Aber Albert will nicht. Er hat mehr zu zahlen.

Das Dschungel der Bestechungen im Reich (in der menschlichen (bürgerlichen) Gesellschaft) von Annette aus beleuchten.

Koldewey über die Revolution des Lebens durch das Präservativ, jenes h[ö]chst nützliche technische Wunderchen aus Gummi. Die Torheit des Bahr mit seinem Satze: »Wenn die Folgen nicht wären, wärs ein Gesellschaftsspiel.« Annette u. Koldewey wissen es besser[.] Über den Tanz der Geheimnisse in den guten Familien. Wo mehrere Töchter sind. Die alte Form der Monogamie stürzt langsam ein, eine neue, beseeltere tritt an ihre Stelle. Wie das Photo, das Grammo, das Auto, der Film, die Malerei, Musik, Landschaftssinn, Roman und Bühne erst recht zu sich selber befreit haben.

Kapitelzug: Die Bibliothek des ehem. Mengers.

1. Die Schulden des Geköpften. Seine Bücher werden verkauft. Käte Neumeier wird von der Buchhandl[un]g informiert. Es sind nur ein paar Dutzend Bücher, davon nicht sehr viel Wichtiges. Frau Alice Mengers verkauft auch ihre Möbel etc. und geht nach Palästina, wo man von den Zinsen von 1000 Pfd = 12 500 Mark als einzelner Mensch soll leben können. Sagen die sogenannten Zionisten.

Käte Neumeier hat kein Geld; sie kann diesmal nur einen Käufer animieren: Herrn Koldewey. Herr K. interessiert sich für langweilige Bücher, die sonst liegen blieben. Stendhal De L'Amour oder Aretino, Hetärengespräche finden schon noch Käufer, aber Schreber, »Denkwürdigkeiten eines Nervenkranken,« Neudruck nach 1879, wen interessiert das?

3. Herr Koldewey an seinem Sonntag im November blättert in dem

Buche, für das er Käte N. zuliebe 12.50 RM gezahlt hat. Schon die Einleitung fesselt ihn. Der Herausgeber hat offenbar gut daran getan, diese Einleitung grade von diesem Professor der Nerven-Heilkunde schreiben zu lassen. Herr Schreber, Senatspräsident, war richtiggehend verrückt, entmündigt, interniert, dennoch im stande, dies Buch zu schreiben, seinen eigenen Wahn zu beschreiben. Er war dazu bestimmt, die Welt zu erlösen, Gott hatte ihn ausersehen. Es hinderte ihn aber an diesem Heilswerk eine Weltverschwörung ehemaliger Korpsbrüder, der Saxonen, und der Anstaltsarzt Dr. F. Die Saxonen sassen auf den Sternen, hatten Fäden angebunden an den Enden der Nerven des Herrn Schreber, zogen daran, taten ihm sehr weh, störten seine Konzentration auf das Heilswerk. Dies sollte durchgeführt werden dadurch daß Daniel Schreber in ein Weib verwandelt wurde, das dem Beischlaf unterlag und den Messias gebären würde.

Koldewey horchte auf. Der Messias war doch schon geboren, er hieß Adolf Hitler. Aber auch sonst überall, welche Parallelen! Nach längerer Lektüre, den ganzen Sonntag hindurch fortgesetzt, beschließt er, Herrn H. H. Lintze aufzusuchen, um womöglich zu warnen. Das Reich durfte von diesem Irren nicht in den Krieg verwickelt werden.

4. Lintze geht mit Koldewey nach Wandsbek. Das Beil zurückbringen, das inzwischen von Annette gefunden worden ist. etc.

Überlegen: soll Lintze auf den Wink eingehen, ihn verstehen, den Teetjen zur Tötung des »Blindenführers« gewinnen wollen, durch den Selbstmord des Schlächters aber überrundet werden? Dann müsste Teetjen eine Audienz beim Führer beantragt haben, der nach Hamburg kommt, der Elbbrücke wegen, und ihm das Beil überbringen wollen, ihn aber mit diesem Beil selber niederschlagen wollen. Verhindert durch den Selbstmord von Stine. Wäre garnicht schlecht. Lintze könnte Teetjen ein paar Zeilen mitgeben, Hindernisse wegräumend. Na?

29. VII. 42

Koldewey kommt darauf, warum sich Anette grade an den Foot weggeworfen hat. Bei Nietzsche findet er das Aphorisma: »Unverständliche Handlungen verständiger Menschen aus ihrem Nervengeflecht zu erklären. Oft ist der Sympathikus weiser als das Gehirn, das übergangen wird, als unzulängliche Instanz. In Dingen des Eros und Sexus liest man die Gründe aus den Handlungen, nicht umgekehrt diese aus jenen.« Ah, trifft es Koldewey: Anette hat sich an Foot weggeworfen, um gegen das Regime zu protestieren, das von dem erfolgreichen und potenten Schieber trefflich repräsentiert wird. Nach dem Tode von Manfred und Erich Wyk: wie wäre etwas anderes möglich gewesen! Und Anette wußte es nicht einmal, daß sie sich prostituierte, weil das ganze bürgerliche Leben zur Prostitution geworden war!

29. VII.

Koldewey als Nietzschefreund ist prädestiniert zu einer aktiveren Rolle als bisher, und er + Lintze können die besonnenen Konservativen und Nicht-Nazis verkörpern, die es bestimmt noch in Deutschland gibt. Mit dieser Erfindung wäre der Roman erst vollständig. Und es ist nichts dagegen zu sagen, wenn der Plan Plan zu bleiben hat. Außerdem gute Verknüpfung innerhalb der Figuren.

1) Der Führer benimmt sich »wie ein Verrückter« in Gegenwart von Lintze anlässlich der Unter Elb-Hochbrücke
2) Koldewey ist überzeugt durch das Schreber-Buch. Er macht Lintze klar, daß an dieser Redensart etwas wörtlich zu nehmen sei.
3) Lintze schnappt ein: der Mann muß weg, ehe das Unglück passiert, daß er in den Krieg ausbricht u. das deutsche Heer vernichtet u. verfehmt. »Diesmal könnte es ernst werden mit der ›de‹militarisation.«
4.) Teetjen soll das Werkzeug sein, dem Führer im Auftrag des Regiments das Beil präsentieren, in der alten Uniform, der Gefreite dem Gefreiten. Das Beil soll eine vergiftete Schneide haben und dem Führer auf den Fuß fallen oder den Finger zum Bluten bringen. Dies ist Koldeweys Einfall u. Vorschlag.
5) Aber Teetjen bringt sich vorher um.

14. 8. 42

30. 8. Vor ein paar Tagen stellt sich die Idee ein: Koldewey würde sich in der Zusammenarbeit mit Käte Neumeier an der Bekehrung Lintzes zu der Schreber-Parallele in sie verlieben und sie schließlich heiraten – die Bomber der Zukunft schon über den Köpfen. Annettes Stellung dazu positiv, schon weil ihr Verhältnis zu Footh an Frl. Blütes jungem tränierten Körper zerbricht. Die Blüte tut es einmal, dreimal, aber dauernd nur mit dem Ring am Finger.

Der Boykott der Teetjenschen Schlächterei wird möglich, weil die befragte S.S. den Hausleuten sagen lässt, sie sollten ihren Gefühlen ja keinen Zwang antun, der Hund, der Geizige, müsse es zu spüren kriegen. Zwischenmann ist Frau oder Herr Lemke.

27. 9. 42

9. 11.

Zum letzten Buch.
Um den Bankrott zu beschönigen, verbreitet Albert die Mär, er gehe nach Spanien und löse deshalb die Fleischerei auf. Es ist Frühling 38 Franco hat »gesiegt«, man riskiert nicht mehr viel ... Die Leute glauben es oder tun so.

11. 11.

Stine, sagen die Leute, kann wieder als Dienstmädchen gehn, Albert als Gehilfe, oder wirklich nach Spanien. Daß sie Schluss machen könnten, liegt allen fern, außer Tom Barfey.

[Zu Tisch, läutete ... – frühe Fassung des Romanschlusses]

[ohne Datum, entstanden 26. / 27. 7. 1943 (Kalender 1942, AZA 2631); 2 ½ Seiten Tm. hs. Korr. v. fr. Hd.; ursprünglich letzter Abschnitt des Abgesangs »Das Beil kehrt zurück.«, Textanschluß im 7. Buch, 4. Kapitel nach S. 546 »... auf den Schreibtisch.«; TG: AZA 426, S. 469–471 (Grundschicht).]

Zu Tisch, laeutete die junge Frau Boje den Gong von der Treppe her und trat auch bald auf die Schwelle des Zimmers – ein wenig voller von Aussehen, aber juenger und bluehender als je, wie Herr Lintze bemerkt haben wuerde. »Unsere liebe Hausdame, Frau Bert Boie,« stellte Dr. Koldewey Annette seinen Freunden als Ueberraschung seit fuenf Wochen vor. »In aller Stille, Gatte bereits nach B[uenos]-A[ires] verschmettert, weil hier jetzt nur noch mit Telegrammen geschmissen wird ... Was fuer ein koestliches Septemberlicht, voll vom Abschiedsglueck des Sommers, wie unser Friedrich dichten wuerde. Wollen heute abend doch unsere Lektuere fortsetzen.« Kaete Neumeier nickte eifrig. Sie hatten vor einigen Wochen eine ihr neue Lektuere begonnen, Nietzsches Nachlasswerk, der Wille zur Macht und es war ihr aufgefallen, wie sehr diese Buendel von Notizen in Tendenz und Bewertung den Buechern wiedersprachen, die der Philosoph, in der gleichen Zeit verfasst und zum Drucke bestimmt hatte. Sei[t] Studentenzeiten hatte sich ihr als Nietzsches Diktum eingeprägt, der Satz: Macht verdummt. Gesperrt gedruckt in dem Buche zur Genealogie der Moral. Nun lernte sie, mit wachsendem Staunen, Seiten ueber Seiten kennen, in denen aus der gleichen Epoche an Vergoetterung und Uebertreibung des Machtprinzips wenig zur Seite gestellt werden konnte. Mit ihrem nuechternen Naturforscherkopf rueck[t]e sie Herrn Koldewey ernsthaft zu Leibe.

Waehrend jetzt kross gebratene Schollen mit neuen Kartoffeln und Tomatensalat verzehrt werden wollten, betrachtete Herr Koldewey seine Gattin mit forschenden Blicken aus seinen gelben Ziegenaugen und fand sie tief beeindruckt von dem Vorgefallenen. Wollen es ein bisschen einordnen, dachte er. Und obwohl man beim Fischessen erprobtermassen schweigt, dozierte er dennoch, die langen wohlgebildeten Haende mit dem Fischbesteck manchmal zur Unterstreichung benutzend: »In unseren Zeiten, die nur hinschauen, wenn grosse Schichten der Bevoelkerung sich bewegen oder bewegt werden – siehe das neue Russland – sind Einzelschicksale recht belanglos. In den U S A, las ich vor ein paar Tagen, gingen im Vorjahr durch Autounfaelle 40 000 Menschen zugrunde, ob getoetet oder bloss schwer verunglueckt, ist mir entfallen. Macht einen Tagesdurchschnitt von 110 und da wir nur halb so volkreich sind, duerften wir mit 55 pro Tag aufwarten. Verkehrsunfaelle; zwei davon sind diese Teetjens.« Kaete erriet ihn ganz und gar, blickte ihn dankbar an, traeufelte Zitrone auf ihr weisses Schol[l]enfleisch, verzehrte den Bissen und entgegnete dann: »Ja, aber fuer die, denen sie nahestanden, enthielt jeder dieser Unfaelle ein Quantum Schicksal – von dem Betroffenen selbst zu schweigen.« Annette hoerte zu und liess es sich wohl sein. Wie gut wir's haben, dachte sie. Einen so huebschen Rotwein und so gescheite Gespraeche, ohne einen Fuss vors Haus zu setzen. Und der Bert, dieser Narr zappelt sich drueben in B[uenos]-A[ires] ab.

»Richtig,« nickte Herr Koldewey inzwischen. »Aber ruecken wir die Perspektiven zurecht, so enthuellt sich ein Gesellschaftsumbau auch als Verhaengnis. Als Massen-Auf-und[-]Ab und, wie das Auto, schliesslich als Segen. Trotz einer Todesrate, die sich vermindern liesse.«

Und sie vollendeten das Mahl unter Gespraechen, die dem Reiz der neuen Zeiten gerecht wurden, trotz der Gefaehrlichkeit, auf die der junge Propagandaminister so gern hinwies. Als sie beim Kaffee sassen, klingelte das Telefon, Frau Kaete hob es aus seiner Gabel gewohnheitsgemaess beinah, noch von frueher her, aber siehe da, sie auch war verlangt und zwar von der Volkswohlgesellschaft der N.S.D.A.P. »Tom,« meinte sie strafend, »Mittagspause. Sicherlich ist Ihnen der Apparat erst vor kurzem auf den Tisch geschneit.« Und dann hoerte sie ihn sich entschuldigen: die beiden Koerper seien eben freigegeben worden und muessten heute nachmittag beerdigt werden. Die Volkswohl habe von ihrem Grund und Boden in Ohlsdorf ein Doppelgrab zur Verfuegung gestellt und wenn Frau Doktor der kleinen Feier beiwohnen wolle, morgen vormittag um zehn, dicht beim Grab der Lene Prestow in einem Rondell von grossen Wacholderbueschen. Schade, entgegnete Käte Neumeier, sie muesse morgen bei einer Operation einer ihrer Patientinnen assistieren. Sie hätte auch unter anderen Umstaenden an dieser Beerdigung nicht teilgenommen. Auch Tom Barfey konnte nicht mit, aus begreiflichen Gruenden, aber der Sturm Preester und Lehmkes; und selbst Herr Reeder Footh werde sich vertreten lassen. Dieser Tom Barfey war nicht schlecht gewachsen oder gereift, in diesem Jahre, meinte sie zu ihrem Gatten, als sie nach dem Versprechen: »in den naechsten Tagen nach der Sprechstunde,« den Hoerer wieder in die Gabel legte. »Sagte eben was aehnliches wie du, dass naemlich unsere Zeit alles in Massen herstelle, auch das Unrecht und Unglueck und dass also auch der Ausgleich, ohne den es ja nirgendwo abgeht, sich auch in Massen ausdruecken werde. Dann werde es auf eine Wohnung und ein Ehepaar nicht sehr ankommen. Aber darum waren es doch unsere Freunde, auch wenn wir sie bekaempfen mussten.«

»Und nun machen wir unsere tausend Schritte im Garten,« damit bot er ihr den Arm, »und freuen uns der Ebereschen und der Flugspinnen, die unsere Leute so nett Altweibersommer nennen.[« – »]Das ist also alles,« meinte seine Frau, mit einer Frage in ihrer schwebenden Stimme, ihren warmen braunen Augen, »was von so Leuten bleibt, ein Nachruf im Gespraech, eine stramme Beerdigung und eine Grabstätte in Ohlsdorf bei Wacholderbueschen?« – »Was von uns allen bleibt« entgegnete er, seinen Zigarrenrauch mit der durchsichtigen Luft vermengend. »Bestenfalls Kinder, die Wirkung unserer Taten und ein bisschen Musik,« womit er auf das offene Fenster oben deutete, aus welchem von Annette angestellt, heitere Klaenge einer Tanzkapelle drangen. Als sie ihre Promenade beendet hatten, und die Treppe wieder hinaufstiegen um sich schlafen zu legen, trat ihnen Annette aus der Tuer entgegen, das eingepackte Beil im Arm, wie ein Kind oder eine Laute. »Und was ist das hier?« fragte sie. »Ein Museumstueck,« entgegnete Herr Koldewey »und sonst garnichts.«

[Notizen zum Roman 1944]

[24. und 31. 10. 1944 und ohne Datum; 4 Seiten H AZ m. eigh. Korr.; Notizen zum Beil-Motiv und nicht aufgenommener Abschnitt zum 6. Buch, 2. Kapitel; TG: AZA 447.]

Beil-Motiv.
1) Lintze sch[ä]kernd: Das brave Beilchen in der Hand des »Zufalls« wird den wiederschlagen, der es los gelassen hat.
2) Das Beil auf der Hochzeit.
3) Lintze und Koldewey werden ganz beruhigt: die Generale halten Adolf am Bändel
4) Das Beilchen im Museum h[ä]ngt ja im Besitz der Gesellschaft Gut und schön. Solange Stadt Hamburg auf ihren Grundfesten steht. Und länger brauchts nicht. Dann mag seine Stunde schlagen.

24. 10. 44, T[el] A[viv]
Straße.

Albert Teetjen hatte das Gefühl in einem Tunnel zu radeln, der eine genau so hoch gewölbte Fahrbahn bot wie ein Radler sie nötig hatte, um glatt voranzutrampeln. Aufstehn durfte er nicht, das konnte den Kopf kosten. Blieb er aber im Sattel und arbeitete mit den Beinen feste nach unten, ging alles glatt. Im Innern der Erde, Arne Saknussen, dachte er. An den Wänden gabs Plakate voll bunter Figuren, die sich haha, ziemlich unanständig benahmen und gezeichnet waren, und der Reklametext, immer derselbe, an dem Albert entlangfuhr, hieß einfach: »Proletarier aller Länder, verunreinigt euch.« Tun die auch dachte Albert befriedigt. Ich mit. Was man tun konnte, ums zu ändern, ja, wer das wüsste. Vorwärts trampeln und vorwärts rollen. Im Elbtunnel – feste Decke oben, feste Fahr-Bahn unten, im Innern unsrer ollen Erde. Und wer das Gewölbe, die Fahrbahn erhöhen wollte, daß man den Kopp heben und nachdenken könnte, wer könnte das woll, und wo und wie finge der das woll an. Einer alleine? So schlau ist nicht mal der Führer.

31 / X.

Da müsste einer die ganze Fahrbahn tiefer legen, das Strombett tiefer unterfassen, ganz Hamburg tiefer legen, ganz Deutschland, die ganze europäische Schweinerei. Das mach mal, Albert, dachte er. Der Großvater hätt's nicht gekonnt, der Vater noch weniger und der Footh schon garnicht. Nee, Männeken: vorwärts trampeln und den Kopp einziehn.

[Trennung Annette Koldewey und Hans Footh – fortgelassener Abschnitt im 5. Kapitel des 4. Buches]

[ohne Datum, diktiert vermutlich gleichzeitig mit dem Kapitel »Die schwarze Rose« Oktober 1944 oder Anfang 1945; 3 Seiten T m. hs. Korr. v. AZ und fr. Hd. (Beatrice Zweig); Textanschluß im 4. Buch, 5. Kapitel nach S. 294 »... es hätte schlimmer kommen können.«; TG: AZA 424, S. 277 a–c (Grundschicht).]

Hans Footh ... es war aus zwischen ihnen, ganz aus, lautlos und rätselhaft und wortlos hamburgisch. Sie hatte jetzt eine halbe Stunde Zeit, konnte seine Briefe heraussuchen, zusammenbündeln, für eine allenfal[l]sige Rückgabe zurechtlegen. Das senkrechte Seitenschränkchen ihres Schreibtisches musste sie alle enthalten, durcheinandrig, aufs Geratewohl hineingesteckt, aber da sein mussten sie. Und während sie, auf einem kleinen Teppich sitzend den Inhalt dieser Fächer um sich ausstreute, den sauber gehaltenen Estrich gleichsam als gigantische Tischplatte benutzend und nach den Papieren stöberte und griff, die sich durch ihre violette Kopiertinte als von Hans Footh stammend auswiesen auf den ersten Blick, stieg ihr ein merkwürdiges Gefühl in der linken Seite ihres Brustkorbs auf und ab – es konnte ebenso gut vom Aufstützen ihres linken Armes herrühren, der das ganze Körpergewicht trug, wie von unruhigen Erwägungen, unterdrückten Vorstellungen und Gedanken. Eingetreten war diese Trennung von Hans Footh beim ersten Wiedersehen nach jenem Blick durch ein rundes Fenster und der Blumenausstellung, die darauf folgte. Als sie sich danach wieder trafen, in seinen Räumen, auf seiner Terrasse, war ein kurzes Schütteln durch sie gegangen, mit Beschämung bemerkt und sofort unterdrückt und mit künstlicher Unbefangenheit überkleidet. Aber obwohl sie die Absicht gehabt hat, den ganzen Nachmittag mit ihm zu verbringen, brachte sie es doch nicht über sich. Sie entdeckte, dass sie beinahe die entscheidende[...] Anprobe bei ihrer Schneiderin versäumt hatte, das neue moosgrüne Winterkleid, dessen Modefarbe zu ihrem grünen Automantel, bayrisches Loden, so glücklich passen würde, und das nie fertig wurde, wenn sie die heutige Anprobe versäumte. In ähnlichen Fällen hatte Hans Footh so manches Mal schmollend Einwände erhoben, seinen Willen durchgesetzt. Diesmal aber gab er fast kampflos nach, nur die unumgänglich nötigen Einwände vorbringend, und so hatte eine Trennung begonnen, eine entgültige Trennung, freundschaftlich, unerbittlich ... Es dauerte ein paar Wochen, aber dann hatten beide begriffen, dass das Blut zwischen ihnen war, vergossenes Blut, sonderbar aber kein Spass. Hier auf dem Fussboden knieend, ein Päckchen Briefe zwischen den Fingern, seufzte Annette, bedrückt und erleichtert in einem. Was für ein sonderbares Wesen, der Mensch! Sie erinnerte sich doch sehr gut des Sommernachmittags auf Footh's Terrasse, wie der von Käte Neumeier adressierte Brief von diesem Teetjen in ihrer beider Hände kam, wie froh sie beide feststellten, dem Manne könne geholfen werden – beiden Männern, wie Hans es auf ihren Vater hinweisend ausdrückte. Und das Krebs-Essen dann, die Spannung des Telefonanrufs wegen, der auf sich warten liess, weil Papa vergessen hatte, den Apparat durchzustellen. Wer ihr damals vorher gesagt hätte, diese Freude werde sie die Beziehung zu Footh kosten, eine Chance ihres Lebens, einen Weg in die Zukunft ... Aber hier und heute gab sie sich schon zu, dieser Weg mit Hans Footh war auf unsoliden Untergründen errichtet worden, von Anbeginn. Als ihr das spanische Abenteuer, diese sonderbare Freiwilligenaufstellung, den Jugendfreund entrissen hatte, ihren Vetter Manfred, einen echten Koldewey, da war anscheinend etwas in ihr zerbrochen; ein Teil ihres Wesens verletzt worden, der geradeswegs abzweigte vom Hauptstamm der tiefen Vertrautheit mit ihrem Vater. Hätte sie nur damals zu irgendwem reden, weinen, schreiben dürfen! Aber das hätte sich nicht geschickt, menschlich nicht, weiblich nicht und politisch schon gar nicht. Es schickte sich nicht, davon zu sprechen, dass deutsche Flieger in Spanien abgeschossen werden konnten, von irgendeiner internationalen Brigade, bolschewistische Piraten. In der guten Gesellschaft, zu der sie nun einmal gehörte, war dafür stumme Trauer, stolzes Heldentum vorgeschrieben, und eine gut aussehende junge Frau musste zeigen, dass sie zu überwinden verstand und nicht in Verlegenheit war um neue Bindung, Schutz und Trost. Und so hatte sie sich zu Hans Footh gefunden, dessen lange Werbung endlich beachtet und erhört. Man war ein lebendiger junger Mensch, bedurfte Zärtlichkeit und Liebe, hatte weder Recht noch Lust, rückwärts zu blicken, zu leben. Dass auf diese Weise nur Gebrechliches zustande kommen konnte, wer hätte das gedacht? Aber sie lebte gern, vorwärts gewandt, im Strome der Schichten treibend, in welche Geburt und Geschick sie stellten. Und nun stand der junge Boie vor der Tür und begehrte Einlass und etwas in ihr sagte ja zu ihm aus tieferen Schichten, wie ihr schien, mit einer stärkeren Beteiligung ihres Besten, Innersten, wenn auch weniger glanzvoll und aussichtsreich als der Reeder und Aeugleinmann Hans Footh. Von ihm hielt sie jetzt das Päckchen Briefe in der Hand, auf seinen kürzeren oder längeren Abwesenheiten geschrieb[en] in nicht sehr geschicktem Deutsch, das seine Abstammung von der geschäftlichen Sprechweise des Mannes verriet, der sich emporgearbeitet hatte. Ja, das neue Deutschland hatte Wert darauf gelegt, solche Männe[r] gelten zu lassen, sie als Volksgenossen aufzunehmen in die Oberschicht, die schwarze Uniform der S.S., die sie trugen, als Brief gelten zu lassen eines neuen Adels. Die Gefolgschaft, die sie dem Führer leisteten, machte sie allem ebenbürtig, was im neuen Reiche Sitz und Stimme besass. Und nun würde sie unter ihren seidenen Bändchen ein violettes heraussuchen, das zum Ton dieser Tinte passte und abwarten, ob sich eine Gelegenheit ergab, diese Briefe ihrem Absender zurückzugeben. Wenn nicht, dann nicht. Sie wünschte niemanden zu kränken, gab sich nicht anders, als sie war, hatte nichts zu bereuen, noch zu beschönigen. Wie oft hatte Papa der Meinung Ausdruck gegeben, dass der Mensch ein Produkt der Umstände war, in denen er zur Welt gekommen – sie, Annette Koldewey, in solchen und diesen. Sie hatte sie nicht geschaffen, auch nicht gewünscht, sie war in sie hineingeboren, noch dazu als weibliches Wesen, und trug jemand die Verantwortung, so nicht sie. Und jetzt hatte sie hinunterzugehen und die Wäsche durchzuzählen, die in der Frauenabteilung drüben gewaschen worden war und mit Frau Brose den Küchenzettel zu besprechen und zu schauen, was an frischem Gemüse eingeliefert worden. Hoffentlich Braunkohl, der schon etwas Frost abbekommen und dann nur um so besser schmeckte. Die Botaniker nannten ihn wahrscheinlich Grünkohl, aber hier hiess er eben so seiner Farbe wegen.

[Absprache zwischen Koldewey und Lintze – fortgelassener Abschnitt im 5. Kapitel des 4. Buches]

[ohne Datum, diktiert vermutlich gleichzeitig mit dem Kapitel »Die schwarze Rose« im Oktober 1944 oder Anfang 1945; 2 Seiten T m. hs. Korr. v. AZ und fr. Hd. (Beatrice Zweig); Textanschluß im 4. Buch, 5. Kapitel nach S. 296 »Nischt wie raus!«; TG: AZA 424, S. 279 a–b (Grundschicht).]

»Da wir aber nun so gemütlich beisammen sitzen«, sagte Herr Koldewey, »und uns auf ein nicht ungefährliches Unterfangen einlassen wollen, müssen wir uns doch unserer Grundlagen versichern. Daß unser Fundament eines und das gleiche ist, kein Mißverständnis es [w]urmstichig macht – – – wir sind ja beide nicht für das Aussprechen des Selbstverständlichen, schätze ich« …– – – »Mal aber muß jeder ran,« stimmte Herr Lintze zu und und nippte mit seinem kleinen Munde am Glase.

»Erlauben Sie mir, zu fragen,« fuhr Herr Koldewey fort, den ausgestreckten Zeigefinger senkrecht auf die Tischplatte gestemmt: »Warum wurden diese vier Verurteilten zu Tode gejagt, Herr Oberstleutnant, letzten Endes?« Herr Lintze saß blanken Auges da, froh eines Turniers mit diesem angesehenen Gedankenfechter; die geistigen Funken würden [s]prühen. »Letzten Endes«? wiederholte er. [»]Weil sie die Grundlagen unserer Wehrkraft zerstören. Weil wir gesehen haben, wie das rote Gift die Zarenheere zerbröckeln machte.« – – – »Das ist ein Grund«, nickte Herr Koldewey »aber noch nicht d e r Grund. Ist Wehrkraft ein letzter Wert? Und nicht vielmehr Ausdruck einer Denkart, einer Geisteshaltung? Was halten Sie für die höchsten Werte, lieber Freund, um deretwillen es lohnt, zu leben und zu sterben? Wenn wir die mit Herrn Lenin gemeinsam bejahen, sparen wir uns besser Anstrengung und Gefahr. Also«? Herrn Lintzes Gesicht nahm einen noch aufmerksameren Ausdruck an, den eines zu prüfenden Kandidaten. »Die Höchsten gleich«? Wiederholte er fragend und zählte auf: »Gott, Vaterland, Freiheit, Unsterblichkeit. Wer auf Werbungsreisen geschickt wird«, setzte er lächelnd hinzu, »Muß sein geistiges Gepäck griffbereit am Nagel haben.« – – – »Sturmgepäck«, nickte Herr Koldewey beifällig: »Gott mit uns«, trägt jeder Muschko auf dem Koppelschloss. »Freiheit die i c h meine, die m e i n Herz erfüllt. Vaterland, das ist einfach der Auftraggeber des Soldaten wie des Beamten, ein andres Wort für Bürgerliche Gesellschaft. Ohne Unsterblichkeit aber, oder den Glauben an sie, in welchem sein irdisches Lichtchen ja ausgeblasen werden kann. Walhalla, Mohameds Paradies, die ewigen Jagdgründe, der christliche Hallelujahimmel.« Herr Lintze fand de[n] Ton seines Partners und Freundes fast zu frivol. »Lassen sie uns einfachen Leuten die Religion«, bat er, »Sie eb[e]n unterscheidet uns vom Tiere.« – – – »Richtig«, nickte Herr Koldewey, seine schrägen Ziegenaugen auf Käte Neumeiers Gesicht verweilen lassend. »Und darum hassen wir den Marxismus? Denn er raubt uns diese ›Illusion‹. So nennt er's und weiß nicht in seiner vulgären Ueberschlauheit, daß diese ›Illusion‹ Weltgeschichte macht, ein Kraftpotenzial ist, amorphe Massen zu Siegervölkern umschweißt. Herr Marx aber, von dem Wirrkopf und Wolkenbildner Hegel hinter's Licht geführt, läßt sich einen Prophetenbart stehen und einen Simsonhaarwald und glaubt, unsern Arbeitern einreden zu können, es sei wichtiger, zu wissen, was beim lösen eines Trammbahnbillets vor sich geht, als beim Uebertritt der Seele ins Jenseits.[«] – – – »Ist auch«, nickte Herr Lintze, »Für uns. Für die Leitenden, die geistig Eingewei[h]ten. Aber nicht für die Massen, die Vielzuvielen, die Schlachten liefern und Arbeit liefern und Kinder liefern und sonst nicht viel zu piepen haben, in gutgeordneten Gemeinwesen. Weil sie sich in ihr mausig machten, ließen wir die Weimarer Republik ber[g]ab laufen. Und was für ein Durcheinander sie aus dem starken Russland unserer Bismarkzeit angerührt haben, beweisen ja ihre Prozesse. Nur zu meine Herren Volkskommissare! Bei uns aber darf es soweit nicht kommen. In die wa[h]re Autorität hinein wächst man nicht von heute auf morgen. Und darum ...« »Einverstanden«, erklärte Herr Koldewey. [»]Meint unsere schwere Industrie Kredit wenn sie ›Credo‹ singt und den Chor fortsetzen läßt: In unum Deum, so mag Herr Hitler glauben dieser Deus sei er. Auch für den Oberpriester halte er sich. Ueberschreitet er aber die Grenzen die ihm gesetzt sind – – Eines wundertätigen Heiligenbildes, eines Ikons oder bestenfalls eines Rasputins, so wissen wir was wir zu singen haben. Nämlich den Vers von unserm alten Gerhart Hauptmann aus dem Weltjahr 1914: ›Deutschland muß leben, Und wenn wir sterben müssen.‹ Und darauf Prösterchen.«

[Aus Herrn Koldeweys Gesprächen]

[15. 5. 1947; 1 Seite H AZ mit Bemerkung »Zusatz zum ›Beil v. Wandsbek‹ Einschaltung S.«; fortgelassene Ergänzung zum Roman, Textanschluß im 1. Buch, 3. Kapitel nach S. 23: »Du bist nur Werkzeug, dein Footh, ich, wir alle.«; TG: AZA 2597, S. 17.]

[Textkorrektur: deines Taten > deines Paten.]

[»]Nun sagst du dir im Stillen, Kind, oder du sagsts dir auch nicht, diese Haltung deines Paten sei bequem, sei gemein und also verworfen. Verbrecherisch, wenn du starke Ausdrücke liebst.« – [»]Ich nicht,« protestierte Annette. »Gut, schön,« lächelte Herr Koldewey, »aber ich. Vor meinem Gewissen. Vor dem, was man Jugendidealismus nannte, als du noch klein warst. Die Herren Dichter, die Herren Religionsstifter, die Märchen-Erfinder allesamt urteilten so. Sie liessen Könige zu Grunde gehn, Reiche stürzen, Päpste in die Verdammnis rollen und römische Diktatoren enthaupten, weil sie dem Übel nicht entgegentraten, obwohl sie es erkannten. Misch dich ein, sagten sie. Widerstrebe dem Übel. Lass es dir nicht gefallen. Die paar Sätze der Ethik, die ein gewisser Hillel aus Babylon zusammenfasste in den Befehl: [›]Was du nicht willst, daß man dir tu, Das füg auch keinem Andern zu‹ – dieses einfältige Heiltum sei eine Drohung für alle führenden Seelen, herrschenden Klassen, mächtigen Mächte. Lässt du es dennoch geschehen, das Böse, an wem auch immer, so rufst du den Abgrund auf, deinen Staat zu verschlingen. Passivität des führenden schlägt aus zur Passion der Geführten und zum Todes-Urteil für die Führer. Aber, siehst du, das ist falsch. Das ist achtzehntes Jahrhundert, Christentum und sokratische Decadence. Wir lassen die Historie geschehen auf den Wegen, die sie sich selber weist. Und was den letzten 5000 Jahren recht war, das darf uns nicht zu billig scheinen. Darum mische ich mich nicht ein.«

15. V. 47.

Vorrede zur tschechischen Ausgabe.

[27. 7. 1948; 1½ Seiten Tm. hs. Korr. v. AZ; TG: AZA 2352 (Korrekturschicht); gedruckt in der tschechischen Übersetzung als Nachwort in: Arnold Zweig, Sekyra z Wandsbeku, Praha 1949, S. 612.]

»So ist ein Gesetz der Geister und Gespenster,
Wo sie herein da muessen sie hinaus.«

Mit herzwärmender Freude setze ich dieses Zitat an den Anfang dieser kurzen Vorrede zur tschechischen Ausgabe meines Romans – [d]arf sich doch erstens ein linker Schriftsteller recht wohl Gespenst und Geist nennen, der diese Hitler-Epoche überlebt hat, und stellt doch zweitens diese Uebersetzung die erste in eine Sprache des europaeischen Kontinents dar, die der Verfasser in Haenden halten durfte. Als ich 1933 meine in die Haende der Hitlerhorden gespielte Heimat verliess, geschah es ueber das Riesengebirge von Hain hinueber nach der Spindlerbaude und nach Spindlermuehl. Jetzt, fast ein halbes Menschenalter danach, setzt mich das Flugzeug auf europaeischem Boden ab, wiederum in dem gastlichen Staate der C. S. R., der sich inzwischen folgerichtig in eine Volksdemokratie verwandelt hat, weil er aus den Ereignissen zu lernen verstand.

Dieser Roman hier »Das Beil von Wandsbeck«, den wir dem tschechischen Leser voller Vertrauen vorlegen, gibt ihm das Schicksal des durchschnittlichen deutschen kleinbuergerlichen Ehepaares waehrend die faschistische Woge das Reich aufwaerts zu tragen scheint – aufwaerts in den Untergang. Der Schlächtermeister Albert Teetjen und seine Frau Stine geborene Geisow leben ihm das Schicksal vor, welches ein ganzes grosses Volk erwartet und wovon nur Ahnungen die Welt durchwehen, die mit dem faschistischen Ungeheuer recht zufrieden zu sein scheint, es umgaenglich findet, von ihm profitieren moechte, da ja die »bolschewistische Gefahr« seit 1918 ein bequemes Schlagwort geworden ist, um wahnhafte Gebilde darauf zu errichten. Wie die Helden des Buches schuldhaft und unschuldig ihr Geschick zu Ende leben, wie sich Schicksale und Lebensschichten an ihnen kundtun und mit ihnen reifen und sich schliessen, das wird dem Leser auf den folgenden Seiten nicht erspart bleiben. Zu wuenschen waere, dass das Menschliche, das uns allen Gemeinsame das Gewebe dieser Erzaehlung stark genug durchfaerbe, um ueber den nur allzu berechtigten bitteren Nachgeschmack hinwegzuhelfen, den jene zehn Jahre in der ganzen Welt hinterlassen mussten.

Denn die »Reinigung der Leidenschaften« oder »von den Leidenschaften«, die Aristoteles der griechischen Tragoedie zuschreibt, sie eignet auch der kunsthaften Gestaltung anderer Formen unserer europaeischen Dichtung. Und es ist nicht einzusehen, warum den Leser, der einsam hinter seinem Buche seinen Helden schuldig werden sieht, seine Heldin schuldlos schuldig aufleuchten und den Tod des gehetzten Wildes sterben – nicht einzusehen ist, warum diesen einsamen Zuschauer und Mit-erleber der Schauer nicht durchruetteln sollte und die Einsicht nicht in die Vogelschau erheben, von dem der Dichter sagt »und unter ihm in wesenlosem Scheine [/] liegt was uns alle baendigt, das Gemeine«.

Schloss Dobris, bei Prag,
Schriftstellerheim,
27. Juli 1948.

Waschzettel-Entwurf

[21. 12. 1950 (hs. von Ilse Lange über dem T); 1½ Seiten T m. hs. Korr. v. fr. Hd. (Ilse Lange); TG: AZA 2384 (Korrekturschicht).]

Der Roman »Das Beil von Wandsbek« führt an einem sehr vergrösserten, genau beobachteten Einzelfall ein Menschenpaar und seine Umwelt vor, deren es überall zu Millionen gegeben hat und denen, ein besseres Schicksal zu bereiten, die neue Gesellschaft gegründet worden ist. Der Schlächter Albert Teetjen, obwohl er ein individuell erfasster Hamburger zu sein hat, gehört jener Gattung an, dem Kleinbürgertum, aus welchem Herr Truman und seine Generäle ebenso hervorgegangen sind wie Herr Bevin, General Franco oder die verstorbenen Herren Dollfuss und Mussolini. Dass sich zwischen Albert Teetjen und den Grössen des Dritten Reiches eine Gleichung leicht herstellen lässt, versteht sich von selbst, auch wenn Herr Hitler durch sein persönliches Erscheinen die Randwelt des Romans bereichert. Was sie alle verbindet, ist das Ausüben von Gewalt an Wehrlosgemachten zur Lösung eigener wirtschaftlicher Schwierigkeiten und die Abwesenheit gedanklicher Anstrengungen, die durch das Spiel von Muskeln und Werkzeugen ersetzt werden, eigener oder fremder. Dass in dieser Männerwelt das weibliche Element nicht zu kurz kommt, dafür sorgt nicht allein Albert Teetjens Frau Stine geborene Geisow, sondern eine abwechslungsreiche Reihe anderer weiblicher Wesen, von denen verraten werden darf, dass die Fortschritte der Handlung an jedem entscheidenden Knotenpunkt dem weiblichen Element anvertraut sind, offenbar weil die Frauen eine versittlichende Funktion ausüben, wenn sie dieser fehlgegangenen Männlichkeit zum Untergang verhelfen und die Welt von ihr befreien. Arnold Zweig erzählt hier, wie in einer faschistisch gewordenen Gesellschaft ein ehemaliger Soldat des ersten Weltkriegs, von seiner Herkunft ohne weiteres ins Schlächterhandwerk hineingeschoben, sein Metier des Tötens an vier politischen Gefangenen ausübt, die ohne nachweisbare Schuld, um von jedem rebellischen Verhalten abzuschrecken, zum Tode durch das Beil verurteilt worden sind. Aber als Vorahnung gleichsam des mit Notwendigkeit gesetzten Untergangs der faschistischen Führerclique, wendet sich auch gegen Albert und Stine Teetjen der schicksalhafte Ablauf, die Folge ihres Tuns und Verhaltens und demonstriert wie an Schaustücken, die Tatsache, dass eine ungeordnete, sich selbst überlassene Wirtschaftswelt mit Notwendigkeit ihre Exponenten erschlägt und so auf stumme Weise den Vorrang einer vom menschlichen Verstand und seinem Sittengesetz geleiteten Gesellschaft vor dem als freie Wirtschaft maskierten kapitalistischen Chaos. Wenn hinter Herrn Bevin z. B. Herr Churchill steht, hinter diesem aber das britische Industriekapital, so wirkt hinter Albert Teetjen sein früherer Kriegskamerad Footh und hinter diesem, die NSDAP dirigierend, die Wirtschaftskapitäne von Rhein und Ruhr. Dass Dutzende rund und scharf gesehener und gestalteter Individuen die Welt des Romans ausmachen und beleben, versteht sich bei Arnold Zweig von selbst und ebenso das Mitspielen der Natur, der Landschaft und ihrer Einbrüche und Ereignisse in die hamburgische, jeder Nachprüfung standhaltende Stadt- und Staatsatmosphäre. Heute sieht man möglicherweise allzusehr das typisch deutsche dieser Romanwelt; in nicht zu ferner Zeit aber wird man »Das Beil von Wandsbek« ebensowenig dem deutschen Wesen zurechnen, wie heute schon »Madame Bovary« dem französischen oder »Anna Karenina« dem russischen.

Film und Roman
»Das Beil von Wandsbeck«

[12. u. 26. 4. 1951 (lt. Kalender 1951, AZA 2644); 3 Seiten Tm. hs. Korr. v. fr. Hd. (Ilse Lange); TG: AZA 1922 (Korrekturschicht); gedruckt in »DEFA-Pressedienst« Heft 3, April 1951.]

Daß es keine Kleinigkeit ist, einen großen Roman in einen Film umzusetzen, hat sich allmählich herumgesprochen. Wir Romanschriftsteller jedenfalls beneiden die Kollegen nicht, die sich dieser Aufgabe unterziehen. Am wenigsten, wenn wir den betreffenden Roman selber verfasst haben.

Der moderne Roman darf sich in guten Fällen als das Gesamtkunstwerk betrachten, von welchem im 19. Jahrhundert, vor allem unter Richard Wagner, so viel die Rede war. Der Roman spielt in allen Dimensionen der Erde, den bewohnten wie den unbewohnten. Er macht Gebrauch von der gesamten Natur, »Da Gott den Menschen schuf hinein«, von der Vergesellschaftung wie von der einsamen Seele; zu seiner Klaviatur gehören Geschichte und Geographie, Vergangenheit, und wenn der Verfasser will, sogar Zukunft. Ja, da der Mensch mit all seinen Vorstellungen den Roman durchwandelt und durchhandelt, spielen auch seine Vorstellungen mit als wären sie Realitäten: Das Innere der Erde, die Erinnerungen an Großeltern und Eltern verkörpern sich gleichsam in Fleisch und Blut und die Gegebenheiten der Religion verfestigen sich zu vorgestellten Wirklichkeiten. Das kann der Roman, weil sein Instrument die Phantasie des Lesers ist, wie es vorher die Phantasie des Autors war; und im Schattenreiche dieser Phantasie, in der lebensvollen Laterna Magica des einsamen Lesers, stehen Raum und Zeit ganz im Banne des Aufnehmenden, wie sie vorher dem schreibenden Erfinder und Gestalter dienstbar waren.

Anders liegt es, nicht wahr, bei dem Kameramann, der ein Publikum nach des Tages Arbeit nur beschränkte anderthalb Stunden vor seiner Leinwand festhalten kann. Aus den vier oder fünf Dimensionen des Romans muß er sich auf zwei oder drei beschränken und seinem Filmwerk die charakteristische Struktur der Handlung des Romans zugrunde legen, sie in der Wirklichkeit gestalten, in welcher sie gesellschaftlich abläuft. So kommt es, daß der Leser eines Romans im

Buche einen größeren Reichtum und mehr Welt vorfindet als der Zuschauer des Films; dieser aber wird dadurch entschädigt, daß er die Gestalten leibhaftig wandeln und ihr Schicksal vollenden sieht, als wäre er selbst dabei gewesen, als sie den Knoten knüpften, der sie schließlich erdrosselt. Das und nur das hat der Film mit der Bühne gemein. Er erzählt Geschichten durch lebendige fotografierte Menschen. Unter diesen Voraussetzungen brauche ich über den Film nicht mehr viel zu sagen, den das Künstlerkollektiv der Defa aus meinem Roman herausgeschält hat. Er gestaltet das Schicksal eines Mitläufer-Paares, welches der Verführung des Faschismus erliegen mußte, weil friedliche Beschäftigungen die Menschen nicht mehr ernähren können, wenn Kanonen statt Butter die Parole sind. Der Schlächtermeister Albert Teetjen und seine reizende Stine unterliegen dem Unheil, das Goethe im Lied des Harfners unsterblich gedichtet hat:

»Ihr führt ins Leben uns hinein,
Ihr lasst den Armen schuldig werden –
Dann überlasst ihr ihn der Pein,
Denn alle Schuld rächt sich auf Erden«

Wenn man, wie Albert Teetjen in einem militaristisch gesonnenen Staate aufwächst, als treuer Staatsbürger Soldat wird, ohne eine Ahnung dessen was Imperialismus bedeutet, im ersten Weltkrieg »seine Pflicht tut«, d. h. Menschen seinesgleichen jenseits des Drahtverhaues voller Besonnenheit umbringt, so vermögen knapp 20 Jahre friedlicher Schlächterarbeit an den Tieren, die nun einmal zur menschlichen Nahrung gehören, nur recht schwache Hemmungen aufzurichten, wenn der Versucher sich zeigt. Ist dieser Versucher nun gar ein Kriegskamerad von damals, aber wirtschaftlich aufgestiegen mit Hilfe der Gewissenlosigkeit, der jedes Mittel recht ist, um reicher zu werden, so braucht nur noch die allgemeine Propagandawirkung hinzuzukommen, welche aus antifaschistischen Kämpfern Freiwild gemacht hat, um Albert Teetjen dazu zu bringen, als gelernter Schlächter viermal zuzuschlagen auf menschliche Nacken, statt auf diejenigen von Schafen oder Rindern; damit er den Scheinausweg aus seiner wirtschaftlichen Schwierigkeit akzeptiert und 2.000 Mark »verdient«, die ihm aus der Klemme helfen sollen. Ihm und seiner treuen und braven Stine. Und da weder er noch sie begreifen, in welcher Welt sie leben, muß es so kommen, daß sich der Tod, den sein Beil gebracht hat, schließlich gegen ihn und sie kehrt. Ja, der Zuschauer weiß, daß all die hanseatische gute Gesellschaft mit zugrunde gehen muß, die besser als die beiden Teetjens den Zustand verstehen, in welchem sie leben, aber den Mut nicht aufbringen, ihre Einsicht in Handlungen umzusetzen, um das Unheil, welches Hitler heißt, zu bannen. Aber wer soll sie verurteilen, diese Söhne und Töchter der wohlhabenden Klassen, diese Koldewey und Käthe Neumeier? Dafür, daß sie in den vier schuldlos hingemordeten Klassenkämpfern nicht die Vertreter der einzig rettenden Gesinnung und Tatkraft erkennen, welche von ihnen allen das Unheil des Revanchekrieges fernzuhalten entschlossen waren? Im Jahre 1937, da dieser Film zu Ende geht, wußten nur Teile der Werktätigen, daß die einzige Rettung unserer Zivilisation in der Vermeidung des Krieges lag. Nicht nur Deutsche erlagen den kriegstreibenden Kräften in Wirtschaft und Heer, diesen Reeder Footh und Oberst Lintze, sondern die kunstfertigen Italiener, die klugen Japaner, die herrschende Clique der Spanier mit ihren marokkanischen Söldnern taten es nicht anders, und heute, nach den furchtbaren Lehren des zweiten Weltkrieges sehen wir den gleichen Riß, der damals durchs deutsche Volk ging, die Amerikaner, Engländer, Franzosen auseinanderreißen.

In Korea haben Tausende von USA-Albert Teetjens ihr blutiges Handwerk getrieben aus Flugzeugen wie auf der Erde! Und wir wollen von Glück sagen, wenn das Kunstwerk, welches das Kollektiv der Defa unter Falk Harnacks Leitung und mit Käthe Brauns und Erwin Geschonneks Vorkämpferschaft auf anderthalb Stunden zusammengedrängt haben, dazu beiträgt, neue Teetjens zu verhindern, an neuen Kriegsvorbereitungen oder -Taten mitzuhelfen – Selbstmord zu begehen, ohne es zu wissen.

Wer nie sein Brot in Tränen aß
Wer nie die kummervollen Nächte
Auf seinem Bette weinend saß
»...

»... der soll sich nicht auf die himmlischen Mächte stützen, sondern auf seine irdischen Schicksalskameraden und die Einsicht, die ihm Vorgänge wie die des Beils von Wandsbek vermitteln. Und wir wissen, daß auch der alte Goethe mit dieser Abänderung des Harfner-Liedes einverstanden wäre. Er, der im Schluß des zweiten Faust das tätige Streben der Menschenseele und die Verbesserung der irdischen Zustände so hoch gepriesen hat.

Epilog zum »Beil von Wandsbek«.

[26. 5. 1951 (lt. Kalender 1951, AZA 2644), im Druck datiert: 28. 5. 1951; 3 Seiten Tm. hs. Korr. v. fr. Hd. (Ilse Lange), TG: AZA 1892 (Korrekturschicht); im Druck erschien der als Epilog verfaßte Text in der polnischen Übersetzung als Vorwort in: Arnold Zweig, Topor z Wandsbek, Warszawa 1951, S. 5–7.]

Als Anfang 1943 der Roman »Das Beil von Wandsbek« beendet wurde, erreichten mich in Palästina gerade die ersten ausführlichen Berichte über das grauenhafte Menschenvernichtungswerk, das die uniformierte Nazipartei unter schweigender Duldung und zum Teil unter Mithilfe des deutschen Volkes in und ohne Uniform auf polnischem und auf deutschem Boden ausübte. Mein Roman hatte seinen Stoff hauptsächlich jener Zeit entlehnt, in welcher der Faschismus als siegende Flutwoge über jeden Widerstand hinwegging, Rechtsgefühl und Sittlichkeit im deutschen Gemeinwesen beiseitefegte und die wahnsinnige Parole aufrichtete, Recht sei, was dem deutschen Volke nütze in der lächerlich kurzen Epoche von 1933 bis 1945.

Seither hat sich gezeigt, dass Recht und Unrecht Kräfte sind, deren Ausprägung in Jahrtausenden geschehen ist und von Erfahrungen bestimmt wurde, für welche Völker und Klassen eben Jahrtausende benötigen. Dass diese Erfahrungen zuallermeist in Schriften niedergelegt sind, welche sie mit Fragen der Göttlichkeit und des Jenseits verquicken, ändert nichts an der Tatsache, dass sie von hunderten von Generationen erlebt worden sind – Resultate von Beobachtungen, welche manchmal nach einem Menschenleben, manchmal erst nach einem halben Dutzend solcher Generationen zu Ende erkannt werden konnten. Unter solche[n] Perspektiven war mein Roman entstanden, unter diesen hat er seine Gültigkeit behalten und da er von lebendigen Menschen wimmelt und seine Helden Albert und Stine Teetjen jener kleinbürgerlichen Schicht angehören, die noch lange den Unterbau der menschlichen Gesellschaft mit ihren Lebensäusserungen füllen wird, Kleinbürger wie man sie nennt, kann es sehr wohl geschehen, dass die Geschichte des Henkers von Wandsbek und seiner schönen und seelisch verwundbaren Frau noch lange Lesestoff für

Menschen bleiben wird, die sich zu einer viel gerechteren und vernünftigeren Lebensordnung durchgekämpft haben. Zu den Hintergedanken meines Romans gehörte, dass der deutsche Widerstand gegen den Nazismus gelähmt sei wie mein Tom Barfey und ebenso tapfer und dass der in die Macht gehisste Diktator Adolf Hitler ein ebensolches missbrauchtes Werkzeug im Dienste der herrschenden Wirtschaftsmächte sei wie mein Schlächtermeister Albert Teetjen und ebenso untergehen werde wie er. Dass sich das wörtlich erfüllen werde, k[o]nnte ich weder 1938 ahnen, als ich den Romanstoff zum ersten Mal skizzierte noch fünf Jahre später, als das Werk beendet war und aus meinem Hause geschickt wurde um ins Hebräische und Englische übersetzt zu werden; drei nach Sowjetrussland gesandte Manuskripte wurden durch die Wirren des Krieges verschlungen. Aber als schon zwei Jahre später die Diktatoren Mussolini und Hitler ihren Weg in den Untergang gegangen waren, der letztere unter Mitnahme eines unseligen deutschen Mädchens, brauchte ich nur vor mich hinzunikken. In meinem Buche war das schon längst geschehen.

Und nun erhebt sich die Frage vor meinen Lesern wie vor den Zuschauern des Films, der jüngst in Berlin an die Öffentlichkeit trat: was antworten wir auf die Frage nach Schuld und Mitschuld des Einzelnen? Wie steht es um den Urteilsspruch um das Wesen des deutschen Menschen, wenn wir so tief ins Innere von Individuen blicken durften, von Deutschen, die sich um ihres persönlichen Bessergehens zu Werkzeugen der Gewalt hergaben?

Die Antwort auf diese Frage steht bereits im Neuen Testament, Johannes 8, 7: »Wer von euch ohne Sünde ist, der werfe den ersten Stein.« Das heisst, wer von sich sagen kann, dass er dem Heraufkommen der deutschen Reaktion von Anfang an aktiven Widerstand geleistet habe; wer unter den wenigen Widerstandskämpfern war, die schon der Ungerechtigkeit entgegentraten, als die Mordbanditen aus dem Eden-Hotel auszogen um Liebknecht und Luxemburg zu schlachten, und wer dann in folgerichtiger Kampfbereitschaft alles getan hat, um das Heraufführen der Nazis und ihrer Herrschaft über das deutsche Volk zu verhindern die Gefahr eines Revanchekrieges, die Machtgier der deutschen Wirtschaftsführer nach der Art von Stinnes, Thyssen und Krupp – der erhebe sich über die beiden Teetjens und alle ihresgleichen, die einem anderen Satze der Luther-Bibel folgten: »Jedermann sei untertan der Obrigkeit, die Gewalt über ihn hat«. Thomas Münzer war anderer Meinung und seit dem Bauernkriege gab es immer und immer wieder kleine Gruppen deutscher Patrioten, die das Heil des Volkes und eine gerechtere Lebensordnung höherstellten als den Willen der Obrigkeit und die sich der Gewalt mit Gewalt entgegensetzten. Um aber in dem Deutschen des Durchschnitts das Bewusstsein zu erzeugen, es sei vor allem nötig sich das Gefühl für das zu verfeinern, was man sich von seinen herrschenden Schichten gefallen lassen dürfe und wo die persönliche Verantwortung, der Überzeugungsmut des Einzelnen zur Aktion aufgerufen wird, dazu sind Schicksale und Bücher wie dieses »Beil von Wandsbek« und sein Film gut und nötig. Denn wer da denkt, Volksmassen wären imstande, schon aus einem oder zwei fürchterlichen Erlebnissen die richtigen Folgerungen zu ziehen, der weiss nichts von der gebrechlichen Natur des Menschen. Wir Schriftsteller sind imstande durch die Erfindungen unserer Einbildungskraft und die Ausdruckskraft unserer Worte Tausenden von Menschen den Anstoss zum Denken zu geben und ihnen die Folgen von Taten vorzuführen, an denen Millionen vorübergingen, als sie von der Obrigkeit verlangt wurden, im Frieden wie im Kriege. Damit aber nicht wieder die Gewohnheit des befehlsgemässen Tötens sich in neue Generationen einfleische, darum unter anderem arbeiten wir für die Streichung des Mittels »Krieg« aus der Liste des politisch Erlaubten. Der Schlächter Albert Teetjen ist ein geübter Töter; der General Mac Arthur ist ein geübter Tötungsbefehler wie Adolf Hitler einer war; Mister Truman und die amerikanischen Trusts sind geübte Ins-Feld-Steller solcher Generäle wie die deutschen Industriellen und Bankiers samt den Junkern und Fahnenträgern, Schreibern und Pfaffen der deutschen Lebensraumeroberung. Vom Mitleid mit Albert und Stine wird kein neuer Weltkrieg entbrennen; mit denjenigen, die über solches Mitleid erzürnt sind, kann man jederzeit diskutieren. Dass aber das deutsche Volk als Ganzes diesseits und jenseits der Elbe noch lange an der Wiedergutmachung all der Untaten zu arbeiten haben wird, die in seinem Namen und ohne seinen aktiven Widerstand geschehen sind, das weiss nicht nur der Leser dieses Buches – das weiss in den Tiefen der eigenen Seele jeder rechtlich empfindende Mensch deutscher Zunge – und darum haben all die Kräfte das ganze deutsche Volk hinter sich, die mit dem Missbrauch des Menschen durch den Menschen ein für alle Mal aufräumen wollen, intra muros et extra, innerhalb der eigenen Staatsmauern und ausserhalb ihrer.

Nachbemerkung.

[18. 10. 1953 (im Text und im Druck), diktiert: 23. 10. 1953 (lt. Kalender 1953, AZA 2649), 26. 10. 1953 (hs. v. Ilse Lange über dem T, abgesandt an den Aufbau-Verlag); 4½ Seiten T m. hs. Korr. v. fr. Hd. sowie Randnotiz (Ilse Lange), hs. Zusatztitel »Beil-Nachwort zur Aufbau-Ausgabe«; überarbeitete und erweiterte Fassung der »Danksagung« zur Kiepenheuer-Ausgabe 1951; TG: AZA 2122 (Korrekturschicht); gedruckt in: Arnold Zweig, Das Beil von Wandsbek, Berlin 1953, S. 531–533.]

Dem Leser der ersten innerdeutschen Ausgabe dieses Werkes glaubt der Verfasser einige Daten zu schulden. Es schien ihm nach der Beendigung von »Einsetzung eines Königs« im Jahre 1936 notwendig, sich in die Front der Kämpfer gegen das Dritte Reich direkter einzureihen, als es durch Romane aus dem ersten Weltkrieg und Aufsatzbücher geschehen konnte. Wie immer die Wurzeln der Hitlerei in den Gegebenheiten des wilhelminischen Kaiserreiches verborgen oder zutage lagen: ihnen mußte unmittelbar nachgespürt werden, dieser schrecklichen, in noch furchtbarere Niederlagen führenden Wiederaufnahme des imperialistischen Krieges mittels des verheerenden Nazitums. Im Jahre 1937, auf einer Reise von Sanary nach England, stieß ich in der »Deutschen Volkszeitung«, damals noch in Prag, später in Paris erscheinend, auf einen zehnzeiligen Bericht: »Selbstmord eines Henkers.« Wie genau zwanzig Jahre vorher, beim »Streit um den Sergeanten Grischa« durchblitzte mich die Vision, dies sei der Kern einer Fabel, um im Aufstieg des Dritten Reiches seinen Untergang schon mitzugeben. Drei Jahre später, nach mancherlei Unfall und Störung, begann ich den Roman zu diktieren, der dieser drei Jahre bedurft hatte, um Form anzunehmen und sich mit Hamburger Lebenstatsachen anzureichern. Zustatten kam mir, daß unsere Armierungskompanie im ersten Weltkrieg über hundert Männer der verschiedensten Schichten aus Hamburgs werktätiger Bevölkerung aufgewiesen hatte und daß unter den jüdischen Emigranten-Familien, welche sich nach Haifa gerettet hatten, eine ganze Gruppe aus Hamburg stammte, die ihre Stadt genau kannte und Kartenmaterial mit in die Fremde nahm.

Das Diktat des Romans wurde durch zahlreiche Luftangriffe auf den Haifaer Hafen und seine Öltanks unterbrochen. Erste Vorlesungen aus dem Manuskript fanden 1943 durch meine Frau in drei antifaschistischen deutschsprachigen Vereinigungen Palästinas statt und brachten es zuwege, daß, als einziges meiner Werke seit jenem »Grischa«, »Das Beil von Wandsbek« 1943 ins Hebräische übersetzt wurde und im Verlag einer linken Arbeiterorganisation als Buch erschien. Die Übersetzung ins Englische erfolgte unter den Bedingungen des Raketenbombardements von London; der Druck einer deutschen Ausgabe im Neuen Verlag, Stockholm, verzögerte sich so, daß sie, gleich den angelsächsischen, erst Anfang 1948 die Leser erreichte. Inzwischen hatte sich die antifaschistische Welle längst überschlagen. Mein Buch traf jetzt auf eine mehr oder weniger faschistenfreundlich gestimmte internationale Öffentlichkeit, dergestalt, daß der seit fünfzehn Jahren befreundete amerikanische Verlag das Schlußkapitel des Buches aus eigener Machtvollkommenheit wegließ: Sowjetische Schiffe durften das Andenken der Hingerichteten nicht erneuern. Gleichwohl erschien es mittlerweile auch noch in der CSR, Frankreich, Holland und Polen. Weitere Übersetzungen werden vorbereitet, sodaß sich allmählich herausstellen wird, wie eine heutige Leserschaft das Schicksal von Albert und Stine Teetjen aufnimmt – zweier typischer Mitläufer aus der Millionenschar derer, die Gewalt ausüben, weil sie seit Menschengedenken an ihrer Klasse ausgeübt worden ist. Mir tat es wohl, im wilden Getöse von Krieg, untergehendem Faschismus und schwieriger Neugeburt klassenloser Staaten die Gestaltung von Menschen fortzusetzen, die ich bisher betrieben und auch weiterhin zu betreiben gedenke. Ich freue mich aber festzustellen, daß angesichts der von Erfahrungen aller Art geschulten Leserschaft innerhalb der deutschen Grenzen viele winzige Richtigstellungen möglich waren, von Einzelheiten, die selbst ein des Lesens fähiger Schriftsteller vom Berge Karmel aus kaum hätte richtig treffen können. Es schreibt sich über deutsche Dinge eben doch besser als an der Küste von Haifa in Berlin-Niederschönhausen.

Unwillkürlich freilich dichtet man an den Schicksalslinien weiter, welche all diese erfundenen Personen, hätten sie den Hitlerkrieg und seinen Zusammenbruch überdauert oder wären sie nicht dem Beil des Henkers zum Opfer gefallen, heute wohl durchlebten. Herr Oberst Lintze wäre während des zweiten Weltkrieges zum General avanciert, h[ä]tte zwar mit den Verzweifelten des 20. Juli sympathisiert, ihrem Mangel an Erfahrung, Opferbereitschaft und Kaltblütigkeit mißtraut und prangte heute, nur fünfzehn Jahre älter, in der Tafelrunde derer, die außer dem deutschen Kapital auch dem amerikanischen erbötig sein möchten. Dagegen säße Friedel Timme anderswo, nämlich ziemlich sicher in einem der Gefängnisse, in welchen die Bundesrepublik überzeugte Vorkämpfer der persönlichen Rechte und Freiheiten aufbewahrt, falls sie dem Arbeiterstande angehören und die friedliche Vereinigung des zerrissenen Deutschland für ebenso notwendig halten wie reine Atemluft. Für Herrn Dr. Koldeweys Gattin, die einstige Dr. Käte Neumeier, sehen wir aufs deutlichste eine Fülle von Funktionen frei, die sie, wieder Mitglied der SPD, zur Stärkung unserer Friedens- und Wiedervereinigungsfront voller Hingabe ausübt, und in ähnlichem Sinne wirkte wohl ihre Freundin Annette unter den Deutschen Argentiniens, wo es nach zuverlässigen Berichten außer ehemaligen Nazis auch tätige Anhänger eines besseren Deutschland gibt. Tom Barfey aber, dieser kluge Krüppel, stünde heute jenseits der Dreißig und arbeitete unermüdlich weiter an der Vereinheitlichung der Arbeiterklasse und ihre[m] Anschluß an die Vorkämpferin des Wirklichkeit werdenden Sozialismus, die Sowjetunion. [Hs. Randnotiz:] Vereinigung? am Einheitsbewußtsein u. ihrer Kampffront im Block im verwirklichten Sozialismus im Friedenslager d. SU.

So spinnt man, während draußen die Herbstnebel zwischen den Bäumen wehen und die Blätter von Ahorn, Akazie und Pappel Wege und Rasen bedecken, an Lebenslinien weiter, die man als Dichter sich selbst überläßt, um andere Werke, bereits begonnene und liebevoll geplante, in die Wirklichkeit des gestalteten Wortes zu übertragen. Zehn Jahre ist »Das Beil von Wandsbek« jetzt alt – hoffentlich haben wir alles getan, um diesen Roman noch für Leser frisch zu erhalten, wenn wir selber wie die drei Freunde Erich Weinert, Ludwig Strauss (Jerusalem) und Friedrich Wolf, welche uns dieses Jahr entrissen hat, den Rasen nur von unten anschauen könnten. Ihnen legen wir es schmerzvoll bewegt auf ihr frisches Grab.

Berlin, den 18. Oktober 1953, am fünften Jahrestag meiner Rückkehr.

Dr. Faustus u. Beil v. Wdsbk

[23. und 24. 6. 1955; 2 Seiten H AZ; Vergleich mit dem Roman »Dr. Faustus« von Thomas Mann; TG: AZA 458.]

23. 6.
Semmering

Dr. Faustus u. Beil v. Wdsbk

In der Emigration entstanden (beend. 43)
Das Ende des Hitlertums vorwegnehmend
Den Sturz der Deutschen schildernd

Aus dem Geiste der Musik	Aus d. Geiste der Religion u. des Kriegs
Die Tiefe durch Höllensturz	Die Tiefe des Erdinnern Die Wünschelrute
Aus d. d[eu]tschen Ideen- und Bildungswelt	Aus der Erfahrung des Alltagslebens
hochgezüchteter Stil	federnde Prosasprache
19. Jahrhunderts höchster Glanz	20. Jahrhunderts Kernholz
Alle Nebenpersonen aus Café oder Bohème	Alle Nebenpersonen aus bürgerl. od. kleinbürgerlicher Wirklichkeit.
Überall der Glanz des Untergangs einer geliebten Welt	Überall der Glanz eines vollstreckten Urteils, der Glanz des Kommenden
Natur abwesend oder künstlich	Natur allgegenwärtig
?	Die reizvollsten jungen Frauen, von Stine überglänzt
Alle Nebenpersonen Karrikaturen des vertracktesten Bildungswesen	Alle Nebenpersonen Opfer der Ausbeutung u. des Terrors
Der Held der höchste Künstlertyp wie ihn sich Th. M. ausdenkt, Kombination von vielen Erkrankten Nietzsche, H. Wolf, Schumann	Der Held der gesunde, normale, verprügelte deutsche Handwerkerssohn u. Handwerker mit der Sehnsucht.

Die Krankheit als Glorie u. Bedingung des Genies	Gesundheit als Vorbeding[ung] Werkzeug der herrschenden Klasse zu sein
Der Kommentator erzählt das Ganze	Alle Kommentare punktmäßig verteilt
Bildungsroman	Lebensroman.
Romanform aufgelöst da Biographie	Romanform streng gebaut u. durchgeführt.
Gegenwartswirk[un]g stark, bei der internationalen Welt	Gegenwartswirk[un]g gehemmt durch strenge Antifa gesinnung.
Entstehung des Dr. Faustus aus lauter »Ideen«, die mit Material gesättigt werden	Entstehung des Beils als Kristallisation des Geschehens in einem Ereignis (Zeitung) und nachher das Milieu.

24. 6. 55

Anmerkungen

17 *Jannings* – Emil Jannings, eigentl. Theodor Friedrich Emil Janenz, (1884–1950) Schauspieler und Filmproduzent.

18 *Dem Manne kann geholfen werden.* – Nach Friedrich Schiller (1759–1805), Die Räuber (1781). V, 2.

19 *»Ich habe schon so viel ...«* – Johann Wolfgang Goethe (1749–1832), Faust. 1. Teil (1806). Marthens Garten. V. 3519f.

20 *notorischen Lumpen zum Gauleiter* – Karl Kaufmann (1900–1969) 1929–1945 Gauleiter, seit 1933 Reichsstatthalter in Hamburg.

21 *»Götzendämmerung«* – Friedrich Nietzsche (1844–1900), Die Götzendämmerung oder wie man mit dem Hammer philosophiert (1889).

22 *›blonde Bestie‹* – Friedrich Nietzsche, Zur Genealogie der Moral (1887). I, 11.
›Wie wenig gehört zum Glücke ...‹ – Friedrich Nietzsche, Götzendämmerung. Sprüche und Pfeile 33.
›So weit die deutsche Zunge ...‹ – Anfang der 6. Strophe von »Des Teutschen Vaterland« (1813) von Ernst Moritz Arndt (1769–1860).

23 *James Jeans* – James Hopwood Jeans (1887–1946) englischer Mathematiker, Physiker und Astronom, verfaßte z. T. spekulative Arbeiten zur Strahlungstheorie, zur Dynamik der Sternensysteme und zur Kosmogonie.

24 *Brahms* – Johannes Brahms (1833–1897) Komponist.

26 *Neville Chamberlains* – Arthur Neville Chamberlain (1869–1940) 1937 bis 1940 britischer Premierminister und maßgeblich verantwortlich für die Appeasement-Politik gegenüber Hitlerdeutschland.
Wendell Willkie – Wendell Lewis Willkie (1892–1944) amerikanischer Politiker, 1940 republikanischer Präsidentschaftskandidat.
Mr. Roosevelt – Franklin Delano Roosevelt (1882–1945) amerikanischer Politiker der Demokratischen Partei, 1933–1945 Präsident der USA.
Aufstände im ganzen Lande – 1936–1939 kam es zu Aufständen der Araber gegen die britische Mandatsmacht in Palästina.

27 *Intelligence Service* – Britischer Geheimdienst.
Shuk – Oder: Schuk (arab.) Basar.
NSBO. – Nationalsozialistische Betriebszellen Organisation.
Major von Hindenburg – Paul von Beneckendorff und von Hindenburg (1847–1934) Heerführer und seit 1916 Chef des Generalstabs der Obersten Heeresleitung im Ersten Weltkrieg, 1925 Reichspräsident, 1932 wiedergewählt, gab er nach der Wahl Hitlers zum Reichskanzler 1933 den Nationalsozialisten den Weg zur Macht frei.
Herr von Papen – Franz von Papen (1879–1969) Offizier und Politiker, 1932 Reichskanzler, 1933/34 Vizekanzler im Kabinett Hitlers, 1934 und 1936–1938 Gesandter in Österreich und anschließend bis 1944 Botschafter in Ankara.
Eduard VIII. – Eduard VIII. (1894–1972) 1936 König von Großbritannien und Nordirland. Dankte ab, weil die bevorstehende Hochzeit mit einer geschiedenen Amerikanerin nicht gebilligt wurde, und ging ins Ausland.

29 *Arbeitsfront* – Die nationalsozialistische Deutsche Arbeitsfront trat 1934 aufgrund einer Verordnung Hitlers an die Stelle der alten Gewerkschaften und vereinnahmte deren Gelder.

31 *Jungvolk* – Eigentl.: Jungmädelbund.

Baldur von Schirach – Baldur von Schirach (1907–1974) 1933–1940 Jugendführer des Deutschen Reiches, d. h. aller nationalsozialistischer Jugendorganisationen, verfaßte ideologisch geprägte Gedichte.

des Horst-Wessel-Brunnens – Nach dem von Goebbels zum nationalsozialistischen Märtyrer stilisierten SA-Sturmführer Horst Wessel (1907–1930), der in der Folge einer Auseinandersetzung mit Kommunisten umkam.

32 *Kanonen statt Butter* – Vermutl. 1935 von Hermann Göring (1893–1946) anläßlich der beginnenden Wiederaufrüstung geprägt.

33 *Was Gott tut, das ist wohlgetan* – Evangelisches Kirchenlied von Samuel Rodigast (1649–1708).

37 *Zentrumshansel und Erzbergerfreund* – Vgl. zweite Anm. zu S. 109.

38 *NSKK.* – Nationalsozialistisches Kraftfahrer Korps.

41 *zu Hagenbecks Tieren* – Carl Hagenbeck (1844–1913) Tierhändler und Zirkusunternehmer, gründete 1907 den Tierpark in Hamburg-Stellingen.

42 *Russenfilm* – »Panzerkreuzer Potemkin« (1925) von Sergej Michailowitsch Eisenstein (1898–1948).

43 *»Mit Gott für König und Vaterland«* – Aus der Verordnung über die »Organisation der Landwehr« (1813) von Friedrich Wilhelm III. (1770–1840).

»Die Sonne bracht' ...« – Titel und Kehrreim eines Gedichtes (ersch. 1827) von Adalbert von Chamisso (1781–1838).

Adventistin – Anhängerin einer 1831 gegründeten chiliastisch eschatologisch christlichen Gemeinschaft, die die Wiederkunft Christi erwartet. Sie propagieren eine einfache Lebenshaltung im Sinne der zehn Gebote, halten den Sabbath heilig und lehnen die Taufe von Kindern ab.

Mennonitin – Anhängerin einer nach Menno Simons benannten und nach 1535 entstandenen kalvinistisch geprägten Reformationsbewegung, die eine sittliche Heiligung anstrebt und konsequent den Kriegsdienst verweigert.

45 *»Der Deutsche reist ...«* – Nicht ermittelt.

»Kraft durch Freude« – Die Nationalsozialistische Gemeinschaft »Kraft durch Freude« war der Deutschen Arbeitsfront untergeordnet und verantwortlich für die Gestaltung von Reisen, Volksbildungsveranstaltungen, Gruppenunternehmungen u. ä.

46 *Ostasien und Spanien* – Japanische Expansion in der Mandschurei seit 1931 und der spanische Bürgerkrieg 1936–1939.

48 *Judenboykott* – Seit dem 1. April 1933 wurde im gesamten Deutschen Reich zum Boykott von Geschäften jüdischer Bürger, Ärzte, Rechtsanwälte usw. aufgerufen.

49 *Deutschen Christen* – An der nationalsozialistischen Ideologie orientierte, organisatorisch inhomogene kirchliche Bewegung. Vgl. Anm. zu S. 343.

kastrieren – Eigentl.: sterilisieren.

50 *Spartakuszeit* – Aufstand der Anhänger des kommunistischen Spartakusbundes im Januar 1919.

56 *Clemenceaus* – Georges Benjamin Clemenceau (1841–1929) Führer der radikalsozialistischen Linken Frankreichs, 1906–1909 und 1917–1920 Ministerpräsident.
Völkerbund – Die im Anschluß an den Ersten Weltkrieg 1920 gegründete internationale Organisation zur Sicherung des Weltfriedens war wie in den Beispielen (1935/36 Krieg Italiens gegen Abessinien; 1931 japanischer Einfall in China; Spanienkrieg 1936–1939) oft handlungsunfähig, wenn die Interessen von Großmächten berührt wurden.
57 *das Goldene Tor* – Golden-Gate-Brücke in San Francisco.
58 *Pytheas von Marseille* – Griechischer Seefahrer und Geograph des 4. Jh. v. u. Z., der um 325 nach Britannien und zur Elbmündung reiste.
Würfel gefallen – Nach Sueton »Cäsar« (Kap. 32): »Iacta alea est!«
59 *Am Unvermeidlichen zu rütteln ist Pöbelgeschmack* – Nicht ermittelt.
60 *Abstufungen des Wirklichkeitswertes unserer Sinne* – Nicht ermittelt.
61 *Van der Lubbe* – Marinus van der Lubbe (1909–1934) niederländischer Maurergeselle.
Dr. Bell – Johannes Bell (1868–1949) Rechtsanwalt und Politiker der Zentrumspartei in der Weimarer Republik.
Röhm – Ernst Röhm (1887–1934) Offizier und Politiker, Förderer und seit 1931 Führer der SA, wurde am 30. Juni 1934 (»Nacht der langen Messer«) von der SS zusammen mit anderen SA-Führern und mißliebigen Konservativen ermordet. Hitler unterstellte der SA einen Putschversuch (sog. »Röhm-Putsch«) und billigte die Morde, da ihm der Einfluß der SA in der Politik nicht mehr zusagte.
Ernst und Heines – Der Berliner SA-Chef Karl Ernst (1904–1934) und der schlesische SA-Gruppenführer und Polizeipräsident von Breslau Edmund Heines (1897–1934) gehörten zur homosexuellen Bekanntschaft Röhms.
62 *Trusillo* – Rafael L. Trujillo Molina (1891–1961) kam 1930 durch einen Staatsstreich in San Domingo zur Macht und zeichnete 1937 für den Mord an Saisonarbeitern aus Haiti verantwortlich.
Pelikan der Legende – In der christlichen Kunst ist der Pelikan Symbol für selbstaufopfernde Liebe, da er einer Legende nach seine Jungen mit dem Blut der eigenen Brust nährt.
Ernst Barlach – Bildhauer, Grafiker und Dichter (1870–1938) der zum Zeitpunkt der Romanhandlung im Sommer 1937 noch lebte.
65 *C. D. Friedrich* – Caspar David Friedrich (1774–1840) Maler und Grafiker der Romantik.
67 *Soldatenlied* – Siebenbürgisches Jägerlied (1826), Kommersbuch / Studentenliederbuch, Reclam 1897, Nr. 59.
70 *die Republik gepumptes Geld unter die Leute brachte* – Nach der Einigung über den Dawes-Plan 1924 nahm die Weimarer Republik Dollar-Anleihen in den USA auf.
71 *Tirpitz* – Alfred von Tirpitz (1849–1930) Flottenadmiral, der durch die Flottengesetze von 1898, 1900, 1906 und 1908 für den planmäßigen Aufbau der deutschen Kriegsmarine sorgte.
72 *Wiederbesetzung des Rheinlandes* – Der Vertrag von Versailles (1919) sah ausgangs des Ersten Weltkrieges die Räumung des linken Rheinufers von

Deutschen Truppen vor, die von den Alliierten kontrolliert wurde. Am 7. März 1936 unterlief Hitler den Vertrag durch den Einmarsch ins Rheinland und dessen Remilitarisierung, nachdem bereits 1930 durch die Weimarer Repulik die vorzeitige Rückgabe an Deutschland erreicht worden war.

73 *Volksabstimmung* – Nach dem Versailler Vertrag stand das Saarland 15 Jahre unter der Hoheit des Völkerbundes und stimmte 1935 bei einem Volksentscheid für die Wiedereingliederung ins Deutsche Reich. Mit diesem Jahr begann auch die verstärkte Aufrüstung.

unveränderliches Programm – 25-Punkte-Programm der NSDAP vom 24. Februar 1920.

»Mein ist die Rache« – Nach 5. Mose 32, 35; Brief Paulus an die Römer 12, 19.

74 *Störtebeckers Zeiten* – Klaus Störtebeker, Seeräuber aus Wismar und Führer der Vitalienbrüder oder auch Likendeeler (niederdt. »Gleichteiler«), wurde 1402 in Hamburg hingerichtet.

77 *Kominternschlange* – Komintern, Kommunistische Internationale. Auf Initiative Lenins vereinigten sich die internationalen Parteien und Gruppierungen der äußersten Linken auf der III. Internationale, um gemeinsam an der Errichtung von Räterepubliken, der Weltrevolution und der Diktatur des Proletariats zu arbeiten.

81 *Karl der Große* – Karl der Große (747–814) König der Franken und Langobarden und seit 800 Kaiser des Heiligen Römischen Reiches Deutscher Nation. Um 825 entstand das Kastell Hammaburg.

83 *am dreißigsten Juni vor gut drei Jahren* – Vgl. dritte Anm. zu S. 61.

84 *zu Ehren Lassalles* – Ferdinand Lassalle (1825–1864) Politiker und Publizist, gründete 1863 den Allgemeinen Deutschen Arbeiterverein (ADAV).

87 *Freien Studentenschaft* – Interessenvertretung der nichtkorpsgebundenen, oft linksorientierten und jüdischen Studenten, die um die Jahrhundertwende an verschiedenen deutschen Universitäten entstand.

des Präsidenten Ebert – Friedrich Ebert (1871–1925) 1919 bis 1925 Reichspräsident.

93 *Reichsbanner Schwarz-Rot-Gold* – 1924–1933 vorrangig aus SPD-Anhängern bestehender Kampfbund der Linken.

kommunistischen Rotfront – 1924 gegründete und 1929 nach blutigen Auseinandersetzungen in Berlin verbotene, bis 1933 illegal tätige Schutz- und Wehrorganisation der KPD.

94 *Wandervogel* – Ende des 19. Jh. entstandene Jugendbewegung verschiedener Gruppen, die Naturverbundenheit, Wandern, Zeltlager, Volkstänze und -lieder förderte.

95 *Karl Liebknechts … Rosa Luxemburg* – Karl Liebknecht (1871–1919) sozialdemokratischer Reichstagsabgeordneter und wie Rosa Luxemburg (1870 bis 1919) Mitbegründer des Spartakusbundes und der KPD. Sie wurden nach dem Spartakusaufstand im Januar 1919 in Berlin verhaftet und von Freikorpsoffizieren aus dem Eden-Hotel abgeführt und erschlagen.

Ura-Linda-Chronik – Zweig schrieb am 25. August 1943 seinem hebräischen Verleger: »Die sogenannte Uralinda Chronik war eine Fälschung, um ein Dokument aus der germanischen Urzeit vorweisen zu können u[nd] z[war] von dem Vorgeschichtsforscher Hermann Wirth.«

96 *Oberleutnant* – Eigentl.: Oberstleutnant.

Ännchen von Tharau – Durch Johann Gottfried Herders (1744–1803) Übertragung ist das ursprüngliche Hochzeitslied im ostpreußischen Dialekt Volkslied geworden. Bis heute ist nicht geklärt, ob der Text des 1642 in Alberts »Arien« veröffentlichte Lied von Heinrich Albert (1604–1651), Komponist und barocker Liederdichter, oder von Simon Dach (1605 bis 1659), Gelegenheits- und Liederdichter, stammt. Die heute bekannte Melodie schrieb Friedrich Silcher (1789–1860).

Lindenbaum – Das Gedicht »Am Brunnen vor dem Tore« aus dem Zyklus »Winterreise« (1827) des Dichters und Philologen Wilhelm Müller (1794 bis 1827), genannt Griechen-Müller, und in der Vertonung des österreichischen Komponisten Franz Schubert (1797–1828) wurde zu dem bekannten volkstümlichen Lied.

Internationale – Das Kampflied der internationalen sozialistischen Arbeiterbewegung wurde 1888 von dem französischen Chorleiter Pierre Degeyter (1848–1932) komponiert. Der heute übliche deutsche Text (»Wacht auf, Verdammte dieser Erde«) stammt von 1910 und wurde von Emil Luckhardt nach Eugène Pottiers (1816–1887) französischem Vorbild von 1871 übertragen. »Die Internationale erkämpft das Menschenrecht« ist eine Liedzeile.

97 *Hyperaemia socialis* – (lat.) etwa: gesellschaftlicher Blutandrang.

98 *femme de trente ans* – Honoré de Balzac (1799–1850), Die Frau von dreißig Jahren (1842, dt. 1845).

Maupassant – Guy de Maupassant (1850–1893) französischer Schriftsteller.

Lehar – Franz von Lehar (1870–1919) österreichischer Operettenkomponist.

Rudolf Herzog – Rudolf Herzog (1869–1943) Erfolgsschriftsteller den besonders Themen aus dem national gesinnten Bürgertum der Jahrhundertwende beschäftigten.

Professor in Wien – Sigmund Freud (1856–1939) Begründer der Psychoanalyse.

»Das Weib sucht aktiv ...« – Vgl. Sigmund Freud, Aus der Geschichte einer infantilen Neurose (1918), IV. Der Traum und die Urszene.

ABC-Staaten – Argentinien, Brasilien, Chile.

101 *Herr von Seeckt* – Hans von Seeckt (1866–1936) General und Begründer der Reichswehr.

Friedländer – Ludwig Friedländer (1824–1909) klassischer Philologe, Verfasser der »Darstellung aus der Sittengeschichte Roms in der Zeit von Augustus bis zum Ausgang der Antonine«, 3 Bände (1862–1871).

Bachofen – Johann Jakob Bachofen (1815–1887) schweizerischer Rechtshistoriker und Anthropologe, Verfasser von »Das Mutterrecht« (1861).

Delbrück – Hans Delbrück (1848–1929) Historiker, Verfasser der »Geschichte der Kriegskunst im Rahmen der politischen Geschichte«, 7 Bände (1900–1936).

103 *Aus Abfall bist und ... werden* – Nach 1. Mose 3, 20.

105 *Inselgreis* – Fünfte Reise Sindbad des Seefahrers in »Tausendundeine Nacht«, orientalische Geschichten verschiedener Verfasser aus dem 8. bis 16. Jh.

105 *Heinrichs des Löwen* – Heinrich der Löwe (um 1129–1195) Herzog von Sachsen und Bayern.
Moses Mendelssohns – Moses Mendelssohn (1729–1786) jüdischer Philosoph der Aufklärung.
Lessing – Gotthold Ephraim Lessing (1729–1781) Schriftsteller, Kritiker und Philosoph, Verfasser von »Die Hamburgische Dramaturgie« (1767–1769).
Matthias Claudius – Matthias Claudius (1740–1815) Dichter und Herausgeber der Volkszeitung »Wandsbecker Bote« (1871–1875).
»*Stolz lieb ich den Spanier*« – Nach Friedrich Schiller, Don Carlos (1787). III, 10, V. 3515f.
Sowjetunion ... was seit fünfunddreißig dort vorgeht – Anspielung auf die Verhaftungen, Schauprozesse und Exekutionen in der Sowjetunion im Zusammenhang mit Stalins »Säuberung« unter Parteimitgliedern und Funktionären.
106 *Paul Levi* – Paul Levi (1873–1930) Rechtsanwalt und linker Politiker.
109 *Der arme Thomas* – Auch ungläubiger Thomas, Jünger Jesu, der solange nicht an dessen Auferstehung glauben will, bis er die Wunden Jesu mit den Händen berührt hat. Vgl. Johannes 20, 24–29.
S.A.P. – Die Sozialistische Arbeiterpartei Deutschlands entstand 1931 durch Abspaltung von der SPD.
Erzberger – Matthias Erzberger (1875–1921) Politiker der Zentrumspartei, unterzeichnete als Verfechter eines Verständigungsfriedens das Waffenstillstandsabkommen von 1918. Er wurde 1921 von zwei ehemaligen Offizieren ermordet.
Rathenau – Walther Rathenau (1867–1922) Industrieller und Politiker, 1922 Außenminister der Weimarer Republik, wurde von zwei antisemitischen ehemaligen Offizieren ermordet.
110 *Kapp-Putsch* – Nach Wolfgang Kapp (1858–1922) benannter rechter Umsturzversuch durch Freikorps im März 1920, der durch einen Generalstreik und den Widerstand der Ministerialbürokratie zusammenbrach.
111 *Norag* – Rundfunksender.
112 »*Und wie die Möwen ...*« – Nach Gottfried Benn (1886–1956), Morgue II (1913).
116 »*Amerika, du hast es besser*« – Goethe, Den Vereinigten Staaten, in: Zahme Xenien (1820–1827). 9. Abt.
›*Als Napolium ...*‹ – V. Kreusler, Ems 1870, 6. Strophe
wer Ohren hat, der höre – Matthäus 11, 15.
117 *Si vis pacem, para bellum* – (lat.) Wenn du den Frieden willst, mußt du zum Kriege rüsten.
Herr Schuschnigg – Kurt Schuschnigg (1897–1977) 1934–1938 österreichischer Bundeskanzler.
Fritsch – Werner Freiherr von Fritsch (1880–1939) 1935–1938 Oberbefehlshaber des Heeres wandte sich am 5. November 1937 gegen den Kriegskurs Hitlers und wurde in der sogen. »Blomberg-Fritsch-Krise« am 4. Februar 1938 gestürzt (vgl. dritte Anm. zu S. 154).
118 *beständigen Wechsel* – Auf den griechischen Philosophen Heraklit (um 544 bis um 483 v. u. Z.) wird der Satz zurückgeführt »panta rhei« – »alles fließt«.

118 *General von Schleicher* – Kurt von Schleicher (1882–1934) Offizier und Politiker, Dezember 1932 – Januar 1933 Reichskanzler, wurde während des sogenannten Röhm-Putsches (vgl. dritte Anm. zu S. 61) ermordet, da er als Privatmann Hitler wegen seiner Beziehungen (u. a. enger Vertrauter Hindenburgs) gefährlich schien.

119 *Bendlerstraße* – Sitz der Obersten Heeresleitung in Berlin.

121 *in gelben Heften* – Die Zeitschriften »Imago«, »Zeitschrift für psychoanalytische Pädagogik« und »Psychoanalytische Bewegung« des noch bis zum »Anschluß« Österreichs 1938 existierenden Internationalen Psychoanalytischen Verlages in Wien erschienen in gelbem Einband.

125 *Peleton* – Peloton, (franz.) Riege, Zug.

Dostojewski – Fjodor Michailowitsch Dostojewski (1821–1881) beschreibt diese Tatsache in den autobiographischen »Aufzeichnungen aus einem Totenhaus« (1860–1862).

127 *Noah und seinen Söhnen* – Vgl. 1. Mose 6–8.

Else Lehmann als Frau John – Else Lehmann (1866–1940), eine der bedeutendsten Darstellerinnen des Naturalismus, spielte in Gerhart Hauptmanns (1862–1946) Stück »Die Ratten« (1911) die Rolle der Frau John (zitiert nach 1. Akt, 1. Szene).

129 *Webers »Freischütz«* – Carl Maria von Weber (1786–1826), Komponist, schrieb die romantische Oper »Der Freischütz« (1821).

131 *Tiergeschichten ... kanadischen Erzählers* – Möglicherweise Ernest Thompson Seton (1860–1946) nordamerikanischer Schriftsteller und Naturforscher englischer Herkunft, der in der 1. Hälfte des 20. Jh. zu einem der führenden Autoren der Tiergeschichten wurde.

hier ist Rhodos, hier springe – Auf die Fabeln des Aesop (6. Jh. v. u. Z.) zurückgehender Ausspruch, der in seiner lateinischen Form »Hic Rhodos, hic salta« durch Schulbücher Verbreitung fand.

fausse reconnaissance – (franz.) falsches (Wieder-)Erkennen.

132 *Onkel Peerenboom* – Gestalt des niederdt. Mundartdichters Klaus Johann Groth (1819–1899).

Pole Popenspäler – Theodor Storm (1817–1888), Schriftsteller, schrieb die Erzählung »Pole Poppenspäler« (1874).

des Präsidenten Wilson – Thomas Woodrow Wilson (1856–1924) 1913 bis 1921 Präsident der USA.

133 *Ich bin ein Mensch mit seinem Widerspruch* – Conrad Ferdinand Meyer (1825 bis 1898), Schweizer Schriftsteller, schrieb diese Zeile als Schlußvers des Gedichts »Homo sum« in »Huttens letzte Tage« (1872).

134 *Moses* – Robert Moses (1888–1981) amerikanischer Städteplaner.

137 *Wirtschaft, Horatio, Wirtschaft* – Shakespeare, Hamlet. I, 2.

138 *Georgesche Verse* – Stefan George (1868–1933), Schriftsteller, Jahr der Seele (1897).

147 *Dr. Schacht* – Hjalmar Schacht (1877–1970) 1933–1939 Reichsbankpräsident.

148 *dem Verdienste seine Krone* - Friedrich Schiller, An die Freude (1785). Vers 91.

152 *›in der Heimat ...‹* – Im Ersten Weltkrieg verbreitetes Soldatenlied nach Ludwig Uhland (1787–1862) »Guter Kamerad« (1809).

153 *Magnesia* – Eigentl.: Magnesit.

154 *das vorige Mal* – Am 25. Juli 1934, dem Tag des Attentats auf den österreichischen Bundeskanzler Dollfuß durch eine illegale österreichische nationalsozialistische SS-Einheit, hatte Hitler von Bayern aus versucht, durch die Unterstützung der bürgerkriegsähnlichen Zustände in Österreich den »Anschluß« zu befördern. Mussolini, der zu dieser Zeit die österreichische Regierung stützte, setzte italienische Truppen zum Brenner in Bewegung (»Wacht am Brenner«).

St-Germain – Der Friedensvertrag von Saint-Germain-en-Laye bei Paris im Jahr 1919 legte fest, daß Österreich auf Ungarn und auf den Anschluß an Deutschland zu verzichten habe.

Blomberg – Werner von Blomberg (1878–1946) Generalfeldmarschall, 1935–1938 Reichskriegsminister und Oberbefehlshaber der Wehrmacht. Gemeinsam mit W. v. Fritsch äußerte Blomberg in der sogenannten »Hoßbachniederschrift« vom 5. 11. 1937 militärische Bedenken gegen die Expansionspläne Hitlers. Beide wurden Anfang 1938 durch Vorwürfe bezüglich des Privatlebens aus ihren Ämtern gedrängt.

Keitel – Wilhelm Keitel (1882–1946) General und bedingungsloser Getreuer Hitlers. 1938 trat er an die Stelle von Blomberg als Chef des Oberkommandos der Wehrmacht.

Brauchitsch – Walter von Brauchitsch (1881–1948) Generalmajor, wurde 1938 als Nachfolger von W. v. Fritsch zum Oberbefehlshaber des Heeres ernannt.

157 *Sabbat als Ruhetag* – Vgl. dritte und vierte Anm. zu S. 43.

159 *»Wer Menschenblut …«* – 1. Mose 9, 6.

160 *»denn ich bin der Herr«* – 2. Mose 6, 2, u. a.

englischen Bibelgesellschaft – 1804 in London gegründete Britische und Ausländische Bibelgesellschaft.

Blutgeld – Matthäus 27, 6.

161 *Gesetzgebung auf dem Sinai* – Die zehn Gebote. Vgl. 2. Mose 20, 8–11.

Fontane – Theodor Fontane (1819–1898) Schriftsteller und Theaterkritiker.

Klopstock – Friedrich Gottlieb Klopstock (1724–1803), Dichter, der strenge Versregeln für die Lyrik vorschrieb und anwandte.

162 *Rousseau* – Jean-Jaques Rousseau (1712–1778) französischer Moralphilosoph schweizerischer Herkunft.

Loge zur flammenden Morgenröte – Vermutlich die Nürnberger Großloge der Freimaurer »Zur aufgehenden Sonne«.

Zum großen Orient – Vermutlich die atheistische französische Winkelloge der Freimaurer »Grand orient de France«

Galvani – Luigi Galvani (1737–1798), italienischer Arzt und Naturforscher, der 1780 die Kontraktion präparierter Froschschenkel bei Berührung durch elektrische Funken entdeckte.

Volta – Alessandro Volta (1745–1827) italienischer Physiker und Vorbereiter der nach ihm benannten Säule als erster elektrischer Stromquelle (1880).

Leydener Flaschen – Die Leydener oder Kleistsche Flasche ist eine ältere Form des Kondensators, mit der große Elektrizitätsmengen bei verhältnismäßig geringer Spannung erzeugt werden konnten.

162 *Hufeland* – Christoph Wilhelm von Hufeland (1762–1836) Arzt und Sozialhygieniker.
Hahnemann – Samuel Hahnemann (1755–1843) Arzt und Begründer der Homöopathie.
lettres de cachet – (franz.) Petschaftsbrief. Geheimer, im Namen des französischen Königs geschriebener Haftbefehl, durch den ohne Gerichtsverfahren Bastilleeinweisungen vorgenommen werden konnten.
Schubart, der auf dem Hohenasperg verkam – Christian Friedrich Daniel Schubart (1739–1791) Schriftsteller, Publizist und Musiker, der wegen seines Lebenswandels und satirischer Veröffentlichungen von 1777 bis 1787 auf der Festung Hohenasperg eingekerkert worden war.
warum riß Schiller von Stuttgart aus – Friedrich Schiller schrieb als Regimentsmedikus in Stuttgart auf Anregung Schubarts das Drama »Die Räuber« (1782), dessen Aufführung den Bruch mit dem Herzog provozierte. Schiller mußte aus Württemberg fliehen.
Lessing, der Preußen ... eine Galeere – Nachdem ihm die Anstellung als Königlicher Bibliothekar in Berlin verweigert worden war, ging Lessing im April 1767 als Dramaturg und Consultant an das neugegründete Hamburger Theater. Am 1. Februar 1767 schrieb er an Johann Jakob Wilhelm Gleim: »Ich hoffe, es soll mir nicht schwer fallen, Berlin zu vergessen. [...] Doch ich erinnere mich, Sie hören es ungern, wenn man sein Mißvergnügen über diese Königin der Städte verrät. – Was hatt' ich auf der verzweifelten Galeere zu suchen?« (Anspielung auf Molière, Les fourberies de Scapin II, 11).
Adolf Wagner – Adolf Wagner (1890–1944) seit 1929 Gauleiter, 1933 Innenminister und stellvertretender Ministerpräsident von Bayern, 1936 auch Kultusminister. – Adolph Wagner (1835–1917), Nationalökonom und konservativer preußischer Abgeordneter.

167 *Lichtwarkstiftung* – Nach Alfred Lichtwark (1852–1914) Kunsthistoriker und Direktor der Hamburger Kunsthalle.
Karl Blechen – Der Maler Karl Blechen (1798–1840) hatte das Bild »Semnonenlager« 1828 in den Müggelbergen bei Berlin gemalt.

168 *Schaffung der Hamburger Goldmark* – Die Stadt Hamburg gab während der Inflation von 1923 und vor der Währungsreform selbst neues Geld heraus.

173 *Der Mann ist geneigt ... Schwatzhaftigkeit also beim Weibe* –Nicht ermittelt.

176 *Paradies ... in Mecklenburg* – Franz von Wendrin (geb. 1884), Die Entdeckung des Paradieses (1924), ortete in seinem Buch das Paradies in der Gegend von Küstrin.
Feldzug gegen die Hereros – Aufstand des afrikanischen Stammes der Hereros in Deutsch Südwestafrika 1904–1908.

179 *Winterhilfswerks* –1933 unter Goebbels gegründete und propagandistisch ausgeschlachtete Organisation zur Sammlung und Verteilung von Geld, Kleidern, Brennstoffen und Lebensmittel an Bedürftige im Rahmen des nationalsozialistischen Volkswohlfahrtsprogramms.
Ludendorff – Erich Ludendorff (1865–1937) erfolgreicher Heerführer im Ersten Weltkrieg.

179 *»Doppelt gebe, ...«* – Nach den Sprüchen des Publilius Syrus (geb. 93 v. u. Z.), Spruch I, 6 (gesammelt im 1. Jh. u. Z. und im Mittelalter weit verbreitet): »Wer rasch dem Armen spendet, spendet doppelt« (lat. – Inopi beneficium bis dat, qui dat celeriter).

180 *»Ans Vaterland ...«* – Nach Friedrich Schiller, Wilhelm Tell (1804). II, 1, V. 922 u. 924.

181 *moderne Seelenkunde* – Die differentielle Psychologie William Sterns scheidet die menschlichen Typen entsprechend ihrer sinnlichen Anlagen.

183 *Heinrich Hertz* – Heinrich Hertz (1857–1894) Physiker, dem 1886–1888 der Nachweis der elektromagnetischen Wellen gelang.
Leibniz – Nach Gottfried Wilhelm Leibniz (1646–1716) Philosoph der Aufklärung und Universalgelehrter, Theodicee (1710). 1, 8.

194 *Den Seinen gab's der Herr im Schlaf* – Redewendung nach Psalm 127, 2.
Herodes – Herodes der Große (73 –4 v. u. Z.) seit 37 v. u. Z. König von Judäa unter römischer Hoheit, soll den Bethlehemitischen Kindermord befohlen haben (vgl. Matthäus 2, 16ff.).

195 *dreißig Geißelhiebe* – Vgl. 2. Korinther 11, 24.

197 *Gloria in excelsis deo* – (lat.) Ehre sei Gott in der Höhe. Weihnachtsbotschaft aus Lukas 2, 14.

198 *des »Stürmers«* – Von Julius Streicher (1885–1946) in Nürnberg von 1923 bis 1945 herausgegebene vulgär-antisemitische Wochenschrift.

199 *Rückkehr der Saar ins Reich* – Vgl. erste Anm. zu S. 73.
der Griechen Stämme froh vereinte – Anspielung auf die Olympischen Spiele in Berlin 1936 mit einem Vers aus Friedrich Schillers Ballade »Die Kraniche des Ibykus« (1797).
Frisch weht der Wind der Heimat zu – Richard Wagner, Tristan und Isolde (1859). I, 1.

200 *Herr von Strauss* – Ottomar Strauss, Mitarbeiter bei Otto Wolff..
Otto Wolff – Otto Wolff von Amerungen (*1918) deutscher Industrieller in der Eisenindustrie.
König Thyssen – August Thyssen (1842–1926) gründete eine Gruppe von Eisen-, Stahl-, Walz-, Röhrenwerken, Gießereien, Maschinenfabriken, Kohle- und Erzgruben und legte sie vor dem Ersten Weltkrieg zu einem der größten deutschen Montankonzerne zusammen (Thyssen-Konzern).
Kaiser Kirdorf – Emil Kirdorff (1847–1938) Mitbegründer und kaufmänn. Direktor der Gelsenkirchener Bergwerks-AG, des Rheinisch-Westfälischen Kohlesyndikats und der Vereinigten Stahlwerke AG.
Hapag – Die Hamburg-Amerika-Linie wurde 1847 in Hamburg unter dem Namen »Hamburg-Amerikanische Paketfahrt-Aktien-Gesellschaft« gegründet
Woermannlinie – Deutsche Dampfschiffahrtsgesellschaft zwischen Hamburg und der Westküste Afrikas, nach ihrem Gründer, dem Hamburger Kaufmann und Politiker Adolf Woermann benannt.
Deutsche Levante – Die Deutsche Levante-Linie wurde 1889 in Hamburg gegründet und unterhielt regelmäßige Fracht- und Passagierfahrten von Hamburg in die Levante.

201 *Aufklärungsschrift eines französischen Geistlichen* – Nicht ermittelt.

202 *Arbeiterbank* – Bank der Deutschen Arbeit A. G. unter dem Dach der Deutschen Arbeitsfront.

206 *Wissen ist Macht* – Von Karl Liebknecht aufgenommener Spruch, der wahrscheinlich auf ein Wort Francis Bacons (1561–1626) zurückgeht (Essays. Buch 1, Art. 19).

207 *Brest Litowsk* – Im März 1918 wurde zwischen der Sowjetunion und Deutschland der Frieden von Brest-Litowsk geschlossen, der unter großen Gebietsverlusten für die Sowjets die Waffenruhe sicherte. Durch den Sieg der Westmächte 1918 wurde der Vertrag für nichtig erklärt.
Max Hoffmann – Max Hoffmann (1869–1927) General, war als Vertreter der Obersten Heeresleitung an den Friedensverhandlungen von Brest-Litowsk beteiligt.

212 *Nun danket alle Gott* – Evangelisches Kirchenlied von Martin Rückart (1586–1649).
wie schön leuchtet der Morgenstern – Evangelisches Kirchenlied zu Epiphania von Philipp Nicolai (1565–1608).
O Haupt von Blut und Wunden – Gesang zur Passion von Paul Gerhardt (1607–1676) nach dem lat. salve caput cruentatum des Arnulf von Löwen (um 1200–1250).
»Zauber, Zauber geh vorbei ...« – Nicht ermittelt.

214 *Radek* – Karl Radek, eigentl. Karl Sobelsohn (1885–1939) sowjetischer Politiker und einer der wichtigsten und bekanntesten Komintern-Mitarbeiter und Publizisten.
Trotzki – Leo Trotzki (1879–1940) russischer Politiker und Revolutionär. Er entwickelte die Theorie der »permanenten Revolution« und war neben Lenin Hauptinitiator der Oktoberrevolution 1917 in Rußland sowie Gründer und Führer der Roten Armee. Nach Lenins Tod kam es zu Auseinandersetzungen mit Stalin, der ihn verbannte und 1940 durch die Geheimpolizei in Mexiko ermorden ließ.

215 *die Abkehr Ägyptens* – Das seit dem Ersten Weltkrieg unter britischer Hoheit befindliche Ägypten erreichte 1922 seine Unabhängigkeit wieder. Der Einfluß Englands blieb dennoch stark, und es kam wiederholt zu antibritischen Unruhen. Nach dem Tod König Fuad I. wurde 1936 der jugendliche Thronfolger Farouk I. eingesetzt.

218 *Die Husarenbraut* – Nicht ermittelt.
der olle Zieten – Hans Joachim von Zieten (1699–1786) Generalmajor und berühmter Reiterführer unter Friedrich dem Großen.

221 *Flucht König Karl I.* – Karl I. (1600–1649) englischer König, floh 1646 vor Oliver Cromwell und dem Parlamentsheer in die Gewalt der schottischen Armee.

224 *Rudolf Heß* – Rudolf Heß (1894–1987) war Hitlers Stellvertreter und engster Vertrauter u. u. a. an der Abfassung von »Mein Kampf« beteiligt.

225 *Bronsteins, Sobelsohns und Rosenfelds* – Trotzki, Radek und (in klanglicher Anlehnung) Roosevelt stellvertretend für Persönlichkeiten jüdischer Herkunft.
Baldur – Baldr, Gott des Lichtes und der Fruchtbarkeit, Verkörperung des Guten und Gerechten in der nordischen Mythologie, wurde von seinem

hinterlistig getäuschten, blinden Bruder Hödur mit einem Mistelzweig getötet.

228 *Bekenntniskirche* – Bekennende Kirche, Zusammenschluß evangelischer Christen gegen die nationalsozialistische Manipulation der Kirche.
gegen den Stachel zu löken – Vgl. Apostelgeschichte 26, 14.

232 *wer nur den lieben Gott ... Traurigkeit* – Evangelisches Kirchenlied von Georg Neumark (1621–1681).

235 *Gauß* – Carl Friedrich Gauß (1777–1855) Mathematiker, Astronom und Physiker.

238 *Was als wahr wirken soll, darf nicht wahr sein* – Friedrich Nietzsche, Der Fall Wagner. Ein Musikanten-Problem (1888) 8.

239 *Bülow* – Bernhard Ernst von Bülow (1815–1879) Diplomat und als Staatsekretär des Auswärtigen Amtes ab 1873 enger Vertrauter Bismarcks.

240 *Sarah* – Vgl. dritte Anm. zu S. 247.

241 *Gott ... keine Knechte* – Nach Ernst Moritz Arndt, Anfangszeilen des »Vaterlandslied« (1813).
der Weise von Sils Maria – Sils im Engadin (Schweiz), Ortsteil Maria war der Sommersitz Friedrich Nietzsches von 1881 bis 1888.

243 *Newton* – Isaac Newton (1643–1727) englischer Mathematiker, Physiker und Astronom, der 1666 (abgeblich bei der Beobachtung eines fallenden Apfels) das Gravitationsgesetz entdeckte.

244 *Ballin* – Albert Ballin (1857–1918) Hamburger Reeder und persönlicher Freund Wilhelm II., trat im Widerspruch zur offiziellen Politik für eine englisch-deutsche Zusammenarbeit ein. Am 9. November 1918 verübte er Selbstmord.

245 *Paula Becker-Modersohn* – Paula Modersohn-Becker (1876–1907) Malerin der Künstlerkolonie Worpswede.

246 *Heinrich Vogeler* – Heinrich Vogeler (1872–1942) Maler, Graphiker und Kunsthandwerker in Worpswede, der sich seit 1925 vorwiegend in der Sowjetunion aufhielt.
›Das ist des Landes ... gibt sich auch‹ – Bei Goethe, Faust. 1. Teil, Der Nachbarin Haus. V. 2949f. heißt es: »Das ist des Landes nicht der Brauch. [/] Brauch oder nicht! Es gibt sich auch.«

247 *Baldwinschen Empire* – Britisches Mandatsgebiet in Palästina, so bezeichnet nach Stanley Baldwin (1867–1947), der von 1935 bis 1937 englischer Premierminister war.
Tausend-Pfund-Kapitalisten – Mindestsumme für den schnellen Erhalt eines Einwanderungszertifikats.
Frau Förster-Nietzsche – Elisabeth Förster-Nietzsche (1846–1935), Schwester Friedrich Nietzsches, die für die durch nachgewiesene Eingriffe ins Material problematische Nachlaßherausgabe und der darauf basierenden Nietzsche-Rezeption verantwortlich zeichnet.
rotes J ... Sarah – Die Kennzeichnung der Pässe von Bürgern jüdischer Herkunft mit einem »J« wurde erst am 5. 10. 1938 und die Vornamen Sara und Israel zur Kenntlichmachung der Abstammung am 18. 8. 1938 eingeführt.
Messias anzuerkennen – Im Unterschied zur christlichen Religion, die in

Jesus Christus den Messias sieht, erwartet das Judentum diesen als zukünftigen Erlöser.

248 *Märchen von Sindbad* – Vgl. erste Anm. zu S. 105.

Chanukahkerzen – Chanukah, (hebr.) Einweihung. Achttägiges Licht- und Tempelweihfest anläßlich des Jahrestages der Neuweihung des in der Zeit der Religionskriege (Kämpfe mit den Makkabäern) entweihten Tempels in Jerusalem, wodurch auch die religiöse und nationale Selbständigkeit der Juden befördert wurde.

251 *»Freiheit, die ich meine ... süßes Engelsbild.«* – Max von Schenkendorf (1783–1817) in dem Lied »Freiheit« (vor 1813).

252 *»Die Nähe, ...«* – Christian Morgenstern (1871–1914) in dem Gedicht »Die Nähe«.

Rigoletto-Arie – Giuseppe Verdi (1813–1901) schrieb für seine Oper »Rigoletto« (1851) die Arie »Ach wie so trügerisch sind Weiberherzen«.

254 *Denkwürdigkeiten eines Nervenkranken* – Daniel Paul Schreber, Denkwürdigkeiten eines Nervenkranken, hg. von Sigmund Freud, Psychoanalytische Bemerkungen über einen autobiographisch beschriebenen Fall von Paranoia (Ausgabe von 1911).

256 *Rilke* – Rainer Maria Rilke (1875–1926) österreichischer Dichter.

Schauspieler Christ – Schauspielleben im 18. Jahrhundert. Erinnerungen von Josef Anton Christ (1744–1823). Zum ersten Male veröffentlicht von Rudolf Schirmer. Ebenhausen, München, Leipzig 1912.

Herr von Brantôme – Pierre de Bourdeille, Seigneur de Brantôme (um 1540–1614) französischer Schriftsteller, Aus den Memoiren des Pierre de Brantôme, Herrn von Brantôme (dt. 1904).

Karl Philipp Moritz – Karl Philipp Moritz (1756–1793), Anton Reiser (1785/90). Von Rousseaus »Confessions« beeinflußter autobiographischer Roman, der 1794 unter dem Titel »Erinnerungen aus den 10 letzten Lebensjahren meines Freundes Anton Reiser« erschien.

Opiumesser de Quincey – Thomas de Quincey (1785–1859) englischer Schriftsteller, Bekenntnisse eines Opiumessers (1822/1856, dt. 1886).

Jack London – Jack London (1876–1916) englischer Schriftsteller.

261 *Geburt der Tragödie* – Friedrich Nietzsche, Die Geburt der Tragödie aus dem Geiste der Musik (1872).

Günderode – Karoline von Günderode (1780–1806) Schriftstellerin.

Liselotte von der Pfalz – Elisabeth Charlotte von der Pfalz (1652–1722) Gattin des Herzog Philipp I. von Orléans und Schwägerin Ludwig XIV.

Homer – Homer, dessen Existenz nicht unumstritten ist (wahrsch. zw. 750 und 650 v. u. Z.), gilt als der älteste epische Dichter des Abendlandes und Verfasser der Odyssee und der Ilias.

Thukydides – Politiker im Athen des 5. Jh. v. u. Z.

Plato – Plato (428 o. 427–348 o. 347 v. u. Z.) griechischer Philosoph.

262 *Gustav Landauer* – Gustav Landauer (1870–1919) Schriftsteller und anarchistischer Politiker der Münchener Räteregierung.

Oswald Spengler – Oswald Spengler (1880–1936) Kultur- u. Geschichtsphilosoph.

Planck – Max Planck (1858–1947) theoretischer Physiker.

262 *Er baute seinen Kohl* – Vermutlich nach Voltaires (1694–1778) »Candide« (1759), Kap. 30: »Il faut cultiver notre jardin.« (franz. – Wir müssen unseren Garten bestellen).

264 *Das Sein bestimmte da das Bewußtsein* – Geläufig gewordene Kurzformel eines Satzes von Karl Marx (1818–1883) aus dem Vorwort »Zur Kritik der Politischen Ökonomie« (1860).

Napoleon III. – Charles Louis Napoléon Bonaparte (1808–1873) Kaiser der Franzosen 1852–1870.

General Boulanger – Georges Boulanger (1837–1891) französischer General und Politiker.

265 *furchtbarer Hebel, wenn dazu materielles Elend trat* – Georg Büchner (1813–1837), Dantons Tod (1835). I, 5.

Italien im Jahre 22 – Faschistischer Staatsstreich in Italien. Mit dem »Marsch auf Rom« wurde Benito Mussolini (1883–1945) Ministerpräsident.

Aber wie es Abend ward ... Bäumlein dort – Nicht ermittelt.

266 *Herr Häuser* – Möglicherweise ist der amerikanische Ernährungsreformer Gaylord Hauser (geb. 1895) und seine »Lebe-länger-Abmagerungskur« gemeint.

Weißenberg – Joseph Weißenberg (1855–1941) Sektengründer, sammelte Anhänger in der »Christlichen Vereinigung ernster Forscher von Diesseits nach Jenseits wahrer Anhänger der christlichen Kirche« und gründete 1920 die »Friedensstadt« bei Blankensee (Brandenburg).

Hunderttausende von Juden ... – Judenpogrome in der Ukraine 1921.

Jacob Burckhardt – Jacob Burckhardt (1818–1897) schweizerischer Kultur- und Kunstwissenschaftler, Zeitkritiker und Kulturphilosoph.

Galilei – Galileo Galilei (1564–1642) entdeckte in den neunziger Jahren des 16. Jh. die Isochronie der Pendelschwingung und die Pendelgesetze.

269 *General Hoffmann* – Vgl. zweite Anm. zu S. 207. – Hoffmann war 1914 an der Planung der Schlacht bei Tannenberg beteiligt und ab 1916 Chef des Generalstabes beim Oberbefehlshaber Ost.

Foch – Ferdinand Foch (1851–1929) französischer Marschall und 1918 Oberkommandierender aller Truppen der Entente.

270 *Ordmudz und Ariman* – Persische Gottheiten, Verkörperung des Guten (Ormuz, Oromazes) und des Bösen (Ariman, Arimanius).

272 *»Wer wird etwas Großes erreichen ...«* – Friedrich Nietzsche, Die fröhliche Wissenschaft (1882). 325. Was zur Größe gehört.

»Wer nicht begriffen hat ...« – Friedrich Nietzsche, Menschliches, Allzumenschliches II. Ein Buch für freie Geister (1886). 1. Abt. Vermischte Meinungen und Sprüche, 191. Pro und Contra nöthig.

273 *»Er kondeszendiert zu allem ...«* – Friedrich Nietzsche, Nietzsche contra Wagner (Nachlaß, entst. 1888–1889). Wie ich von Wagner loskam. 1. Dort heißt es: »... seitdem Wagner in Deutschland war, kondeszendierte er Schritt für Schritt zu allem, was ich verachte – selbst zum Antisemitismus«.

Schlacht bei Zorndorf – 1758 siegte Friedrich der Große bei Zorndorf über die Russen, die Küstrin belagerten.

275 *über Nietzsches Zusammenbruch schreibend* – Erich F. Podach, Nietzsches Zusammenbruch, Heidelberg 1930.
276 *Werner Hegemann* –Werner Hegemann (1881–1936) Architekt und Schriftsteller.
278 *von Hammerstein* – Kurt Freiherr von Hammerstein-Equord (1878–1943) General und 1930 Chef der Heeresleitung, trat Ende Januar 1934 als Gegner des Nationalsozialismus zurück.
Düppel – Dänische Stellung während der deutsch-dänischen Kriege 1848 bis 1850 und 1864, die 1864 von preußischen Truppen erobert wurde.
Königgrätz –1866 siegten bei Königgrätz die preußischen über die österreichisch-sächsischen Truppen.
Sedan – Bei Sedan kapitulierte 1870 im deutsch-französischen Krieg 1870/1871 die französische Hauptarmee. Napoléon III. wurde gefangengenommen.
Tannenberg – Zu Beginn des Ersten Weltkrieges wurde die russische Armee bei Tannenberg vernichtend geschlagen.
279 *Fritz Schillers Kriegsfurie* – Friedrich Schiller, Wallensteins Lager (1798), 8. Auftritt, Vers 495.
›Die Sendlinge des Kapitalismus‹ – Nicht ermittelt.
281 *Roon* – Albrecht Graf Roon (1803–1879) preußischer Generalfeldmarschall und Politiker.
Moltke – Helmuth Graf von Moltke (1800–1891) preußischer Generalfeldmarschall und Stratege.
Beck – Ludwig Beck (1880–1944) Generaloberst, 1935–1938 Chef des Generalstabes des Heeres, trat nach wirkungslosem Aufbegehren gegen Hitlers Plan zur Zerschlagung der Tschechoslowakei zurück und wurde so zur Zentralfigur des militärischen und nichtkommunistisch-zivilen Widerstands.
Knochenhauer – Wilhelm Knochenhauer (1878–1938) Befehlshaber im Wehrkreis X in Hamburg.
Schmach von Olmütz – In der zwischen Preußen und Österreich vereinbarten Olmützer Punktation (1850) mußte Preußen, da Österreich durch Rußland unterstützt wurde, auf seine Unionspolitik verzichten und wurde an der Vollstreckung der Bundsexekution in Kurhessen und Holstein gehindert.
282 *Ehre wem Ehre gebührt* – Vgl. Brief des Paulus an die Römer 13, 7.
284 *Etwas war faul im Staate Dänemark* – Nach Shakespeare, Hamlet. I, 4.
Schlegel-Tieck-Epoche – August Wilhelm Schlegel (1767–1845) Lyriker, Übersetzer und Literaturtheoretiker. Ludwig Tieck (1773–1853) Dichter der Romantik.
Meininger Zeit – Das Schauspielensemble des Meininger Hoftheaters wirkte ab 1866 beispielhaft für die Erneuerung des klassischen Theaters.
285 *Joseph Kainz* – Joseph Kainz (1858–1919) österreichischer Schauspieler.
Max Reinhardt – Max Reinhardt, eigentl. Max Goldmann (1873–1943) österreichischer Schauspieler, Regisseur und Theaterleiter in Berlin.
Bacon-Theorie – Die Amerikanerin Delia Bacon (1811–1859) hatte zuerst

1857 die Behauptung aufgestellt, Francis Bacon sei der Verfasser der Dramen Shakespeares. – Sigmund Freud, der sich ebenfalls mit der zweifelhaften Verfasserschaft der Shakespearschen Werke beschäftigt hatte und die Lord-De-Vere-Theorie vertrat, übersandte Zweig im Dezember 1936 zwei Bücher nach Haifa (John Thomas Looney, »Shakespeare« Identified in Edward de Vere, the 17th Earl of Oxford (1920); Gerald H. Rendall, Shakespeare's sonnets and Edward de Vere (1930)).

286 *Scylla und Charybdis* – Nach Homers »Odyssee« sitzt die Skylla in einer Höhle gegenüber des Felsenschlunds Charybdis, der dreimal am Tag das Wasser mit mächtiger Gewalt steigen und fallen ließ, und verschlang in Not geratene Seefahrer.

288 *›Ward je in solcher Laun' ein Weib gefreit?‹* – Shakespeare, Richard III. (1592/1593). I, 2.

Solo Aequare – (lat.) Dem Erdboden gleichmachen.

290 *Spielhagen* – Friedrich Spielhagen (1829–1911) Schriftsteller.

Gustav Freytag – Gustav Freytag (1816–1895) Erzähler und Kunsthistoriker, Die verlorene Handschrift (1864).

291 *Nostra culpa. ... culpa* – (lat.) Unsere Schuld. Unsere größte Schuld.

dieses Gedicht – J. W. Goethe, Epiphanias (Epiphaniafest, 1781).

293 *Philip Otto Runge* – Philip Otto Runge (1777–1810) frühromantischer Maler und Schriftsteller.

294 *Wasmann* – Friedrich Wasmann (1805–1886) Maler.

Boykottbetrieb am 1. April – Vgl. Anm. zu S. 48.

295 *Zusammenhang zwischen Astrologie und Moral* – Friedrich Nietzsche, Menschliches, Allzumenschliches I (1886). Von den ersten und letzten Dingen, 4. Astrologie und Verwandtes: »Es ist wahrscheinlich, dass die Objecte des religiösen, moralischen und ästhetischen Empfindens ebenfalls nur zur Oberfläche der Dinge gehören, während der Mensch gerne glaubt, dass er hier wenigstens an das Herz der Welt rühre; er täuscht sich, weil jene Dinge ihn so tief beseligen und so tief unglücklich machen, und zeigt also hier denselben stolz wie bei der Astrologie. Denn diese meint, der Sternenhimmel drehte sich um das Loos des Menschen; der moralische Mensch aber setzt voraus, Das, was ihm wesentlich am Herzen liege, müsse auch Wesen und Herz der Dinge sein.«

296 *Münster und Osnabrück* – Diese Städte waren 1645–1648 bzw. 1643–1648 die Verhandlungsorte des Westfälischen Friedens zur Beendigung des Dreißigjährigen Krieges, der 33% der städtischen und 40% der ländlichen Einwohnerschaft vernichtet hatte. Neben konfessionellen Fragen regelte der Vertrag Fragen der Gebietsansprüche.

297 *O. H. L.* – Oberste Heeresleitung.

per pedes apostolorum – (lat.) Auf Apostelfüßen.

298 *Schlusnus* – Heinrich Schlusnus (1888–1952) Opern- und Liedsänger.

Man kann niemanden davon dispensieren, Erfahrungen zu machen – Nicht ermittelt.

300 *Forsters Ansichten vom Niederrhein* – Georg Forster (1754–1794) Geograph, politischer Publizist und Verfasser künstlerischer Reisebeschreibungen, beschrieb die »Ansichten vom Niederrhein«, 3 Bände (1791 ff.).

301 *Eva im Paradies* – Richard Wagner, Die Meistersinger von Nürnberg (1867), Schusterlied des Hans Sachs »Eva aus dem Paradies«.
Ibsens »Kaiser und Galiläer« – Henrik Ibsen (1828–1906) norwegischer Dramatiker, schrieb sein Doppelschauspiel »Kaiser und Galiläer« 1873, in dem der orientalische Mystiker Maximos die Lehre von den drei aufeinanderfolgenden Weltreichen verkündet.
Schliemann – Heinrich Schliemann (1822–1890) Archäologe.

302 *Swedenborg* – Emanuel Swedenborg (1688–1792) schwedischer Naturforscher, Mystiker und Theosoph, teilte nach einer religiösen Krise (seit 1736) Visionen, »Evidenzen« und »Lichterlebnisse« mit und glaubte nach »Ohren- und Augenzeugnis« Zugang zum Jenseits und zur Geisterwelt als Spiegel des Diesseits zu haben.
sich selbst im grauen Rock ... geschah – Goethe, Dichtung und Wahrheit (1809–1832). Vgl. im 3. Teil gegen Ende des elften Buches den Abschied von Friederike Brion und im 1. Teil gegen Ende des ersten Buches die Geschichte des Großvaters.

303 *Kämpfe bei Teruel* – Provinz im spanischen Aragonien, das sich als entschlossenster Verteidiger der spanischen Republik erwies.
wenn ein Schwein ... ganzen Faust herausbringen – Nicht ermittelt.

304 *Nostradamus* – Nostradamus, eigentl. Michel de Notredame (1503–1566) französischer Mathematiker und Astrologe, der vierzeilige, visionäre Aussagen, die sogenannten Quatrains, verfaßte.

307 *Frobenius* – Leo Frobenius (1873–1938) Völkerkundler und Kunsthistoriker, Atlantis, Volksdichtungen und Volksmärchen Afrikas, 12 Bände (1921 bis 1928).
Brahms – Johannes Brahms, Konzert Nr. 2 B-dur für Klavier und Orchester. op. 83 (1881).

309 *Edmund Burke* – Edmund Burke (1729–1797) englischer Publizist und Politiker, Betrachtungen über die französische Revolution (1790, dt. 1793/1794).
Zarathustrawelten – Friedrich Nietzsche, Also sprach Zarathustra. Ein Buch für Alle und Keinen. 4 Teile (1883–1885).

310 *Robert Schumann* – Robert Schumann (1810–1856) Komponist.
Clara Schumann-Wieck – Clara Schumann-Wieck (1819–1896) Pianistin und Ehefrau des Komponisten Robert Schumann.

312 *Kladderadatsch* – Figur des gleichnamigen politisch-satirischen, national bis nationalistisch ausgerichteten Wochenblattes (Berlin 1848–1944).
deus ex deo – Eigentl.: deum de deo (lat.) Gott von Gott. Ein Teil des »Credo« aus der »h-moll-Messe« (1738) von Johann Sebastian Bach (1685–1750).
à la turc – (franz.) Auf türkische Art.

313 *»Melancholie des Unvermögens«* – Friedrich Nietzsche, Der Fall Wagner. Ein Musikanten-Problem (1888). 2. Nachschrift: »Er hat die Melancholie des Unvermögens; er schafft nicht aus der Fülle, er durstet nach Fülle.« – Die Nachlaßschriften »Ecce homo« und »Nietzsche contra Wagner« entstanden 1888 und 1889.

320 *Gemeinnutz über Eigennutz* – Nach Montesquieu (1689–1755), De l'esprit des lois (1748). 26. Buch, 15. Kap.

323 *mit Eichenlaub und Schwertern* – Ritterkreuz des Eisernen Kreuzes mit dem Eichenlaub mit Schwertern.

man soll Gott mehr fürchten als den Menschen – Vgl. Apostelgeschichte 5, 29.

Wenn Menschen schweigen … Zephania – Vgl. Habakuk 2, 11 und Lukas 19, 40. Der von Zweig zitierte Satz findet sich so in L. Th. Kosegarten »Legenden«, Berlin 1810, Bd. 1, Das Amen der Steine 1, 17.

325 *General von Reichenau* –Walter von Reichenau (1848–1942) General im Wehrkreis Leipzig.

durch Versailles einiges geändert – Die Abtrennung der CSR von Österreich wurde 1919 im Vertrag von St. Germain geregelt.

Franz Joseph – Franz Joseph I. (1830–1916) Kaiser von Österreich und Ungarn.

Masaryk – Tomáš Garrigue Masaryk (1850–1937) tschechoslowakischer Soziologe, Philosoph und Politiker, 1918–1935 Staatspräsident der CSR.

Benes – Eduard Beneš (1884–1948) tschechoslowakischer Politiker, enger Mitarbeiter und 1935–1938 Nachfolger Masaryks.

ob man das Ei … eine Glaubensfrage – Nach Jonathan Swift (1667–1745) irischer Schriftsteller, Gullivers Reisen (1726).

326 *Alfons XIII.* – Alfons XIII. (1886–1941) war spanischer König bis 1931, als die republikanischen Parteien die Wahlen gewannen. Er ging daraufhin ohne abzudanken ins Ausland.

Barthou – Louis Barthou (1862–1934) französischer Advokat und Außenministerwar um die politische Isolierung des Nazi-Regimes bemüht und fiel am 9. Oktober 1934 einem Attentat auf Jugoslawiens König Alexander I. (1888–1934) zum Opfer, den er zum Staatsbesuch empfing.

der Kleinen Entente –1920/21 auf Initiative von Beneš entstandenes Bündnis zwischen der CSR, Jugoslawien und Rumänien, um gegen ein wiedererstarkendes Deutschland die Revision der Pariser Vorortverträge zu verhindern. Nach 1933 bestand eine enge Bindung an Frankreich.

verdorbene Partie von 1918 – Durch den Versailler Vertrag fielen Elsaß-Lothringen an Frankreich, Eupen-Malmedy an Belgien, Oberschlesien und der »Korridor« an Polen und die überseeischen Kolonien unter die Mandatshoheit des Völkerbundes.

327 *Göring … Londonderry* – Charles Stewart Henry Vane-Tempest-Stewart, Lord of Londonderry (1878–1949) britischer konservativer Politiker und Militär, hatte als Luftfahrtminister 1931–1935 Kontakte zu Hermann Göring.

Isolationisten – Anhänger einer besonders vor dem ersten Weltkrieg und in der Zwischenkriegszeit herrschenden Doktrin in den USA, die die staatlichen Eigeninteressen der Vereinigten Staaten unter einer starken Abschottung gegenüber dem Ausland betonte.

329 *Stahlhelm* – Die jüngeren Mitglieder (bis 35. Lebensjahr) des 1918 gegründeten und 1935 aufgelösten Bundes der Frontsoldaten des Ersten Weltkrieges, der seit 1924 auch Nichtkämpfer aufnahm, die sich dem Wehrgedanken verpflichtet fühlten, wurden seit April 1933 als Wehr-Stahlhelm in die SA eingegliedert.

329 *Hugenbergleuten* – Alfred Hugenberg (1865–1951), Wirtschaftsführer und rechtskonservativer Politiker, war zunächst Förderer, dann Rivale Hitlers.
seinem Oskar – Oskar Prinz von Preußen (1888–1958) Sohn Kaiser Wilhelm II.

333 *Graf Posadowsky* – Arthur Graf von Posadowsky-Wehner, Freiherr von Postelwitz (1845–1932) Politiker.

334 *im Kriege fallen immer die Falschen* –Vermutlich nach Sophokles, Philoktet. V. 436ff.: »Nicht die schlechtesten Männer rafft gerne der Krieg dahin, sondern immer die besten.«
Dolchstoßlüge 1918 – Auch als Dolchstoßlegende bezeichnete Rechtfertigungsthese, daß die Niederlage Deutschlands im Ersten Weltkrieg durch das Versagen des Hinterlandes und die Novemberrevolution verursacht wurde und nicht durch die militärische Entwicklung.

335 *Jules Verne* – Der französische Schriftsteller Jules Verne (1828–1905) gilt als der Begründer des technisch-utopischen Abenteuer- und Entdeckerromans. »Die Reise nach dem Mittelpunkt der Erde« erschien 1864 (dt. um 1875).

337 *am Anfang habe ... Wassern geschwebt habe* – Vgl. 1. Mose 1, 1–2.

338 *Du sollst nicht töten* – 2. Mose 20, 13.
Kriegszüge gegen die Kanaaniter – Vgl. 4. Mose 20, 21f.
Mont Pelee – Ausbruch des Vulkans Montagne Pelée auf der Insel Martinique im Jahre 1902.

339 *San Francisco* – Erdbeben, das 1905 San Francisco zerstörte.

340 *»Lebe, wie du, ...«* – Christian Fürchtegott Gellert (1715–1769), Geistliche Oden und Lieder (1757). Vom Tode, 2. Strophe.

341 *Tod, wo ist dein Stachel ... Sieg* –1. Korinther 15, 55.

342 *Die Liebe höret nimmer auf* – 1. Korinther 13, 8.

343 *deutschen Christen und Bekenntniskirchen* – Die Deutschen Christen waren eine seit 1932 agierende Glaubensbewegung unter dem unmittelbaren Einfluß der NSDAP, die nach kirchenpolitischer Macht strebte, aufgrund der mißlingenden Adaption der Kirchenarbeit an das nationalsozialistische Parteiprogramm seit 1936 aber an Bedeutung verlor. Zur Bekennenden Kirche vgl. erste Anm. zu S. 228.

347 *Messalina* –Valeria Messalina (um 25–48 u. Z.) römische Kaiserin, die wegen ihres sittenlosen Lebenswandels und ihrer Grausamkeit berüchtigt war.

350 *Herrn Funk* –Walther Funk (1890–1960) nationalsozialistischer Politiker, seit 1937 Reichswirtschaftsminister, löste erst 1939 HjalmarSchacht als Reichsbankpräsident ab, der in Kompetenzstreitigkeiten mit Göring geriet und Kritik am Vierjahresplan vom 18. 10. 1936 geübt hatte.

352 *zu Hilfe kamen, genau wie 1914* – Nach der Ermordung des österreichisch-ungarischen Thronfolgers Franz-Ferdinand am 28. Juni 1914 in Sarajewo gab Deutschland eine »Blankovollmacht«, d. h. es versicherte Österreich seiner absoluten Bündnistreue, woraufhin es entsprechend der Bündnisverpflichtungen zu Kriegserklärungen an Serbien, Rußland und Frankreich kam.
Heimwehrregierung – Die Heimwehr bestand aus freiwilligen österreichischen Selbstschutzverbänden der konservativen Christsozialen, die die au-

toritär-katholische Regierung Dollfuß (1932–1934) (vgl. zweite Anm. zu S. 353) unterstützte, die bereits 1933 Parlament und Gewerkschaften ausgeschaltet hatte.

352 *Schuschnigg nach Berchtesgaden befohlen* – Hitler setzte Schuschnigg auf der Zusammenkunft am 12. Februar 1938 in Berchtesgaden unter Druck, so daß dieser seine Zustimmung zu dessen Plänen mit Österreich geben mußte (Einschränkung der Außen- und Verteidigungspolitik, Kabinettserweiterung, Amnestie für die völkisch-nationalen Kräfte usw.).

353 *1742* – Friedrich II. (1712–1786) führte 1740–1742 den 1. Schlesischen Krieg, um sich nach dem Tod Karl VI. eines Territoriums zu bemächtigen, das auf erbrechtlichem Wege trotz aller Anstrengung nicht zu erlangen war.

Dollfuß – Engelbert Dollfuß (1892–1934), österreichischer Politiker, der – seit Mai 1932 Bundeskanzler und Außenminister – im Mai 1933 ein Verbot der Kommunisten durchsetzte.

Volksabstimmung – Der Versuch Schuschniggs, das Berchtesgadener Abkommen durch eine für den 13. März angesetzte Volksabstimmung zur Unabhängigkeit Österreichs zu unterlaufen, führte zum Einmarsch der deutschen Truppen und zum »Anschluß« Österreichs an das Dritte Reich am 11. März 1938.

360 *Amalek* – Amalekiter, Erbfeinde der Israeliten aus dem Norden der Sinaihalbinsel. Vgl. 1. Samuel 15, 7 und 27, 8; 2. Mose 17, 16.

361 *Was Gott tut … halten stille* – Evangelisches Kirchenlied von Samuel Rodigast (1649–1708).

General von Bock – Fedor von Bock (1880–1945) Generalfeldmarschall.

363 *Mitgardschlange* – Ungeheuer der germanischen Kosmologie, das die Lebenswelt (Mitgard) im Weltmeer liegend umfängt.

Aurora borealis – (lat.) etwa: Nordlicht.

365 *Hermann Müller* – Hermann Müller (1876–1931) unterzeichnete als Außenminister den Versailler Vertrag, 1928–1930 Reichskanzler.

Stresemann – Gustav Stresemann (1878–1929) war 1923 Reichskanzler und blieb bis zu seinem Tod Außenminister. Er setzte sich für die strikte Einhaltung des Versailler Vertrages ein.

367 *großen Kaiserschlacht im Westen* – Als »Große Schlacht« wird die nach Anfangserfolgen steckengebliebene große Frühjahrsoffensive der Deutschen an der Westfront 1918 bezeichnet, die den Umschwung und die deutschen Rückzugsgefechte im Ersten Weltkrieg einleitete.

375 *drei Millionen Deutsche den Tschechen auslieferten* – Entsprechend dem Versailler Vertrag ging das Hultschiner Ländchen und durch den Vertrag von St. Germain gingen Teile Österreichs an die Tschechoslowakei.

376 *Bachs Johannespassion* – Johann Sebastian Bach (1685–1750), Johannespassion (1723–1727).

Brüdergemeinde – Eine dem Pietismus verwandte evangelische Freikirche, die auf die Böhmischen Brüder zurückgeht, die 1722 unter dem Schutz des Grafen Zinzendorf in der Oberlausitz die Kolonie Herrnhut gründeten (Herrnhuter Brüdergemeinde).

379 *»Herr, unser Herrscher …«* – Johann Sebastian Bach, Johannespassion, Einleitungschor.

380 *»Herzliebster Jesus, was hast du verbrochen«* – Evangelisches Kirchenlied von Johannes Heermann (1585–1647), dessen 5. bis 7. Strophe Bach in der »Johannespassion« verwandte.
»Vater unser im Himmelreich« – Evangelisches Kirchenlied von Martin Luther (1483–1546), dessen 4. Strophe »Dein Will gescheh ...« in der »Johannespassion« verwendet wurde.
»Mach's mit mir, Gott ...« – Evangelisches Kirchenlied von Johann Hermann Schein (1586–1630).
»Christus, der uns selig macht« – Choral der »Johannespassion« von Johann Sebastian Bach.
Fest der ungesäuerten Brote – Das Pessachfest (Überschreitungsfest) der Juden zu Beginn der Gerstenernte erinnert an den Auszug Israels aus Ägypten. Die ungesäuerten Brote (Mazzot) wurden als »Brot des Elends« gegessen. Im »Neuen Testament« bei Matthäus, Markus und Lukas.

381 *Nero* – Claudius Drusus Germanicus (37–68 u. Z.) römischer Kaiser, verfolgte die Christen als vermeintliche Brandstifter Roms.
Diokletian – Gaius Aurelius Valerius Diocletianus (um 243–316?) römischer Kaiser, berüchtigt als Christenverfolger.
»Seid klug wie die Schlangen ...« – Matthäus 10, 16.

382 *»Gehet hin ...«* – Lukas 7, 22.

383 *Volksfrontgetue* – Das Bündnis zwischen der bürgerlichen Linken, den Sozialdemokraten und den Kommunisten wurde 1935 von Georgi Dimitroff als taktische Maßnahme empfohlen und in Frankreich, Spanien und unter den deutschen Exilierten umgesetzt.
Hans Lavaters – Hans Lavater (1885–1971) Direktor der Musikakademie in Zürich.
»Seid fruchtbar ...« – 1. Mose 1, 22 u. a.

387 *Kardinal Innitzer* – Theodor Innitzer (1875–1955) österreichischer katholischer Theologe. Befürwortete zunächst den »Anschluß« Österreichs an Deutschland, wandte sich dann aber dagegen.

388 *Trianon* – Im Vertrag von Trianon (4. Juni 1920) zwischen den Alliierten des Ersten Weltkrieges und Ungarn werden die Gebietsregelungen an den ungarischen Grenzen festgelegt.

389 *freidenkerischen Abteilungen* – Vgl. Anm. zu S. 500.

395 *Toscanini* – Arturo Toscanini (1867–1957), italienischer Dirigent, der als Gegner des italienischen Faschismus nach New York auswanderte.
das ganze literarische Deutschland ... weile jetzt außerhalb – Die Debatte zwischen Leopold Schwarzschild im »Neuen Tage-Buch« (11. 1. 1936) und Eduard Korrodi in der »Neuen Zürcher Zeitung« (26. 1. 1936) erreichte mit dem Eingreifen Thomas Manns (Neue Zürcher Zeitung, 3. 2. 1936) ihren Höhepunkt. Das klare Bekenntnis zum Exil, das Thomas Mann nach dreijährigem politischen Schweigen in seinem Brief abgab, führte zu seiner Ausbürgerung aus Deutschland.
e tutti quanti – (ital.) und so weiter.

396 *jenen Nobelpreisträger* – Thomas Mann (1875–1955), Literaturnobelpreisträger 1929, trat nach 1937 mit antifaschistischen Rundfunkreden und Broschüren an die Öffentlichkeit.

396 *Moskauer Prozesse* – Die drei Moskauer Prozesse 1936, 1937 und 1938, in denen im Zusammenhang mit Stalins »Säuberung« unter Parteimitgliedern über 50 Funktionäre der Sowjetunion abgeurteilt wurden.
steckte das Elsaß ein … gezahlt wurden – Im Frankfurter Friedensvertrag 1871 wurde die Abtrennung Elsaß-Lothringens von Frankreich und die innerhalb dreier Jahre zu zahlende Reparationssumme von fünf Milliarden Goldfranken festgelegt.
Hortense Beauharnais – Hortense Beauharnais (1783–1837), Mutter Napoléon III., heiratete 1802 den Bruder Napoléon I. (Louis Bonaparte) Ludwig von Holland.
Eugénies ehrgeiziger Mann – Eugénie (1826–1920), seit 1853 Gemahlin Napoleon III. und Kaiserin der Franzosen.

400 *Professor Weizmann* – Chajim Weizmann (1873–1952) Chemiker und Präsident der Zionistischen Organisation und der Jewish Agency für Palästina.

401 *Wagnersche Fanfare … Wartburg* – Richard Wagner, Tannhäuser (1854), Tannhäusermarsch.

403 *Außerordentliche Zeiten erzwingen außerordentliche Mittel* – Nicht ermittelt.
weil Revolutionen immer ihre eigenen Kinder fressen – Nach Georg Büchner, Dantons Tod (1835), I, 5.

415 *»Ich will ihm eine Gehilfin …«* – 1. Mose 2, 18.

420 *Putsch auf Dollfuß* – Der österreichische Bundeskanzler Engelbert Dollfuß wurde am 25. Juli 1934 Opfer eines gescheiterten faschistischen Putsches in Österreich. Vgl. zweite Anm. zu S. 154.

432 *›Da steht die deutsche Flagge …‹* – In der 2. Strophe des »Deutschen Flaggenlieds« der Kriegsmarine (»Stolz weht die Flagge schwarz-weiß-rot …«), das der Operette »Unsere Marine« (1886) von Robert Linderer und Richard Thiele entstammt.

441 *la main* – (franz.) die Hand. Gemeint ist das davon abgeleitete umgangssprachliche »Lameng«.

442 *letzten Worte auf Gethsemane* – Vgl. Johannes 19, 30.

446 *Guernica* – Am 26. April 1937 zerstörten deutsche Bomber der »Legion Condor« Guernica, die »heilige Stadt« der Basken.

450 *Rothschilds* – Jüdische Bankiersfamilie deutscher Herkunft.
Heine – Heinrich Heine (1797–1856) Lyriker, Erzähler und Essayist.
Börne – Ludwig Börne, eigentl. Löb Baruch (1786–1837), Journalist, Erzähler und liberaler Vorkämpfer für die geistige und soziale Freiheit des Judentums.
Bagdadbahn – 1888 bis 1896 mit finanzieller Unterstützung durch das Deutsche Reich erbaute Eisenbahnlinie von Konya nach Bagdad, wichtige Landverbindung zwischen Europa und dem Persischen Golf.

453 *dreißig Silberlinge* – Matthäus 26, 15.

454 *»Das Wort war bei Gott« … in unserer Mitte.«* – Johannes 1, 1 und 1, 14.
»Aber die Finsternis …« – Johannes 1, 5.
durch die enge, ängstliche Pforte – Vgl. Matthäus 7, 13–14; Lukas 13, 24.

458 *Grafen Westarp* – Kuno Graf von Westarp (1864–1945) Politiker, ab 1913 Fraktionsvorsitzender der Deutschkonservativen Partei.

465 *Schweinfurter Grün* – Intensive grüne Farbe, die wegen ihrer Giftigkeit selten zum Malen verwendet wird.

468 *Hachscharah* – (hebr.) Tauglichmachung, Umschulung. Bezeichnung für die von der Chaluzbewegung organisierte Vorbereitung für ein Arbeitsleben in Palästina.

Nürnberger Gesetzen – Gemeint sind die sogenannten »Rassegesetze«, das »Reichsbürgergesetz« und das »Gesetz zum Schutze des deutschen Blutes und der deutschen Ehre«, die auf dem NSDAP-Parteitag 1935 in Nürnberg erlassen wurden und die juristische Legitimation der Judenverfolgung Hitlers bilden sollten.

Ruisdael-Kopie – Jacob van Ruisdael (1629–1682) niederländischer Maler, Der Judenfriedhof (nach 1670).

469 *Offenbarung Johanni* – Vgl. Offenbarung 4 (Das Gericht), 14,6 –20,15.

Gog und Magog – Mythischer Doppelname für den endzeitlichen Feind des Volkes Israel. Vgl. Hesekiel 38 u. 39; Offenbarung des Johannes 20, 8;.

470 *Tode ... verschlungen sei in den Sieg* – Nach 1. Korinther 15, 54.

475 *vom Stamme Nemm* – Redensart zur Charakterisierung eines Schnorrers, die 4. Mose 13, 9 (»Palti ... vom Stamme Benjamin«) abwandelt.

477 *Gottfried Keller* – Gottfried Keller (1819–1890) schweizerischer Erzähler und Lyriker, Der Landvogt vom Greifensee (1877), Der Grüne Heinrich (1854/1879).

478 *Courths-Mahler* – Hedwig Courths-Mahler (1867–1950) Unterhaltungsschriftstellerin.

München – Vgl. zweite Anm. zu S. 513.

Daladier – Edouard Daladier (1884–1970) 1938–1940 Ministerpräsident Frankreichs.

491 *Sturmführer Footh* – Eigentl.: Standartenführer Footh.

492 *Pilsudski* – Jósef Klemens Piłsudski (1867–1935) polnischer Politiker; 1926–1935 Verteidigungsminister und Generalinspekteur der Streitkräfte und eigentlicher Staatspräsident Polens.

Sarraut – Albert Sarraut (1872–1962) französischer Politiker und 1936 Ministerpräsident.

493 *was Bismarck den Cauchemar oder Alpdruck der Koalitionen taufte* – Nicht ermittelt.

Deutschland als Zuchtmeister ... Europas – Auslegung des 3. Teils des Gedichts von Stefan George »Der Dichter in Zeiten der Wirren« aus dem Band »Das neue Reich« (1928).

497 *Hermann... namens Teetjen* – Vgl. auch im folgenden eigentl.: Philipp Teetjen.

General Keim ... Flottenverein – August Keim (1845–1926), preußischer Generalleutnant, leitete von 1900 bis 1908 den Deutschen Flottenverein.

Graf Zeppelin – Ferdinand Graf von Zeppelin (1838 –1917) Erfinder und Bauer starrer Luftschiffe.

498 *Scapa Flow* – Im Juni 1919 gab der Konteradmiral Ludwig von Reuter den Befehl zur Selbstversenkung der dort gefangengehaltenen deutschen Flotte.

ersten Weltkrieges – Eigentl.: Weltkrieg.

499 *Da roch die Rotte das gräßliche Gold … Dichter* – Nicht ermittelt.
daß Kinder … handelten – (Sunt pueri pueri, pueri pueralia tractant) Lateinischer Sinnspruch, der auf den ersten Brief des Paulus an die Korinther 13, 11 zurückgeht.

500 *Freidenkerverband* – Seit der Aufklärung bestehender und 1881 organisatorisch gefestigter Verband, der auf antikirchlich-naturwissenschaftlichem Denken aufbaute und von den Nationalsozialisten für ihre Zwecke vereinnahmt wurde.

502 *»Euer Herz erschrecke nicht …«* – Johannes 14, 1f.

504 *Binden und lösen* – Nach Matthäus 16, 19; 18, 18.

507 *Zehnmarkstücke* – 1938 waren Zehnmarkstücke nicht im Umlauf. Im Typoskript heißt es »Zehnmarkscheine«.

513 *Mare nostrum* – (lat.) Unser Meer.
Berchtesgaden, Godesberg und München – Nach den Treffen zwischen Hitler und Chamberlain am 15. September 1938 in Berchtesgaden und in Bad Godesberg vom 22. bis zum 24. September wurde am 29. September in München zwischen Deutschland, England, Italien und Frankreich das Münchener Abkommen unterzeichnet, das, ohne die Stimme der CSR einzuholen, den »Anschluß« der überwiegend von Deutschen bewohnten Grenzgebiete Böhmens (Sudeten) an das Deutsche Reich verfügte. – Verfrühter Hinweis auf das Münchener Abkommen, das nach der Handlungszeit des Romans beschlossen wurde. Vgl. Anm. zu S. 537.

514 *Peace for our time* – (engl.) Friede unserer Zeit. Ausspruch Chamberlains in London nach seiner Rückkehr von der Münchener Konferenz.
Flottenabkommen – Deutsch-Britisches Flottenabkommen 1935, in dem sich Großbritannien mit der maritimen Aufrüstung Deutschlands bis zu 35% (U-Boote bis zu 100%) der Gesamttonnage der britischen Kriegsflotte einverstanden erklärte. Das kam einer Annulierung der Rüstungsbegrenzungsparagraphen des Versailler Vertrags gleich. 1939 kündigte Hitler das Abkommen einseitig auf, um Spielraum für seine Aufrüstung zu gewinnen.

518 *»Auf daß es uns wohlergeh …«* – Nach der Ballade »Martje Flors Trinkspruch« von Detlev von Liliencron (1844–1909).

520 *Händel … jauchzen* – Georg Friedrich Händel (1685–1759), Tochter Zion, freue dich … (Nach Sacharja 9, 9) aus dem Oratorium »Judas Makkabäus«.
Tausendpfund-Einwanderer – Vgl. zweite Anm. zu S. 247.
Alles hat seine Zeit … eitel – Nach Prediger 3, 1 – 9 und Prediger 1 – 2.

521 *Jecken* – Bezeichnung für deutsche Einwanderer in Palästina.
Erez Israel – Hebräische Bezeichnung für Palästina.
Montague Norman – Montagu Collet Norman (1871–1950) 1920–1944 Gouverneur der Bank von England und somit die maßgebende Persönlichkeit der britischen Währungspolitik.

525 *Ley* – Robert Ley (1890–1945) nationalsozialistischer Politiker, Nachfolger Strassers, zerschlug 1933 die Gewerkschaften und leitete die Deutsche Arbeitsfront.

530 *Thorwaldsen* – Bertel Thorvaldsen (1768–1844) dänischer Bildhauer.

531 *Hohenfriedberger Marsches* – Wurde angeblich von Friedrich dem Großen nach dem Sieg bei Hohenfriedeberg (Niederschlesien) über Sachsen und Österreich im 2. Schlesischen Krieg 1745 komponiert.

537 *Schlag gegen die Franzosen und die Tschechoslowakei* – Verfrühte Anspielung auf die enge Bindung der CSR an Frankreich in der Kleinen Entente und das Münchener Abkommen, das erst im September und nicht zur Zeit der Romanhandlung im August vereinbart wurde. Vgl. zweite Anm. zu S. 513.

539 *Schilbung und Nibelung* – Brüderpaar der germanischen Sage, von denen letzterer König der Nibelungen und Besitzer des Nibelungenschatzes ist.

541 *in festen aristokratischen Händen* – Nach dem Untergang der ungarischen Räterepublik von 1919 wählte die Anfang 1920 zusammengetretene Nationalversammlung unter Wiederherstellung des Königreichs Ungarn Admiral Horthy zum Reichsverweser und den Grafen Bethlen zum Ministerpräsidenten. König Karl versuchte 1921 erfolglos den Thron wiederzugewinnen, wenn auch die monarchistische Staatsform aufrechterhalten wurde.

fallitte – fallite (ital.) fehlgeschlagen.

543 *Gruppenführers Footh* – Eigentl.: Standartenführer Footh.

Richtet nicht, ... werdet – Matthäus 7, 1.

547 *Köselitz* – Heinrich Köselitz war ein Pseudonym von Peter Gast (1854 bis 1918), einem mit Nietzsche befreundeten Komponisten und späteren Kustos des Weimarer Nietzsche-Archivs, der 1908 »Friedrich Nietzsches Briefe an Peter Gast« veröffentlichte.

549 *von einer Höhle und von Platon* – Das Höhlengleichnis des griechischen Philosophen Platon (428/427–348/347 v. u. Z.) aus dem 7. Buch seines Werkes »Der Staat« ist eine metaphorische Darstellung der Schwierigkeit wahrhaftiger Erkenntnis.

550 *Senator Miller* – Nicht ermittelt.

551 *Buffs-Regiments* – Nicht ermittelt.

554 *Charkower Prozeß* – Am 17. Dezember 1943 wurden in Charkow vier SS-Männer, die des Mordes an sowjetischen Zivilisten mittels »Gaslastwagen« angeklagt waren, von einem sowjetischen Militärtribunal zum Tode verurteilt und zwei Tage später hingerichtet.

555 *Rattenfänger von Braunau* – Nach dem Geburtsort Hitlers.

Nothing succeds like success – (engl.) Nichts ist erfolgreicher als der Erfolg.

556 *Obersalzberg* – Villa Hitlers bei Berchtesgaden in Bayern.

561 *Argonnen* – Der Höhenzug am Nordostrand des Pariser Beckens war zu Beginn des Ersten Weltkrieges Schauplatz erbitterter Stellungskämpfe.

562 *Hagenbecks Zoo* – Vgl. Anm. zu S. 41.

564 *Teil der Hamburger S.S. ... nach Wien* – Im Vorfeld der Annexion Österreichs an Hitlerdeutschland am 11. März 1938 wurden deutsche Truppen in das Land verbracht.

dass das Blut ... vergossen hat – Vgl. Anm. S. 159.

570 *löckt nur gegen den Stachel* – Vgl. zweite Anm. zu S. 228.

Aennchen von Tharau ... Lindenbaum ... Internationale – Vgl. zweite bis vierte Anm. zu S. 96.

572 *Verzeihung, die der Herr... einzuschränken* – Vgl. 1. Mose 9, 11–17.

574 *Schreber ... verheiratet* – Vgl. Anm. zu S. 254. – Sigmund Freud war mit Martha Bernays (1861–1951), einer gebürtigen Wandsbekerin, verheiratet.

575 *Bahr* – Hermann Bahr (1863–1934) österreichischer Dichter und Kritiker, schrieb in seinen psychologisch bestimmten Dramen und Essays über die innere Freiheit des Menschen und die Beziehung zwischen Mann und Frau.

Stendhal De L'Amour – Stendhal, eigentlich Marie Henri Beyle (1783 bis 1842) französischer Schriftsteller, schrieb die psychologische Studie »De l'amour« 1822 (Deutsch »Über die Liebe«, 1903, und unter dem Titel »Psychologie der Liebe« 1888).

Aretino – Pietro Aretino (1492–1556) italienischer Schriftsteller, war der Verfasser der »Ragionamenti« (1533–1536, 2 Bde.), die u. a. als »Kurtisanengespräche« ins Deutsche übersetzt wurden.

576 *»Unverständliche Handlungen ...«* – Vermutlich nach Friedrich Nietzsche, Menschliches, Allzumenschliches. Ein Buch für freie Geister (1886). I. 13. Logik des Traumes.

577 *ernst werden mit der ›de‹militarisation* – Anspielung auf die nach dem Ersten Weltkrieg vertraglich verfügte Entmilitarisierung Deutschlands, die durch Hitler unterlaufen wurde.

579 *der Wille zur Macht* – Nietzsches nachgelassene Notizen wurden von seiner Schwester Elisabeth Förster-Nietzsche und Peter Gast zusammengestellt und mit erheblichen sinnentstellenden Eingriffen in den Text 1901 und 1906 unter dem Titel »Der Wille zur Macht« herausgegeben. Vgl. auch dritte Anm. zu S. 247 und Anm. zu S. 547.

Macht verdummt – Friedrich Nietzsche, Götzen-Dämmerung. Was den Deutschen abgeht 1.

582 *»Proletarier aller Länder ...«* – Anspielung auf den Schlußsatz »Proletarier aller Länder vereinigt euch!« aus dem »Manifest der Kommunistischen Partei« (1848) von Karl Marx und Friedrich Engels.

585 *dem Manne könne geholfen werden* – Vgl. Anm. S. 18.

deutsche Flieger in Spanien ... – Im Spanienkrieg 1936–1939 wurden auf Seiten Francos und gegen die die 2. spanische Republik unterstützenden internationalen Brigaden, darunter sowjetische (bolschewistische) Truppen, deutsche Streitkräfte (Legion Condor) u.a. der Luftwaffe eingesetzt.

588 *»Freiheit die ich meine, ...«* – Vgl. Anm. zu S. 251.

Walhalla – Die »Halle der Gefallenen«, der in der Schlacht gefallenen Krieger, d. h. das Totenreich der Erwählten und ein Hauptsitz der Götter in der nordgermanischen frühzeitlichen Jenseitsvorstellung.

Mohammeds Paradies – Mohammed (um 570–632), eigentlich arabisch Abul Kasim Muhammad Ibn Abd Allah, Stifter des Islams, in dem die Vorstellung eines paradiesischen Gartens, das schattige Paradies, vom Christentum übernommen und mit realistischen Attributen des irdischen Lebens, bspw. den Paradiesjungfrauen (Huris), ausgestattet worden sind.

die ewigen Jagdgründe – Bezeichnung für das indianische Totenreich.

Simsonhaarwald – Simson wird im Alten Testament (Das Buch der Richter) als der letzte große Richter angeführt, dessen übergroße physische Kraft auf sein ungeschorenes Haupthaar zurückgeht.

588 *Credo ... In unum Deum* – (Lat.) Ich glaube an einen Gott. Chor aus der »h-moll-Messe« von Johann Sebastian Bach.

Rasputin – Grigori Jefimowitsch Rasputin (1864 o. 1865–1916) angeblicher Wunderheiler am russischen Zarenhof mit großem Einfluß auf die Politik.

»Deutschland muß leben ...« – Der zitierte Vers ist ein Kehrreim aus »Soldatenabschied« von Heinrich Lersch (1889–1936) in der Sammlung »Herz! Aufglühe dein Blut. Gedichte im Kriege« (1916).

589 *Hillel aus Babylon* – Hillel, mit Ehrennamen »der Alte« in Babylonien (um 60 v. u. Z. – um 10 u. Z.), einer der bedeutendsten rabbinischen Gesetzeslehrer, der in der »Goldenen Regel«, der Zusammenfassung des Gesetzes nach Matthäus 7, 12, empfiehlt: »Alles, was ihr wollt, daß euch die Leute tun, das tut ihnen auch.«

Historie geschehen ... selber weist – Gustav Landauer (1870–1919) formulierte im 2. Artikel des Sozialistischen Bundes (1908): »Dieser Sozialistische Bund tritt auf den Wegen, die die Geschichte anweist, an die Stelle der Staaten und der kapitalistischen Wirtschaft.«

590 *»So ist ein Gesetz ...«* – Nach Goethe, Faust. 1. Teil. V. 1410f.

1933 ...Menschenalter danach – Arnold Zweig verließ Deutschland am 14. März 1933 über Hirschberg und Spindlermühle, hielt sich einige Tage in Prag auf und verbrachte die nächsten Wochen in Wien. Am 14. Juli 1948 kehrte er nach Europa zurück und lebte bis zum Oktober auf Einladung des Tschechischen Informationsministers in dem nahe bei Prag gelegenen Schriftstellerheim Schloß Dobriš.

591 *Aristoteles* – Aristoteles (384 –322 v. u. Z.) griechischer Philosoph, der in seiner »Poetik« die kathartische Wirkung der Tragödie durch die Erregung von »Jammer« und »Schauder« (in der neueren Interpretation: Furcht und Mitleid) beim Zuschauer beschreibt.

»und unter ihm ...« – Nach Goethe, Epilog zu Schillers »Glocke« (1815).

592 *Truman* – Harry Spencer Truman (1884–1972) 1945–1953 Präsident der USA.

Bevin – Ernest Bevin (1881–1951), Gewerkschaftsführer und Politiker der Labour Party, war 1945–1951 britischer Außenminister.

Dollfuss – Vgl. erste Anm. zu S. 428.

593 *»Madame Bovary«* – Der französische Schriftsteller Gustave Flaubert (1821 bis 1880) veröffentlichte 1857 seinen Roman »Madame Bovary«.

»Anna Karenina« – Der russische Schriftsteller Lew Nikolajewitsch Tolstoi (1828–1910) veröffentlichte 1878 den Eheroman »Anna Karenina«.

594 *Gesamtkunstwerk* – Mit Richard Wagners Kunsttheorie zum Musikdrama setzte sich der Begriff des Gesamtkunstwerks als Vereinigung von Dichtung, Musik, Tanz und bildender Kunst durch, bei der Gleichrangigkeit und »höchste Fülle« aller Künste allerdings unter der Dominanz der Musik anzustreben wäre.

595 *Defa* – Abkürzung für Deutsche Film-AG, dann Deutsche Filmgesellschaft, die in der DDR für die Herstellung von Spiel-, Dokumentar- und Trickfilmen zeichnete.

Kanonen statt Butter – Vgl. Anm. S. 32.

595 *Lied des Harfners* – Goethe, Lied des Harfners in »Wilhelm Meisters Theatralische Sendung« und »Wilhelm Meisters Lehrjahre« (1795/96).

596 *Falk Harnacks Leitung* – Falk Harnack (1913–1991) Regisseur, der bis 1951 für die DEFA tätig war und dann in der Bundesrepublik arbeitete.

Käthe Brauns – Käthe Braun-Harnack (1913–1994), Schauspielerin, verkörperte in der DEFA-Verfilmung die Stine Teetjen.

Erwin Geschonnek – Erwin Geschonneck (geb. 1906) spielte im Film den Schlächtermeister Albert Teetjen.

»Wer nie sein Brot ...« – Nach Goethe, Harfnerlied, vgl. dritte Anm. S. 595.

Schluß des zweiten Faust – Johann Wolfgang Goethe, Faust II, 5. Akt, Verse 11559–11586.

598 *unter Mitnahme eines unseligen deutschen Mädchens* – Eva Braun (1912 bis 1945), Lebensgefährtin Hitlers, mit der er zusammen Selbstmord beging unmittelbar nachdem er sie geheiratet hatte.

Mordbanditen aus dem Eden-Hotel – Vgl. erste Anm. S. 95.

599 *»Jedermann sei untertan ...«* – Nach Brief des Paulus an die Römer 13, 1.

Thomas Müntzer – Thomas Müntzer (1490–1525) evangelischer Theologe und Führer im Deutschen Bauernkrieg 1524/25.

Mac Arthur – Douglas MacArthur (1880–1964), amerikanischer General und ab 1942 Oberbefehlshaber der alliierten Streitkräfte im Einsatz gegen Japan, wurde 1951, während des Koreakrieges, von Präsident Truman seines Amtes als Oberbefehlshaber der UN-Streitkräfte enthoben, weil er den Krieg eigenmächtig auf China auszubreiten drohte.

601 *Reise von Sanary nach England* – Arnold Zweig bekam im palästinensischen Exil erstmals 1936 einen Paß und reiste von diesem Zeitpunkt an bis zum Kriegsausbruch jährlich nach Europa, wo er u. a. Lion Feuchtwanger in Sanary-sur-mer und Sigmund Freud in Wien und seit 1938 in London Besuche abstattete. Die erwähnte Reise dürfte im August und September 1938 stattgefunden haben, da Zweig im Sommer 1937 von Amsterdam über Paris nach London fuhr.

Deutsche Volkszeitung – Die Exilzeitschrift »Deutsche Volkszeitung. Freiheit und Recht, Frieden dem deutschen Volk«, ab Jg. 2/1937 mit dem Untertitel »La Voix du peuple allemand«, erschien seit 1936 in Prag und ab November 1937 in Paris in einer Auflagenhöhe bis zu 25 000 Exemplaren.

602 *Vorlesungen aus dem Manuskript* – Bislang bekannt wurden folgende Lesung aus dem »Beil von Wandsbek«: am 27. 1. 1942 in der Buchhandlung Großhut, am 6. 7. 1942 in der Hall of the Psychoanalytical Society in Jerusalem, eine Veranstaltung in der Liga Victory um 1942 sowie eine Lesung in der Jerusalemer Buchhandlung Salingré am 29. 8. 1943.

Verlag einer linken Arbeiterorganisation – Der Verlag »Sifriath Hapoalim« (hebr. – Arbeiterbücherei) war der links-zionistischen Bewegung »Haschomer Hazaïr« (Der junge Wächter) angegliedert.

den Verzweifelten des 20. Juli – Am 20. Juli 1944 versuchte eine Gruppe von Männern um Claus Graf Stauffenberg ein Attentat auf Hitler.

603 *Erich Weinert* – Erich Weinert (1890–1953), Schriftsteller und Kommunist, der engagierte und teilweise propagandistische Lyrik und Prosa gegen Militarismus und Krieg, Nationalismus und Faschismus schrieb.

603 *Ludwig Strauss* – Ludwig Strauss (1892–1953), jüdischer, deutsch-israelischer Schriftsteller und Gelehrter in Aachen und Jerusalem.
Friedrich Wolf – Friedrich Wolf (1888–1953), jüdischer Dramatiker, Arzt, Spanienkämpfer und Kommunist, war im Exil in der Sowjetunion und zuletzt bis 1951 DDR-Botschafter in Warschau.

604 *H. Wolf* – Hugo Wolf (1860–1903) österreichischer Komponist.

Entstehung und Wirkung

»Sie können sich mein Aufatmen vorstellen und meine Freude, die Gestalt dieses mühsam zur Welt gebrachten Kindes so wohlgebildet zu finden«[1], schrieb Arnold Zweig am 14. Januar 1948 an seinen Verleger in Schweden, der die erste deutsche Ausgabe des Romans »Das Beil von Wandsbek« besorgte. Fast zehn Jahre waren vergangen, seit Zweig 1939 die ersten Überlegungen zu diesem Werk notiert hatte. Unter den Bücherschicksalen der Exilzeit nimmt die schwierige, durch vielfältige Hindernisse komplizierte Entstehungsgeschichte des »Henkerromans« eine besondere Position ein.

Aus der Distanz der Emigration – seit 1934 bewohnte Arnold Zweig mit seiner Familie ein Haus auf dem Berg Karmel in der palästinensischen Hafenstadt Haifa – versuchte er sich ganz bewußt an einem Gegenwartsstoff. Nicht nur Heimweh nach Deutschland ist dafür verantwortlich zu machen, daß der Autor die Hansestadt Hamburg der Jahre 1937/38 als Schauplatz der Handlung wählte. Er wollte in diesem vierten größeren epischen Werk[2] seines Exils die inneren Verhältnisse Hitlerdeutschlands in ihrer gewöhnlichen faschistischen Alltäglichkeit erfassen. Ihn interessierten Menschen, die vor Jahren noch Bekannte oder Nachbarn waren, in ihrer zunehmenden Prägung durch den Nationalsozialismus, der schließlichen Verinnerlichung dieses Systems in Sprache, Haltung, kultureller Identität. Er wolle, schrieb Zweig, »das deutsche Bürgertum in der Phase des gipfelnden Faschismus 1937–38 genau so durchsichtig [...] machen«, wie er »im ›Grischa‹ den russischen Durchschnitt aus dem bolschewistischen Schreckgespenst in wahre menschliche Gestalt«[3] verwandelt hatte.

Angeregt wurde Arnold Zweig, wie er wiederholt berichtete, von einem kleinen Zeitungsausschnitt aus dem Prager Exilblatt »Deutsche Volkszeitung« vom 18. April 1937, in dem unter der Überschrift »Selbstmord eines Henkers« von einem (historisch nicht verbürgten) Vorfall zu lesen war: »Altona (D.) – Die Hinrichtung von Jonny Detmer und drei weiteren Antifaschisten wurde seinerzeit nicht dem Magdeburger Scharfrichter, sondern dem Schlächtermeister und SS-Mann Fock aus Altona übertragen. Der Schlächtermeister hatte gehofft, dass er mit den 2000 Mark, die ihm die Hinrichtung einbrachte, sein Geschäft wieder würde in Gang bringen können. Nach und nach aber sickerte durch, dass er der Henker der vier unschuldigen Opfer des Hakenkreuzes gewesen sei. Daraufhin blieben immer mehr Kunden weg und der finanzielle Zusammenbruch war unvermeidlich. In seiner Verzweiflung erschoss der Schlächtermeister zunächst seine Frau und beging dann Selbstmord.«

Schon in einer frühen Konzeptionsphase spielte der Autor mit dem Gedanken, den Stoff des »Henkerromans« in einen größeren Zusammenhang einzubetten. Oder anders gesagt: Offensichtlich ergaben sich für ihn erst aus der überschauenden Betrachtung eines weitläufigen, komplexen Geschichts- und Gesellschaftspanoramas einzelne Aspekte, die den Grundstein für jeweils konkrete und miteinander verbundene Romanideen bildeten. In seinen Notizen gibt es Ende 1939 folgenden Entwurf[4]:

»›Matauas Zauber‹ für einen Roman umändern, der in der Tatra 1939 spielt. Eine Trilogie von Romanen der Gegenwart Diese köstlichen Jahre (oder: die k. J.)

1. Henkerroman. Titel: Geschäfte	alle drei
2. Matauas Zauber. Titel: Ewige Liebe	1939 oder
3. ›Sand‹. Titel: Politik.	ähnlich«

Noch nach Abschluß des »Henkerromans«, in einem Brief vom 29. November 1946 an den Pariser Bankier und Freund Walter Treuherz, ging Zweig wiederum dem Plan nach, »Das Beil von Wandsbek« ähnlich den Romanen über den Ersten Weltkrieg zu einem Zyklus auszubauen: »Als Ergänzung zu einer Trilogie wird sich dazugesellen der schon halb geschriebene Roman ›Traum ist teuer‹ und ein dritter ›Einsicht ist umsonst‹, von dem ebenfalls zwei Fünftel schon diktiert sind. (Dieser letztere wird die deutsche Entwicklung von 1905 bis 1945 als Atmosphäre haben).«[5] Ein Jahr zuvor dagegen sollte nach dem »Beil von Wandsbek«, das den Faschismus auf der schwindelnden Höhe der Macht zeigt, mit einem weiteren Buch »Gesang aus dem Abgrund«[6] der »Sturz von 1900–1945 an ein paar Menschen von Rhein und Ruhr«[7] vorgeführt werden.

Eine Eintragung im Taschenkalender vom 14. April 1939 verweist erstmals auf eine eingehendere Beschäftigung mit dem Stoff für einen »Henker Roman« (s. S. 559). Als Titel des geplanten Werkes erwog Zweig »Gottes Mühlen«. Im September desselben Jahres entwarf er die erste Kapitelübersicht, in der er sein Vorhaben strukturierte

(s. S. 560). Wie in der Ideenskizze vom Oktober (s. S. 561) und dem ausführlichen Romanentwurf vom Dezember 1939 (s. S. 562ff.) sind in den ursprünglich auf drei Bücher konzipierten Entwürfen noch andere Namen der handelnden Personen zu finden. Auch die Aufteilung der Handlungsmomente auf die Figuren stand noch nicht endgültig fest. So hatte Zweig in der Ideenskizze dem Schlächter selbst die Entwicklung »kommunistischer Ansichten« und moralische Überlegenheit zugedacht, ein Gedanke, den er später wieder aufgab, da er ihn durch die Person des »Henkers« kaum glaubhaft hätte vermitteln können. Ebenso verworfen wurde eine im Zusammenhang mit dem späteren Selbstmord des Henkers motivisch zunächst als wichtig angesehene Episode: 1921 sollte er begonnen haben, ein Herbarium anzulegen, u. a. mit einer Sammlung fleischfressender Pflanzen. Diesen Katalog toten Materials seinem alten Lehrer zu überantworten wäre eine symbolische Handlung, ein Zeichen der Selbstentlastung, aber auch ein Vertrauensbeweis in das erwartete Urteil des Lehrers. Aufgehoben wäre hierin zugleich eine vorab vollzogene Selbstzurücknahme. Das Geschenk wird nicht angenommen – diese Ablehnung kann als Richtspruch gedeutet werden: Teetjen ist als Mörder überführt und damit endgültig aus der Gemeinschaft der Menschen ausgeschlossen. Der unmittelbar darauf folgende Selbstmord Alberts erschiene als letzte Konsequenz dieser Erfahrung. Zweig zog es schließlich vor, die Figur der Schlächtersgattin Stine im Freitod enden zu lassen und ihren Mann aus Verzweiflung aufgrund dieses Verlusts folgen zu lassen.

Zweigs Schriftstellerkollege und Freund Lion Feuchtwanger, dem Zweig von seinem Vorhaben Mitteilung machte und auch den Zeitungsausschnitt zum »Henkerroman« zusandte, ermunterte, ja drängte Zweig von Frankreich aus wiederholt, sich doch endlich dem Stoff zuzuwenden. Für Feuchtwanger stand fest, daß dieses Material die wirkungsvollste Substanz für einen zeitgeschichtlichen Roman beinhaltete. Zweig versicherte an anderer Stelle, man kenne ihn und seine Arbeitsweise ja und wisse, »daß alles, was ich als Dichter gestalte, lange im Rauchfang hängen muß, bevor es Form wird. Und von der sorgfältigen Formung lasse ich nicht ab.«[8] Die Schwierigkeiten, diesen Stoff zügig zu bearbeiten, waren zweifellos nicht allein ästhetischer und konzeptioneller Natur. Der Ausbruch des Zweiten Weltkrieges wirkte deprimierend auf die Exilierten und beanspruchte das Engagement der Schriftsteller in besonderer Weise. 1939 schrieb

Zweig an den Studienfreund und Germanisten Walter A. Berendsohn: »Dass ich vorläufig nicht an meinen Roman gehen kann, versteht sich von selbst. Die Verwickelungen der europäischen Situation nehmen noch viel zu viel von der Aufmerksamkeit und dem Anteil an geistiger Konzentration in Anspruch, die ich jetzt aufbringen kann. Solange die Zukunft uns so viel Rätsel aufgibt, kann ich mich der Gegenwart nicht entziehen.«[9] Nach Kriegsbeginn war auch Palästina durch Bombardements seitens des italienischen Fascio im Sommer 1940 und durch die Truppen des französischen Vichy-Generals Dentz im Frühjahr 1941 vor der syrisch-palästinensischen Grenze unmittelbar bedroht. Gemeinsam mit anderen Linksintellektuellen engagierte sich Arnold Zweig auf Veranstaltungen, in Zeitungsartikeln und durch Vorträge gegen Faschismus und Krieg.

Seine tagespolitischen Aktivitäten in Palästina mit literarischer Produktivität zu vereinbaren blieb schwierig genug. Zudem trugen diese nicht zur Verbesserung seiner ohnehin problematischen Situation im »Land der Väter« bei. Schon zu Beginn der Exilzeit hatte sich Zweig in einem Brief an Sigmund Freud von seinen langgehegten zionistischen Idealen verabschiedet, waren ihm doch die Konflikte im Vielvölkerstaat Palästina, wie er sie auch in seinem Roman »De Vriendt kehrt heim« (1932) dargestellt hatte, nur allzu offensichtlich. »Erez Israel« war kein leeres Land, das es mit Aufbaueuphorie zu erobern galt, sondern britisches Mandatsgebiet mit einer palästinensischen Bevölkerung und jüdischen Zuwanderern aus aller Welt und unterschiedlicher zivilisatorischer Prägung. Arnold Zweig litt nicht allein an mangelnder Identifikation mit dem gewählten Aufenthaltsort – so sehr ihn zeitweilig die Schönheit der Landschaft und das warme und helle Klima froh stimmten –, sondern auch an der damit verbundenen geistigen Vereinsamung. Die intellektuellen Zentren des Exils, deren regen Austausch er 1933 in Paris und Sanary-sur-Mer, wo sich Feuchtwanger, Thomas Mann, Brecht u. a. aufhielten, kurzzeitig kennenlernen konnte, waren weit entfernt. In Haifa fehlte es Zweig an Partnern, das intellektuelle Klima blieb ihm fremd oder erschien ihm provinziell. An Feuchtwanger schrieb er am 1. Mai 1942: »Ihr drüben, Ihr habt wenigstens Zugang zur Weltpresse und vermögt die Nachrichten auszutauschen, die Ihr bekommen habt [...]. Ich hier lebe wie eine Lokomotive auf einem Abstellgleis, die den Dampf in ihren Kesseln durch Pfeifen und Rangieren unterbringen muß.«[10] Entscheidend war zudem das auch von exilierten Schauspielern beklagte Sprachproblem. Arnold Zweig, der sich ganz bewußt als deutschsprachiger Autor verstand, blieb als deutscher Schriftsteller in Palästina ohne jede Wirkung. Durch die jüdischen Einwanderer und ihre Selbstverwaltungsorgane wurde die hebräische Sprache als Zeichen nationaler Identität und Eigenständigkeit stark betont. Radikale und gemäßigte Zionisten lehnten die deutsche Kultur und insbesondere die deutsche Sprache ab, da sie durch die Verfolgung und Vernichtung der Juden im Dritten Reich diskreditiert waren. Diese Abneigung wirkte selbst auf die emigrierten deutschen Juden in Palästina zurück, was Zweig in Form von Ignoranz und von verbalen bis tätlichen Angriffen zu spüren bekam. Dem Ende der deutschsprachigen, am Profil der »Weltbühne« orientierten Zeitschrift »Orient«, für die Zweig 1942/43 arbeitete, gingen Drohungen und Anschläge auf die Druckereien voraus. Selbst der Lektor des linken Arbeiter-Verlages, in dem das »Beil von Wandsbek« 1943 auf Hebräisch erschien, korrespondierte mit dem befreundeten Autor in der fremden, hebräischen Sprache, wohl wissend, daß dieser sich eines Übersetzers bedienen mußte.

Nicht weniger bedrückend waren die finanziellen Sorgen. Der deutsche Buchmarkt war verloren, durch die Vernichtung vieler europäischer Verlage verringerten sich die Publikationsmöglichkeiten insgesamt. Der Exilverlag Querido, mit dem auch Zweig zusammengearbeitet hatte, ging mit der Okkupation der Niederlande durch die deutschen Faschisten im Mai 1940 unter, Exilzeitungen wie »Die neue Weltbühne«, »Das Wort« oder »Das Neue Tage-Buch« stellten ihr Erscheinen im Jahr des Kriegsbeginns oder bald danach ein. Gerade noch aus der Sowjetunion und den USA konnte Zweig mit einigen Tantiemen rechnen. Er war immer wieder auf die Unterstützung durch Lion Feuchtwanger, durch jüdische Hilfsfonds, auf Stipendien für Emigranten, minimale Einkünfte aus Artikeln für die »Palestine Post« oder aus Lesungen angewiesen. Sogar Teile der Bibliothek, der Konzertflügel, das Auto wurden nach und nach veräußert, damit der nach dem internationalen Erfolg des Romans »Der Streit um den Sergeanten Grischa« (1927) gewohnte Lebensstil nicht gänzlich aufgegeben werden mußte.

Besonders Zweigs Arbeit litt unter der Geldknappheit: »Das ist ja das Schlimme meiner gegenwärtigen Lage: im vorigen Jahre musste ich meine Sekretärin viermal wechseln, weil immer neue Ämter eingerichtet wurden, die immer neue Schreibkräfte brauchten und sie natürlich doppelt so lange beschäftigen konnten als ich und drei oder viermal so gut bezahlen«[11], beklagte sich der Schriftsteller. Zweig mußte bereits seit 1926 seine Texte aufgrund eines Augenleidens diktieren und konnte nur bei hellstem Tageslicht und in Zeiten leichter Besserung selbst lesen. So war er auf die Arbeit mit einer Sekretärin dringend angewiesen.

In der ersten Notiz zum »Henkerroman« hatte Zweig den Titel »Gottes Mühlen« erwogen. Diese Anspielung auf das deutsche Sprichwort wollte er allerdings nur dann verwenden, wenn im Englischen eine ähnliche Wendung existierte. Wie sich zeigt, richtete der Autor seinen Blick von Anbeginn vor allem auf den gewinnträchtigeren englischsprachigen Buchmarkt. Wieder und wieder ergebnislos versuchte er auch Filmprojekte anzuregen, von denen er sich am deutlichsten einen ökonomischen Erfolg versprach. Reisen nach Europa seit 1936, als Zweig einen palästinensischen Paß erhielt, und zum PEN-Kongreß in die USA im Frühjahr 1939 dienten unter anderem auch dazu, Möglichkeiten für eine Übersiedlung nach Paris, London oder New York zu erkunden, was sich wegen gleichfalls schlechter finanzieller Aussichten jedoch nicht als realisierbar erwies.

Diese anhaltend komplizierte persönliche Situation führte wiederholt zu depressiven Seelenzuständen, die schwere psychische Krisen hervorriefen und mit Zeiten von Arbeitseuphorie und künstlerischer Inspiration wechselten – Gemütsschwankungen wie sie charakteristisch für die gesamte Lebensgeschichte des Schriftstellers waren. Gibt er in den Tagebuchaufzeichnungen einerseits seiner Niedergeschlagenheit Ausdruck mit der resignativen und lakonischen Formel: »Klima + Nerven + falsch gelebtes Leben«[12], so ist an anderer Stelle in den Selbstkommentaren seiner schriftstellerischen Arbeit zu lesen, wie lustvolle Begeisterung alle Zweifel ausräumte, den Arbeitsprozeß vorantrieb und übermäßiges Vertrauen zur Wirkungskraft seiner eigenen Produktion hervorrief: dieser Roman sei »ungefähr das Kühnste, was ich bisher unternommen«[13].

Zweigs Aufsatz »Zur Fabel« (1938) führt aus, welch stimulierende Wirkung das Schreiben für ihn besaß: »Und stammen nun die Elemente der Phantasie aus der Wirklichkeit, so kommt der Drang, sie zur Anwendung zu bringen, aus dem Trieb der menschlichen Seele selbst nach Ausweitung, Spannung, begeisternder Erhebung, Lust.«[14] Das psychoanalytisch beeinflußte Vokabular verweist auf Sigmund Freud, mit dem der Dichter seit 1927 befreundet war. Freuds Lehre war dem

Schriftsteller, der sich wiederholt Analysen unterzog, wesentliche Hilfe bei der Überwindung von Depressionen und damit verbundenen Schreibhemmungen.

Erst im November des Jahres 1940, nach eineinhalb Jahren, hieß es endlich: »Ich selbst will erst bis zum Ende dieses Jahres das ›Alpenbuch‹ beendet haben und dann an den Roman gehen, der sich inzwischen in mir durchsetzen wird: wahrscheinlich ›Das Beil von Wandsbek‹ .«[15] In Zweigs Taschenkalender ist kurze Zeit später zu lesen »Arbeit am ›Beil‹ «[16]. Aber erst wiederum ein Jahr später kann der wirkliche Beginn des Romandiktats angesetzt werden: »Das Beil von Wandsbek, oder: Das war Hamburg [/] begonnen 23. Oktober 41 [/] beendet 28. Juli 43«[17].

Über den Fortgang der Arbeit geben besonders die Taschenkalender vom Oktober 1941 bis zum August 1944 und ein Notizbuch[18] detaillierte Auskunft. Fast täglich notierte Zweig Ideenskizzen, Gliederungsentwürfe und genaue Daten über den Beginn und den Abschluß einzelner Kapitel sowie über die Umstände der Entstehung.

So konstatierte er u. a., welch »große Mühe«[19] es bereite, die Fakten von 1938 für den Roman zu sammeln. Informationen über die sachlichen Hintergründe zur erzählten Zeit und konkretes Material zur Stadt Hamburg zu erlangen war von Haifa aus äußerst schwierig. An Feuchtwanger meldete er nach vier Wochen intensiver Arbeit: »Ich habe das erste Buch abdiktiert – das erste von fünfen – mindestens zwanzigtausend Worte, und stocke gerade vor dem zweiten Buch, weil ich selbst für meine balladeske Haltung zu wenig Wirklichkeitsmaterial über Hamburger Strafvollzug vor und nach 33 besitze. Da wir hier aber Proben von allem Deutsch-Republikanischem haben, so auch einen Hamburger Anwalt, alte sephardische Familie, vierhundert Jahre ansässig, der als Reichsbannerführer in einem solchen Prozeß verteidigt hat.«[20] Neben dem Rechtsanwalt Pardo, von dem in dem Brief die Rede ist und der dem Dichter u. a. Fotos von Adolf Hitler zur Verfügung stellte, auf die sich Zweig bei seinen Beschreibungen stützte, siedelten auf dem Karmel weitere ehemalige Hamburger Bürger, die mit Details zum städtischen Leben, mit Kartenmaterial und sprachlichen Hinweisen Lokalkolorit lieferten. Eintragungen im Tagebuch zeugen davon: »Arbeit mühsam: an Bord der Eleonora Kröger. Der Jud und der Henker, Sturm über Hbg. Synchronisierung mit dem vorigen Kap. (Stines Tod) schwierig. Material aus allerlei

Fotos und Hafenplänen.«[21] – »Nachmittags Dr. Zadek, Interessantes über Hamburg und Wandsbek.«[22]

Auch die deutschsprachige Exilpresse war eine wichtige Quelle. »Viel Zeitschriften von 38 angesehen. Welch gutes Niveau, diese Emigration damals.«[23] Diese Informationen verdichteten sich im Laufe der Arbeit zu plastischer Handlung oder Gesprächen der Romanfiguren.

Zur spezifischen Charakteristik einer bestimmten intellektuellen Schicht des deutschen Bürgertums schien es Zweig angeraten, sich neuerlich einer in seiner Jugend hochgeschätzten Lektüre zuzuwenden. »Ich lese Nietzsche (für Koldewey) und zwar Willen zur Macht. Gar nicht leicht, all seine Sprünge u. Schritte nachzuziehn. Ist aber ein bedeutender Kerl, dieser Gewissenlose des Geistes.«[24] Zweig hatte 1936 in seinem Aufsatz »Apollon bewältigt Dionysos« deutlich gemacht, daß er eine psychoanalytische Aufgeklärtheit dem dionysischen Prinzip vorziehe. Doch auch wenn ihm Freuds rationale Auffassung des Individuums mittlerweile näher stand als Nietzsches aphoristisches Plädoyer für dessen instinkthaftes Drängen, konnte Zweig sich einer neuerlichen Faszination nicht entziehen.

Nach reichlich zwölf Arbeitswochen hatte Zweigs Sekretärin im Februar 1942 gekündigt, so daß es zu einer unfreiwilligen Unterbrechung des Diktats kam. Zeugnis der ersten fragmentarischen Romanfassung ist ein im Arnold-Zweig-Archiv erhaltenes Manuskript[25], das im Oktober 1941 begonnen worden war und das mit dem Kapitel 3.1. und der Datierung 6. Februar 1942 abbricht (s. S. 572f.). Erst im Oktober des Jahres setzte Zweig die Arbeit an seinem Roman fort. Schon frühzeitig, bereits nach dem Diktat der ersten beiden Bücher versuchte Zweig den Stoff dramatisch zu bearbeiten. Zum Jahreswechsel 1941 notierte er die Aktaufteilung (s. S. 566ff.).[26]

Andere Projekte rückten während der Unterbrechung in den Vordergrund. Wie stets gab es verschiedene Ideen und Stoffe, die den Autor über längere Zeit beschäftigten und die entsprechend seiner Disposition ausgeführt oder zurückgestellt wurden. Trotz der erstaunlichen Produktivität Arnold Zweigs wurden längst nicht alle Sujets umgesetzt. »Außerdem gibt es da noch zwei Lieblingsstoffe aus dem Napoleonkreis: ›Akko 1799‹ und ›Napoleon und der Neger Toussaint‹, der Schwarz und Weiß. Da ich aber außer dem ›Beil von Wandsbek‹ einen Roman, ›Traum ist teuer‹ (Palästina-Millieu), und einen zweiten, ›Einsicht ist Glückssache‹, im Sinne trage [...] wäre ich für den Rest meines Lebens wohl mit Stoffen versorgt. Denn ich habe ja noch immer im Hintergrunde den Schlußroman meiner ›Trilogie‹, ›In eine bessre Zeit‹, und die Geschichte meiner Augen als Romanplan, ›Die Hemmung‹ genannt, und den Salomo-Roman, an dem ich manchmal und gern herumdenke. Es ist ein Jammer, daß ich seit dem Autounfall nur noch mit halber Kraft gearbeitet habe ...«[27] Als Folge dieses Autounfalls im November 1938 kam es zu einer zeitweiligen Gedächtnisschwäche, die das Romandiktat behinderte. Zweig teilte Feuchtwanger mit: »Sie müssen aber bedenken, daß unter den Nachwirkungen der Gehirnerschütterung bei diesem Diktat das widerwärtige Faktum eingetreten war, daß ich sofort vergaß, was ich schon abdiktiert hatte. Wenn ich mich nicht streng an meine Synopsis und die Kapitelfolge gehalten hätte, die ich in der Vorarbeitszeit so genau wie früher niedergeschrieben hatte – ich wäre verloren gewesen. Aber auch so mußte mir die Sekretärin, die dieses Buch festhielt, bei manchen Gelegenheiten sagen, bei denen ich Episoden einstreuen wollte, daß sie schon im vorvorigen Kapitel niedergeschrieben worden waren.«[28] Die vereinzelten privaten oder öffentlichen Lesungen aus seinem Manuskript durch seine Frau Beatrice oder den befreundeten Schauspieler Arnold Czempin vor deutschsprachigem Publikum halfen dem Autor, sich zu erinnern. Zudem besserten sie den mageren Haushaltsetat auf. »Ich sitze manchmal dabei und habe viel davon – ich kriege meinen Text ins Gedächtnis, das ja miserabel geworden ist, und freue mich und bekomme das Kassenergebnis, bald mehr, bald weniger.«[29]

Bei einer dieser Lesungen zeichnete sich im Juli 1942 eine erste Verlagsverbindung ab. Der Verlag »Sifriat Hapoalim«, der einer linken jüdischen Arbeiterorganisation in Palästina angeschlossen war, wollte den Roman veröffentlichen. »Folglich gehts mir besser«[30], konstatierte Zweig Ende des Sommers. Schon frühzeitig, während der Arbeit am dritten Buch im Februar 1942, hatte Zweig begonnen, Verleger für seinen Roman zu suchen. Hoffnungen auf Vorschüsse dürften dabei den Ausschlag gegeben haben. Andererseits erwog er, den Essay »Die Alpen oder Europa« und das »Beil von Wandsbek« durch eine eigene Verlagsgründung in Palästina deutsch drucken zu lassen, was der wirtschaftlichen Prüfung jedoch nicht standhielt.

Schon im Oktober 1942, als Zweig die Arbeit am »Henkerroman« nach der Unterbrechung wieder aufnahm, ging das erste Buch an den Übersetzer der hebräischen Ausgabe. Im Januar 1943 meldete Zweig: »Arbeit: 5. Kap. und damit das 3. Buch zu Ende. Wie das klappt – wie beim Grischa.«[31] Und genau einen Monat später: »Das 4. Buch beendet.«[32]

Die Fortsetzung des Romandiktats verzögerte sich erneut, als der Autor im März 1943 den Text »Der Typus Hitler« schrieb und im Roman angedeutete Einsichten zur psychologischen Verfassung des »Führers« zu einem Essay verarbeitete. Erst im April ging er an die Niederschrift des fünften und geplanten letzten Buches – auch weil es ihm Schwierigkeiten bereitete zu disponieren und vorauszudenken. Er stand unter dem Druck des Verlages, der knappe Termine vereinbart hatte; schon im Mai sollte das fertige Manuskript vorliegen. Tagesnotizen aus dieser Zeit ermöglichen Einblicke in die Arbeitsweise des Schriftstellers, zeigen, auf welche Weise sich fabelstrategische Überlegungen mit recherchierten Ereignissen und Eindrücken während des Schreibens verbanden. Am 16. April heißt es: »Ich muß einen Weg des verzweifelten Teetjen durch die Altstadt oder die Haupt-Kaufstraßen machen. Mehr Hamburger Klima. Nebel.«[33] Zwei Tage später: »Arbeit am 3. Kap. begonnen. Komposition schwer, weil 2 Gegenströme zu bewältigen: die Zeit muß langsam gehn, und muß schnell gehn. Langsam, damit die innere Wahrheit des Verarmens glückt; schnell, damit die innere Entwickelung mit den polit. Ereignissen Schritt hält.«[34] Am 20. April: »Ich finde Notiz über ein dolles Nordlicht 1938, vor Wien. Gefundenes Fressen für mein Kapitel.«[35] Und nach drei weiteren Tagen: »Gestern abend großer Nebel ums Haus. Hat heute sofort in den Roman seinen Einzug gehalten.«[36]

Am 1. Mai wurde Zweig jedoch deutlich, daß er die Terminabsprachen mit dem Verlag nicht werde halten können: »Ich muß vielleicht doch ein 6. [Buch] machen, um den Abstieg der Teetjens nicht minutiös ausmalen zu müssen.«[37] Damit war der Abschluß des Romans weiter hinausgeschoben, obwohl Zweig bereits wenige Tage später das fünfte Buch beendete. »Das nächste, 6. u. letzte, wird heißen ›Die Seifenbahn hinab‹, und zwar nach einem Bild auf den letzten seiten von V.«[38] Jedoch auch damit zeichnete sich das Ende noch nicht ab. »Entschluß, Buch 5 zu belassen wie es ist, Buch 6 aber zu teilen; das 7. Buch setzt sich doch durch. Viele innere Fortschritte: 6 sofort straff mit Krach der SS einzusetzen.«[39]

In den Aufzeichnungen Zweigs sind prallel zu den Werknotizen immer wieder Hinweise auf die andauernde psychische Labilität des Dichters wahrzunehmen. An seinem 27. Hochzeitstag im Juli 1943 schrieb er: »Eigentlich den ganzen Tag deprimiert, alles im Leben fehlgegangen.«[40] Nicht nur das Gefühl der Heimatlosigkeit in Palästina und die Kriegsereignisse machten Zweig hoffnungslos: »Empire Day. Im Radio großes Wesen. 100000 tons Bomben bis jetzt auf Deutschland geworfen; das nächste 100000 wird noch besser gezielt sein. Überhaupt keine Arbeit, weil gestern noch wachgelegen bis 2, nach warmem Bad. Todestrieb in mir rege. Sehe ein, daß ich ganz ohnmächtig bin, von hier wegzukommen. Was soll bloß werden! Ich werde ja, zuletzt gehts doch, d. Roman schaffen; aber ich habe so gar keine Lust, ihn zu beenden! Meine beiden Helden umzubringen, nachdem ich sie so lange gepäppelt habe.«[41] Dennoch gelang es ihm, die Selbstmorde der Teetjens ausreichend zu begründen und schlüssig darzustellen. Am letzten Maitag schon hatte Zweig einen ausführlichen Schlußentwurf diktiert, den er bis in den Juli hinein ausführte. Fast täglich wurden neue Einfälle notiert. Sein größtes Problem war, »die Notwendigkeit der Todesbeschlüsse«[42] und der Handlung deutlich herauszuarbeiten, ohne dabei zu ausführlich zu werden. Später erinnerte er sich: »Vielmehr Kopfzerbrechen machte mir immer die Frage, ob das gelungen ist, was Hebbel und andere kluge Kollegen beim Nachdenken über die Tragödie, das Problem der Notwendigkeit und Unentrinnbarkeit des Knotens schrieben.«[43] Mit der Idee des »Kameradschaftsopfers« für die SS-Kumpane und mit der Szene an Bord der »Eleonora Kröger« war sich Zweig schließlich sicher, die Motivationen der Figur Teetjens ausreichend herausgestellt zu haben. Am 8. Juli ist in den Tagesnotizen zu lesen: »Arbeit: die Lemke knüpft den Schlußknoten für Stine. [...] Nachher bei Lotte Bruno: mit Dr. Stern Sonaten v. Händel, mir von früher vertraut, und Brahms O[pus] 120, 1 Klarinetten-Sonate, mir ganz neu, herrlich. Dabei Stines Erhängen.«[44] Wie so oft entwickelte Zweig in entspannter Atmosphäre und angeregt durch klassische Musik den Fortgang seines Textes, den er dann im Diktat umsetzte, so daß es am 11. Juli heißt: »Stine umgebracht. [...] Auf alle Fälle ist mir eine Art von Stein vom Herzen. Wie der alte Freud gesagt: Sie bringen mir alle meine Lieblinge um.«[45] Am 28. Juli 1943 erklärte Zweig den Roman für abgeschlossen.[46]

Seit dem Herbst 1942 ging Kapitel für Kapitel an den hebräischen Übersetzer A. D. Schapira, der jedoch nicht überzeugte und später durch den Schriftsteller und Übersetzer Avigdor Hameiri abgelöst wurde. Im Mai 1943 erhielt dieser das vollständige Manuskript für den ersten Band der in zwei Teilen herausgegebenen hebräischen Ausgabe. Am 9. August erhielt der Verlag das siebente und letzte Buch. Der erste Band erschien Anfang Oktober 1943. Der zweite wurde durch Verzögerungen in der Übersetzung erst Anfang Dezember herausgegeben. – Zu zeitig jedoch noch immer für das weitere Kapitel, das Zweig am 30. November entworfen hatte, einen neuen »Abgesang: ›Astrologie‹«. So schloß die hebräische Ausgabe mit dem letzten Kapitel »Das Beil kehrt zurück«. Auch das andere, wohl Anfang 1945 entstandene Kapitel »Die schwarze Rose« und damit zusammenhängende Einschübe und Änderungen (s. S. 584ff.) sowie der »Epilog: Auferstehung« aus dem Jahr 1947 sind nicht in der hebräischen Ausgabe enthalten. »Die hebräische Übersetzung ist von der ersten Niederschrift gemacht worden und kann späteren Philologen manchen Aufschluß geben.«[47] Von dem ersten vollständigen Manuskript (»In einem Band gebunden, mit blaugrünem Umschlag und am oberen Rande geheftet«[48]), das in drei Exemplaren vorgelegen hat, ist keines überliefert. Bekannt ist allein, daß der hebräische Übersetzer ein Manuskript erhalten hatte und ein weiteres auf dem Weg zum Moskauer Staatsverlag verschollen ist. Das im Frühjahr 1944 vom Original in sechs Exemplaren abgeschriebene und im Nachlaßarchiv erhaltene Manuskript (in zwei Bänden mit einem Einband aus rosa Karton) zeigt, daß die Textfassung des letzten Kapitels der hebräischen Ausgabe »Das Beil kehrt zurück« noch nicht die Form der deutschen Buchausgabe gehabt haben muß (s. S. 579ff.).

Die hebräische Auflage von 2000 Exemplaren, die für einen deutschen Roman – nach Selbsteinschätzung des Autors – außergewöhnlich hoch war, verkaufte sich schnell. In seiner Freude sah Zweig darin »den grössten Erfolg, den ein hebräisches Buch in den letzten Jahren errang«[49]. Durch das positive Echo war er in einer ersten Euphorie überzeugt, dieser Text werde eine bahnbrechende Wirkung für seine gesamte Lebenssituation haben. An Feuchtwanger schrieb er, der Roman habe »einen durchschlagenden Erfolg« und würde »die Mauer von Animosität, die ein Teil der Nationalisten in all den Jahren [...] errichtet hatte«[50], zertrümmern. »Er hat überhaupt meine Stellung hier im Lande völlig verändert, wozu natürlich die Siege der antifaschistischen Fronten und besonders Rußlands ihr gutes Teil beitrugen. Jedenfalls fehlt uns jetzt nichts so sehr wie ein deutscher Privatdruck dieses Buches.«[51] Das Erscheinen des Romans in Palästina war für Zweig äußerst wichtig. Es brachte kurzzeitig die langersehnte Anerkennung und psychologische Erleichterungen.

Die allgemeine wirtschaftliche und soziale Lage der Familie Zweig im Jischuw veränderte es entgegen den gehegten Hoffnungen aber nicht.

Auch die nachfolgende Veröffentlichung einer amerikanischen und einer englischen Ausgabe sollte von vielen Komplikationen und Enttäuschungen begleitet sein und Zweig erneut desillusionieren. Auf der Suche nach Verlegern für seinen »Henkerroman« schickte Zweig die Synopsis des Buches im Februar 1942 an den in die USA übergesiedelten Feuchtwanger mit der dringlichen Bitte, den amerikanischen Verlag Viking Press zu interessieren. Auf Anraten Feuchtwangers hatte Zweig daraufhin im September desselben Jahres die ersten beiden Bücher des Manuskripts, wohl die erste abgebrochene fragmentarische Romanfassung vom Winter 1941/42, für den Verleger Benjamin W. Huebsch in die USA abgesandt, der 1927 erfolgreich Zweigs Grischa-Roman publiziert hatte.

Zweig erläuterte Lion Feuchtwanger die Pläne für die Romanhandlung ausführlich. Der Freund gestand daraufhin, daß er diese »beinahe ein bißchen zu sensationell«[52] finde, was den Marktchancen des Buches aber bestimmt nur zugute kommen könne. Als Zweig ihm die Beendigung des Diktats im Spätsommer 1943 anzeigte, drängte Feuchtwanger auf die Übersendung eines fertigen Manuskripts, da der amerikanische Verlag Wohlwollen signalisiert hatte. Zweig schickte im Frühsommer 1944 zwar eines der sechs Exemplare der Abschrift (rosa Karton) an seinen Freund und Kollegen Robert Neumann in London, zögerte die Sendung in die USA aber hinaus. Nicht nur Vorbehalte gegenüber den unsicheren Transportwegen zu Kriegszeiten – neuerliche Vervielfältigungen waren aufwendig und teuer – spielten dabei eine Rolle. Vor allem war er mittlerweile skeptisch gegenüber der Qualität seiner Arbeit. Im Taschenkalender von 1944 finden sich von März bis September und noch einmal in den Wintermonaten bis zum Januar 1945 Hinweise auf Korrekturen und Ergänzungen zum »Beil«. Gerade für die amerikanische und für eine deutsche Auflage hätte er wegen des Stellenwertes, den er diesen Editionen zumaß, das Manuskript gern noch einmal selbst korrigiert. Schon parallel zum Romandiktat wurde die Abschrift immer wieder überprüft, »geschliffen« und »poliert«. Nun versuchte Arnold Zweig mit Hilfe seiner Ehefrau Beatrice eine akribische Überarbeitung der ersten Textabschnitte.[53] Der Rest wurde »überhört«, wobei Zweig selbst seine Vorbehalte gegenüber dieser Arbeitsweise formulierte: »Die Sprache gibt nicht umsonst dem Worte ›überhören‹ eine doppeldeutige Färbung, in der das Negative vorwiegt.«[54]

Als das umfangreiche Manuskriptpaket schließlich am 21. August per Schiff an den Freund in Amerika abging und Feuchtwanger am 23. Oktober den Empfang bestätigte, schienen die meisten Schwierigkeiten gelöst. Das stellte sich jedoch als Irrtum heraus. Noch bevor Feuchtwanger nach langem Schweigen seinen Eindruck von der Lektüre mitteilte, gab er seinem Erschrecken über den Zustand des Manuskripts Ausdruck: »Took seven months to revise and copy unreadable manuscript [...].«[55] Die Qualität des Durchschlags, Korrekturen sowie technische und orthographische Fehler der Sekretärin machten ein Verständnis des Textes stellenweise äußerst schwierig. »Nächst der Apokalypse kenne ich kein Werk, das den Leser vor so viele Rätsel stellt«[56], konstatierte Feuchtwanger. Mit Mühe und Feingefühl sowie großem zeitlichem Aufwand ließ er, teilweise auch Brecht zu Rate ziehend, eine der Autorvorlage möglichst nahekommende, lesbare Abschrift herstellen. Dabei ging es ausschließlich um buchstabengetreue Rekonstruktionen, keinesfalls um stilistische Eingriffe. Das Entsetzen des Freundes mochte zu einem guten Teil auch dessen penibler Genauigkeit geschuldet sein. Erst Ende März 1945 lag das Reinschrifttyposkript in fünf Exemplaren vor. Zweig empfand diese Panne als »einen Tiefstand meiner schriftstellerischen Laufbahn«[57] und beteuerte, alles mehrmals angehört und auch an Freunde und Bekannte zur Korrektur gegeben zu haben. »Aber das Resultat war Bewunderung, die ja wohltat, Klagen über die Stenotypistin, die mir leid taten, und kaum wirkliche Korrekturen. Sie sehen, lieber Feuchtwanger, selbst für das Amt eines Korrektors muß man so begabt und so freundschaftlich gesonnen sein wie Sie.«[58]

Eines der Reinschrifttyposkripte[59] sandte Feuchtwanger an den Autor. Auch der amerikanische Verleger Huebsch, mit dem es im Frühling des Jahres 1945 zum Vertrag kam, erhielt ein Exemplar.

In England sollte das Buch bei »Hutchinson International Authors« erscheinen, einem von dem exilierten österreichischen Autor Robert Neumann geführten Tochterunternehmen des großen Verlagshauses Hutchinson. Am 28. Dezember 1944 wurde der Vertrag unterzeichnet. Schwierigkeiten gab es bereits seit einiger Zeit durch eine zusätzliche Option des Verlages Secker & Warburg. Dort bestand man darauf, aufgrund eines Vertrages aus dem Jahre 1936, einen Anspruch auf das nächste Buch nach »Einsetzung eines Königs« zu besitzen. Nach längerem Streit einigte man sich schließlich durch die Vermittlung Robert Neumanns zugunsten von Hutchinson.[60]

Auch die Frage nach einem Übersetzer ließ sich nicht sofort beantworten. Schließlich gelang es im Herbst 1944 trotz der Kriegswirren Eric Sutton, der schon verschiedentlich für Zweig gearbeitet hatte, ausfindig zu machen und für das Vorhaben zu gewinnen. Der amerikanische Verlag wollte seiner Ausgabe ebenfalls dessen englische Übersetzung zugrunde legen und beteiligte sich an den Übertragungskosten. Es stellte sich jedoch bald heraus, daß die Dauer der Übersetzungsarbeiten ein ohnehin optimistisch angesetztes Erscheinen im darauffolgenden Jahr unmöglich machten. Sutton mußte für seine Arbeit zudem das nach England gegangene, schwer leserliche Manuskript Zweigs benutzen, so daß Feuchtwanger in einiger Übertreibung vermutete, es könne »im besten Fall so etwas wie eine Paraphrase«[61] entstehen. Nachdem der Amerikaner Huebsch Kenntnis von der englischen Übersetzung erlangt hatte, reagierte er – er kannte auch Feuchtwangers Meinung – ungehalten. Er kritisierte, daß soziale Klassifizierungen durch die Sprache nicht deutlich würden, der Text vom Reinschrifttyposkript Feuchtwangers abweiche und obendrein die letzten zwölf Seiten fehlten. Robert Neumann erklärte in einem Brief an Zweig vom 3. Januar 1946: »Sutton kennt die deutsche Sprache wie ein Mann, der in Oxford first honours in foreign languages bekommen und dann auch noch eine ausgedehnte Deutschland-Reise gemacht und, sagen wir, sich in Heidelberger Universitätskreisen bewegt hat. Seine beschreibenden Partien sind meist ausgezeichnet, sein Dialog unter Intellektuellen ist ebenfalls oft erstklassig, aber er weiss nichts von der gesprochenen Sprache des gewöhnlichen Volkes, und er ist völlig hilflos wo es sich, sagen wir, um fixierte Metaphern des preussischen Offiziers-Idioms handelt.«[62]

Das Verlagshaus Hutchinson drängte Zweig, er möge nach London kommen und die Druckfahnenkorrektur selbst vornehmen, um größeren Schaden zu verhindern. Zweig scheute Anstrengungen und Kosten, obwohl nach Kriegsende Reisen kein lebensgefährliches Risiko mehr war. Vielmehr versuchte er erfolglos andere Bekannte für diese wichtige, aber undankbare Aufgabe zu gewinnen. Schließlich mußte Sutton die erste Fahnenkorrektur mit Hilfe eines deutschen Bekannten selbst durcharbeiten. Im Mai 1946 bat der englische Verlag wiederum, Zweig möge nach London kommen, um die zweite

Fahnenkorrektur durchzusehen. In Gewissensnöten folgte er dem Rat Feuchtwangers, sich keinesfalls zu einer Reise zu entschließen, sondern sich die Fahnen trotz allen Zeitaufwandes zusenden zu lassen. Erst am 17. September 1946 erreichten Zweig die englischen Druckfahnen in Haifa. Mit der Unterstützung zweier englischkundiger Bekannter machte er sich ans Werk, entdeckte, daß die Kapitel »Astrologie«, »Die schwarze Rose« und damit zusammenhängende Änderungen sowie die »Danksagung« für Robert Neumann und Lion Feuchtwanger fehlten. Die nachträglich an Sutton gesandten Teile des Romans, deren Eintreffen der Verlag bestätigt hatte, waren von diesem offenbar nicht berücksichtigt worden. Vier Monate verwandte Zweig an die Arbeit. Im Januar 1947 gingen die Korrekturen nach London zurück. Über Suttons Übersetzung urteilte Zweig: »Sie ist das merkwürdigste Stück Arbeit, das ich bis jetzt von einem angesehenen Intellektuellen in Händen gehalten habe. Mr. Sutton verändert mitten in durchaus anständiger Prosa Sätze von mir ins Gegenteil, lässt aus völlig unverständlichen Gründen Satzteile weg, die unerlässlich sind, streicht mehrere Seiten gegen Schluß einfach weg, befolgt andererseits an vielen Stellen Striche nicht, die ich entweder schon in dem Manuskript gemacht hatte, das er bekam, oder in Briefen an Hutchinson genau angab. Dabei übersehe ich absichtlich alle irgendwie unwesentlichen Abweichungen von meinem Text und bin dennoch oft nach einer Vormittagsarbeit so deprimiert, dass ich am Nachmittag kaum noch Lust habe, mir die Zeitung vorlesen zu lassen.«[63] Letztendlich verzichtete Zweig auf die fehlenden Zusätze und Streichungen, um die Setzer in den Druckereien nicht völlig zu verwirren. Er führte die Eigenmächtigkeiten Suttons resigniert auf antideutsche Vorbehalte gegenüber einem Stoff zurück, der sich um ein differenziertes Verständnis für die während der Naziherrschaft in Deutschland Lebenden bemühte: »Ich sah bald, dass man nicht unbestraft versucht, ein deutsches Buch mit Nazi-Personal zu übersetzen, während der Ort, an dem man das tut, unter schwerem Nazi-Feuer leidet.«[64]

Neben all diesen Ärgernissen, die der Übersetzungsprozeß mit sich brachte, beeinträchtigte die Verzögerung der Publikation den Autor zudem finanziell und ideell: »Da von mir seit 38 nichts Neues erschienen ist, halten mich die Scharfsinne für ausgeschrieben und schreiben mich ab«[65], bemerkte Zweig. Er benutzte den Zeitverzug aber auch, um den Romanschluß noch ein weiteres Mal zu verändern. Am 29.

Oktober 1946 schrieb Zweig hocherfreut an Robert Neumann: »Nun kommt das Tollste, was mir je mit einem Stoff zugestossen ist: Vor zwei Monaten spricht mich im Postamt ein Hamburger an, der von der Stoffwelt des Romans gehört hat und berichtet mir ein Ereignis, das sich als Schluss der wahren Begebenheit im Hamburger Hafen zugetragen hat und das nur der grösste Epiker, nämlich der liebe Gott, so hat erfinden können. [...] so schreibe ich vielleicht ein neues Abgesang-Kapitel ›Auferstehung‹ .«[66] Zweig diktierte diesen Schluß, noch unter dem Titel »Wiederkunft«, am 1. April 1947[67].

Die englische Übersetzung – »Schweizer Käse – prachtvolle Materie, durchsetzt von den überraschendsten Löchern«[68] –, die Zweig trotz aller Vorbehalte autorisierte, schickte er an den englischen und den amerikanischen Verlag. Im Sommer 1947 jedoch deutete Huebsch an: »I fear that there will be many discrepancies between your London and New York editions because each has been revised by a different hand.«[69] Die am 24. Oktober 1947 in Amerika erschienene Ausgabe »The Axe of Wandsbek« wich durch Eingriffe des Verlegers Huebsch in der Tat erheblich von der Londoner Ausgabe ab. Nicht nur daß die »Danksagung« an Robert Neumann und Lion Feuchtwanger weggelassen worden war, Huebsch hatte zudem entschieden, den Epilog »Auferstehung« nicht in das Buch aufzunehmen. Unzweifelhaft gab es Vorbehalte gegenüber diesem Kapitel, der Unternehmer meinte vielleicht, die ideologische Ausrichtung könne dem Geschäft abträglich sein. Seine Kompetenzen als Verleger überschritt er allerdings bei weitem. Zweigs jubelnde Selbsteinschätzung bezüglich der »fabelhafte[n] Geschlossenheit [...], die der Roman erst durch diese ›Auferstehung‹ erhält«[70], mag subjektiv und vor allem vom politischen Blickwinkel des Autors bestimmt sein, Änderungen in dem Umfang der amerikanischen Ausgabe bleiben fragwürdig. Im Lektorat wurde die englische Übersetzung quasi vollständig überarbeitet. »Die Interpunktion, die Syntax, ja die Wortwahl der Suttonschen Übersetzung wurden von der Viking-Press bedeutend geändert, welches fast in jedem einzelnen Satz [...] ins Auge fällt [...].«[71] Auch gibt es Passagen, die weder in der hebräischen oder der deutschen noch in der englischen Ausgabe vorkommen. Offenbar handelte es sich um nachträglich übersandte Einschaltungen Zweigs, die in Amerika, nicht aber in England berücksichtigt wurden. Den vier Kapiteln des siebenten Buches (7. 4 »The Axe Returns«) ist nur ein Nachsatz angeschlossen »Envoi: Astrology«, der in der Suttonschen Übersetzung fehlt. Dort hat dagegen das siebente Buch drei Kapitel und drei Nachsätze: »Envoi: The Axe comes home«, »Epilogue: Resurrection« und »Acknowledgment«. – »Über das Ausmaß der von Huebsch vorgenommenen Eingriffe in sein Werk war Zweig sich mit Sicherheit nicht im klaren. Das außerordentlich umfangreiche Werk wollte Huebsch vor allem straffen. [...] Sprachliche und stilistische Unebenheiten der Übersetzung ließ Huebsch glätten; wo Sutton der deutschen Syntax verhaftet geblieben war, ließ er vereinfachen.«[72]

In den Monaten zwischen der Publikation der amerikanischen und der englischen Ausgabe erschien auch der deutsche Erstdruck. Als Feuchtwanger sich Ende April 1944 zur Vermittlung der deutschen und skandinavischen Rechte angeboten hatte, sagte Zweig umgehend zu. Feuchtwanger hatte gute Verbindungen zum Stockholmer Ljus Verlag. Dieses Verlagshaus war dem größten Papierkonzern Europas angeschlossen und führte unter dem Namen »Neuer Verlag« eine deutsche Abteilung. So konnte man hoffen, daß die Beschaffung des in Kriegszeiten knappen Druckpapiers nicht zu einem neuen Problem werden würde. Bereits am 31. Mai 1944 schloß Feuchtwanger in New York einen Vertrag mit Ljus ab. Noch im März 1945 hatte Zweig allerdings kein vollständig überarbeitetes Manuskript zur Verfügung und war so mit der Übersendung eines der von Feuchtwanger hergestellten Reinschrifttyposkripte an den Ljus Verlag einverstanden. Wiederholte Anfragen, ob das Manuskript eingetroffen sei, blieben ohne Antwort. Nach Kriegsende, im Juli 1945, gab es noch immer keine Bestätigung aus Stockholm. Im April 1946 schließlich teilte der Verlag dem Autor in einer seiner spärlichen Nachrichten mit, daß an einen Druck momentan nicht zu denken sei und zwar wegen – Ironie des Schicksals – Papiermangels. Die schwedische Regierung hatte den Konzern zu Papierlieferungen ins vom Krieg betroffene Ausland verpflichtet. Der deutsche Buchmarkt war zudem durch die Militärverwaltungen noch gesperrt, so daß einem umfangreicheren Absatz Probleme im Weg standen, das Interesse am Druck also gering war. Ein Brief des Neuen Verlages vom 9. August 1946 zeigte an, daß der Roman in den Satz gegangen wäre. Tatsächlich ist aber davon auszugehen, daß die Drucklegung erst ein Jahr später erfolgte. Zu seiner Verwunderung wurde Zweig darüber informiert, daß dies in der Züricher Druckerei Bollmann A. G. (wohl aus Gründen der Papierbeschaffung) geschah und er keine Fahnenkorrektur würde lesen können. Es sollte sich aber herausstellen, daß recht zuverlässig gearbeitet wurde. Auch Zweigs neuerliche Einschübe und Änderungen wurden größtenteils berücksichtigt.

Zweig konstatierte 1946: »Die letzten sechs Jahre waren nach allen Seiten eine Anstrengung, die nur durch Krampf und Hoffnung geleistet werden konnte. Jetzt, da beides wegfällt, zeigt sich die Aufgeriebenheit. Nur fürchte ich, irrt sie [seine Frau Beatrice Zweig] in dem Glauben, ausruhen könnte mir helfen. Ich brauche das Erscheinen des ›Beils‹ in mehreren Sprachen und die Wiederherstellung eines internationalen Wirkens und einer tragfähigen ökonomischen Grundlage. Vorher wird es nicht viel, und so muß man mich ein Jahr lang noch verdauen, wie ich jetzt bin.«[73] Die Unterstützung Feuchtwangers und die Vorschüsse der Verlage entspannten die wirtschaftliche Situation etwas und erlaubten u. a. die Arbeit am Romanprojekt »Traum ist teuer«, ohne daß sich damit Zweigs finanzielle Probleme langfristig gelöst hätten.

Bis zum Weihnachtsfest 1947 mußte Zweig warten, um die deutsche Ausgabe des »Beil von Wandsbek« endlich in den Händen halten zu können. Eine spätere Abrechnung des Verlages vermerkt, daß von den 3000 gedruckten Exemplaren der Ausgabe im Jahre 1952 noch 1746 Bücher unverkauft waren. Auch den englischsprachigen Ausgaben erging es nicht besser. Allein bis Ende Oktober 1947 wurden in Amerika von dem gerade erst eine Woche früher erschienenen und in vielen Blättern angezeigten Roman 3825 Exemplare regulär verkauft. Bis zum 30. April 1949 kamen noch ganze 628 Exemplare hinzu. Danach stagnierte der Absatz gänzlich. Der größte amerikanische Buchklub »The Book of the Month Club« bot im Dezember 1947 seinen Lesern »The Axe of Wandsbek« als Wahllektüre an – allerdings ohne ersichtliche Wirkung. Am 29. Januar 1948 war die englische Publikation auf den Markt gebracht worden. Von der Auflage von 15000 Exemplaren wurden im ersten Halbjahr 5518 verkauft, anschließend noch einmal 97 und 171. Im zweiten Halbjahr 1950 setzte man ganze 34 Bücher ab.

Zweigs Hoffnungen auf einen neuen großartigen Erfolg, der demjenigen des Romans »Der Streit um den Sergeanten Grischa« vergleichbar wäre, sind weitgehend enttäuscht worden. Die Verkaufsziffern und die Reaktionen des Publikums konnten den entbehrungsvollen Arbeitsprozeß und die komplizierte Druckgeschichte nicht kompensieren und brachten nicht die ersehnte Wende in den Lebensverhältnissen, wie sich sehr bald herausstellte. Die seit langen Jahren ausbleibende Anerkennung war sicher ein wesentliches Argument, als Arnold Zweig sich 1948 entschied, die Einladung des seit 1945 maßgeblichen ostdeutschen Kulturfunktionärs Johannes R. Becher anzunehmen und in die sowjetische Besatzungszone nach Berlin-Niederschönhausen überzusiedeln, wo man ihm ein wirtschaftliches Auskommen und eine berufliche Perspektive als deutscher Schriftsteller in Aussicht stellte.

In den Nachkriegsjahren erschienen auch französische, tschechische, flämische, niederländische, italienische, slowakische, polnische, schwedische und ungarische Übersetzungen und ein nichtautorisierter spanischer Raubdruck von 274 Seiten. Eine russische Ausgabe gelang nicht. Zweig selbst hatte vom nicht erhalten gebliebenen Originalmanuskript (blaugrüner Umschlag), das in drei Exemplaren vorgelegen hatte, 1944 eines an den Staatsverlag in Moskau gesandt. Gleichzeitig schickte er im Mai 1944 ein weiteres Exemplar, die erste vollständige Manuskriptabschrift (rosa Karton), an die befreundete russische Übersetzerin Assia Arian. Ein Jahr später wurde auch eines der fünf von Feuchtwanger angefertigten Reinschrifttyposkripte auf den Weg zum Staatsverlag in die Sowjetunion gebracht. Keine der drei Sendungen in die UdSSR ist durch die Empfänger bestätigt worden. Erst 1948 berichtete die Übersetzerin Assia Arian, daß ihr ein Manuskript (rosa Karton) »zugestellt« worden sei. Wiederholte Anfragen Zweigs, warum es zu keinem Projekt mit einem Verlag käme, blieben unbeantwortet. Im Jahr 1962 schrieb Frau Arian: »Warum das ›Wandsbecker Beil‹ nicht übersetzt wird? Früher, Ende der vierziger Jahre hiess es: ›Zuviel Freud‹ (!) Was jetzt den Verlag stört, weiss ich nicht. Es lohnt sich nicht, darüber mit dem Verlag zu korrespondieren. Die Frage wird nicht beantwortet. (brieflich!)«[74]

Einen späten Achtungserfolg erzielte die italienische Ausgabe. Nachdem Zweig seit 1945 mit seinem Verleger Mondadori erfolgversprechend über das »Beil« verhandelt hatte, zog sich eine Entscheidung hin. Schließlich erschien der Roman 1956 in der Reihe »Letteratura Straniera Contemporanea« im Verlag Feltrinelli. Die Auflage von 3 000 Exemplaren verkaufte sich langsam, aber stetig, so daß 1964 eine Taschenbuchauflage von 9 000 Exemplaren gewagt wurde. Davon konnten noch im selben Jahr 6 000 Bücher abgesetzt werden. Möglicherweise brachten vergleichbare Erfahrungen unter dem italienischen totalitären Regime einen höheren Identifikationsgrad mit den Figuren des Romans und somit Fragen an die eigene Vergangenheit hervor.

Die Beurteilungen des Romans durch Freunde und Rezensenten sind symptomatisch für die Reaktionen auch des breiteren Publikums. Die amerikanischen Kritiker lobten die »story«, die allerdings durch eine überfüllte Tapisserie und intellektuellen Nebel – deutschen Kulturballast – in den Hintergrund gedrängt würde. Feuchtwanger schrieb 1945 nach der Lektüre des Manuskripts: »Das ›Beil‹ ist als Ganzes außerordentlich geglückt, aber es hätte ungeheuer gewonnen, wenn Sie sich auf die Tragkraft der Haupthandlung verlassen und nicht die unselige Koldewey-Handlung eingefügt hätten. [...] Es wird so furchtbar viel zitiert und diskutiert, es ist ein Bildungsroman und häufig ein Verbildungsroman, und da Sie die angeschnittenen Themen doch nicht bis ins letzte erörtern können, wirkt vieles schief, abgesehen davon, daß sehr häufig nicht der jeweilige Mensch Ihres Romans, sondern der Autor redet.«[75] Länge und umständlicher Erzählstil wurden besonders auch von den amerikanischen Rezensenten als abträglich empfunden.

Wichtig wurde den Lesern und Rezensenten das Buch durch die wahrhaftige Gestaltung der Hauptfiguren und die Beleuchtung der Zeitumstände und Hintergründe. »Few books have demonstrated more frighteningly [...] the gap between political reality and public illusion. [...] The true novelist appears in the dryness of this portrait: in the precarious but maintained balance of sympathy and detachement, understanding and disgust.«[76]

Sigmund Freuds Tochter Anna hatte Zweig im August 1946 das vorletzte in seinem Besitz befindliche Exemplar (rosa Karton) zur Lektüre übergeben. Am 24. September schilderte Anna Freud dem Autor ausführlich ihren Eindruck von der Lektüre: »Der Genuss ist ein doppelter, einesteils die Vertiefung in das Einzelschicksal und andererseits die Weite des Ausblicks über eine ganze geschichtliche Periode. Sehr viel habe ich dabei von meinen eigenen Gefühlen über das Deutschtum gespürt und habe bewundert, wie es Ihnen gelungen ist, ihre persönlichen Gefühle, die sie ja doch auch haben müssen, in etwas so gutes zu verwandeln. Denn sie haben die Deutschen geschildert in ihrem ganzen Hochmut, ihrer ganzen Unausstehlichkeit, Überheblichkeit, Selbstsicherheit und doch gleichzeitig all den positiven Seiten, die sie haben.« Und Stine stelle sich ihr dar als die »anständigste, weiblichste und reizendste junge Frau mit allen guten Eigenschaften, die doch auch deutsch sind«[77].

Häufig jedoch wurde eine mangelnde moralische Verurteilung des Mitläufertums und zuviel Sympathie des Autors für seine Figuren kritisch angemerkt. Ein Exemplar der ersten Manuskriptabschrift ging an Zweigs Agenten in der Schweiz, um eine Zeitung für einen deutschen Vorabdruck zu gewinnen, was allerdings mißlang. »Es wird Sie vielleicht interessieren, dass man dort hauptsächlich Anstoss nimmt an der Schilderung der ›sympathischen Nazis‹«[78], schrieb die Agentur 1947 zurück. Im Pariser Verlagshaus Calmann-Lévi erschien 1950 eine französische Ausgabe des Henkerromans, über die seit dem Frühjahr 1947 verhandelt worden war und die nicht zuletzt wegen ähnlicher Bedenken das schwierige Schicksal der amerikanischen, deutschen und englischen Editionen teilte. Aus dem Briefwechsel zwischen dem Verleger und dem Autor geht hervor, daß auch die französische Ausgabe bei einem Textvergleich höchstens als Variante des Zweigschen Romans angesehen werden kann. Feinfühlig, aber in aller Deutlichkeit wurde Zweig klargemacht, daß der Roman in seiner Anlage aufgrund der jüngsten französischen Erfahrungen unter den faschistischen deutschen Besatzern auf antideutsche Ressentiments stoßen würde. »Es ist eine besondere Empfindlichkeit gegenüber allem, was deutsch ist im Ausdruck wie im Inhalt, noch sehr wach geblieben und es wird einige Zeit dauern, bis sich dieser Zustand aus dem sogar manche Ungerechtigkeit resultieren mag, ändert.«[79] Der Verleger äußerte Bedenken, daß »nicht nur die dichterische Vision, sondern vielleicht auch ein Heimweh«[80] in der ungeliebten Situation des Exils die Gestaltung der Figuren mitbestimmt habe. »Mir selbst scheint es sehr durchsichtig, warum Sie mit so viel Sympathie bei diesen Schilderungen verharrt sind. Es ging eben darum, das Nebeneinander des Widersprüchigen zu zeigen, eine psychologisch wertvolle Demonstration auszuführen. Aber von hier aus gesehen, erscheinen die Dinge, auch wenn sie im künstlerischen Werk dargestellt sind, anders, sagen wir, anders accentuiert.«[81] Und der Verleger verwies auf einen an den Besatzern beobachteten Wesenszug, den er im Roman wiederzufinden meinte und den auch Paul Celan in seiner »Todesfuge« thematisierte: »Nichts war an dem Deutschen hier, wie man ihn hier gesehen hat, im Grunde so schwer erträglich wie seine Prätention, Ästhet zu sein, Gemüt und künstlerischen Geschmack mit Grausamkeit zu vereinen.«[82] Zweig stimmte daraufhin den beantragten und vom Lektor vorzunehmenden Kürzungen besonders der Koldewey-Handlung zu, um das Erscheinen des Romans in Frankreich zu sichern. Gleichzeitig war ihm der Brief Anlaß, am 15. Mai 1947 eine Selbstdarstellung des Heinrich Koldewey zu verfassen, in der er dessen Passivität und Duldung der Verhältnisse erläuterte, und zu insistieren, daß diese im Text oder im Klappentext der Ausgabe unter dem Titel »Aus Herrn Koldeweys Gesprächen« (s. S. 589) Aufnahme finde. Doch auch in Frankreich kam es zu keinem größeren Erfolg. Vielmehr bat der Verlag 1954 um die Erlaubnis, die noch vorhandenen Exemplare verramschen zu dürfen.

Auch Anna Freud kritisierte die Koldeweysche Familie (nicht aber deren Gestaltung durch Zweig!), da es »zu billig ist, im Leben ein guter Mann zu bleiben und doch bei allem bösen mitzutun, weil man nicht stark genug ist, sich dem zu widersetzen. Das dann noch verziert mit Philosophie, Literatur, Schöngeistigkeit gibt das Bild von vielen Menschen, die man früher gekannt hat und nie wieder sehen möchte«[83]. Und sie fragte den Autor: »Habe ich recht, [...] dass Ihnen diese beschränkten Henkersnaturen immer noch viel lieber sind, als die Koldeweys mit dem Nietzsche?«[84]

Die Einwände und Anmerkungen, die gegenüber der Darstellung der Deutschen in der Zeit des Faschismus gemacht wurden, trafen das Zentrum des Romans. Es war die ausdrückliche Intention Arnold Zweigs, den durchschnittlichen und durchaus liebenswerten Menschen in seiner alltäglichen Verstrickung mit dem Bösen aufzuzeigen. Indem er widersprüchliche Momente in der Figurendarstellung eng miteinander verknüpfte, vermied es der Autor, nur einen einfachen antifaschistischen Tendenzroman zu schreiben. Zweig hatte an Freud schon im Frühjahr 1939 geschrieben, er müsse in seinem Roman »den im Nazismus begrabenen *Menschen* darstellen, der so oft vergessen und übersehen wird. Der geschändete Deutsche ist ja nicht bloß im KZ-Lager, sondern auch in seinen Henkern«.[85]

Die Figur des Fleischermeisters Teetjen konnte deshalb gültig allein in dem unauflösbaren Konflikt des sorgenden Ehemanns, der er ist, und des Henkers, der er auch ist, erfaßt werden. Koldewey erscheint als der standesbewußte Bildungsbürger, Repräsentant deutscher Kultur- und Geistesgeschichte ebenso, wie er als Zuchthausdirektor ein funktionierendes Werkzeug der nationalsozialistischen Herrschaft ist, aber auch ein Beispiel für das Wirken instrumenteller Vernunft. Die Eheleute Claudia und Walter Rohme, deren ursprünglich weltferner Ästhetizismus und deren Kunstschwärmerei sie früher als unpolitische Zeitgenossen zeigten (den Zweig-Lesern sind sie aus den »Novellen um Claudia« des Jahres 1912 vertraut), begeistern sich nun – aus eben dieser Tradition heraus – für die Ideale der Nazis.

Auf die immanente Gewalt dieser Zusammenhänge eingehend, erklärte Zweig 1944, sein Roman sei »nur so ein Antinaziroman, wie der ›Grischa‹ ein Antikriegsroman ist«[86]. Er zitiert Robert Neumann, der die »Durchleuchtung der deutschen Hintergründe so besonders wesentlich dabei und ebenso geglückt« fand, und fügte selbst präzisierend hinzu: die Durchleuchtung der »bürgerlich-menschlichen Gründe und Hintergründe«[87], damit die eigentliche Dimension des Romans andeutend.

Der Text zeichnet eine differenzierte soziale und psychologische Physiognomie der nationalsozialistischen Gesellschaft in dem Moment, da der Faschismus für diese Gesellschaft zur Normalität, d. h. gewöhnlich geworden war. Zweigs Roman »Das Beil von Wandsbek« überschreitet in der Darstellung totalitärer Herrschaft die meisten der zeitgeschichtlich vergleichbaren Entwürfe von Faschismusanalyse in entscheidender Weise. Im Vordergrund bleibt die authentische Gestaltung der individuellen Erfahrungen nationalsozialistischer Herrschaftsverhältnisse. Wesentlich erweitert wird dieses Bild jedoch dadurch, daß es als allgemeines soziales Verhaltensmuster unter bestimmten Bedingungen menschlicher Existenz erkennbar wird. Gerade in der Betonung dieses Zusammenhangs mußte – trotz aller spezifisch deutschen Akzente – Zweigs Roman während der ersten Rezeptionsphase zwangsläufig auf Vorbehalte und auch auf Ablehnung stoßen, da der Text über das Dritte Reich und seine Bewohner unübersehbar hinauswies.

Zweig selbst war sich dieser Provokation seines Textes durchaus bewußt: »Ich bin sehr einverstanden mit dem, was bis jetzt zu Papier gebracht wurde«, schrieb er 1941 noch während der Arbeit am Roman, »und das Gefühl, wieder einmal, wie bei ›Ritualmord‹ , 1913, und ›Grischa‹ (Drama, 1921), gegen den Strich der Öffentlichkeit zu produzieren, macht mir Spaß«[88].

Es ist ein bleibendes künstlerisches Verdienst des Autors, den Gegenwartsstoff als ein Bild einer als zwangsläufig angesehenen Katastrophe gestaltet zu haben, was während des Schreibprozesses in der Realität noch nicht eindeutig absehbar war. Die Schwierigkeit, sich einerseits über das Zeitgeschehen distanzierend und überschauend zu erheben und andererseits aus der Entfernung des Exils eine dem Autor schon lange nicht mehr vertraute deutsche Gesellschaft beschreiben zu wollen, war eine literarische Herausforderung. Betrachtet man den geschichtlichen Augenblick, in dem der Autor seinen Roman konzipierte, so erscheint diese Intention geradezu außerordentlich. Zweig entschloß sich zur Arbeit an dem Henkerroman zu einer Zeit, als der Faschismus sich nach der Okkupation weiter Teile Westeuropas und nach der Niederlage der Republikaner im Spanischen Bürgerkrieg unschlagbar wähnte. Die anhaltende Appeasement-Politik der Westmächte und später der Nichtangriffspakt zwischen Hitler und Stalin verstärkten den Eindruck der Öffentlichkeit, daß dem Nationalsozialismus politisch kaum Widerstand entgegentrat. Im Sommer 1941 fiel die Wehrmacht in die Sowjetunion ein. Eben zu diesem Zeitpunkt schrieb Arnold Zweig – vom Verlauf der Geschichte tief deprimiert – an einem Roman, der selbst in dieser Entwicklung schon den Vorschein des Verfalls der Herrschaft des Nationalsozialismus wahrnahm. Er parallelisierte den trügerischen Aufstieg des zum Henker gewordenen Teetjen mit dem Lauf der Zeitgeschichte, immer wieder beschwörend, daß die momentanen Sieger den Untergang bereits in sich trügen, ihre Stabilität nur eine scheinbare sei, da sie – wie der Erbauer der Elbhochbrücke – auf sandigem Fundament bauten. In dem tiefen Sturz Teetjens nahm Zweig den Sturz des Dritten Reiches vorweg, als dieses sich im Siegestaumel auf einem vermeintlichen Machthöhepunkt befand. Die Jahre 1937/38, die Zweig als zeitlichen Rahmen für seinen Roman wählte, ließen angesichts der inneren und äußeren Expansion der deutschen Gesellschaft, in der Fiktion der Entwicklung eines Teetjen, eines Footh, den Zusammenhang von Aufstieg und Fall besonders gut darstellen. »Wenn in den vorausfühlenden Schichten der Lesewelt sich ein Gefühl für die Tragödie vorbereitet, die sich in und mit den Deutschen jetzt und später abspielen wird, so werde ich mit dem ›Beil‹ diesem Gefühl zum Durchbruch verhelfen«[89], schrieb Zweig 1944.

Für die erste Buchausgabe auf deutschem Territorium beim Kiepenheuer Verlag, dem der Ljus Verlag die Lizenz übertragen hatte, nahm Zweig die einzige wesentliche Veränderung des deutschen Textes vor. 1949 ging dieser Publikation ein Abdruck als Fortsetzungsroman in der »Berliner Illustrierten« in gekürzter Form voraus.

Neben einzelnen stilistischen Korrekturen überarbeitete Zweig im November und Dezember 1950 für die Kiepenheuer-Ausgabe das Kapitel »Frau Timme verabschiedet sich«. Das propagandistische Auftreten der Agnes Timme im Fleischerladen der Teetjens wurde durch einen inneren Monolog relativiert, der ihrer Haltung mehr Kraft und ihrem äußeren Tun größere Zurückhaltung gab. Leser hatten Zweig darauf aufmerksam gemacht, daß ein solch offensiv dargestelltes Auftreten gegenüber einem SS-Mann 1938 in Deutschland unwahrscheinlich wirke. Am 26. November notierte er in seinem Tagebuch: »Intensive Beschäftigung mit Agnes Timme. Ihr Vorbild Lotte Bruno kommt aus dem Vergessen herauf. Ich habe diese Stelle aus Flaubertschen Maximen gestaltet, und es ist falsch geworden (Apotheker Homais u. die Ideale der frz. Revolution.) Jetzt wird die Stelle in Ordnung gebracht werden. In meinem kleinen Bach-Konzert in der Kirche Pankow kam mir die richtige Grundhaltung der Gestalt.«[90]

Wenn auch einseitige Betrachtungen der politischen Haltung Zweigs in der frühen Rezeption die Ausnahme blieben, scheint die Kritik an den ideologisch orientierten Passagen des Romans, die gegenüber den anderen Ebenen des Textes deutlich abfallen, berechtigt. So projizierte Zweig auf seine Figur Agnes Timme in mechanischer Übertragung eine »Zukunftsperspektive« in der UdSSR. Persönlich engagierte er sich verstärkt seit dem faschistischen Überfall 1941 für die Sowjetunion, die er als einzige wirksame Kraft gegen den internationalen Faschismus begriff. Seit November 1941 arbeitete er als Mitinitiator der »Liga V(ictory)« zur Unterstützung der Roten Armee. Über die Schauprozesse Stalins in den dreißiger Jahren sah er nicht hinweg, auch wenn im Roman aus der Figurenperspektive wenig mehr als simples Unverständnis gegenüber den Vorgängen geäußert wird. Dennoch war es Zweigs Überzeugung, daß nur ein sozialistisches Deutschland eine wirkliche Alternative zum Dritten Reich bedeuten konnte. So nuancenreich und empfindlich für Zwischentöne der Autor sich in der psychologischen Darstellung seiner Teetjens und Koldeweys zeigt, so propagandistisch überdeutlich mutet aus heutiger Perspektive seine Darstellung linker politischer Kräfte an. Möglich ist, daß diese Zeichnung dem Zeitgeist geschuldet war, möglich auch, daß der Autor auf verbale Paraphrasierungen zurückgriff, da sich ihm differenzierte Mittel zur Antizipation eines Zustandes versagten, der keiner gelebten Erfahrung entsprach.

Der Ausgabe des Kiepenheuer Verlages 1951 wurde zudem ein Auszug aus dem Lied des Harfners aus Goethes »Wilhelm Meister« vorangestellt.

Auch für die vom Aufbau-Verlag, der später sämtliche Rechte des Autors erwarb, übernommene und bis zum Tode Zweigs in 57500 Exemplaren aufgelegte Ausgabe hieß es noch einmal: »Arbeit am Beil-Roman, für Satz beim Aufbau-Verlag. Viele kleine Sachbesserungen nach Briefen v. dtschen. Lesern.«[91] So glich er beispielsweise versehentlich unterschiedlich gewählte Militärdienstgrade an oder korrigierte die Bezeichnung »kastrieren« richtig in »sterilisieren« u. ä. Es handelte sich abgesehen davon tatsächlich um vereinzelte Eingriffe u. a. stilistischer Natur, nicht um konzeptionelle Umarbeitungen, so daß Zweig selbst von einer »unveränderten Auflage der Kiepenheuerschen«[92] sprach.

Zweig überlegte zu dieser Zeit, ob er der Ausgabe zur Präzisierung seiner Absichten und wegen der Vorwürfe, die man dem Roman immer wieder gemacht hatte, den Untertitel »Roman eines Mitläufers« oder »des Handlangers« beigeben sollte. So würde unterstrichen, daß es sich nicht um einen alle Schichten abdeckenden Gesellschaftsroman, sondern um die psychologisch einsichtige Beschreibung bestimmter Typen des menschlichen, speziell des deutschen Durchschnitts handelte. Bereits in den vierziger Jahren bedachte er als Titel auch »Blut ist billig« – in Anlehnung an den Roman »Traum ist teuer« und im Zusammenhang mit seinen Ideen zu zyklischen Gestaltungen.

Verkaufszahlen, wie sie in der DDR erzielt wurden, aber auch die sofort vergriffenen 10 000er und 5 000er Auflagen der tschechischen und slowakischen Übersetzungen blieben ein Phänomen der »sozialistischen Leseländer«. Begleitet wurden die Publikationen in der DDR von Rezensionen in Zeitungen und Zeitschriften und von einer zeitig einsetzenden literaturwissenschaftlichen Auseinandersetzung. Dabei erschien das »Beil von Wandsbek« immer wieder als fiktives politisches Zeitdokument, das besondere Wirkungen aufgrund der wahrhaftig gezeichneten bürgerlichen Figuren erziele. Obwohl Zweigs Parteinahme für die Arbeiterklasse nicht in Abrede gestellt und der Roman als Bankrotterklärung des Bürgertums gelesen wurde, bemerkten Rezensenten wie Leser, daß die eindeutige »Perspektivgestaltung« durch einen proletarischen Exponenten als Gegenspieler der Figuren unterbliebe. Exemplarisch für diese Position sind ein Brief Georg Lukács' an den Autor vom 18. August 1951 und eine ausführliche Besprechung des Buches von Marcel Reich-Ranicki in der polnischen Zeitschrift »Tworczosc«. Ranicki monierte, daß das Antifaschistische als Bürger und das Proletarische als Trinker (Friedel Timme) daherkäme, daß ein nebelhafter Mystizismus den realistischen Gehalt schwäche, daß der typische faschistische Terror unerwähnt bliebe und zuwenig Schuldzuweisungen vorgenommen würden. Indem der Boykott durch hygienische Bedenken motiviert würde, beleuchte Zweig die psychischen Eigenschaften des »betörten, faschisierten Kleinbürgertums«, vergebe sich aber die Möglichkeit, durch politische Begründungen »den Klasseninstinkt des deutschen Arbeiters« aufzuzeigen. Ranicki begrüßte die Folgerichtigkeit der Entwicklung Zweigs vom »bürgerlichen Realismus« der zwanziger Jahre zum »heutigen Vorsitzenden des Friedensrates der Deutschen Demokratischen Republik«, der zu Zeiten der Arbeit am »Beil von Wandsbek« zwar »noch nicht zu einer eindeutigen Abrechnung mit dem Nietzscheanentum fähig« und »noch unter dem Einfluss der irrigen Theorien Freuds« gewesen sei, aber »der Epilog des Romans deutet mit aller Deutlichkeit auf die Richtung der ideologischen Entwicklung des grossen Epikers«[93]. Diese distanzlose politische Bewertung wurde weitgehend auch von Georg Lukács geteilt.

Folgenschwerer sollte sich solch eine Beurteilung für die Verfilmung des Henkerromans gestalten, fürchteten die verantwortlichen Behörden doch offensichtlich die Breitenwirkung des populären Mediums mehr als das Buch. Mitte des Jahres 1950 trat der Regisseur Wolfgang Staudte für die DEFA an Zweig mit dem Filmprojekt »Das Beil von Wandsbek« heran, das Staudte als Drehbuchautor mitverantwortete. Bereits im März 1951 notierte sich Zweig den Termin einer ersten Vorführung des letztendlich unter der Regie von Falk Harnack (Staudte arbeitete inzwischen nicht mehr in der DDR) entstandenen Films. Zweig bemerkte dazu: »In seinen Schranken ein ganz guter Film. Manches gut ersetzt. Immerhin das Skelett des Romans ganz gut bewahrt.«[94] Jedoch schon einige Tage nach der Aufführung im März wurde er hellhörig: Film »retten vor Propaganda!«[95] Es sollte nicht gelingen. Im Juni wurde der Film abgesetzt; ein Umstand, der mit dazu beitrug, daß Falk Harnack die DDR verließ.

Die Zensurbehörde führte ähnliche Vorbehalte an wie die westliche Kritik, nur daß im Osten von einem dezidiert ideologischen Antifaschismus aus argumentiert wurde. Zweig konstatierte empört den »Grund« für das Verbot: die Darstellung erwecke »zuviel Mitleid mit Teetjen und seiner Stine.«[96] Die Reglementierungen führten zu einer ersten Kampagne gegen das Filmschaffen in der DDR. Der Autor berichtete seinem Sohn Adam: »Obwohl nun dieser Film von allen politischen Instanzen geprüft und nach ihren Einwänden verbessert worden war, gab es in den ersten Wochen nach der Premiere Beschwerden dagegen, von denen ich durch ein ›Eingesandt‹ in unserer ›Berliner Zeitung‹ erfuhr. Ich unterschätzte sie ...«[97] Zwei lancierte Leserbriefe in der »Sächsischen Zeitung« vom Mai 1951 warfen dem Film vor, daß sein Objektivismus nur den Feinden einer antifaschistisch-demokratischen Grundordnung diene. Zweig setzte sich energisch, bisweilen kompromißbereit für den Film ein. Es kam zu internen Aufführungen und Diskussionen in der Akademie der Künste, deren Präsident Zweig seit März 1950 war. Gemeinsam mit Bertolt Brecht und Helene Weigel wurden neue Schlußeinstellungen überlegt, die den Film durch eine optimistische Wendung opportun werden lassen würde. Zweig sandte Briefe an mutmaßlich beteiligte Funktionäre und im April 1953 eine öffentliche Stellungnahme an die Zeitung »Junge Welt«, ohne Antwort zu erhalten bzw. abgedruckt zu werden. »Das Sonderheft ›A.Z.‹ von ›Sinn und Form‹ darf nicht zum Pflästerchen werden, um eine Wunde zu verkleben. Auch der Ehrendoktor nicht, den ich ja verdient zu haben scheine«[98], schrieb Zweig an Lion Feuchtwanger. Beeinflussen konnte er das Resultat der Diskussionen jedoch nicht.

Die Kritik in Westdeutschland (eine Auseinandersetzung der Literaturwissenschaft mit dem Roman unterblieb bis in die sechziger Jahre) lobte vielfach die zeitgeschichtliche und die Figurendarstellung im Roman »Das Beil von Wandsbek«. Der Tenor der meisten Kritiken war positiv, die politische Haltung des Autors wurde lediglich vermerkt. Den Zeitgeist des Verdrängens und Vergessens nach dem zweiten Weltkrieg demonstrierte dagegen die ablehnende Kritik einer Bremer Bibliothekszeitschrift in der Rubrik »Empfehlung für große Büchereien«, die mit dem Satz schloß: »Wir brauchen nicht das Wühlen in den Untaten von gestern, sondern die Stärkung der Gemütskräfte, welche den neuen Anfang wagen können.«[99] Eine wirkliche Rezeption durch das Lesepublikum hat auch in Westdeutschland nicht stattgefunden. Feuchtwanger vertröstete den Autor bereits nach Kriegsende 1946, als dieser wegen des verzögerten Erscheinens der englischsprachigen und des deutschen Erstdrucks besorgt war: »Wahrscheinlich ist es für das ›Beil‹ besser, wenn es später erscheint als jetzt, wo das breite Publikum nichts hören will von Nazideutschland und wo hier insbesondere die Kauflust durch die innenpolitische Situation stark vermindert ist.«[100] Er teilte damit von verschiedener Seite geäußerte Bedenken, daß ein Erfolg des während des Krieges geschriebenen zeitgeschichtlichen Romans in der unmittelbaren Nachkriegszeit fraglich erscheine. Es zeigte sich auch in der Folgezeit deutlich, daß die vergangenen Jahre deutscher Geschichte von der Bevölkerung beiseite gedrängt und begraben werden sollten. Der durchschla-

60 Vgl. dazu und zum Problem der englischen Übersetzung: Geoffrey V. Davis, »Mr. Sutton's Monument« oder »Das Beil von Wandsbek« auf Englisch. In: Arnold Zweig – Poetik, Judentum und Politik, Bern 1989, S. 283–310.
61 Feuchtwanger an AZ, 8. 3. 1945. In: Feuchtwanger – Zweig – Briefwechsel, Bd. 1, Nr. 161, S. 317.
62 R. Neumann an AZ, 3. 1. 1946.
63 AZ an B. Huebsch, 30. 12. 1946 (t).
64 Ebd., 16. 10. 1946 (t). – Das Manuskriptexemplar des Romans hatte Sutton nach beendeter Arbeit vernichtet.
65 AZ an Feuchtwanger, 4. 8. 1946. In: Feuchtwanger – Zweig – Briefwechsel, Bd. 1, Nr. 192, S. 385.
66 AZ an R. Neumann, 29. 10. 1946 (t).
67 Kalender 1947, AZA 2637 und AZA 2638.
68 AZ an W. Treuherz, 27. 1. 1947 (t).
69 B. Huebsch/Viking Press an AZ, 22. 7. 1947.
70 AZ an Feuchtwanger, 22.[–24.] 4. 1947. In: Feuchtwanger – Zweig – Briefwechsel, Bd. 1, Nr. 209, S. 432.
71 Doron Frischmann, Arnold Zweig »Das Beil von Wandsbek«. Vergleich der beiden deutschen Versionen mit den beiden hebräischen Übersetzungen und der englischen Übersetzung anhand eines Kapitels des Romans. Magisterarbeit, Saarbrücken 1988, S. 91.
72 Davis, S. 299.
73 AZ an Miriam Zweig, 10. 5. 1946.
74 Russ. Übersetzer/A. Arian an AZ, 27. 3. 1962.
75 Feuchtwanger an AZ, 30. 3. 1945. In: Feuchtwanger – Zweig – Briefwechsel, Bd. 1, Nr. 163, S. 324.
76 A. Guerard: Drama of complicity, in: The Nation, New York, 29. 11. 1947.
77 Anna Freud an AZ, 24. 9. 1946.
78 Reiss-AG an AZ, 4. 2. 1947.
79 Calmann-Lévy an AZ, 6. 5. 1947.
80 Ebd.
81 Ebd.
82 Ebd.
83 Anna Freud an AZ, 24. 9. 1946.
84 Ebd.
85 AZ an S. Freud, [vermutl. nach dem Brief von Freud an AZ vom 5. 3. 1939]; Österreichische Nationalbibliothek, Wien. (Hervorhebung im Zitat von B. L.)
86 AZ an Feuchtwanger, 23. 7. 1944. In: Feuchtwanger – Zweig – Briefwechsel, Bd. 1, Nr. 154, S. 305.
87 Ebd.
88 Ebd., 18. 11. 1941. Bd. 1, Nr. 131, S. 245.
89 Ebd., 23. 7. 1944. Bd. 1., Nr. 154, S. 305.
90 Tagebuch »Warschau 1950«, 26. 11. 1950; AZA 2603.
91 Kalender 1953, 27. 4. 1953, AZA 2649. – Korrigiertes Exemplar der Kiepenheuer-Ausgabe 1951, AZA 422.

gende Erfolg, ähnlich der Wirkung des Grischa-Romans, der vom Autor immer wieder erwartet wurde, blieb aus. Die Befürchtung, daß links intendierte Literatur, die sich um ein Verständnis der Zusammenhänge der Nazizeit bemühte, in der Nachkriegsepoche beim Leser kein Interesse fände, zeigten sich dagegen als wohlbegründet.

Die in Ost und West vorhandene Scheu, die Vergangenheit – auch mittels der Romans oder dessen Verfilmung – aufrichtig nach eigener Verantwortlichkeit zu befragen, war ebenso wie die Einwände gegen die menschliche Zeichnung des in den Faschismus verstrickten deutschen Bürgers objektiver zeitgeschichtlicher Ausdruck der Nachkriegsperiode. Sechzig Millionen Tote und das Grauen der Konzentrationslager können nicht relativiert werden. Aus dem Abstand von Jahrzehnten ist heute aber die Chance gegeben, sich die bisher verweigerte Rezeptionserfahrung zu erschließen. Arnold Zweigs Henkerroman erweitert das Verständnis der Vergangenheit, da er über politisch-soziologische und wirtschaftliche Aspekte hinaus wenig betonte psychologisch-menschliche Aspekte des »Phänomens Faschismus« ins Zentrum des Bewußtseins rückt. Durch die ästhetische Gestaltung des Schicksals des Hamburger Mitläufers gelingt es Zweig, wie ein Münchener Leser formulierte, »jene höhere Wirklichkeit einsichtig zu machen, die allein aus der Realität nicht ablesbar ist«[101].

Der Exilroman in seinem besonderen Schicksal – verstümmelt, verzögert, ignoriert, verramscht und verhindert – hatte aus erklärten Gründen keine größere zeitgenössische Resonanz gefunden. Es wäre dem »Beil von Wandsbek« jedoch sehr zu wünschen, daß damit das letzte Wort zu diesem Roman noch nicht gesprochen ist.

Nizza/Berlin im Juli 1996 *Birgit Lönne*

Anmerkungen

1 AZ an Ljus-Verlag/Guggenheim, 14. 1. 1948 (t).
2 Mit »Erziehung vor Verdun« (1935) und »Einsetzung eines Königs« (1937) hatte Zweig zunächst seinen Zyklus zum ersten Weltkrieg »Der große Krieg der weißen Männer« weiter ausgebaut. Das Bändchen »Versunkene Tage. Roman aus dem Jahre 1908« (1938) zeigt das alter ego des Autors, Carl Steinitz, in München zu Jahrhundertbeginn.
3 AZ an F. C. Weiskopf, 23. 11. 1944 (t).
4 AZA 416, 4.
5 AZ an W. Treuherz, 29. 11. 1946 (t).
6 D. i. »Westlandsaga«.
7 AZ an W. Treuherz, 20. 5. 1945 (t).
8 AZ an W. A. Berendsohn, 18. 9. 1939; DB Frankfurt/M., Exilarchiv.
9 Ebd.
10 AZ an Feuchtwanger, 1. 5. 1942. In: Feuchtwanger – Zweig – Briefwechsel. Bd. 1, Nr. 134, S. 257.
11 AZ an russ. Übersetzer/A. Arian, 7. 5. 1944 (t).
12 Tagesnotizen 1942, 13. 11. 1942, AZA 2630.
13 Kalender 1943, 18. 2. 1943, AZA 2631. – Zweig bezieht sich auf die Fertigstellung des 4. Buches des »Henkerromans«.
14 AZ, Die Kunst der Erzählung. In: Essays, Bd. 1, Aufbau-Verlag, Berlin 1959, S. 379.
15 AZ an Feuchtwanger, 18.[–25.] 11. 1940. In: Feuchtwanger – Zweig – Briefwechsel, Bd. 1, Nr. 120, S. 221. – Das »Alpenbuch« ist der Essay zur Genese bürgerlicher Demokratie »Die Alpen oder Europa«, der 1939 bis 1940/41 im Auftrag eines amerikanischen Schulbuchverlages entstand und also Honorarmittel versprach.
16 Kalender 1940, 28. 12. 1940, AZA 2627.
17 Kalender 1941/42, Titelblatt, AZA 2629.
18 AZA 2594.
19 Kalender 1943, 10. 5. 1943, AZA 2631.
20 AZ an Feuchtwanger, 18. 11. 1941. In: Feuchtwanger – Zweig – Briefwechsel, Bd. 1, Nr. 131, S. 245.
21 Kalender 1943, 12. 7. 1943, AZA 2631.
22 Ebd., 17. 7. 1943.
23 Ebd., 1. 6. 1943. – Hans-Albert Walter versucht in seinem Buch »›Im Anfang war die Tat‹« (Frankfurt am Main 1986) zu rekonstruieren, welche Zeitschriften und Aufsätze damals eine Rolle für Arnold Zweig gespielt haben könnten.
24 Kalender 1943, 1. 7. 1943, AZA 2631.
25 AZA 425.
26 Auch 1948 entwarf Zweig noch einmal eine knappe Skizze der beiden ersten Akte »Das Beil von Wandsbek dramatisiert, 23. Mai 1948« (AZA 2600, S. 1–8).

27 AZ an Feuchtwanger, 30. 4.[–1. 5.] 1942. In: Feuchtwange Briefwechsel, Bd. 1, Nr. 134, S. 255–256.
28 Ebd., 25. 3. 1945. Bd. 1, Nr. 162, S. 320.
29 Ebd., 20. 2. 1943. Bd. 1, Nr. 142, S. 277.
30 Tagesnotizen 1942, 11. 8. 1942, AZA 2630.
31 Kalender 1943, 18. 1. 1943, AZA 2631.
32 Ebd., 18. 2. 1943.
33 Ebd., 16. 4. 1943.
34 Ebd., 18. 4. 1943.
35 Ebd., 20. 4. 1943.
36 Ebd., 23. 4. 1943.
37 Ebd., 1. 5. 1943.
38 Ebd., 9. 5. 1943.
39 Ebd., 24. 5. 1943.
40 Ebd., 6. 7. 1943.
41 Ebd., 25. 5. 1943.
42 Ebd., 5. 6. 1943.
43 AZ an E. Thomsen, 9. 1. 1947.
44 Kalender 1943, 8. 7. 1943, AZA 2631.
45 Ebd., 11. 7. 1943.
46 Am 6. August 1943 (und auch an den darauffolgenden Tagen Tagesnotizen jedoch erneut von weiterer Arbeit am Manuskri »Gestern noch Arbeit am Schlußteil des Beils. Ditas [d. i. sein atrice, B. L.] Einwände.«
47 AZ an Feuchtwanger, 25. 3. 1945. In: Feuchtwanger – Zwe wechsel, Bd. 1, Nr. 162, S. 320.
48 AZ an russ. Übersetzer/ A. Arian, 7. 5. 1944 (t).
49 AZ an C. Rooz, 10. 2. 1944 (t).
50 AZ an Feuchtwanger, 6. 2. 1944. In: Feuchtwanger – Zweig – B sel, Bd. 1, Nr. 145, S. 284.
51 Ebd.
52 Feuchtwanger an AZ, 6. 1. 1943. In: Feuchtwanger – Zweig – B sel, Bd. 1, Nr. 137, S. 265.
53 Das Handexemplar (AZA 424) mit den eingetragenen Änderun Archiv erhalten. Zweig gab an, bis etwa zur S. 130 selbst korrigiert
54 AZ an Feuchtwanger, 6. 2. 1944. In: Feuchtwanger – Zweig – B sel, Bd. 1, Nr. 145, S. 284.
55 Feuchtwanger an AZ, 7. 3. 1945. In: Feuchtwanger – Zweig – B sel, Bd. 1, Nr. 160, S. 315. – Es ist anzunehmen, daß Zweig sei Korrekturen auch in das an Feuchtwanger gesandte Manuskript gen hatte. Im Nachlaß Feuchtwangers ist dieses Manuskript n deckt worden.
56 Ebd., 8. 3. 1945. Bd. 1, Nr. 161, S. 316.
57 AZ an Feuchtwanger, 25. 3. 1945. In: Feuchtwanger – Zweig wechsel, Bd. 1, Nr. 162, S. 319.
58 Ebd., 7. 5. 1945. Bd. 1, Nr. 169, S. 334.
59 AZA 423.

92 AZ an die Redaktion der Zeitung »Junge Welt«, 23. 7. 1953 (t).
93 Marceli Ranicki, [Rez.]. In: Tworczosz, 1/1954. Zitiert nach der deutschen Übersetzung im AZA.
94 Kalender 1951, 7. 5. 1951, AZA 2644.
95 Ebd., 14. 3. 1951.
96 AZ an Adam Zweig, 12. 1. 1952 (t).
97 Ebd.
98 AZ an Feuchtwanger, 16.[–18.] 8. 1952. In: Feuchtwanger – Zweig – Briefwechsel, Bd. 2, Nr. 346, S. 173.
99 R. Joerden, [Rez.], in: Bücherei und Bildung. Bremen, 4/1949–1950.
100 Feuchtwanger an AZ, 20. 5. 1946. In: Feuchtwanger – Zweig – Briefwechsel, Bd. 1, Nr. 184, S. 371.
101 C. Grützmacher an AZ, 15. 7. 1961.

Editorische Notiz

Die Berliner Ausgabe »Arnold Zweig. Werke« basiert auf den zu Lebzeiten Zweigs publizierten Texten und stützt sich auf den Nachlaß im Arnold-Zweig-Archiv der Stiftung Archiv der Akademie der Künste, Berlin.

Die edierten Texte folgen in diplomatisch getreuer Wiedergabe in der Regel den Erstdrucken der Texte.

Sämtliche Texte sind an Hand der Erstausgaben, anderer Drucke und des Materials im Nachlaß überprüft worden. Eindeutige Druckfehler wurden stillschweigend korrigiert. Hervorhebungen, außer Sperrungen, sind kursiv wiedergegeben. Alle Zusätze und Texteingriffe des Editors erscheinen in eckigen Klammern.

Innerhalb der Gruppierung in Gattungen sind die Texte ihrer Entstehung nach chronologisch angeordnet.

Im Anhang jedes Bandes kommen wichtige Veränderungen, Fassungen, nicht aufgenommene Werkteile und zum Werk gehörige Texte des Autors zum Abdruck.

Im Kommentar folgen Ausführungen zur Textgrundlage, zur Entstehungs-, Text- und Wirkungsgeschichte sowie Anmerkungen. Die Bände der Essays und der Publizistik erhalten kommentierte Personenregister. Die Ausgabe schließt mit einem Gesamtregister.

Textgrundlage der vorliegenden Ausgabe: Arnold Zweig, Das Beil von Wandsbek, Roman 1938–1943. Stockholm, Neuer Verlag, 1947.
Textkorrektur: 120 Isrealit > Israelit; 227 führte sie Wänden > führte sie an den Wänden; 231 aus Füßen > auf Füßen; 232 Polisanderholz > Palisanderholz; 242 gehen werden > gehen werden.; 253 die zuckte > die Rute zuckte; 298 Isrealiten > Israeliten; 317 Exzentritäten > Exzentrizitäten; 395 »Korridor« Oberschlesien > »Korridor«, Oberschlesien; 401 Knoch > Knochen; 410 Kananiter > Kanaaniter; 419 Metallierung > Metallegierung; 460 eine oder die andere > die eine oder die andere; 463 mach's mir mir > mach's mit mir; 492 Holzschägen > Holzschlägen; 519 vergessen > vergossen; 574 Phorphoraugen > Phosphoraugen; 613 geschiet > gescheit.

Aufgrund der Überlieferungssituation bietet der Anhang nur eine Auswahl der im Arnold-Zweig-Archiv erhaltenen Texte zum Roman. Aufgenommen wurden frühe Entwürfe, nicht ausgeführte Ideen und umfangreichere verworfene Textteile. Auf manche Idenskizzen, die in ihrer Ausführung dem schließlich veröffentlichten Romantext entsprechen, auf Synopsen und Kapitelfolgen, auf weniger umfassende Einschaltungen zum Text, auf viele kleine Notate, Erweiterungen, Änderungen, aber z. T. auch auf an anderer Stelle bereits gedruckt vorliegendes Material mußte leider verzichtet werden. Soweit nicht im Nachwort darauf hingewiesen wird, ist weiteres Material über die »Bibliographie Arnold Zweig« in zwei Bänden herausgegeben von Maritta Rost (Aufbau Verlag, Berlin und Weimar 1987) und über das »Findbuch des literarischen Nachlasses von Arnold Zweig« in zwei Bänden bearbeitet von Ilse Lange (Berlin 1983) erschließbar.

Zitierte Briefe, Manuskripte und andere Dokumente, deren Provenienz nicht näher angegeben ist, entstammen dem Nachlaß und den Sammlungen im Arnold-Zweig-Archiv in der Stiftung Archiv der Akademie der Künste, Berlin. Allen Archiven, die Kopien von Briefen Arnold Zweigs zur Verfügung stellten, sei an dieser Stelle gedankt: Deutsche Bibliothek, Frankfurt a. M., Exilarchiv, Österreichische Nationalbibliothek Wien.

Im vorliegenden Band wurden folgende Abkürzungen verwendet:

[/]	ausgelassener Zeilenbruch
Anm.	Anmerkung
AZ	Arnold Zweig
AZA	Arnold-Zweig-Archiv der Stiftung Archiv der Akademie der Künste
m. eigh. Korr	mit eigenhändigen Korrekturen
Feuchtwanger-Zweig-Briefwechsel	Lion Feuchtwanger. Arnold Zweig. Briefwechsel 1933–1958. Herausgegeben von Harold von Hofe. 2 Bände, Berlin und Weimar 1984.
H	Handschrift
hs.	handschriftlich
Korr. v. fr. Hd.	Korrektur von fremder Hand
ms.	maschinenschriftlich
T	Typoskript
(t)	Typoskript-Durchschlag

B. L.

Inhalt

II. Teil

Fünftes Buch: Koldewey empfängt ein Zeichen

Sechstes Buch: Seele, der Maulwurf

Siebentes Buch: Strandgut

Anhang